世界传世藏书 图文珍藏版

世界经典童话

王书利⊙主编

线装书局

图书在版编目（CIP）数据

世界经典童话：全 4 册／王书利主编. —— 北京：
线装书局，2012.11
ISBN 978-7-5120-0641-6

Ⅰ. ①世… Ⅱ. ①王… Ⅲ. ①童话－作品集－世界
Ⅳ. ① I18

中国版本图书馆 CIP 数据核字（2012）第 232699 号

世界经典童话

主　　编：王书利

责任编辑：高晓彬

封面设计：博雅圣轩藏书馆　Boyashengxuan Cangshuguan

出版发行：线装书局

地　　址：北京市西城区鼓楼西大街 41 号（100009）

　　　　　电话：010-64045283

　　　　　网址：www.xzhbc.com

印　　刷：北京彩虹伟业印刷有限公司

字　　数：1360 千字

开　　本：710×1040 毫米　1/16

印　　张：112

彩　　插：8

版　　次：2012 年 11 月第 1 版第 1 次印刷

印　　数：1-3000 套

书　　号：ISBN 978-7-5120-0641-6

ISBN 978-7-5120-0641-6

9 787512 006416 >

定　　价：598.00 元（全四卷）

汉斯·克里斯蒂安·安徒生

　　汉斯·克里斯蒂安·安徒生（1805年4月2日～1875年8月4日）丹麦作家，诗人，因其创作的童话故事而享誉世界。他最著名的童话故事有《小锡兵》、《冰雪女王》、《拇指姑娘》、《卖火柴的小女孩》、《丑小鸭》和《红鞋》等，其创作的童话被称为"安徒生童话"。安徒生生前曾得到皇家的致敬，并被高度赞扬为给全欧洲的一代孩子带来了欢乐，他的童话故事还激发了大量电影、舞台剧、芭蕾舞剧以及电影动画的制作。

安徒生童话

　　《安徒生童话》是一本经典的童话故事集，它带给我们的不仅仅是温馨、欢乐、启迪，更多的是思考和悠远的人生体味。其中《卖火柴的小女孩》是丹麦著名童话作家安徒生的代表作，发表于1846年。主要讲了一个卖火柴的小女孩在富人合家欢乐，举杯共庆的大年夜冻死在街头的故事。安徒生通过这个童话，揭露了资本主义社会的罪恶，表达了作者对穷苦人民悲惨遭遇的深刻同情，和对当时社会的不满。

格林童话

    德国著名语言学家，雅格·格林和威廉·格林兄弟于十九世纪初，收集、整理、加工完成的德国民间文学的《格林童话》，是世界童话的经典之作。格林兄弟以其丰富的想象、优美的语言给孩子们讲述了一个个神奇而又浪漫的童话故事。其中《青蛙王子》是格林童话中的经典之作，自问世以来，在世界各地影响十分广泛，至今已超过百种语言的译本，上百种不同版本，以及许多戏剧、电影、电视剧、动画等改编作品。

木偶奇遇记

　　《木偶奇遇记》是科洛迪的代表作，发表于1880年。当仁慈木匠皮帕诺睡觉的时候，梦见一位蓝色的天使赋予他最心爱的木偶皮诺曹生命，于是小木偶开始了他的冒险。如果他要成为真正的男孩，他必须通过勇气、忠心以及诚实的考验。在历险中，他因贪玩而逃学，因贪心而受骗，还因此变成了驴子。最后，他掉进一只大鲸鱼的腹中，意外与皮帕诺相逢……经过这次历险，皮诺曹终于长大了，他变得诚实、勤劳、善良，成为了一个真真正正的男孩。

总　序

　　童话是儿童十分钟爱的一种文体样式，是上苍赐给儿童最美的礼物。如今的儿童，可以没有其他读物，但不能没有童话。不过，"童话"作为一个专门的称谓，还是到了十七世纪后，随着儿童的"发现"而逐渐进入人们的视野的。

　　童话，就是小孩听妈妈讲故事，一个一个讲下去。童话故事里，真善美是故事的核心，正义终将战胜邪恶，阳光普照大地。童话故事的主旨是教人勇敢、热情、善良、乐观，它给幼儿开启了一个想象的空间，一个五彩缤纷的世界。每个人的内心深处都有一个瑰丽的童话世界，那是心灵飞翔、迁徙和栖居的奇幻之地，美好的童话是相伴一生的挚友，是绚烂童年的开始，是完美人生的起点。它那单纯而温馨的故事，带给孩子们纯净的感受，使孩子们的心灵得到净化。

　　这套影响孩子一生的《世界经典童话》是编者经过精心挑选的经典中的经典，生动流畅的精彩文字和细腻传神的精美图画诠释出童话王国独特而绚丽的美，书中既有安徒生童话中的《拇指姑娘》《卖火柴的小女孩》和《海的女儿》，也有格林童话中的《白雪公主》《灰姑娘》《青蛙王子》，以及《一千零一夜》《伊索寓言》和《木偶奇遇记》里的经典故事等等,堪称世界童话乐园中的精粹。在这里,安徒生、格林兄弟、科洛迪……这些世界顶级的童话大师们共同为你讲述一个个脍炙人口的经典童话故事。这些故事,都是经过时间的潮水反复冲刷后给孩子们留下的经典,是前人留给孩子们的文学祝愿。进入这些故事,就是进入一座宏伟、富丽、精彩的殿堂,里面有无比广阔的思想空间、情感空间和艺术空间,它们能把你们带进丰富、神奇又美丽的世界。

　　只要你喜欢阅读,只要你喜欢艺术,只要你对未来抱有信心和热情,那么这就足够了。我们相信你是可以接近经典童话的,而且会喜欢经典童话的。为了从小接触经典童话,感悟经典童话,从中获得美的教育、艺术的熏陶,编者从浩如烟海的童话作品里挑选出堪称"世界经典"的一部分,贡献给小朋友们,希望读者们能够喜欢。

目 录

世界传世藏书

世界经典童话

·目 录·

图文珍藏版

1

世界经典童话

安徒生童话

线装书局

导　读

　　安徒生（1805～1875），19世纪第一位赢得世界声誉的丹麦作家，也是世界上最负有盛名的童话作家之一。他一生用浪漫主义手法写过168篇童话，被译成80多种文字，受到世界各国儿童和成年读者的衷心喜爱，他也因此被誉为童话大师列于世界文学家之林。安徒生1805年4月2日出生于丹麦菲英岛欧登塞城的一个穷鞋匠家庭，由于家境清贫，没受过正规教育，从少年时代就独自谋生。他热爱艺术，曾幻想当演员，剧作家，在舞台上表现人生。在一些热心的艺术家的资助下，他于1829年入哥本哈根大学学习，1831年去西欧旅行。他一生都从事于童话创作，终身未婚。

　　安徒生是一个世界知名的儿童文学作家。童话是安徒生的主要创作。安徒生的童话可谓是全世界最风靡的系列童话故事之一，至今仍然是世界童话作品中的经典不朽之作。因为《丑小鸭》《卖火柴的小女孩》《海的女儿》《皇帝的新衣》等这些脍炙人口的童话故事，安徒生使丹麦冠上了"童话王国"的美誉。安徒生童话已成为丹麦人的骄傲，这些童话带给每个孩子无数遐想的空间，也让孩子们在童话世界里学到了真善美，也让丹麦这个童话王国充满了温馨的儿时回忆。有很多游客都会来到美丽的丹麦，回忆儿时听到的故事，欣赏故事中的情景，为新一代的儿童编织更动人的童话……其实，除了有享誉世界的安徒生童话之外，丹麦的大自然风光美景以及众多的人文景观更是在北欧国家中独树一帜，令全球的旅游爱好者们流连忘返。

打火匣

一，二！一，二！

一位挎着背包，腰佩长剑的士兵正在路上走着。他历经百战，久经沙场，但现在厌烦了战争，于是他退了伍准备返回他的家乡。

在回家的路上，他突然碰见一个老巫婆。这位老巫婆的面貌让人感到既厌恶又害怕。她的下嘴唇好像一条干巴巴的布条，一直垂到她的胸前。

"晚安，尊敬的士兵！"老巫婆一脸诚恳地说，"好漂亮的一把剑啊！还有一个硕大的背包！你肯定是个英勇无畏的士兵！那么你眼下想要多少钱，就会有多少钱了。"

"那可真要好好谢谢你了，老巫婆！"这位士兵说。

这会儿，巫婆指着旁边的一棵高耸入云的大树对士兵说："你看，就是那棵大树，那里面是空的，你爬上去，在树顶有一个洞口。你沿着洞口朝下溜进去，那样，轻松无比地就钻进树里啦。但是，这洞有点深。这样吧，我在你腰上系上一根绳子，当你喊我时，我就把你拉上来。"

"可是，我不明白，你让我到树底下到底去干什么呢？"士兵犹豫地问道。

"毋庸置疑？肯定是那些叫你发财的金银珠宝啦！"巫婆接着说道，"等你进去之后，你就会发现里面灯火辉煌，而且有一条宽阔的走廊出现在你面前。走廊里点着一百多盏明灯。当你走到走廊尽头时，那里有三个门，并且钥匙都在门锁里插着，你只要轻轻推一推，不费任何力气就把门打开了。第一个房间里，有一只大箱子，但上面有一只眼睛如茶杯一样大的狗在守卫着，不过你别怕它！我可以送你一个蓝格子布围裙，你把它铺在地上，然后赶紧走过去，抱起那只狗放在这围裙上。接着打开箱子，那些铜钱全部属于你的了！可是假使你想要银钱，就打开第二个房门，里面坐着一只眼睛有水车轮那么大的狗，你不要搭理它。只需把这只狗放在围裙上，接着取出钱就可以了。但是，假使你还不满意的话，就得去第三个房间，因为金子全都放在那里面。可是坐在这钱箱上的那只狗的一对眼睛，可有"圆塔"那么大啦。这才算得上一只真正的狗！但你依旧无需恐慌。它还是不会伤害你的，只要你和前面一样按顺序做就行了。那个箱子里的金子也都属于你了！"

"听上去还不错，"兵士说，"可我要如何谢你呢，老巫婆？我想你不会任何东西也不要吧？"

"不要，"巫婆说，"我一文钱也不要。我只要我祖母上次忘掉在那里面的一个旧打火匣。"

"好吧！你就快把绳子系在我腰上吧。"兵士说。

"好吧，"巫婆说，"带上我的蓝格子围裙。"

兵士灵活地爬上树，蛇一样的就溜进那个洞口里去了。正如老巫婆说的那样，他眼前就是一条点着几百盏灯的大走廊。

他轻而易举地打开第一道门。哎呀！一条眼睛有茶杯那么大的狗正坐在里面。

"你这个可爱的小玩意！"兵士说。于是他就按巫婆所说的一样把狗抱到了围裙上，接着把铜钱都放进了衣袋；锁上箱子，又把狗儿放回原处。接着来到第二个房间。天啊！这儿坐着的一只狗眼睛大得如同一对水车轮。

"别这样死看着我，"兵士说，"会弄坏你的眼睛啦！"他把狗儿抱到女巫婆的围裙上，老天啊！如此之多银币！于是他就把身上全部的铜币都换成了银币。接着他走进第三个房间——乖乖，简直太

·安徒生童话·

图文珍藏版

吓人了！在这只狗的脑袋上转动着的那两只眼睛竟然有"圆塔"那么大！简直好比轮子！

兵士说"晚安！"并十分滑稽地把手举到帽子边上敬了个礼，即便他之前从未看见过如此让人害怕的狗。他瞧了它一会儿，心里就想，"现在应该可以了。"于是把它抱下来放到地上，接着打开箱子。老天爷呀！那里面的金子多的吓人！多的可以买下整个哥本哈根，买下卖糕饼女人所有的糖猪，买下全世界的锡兵、马鞭、摇动的木马。的确，钱非常多——兵士倒掉衣袋和行军袋里的银币，把金子装进去。他的衣袋，他的行军袋，他的帽子，他的皮靴全部装满了金子，重得他差点连路也走不动了。眼下他是有钱人了。他把狗儿放到箱子上，锁好门，在树里朝上面喊："老巫婆！拉我一把呀！"

"你没忘记打火匣吧？"巫婆问。

"坏了！"兵士说，"我把这件事忘得干干净净。"于是他连忙返回取出火匣。巫婆把他拉了上来。眼下他再次站在大路上了。他的衣袋、皮靴、行军袋、帽子，全都盛满了金币。

"你要这打火匣有什么用呢？"兵士问。

"这跟你没有任何关系，"巫婆反驳他说，"你已经拿了钱——只要把打火匣给我就好了。"

"胡说！"兵士说，"你立即告诉我它到底是干什么的。否则我就抽出剑，砍掉你的头。"

"我不会告诉你的！"巫婆说。

兵士一下子砍掉了她的头。巫婆死了！兵士用巫婆的围裙把全

部的钱都包起来，如同一捆东西一样的背在背上，接着装好打火匣。

这是一个非常美丽的城市！兵士现在是一个有钱人了，因此他选了一个顶级的旅馆，开了顶级的房间，叫了他最爱的酒菜，替他擦皮靴的那个茶房认为，他这样一位富裕的绅士，穿这样一双皮鞋简直太可笑了。于是第二天他买了得体的靴子和大方的衣服。现在站在我们面前的俨然是一位改头换面的绅士了！大家都想把城里的所有事情告诉他，于是他清楚了许多关于国王的事情，还有那位十分漂亮的公主。

"在什么地方可以看到她呢？"兵士问。

"谁都见不到她，"大家齐声说，"那幢周围有好几道墙和好几座塔的宽大的铜宫就是她的行宫。只有国王本人才能自由进出，因为从前曾经有人预言，说她将会嫁给一个普通的士兵，这可叫国王无法忍受。"

"我倒想看看她呢，"兵士想。不过他得不到许可。

现在他生活得很愉快，常常去戏院看戏，到皇家的花园里散步，送许多钱给穷苦的人们。这是一种良好的行为，因为他自己深有体会，没有一文钱是多么可怕的事！现在他富了，可以穿华美的衣服，还交了很多朋友。这些朋友都说他是一个稀有的人物，一位豪侠之士。兵士听了这类话心里非常舒服。不过他每天只是花钱，却从不赚钱。所以花到最后只剩下两个铜板了。他只好搬出那间漂亮的房间住到顶层的一间阁楼里去。同时他也只好自己擦皮鞋，用缝针补皮鞋了。由于走上阁楼要爬很高的梯子，所以他的朋友没有一个来看他。

一天晚上房里一团漆黑，他穷得连一根蜡烛也买不起。这时他忽然记起，那个打火匣里还有一根蜡烛头——巫婆帮助他到那空树底下取出来的那个打火匣。他取出那个打火匣和蜡烛头。在火石上擦了一下，火星冒了出来，忽然房门自动开了，他在树底下所看到的那条眼睛有茶杯大的狗儿出现在他的面前。它说：

"有什么吩咐，我的主人？"

"这是怎么一回事儿？"兵士说，"这个打火匣真有趣。如果我能用它得到我想要的东西就好了！替我弄几个钱来吧！"他对狗儿说。于是"嘘"的一声，狗儿就不见了。一会儿，又是"嘘"的一声，狗儿回来了，嘴里衔着一大口袋的钱。

现在士兵才知道打火匣的用处。只要轻轻擦它一下，那只坐在盛有铜钱的箱子上的狗儿就来了。要是擦两下，那只有银子的狗儿就来了。三下，那只有金子的狗儿就出现了。现在这个兵士又搬回那几间华美的房间里去住，又穿起漂亮的衣服来了。他所有的朋友马上又认得他了，并且还非常关心他。

有一次，兵士想："人们都说那位公主很美，但却不能去看她，这也可算是一桩怪事。不过，假如她老是独自住在那有许多塔楼的铜宫里，那有什么意思呢？难道我就不能看她一眼吗？——这回我的打火匣可有用了。"他擦出火星，马上"嘘"的一声，那只眼睛像茶杯一样的狗儿跳出来了。

"现在是半夜了，"兵士说，"不过我很想去看一下那位公主哩，哪怕一会儿也好。"

狗儿立刻就跑到门外去了。让这士兵吃惊的是，它一会儿就领着公主回来了。她躺在狗的背上，已经睡着了。谁都可以看出这是一个真正的公主，因为她非常美。这个不折不扣的兵士忍不住吻了她一下。

狗儿又把公主送回去。天亮以后，当国王和王后正在饮茶的时候，公主说昨晚她做了一个很奇怪的梦，梦见一只狗和一个兵，她自己骑在狗身上，那个兵吻了她一下。

"这个故事真有意思！"王后说。

因此第二天夜里就有一个老宫女守在公主的床边，看看这究竟是梦呢，还是什么别的东西。

图文珍藏版

那个兵士非常想再看一次这位可爱的公主。因此狗儿晚上又出现了，背起她就跑。那个老宫女立刻穿上套鞋，以同样的速度在后面追赶。最后狗儿跑进一幢大房子里去了，老宫女想："现在我可知道这块地方了。"她就用白粉笔在这门上画了一个大十字。随后她回去安心睡觉了，不久狗儿把公主送回来了。不过当它发现兵士住的那幢房子的门上画着一个十字的时候，它也用粉笔在城里所有的门上画了一个十字。这件事做得相当聪明，因为所有的门上都有了十字，那个老宫女就再也找不到正确的地方了。

国王、王后、那个老宫女以及所有的官员一大早就来了，要去看看公主所到过的地方。

国王说："就在这儿！"他看到了第一个画有十字的门。

但是王后发现另一个门上也有个十字，所以她说："亲爱的丈夫，不是在这儿呀？"

这时大家都齐声说："那儿有一个！那儿有一个！"因为无论他们朝什么地方看，每个门上都有一个十字。所以他们觉得，再找下去，也不会有结果。

不过王后是一个非常聪明的女人。她不仅仅只会坐四轮马车，而且还能做一些别的事情。她取出一把金剪刀，把一块绸子剪成几片，缝了一个很精致的小袋，装进去很细的荞麦粉。她把这小袋系在公主的背上。一切准备好了以后，她就在袋子上剪了一个小口，好叫细粉都撒在公主走过的路上。

晚上狗儿又来了。它背起公主跑到兵士那儿去。这个兵士现在非常爱她，甚至很想成为一位王子，和她结婚呢。

　　面粉已经从王宫那儿一直撒到兵士那间屋子的窗上，可是狗儿一点儿也没有注意到，因为它一心背着公主沿着墙跑了。早晨，国王和王后已经知道女儿夜里去过什么地方。他们派人把那个兵士抓来，关进牢里去。

　　现在兵士坐在牢里了。嗨，那里面可够黑暗和闷人的！人们对他说："明天你就要上绞架了。"这句话听起来可真不是好玩的，更糟的是他把打火匣也忘在旅馆里了。第二天早晨，为了看他上绞架许多人拥出城来。鼓响了，兵士们开步走。所有的人都在向外面跑。其中有一个鞋匠的学徒。他还穿着他的围裙和一双拖鞋。他跑得那么快，连一双拖鞋也飞了，撞到一堵墙上。兵士就坐在那儿，在铁栏杆后面朝外望。

　　"喂，你这个鞋匠的小鬼！干吗这么急呀！"兵士对他说，"我没有上绞架前，没有什么好看的呀。不过，假如你跑到我的住处取回我的打火匣就可以得到四块钱。但是你得使劲地跑才行。"这个鞋匠的学徒很想得到那四块钱，所以提起脚就跑，不一会儿就拿来了那个打火匣，同时——唔，我们马上就可以知道事情起了什么变化。

　　在城外面已经竖起了一架高大的绞架。许多兵士和成千上万的老百姓站在它的周围。国王和王后的座位，面对着审判官和全部陪审员。

　　现在兵士就站在梯子上。不过，当人们把绞索套到他脖子上的时候，他提出一个请求，一个罪人在接受裁判以前，可以有一个无罪的要求，人们应该让他得到满足：他的请求就是抽一口烟，而且这可以说是他在这世界上抽的最后一口烟了。

国王无法拒绝这个小小的要求。于是兵士取出打火匣，一——二——三！擦了几下火。忽然跳出三只狗儿——一只有茶杯那么大的眼睛，一只有水车轮那么大的眼睛——还有一只的眼睛简直有"圆塔"那么大。

"请不要叫我被绞死吧！"兵士说。

这时三只狗儿凶猛地扑向法官和全体审判的人员，拖着这个人的腿，咬着那个人的鼻子，把他们扔向空中有好几丈高，结果落下来时都跌成了肉酱。

"不要这样对付我！"国王说。不过最大的那只狗儿不理睬他，把他和王后跟其余的人一起乱扔，所有的士兵都害怕了，老百姓也都叫起来："小兵，你做咱们的国王吧！你跟那位美丽的公主结婚吧！"

结果，兵士就被大家拥进国王的四轮马车里去了。那三只狗儿在他面前跳来跳去，同时高呼："万岁！"小孩子用手指吹起口哨来，士兵们敬起礼来。那位公主终于自由了并且做了王后，她感到多么高兴啊！结婚典礼举行了足足八天。桌子上出现了三只狗儿，眼睛睁得比什么时候都大。

（1835 年）

皇帝的新装

许多年以前有一位皇帝，他非常喜欢穿好看的新衣服。

他把所有的钱都花到衣服上去了，就是为了要穿得漂亮。他一点也不关心他的军队，不喜欢去看戏，不喜欢乘着马车逛公园，除非是为了炫耀一下新衣服。他每天每个钟头要换一套新衣服。人们提到皇帝时总是说："皇上在会议室里。"但是人们一提到他时，总是说："皇上在更衣室里。"

在他住的那个大城市里，每天有许多外国人到来，因为生活很轻松，很愉快。有一天来了两个自称织工的骗子。他们说，他们能织出谁也想象不到的最美丽的布。这种布的色彩和图案不仅非常好看，而且用它缝出来的衣服还有一种奇异的作用，那就是凡是不称职的人或者愚蠢的人，都看不见这衣服。

"那正是我最喜欢的衣服！"皇帝心里想，"穿上了它我就可以看出我的王国里哪些人不称职；我就可以分辨出哪些人是聪明人，哪些人是傻子。是的，我要叫他们马上织出这样的布来！"于是他叫他们马上开始工作，并付了许多现款给这两个骗子。

他们摆出两架织机来，上面什么东西也没有却还装作是在拼命工作的样子。他们接二连三地请求皇帝发给他们一些最好的生丝和

金子。然后把这些东西都装进自己的腰包，却假装在那两架空空的织机上忙碌地工作，一直忙到深夜。

"我很想知道这神奇的布究竟织得怎样了。"皇帝想。不过，他立刻就想起了愚蠢的人或不称职的人是看不见这布的。他心里的确感到有些不大自在。他相信他自己根本用不着害怕。虽然如此，他还是觉得先派一个人去看看比较妥当。同时全城的人都知道这种布料有一种奇异的力量，所以大家都很想趁这机会来测验一下，看看他们的邻人究竟有多笨，有多傻。

"我要派诚实的老部长去织工那儿看看，"皇帝想，"他这个人很有头脑，而且谁也不像他那样称职，所以他一定能看出这布料是个什么样子。"

因此这位善良的老部长就到那两个骗子的工作地点去，他们正在空空的织机上忙碌着。

"这是怎么一回事儿？"老部长吃惊的眼睛睁得有碗口那么大。

"怎么什么也没有看见！"但是他不敢说出这句话。

那两个骗子请求他走近一点，同时指着那两架空空的织机问他，布的花色是不是很美丽，色彩是不是很漂亮。这位可怜的老大臣的眼睛越睁越大，可是他还是看不见什么东西，因为的确没有什么东西可看。

"我的老天爷！"他想，"难道我是一个愚蠢的人吗？我从来没有怀疑过我自己。我决不能让人知道这件事。难道我不称职吗？——不成，我决不能让人知道我看不见布料。"

"哎，您一点意见也没有吗？"一个正在织布的织工说。

"啊，美极了！真是美妙极了！"老大臣说。他戴着眼镜假装仔细地看，"多么美的花色！多么美的色彩！是的，我将要呈报皇上说对于这布我感到非常满意。"

"嗯，听到您的话我们真是太高兴了。"两个织工一齐说。他们把这些稀有的色彩和花色描述了一番，还加上些名词儿。这位老大臣注意地听着，以便回到皇帝那里去时，可以照样背出来。事实上他也就这样办了。

于是这两个骗子又要了很多的钱，更多的丝和金子，说是为了织布的需要。这些东西统统都被装进他们的腰包里，连一根线也没有放到织机上去。不过他们还是继续在空空的机架上工作。

过了不久，皇帝想知道布是不是很快就可以织好，就派了另一位诚实的官员去看看。他的运气并不比头一位大臣的好，他左看右看，但是那两架空空的织机上什么也没有，他能看出什么呢？

"您看这段布美不美？"两个骗子问。他们指着一些美丽的花色，并且作了一些解释。事实上哪有什么花色。

"我并不愚蠢！"这位官员想，"这大概是因为我不配担当现在这样好的官职吧！但是我决不能让人看出来！这也真够滑稽！"因此他就把他完全没有看见的布匹称赞了一番，同时对他们说，他非常喜欢这些美丽的颜色和巧妙的图案。"是的，那真是太美了，"他回去对皇帝说。

现在这美丽的布料成了人们天天必谈的话题。

当这布还在织的时候，皇帝就很想亲自去看一次。他选了一群特别圈定的随员——其中包括已经去看过的那两位诚实的大臣。这样，他就到那两个狡猾的骗子住的地方去。这两个家伙正在集中精神织布，但是一根线的影子也看不见。

"您看这不漂亮吗？"那两位诚实的官员说，"陛下请看，多么美丽的花案！多么美丽的色彩！"他们指着那架空空的织机，因为他们以为别人一定会看得见布料的。

"这是怎么一回事儿呢？"皇帝心里想，"我什么也没有看见！这真是太荒唐了！我难道是一个愚蠢的人吗？我难道不配做皇帝吗？这可是我从来没有碰见过的一件最可怕的事情。"

"啊，它真是美极了！"皇帝说，"我表示十二分地满意！"于是他点头表示满意。因为他不愿意说出他什么也没有看见，所以就装作很仔细地看着织机的样子。跟他来的全体随员也仔细地看了又看，但是，他们又能看出什么呢？不过，他们都齐声附和说："啊，真是美极了！"他们建议皇帝用这种新奇的、美丽的布料做成衣服，穿上这衣服亲自去参加快要举行的游行大典。"真美丽！太精致！真是好极了！"每人都齐声附和着。都有说不出的快乐。皇帝赐给骗子每人一个爵士的头衔和一枚可以挂在纽扣洞上的勋章；并且还封他们为"御庭织师"。

游行大典第二天早晨就要举行。在头天晚上，这两个骗子整夜不睡，点起 16 支蜡烛。你可以看到他们为了完成皇帝的新衣正在赶夜工。他们装作从织机上取下布料。用两把大剪刀在空中乱裁了一阵子，同时又用没有穿线的针缝了一通。最后，他们齐声说："请看！新衣服缝好了！"

皇帝带着他的一群最高贵的骑士们亲自到来了。这两个骗子每人举起一只手，好像他们拿着一件什么东西似的。他们说："请看吧，这是裤子，这是袍子！这是外衣！"等等。"这衣服轻柔得像蜘蛛网一样：穿着它的人会觉得好像身上没有什么东西——这也正是这衣服的妙处。"

"一点也不错，"所有的骑士们都说。可是他们什么也没有看见，因为实际上什么东西也没有。

"皇上请脱下衣服，"两个骗子说，"我们要在这个大镜子面前为陛下换上新衣。"

皇帝脱光了身上的衣服。这两个骗子装作把他们刚才缝好的新衣服一件一件地交给他。他们在他的腰围那儿弄了一阵子，好像是系上一件什么东西似的：这就是后据。皇帝在镜子面前转了转身子，扭了扭腰肢。

"上帝，这衣服多么合身啊！式样裁得多么好看啊！"大家都说，"多么美的花纹！多么美的色彩！这真是一套贵重的衣服！"

"华盖已经在外面准备好了，只等陛下一出去，就可撑起来去游行！"典礼官说。

"好，我已经穿好了，"皇帝说，"这衣服合我的身吗?"于是他又在镜子面前转动了一下身子，因为他想叫大家看出他在认真地欣赏他美丽的服装。

那些将要托着后据的内臣们，都把手在地上东摸西摸，好像他们真的在拾后据。他们手中托着空气开步走——他们不敢让人看出他们实在什么东西也没有看见。

这样，皇帝就在那个富丽的华盖下游行起来了。站在街上和窗子里的人都说："乖乖，皇上的新装真是漂亮！他上衣下面的后据是多么美丽！衣服多么合身！"谁也不愿意让人知道自己看不见任何东西，因为这样就会暴露自己不称职，或是太愚蠢。皇帝没有一件衣服得到这样普遍的称赞。

"可是他什么衣服也没有穿呀！"一个小孩子最后叫出声来。

"上帝哟，你听这个天真的声音！"爸爸说。于是大家把这孩子讲的话私自低声地传播开来。

"有一个小孩子说他并没有穿什么衣服呀！他确实没有穿什么衣服！"

"他实在是没有穿什么衣服呀！"最后所有的老百姓都说。皇帝有点儿发抖，因为他几乎觉得老百姓所讲的话是对的。不过他自己心里却这样想："我必须把这游行大典举行完毕。"因此他摆出一副更骄傲的神态，他的内臣们跟在他身后，手中托着一个并不存在的后据。

（1837 年）

世界经典童话

·安徒生童话·

图文珍藏版

飞箱

从前有一个非常富有的商人，他的银圆可以铺满一整条街，而且多余的还可以用来铺一条小巷。不过他没有这样做：他宁愿把钱花在别的地方，他是一个精明的商人——拿出一个毫子，必定要赚回一些钱。后来他死了。

现在他的儿子继承了全部遗产，生活得很愉快；每晚去参加化妆舞会，用纸币做风筝，用金币——而不用石块——在海边玩着打水漂的游戏。这样做，钱是很容易花光的，他的钱就真的这样花光了。最后只剩下四个毫子，还有一双便鞋和一件旧睡衣。现在他再也不能跟他们一道逛街了，所以他的朋友们再也不愿意跟这个穷光蛋来往了，这些朋友中有一位心地很善良的人，送给他一只箱子，说："把你的东西收拾进去吧！"这意思是很好的，但是他穷得一无所有了，所以他就自己坐进了箱子里。

这只箱子很神奇。只需按下它的锁就可以飞起来。瞧！它真的飞起来了。嘘——箱子带着他从烟囱里飞出去了，高高地飞到云层里，越飞越远。他非常害怕箱子底部发出的响声，怕它裂成碎片，因为这样一来，他的筋斗可就翻得不简单了！愿上帝保佑！他居然飞到土耳其人住的国度里去了。在树林里他把箱子藏进枯叶堆，然后向城里走去。因为土耳其人穿着跟他一样的衣服：一双拖鞋和一件睡衣，所以进城倒不太困难。他碰到一个领着孩子的奶妈。

"喂，您——土耳其的奶妈，"他问，"为什么城边的那座宫殿的窗子开得那么高，究竟是怎么一回事啊？"

"那地方住着国王的女儿呀！"她说，"有人曾经预言，说她将要因为一个爱人而变得非常不幸，因此谁也不能去看她，除非国王和王后也在场。"

"谢谢您！"商人的儿子说。他赶紧回到树林里，坐进箱子，飞到屋顶上，偷偷地从窗口爬进公主的房间。

沙发上躺着熟睡的公主。她多美丽啊！商人的儿子忍不住吻了她一下。于是她睁开眼睛，见到一个陌生男子在身边大吃一惊。不过他说他是土耳其人的神，现在是专门从空中飞来看她的。这话她听来很舒服。

世界经典童话

·安徒生童话·

图文珍藏版

这样，他们就挨在一起坐着。他给公主讲一些关于她的眼睛的故事。他说，这是一对最美丽的、乌黑的湖，思想像人鱼一样在里面自由地游来游去。他又讲了一些关于她的前额的故事。说它像一座雪山，上面有最华丽的大厅和图画。他还讲了一些关于鹳鸟的故事，它们送来可爱的婴儿。

是的，这些都是好听的故事！最后他向公主求婚。她马上就答应了。

"不过星期六你一定要到这儿来，"她说，"那时国王和王后会来和我一起吃茶！他们一定会非常骄傲，因为我能跟一位土耳其人的神结婚。不过，我的父母很喜欢听故事，所以你得准备一个非常好听的故事。我的母亲喜欢听有教育意义和特别的故事，而我的父亲则对愉快的、逗人发笑的事情感兴趣！"

"好吧，我就不带什么订婚的礼物，只带一个故事来就够了，"他说。然后他就骑着飞箱走了。就在分手之前公主送给他一把漂亮的剑，上面镶着金币，而这对他特别有用处。

他飞去买了一件新睡衣。于是为了编出一个故事来他整天坐在树林里。是的，要在星期六之前编出一个好故事真不是一件容易的事儿。

他总算把故事编好了，这已经是星期六了。

在与国王、王后和全体大臣们以及公主吃茶期间，他受到了非常客气的招待。

王后说："请您讲一个故事好吗？讲一个高深而富有教育意义的

故事。"

"是的，讲一个使我们发笑的故事！"国王说。

"好的，"他说。于是他就开始讲起故事来。现在请你好好地
听吧：

从前有一捆出身高贵的柴火，他们为自己的出身感到特别骄傲。
据说它们的始祖是树林里一株又高大又古老的树，叫什么大枞树。
每一根柴火就是它身上的一块碎片。现在这捆柴火躺在打火匣和老
铁罐中间的一个架子上。谈论起自己年轻时代的那些日子来。

"是的，"它们说，"当我们还是绿枝的时候，那才叫真正的绿
枝啊！每天清晨和傍晚我们总喝珍珠茶——就是清新的露珠。我们
整天沐浴在阳光中，只要太阳一升起来，所有的小鸟都跑来给我们
讲故事听。人们心里很明白，我们是非常富有的，因为一般的宽叶
树只是在炎热的夏天才有衣服穿，而我们家里的人不论在冬天还是
夏天都有办法穿上绿衣服。不过随着伐木人的到来，一次大的变革
发生了：我们的家庭就要破裂。家长成了一条漂亮的船上的主桅
——这条船可以走遍世界，只要它愿意。别的枝子分散到各地去了。
而我们的工作却只是为一些平凡的人点火。因此我们这些出自名门
的人就来到了厨房里。"

"我和你们不一样，"站在柴火旁边的老铁罐说，"我一来到这
个世界，就饱尝摩擦和煎熬！我做的是一件实际工作——严格地讲，
是这屋子里的第一件工作。饭后干干净净地，整整齐齐地，躺在架
子上，同我的朋友们扯些有道理的闲天是我唯一的快乐。我们总是

待在家里的，除了那个水罐偶尔到院子里去一下。那位到市场去买菜的篮子是我们唯一的新闻贩子。他常常煞有介事地报告一些关于政治和老百姓的消息。是的，我可以告诉你，前天，有一位喜欢乱讲话的老罐子跌下来摔成了碎片呐！"

"你讲得未免太多了一点，"打火匣说。这时一块铁在燧石上擦了一下，散发出火星来，"为什么我们不把这个晚上弄得愉快一点呢？"

"对，我们还是来研究一下谁是最高贵的吧？"柴火说。

"不，我不愿意谈论自己！"罐子说，"还是开一个晚会吧！由我开始。我来讲一个大家经历过的故事，这样大家就可以欣赏它——这是很愉快的。在波罗的海边，在丹麦的山毛榉树林边——"

"多么美丽的开端！"所有的盘子一起说，"这的确是我所喜欢的故事！"

"是的，就在那儿，一个安静的家庭里，我度过了我的童年。擦得发亮的家具，洗得很干净的地板，每半月换一次的窗帘。"

"你讲故事的方式太有趣！"鸡毛帚说，"整个故事中充满了一种清洁的味道，人们一听就知道，这是一个女人在讲故事。"

"是的，人们可以感觉到这一点"水罐子说。她高兴地跳了一下，把水洒了一地板。

罐子继续讲故事。故事的结尾跟开头一样好。

所有的盘子都快乐得闹腾起来。鸡毛帚把从一个沙洞里带来的一根绿芹菜当作一个花冠戴在罐子头上。他知道这么做会使别人讨厌，可是他想，"今天我为她戴上花冠，那么明天她也会为我戴上花冠。"

"现在我要跳舞了。"火钳说，于是就跳起来。天啦！这婆娘居然也能翘起一只腿来！墙角里的那个旧椅套子为了看它跳舞连外衣都裂开了。"我也能戴上花冠吗？"火钳问。果然不错，她得到了一个花冠。

"这真是一群乌合之众！"柴火想。

现在茶壶开始唱歌了。但是她装模作样说她伤了风，除非在沸腾，否则就不能唱。是的，她是不愿意唱的除非在主人面前，站在桌子上。

老鹅毛笔坐在桌子边——女佣人常常用它来写字，这支笔常被插在墨水瓶中，除此以外并没有什么了不起的地方，但他对于这点却感到非常骄傲。"如果茶壶不愿意唱，"他说，"那么就让她去吧！那只挂在外边笼子里的夜莺——他唱得蛮好，虽然他没有受过任何教育，不过我们今晚可以不提这件事情。"

"我觉得，"茶壶说，"他只能在厨房唱，同时也是茶壶的异母兄弟——听这样一只外国鸟唱歌是非常不对的。这能算是爱国吗？上街的菜篮你来评判一下吧？"

"我有点烦恼，"菜篮说，"谁也想象不到我内心里是多么烦恼！这能算得上是晚上的消遣吗？整顿整顿我们这个家岂不是更好吗？请大家各归原位，让我来安排整个游戏吧。这样，事情才会有所改变！"

"是的，我们来闹一下吧！"大家齐声说。

忽然，门开了。女佣人走了进来，大家都静静地站着不动，不敢说半句话。不过在他们当中，没有哪一只壶不认为自己有一套办法，自己有多么高贵。每一位都是这样想，"只要我愿意，今晚可以变得不同寻常！"

女佣人点着一捆柴火。天哪！火烧得多么响！多么亮啊！

"现在人们都可以看到，"他们想，"我们多么重要啊。我们照得多么亮！我们的光是多么耀眼伟大啊！"——于是他们就都烧完了。"这真是一个出色的故事！"王后说，"我觉得自己好像就在厨房里，跟柴火在一起。是的，你可以娶我们的女儿。"

"是的，当然！"国王说，"你在星期一就跟我们的女儿结婚吧。"

他们亲切地用"你"来称呼他，因为他现在是他们家的一员了。

举行婚礼的日子就这样确定了。在结婚的头天晚上，全城灯火通明。饼干和点心都在街上随便散发给群众。小孩子踮起脚来，高声喊"万岁！"同时用手指吹起口哨。真是热闹极了！

"是的，我也应该让大家快乐一下才对！"商人的儿子想。因此他买了些焰火和爆竹，以及种种可以想象得到的鞭炮。他把这些东西装进箱子里，于是向空中飞去。

"啪！"放得多好！放得多响啊！

一听见响亮的炮声，所有的土耳其人就高兴地跳起来，弄得他们的拖鞋都飞到耳朵旁边去了。他们从来没有看见过这样神奇的火球。现在他们知道了，是土耳其的神要跟公主结婚。

商人的儿子坐着飞箱又落到森林里去，他想，"这到底产生了什么样的效果呢？我最好去城里看看。"有这样一个愿望，当然也是很自然的。

嗨，老百姓讲的话才多哩！每一个他所问到的人都有自己的一套故事。不过大家都觉得那是很美的景象。

"那位土耳其的神我看到了！"一个说，"他的眼睛像一对闪闪发光的星星，他的胡须像起泡沫的水！"

"他飞行时披着一件火外套，"另外一个说，"许多最美丽的天使藏在他的衣褶里向外窥望。"

是的，这些都是最美妙的传说。第二天他就要结婚了。

现在他回到森林里，想坐进箱子飞回去。可是哪儿有箱子的影子呢？原来箱子被烧掉了。焰火的一颗火星落下来，点起了一把火。箱子已经化成灰烬。他再也飞不起来了。

新娘子在屋顶上耐心地等了一整天。她现在还在那儿等着哩。而他呢，他在这个茫茫的世界里跑来跑去讲儿童故事；不过这些故事再也不像他所讲的那个"柴火的故事"一样有趣。

（1839 年）

丑小鸭

此时正值炎热的夏天，乡下呈现出一片美丽的景色。

小麦金灿灿的，燕麦绿油油的。绿色的牧场上干草堆成垛，鹳鸟用它又细长又鲜红的腿在散步，啰唆地讲着从妈妈那儿学到的埃及话。一些大森林环绕在田野和牧场的周围，森林里有些深深的池塘。的确，乡间是非常美丽的，太阳光正暖暖地照着一幢老式的房子，几条很深的小溪在它周围流着。牛蒡的大叶子一直从墙角那儿盖满到水里。小孩子简直可以直着腰站在最大的叶子下面，因为它是那么高。如同在最浓密的森林里一样，这儿也是相当荒凉的。一只母鸭孤独地坐在巢里，她正在孵几个小鸭。这时她已经筋疲力尽了。别的鸭子宁愿在溪流里游来游去，也不愿意跑到牛蒡下面来和她聊天。所以很少有客人来看望她。"噼！噼！"蛋壳响起来，那些鸭蛋接连不断地崩开了。现在所有的蛋黄都变成了小动物。他们迫不及待地伸出小头。

"嘎！嘎！"母鸭说。他们也就跟着嘎嘎地大声叫起来。妈妈让他们尽量地东张西望，于是他们在绿叶子下面向四周看。因为绿色对他们的眼睛有好处。

这些年轻的小家伙说："这个世界太大了！"的确，比起他们在

世界传世藏书

世界经典童话

· 安徒生童话 ·

图文珍藏版

蛋壳里的时候，现在的天地真是大不相同。

"这并不是整个世界！"妈妈说，"这地方伸展到花园的另一边，一直伸展到牧师的田里去，那才远呢！我都没有去过那！你们都在这儿吧？"她站起来，"唉，我还没有生完。这只顶大的蛋怎么躺着没有动静？它还得躺多久呢？我真是有些烦了。"于是她又坐下来。

"唔，情形怎样？"一只老鸭子来拜访她。

"这个蛋费的时间真久！"坐着的母鸭说，"它老是不裂开。请你看看别的吧。他们真是一些最逗人喜爱的小鸭儿！都像他们的爸爸——这个坏东西从来没有来看过我！"

"我来瞧瞧这个老是不裂开的蛋吧，"这位年老的客人说，"请相信我，这是一只吐绶鸡的蛋。因为有一次我也同样受过骗，你知道，那些小家伙都不敢下水，这不知给我添了多少麻烦和苦恼啊！

我简直没有办法叫他们下水。我说好说歹，一点用也没有！——让我来瞧瞧这只蛋吧。哎呀！这真是一只吐绶鸡的蛋！你尽管叫别的孩子去游泳好了，就让他躺着吧。"

"我还是在它上面多坐一会儿吧，"鸭妈妈说，"就是再坐它一个星期，也没有关系，反正已经坐了这么久。"

"那么就请便吧，"于是老鸭子告辞了。

"噼！噼！"最后这只大蛋终于裂开了。新生的小家伙叫着向外面爬。鸭妈妈瞧了他一眼。他真是又大又丑。"这个小鸭子大得怕人，"她说，"别的没有一个像他；但是他一点也不像小吐绶鸡！好吧，现在就检验一下吧！如果他怕水我踢也要把他踢下水去。"

第二天，天气晴和又美丽。绿牛蒡沐浴在温暖的阳光下，小溪边站着鸭妈妈和她所有的孩子。扑通！她跳进水里去了。"呱！呱！"她高声叫着，于是小鸭子就接连不断地跳下去。他们被水淹了，但是马上又冒了出来，真是游得漂亮极了。他们全都在水里，很灵活地划着小腿。连那个丑陋的灰色小家伙也一起游。

"唔，他不是一个吐绶鸡，"她说，"你看多灵活的一双腿，他浮得多么稳！他是我亲生的孩子！如果你仔细看看，他还长得蛮漂亮呢。嘎！嘎！跟我一块儿来吧，我带你们到广大的世界上去，给你们介绍那个养鸡场。不过，为避免被别人踩着，你们得贴紧我，你们还得当心坏猫儿呢！"

这样，他们就来到了养鸡场里。一阵可怕的喧闹声在场里响起来，原来两个家族正在为争夺一个鳝鱼头而战，结果是猫儿把它抢走了。

　　"世界就是这个样子你们看清楚没有！"鸭妈妈说。一点涎水从她的嘴里流了出来，因为她也想吃那个鳝鱼头。"现在划动你们的腿吧！"她说，"拿出精神来。如果你们看到那儿的一个老母鸭，就低下头，因为她是这儿最有声望的人物。她有西班牙的血统——因为她长得非常胖。你们看，她腿上的那块红布条。这是一件非常出色的东西，它说明了人们不愿意失去她，动物和人统统都得认识她，所以也是一个鸭子可能得到的最大光荣。打起精神来吧——不要缩腿。一个受过好教养的鸭子像爸爸和妈妈一样，总是把腿摆开的。好吧，低下头来，说'嘎'呀！"

　　他们按照妈妈的话做了。别的鸭子站在旁边看着，同时粗声粗气地说：

　　"瞧！又来了一批找东西吃的客人，好像我们的人数还不够多似的！呸！瞧那只小鸭的丑相！真看不惯！"于是马上有一只鸭子飞过去，在丑小鸭的脖颈上狠狠地啄了一下。

　　"请你们不要这样对他吧，"妈妈说，"他并没有伤害谁呀！"

　　"对，不过他长得太大、太特别了，"啄过他的那只鸭子说，"因此他必须挨打！"

　　"那个母鸭的孩子个个漂亮，"腿上有一条红布的那个母鸭说，"他们确实很漂亮，不过太可惜了，只是有一只例外。我多么希望能把它再孵一次。"

　　"那可不行，太太，"鸭妈妈回答说，"虽然他长得丑，但是他

·安徒生童话·

图文珍藏版

的脾气非常好。他游起水来也不比别人差——我还可以说，游得比别人还要好呢。他的模样有点不太自然，那是因为他躺在蛋里太久了，不过我想他会慢慢变漂亮的，或者到适当的时候，也可能缩小一点。说着，她在丑小鸭的脖颈上轻轻啄了一下，把他的羽毛理了一理。"此外，他还是一只公鸭呢，"她说，"所以关系也不太大。我想他很健康，将来总会找到出路的。"

"别的小鸭倒很可爱，"老母鸭说，"你在这儿千万不要客气。如果你找到鳝鱼头，请把它送给我好了。"

在这儿他们就像回到了自己家里一样自由。

不过最后从蛋壳里爬出的那只小鸭太丑了，在鸭群中到处挨打，被排挤，被讥笑，甚至连在鸡群中也处处受气。

"他真是又粗又大难看极了！"大家都这么说。有一只雄吐绶鸡生下来脚上就有距，因此他自以为是一个皇帝。吹得自己像一条鼓满了风的帆船似的，来势汹汹地走向丑小鸭，瞪着一双大眼睛，脸涨得通红。这只可怜的小鸭不知道该站在什么地方，或者走到什么地方去好。他觉得非常悲哀，仅仅因为自己长得丑陋，就成了全体鸡鸭的嘲笑对象。

头一天的情形就这样。后来简直一天比一天糟。大家都要赶走这只可怜的小鸭；连他自己的兄弟姐妹也对他生起气来。他们老是骂他："你这个丑妖怪，希望猫儿把你抓去才好！"于是妈妈也说出让丑小鸭伤心的话来："我希望你走远些！"他被鸭儿们啄，被小鸡打，被喂鸡鸭的那个女佣人用脚踢。

于是可怜的丑小鸭飞过篱笆逃走了；一见到他的模样，灌木林里的小鸟就惊慌地向空中冲去。小鸭想"我真是太丑了！"。于是闭紧眼睛，继续往前跑。他一口气跑到一块住着野鸭的沼泽地里。因为他太累了，太灰心失望了，所以在这儿整整躺了一夜。

天亮了，野鸭都飞回来了。他们诧异地瞧着这位新来的朋友。

"你是谁呀？"他们问。小鸭一下转向这边，一下转向那边，尽量对大家恭恭敬敬地行礼。

"你真是丑得厉害，"野鸭们说，"不过这对我们倒也没有什么大的关系，只要你不跟我们族里任何鸭子结婚。"可怜的小东西！他只希望人家准许他躺在芦苇里，喝点沼泽的水就知足了，哪里还想到什么结婚。

整整两天他都躺在那儿。后来有两只雁——严格地讲，应该说是两只公雁，因为他们是两个雄的——飞来了。他们非常顽皮因为刚从娘的蛋壳里爬出来。

"朋友，听着，"他们说，"你丑得可爱，连我都禁不住要喜欢你了。你做一只候鸟，跟我们一块儿飞走好吗？离这儿很近有一块沼泽地，那里有好几只活泼可爱的雁儿。她们都是小姐，都会说：'嘎！'虽然你是那么丑，但是你可以在她们那儿碰碰你的运气！"

"噼！啪！"天空中发出一阵响声。这两只公雁掉到芦苇里，死了，把水染得鲜红。"噼！啪！"又是一阵响声。整群的雁儿都从芦苇里飞出来，接着又响起一阵枪声。原来有人在大规模地打猎。这沼泽地的周围埋伏着狡猾的敌人，甚至伸到芦苇上空的树枝上还坐着几个人。蓝色的烟雾像云块似的笼罩着这些黑树，慢慢地在水面上飘向远方。这时，猎狗都在泥泞里扑通扑通跑过来，灯芯草和芦苇歪向两边。对于可怜的小鸭说来这实在是可怕的事情！他掉过头来，藏在翅膀里。正在这时，小鸭身边出现了一只骇人的大猎狗。它伸出长长的舌头，眼睛发出丑恶和可怕的光。它把鼻子顶到这小鸭的身上，露出了骇人的尖牙齿，可是——扑通！扑通！——它跑开了，没有抓走丑小鸭。

"啊，谢谢老天爷！"小鸭叹了一口气，"我丑得连猎狗也不想咬我！"

他静静地躺着听着芦苇里的枪声，枪弹还在不断地射出来。

直到夜幕降临，四周才静下来。可是这只可怜的小鸭还不敢站起来。他等了好几个钟头，才敢望一眼四周，于是他急忙跑出这块沼泽地，拼命地跑，向田野上跑，向牧场上跑。这时刮起一阵狂风，阻碍了他的奔跑。

他来到一个简陋的农家小屋的时候，天已经黑了。它残破的甚至不知道应该倒向哪一边——因此它也就没有倒下。狂风在小鸭身边凶狠地号叫着，他只好面对着大风坐下来。大风肆无忌惮地吹着。门上的铰链有一个已经松了，门也歪了，他有可能从空隙钻进屋子里去，于是他便钻进去了。

有一个老太婆和她的猫儿，还有一只母鸡在屋子里。她把这只猫儿叫"小儿子"。他能把背拱得很高，发出咪咪的叫声来；如果你抚摸他的毛他的身上还能迸出火花，母鸡的腿又短又小，因此叫

"短腿鸡儿"。老太婆把她爱得像自己的亲生孩子一样，就因为她生下的蛋很好。

第二天早晨，小鸭被人们注意到了。那只猫儿开始咪咪地叫，那只母鸡也咯咯地喊。

"发生什么事了?"老太婆说有些糊涂了，同时朝四周看。不过她的眼睛有点花，所以她以为小鸭是一只肥鸭，走错了路，才跑到这儿来了。"这真是少有的运气!"她说，"现在我可以有鸭蛋了。不过，我们最好弄清楚，他是不是一只公鸭!"

这样，小鸭就在这里受了三个星期的考验，可是他没有生一个蛋。那只猫儿是这家的绅士，那只母鸡是这家的太太，所以他们一开口就说:"我们和这世界!"他们以为自己就是半个世界，而且还是最好的那一半呢。小鸭觉得自己的看法和他们不同，但是，母鸡却无法忍受他的这种态度。

"你能够生蛋吗?"她问。

"不能!"

"那么你最好不要发表意见。"

于是雄猫说:"你能拱起背，发出咪咪的叫声和迸出火花吗?"

"不能!"

"那么，你最好用心听有理智的人讲话，因为你实在没有发表意见的必要!"

小鸭默默地坐在一个墙角里，心情非常沮丧。这时他想起了新鲜空气和太阳光。他觉得有一种奇怪的渴望:他想到水里去游泳。

最后他实在忍不住了，就把心事告诉了母鸡。

"你在想什么？"母鸡问，"你有这些怪想法，是因为你没有事情可干。你只要生几个蛋，或者咪咪地叫几声，你这些怪念头就会消失了。"

"不过，下水游泳是多么痛快呀！"小鸭说，"往水底一钻让水淹在你的头上，那是多么痛快呀！"

"是的，那一定很痛快！"母鸡说，"你简直在发疯。在我认识的一切朋友中，猫是最聪明的你去问问他吧——问他喜不喜欢在水里游泳，或者钻进水里去。先不提我自己你去问问你的主人——那个老太婆吧，世界上再也没有比她更聪明的人了！你以为她想去游泳，让水淹在她的头顶上吗？"

"你们不了解我，"小鸭说。

"我们不了解你？那么请问谁了解你呢？比起猫儿和女主人你决不会更聪明吧——我先不提我自己。孩子，你不要自以为了不起吧，你应该感谢上帝！现在你得到这些照顾。住在一个温暖的屋子里，有了一些朋友，而且还可以向他们学习很多的东西，不是吗？不过你是一个废物，跟你在一起真不痛快。为了你好，我才说这些不好听的话，请你相信我。只有这样，你才知道谁是你真正的朋友！请你虚心学习生蛋，或者咪咪地叫，或者迸出火花吧！"

"我想我还是应该走到广大的世界上去，"小鸭说。

"好吧，你去吧！"母鸡说。于是小鸭就走了。他时而在水上游，时而钻进水里；不过，因为他的样子丑，所有的动物都瞧不起他。

世界传世藏书

世界经典童话

·安徒生童话·

图文珍藏版

秋天来了。风卷起树林里黄色棕色的叶子，带它们到空中飞舞，而空中是很冷的。云块沉重地载着冰雹和雪花，低低地悬着。篱笆上乌鸦孤单地站着，冻得一个劲儿地叫："呱！呱！"是的，你只要想想这情景，就会冷得发抖。这只可怜的小鸭甚至没有过一个舒服的时刻。

一天晚上，当太阳正在美丽的晚霞中落下去的时候，从灌木林里飞出来一群漂亮的大鸟，小鸭从来没有看到过这样美丽的东西。他们白得发亮，颈项又细长又柔软。这就是天鹅。伴随着一种奇异的叫声，他们展开美丽的长翅膀，从寒冷的地带飞向温暖的国度，飞向永不结冰的湖上去。

他们飞得很高——那么高，丑小鸭不禁感到一种说不出的兴奋。在水上他不停地旋转着像一个车轮似的，同时，把自己的颈项高高地伸向他们，发出一种响亮的怪叫声，连他自己也害怕起来。啊！他再也无法忘记这些美丽的鸟儿，这些幸福的鸟儿。当丑小鸭看不见他们的时候，就沉入深深的水中；但是当他再次冒出水面的时候，心里却充满了空虚。他爱他们尽管他不知道这些鸟儿的名字，也不知道他们要飞向什么地方去。但他并不嫉妒他们。他怎敢梦想有他们那样美丽呢？只要别的鸭儿准许他跟他们生活在一起，他就已经很知足了——可怜的丑东西。

冬天变得很寒冷，非常的寒冷！为了不让水面完全冻结成冰，小鸭不得不在水上游来游去。不过他游动的这个小范围，一天天在缩小。水冻得更厉害了，人们可以听到冰块清脆的碎裂声。小鸭拼命用他的一双腿不停地游动。最后，他终于坚持不住昏倒了，躺着动也不动，跟冰块结成了一体。

大清早，有一个农民从这儿经过。他看到了这只小鸭，就赶紧走过去用木屐把冰块踏破，然后把他抱回来，送给自己的女人。丑小鸭得到了温暖后渐渐地恢复了知觉。

小孩子们都想要跟他玩，不过小鸭以为他们想要伤害他。他一害怕就跳到牛奶盘里去了，溅得满屋子都是牛奶。女人惊叫起来，拍着双手。这么一来，黄油盆又变成了小鸭的第二个落脚处，然后是面粉桶，最后他从桶里爬出来。那个样子才好看呢！女人叫着，举起火钳要打他。挤做一团的小孩们，都想抓住这小鸭。他们兴奋地又是笑，又是叫！——幸好大门是开着的。丑小鸭赶紧钻进灌木林中新下的雪里面去。他躺在那里，几乎昏死过去。

要是只讲丑小鸭在这严冬所受到的无数的困苦和灾难，那么这个故事也就太悲惨了。当太阳又开始温暖地照着大地的时候，丑小鸭正躺在沼泽地的芦苇里。百灵鸟在欢快的歌唱——美丽的春天来了。

忽然间他举起翅膀发现：翅膀拍起来比以前有力得多，马上就把他托起来飞走了。不知不觉地他已经飞进了一座可爱的大花园。这儿苹果树正开着美丽的小花；紫丁香在散发着淡淡的香气，弯弯曲曲的溪流上它垂着细长嫩绿的枝条。啊，这儿充满了春天的气息美丽极了！三只美丽的白天鹅从树荫里一直游到他面前来。他们轻飘飘地浮在水上，羽毛发出飕飕的响声。小鸭心里感到一种说不出的悲哀，因为它立刻就认出了这些美丽的动物。

"我要飞向他们，飞向这些高贵的鸟儿！可是他们会弄死我的，像我这样丑的人，怎么敢接近他们呢？不过这没有什么关系！被他们杀死，要比被鸭子咬、被鸡群啄，被看管养鸡场的那个女佣人踢和在冬天受苦好得多！"于是他毫不犹豫地飞到水里，向这些美丽的天鹅慢慢游去。这些动物看到他，马上就竖起羽毛向他游来。"请你们弄死我吧！"这只可怜的动物等待着死亡，他的头低低地垂到水上。但是在这清澈的水上他看到了什么呢？他看到了自己的倒影。但那不再是一只粗笨的、深灰色的、又丑又令人讨厌的鸭子，而是——一只天鹅！

就算你是生在养鸭场里又有什么关系呢？只要你曾经在一只天鹅蛋里待过。

对于他过去所受的不幸和苦恼，他并没有放在心上。他现在很高兴并且清楚地认识到幸福和美正在向他招手。——许多大天鹅围在他周围，用嘴来亲他。

几个小孩子来到花园里。他们向水上抛来许多面包片和麦粒。最小的那个孩子喊道：

"那只新天鹅！你们看！"别的孩子也兴高采烈地叫喊起来："是的，又来了一只新的天鹅！"于是他们拍着手，跳起舞，向他们的爸爸和妈妈跑去。他们抛了更多的面包和糕饼到水里，同时大家都说："这新来的一只最美！那么年轻，那么好看！"那些老天鹅不禁在他面前低下头来。

世界传世藏书

世界经典童话

·安徒生童话·

图文珍藏版

41

　　这只新天鹅把头深深地藏到翅膀里面去，不知道怎么办才好。他觉得非常难为情，但又感到太幸福了，他一点也不骄傲，因为一颗美好善良的心是永远不会骄傲的。他想起他曾经怎样被人迫害和讥笑过，而现在却听到大家说他是美丽的鸟中最美丽的一只鸟儿。紫丁香在他面前把嫩枝条垂到水里去。温暖的太阳光洒满大地。新天鹅扇动着翅膀，伸直细长的颈项，从内心里发出一个快乐的声音：

　　"当我还是一只丑小鸭的时候，我做梦也没有想到会有这么多的幸福！"

（1844 年）

没有画的画册

前记

说来也真怪！当我感觉最温暖最愉快的时候总不能表达和说出我内心所产生的思想。就好像我的双手和舌头被束缚住了，然而我却是一个画家。我的眼睛这样告诉我；看到过我的速写和画的人也都这样承认。

我是一个穷苦的孩子。住在最狭窄的一条巷子里的顶高的那层楼上，在这儿我可以看见阳光也可以望见所有的屋顶。在这儿我看不到茂密的树林和青山，只看到一片灰色的烟囱。初来城里的几天，我是那么郁闷和寂寞，因为在这儿我没有一个朋友，没有一个熟识的面孔和我打招呼。

有一天晚上我悲哀地站在窗子面前，打开窗扉，眺望外边。啊，真高兴啊！我总算是看到了一个很熟悉的面孔——一个圆圆的、和蔼的面孔，一个在故乡我所熟识的朋友：月亮，亲爱的老月亮。他一点也没有改变，那神情完全跟他从前透过沼泽地上的柳树叶子窥

世界传世藏书

世界经典童话

·安徒生童话·

图文珍藏版

望我时一样。我用手向他飞吻，他直接照进我的房间里来。他答应，每晚出来的时候，一定探望我几分钟。对于这个诺言他忠诚地保持了下去。可惜的是，他停留的时间是那么短促。每次他来的时候，就告诉我一些头天晚上或当天晚上他所看见的东西。

他第一次来访的时候说，"画下我所讲给你的事情吧！这样你就可以有一本很美的画册了。"

好几天晚上我遵守了他的忠告。我可以画出我的《新一千零一夜》，不过那也许是太沉闷了。在这儿我所作的一些画都没有经过选择，它们是依照我所听到的样子绘下来的。根据这些画任何伟大的天才画家、诗人或音乐家，假如他们高兴的话，可以创造出新的东西。在这儿我所做的不过是在纸上涂下一些大概的轮廓而已，当然我个人的想象也包括在里面；这是因为月亮并没有每晚来看我——有时一两块讨厌的乌云遮住了他的面孔。

世界传世藏书

世界经典童话

·安徒生童话·

图文珍藏版

第一夜

"昨夜，我滑过晴朗无云的印度天空。恒河水上映着我的面孔；尽量让光线透进那些浓密地交织着的梧桐树的枝叶——它们像乌龟的背壳，伏在下面。从这浓密的树林走出来一位印度姑娘。她轻巧得像瞪羚，美丽得像夏娃。这位印度女儿是那么轻飘，同时又是那么丰满。透过她细嫩的肌肤我可以看出她的思想。她的草履被多刺的蔓藤撕开了；但是她仍然在大步前进。在河旁饮完了水而走过来的野兽，都惊恐地逃开了，因为这姑娘手中擎着一盏燃着的灯。当她伸开手为这柔和的灯火挡住风的时候，我可以看到这柔嫩手指上的脉纹。她来到河旁，把灯轻轻地放在水上，让它飘走。微弱的灯光在闪动着，好像要熄灭了。可是它还是在燃着，这位姑娘一对亮晶晶的乌黑眼珠，隐隐地藏在丝一样长的睫毛后面，紧张地凝视着这盏灯。她很清楚：如果这盏灯在她的视力所及的范围内不灭的话，那么她的恋人就仍然活着；如果它灭掉了，那么他就是死了。灯光在微微的燃着，在轻轻的颤动着；姑娘的心也在燃着，在颤动着。她跪下来，念着祷文。睡在她旁边草里的一条花蛇，并没有使她害怕，因为她心中只想着梵天和她的未婚夫。"

"'他还活着！'她快乐地叫了一声。这时从高山那儿飘来一个回音：'他还活着！'"

第二夜

　　"这事发生在昨天"月亮对我说，"我看到下面一个四周围着一圈房子的小院落。1只母鸡和11只小雏在院子里。在它们周围一个可爱的小姑娘跑着，跳着。母鸡呱呱地叫起来，惊恐地展开翅膀来保护她的一窝孩子。这时小姑娘的爸爸走来了，责备了她几句。这时我走开了，再也没有想起这件事情。可是今天晚上，刚不过几分钟以前，我又朝下边的这个院落望。四周是一片静寂。那个小姑娘不一会儿又跑出来了。她偷偷地走向鸡屋，拉开门，钻进母鸡和小鸡群中去。我看得很清楚，它们大声狂叫，向四边乱飞。小姑娘在它们后面紧紧追赶。对这个任性的孩子我感到生气极了。她爸爸这时走过来，狠狠抓着她的手臂，更厉害地把她骂了一顿，我不禁感到心里有些舒服。小姑娘难过地垂下头，蓝色的眼睛里含着大颗的泪珠。'你在这儿干什么？'爸爸问。她哭泣着，'我想进去亲一下母鸡呀，'她说，'我只是想请求她原谅我，因为我昨天不小心惊动了她一家。可是我不敢告诉你！'"

　　"爸爸心疼地亲了一下这个天真孩子的前额，我呢，我亲了她的小嘴和眼睛。"

第三夜

"那儿有一条狭小的巷子——它是那么狭窄，我的光只能在房子的墙上停留一分钟，不过在这么短的时间里，我所看到的东西已经足够使我认识下面活动着的人世——我看到了一个女人。16年前作为一个孩子。她在乡下一位牧师的古老花园里开心地玩耍。玫瑰花树编成的篱笆已经枯萎了，花也谢了。它们零乱地伸到小径上，把

长枝子盘到苹果树上去。只有几朵玫瑰花还七零八落地无精打采地

开着——它们已经称不上是花中的皇后了。但是它们依然还有绚丽的色彩，还有浓浓的香味。在我看来，牧师的这位小姑娘，那时要算是一朵最美丽的玫瑰花了；她坐在这个零乱的篱笆下的小凳子上，吻着她的玩偶——它那纸板做的脸已经被玩坏了。"

"10 年以后我在一个华丽的跳舞厅内见到了她，那时她是一个富有商人的娇美的新嫁娘。我真为她的幸福感到愉快。在安静平和的晚上我常去探望她——啊，谁也没有想到我澄净的眼睛和敏锐的视线！唉！正像牧师住宅花园里那些玫瑰花一样，我的这朵可爱的玫瑰花也变得零乱了。生活中天天都有悲剧发生，而今晚我却看到了最后一幕"。

"在那条狭窄的巷子里，她躺在床上，病得很重，快要死了。恶毒、冷酷和粗暴的房东——这是她唯一的保护者，一把掀开她的被子'起来！'他说，'你的这副面孔真让人害怕。起来穿好衣服！赶快去弄点钱来，不然，我就要把你赶到街上去！快些起来！''死神正在一点一点地嚼我的心！'她乞求说，'啊，请让我休息一会儿吧！'可是可恶的房东把她拉起来，在她的脸上随便扑了一点粉，插了几朵玫瑰花，随后就把她安放在窗旁的一个椅子上坐下，并且点燃一根蜡烛放在她身旁，然后走开了。"

"我伤心地望着她。她静静地坐着，双手无力地垂在膝上。风把一块玻璃吹下来跌成碎片。但是她仍然静静地坐着。像她身旁的烛光一样，窗帘在微微地抖动着。她断气了。在敞开的窗子面前，死神正在说教：这就是牧师住宅花园里的、我的那朵玫瑰花！"

第四夜

"昨夜我看了一出正在上演的德国戏,"月亮说,"一个小城市

里的牛栏被改装成为一个剧院,也就是说,每一个牛圈并没有变,
只是打扮成为包厢而已。彩色纸张贴满了所有的木栅栏。低低的天
花板下吊着一个小小的铁烛台。为了要像在大剧院里一样,当提词

人的铃声丁当地响了一下以后，烛台就会升上去不见了，因为它上面特地覆着一个翻转来的大浴桶。

"叮当！"小铁烛台上升一尺多高。人们知道戏快要开演了。一位年轻的王子和他的夫人也来参观这次演出，因为他们恰巧经过这个小城。小小的牛栏也就因此而挤满了人。只有这烛台下面有一点空，它像一个火山的喷口。谁也不愿坐这儿，因为蜡油在不停地向下面滴，滴，滴！我看到了这一切情景，屋里是那么燥热，墙上所有的通风口都打开了。在外面，男仆人和女仆人们都站着，贴着这些通风口偷偷地朝里面看，虽然里面坐着警察，而且还在挥着棍子恐吓他们。人们可以看见在乐队的近旁，那对年轻贵族夫妇坐在两张古老的靠椅上面。平时这两张椅子总是留给市长和他的夫人坐的。可是今晚这两个大人物也只好坐在木凳子上了，就像普通的市民一样。'现在人们可以看出一山还比一山高，强中更有强中手！'许多看戏的太太们私下所发出的这点感想使整个的现场气氛变得更愉快轻松。烛台在摇动着，墙外面的观众挨了一通骂。我——月亮——从这出戏的开头到末尾一直和这些观众在一起。"

第五夜

"昨天,"月亮说,"我看到了忙碌的巴黎。卢浮宫博物馆的陈列室里。我发现一位衣服破烂的老祖母——她是平民阶级的一员——跟着一个保管人走进一间宽大而空洞的宫里去。这一间陈列室正是她要看的,而且一定要看的。为了走进这里面,她可是做了一点不小的牺牲和费了一番口舌。她一双瘦削的手交叉着,她向四周环视,神情庄重而严肃,好像是在一个教堂里面似的。

"'就是这儿!'她说,'这儿!'她蹒跚地走进王位。富丽的、镶着金边的天鹅绒铺在王座上'就是这儿!'她喃喃自语,'就是这儿!'接着她跪下来,吻了这紫色的天鹅绒。我想她已经哭出来了。

"可是这天鹅绒并不是原来的呀!"保管人说,一个微笑出现在嘴角上。

"'就是这个地方!'老太婆说,'原物就是这个样子!'

"'是这个样子,'他回答说,'原来的东西早就没有了。原来的窗子被打碎了,门也被打破了,而且还有血在地板上呢!你当然可以说:'我的孙子是死在法兰西的王位上!'

"'死去了!'老太婆重复了这几个字。

接着他们都沉默了,然后很快就离开了这个陈列室。黄昏的微光消逝了,我的光亮照着法兰西王位上的华丽的天鹅绒,比以前更加明朗。

"你想这位老太婆是谁呢？我告诉你一个故事吧。

"在七月革命前夕。群众在攻打杜叶里宫。甚至还有许多妇女和小孩在和战斗者一起勇敢地作战。那时每一间房子是一个堡垒，每一个窗子是一座护胸墙。他们攻进宫的大殿和厅堂。一个半大的穿着褴褛的工人罩衫的穷孩子，也在年长的战士中间参加战斗，终于他倒下了，因为他身上有好几处很重的刺刀伤，而他倒下的地方恰恰是王位的所在地。大家把这位流血的青年抬上了法兰西的王位，用天鹅绒裹好他的伤。他的血染到了那象征皇室的紫色上面。这才是一幅感人的图画呢！光辉灿烂的大殿，英勇奋战的人群！一面撕碎了的旗帜躺在地上，一面三色旗在刺刀林上飘扬，而王座上却躺着一个穷苦的即将死去的孩子；他的光荣面孔发白，他无神的双眼望着苍天，他的四肢在死亡中弯曲着，他的胸脯暴露在外面，他的褴褛的衣服被绣着银百合花的天鹅绒半掩着。

"曾经有人在这孩子的摇篮旁做过一个预言：'他将死在法兰西的王位上！'母亲的心里曾经做过一个梦，以为他就是第二个拿破仑。

"他墓上的烈士花圃已经被我的光吻过。今天晚上呢，当这位老祖母在梦中看到这幅摊在她面前的图画（你可以把它画下来）——法兰西的王位上的一个穷苦的孩子——的时候，我的光吻了她的前额。"

图文珍藏版

第六夜

"我到乌卜萨拉去了一趟，"月亮说，"我看了看下面生满了野草的大平原和荒凉的田野。当鱼儿被一只汽船吓得钻进灯心草丛里去的时候，佛里斯河里正映着我的面孔。云块浮在我下面，在所谓奥丁、多尔和佛列的坟墓上撒下长长的阴影。这些土丘被稀疏的蔓草盖着，草上刻着名字。后来人们普遍地把这些名字用作人名。这

些名字就成为北欧最常用的名字，就像我们的张三李四。这儿没有使路过人可以刻上自己名字的路碑，也没有使人可以刻上自己名字的石壁。

因此访问者只好把自己的名字刻在蔓草上。在一些大字母和名

字下面黄土露出原形。它们纵横交错地布满了整个山丘。这种不朽支持到新的蔓草长出来为止。

"一个人站在山丘上——一个孤独的诗人。他喝干了一杯蜜酿的酒——杯子上嵌着很宽的银边。他正低声地念着一个什么名字。并请求风不要泄露它，可是我听到了这个名字，而且我知道它。他不把它念出来是因为这名字上闪耀着一个伯爵的荣冠。我微笑了一下。因为他的名字上闪耀着一个诗人的荣冠。爱伦诺拉·戴斯特的高贵是与达索的名字分不开的。我也知道在什么地方能开出美的玫瑰花朵！"

月亮这么说了，于是飘过来了一块乌云。我希望乌云不要隔开诗人和玫瑰花朵！

第七夜

"一片枞树和山毛榉树林正沿着海岸展开；这树林是那么清新，充满了淡淡的香味。每年春天成千上万的夜莺来拜访它。一片汪洋大海就躺在它旁边——永远变幻莫测的大海。一条宽广的公路横在它们二者之间。在这儿，川流不息的车轮正飞驰过去，可是我没有去细看这些东西，因为我的视线只停留在一点上面。一座古墓立在那儿，野梅和黑莓在它上面的石缝中顽强地生活着。大自然的诗就在这儿。你知道人们怎样理解它吗？好的，我告诉你昨天黄昏和深夜的时分我在那儿所听到的事情吧。

"起初乘着车子走过来两位富有的地主。头一位说：'多么茂盛的树木啊！'另一位回答说：'每一株可以砍成 10 车柴！这个冬天一定很寒冷。去年每一捆柴可以卖 14 块钱！'于是他们就走开了。

"'这路真糟糕！'另外一个赶着车子走过的人说，'这全是因为那些讨厌的树呀！'坐在他旁边的人回答说。'空气不能畅快地流通，风只能从海那边吹来。'于是他们走过去了。

"一辆公共马车也开过来。当它来到这块最美丽的地方的时候，客人们都睡着了。车夫吹响号角，不过他心里只是想：'我吹得很动听。我的号角声在这儿是那么好听。我不知道车里的人觉得怎样？'于是这辆马车就走开了。

"两个年轻的小伙子骑着马飞驰过来。我觉得他们倒还有点青年的精神和气概呢！微笑挂在他们嘴唇上，他们看了一眼那生满了青苔的山丘和这浓黑的树林。'我倒很想跟磨坊主的克丽斯订在这美丽的地方散步呢。'于是他们飞驰过去了。

"空气中散布着花儿强烈的香气，风儿都睡着了。这块深郁的盆地被青天盖住了，大海就好像是它的一部分。开过去一辆马车。里面坐着六个人，其中有四位已经睡着了。第五位在想着他的夏季上衣——它必须合他的身材。第六位把头掉向车夫问起对面的那堆石头里是否藏有什么神奇的东西。'没有，'车夫回答说：'那只不过是一堆石头罢了。可是这些树倒是了不起的东西呢。''为什么呢?''为什么吗? 它们是非常了不起的！您要知道，在寒冷的冬天，这些树对我来说就成了地形的指标，尤其是当雪下得很深、什么东西都看不见的时候，我依据它们所指的方向走，就不至于滚到海里去。它们了不起，就是这个缘故。'于是他走过去了。

"现在走来了一位画家。他的眼睛炯炯有神。他只是吹着轻快的口哨，一句话也不讲。迎着他的口哨，有好几只夜莺在放声歌唱，一只比一只的调子唱得高。'闭住你们的小嘴！'他大声说。于是他很仔细地记录下一切色调：蓝色、紫色和褐色！这将是一幅多么美丽的画啊！他心中细细体会着这迷人的景致，正如镜子反映出了一幅画一样。在这同时，他用口哨吹出一首罗西尼的进行曲。

"最后一个穷苦的女孩子来了。她放下她背着的重荷，坐在一个古墓旁休息。她惨白的美丽面孔对着树林倾听。当她望见海面上湛蓝的天空时，她的眼睛忽然发出光彩，她合起双手。我想她是在念《主祷文》。她自己不懂得这种渗透她全身的感觉；但是我知道：这一刹那和这片美丽的自然景物将会在她的记忆里存留很久很久，比那位画家所记录下来的色调要美丽和真实得多。我的光线照着她，一直到晨曦吻她的前额的时候。"

第八夜

　　天空被沉重的云块盖满了，月亮还没有露面。我待在小房间里，可怕的寂寞包围了我；我抬起头来，凝视着平时他出现的那块天空。我的思想在飞，飞向我这位最好的朋友。他每天晚上对我讲那么美丽的故事给我看图画。是的，他经历过的事情可真不少！他在太古时代的洪水上航行过，他对挪亚的独木舟微笑过，正如他最近来看我、带给我一些安慰、期许我一个灿烂的新世界一样。当以色列的孩子们坐在巴比伦河旁哭泣的时候，他在悬着竖琴的杨柳树之间默默哀悼地望着他们。当罗密欧走上阳台、他的深情的吻像小天使的思想似的从地上升起来的时候，正在明静天空上的圆圆的月亮，半隐在深郁的古柏中间。他看到被囚禁的圣赫勒拿岛上的英雄，这时在一个孤独的石崖上，他正眺望着茫茫的大海，许多辽远的思想在他心中产生了。啊！月亮有什么事不知道呢？对他说来，人类的生活是一篇童话。

　　老朋友！我今晚见不到您，就无法绘出关于您的来访的记忆了。我迷糊地向着云儿眺望；天又露出一点光。这是月亮的一丝光线，但是它马上又消逝了。乌黑的云块又轻轻地飘过来，然而这总算是一声问候，一声月亮所带给我的、友爱的"晚安"。

第九夜

天空又是晴朗无云。已经过去了好几个晚上，月亮还只是一道弯弯的娥眉。我又得到了一幅速写的材料。请听月亮所讲的话吧。

"我随着北极鸟和流动的鲸鱼到格陵兰的东部海岸去。冰块和乌云覆盖在光赤的崖石，深锁着一块盆地——在这儿，娇嫩的杨柳和覆盆子正盛开着花。芬芳的剪秋罗正散发着甜蜜的香气。我的脸惨白，光有些昏暗，正如一朵从枝子上摘下来的睡莲，在巨浪漂流过了好几个星期一样。北极光圈在天空中熊熊地燃烧着，它的环带很宽。射出的光辉如同旋转的火柱，燎燃了整个天空，一会儿变绿，一会儿变红。这地带的居民聚在一起，举行舞会和作乐。不过他们看到这种光华灿烂的景象，并不感到惊奇。'让死者的灵魂去玩他们用海象的脑袋所做的球吧！'他们依照自己的迷信这样想。他们只顾唱歌和跳舞。

"在他们的舞圈中，一位没有穿皮袄的格陵兰人欢快地敲着一个手鼓，唱着一个关于捕捉海豹故事的歌。一个歌队也大声和唱着：'哎伊亚，哎伊亚，啊！'这很像一个北极熊的舞会。他们穿着白色的皮袍，舞成一个圆圈，使劲地眨着眼睛摇动着脑袋。

"现在审案和判决要开始了。意见不合的格陵兰人走上前来。原告用讥讽的口吻，理直气壮地即席唱一曲关于他的敌人的罪过之歌，而且这一切是在鼓声下用跳舞的形式进行的。被告回答得同样地尖锐。听众哄堂大笑，同时做出他们的判决。

"山上飘来一阵雷轰似的声音，冰河在上面裂成了碎片；庞大、流动的冰块在崩颓的过程中化为粉末。这是美丽的格陵兰的夏夜。

"在 100 步远的地方，有一个敞着的帐篷里面躺着一个可怜的病人。他的热血里还流动生命，但是他快要死了，因为他自己觉得他要死。站在他周围的人也都相信他活不了了。因此免得后来再接触到尸体，他的妻子在他的身上缝了一件皮寿衣。同时她问：'你愿意埋在山上坚实的雪地里吗？我打算用你的卡耶克和箭来装饰你的墓地。在那上面昂格勾克将会跳舞！或许你还是愿意葬在海里吧？'

"'我愿意葬在海里，'他低声说，同时露出一个凄惨的微笑点点头。

"'是的，海是一个舒适的凉亭，'他的妻子说，'那儿跳跃着成千成万的海豹，海象就睡在你的脚下睡，在那儿打猎是一种非常安全愉快的工作！'""这时喧闹的孩子们撕掉支在窗孔上的那张皮，好使得死者能被抬到大海里去，那波涛汹涌的大海——这海生前给他粮食，死后给他安息。那些连绵起伏的、日夜变幻着的冰山就是他的墓碑。在这冰山上海豹在打盹，寒带的鸟儿在盘旋。"

第十夜

"我认识一位老小姐,"月亮说,"每年冬天她都穿一件黄缎子皮袄。这皮袄永远是新的,永远是她唯一的时装。每年夏天她老是戴着同一顶草帽,而且我相信,她老是穿着一件灰蓝色袍子。

"只有去看一位老女朋友时她才走过街道。但是最近几年来,因为这位老朋友已经死去,她甚至连这段路也不走了。这位老小姐孤独地在窗前忙来忙去;整个夏天窗子上都摆满了美丽的花,而冬天则是一堆在毡帽顶上培养出来的水莲。最近几个月来,她从窗前消失了。但她仍然活着,这一点我知道,因为我并没看到她做一次她常常和朋友提到过的'长途旅行'。'是的,'她那时说,'如果我死了，我要做一次一生从来没有作过的长途旅行。我们祖宗的墓窖离这儿有 18 里路远。我要去的地方就是那儿；我要和我的家人睡在一起。'

"昨夜一辆车子停在这座房子门口。一具棺木被抬出来；这时我才知道，她已经死了。人们在棺材上裹了一些麦草席子，于是车子就开走了。这位过去一整年没有走出过大门的安静的老小姐，就睡在那里面。车子轻松得好像是去做一次愉快的旅行，叮哒叮哒地走出了城。当车子一上大路，速度就更快了。车夫好几次神经质地向后面望——我猜想他有点害怕，以为老小姐还穿着那件黄缎子皮袄坐在后面的棺材上面呢。因此他傻乎乎地使劲抽着马儿，牢牢地拉住缰绳，弄得它们满口流着泡沫——它们是几匹年轻的劣马。在它们面前跑过去一只野兔，于是它们也惊慌地奔跑起来。

"这位沉静的老小姐，年年月月在一个呆板的小圈子里一声不响地活动着。现在——死后——却在一条崎岖不平的公路上跑起来。终于麦草席子裹着的棺材跌出来了，落到公路上。马儿、车夫和车子像一阵狂风急驰而去。一只唱着歌的云雀从田里飞起来，对着这具棺材叽叽喳喳地唱了一曲晨歌。不一会儿它就落到这棺材上，用它的小嘴啄着麦草席子，好像想要把席子撕开似的。

云雀又唱着歌飞向天空去了。同时我也隐到红色的朝霞后面去了。"

第十一夜

"这是一个结婚宴会!"月亮说,"大家又是唱歌又是敬酒,一切都是富丽堂皇的。客人告别的时候已经是后半夜了。母亲们吻了新郎和新娘。最后只有我看到这对新婚夫妇单独在一起了,虽然窗帘已经掩得相当地紧。灯光把这间温暖的新房照得透亮。

"'谢天谢地,现在大家都走了!'新郎同时温柔地吻着新娘的手和嘴唇。新娘一面微笑,一面流泪,同时颤抖着倒在他的怀里,像一朵漂在激流上的荷花。他们说着温柔甜蜜的情话。

"'甜蜜地睡着吧!'他说。这时新娘把窗帘拉向一边。

"'月亮照得多么美啊!'她说,'看吧,它是多么安静,多么明亮!'"

"她吹灭了灯,于是这个温暖的房间里一片漆黑。可是我的光仍在亮着,亮得差不多跟美丽新娘的眼睛一样。女性呵,当一个诗人在歌唱着生命之神秘的时候,请你吻一下他的竖琴吧!"

第十二夜

"我给你一张庞贝城的图画吧，"月亮说，"我是在城外，在人们所谓的坟墓之街上。许多美丽的纪念碑立在这条街上。在这块地方，头上戴着玫瑰花的欢乐的年轻人曾经一度和拉绮司的美丽的姐妹们在一起跳舞。可是现在呢，这儿是一片死的沉寂。为拿波里政府服务的德国雇佣兵在站岗，打纸牌，掷骰子。从山那边来了一大群由一位哨兵陪伴着的游客，他们走进这个城市。想在我明朗的光中，看看这座从坟墓中升起来的城市。我把熔岩石铺的宽广的街道上的车辙指给他们看；我也指给他们看许多门上的姓名以及还留在那上面的门牌。在一个小小的庭院里他们看到一个镶着贝壳的喷泉池；可是现在喷泉消失了；从那些金碧辉煌的、由古铜色的小狗看守着的房间里，也没有歌声传出来了。

"这是一座死人的城。只有维苏威山在唱着它无休止的颂歌。人类把它的每一支曲子叫作'新的爆发'。我们去拜访维纳斯的神庙。它是用大理石建的，白得放亮；那宽广的台阶前就是它高大的祭坛。在圆柱之间冒出了新的垂柳，天空是透明的，蔚蓝色的。漆黑的维苏威山成为这一切的背景。火不停地从它顶上喷射出来，如同一株松树的枝干。反射着亮光的烟雾，飘浮在静寂的夜色之中，像一株松树的簇顶，可是它的颜色像血一样的鲜红。"这群游客中有一位女歌唱家，一位真正伟大的歌唱家。我在欧洲第一流的城市里看到她受到人们的崇敬。当他们来到这悲剧舞台的时候，都坐在这个圆形剧场的台阶上；正如许多世纪以前一样，这儿总算有一块小地方坐满了观众。仍然像从前一样，布景没有一丝改变；它的侧景是两堵墙，背景是两个拱门——观众可以通过拱门看到在远古时代就用过的那幅同样的布景——大自然本身：苏伦多和亚玛尔菲之间的那些连绵群山。

"一时高兴这位歌唱家，就走进这幅古代的布景中去，放声歌唱。这块古老的土地本身就给了她灵感。她使我想起阿拉伯在原野上奔驰的野马，它鼻息如雷，红鬃飞舞——歌唱家的歌声和这同样地轻快而又肯定。这使我想起在各各他山十字架下悲哀的母亲——她的苦痛的表情是多么深沉呵！在此同时正如千余年前一样，四周响了一片鼓掌声和欢呼声。

"'幸福的，天才的歌者啊！'大家都欢呼着。

"三分钟以后，舞台空了。声音也没有了，游人也走开了，一切都消逝了。只有古迹没有改变仍然立在那儿。千百年以后，当谁也记不起这片刻的喝彩，当这位美丽的歌者、她的声调和微笑被遗忘了的时候，当这幸福的片刻对于我也成为逝去的回忆的时候，这些古迹仍然不会改变。"

第十三夜

"我透过一位编辑先生的窗子望进去,"月亮说,"那是在德国的一个什么地方。这儿有很精致的家具、许多书籍和一堆报纸。还有好几位青年人。编辑先生自己站在书桌旁边,准备要评论两本书——都是青年作家写的。

"'我现在拿的这本,是刚送来的'他说,'我还没有读它呢,可是它的装帧很美。不知道它的内容怎样?'

"'哦!'一位客人说——他自己是一个诗人,'这本书写得不错,就是太啰唆了一点。可是,天哪!作者是一个年轻人呀,当然诗句还可以写得更好一点!思想是很健康的,只不过是平凡了一点!但是这也没什么好说的。你不能老是遇见新的东西呀!我想作为一个诗人他不会有什么成就的。当然你可以称赞他一下!他读的书很多,是一位出色的东方学问专家,也有正确的判断力。为我的《家常生活感言》写过一篇很好书评的人就是他。我们应该对这位年轻人客气一点。'

"'我认为他是一个不折不扣的糊涂蛋!'书房里的另外一位先生说,'写诗最糟糕的事莫过于平庸乏味。他无法突破这个范围的。'

"'可怜的家伙!'第三位说,'他的姑妈却以为他了不起。编辑先生,为你新近翻译的一部作品弄到许多订单的人,就正是她——'

"'好心肠的女人!唔,我已经把这本书简略介绍了一下。毫无疑问他是一个天才——一件非常值得欢迎的礼物！是诗坛里的一朵鲜花！装帧也很美等等，可是另外的那本书呢——我想作者是希望我买它的吧，我听到人们赞赏过它。他是一位天才，你说对不对?'

"'是的，大家一致认为他是天才，'那位诗人说，'不过他写得有点狂。只有标点符号还说明他有点才气！'

"'假如我们斥责他一通，使他发点儿火，也许对于他是有好处的；不然他总会以为他有多么了不起。'

"'可是这太不近人情了！'第四位大声说，'我们不要在一些小错误上大做文章吧，对于它的优点我们应该感到高兴，而它的优点也确实很多。跟他的同行比起来，他已经取得了非凡的成就。"

"'天老爷啦！假如他是这样一位真正的天才，他就应该能受得住尖锐的批评。私下称赞他的人够多了，我们不要把他的头脑弄昏吧！'

"'他肯定是一个天才！''编辑先生写着，一般粗心大意之处是偶尔有之。在第 25 页上我们可以看出，他会写出不得体的诗句——那儿可以发现两个不协调的音节。我们建议他学习一下古代的诗人……'

"'我走开了，'月亮说，我向那位姑妈的窗子望进去。那位被称赞的、不狂的诗人就坐在那儿。他非常快乐，因为他得到所有客人的敬意。

"我去找另外那位诗人——那位狂诗人。他也在一个恩人家里和一大堆人在一起。人们正在这里谈论那另一位诗人的作品。

"'我要读读你的诗!'恩人说,'不过,老实说——你们知道,我是从来不说假话的——我想没有什么伟大的东西藏在诗里。我觉得你太狂了,太荒唐了。但是,我得承认,作为一个人你是值得尊敬的!'

"一个年轻的女仆人在墙角边静静地坐着,她在一本书里面读到这样的字句:

"'天才的荣誉终会被埋入尘土,

只有平庸的材料获得人称赞。

这是一件古老古老的故事,

不过这故事却是每天在重演。'"

世界经典童话

·安徒生童话·

图文珍藏版

第十四夜

月亮说："有两座农家房子立在树林的小径两旁。它们的门矮小，窗子高低不齐。周围长满了山楂和伏牛花。屋顶上长得有青苔、黄花和石莲花。那个小小的花园里只种着白菜和马铃薯。可是有一株接骨木树在篱笆旁边开着花。一个小小的女孩子在树下坐着。她的一双棕色眼睛凝望着两座房子之间的那株老栎树。

"这树的树干很高，但是枯萎了；它的顶已经被砍掉。鹳鸟在那上面筑了一个窠。它立在窠里，用尖嘴发出啄啄的响声。一个小男孩走出来，站在这个小姑娘的旁边。他们是兄妹。

"你在看什么？"哥哥问。

"'看鹳鸟，'妹妹回答说，'我们的邻人告诉我，说它今晚会带给我们一个小兄弟或妹妹。我现在正在瞧，希望能看见它怎样飞来！'"

"'鹳鸟什么也不会带来的！'男孩子说，'你可以相信我的话。邻人也告诉过我同样的事情，不过她说这话的时候，笑个不停。所以我问她敢不敢向上帝赌咒！可是她不敢。所以我就知道，鹳鸟的事情只不过是人们对我们小孩子编的一个故事罢了。'"

"'那么小孩子是从什么地方来的呢？'小姑娘问。

"'跟上帝一道来的，'男孩子说，'上帝把小孩子夹在大衣里送来，不过谁也看不见上帝呀。所以我们也看不见他送来小孩子！'"

"正在这个时候，一阵微风吹动栎树的枝叶。这两个孩子叠着手，互相呆望着；无疑这是上帝送小孩子来了。于是他们互相使劲捏了一下手。屋子的门开了。走出来那位邻居。

"'进来吧，'她说。'你们看鹳鸟带来了什么东西。一个小兄弟！'"

"这两个孩子点了点头；他们知道婴儿已经来了。"

第十五夜

"我在吕涅堡荒地上滑行着,"月亮说,"路旁立着一个孤独的茅屋,它的近处有好几个凋零的灌木林。在这儿一只迷失了方向的夜莺凄惨地唱着歌。在寒冷的夜气中它一定会死去的。我所听到的正是它最后的歌。

"曙光终于露出来了。走过来一辆大篷车,这是一家迁徙的农民。他们是要向卜列门或汉堡走去——从这儿再搭船到美洲去——在那儿,幸运,他们所梦想的幸运,将会开出美丽的花朵。母亲们把最小的孩子背在背上,较大的孩子则步行在她们身边。一匹瘦马拖着这辆装着他们那点微不足道的家产的车子。

"寒冷的风在呼呼地吹着,一个小姑娘紧紧地偎着她的母亲。这位母亲,一边抬头望着我的淡薄的光圈,一边想起她在家中所受到的穷困。她想起了他们没有能力交付的重税。她想起了这整群迁徙的人们。红色的曙光似乎带来了一个喜讯;幸运的太阳将又要为他们升起。他们听到那只垂死的夜莺在歌唱:它不是一个虚假的预言家,而是一个幸运的使者。

"呼啸的风使人们听不清夜莺的歌声:'祝你们在海上安全地航行! 为了这次长途航行你们卖光了所有的东西,所以你们走进乐园的时候将会穷得一无所有。你们将不得不卖掉你们自己、你们的女人和孩子。不过你们的痛苦很快就会结束! 那芬芳的宽大叶子后面坐着死神的女使者。她将把致命的热病吹进你们的血液，作为她热烈欢迎你们的一吻。去吧，去吧，到那波涛汹涌的海上去吧！'远行的人高兴地听着夜莺之歌，因为它象征着幸运。

"浮云中露出来一丝曙光，农人走过荒地到教堂里去。妇女们穿着黑袍子、裹着白头巾看起来好像是从教堂里的挂图上走下来的幽灵。周围一片死寂，棕色的石楠凋零了，被野火烧光了的黑色平原横在白沙丘陵之间。啊，祈祷吧！为那些远行的人们——为那些向茫茫大海的彼岸去寻找坟墓的人们而祈祷吧！"

第十六夜

"我认识一位普启涅罗,"月亮说,"只要他一出现观众便欢呼起来。他那非常滑稽的动作,总会使整个剧场的观众笑痛了肚子。可是这里面没有任何做作,这是他天生的特点。当他小时和别的孩子在一起玩耍的时候,他已经就是一个普启涅罗了。大自然给他背上安了一个大驼子,胸前安了一个大肉瘤。可是他的内部恰恰相反,他的内心却是天赋独厚。谁也没有他那样深厚的感情,他那样顽强的精神。

"他的理想的世界是剧场。如果他的身材能长得秀气和整齐一点,他可能在任何舞台上都会成为一个一流的悲剧演员,他的灵魂里充满了悲壮和伟大的情绪。然而由于他的外貌他不得不成为一个普启涅罗。他的痛苦和忧郁只能增加他古怪外貌的滑稽性,只能引起广大观众的笑声和对于他们这位心爱演员的一阵鼓掌声。

"美丽的诃龙比妮对他的确是很友爱和体贴的;可是她只愿意和亚尔列金诺结婚。如果'美和丑'结为夫妇,那也实在是太滑稽了。

在普启涅罗心情很糟的时候,只有诃龙比妮可以使他微笑;的确,她可以使他痛快地大笑一阵。起初她总是像他一样地忧郁,然后就略为变得安静一点,最后就充满了愉快的神情。

"'我知道你为什么不高兴,'诃龙比妮说,'你是在恋爱中!'这时普启涅罗就不禁要笑起来。

"'我在恋爱中！'他大叫一声，'那么我就未免太荒唐了。观众
将会要笑痛肚子！'

"'你当然是在恋爱中，'她继续说，并且还在话里加了一点凄
楚的滑稽感，'而且我正是你爱的那个人呢！'

"的确，当人们知道如果没有爱情这回事儿的时候，是可以大大
方方讲出这类话的。普启涅罗笑得向空中翻了一个筋斗。这时忧郁
感跑得无影无踪了。然而姑娘讲的是实话。他的确爱她，正如他爱

艺术的伟大和崇高一样拜倒地爱她。

"在她举行婚礼的那天，普启涅罗是最愉快的一个人物；但是在夜里他却伤心地哭起来了。他这副哭丧的尊容让观众看到，他们一定会又鼓起掌来的。

"几天以前诃龙比妮死去了。在她入葬的这天，亚尔列金诺应该是一个悲哀的鳏夫，可以不必出现在舞台上。于是经理不得不安排一个愉快的节目，好使观众不致于因为没有美丽的诃龙比妮和活泼的亚尔列金诺而感到太难过。因此普启涅罗演得要比平时更愉快一点才行。虽然他心里全是悲愁，但是他仍然不停地跳着，翻着筋斗。观众鼓掌，喝彩：'好，好极了！'

"普启涅罗谢幕了好几次。啊，他真是杰出的艺人！

"晚上，演完了戏以后，这位可爱的丑八怪独自走出城外，走到一个孤寂的墓地里去。诃龙比妮坟上的花圈已经凋残了，他坐在坟边，用手支着下巴，悲伤的双眼望着我，这副样儿真值得画家画下来。他像一个奇特的纪念碑，一个坟上的普启涅罗：古怪而又滑稽。假如观众看见了他们这位心爱的艺人的话，他们一定会高声喝彩：'好！普启涅罗！好，好极了！'"

第十七夜

　　请听月亮所讲的话吧："我看到一位升为军官的海军学生，第一次穿上他漂亮的制服。我看到一位穿上舞会礼服的年轻姑娘。我看到一位王子的年轻爱妻，她穿着节日的衣服，非常快乐。不过谁的快乐也比不上我今晚看到的一个孩子——一个四岁的小姑娘。她得到了一件蔚蓝色的衣服和一顶粉红色的帽子。她打扮好了，大家都说拿蜡烛来照照，因为我的光线，从窗子射进去，还不够亮，所以必须有更强的光线才成。

　　"这位小姑娘笔直地站着，像一个可爱的小玩偶。她的小手小心翼翼地从衣服里伸出来，她的手指撒开着。啊，她明亮的眼睛，她整个光洁的面孔，发出多么幸福的光辉啊！

　　"'明天你应该到街上去走走！'她的母亲说。这位小宝贝朝上面望了望帽子，朝下面望了望衣服，不禁发出一个幸福的微笑。

　　"'妈妈！'她说，'当那些小狗看见我穿得这样漂亮的时候，心里会想些什么呢？'"

第十八夜

"我曾经和你谈过庞贝城，"月亮说，"这座城的尸骸，现在又回到有生命的城市的行列中来了。我知道另外一个城：它是一座城的幽灵而不是一座城的尸骸。凡是有大理石喷泉喷着水的地方，我就好像听到关于这座水上浮城的故事。是的，喷泉可以讲出这个故事，海上的波浪也可以把它唱出来。茫茫的大海上常常浮着一层淡淡的烟雾——这就是它的未亡人的面罩。海的新郎已经死了，他的城垣和宫殿成了他的陵墓。你知道这座城吗？它从来没有听到过车轮和清脆的马蹄声在它的街道上响过。这里只有鱼儿自由地游来游去，只有黑色的贡杜拉在绿水上如同幽灵般地滑过。

"我把它的市场——它最大的一个广场——指给你看吧，"月亮继续说，"你看了一定以为走进了一个童话的城市。街上宽大的石板缝间生着草，清晨的迷茫中成千成万的驯良鸽子绕着一座孤高的塔顶在飞翔。在三方面围绕着你的是一系列的走廊。这些走廊里，土耳其人静静地坐着抽他们的长烟管，美貌的年轻希腊人倚着圆柱看那些战利品：高大的旗杆——代表古代权威的纪念品。许多旗帜像哀悼的黑纱倒悬着。有一个女孩子在这儿休息。她已经放下了盛满了水的重桶，但背水的担杠仍然搁在她的肩上。她靠着那根胜利的旗杆站着。

"你所看的是一个教堂而不是一个虚幻的宫殿，在我的照耀下它镀金的圆顶和周围的圆球射出亮光。像童话中的古铜马一样，那上面雄伟的古铜马，曾经做过多次旅行：它们旅行到这儿来，又从这儿走出去，最后又回到原地。

"墙上和窗上那些华丽的色彩你注意到了吗？这好像是一位天才，为了满足小孩子的请求，把这个奇怪的神庙装饰过了一番似的。圆柱上长着翅膀的雄狮你看到了吗？它上面的金仍然在发着亮光，但是它的翅膀却垂下来了。雄狮已经死了，因为海王已经死了。那些宽大的厅堂都空了，曾经挂着贵重艺术品的地方，现在只是一片零落的墙壁。

"现在叫花子睡觉的地方就是过去只许贵族走的走廊。从那些深沉的水井里——也许是从那'叹息桥'旁的牢狱里——升起一片叹息。这和从前金指环从布生脱尔抛向海后亚得里亚时快乐的贡杜拉奏出的一片手鼓声完全一样。亚得里亚啊！让烟雾把你隐藏起来吧！让寡妇的面纱罩着你的躯体，盖住你的新郎的陵墓——大理石彻的、虚幻的威尼斯城——吧！"

世界传世藏书

世界经典童话

·安徒生童话·

图文珍藏版

第十九夜

"我下面有一个大剧场，"月亮说，"整个屋子挤满了观众，因为今晚有一位新演员首次出场。我的光滑到墙上的一个小窗口上，一个化妆好了的面孔紧贴着窗玻璃。今晚的主角就是他。他武士风的胡子密密地卷在下巴的周围；但是这个人的眼里却闪着泪珠，因为他刚才曾被观众嘘下了舞台，而且嘘得很有道理。可怜的人啊！他有深厚的感情，他热爱艺术，但是艺术却不爱他。在艺术的王国里是不容许低能人存在的。

舞台监督的铃声响了。关于他这个角色的舞台指示是："主角以英勇和豪迈的姿态出场。"所以他只好又出现在观众面前，成为他们哄笑的对象。当这场戏演完以后，我看到一个裹在外套里的人形偷偷地溜下了台。布景工人窃窃私语，说：这就是今晚那位扮演失败了的武士。我跟着这个可怜的人回家，回到他的房间里去。

我知道，他想到了两种办法："上吊和毒药，上吊是一种不光荣的死，而毒药并不是任何人手头都有的。"我看到他在镜子里瞧了瞧自己惨白的面孔；他半睁着眼睛，想要看看，作为一具死尸他是不是还像个样子。他在想着死，想着自杀。尽管他可能是极度地不幸，但这并不能阻止他装模作态一番。我相信他在怜惜自己，因为他哭得那么可怜伤心。是的，当一个人能够哭出来的时候，他就不会自杀了。

从这时候起，一年已经过去了。又要上演一出戏，但是在一个小剧场里上演，而且是由一个寒酸的旅行剧团演出的。我又看到那个很熟的面孔，那个双颊打了胭脂水粉和下巴上卷着胡子的面孔。他抬头望了我一眼，微笑了一下。可是刚刚在一分钟以前他又被嘘下了舞台——被一群可怜的观众嘘下一座可怜的舞台！

　　今天晚上有一辆很寒酸的柩车开出了城门，后面没有一个人送葬。这是一位寻了短见的人——我们那位搽粉打胭脂的、被人瞧不起的主角。只有一个车夫是他的朋友，因为除了我的光线以外，没有什么人送葬。在教堂墓地的一角，这位自杀者的尸体被送进土里去了。不久荆棘就会爬满他的坟，而教堂的看守人便会在它上面加一些从别的坟上扔过来的荆棘和荒草。

世界传世藏书

世界经典童话

·安徒生童话·

图文珍藏版

第二十夜

"我去过罗马，"月亮说，"一片皇宫的废墟堆在这城的中央，堆在那七座山中的一座山上。壁缝中生长出来野生的无花果树，它们灰绿色的大叶子盖住了墙壁的荒凉景象。在一堆瓦砾中间，毛驴无情地践踏着桂花，在不开花的蓟草上嬉戏。罗马的雄鹰曾经从这儿飞向海外，发现和征服过别的国家；现在从这儿有一道门通向一个夹在两根残破大理石圆柱中间的小土房子。常春藤像一个哀悼的花圈挂在一个歪斜的窗子上。

"一个老太婆和她幼小的孙女住在这屋子里。现在她们是这皇宫的主人，把这些豪华的遗迹指给陌生人看。曾经是皇位所在的那间大殿，现在只剩下一堵赤裸裸的断墙。放着皇座的那块地方，现在只有一座深青色的柏树所撒下的一道长影。在破碎的地板上堆起的黄土都有好几尺高了。每逢暮钟响起的时候，那位小姑娘——皇宫的女儿——就坐在这儿的一个小凳子上。她把旁边门上的一个锁匙孔叫作她的角楼窗。透过这个窗子，她可以看到半个罗马，一直到圣彼得教堂上雄伟的圆屋顶。

"像平时一样，这天晚上，周围是一片静寂。下面的这位小姑娘来到我圆满的光圈里面。她头上顶着一个盛满了水的、古代的土制汲水瓮。她打着赤脚，她的短裙子和衣袖都破了。我吻了一下这孩子美丽的、圆圆的肩膀，乌黑的眼睛和发亮的黑头发。

"她走上台阶。台阶很陡峭，是用残砖和破碎的大理石柱顶砌成

的。斑点的蜥蜴在她的脚旁羞怯地溜过去了，可是她并不害怕它们。她已经举起手去拉门铃——皇宫门铃的把手现在是系在一根绳子上的兔子脚。她停了一会儿——她在想什么事情：也许是在想着下边教堂里那个穿金戴银的婴孩——耶稣——吧。那儿点着银灯，就在那儿她的小朋友们唱着她再熟悉的不过赞美诗，我不知道这是不是她所想的东西。不一会儿她又开始走起来，一不小心跌了一跤。那个土制的水瓮从她的头上掉下来了，在大理石台阶上摔成碎片。她大哭起来。这位皇宫的美丽女儿居然为了一个不值钱的破水瓮而哭泣了。她站在那儿打着赤脚哭，不敢拉那根绳子——一根皇宫的铃绳！"

第二十一夜

将近半个月月亮没有出现了。现在我又见到他了，又圆又亮，徐徐地升到云层上面。请听月亮对我讲的话吧。

"我跟着一队旅行商从费赞的一个城市走出来。他们停在了沙漠的边缘，一块盐池上，盐池闪闪发光，像一个结了冰的湖，只有一小块地方盖着一层薄薄的、流动着的沙。旅人中最年长的一个老人

——他腰带上挂着一个水葫芦，头上顶着一个未经发酵过的面包——用他的手杖在沙子上面了一个方格，同时在方格里写了《可兰经》里的一句话。然后整队的旅行商就走过了这块献给神的处所。

"一位年轻的商人——从他的眼睛和清秀的外貌我可以看出他是一个东方人——若有所思地骑着一匹鼻息呼呼的白马走过去了。也许他是在思念他美丽的年轻妻子吧！那是两天前的事：一匹用毛皮和华贵的披巾所装饰着的骆驼载着她——美貌的新嫁娘——绕着城墙走了一周。这时，在骆驼的周围，鼓声和风琴奏着乐，妇女唱着歌，所有的人都放着鞭炮，而新郎放得最多，最热烈。现在——他跟着这队旅行商走过沙漠。

"我跟着这队旅人一口气走了好几夜。我看到他们在井旁，在高大的棕榈树之间休息。他们用刀子残忍地向病倒的骆驼胸脯中插去，在火上烤着它的肉吃。我的光线使灼热的沙子冷却下来，同时在他们没有路的旅程中，他们没有遇见怀着敌意的异族人，没有暴风雨出现，没有夹着沙子的旋风袭击他们的时候，为他们指出那些黑石头——这一望无涯的沙漠中的死岛。

"家里那位美丽的妻子在为她的丈夫和父亲祈祷。'他们死了吗？'她向我金黄色的娥眉问。'他们病了吗？'她向我圆满的光圈问。

"现在沙漠已经落在背后了。今晚他们在高大的棕榈树下坐下。有一只白鹤在他们的周围拍着长翅膀飞翔，鹈鹕在含羞树的枝上凝望着他们。大象沉重的步子无情地践踏着丰茂的低矮植物。一群黑人，在内地的市场上赶完集以后，走上了回家的路。用铜纽子装饰着黑发、穿着靛青色衣服的妇女们在赶着一群载重的公牛；赤裸的黑孩子睡在它们背上。另外有一个黑人牵着他刚才买来的幼狮。他们走近这队旅行商，那个年轻商人静静地坐着，一动也不动，只是想着他的美丽的妻子，在这个黑人的国度里梦想着在沙漠彼岸的、他的那朵芬芳的白花。他抬起头，但是——"

但是恰恰在这时，一块乌云浮到月亮面前来，接着又来了另一块乌云。这天晚上我再没有听到别的事情。

世界传世藏书 世界经典童话 ·安徒生童话· 图文珍藏版

第二十二夜

"我看到一个小女孩子在哭,"月亮说,"她为人世间的恶毒而哭。她曾得到一件礼物——一个最美丽的玩偶。啊!这才算得上一个玩偶呢!它是那么好看,那么可爱!它似乎不是为了要受苦而造出来的。可是小姑娘的几个哥哥——那些高大的男孩子——把这玩偶拿走了,放在花园里高高的树上,然后就跑开了。

小姑娘没法把它抱下来,因为她的手够不到玩偶,因此她才哭

世界经典童话

·安徒生童话·

图文珍藏版

起来。玩偶一定也在哭，因为它的手在绿枝间伸着，好像很不幸的样子。是的，这就是妈妈常常提到的人世间的恶毒。唉，可怜的玩偶啊！天快要黑了，夜马上就要到来！难道就这样让它单独地在树枝间坐一整夜吗？不，小姑娘不忍心看这样的事情发生。

"'我陪着你吧！'她说，虽然她并没有足够的勇气。在想象中她已经清楚地看到一些可怕的小鬼怪，戴着高高的帽子，在灌木林里向外窥探，同时高大的幽灵在黑暗的路上跳着舞，一步一步地走近来，并且向坐在树上的玩偶伸出了双手。他们用手指指着玩偶，对玩偶大笑。啊，小姑娘是多么害怕啊！

"'不过，假如一个人没有做过坏事，'她想，'那么，妖魔是不能害你的！我不知道我是不是做过坏事。于是她陷入沉思。'哦，对了！'她说，'有一次我讥笑过一只腿上系有一条红布片的可怜的小鸭。她摇摇摆摆走得那么滑稽，我实在忍不住笑了；可是对动物发笑是一桩罪过呵！'她抬起头来望望玩偶。'你讥笑过动物没有？'她问。玩偶好像是在摇头的样子。"

第二十三夜

"我望着下面的蒂洛尔，"月亮说，"葱郁的松树在石头上映下长长的影子。我凝望着圣·克利斯朵夫肩上背着的婴孩耶稣。这是绘在屋墙上的一幅从墙角伸到屋顶的巨画。还有一些关于圣·佛罗陵正向一座火烧的屋子泼水和上帝在路旁的十字架上流血的画。对于现在这一代的人说来，这都成了古画了。相反地，我亲眼看到它们被绘出来，一幅一幅地被绘出来。

"一个孤独的尼姑庵立在一座高山的顶上，简直像一个燕子巢。在钟塔上敲钟的是两位年轻的修女。她们的视线总是想飞到高大的山上，飞到喧闹的尘世里去。一辆路过的马车正在下边经过，车夫捏了一下号筒。于是这两位可怜的修女的思想，也像她们的眼睛一样，跟在这辆车子后面跑，这时一颗泪珠从那位较年轻的修女的眼里滚了出来。"号角声渐渐模糊起来，同时尼姑庵里的钟声也把这模糊的号角声冲淡得听不见了。"

第二十四夜

请听月亮讲的话吧："那是几年以前发生在哥本哈根的事。我对着窗子向一个简陋的房间望进去。爸爸和妈妈都进入了梦乡，可是小儿子睡不着。我看到床上的花布帐子在晃动，这个小家伙在偷偷地向外张望。起初我以为他在看那个波尔霍尔姆造的大钟。它上了一层红红绿绿的油漆，顶上立着一个杜鹃。它有沉重的、铝制的钟锤，包着发亮的黄铜的钟摆摇来摇去：'滴答！滴答！'是他要看的东西吗？不是的！他妈妈的纺车才是他要看的。它就在钟的下面。这是整个屋中孩子最喜爱的一件家具，可是他不敢碰它，因为他怕挨打。妈妈纺纱的时候，他可以在旁边一坐就是几个钟头，望着纺锤呼呼地动车轮急急地转，同时他幻想着许多东西。啊！他多么希望自己也能纺几下啊！"

"爸爸和妈妈睡着了。他望了望他们，也望了望纺车，然后就悄悄地把一只小赤脚伸出床外来，接着是另一只小赤脚来，最后一双小白腿就现出来了。噗！他落到地板上来。又不安地掉转身望了一眼，看爸爸妈妈是不是还在睡觉。是的，他们睡得很香。于是小男孩就轻轻地，轻轻地，只是穿着破衬衫，溜到纺车旁，开始纺起纱来。棉纱吐出丝来，车轮就转动得更快。我吻了一下他金黄的头发和碧蓝的眼睛。这真是一幅可爱的图画。

"这时妈妈忽然醒了。床上的帐子动了；她向外望，以为自己看

到了一个小鬼或者一个什么小妖精。'老天爷呀！'她说，同时惊惶地赶紧把她的丈夫推醒。他睁开眼睛，用手揉了几下，望着这个忙

碌的小鬼。'怎么，这是巴特尔呀！'他说。

"我还有那么多的东西要看，所以我的视线就离开了这个简陋的房间！这时候我看了一下梵蒂冈的大厅。许多大理石雕的神像站在那。我的光照到拉奥孔这一系列的神像；这些雕像似乎在叹气。我在那些缪斯的唇上静静地亲了一下，我相信她们又有了生命。可是我的光辉逗留得最久的却是在拥有'巨神'的尼罗一系列的神像上。那巨神倚在斯芬克斯身上，默默无言地回忆着，想着那些一去不复返的岁月。在他的周围一群矮小的爱神和一群鳄鱼玩耍。在丰饶之角里坐着一位细小的爱神，他的双臂交叉着，眼睛凝视着那位巨大的、庄严的河神。他正是坐在纺车旁的那个小孩的写照——面孔一模一样。这个小小的大理石好像具有生命似的既可爱又生动，裘斯长大了要报答她的恩，特地送她一个羊角，并且说，有了这个东西想要什么就有什么。

可是自它从石头出生以来，岁月的轮子已经转动不止 1000 次了。在世界能产生出同样伟大的大理石像以前，岁月的大轮子，像这小孩在这间简陋的房里摇着的纺车那样，又不知要转动多少次。

"自此以后，许多年又过去了，"月亮继续说，"昨天我向下面看了看位于瑟兰东海岸的一个海湾。那儿有可爱的树林，高大的堤岸，又有红砖砌成的古老的邸宅；天鹅飘在水池里；一个小村镇和它的教堂隐隐地现出在苹果园的后面。许多燃着火柱的船只，滑过静静的水面。人们点着火柱，并不是为了要捕捉鳝鱼，事实上，是为了表示庆祝！音乐奏起来了，歌声唱起来了。从一条船里站起一个高大、雄伟的人，大家都向他致敬。他穿着外套，长着碧蓝的眼睛和长长的白发。我认识他，于是我想起了梵蒂冈里尼罗那一系列的神像和所有的大理石神像；我想到了那个位于格龙尼街上的简陋的小房间。小小的巴特尔曾经穿着破衬衫坐在里面纺纱。是的，岁月的轮子已经转动过了，新的神像又从石头中雕刻出来了。万岁！巴特尔·多瓦尔生万岁！’从这些船上升起一片欢呼声。”

第二十五夜

"我现在给你一幅法兰克福的图画，"月亮说，"我特别注视了那儿的一幢房子。那不是歌德出生的地点，也不是古老的市政厅——带角的牛头盖骨仍然从它的格子窗里露出来，因为在皇帝举行加冕礼的时候，这儿曾经烤过牛肉，分赠给众人吃。这是一幢市民的房子，外貌很朴素全部漆上了绿色。它立在那条狭小的犹太人街的角落里。它是罗特席尔特的房子。

"我朝敞着的门向里面望。楼梯间照得很亮：在这儿，仆人托着里面点着蜡烛的，巨大的银烛台，向一位坐在轿子里被抬下楼梯的老太太深深地鞠着躬。房子的主人脱帽站着，恭恭敬敬地在这位老太太的手上亲了一吻。这位老妇人就是他的母亲。她和善地对他和仆人们点点头；于是他们便把她抬到一条黑暗的狭小巷子里去，到一幢小小的房子里去。在这儿她曾经生下一群孩子，在这儿发家。假如她遗弃了这条被人瞧不起的小巷和这幢小小的房子，幸运可能就会遗弃他们。这是她的信念！"

月亮再没有对我说什么；他今晚的来访是太短促了。不过我想着那条被人瞧不起的、狭小巷子里的老太太。她只需一开口就可以在泰晤士河边得到一幢华丽的房子——只需一句话就有人在那不勒斯湾为她准备好一所别墅。

"假如我遗弃了这幢卑微的房子（我的儿子们是在这儿发迹的），幸运可能就会遗弃他们!"这是一个迷信。这个迷信，对于那些了解这个故事和看过这幅画的人，只需加这样两个字的说明就能理解:"母亲"。

第二十六夜

"那是昨天，在天刚要亮的时候！"这是月亮自己的话，"在这个大城市里，烟囱还没有开始冒烟——而我所望着的正是烟囱。正在这时候，从一个烟囱里冒出来一个小小的脑袋，接着是半截身子，

最后便有一双手臂搁在烟囱口上。'好！'原来这是那个小小扫烟囱的学徒。这是他有生以来第一次爬出烟囱，把头从烟囱顶上伸出来。'好！'的确，比起在又黑暗又窄小的烟囱管里爬，现在显然是不同

了！空气新鲜得多了，他可以望见全城的风景，一直望到绿色的森林。太阳刚刚升起来。它照得又圆又大，直射到小学徒的脸上——而他的脸虽然它已经被烟灰染得相当黑了，但现在却发着快乐的光芒。

"'整个城里的人都可以看到我了！'他说，'月亮也可以看到我了，太阳也可以看到我了！好啊！'于是他挥动起他的扫帚。"

图文珍藏版

第二十七夜

"昨夜我望见一个中国的城市,"月亮说,"许多长长的、光赤的墙壁;它们形成了这城的街道。当然,偶尔也出现一扇门,但它是锁着的,因为中国人对外面的世界没有多大兴趣,窗子被房子的墙后面,紧闭着的窗扉掩住了。只有从一所庙宇的窗子里,透露出一丝微光。

"我朝里面望,看到里面一片华丽的景象。许多用鲜艳的彩色和富丽的金黄所绘出的图画——代表神仙们在这个世界上所做的事迹的一些图画——一直从地下到天花板。

"每一个神龛里有一个神像,可是差不多全被挂在庙龛上的花帷幔和旗帜所掩住了。每一座锡做的神像——面前都有一个小小的祭台,上面放着圣水、花朵和燃着的蜡烛。但是这神庙里最高之神是神中之神——佛爷。他穿着黄缎子衣服,因为黄色是神圣的颜色。祭台下面坐着一个有生命的人——一个年轻的和尚。他似乎在祈祷,但在祈祷之中他似乎堕入到冥想中去了;这无疑是一种罪过,所以他的脸烧起来,他的头也低得抬不起来。可怜的瑞虹啊!难道他梦见到高墙里边的那个小花园里(每个屋子前面都有这样一个花园)去种花吗?难道他觉得种花比呆在庙里守着蜡烛更有趣吗?难道他希望坐在盛大的筵席桌旁,在每换一盘菜的时候,用银色的纸擦擦嘴吗?难道他犯过那么重的罪,只要一说出口,天朝就要处他死刑吗？难道他的思想敢于跟化外人的轮船一起飞，一直飞到他们的家乡——辽远的英国吗？不，他的思想并没有飞得那么远，然而他的思想，一种青春的热情所产生的思想，是有罪的；在这个神庙里，在佛爷的面前，在许多神像面前，是有罪的。

"我知道他的思想飞到哪儿去了。在城的尽头，在平整的、石铺的、以瓷砖为栏杆的、陈列着开满了钟形花的花盆的平台上，坐着玲珑小巧的、嘴唇丰满的、双脚小巧的、娇美的白姑娘。她的鞋子紧得使她发痛，但她的心更使她发痛。她举起柔嫩的、丰满的手臂——这时她的缎子衣裳就发出沙沙的响声。有一个漂亮的玻璃缸在她面前，里面养着四尾金鱼。她用一根彩色的漆棍子在里面搅了一下，啊！搅得那么慢，因为她在想着什么事情！可能她在想：这些鱼是多么富丽金黄，在玻璃缸里它们生活得多么安定，它们的食物是多么丰富，然而假如它们获得自由，它们将活得更加快乐！是的，她，美丽的白姑娘是懂得这个道理的。她的思想在飞，飞进庙里了——但不是为那些神像而飞去的。可怜的白姑娘啊！可怜的瑞虹啊！他们两人的红尘思想交流起来，可是像小天使的剑一样我的冷静的光，永远隔在他们两人的中间。"

世界传世藏书

世界经典童话

·安徒生童话·

图文珍藏版

第二十八夜

"天空澄清,"月亮说,"水色透明的,像我正在滑行过的晴空。我可以看到水面下的奇异的植物,它们向我伸出蔓长的梗子,像森

林中的古树一样。鱼儿在它们上面游来游去。有一群雁在高空中沉重地向前飞行。它们中间有一只拍着疲倦的双翼,慢慢地朝着下面低飞。它的双眼凝视着那向远方渐渐消逝着的空中旅行队伍。虽然它展开着双翼,它还是在慢慢地下落,像一个肥皂泡似的,在沉静的空中下落,直到最后它接触到水面。它把头掉过来,深深插进双

翼里去。这样，它就像平静的湖上的一朵白莲花，静静地躺下来。

"风吹起来了，吹皱了平静的水面。水泛着光，如同一泻千里的云层，直到它翻腾成为巨浪。发着光的水，像蓝色的火焰，燎着它的胸和背。曙光在云层上泛起一片红霞。这只孤雁有了一些气力，重新升向空中；它飞向那升起的太阳，飞向那吞没了一群空中队伍的、蔚蓝色的海岸。但是它是在孤独地飞，是在满怀着焦急的心情，在碧蓝的巨浪上孤独地飞。"

世界传世藏书

世界经典童话

·安徒生童话·

图文珍藏版

第二十九夜

"我还要给你一幅瑞典的图画，"月亮说，"乌列达古修道院就立在深郁的黑森林中，立在罗克生河。我的光，穿过墙上的窗格子，射进宽广的地下墓窖里去——帝王们长眠于这儿的石棺里。一个作为人世间荣华的标记：皇冠被挂在墙上。不过这皇冠是木雕的，涂了漆，镀了金。它是挂在一个钉进墙里的木栓上的。蛀虫已经吃进这块镀了金的木头里去了，蜘蛛在皇冠和石棺之间织起一层网来；作为一面哀悼的黑纱，它是非常脆弱的，正如人间对死者的哀悼一样。"

帝王们睡得多么安静啊！他们永远活在我的记忆中！"当汽船像有魔力的蠕虫似的在山间前进的时候，常常会有个别陌生人走进这个教堂，拜访一下这个墓窖。他问着这些帝王们的姓名，实际上这是一种无生气的，被遗忘了的声音。假如他是一个有虔诚气质的人，当他带着微笑望了望那些被虫蛀了的皇冠时。忧郁的气氛会出现在他嘴角。

"你们这些死去了的人们，安息吧！月亮还记得你们，月亮在夜间把它寒冷的光辉送进你们静寂的王国——那上面挂着松木作的皇冠！——"

第三十夜

"紧贴着大路旁边，"月亮说，"有一个客栈，客栈对面是一个很大的车棚，棚子上的草顶正在重新翻盖。我从椽子和敞着的顶楼窗朝下望着那不太舒服的空间。横梁上雄吐绥鸡正在睡觉，马鞍躺在空秣桶里。一辆旅行马车正停在棚子的中央，车主人在甜蜜地打盹；马儿喝着水，马车夫伸着懒腰，虽然我确信他睡得很好，而且不止睡了一半的旅程。下人房的门是开着的，里面的床露出来了，好像是乱七八糟的样子。在地板上蜡烛孤零零地燃着，已经燃到烛台的接口里去了。寒冷地风吹进棚子里来；时间与其说是接近半夜，倒不如说是接近天明。在旁边的畜栏里流浪音乐师的一家人正睡在地上。爸爸和妈妈做梦梦见酒瓶里剩下来的烈酒。那个没有血色的小女儿在梦着眼睛里的热泪。竖琴靠在他们的头边，小狗睡在他们的脚下。"

第三十一夜

"那是一个小小的乡下城镇,"月亮说,"我是去年看见这事的,不过这倒没有什么关系,因为我看得非常清楚。今晚我在报上读到关于它的报道,不过报道却不是很详细。一位玩熊把戏的人坐在小客栈的房间里,他正在吃晚餐。熊被系在外面一堆木柴的后面——可怜的熊,虽然他那副样子似乎很凶猛,但他并不伤害任何人。顶楼上有三个小孩子在我的明朗光线里玩耍;最大的那个孩子将近六岁,最小的不过两岁。卜卜!卜卜!——有人爬上楼梯来了:这会是谁呢?门被推开了——原来是那只熊,那只毛发蓬蓬的大熊!他不愿意待在下面的院子里,所以才独自上楼。这是我亲眼看见的,"月亮说。

"看到这个毛发蓬蓬的大熊,孩子们吓得不得了。他们每个人钻到一个墙角里去,可是大熊把他们找出来,一个一个地在他们身上嗅了一阵子,但是一点也没有伤害他们!'这一定是一只大狗,'孩子们想,开始抚摸他。他躺在地板上。最小的那个孩子爬到他身上,把长满了金黄鬈发的头钻进熊的厚毛里,玩起捉迷藏来。接着那个最大的孩子取出他的鼓来,敲得咚咚地响。这时熊儿便用它的一双后腿立起来,开始跳舞。这真是一个可爱的景象!现在每个孩子背着一支枪,熊也只好背起一支来,而且背得很认真。他们总算找到了一个很好的玩伴!一二!一二!他们开始开步走起来……

"忽然有人把门推开了，这是孩子们的母亲。你应该看看她的那副样子，那副惊恐得说不出话来的样子，那副惨白的面孔，那个半张着的嘴，和她那对发呆的眼睛。可是顶小的那个孩子却是非常高兴地对她点头，用他幼稚的口吻大声说：'我们在学军队练操哩！'"

"这时玩熊把戏的人也跑来了。"

第三十二夜

风在狂暴地吹，而且很冷；云块奔驰在空中。我只在偶尔之间能看到一会儿月亮。

"我从沉静的天空上望着下面云块在奔驰！"他说，"我看到巨大的阴影在地面上互相追逐！

"最近我朝下面看了一个监狱。一辆紧闭着的马车停在它面前：有一个囚犯快要被运走了。我的光穿过格子窗射到墙上。那囚犯正在墙上划几行告别的东西。可是他写的不是字，而是一支歌谱——他在这儿最后一晚从内心深处发出的声音。门开了，他被牵出去，他的眼睛凝望着我圆满的光圈。

"云块在我们之间掠过，好像我不想要看到他、他也不想要看到我似的。

他走进马车，关上了门，马鞭响起来，马儿向旁边的一个浓密的森林里奔去——到这儿我的光就再也没有办法跟进去了。不过我透过那格子窗向里面望，我的光滑到那支划在墙上的歌曲——那最后的告别词上去。语言无法表达出来的东西，声音可以表达出来！我的光只能照出个别的音符，对我说来大部分的内容，只有永远藏在黑暗中了。

月光并不是完全能读懂人类所写的东西的。他所写的是死神的赞美诗呢，还是欢乐的曲调？他乘着这车子是要到死神那儿去呢，还是要回到他爱人的怀抱里去？

"我从沉静广阔的天空上望着下面奔驰着的云块。我看到巨大的阴影在地面上互相追逐！"

第三十三夜

"我非常喜欢小孩子!"月亮说,"因为顶小的孩子特别有趣。我常常在窗帘和窗架之间向他们的小房间窥望因为他们总是忘了我,看他们自己穿衣服和脱衣服是那么好玩。一个光赤的小圆肩头先从衣服里冒出来,接着手臂也冒出来了。有时我看到袜子脱下去,露出一条胖胖的小白腿来,接着是一个值得吻一下的小脚板,而我也就吻它一下了!"月亮说。

"今晚——我得告诉你! ——今晚我从一扇窗子望进去。窗子上的窗帘没有放下来,因为对面没有邻居。我看到屋里有一大群小家伙——兄弟和姊妹。他们中间有一个可爱的小妹妹。只有四岁,不过,像别人一样,她也会念《主祷文》。每天晚上妈妈坐在她的床边,听她念这个祷告。然后她就得到一个吻。妈妈坐在旁边等她睡觉——一般说来,只要她的小眼睛一闭,也就睡着了。

"今天晚上那两个较大的孩子有点儿闹。一个穿着白色的长睡衣,用一只脚跳来跳去。另一个站在一把堆满了别的孩子的衣服的椅子上。他说他是在表演一幅图画,别的孩子不妨猜猜看他表演了什么。第三和第四个孩子把玩具很仔细地放进匣子里去,因为事情这样办才对。不过妈妈坐在最小的那个孩子身边,同时说,大家应该放安静一点,因为小妹妹要念《主祷文》了。

"我的眼睛直接朝灯那边望,"月亮说,"那个四岁的孩子睡在床上，盖着整洁的白被褥；她的一双小手端正地叠在一起，她的小脸露出严肃的表情。她在高声地念《主祷文》。

"'这是怎么一回事？'妈妈打断她的祷告说，'当你念到"我们日用的饮食，天天赐给我们"的时候，你总加进去一点东西——但是我听不出究竟是什么。你必须告诉我。是什么呢？'小姑娘难为情地望着妈妈。一声不响。'除了说"我们每天的面包，您今天赐给我们"以外，你还加了些什么进去呢？'

"'亲爱的妈妈，请你不要生气吧，'小姑娘说，'我只是祈求在面包上多放点黄油！'"

（1840-1855 年）

跳高者

从前，一个国王举行了一次全国性的跳高比赛，几乎所有的小伙子都参加了，其中也包括跳蚤，蚱蜢和跳鹅三位优秀的跳高者。

"对啦，谁跳得最高，我就把我的女儿嫁给谁！"国王说，"因为，如果让这些人白白地跳一阵子，那就未免太不像话了！"

第一个出场的是跳蚤。它的态度非常可爱：不断地向四周的人敬礼，因为它身体中流着年轻小姐的血液，习惯于跟人类混在一起，而这一点是非常重要的。

接着蚱蜢也出场了，它的确很粗笨，但它的身体很好看。

它穿着那套天生的绿衣服。此外，它的整个外表说明它是来自于埃及的一个古老的家庭，因此它在这儿受到人们的尊敬。人们把它从田野里请过来，放在一个用纸张做的三层楼的房子里——这些纸张有画的一面都朝里。这房子有门也有窗，而且它们是从"美人"身中剪出来的。

"我唱得非常好，"它说，"16个本地产的蟋蟀从小时候开始唱歌，到现在还没有获得一间纸屋哩。它们听到我的情形简直嫉妒得要命，把身体弄得比以前还要瘦了。"

跳蚤和蚱蜢这两位毫不含糊地说明了它们是怎样的人物。它们

世界经典童话

·安徒生童话·

图文珍藏版

111

认为自己有资格和一位公主结婚。

跳鹅一句话也不说。不过据说它觉得自己更了不起。宫里的狗儿嗅了它一下，很有把握地说，跳鹅是来自一个上等的家庭。那位因为从来不讲话而获得了三个勋章的老顾问官说，人们只需看看它的背脊骨就能预知冬天是温暖还是寒冷，这是跳鹅的预见天才。这一点人们是没有办法从写历史书的人的背脊骨上看出来的。

"好，我不说什么了！"老国王说，"我只需在旁看看，就心中有数了！"

现在它们要跳了。跳蚤跳得非常高，可是谁也看不见它，因此大家就说它完全没有跳。这种说法太不讲道理。

蚱蜢跳得没有跳蚤一半高。不过它是向国王的脸上跳过去，因此国王就说，这简直是可恶之至。

跳鹅站在那儿，沉思了好一会儿；最后大家就认为它完全不能跳。

"我希望它没有生病！"宫里的狗儿说，然后它又在跳鹅身上嗅了一下。

"嘘！"它笨拙地一跳，就跳到公主的膝上去了。公主正坐在一个矮矮的金凳子上。

国王说："跳得最高的，就是跳到我的女儿身上去，因为这就是跳高的目的。不过要想到这一点，倒真需要有点头脑呢——跳鹅已经显示出它的智慧。它的腿长到额上去了！"

所以跳鹅就得到了公主。

"不过我跳得最高！"跳蚤说，"但是有什么用呢？尽管她得到一架带木栓和蜡油的鹅骨，我仍然是跳得最高。但是一个人在这个世界里，如果想要被人注意的话，必须有身材才成。"

跳蚤于是便无奈地投效一个外国兵团。据说它在当兵时牺牲了。

"身材是重要的！身材是重要的！"这是那只蚱蜢静静坐在田沟里，把这世界上的事情仔细思索了一番之后，得出的结论。

于是它便唱起了它自己的哀歌。我们从它的歌中得到了这个故事——虽然它已经被印出来了，但可能不是真的。

（1845 年）

红鞋

从前有一个名叫珈伦的小女孩——一个非常可爱、漂亮的小女孩。小珈伦很不幸，她的父母很早便死去了，她穷得连一双鞋都没有。这样，夏天她只好赤脚走路，到了冬天她只好拖一双沉重的木鞋，脚背都给磨红了，这是很不好受的。

在村子的中心住着一个年老的女鞋匠。她用旧红布片为小珈伦缝出了一双小鞋。这双鞋的样式既笨又不好看，但是她的用意是好的。

在珈伦的妈妈入葬的那天，她得到了这双红鞋。并且第一次穿。的确，这不是服丧时穿的东西；但是她没有别的鞋子。所以她就把一双小赤脚伸进红鞋里，跟在一个简陋的棺材后面走。

这时候忽然开过来一辆很大的旧车子。一位年老的太太坐在车子里。她非常可怜这位小姑娘，于是就对牧师说：

"我会好好待她的，把这小姑娘交给我吧！"

珈伦以为这是因为她那双红鞋的缘故。不过老太太说红鞋很讨厌，所以把这双鞋烧掉了。现在珈伦穿着干净整齐的衣服。学着读书和做针线，别人都说她很可爱。她的镜子说："你不但可爱，你简直是美丽。"

有一次皇后带着小公主来旅游。老百姓都拥到宫殿门口来看，珈伦也挤在他们中间。那位小公主穿着美丽的白衣服，站在窗子里面，让大家来看她。她既没有拖着后据，也没有戴上金王冠，但是她穿着一双华丽的红皮鞋。比起那个女鞋匠为小珈伦做的那双鞋来，这双鞋当然是漂亮得多。小珈伦觉得世界上再没有什么东西能跟鞋相比！

现在珈伦已经大到可以受坚信礼了。她将会有新衣服穿；她也会穿上新鞋子。城里一个富有的鞋匠把她的小脚量了一下——这件事是在他自己店里、在他自己的一个小房间里做的。那儿有许多大玻璃架子，里面陈列着许多整齐的鞋子和擦得发亮的靴子。它们全都很漂亮，不过那位老太太的视力不是很好，所以不感兴趣。在这许多鞋子之中有一双红鞋，它跟公主脚上的那双一模一样。它们是多么美丽啊！鞋匠说这双鞋是为一位伯爵小姐做的，但是它们不太合她的脚。

"那一定是为珈伦做的，"老太太说，"因此才这样发亮！""是的，发亮！"珈伦说。

于是她就买下了这双很合她脚的红鞋。不过老太太没有看清那是红色的，否则她决不会让珈伦穿着一双红鞋去受坚信礼。但是珈伦却去了，穿着漂亮的红鞋。

在教堂里所有的人都在注视着她的那双脚。当她走向那个圣诗歌唱班门口的时候，她就觉得好像那些墓石上的雕像，那些戴着硬领和穿着黑长袍的牧师，以及他们的太太的画像都在盯着她的那双红鞋。牧师把手搁在她的头上，讲着神圣的洗礼、她与上帝的誓约以及当一个基督徒的责任，可是小珈伦心中只想着自己漂亮的红鞋。风琴奏出庄严的音乐来，孩子们的悦耳的声音唱着圣诗，那个年老的唱诗队长也在唱，但是珈伦只想着她的红鞋。

那天下午老太太从别人嘴里知道，珈伦穿了双红鞋。她心中非常生气于是就说，这未免太胡闹了，太不成体统了。她还说，从此以后，珈伦再到教堂去，必须穿黑鞋子，哪怕是旧的。

下一个星期日要举行圣餐。珈伦看看那双黑鞋，又看看那双红鞋——她忍不住地又看看红鞋，最后决定还是穿上那双红鞋。

太阳照耀着万物，一切都显得那么美。珈伦和老太太走在田野的小径上。灰尘漂浮在路上。

一个残废的老兵在教堂门口，挂着一根拐杖站着。他留着一把很奇怪的长胡子。这胡子与其说是白的，还不如说是红的——因为它本来就是红的。他把腰几乎弯到地上去了；他问老太太，他能不能替她擦擦她鞋子上的灰尘。珈伦也把她的小脚伸出来。

"多么漂亮的舞鞋啊！"老兵说，"它最合适跳舞的时候穿！"说着他就用手在鞋底上敲了几下。老太太给这兵士几个银毫，然后便带着珈伦走进教堂里去了。

珈伦的这双红鞋引起了教学里所有人的注意，甚至包括所有的画像。当珈伦跪在圣餐台前、嘴里衔着金圣餐杯的时候——那双红鞋几乎浮在她面前的圣餐杯里。她一心想着她的红鞋结果忘记了唱圣诗；忘记了念祷告。

现在大家都离开了教堂。老太太走进她的车子里去，珈伦也抬起脚踏进车子里去。这时站在旁边的那个老兵说：

"多么美丽的舞鞋啊！"

珈伦经不起这番热情地赞美，她跳了几个步子。没想到一双腿就停不住了。这双鞋好像控制住了她的腿似的。她朝着教堂的一角跳——她没有办法停下来。车夫不得不跟在她后面跑，把她抓住硬

·安徒生童话·

图文珍藏版

是抱进车子里去。不过她的一双脚仍在跳，结果无意中她的脚狠狠地把那位好心肠的太太踢了一下。最后他们脱下她的鞋子；她的腿这样才算安静下来。

这双红鞋被放在家里的一个橱柜里，但是珈伦总忍不住要去看看。

现在老太太病得躺下来了，大家都说她大概活不长了。珈伦得去看护和照料老太婆，这时候城里举办了一个盛大的舞会，珈伦也被请去了。她矛盾地望了望这位生病的老太太，又瞧了瞧那双红鞋——她觉得瞧瞧也没有什么害处。结果她穿上了这双鞋——穿穿也没有什么害处。不过这么一来，她就无法控制自己，马上跑去参加舞会了。

可是这双红鞋很奇怪，当她要向右转的时候，鞋子却向左边跳。当她向上走的时候，鞋子偏要向下跳，跳下楼梯，一直走到街上，走出城门。她不得不舞着，一直舞到黑森林里去。

树林中有一道光。她想这一定是月亮了，不过，她却看到那个红胡子老兵的面孔。他坐着，看到珈伦就点头说：

"多么美丽的舞鞋啊！"

这时小珈伦有些害怕了，想把这双红鞋脱掉。但是它们扣得很紧。因为鞋已经生到她脚上去了所以她扯袜子也没有用。她只好不停地跳舞，跳到田野和草原上去，在雨里跳，在太阳里也跳，夜里跳，白天也跳。最可怕的是在夜里跳。

她跳到一个教堂的墓地里去，不过那儿的死者有比跳舞还要好的事情要做，所以他们并不跳舞。她多想坐在一个长满了苦艾菊的穷人的坟上休息一下，可是她静不下来。当她跳到教堂敞着的大门口的时候，一位穿白长袍的安琪儿出现了。她的翅膀从肩上一直拖到脚下，她的面孔庄严而沉着，手中拿着一把明晃晃的剑。

"你得跳舞呀！"她说，"穿着你的红鞋永远跳下去，跳到你发白和发冷，跳到你的身体干缩成为一架骸骨。你应该在各个人家门口跳舞。尤其要敲一些骄傲自大的孩子们的房子，好叫他们一听到你，就怕你！去吧！去不停地跳舞吧！"

"请饶恕了我吧！"珈伦恳求天使。

不过这双鞋把她很快带出门，所以她没有听到安琪儿的回答，带到田野上，大路上和小路上。她就这样不停地跳舞。

有一天早晨一个很熟识的门口从她面前闪过。里面传出唱圣诗的声音，一口棺材被抬出来，上面装饰着花朵。这时她才知道那个老太太已经死了。于是她觉得她已经被大家遗弃，被上帝的安琪儿责罚。

她跳着舞，她不得不跳着舞——在漆黑的夜里旋转着。这双鞋带着她走过荆棘的野蔷薇；她的双脚被刺得流出了鲜血。她在荒地上跳，一个孤零零的小屋子出现在她面前。她知道一个刽子手住在这儿。她用手指在玻璃窗上敲了一下，同时说：

"请出来吧！请出来吧！我进不来呀，因为我在跳舞！"

刽子手说：

"你也许不知道我是谁吧？我就是砍掉坏人脑袋的人呀。我已经感觉到我的斧子在颤动!"

"请不要砍掉我的头吧,"珈伦恳求他,"因为如果没有了头,那么我就不能忏悔我的罪过了。但是请你砍掉我这双穿着红鞋的脚吧!"

于是讲出了她的罪过之后。她那双穿着红鞋的脚就被砍掉了。不过这双鞋带着她的小脚还在跳舞,一直跳到远方的黑森林里去了。

刽子手为她配了一双木脚和一根拐杖以便她能走路,同时把一首死囚们常常唱的圣诗教给她。她吻了一下那只握着斧子的手,然后就走向荒地。

"为这双红鞋我已经吃了不少的苦头,"她说,"现在我要到教堂里去忏悔我的罪过,好让人们重新认识我。"

她很快地向教堂的大门走去,但是当她站在大门口时,她害怕起来,因为那双红鞋就在她面前跳着舞,所以她只好走回来。

整整一个星期她是在悲哀中度过的,流了许多伤心的眼泪。不过当星期日到来的时候,她说:

"唉,我受苦和斗争已经够久了!我想现在我跟教堂里那些昂着头的人没有什么两样!"

于是她就大胆地走出去。但是当她刚刚走到教堂门口的时候,那双红鞋又在她面前跳舞:这时她害怕极了,马上往回走,同时虔诚地忏悔她的罪过。

她走到牧师家里,请求在他家当一个佣人。她愿意勤恳地工作,尽她的力量做事。她不计较工资;只是希望有一个跟好人在一起的住处。牧师的太太怜悯她，于是就把她留下来。她很勤快善于动脑筋。晚间，当牧师在高声地朗读《圣经》的时候，她就坐下来静静地听。这家的孩子都喜欢她。不过当他们谈到衣服、排场像皇后那样的美丽的时候，她就摇摇头。

第二个星期天，一家人要到教堂去做礼拜。他们邀请她同去。她含着满眼泪珠，凄惨地望了一眼她的拐杖。于是这家人就去听上帝的训诫了。留下她一个人孤独地回到那间小房里去。这儿很窄，放一张床和一把椅子就没有空间了。她拿着一本圣诗集坐下儿，用一颗虔诚的心来读里面的字句。风儿吹来教堂的风琴声。她抬起被眼泪润湿了的脸，说：

"上帝啊，请帮助我!"

这时太阳在光明地照着。一位穿白衣服的安琪儿——那天晚上她在教堂门口见到过的那位安琪儿——出现在她面前了。不过她手中拿的不再是那把锐利的剑，而是一根开满了玫瑰花的绿枝。她用这绿枝触了一下天花板，于是天花板就升得很高。凡是她所触到的地方，就出现一颗明亮的金星。她把墙触了一下，于是墙就分开。这时那架奏着音乐的风琴和绘着牧师及牧师太太的一些古老画像就出现在她面前。做礼拜的人都很讲究地坐在席位上，唱着圣诗集里的诗。如果说这不是教堂自动跑到这个狭小房间里的可怜的女孩面前，那就是她已经来到了教堂里面。她和牧师家里的人一同坐在席位上。当他们念完圣诗、抬起头看到小珈伦时就点点头，说：

"珈伦，你也到这儿来了!"

"我得到了宽恕!"她说。

风琴奏着悦耳的音乐。孩子们的合唱是非常好听和可爱的。从窗子那儿射来一束明朗的太阳光,温暖地照在珈伦身上。她的心爆裂开了,因为它充满了那么多的阳光、幸福和快乐。她的灵魂飞进了天国。从此以后谁也没有再问起她的那双红鞋。

（1845 年）

衬衫领子

　　从前有一位漂亮的绅士，他拥有一个世界上最好的衬衫领子。而他所有的动产只是一个脱靴和一把梳子。我们现在所要听到的就是关于这个领子的故事。

　　衬衫领子的年纪已经大到足够考虑结婚的问题了。事又凑巧，他和袜带在一块儿混在水里洗。

　　"我的天！"衬衫领子说，"你是我看到过的最苗条和细嫩、最迷人和温柔的人儿了。请问你芳名？"

　　"这个我可不能告诉你！"袜带说。

　　"你的家在哪儿？"衬衫领子问。

　　要回答这样一个问题，她觉得非常困难，因为袜带非常害羞。

　　"我想你是一根腰带吧？"衬衫领子说，"一种内衣的腰带！亲爱的小姐，我可以看出，你既实用，又可以做装饰品！"

　　"请不要跟我讲话！"袜带说，"我想，我没有给你任何理由这样做！"

　　"咳，一个长得像你这样美丽的人儿，"衬衫领子说，"就是足够的理由了。"

　　"请离我远点儿！"袜带说，"你很像一个男人！"

世界经典童话

·安徒生童话·

图文珍藏版

　　"我还是一个漂亮的绅士呢！"衬衫领子说，"我有一个脱靴器和一把梳子！"

　　这完全不是真话，他不过是在吹牛罢了，因为这两件东西是属于他的主人的。

　　"请不要离我太近！"袜带说，"我不习惯于这种行为。"

　　"这简直是在装腔作势！"衬衫领子说。这时他们被取出来，上了浆，挂在一张椅子上晒，最后就被铺到一个熨斗板上。现在一个滚热的熨斗来了。

　　"太太！"衬衫领子说，"亲爱的寡妇太太，我现在真感到有些热了。噢，我要向你求婚！我现在变成了另外一个人；你看我的皱纹全没有了。这都是你的功劳啊！

"你这个老破烂！"熨斗说，同时很骄傲地在衬衫领子上走来走去，因为她想象自己是一架拖着一长串列车火车头，正奔驰在铁轨上。"你这个老破烂！"

一把剪纸的剪刀走过来把这些衬衫领子边缘上破损的地方剪掉。

"哎哟！"衬衫领子说，"你的腿伸得多直啊！你一定是一个芭蕾舞舞蹈家！我从来没有看见过这样美丽的姿态！你真是世界上独一无二的人！"

"我知道这一点！"剪刀说。

"你配得上做一个伯爵夫人！"衬衫领子说，"我全部的财产是一个脱靴器和一把梳子。我只是希望再有一个伯爵的头衔！"

"难道你还想求婚不成？"剪刀说。她很生气，于是结结实实地把他剪了一下，弄得他一直复原不了。

"也许向梳子求婚会好一些！"衬衫领子说，"亲爱的姑娘！你的牙齿保护得多好啊！这真了不起。难道你从来没有想过订婚的问题吗？"

"当然想到过，你已经知道，"梳子说，"我跟脱靴器早就订婚了！"

"订婚了！"衬衫领子失望了。

现在他再也没有求婚的机会了。因此他瞧不起爱情这种东西。

很久一段时间过去了。衬衫领子出现一个造纸厂的箱子里。周围是一堆烂布朋友：细致的跟细致的人在一起，粗鲁的跟粗鲁的人在一起，真是物以类聚。他们要讲的事情太多了，但是衬衫领子是一个可怕的牛皮大王，所以他要讲的事情最多。

"我曾经有过一大堆情人！"衬衫领子说，"忙得我连半点钟的休息时间都没有！我是一个上了浆的漂亮绅士。我从来不用我的脱靴器和梳子，你们应该看看我那时的样子，昂首阔步，神气十足！我永远也忘不了我的初恋——那是一根腰带。多么细嫩，温柔，迷人的女孩啊！她为了我，投身到一个水盆里去！后来出现一个寡妇，她变得热情起来，不过直到她满脸青黑为止，我也没有理她，接着是芭蕾舞舞蹈家。她伤了我的心，至今还没有好——她的脾气太坏！我的那把梳子倒是钟情于我，因为失恋，她的牙齿都脱落了。是的，像这类的事儿，我真是一个过来人！不过使我感到最难过的是那根袜带子——我的意思是说那根腰带，她为我跳进水盆里去，我时时刻刻都感到良心不安。我情愿变成一张白纸！"

事实也是如此，所有的烂布都变成了白纸，而衬衫领子却成了我们所看到的这张纸——这个故事就是在这张纸上——被印出来的。事情变成这样，完全是因为他喜欢把从来没有过的事情瞎吹一通。我们必须记清楚这一点，免得干出同样的事情，因为我们不知道，有一天我们也会来到一个烂布箱里，被制成白纸，在这纸上，我们全部的历史，甚至最秘密的事情也会被印出来，结果我们就不得不到处讲这个故事，像这衬衫领子一样。

（1848 年）

一个豆荚里的五粒豆

一个豆荚里面包着五粒绿色的豌豆。

这些豌豆以为整个世界都是绿色的。事实也正如他们想的！豆荚和豆粒一起生长。它们按照在家庭里的地位，坐成一排。太阳在外边温暖地照着，晒得豆荚暖洋洋的；雨水把它洗得透明。这儿是既温暖，又舒适；白天有光，晚间黑暗，这本是必然的自然规律。豌豆粒一天天长大，同时也越变得沉思起来，因为它们多少得做点事情呀。

"难道我们就在这儿永远坐下去吗？"它们问，"我只希望如果老这样坐下去，身体千万不要变得僵硬。我似乎觉得外面发生了一些事情——我有这种预感！"

许多星期过去了。这几粒豌豆变化了，豆荚也变化了。

"整个世界都在改变啦！"它们说。它们也可以这样说。

忽然豆荚震动了一下。它被人用手摘了下来，跟许多别的丰满的豆荚一起，溜到一件马甲的口袋里去了。

"我们不久就要被打开了！"它们兴奋地说。并迫不及待地等待着这一幸福时刻的到来。

"我倒很想知道，我们之中谁会走得最远！"最小的一粒豆说，

"好在事情马上就要揭晓了。"

"该怎么办就怎么办!"最大的那一粒说。

"啪!"豆荚裂开来了。那五粒豆子全都滚到太阳光里来了。它们躺在一个正在玩豆枪的孩子的手中。这个孩子说它们正好可以当作豆枪的子弹用,就紧紧地捏着它们。他马上安一粒进去,把它射出来。

"现在我要飞向广大的世界里去了!如果你能捉住我,那么就请你来吧!"于是第一粒豆就飞走了。

"我,"第二粒说,"我将直接飞进太阳里去。这才像一个豆荚呢，而且与我的身份非常相配！"

于是它也飞走了。

"我们到了什么地方，就在什么地方睡，"其余的两粒说，"不过我们仍得向前滚。"因此它们在没有到达豆枪以前，就先在地上打起滚来。但是最终它们还是被装进去了。"我们才会射得最远呢！"

"该怎么办就怎么办！"最后的那一粒说。它射到空中去了。射到顶楼窗子下面一块旧板子上，正好钻进一个长满了青苔的霉菌的裂缝里去。青苔把它裹起来。它不见了，可是我们的上帝并没遗弃它。

"该怎么办就怎么办！"它说。

一个穷苦的女人住在这个小小的顶楼里。白天她到外面去擦炉子，锯木材，并且做各式各样的粗活，尽管她很强壮，而且也很勤俭，不过她仍然很穷。躺在这顶楼上的是她那个发育不全的独生女儿。她的身体非常虚弱。躺在床上整整一年了；看样子既活不下去，也死不了。

"她快要到她亲爱的姐姐那儿去了！"女人说，"我只有两个孩子，但是养活她们两个人是很困难的。善良的上帝已经接走一个了分担了我的愁苦。现在我养着留下的这一个。不过我想他不会让她们姐妹俩分开的；她也会到她天上的姐姐那儿去的。"

可是这个病孩子并没有离开人世。她整天安静地、耐心地在家里躺着，而她的母亲到外面去挣点生活的费用。这正值春天。一天，当母亲正要出去工作的时候，从那个小窗子射进来太阳温和地、愉

图文珍藏版

快地光芒，这个病孩子望着最低的那块窗玻璃。

"从窗玻璃旁边探出头来的那个绿东西是什么呢？它在风里不停地摆动！"

母亲走过去把窗打开一半。"啊"她说，"我的天，原来是一粒小豌豆。还长着小叶子来了。它怎样钻进这个隙缝里去的？好了现在可有一个小花园来供你欣赏了！"

母亲把病孩子的床搬得更挨近窗子，好让她看到这粒正在生长着的豌豆。然后便出去工作了。

"妈妈，我觉得我好了一些！"这个小姑娘在晚间说，"今天太阳在我身上照得怪暖和的。这粒豆子长得好极了，我也会康复的；我将爬起床来，走到温暖的太阳光中去。"

"愿上帝准许我们这样！"母亲低声说，但是她不相信事情会有所好转。不过她仔细地用一根小棍子把这植物支起来，好使它不致被风吹断，因为它使她的女儿对生命产生了愉快的想象。她又从窗台上牵了一根线到窗框的上端去，使这粒豆可以盘绕着它向上长，它的确在向上长——人们每天可以看到它在生长。

"真的，它就要开花了！"有一天早晨女人说。她的病孩子会好转起来。从现在起她就抱着这样的希望，她记起最近这孩子讲话时要比以前愉快得多，而且最近几天她自己也能爬起来，直直地坐在床上，用高兴的眼光望着这一颗豌豆所形成的小花园。

一星期以后，这个病孩子竟然能够在温暖的太阳光里快乐地坐一整个钟头。窗子开着，一朵盛开的、粉红色的豌豆花出现在小姑娘面前。她低下头来，轻轻地吻了一下柔嫩的叶子。这一天简直像一个难忘的节日。

"我幸福的孩子，上帝亲自种下这颗豌豆，叫它长得枝叶茂盛，成为你我的希望和快乐！"母亲高兴地说。她对这花儿微笑，好像它就是上帝送下来的一位善良的安琪儿。

但是其余的几粒豌豆呢？嗯，那一粒曾经飞到广大的世界上去，并且还说过"如果你能捉住我，那么就请你来吧！"落到屋顶的水笕里去了，躺在一个鸽子的嗉囊里，正如约拿躺在鲸鱼肚中一样。那两粒懒惰的豆子也不过只走了这么远，因为鸽子吃掉了它们。

总之，它们总也还算有用。可是那第四粒，它本来想到太阳那儿去，结果却落到水沟里了，在脏水里一躺就是好几个星期，而且涨饱了身子。

"我胖得够美了！"这粒豌豆得意地说，"我胖得要爆裂开来。我想，我是豆荚里五粒豆子中最了不起的一粒。因为任何豆子从来不曾、也永远不会达到这种地步的。"

水沟说它讲得很有道理。

可是顶楼窗子旁那个年轻的女孩子——她脸上射出健康的光彩，她的眼睛发着亮光——正在豌豆花上轻轻地交叉着一双小手，感谢上帝。

水沟说："我支持我的那粒豆子。"

（1853 年）

一个贵族和他的女儿们

　　当风儿在草上吹过去的时候，田野就像一湖水，起了一片涟漪。当风在麦子上扫过去的时候，田野就像一个海，起了一层浪花，这叫作风的跳舞。不过请听它讲的故事吧：这故事它是唱出来的。故事在森林的树顶上的声音，同它通过墙上通风孔和隙缝时所发出的声音是截然不同的。你看，风在天上把云块像一群羊似的驱走！你听，风在敞开的大门里呼啸，简直像守门人在吹着号角！它从烟囱和壁炉口吹进来的声音是多么奇妙啊！火发出爆裂声，燃烧起来，把房间较远的角落都照明了。这里是那么温暖和舒适，坐在这儿听这些声音是多么愉快啊。让风儿自己来讲吧！因为它知道许多故事和童话——比我们任何人知道的都多。现在请听吧，请听它怎样讲吧。

　　"呼——呼——嘘！去吧！"这就是它的歌声的叠句。

　　"一幢古老的房子立在那条'巨带'的岸边；它有厚厚的红墙，"风儿说，"它的每一块石头我都认识；当它还是属于涅塞特的马尔斯克·斯蒂格堡寨的时候，我就看见过它。现在它不得不被拆掉了！在另一个地方石头被砌成新墙，造成一幢新房子——这就是波列埠庄园：现在它还立在那儿。"我认识和见过那里高贵的老爷和太太们，以及住在那里的后裔。现在我要讲一讲关于瓦尔得马尔·杜和他的女儿们的故事。"因为有皇族的血统，所以他骄傲得不可一世！他除了能猎取雄鹿和把满瓶的酒一饮而尽以外，还能做许多别的事情。'事情自然会有办法。'这是他常常对自己说的一句话

"他的太太穿着金线绣的衣服，高视阔步地在光亮的地板上走来走去。壁毯是华丽的；家具是贵重的，而且还有精致的雕花。她带

图文珍藏版

来许多作为陪嫁的金银器皿。当地窖里已经藏满了东西的时候，里面还藏着德国啤酒。马厩里黑色的马在嘶鸣。那时这家人很富有，波列埠的公馆有一种豪华的气派。

"他有三个娇美的女儿：意德、约翰妮和安娜·杜洛苔。我现在还能叫出她们的名字。

"她们是有钱有身份的人，在豪宅中出生，长大。呼——嘘！去吧！"风儿唱着。接着它继续讲下去：

"在这儿我看不见别的古老家族中常有的情景：高贵的太太跟她的女仆们坐在大厅里一起摇着纺车。她吹着洪亮的笛子，同时唱着歌——并不都是那些古老的丹麦歌，也有一些异国的歌。这儿有活跃的生活，殷勤的招待；显贵的客人从四面八方来到这里，演奏着音乐，碰着酒杯，我实在没有办法把这些声音淹没！"风儿说，"除了夸张的傲慢神情和老爷派头；这儿什么也没有，更没有上帝！"

"五月一日的那天晚上，"风儿说，"我正从西边来，看到船只撞着尤兰西部的海岸而被毁。匆匆忙忙的我走过这生满了石楠植物和长满了绿树林的海岸，走过富恩岛。现在我扫过'巨带'，呻吟着，叹息着。"

于是我在瑟兰岛的岸上，躺在波列埠的那座公馆的附近休息。那儿有一个青葱的栎树林，现在还仍然存在。

附近的年轻人到栎树林下面来收捡树枝和柴草，收拾他们所能找到的最粗和最干的木柴。在村里他们把木柴，聚成堆，点起火。于是男男女女就围在周围快乐地跳舞唱歌。

"我躺着一声不响,"风儿说,"不过我悄悄地把一根枝子——一个最漂亮的年轻人捡回来的枝子——拨了一下,于是他的那堆柴就迅速燃烧,烧得比其他的柴堆都高。这样他就算是获得了'街头山羊'的光荣称号,同时还可以在这些姑娘之中选择他的'街头绵羊'。跟波列埠那个豪富的公馆比起来,这儿的快乐和高兴,真叫人难忘!"

那位贵族妇人,带着她的三个女儿,乘着一辆由六匹马拉着的镀了金的车子,向这座公馆驰来。她的女儿是那么年轻和美丽——如同三朵迷人的花:玫瑰、百合和淡白的风信子。而母亲本人则是一朵鲜嫩的郁金香。大家都停止了游戏,向她鞠躬和敬礼;但是她目不斜视,人们觉得,这位贵妇人是一朵开在相当硬的梗子上的花。

"我看见了玫瑰、百合和淡白的风信子!我想,有一天她们将会是谁的小绵羊呢?她们的'街头山羊'将会是一位漂亮的骑士,还是一位王子!呼——嘘!去吧!去吧!"

是的,车子载着她们走了,农人们继续跳舞。在波列埠这地方,在卡列埠,在周围所有的村子里,人们都在庆祝夏天的到来。

"可是,当我夜里再起身的时候,"风儿说,"那位贵族妇人躺下了,再也没有醒来。她碰上这样的事情,正如许多人碰上这类的事情一样——并没有什么新奇。瓦尔得马尔·杜静静地、沉思地站了一会儿。他在心里说:'最骄傲的树可以弯,但不一定就会折断,'女儿们哭起来;公馆里所有的人都在擦眼泪。杜夫人去了——可是我也去了,呼——嘘!"风儿说。

"我又回来了。我常常回到富恩岛和'巨带'的沿岸来看看。我停留在波列埠的岸旁，在那美丽的栎树林附近：苍鹭正在做窠，斑鸠，甚至蓝乌鸦和黑鹳鸟也都到这儿来生活。这还是开春不久：它们有的已经生了蛋，有的已经孵出了小雏。嗨，它们是在怎样飞，怎样叫啊！一下，两下，三下，人们可以听到斧头的响声。于是树林被砍掉了。瓦尔得马尔·杜想要建造一条华丽的船——一条有三层楼的战舰。他砍掉这个作为水手的目标和飞鸟隐身处的树林，因为他想国王一定会买那条船。苍鹭的窠被毁掉了而它也惊恐地飞走另寻安身之处了。其他的林中鸟慌乱地飞来飞去，愤怒地、惊恐地号叫着，我了解它们的心情因为它们无家可归了。乌鸦和穴乌用讥笑的口吻大声地号叫：'离开窠儿吧！离开窠儿吧！离开吧！离开吧！'"

在树林里，瓦尔得马尔·杜和他的女儿们，站在一群工人旁边。听到这些鸟儿的狂叫，他们不禁大笑起来。只有一个人——那个最年轻的安娜·杜洛苔——心中感到非常难过。他们正要推倒一株砍掉的树，可是在这株树的枝丫丫上有一只黑鹳鸟的窠，窠里的小鹳鸟正在伸出头来——她替它们求情，她含着眼泪向大家求情。最后这株有窠的树算是为鹳鸟留下了。这不过只是一件很小的事情。

"树木被砍掉了，锯掉了。接着一个有三层楼的船便建造起来了。建筑师虽然出身微贱，但是他有高贵的仪表。他的眼睛和前额说明他有非凡的智慧。瓦尔得马尔·杜喜欢听他谈话；最大的女儿意德——她现在有15岁了——也是这样。当他正在为父亲建造船的时候，他也在为自己建造一个空中楼阁：他和意德将作为一对夫妇住在里面。如果这楼阁是由石墙所砌成、有壁垒和城壕、有树林和花园的话，也许这个幻想会成为事实。不过，这位建筑师却是一个穷鬼虽然他有一个聪明的头脑。的确，一只麻雀怎么能在鹤群中跳舞呢？呼——嘘！我飞走了，他也飞走了，因为他不能住在这儿。小小的意德也只好克服她难过的心情。因为她非克制不可。"

"马厩里那些黑马嘶鸣；它们值得一看，而且也有人在看它们。国王派海军大将亲自来检验这条新船，来布置购买它。海军大将也大为称赞这些雄赳赳的马儿。我听到这一切，"风儿说，"我陪着这些人走进敞开的门；我在他们脚前撒下一些草叶，像一条一条的黄金。瓦尔得马尔·杜想要金子，海军大将想要那些黑马——因此他才那样称赞它们，不过瓦尔得马尔·杜没有听懂他的意思，结果船也没有卖成。这船寂寞地躺在岸边，亮得放光，周围全是木板；一个永远不曾下过水的挪亚式的方舟，呼——嘘！去吧！去吧！这真可惜。"

"冬天，田野上盖满了厚厚的白雪，'巨带'里结满了冰，我把冰块吹到岸上来，"风儿说，"成群的乌鸦和大渡鸟都来了，它们一个比一个黑。岸边那条没有生命的、被遗弃的、孤独的船成了它们的栖息地。它们用一种喑哑的调子哀鸣着，为那已经不再有茂密的树林，为那被遗弃了的贵重的雀窠，为那些没有家的老老少少的雀子而哀鸣。都是因为那一大堆木头——那一条从来没有出过海的船的缘故。"

"雪花被我搅得乱飞，像巨浪似的围在船的四周，压在船的上面！我让它听到我的声音，使它知道，风暴有些什么话要说。我知道，我在尽我的力量教它关于航行的一切技术。呼——嘘！去吧！"

冬天逝去了；春天和夏天都逝去了。它们像我一样，像雪花的飞舞，像玫瑰花的飞舞，像树叶的下落一样在逝去——逝去了！逝去了！人也逝去了！

不过那三个女儿仍然很年轻，小小的意德是一朵玫瑰花，美丽得像那位建筑师初见到她的时候一样。她常常若有所思地站在花园的玫瑰树旁，没有注意到我抚着她的棕色长发并在她松散的头发上撒下美丽花朵。于是她就凝视那鲜红的太阳和那在花园的树林和阴森的灌木丛之间露出来的金色的天空。

"她的妹妹约翰妮如同一朵百合花，亭亭玉立，高视阔步，像她的母亲一样，只是梗子脆了一点。她喜欢走过挂有祖先的画像的大厅。画中的仕女们都穿着丝绸和天鹅绒的衣服；缀有珍珠的小帽戴在她们的发髻上。真是一群美丽的仕女！她们的丈夫不是穿着铠甲，就是穿着用松鼠皮做里子和有皱领的大氅。他们腰间挂着长剑，但是并没有扣在股上。约翰妮的画像哪一天会在墙上挂起来呢？她高贵的丈夫将会是个什么样的人物呢？是的，这就是她心中所想着的、她低声对自己所讲着的事情。当我吹过长廊、走进大厅、然后又折转身来的时候，我听到了这些话。

"那朵淡白的风信子安娜·杜洛苔刚刚满14岁，是一个安静深思的女子。她那副大而深蓝的眼睛常有一种深思的表情，但一种稚气的微笑仍然飘在她的嘴唇上。我没有办法吹掉它，也没有心思这样做。

"我在花园里，在空巷里，在田野里遇见她。她在忙着采摘花草；这些东西对她的父亲有用：它们可以被蒸馏成饮料。瓦尔得马尔·杜是一个骄傲自负的人，不过他也是一个相当博学的人，知道很多东西。这并不是一个秘密。他的烟囱即使在夏天还冒出火来。一连几天几夜他的房门都是锁着的。但是他不大喜欢谈这件事情——大自然的威力应该是在沉静中征服的。不久风儿就发现了一件最大的秘密——制造赤金。

"这正是为什么烟囱一天到晚在冒烟、一天到晚在喷出火焰的缘故。是的，我也在场！"风儿说。"'停止吧！停止吧！'我对着烟囱口唱：'它的结果将只会是一阵烟、空气、一堆炭和炭灰！你将会把你自己烧得精光！呼——呼——呼——去吧！停止吧！'但是瓦尔得马尔·杜并不放弃他的意图。

"马厩里那些漂亮的马儿——它们变成了什么呢？碗柜和箱子里的那些旧金银器皿、田野里的母牛、财产和房屋都变成了什么呢？——是的，它们可以熔化掉，可以在那金坩埚里熔化掉，但是那里面却变不出金子！

"空空的谷仓和储藏室，空空的酒窖和库房。人数也减少了，但是耗子却增多了。这一块玻璃裂了，那一块玻璃碎了；我可以不需通过门就能大摇大摆地进去了，"风儿说。"烟囱一冒烟，就说明有人在煮饭。这儿的烟囱也在冒烟；可是为了炼赤金，却把所有的饭都耗费光了。"

"我像一个看门人吹着号角一样吹进院子的门，不过这儿却没有什么看门人，"风儿说，"尖顶上的那个风信鸡被我吹得团团转。它嘎嘎地叫着，像一个守望塔上的卫士在发出鼾声，可是这儿哪有什么卫士，除了成群的耗子。'贫穷'就躺在桌上，'贫穷'就坐在衣橱里和橱柜里；门脱了榫头，裂缝出现了，我现在是进出自由。"风儿说，"因此我什么都知道。

"在烟雾和灰尘中，在悲愁和失眠的夜里，他的胡须和两鬓都变白了。他的皮肤变得枯黄起来；他的眼睛发出那种贪图金子的光，因为他追求金子。

"我把烟雾和火灰吹向他的脸和胡须；他得到的是一堆债务而不是什么金子，我从碎了的窗玻璃和大开的裂口吹进去。吹进他女儿们的衣柜里去，那里面的衣服都褪了色，破旧了，因此她们老是穿着这几套衣服。这支歌不是在她们儿时的摇篮旁边唱的！豪富的日子现在变成了贫穷的生活！我是这座公馆里唯一高声唱歌的人！"风儿说，"他们被我用厚雪封在了屋子里；人们说雪可以保持住温暖。那个供给他们木柴的树林已经被砍光了，所以他们没有木柴。天正下着严霜。我在裂缝和走廊里吹，在三角墙上和屋顶上吹，为的是要运动一下。这三位出身高贵的小姐，冷得爬不起床来。父亲在床被子下缩成一团。没有了吃的东西，也没有了烧的东西——这就是贵族的生活！呼——嘘！去吧！但是这正是杜老爷所办不到的事情。"

"'冬天过后春天就来了,'他说,'贫穷过后快乐的时光就来了,但是快乐的时光必须耐心等待!现在只剩下一张房屋和田地典契,这正是倒霉的时候。但是金子马上就会到来的——在复活节的时候就会到来!'"

"我听到他望着蜘蛛网这样讲:'聪明的小织工,你教我坚持下去!人们弄破你的网,你会重新再织,把它完成!人们再毁掉它,你会坚决地又开始工作——又开始工作!人也应该是这样,气力绝不会白费。'"

"这是复活节的早晨。钟在响,太阳在天空中嬉戏。瓦尔得马尔·杜在狂热的兴奋中守了一夜;他在熔化,冷凝,提炼和混合。我听到他像一个失望的灵魂在唉声叹气,我听到他在祈祷,我注意到他在屏住呼吸。他没注意灯里的油燃尽了。我吹着炭火;他惨白的面孔映着火光,泛出淡淡红光。他深陷的眼睛在眼窝里望,眼睛越睁越大,好像要跳出来似的。"

"请看这个炼金术士的玻璃杯!那里面发出赤热的,纯清的,沉重的红光!他激动地用颤抖的手举起这个杯子,'金子!金子!'他用颤抖的声音喊,他的头脑有些昏沉——我很容易就把他吹倒,"风儿说。"不过我只是扇着那炙热的炭;我陪着他走进一个房间,在那儿他的女儿正冻得发抖。他的上衣上全是炭灰;他的胡须里,蓬松的头发上,也是炭灰。他笔直地站着,高高地举起放在易碎的玻璃杯里的贵重的宝物。'炼出来了,胜利了!——金子,金子!'他叫着,把杯子举到空中,让它在太阳光中闪闪发亮。但是这位炼金术士的杯子落到地上，因为他的手在发抖，杯子跌成一千块碎片。他的幸福泡沫现在消逝！呼——嘘——嘘！去吧！我从这位炼金术士的家里走出去了。"

"岁暮的时候，日子很短；雾降了下来，凝成水滴停在红浆果和光赤的枝子上。我精神饱满地回来了，我横渡高空，扫过青天，折断干枝——这倒不是一件很艰难的工作，但是非做不可。现在在波列埠的公馆里另一种大扫除出现在瓦尔得马尔·杜的家里，他的敌人，巴斯纳斯的奥微·拉美尔拿着房子的典押字据和家具的出卖字据来了。我在碎玻璃窗上敲，腐朽的门上打，在裂缝里面呼啸：呼——嘘！我要使奥微·拉美尔不喜欢住在这儿。意德和安娜·杜洛苔伤心得哭着；亭亭玉立的约翰妮脸色发白，她咬着拇指，一直到血流出来——但这又有什么用呢？奥微·拉美尔准许瓦尔得马尔·杜在这儿一直住到死，可是并没有人因此感谢他。我静静地听着。我看到这位无家可归的绅士仰起头来，显出一副比平时还要骄傲的神气。我袭向这公馆和那些老菩提树，折断了一根最粗的枝子——一根还没有腐朽的枝子。这枝子像一把扫帚似的躺在门口，人们可以用它把这房子打扫干净，事实上人们也在扫了——我想这很好。"

"这是异常艰难的日子，在不容易保持镇定的时刻；他们的意志是那么坚强，他们的骨头是那么坚硬。

"他们一无所有除了穿的衣服以外：对了，他们还有一件东西——一个新近买的炼金的杯子。那里面盛满了从地上捡起来的那些碎片——这东西期待有一天会变成财宝，但是这想法从来没有兑现。

瓦尔得马尔·杜把这财宝藏在他的怀里。现在这位曾经一度豪富的绅士，手中拿着一根棍子，带着他的三个女儿走出了波列埠的公馆。我在他灼热的脸上吹了一阵寒气，我抚摸着他灰色的胡须和雪白的长头发，我尽力唱出歌来——'呼——嘘！去吧！去吧!'这就是豪华富贵的一个结局。

"意德在老人的一边走，安娜·杜洛苔走在另一边。约翰妮在门口掉转头来——为什么呢？幸运并不会掉转身来呀。她望了一眼马尔斯克·斯蒂格公馆的红墙壁；她想起了斯蒂格的女儿们：

年长的姐姐牵着小妹妹的手，

她们一起在茫茫的世界漂流。

"难道她现在想起了这支古老的歌吗？现在她们姐妹三个人在一起——父亲也跟在一道！他们走着这条路——他们华丽的车子曾经走过的这条路。作为一群乞丐她们搀着父亲向前走；走向斯来斯特鲁的田庄，走向那年租十个马克的泥草棚里去，走向空洞的房间和没有家具的新家里去。黑黑的乌鸦和穴乌盘旋在他们的头上，号叫，仿佛是在讥刺他们："没有了窠！没有了窠！没有了！没有了!'这正像波列埠的树林被砍下时鸟儿所做的哀鸣一样。

"杜老爷和他的女儿们一听就明白了。因为听到这些话并没有什么好处，所以我在他们的耳边吹。

"他们住进斯来斯特鲁田庄上的泥草棚里去。我走过沼泽地和田野、光赤的灌木丛和落叶的树林，走到汪洋的水上，走到别的国家里去：呼——嘘！去吧！去吧！永远地去吧!"

世界经典童话

·安徒生童话·

图文珍藏版

瓦尔得马尔·杜怎么样了呢？他的女儿怎么样了呢？风儿说：

"是的，我最后一次看到的是安娜·杜洛苔——那朵淡白色的风信子：那已经是50年以前的事情。现在她老了，腰也弯了，她活得最久；她也经历了一切。

"在那长满了石楠植物的荒地上，有一幢华丽的、副主教住的新房子立在微堡城附近。红砖砌成的房子有锯齿形的三角墙。烟囱里冒出浓烟来。那位贤淑的太太和她庄重的女儿们坐在大窗口，凝望着花园里悬挂在那儿的鼠李和长满了石楠植物的棕色荒地。她们在望什么东西呢？她们在望那儿一个快要倒的泥草棚上的鹳鸟窠。一堆青苔和石莲花就是所谓的屋顶——鹳鸟做窠的地方就是最干净的地方，而也只有这一部分是完整的，因为鹳鸟始终把它保持完整。

"我要对那个屋子谨慎一点才成，它只能看，不能碰，"风儿说，"这泥草棚是因为鹳鸟在这儿做窠才被保存下来的，虽然在这荒地上它是一件吓人的东西。副主教还是不愿意赶走鹳鸟，因此这个破棚子就被保存下来了，那里面的穷苦人也就能够永远住下去。她应该感谢这只埃及的鸟儿。在波列埠树林里她曾经为它的黑兄弟的窠求过情，这可能是它的一种报答吧！可怜的她，在那时候，她还是一个年幼的孩子——豪富的花园里的一朵淡白的风信子。安娜·杜洛苔清清楚楚得记得这一切。

"'啊！啊！是的，人们可以像风在芦苇和灯芯草里叹息一样叹息，啊！啊！瓦尔得马尔·杜，在你入葬的时候，没有人为你敲响丧钟！当这位波列埠的主人被埋进土里的时候，也没有穷孩子来为你唱一首圣诗！啊！任何东西都有一个结束，穷苦也是一样！意德妹妹成了一个农人的妻子。这对我们的父亲说来是一个严厉的考验！女儿的丈夫——一个穷苦的农奴！可以被他的主人随时命令骑上木马。现在他已经躺在地下了吧？至于你，意德，也是一样吗？唉！倒霉的我，还没有一个终结！仁慈的上帝，请让我死吧！'

"这是安娜·杜洛苔在那个寒碜的泥草棚——为颧鸟留下的泥草棚——里所做的祈祷。

"我亲自带走了三姊妹中最能干的一位，"风儿说，"她穿着一套合乎她的性格的衣服！化装成为一个穷苦的年轻人，到一条海船上去工作。她不多讲话，面孔很沉着，她愿意做自己的工作。但是她可不会爬桅杆；因此在别人还没有发现她是一个女人以前，我就把她吹下船去。我想这总不是一桩坏事！"风儿说。

像瓦尔得马尔·杜幻想发现了赤金的那样一个复活节的早晨，安娜·杜洛苔最后的歌声飘在那几堵要倒塌的墙之间，飘在颧鸟的巢底下，这是她唱圣诗的声音。

墙上只有一个洞口没有窗子。太阳像一堆金子般地升起来，照着这屋子。阳光才可爱哩！她的眼睛在碎裂，她的心在碎裂！——即使太阳这天早晨没有照着她，死亡也会发生。

"颧鸟作为屋顶盖着她，一直到她死！我在她的坟旁唱圣诗，她的坟在什么地方，谁也不知道。

"新的时代，不同的时代！私有的土地上修建了公路，大路替代了坟墓。不久蒸汽就会带着长列的火车来到，驰过那些像人名一样

世界经典童话

·安徒生童话·

图文珍藏版

被遗忘了的坟墓——呼——嘘！去吧！去吧！

"这是瓦尔得马尔·杜和他的女儿们的故事。假如你们能够的话，请把它讲得 更好一点吧！"风儿说完就掉转身。

它不见了。

（1859 年）

守塔人奥列

这个世界里的事情不是上升，就是下降；不是下降，就是上升！我现在不能再进一步向上爬了。大多数的人都有这一套经验上升和下降，下降和上升。归根结底，我们最后都要成为守塔人，从一个新高处来观察生活和一切事情。"

这一番议论是我的朋友、那个老守塔人奥列发出来的。他是一位喜欢聊天的有趣人物。什么话都讲，但在他的内心深处，却严肃地藏着许多东西。是的，他有很好的家庭出身，据说他还是一个枢密顾问官的少爷呢——也许是的。他曾经念过书，当过塾师的助理和牧师的副秘书；但是这又有什么用呢？跟牧师住在一起的时候，屋子里的任何东西他都可以使用。那时他正像俗话所说的，是一个得意少年。他要用纯正的上好鞋油来擦靴子，但是牧师只准他用普通油。为了这件事他们闹过意见。这个说那个吝啬，那个说这个虚荣。小小的鞋油竟成了他们敌对的根源，因此他们就分开了。

但是他对牧师所要求的东西，同样也对世界要求：他要求纯正的上好鞋油，而他所得到的却是普通的油脂。这么一来，成为一个隐士就是他最佳的选择。不过在一个大城市里，教堂塔楼是唯一能够隐居而又不至于饿饭的地方，因此他就钻进去，在里面一边孤独地散步，一边抽着烟斗。他时儿向下看，一时向上瞧，不时地产生些感想，讲一套自己能看见和看不见的事情，以及在书上和在心里见到的事情。

我常常把一些好书借给他读，可以从你朋友读的书看出来，他是怎样一个人。他说他不喜欢英国那种写给保姆这类人读的小说，也不喜欢法国小说，因为这类东西是阴风和玫瑰花梗的混合物。他喜欢人物传记和关于大自然奇观的书籍。每年我至少要去拜访他一次——一般是新年以后的几天内。他总是把他在这新旧年关交替时所产生的一些感想东扯西拉地谈一阵子。

我想谈一谈我两次拜访他的情形，我尽量引用他的原话。

第一次拜访

在我最近借给奥列的书中，有一本关于圆石子的书。引起他浓厚的兴趣，他埋头苦读了一阵子。

"这些圆石子是古代的遗迹！"他说，"人们从它们旁边经过，但却忽视了它们！我在田野和海滩上走过时就是这样，尽管它们在那儿的数目不少可我还是忽视了它们。人们走过街上的圆石——这是远古时代的最老的遗迹！我自己就做过这样的事情。现在我不禁对每一块圆石表示极大的敬意！你借给我的这本书吸引了我的注意力，赶走了我的一些旧思想和习惯，使我更迫切地希望读到更多类似的书，真的非常感谢你！

"最使人神往的一种传奇是关于地球的传奇！可怕得很，我们读不到，因为它是用一种我们所不懂的语言写的，所以我们读不到它的头一卷。我们不得不从各个地层上，从圆石子上，从地球所有的时期里去了解它。只有到第六卷的时候，活生生的人——亚当先生和夏娃女士——才出现。读者希望立刻就读到关于他们的事情。因此对于许多读者来说，他们出现得未免太迟了一点，不过对我而言，这完全没有什么关系。这的确是一部传奇，一部非常有趣的传奇，我们大家都在这里面。我们东爬西摸，但是我仍然停在原地；而地球仍是在不停地转动，却并没有把大洋的水弄翻，淋在我们的头上。我们踩着的地壳也没有裂开，让我们坠到地心去。这个故事不停地进展，一口气发展了几百万年。

"我感谢你这本关于圆石的书。它们真够朋友！要是它们会讲话，肯定能告诉你许多东西。如果一个人能够偶尔成为一个微不足道的东西，那也是蛮有趣味的事儿，特别是像我这样一个处于很高地位的人。想想看吧，我们这些人，即使拥有最好的皮鞋油，也不过是地球这个巨大蚁山上的寿命短促的蚂蚁，虽然我们可能是戴有勋章、拥有职位的蚂蚁！但在这些有几百万岁的老圆石面前，人类是那么年轻。在除夕我读过一本书，读得都入迷了，甚至忘记了我平时在这夜所做的那种消遣——看那'到牙买加去的疯狂旅行'！嗨！你决不会知道这是怎么一回事儿！

"人人都知道巫婆骑着扫帚旅行的故事——那是在'圣汉斯之夜'，目的地是卜洛克斯堡。但是我们也有过疯狂的旅行。就是此时此地的事情：新年夜到牙买加去的旅行。所有那些无足轻重的男诗人、女诗人、拉琴的、写新闻和艺术界的名流——即毫无价值的一批人——在除夕夜乘风到牙买加去。因为钢笔不配驮他们：他们太坚硬了，他们都骑在画笔上或羽毛笔上。我已经说过，我在每个除夕夜都要看他们一下。我能够喊出他们许多人的名字来，但是他们不愿意让人家知道他们骑着羽毛笔向牙买加飞去，所以跟他们纠缠在一起是不值得的。

"我有一个侄女。她是一个寡妇。她说她专门为三个很有名气的报纸提供骂人的字眼。她甚至还作为客人亲自到报馆去过。她是被抬去的，因为她既没有一支羽毛笔，也不会飞。这都是她亲口告诉我的。她所讲的大概有一半是谎话，但是这一半却已经足够了。

"当她到达了那儿以后，大家就开始唱歌。每个客人唱自己写下的歌，因为各人总是以为自己的歌最好。事实上它们都是半斤八两，同一个调调儿。接着走过来的就是一批结成小组的话匣子。这时各种不同的钟声便轮流地响起来。于是来了一群小小的鼓手；他们只是在家庭的小圈子里击鼓。另外有些人利用这时机交朋友：这些人写文章都不署名，也就是说，他们用普通油脂来代替上好鞋油。此外还有刽子手和他的小厮；这个小厮最狡猾，否则谁也不会注意到他的。这时那位老好人清道夫也来了；他弄翻了垃圾箱，嘴里还连连说：'好，非常好，特别好！'正当大家狂欢的时候，那一大堆垃圾上忽然冒出一根梗子，一株树，一朵庞大的花，一个巨大的菌子，一个完整的屋顶——它是这群贵宾们的滑棒，它把在过去一年中他们对这世界所做的事情全都挑出来。一种像礼花似的火星从它上面射出来：这都是他们发表过的、从别人那儿抄袭得来的一些思想和意见；它们现在都变成了火花。

"现在大家开始玩一种'烧香'的游戏；一些年轻的诗人则玩'焚心'的游戏。有些幽默大师讲着双关的俏皮话——这算是最小的游戏。他们的俏皮话引起一阵回响，好像是空罐子在撞着门，或者是门在撞着装满了炭灰的罐子。'这有趣极了！'我的侄女说。事实上她还说了很多的话，不过很有意思！但是我不想把这些话散布出来，因为一个人应该善良，不能老是挑错。你可以想象，像我这样一个知道那儿的欢乐情况的人，自然喜欢在每个新年夜里看看这疯狂的一群飞过。假如某一年有些什么人没有来，我一定会找到代替他的新人物。不过今年我没有去看那些客人。我在圆石上悄悄滑走了，滑到几百万年以前的时间里去。我看到这些石子在北国自由活动，它们在挪亚没有制造出方舟以前，就在冰块上自由地漂流。我看到它们坠入海底，然后又在沙洲上冒出来。沙洲露出水面说：'这是瑟兰岛！'我看到它先变成许多我不认识的鸟儿的住处，然后又变成一些野人酋长的宿地。我也不认识这些野人，后来他们用斧子刻出几个龙尼文的人名来——这成了历史。但是这跟我完全没有关系，我简直等于一个零。

"天上落下了三四颗美丽的流星。它们射出一道亮光，把我的思想引到另外一条路线上去。你大概知道流星是一种什么样的东西吧？有些有学问的人却不知道！我对它们有我的看法，我的看法是：人们对做过美好善良事情的人，总是把那些感谢祝福的话悄悄地藏在心里；这种感谢常常是无声的，但是它并不等于毫无意义。我想它会被太阳光吸收进去，然后不声不响地被太阳射到那个做善事的人身上。如果在时间的进程中整个民族都表示出这种感谢，那么这种感谢就会形成一个花束，变做一颗流星落在这好人的坟上。

"特别是在新年的晚上，当我看到流星的时候，我的心情非常愉快，因为我知道谁会得到这个感谢的花束。最近有一颗明亮的星落到西南方去，作为对许多许多人表示感谢的一种迹象。它会落到谁身上呢？我想它无疑地会落到佛伦斯堡湾的一个石崖上。丹麦的国王就在这儿，在施勒比格列尔、拉索和他们的伙伴们的坟上飞扬。另外有一颗落到陆地上：落到'苏洛'——它是落到荷尔堡坟上的一朵花，表示许多人在这一年对他的感谢——感谢他所写的一些优美的剧本。

"最大和最愉快的思想莫过于知道我们坟上有一颗流星落下来。当然，我没有什么东西值得人感谢；因此也绝不会有流星落到我的坟上，也不会有太阳光给我带来谢意，我没法得到那纯正的皮鞋油，"奥列说，"命中注定我只能在这个世界上得到普通的油脂。"

第二次拜访

新年到了，我又爬上塔去。奥列谈起那些为旧年逝去和新年到来而干杯的事情。因此我就从他那儿得到一个关于杯子的故事。这故事意义深刻。

"在除夕夜里，当钟敲了 12 下的时候，大家都举着满杯的酒从桌子旁站起来，为新年干杯。他们端着酒杯来迎接新的一年；这对于喜欢喝酒的人来说，是一个良好的开端！他们以上床睡觉作为这一年的开始；这对于瞌睡的人说来，也是一个良好的开端！睡觉在漫长的一年中，当然占很重要的位置；酒杯也不例外。

"酒杯里有什么你知道吗？"他问，"里面有健康、愉快和狂欢！里面也有悲愁和苦痛的不幸。当我来数数这些杯子的时候，我当然也数数不同的人在这些杯子里所占的重量。

"你要知道，第一个杯子是健康的杯子！它里面长着健康的小草。它放在大梁上，到年底你就可以坐在健康的树荫下了。

"拿起第二个杯子吧！是的，有一只小鸟从里面飞出来。它为大家唱出天使般快乐的歌，叫大家跟它一起合唱：生命是美丽的！我们不要老垂着头！勇敢地向前进吧！

"一个长着翅膀的小生物从第三个杯子里涌现出来。他不算是一个安琪儿，因为他有调皮小鬼的血统和性格。他只是喜欢开开玩笑并不伤害人。他坐在我们的耳朵后面，对我们低声讲一些滑稽的事情。他钻进我们的心里去，把它弄得温暖起来，使我们变得愉快，变成别人所承认的一个聪明的人。

"在第四个杯子里既没有绿草，也没有可爱的小鸟，更没有小生物；那里面只有理智的限度——一个人永远不能超过这个限度。

"当你拿起那第五个杯子的时候，就会大哭一场。你会有一种愉快的感情冲动，否则这种冲动就会用别种方式表现出来。砰的一声风流和放荡的'狂欢王子'会从杯子里冒出来！他会强行把你拖走，你会忘记自己的尊严——假如你有任何尊严的话。跟你应该和敢于忘记的事情比起来你会忘记的事情要多得多。处处是跳舞、歌声和喧闹。假面具拖你走。穿着丝绸的魔鬼的女儿们，披着长长的头发，露出美丽的肢体，轻浮地走来。避开她们吧，假如你可能的话！

"第六个杯子！是的，撒旦本人就坐在里面。他是一个衣冠楚楚、会讲话的、迷人的和非常愉快的人物。他完全能理解你，同意你的观点，他就是你的化身！为了把你领到他的家里去，他手里提着一个灯笼。从前有过一个关于圣者的故事；有人叫他从七大罪过中选择一种罪过；他选择了他认为最小的一种：醉酒。这种罪过引导他犯了其他的六种罪过。在第六个杯子里人和魔鬼的血恰恰混在一起；这时一切罪恶的细菌就在我们的身体里发展繁殖起来。每一个细菌像《圣经》里的种子一样欣欣向荣地生长，长成一棵参天大树，整个世界都被它遮盖住了。大部分的人只有一个办法：毫不犹豫地重新走进熔炉，再造一次。

"这就是杯子的故事！"守塔人奥列说，"它可以用高级鞋油，也可用普通的油讲出来。两种油我全都用了。"

这就是我对奥列第二次的拜访。如果你想再听到更多的故事，那么你的拜访还得——待续。

（1859年）

蝴蝶

　　一只蝴蝶想要在群花中找到一位可爱的小恋人。因此他就把她们仔仔细细看了一遍。每朵花都那么安静地、端庄地坐在梗子上，如同一个姑娘在没有订婚时那样坐着。可是她们太多了，选择起来很不容易。蝴蝶，因此飞到雏菊那儿去向她请教如何选恋人。法国人把这种小花叫作"玛加丽特"。他们知道，她能做出准确的预言。她是这样做的：情人们把她的花瓣一片一片地摘下来，每摘一片情人就问一个关于他们恋人的事情："热情吗？——痛苦吗？——非常爱我吗？只爱一点吗？——完全不爱吗？"以及诸如此类的问题。每个人都可以用自己的语言问。蝴蝶也来问了但是他认为只有善意才能得到最好答案；所以他不摘下花瓣，只是吻了吻它们。

　　"亲爱的'玛加丽特'雏菊！"他说，"你是一切花中最聪明的女人。你能做出预言！我请求你告诉我，我应该娶什么样的女孩呢？我到底会得到哪一位呢？如果我知道的话，就会省去许多麻烦直接向她飞去求婚。"

　　可是"玛加丽特"不回答他。她很生气，因为她还不过是一个少女，而蝴蝶却已把她称为"女人"；这究竟有一个分别呀。蝴蝶问了第二次，第三次。当他得不到半个字的回答的时候，就不愿意再

图文珍藏版

问了。他失望地飞走了，同时立刻开始他的求婚活动。

此时正值初春，番红花和雪形花正在竞相盛开。

"她们非常好看，"蝴蝶说，"简直是一群情窦初开的可爱的小姑娘，但是不太成熟。"想要寻找年纪较大一点的女子是所有年轻小伙的看法。

于是他就飞到秋牡丹那儿去。照他的胃口说来，这些姑娘未免苦味太浓了一点。紫罗兰有点太热情；郁金香太华丽；黄水仙太平民化；菩提树花太小，此外她们的亲戚也太多；苹果树花看起来倒很像玫瑰，但是她们今天开了，明天就谢了——只要风轻轻一吹就落下来了。蝴蝶觉得跟她们结婚是不会长久的。豌豆花最逗人喜爱：有红有白，既娴雅，又柔嫩。她是那种家庭观念很强的妇女，外表既漂亮，在厨房里也很能干。当他正打算求婚的时候，无意中看到这花儿的近旁长着一个豆荚——豆荚的尖端上挂着一朵枯萎了的花。

"这是谁？"他问。

"这是我的姐姐，"豌豆花说

"乖乖！那么你将来也会像她一样了！"他说。

这使蝴蝶大吃一惊，于是赶紧飞走了。

悬在篱笆上的金银花，数目还真不少；不过她们都板起面孔，皮肤发黄。不成，他不喜欢这种类型的女子。

不过他究竟喜欢谁呢？你去问他吧！

春天走了，夏天也快要告一结束。现在进入了秋天，但是蝴蝶仍然犹豫不决。

在迷人的秋天里花儿都穿上了她们最华丽的衣服，但是有什么用呢——她们那种新鲜的、喷香的青春味儿已经消失得无影无踪。人上了年纪，心中喜欢的就是清新的香味呀。特别是在天竺牡丹和干菊花中间，香味这东西可说是彻底不存在了。因此蝴蝶就向地上长着的薄荷那儿飞去。

"她可以说没有花，但全身又都是花，从头到脚都有香气，连每一片叶子上都有花香。我要娶她！"

于是他就对薄荷提出婚事。

薄荷端端正正地站着，一声不响。最后她说出了下面这番话：

"可以交朋友，但是别的事情都免了。我老了，你也老了，我们可以彼此照顾，但是结婚——那可不成！不要自己开自己的玩笑吧！我都这么大的年纪了！"

这么一来，蝴蝶就没有机会了。结果蝴蝶就成了大家所谓的老单身汉了。

天气在晚秋季节，总是多雨而阴沉。寒气被风儿吹在老柳树的背上，弄得它们发出飕飕的响声来。如果这时还穿着夏天的衣服在外面寻花问柳，那是有背常规的，因为这样，正如大家说的一样，会受到批评的。的确，蝴蝶也没有在外面乱飞。乘着一个偶然的机会他溜到一个房间里去了。这儿火炉里面生着火，像夏天一样温暖。他满可以生活得很好的，不过，"只是活下去还不够！"他说，"一个人应该有自由、阳光和一朵小小的花儿！"

人们观看和欣赏着他撞窗玻璃，然后就把它穿在一根针上，藏在一个小古董匣子里面。这是人们最欣赏他的一种表示。

"现在我像花儿一样，栖在一根梗子上了，"蝴蝶说，"这的确是不太愉快的。但是我现在总算是牢牢地固定下来了，这几乎跟结婚没有两样。"

他用这种思想来安慰自己。

"这是一种多么可怜的安慰啊!"房子里的栽在盆里的花儿说。

"可是,"蝴蝶想,"一个人不应该相信这些盆里的花儿的话。她们跟人类的来往太密切了。"

(1861 年)

贝脱、比脱和比尔

简直叫人难以相信，现在的小孩子会知道那么多事情！

你很难说他们不知道什么事情。说是鹳鸟把他们从井里或磨坊水闸里捞起来，然后把他们当作小孩子送给爸爸和妈妈——他们认为这是一个老故事，半点也不会相信。但是这却是唯一的真实的事情。

不过小孩子到底怎样来到磨坊水闸和井里的呢？这就谁也不知道了，但同时却又有些人知道。在满天星斗的夜里你仔细观察过天空和那些流星吗？你可以看到有星星好像在下落，然后不见了！连最有学问的人也没有办法解释清楚自己不知道的事情。不过假如你知道的话，是可以做出解释的。那是像一根圣诞节的蜡烛；它从天上落下来，便熄灭了。它是来自上帝身边的一颗"灵魂的大星"。它飞向地下；当它接触到我们污浊的空气时，就失去了亮丽的光彩。变成一个我们的肉眼无法看见的东西，因为它比我们的空气还要轻得多：它就是天上送下来的一个孩子——一个安琪儿，但是没有翅膀，因为这个小东西将要成为一个人。它在空中轻轻地飞。风把它送进一朵花里去。这可能是一朵兰花，一朵蒲公英，一朵玫瑰花，或是一朵樱花，它躺在花里面慢慢地恢复它的精神。

　　一个苍蝇就能把它带走，因为它的身体非常轻巧；无论如何，蜜蜂也是能把它带走的，因为它经常飞来飞去，在花里寻找蜜。如果这个可爱的孩子在路上捣蛋，它们决不会把它送回去，因为它们不忍心这样做。它们把它带到太阳光中去，放在睡莲的花瓣上。它就从这儿爬进水里；睡在水里，长在水里，直到鹳鸟看到它、把它送到一个盼望可爱的孩子的人家里去为止。不过这个小家伙是不是可爱，那完全要看它是喝过了清洁的泉水，还是错吃了泥巴和青浮草而定——后者会把人弄得很脏。

　　鹳鸟只要第一眼看到一个孩子就会不加选择地把他衔起来。这个来到一个好家庭里，碰上最理想的父母；那个去了极端穷困的人家里——还不如待在磨坊水闸里好呢。

　　这些小家伙一点也记不起，他们曾经在睡莲花瓣下面做过的梦。在睡莲花底下，青蛙常常对他们唱歌："阁，阁！呱，呱！"在人类的语言中这就等于是说："请你们现在试试，看你们能不能睡着，做个好梦！"他们现在一点也记不起自己最初是躺在哪朵花里，花儿的香气是什么味的。但是他们长大成人以后，身上却有某种气质，使他们说："我最爱这朵花！"这朵花就是他们作为空气的孩子时睡过的花。

　　鹳鸟是一种很老的有爱心的鸟儿。他非常关心自己送去的那些小家伙生活得怎样，行为好不好？因为他得照顾自己的家庭，所以他无法帮助他们，或者改变他们的环境。但是他却时刻忘不了这些孩子。

我认识一只非常善良的老鹳鸟。他有丰富的经验，送过许多小家伙到人们的家里去，每个人的历史他都知道——这里面多少总是牵扯到一点磨坊水闸里的泥巴和青浮草的。我要求他把其中随便哪个的简历告诉我一下。他说他不止可以把一个小家伙的历史讲给我听，而且可以讲三个，他们都是发生在贝脱生家里的。

贝脱生的家庭是一个非常可爱富有的家庭。作为镇上 32 个参议员中的一员，贝脱生成天跟这 32 个人一道工作，而这是一种光荣的差使。他还经常跟他们一道消遣。鹳鸟送一个小小的贝脱到他家里来——贝脱就是第一个孩子的名字。第二年鹳鸟又送一个小孩子来，他们把他叫比脱。接着第三个孩子来了；他叫比尔，因为贝脱、比脱和比尔都是贝脱生这个姓的组成部分。

这样，这三颗在三朵不同的花里睡过，在磨坊水闸的睡莲花瓣下面住过的流星就成了三兄弟。鹳鸟把他们送到位于街角的贝脱生家里来。

他们逐渐长大了并希望成为比那 32 个人还要伟大一点的人物。

贝脱曾经看过《魔鬼兄弟》这出戏，所以他肯定地认为做一个大盗是世界上最令人快乐的事情，所以他说要当一个强盗。

比脱很想当一个收破烂的人。至于比尔，这个温柔和蔼的孩子，又圆又胖，只是喜欢咬指甲——这是他唯一的缺点。他的愿望是当"爸爸"。如果你问他们想在世界上做些什么事情，他们每个人就这样回答你的。

后来，兄弟三个上学了，老大当了班长，老二成了全班倒数第一的学生，老三则是不好也不坏。虽然如此，他们的父母对孩子们还是充满了信心，认为他们都很好，很聪明，没有什么区别。

他们参加孩子的舞会。他们抽雪茄烟，只是没有人在场的时候。他们得到了许多学问，交了许多朋友。

正如一个强盗一样，贝脱从极小的时候起就很固执。他是一个十分顽皮的孩子，但是妈妈说，这是因为他身体里有泥巴的缘故。

顽皮的孩子总是有一肚子的泥巴。有一天,他生硬和固执的脾气终于在妈妈的新绸衣上发作了。

"我的羔羊,不要弄乱咖啡桌!"她说,"你会碰翻奶油壶,把我的新绸衣弄上一大块油渍的!"

这位"羔羊"一把就抓住奶油壶,把一壶奶油倒在妈妈的衣服上。妈妈只好说:"羔羊!羔羊!你太不体贴人了!"但是她不得不承认,这孩子有坚强的意志。坚强的意志代表性格,在妈妈的眼中看来,这就是一种非常有出息的表现。

他并没有成为一个真正的强盗,尽管他很可能成为一个强盗。其实他只是样子像而已:戴着一顶无边帽,光着脖子,留着一头又长又乱的头发。他要成为一个艺术家,不过只是在服装上是这样,实际上他很像一株蜀葵。他所画的一些人也像蜀葵,因为他们在他的笔下都又长又瘦。他很喜欢这种花,鹳鸟说,他曾经在一朵蜀葵里住过。

比脱曾经在金凤花里睡过,因此他的嘴角边现出一种油腻腻的表情;他的皮肤是金黄的,人们很容易相信,只要在他的脸上划一刀,就有黄油冒出来。他很像是一个天生卖黄油的人;他本人就是一个黄油商人。但是他内心里却是一个"卡嗒卡嗒人"。他代表贝脱生这一家在音乐方面的遗传。"不过就他们一家说来,音乐的成分已经够多了!"邻居们说。他在一个星期中编了17支新的波尔卡舞曲,而他配上喇叭和卡嗒卡嗒,把它们组成一部歌剧。唔,那才可爱哩!

比尔的脸上有红有白,身材矮小,相貌平常。他在一朵雏菊里睡过觉。所以当别的孩子打他的时候，他从不还手。他说他要做一个最讲道理的人，而最讲道理的人总是让步的。他是一个收藏家；先收集石笔，然后收集印章，最后他弄到一个收藏博物的小匣子，里面装着一条鲫鱼的全部骸骨，三只用酒精浸着的小耗子和一只剥了皮的鼹鼠。比尔对于科学很感兴趣，而且比任何人都会欣赏大自然。这对于他的父母和自己说来，都是很好的事情。

他情愿到深山老林里去，也不愿进学校；他爱好大自然而不喜欢死板的纪律。他的兄弟都已经订婚了，只有他却在想着怎样完成收集水鸟蛋的工作。他拥有丰富的动物知识但是对于人，他却知之甚少。他认为在我们最重视的一个问题——爱情问题上，人类赶不上动物。他说当母夜莺在孵卵的时候，公夜莺就整夜守在旁边，为他亲爱的孩子唱歌：嘀嘀！吱吱！咯咯——丽！像这类事儿，比尔就做不出来，连想都没有想到。鹳鸟爸爸会整夜用一只腿站在屋顶上去护卫睡熟的鹳鸟妈妈跟孩子们。比尔连一个钟头都站不了。

有一天当他在研究一个蜘蛛网里面的东西时，忽然完全放弃了结婚的念头。他看到这位蜘蛛先生总是忙着织网，为的是要网住那些粗心的苍蝇——年轻的、年老的、胖的和瘦的苍蝇。他活着是为了织网养家，但是蜘蛛太太却只是专为丈夫而活着。她为了爱他就一口口吃掉他：毫不留情地吃掉他的心、他的头和肚子。只有他的一双又瘦又长的腿还留在网里，作为他曾经为全家的衣食奔波过一番的纪念。这是他从生物学中得来的绝对真理。比尔亲眼看见这事情，他研究过这个问题。"这样被自己的太太爱，在热烈的爱情中这样被自己的太太一口口吃掉。不，人类之中没有谁能够爱到这种地步，不过这样的爱值不值得呢？"他无法判定。

比尔决定终身不结婚！连接吻都不愿意，他也不希望被别人吻，因为接吻可能是结婚的第一步呀。但是他却得到了死神的结实的一吻——我们大家都会得到的一个吻。等我们活够了，死神就会接到一个命令："把他吻死吧！"于是人就死了。上帝射出一丝强烈的太阳光，把人的眼睛照得瞎了。人的灵魂，到来的时候像一颗流星，飞走的时候也像一颗流星，但是它有更重要的事情要做，所以不再躺在一朵花里，或睡在睡莲花瓣下做梦。它要飞到永恒的国度里去；不过，谁也说不出来，这个国度是什么样子。谁也没有到它里面去看过，连鹳鸟都没有去看过，虽然他能看得很远，也知道很多东西。对于比尔所知道的他并不十分清楚，虽然他很了解贝脱和比脱。不过关于他们，我们已经听得够多了，我想你也是一样。所以这一次我对鹳鸟说："谢谢你。"但是他要求三个青蛙和一条小蛇作为讲述这个平凡小故事的报酬，因为他觉得这样才公平。你愿不愿意给他呢？我是不愿意的。因为我既没有青蛙，也没有小蛇呀。

（1868 年）

烂布片

许多烂布片在造纸厂外边堆成了垛。这些烂布片都来自东西南北各个不同的地方。有些布片是本地出产，有些是从外国来的。每个布片背后都隐藏着一个故事。但是我们不可能把每个故事都听一听。

在一块挪威烂布的旁边躺着一块丹麦烂布。前者是地地道道的挪威货，后者是百分之百的丹麦产。这正是两块烂布的有趣之处，每个地道的丹麦人或挪威人会说。它们都明白彼此的话语，交流起来没有什么困难，虽然它们的语言的差别——按挪威人的说法——比得上法文和希伯来文的差别。"我们跑到山上去是为了我们语言的纯洁。"丹麦人只会讲些乳臭未干的孩子话！两块烂布就是这样高谈阔论——而烂布总归是烂布，在世界上哪一个国家里都是一样。它们一般是被认为没有什么价值的，除了在烂布堆里。

"我是挪威人！"挪威的烂布说，"当我说我是挪威人的时候，我想你很明白我的意思。我的质地坚实，如同挪威古代的花岗岩，而挪威的宪法是跟美国自由宪法一样好！我一想起我是什么人的时候，就感到全身无比的舒服，就要以花岗岩的尺度来衡量我的思想！"

"但是我们有文学，"丹麦的烂布片说，"你懂得什么是文学吗？"

"懂得？"挪威的布片重复着，"住在洼地上的东西！难道你这个烂东西需要人背上山去瞧瞧北极光吗？挪威的太阳先把冰块融化了以后，你们丹麦的水果船才满载牛油和干奶酪到我们这儿来——我承认这都是可吃的东西。不过你们同时却送来一大堆丹麦文学作为压仓货！我们不需要这类东西。当你有新鲜的泉水的时候，你当然不需要陈旧的水。我们山上的天然泉水有的是，从来没有人把它当作商品卖过，也没有什么报纸、经纪人和外国来的旅行家把它喋喋不休地向欧洲宣传过。这是我从心眼里讲的老实话，而一个丹麦人应该习惯于听老实话的。只要将来有一天你作为一个同胞的北欧人，上我们骄傲的山国——世界的顶峰——的时候，你就会习惯的!"

"丹麦的烂布是不会用这口气讲话的——从来不会!"丹麦的烂布片说，"我们的性格不像你所形容的那样。我了解我自己和像我这样子的烂布片。我们是一种非常朴素的人。并不认为自己了不起。我们只是喜欢谦虚：我想这是很可爱的。但我们并不以为谦虚就可以得到什么好处；顺便提一句，我可以老实告诉你，对于我的优点，我知道得比谁都清楚，不过我不愿意讲出来罢了——谁也不会因此而来责备我的。我是一个温柔随便的人。我耐心地忍受着一切。我不嫉妒任何人，只讲别人的好话——虽然大多数人是不值得一提的，不过这是他们自己的事情。我可以笑笑他们。我知道我是那么有天才。"

"听了你这种洼地的、虚伪的语言，我简直要呕吐了!"挪威布片说。这时一阵风吹来，凑巧把它从这一堆吹到那一堆上去了。

它们都被造成了纸。事又凑巧，用挪威布片造成的那张纸，在一位挪威人的笔下变成了一封情书寄送给他的丹麦女朋友；而那块丹麦烂布成了一张稿纸，上面写着一首赞美挪威的美丽和力量的丹麦诗。

你看，只要离开了烂布堆，经过一番改造，甚至烂布片都可以变成好东西，变成真理和美。它们使我们彼此了解；而我们就会在这种了解中得到幸福。

故事到此为止。这故事是很有趣的，而且除了烂布片本身以外，也不伤任何人的感情。

（1869 年）

织补针

　　从前有一根织补衣服的针。作为一根织补针来说，她倒还算细巧，因此她就想象自己是一根漂亮的绣花针。

　　"请你们注意你们现在拿着的这东西吧！"她对那几个取她出来的手指说，"你们千万不要把我失掉！万一我落到地上去，你们就再也找不到我了，因为我是那么细呀！"

　　"细就细好了，"手指说着。把她拦腰紧紧地捏住。

　　"你们看，我还带着忠实的随从啦！"说着她从后面拖出一根长线，不过线上并没有打结。

　　拖鞋的接缝处裂开了，需要缝一下，所以手指正用这根针钉女厨子的一只拖鞋。

　　"这真是一件庸俗的工作，"织补针说，"我可不愿钻进去。我要折断！我要折断了！"——于是她真的折断了。"我不是说过吗？"织补针说，"我是非常细的呀！"

　　手指想：她现在没用了。不过它们仍然不愿意丢掉她，因为女厨子在针头上滴了一点封蜡，同时把她别在一块手帕上。

　　"我现在成为一根领针了！"织补针说，"我早就知道我会得到光荣的：一个不平凡的人总会得到一个不平凡的地位！"

世界传世藏书

世界经典童话

·安徒生童话·

图文珍藏版

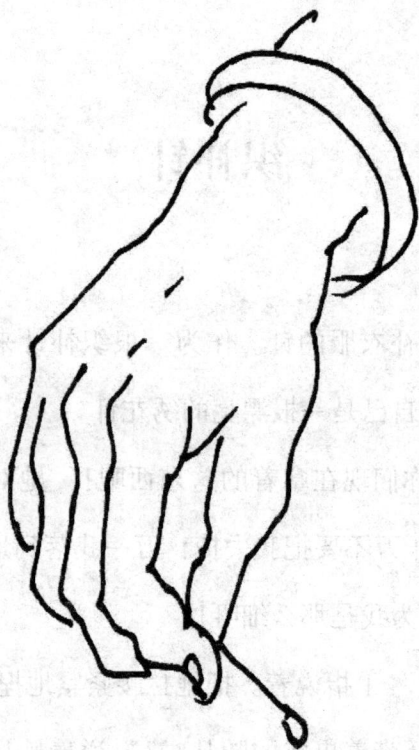

于是她心里笑了——当一根织补针在笑的时候，人们是没有办法看到她的外部表情的。她别在那儿，显得很骄傲，好像她是坐在轿车里，左顾右盼似的。

"我能问一声：您是金子做的吗?"她问她旁边的一根别针，"你有一张非常好看的面孔，一个自己的头脑——只是小了一点。你得使它再长大一点才成，因为封蜡并不会滴到每根针头上的呀。"

织补针很骄傲地挺起身子，没想到一下子从手帕上落了下来，一直落到厨子正在冲洗的污水沟里去了。

"现在我可以去旅行了，"织补针说，"我只希望不要迷路！"

不过她却迷了路。

"就这个世界说来，我是太细了，"她来到了排水沟的时候说，"不过我知道自己的身份，而这也算是一点小小的安慰！"所以织补针继续保持着她骄傲的态度，同时也不失掉她得意的心情。从她身上浮过去许多不同的东西：菜屑啦，草叶啦，旧报纸碎片啦。"它们游得多么快！"织补针说。"它们并不知道下面还有一件什么东西！我就在这儿，我坚定地坐在这儿！看吧，浮过来了一根棍子，它以为世界上除了棍子以外再也没有什么别的东西。它就是这样一个骄傲的家伙！浮过来了一根草。你看它扭着腰肢和转动的那副得意样儿！不要以为自己了不起吧，你很容易撞到一块石头上去呀！一张破报纸游过来了！它上面印着的东西早已被人家忘记了，但是它仍然伸张开来，神气十足。我很有耐心地、静静地坐在这儿。因为我知道我是谁，我会永远保持住我的本来面目！"

有一天一件东西躺在她旁边。射出美丽的光彩。织补针认为它是一颗金刚钻。不过事实上它是一个石子的碎粒。织补针觉得它比较高贵，所以就跟它讲话，把自己介绍成为一根领针。

"我想你是一颗钻石吧？"她说。

"嗯，对啦，是这类东西。"

于是双方都相信自己很有价值。他们开始高谈阔论，说世上的人一般都觉得自己非常了不起。

"我曾经住在一位小姐的匣子里，"织补针说，"这位小姐是一个厨子。她每只手上有五个指头。我从来没有看到像这五个指头那样骄傲的东西，不过他们的作用仅仅是拿着我，把我从匣子里取出来和放进去罢了。"

"他们也能射出光彩来吗？"石子的碎粒问。

"光彩！"织补针说，"什么也没有，不过自以为了不起罢了。他们都属于手指这个家族是五个兄弟。虽然他们长短不齐但却互相标榜：最前面的又短又肥的是'笨摸'。他走在最前列，背上只有一个节，因此他只能鞠一个躬；不过他说，假如一个人身上没有了他那这人就不够资格服兵役了。第二个指头叫作'罐'，他伸到酸东西和甜东西里面去，他指着太阳和月亮；当大家在写字的时候，他握着笔。第三个指头是'长人'，他伸在别人的头上看东西。第四个指头是'金火'，一条金带子围在他腰间。最小的那个是'比尔——无用的朋友'，他什么事都不干，却还因此感到骄傲呢。他们除了吹牛什么也不做，因此我才到排水沟里来了！"

"这要算是升级！"石子的碎粒说。

这时有更多的水冲进排水沟里来了，漫得遍地都是，结果石子的碎粒被冲走了。

"是啊，他倒是升级了！"织补针说，"但是我还坐在这儿，不过我感到骄傲也很光荣的是，我还是那么细。"于是她骄傲地坐在那儿，发出了许多感想。

"我几乎以为自己是从日光里出生的了，你瞧我多么细呀！我觉得日光老是到水底下来寻找我。啊！我是这么细，连我的母亲都找不到我了。如果我的老针眼没有断了的话，我想我是要哭出来的——但是我不能这样做：哭不是一桩文雅的事情！"

有一天，几个野孩子在排水沟里找东西——在这里他们有时能够找到旧钉、铜板之类的物件。这是一件很脏的工作，不过他们却非常热心于这类事儿。

"哎哟！"一个孩子叫了起来，被织补针刺了一下，"原来是你这个家伙！"

"我不是一个家伙，我是一位年轻小姐啦！"织补针说。可是谁也不理她。她全身已经变得乌黑，因为身上的那滴封蜡早就消失了。但是她相信她比以前更细嫩苗条，因为黑颜色能使人变得苗条。

"瞧，一个蛋壳漂过来了！"孩子们说。他们把织补针插到蛋壳上面。

"这倒配得很好！四周的墙是白色的，而我是黑色的！"织补针说，"现在谁都可以看到我了。——我只希望不要晕船才好，因为这样我就会折断的！"不过她一点也不会晕船，而且也没有折断。

"一个人是不怕晕船的，只要她有钢做的肚子，同时还不要忘记，我和一个普通人比起来，是更高一招的。我现在一点毛病也没有。一个人越纤细，他能承受的东西就越多。"

"砰！"这时蛋壳忽然裂开了，因为一辆载重车正在它上面碾过去。

"我的天，它把我碾得真厉害！"织补针说，"我现在有点晕船了——我要折断了！我要折断了！"

虽然那辆载重车在她身上碾过去了，可是她并没有折断，因为她有一个钢做的肚子。她直直地躺在那儿——而且尽可以一直在那儿躺下去。

（1846 年）

拇指姑娘

从前有一个女人，她非常希望有一个丁点儿小的孩子。

她就去请教一位巫婆，因为她不知道从什么地方可以得到。她对巫婆说：

"我非常想要有一个小小的孩子！你能告诉我什么地方可以得到一个吗？"

"嗨！这容易得很！"巫婆说，"你看到这颗大麦粒了吗？它可不是乡下人的田里长的那种大麦粒，也不是鸡吃的那种大麦粒啦。你只要把它埋在一个花盆里。不久就可以得到你想要的东西了。"

"谢谢您，"女人说。她给了巫婆三个银币。她回到家来就种下那颗大麦粒。不久以后，长出来了一朵美丽的大红花。它看起来很像一朵郁金香，不过它的叶子紧紧地包在一起，好像仍旧是一个花苞似的。

"这是一朵很美的花，"女人说，同时吻了一下那美丽的、黑而带红的花瓣。忽然噼啪一声，花儿开放了。现在人们可以看出，这是一朵真正的郁金香。但是在这朵花的正中央，在那根绿色的花蕊上面，坐着一位娇小的姑娘，她看起来又白嫩，又可爱。似乎没有大拇指的一半长，因此拇指姑娘就成了她的名字。

世界传世藏书

世界经典童话

·安徒生童话·

图文珍藏版

拇指姑娘的摇篮是一个光得发亮的漂亮胡桃壳，蓝色紫罗兰的花瓣是她的鞋子，玫瑰的花瓣是她的被子。她晚上就睡在这儿。但是白天她在桌子上玩耍——在这桌子上，那个女人放了一个盘子，上面又放了一圈花儿，花的枝干浸在水里。水上浮着一片很大的郁金香花瓣。拇指姑娘可以坐在这花瓣上，用两根白马尾作桨，从盘子这一边划到那一边。这样儿真是美丽啦！她还能唱歌，可是没有一个人听到过她那温柔和甜蜜的歌声。

一天晚上，一个难看的癞蛤蟆从窗子上的一块破玻璃处跳进来的时候，拇指姑娘正睡在桌子上鲜红的玫瑰花瓣下面。这癞蛤蟆又丑又大，而且是黏糊糊的。她一直跳到桌子上。

"这姑娘倒可以做我儿子的漂亮妻子哩，"癞蛤蟆看到了小女孩。于是一把抓住拇指姑娘正睡着的那个胡桃壳，背着它跳出了窗子，一直跳到花园里去。

一条很宽的小溪在花园里流着。癞蛤蟆和她的儿子就住在这儿，那又低又潮的岸边。哎呀！他跟他的妈妈简直是一个模子铸出来的，也长得奇丑不堪。"阁阁！阁阁！呱！呱！呱！"当他看到胡桃壳里的这位美丽小姑娘时，他只能讲出这样的话来。

"不要那么大声讲话啦，要不你就把她吵醒了，"老癞蛤蟆说，"她还可以从我们这儿逃走，因为她轻得像一片天鹅的羽毛！我们得把她放在溪水里睡莲的一片宽叶子上面。在那上面她是没有办法逃走的。因为她是这么娇小和轻巧，那片叶子对她说来可以算作是一个大岛了。在这期间我们就可以把泥巴底下的那间好房子修理好

——你们俩以后就可以在那儿住下来过日子。"

许多叶子宽大的绿色睡莲。漂浮在水面上。最大的一片叶子也就是浮在最远的那片叶子。老癞蛤蟆向它游过去，把胡桃壳和睡在里面的拇指姑娘放在它上面。

大清早这个可怜的、丁点小的姑娘醒来了。当她看见自己现在在什么地方的时候，就不禁伤心地哭了起来，因为这片宽大的绿叶子的周围全都是水，她怎么才能回到陆地上去呢？

老癞蛤蟆坐在泥里，用灯芯草和绿睡莲把房间装饰了一番——有新媳妇住在里面，当然应该收拾得漂亮一点才对。他们要在她没有来以前，先把她的那张美丽的床搬走，安放在洞房里面。于是她就和她的丑儿子向那片托着拇指姑娘的叶子游去。这个老癞蛤蟆在水里向她深深地鞠了一躬，同时说：

"这是我的儿子；你未来的丈夫。你们俩在泥巴里将会生活得很幸福的。"

"阁！阁！呱！呱！呱！"这位少爷所能讲出的话，就只有这一点。

他们搬着这张漂亮的小床，在水里游走了。拇指姑娘独自坐在绿叶上，她不喜欢跟一个讨厌的癞蛤蟆住在一起，也不喜欢有一个丑少爷做自己的丈夫，她越想越难过不禁大哭起来。在水里游着的一些小鱼曾经看到过癞蛤蟆，同时也听到过她所说的话。因此它们都伸出头来，想瞧瞧这个小小的姑娘。它们一眼看到她，就觉得她非常美丽，让这样一个人儿嫁给一个丑癞蛤蟆它们感到非常不满意，那可不成！决不能让这样的事情发生！它们在水里一起集合到托着那片绿叶的梗子的周围——小姑娘就住在那上面。它们用牙齿咬断叶梗子，这片叶子就顺着水流走了，带着拇指姑娘流走了，流得非常远，流到癞蛤蟆完全没有办法达到的地方去。

拇指姑娘经过了许许多多的地方。"多么美丽的一位小姑娘啊！"住在一些灌木林里的小鸟儿看到她，都这么唱。

叶子托着她漂流，越流越远；最后拇指姑娘就漂流到外国去了。

一只很可爱的白蝴蝶不停地环绕着她飞，最后就落到叶子上来，因为它是那么喜欢拇指姑娘；而她呢，她也非常高兴，因为癞蛤蟆现在再也找不着她了。同时她现在所流过的这个地带是那么美丽

——太阳照在水上，如同最亮的金子。她解下腰带，把一端系在蝴蝶身上，把另一端紧紧地系在叶子上。叶子带着拇指姑娘一起很快地在水上漂走了。

这时飞来了一只很大的金龟子。他一看到她。立刻用爪子抓住她纤细的腰，带着一起飞到树上去了。但是那片绿叶继续顺着溪流漂去，而那只蝴蝶因为他是系在叶子上的，没有办法飞开，也跟着一起漂去。

天啦！当金龟子把她带进树林里去的时候，可怜的拇指姑娘该是多么害怕啊！可是她一想起紧紧地系在那片叶子上的美丽白蝴蝶就更难过了，因为如果他没有办法摆脱的话，就一定会饿死的。但是狠心的金龟子一点也不理会白蝴蝶的生死。现在，他们坐在树上最大的一张绿叶子上，金龟子把花里的蜜糖拿出来给她吃，同时说她是多么漂亮，虽然她一点也不像金龟子。不多久，住在树林里的那些金龟子出于好奇全都来拜访了。他们上下打量着拇指姑娘。金龟子小姐们耸了耸触须，说：

"嗨，这是怪难看的只有两条腿。"

"她连触须都没有！"她们说。

"她的腰太细了——呸！她完全像一个人——她是多么丑啊！"所有的女金龟子们齐声说。

其实拇指姑娘确是非常美丽的。甚至劫持她的那只金龟子也不免要这样想。只是当大家都说她很难看的时候，他也只好相信这话了，最后他也不愿意要她了！他们把她从树上带下来，放在一朵雏

图文珍藏版

菊上面。现在她可以随便到什么地方去了，她在那上面哭得怪伤心的，因为她长得那么丑，连金龟子也不要她了。可是她仍然是人们所想象不到的一个最美丽的人儿，像一片最纯洁的玫瑰花瓣，那么娇嫩，那么明艳。

整个夏天，在这个巨大的树林里，可怜的拇指姑娘一个人生活，她学会了自己照顾自己。她用草叶为自己编了一张小床，把它挂在一片大牛蒡叶底下，使得雨水不致淋到身上。她的食物就是从花里取出来的蜜，而每天早晨凝结在叶子上的露珠就是她的饮料。夏天和秋天一晃就过去了。现在，冬天——那又冷又长的冬天——来了。那些为她唱着甜蜜的歌的鸟儿现在都飞走了。飞去寻找温暖的地方。树和花凋零了。那片大的牛蒡叶——她一直是在它下面住着的——也卷起来了，只剩下一根枯瘦的梗子。她的衣服都破了，这使她感到十分寒冷。而她的身体又是那么瘦削和纤细——可怜的拇指姑娘啊！她一定会冻死的。天开始降雪了，落到她身上的每朵雪花，就好像一个人把满铲子的雪块打到我们身上一样，不过我们高大，而她不过只有一寸来长。她只好找来一片干枯的叶子裹在自己身上，可是这并没有给她带来些许温暖——她冻得直发抖。

现在她来到一片树林的附近，看到一块很大的麦田；不过田里的麦子早已经收割了。只留下一些光赤的麦茬儿挺立在冻结的地上。对她说来，从它们中间走过去，简直等于穿过一片广大的森林。啊！她冻得发抖，抖得多厉害啊！最后一只田鼠的家出现在她面前——这就是一棵麦茬下面的一个小洞。田鼠住在那里面，又温暖，又舒服。她藏的麦子可以装满整整一房间，她还有一间漂亮的厨房和一个饭厅。可怜的拇指姑娘像一个讨饭的穷苦女孩子站在门里。请求施舍一颗大麦粒给她，因为她已经两天没有吃过一丁点儿东西。

"你这个可怜的小人儿，"田鼠说——因为她本来是一个好心肠的老田鼠——"快进来和我一起吃点东西吧。"

现在她很喜欢拇指姑娘，所以她说："这个冬天你可以跟我住在一块，不过你得把我的房间收拾得干净整齐，我喜欢听故事，所以你还得讲些故事给我听。"

这个和善的老田鼠所要求的事情，拇指姑娘都一一答应了。在那儿她住得非常快乐。

"不久我们就要来一个客人，"田鼠说，"通常我的这位邻居每个星期来看我一次，在他那宽大的房间里住的可比我这儿舒服得多，他穿着非常美丽的黑天鹅绒袍子。如果你能让他做你的丈夫，那么你一辈子可就享福。不过他的眼睛看不见东西。你得讲一些你所知道的、最美的故事给他听。"

拇指姑娘对于这事毫无兴趣。她不愿意跟这位鼹鼠邻居结婚。他穿着黑天鹅绒袍子来拜访了。田鼠说，他是怎样有钱和有学问，他的家也要比田鼠的大20倍；他有很高深的知识，不过他不喜欢太阳和美丽的花儿；而且他还喜欢说这些东西的坏话，因为他自己从来没有看见过它们。

拇指姑娘由于礼节，不得不为他唱一曲歌儿。她唱了《金龟子呀，飞走吧！》，又唱了《牧师走上草原》。她的声音是那么美丽动听，鼹鼠不禁爱上她了。不过他是一个很谨慎的人没有表示出来。

最近他从自己房子里挖了一条长长的地道，通到她们的这座房子里来。他说现在是冬天，外面冷极了，为了健康的身体，他希望田鼠和拇指姑娘到这条地道里来散步，而且只要她们愿意，随时都可以来。不过他忠告她们不要害怕躺在地道里的一只死鸟。他是一只完整的鸟儿，有翅膀，也有嘴。毫无疑问，他是不久以前、在冬天开始的时候死去的。他现在被埋葬的这块地方，恰恰被鼹鼠打穿了成为地道。

鼹鼠走在前面嘴里衔着一根引火柴——它在黑暗中可以发出闪光，为她们照明这条又长又黑的地道。当她们来到那只死鸟躺着的地方时，鼹鼠就用他的大鼻子顶着天花板，朝上拱着土，拱出一个大洞来。阳光就通过这洞口射进来。一只死了的燕子躺在地上的正中央，他的美丽的翅膀紧紧地贴着身体，小腿和头缩到羽毛里面：这只可怜的鸟儿无疑是冻死了。拇指姑娘感到非常难过，因为她喜爱一切鸟儿。的确，整个夏天他们对她唱着美妙的歌，对她喃喃地讲着话。不过鼹鼠用他的短腿踢了一下燕子说："现在他再也不能唱什么了！生来就是一只小鸟——这该是一件多么可怜的事儿！谢天谢地，我的孩子们不会是一只鸟。它们什么事也不能做，只会叽叽喳喳地叫，到了冬天不饿死了才怪！"

"是的，你说得有道理你真是一个聪明人，"田鼠说，"冬天一到，他只有挨饿和受冻一条路。这些'叽叽喳喳'的歌声对于一只雀子根本没有什么用！不过我想这就是大家所谓的了不起的事情吧！"

拇指姑娘没有说一句话。趁着他们两个人把背掉向这燕子的时候，她就弯下腰来轻轻地吻了一下他紧闭的双眼并随手把盖在他头上的那一簇羽毛温柔地拂向旁边。

"在夏天也许就是他对我唱出那么美丽的歌，"她想。"这只亲爱的、美丽的鸟儿不知给了我多少快乐！"

现在鼹鼠封住了那个透进阳光的洞口；然后就送这两位小姐回家。但是这天晚上拇指姑娘怎么也睡不着。她爬起床来，用草编成了一张宽大的、美丽的毯子。然后拿着它到那只死了的燕子的身边去，盖在他身上。为了使他在这寒冷的地上能够睡得温暖，她同时还把她在田鼠的房间里所寻到的一些软棉花紧紧裹在燕子的身上。

"美丽的小鸟儿，再会吧！"她说，"再会吧！在夏天，当所有的树儿都披上了绿装，当太阳光温暖地照着大地，我们听到了你那美丽的歌声——我要为这感谢你！"于是她把头贴在这鸟儿的胸膛上。他身体里面好像有件什么东西在跳动，这是鸟儿的一颗心！她马上惊恐起来，这鸟儿没有死！他只不过是躺在那儿冻得失去了知觉。现在他得到了温暖，所以又活了过来。

在秋天，燕子们要飞向温暖的国度去。不过，假如有一只不幸掉了队，他就会遇到寒冷，冻得落下来，如同死去一样，这时他能做的唯一的一件事就是躺在他落下的那块地上，任凭冰冻的雪花盖满他全身。

拇指姑娘真是抖得厉害，因为她是那么惊恐；跟只有寸把高的她比起来，这鸟儿实在是太庞大了。但是她鼓足勇气紧紧地把棉花裹在这只可怜的鸟儿的身上；同时拿来自己常常当作被盖的那张薄荷叶，覆在这鸟儿的头上。

第二天夜里，她又偷偷地去看他。现在他已经活过来了，不过还是有点昏迷。他只能把眼睛微微地睁开一忽儿，望了一下拇指姑娘。拇指姑娘站在它跟前手里拿着一块引火柴，因为她没有别的照明用具。

"我感谢你——你，可爱的小宝宝！"这只身体很虚弱的燕子对她说，"我现在感到很舒服和温暖！不久我就可以恢复体力，又可以飞了，在暖和的阳光中飞了。"

"啊，"她说，"外面是多么冷啊。遍地都在结冰，雪花在空中飞舞。还是请你睡在你温暖的床上吧，我可以来照料你呀。"

她把水盛在花瓣里递给燕子。燕子喝了以后，就告诉她说，在一个多刺的灌木林上他不小心擦伤了一个翅膀，因此不能跟别的燕子们飞得一样快；那时他们正在远行，要飞到那遥远的、温暖的国度里去。最后他只好落到地上来了，可是其余的事情他现在就记不起来了。至于自己怎样来到了这块地方他更是完全不知道。

燕子在这儿住了整整一个冬天。拇指姑娘待他很好，非常喜欢他，关于这事鼹鼠和田鼠一点儿也不知道，因为他们对这只可怜的、孤独的燕子没有一点同情心。

当春天一到，太阳温暖地照着大地的时候，燕子就跟拇指姑娘告别了。她打开鼹鼠在顶上挖的那个洞。太阳非常明亮地照着。于是燕子就问拇指姑娘愿意不愿意跟他一起离开：她可以骑在他的背上，这样他们就可以远远地飞走，飞向绿色的树林里去。可是拇指姑娘觉得，如果她这样离开的话，田鼠就会感到痛苦的。

"不成，田鼠会痛苦的！"拇指姑娘说。

"那么再会吧，你这善良的、可爱的姑娘，再会吧！"燕子说。于是他就向太阳飞去。拇指姑娘在后面望着他，眼里闪着泪珠，她是多么喜爱这只可怜的燕子啊！

"滴丽！滴丽！"燕子唱着歌，飞向一个绿色的森林。

拇指姑娘感到非常难过。因为田鼠不许她走到温暖的太阳光中去。田鼠屋顶上的田野里，麦子已经长得很高了。对于这个可怜的小女孩子来说，这麦子简直是一片浓密的森林，因为她毕竟只有一寸来高呀。

"在这个夏天，你得缝好你的新嫁衣！"田鼠对她说，因为她的那个讨厌的邻居——那个穿着黑天鹅绒袍子的鼹鼠——已经向她求婚了。"做了鼹鼠太太以后，你应该有坐着穿的和睡着穿的衣服呀，所以你还得准备好毛衣和棉衣。"

现在拇指姑娘得学起摇纺车来。鼹鼠特地请了四位蜘蛛，日夜为她纺纱和织布。每天晚上鼹鼠来拜访她一次。他老是在咕噜地说：夏天过去了太阳就不会这么热了；现在太阳把地面烤得像面包一样软。是的，等夏天过去以后，他就要跟拇指姑娘结婚了。因为她的确不喜欢这位讨厌的鼹鼠，所以她怎么能感到高兴呢。每天早晨，当太阳升起的时候，每天黄昏，当太阳落下的时候，她就偷偷地走

到门那儿去。风儿把麦穗吹向两边，使得她能够看到蔚蓝色的天空，她就想象外面是非常光明和美丽的，于是她就热烈地希望再见到她的亲爱的燕子。可是这燕子不再回来了，无疑地，他已经飞向很远很远的、美丽的、青翠的树林里去了。

现在是秋天了，拇指姑娘的全部嫁衣也准备好了。

"你的婚礼在四个星期以后举行，"田鼠对她说。但是拇指姑娘哭了起来，说她不愿意和这讨厌的鼹鼠结婚。

"胡说！"田鼠说，"你要听话！不然我就要用我的白牙齿来咬你！你得和他结婚，他是一个多么可爱的人！就是皇后也没有他那样好的黑天鹅绒袍子哩！他的厨房和储藏室里都藏满了东西。你嫁给这样一个绅士，应该感谢上帝！"

现在婚礼要举行了。鼹鼠已经亲自来迎接拇指姑娘了。她得跟他一起生活在深深的地底下，永远也不能到温暖的太阳光中来，因为他不喜欢太阳。这个可怜的小姑娘现在不得不向那光耀的太阳告别了她心里难受极了——这太阳，当她跟田鼠住在一起的时候，她还能得到许可在门口望一眼吗？

"再会吧，光明的太阳！"她说着，同时向空中伸出双手好像要拥抱太阳似的，并且向田鼠的屋子外面走了几步——这儿只剩下干枯的茬子，因为现在大麦已经收割了。"再会吧，再会吧！"她重复地说，同时用双臂抱住一朵还在开着的小红花。"假如你看到了那只小燕子，我请求你代我向他问候一声。"

"滴丽！滴丽！"这时，一个声音忽然在她的头上叫起来。她抬头一看，正是那只小燕子刚刚在飞过。他一看到拇指姑娘，就显得非常高兴。她告诉他说，她多么不愿意嫁给那个丑恶的鼹鼠做妻子；她还说，她得永远住在深深的地底下，永远也见不到太阳了。一想到这点，她就忍不住哭起来了。

"现在寒冷的冬天就要来了，"小燕子说，"我要飞得很远，一直飞到温暖的国度里去。你愿意跟我一块儿去吗？你可以骑在我的背上！用你的腰带紧紧地把你自己系牢。这样我们就可以离开这丑恶的鼹鼠，从他黑暗的房子飞走——远远地、远远地飞过高山，飞到温暖的国度里去：那儿的太阳光比这儿更美丽，那儿永远只有夏天，永远开着美丽的花朵。跟我一起飞吧，你，甜蜜的小拇指姑娘；当我在那个阴森的地洞里冻得僵直的时候，是你救了我的生命！"

"是的，我愿意和你一块儿去！"拇指姑娘说。她坐在这鸟儿的

世界经典童话

·安徒生童话·

图文珍藏版

背上，把脚搁在他展开的双翼上，同时把自己用腰带紧紧地系在他最结实的一根羽毛上免得掉下去。这么着，燕子就飞向空中，飞过森林，飞过大海，高高地飞过常年积雪的大山。在这寒冷的高空中，拇指姑娘冻得直发抖，于是她就钻进这鸟儿温暖的羽毛里去。只伸出她的小脑袋，欣赏下面的美丽风景。

最后他们踏上了温暖国度的土地。那儿的太阳更光明，天空也是加倍地高。田沟里，篱笆上，都生满了最美丽的绿葡萄和蓝葡萄。树枝上挂满了柠檬和橙子。桃金娘和麝香的香味弥漫在空气里；在路上跑来跑去的是一群非常可爱的小孩子，他们跟一些颜色鲜艳的大蝴蝶儿一块儿嬉戏。燕子越飞越远，而风景也越来越美丽。在一个碧蓝色的湖旁有一丛最可爱的绿树，里面坐落着一幢白得放亮的、大理石砌成的、古代的宫殿。许多高大的圆柱被葡萄藤缠绕着，许多燕子在它们顶上做巢。现在带着拇指姑娘飞行的这只燕子就住在其中的一个巢里。

"这儿就是我的家，"燕子说，"不过，下面长着许多美丽的花，你可以选择你最喜欢的一朵；我把你放在它上面。那么你要想住得怎样舒服，就可以怎样舒服了。"

"那好极了，"她高兴地拍着一双小手。

那儿有一根已经倒在地上的巨大的大理石柱，它跌成了三段。不过在它们中间却生出一朵最美丽的白色鲜花。燕子带着拇指姑娘飞下来，把她放在它的一片宽阔的花瓣上面。这个小姑娘感到多么惊奇啊！一个小小的男子正坐在那朵花的中央！——他好像是玻璃做成的那么白皙和透明。他头上戴着一顶最华丽的金色王冠，肩上生着一双发亮的翅膀，而最重要的是他本身并不比拇指姑娘高大。他就是花中的安琪儿。每一朵花里都住着这么一个小小的男子或妇人。不过这一位却是他们大家的国王。

"我的天啦！他真美啊！"拇指姑娘对燕子低声说。

这位小小的王子非常害怕这只燕子，因为他是那么细小和柔嫩，对他说来，燕子简直是一只庞大的鸟儿。不过当他发现拇指姑娘的时候，他马上就变得高兴起来：她是他一生中所看到的最美丽的一位姑娘。因此他从头上取下金王冠，戴到她的头上。他问了她的姓名，问她愿不愿意做他的夫人——这样她就可以做一切花儿的皇后了。比起癞蛤蟆的儿子和那只穿大黑天鹅绒袍子的鼹鼠来，这位王子完全不同！他才是配称为她的丈夫呢，因此她就对这位逗她喜欢的王子说："我愿意。"这时从每一朵花里走出一位小姐或一位男子来。他们是那么可爱，就是看他们一眼也是幸福的。他们每人送了拇指姑娘一件礼物，但是其中最好的礼物是从一只大白蝇身上取下的一对翅膀。他们把这对翅膀安到拇指姑娘的背上，这么着，她现在就可以在花朵之间飞来飞去了。这时大家都欢乐起来。燕子坐在上面自己的巢里，为他们唱出他最好的歌曲。其实在他的心里，他也感到有些悲哀，因为他是那么喜欢拇指姑娘，他的确希望永远不要和她离开。

"你现在不应该再叫拇指姑娘了！"花的安琪儿对她说，"你长得那么美，可你的名字却一点儿也不好听！我们要把你叫玛珈。"

"再会吧！再会吧！"那只小燕子说。他要飞到遥远的丹麦去，所以离开了这个温暖的国度。在丹麦，他把他的小巢筑在一个会写童话的人的窗子上。他对这个人唱："滴丽！滴丽！"我们这整个故事就是从他那儿听来的。

（1835 年）

跳蚤和教授

　　从前有一个喜欢冒险的气球驾驶员；他很倒霉，他的氢气球在空中爆炸了，结果他落到地上，跌成肉泥。两分钟以前，他把他的儿子用一张降落伞放下来了，这孩子真算是运气。没有受伤。他表现出相当大的本领他将来可以成为一个优秀的气球驾驶员，但是他没有气球，而且也没有办法弄到一个。

　　他得生活下去，因此他就想出一套魔术来：他能叫他的肚皮讲话——这叫作"腹语术"。他很年轻，而且相当漂亮。当他留起一撮小胡子穿上一身整齐的衣服时，人们可能待他当作一位伯爵的少爷。太太小姐们都被他迷住了。有一个年轻女子被他的外表和法术迷到了甚至和他一同到外国的城市里去生活的地步。他在那些地方自称为教授——他不能有比教授更低的头衔。

　　他唯一的愿望是要获得一个氢气球，同他亲爱的太太一起飞到天空中去。不过到目前为止，他还没有办法实现这个梦想。

　　"总会有办法的！"他说。

　　"我希望有，"太太说。

　　"我们还年轻，何况现在我还是一个教授呢。面包屑也算面包呀！"

太太忠心地帮助他。她坐在门口，为他的表演卖票。并且在一个节目中也帮了他的忙。他把太太放在一张桌子的抽屉里——一个大抽屉里。她从后面的一个抽屉爬进去，在前面的抽屉里人们是看不见她的，这给人一种错觉。

不过有一天晚上，太太失踪了。她既不在前面的一个抽屉里，也不在后面的一个抽屉里。整个屋子里都没有她的影子，也听不见她的声音。她也有她的一套法术。因为她对她的工作感到腻烦了，所以再也没有回来。他也感到腻烦了，再也没有心情来笑或讲笑话，因此也就没有谁来看了。收入渐渐少了，他的衣服也渐渐破旧了。最后他只剩下他太太的一笔遗产一只大跳蚤，所以他非常爱这只跳蚤。并且训练它，教给它魔术，教它举枪敬礼，放炮——不过是一尊很小的炮。

教授因跳蚤而感到骄傲；它自己也感到很了不起。跳蚤确实学习到了一些东西，而且它身体里有人的血统。它去过许多大城市，见过王子和公主并获得过他们高度的赞赏。报纸和招贴上都出现过它的身影。它知道自己是一个名角色，能养活一位教授，是的，甚至能养活整个家庭。

跳蚤非常骄傲，不过当它跟这位教授在一起旅行的时候，在火车上总是坐第四等席位——这跟头等相比，走起来当然是一样快。他们之间有一种默契：他们永远不会分离，永远不会结婚；跳蚤要做一个单身汉，教授仍然是一个鳏夫。这两件事情是半斤八两，没有差别。

"一个人在一个地方获得了极大的成功以后，"教授说，"就不宜到那儿再去发展！"他是一个会告别人物性格的人，而这也是一种艺术。

最后除了野人国以外他走遍了所有的国家——因此他现在就决定到野人国去。在这个国家里，人们的确都把信仰基督教的人吃掉。

教授是知道这事情的，但是他认为他们可以到野人国去发一笔财，因为他并不是一个真正的基督教徒，而跳蚤也不能算是一个真正的人。

他们坐着汽船和帆船去。跳蚤表演了它所有的花样，所以在整个航程中他们没有花一个钱就到了野人国。

一位小小的公主统治着这个国家，虽然她只有 6 岁。这种权力是她从父母的手中拿过来的。因为她很任性，但是分外地美丽和顽皮。

跳蚤马上就举枪敬礼，放炮。公主迷上了跳蚤，她说："我什么人也不要，除了它以外！"她热烈地爱上了跳蚤，而且她在没有爱它以前就已经疯狂起来了。

"甜蜜的、可爱的、聪明的孩子！"她的父亲说，"只希望我们能先把它变成一个人！"

"老头子，这是我自己的事情！"她说。作为一个小公主，这样的话说得很粗鲁，特别是对自己的父亲，但是她已经疯狂了。

她把跳蚤放在她的小手中。"现在你是一个人，和我一道来统治这个国家；不过你得听我的话办事，否则我就要杀掉你，吃掉你的教授。"

教授现在住在一间很大的房子里。甜甘蔗编的墙壁可以去舔，但是甜食并不是他的爱好。他睡在一张吊床上。这倒有些像是躺在他一直盼望着的那个氢气球里面呢。这个氢气球一直萦绕在他的脑海中。

跳蚤跟公主在一起，形影不离，不是坐在她的小手上，就是坐在她柔软的脖颈上。她从头上拔下一根头发来。让教授用它绑住跳蚤的腿。这样，她就可以把它系在她珊瑚的耳坠子上。

对公主说来，这是一段非常快乐的时光。她想，跳蚤也该是同样快乐吧。可是这位教授却有些不安。作为一个旅行家，他喜欢从这个城市旅行到那个城市去，喜欢在报纸上看到人们把他描写成为一个怎样有毅力，怎样聪明，怎样能把一切人类的行动教给一个跳蚤的人。而现在他日日夜夜躺在吊床上打盹，吃着丰美的饭食：新鲜鸟蛋，像眼睛，长颈鹿肉排，因为吃人的生番不能仅靠人肉而生活——人肉不过是一样好菜罢了。"孩子的肩肉，加上最辣的酱油，"母后说，"是最好吃的东西。"

教授希望离开这个野人国，因为他感到有些厌倦，但是跳蚤得和他一齐走，因为它是他的一件财宝和生命线。但是要达到这个目的并不是一件容易的事。

他集中一切智慧来想办法，最后他终于想出了一招。

"公主的父王，请允许我做点事情吧！我想训练全国人民学会举枪敬礼。这在世界上一些大国里叫作文化。"

"你可以教给我什么呢？"公主的父亲说。

"放炮，"教授说，"只需轰的一声整个地球都会震动起来，一切最好的鸟儿落下来时都被烤得很香了！""让我看看你的大炮吧！"公主的父亲说。

可是在这里全国上下没有一尊大炮，只有跳蚤带来的那一尊，但是这尊炮未免太小了。

"我来制造一门大炮吧!"教授说,"你只需供给我材料,我需要做氢气球用的绸子、针和线,粗绳和细绳,以及气球所需的灵水——这可以使气球膨胀起来,变得很轻,能向上升。然后气球在大炮的腹中就会发出轰声来。"

他得到了所要求的东西。

全国的人都来看这尊大炮。这位教授并不招呼他们因为他还没有把氢气球吹足气。

跳蚤坐在公主的手上,在旁观看。气球现在装满气了,它控制不住地膨胀起来;它是那么狂暴。

"我得把它放到空中去,好使它冷却一下,"教授说,同时坐进吊在它下面的那个篮子里去。

"不过恐怕我单独一个人无法驾驭它。我需要一个有经验的助手。这儿谁也不成,除了跳蚤以外!"

"我不同意!"公主说,但是她却把跳蚤交给教授了。跳蚤现在坐在教授的手中。

"请放掉绳子和线吧!"他说,"现在氢气球要上升了!"

大家以为他在说:"发炮!"

气球越升越高,升到云层中去,离开了野人国。

那位小公主和她的父亲、母亲以及所有的人群都在站着等待着轰轰的炮声。他们现在还在等待哩。如果你不相信,可以到野人国去看看。那儿的小孩子还在谈论着关于跳蚤和教授的事情。他们相信，等大炮冷了以后，这两个人就会回来的。但是他们却永远不会回来了，他们现在和我们一样坐在家里。他们在自己的国家里，坐着火车的头等席位——不是四等席位。他们走了运，有一个巨大的气球。谁也没有问他们是怎样和从什么地方得到这个大气球的。跳蚤和教授现在都是有地位的富人了。

（1873 年）

区别

那正是五月。冷风仍然在吹着；但是灌木和大树，田野和草原，都说春天已经到来了。放眼望去一直到灌木丛组成的篱笆上都满是花。春天就在这儿在一棵小苹果树上讲它的故事——粉红色的、细嫩的、随时就要开放的花苞布满了苹果树鲜艳的绿枝上面。它知道自己很美丽——它这种先天的知识好像是流在血液里一样深藏在它的叶子里。因此有人热情赞美它时，它一点儿也不惊奇，有一天一位贵族的车子停在它面前的路上，年轻的伯爵夫人一眼就喜欢上了它，说这根柔枝是世界上最美丽的东西、是春天最美丽的表现，这枝子接着就折断了。伯爵夫人一只柔嫩的手握着它，另一手还用绸阳伞替它遮住太阳。他们回到他们华贵的公馆里来。这根苹果枝就插在一个简直像是新下的雪雕成的花瓶里，与几根新鲜的山毛榉枝子在一起。看它一眼都使人感到愉快。它环顾四周发现这儿有许多高大的厅堂和美丽的房间。洁白的窗帘在敞着的窗子上迎风飘荡；好看的花儿亭亭地立在透明的、发光的花瓶里。

这根枝子立刻变得骄傲起来；这也是人之常情。

各色各样的人走过这房间。他们根据自己的身份来表示他们的赞赏。有些人很沉默；有些人却又滔滔不绝。苹果枝子知道，正如在植物中间一样，人类中间也存在着区别。

"有些东西只是外表美丽；有些东西却相当有用；但是也有些东西却是毫无用途。"苹果树枝想。

现在有许多花儿和植物可以供它思索和考虑了。每天它站在一个敞开的窗子前，看着眼前的花园和田野，不由得感慨万分：是啊！植物中有富贵的，也有卑贱的——有的简直是太卑贱了。

"可怜的没有人理的植物啊！"苹果枝说，"这种区别真的存在啊！如果像我和我一类的那些东西那么深刻地体味到这种区别，它们一定会感到多难过啊！是啊！一切东西的确有区别，而且也应该如此，否则大家都一个样了！"

苹果枝特别怜悯某些平凡的花儿，像田里和沟里丛生的那些花儿。谁也不把他们扎成花束。因为它们那么普通甚至在石头中间都可以看得到。像野草一样，它们在什么地方都可以生长，而且连名字都不好听，叫作什么"魔鬼的奶桶"。

"可怜被人瞧不起的植物啊！"苹果枝说。"你们是无法选择自己恶劣的处境，你们的平凡甚至这些丑名字，因为在植物中间，正如在人类中间一样，一切都有个区别啦！"

"区别?"阳光奇怪了。它吻着这盛开的苹果枝，同时也吻着那些田野里的白色的"魔鬼的奶桶"。阳光的所有弟兄们都吻着它们——吻着下贱的花，也吻着富贵的花。

苹果枝从来就没想到，一切活着和动着的东西都可以接受造物主那无限的慈爱。很多时候美和真的东西可能会被暂时掩盖住了，

世界经典童话

·安徒生童话·

图文珍藏版

但是造物主没有忘记它们——这也是合乎人情的。

太阳光——明亮的光线——深深懂得这一点：

"你的眼光短浅又模糊！哪些植物是你特别怜悯的、没有人理的呢？"

"魔鬼的奶桶！"苹果枝说，"人们从来不用它扎花束，而是把它踩在脚底下，当它们结子的时候，就像小小的羊毛，在路上到处乱飞，还附在人的衣上。天哪！它们长得太多了！不过是一些野草罢了！——它们也只能是野草！啊，真要谢天谢地，我跟它们不一样！"

一大群孩子从田野上走来了。最小的一个还要别的孩子抱着他。当他被放到这些白花中间的时候，他是那么高兴！小腿踢着，满地翻滚。他天真烂漫地吻着它们并摘了下来。那些较大的孩子从空梗子上折下这些白花，并把它们一根一根地插在一起，一串一串地联成链子。他们先做一个项链，然后又做一个挂在肩上的链子，一个系在腰间的链子，一个悬在胸脯上的链子，一个戴在头上的链子。好一个绿环子和绿链子的展览会！那几个大孩子当心地摘下那些落了花的梗子——它们的果实是白色的绒球，它看起来像羽毛、雪花和茸毛。这松散的、缥缈的绒球，本身不就是一件小小的完整的艺术品吗？他们把它放在嘴里，想要一口气吹走整朵的花球，因为祖母曾经说过：要想在新年到来以前得到一套新衣，就得去吹白绒球。

所以在这种情况下，这朵被瞧不起的花就变成了一个真正的预言家。

"你看到没有？"太阳光说，"还有它的力量？"

"看到了，不过只有和孩子在一起时，它才会这样！"苹果枝说。

这时一个老太婆来到田野里。她用一把没有柄的钝刀子挖这花并把它从土里取走。这花一部分的根子将用来煮咖啡吃；另一部分则被拿到一个药材店里当药用。

"不过美是一种更高级的东西呀！"苹果枝说，"只有少数特殊的人才可以走进美的王国。正如人与人之间有区别一样，植物与植物之间还是有区别的。"

于是太阳光就谈到造物主对于一切造物和有生命的东西的无限的爱，和对于一切东西永恒公平合理的分配。

"是的，这只是你的看法而已！"苹果枝说。

这时那位美丽年轻的伯爵夫人走进房间了——就是她把苹果枝插在透明的花瓶中，放在太阳光里。现在她手里拿着一朵花——或者一件类似花的东西。三四片大叶子掩住了它，紧紧地围在它周围像一顶帽子似的保护着它，使它受不到微风或者大风的伤害。它被小心翼翼地端在手中，这可是那根娇嫩的苹果枝从来也没受到过的待遇啊！

现在那几片大叶子被轻轻地挪开了。人们认出了就是那个被人瞧不起的白色"魔鬼的奶桶"的柔嫩的白绒球！这就是它！她那么小心地摘下它！那么谨慎地带它回家，好使那个云雾一般的圆球上的细嫩柔毛不致被风吹散。它被保护得多么完整啊！它漂亮的形态，透明的外表，它特殊的构造，和不可捉摸的、被风一吹即散的美都

深深地吸引了她。

"看吧，造物主把它创造得多么可爱！"她说，"我要把这根苹果枝换下来。现在大家都觉得它比以前更漂亮，不过这朵微贱的花儿，也从上天得到了同样多的恩惠只不过它用了另一种方式。虽然它们两者存在区别，但它们都是美的王国中的孩子。"

于是太阳光吻了这微贱的花儿，也吻了这开满了花的苹果枝——它的花瓣似乎泛出了一阵难为情的绯红。

（1852 年）

世界经典童话

·安徒生童话·

图文珍藏版

一本不说话的书

在公路旁的一片树林里，有一座孤独的农庄。人们沿着公路可以一直走进这农家的大院子里去。阳光四射；所有的窗子都敞开着。房子里面传来一片忙碌的声音；一口敞着的棺材就停在院子里，停在一个开满了花的紫丁香组成的凉亭下，一个死人已经躺在里面，这天上午就要入葬了。没有任何一个悼念死者的人守在棺材旁；没有任何人对他流一滴同情的眼泪。一块白布盖着他的面孔，他的头底下枕着一大本厚书。书页是由一整张灰纸叠成的；每一页上夹着一朵被遗忘的萎谢了的花。这是一本完整的植物标本，是在许多不同的地方搜集得来的。根据遗嘱它要陪死者一同被埋葬掉，他生命的每一章都联系着每一朵萎谢的花。

"死者是谁呢？"我们问。回答是："乌卜萨拉的一个老学生。人们说：他曾经是一个活泼的年轻人；他懂得古代的文学，会唱歌，甚至还写诗。但是由于生活中他曾经遭遇到某种事故，所以他把他年轻的思想和生命完全沉浸在忧郁里面。直到最后他的健康也毁了的时候，他就搬到这个乡下来住。只要他没有产生阴郁的情绪，他会纯洁得像一个孩子，变得活泼起来，像一只被追逐着的雄鹿在森林里跑来跑去。不过，只要我们把他喊回家来，让他看看这本装满了干植物的书，他就能坐一整天，一会儿看看这种植物，一会儿瞧瞧那种植物。这时他的眼泪就止不住地沿着他的脸滚落下来：只有上帝知道他在想什么东西！但是他要求与这本书合葬。因此现在它就躺在那里面。再过一会儿，人们就会钉上棺材盖子，那么他将在坟墓里得到安息。"

他的面布揭开了。一种祥和的表情呈现在死人的脸上。一丝太阳光照在它上面。一只燕子像箭似的飞进凉亭里来，很快地掉转身，喃喃地在死人的头上叫了几声。

我们都知道，假如我们读读年轻时代的旧信，心里就会产生一种非常奇怪的感觉！整个的一生和这生命中的希望和哀愁都会浮现出来。在那时和我们来往很亲密的一些人，现在有多少已经死去了啊！然而他们还活着，只不过我们很久没有想到他们罢了。那时我们以为会跟他们永远亲密地生活在一起，会跟他们一起共甘苦。

一片萎枯了的栎树叶子夹在这书里面。它使这书的主人记起一个老朋友——一个老同学，一个终身的友伴。在一个绿树林里面他把这片叶子插在学生帽上，从那时起他们结为"终身的"朋友。现在他住在什么地方呢？这片叶子被保存了下来，但是友情到什么地方去了？

这儿有一棵异国的、在温室里培养出来的植物；这是一位贵族花园里的小姐摘下来送给他的。对于北国的花园说来，它是太娇嫩了；它的叶子似乎还保留着它的淡淡香气。

这儿有一朵他亲手摘下来的睡莲，并且用他的咸眼泪润湿过的一朵在甜水里生长的睡莲。

这儿有一根荨麻——它的叶子说明什么呢？当他把它采下来并保留下来的时候，他心中会有些什么想法呢？

这朵铃兰花曾经幽居在森林里；那朵金银花是从商店的花盆里摘下来的；这儿还有一片尖尖的草叶！

开满了花的紫丁香在死者的头上轻轻垂下它新鲜的、芬芳的花簇。"唧唧！唧唧！"燕子又飞过去了。这时人们拿着钉子和锤子走过来了。棺材盖在死者身上盖下了——他的头在这本不说话的书上安息。埋葬了——遗忘了！

（1851 年）

夏日痴

这正是冬天。天气异常寒冷，风刺骨地吹着；但是屋里却是非常舒适和温暖的。花儿藏在屋子里：藏在地里和雪下的球根里。

有一天下起雨来。雨滴渗入积雪，透进地里，接触到花儿的球根，就告诉它说，上面的世界是光明的。不久一丝又细又尖的太阳光穿透积雪，射到花儿的球根上，抚摸了它一下。

"请进来吧！"花儿说。

"我恐怕做不到，"太阳光说。"我还没有足够的气力打开门。等到夏天我就会有力量了。"

"夏天什么时候才来啊？"花儿问。每次太阳光一射进来，它就重复地问这句话。不过夏天还早得很呢。地上仍然盖着厚厚的雪；每天夜里水上都结了冰。

"夏天来得多么慢啊！夏天来得多么慢啊！"花儿说。"我感到身上发痒，我要活动活动伸伸腰，我要开放，我要走出去，对太阳说一声'早安'！那才痛快呢？"

花儿伸了伸腰，抵着薄薄的外皮挣了几下。外皮已经被水浸得很柔软，被雪和泥土温暖过，被太阳光抚摸过。它从雪底下冒出来，绿梗子上结着淡绿的花苞，还长出又细又厚的叶子——它们好像是

要保卫花苞似的。尽管雪是冰冷的但是很容易被冲破。这时太阳光射进来了，它的力量比从前要强大得多。

　　花儿终于伸到雪上面来了，见到了光明的世界。"欢迎！欢迎！"每一线阳光都这样唱着。

为了让它开得更丰满，阳光抚摸并且吻着它。它像雪一样洁白，身上还饰着绿色的条纹。它昂起头来，心情是说不出的高兴。

"美丽的花儿啊！"阳光歌唱着，"你是多么新鲜和纯洁啊！你是第一朵花，你是唯一的花！你是我们的宝贝！你在田野里和城里预告着夏天的到来！——美丽的夏天！我们将统治着万物！一切将会变绿！所有的冰雪都会融化！冷风将会被驱走！那时你将会有朋友：紫丁香和金链花，最后还有玫瑰花。但是你是第一朵花——那么细嫩，那么可爱！"

多么令人愉快啊。空气好像是在唱着歌和奏着乐，阳光好像钻进了它的叶子和梗子。它立在那儿，是那么柔嫩，容易折断，但同时在它青春的愉快中又显得那么健壮。它穿着带有绿条纹的短外衣，称赞着夏天。但是太阳被雪块遮住了，寒风在花儿上吹。哪有一丁点夏天的迹象呢？

"怎么这么早就出来了，"风和天气忍不住说，"我们仍然在统治着大地；你应该能感觉得到，你应该忍受！你最好还是待在家里，不要跑到外面来表现你自己吧。时间还早呀！"

天气冷得厉害！日子一天一天地过去，看不到一丝阳光。对于这样一朵柔嫩的小花儿说来，这样的恶劣的天气只会使它冻得裂开。但是它是很健壮的，它从快乐中，从对夏天的信心中获得了力量。虽然它自己并不了解这一点。它渴望的心情总是在提醒它夏天一定会到来的，温暖的阳光也肯定了这一点。因此它满怀信心地穿着它的白衣服，站在雪地上。当密集的雪花一层层无情地压下来的时候，当刺骨的寒风在它身上横扫过去的时候，它就赶紧低下头来。

"你会裂成碎片！"它们高声说，"你会枯萎，会变成冰。你为什么要跑出来呢？你为什么要受诱惑呢？阳光骗了你呀！你这个夏日痴！"

"夏日痴！"在寒冷的早晨有一个声音回答说。

"夏日痴！"有几个跑到花园里来的孩子兴高采烈地说，"这朵花是多么可爱啊，多么美丽啊！它是唯一的头一朵花！"

听这几句话花儿感到浑身舒服；这几句话简直就是温暖的阳光。在快乐之中，这朵花儿一点也没有注意到已经被人摘下来了。现在它躺在一个孩子的手里，被他的小嘴吻着，被带到一个温暖的房间里去，一双柔的眼睛看着被浸在清澈水里的它——因此它获得了更强大的力量和生命。这朵花儿以为它已经进入夏天了。

这一家的女儿——一个年轻的女孩子——刚刚受过坚信礼。她有一个也是刚刚受过坚信礼的亲爱的朋友；"他将是我的夏日痴！"她说。她拿起这朵柔嫩的小花，把它轻放在一张芬芳的纸上，纸上写着诗——关于这朵花的诗。这首诗是以"夏日痴"开头，也以"夏日痴"结尾的。"我的小朋友，就做一个冬天的痴人吧！"她用夏天来跟它开玩笑。现在，它的周围全是诗。它被装进一个信封。这朵花儿孤单地躺在里面，四周是漆黑一团，正如躺在花球根里的时候一样。这朵花儿被挤着，压着开始了在一个邮袋里的艰难旅行。这些事都令人很不愉快，但是任何旅程总会结束的。

旅程完了以后，信就被拆开了，那位亲爱的朋友高兴地读着。

他吻着这朵美丽的花儿；把花儿跟诗一起放在一个装着许多可爱的信的抽屉里，但是抽屉里就是缺少一朵花。它正像太阳光所说的，那唯一的、第一朵花。它一想起这事情就感到心情愉快。

它花了一整个夏天的时间来想这件事情。漫长的冬天过去了，现在又是夏天。这时它被取出来了。不过这一次那个年轻人并不是十分快乐的。他一把抓起那张信纸，连诗一同扔到一边，弄得这朵花儿也落到地上了。它不应该被扔到地上呀，尽管它已经变得扁平了，枯萎了。不过比起被火烧掉，躺在地上并不算很坏的。那些诗和信就是被火烧掉的。究竟发生了什么事情呢？嗨，就是平时常有的那种事情。这朵花儿曾经愚弄过他——这是一个玩笑。女孩在六月间爱上了另一位男朋友了。

太阳在早晨爱怜地照着这朵压扁了的"夏日痴"。这朵花儿看起来好像是被绘在地板上似的。扫地的女佣人把它捡起来，夹在桌上的一本书里。她以为这是在她收拾东西的时候落下来的。这样，这朵花儿就又回到诗——印好的诗——中间去了。这些诗比那些手写的要伟大得多——最低限度，它们是花了更多的钱买来的。

许多年过去了。那本书一直躺在书架上。有一天它被取下来，翻开，读着。这是一本好书：里面全是丹麦诗人安卜洛休斯·斯杜卜所写的诗和歌。这个诗人是值得认识的。读这书的人翻着书页。

"哎呀，这里有一朵花！"他说，"一朵'夏日痴'！它躺在这儿绝不是没有什么用意的。可怜的安卜洛休斯·斯杜卜！他不也是一朵'夏日痴'吗？一个'痴诗人'！在富恩岛上的一些大人先生们中间他只不过像是花瓶里的一朵花，诗句中的一朵花。他是一个'夏日痴'，一个'冬日痴'，一个笑柄和傻瓜；然而他仍然是唯一的，第一个年轻而有生气的丹麦诗人。他出现得太早了，就不可避免地碰上了可怕的冰雹和刺骨的寒风。是的，小小的'夏日痴'，你就躺在这书里作为一个书签吧！把你放在这里面的确是有用意的。"

这朵"夏日痴"于是便又被放回到书里去了。它感到很荣幸和愉快。因为它知道，它是一本美丽的诗集里的一个书签，而最初歌唱和写出这些诗的人也是一个"夏日痴"，一个在冬天里被愚弄的人。这朵花儿懂得这一点，正如我们也懂得我们的事情一样。

这就是"夏日痴"的故事。

（1863年）

笔和墨水瓶

在一位诗人的房间里，有人看到桌上的墨水瓶，说："一个墨水瓶所能产生的东西真是了不起！下一步可能是什么呢？是，那一定是非常了不起的！"

"一点也不错，"墨水瓶说，"那真是不可想象——我常常这样说！"它对那枝鹅毛笔和桌上其他的东西说。"我身上产生出来的作品该是多美妙呵！是的，这几乎叫人不相信！当人把笔伸进我身体里去的时候，我自己也不知道，下一步我会产生出什么新作品来。我只需拿出我的一滴就可以写满半页字，记载一大堆东西。我的确是一件了不起的东西。在我身上可以产生出所有诗人的作品：人们以为自己所认识的那些生动的人物、一切深沉的感情、幽默、大自然美丽的图画等。我自己也不理解，因为我不认识自然，但是毫无疑问，它是存在于我身体里的。从我的身体产生出来的有：动荡的人群、美丽的姑娘、骑着骏马的勇士、比尔·杜佛和吉斯丹·吉美尔。是的，我自己也不知道。——坦白说，我真想不到我能拿出什么东西来。"

"你这话说得对！"鹅毛笔用笔尖敲敲墨水瓶的小脑袋说，"你是一个不知道用头脑的大笨蛋，你只不过供给一点带颜色的液体罢

了。你流出水，好使我能把诗人心里所想的东西清楚地表达出来，真正在纸上写字的是笔呀！任何人都不会怀疑这一点。大多数的人对于诗的理解和一个老墨水瓶差不了多少。"

"你的经验实在少得可怜!"墨水瓶说,"用不到一个星期,你就已经累得半死了。你在幻想自己是一个诗人吗?你不过是一个佣人罢了。在你没有来以前,我可是认识不少你这种人。他们有的是属于鹅毛这个家族,有的是英国造的!鹅毛笔和钢笔,我都打过交道!许多都为我服务过;当他——诗人——回来时,还有更多的笔会来为我服务,——他这个人代替我行动,写下他从我身上取出来的东西。我倒很想问问你,他会先从我身上取出什么来呢?"

"墨水!"笔说。

晚上很迟的时候,诗人回来了。他去听了一个音乐会,被一位杰出提琴家的演奏,被这美妙的艺术给迷住了。这位音乐家在他的乐器上奏出惊人的丰富的调子、一会儿像滚珠般的水点,一会儿像小鸟在啾啾合唱,一会儿像风声吹过枞树林的萧。他觉得听到自己的心在哭泣,但是在和谐地哭泣,像一个女人的悦耳的声音一样。看样子不仅是琴弦在发出声音,而且是弦柱、甚至梢和共鸣盘都在发出声音。这是一次很惊人的演奏!虽然乐器不容易演奏,但是弓却轻松地在弦上来回滑动着,像游戏似的。你很可能以为任何人都可以拉它几下子。

提琴几乎自己在发出声音,弓也似乎自己在滑动——全部音乐几乎就是这两件东西奏出来的。人们忘记了那位紧握它们和给与它们生命与灵魂的杰出艺术家。但是这位诗人却牢牢地记住了他,写下了他的名字,也写下了自己的感想:

"提琴和弓只会吹嘘自己的成就,这是多么傻啊!然而我们人类常常干这种傻事——诗人、艺人、科学发明家、将军。我们表现出自高自大，然而我们大家却不过是上帝用来演奏的乐器罢了。真正的光荣应该属于上帝！我们没有什么东西可以值得骄傲。"

是的，诗人写下这样的话，把它作为寓言写下来，并且命名为：艺术家和乐器。

"这是讲给你听的呀，太太！"当旁边没有别人的时候，笔这样对墨水瓶说，"你没有听到他在高声朗诵我所写的东西吗？"

"是的，这就是我交给你、让你写下的东西呀，"墨水瓶说。"这正是对你自高自大的一种讽刺！你还不知道，别人是在挖苦啊！我从心里向你射出一箭——当然我是知道我的恶意的！"

"你这个墨水罐子！"笔说。

"你这根笔杆子！"墨水瓶也说。

它们各自都相信自己回击得很有力，回击得很漂亮。这种想法使得它们感到身心愉快——它们抱着这种愉快的心情睡着了。不过那位诗人却始终无法入睡。他心里涌出许多思想，像提琴的调子，像滚动的珠子，像吹过森林的萧萧风声。在这些思想中他能够真实地触觉到自己的心，能够看到永恒的造物主的一线光明。

真正的光荣应该属于他！

(1860 年)

风车

山上有一个骄傲的风车。事实上，它把谁都不放在眼里。

"我一点也不骄傲！"它说，"不过太阳和月亮照得我的里里外外都很明亮。我还有混合蜡烛的。我还很有思想；人们一看我那匀称的构造就会感到愉快的。一块上好的磨石躺在我怀里；我有四个翅膀——它们生长在我的头上，恰恰在我的帽子底下。但是雀子只有两个翅膀，而且只生在背上。

"我生出来就是一个荷兰人；这点可以从我的形状看得出来——'一个飞行的荷兰人'我知道，大家把这种人叫作'超自然'的东西，但是我却很自然。我的肚皮上围着一圈走廊，下面有一个住室——我的深刻的'思想'就藏在这里面。我的主人是磨坊人。他知道他的要求是什么，他管理面粉和麸子。他有一个伴侣：名叫'妈妈'。她是我真正的心。她并不傻里傻气地乱跑。她知道自己要求什么，知道自己能做些什么。她有时像微风一样温和，有时又像暴风雨一样强烈。她知道怎样应付事情，而且总会达到自己的目的。她是我的温柔的一面，而'爸爸'却是我的坚强的一面。他们是两个人，但也可以说是一个人。他们彼此称为'我的老伴'。

"这两个人还有小孩子——'小思想'。这些小家伙老是闹个不

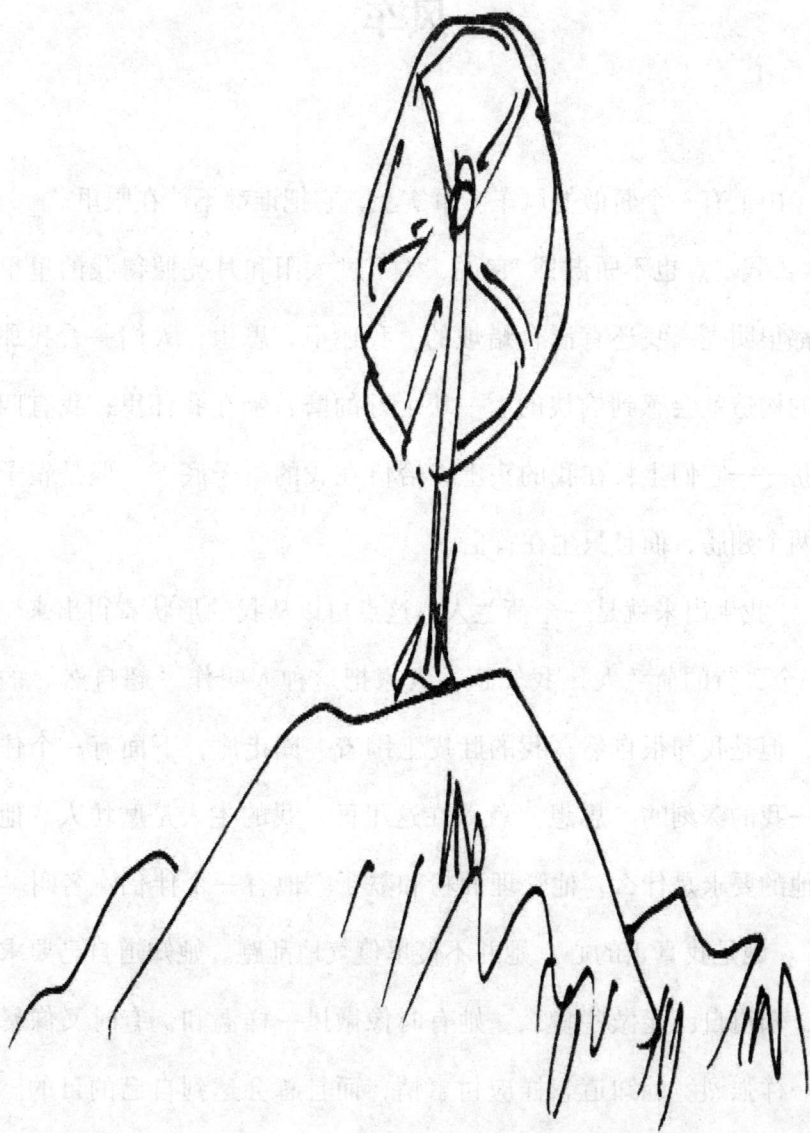

停，我真希望他们快点长大成人！最近我曾经严肃地叫'爸爸'和孩子们把我怀里的磨石和轮子检查一下。因为我的内部现在好像出了点问题，我希望知道这两件东西到底怎么了。一个人也该定期把自己检查一下了。这些小家伙又在闹出一阵可怕的声音来。对我这样一个高高立在山上的人说来，真是太不像样子了，一个人应该记住，自己是站在光天化日之下的，而在光天化日之下，一个人的毛病是一下子就可以看出来的。

"我刚才说过，这些小家伙闹出可怕的声音来。原来是最小的那几个钻到我的帽子里乱叫，弄得我怪不舒服的。我知道得很清楚。小'思想'可以慢慢长大成人。外面也有别的不是属于我这个家族的'思想'来访，他们跟我没有什么共同之处。那些没有翅膀的屋子——你听不见他们磨石的声音——也有些'思想'。他们来看我的'思想'并且跟我的'思想'闹起所谓恋爱来。这真是奇怪；的确，怪事也太多了。

"我的身上——或者身子里——最近起了某种变化：磨石的活动有些异样。我好像觉得'爸爸'换了一个'老伴'：他似乎得到了一个比原来那位更温和、更热情的配偶——非常年轻和温柔。其实人还是原来的人，只不过时间使她变得更可爱，更温柔罢了。不愉快的事情现在都溜走了，一切都非常愉快。

"今天过去了，明天又来了，日复一日。时间一天一天地接近光明和快乐，直到最后我的一切完了为止——但不是绝对地完了。我将被拆掉，好使我又能够变成一个新的、更好的磨坊。我将不再存在，但是我将继续活下去！这一点我实在很难理解，我将变成另一个东西，但同时又没有变！不管我是被太阳、月亮、混合烛、兽烛和蜡烛照得怎样'明亮'。我的旧木料和砖土将会又从地上立起来。

"我希望我仍能保持住我的老'思想'们：磨坊里的爸爸、妈妈、大孩和小孩——整个的大家庭。我把他们大大小小都叫作'思想的家属'，因为我没有他们是不成的。同时我也要保留住我自己——保留住我胸腔里的磨石，头上的翅膀，肚皮上的走廊，否则我就认不出我自己了，别人也不会认识我，同时会说：'山上有一个磨坊，看起来倒是蛮了不起的，可是也没有什么了不起嘛。'"

这是磨坊说的话。事实上，它说的远不止这些，不过这是最重要的一部分罢了。

明天来，今天去，而昨天是最后的一天。

这个磨坊忽然着火了。火焰升得很高。张牙舞爪地燎向周围的一切。它舔着大梁和木板。结果这些东西就全被吃光了。磨坊倒下来了，化为了灰烬。燃过的地方还在不时地冒着烟，但是风把它吹走了。

磨坊里的人们，现在仍然活着，并没有因为这场意外大火而消失。事实上磨坊还因为这个意外事件而得到许多好处。磨坊主的一家——一个灵魂，许多"思想"，但仍然只是一个思想——又新建了一个更新更漂亮的磨坊。这个新的跟那个旧的没有任何区别，同样有用。人们说："山上有一个磨坊，看起来很像个样儿！"不过这个磨坊采用了最先进的设备，比前一个更近代化，因为事情总归是进步的。那些旧的木料都被虫蛀了，潮湿了。现在它们变成了尘土。这和它最初想象的完全相反，磨坊的躯体并没有重新站立起来。这是因为它太相信字面上的意义了，而人们是不应该从字面上看一切事情的意义的。

（1865 年）

瓦尔都窗前的一出人生戏剧

一幢非常高大的红房子对着围绕哥本哈根的、生满了绿草的城堡。它有很多窗子，放眼望去窗子上尽是凤仙花和青蒿一类的植物。房子内部是一副不忍目睹的穷相；许多穷苦的老人就住在这儿，这就是"瓦尔都养老院"。看吧！一位老小姐倚着窗槛站着，她摘下凤仙花的一片枯叶，同时望着城堡上的绿草。许多小孩子就在那上面玩耍。这位老小姐正在想什么呢？这时她心里正在上演一出人生的戏剧。

"这些贫苦的孩子们，他们玩得多么快乐啊！多么红润的小脸蛋！多么幸福的眼睛！但是他们没有鞋子和袜子。就赤脚在这青翠的城堡上跳舞。根据一个古老的传说，许多年以前，这儿的土一直在崩塌，直到一个天真的小宝宝，带着她的花儿和玩具被诱到这个敞着的坟墓里去才停止；当她正在玩耍和吃着东西的时候，城堡就筑起来了。从那会儿起，这座城堡就一直坚固的保存了下来；很快它上面就盖满了美丽的绿草。小孩子们如果知道这个故事，就会听到那个孩子还在地底下哭，就会觉得草上的露珠是热乎乎的眼泪。这儿还有一个丹麦国王的故事：当敌人在外边围城的时候，他骑着马走过这儿，他发誓说要死在他的岗位上。那时许多男人和女人立

刻集拢来，从城墙上倒下滚烫的开水，倒在了那些穿白衣服，在雪地里爬城的敌人身上。

"这些贫穷的孩子生活得非常快乐。

"看吧，你这位小小的姑娘！幸福的日子不久就要来到——是的，那些幸福的日子：那些准备去受坚信礼的青年男女手挽着手在漫步着。你穿上一件白色的长衣——你妈妈真是费了不少的气力，虽然它是由一件宽大的旧衣服改制而成。还有肩上的一条红披肩；它拖得太长了，所以人们一眼就看出它有多么宽大！你在考虑你的打扮，想着善良的上帝。

在城堡上漫步是多么浪漫啊！

"岁月带走了许多阴暗的日子也带走了青春美好的心情。你也不知道怎么回事就认识一个男朋友，你们常常约会。在早春的日子里你们会到城堡上去散步，那时教堂的钟为伟大的祈祷日发出悠扬的声音。可爱的紫罗兰花还没有开，但是高大的罗森堡宫外一株树已经冒出新的绿芽。这株树每年生出绿枝，你们就在这儿停下步来。人类心中并不总有希望！一层层阴暗的云块在它上面浮过去，比在北国上空所见到的还要多。

"可怜的孩子，你的未婚夫躺在棺材里，而你自己也变成了一个老小姐。在瓦尔都，你从凤仙花的后面看见了这些玩耍着的孩子，也看见了你一生的历史的重演。"

这就是当这位老小姐专注地望着城堡的时候，在她眼前所展开的一出人生的戏剧。红脸蛋的、没有袜子和鞋子穿的贫苦的孩子们像天空的飞鸟一样，在那地堡上面发出欢乐的叫声，太阳光暖暖地照着他们。

（1847 年）

甲虫

皇帝的马儿钉有金马掌；每只脚上都有一个金马掌。为什么他会有金马掌呢？他是一个很漂亮的动物，他的腿那么细长，眨着聪明的眼睛；他的鬃毛悬在颈上，像一匹丝织的面纱。他曾背着他的主人在枪林弹雨中死命拼杀奋勇前进，听到过子弹飒飒地呼啸。当敌人贴近的时候，他还英勇地作战，狠狠地踢过咬过那些敌人。他背过他的主人从敌人倒下的马身上跳过去，救过皇帝宝贵的生命——比赤金还要贵重的生命。因此皇帝的马儿钉有金马掌，而且每只脚上有一个金马掌。

甲虫这时就爬过来了。

"大的先来，然后轮到小的，"他说，"身体的大小不是问题。"他这样说的时候就伸出自己又瘦又小的腿来。

"你要什么呢？"铁匠问。

"要金马掌，"甲虫回答说。

"乖乖！你也想要有金马掌吗？你的脑筋一定是有问题，"铁匠说。

"对，我要金马掌！"甲虫不服气地说，"难道我跟那个大家伙有什么两样不成？他被人伺候，被人梳刷，被人看护，有吃的，也

·安徒生童话·

图文珍藏版

有喝的。难道我不是皇家马厩里的一员吗？我就不能享有同样待遇吗？"

"但是马儿为什么要有金马掌呢？"铁匠问，"难道你还不懂得这个道理吗？"

"懂得？你说的话对我是一种侮辱，"甲虫说，"简直是太瞧不起人了。——好吧，我现在就要离开这里，到外面广大的世界里去。"

"那就请便吧！"铁匠说。

"这个无礼的家伙！"甲虫恨恨地说。

于是他飞出去了。飞了一小段路程，在他面前出现一个美丽的小花园，这儿盛开着玫瑰花和薰衣草，浓浓的香味真令人陶醉。

"你看这儿的花开得美丽不美丽？"一只在附近飞来飞去的小瓢虫问。许多黑点子在他那红色的、像盾牌一样硬的红翅膀上亮着。"多么香啊！多么美啊！"

"这有什么好的?，"甲虫说，"难道你认为这就是美吗？咳，连一个粪堆都没有真是差远了。"

于是他向前走到一棵大紫罗兰花荫里去。一只毛虫正在这儿爬行。

"这世界是多么美丽啊！"毛虫说："太阳那么温暖，一切东西都是那么快乐！我睡了一觉——也就是大家所谓'死'了一次——以后，醒转来就变成了一只蝴蝶。"

"你真是自高自大！"甲虫说，"乖乖，原来你是一只飞来飞去的蝴蝶！我曾经住在皇帝的马厩里。在那儿，没有任何人，连皇帝那匹心爱的、穿着我不要的金马掌的马儿，也没有这么想过。长一双翅膀能够飞几下！咳，我们来飞吧。"

于是甲虫就飞走了。"我可不愿意生些闲气，可是我却真的生了闲气了。"

不一会儿，他落到一大块草地上。躺了一会儿，接着就睡着了。

我的天，多么大的一阵暴雨啊！雨声把甲虫吵醒了。他倒很想马上就钻进土里去的，但是没有办法。他栽了好几个跟头，一会儿用他的肚皮、一会儿用他的背拍着水，至于说到起飞，那简直是不可能了。无疑地，他再也不能从这地方逃出去。他只好在原来的地方躺下，不声不响地躺下。

天气略微有点好转。甲虫把他眼里的水挤出来迷迷糊糊中看到了一件白色的东西。这是晾在那儿的一床白被单。他费了一番气力才爬过去，然后钻进这潮湿单子的折褶里。当然，比起马厩里的温暖土堆来，躺在这种地方并不是很舒服的。可是更好的地方也不容易找到，因此他也只好在那儿躺了整整一天一夜。雨不停地下着。到天亮时分，甲虫才爬了出来。

两只青蛙坐在被单上。愉快的光芒闪现在他们明亮的眼睛里。

"天气真是好极了！"他们之中一位说。"多么使人精神爽快啊！被单把水兜住，真是再好也没有了！我的后腿有些发痒，真想去游泳。"

"我倒很想知道，"第二位说，"那些飞向遥远的外国去的燕子，在他们无数次的航程中，是不是会碰到比这更好的天气。这样的暴风！这样的雨水！这叫人觉得像是呆在一条潮湿的沟里一样。凡是不能欣赏这点的人，也真算得是不爱国的人了。"

"你们大概从来没有到皇帝的马厩里去过吧？"甲虫问。"那儿的潮湿是既温暖又新鲜。那正是我所住惯了的环境；非常合我的胃口。不过我没有办法把它带来。在这个花园里难道找不到一个垃圾堆，好使我这样有身份的人能够暂住进去，舒服一下子吗？"

不过这两只青蛙听不懂得他的意思，或者还是不愿意懂得他的意思，连理都没理它。

"我从来不问第二次的！"甲虫说，但是他已经把这问题问了三遍了，而且都没有得到回答。

于是他觉得没趣，便独自走开了。他碰到了一块花盆的碎片。这东西的确不应该躺在这地方；但是既然在这儿，被当成一个可以躲避风雨的窝棚用了。在他下面，住着好几家蠼螋。他们不需要广大的空间，但却需要许多朋友。他们的女性富于强烈的母爱，每个母亲都认为自己的孩子是世上最美丽、最聪明的人。

"我的儿子订婚了，"一位母亲说，"我那天真可爱的宝贝！他想有一天能够爬到牧师的耳朵里去。他真是可爱和天真。现在他既然订了婚，对一个母亲而言，这也算是一件喜事！因为他总算可以稳定下来。"

"我们的儿子刚一爬出卵子就相当顽皮，"另外一位母亲说，"他可是生气勃勃。他简直可以把他的角都跑掉！对于一个母亲说来，这是一种多大的愉快啊！你说对不对，甲虫先生？"她们根据这位陌生客人的形状，已经认出他是谁了。

"你们两个人都是对的，"甲虫说。这样他就被请进她们的屋子里去——也就是说，他在这花盆的碎片下面能钻进多少就钻进多少。

"现在也请你瞧瞧我的小蠼螋吧，"第三位和第四位母亲齐声说，"他们都是非常可爱的小东西，而且也非常有趣。除非他们感到肚子不舒服，否则他们从来不捣蛋。不过在他们这样的年纪，这是常有的事。"

每个母亲都谈到自己的孩子。孩子们也在谈论着，同时调皮地用他们尾巴上的小钳子来夹甲虫的胡须。

"这些小流氓，他们老是闲不住的！"母亲们说。她们的脸上射出伟大的母爱之光。可是对于这些事儿甲虫感到非常无聊；因此他就问最近的垃圾堆离此有多远。

"在世界很遥远的地方——在沟的另一边，"一只蠼螋回答说，"我希望我的孩子们千万不要跑那么远，否则我会急死的。"

"但是我倒想走那么远哩，"甲虫说。于是他没有正式告别就走了；这是一种很漂亮的行为。

他在沟旁碰见好几个族人——都是甲虫之流。

"我们就住在这儿，"他们说，"我们这里很舒服。请准许我们邀您光临这块肥沃的土地好吗？你走了这么远的路，一定是很疲倦了。"

"一点也不错，"甲虫回答说，"我在雨中的湿被单里躺了一阵子。清洁这种东西特别使我吃不消。我翅膀的骨节里还得了风湿病，因为我在一块花盆碎片下的阴风中站过。回到自己的族人中来，真是轻松愉快。"

"可能你是从一个垃圾堆上来的吧？"他们之中最年长的一位说。

"比那还高一点，"甲虫说，"我是从皇帝的马厩里来的。我在那儿一生下来，脚上就有金马掌。我是负有一个秘密使命来旅行的。请你们不要问我什么，因为我是不会回答的。"

于是甲虫就走到这堆肥沃的泥巴上来。三位年轻的甲虫姑娘坐在这儿。她们傻乎乎地笑着，因为她们不知道该讲什么。

"她们谁也不曾订过婚，"她们的母亲说。

这几位甲虫姑娘又憨笑起来，这次是因为她们感到难为情。

"我在皇家的马厩里，从来没有看到过比这还漂亮的美人儿，"这位旅行的甲虫说。

"请不要夸我的女孩子；也请您不要跟她们谈话，除非您的意图是严肃的。——不过，您的意图当然是严肃的，因此我祝福您。"

"恭喜恭喜！"别的甲虫都齐声祝贺。

就这样我们的甲虫订婚了。接着是结婚，因为拖下去是没有道理的。

婚后的头一天非常愉快；第二天也勉强称得上舒服；不过第三天，太太的、可能还有小宝宝的吃饭问题就需要考虑了。

"我让我自己上了钩，"他说，"那么我作为报复。也要让她们上一下钩——"

于是，他开小差偷偷地溜了。——他的妻子成了一个活寡妇。

别的甲虫说，他们请到家里来住的这位仁兄，原来是一个不折不扣的流浪汉子；现在他却把养老婆的这个重担送到他们手里了。

"唔，那么让她离婚、仍然回到我的女儿中间来吧，"母亲愤愤地说，"那个恶棍真该死，遗弃了她！"

在这期间，甲虫继续他的旅行。他乘着一片白菜叶渡过了那条宽沟。天快要亮了，走过来两个人。他们看到了甲虫，把他捡起来，翻来覆去地研究。这是很有学问的两个人，尤其是那位年轻的男孩。

"安拉在黑山石的黑石头里发现黑色的甲虫《古兰经》上不是这样写着的吗？他问；于是他就把甲虫的名字译成拉丁文，并且把这动物的种类和特性叙述了一番。这位年轻的学者说他们已经有了同样好的标本不同意把他带回家。甲虫觉得这话有点不太礼貌，所以他就忽然挣脱这人的手飞走了。现在可以飞得很远了，因为他的翅膀已经干了。他飞到了一个温室里。这儿屋顶有一部分是开着的，所以他轻轻地溜进去，钻进新鲜的粪土里。

"这儿真是舒服极了，"他满意地说。

不一会儿他就睡去了。他梦见自己得到了马儿的金马掌因为那匹马死了，而且人们还答应将来再造一双给他。

这是多么美妙的事情啊！甲虫从梦中笑醒了。他爬出来，环顾四周，多么可爱的温室！巨大的棕榈树高高地向空中伸去；太阳照得它们异常透明。在它们下面展开一片丰茂的绿叶，一片光彩夺目、红得像火、黄得像琥珀、白得像新雪的花朵！

"这要算是一个空前绝后的花展了，"甲虫说，"当它们腐烂了以后；它们的味道将会是多甜美啊！到时这儿就是一个食物储藏室！在这儿，一定住着我的一些亲戚。我要去瞧瞧去，看看能不能找到一位可以值得跟我来往的人物。当然我是很骄傲的，同时我也正因为这而感到骄傲。"

这样，他就高视阔步地走进来。正当他想着刚才关于那只死马和他获得的那双金马掌的梦时，忽然一只大手抓住了它，抱着他，同时把他翻来翻去。

原来园丁的小儿子和他的玩伴正在这个温室里。他们看见了这只甲虫，想跟他开开玩笑。先把他裹在一片葡萄叶子里，然后把他塞进一个温暖的裤袋里。甲虫拼命爬着，挣扎着，不过孩子的手紧紧地捏住了他。后来这孩子跑向小花园尽头的一个湖去。在这儿，甲虫就被放进一个破旧的、失去了鞋面的木鞋里。这里面插着一根小棍子，作为桅杆。可怜的甲虫就被一根毛线绑在这桅杆上面。所以现在他成为一位船长了；他得亲自驾着船航行。

这个湖又宽又长；对甲虫说来，简直是汪洋大海。他害怕极了，但他只能仰躺着，乱蹬着他的腿。

这只木鞋浮走了。被卷入水流中去。不过当船一旦离岸太远的时候，便有一个孩子扎起裤脚，在后面追上，把它又拉回来。没想到，当它又漂出去的时候，这两个孩子忽然被喊走了，而且被喊得很急。所以他们就匆忙地离去了，让那只木鞋顺水而流。这样，木鞋就离开了岸，越漂越远。甲虫吓得全身发抖，因为他被绑在桅杆上，没有办法飞走。

这时有一个苍蝇来访问他。

"天气是多好啊！"苍蝇说，"我想在这儿好好休息一下，在这儿晒晒暖和的太阳。你已经享受得够久了。"

"你怎么会这么想呢！难道你没有看到我是被绑着的吗？"

"啊，但我并没有被绑着呀，"苍蝇说着就飞走了。

"我现在可知道这个世界是个什么样子了，"甲虫说，"这是一个卑鄙的世界！而我却是它里面唯一的老实人。第一，他们不让我得到那只金马掌；我不得不躺在湿被单里，站在阴风里；最后他们硬送给我一个太太。于是我采取紧急措施，逃离到这个大世界里来。我发现了人们是怎样生活，同时也知道自己应该怎样生活。这时人间的一个小顽童来了，把我绑住任凭那些狂暴的波涛对付我，而皇帝的那匹马这时却穿着金马掌散着步。我简直要气死了！不过你不要希望这个世界能给你什么同情！我的事业一直是很有意义的；不过，如果没有任何人知道它的话，那又有什么用呢？世人也不配知道它，否则，当皇帝那匹爱马在马厩里伸出它的腿来让人钉上马掌的时候，大家就应该让我得到金马掌了。如果我得到金马掌的话，我也可以算作那马厩的一种光荣。现在马厩对我说来，算是完了。这世界也算是完了。一切都完了！"

不过一切倒还没有完。有一条船划了过来，上面坐着几个年轻的女子。

"看！有一只木鞋在漂，"一位说。

世界经典童话

·安徒生童话·

图文珍藏版

"还有一个可怜的小生物绑在上面，"另外一位发现了甲虫。

这只船驶近了木鞋。她们把木鞋从水里捞上来。一位女子取出一把剪刀，把那根毛线剪断，而没有伤害到甲虫。当她们走上岸的时候，她就把他轻轻地放到草上。

"爬吧，爬吧！飞吧，飞吧！如果你可能的话！"她说，"自由是一种美丽的东西。"

于是甲虫飞起来，一直飞到一个巨大建筑物的窗子里去。然后又累又困地落了下来，恰恰落到国王那只爱马的又细又长的鬃毛上去。马儿正站立在它和甲虫同住在一块的那个马厩里面。甲虫紧紧地抓住马鬃，坐了一会儿，恢复恢复自己的精神。

"我现在坐在皇帝爱马的身上——作为骑他的人坐着！我刚才说的什么呢？现在我懂得了。这个想法很对，很正确。那个铁匠问过我这句话。马儿为什么要有金马掌呢？现在我可明白了。马儿得到金马掌完全是为了我的缘故。"

现在甲虫又变得心满意足了。

"一个人的头脑只有旅行一番以后才会变得清醒一些，"他若有所悟。

这时太阳照在他身上，而且照得很美丽。

"这个世界还不坏，"甲虫说，"一个人只需知道怎样应付它就成。"

这个世界是很美的，因为皇帝的马儿钉上金马掌，而他钉上金马掌完全是因为甲虫要骑他的缘故。

"现在我要下马去告诉别的甲虫，说我被大家伺候得如何舒服。我还要告诉他们我在国外的旅行中所得到的一切愉快。对了我还要告诉他们，说从今以后，不出去了，除非马儿把他的金马掌穿破了。"

(1861 年)

幸福的家庭

牛蒡的叶子无疑要算是这个国家里最大的绿叶子。

它像一条围裙可以围在你的肚子上。在雨天，你可以把它当作伞用。因为它是出奇的宽大。牛蒡从来不单独地生长；在它周围你一定还可以找到好几棵。这是它最可爱的一点，而这一点对蜗牛说来只不过是食料。

在远古时候，许多大人物把这些白色的大蜗牛做成"碎肉"；当他们享用时候，就说："哼，味道美极了！"这些蜗牛都靠牛蒡叶子活着；因此人们才种植大片大片的牛蒡。

现在有一个古代的公馆，住在里面的人已经不再吃蜗牛了。所以蜗牛都死光了，不过牛蒡却轻松愉快地活着，这植物在小径上和花园上长得非常茂盛，人们怎么也没有办法阻止它们。那一片繁茂的绿荫郁郁葱葱，简直快成了森林。要不是这儿那儿还有几株苹果树和梅子树，谁也不会想到这是一个花园。在这个牛蒂的大森林里还生活着最后两个蜗牛遗老。

它们忘了自己的年龄。不过它们很清楚地记得：它们的家庭曾经相当庞大，整个森林就是为它们和它们的家族而发展起来的。它们从来没有离开过家，不过却听说过：这个世界上还有一个叫作什

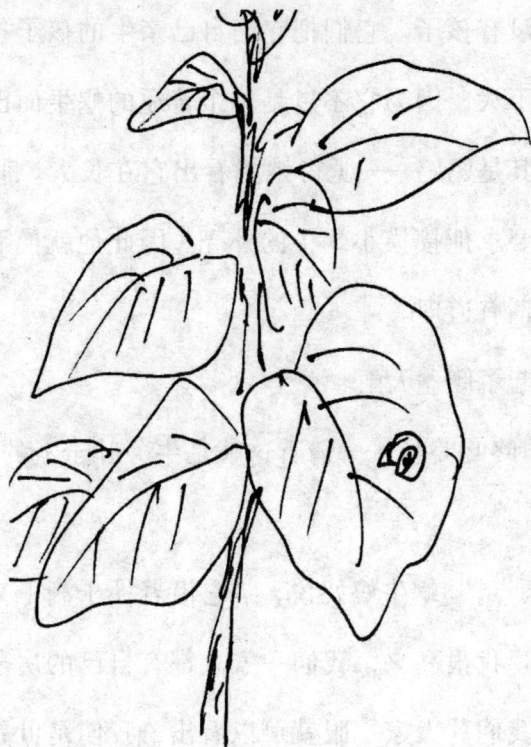

么"公馆"的东西，它们在那里面被烹调着，然后变成黑色，最后被盛在一个银盘子里。不过结果怎样，它们一无所知。此外，它们也想象不出来，烹调完了以后盛在银盘子里，究竟是一种什么味道。那一定很美，特别排场！它们请教过小金鱼、癞蛤蟆和蚯蚓，但是什么也问不出来，因为它们谁也没有被烹调过或盛在银盘子里面。

那对古老的白蜗牛要算世界上最有身份的人物了。它们很清楚森林就是为了它们而存在的，公馆也是为了使它们能被烹调和放在银盘子里而存在的。

图文珍藏版

它们过着安静和幸福的生活。他们收养了一个非常普通的小蜗牛，因为自己没有孩子。它们把它当自己亲生的孩子抚育。不过这小东西就是长不大，因为它不过是一个普通的蜗牛而已。但是这对老蜗牛——尤其是妈妈——觉得她能看出它在长大。假如爸爸看不出的话，她就要求他摸摸小蜗牛的外壳。因此他就摸了一下；结果发现妈妈说的话有道理。

有一天下起了倾盆大雨。

"咚咚咚！咚咚咚！——请听这就是牛蒡叶子上的响声！"蜗牛爸爸说。

"这就是雨点，"蜗牛妈妈说，"它沿着梗子滴下来了！这儿马上就会潮湿了！我很高兴，我们一家人都有自己的房子；任何别的生物都比不上我们。大家一眼就可以看出，我们是世界上最高贵的人！因为我们一生下来就有房子住，而且这一堆牛蒡林完全是为我们而存在的——它到底有多大呢？还有些什么别的东西在它的外边！"

"它的外边什么别的东西也没有！"蜗牛爸爸说，"世界上再也没有比我们这儿环境更好的地方了。"

"对，"妈妈说，"我倒很想到公馆里去被烹调一下，然后放到银盘子里去。我们的祖先们都是这样；你要知道，这是世上最了不起的贡献！"

"也许公馆已经塌了，"蜗牛爸爸说，"或者它上面已经出现了一片牛蒂林，密得人们都走不出来了。你不要急——你怎么老是那么急，连那个小家伙也开始学起你来。你看他这三天来不老是往梗子上爬吗？当我抬头看看他的时候，我的头都昏了。"

"请你不要骂他，"蜗牛妈妈说，"他这么做没错。他给我们带来了那么多快乐。这个世上再没有别的什么东西值得我们这对老夫妇活下去了。不过，你想过没有：我们去哪儿给他找个太太呢？在这林子的远处，可能住着我们的族人，你想过没有？"

"我相信黑蜗牛住在那儿，"老头儿说，"没有房子的黑蜗牛！一帮卑下的东西，而且还喜欢摆架子。也许我们可以托蚂蚁办办这件事情，他们好像很忙似的总是跑来跑去。他们一定能为我们的小少爷找个太太。"

"我认识一位最美丽的姑娘！"蚂蚁说，"不过她是一个王后恐怕不成！"

"这有什么关系，"两位老蜗牛不以为然，"她有房子吗？"

"她有一座宫殿！"蚂蚁说，"一座最美丽的蚂蚁宫殿，里面有700条走廊。"

"谢谢你！"蜗牛妈妈说，"让我的孩子钻蚂蚁窝，那可不行！我们会托白蚊蚋来办这件差事，假如你找不到更好的姑娘。他们不论天晴下雨都在外面飞。牛蒡林的里里外外，他们比任何人都清楚。"

"我们为他找到了一个太太，"蚊蚋说，"离这儿100步远的地方，有一个有房子的小蜗牛孤独地住在醋栗丛上。她很寂寞，她已经够结婚年龄。她住的地方离此地只不过100步远！"

"好的，我们想见见她，让她来吧，"这对老夫妇说，"我们的儿子拥有整个的牛蒡林，而她只不过有一个小醋栗丛！"

于是，那位姑娘足足走了八天才来到目的地，但这是一种很珍贵的现象，因为这说明她是一个很正经的女子。

于是它们就举行了婚礼。六个萤火虫聚集在一起尽量发出光来照着为它们的婚礼助兴。除此以外，一切是非常安静的，因为这对老蜗牛夫妇不喜欢大喝大闹。不过蜗牛妈妈发表了一番动人的演说。蜗牛爸爸感动地一句话也讲不出来。它们把整座牛蒡林作为遗产送给这对年轻夫妇；并且说了一大堆它们常常说的话，那就是——世界上最好的一块地方就是这儿了，如果它们要正直地，善良地生活和繁殖下去的话，它们和它们的后代将来就应该到那个公馆里去，以便被煮得发黑、放到银盘子上面。

讲完了这番话，这对老夫妇就钻进它们的屋子里去，再也没有出来。它们放心地离开了这个世界。

现在年轻的蜗牛夫妇占有了这整座的森林，以后又生了一大堆孩子。不过它们从来没有被烹调过，也没有到银盘子里去过。因此它们认为那个公馆已经塌了，人类都已经死去了而且一直坚持这种看法，因为谁也没有反对它们这么想。雨打在牛蒡叶上，为它们奏出咚咚的音乐来。太阳为它们发出亮光，使这牛蒡林增添了不少亮丽光彩。就这样，它们过得非常愉快幸福——这整个家庭是幸福的，说不出的幸福！

（1844 年）

最后的一天

我们死去的那一天，将是一生中最圣洁的一天。

因为这是最后一天——庄圣、伟大、转变的一天。在这最后的、肃穆和不容否定的时刻，你是否认真地思考过？

从前，有这么一个人，他是上帝所谓忠诚的信徒；对他来讲，上帝的话简直就是法律；他是上帝的一个热忱的追随者。现在，带着一幅庄严、神圣面孔的死神就站在他身边。

"来吧，时间已经到了，现在就请跟我来"死神说话的同时用冰冷的手指摸一下他的脚，马上他的脚就变得冰冷。死神接着又在他的前额上摸了一下，然后，他的心也被摸了一下。他的心随即爆炸了，于是灵魂随着死神而逝去。

只不过几秒钟以前，当死亡从脚一直延伸到前额和心里去的时候，这个垂死的人一生所经历和做过的事情，就踏着随波涌动的巨大沉重的浪花，一阵阵向他袭来。

在这个时刻，一个人看到的是无底的深渊，转念之间便会认清茫茫的大道。这个时刻，一瞬间一个人就可以看到空中无以数计的星星，识别出宇宙中的各种星体以及大千世界。

在这样的一个时刻，罪孽深重的人会感到无比的恐惧，浑身瑟

瑟发抖。他没有一点倚靠，好像在无边的空虚中迅速下沉！但是，虔诚的人会静静地把头靠在上帝的身上，好像一个孩子般地信赖上帝："我完全遵从您的意志！"

但是，眼前的这个死者却没有孩子的心境；他觉得自己是一个大人。并不像罪人那样颤抖，因为他知道他是一个真正有信心的人。宗教的一切教条正被他完完全全、严格地遵守着，他知道千千万万的人要一同走向灭亡。他可以用剑和火把他们的躯壳毁掉，因为他们的灵魂早已消亡，而且会永远消亡下去！他现在正走在通往天国的道路上，上天为他打开了慈悲的大门，并会对他表示慈悲。当他的灵魂跟着安琪儿一起飞走的时候，他回头向睡榻望了一眼。睡榻上躺着一具裹着白尸衣的躯壳，他的"我"仍清晰地印在躯壳身上。接着他们继续向前飞。他们好像飞在一间令人眩目的华贵大厅中，一会儿，又像飞进了一个郁郁葱葱的森林。大自然就好像古老的法国花园在经过一番修剪、扩张、捆扎、分检和艺术加工后，在这儿正举行一场化装舞会。

"人生就是这样！"死神说。

所有的人都化了妆，或多或少；并不是所有一切最高贵和有权势的人物都是穿着天鹅绒的礼服和戴着金灿灿的饰品，而那些卑微和地位低下的人也并不都裹在褴褛的外套里。这是一个稀有的舞会。令人感到十分奇怪的是，大家在各自的衣服下面都隐藏着某种秘密的不可告人的东西。这个人撕着那个人的衣服，企图揭露出这些秘密。于是，人们看见一个兽头从衣服里露出来。在这个人的眼中，

·安徒生童话·

图文珍藏版

它是一个冷冰冰的人猿；而在另一个人的眼中，它是一只丑陋的山羊，一条全身布满黏糊糊鳞片的蛇或者一条异常呆板的鱼。

这就是寄生在我们大家身体中的某种动物。它从小到大一直生长在人的身体里面，等它成熟了便跳着蹦着，想要跑出来。每个人都用衣服紧紧地把它盖住，但是别的人却偏要把衣服撕开，大声喊着："看呀！看呀！这就是他！这就是他！"于是，这个人的丑态就毫无保留地暴露在众人面前。

"哪种动物会长在我的身体里呢？"飞行着的灵魂说。死神指着立在他们面前一个高大的人物。这人的头上笼罩着五颜六色的光环，但是在他的心里却藏着一双动物的脚——孔雀的脚。他的荣光只不过是这鸟儿的彩色的尾巴罢了。

他们继续向前飞着。一只巨鸟在树枝上发出令人厌恶的哀号声。它用清晰的人声尖叫道："你这个死神的陪行者，还记得我吗？"现在对他大声吼叫的就是生前的那些罪恶的思想和欲望："你记得我吗？"

灵魂颤抖起来，因为他十分熟识这种声音。在上帝面前，这些罪恶的思想和欲望一一聚拢起来，同时到来，作为见证。

"在我们的肉体和天性里面是不会有什么好的东西存在的！"灵魂说，"不过，对于我说来，我的罪恶还仅仅是思想，并没有变成行动，也就没有罪恶的结果让人看到！"为了逃避这种难听的叫声，他加快速度向前飞，可是一只庞大的黑鸟尾随着他，在他的上空久久盘旋，而且不停地叫着，好像它希望全世界的人都能听到它刺耳的声音似的。灵魂像一只被追赶着的鹿快速地向前跳。但是他每跳一步就会撞着尖锐的燧石。他的脚被燧石划开让他感到异常痛楚。

"那些尖锐的石头遍地都是！像枯叶一样，是从什么地方来的呢？"

"这就是你讲的那些不小心的话语。这些话伤害了你周围人的心，而这种伤害比起石头对你的脚的伤害要厉害得多！"

"这点我倒从来没有想到过！"灵魂说。

"你们不要论断人，免得你们被论断！"一个声音在空中响起。

"我们都犯过罪！"灵魂说着，同时直起腰来，"我始终遵守着教条和福音；我做了力所能及的事情；我跟别人是不一样的。"

这时他们来到了天国的门口。守门的安琪儿问：

"你是谁？告诉我你的信心，把你所做过的事情指给我看！"

"我严格地遵守一切戒条。在世人的面前我尽量地谦虚。罪恶的事情和罪恶的人都是我所憎恨的，我跟这些事和人做斗争——这些罪恶之人将走向永恒的毁灭。假如我有能量的话，我将用火和剑来继续与这些事和人斗争！"

"那么你是穆罕默德的一个信徒吧？"安琪儿说。

"不，我绝不是！"

"耶稣说，凡动刀的人，必死在刀下！你没有这样的信心。也许你是一个犹太教徒吧。犹太教徒跟摩西说：'以眼还眼，以牙还牙！'犹太教徒把他们自己民族的上帝视为独一无二的上帝。"

"我是一个基督徒！"

“我在你的信心和行动中看不出来这一点。基督的教义是：和睦、博爱和慈悲！”

“慈悲！”无垠的天空中发出这样一个深厚的声音，同时天国的门也开了。灵魂忽地向一道光飞去。

不过，道道光芒非常强烈和锐利，好像一把抽出的刀子扎在灵魂的身上，灵魂不得不向后退。这时一道温柔、动人的音乐自空中缓缓飘来——实在无法用人世间的语言来形容它。灵魂颤抖着，慢慢垂下头，越垂越低。天上的光芒射进他的身体里。这时他感受到、也领悟到他以前从来没感觉到的东西：他的傲慢、残酷和罪过的重负——现在都清清楚楚地呈现在他眼前。

“如果说：我在这世界上做了什么好事，那是因为我非这样做不可。至于坏事——则完全是我罪过的想法使然！”

天上刺目的光芒照得灵魂睁不开眼睛。他已经变得没有一丝力量，开始往下坠落。他觉得自己坠得很深，渐渐缩成一团。他太沉重了，还没有达到进入天国的境界。一想起严肃公正的上帝，连“慈悲”这个词他也不敢喊出来了。

但是“慈悲”——他不敢祈盼的“慈悲”——却到来了。

上帝的天国遍布在广阔无垠的太空中每一个地方，上帝的爱撒满了灵魂的全身。

“人的灵魂啊，你永远是神圣、幸福、善良和不灭的！”洪亮的歌声响起来。

所有的人，我们每一个人，在一生中最后的一天，也会像这个灵魂一样，在天国的光辉和荣耀面前缩回来，垂下头，卑微地向下面坠落。但是上帝的爱和仁慈又把我们托起来，让我们在一条新的航线上飞翔，我们会变得更圣洁、优秀和善良。在上帝的扶持下，一步一步地接近光芒，融进永恒的光明中去。

（1852 年）

世界传世藏书

世界经典童话

·安徒生童话·

图文珍藏版

完全是真的

"那件事情简直太可怕了!"母鸡说。她讲这话的地方并不是故事的发生地——城里另一个区。"那件可怕的事情发生在鸡屋里!我今晚可不敢一个人睡觉了!真是太幸运了,我们大伙儿都在一根栖木上休息!"于是她讲了一个故事,弄得其他的母鸡毛骨悚然羽毛根根竖立,而公鸡的鸡冠却垂了下来。这完全是真的!

不过还是让我们从头开始吧。事情是发生在城里另一区的鸡屋里面。当太阳落下的时候,所有母鸡都飞上了栖木。有一只母鸡,羽毛很白,长着洁白的羽毛短短的腿,她每次下蛋总是按规定的数目。从各方面讲,她都是很有身份的。当她飞到栖木上去的时候,便用嘴啄了自己几下,弄得有一根小羽毛脱落下来。

"事实就是如此!"她说,"我越使劲地啄自己,我就越漂亮!"她说这话时露出一幅十分快乐的神情,因为她是母鸡中一个心情愉悦、乐观的人物,虽然我刚才说过她是一只很有身份的鸡。不久她渐渐睡着了。

四周一片漆黑。母鸡跟母鸡站在一起,不过在她身边的那只母鸡却没有睡着。她在静听着——从一只耳朵进,另一只耳朵出;一个人要想安静地生活下去，就非得有如此功夫不可。但是她总是禁不住要把她所听到的事情全都告诉她的邻居：

"刚才的话你听见了吗？名字我不想指出来。有那么一只母鸡，她为了使自己好看，竟然啄掉羽毛。假如我是公鸡的话，我才看不起这样的呢。"

这些母鸡的上面住着一只猫头鹰和她的丈夫以及孩子。她这一家人的耳朵都很尖：刚才邻居所讲的话，他们都听见了。他们向上翻翻眼睛；于是猫头鹰妈妈就拍拍翅膀说：

"不要听那种话！不过刚才的话我想你们都听到了吧？我是亲耳听到过的，听得多了才能记住。有一只母鸡根本把应当有的礼节忘记了：她甚至啄掉自己身上的羽毛，就是为了让公鸡把她看个仔细。"

"Prenezgardeauxen HPeants，"猫头鹰爸爸说。"孩子们不应该听这样的话。"

"我得把这些话告诉对面的猫头鹰！她的作风很正派，值得我们来往！"说着猫头鹰妈妈向对面飞去。

"呼！呼！呜——呼！"他们俩同时喊起来，而喊声刚好被下边鸽子笼里面的鸽子听见了。"刚才那句话你们听到过没有？呼！呼！有一只母鸡为了讨好公鸡，向公鸡献媚她把羽毛都啄掉了，她肯定会被冻死的——如果她现在还没有死的话。呜——呼！"，"在哪里？在哪里？"鸽子着急地咕咕地直叫。

"在对面的那个屋子里！差不多可以说是我亲眼看见的。我真不好意思把它讲出来，可那确确实实是真的！"

"是真的！真的！字字是真的！"所有的鸽子齐声说，同时向下边的养鸡场咕咕地叫："有一只母鸡，也有人说是两只，她们把所有的羽毛都啄掉了，为的是要独树一帜，与众不同，借此引起公鸡的注意。这样做真的太过于冒险了，因为她们很容易伤风，最后的结果就是会因高热而死掉。现在她们两位都死了。"

"醒来呀！醒来呀！"公鸡一边大声叫着，一边向围墙上飞去。他的眼睛还没有睁开仍然睡意朦朦，不过这并没影响他在大喊大叫。"三只母鸡因为与一只公鸡在爱情上产生不幸，全都死去了。她们的羽毛都被自己啄得精光。这是一件很丢人的事情。可是我不愿意把它闷在心里；让所有的都知道它吧！"

"让大家都知道它吧！"蝙蝠说。此时母鸡叫，公鸡啼。"让大家都知道它吧！让大家都知道它吧！"于是从这个鸡屋传到那个鸡屋，这个故事一直传下去，最后又回到原来传出的那个地方。

这故事变成："五只母鸡为了表示她们之中到底是谁因为和那只公鸡失恋而变得最瘦弱，而把自己的羽毛都啄得精光，后来她们相互啄起来，流泪不止，以至于五只鸡全都死掉了。她们的家庭为此蒙受极大的羞辱，她们的主人也因此而遭到极大的损失。"

落掉了一根羽毛的那只母鸡当然不知道这个故事的主人公就是她自己。因为她是一只很有身份的母鸡，所以她就说：

"我最瞧不起那些母鸡；不过像这类没有出息的东西到处都是！我们不应该掩藏这类事情。我要尽力把这故事写出来在报纸上发表，让全国都知道。那些母鸡活该倒霉！她们的家庭也活该倒霉！"

这故事终于被报纸刊登出来了。这完全是真的：小小的一根羽毛可以变成五只母鸡。

（1852 年）

蓟的遭遇

一个非常美的小花园坐落在一幢豪华公馆旁边，里面种着许多稀有的树木和奇异的花草。来公馆的客人们都很羡慕这些。在星期日和节日，附近城里和乡下的村民都特地赶来要求参观这个美丽的花园；甚至有的学校也都来参观。

花园外面，一棵很大的蓟长在田野小径旁的栅栏附近，从根处还分出许多枝丫来，因此可以把它说成是一个蓟丛。但是除了一只老驴子用来拖牛奶车，谁也不理睬它。驴子把脖子伸向蓟这边来，对它说："你太可爱了！我真想一口把你吃掉！"但是它的脖子太短了，没法够到。

公馆里的客人很多——有从京城里来的典雅高贵的客人，有年轻漂亮的小姐。在这些人之中有一个出身高贵的姑娘。她来自苏格兰，拥有很多田地和金钱。她的确是一个非常值得争取的新嫁娘——不止一个年轻人说这样的话，许多母亲们也这样认为。

年轻人有的在草地上面玩"捶球"，有的在花园中散步。小姐们摘下一朵自己喜欢的花，插在年轻绅士衣服的扣眼上。不过这位苏格兰来的小姐在四周观察了很久也没有选中，不是这一朵看不上，就是说得那朵也不漂亮，整个花园里几乎没有一朵花可以讨到她的欢心。苏格兰小姐失望中把头转向栅栏外面，她眼睛一亮，那儿正有一个开着大朵紫花的蓟丛。她微微而笑，请这家的少爷为她摘下一朵这样的花来。

"这是苏格兰之花！"她说。"在苏格兰的国徽上她会射出耀眼的光芒，请把它摘给我吧！"

这位少爷摘下其中最美丽的一朵，并用它刺刺自己的手指好像它是一支多刺的玫瑰花。

她把这朵蓟花插在这位年轻人的扣眼里的。他觉得非常荣耀。别的年轻人都想把插在自己身上那只美丽的花弃去，而去戴上那朵由苏格兰小姐的美丽的小手所插上的花朵。如果这家的少爷感到很光彩，那么这棵蓟丛就没有感觉到吗？它感到似乎有许多阳光和雨露渗进了它身体里，让它十分兴奋、舒适。

"我一点儿也没有想到我是如此重要！"它在心里想。"我的位置应该是在栅栏里啊，而不是在栅栏外面。一个人在这个世界上所处的地位常常是处在一个很奇怪的！不过现在我却有一朵花超越了栅栏，而且还被插在扣眼里呢！"

它把这件事情对每个刚冒出的花苞和开放的花朵讲了一遍。没过几天，它听到一个重要消息。这条消息，自己不是从过路人那里听来的，也不是从鸟儿的叫鸣中听来的，而是从空气中听来的，因为空气收集到这种声音——花园里荫深小径上的声音，公馆里最深的房间里的声音（只要门和窗户是开着的）——然后把它们传送到远近不同的地方去。它听说，那位年轻的绅士，不仅从苏格兰小姐的手中得到一朵美丽的蓟花，而且还得到了她的爱情，赢得了她的芳心。这是多么漂亮的一对——真是一门好亲事。

"完全是由我促成这件事的！"蓟丛想，同时也想起了那朵由它贡献出的、插在扣眼的花。每朵开放的花苞都听见了这个好消息。

"我一定会被移植到花园里去的！"蓟想。"可能还被移植到一个缩手缩脚的花盆里去呢：这可是最高的荣誉！"

对于这件事情蓟非常殷切地盼望着，它信心百倍地说："我一定会被移植到花盆里去的！"

它告诉每一朵开放了的花苞，它们也会被移植到花盆里去，还有可能被插进扣眼里：对一个人来讲这是它能达到的最高境界。不过，最后谁也没有被移植到花盆里去，当然更不用说插在扣眼上了。它们享受着空气和阳光，在白天吸收温暖的阳光，晚间喝着洁净的露水。它们开出的花朵吸引着蜜蜂和大黄蜂时常来拜访，花蜜——是它们四处寻找的嫁妆。蜂儿把花蜜采走，只留下孤零零的花朵。

"这一群可恶的东西！"蓟气愤地说，"我真希望我能刺到它们！但是我没有办法！"

原来的花儿慢慢地都垂下头，新的花儿又争相开放出来。

"好像别人请你们似的，你们全来了！"蓟说。"每一分钟我都盼着能走到栅栏那边去。"

几棵天真的雏菊和尖叶子的车前草怀着非常羡慕的心情在旁边静听。它们对蓟所讲的每一句话都深信不疑。

套在牛奶车子上的那只老驴子在路旁痴痴地望着蓟丛。但是它的脖子太短，可望而不可即。

这棵蓟总是在想苏格兰的蓟，它以为自己也是属于这一家族的。最后它就真的相信自己是从苏格兰来的，相信曾经被雕刻在苏格兰的国徽上的蓟是它的祖先。这是一种大胆的想法；只有伟大的蓟才能有这样伟大的思想。

"有时一个人出身于高贵的家族，会使它连想都不敢想一下！"一棵长在旁边的荨麻说。它也有一个想法：如果人们能恰当地运用它，它可以变成"麻布"。

夏天远去了，秋天也很快过去。树上的叶子纷纷落下；花儿的颜色好像被染过一样变得更深了，同时香味也渐渐散去。花园里园丁的学徒朝着栅栏外吟唱：

爬上了山又下山，

世事一直没有变！

虽然现在圣诞节还有一段时间，树林里年轻的枞树已经开始盼望圣诞节的到来。

"我仍然待在这儿！"蓟想。"在这个世界上，我几乎没有受到任何一个人的重视，但是我却促成了他们的婚姻。他们订了婚，而且在八天前就结婚了。是的，我没有动一下，因为我根本动不了。"

几个星期又过去了。蓟只剩下最后一朵花。这朵花很大也很圆，是从根部开出来的。冷冷的清风从它身上吹过，颜色褪了，昔日的美丽也不存在了；它的花萼有朝鲜蓟那么粗，看起来就像一朵银色的向日葵。这时候那对年轻——丈夫和妻子——到这花园里来了。

他们沿栅栏走着，年轻的妻子朝外望了一眼。

"噢那棵大蓟还在那儿！"她说，"不过它现在已经没有什么花了！"

"还有，还剩下最后一朵幽灵！"他说着，指向那朵花儿的银色的残骸——其实它本身就是一朵花。

"它很可爱！"她说。"我们要把这种花刻在我们的画像框子上！"

于是年轻人越过栅栏，摘下蓟的花萼。他的手指被花萼刺了一下——因为他刚刚把它叫作"幽灵"。花萼被带走了带进花园，带进屋子，带进客厅——这对"年轻夫妇"的画像就挂在那儿。新郎的扣眼上画着一朵蓟花。他们谈论着那朵花，也谈论着现在带进来的这朵花萼——这朵像银子一般漂亮的最后的蓟花，将被他们刻在相框上。

空气把他们所讲的话传播出去——传到很远的地方。

"一个人的遭遇真无法预测！"蓟丛说。"我第一个孩子被插在扣眼上，而最后一个孩子又被刻在相框上！我自己到什么地方去呢？"

站在路旁的那只驴子斜着眼睛望了它。

"亲爱的，请到我这儿来吧！我没法走到你跟前去，我的脖不够长呀！"

但是蓟丛却不回答。它陷入了深深的沉思。它想啊想，一直想到圣诞节来临。最后终于开出了这样一朵思想之花：

"只要孩子走到里面去了，即使妈妈站在栅栏外面也没有任何遗憾，应该满足了！"

"这个想法是很公正的！"阳光说。"你也应该得到一个好的归宿！"

"是在花盆里呢？还是在相框上？"蓟问。

"在一个童话里！"阳光说。

这就是那个童话！

（1869 年）

新世纪的女神

　　我们的后代，孙子的孩子——或许比这还要更后的一代将会认识一位新世纪的女神，但是我们并不认识她。她究竟出现在什么时候呢？她的外表又是什么样子？她会为谁而歌唱？谁的心弦将会被她拨动呢？她将会使新的时代上升到一个怎样的高度呢？

　　在这样一个忙忙碌碌的时代里，我们为什么要问这么多问题呢？在这个时代里，诗看起来几乎是多余的。人们很清楚地知道，我们现代的诗人所写的诗中，将来有许多会被人用炭黑涂写在监狱的墙上，少数人只是出于好奇心而去阅读一下。

　　诗得参加斗争，至少得参加派系斗争，不管它流的是血还是墨汁。

　　也许许多人会说，这不过是一面之词；诗在我们的时代里并没有被遗忘。

　　是的，没有，现在还有人在感觉空闲的时候，想到了诗。只要他们的心里感觉苦闷无处发泄，他们就会到书店里去，花几个钱买些最流行的诗。有的人只喜欢读不花钱的诗；有的人只愿意在杂货店的纸包上读上几行，这是一种廉价的读法——在我们这个忙碌的时代里，也不得不去考虑一些便宜的事情。只要我们有什么，就有人要什么——这就说明问题！未来的诗，像还不曾露面的音乐一样，是属于堂·吉诃德这一类型的问题。要讨论它，那简直就跟讨论到天王星上去旅行一样，不会有任何结果。

时间短促，也极其宝贵，我们不能把它花在没有结果的幻想身上。如果我们有一点理智地说，诗究竟是什么呢？思想和情感的表露不过是神经的搏动而已。据许多学者的说法，一切热忱、欢乐、痛苦的流露，甚至身体的活动，都不过是神经的震动。我们每个人都是一具复杂的弦乐器。

但是由谁来弹这些弦呢？是谁使它们震颤和搏动呢？精神——不可觉察的、神圣的精神——我们的感情和动作通过这些弦表露出来。另外一具弦乐器会听懂这些动作和感情；它们用和谐的曲调或强烈的噪音来做出回答。人类在充分的自由感中不断向前进——过去是这样，将来也是这样。

每一个世纪，每1000年，都会在诗中有所表现，表现出它的伟大。它在一个时代结束的时候诞生，大踏步地向前进，它统领正在到来的新时代。

在我们这个繁杂、忙碌的机器时代里，她——新世纪的女神——正在向我们走来。我们向她致敬！让她某一天听见我们现在所说的或是在变成铅字的字里行间里读到吧。她的摇篮在震动，从探险家所征服的北极，一直延伸到了广无边际的漆黑南极夜空。在机器的喧闹声，火车头的尖鸣声，石山的爆裂声以及我们的精神挣脱束缚的裂碎声中，我们听不见这种震撼人心的震动。

世界经典童话

·安徒生童话·

图文珍藏版

　　她是在我们这个时代的大工厂里出生的。在这个工厂里，蒸气发出无比巨大的威力，"没有血肉的主人"和他的勤劳的工人在日夜工作着。

　　她有一颗女人的心；这颗心充满了伟大的爱情、贞节的火焰和灼热的感情。她获得了理智的光辉；一切三棱镜所能反射的色彩都包含在这种光辉之中，这些色彩不停地变化从这个世纪到那个世纪——变成当时最流行的颜色。由幻想做成的宽大天鹅羽衣将她打扮起来，是她飞行的力量。科学织成了这件羽衣，汇集"原始的力量"使它具有飞行的特性。

　　就父亲的血统而言，她是人民的孩子，有健康的精神和思想，有一双严肃、清澈的眼睛和一个富有幽默感的嘴唇。她的母亲是一个外地人的女儿，出身高贵，受过高等教育，时刻暴露出那个浮华的洛可可式的痕迹。新世纪的女神继承了这两方面的血统和灵气。

　　她的摇篮四周装点着许多美丽的生日礼物。大自然存在的许多谜和这些谜的答案，像糖果似的粘在她的周围。从潜水钟里变出许多深海中的瑰丽斑斓的饰品映衬着她。盖在她身体上的被子是一张天体地图。地图上绘着风平浪静的大洋和无数的小岛——每一个岛代表一个世界。太阳为她绘出色彩纷纷的图画；照相术给她提供许多新奇的事物。她的保姆在她面前歌颂美好的事物歌颂过"斯加德"演唱家爱文德和费尔杜西，歌颂过行吟歌人，歌颂过诗人海涅在少年时代所表现出的才华。她的保姆给她讲过许多东西——许许多多的东西。她知道了老曾祖母爱达的众多骇人听闻的故事——在这些故事里，"诅咒"震颤它血腥的翅膀。她在一刻钟以内把整个的《一千零一夜》都听完了。

虽然新世纪的女神还是一个天真可爱的孩子，但是她已经从摇篮跳出来。她有很多欲望，但是她不知道她究竟要什么东西。

她仍然生活在巨大的育婴室里，在充满了珍贵艺术品和洛可可艺术氛围的房间里玩耍。这里有用大理石雕成的希腊悲剧和罗马喜剧，每一种民族的民间歌曲就像干枯的植物一样，挂在墙上。只经你轻轻地在上面吻一下，它们就立刻又变得，发出淡淡的香气。贝多芬、格路克和莫扎特的永恒的交响乐在她周围奏响，这些音乐是鲜活音乐大师们用旋律所表现出来的思想。她的书架上摆着许多著名作家的作品——这些作家在世的时候是不朽的；现在书架上还有空间可以放更多的书籍——我们在的电报机中可以经常听到它们作者的名字，但是这些名字不会永存会随着电波而消失。

她读了很多书，相当多的书，因为她在我们的这个时代生长。当然，她同样又会忘记掉很多书——女神是知道怎样把它们忘掉的。她并没有考虑到她的歌——像摩西的作品，像比得拜笔下所描写的有关狐狸的狡诈和幸运的美丽寓言一样这歌，将会世世代代传下去。她并没有考虑到她的艰巨的任务和她的轰轰烈烈的未来。在她还只是玩耍的同时，国与国之间发生了震天动地的斗争，笔与炮形成各自的音符，相互掺杂混做一团——这些交杂的音符像北欧的古代文字一样，难以辨认。

她戴着一顶加里波第式的帽子，但是她却读着莎士比亚的传世之作，忽然，她产生了这样一个念头："我长大以后剧院仍可以上演他的剧本。而加尔德龙，他只配躺在墓里用他的作品当陪葬，当然歌颂他的碑文可以刻在墓上。"对于荷尔堡，嗨，女神是一个仁慈大义者：她把他的作品与莫里哀、普拉图斯和亚里斯多芬的作品装订在一起，不过她只喜欢莫里哀。

她完全没有那股使羚羊也难以安静的冲劲，但是她的灵魂急切地希望得到生命的乐趣，正如羚羊祈望得到在山中的欢愉一样。在她的心中滋生一种安静的感觉。这种感觉很像古代希伯来人传说中的那些游牧民族在星斗满天的静夜里、倚坐在翠绿的大草原上所唱出的悠扬歌声。但是在歌声中她的心会变得非常激动——比古希腊塞萨里山中的那些勇敢的战士的心还要激动。

对于基督教的信仰她又是怎样呢？哲学中一切的奥妙她都学习到了。宇宙间的某种元素敲落了她的一个乳齿，但是一排新牙早已长了出来。在摇篮里的时候她就尝到了咬知识之果，并把它咬掉，深深咀嚼，因此她变得聪明起来。人类文明最智慧的思想成为"永恒的光芒"，笼罩在她面前，照亮了她。

新世纪在什么时候出现呢？女神什么时候才会被人承认呢？她的声音什么时候才能被人听见呢？

她将在春天一个美丽的早晨骑着龙——火车头——穿过隧道，越过桥梁，轰轰烈烈的地到来；或者她在喷水的海豚身上横渡温柔而坚毅的海洋；或者跨在蒙特果尔菲的巨鸟洛克身上掠过太空。在她落下的国土上她将，用她纯洁、神圣的声音，第一次为人类而欢呼。这国土在什么地方呢？在哥伦布发现新大陆上——自由的国土上吗？在这片国土上，士人成为被追逐猎取的对象，非洲人成为辛勤劳作的牛马——我们从这片国土的上空听到《海华沙之歌》。在地球的另一边——南洋的金岛上吗？这片国土黑白颠倒——我们的黑夜就是白天，白天也是黑夜。这里的黑天鹅躲在含羞草丛里唱歌。在曼农的石像所在的国土上吗？这石像天论过去还是现在都发生响声，虽然我们不懂得沙洲上的斯芬克斯之歌。在那个布满了煤矿的岛上吗？在这个岛上，从伊丽莎白王朝开始莎士比亚就成了统领者。在蒂却·布拉赫出生的那片国土上吗？蒂却·布拉赫在这块土地上没有长久的居留权。在位于加利福尼亚州的童话王国里吗？这里的水杉叶蔟高高的向上挺拔，被称为世界树林之王。

女神眉尖上的那颗星会在什么时候亮起来呢？这颗星是一朵奇异的花——这个世纪所有形式的，色彩的和香气的美丽外表都写它的每一片花瓣上。

"这位新女神有什么计划呢？"我们这个时代的聪明政治家问。"她究竟想做些什么呢？"

你还不如问一下她到底不打算做些什么吧！

她不是过去时代幽灵的化身——她不会以这种形式出现。她将不会从舞台上拾起那些美丽的却早已被用过的东西创造新的戏剧。她也不会以抒情诗作为屏帐来掩饰戏剧结构上的缺憾！她离开了我们，飞走了，正如她走下德斯比斯的马车，然后登上大理石的舞台一样。她不会把人间的正常语言打成片片碎块，却又把这些碎片聚拢起来组成一个能够发出"杜巴多"竞赛的那种音调的八音盒。她将不会把诗看成贵族的代名词，而把散文看成平民——这两种东西在韵律、和谐和力量方面表现出的效果是平等的。她将不会在冰岛传奇的木简上再次去雕刻古代神像，因为她知道这些神早已离我们远去，我们这个时代跟他们会有什么情感和联系呢？她将不把法国小说中的那些情节放进她这一代人的心里。她将不以这些平淡无奇咀之无味的故事去麻醉人们的神经。她带来生命的仙丹。她把韵文和散文编成歌曲唱出来，是那样简洁、明了和丰富。各个民族的脉搏在人类进化文字中不过是一个字母。她把自己的爱融进每一个字母，把它们组成字，用这些字汇编成动听的颂歌来赞美她的这个时代。

这个时代什么时候成熟起来呢？

对于我们落在后面的人来说，这个时候的到来还有一段距离。对于已经走在前面去的人来说，它就在你的眼前。

中国的万里长城不会永久存在下去；欧洲的火车将要开到亚洲开到那些闭关自守的文化中去——这两种文化将要汇合起来汇成一条奔腾的瀑布！可能这条瀑布要发出惊天动地的回响：在这巨大的响声面前我们这些近代的老人将要发抖，因为我们将会听到"拉涅洛克"正一步步走来——一切古代的神灵都将灭亡。我们忘记了，过去的时代和种族不得不消逝，留下的只是它们很微小的缩影。这些缩影被文字包裹在胶囊里，像一朵莲花飘浮在永不干涸的河流上。它们向我们宣布：它们是我们的血与肉，虽然外在的装束不尽相同。

犹太种族的缩影在《圣经》里显现出来，希腊种族的缩影显现在《伊里亚特》和《奥德赛》里来。但是我们的缩影呢？——让新世纪的女神在"拉涅洛克"到来的时来告诉你吧。新的"吉姆列"。将会在这个时候，出现于光荣和理智中。

蒸气所发出的威力和近代的压力都是杠杆。"没有血肉的主人"和他的忙碌的助手——他很像我们这个时代一个强大的统治者——不过是仆人，是用来装饰华美厅堂的黑奴罢了。他们带来珍宝，铺好桌子，准备迎接一个盛大节日的到来。这一天，女神像孩子般天纯真，姑娘般的热情，主妇般的镇静若定和聪慧，她挂起一盏绮丽的诗的明灯——它就是人类的一颗充实、丰富的心，能够发出神圣的火焰。

新世纪诗一般的女神啊，我们向你致敬！愿风儿将我们的敬礼带到高空，让你亲耳听到，正如蚯蚓为你而歌的感谢颂歌一样被你听见——春天到来了，这蚯蚓在农民翻土的犁头下被切成数段，他们把我们摧毁，为了让你的祝福可以落到这未来新一代的头上。

新世纪的女神啊，我们向你致敬！

（1861 年）

各得其所

这件事情发生在 100 多年以前，

有一座古老的邸宅坐落于树林后面的大湖旁边。在它周围有一道很深的壕沟；里面杂草丛生，还有许多芦苇。通向入口的桥旁边，有一棵年纪很大的柳树；它的树枝很重，一直垂向这些芦苇。

从空巷里传来一阵急促的号角声和马蹄声；一个牧鹅姑娘赶着一大群鹅从桥过走过，她要趁着一群猎人没有奔过来以前，把鹅赶走。猎人飞快地跑近了。她匆忙爬到桥头的一块石头上，免得被他们踩倒。她还是个孩子，一幅瘦削的身材；但是在她脸上却有一种平和的表情和一双明亮的眼睛。那位老爷可没有在意到这点。当他飞驰过去的刹那，把鞭子掉过来，恶作剧地朝这女孩子的胸脯抽下去，女孩从石头上仰着滚了下去。

"各得其所！"他大声说，"快滚到泥巴里去吧！"

他哈哈大笑起来。似乎他觉得这实在好笑，所有和他一道来的人也都笑起来。人笑着、叫着马儿大肆鸣叫，连猎犬也狂吠着凑起热闹。这真是所谓：

"富鸟飞来声音大！"

只有上帝知道，他现在是不是真的富有。可怜的牧鹅女往下落

图文珍藏版

的时候，伸手乱抓，恰好抓住了柳树的一根垂枝，她在泥潭的上面悬着。老爷和他的猎犬走进大门不见了踪影。就在她想办法往上爬的时候，枝子忽然从顶上断了；要不是上面有一只强壮的大手把她抓住，她就要落到芦苇塘里去了。这人是一个流浪的小贩。他在不远的地方看到了刚才一幕，所以就急忙赶过来帮助她。

"各得其所！"他模仿那位老爷的口吻开着玩笑。说话的同时，他把小姑娘拉到地面上来。他倒很想把那根断了的枝子再接上，但是并不是在任何场合下都可以做到！于是他就把这枝子插到柔软的土里。"假如你能够生长的话，那么就生长吧，一直长到你可以成为那个公馆里的人们的一支笛子！"

他很希望这位老爷和他的一家人痛痛快快地挨一次打呢。他走进公馆，但并没有走进客厅，因为他的身份太卑微了！他走进仆人住的地方。仆人翻了翻他带来的货物，正在进行一番讨价还价，忽然从上房的酒席桌上，传来一阵嘈杂和尖叫声——这是他们在唱所谓的歌，比这好的东西他们就不会了。笑声和犬吠声、大吃大喝声，混做一团。烈酒装在瓶罐和瓶罐玻璃杯里，冒着气泡，狗主人旁边与主人一起吃喝。有的狗子把耳朵、鼻子擦干净后，还可以得到少爷们的亲吻。

他们让这小贩带着他货物走上来，他们的用意只是想开他的玩笑。酒是进了肚子，理智也就去了。他们把酒倒进袜子里，让这小贩跟他们一起喝，但是必须要快快喝下去！他们说得这办法既巧妙，而又能令人大笑。于是他们把牲口、农奴和农庄都拿出来压作赌注，有的人赢，有的输了。

"各得其所！"小贩在走出这个"罪恶的渊宅"的时候说，"宽广的大道是我的处所，我在那家感到很不舒服、自在。"

牧鹅的小姑娘从田野的篱笆那儿对他点头。

日子一天天过去了。那根被小贩插在壕沟旁边折断了的杨柳枝，显现出新鲜和翠绿；甚至它还冒出了一些嫩芽。牧鹅的小姑娘知道这根树枝正在生根发芽后，感觉非常愉快，因为她觉得这棵树是属于她的。

这棵树在生长。但是公馆里的一切财物，在喝酒和赌博中很快就被挥霍一光——因为这两件东西像车轮一样，任何人站在上面都不能稳稳当当。

还不到六个年头，那位变成一个可怜的穷人老爷拿着袋子和手杖，走出了这个公馆。公馆被一个富有的小贩买去了。他曾经在这儿被戏弄和讥笑过——他就是那必须得从袜子里喝酒的那个人。勤劳和朴实给他带来了兴旺；现在这个小贩成为公馆的主人。不过从这时起，在这里就不允许出现打纸牌这种赌博游戏。

"这种消遣很糟糕，"他说，"当魔鬼第一次看到《圣经》的时候，他就想一本坏书来抵消它，于是他就发明了纸牌戏"

公馆的新主人娶了一位太太。她不是别人，正是那个牧鹅的女郎。她一直都是一名诚实、恭敬和善良的姑娘。当她穿上新衣服时漂亮极了，好像她天生就是一个贵妇人。事情怎么会是这样呢？是的，在我们这个忙碌的时代里，这是一个很长的故事；不过事情就是如此，而且后面的另一部分才是最重要的。

住在这座古老的宅邸里是很幸福的。家里的事由母亲来管，父亲负责外面的事，幸福好像是一汪泉水不断涌出来的。凡是幸运的地方，经常伴随着有幸运的来临。这座老房子被打扫和粉刷得焕然一新；填埋了壕沟，种起果树。这一切都显得那么温馨而愉快；地板擦得亮晶晶的，像一个大银盘。在冬天的漫漫长夜里，女主人同她的女佣人坐在屋里织羊毛或纺线。礼拜天的晚上，司法官——小贩成为一名司法官，虽然他现在已经老了——诵读一段《圣经》。他的孩子们——因为他们生了孩子——都长大了，并且受到了很好的教育，与其他别的家庭一样，他们能力不同，各有特长。

插在公馆门外的那根柳树枝已经长成一棵美丽的大树。它自由自在地立在那儿，还没有被剪过枝。"这是象征我们家族的树!"这对老夫妇说;这树应该得到尊敬——他们这样告诉自己的孩子，包括那些头脑不太聪明的孩子。

100 年过去了。

到了我们这个时代。一块沼泽地替代了那个大湖。老宅邸也不见了，现在只剩下一个长方形的水潭，两边立着一些断垣残壁。这就是那条壕沟的遗址。这儿还立着一株壮丽的老垂柳。它就是那株老家族树。这几乎是说明，一棵树如果你不去管它，它也会变得非常美丽。当然，它的主干从根到顶都裂开了;风暴也把它打得略为弯了一点。虽然如此，它仍然挺立着，而且在每一个裂口里——一些泥土随风和雨填了进去——还长出了名式的草和花;尤其是在顶上大枝丫分权的地方，许多覆盆子形成一个悬空的花园。这儿甚至还长出了几棵山楂树;它们苗条地立在这株老柳树的身上。当风儿轻轻地把青浮草吹到水潭的一个角落里去了的时候，老柳树的影子就在荫深的水上出现。一条小径从这树的近旁一直伸到田野。

树林附近有一座风景秀美的小山，上面建起一幢宽敞、华美的新房子。窗玻璃清澈透明，让人们觉得玻璃框完全是空的，好像没有装玻璃。大门前面的宽大台阶由玫瑰花和绿叶植物装点起来就像一个大花亭。草儿碧绿欲滴，每一片叶子好像都被反复冲洗过似的。厅堂里悬挂着稀世珍画。椅子和沙发套着锦缎和天鹅绒，它们生动极了，仿佛自己能走来走去。此外厅堂里还有闪亮的大理石桌子，烫金的古装的书籍。是的，这里住着富贵的人；也就是贵族——男爵。

这儿的一切东西都搭配得很和谐。这里流行这样一句格盲："各得其所！"从前那座老房子里曾经很荣耀、风光的一些名画，现在统统都被挂在了通向仆人住处的走廊上。现在它们已经成了废物——尤其是那两幅老画像：一幅画了一位伸士，他穿着粉红上衣，戴着假发，上面还粘了一些粉，另一幅画是一位太太——她头发高高的向上梳起并粘了粉，她的手里拿着一朵红玫瑰花。在他们周围环绕着一圈用柳树枝编成的花环，因为小男爵们经常拿这两位老人当成他们射箭的靶子，以至于两张旧画上布满了圆润。这两位老人就是司法官和他的夫人——这个家族的始祖。

"但是他们并不是这个家族的真正所属！"一位小男爵说。"他只是一个小贩，而她是一个牧鹅的丫头。他们和爸爸妈妈一点也不像。"

这两张画成为没有任何价值的废品。因此，正如人们所说的，它们"各得其所"！曾祖父和曾祖母就只能歇息在通向仆人宿舍的走廊里了。

牧师的儿子在这个公馆里任家庭教师。有一天，他和小男爵们以及他们的姐姐出去散步，小姐不久前刚受了坚信礼。他们走在小径上朝那棵老柳树后走去；只在走路的功夫，这位小姐就用路边的小花扎了一个花束。"各得其所"，所以这些花儿成为一个完整美丽的共同体。同时，她仔细倾听着大家的谈论。她喜欢听牧师的儿子谈论大自然的威力，谈论古今杰出的男人和女人。她的个性是健康而快乐的，具有崇高的思想和灵魂，还有一颗博爱的心，她喜爱上帝所创造一切事物。

他们在老柳树旁边停下来。那位最小的男爵很想要一支笛子，

他从前也曾有过一支用柳枝做成的笛子。牧师的儿子便折下一根树枝。

"啊，请不要这样做！"年轻的女男爵阻止道。然而事情已经做了。"这是我们家族的一棵老树很有名，我非常心疼它！因此，常常在家里常常被他们取笑，但是我不管！这棵树有一个不凡的来历！"

于是，她就把她所知道的关于这树的事情全讲出来：关于那个老宅邸的故事，以及那个小贩和牧鹅姑娘在这地方是如何邂逅、后来他们又怎样成为这个着名家族和这个女男爵的始祖的事情。

"这两个善良的老人，他们不愿意成为所谓的贵族！"她说，"他们恪守着'各得其所'的格言；因此他们认为，如果他们用钱去买一个爵位，那就与他们的地位不相符了。只有他们的儿子——我们的祖父——才真正成为一位男爵。据说，他是一位非常博学的人，常常往来于王子和公主之间，并经常参加他们的宴会。家里所有的人都非常喜欢他。但是，我不明白为什么，最初的那对老人对我更有某种特别的吸引力。那个老房子里的生活一定十分安静和庄重：主妇和女仆们坐在纺纱一起，老主人放声朗读着《圣经》。"

"他们是一对可爱的通情达理的人！"牧师的儿子说。

到这儿，他们的谈话内容自然而然地涉及贵族和市民了。几乎看不出牧师的儿子属于市民阶层的人，因为当他谈到关于贵族的事情时，显得那么内行。他说：

"一个人生长在一个有名望的家庭是一桩幸运的事！同样，一个人血统里涌动着一种激励向上的动力，也是一桩幸运的事。一个人冠有一个族名作为桥梁而加入上流社会，是一桩很美的事。贵族是高贵的意思。它好比一块金币，价值就在上面刻着。我们这个时代的调子——许多诗人也随声附和的——是：一切高贵的东西总是愚蠢和没有价值的；至于穷人，他们越不行，他们就越聪明。但这并不是我的见解，因为我认为这种看法是完全错误的，伪善的。在上流社会里，人们依然可以发现许多令人感到的美丽的东西。我的母亲曾告诉过我一个故事，而且我还可以举出许多别的来。有一天，我母亲到城里去拜访一个贵族家庭。以前，那家主妇的乳母是我的祖母当母亲正与那位富贵的老爷坐在一个房间里时，老爷看见一个老太婆拄着拐杖蹒跚地朝屋里走来。她每个礼拜天都要来一次的，而且一来就带走一些银两。'这个老太太很可怜，'老爷说：'她走路非常困难！'我的母亲还没有明白得他听说的话，他已经走出了房门，跑下楼梯，亲自走到那个穷苦的老太婆身边，免得她为了取几个银两而要走艰难的路。这不过是一件很小的事情；但是，正像《圣经》上所写的寡妇的一文钱一样，它在人的内心深处，在人类的天性中引发了回响，产生共鸣。诗人应该把这样的事情写出来，赞美它，特别是在我们现在这个时代，这样做会起到意想不到的好作用，会说服人心。但是有的人，因为出身于望族，有高贵的血统，常常像阿拉伯的马一样，喜欢翘起前腿在大街上嘶鸣不止。只要有一个普通人来过，他就在房间里说'平民曾经到过此地！'这说明贵族在腐化，变成了一个贵族的假面具，一个德斯比斯所创造的那种面具。人们讥笑这种人，把他当成讽刺的对象。"

这是牧师的儿子的一番议论。它的确未免太长了一点，但在这期间，那管笛子却雕成了。

公馆里有一大批客人。他们有的就住在附近，有的从京城里来。有些女士们穿得很入时，有的很普通。大客厅被众人充斥得满满的。来自附近地区的一些牧师是那么恭恭敬敬地在一个角落里拥挤着——让人觉得这里好像要举行一个葬礼似的。但这却是一个欢乐的场合，只不过欢乐还没有开始罢了。

这里最好应该有一个盛大的音乐会。于是那位小男爵把他的柳树笛子取出来，不过他吹不出声音来，他的爸爸也吹不出，所以笛子在他们手中成了一个废物。

慢慢地韵声在这儿响起，也有了歌唱，感到最愉快的都是演唱者本人，当然对他们来讲这也不坏！

"您也是一个音乐家吗？"一位漂亮绅士问——他只不过是他父母的儿子——"你亲手作成这支笛子还能够吹奏它，真是个天才，而天才才会坐在光荣的席位上，统治着一切。啊，天啦！我跟着时代的脚步——每个人非这样不可。啊，你用这小小的乐器演奏一曲，让我们陶醉一下，好吗？"

于是他就把那支用水池旁的柳树枝雕成的笛子交给牧师的儿子。同时大声宣布说，这位家庭教师将要用这乐器为大家独奏一曲。

现在他们要开他的玩笑，这是再明白不过的了。这位家庭教师就想不吹了，虽然他可以吹得很好。可是这群人却一再地要求他吹，最后弄得他只好拿起笛子，凑到嘴边。

这支笛子真的很奇妙！它发出一个怪音，比蒸汽机所发出的汽笛声还要粗。它在院子上空，在花园和森林里盘旋，一直飘到远处的田野上去。一阵狂风伴随着笛音呼啸而来，它狂啸着说："各得其所！"于是爸爸被风吹动着，飞出了大厅，落在牧人的房间里；而牧人也飞起来，但是却没有飞进那个大厅里去，因为他不能去——嗨，他却飞到了仆人的宿舍里，飞到那些穿着丝袜子、大摇大摆地走着路的、漂亮的侍从中间去。这些微慢的仆人们顿时变得目瞪口呆，想道：这样一个下贱之人竟然敢跟他们坐在一张桌子上。

但是在大厅里，年轻的女男爵被风吹着，落在了桌子的首席位置。她是有资格坐在这儿的。她的旁边坐着牧师的儿子。他们两人这样坐着，好像是一对新婚夫妇。只有那位老伯爵——他属于这国家的一个最老的家族——仍然坐在他尊贵的位子上没有动；因为这支笛子是很公正的，人也应该得到公正的对待。那位幽默的漂亮绅士——他只不过是他父亲的儿子——煽动牧师儿子吹笛的人，倒栽葱地飞进一个鸡屋里，但在那儿他并不是孤独的一个人。

在附近十多里内的地带，人们都听到了笛声，看到了一些稀奇古怪的事情。一个有钱商人的全家，坐在一辆四轮马子里，被风吹出车厢落在地上，连一块落脚之地都找不到。两个富有钱的农夫，他们在我们这个时代里长得比他们田里的麦子还高，却被吹到泥巴沟里去了。这是一支危险的笛子！幸运的是，它在发出第一个音调后就裂开了。这是一件好事，它又被放进衣袋里去了："各得其所！"

世界传世藏书

世界经典童话

·安徒生童话·

图文珍藏版

　　随后的一天，没有人提起这件事情，于是我们就有了"笛子入袋"这个成语。每件东西都应该回到它原有的位置上去。只有那两幅小贩和牧鹅女的画像被风吹到大客厅的墙上。现在，它们就端正地挂在那儿。正如一位真正的鉴赏家所说的，它们出自一位名家画之手；所以它们现在挂在本应该属于它们的地方。从前人们不知道它们的价值是什么，而人们又怎么会知道呢？现在它们悬挂在光荣的位置上："各得其所！"事情是这样！永恒的真理是长久存在的——比这个故事要长得多。

（1853 年）

一星期的日子

有一天，一星期里的所有日子都忽然产生了一个想法，他们想停止工作，聚集到一起开一个联欢会。每一个日子从早到晚都是忙忙碌碌的；一年到头，他们腾不出一点空闲来。他们必须有一整天的闲空才成，而这仅仅每隔四年才碰到一次。这样的一天要放在二月里举行，为的是要使年月的计算不至于混乱起来。

因此他们就决定把他们的联欢会放在这个闰月里举行。二月也是一个狂欢节的月份，他将要依照自己的意愿和个性，穿着表现狂欢的衣服来参加。他们将要大吃大喝一顿，发表一些演讲，同时在相互友爱的气氛中无所顾忌地说些令人愉快和不愉快的话语。在古代，战士们常常在吃饭的时候，把啃光了的骨头朝彼此的头上扔。不过一星期的这几个日子却只是想痛快淋漓地开一通玩笑和说一些幽默风趣话——当然这以合乎狂欢节日的氛围为原则的。

这一天终于到来了，于是他们举办了联欢会。

星期日是这几天的首领。他穿着一件黑丝绒外套。虔诚的人可能以为他是穿着牧师的衣服，要到教堂去做礼拜呢。不过世故的人都知道，他穿的是化装舞会的服装，而且他打算要去狂欢一阵。在他的扣眼上插着一朵鲜红的荷兰石竹花，那是戏院的一盏小红灯

——它说："票已卖完，请各位自己另去找消遣吧！"

下面一位是星期一。他是一个年轻英俊的小伙子，跟星期日有亲族关系；他特别喜欢寻开心。他说他是近卫队换班的时候离开工厂的。

"奥芬巴赫的音乐我必须得出来听听。虽然我的大脑和心灵并不受它的任何影响，但是它却使我腿上的肌肉发痒。我不得不喝点酒，跳跳舞，在头上挨几拳，然后再开始第二天的工作。我是整个星期的开始！"

星期二是杜尔的日子——象征力量的日子。

"是的，这一天就是我！"星期二说。"我开始繁忙的工作。我把麦尔库尔的翅膀粘在商人的鞋上，到工厂去走一走看看轮子是不是已经上好了油，正常转动起来。我认为裁缝应该坐在案板旁边，铺路工人应该在街上。每个人都应该各负其责，做应做的工作，我关心大家的事情，因为我身穿一套警察的制服，我自称为巡警日。如果你不爱听我说的这话，那么请你去找一个会说好听话的人吧！"

"现在我来了！"星期三说。"我位于在一星期的中间。德国人把我叫作中星期先生。在店铺里我像一个店员；我是一朵花，盛开在一星期所有不平凡的日子中。如果我们排起队，一起向前走，那么我前面有三天，后面也有三天，他们好像就是我的仪仗队，伴随前后。我必须得认为我是一星期中最了不起的一天！"

星期四也来了；他穿着一身铜匠的工作服，同时还带着一把锤头和铜壶——这些标志着他的贵族身份。

"我有最高贵的出身！"他说，"我既是异教徒，同时又很神圣。在北部我的名字是来源于多尔；而在南方又源出于丘比特。他们既会雷鸣，又会闪电，这个家族的本领到现在仍然还保留着。"

于是他敲敲铜壶，以显示他出身的高贵。

星期五来了，把自己打扮成年轻姑娘的样子。她把自己叫作佛列亚；有时为了换换口味，也叫维纳斯——这要根据她所在国家的语言而定。她说自己平时是一个温柔恬静的人，不过今天却变得有点大胆，因为这是闰日——这一天给妇女很大的自由了，因为按照惯例，在这天可她以向人求婚，而不必等人向她求婚。

星期六带着一把扫帚和洗刷的用具，像位老管家婆一样出现了。她最心爱的菜女是一碗用啤酒面包片做的汤。不过，在今天她可不希望把汤放在桌子上让大家吃。她只是想独自享用，而她也就得到那碗汤了。

一星期的日子就这样在餐桌旁坐下来。

他们每个人都是不同的样子，人们可以把他们当作模特绘成连环画，作为家庭里的一种娱乐消遣。在画中人们可以尽可能展开让他们变得滑稽可笑。在这儿我们只不过把他们拉出来，当作对二月开的一个玩笑，毕竟只有这个月才多出一天。

（1869 年）

存钱猪

　　婴儿室里的玩具种类众多，在橱柜顶上放着一个泥烧的装满钱的罐子。它的形状像一头猪，背上自然还有一道狭口。后来这狭口又被人用刀子扩大一些，这样可以塞进整个银圆。的确，除了许多银毫以外，里面还有两块银圆。

　　钱猪装得满满的，怎么摇也摇不响——这的确达到是一只钱猪所能达到的最高容量了。现在他高高地站在橱柜上，时不时观察房里的一切东西。他清楚地知道，他肚子里的钱可以买下这所有的玩具。这就是我们所说的"心中有数"。

　　别的玩具也想到了这一点，但是它们并不说出来——因为还有许多其他的事情要讲。有一个很大的玩具，躺在桌子的抽屉里，抽屉半开着，可以看到她略有点儿旧，脖子曾经修理过一次。她朝外边望了一眼，说：

　　"让我们现在来扮演人好吗？毕竟这件事是值得一做的呀！"

　　大家骚动起来，甚至那些挂在墙上的画也转过身来，表示它们有反对意见；不过这并不是说明它们在抗议。

　　现在正是半夜。月亮从窗子外面照进来，送来不花钱的光。游戏就要开始了。所有的玩具都被邀请，甚至包括学步车，它属于较

粗糙的那类玩具。

"每个人都有自己的优点，"学步车说。"我们不能全都是贵族。正如俗话所说的，总要有人做事才成！"

只有钱猪接到了一张手写的请帖，因为他的地位很高，大家都相信口头邀请他肯定不会接受。的确，他并没有回答，而事实上他没有来。如果要他参加的话，他得待在自己家里欣赏。大家可以照他的意思办，结果他们也就照办了。

那个小玩偶舞台被布置得很恰当，可以让他一眼就能看到台上的演出。大家计划先演一出喜剧，然后再吃茶和做知识测验。他们立刻就进行了。摇木马的谈话涉及训练和纯血统问题，学步车谈到铁路和蒸气的威力。这些事情都属于他们的本行，所以谈起来头头是道。座钟谈起政治："滴答——滴答"。它确定它敲的是什么时间，不过，有人说他走的并不准确。竹手杖站得笔挺竖直，高傲得不可一世，因为它上面包了银头，下面箍了铜环，从头到脚被包裹起来。沙发上躺着两个绣花垫子，外套好看，内心却糊涂的很。现在戏可以开始了。

大家围坐在一起看戏。事先大家都说好了，观众要根据自己对表演的喜欢程度欢呼、鼓掌和跺脚。不过马鞭说他从来不为老人鼓掌，他只为还没有结婚的年轻人鼓掌。

"我为所有的人鼓掌，"爆竹说。

"一个人应该有自己的立场！"痰盂说。这是演出过程中他们每个人心中的想法。

虽然这出戏无价值可言，但是演得很出色。所有的人物都把它们的一面涂了颜色并将这面掉向观众，因为他们只能让别人看他们的正面，而不能把反面拿出来看。大家都很投入，都兴奋地跑到舞台前面来，拉着它们的线很长，不过这样人们可以更清楚地看到他们。

那个被修理了一次的玩偶显得那么兴奋，以至于她的补丁都松开了。钱猪也看得兴致盎然，他决定要为其中的某位演员做点事情：他想立下遗嘱，到了适当的时候，他要这位演员跟他一起葬在公墓里。这才是真正的快乐，大家就放松一会儿，然后吃茶，继续做知识测验。这就是他们所谓的扮演人类了。这里面一点儿恶意也没有，他们只不过是扮演罢了。每件东西只为自己着想，同时也猜想钱猪的心思；而这钱猪想得最远，因为他想到了写遗嘱和入葬的事情。这事会在什么时候发生，他总是能在别人之前考虑。

啪！他从橱柜上掉下来了——落到地上，跌成了碎片。小银毫蹦着、舞着，小些的在原地打转，那些大的一边转着一边滚开了，特别是那块大银圆——他竟然想跑到广阔的世界里去。结果他就真的跑去了，其他的也都是一样。摔成碎片的钱猪被扫进垃圾箱里。不过，在第二天，又有一个新的泥烧存钱猪出现在碗柜上。它肚子是空的还没有装进钱，因此它也摇不出响声来；从这一点上讲，它跟别的东西完全是一样的，没有任何差别。不过，这仅仅是一个开始而已——与这开始同时，我们做一个结尾。

（1855 年）

在辽远的海极

几艘大船向北极开去；它们的目的是要发现陆地和大海的界线，同时也想做个试验，人类到底能够航行多远。它们在雾和冰中已经航行了几个年头，而且也吃过不少苦头。现在到了寒冷的冬天，太阳已经不见踪影了。漫漫长夜将要持续好几个星期。四周是一望无际的冰块，它们使船只冻结在其中。雪堆积得很高在雪堆中人们筑起黄蜂窠似的小屋——有的很大，就像我们的古冢；有的还要大，可以同时住下三四个人。但是这里并不是漆黑一团；北极光射出的红和蓝两种色彩，像永不熄灭的、大朵的焰火。雪发出自然的亮光，大自然笼罩在一片昏朦的彩霞中。

当天空最亮的时候，当地的土人成群结队地走出来。他们穿着皮衣，毛茸茸的皮衣，样子显得非常新奇。他们把冰块做成雪橇坐在上面，运输成捆的兽皮，好使他们的雪屋能够铺上温暖的地毡。这些兽皮还可以用来做被子和褥子。当外界是天寒地冻，冷得超乎我们想象的时候，水手们就可以裹着这些暖和的被子睡觉了。

在我们住的地方，这时候还不过是金黄的秋天。住在冰天雪地里的他们也情不自禁地想起了这件事情。他们回忆起故乡暖暖的太阳光，同时也不免想起了挂在树上的片片红叶。钟上的时针告诉他们这已是夜晚到了该睡觉的时候。事实上，雪屋里有两个人已经躺下来要睡了。

这两个人之中最年轻的那位把他最好和最珍贵的宝物带在身边——一部《圣经》。这是他祖母在他动身前送给他的。每天晚上他都把《圣经》放在枕头底下，自儿童时代起他就知道书里面的内容是什么。他每天读一小段，而且每次翻开的时候，他都要读到这样几句神圣的话语，这些话语带给他很大的安慰："我若展开清晨的翅膀，飞到海极居住，那么就是在那里，你的左手必引导我，你的右手，也必扶持我。"

他默记着这些富有哲理的话，满怀信心，闭上眼睛；慢慢地他睡着了，进入梦乡。上帝以梦的方式给他带来精神上的启示。身体在休息，而灵魂活跃起来，他能清楚地感觉到这一点；这既像那些亲切的、熟识的、旧时的歌曲；又好像夏天的风，在他身边轻轻吹动，感觉温暖舒适。他从他睡的地方看到一线白光在他身上扩展开来，好像是一件什么东西从雪屋顶上照射进来。他抬起头来看，这白光并不是从墙上，或是天花板上射来的。它来自安琪儿肩上的两只翅膀。他朝天使发光的、柔美的脸上望去。

这位安琪儿从《圣经》的书页里升起来，如同从百合的花萼里升上来一般。他张开手臂，雪屋的墙好像只是一层轻飘飘的薄雾慢慢向下坠落。美丽的金秋中，故乡的绿草原、山丘和赤褐色的树林沐浴在阳光中静静地展开来。鹳鸟的窠已经空了，但是野苹果树上仍然悬着累累的果实，虽然叶子都已经飘落了。艳丽的玫瑰射出红光；在他的家——一间农舍——的窗子前面，一只活泼的八哥正在小绿笼子里欢唱着。这只八哥所唱的正是他以前教给它的那支歌。祖母在笼子上挂些鸟食，正如他——她的孙子——以前所作过的那样。铁匠那个年轻而美丽的女儿，正站在井边汲水。她对祖母轻轻点着头，祖母也朝她招招手，拿出一封来自遥远地方的信给她看。这封信正是这天从寒冷的北极寄来的。她的孙子现在就在上帝保护之下，住在那个地方。

她们不禁大笑起来，随后又忍不住哭起来；而住在冰天雪地里的他，在安琪儿的护翼下，也不禁在精神上跟她们一起欢笑，一起哭泣。她们高声地读着信上所写的上帝的话语：就是在海极居住，"你的右手，也必扶持我。"从四周传出阵阵念圣诗的动听声音。在这个梦中的年轻人身上，安琪儿展开迷雾一般的翅膀。

他的梦结束了。雪屋里自然漆黑一团，但是他的头底下放着《圣经》，他的心里充满了信心和希望。"在这海极的地方"，上帝在他的身边，家也在他的身边！

（1856 年）

荷马墓上的一朵玫瑰

夜莺对玫瑰花的爱情在东方的每一首歌曲中都有所表现。静夜里星星闪耀着，这只有翼的歌手就为他芬芳的花儿唱一支情歌。

离士麦那不远，一棵高大的梧桐树下，商人正赶着一群满负重荷的骆驼。由此经过这群牲口把它们的长脖子高傲地仰起来，笨重地行进在这片神圣的土地上。我看到一排美丽的篱笆，它们是由开满了花的玫瑰树所组成的。野鸽子在高大的树枝间飞来飞去。当阳光射到它们身上的时候，它们的翅膀闪闪发光，如同明珠一样。

在玫瑰树篱笆上盛开的所有鲜花中，有一朵是最出众最美丽的花。夜莺对着它将自己的爱情哀愁尽情地唱出。但是这朵玫瑰一言不发，它的叶子上竟然没有一颗同情泪珠。它的花枝只是默默地垂向几块大石头。

"这儿沉睡着世界上一个最伟大的歌唱家！"玫瑰花说。"他的墓上留有我散发出的芳香；当暴风骤雨袭来的时候，我的花瓣飘落到它的身上，这位《依里亚特》的歌唱者变成了这块土地中的尘土，我从这尘土中发芽和生长！我是荷马墓上长出的一朵玫瑰。我无比的圣洁，我不能将花儿展现在一个平凡的夜莺面前。"

于是夜莺就不辞辛苦地歌唱着，一直到死。

图文珍藏版

　　赶骆驼的商人带着驮着东西的牲口和黑奴走了过来。他的小儿子看到了这只死鸟。于是他把这只小小的可怜歌手埋进伟大的荷马的墓里。那朵玫瑰花在风中飘抖着。黄昏来临，玫瑰花将它的花瓣紧紧地收敛起来，做了一个梦。

　　它梦见一个美丽的日子，阳光洒满大地。一群异国人——佛兰克人——来参拜荷马的墓地。在这些异国人之中有一位来自遥远北国的诗人；他们的故乡就是那有无数冰块和北极光的地方。他把这朵有灵性的玫瑰摘下，夹在一本书里，然后把它带到世界的另一部分里来——他辽远的北国。这朵玫瑰在无尽的悲伤中凋谢了，静静地躺在这本书里。他在家里把这本书打开，说："这是一朵从荷马的墓上摘下的玫瑰。"

这就是这朵花做的那个梦。她惊醒了，她的心在风中开始颤抖起来。于是一颗露珠从她的花瓣上滚落到这位歌唱家的墓上。当太阳升起的时候，天气也渐渐变温暖了，玫瑰花比以前开得更加娇美可爱。她是在温暖的亚洲生长。这时脚步声惊动了玫瑰花。她在梦里见到的那群佛兰克人正向她走来；有一位北国的诗人就在他们之中：他真的摘下这朵玫瑰，轻轻吻了一下它新鲜娇嫩的嘴唇上，然后它被带到了冰块和北极光的故乡了。

这朵花的躯体瘦得像一具木乃伊，现在就躺在他的《依里亚特》里面。她仿佛像在做一场梦，听到他打开这本书，说："这是荷马墓上的一朵玫瑰。"

（1842 年）

野天鹅

当燕子开始飞向遥远的地方时，寒冷的冬天也悄悄地降临了。有一位国王住那遥远的地方。他有 11 个儿子和一个女儿艾丽莎。这 11 个兄弟都是王子。他们上学的时候，胸前佩戴着心形的徽章，身边挂着宝剑。他们写字要用钻石笔和金板。书本在他们心中生了根，他们能够熟练地从头背到尾，再从尾背到头。人们一听就知道他们是王子。妹妹艾丽莎坐的小凳子上面嵌着一面镜子。她有一本昂贵的画册，那需要半个王国的代价才能买得到。

啊，这些孩子是多么幸福；然而幸福并非永远伴随他们左右。

他们的父亲是一国之主。他娶了一个恶毒的王后。王后对这些可怜的孩子十分不好。他们在头一天就已经看出来了。盛大的庆祝活动在整个宫殿里举行，孩子们忙前顾后的招待客人。然而那些多余的点心和烤苹果他们却没有得到，王后只给他们每人一杯沙子，而且还说，这就是好吃的东西。

刚刚过了一个星期，王后就把小妹妹艾丽莎送到乡下，寄住在一个农人家里。没有多久，她在国王面前编了许多可怜王子们的坏话，让国王觉得那些王子再也不值得去理睬。

"你们飞到荒无人烟的野郊吧，自己去谋生吧，"恶毒的王后说。

"你们像那些没有声音的巨鸟一样飞走吧。"可是，她计划的坏事情并没有完全实现。他们变成了 11 只美丽的野天鹅。发出了一阵奇异的叫声，便从宫殿的窗子飞出去，高高地飞过公园，向广阔的森林里飞去了。

他们的妹妹正睡在农人的屋子里面，还没有醒来。当他们从这儿经过时，天刚刚亮。于是他们在屋顶上长久地盘旋着，一儿把长脖颈掉向这边，一会儿又掉向那边，不停拍打着翅膀。可是谁也没有注意到或听到他们来了。他们不得不继续向前飞，飞进高高的云层里去，远远地飞向茫茫的世界。他们一直飞进伸向海岸的一个大黑森林里去。

可怜的小艾丽莎待在农人的屋子里因为没有任何玩具，她只能玩着一片绿叶。她在叶子上穿了一个小洞，从这个小洞中她朝着太阳望去，每当这时她似乎看到了许多双明亮的眼睛——是她哥哥们的眼睛。当阳光照在她脸上的时候，她就会想起哥哥们给她的吻。

日子一天天地过去了。当风儿从屋外玫瑰花组成的篱笆间吹过；它轻声对这些玫瑰花儿说："有谁还会比你们更美丽呢？"玫瑰花儿摇摇头，回答说："还有艾丽莎！"星期天，当老农妇坐在门里、读《圣诗集》的时候，风儿把书页悄悄吹起，问道："还有谁比你更好呢？"《圣诗集》就说："还有艾丽莎！"玫瑰花和《圣诗集》所说的话确确实实是真的。

当艾丽莎 15 岁的时候，她被接回国家。王后一看到她那美丽的模样，心中不禁十分恼怒，对她充满了憎恨。她倒很想把她变成一

只野天鹅，像她的哥哥们一样，但是她还不敢马上这样做，因为国

王想要看看自己女儿。

一天大清早，王后便走到豪华的浴室里去。浴室用白色大理石砌成的，里面陈设着柔软的坐垫和最华丽的地毡。她拿起三只癞蛤蟆，把每只都吻了一下，于是对第一只说：

"当艾丽莎走进浴池的时候，你就坐在她的头上，让她变得像你一样呆板。"她对第二只说："你坐在她的前额上，好使她变得丑恶狰狞像你一样，叫她的父亲认不出她来。"她又低声对第三只地说："请你躺在她的心上，使她的心成为罪恶的源泉，她会为此而感到无比的痛苦。"

于是她把这几只癞蛤蟆放进清水里；它们马上就变成了绿色。她把艾丽莎喊进来，替她脱了衣服，叫她走进水里。她刚跳进水里去，第一只癞蛤蟆就趴到她的头发上，第二只坐到她的前额上，第三只就坐到她的胸口上。可是，艾丽莎根本没有注意到这些事儿。当她从水中站起来的时候，有三朵罂粟花在水面上漂浮着。如果这几只动物没有毒，如果恶毒的巫婆不曾吻过它们，那么它们就会变成几朵红色的玫瑰。但是无论怎样，它们最后都得变成花，因为它们曾在天真无邪的艾丽莎的头上和心上躺过。她是那么的善良、纯真，魔力根本无法在她身上产生效力。

恶毒的王后看到这番情景，立刻拿来核桃汁，把艾丽莎全身涂成棕黑色。又在这女孩子美丽的脸上抹上一层发臭的油膏，并且把她漂亮的头发地揪成一团，弄得零乱难看。现在谁也没有办法认出她就是美丽的艾丽莎，当国王看到艾丽莎的时候，不禁大吃一惊，不承认这是他的女儿。除了看家狗和燕子以外，没有人认识她。但是他们都是不会说话的可怜的动物。

艾丽莎伤心地哭起来。她想起了离她远去的11个哥哥。她悲哀地偷偷走出宫殿，在田野和沼泽地上走了一整天，最后走进一个大黑森林里去。她不知道哪个地方是自己的归宿，只是心里非常伤悲；她想念她的哥哥们：他们一定也会像自己一样，被巫婆从宫殿赶进这个苍茫的世界里来了。她必须寻找他们，找到他们。

她刚到森林一会儿，夜幕降临。她远离了大路和小径迷失了方向；走累了她就在柔软的青苔上躺下来。做完了祈祷，她就把头枕在一个树根上休息。四周一片静寂，空气是温和的；有无数的萤火虫在花丛中，在青苔里，闪着绿色的火星一样的亮光。当她轻轻地摇动一根树枝，这些闪闪发光的小昆虫就向她身上飞来，像从天上散落的星星。

整整一夜，她都梦着她的几个哥哥：他们像孩子一样又在一起玩耍，他们在金板上用钻石笔写着字，读着那精美的，价值连城的画册。不过，与以往不一样的是，他们写在金板上的不是零和线，不是的，而是他们做过的一些勇敢的事迹——他们亲身体验过和看过的事迹。那本画册里面的一切东西也都有了生命——鸟儿在欢快地唱，人从画册里走出来，跟艾丽莎和她的哥哥们谈着话。不过，当她一翻开书页的时候，他们马上就又跳进去了，以免图画的位置被弄得混乱。

当艾丽莎醒来时，太阳早已高高地升起来了。高大的树木将浓密的枝叶铺展开来。实际上，她并看不见太阳，不过阳光在片片树叶上面晃动，像一朵金子做的花。从青枝绿叶中散发出一阵香味，鸟儿几乎要落到她的肩上。她听到了一阵潺潺的水声。这是几股很大的泉水奔向一个湖泊时发出来的。这湖有非常美丽的沙底。它的周围长着一圈浓密的灌木林，不过有一些雄鹿从其中一处打开了一个很宽的缺口——艾丽莎就从这个缺口向湖水那儿走去。水是那么清澈透明，假如不是风儿轻轻摇动这些树枝和灌木林的话，她就会以为它们是在湖底上的东西，每片叶子，不管被太阳照着的还是深藏在荫处，全都很清楚地映在湖上。

当她从水中看到自己的面孔时，立刻感到十分恐怖：天哪！她是那么棕黑和丑陋。她把双手打湿在眼睛和前额仔细搓揉了一番，她洁白的肌肤就又显露了出来。于是她脱下衣服，走到清凉的水里去：在这个世界上没有哪位公主会比她更美丽动人了。

她把衣服重新穿好、扎好长头发，就走到一股向前奔流的泉水边，用手捧着水喝。之后，她继续朝森林的深处走去，但是她很迷茫，不知道自己究竟要到什么地方去。她想念亲爱的哥哥们，她想着仁慈的上帝——他是不会将她遗弃的。上帝叫野苹果生长出来，让饥饿的人有吃的东西。现在他就指引着她走到一株果树下。累累的果子把树枝全压弯了。艾丽莎就在这儿吃午饭。她用一些支柱支起这些被压弯的树枝；然后就走向森林最荫深的地方。

四周是那么寂静，她的脚步声听起来那样清楚。她可以听出踩在她脚下的每一片干枯的叶子的碎裂声。这里看不到一只鸟儿，浓密的树枝遮住了阳光一丝也透不进来。当她向前望去，那些紧密地排列的高大树干，就好像一排木栅栏，密密地围在她的四周。啊，她从来没有体验过如此可怕的孤独！

夜里一片漆黑。青苔里找不到一点萤火虫发出的亮光。她躺下来睡觉的时候，心情悲伤而沉重。不一会她好像觉得上帝把头上的树枝分开来，正在用柔和的目光凝望着她。许多许多的安琪儿，从上帝的头上和臂下悄悄地向下窥看。

早晨，她醒了，她不知道自己是在梦中，还是在现实中看见了这些东西。

她朝前走去，走了几步便遇见一个提着一篮浆果的老太婆。老太婆给了她几个果子。艾丽莎问她是否看到 11 个王子骑着马儿从这片森林中走过。

"没有，"老太婆说，"我倒是昨天看到 11 只天鹅从附近的河里游过去了，它们的头顶戴着金冠。"

她领着艾丽莎向前走了一段路，上了一个山坡。一条曲曲折折的小河这山的脚下流过。在两岸生长着树木，它们长满绿叶的长树枝伸向对岸，彼此交叉缠绕。有些树的枝子没有办法伸过去，在这种情况下，它们就让树根从土里穿出来，伸到水面之上来，与它们的枝叶交织在一起。

艾丽莎告别了这位老太婆。然后就沿着小河向前走，一直走到这条河的入海口，它从这里流向广阔的大海。

现在有一个美丽的大海出现在这年轻女孩子面前，可是海面上没有一片船帆，更见不到一只船身。她怎样才能过去呢？她望着海滩上那些已经被海口冲圆了的数不尽的小石子、玻璃铁块、石头——所有淌到这儿来的东西，海水把它们的棱角磨平了，露出新的面貌——它们看起来比她细嫩的手还要柔和。

水不知疲倦地流动着，因此不管多么坚硬的东西在它的改变下都变得那样柔和。艾丽莎想：我也应该有这种永不怠倦精神！您——清亮的、流动的水波，多谢您的教导。我的心告诉我，有一天您会引导我见到我亲爱的哥哥的。

从波浪中淌来一些海草，上面有 11 根洁白的天鹅羽毛。艾丽莎拾起它们，扎成一束。上面还滚动着水滴——谁也说不出来这究竟是露珠呢，还是眼泪。大海是孤寂的。但是艾丽莎一点也不觉得这样，因为每时每刻大海都在变幻——它在几点钟之内所起的变化，比那些美丽的湖泊在一年中所发生的变化还要多。当一大块乌云飘过来的时候，那就好像是海在说："我也可以显得很阴暗呢。"随后风也吹起来了，浪也翻起了白花。不过当云块发出了万丈霞光、风儿静下来的时候，海看起来就如同一片玫瑰的花瓣：它一忽儿变绿，一忽儿变白。但是不管它变得怎样的安静，海滨一带还是有轻微的波动。海水这时在轻轻地向上升，像一个熟睡的婴孩的胸脯。

就在太阳快要落下去时，艾丽莎看见 11 只戴着金冠的野天鹅朝着陆地飞去。它们一只接着一只地掠过去，看起来像一条长长的白色带子。艾丽莎走上山坡，藏到一个灌木林的后边去。拍着它们白

世界经典童话

·安徒生童话·

图文珍藏版

色的大翅膀，天鹅们在她附近落徐徐降落下来。

当太阳落到水下面以后，这些天鹅的羽毛就马上脱落了，变成了 11 位英俊的王子——艾丽莎的哥哥。她惊声叫起来。虽然他们已经发生了很大的改变，可是她知道这就是他们，一定是他们。她扑到哥哥们的怀里，呼唤着他们的名字。他们认出了自己的小妹妹，能够在这里看到她让哥哥们感到非常快乐。艾丽莎现在已经长成了高挑、美丽的姑娘。他们一会儿笑，一会儿哭。大家很快知道了彼此的境遇，也知道了后母对他们是多么的狠毒。

最大的哥哥说："只要天上还有太阳，我们兄弟们就得变成野天鹅，不停地飞来飞去。不过当它一落下去，我们就可以恢复人的原形。所以我们得时刻注意，在太阳落下去的时候，必须找到一个立脚的处所。如果这时还在云层里飞，我们变成人后就会坠落到深海里去。我们并不在这儿住。在海的另一边有一个跟这同样美丽的国度。不过这儿距离那儿是很遥远的。我们得飞过这片汪洋大海，而且在我们的旅程中，没有任何海岛可以让我们停留过夜；中途只有一块面积很小的礁石从水面冒出。它只够我们几个人紧紧地挤在一起休息。海浪一阵阵地涌动，浪花就向我们身上狠狠打来。但是，我们还是应该感谢上帝能让我们在这块礁石渡过漫漫长夜，在它上面我们又变成了人。如果没有它，我们永远也不能看见亲爱的祖国了。

"一年里，我们只有一次可以拜访父亲的家。不过只能在那儿停留 11 天。我们盘旋在大森林的上空，从上面望望熟悉的宫殿，看一看这块我们出生和父亲居住的土地，再望望教堂的塔楼。我们的母亲就埋葬在这教堂里。在这儿，我们把灌木林和树木当作是我们的亲属；在这儿，像我们小时候常见的样子，野马在原野上奔跑；我们聆听烧炭人唱的那些古老的歌曲，踏着它的曲调跳舞；这儿是我们的祖国：我们被一种无形的力量吸引到这儿来；我们在这儿遇见了你，亲爱的小妹妹！我们还可以在这儿停留两天，之后就得飞过大海，飞到另外那个美丽的但并不是自己祖国的国度里去，怎样才能把你也带去呢？我们既没有大船，又没有小舟。"

"我有什么办法救你们呢？"妹妹问。

他们几乎谈了整整一夜，只稍稍休息了一两个小时。

头上响起一阵天鹅的拍翅声，艾丽莎醒来了。哥哥们又变了模样。他们在头顶上盘旋，不停地绕着大圈子；最后只得向远方飞去。不过他们之中，最年轻的那一只——掉队了。他把头藏在艾丽莎的怀里，艾丽莎轻轻抚摸着他白色的翅膀。一整天他们亲昵地依偎在一起。临近黄昏，其他的天鹅又都折返回来。在太阳落下去以后，他们又恢复了原形。

"我们明天就要从这里飞走，大概整整一年的时间里，不能回到这儿来。但是我们总不能就这样地离开你呀！你有勇气跟我们一块儿去吗？既然我们的臂膀有足够的力量抱着你走过森林，那么我们的翅膀也会有足够的气力背着你越过大海。"

"是的，你们带我一同去吧，"艾丽莎说。

整整一夜，他们在织一个又大又结实的网，这个网是用柔软的

世界经典童话

·安徒生童话·

图文珍藏版

柳枝条和坚韧的芦苇织成的能够让艾丽莎舒服地躺在里面。在太阳升起来的时候，她的哥哥又变成了野天鹅，他们用嘴衔起这个网，带着尚未醒来的亲爱的妹妹，向着云层高高飞去。阳光射到她的脸上，于是就有一只天鹅飞在她的上空，用他宽阔的翅膀来为可爱的妹妹挡住太阳。

艾丽莎醒来的时候，他们离开陆地已经很远了。她以为自己还在睡梦中，自己被托着，在海面上空高高地飞翔，在她看来，真是非常奇异。她身旁有一根美丽的枝条，上面结着熟透了的美丽浆果，还有一束带有甜味的草根。这是最小的那个哥哥为她采来并放在她身旁的。她向他微笑表示感谢，因为她已经认出在她头上飞翔的就是他。他正用翅膀为自己遮着阳光。

他们飞得很高，忽然发现下面有一条小船，它看起来就像一只白色的海鸥浮在水面上。一大块乌云耸立在他们的后面——这是一座山的全貌。艾丽莎在那上面看到了自己和 11 只天鹅投映下来的影子。他们飞行的队伍是非常壮观的，就好像是一幅美丽图画，比任何他们以前看到过东西都要美丽。太阳越升越高，他们与后面云块的距离，也随之越来越远。那些不住飘浮的形象也逝去了。

整天他们就像呼啸在空中着的箭头一样，一直向前飞。不过，因为他们带着妹妹一起飞翔，所以速度要比平时低得多。天气恶劣起来，黄昏逼近眼前，然而大海中那座孤独的礁石还没有出现，艾丽莎看到太阳徐徐地下沉心里十分焦急，她似乎感觉到这些天鹅现在正不断加大气力来拍着翅膀。咳！完全是因为她的缘故，才使他

世界经典童话

·安徒生童话·

图文珍藏版

们飞不快。在太阳落下去以后，他们就得恢复人，掉到海里淹死。这时她发自内心地向我们的主真诚祈祷，但是她仍然没有看见任何礁石出现。大块乌云结成一片，越逼越近，狂风怒吼暴风雨马上就要来了。汹涌的波涛，像是威胁谁似的疯地向关推进，就像一大堆铅块。闪电掣动起来，一刻也不停。

艾丽莎看到太阳已经接近海岸线了，她的心剧烈颤抖起来。就在这时天鹅急速向下飞去，速度那么快，她相信自己一定会坠落下来。不过，只一会儿工夫他们就稳住了。太阳已经有一半沉到水里去。这时她才第一次清楚地看到下面有一座小小的礁石——它看起来比冒出水面的海豹头大不了多少。太阳下沉很快，当艾丽莎的脚刚踏上坚实的陆地时，太阳变得只有一颗星星那么大了。太阳像纸烧过后的残留的小火星，一忽儿就没了踪影。她的哥哥们站在她的周围，手挽着手。她看到除了仅够他们和她自己站着的空间以外，再也找不到多余的地方了。海浪拍打着这块礁石，像阵雨似的不断袭向他们。燃烧的火焰在天空中不停地闪着，雷声一阵紧似一阵，隆隆作响。可是兄妹们仍然紧紧地手挽着手，同时唱起圣诗来——他们从中得到无穷的慰藉和勇气。

空气在晨曦中，显得那么清纯和沉静。太阳刚从海平面跃出来，天鹅们就带着艾丽莎从这小岛上起飞。海浪仍然很汹涌。不过当他们飞向高空往下看，那些白色的浪花好像变成无数的天鹅，浮在水面上。

太阳升得更高了，艾丽莎看到前面有一个多山的国度，飘浮在空中。那些出上覆盖冰层闪闪发光。有一个有很长的宏伟宫殿就耸立在冰山中间，足有两三里路长。一排一排庄严的圆柱竖立在宫殿里。圆柱下面展开一片起伏不平的棕榈树林和许多鲜艳的花朵，像水车轮那么大。她问这是否就是她所要去的那个国度。然而天鹅们都摇着头，因为她看到的只不过是仙女莫尔甘娜那华美的、永远变幻的空中楼阁罢了，他们不敢把凡人带进里面去。就在艾丽莎凝视它的时候。忽然间，山峦、森林和宫殿同时消逝了，而取而代之的是20所壮丽的教堂。它们像一个模子刻出来的：高塔，尖顶窗子。她在幻想中以为听到了教堂风琴的声音，而实际上她所听到的是海的呼啸。

现在她快要飞进这些教堂了，但是它们却忽然变成了一排浮在她下面的帆船。她向下面望去，原来那不过是笼罩在水面上的一层薄雾。的确，这是一系列、无穷无尽的变幻，容不得她不看。但是现在她真正看到了她所要去的那个国度。这儿有美丽的青山、杉木林、壮丽的城市和王宫。在太阳还没有落下去以前，她就已落到一个大山洞的前，细嫩碧绿的蔓藤植物铺满在洞口，看起来就像一块锦绣的地毯。

"我们要看看你今晚在这儿会做些什么梦！"她最小的哥哥说着把她的卧室指给她看。

"我希望梦见有什么办法把你们解救出来！"她说。

在她的心中一直有着这个明确的想法，这个想法让她真诚地向上帝祈祷，请求他的帮助。是的，即使在梦里，她也在不断地祈祷。

世界经典童话

·安徒生童话·

图文珍藏版

于是，她觉得自己好像又高高地飞起来，飞到空中，飞到莫尔甘娜的那座神奇的云中宫殿里去了。这位仙女亲自出来迎接艾丽莎。虽然她很美丽，全身放射出耀眼的光辉，但她却很像那个老太婆——那个曾经在森林中给她吃浆果的老太婆，并且告诉她头戴金冠的天鹅们的行踪。

"你的哥哥们是能够得救的！"她说，"不过你有足够的勇气和毅力吗？海水比起你那细嫩的手还要柔和许多，可是它却能让硬梆梆的石头改变原有的形状。不过，石头并不会感觉到疼痛，而你的手指却会感到痛的。它之所以不会感觉到你所承受的那种苦恼和痛楚是因为它没有心。看看我手中这些有刺的荨麻！在你睡觉的那个洞的四周，就长着许多这样的荨麻。请你记住一点：只有它——那些生在教堂墓地里的荨麻——才能发生效力。你必须去把它们采集来，即使它们会把你的手扎伤，烧得起泡。你还得用脚把这些荨麻踩碎，只有这样你就才可以得出麻来。你要把这些麻搓成线，织出11件长袖的披甲来。你把它们披到11只野天鹅的身上，那么他们身上的魔力就可以解除掉了。不过你要记住，从开始工作的那刻起，一直到你完成任务为止，你一句话也不能说即使这工作要花费一年的时间。倘若你说出一个字，那就会像一把锋利的短剑刺进你哥哥的心里。他们的生命掌握在你的舌尖上。请牢牢记住这一点。"

于是，仙女让她在荨麻上摸了一下。它像熊熊燃烧着的火焰。艾丽莎刚碰到它就醒了。这时天已经大亮。在她睡觉的这块地方旁边就长着一根荨麻——跟她在梦中所见到的一模一样。艾丽莎跪在地上，衷心地感谢我们的主。随后她就走出山洞，开始工作起来。

她把那些恐怖的荨麻拿在她柔嫩的手里。这些植物好似一团火非常刺人。她的手上和臂上都被烧出了许多泡。不过她愿意忍受痛苦，只要能救出亲爱的哥哥们。于是她赤着脚把每一根荨麻踏碎，从中取出绿色的麻开始编织披甲。

她的哥哥们在太阳沉下去以后回来了。他们看到妹妹一句话也不讲，非常惊恐。他们确定这又是他们恶毒的后母在后面耍的新妖术。但是，当他们看到妹妹的手，就明白了一切：她是在为他们而受难。此时，最年轻的那个哥哥禁不住哭了起来。他的泪珠滴到艾丽莎受伤的地方，所到之处痛楚就消失了，连那些灼热的水泡也不见了。

她整夜都在工作，在亲爱的哥哥得救以前，她是不会停下来的。第二天，当天鹅们飞走以后一整天，她一个人孤独地坐着，从来没有感觉到时间像现在过得这样快。一件披甲织完了，她马上又开始织第二件。

这时从山间响起一阵打猎的号角声。她很害怕。声音越来越近。她听到猎狗的狂叫声，于是惊慌地躲进山洞里去。并把采集到的和整理好的荨麻扎成一小捆，自己坐在上面。

在这同时，从灌木林里跳出一只很大的猎狗；接着第二只、第三只也跳出来了。它们狂吠着，跑过来，又转过去。过了不久，猎人都来到了洞口；这个国家的国王是他们之中最漂亮的一位。他向艾丽莎走来。在以前他还没有见过比她更美丽的姑娘。

世界经典童话

·安徒生童话·

图文珍藏版

"可爱的孩子，你是怎样来到这地方呢?"他问。艾丽莎摇着头。她不敢讲话——因为这关系到她的哥哥们的生命和能否得救。她把手藏在围裙下面，使国王看不见她极力忍受的痛楚。

"跟我一块儿来吧!"他说。"你不能总坐在这里。如果你的善良能比得上你的美貌，我会给你穿上用丝绸和天鹅绒做的衣服，把金制的王冠戴在你头上，而且，把我最华丽的宫殿送给你作为你的家。"

于是他把艾丽莎扶到马上。她痛苦地扭动双手，哭起来。可是国王并不理会，他说："

我只是想让你得到幸福，有一天你会感激我的。

说完他骑着马从山间向远处走去。他让艾丽莎坐在他的前面，其余的猎人跟在他们后面。

太阳落下去了，一座漂亮的、有许多教堂和圆顶的都城出现在他们面前。国王把她领进宫殿里去——大理石砌成的厅堂里高阔、明亮，里面有一个巨大的喷泉喷出水来，这里在所有的墙壁和天花板上都绘有辉煌的壁画。但是她没有一丝的心情去看这些东西。她流着眼泪，心里十分悲伤。她让宫女们在她身上随意地套上宫廷的衣服，在头发里插上一些珍珠，在她满是泡的手上戴上精致的手套。

她站在那儿，衣着华贵，美丽得令人眩晕，整个宫廷的人在她面前都深深地弯下腰来。国王决定选她为自己的新娘，只是大主教一直在摇头，窃窃私语，他说这位美丽的林中姑娘是一个可怕的巫婆，大家的眼睛被他蒙住了，国王的心也被她迷住了。

世界经典童话

·安徒生童话·

图文珍藏版

可是国王不理睬这些谣言。他叫人奏起音乐，摆上最丰盛昂贵的酒席；他让美丽的宫女们在艾丽莎的周围翩翩起舞。有人领着艾丽莎走过芬芳的花园，到华贵的大厅里去；可是她的嘴角和眼睛完全是悲愁的化身，没有一丝笑容，也没有一点光彩。现在国王把旁边一间卧室的门推开——这就是她睡觉的地方。房间用贵重的绿色花毡来装饰，形状跟她住过的那个山洞完全一样。她采集的那一捆荨麻仍旧搁在地上，天花板下面挂着她那件已经织好了的披甲。猎人把这些东西作为稀奇的事物带回来。

"在这里你可以从梦中回到你的老家去，"国王说。"这是你在那儿忙着做的工作。现在住在这优越华美的环境里，你作为消遣可以去把过去的那段日子拿来回忆一下。"

当艾丽莎看到这些心爱的物件，她嘴上飘出一丝微笑，一阵红晕从脸上升起来。她想起了她要解救的哥哥，于是轻轻在国王的手上吻了一下。国王把她抱紧贴近他的心，同时命令所有的教堂把钟鼓响，宣布他的婚礼就要举行。这位不说话的来自森林的美丽的哑姑娘，现在成了这个国家的王后。

大主教在国王的耳边偷偷地讲了许多关于艾丽莎的坏话，不过国王并没有因这些话而动摇心意。婚礼终于举行了。艾丽莎头上的王冠必须由大主教亲自戴到艾丽莎的头上。他的内心充满了恶毒藐视，他把这个狭窄的帽箍紧紧地按到艾丽莎的额上，使她感到异常痛苦。不过她的心上还有一个更重的箍子——因为哥哥们而生的悲愁。她完全感觉不到肉体上的痛苦。她的嘴不能说话，因为她说出一个字就会让她的哥哥们丧失生命。不过，对于这位和善的、英俊的、想尽一切方法讨她开心的国王，从她的眼中流露出一种浓浓的爱情。她全心全意地爱他，而且这爱情是每一天都在不断地增长。啊，她多么希望能够信任他，能够向他倾诉自己的全部痛苦！然而她必须保持沉默，默默无语地完成她的工作。

于是夜里她就从国王身边偷偷地走开，走到那间装饰得像山洞一样的小屋子里，去织一件又一件的披甲。不过当她织到第七件的时候，她的麻用完了。

她知道她所需要的荨麻生长在教堂的墓地里。她必须亲自去采摘。可是她怎么才能够走到那儿去呢？

"啊，我手上的这点痛苦比起我心里所要承受的痛苦又算得了什么呢？"她想。"我得去冒一下险！我们的主一定会帮助我的。"

她心里十分恐惧，好像正在计划做一桩罪恶的事儿似的。在这月明的夜里她偷偷地走到花园里去，走过长长的林荫夹道，穿过无人的小路，一直走到教堂的墓地里。她看到有一群可怕的吸血鬼，围成一个圈，正坐在一块宽大的墓石上。

这些丑陋的怪物把破烂衣服脱掉，好像要去洗澡。他们用又长又尖的手指挖掘新埋的坟，拖出尸体，然后吃掉这些人肉。艾丽莎赶紧加快脚步走过他们身旁。他们用骇人的眼睛死死地盯着她。她一边念着祷告，一边采集那些棘手的荨麻。最后她把采集的荨麻带回宫里了。

只有一个人看见了她——那位大主教。当别人都在熟睡的时候，他却起来了。现在，他完全证实了所猜想的事情：这位王后并不是一个真正的王后——她是一个巫婆，所以她才能把国王和全国的人民都迷住。

在忏悔室里他把所看到的和怀疑的事情都告诉了国王。当他把这些尖刻的话语从他的舌尖上流露出来的时候，众神的雕像都摇起头来，好像是说："这完全不是事实！艾丽莎是无辜的！"不过大主教对这作了曲解，得出另一番解释——他认为神仙们都看到过她犯罪，因此是对她的罪孽摇头。

这时沿着国王的双颊流下两行沉重的眼泪。他带着一颗疑虑的心回到家里。夜里，他假装睡着了，可是他的双眼都没有一点睡意。他看到艾丽莎如何悄悄地爬起来。她每天晚上都这样做；每一次他总是在后面跟着艾丽莎，看见她怎样走到她那个单独的小房间里就不见了。

他的脸色一天比一天阴暗。艾丽莎注意到这种变化，可是她不明白其中的原因。但这使她不安起来——而同时她心中还要为她的哥哥忍受着痛苦！她的眼泪一滴滴落在的天鹅绒和紫色的衣服上面。泪珠停在那里像发亮的钻石。若一个人看到这种富丽豪华的景象，肯定希望自己也能成为一个王后。在此过程中，只差最后要织的一件披甲，她的工作差不多就要完成了，可是她的麻用完了——连一根荨麻也没有。因此她还得到教堂的墓地里去最后一趟，再去采几把荨麻来。她一想起那孤黑的路途和那些可怕的吸血鬼，就不禁害怕得发抖。可是她的意志无比坚定，正如她信任我们的上帝一样。

艾丽莎去了，国王和大主教悄悄地跟在她后面。他们看到她穿过铁格子门走到教堂的墓地里就不见了。当他们走近时，那群吸血鬼正坐在墓石上，和艾丽莎所看见过的样子完全相同。国王马上掉转身子，因为他把艾丽莎也当作是他们中间的一员。就在这天晚上，她还把头埋在他的怀里。

"让众人对她做出裁判吧！"国王说。

众人得出判决：应该用通红的火烧死她。

艾丽莎被人们从那富丽的高大宫殿带到一个潮湿阴冷的地窖里去——风呼呼地从格子窗吹进来。人们不再给她穿天鹅绒和丝制的衣服，却给她一捆亲手采集来的荨麻。她的头枕在这些荨麻上面，盖上那些她亲手织的、粗糙硬挺的披甲。不过再也没有其他的什么东西比这更让她喜爱了。她一边继续工作着，一边向上帝祈祷。在外面，孩子们在大街上唱着讥讽她的歌曲。她得不到任何的安慰，没有人会过来说一句好话。

黄昏的时候，格子窗外响起来一只天鹅的拍翅声——这就是她最小的一位哥哥，现在他找到了他的妹妹。艾丽莎快乐之极禁不住大声地呜咽起来，虽然她知道快要到来的这个夜晚可能就是她在人世上活过的最后一晚。现在，她的哥哥们都来了，而且她的工作只差一点就快要全部完成了。

这时大主教上这儿来，打算和她一起度过这最后的时刻——因为他答应过国王要这么办。不过她摇着头，用眼光和表情恳求他离去，因为她必须在这最后的一晚完成她的工作，否则她付出的全部

世界经典童话

·安徒生童话·

图文珍藏版

努力，她的一切，她的泪水，她的苦痛，她的不眠之夜，将会变成徒劳。在她面前大主教说了些恶毒的话，终于离开了。不过可怜的艾丽莎知道自己是无罪的。她继续做她的工作。

小耗子在地上跑来跑去，帮她把荨麻拖到她的脚跟前，多多少少也为她做点事情。画眉鸟一整夜都栖在窗子的铁栏杆上，把最好听的歌唱给她听，鼓舞着她不要丧失勇气。

天还没有大亮。还有一个钟头太阳才出来。这时，她的 11 位哥哥站在皇宫的门口，要求进去拜见国王。人们回答说，这事不能照他们的意思办，因为现在是夜间，国王还在睡觉，不能叫醒他。他们恳求着，威胁着，最后引来了警卫，是的，连国王也亲自走出来了。国王想问一问这究竟是怎么一回事。就在这时太阳升了起来，那些兄弟们忽然都消失了，只有 11 只美丽的白天鹅，盘旋在王宫的上空。

市民们像潮水一般涌向城门外面奔跑着。他们要看看这个巫婆怎样被火烧死。一匹又老又瘦的马拖着一辆囚车，艾丽莎就坐在里面。人们已经将一件粗布丧服给她穿上。她美丽的头发在头上飘着，显得很蓬松；她的双颊没有一丝血色像死人一样；嘴唇轻微地颤动，手指还在忙着编织绿色的荨麻。她不会中断她已经开始了的工作，即使是在死亡的路途上。在她的脚旁放着 10 件披甲，现在她正在完成第 11 件。所有的人都在讥笑她。

"瞧这个巫婆吧！谁知道她又在喃喃地念着什么！她手中并没有《圣诗集》；不，她还在把弄着她那些让人憎恨的妖物——快从她手中夺过来，撕成无数的碎片吧！"

大家立刻拥到她面前，想要把她手中的东西夺过来撕成碎片。这时 11 只白天鹅飞过来，落在车上，拍着宽大的翅膀，站在她的周围。于是众人惊恐地退到两旁。

许多人互相私语着，"这是从上天降下来的一个信号！她肯定是无辜的！"但是他们不敢大声地说出来。

这时她的手被刽子手紧紧地抓住。她急忙把这 11 披甲向天鹅抛去，立刻 11 个英俊的王子就出现在众人面前，可是那位最年幼王子的一只手臂还依然是天鹅的翅膀，因为他的那件衣服还缺少一只袖子——艾丽莎还没有完全织好。

"我现在可以开口说话了！"艾丽莎说。"我是无罪的！"

众人看到这种情形，情不自禁地对她弯下腰来，好像面前站立的是一位圣徒一样。可是她突然倒在哥哥们的怀里，失去了知觉，因为一时间激动、焦虑、痛苦都一起涌到她心中。

"是的，她是无罪的，"最年长的那个哥哥说。

他把事情的来龙去脉都讲了出来。在他说话的同时，一阵阵香气徐徐地在周围散发开来，好像数百朵玫瑰花正在开放，原来柴火堆上的每根朽木已经生根发芽，冒出了绿枝——现在一排高大的篱笆竖在这里，阵阵香气扑鼻而来，上面长满了红色的玫瑰。其中，有一朵鲜花分外艳丽，像一颗星星射出耀目的光辉。国王将这朵花摘下来，轻轻插在艾丽莎的胸前。她苏醒过来，心中洋溢着一种平和、幸福的感觉。

世界经典童话

·安徒生童话·

图文珍藏版

　　所有教堂的钟都自动地响起来了，鸟儿成群结队地飞来。这个新婚的行列，走在回宫的路。这样的场景是从前的任何王国确确实实都没有看到过的。

（1838 年）

母亲的故事

一位母亲十分焦灼地坐在孩子身旁，她很害怕死神会将孩子带走。

他的小脸蛋显不出血色，眼睛轻轻闭起来。他的呼吸很困难，只偶尔深深地吸一口气，好像在叹息。母亲望着这个小小的生命，露出比以前更愁苦的表情。

有人在敲门。一个贫穷的老头儿走了进来。一件非常宽大像马毡一样的衣服把他裹起来，这使人感到温暖，而且他很需要这样的衣服。因为，在冬天外面异常严寒，一切都在雪和冰的覆盖之下，刺骨的寒风吹得十分厉害。

老头儿正冻得浑身发抖，这孩子暂时睡着了，母亲就走到火炉边，往上面的一个小圈子里倒进一点汤，让这老人喝下去暖和一下。老人坐下来，摇着摇篮。母亲也在他旁边的一张椅子上坐下来，注视着她那个呼吸很困难的病孩子，握住他的一只小手。

"你以为我要把他拉住，是不是？"她问。"我是不会让上帝把他从我手中夺去的！"

这个老头儿——他就是死神——以一种奇怪方式点点头，意思好像是说"是"，又像"不是"。母亲低下头来望着地面，眼泪止不住地沿着双颊向下流。她已经三天三夜没有合过眼睛头昏昏沉沉。现在她睡着了，不过只是片刻工夫；她忽然惊醒，打着寒战。

"这是怎么一回事？"她说，同时向四周张望。不过那个老头儿早已不见了；她的孩子也不见了——老头儿已经把他带走了。一座老钟在墙角那儿发出嘶嘶的声音，"扑通！"那个铅做的老钟摆落到地上来了。钟的活动也停止下来。

这个可怜的母亲跑到门外来，喊着她的孩子。

一个穿黑长袍的女人坐在外面的雪地上。她说："死神刚才和你一起坐在你屋子里；我看到他抱着你的孩子急急忙忙地跑走了。他跑起路来比风还快。凡是他所拿走的东西，他永远也不会再送回来的！"

"请告诉我，他朝哪个方向走了？"母亲说。"请把方向告诉我，我要去找他！"

"我知道！"穿黑衣服的女人说。"不过在我告诉你以前，你必须把你为孩子唱过的歌都唱给我听一次。我从前听过那些歌，非常喜欢。我就是'夜之神'。我看到你一边唱歌，一边流出眼泪来。"

"我会把这些歌都唱给你听的，"母亲说。"不过现在请千万不要让我留下，因为我必须赶上他，找回我的孩子。"

可是夜之神坐在那一言不发。母亲只有边唱边流泪，她痛苦地扭动双手，她唱的歌很多，但她流的眼泪更多，于是夜之神说："你可以向右边的那个黑枞树林走去；我看到死神抱着你的孩子往那条路上去了。"

在树林深处，这条路和另一条路相互交叉；她不知道选择哪条路好。这儿有一丛荆棘，既没有一片叶子，也没有一朵花。此时正是严寒的冬天，那些小枝上只挂着冰柱。

"你看到死神抱着我的孩子走过去没有？"

"看到过。"荆棘丛说，"不过我不愿告诉你他所去的方向，除非你把我抱住，让我在你怀里暖和一下。我在这儿冻得要死，我快要变成冰了。"

于是她抱起荆棘丛，紧紧地贴在自己的胸脯上，好使它能够感到温暖。荆棘刺进她的肌肉；她的血一滴一滴地流出来。这位忧愁痛苦的母亲有一颗如此温暖的心！于是荆棘丛在她的怀里长出了新鲜的绿叶，而且花儿也在这寒冷的冬夜开放！荆棘丛就告诉她应该朝哪个方向走。

她走到一个大湖边。湖上既没有大船，或者小舟。也没有足够厚的可以托挂她的冰，可是水又有点深，她不能从水中踏过去。但是，她必须走过这个湖才可以找到她的孩子。她就不顾一切地蹲下来喝这湖的水；但是谁也喝不完这水的。这个满面愁容的母亲只是在幻想会有一个奇迹发生。

"不，这件事永远都不可能实现！"湖说，"我们还是来谈谈条件吧！我喜欢珠子，而你的眼睛是两颗最明亮的珠子，我以前从来没有遇见过。如果你能够把它们哭出来交给我的话，我就可以把你送到一个大的温室里去。那是死神的住处他种了许多花和树。每一棵花或树就是一个人的生命！"

　　"啊，我可以为我的孩子牺牲一切！"母亲哭着说。于是她更加厉害得哭起来，结果她的眼睛坠到湖里去了，变成两颗最珍贵的珍珠。湖把她托起来，她就像是坐在一个秋千上。这样，她就浮到对面的岸——这儿有一幢很宽的奇怪的房子，足有十多里宽。人们不知道这究竟是一座有很多树林和洞口的大山呢，还是一幢用木头建筑起来的房子。不过这个可怜的母亲已经将眼睛哭出，她看不见岸上的一切。

　　"我到哪里去找抱走我孩子的那个死神呢？"她问。

　　"他还没有到这儿来！"一个守坟墓的老太婆说。她负责看守死神的温室。"你是怎么来到这里的？谁帮助你的？"

　　"我们的上帝帮助我的！"她说。"他非常的仁慈，所以你也应该像他那样很仁慈。我到什么地方能够找到我亲爱的孩子呢？"

　　"我不知道，"老太婆说，"今天晚上有许多花和树都凋谢了，你是看不见的。死神马上就要到来，重新种植它们！你应该很清楚，每个人有他自己的生命之树，或生命之花，完全看他是怎样安排的。它们和别的植物没有什么不同，不过它们都有一颗搏动的心。小孩子的心也会跳的。你去找吧，或许你能听出你孩子的心跳声。不过，假如我告诉你下一步应该做的事情，你打算怎样酬谢我呢？"

　　"我没有什么东西可以给你了，"这个哀伤的母亲说。"但是我可以为你走到世界的尽头去。"

　　"我没有什么事情要你到那儿去办，"老太婆说。"不过你可以给我你那又长又黑的头发。你知道，那是很美丽的，我非常喜欢！

作为交换，你可以把我的白头发拿去——那总比没有的好。”

“如果你不再有其他什么要求的话，”母亲说，“那么我愿意送给你我的黑发！”

于是她把她美丽的黑头发交给了老太婆，同时作为交换，得到了老太婆的雪白的头发。

之后，她们就走进死神的温室里去。这儿种着形状怪异的花和树，它们繁生在一起。在玻璃罩下面培育着美丽的风信子；耐寒的牡丹盛开出大朵的花儿。在种类众多的水生植物中，有许多还很新鲜，有许多已经半枯萎了，在它们上面水蛇盘绕着，黑螃蟹用钳子紧紧夹住它们的梗子。温室里还种着许多美丽的棕榈树、栎树和梧桐树；芹菜花和麝香草也争相盛开。每一棵树和每一种花都有一个名字，它们代表着一个人的生命；这些人都是活着的散布在全世界，有的在中国，有的在英格兰。有些大树栽在小花盆里，显得很拥挤，几乎要把花盆撑破了。肥沃的土地上有好几块地方还种着许多娇弱的小花，它们周围散布着一些青苔；人们很细致地培养和照顾它们。这个悲哀的母亲在那些最小的植物面前弯下腰来，静听它们的心跳。她能在这些无数的花中听出她孩子的心跳。

“我找到了！”她高兴地叫着，同时将双手伸向一朵蓝色的早春花。这朵花的头已经垂向一边，好像病了。

“不要动这朵花！”那个老太婆说：“请你在这儿等会。当死神到来的时候——我想他可能随时都会来——你不要让他拔掉这棵花。你可以威胁他说，你要拔掉所有的植物；那样会让他很害怕。在上

·安徒生童话·

图文珍藏版

帝面前，他必须对这些植物负起责任；他没有得到上帝的许可以前，谁也不能拔掉它们。"

这时，一阵凉风忽然从外面吹进房间里来。这个没有眼睛的母亲看不见，死神来临了。

"你是怎么找到这块地方的?"他说。 "你为什么比我来得还早?"

"因为我是一个母亲呀!"她说。

死神把手伸向这朵柔弱的小花，母亲紧紧地用双手抱住它不放。此时，她非常焦急，唯恐弄坏了它的一片花瓣。死神朝着她的手吹气。比寒风还要冷；于是她的手变得没有一点儿力气，垂了下来。

"你无论如何也反抗不了我的!"死神说。

"不过我们的上帝可以!"她说。

"我只是遵照他的命令办事!"死神说。"我是他的园丁，要把他所有的花和树种植到天国，到那个神秘国土里的乐园中去。不过它们在那里怎样生长，怎样生活，我可不敢讲给你听!"

"请把我的孩子还给我吧!"母亲苦苦哀求着。忽然她抓住旁边两朵美丽的花，大声对死神说："我要把你所有的花都拔掉，现在我已经走投无路了"

"不准动它们!"死神说。"你说你很痛苦；但是现在你却要让另外一个母亲也像你一样感到痛苦!"

"另外一个母亲?"这个善良的母亲犹豫了。她立即将那两棵花松开。

"这是你的眼珠,"死神说。"我已经从湖里把它们捞出来了;我不知道原来这就是你的。现在它们比以前更加明亮收回去吧。请你朝你旁边的那个井底望一下。如果告诉你刚才你想要拔掉的那两棵花的名字,那么你就会知道它们的整个的未来,整个的人间生活;那么你就会知道,你所要摧毁的究竟是什么东西。"

她朝井底下望去。忽然感到莫大的愉快,因为她看到一个多么幸福的生命,看见它的周围是一派欢乐、愉悦、祥和的景象。她又看那另一个生命:它是那么忧愁,它是贫穷、苦难和悲哀的化身。

"这两种命运完全是上帝的意志!"死神说。

"它们之中哪一朵是苦难之花,哪一朵是幸福之花呢?"她问。

"我不能告诉你。"死神回答说。"不过你可以知道一点:你自己的孩子就在这两朵花之中。你刚才所看到的就是你的孩子的命运——你亲生孩子的未来。"

母亲惊恐得叫起来。

"它们之中哪一朵是我的孩子呢?请您告诉我吧!求您救救我的孩子吧!请把我的孩子从苦难中救出来吧!你还是把他带走吧!带他到上帝的国度里去!请忘记我的眼泪,我的哀求,原谅我刚才所说的和做的一切事情吧!"

"我不明白你的意思!"死神说。"你是想抱走你的孩子呢,还是让我把他带到一个你并不知道的地方去呢?"

这时母亲痛苦地扭着双手,向我们的上帝跪下双膝祈祷:

"您的意志永远是好的。请不要理我所做的违反您的意志的祈祷！请不要理我！请不要理我！"

于是她把头低低地垂下来。

于是死神把她的孩子带走飞到那个不知名的国度里去了。

（1844年）

犹太女子

有一个犹太小女孩在一所慈善学校学习，里面有许多孩子。

她既聪明，又善良，算得上是所有孩子之中最聪明的一个孩子。但是有一门课程她却不能听，这就是宗教这一课。是的，她是在一个基督教的学校里念书。

她可以把上这一课程的时间利用起来去温习地理，或者准备算术。但是很快这些功课就完成了。书摊在她面前，她并没有读。而是在坐着静听。她比其他的孩子都听得专心，老师马上就注意到这一点。

"读你自己的书吧，"老师温和而热情地对她说。女孩用她那又黑得发亮的眼睛望着他。当女孩她提问题的时候，她比所有的孩子都回答得要好。她听懂了全部课程，并且领会记住了。

女孩的父亲是一个穷苦而正直的人。他曾经向学校请求不要让这孩子听基督教的课程。不过如果她在上这门功课的时候走开，那么就会引起学校里别的孩子的很反感，甚至会让他们胡思乱想。所以她上课时就留在教室里，但一直这样下去总是不对头的。

老师去拜访她的父亲，要求他把女儿接回家去，或者干脆让萨拉做一个基督徒。

世界传世藏书

世界经典童话

·安徒生童话·

图文珍藏版

"她的那对明亮的眼睛和她的灵魂表现出的对教义的热诚和渴望，实在叫我不忍看不去！"老师说。

父亲禁不住哭起来，说：

"对于我们自己的宗教我懂得并不多，但是她的妈妈是一个犹太人的女儿，而且对教有很深的信仰。当她躺在床上要断气的时候，我答应过她，决不会让我们的孩子受基督教的洗礼。我必须遵循我的承诺，因为这相当于是跟上帝订下一个约定。于是，犹太女孩就从这个基督教的学校离开了。

又过去了许多年。在尤兰的一个小市镇里，有一个人家有些贫微，里面住着一个穷苦的信仰犹太教的女佣人。她就是萨拉。她有一头像乌木一样的黑发；一对深暗的眼睛，像所有的东方女子一样，它们射出闪亮清朗的光辉。现在她虽然已是一个成年的女佣人，但是儿时的表情在她脸上仍然可见——那种孩子般的单独坐在学校的凳子上、睁着一对大眼睛听课时的天真表情。

每个礼拜天教堂奏出风琴的声乐，做礼拜的人齐声歌唱。这些声音飘到街上，飘到对面的一个屋子里去。这个犹太女子正辛勤地、忠诚地在屋子里劳作着。

"记住这个安息日，把它当作一个神圣的日子！"这是她的信条。但是对她来说，这个安息日却是为基督徒劳作的一个日子。她只有在心里默默地记住这个神圣的日子，不过她觉得这样还不太够。

在上帝的眼中，日子和时刻，会有哪些分别呢？从她的灵魂里产生了这个想法。在这个基督徒的礼拜天，她也可以找到她能够安静祈祷的时候。只要风琴声和圣诗班的歌声能传到厨房污水沟的后边来，那么她会把这块地方看作是安静和圣洁的地方。于是，她就开始读她族人留下的唯一宝物和财产——《圣经·旧约全书》。她只能读这部书，因为她父亲所说的话深深地印在她的心中——父亲领她回家时，曾对她和老师讲过：就在她的母亲快要断气的那个时刻，他答应过她，不让萨拉违背对祖先的信仰而成为一个基督徒。

对于她来讲，《圣经·新约全书》是一部禁书，而且也应该是一部禁书。但是她对这部书很熟悉,因为它从童年的记忆中射出光芒。

有一天晚上,她在房间的一个角落里坐着,听她的主人高声地读书。她听一听当然也没有什么妨碍,因为这并不是《福音书》——不是的,他正在读一本旧的故事书。所以她可以在旁听。书中描写了一个匈牙利的骑士,被一个土耳其的高级军官俘获去了。军官让他同牛一起工作,把他套在轭下犁田,身上挨着鞭子,被军官赶着工作。他所受到的侮辱和痛苦是无法形容的。这位骑士的妻子变卖了她所有的金银首饰,同时把堡寨和土地也都典当出去,他的许多朋友也募捐了大量金钱,因为那个军官所提出的赎金非常高,超乎人的意料。终于凑齐了这笔款项。骑士总算是从奴役和屈辱中获得了解脱。等他回到家来时已经病得卧床不起。

但是没过多久,又下来了另外一道命令,征集大家去跟基督教的敌人作战。病人一听到这道命令怎么也安静不下来,无法休息。他叫人把他扶到战马上,他的脸上又充满了血色,他感觉恢复了活力。他向胜利驰去。现在那位把他套在轭下、羞辱他、使他遭受痛苦的将军,成了他的俘虏。这个俘虏被带到骑士的堡寨里来,还不到一个钟头,他出现在俘虏面前。他问道:

"你想你将得到什么待遇呢?"

"我知道!"土耳其人说。"报复!"

"一点也不错,你会得到一个基督徒的报复!"骑士说。"基督的教义告诉我要宽恕我们的敌人,爱我们的同胞。上帝本身就是爱!你可以平安地回到家里,回到你的亲爱的人中间去吧。不过请你记

住，将来要温和地对待受难的人，对他们仁慈一些吧！"

这个俘虏忽然哭起来："我做梦也不会想到能得到这样的待遇。

我想我一定会受到极刑和苦痛。因此我已经服了毒，过不了多久毒性就会发作。我只有一死，没有办法！不过在我死以前，请把这种充满了爱和仁慈的教义讲给我听一次吧。它是那么的伟大和神圣！让我拥有着这个信仰死去吧！让我作为一个基督徒死去吧！”

人们满足了他的这个要求。

刚才所读的是一个传说，一则故事。大家都听到并听明白了。不过坐在墙角里的那个女佣人——犹太女子萨拉是他们之中最受感动的，这个故事给她留下极深的印象。大颗的泪珠在她乌黑发亮的眼睛里闪动。她怀着孩子般的心情坐在那里，正如从前她坐在教室的凳子上一样。她感受到了福音的伟大。泪珠滚落到她的脸上。

“我的孩子不能成为一个基督徒！”这是她的母亲在临死去前说的最后一句话。这句话在她的灵魂和心里像一条戒律发出回音：“你必须尊重你的父母！”

“我不受洗礼！虽然人们把我叫作犹太女子。上个礼拜天，一些邻家的孩子就这样嘲讽过我。那天教堂的门开着，我站在外面，望着里面祭坛上燃烧的蜡烛和唱着圣诗的人们。从我在学校的时候起，一直到现在，都觉得基督教有一种神奇力量。这种力量就像太阳光，总能照射到我的灵魂中去而不管我怎样努力闭起眼睛。但是妈妈，我决不会让你在地下感到心痛！我决不违背爸爸对你所做的承诺！我决不读基督徒的《圣经》。祖先的上帝是我终生的倚靠！”

主人去世了，女主人的境况非常糟糕。她只得解雇了女佣人，但是萨拉却没有离开。她在困难中撑起一只手臂维持这整个的家庭。

她从早工作到晚直到深夜，用勤劳的双手来赚取面包。没有任何亲戚顾及这个家庭，女主人的身体变得一天天衰弱下去——她躺在病床上已经好几个月了。温柔真诚的萨拉看护病人，照料家事，辛勤操劳着。她成了这个贫寒家庭的一个福星。

"《圣经》就在那儿！"病人说。"夜太长了，请念几段给我听听吧。我非常想听听上帝的话。"

于是萨拉低下头。她打开《圣经》，双手捧着，开始为病人念起来。她的眼泪涌出来了，乌黑的眼睛变得分外明亮，而变得更加明亮是她的灵魂。

"妈妈，你的孩子不会接受基督教的洗礼，不会和基督徒一起参加集会。这是你的叮嘱，我决不会违背你的意愿。在这个世界上我们是一条心，在这个世界以外——在上帝面前更是一条心。'他指引我们逃出死神的境界'——'当土地因他而变得干燥以后，他就会降临到下来，让它变得更加富饶！'我现在懂得了，我自己也不知道自己是怎样懂得的！这是通过他——通过基督我才认识到了真理！"

当她念出这个神圣名字的时候，就颤抖一下。一股经受洗礼的火从她的全身经过，她支持不住，倒了下来，身体衰弱得比她所看护的那个病人还要严重。

"可怜的萨拉！"大家说，"她日夜照料、辛勤劳作，身体已经累坏了。"

人们把她抬到慈善医院去。她死在了那里。于是，人们埋葬了她，但是并没有埋葬在基督徒的墓地里，因为那里面没有犹太人的

位置。不，人们把她的坟墓掘在墓地的墙外。

上帝的太阳普照大地，既照在基督徒的墓地上，也在墙外犹太女子的坟墓上洒满阳光。基督教徒墓地里的赞歌声，也盘旋在她坟墓的上空。同样，相同的话语也传到了她的墓上："救主基督复活了；他对他的门徒说：'约翰用水来使你接受洗礼，我用圣灵来使你接受洗礼！'"

（1856 年）

牙痛姑妈

你想知道我们是从哪里把这个故事搜集来的吗？

我们是一只从桶里搜集来的，里面装着许多的旧纸。有很多珍贵的好书都跑到熟菜店和杂货店里去了；它们在那里不是作为读物，而是被当作必需品。杂货店需要用纸来包淀粉和咖啡豆，咸青鱼、黄油和奶酪也需要用纸。那些写着字的纸也可以派上用场。

桶里面有些本不应该待在里头的东西却都来了。

我认识一个杂货店的学徒——他是熟菜店老板的儿子。是刚刚由地下储藏室里上升到店面上来的人。他读过很多东西——印在或写在货物纸包上的那类东西。他收藏了一大堆有意思的物件，其中包括一些主要文件，是由于忙碌和粗心大意被公务员扔到字纸篓里去，这个女孩子写给那个女孩子的秘密信，造谣诽谤的报道——这种东西是不能传播，而且任何人也不能谈论的。他是一个有生命的，专门收集废物的机构；他收集的作品可不算少数，而且他的工作范围也很广。既要看管他父母的店，还要管理他主人的店。在他收集的东西中，有大量值得反复阅读的书或书中的散页。

他曾经把他从桶里——大部分是熟菜店的桶里——收集得来的抄本和印刷品拿给我看。有两三张散页是从一个较大的作文本子上扎下来的。在它们上面写着一些十分美丽和隽秀的字体，我的注意力立刻集中在上面。

"这是住在对面的一个大学生写的！"他说。"但是他在一个多月以前死去了。人们可以看出，很厉害的牙痛病曾经困扰过他。这篇文章读起来倒是挺有趣儿的！不过这几页只是他所写的一小部分。原来它是满满的一本，还要多一点。我父母为了从这学生的房东太太那里得到这些花了半磅绿肥皂的代价。这就是我救出来的几页。"

我把这几页借来读了一下。现在我将它发表出来。

它的标题是：牙痛姑妈。

姑妈在我小时候，经常给我糖果吃。我的牙齿应付得了，没有坏掉。现在我已经长大了，成为一个学生。她依然还用甜东西来宠

坏我，并且说我像一个诗人似的。

我有点诗人气质，但是还不够。当我走在街上的时候，常常感觉像是在一个大图书馆里散步。房子就像是书架，放着书的格子就是每一层楼。书架上有日常发生的故事，有一部古老的精彩喜剧，有关各种学科的学术著作；那边儿还有黄色书籍和优秀的刊物。我所有的幻想都来源于这些作品，它们引发我富于哲学意味的深思。

我有点诗人气质，但是还不够。许多人肯定也会像我一样，具有相同程度的诗人气质；但"诗人"这个字眼并没有写在他们戴着的徽章或领带上。

他们和我都得到了上帝的一件礼物——祝福。这对于自己已经足够了，但是若要再转送给他人却又显得很不足。它来时像具有灵魂和思想的阳光。它来时像花儿的芳香，像一支动听的歌曲；我们知道它，并记得住它，但是却不知道它从什么地方来。

前天晚上，我坐在我的房间里盼望着读一些东西，可是我既没有书，又没有报纸。这时，从菩提树上飘落下一片鲜活的绿叶。风把它从窗口吹进来，落到了我的身边。我望着分布在绿叶上面的许多叶脉有一只小虫在上面爬，好像要对这片叶子做一番深入研究似的。这时我情不自禁地想起人类的智慧。其实，我们也在叶子上爬，而且也仅仅对这叶子有了解，但是却喜欢对整棵大树、树根、树干、树顶来一番高谈阔论。这整棵大树包括上帝、世界和永恒，而在这一切之中我们只知道这一片不起眼的叶子！

当我正坐着沉思的时候，米勒姑妈来看我。

我把这片叶子和上面的小爬虫指给她看，同时又告诉她我的感触。她的眼睛立刻就亮起来。

"你是一个诗人！"她说，"也许是我们的一个最伟大的诗人！如果我能活着看到的话，死也瞑目了。自从造酒人拉斯木生入葬以后，我总是被你的丰富的想象所震惊。"

米勒姑妈说完这话，在我脸颊上吻了一下。

米勒姑妈是谁呢？造酒人拉斯木生是谁呢？

我们小孩子把妈妈的姑妈也叫作"姑妈"；我们找不到其他的称谓来叫她。

她给我们果子酱和糖吃，虽然这些对我们的牙齿没有什么害处。不过她说，她的心肠在可爱的孩子面前，是很软的。孩子是那么喜爱糖果，不让他们吃一点是很残酷的。

因为这事，我们喜欢上姑妈。

她是一个老小姐；在我的记忆中，她永远是那么老！她的年纪是不变的。

早年，她常常受牙痛的困扰。她经常谈起这件事，所以她的朋友造酒人拉斯木生就幽默地把她叫作"牙痛姑妈"。

最后几年造酒人拉斯木生没有再酿酒，而是靠利息过日子。他的年纪比姑妈大一点，经常来看望姑妈；他的牙齿已经脱落，只剩几根黑黑的牙根。

他对我们孩子说，小时候他糖吃得太多，因此现在就变成了这个样子。

姑妈有非常可爱的白牙齿，因为她小时候没有怎么吃过糖。

她的这些牙齿保养得非常好。造酒人拉斯木生说，她从不带着牙齿一起去睡觉！

我们孩子们都知道，这么说话太不地道；不过姑妈说他并没什么其他的用意。

一天上午吃早饭的时候，她讲起晚上做的一个噩梦：她掉了一颗牙齿。

"这就是说，"她说，"我要失去一个真正的朋友。"

"那是不是一颗假牙齿？"造酒人说着微笑起来。"若是这样的话，那么应该说你失去了一个假朋友！"

"你这个老头儿真是没有礼貌！"姑妈生气地说——以前我从没有看到过她像这样，后来也没有。

之后她说，这只不过是她的老朋友和她开的一个玩笑罢了。在这个世界上他是最高尚的人；他死去以后，一定会变成上帝的一个小安琪儿。

我对他以后的这种变化想了很久；我还想，在他变成安琪儿以后，我还会不会再认识他。

那时候姑妈和他两个都很年轻，他曾向姑妈求过婚。但是她花了很长时间来考虑，她坐着不动，结果坐得太久了，终于她成了一个老小姐，不过她永远是一个真诚的朋友。

不久造酒人拉斯木生死去了。

他躺在一辆最华贵的柩车里被运到墓地上去。有许多戴着徽章和穿着制服的人为他送葬。

姑妈和我们孩子们都肃立在窗口，为他哀悼，只有那个一星期以前被鹳鸟送来的小弟弟没有在场。

枢车和送葬人已经走了过去，街道上的人也都去了，姑妈要走，但是我却不走。我等待造酒人拉斯木生变成安琪儿。他既然变成了上帝的一个有翅膀的孩子那么他一定会出现的。

"姑妈！"我说。"你想他现在会来吗？当鹳鸟再送给我们一个小弟弟的时候，也许它带给我们的是安琪儿拉斯木生吧？"

我的幻想令姑妈感到震惊；她说："将来这个孩子会成为一个伟大的诗人！"在我读小学的整个期间，她反反复复地说这句话，甚至当我接受了坚信礼，进入大学以后，她还说这句话。

过去和现在，不论在"诗痛"方面或在牙痛方面，她总是最同情我的朋友。这两种病我都有。

"你只需把你的思想写下来放在抽屉里，"她说，让·保尔曾经做这样的事情；后来他成了一个伟大的诗人，我并不是很喜欢他，因为他不能够让人感到兴奋！"

和她进行一番交谈话之后，有一天夜里，我躺在苦痛和渴望中经久煎熬，我迫不及待地想成为姑妈在我身上发现的那个伟大诗人。我现在躺着害"诗痛"病，不过比这更厉害的是牙痛。我简直被它折磨死了。我好似一条蠕虫痛得到处打滚，脸上贴着一包草药和一张膏药。

"这味道我知道！"姑妈说。

一个悲哀的微笑出现在她的嘴边；她的牙齿白得泛光。

不过我要在姑妈和我的故事中翻开新的一页。

我搬进一个新的住处，在那儿住了一个月。我跟姑妈谈起这事情。

"我是住在一个安静的人家里。即使我按三次铃，他们也不理我。除此以外，这个房子倒真是挺热闹的，充满了风声雨声和人的吵闹声。我的房间是在门楼上的那一间。每次车子进来或者出去，挂在墙上的那幅画就会随之震动起来，门也吱吱作响，房子也摇摇晃晃的，好像发生了地震一样。假如我在床上躺着的话，震动就流过我的全身，不过，据说这样可以锻炼我的神经。当有风吹来的时候——这地方风是很常见的——窗钩就摆来摆去，敲打在墙上。风每吹来一次，邻居的门铃就响一下。

"我们屋子里的人是分批回来的，而且总是在晚上很晚的时候，甚至深夜以后才回来。在我上面那层楼住的房客白天在外面教低音管；他最后一个回来。而且睡觉以前他还要在深更半夜做一回散步；他迈出的脚步很沉重，还穿着一双有钉的靴子。

"这里没有双层的窗子，但是破碎的窗玻璃倒是有的，房东太太在它上面糊一层纸。风就从隙缝里吹进来，像牛虻一样发出嗡嗡声。这真是一首催眠曲。最后等我睡着了，马上又被一只公鸡给吵醒了。关在鸡棚里的公鸡和母鸡在喊：住在地下室里的人，天就要快亮了。因为没有马厩，小矮马就被系在楼梯底下的储藏室里。它们一转动就和门和门玻璃碰在一起。

"门房跟他一家人一起睡在顶楼上；现在天亮了，他噔噔地走下楼梯来。他的木鞋发出呱达呱达的响声，门也跟着在响，屋子摇晃起来。这一切刚刚结束，楼上的房客就开始做早操。他每只手举起一个铁球，可是球在他手里不稳当一次一次地滚落下来。与此同时，屋子里的小家伙又叫又跳地跑下楼来，他们要出去上学校。我走到窗前，把窗子打开，渴望能呼吸到一点新鲜空气。当我能呼吸到一点的时候，当屋子里的少妇们没有在肥皂泡里洗手套的时候（她们靠这过生活）感到非常的愉快。除此之外，这是一座可爱的房子，我是跟一个安静的家庭住在一起。"

这就是我对姑妈所讲的关于我的住房的故事。它在我的口中被描写得较为生动；口头的叙述比书面的表述更能够产生新颖的效果。

"你是一个诗人！"姑妈大声说。"你只需写下这些话来，就会跟狄更斯一样有名。是的，你使我感到兴趣盎然，你讲的话就像绘出来的画！人们好像亲眼看见过你所描写得那间房子！这真叫人发抖！请继续把诗写下去吧！请再放进一点有生命的东西进去吧——人，可爱的人，特别是那些不幸的人！"

我把这座房子仔细地描写出来，描述出它的响声和闹声，不过只有我一个人在文章里，而且没有一点动作——到后来才有了一些。

正是冬天，天气恶劣得让人害怕，夜戏散场了。大风雪几乎使人无法向前迈一步。

姑妈在戏院里，我要把她送回家去。一个人单独走路都很困难，更不要说出来陪伴别人了。大家一下子把出租马车都抢光了。姑妈在离城很远的地方住，而我却住在戏院附近。若不是由于这个原因，我们倒可以先在一个岗亭里待一待，等等再说。

我们在很深的雪里蹒跚前进，雪花在四周满天乱舞。我搀着她，扶着她，背着她往前走。我们只跌下两次，每次都跌得很轻。

我们走进我屋子的大门。我们在门口把身上的雪拍了几下，又在楼梯上拍了几下；不过我们身上的雪还不够把房前的地板铺满。

我们脱下大衣和下衣以及一切可以脱掉的东西。房东太太借给姑妈一双干净的袜子和一件睡衣穿。房东太太说这是必要的；她还说——而且说得很对——这个晚上姑妈不可能回到家里去，所以她可以住在客厅里。把沙发当作床睡觉。这沙发就在通向我的房间的那个门口，而这门经常被锁着。

事情就这么办了。

我的炉子里烧着火，桌子上摆着茶具。这是小小的很舒适的房间——虽然比不上姑妈的房间那样舒服，在她的房间里，冬天门上总是挂着很厚的帘子，窗子上也挂着很厚的帘子，地毯是双层的，下面还铺着三层纸。人坐在屋子里面就好像坐在装满了新鲜的空气、被塞得紧紧的盒子里一样。刚才说过了的，我的房间也很舒服。风在外面怒吼。

姑妈很健谈。关于青年时代、造酒人拉斯木生和一些旧时的记忆，现在都涌现出来了。

她还记得我的第一颗牙齿是什么时候长出来的，家里的人又是怎样的欢腾。

第一颗牙齿！这是天使的牙齿，就像一滴白牛奶闪闪发亮——它叫作乳牙。

一颗出来之后，接着出来好几颗，最后一整排都出来了。一颗挨一颗，上下各一排——这是最可爱的童齿，但还不能算是前哨，这牙齿并不是真正能够使用一生的。

它们都长出来了。接着智齿也生了出来——它们守在两翼，而且是从苦痛和艰难中长出来的。

接着，它们又都一颗一颗地落掉了！在服务期还没有结束的时候就落掉了，甚至最后一颗也落掉了。这不是欢乐的节日，而是悲哀的日子。

于是一个人变老了——即使他依然有着年轻的心境。

这种想法和谈话是不愉快的，然而我们却还是谈论着这些事情，我们回到孩提时代，交谈着，交谈着……时钟敲响12下，姑妈还没有回到隔壁的那个房间里去睡觉。

"我甜美的孩子，晚安！"她高声说。"现在我要去睡觉了，好像我是在我自己的床上睡觉一样！"

于是她就休息去了，但是屋里屋外却没有休息。窗子被狂风吹得来回摇动，打着垂下来的窗钩，接着邻家后院的门铃响起来了。楼上的房客也回来了。他走来走去，在半夜里做了一番夜半的散步，然后将靴子扔下，爬到床上去睡觉。他打着如雷的鼾声，耳朵尖的人隔着楼板都能听见。

我无法入睡，一直没有安静下来。风暴也没有平静下来的意愿：它是十分的活跃。风套用那一套老的办法不停地吹着、唱着；我的牙齿也不得安息开始活跃起来：它们也用它们的那套老办法唱着、吹着。这带来一阵阵牙痛。

从窗子外吹进来一股阴风。地板上洒满月光。云块地怒吼的风暴中影影绰绰，月光也时隐时现。月光和阴影也是不安静的。不过阴影最后在地板上形成一件东西。我望着这件不断晃动着的东西，感觉到从外面袭来一阵寒冷的风。

一个瘦长的人形在地板上坐着，它很像是小孩子用石笔在地板上涂鸦的那种东西。身体由一条瘦长的线表示；两条线代表两条手

臂，一划就是一条腿，头是多边形的。

这形状立即就变得更清晰了。它很瘦身穿着一件长礼服，晃得很秀气的样子。这说明它应该是一位女性。

我听到有嘘嘘声传出。这是她发出的呢，还是窗缝里的牛虻在嗡嗡作响呢？

不，这是她自己——牙痛太太——发出来的！她这位令人发指的魔天皇后，愿上帝保佑，请她不要来拜访我们吧！

"这里很好！"她发出嗡嗡声音说。"这块地方真的是很好——潮湿的，青苔满地的地带！长着毒针的蚊子，嗡嗡地在这儿叫；现在我也有这针了。只有用人的牙齿才能把这种针磨快。牙齿从床上睡着的这个人的嘴里发出白光。它们既不怕甜，又不怕酸；热和冷也不畏惧；还不怕硬果壳和梅子核！但是我却要把它们摇动，把阴风灌进它们的根里去，让脚冻病侵扰它们！"这些话真是令人惊骇，这个客人简直太可怕了。

"哎，你是一个诗人！"她说"我将以痛苦的节拍作诗给你，我要把铁和钢放进你的身体去，还在你的神经里装上线！"

这时好像有一根灼热的锥子正钻进我的颧骨去。我痛得不住打滚。

"一次出色的牙痛！"她说，"简直像钢琴奏乐，像堂皇的口琴合奏曲，其中有铜鼓、喇叭、高音笛和智齿里的低音大箫。伟大的诗人，伟大的音乐！"

她弹奏起来了，她的模样十分可怕——虽然人们只能看见她的手：灰暗和冰凉的手；它的指头又瘦又长，每个指头却是一件酷刑的工具。在拇指和食指上有一个刀子和螺丝刀；中指上是一个尖锥子，无名指是一个钻子，小指沾有蚊子的毒液。

"你向我学习诗的韵律吧！"她说。"大诗人应该有大牙痛；小诗人应该有小牙痛！"

"啊，还是让我做一个小诗人吧！"我央求着。请不要让我是什么吧！我真的不是一个诗人。我只不过是有作诗的阵痛，正如我的牙齿时而阵痛一样。请走开吧！请走开吧！"

"诗、哲学、数学和所有的音乐都不及我的力量大。"

她说。"我比任何画出来的形象和用大理石雕出的形象都有力量！我比这一切都古老。我在天国的外边生长——风在那里呼啸，毒菌在那里成长。在天冷时我让夏娃和亚当帮我穿衣服，你可以相信，最初的牙痛威力可是不小呀！"

"我相信你说的一切！"我说。"请走开吧！请走开吧！""当然可以，只要你不再写诗，永远不要在纸上、石板上，或者其他一切可以写字的东西上写诗，我就可以放过你。但是如果你还写诗，我就又会回来的。"

"我发誓！"我说，"请永远不要让我再看见你和想起你吧！"

"看是会看见我的，不过那时我的样子比现在会更丰满、更亲切些罢了！你将看见我是和善的米勒姑妈，而我肯定会说：'作诗吧。可爱的孩子，你是一个杰出的诗人——或许是我们所有的诗人之中最杰出的一个诗人！'不过你要相信我，如果你作诗，我就会为你的诗配上美妙的音乐，同时在口琴上吹奏出来！你这个可爱的孩子，当你看见米勒姑妈的时候，请记住我！"

说完她就消失。

我们分手之际，我的颧骨上重重地挨了一锥，好像被一个烫热的锥子狠狠钻了一下。不过忍着很快就过去了。我仿佛漂在轻柔的

水面上；我看见长着宽大绿叶子的白睡莲在我下面弯下腰、沉了下去，渐渐凋谢和消逝了。我和它们一起沉下去，在平静和安逸中消逝了。

"死去吧，像雪那样地融化吧！"水里传出歌声和响声，"蒸发成为水汽，像冰一样地消逝吧！"

那些伟大和显赫的名字，飘动着的胜利的旗子和写在蜉蝣翅上的永恒的专利证书，都在水里映到清晰地映到我的眼前来。

睡眠昏昏沉沉的，是一个没有梦的睡眠。呼啸的风声、呼呼作响门声以及邻居的铃声都没有传进我的耳朵，我也没有听见房客沉重地做体操的声音。

多么幸福啊！

这时忽然吹来一阵风，姑妈没有上锁的房门一下子敞开了。姑妈从床上跳起来，披上衣服，把鞋穿好，跑过来找我。

她说，我睡得像上帝的安琪儿，她不忍心叫醒我。

我主动地醒来，睁开眼睛。姑妈在这屋子里，被我忘得一干二净。不过我马上就想起来，我记起了牙痛的幽灵。梦境与现实混为一团。"昨夜我们道别以后，你写了一点东西没有？"她问。"我倒希望你写点呢！你是我的诗人——你永远是这样！"

我好像看见她在轻轻地微笑。我不知道，这是爱我的那个好姑妈呢，还是在夜里我向她作承诺的那位可怕的姑妈。

"亲爱的孩子，你有没有写诗？"

"没有！没有！"我大声说。"你确实是米勒姑妈吗？"

"还有什么其他的姑妈呢？"她奇怪地问。

这真是米勒姑妈。

她吻别了我，坐进一辆回家马车，离去了。我写下了所有能够写的东西，这不是用诗写的，而且永远也不能印出来……

稿子就中断到这里。

　　我的这位年轻朋友——未来的杂货店员——再也无法找到那些遗失的部分。它们包着熏鲭鱼、黄油和绿肥皂从这个世界上消失了。它的任务已经完成了。

　　造酒人死了，姑妈死了，学生也死了——他的才华全被送进了桶里：这就是故事的结局——关于牙痛姑妈的故事的结尾。

（1872 年）

金色的宝贝

教堂里来了一位鼓手的妻子。

她看见许多画像和雕刻的安琪儿摆在新的祭坛上面，那些像在布上套上颜色并且罩着光圈看起来是那么美，那些被着了色和镀了金的木雕像也显得那么美。他们的头发如同金子和太阳光一般，可爱极了。不过上帝的太阳光比那更加可爱。当太阳快要落山的时候，它照在郁郁葱葱的树丛中，显得更红更亮。能够直接看到上帝的脸孔是很幸福的一件事。鼓手的妻子久久凝望着鲜红的太阳，她陷入深思之中，想起了鹳鸟将会送来的那个小家伙。于是她就马上变得高兴起来了。她仔细地看了又看，希望她的小孩也能带来这种漂亮的光辉，至少要像祭台上那个发着光的安琪儿。

当她把一个小孩子抱在手里举向爸爸的时候，他的样子真像教堂里的那个安琪儿。他满头金发——落日的光辉柔和地附着在他的头上。

"我的金发的宝贝，我的财富，我的太阳！"母亲说着。禁不住去吻他闪着金色光亮的头发。她的吻好像鼓手房中传出的动听音乐和歌声；快乐、生命和行为都包含在里面。鼓手于是敲了一阵鼓——一阵快乐的鼓声。这只鼓——一只火警鼓——就说：

"红头发！小家伙长了一头的红发！请相信鼓所说的，不要相信妈妈讲的话吧！咚——隆咚，隆咚！"

城里所有的人像火警鼓一样，叙述着同样的话。

这个孩子到教堂里去；接受了洗礼。至于他的名字，没有什么话可说；他叫彼得。全城的人，连这个鼓儿，都把他叫作"鼓手的那个红头发的孩子彼得"。不过他的母亲在他的红头发上吻着，叫他金发的宝贝。

许多人把自己的名字刻在那崎岖不平的路上，刻在那粘土的斜坡上，作为纪念。

"让自己出名是一件有价值的事情！"鼓手说。于是他把自己的名字和小儿子的名字也刻了下来。

燕子飞来了；在长途跋涉中它们看到石壁上、印度庙宇的墙上刻有更耐久的字：强盛帝王的丰功伟绩，不朽的名字——它们是那么的远古，现在没有人能够把它们认清，也无法念出来。

真是声名显赫！永垂千古！

燕子把巢筑在路上的洞穴里，又在斜坡上挖出一些洞口。不久降下来阵阵细雨和薄雾，那些名字都被冲洗掉了。鼓手和他小儿子的名字也随之不见了。

"可是彼得的名字却被保留了一年半！"父亲说。

"傻瓜！"那个火警鼓心里想；不过它说出来的只是："咚，咚，咚，隆咚咚！"

"这个鼓手的红头发的儿子"是一个充满了活力和快乐的孩子。他有一副甜美嗓音；他很会唱歌，唱得非常好就像森林里的啼鸣一样动听；他的声音里有一种特别的调子，但又似乎没有。

"他完全可以成为圣诗班中的一员！"妈妈说。"他可以站在和他一样美的安琪儿下面，在教堂里歌唱！"

"简直是一头长着红毛的猫！"城里一些人物幽默地说。鼓儿从邻家的主妇那里听到了这句俏皮话。

"彼得，你可不能回到家里去！"街上的野孩子对他喊着。"倘若你睡在顶楼，屋顶就一定会着火，火警鼓也会敲响火警。"

"你要当心鼓槌！"彼得说。

虽然他的年纪还很小，却勇敢地冲向前去，用拳头朝离他最近的一个野孩子的肚皮挥去，这家伙站立不稳，摔倒了。其他的孩子们赶紧飞快地四处逃去。城里有一个乐师是皇家一个管银器的人的儿子，他非常儒雅并且很有声望。他对彼得十分喜爱，有时还把他带到家里去，教他学习拉提琴。在这个孩子的手指上仿佛扎根着整个艺术。他希望做比鼓手大一点的事情——他希望成为城里的乐师。

"我想成为一名兵士！"彼得说。他还只不过是一个不懂事的孩子，觉得背着一杆枪齐步走口中喊着"一、二！一、二！"是世界是最美的事情。而且还要穿一套漂亮的制服在身上佩戴一把剑。

"啊，你最好学会听鼓手的话！隆咚，咚，咚，咚！"鼓儿说。

"是的，盼望着他能一步登天，成为将军！"爸爸说。"不过，若要让这个目的达到，那就非得有战争不可！"

"愿上帝来阻止吧！"妈妈说。

"我们不会有什么损失的！"爸爸说。

"会的，我们会失去我们的孩子！"她说。

"但是，如果他回来时已经是一个将军呢！"爸爸说。

"回来就会没有了手和腿！"妈妈说。"不，我情愿要完完整整的金发宝贝。"

隆咚！隆咚！隆咚！火警鼓响了起来了。战争终于爆发了。兵士们都出发了，鼓手的儿子也跟随他们一起出发了。"红头发，我金发的宝贝！"妈妈放声大哭。爸爸在睡梦中看到儿子"成名"了。城里的乐师认为他去参战是很不应该的，而是应该耐心安静地待在家里学习音乐。

"红头发！"兵士们大声喊，彼得笑。不过，他们还有人称他为"狐狸毛"每当听见这些他就把牙齿咬得紧紧的，转移自己的视线——望那个广茂的世界，他不去理会这种嘲讽的话语。

这孩子具有活泼，勇敢的性格，而且也很幽默。一些比他年龄大的兄弟们说，在行军中这些特点是最好的"水壶"。

许多晚上，他不得不以辽阔的天空为被，睡在下面。浑身被雨和雾打得冰冷透湿。不过他的幽默感并没有因此而减弱。鼓槌敲着："隆咚——咚，大家起床呀！"是的，他天生就是一个好鼓手。

这是一个战斗的日子。太阳还没有出来，只微微露出一丝晨曦，空气冰冷，战争打得火热。空中迷漫着一层雾，但是火药味比雾还重。枪弹和炮弹从脑袋旁飞过，有的穿过脑袋，穿过身体和四肢。但是大家依然朝前走。他们中有的倒下了，鲜血从太阳穴流出，面孔像粉笔一样的惨白。这个小小的鼓手仍然保持着他健康的颜色；他丝毫没有受伤；他面带着欢快望着团部的那只狗儿——它在他面前跳着，高兴得不知所以，好像这一切的存在都是为了它的消遣，而因为它的好奇所有的枪弹才会飞来飞去。

冲！前进！冲！这是鼓儿所接到的命令，而这命令是收不回来的。不过人们可以后退，而且这样做或许还是聪明的办法呢。事实上就有人喊："后退！"当我们小小的鼓手在敲着"冲！前进！"的时候，他懂得这就是命令，而兵士们都必须服从这个鼓声。这是一阵很好的鼓声，而且也是号召人们走向胜利的，虽然兵士们已经支持不住了。

许多人在这一阵鼓声中失去了生命或肢体。血肉被炮弹炸成碎片。草堆也被烧掉了——本来伤兵可以艰难地拖着步子到那儿躺几个钟头，或许就在那儿躺一生。想这件事情有什么用呢？但是人们却抑制不住地去想，无论他们是住在离此地很远或是很近的城市里，都禁不住去想。那个鼓手和他的妻子也在想这件事情，因为他们的儿子彼得在作战。

"这种牢骚我厌烦透了！"火警鼓说。

现在又到了作战的日子。虽然已经是早晨了，可太阳还没有出来，鼓手和他的妻子正在睡觉——他们几乎一整夜都没有睡；他们在谈论着他们的孩子，在战场上、"在上帝手中"的孩子。父亲做了一个梦，在梦中战争已经结束，兵士们都回到家里来了。一个银十字勋章挂在彼得的胸前。不过母亲的梦却是她到教堂里面去，看到了那些画像和那些雕刻成的、金发的安琪儿，她看到了亲生的儿子——她心爱的金发的宝贝——正站在一群身穿白衣的安琪儿中间，唱着只有安琪儿才唱得出的动听的歌，随后他跟他们一起儿向太阳光飞去，平静地对妈妈点点头。

"我的金发的宝贝！"她大声叫喊，就醒了。"他被我们的上帝带走了！"她说。于是她双手合着，把头埋在床上的布幔帐里，哭起来。"现在他安息在哪里？是在人们专为埋葬死者而挖的那个大坑里面吗？也许是躺在沼泽地的水里吧！谁也不知道他的坟墓在哪里；也没有谁在他的坟墓上做过祈祷！"于是从她的嘴里默默地念出主祷文来。她把头垂下来，她是那么困倦，于是便昏睡过去。

日子在日常生活中，在梦里，一天一天地过去！

正当黄昏的时候，战场上出现了一道长虹——它挂在森林和低洼的沼泽地之间。在民间的信仰中流传着这样一个传说：凡是被虹触及的地面，它的底下一定埋藏着宝贝——金色的宝贝。现在这里也有这样一件宝贝。除了他的母亲以外，这位小小的鼓手不会被任何人想到；母亲在梦中见到了他。

日子在日常生活中，在梦里，一天一天地过去！他头上的每一根头发——金色的头发——都没有受到损伤。

"隆咚咚！隆咚咚！他来了！他来了！"鼓儿可能这样说，如果妈妈看见他或梦到他的话，或许也会这样唱。

大家在欢呼和歌声中，带着绿色的胜利的花环回家了，此时战争已经结束，和平已经到来了。团部的那只狗在大家面前来回转着、舞着，好像要把原有的路程弄长三倍似的。

过去了太多日子、太多的星期。彼得又走进了爸爸和妈妈的房间里。他像个野人一样肤色变成了棕色的，眼睛闪闪发亮，面孔射出太阳一样的光芒。妈妈将他揽入怀中，吻他的嘴唇，他的眼睛，吻他的红头发。她的孩子重新回到了她的身边。虽然他并不像爸爸所梦见的那样，胸前挂着银质徽章，但是他的四肢完整无损——这与妈妈在梦中所见的是不同的。他们欢天喜地，他们笑，他们哭。彼得拥抱着那个古老的火警鼓。

"这个老古董还在这儿没有动！"他说。

他的父亲就在它上面敲了一阵子。

"这儿倒好像发了大火呢！"火警鼓说。"火在屋顶上起来了火！心里也烧着了火！金发的宝贝！烧呀！烧呀！烧呀！"

后来怎样呢？后来怎样呢？——让这城里的乐师告诉你吧。

"彼得长得已经比鼓还大了，"他说。"彼得快比我还大了。"然而他是皇家银器保管人的儿子。彼得用了半年时间就学到了他花费一生的光阴所学到的东西。他具有一种勇敢、纯真善良的品质。他的眼睛闪烁着光芒，他的头发光辉闪耀——谁也不能不承认这一点！

"他应该把头发染一染，这样会更好！"邻居一位主妇说。"警察的那位小姐这样做过，你看她收到了多好的效果；立刻就订了婚。"

"不过因为她经常染，她的头发很快就变得像青草一样的绿。"

"她的钱有的是呀，"邻居的主妇说。"彼得也能够做得到。他来往于一些有声望的家庭——甚至他还和市长相识，教洛蒂小姐弹钢琴呢。"

他竟然会弹钢琴！他能够把从心里涌出来的、最优美的、还没有写在乐谱上的音乐弹出来。他既在月朗星稀的夜里弹，也在黑暗的夜里弹。邻居们和火警鼓说：这真叫人受不了！

他弹着，最终他的思想也被弄得奔腾起来，形成了对未来的计划："成名！"

市长先生的洛蒂小姐坐在钢琴旁边。她纤细的手指轻快地跳跃于琴键之上，在彼得的心里引起阵阵回响。这超出了他心里所能容下的程度。这样的情形已经发生不止一次，而是发生过许多次！终于有一天他忍不住捉住那只漂亮的手，在纤细的手指上吻了一下，并且盯着她那对棕色的大眼睛。只有上帝知道他要说什么话。不过我们可以猜想出来。洛蒂小姐的脸立刻红了，连脖子和肩膀也随之红了起来，她并没有回答一句话。后来有些不相识的客人到她房间里来，政府高级顾问官的少爷就是其中之一，他的前额宽阔、光亮，而且他把头仰得高高的，几乎要跑到颈后去了。彼得跟他们在一起坐了很久；洛蒂小姐望着他，眼神很温柔。

那天晚上他在家里谈论宽广的世界，谈到藏在他提琴里的金色的宝贝。

扬名！

"隆咚，隆咚，隆咚！"火警鼓说。"彼得的理智完全丧失了。我猜这屋子肯定会起火。"

第二天，妈妈到市场上去。

"彼得，有一个消息我得告诉你！"她一回到家里就说。"一个好消息。市长先生的女儿洛蒂小姐和高级顾问官的少爷订婚了。这是昨天发生的事情。"

"我不信！"彼得大声说到，同时从椅子上跳起来，但是妈妈一再坚持：是真的。她是从理发师的太太那儿听来的，而市长亲口告诉的理发师。

彼得坐了下来，脸色变得像僵尸一样惨白。

"我的老天爷！你这是怎么了？"妈妈问。

"请你别再管我吧！"他说，眼泪顺着他的脸颊淌下来。

"我亲爱的孩子，我的金发的宝贝！"妈妈说，也跟着哭起来。不过火警鼓儿唱着——它是心里在唱，没有发出声音。

"洛蒂死了！洛蒂死了！"一支歌现在也完结了！

歌并没有结束。还有许多的词儿，许多很长的词儿，许多最美

丽的词儿——生命中的金色的宝贝，在歌曲里面。

"她简直像一个疯子一样！"邻居的主妇说。"大家要来看她金色的宝贝给她寄的信，要来读报纸上记载的有关他和他的提琴报道。他还寄钱给她——她非常需要，因为现在她是一个寡妇。"

"他为皇帝和国王演奏！"城里的乐师说。"这样的幸运从来没有降临到我的头上。不过他是我教出来的学生；他不会把他的老师忘记的。"

"爸爸曾经做过这样的梦"，妈妈说，"他梦见彼得戴着银十字章从战场上回来。而在战争中他却没有得到它；现在比在战场上更难的时候，他得到了象征荣誉的十字勋章。如果爸爸还活着的话，能看到它多好！"

"成名了！"火警鼓说。城里的人也都这样说，那个鼓手的红头发的儿子彼得——小时候人们亲眼看着他拖着一双木鞋跑来跑去、后来又成为一个鼓手而为跳舞的人伴奏的彼得——现在成名了！

"在他还没有为国王演奏以前，就已经为我们演奏过了！"市长太太说。"那时候他对洛蒂十分喜欢。他向来是很有抱负的。他那时是既胆大，又荒谬！当我的丈夫听到这件傻事的时候，曾经大笑过！现在我们洛蒂是一个高级顾问官的夫人了！"

这个穷苦孩子的心里藏着一个金色的宝贝——他，曾经作为一个小小的鼓手，在战场上击鼓："冲！前进！"这鼓声对于那些差一点就要撤退的人来说，是一种胜利的召唤。他的胸怀中有一个金色的宝贝——声音的力量。这种力量爆发于他的提琴之上，好像一个完美的风琴嵌在里面，就像仲夏夜里的小精灵在提琴的弦上舞动似的。人们从琴声里听出画眉的欢唱和人类的清亮歌声。每一颗心都为它而狂喜，于是，彼得的名字扬名在整个国家里。这是伟大的火焰——热情的火焰。

"他简直太可爱了！"少妇们说，老太太们也这样说。她们之中一位最老的妇人弄来了一本纪念簿专门收藏名人的头发，她的目的纯粹是想求得这位年轻的提琴家的一小绺浓密而美丽的头发——那个宝贝，那个金色的宝贝。

儿子回到鼓手的那个简陋的屋子里来了，他就像一位王子那样漂亮，像国王那样快乐。他的眼睛那么明亮，他的面孔如同太阳闪着光辉。他双手抱着他的母亲。她亲吻着他温暖的嘴，快乐得哭泣起来，像每一个由于快乐而哭泣的人一样。他向房间里的每件旧家具点点头，对盛着茶碗和花瓶的碗柜也点点头。他又冲那张睡椅点点头——小时候他曾经在上面睡过觉。那个古老的火警鼓也被拖到屋子的中央，他对火警鼓和妈妈说：

"看到今天这样的场景，爸爸可能会敲一阵子的！现在得由我来敲了！"

说完，他就在鼓上敲起来，响起一阵雷吼一般的鼓声。鼓儿感到非常的光荣，就连它上面的羊皮也都高兴得裂开了花。

"他真是一个击鼓的神手！"鼓儿说。"我将永远铭记住他。我想，这个宝贝也会让他的母亲高兴得笑破肚子的。"

这就是那个金色的宝贝的故事。

唱民歌的鸟儿

现在正是冬天，大地覆盖着一层白茫茫的雪，看起来好像一块从石山雕刻出来的大理石。高高的天，十分晴朗。寒风刺骨如同一把由妖精炼出的钢刀，异常尖锐。树木看起来就像珊瑚或开满杏花的杏树枝子。这里的空气非常清新，好像来到了阿尔卑斯山上。

北极光和天上无数闪耀着的星星，令这一夜变得美丽非凡。

一阵狂风吹过来。飘浮的云块撒下一片天鹅的绒毛。漫天飞舞的雪花，将静寂的小路、房子、辽阔的田野和空无一人的街盖满了。然而我们正坐在暖和的房间里，围着熊熊的火炉，谈论着古代的事情。于是我们听到了一则故事：

大海的边上，有一座坟墓，埋葬着一位古代战士。这位被埋在地下的英雄的灵魂。坐在坟墓上面。他曾经是一个国王。一道金色的光圈，从他的额上射出，长发在空中飘动，全身披挂铠甲。他低垂着头，看起来十分悲伤，而且总是痛苦地叹气——好像一个没有得救的灵魂。

这时，有 艘船从旁边驶过。水手们抛下锚，来到了陆地上。他们中间有一个歌手。他走近这位皇家的幽灵，问道：

"为什么你这样的悲伤和痛苦呢？"

幽灵回答道：

"没有一个人为我一生的功绩歌唱过。现在这些事迹死去了，消失了。没有首歌能让它们在全国传播，把它们送到人民的心里去。因此我总是不得安宁，不能够休息。"

于是这个人就谈起他的事业和他的伟大功绩。与他的同时代的人都了解这些事情，但是它们没有被谁唱出来过，因为他们之中不存在歌手。

图文珍藏版

　　这位年老的弹唱诗人将他琴上的琴弦轻轻拨动。他歌唱着这个英雄年青时代的勇敢和壮年时代的英武，歌唱他一生伟大的功绩。灵魂的面孔散发出光彩，像反射着月亮的光彩。灵魂怀着欢快和幸福的心情在华丽灿烂的景象中，站起来，然后就像一道北极光忽地逝去了。除了一座铺满了绿草的土丘之外，现在什么也没有了——连一块刻有龙尼文字的石碑也没有了。但是当最后的声音从琴弦传出的时候，忽然飞出来一只歌鸟——好像是从竖琴里直接飞出来似的。这是一只异常漂亮的会唱歌的鸟。它有画眉一样响亮的音调，搏动的人心似的颤音和那种令人思乡的、候鸟所带来的家乡的歌谣。这只歌鸟越过高山和幽谷，越过田野和森林，向远处飞去了。它是一只唱民歌的鸟，永远也不会消亡。

　　我们听到它的歌唱是在一个冬天的夜晚。我们在房间里，听到了它的歌。这只鸟不只唱着关于英雄的赞歌，还唱着甜美的、温柔的、丰富多彩的爱情歌曲。它还歌颂北国的淳朴的民风。它可以用许多的词语和曲调讲出动人的故事。它知道很多谚语和诗一般的语言。这些语言，就像藏在死人舌头底下的龙尼文字一样，让它非得唱出来不可。这样，我们就从"民歌的鸟儿"身上认识到我们的祖国。

　　在异教徒的时代，在威金人的时代，它把巢建在竖琴诗人的竖琴上。在武士的时代，公理的尺度，由拳头掌握，武力代表着正义，农民和狗处在相等的地位——在这个时代里，这只歌鸟的避难所到底在哪里呢？暴力和愚昧根本不考虑它的这个问题。

彼士堡寨里的女主人坐在堡寨的窗前，她回忆起旧时的时光，把它们编写故事和歌写在面前的羊皮纸上。在一个茅草屋里，一个旅行的小贩坐在一个农妇人身旁的凳子上讲故事。正在这时候，这只歌鸟飞翔在他们头上，喃喃地鸣叫，歌唱。只要大地上还有一块山丘可以让它有立足之地，这只"民歌的鸟儿"就永远不会死亡。

现在，外面是狂风暴雪和漆黑长夜，而"民歌的鸟儿"正为我们坐在屋子里的人唱歌。它把龙尼文的诗句放在我们的舌头底下，使我们认识了我们祖先的国土。上帝通过"民歌的鸟儿"的歌曲，向我们讲述祖国母亲的语言。旧时的记忆复活了，黯淡的颜色重新发出光彩。传说和民歌像幸福的美景，陶醉了我们的心灵和思想，这个夜晚变成了一个耶稣圣诞的节日。

空中飞舞着雪花，冰块在破裂。外面的风暴横扫着大地，它拥有巨大的威力，它主宰着一切——但它不是我们的上帝。

这正是冬天。寒风像妖精磨出的一把锐利钢刀。雪花乱舞——在我们看来，好像已经飞了许多天和好几个星期了。它压迫着整个城市，像一座巨大的雪山，像一个沉重的梦在冬夜里沉睡。它把地上所有的东西全遮住了，只有教堂的金十字架——这是信心的象征——高高地耸立在这个雪冢上，在湛蓝的空中，在闪亮的太阳光里，射出光芒。

大大小小的太空的鸟儿飞翔在这个已经被埋葬了的城市的上空，每一只鸟都展开歌喉，尽情地欢唱，尽情地欢唱。

一群麻雀最先飞来：大街小巷里、巢里和房子里的所有的小事情都被他们讲了出来。它们知道前屋里和后屋里的一切事情。

"我们知道在这个被埋葬了的城市里面居住的人，"它们说。"所有的人都在吱！吱！吱！"白雪上飞过黑色的大渡鸦和乌鸦。

"呱！呱！"它们叫着。"还有一些东西在雪底下，一些能够吃的东西——这是最关键的事情。这是下面众多人的建议。而这意见是对——对——对的！"

野天鹅飕飕地飞来拍打着翅膀。它们歌唱着伟大和宝贵的情感。这种感情将在人的思想和灵魂中产生出这种感情——现在这些人住在被雪掩埋的城里。

城市里面并没有死亡，那里面仍然有生命存在。我们可以从歌调中听出来这一点。歌调像是从教堂的风琴中发出的；它像妖山上的吵闹声，像奥仙的歌声，瓦尔古里的扑扑的拍翅声，我们的注意力被吸引住。多么优雅的声音啊！这种声音渗进我们心灵的深处，我们的思想由此变得高明——这就是我们听到的"民歌的鸟儿"的歌声！就在此时，天空上面吹来温暖的气息。雪山裂开了，太阳光从裂缝里射进去。春天到来了；鸟儿也回来了；新的一代，心里充满了同样的乡音，也回来了。请听听这一年的故事吧：暴虐的风雪，冬夜的噩梦！一切都会逝去，一切都将从不灭的"民歌的鸟儿"的悦耳的歌声中重新获得新的生命。

（1865 年）

接骨木树妈妈

很久以前，有个小小的孩子患了伤风病倒在床上。

他到外面去，不知怎么地打湿了一双脚。没有人知道他是怎样弄湿的，因为天气很干燥。现在他妈妈脱掉他的衣服，让他上床去睡觉，同时又叫人拿进开水壶来，给他泡了一杯飘出浓香的接骨木茶，因为茶可以让人感到温暖。这时有一个很有趣的老人来到门口；他一个人在这屋子的最高一层楼上住，他没有太太，也没有孩子，非常孤独。但是他却很喜欢小孩，并且肚子里有很多童话和故事。听他讲故事是一件令人很愉快的事。

"你现在必须先喝茶，"母亲说，"然后才可以听一个故事。"

"哎！我只希望我能讲一个新的故事！"老人说，冲他和气地点点头。"不过这小家伙的一双脚是在哪里弄湿的呢？"他问。

"不错，在什么地方呢？"妈妈说，"谁也想象不出来。"

"请给我讲一个童话听吧？"孩子请求。

"好，不过我必须先了解一件事情：你能不能如实地告诉我，你上学校时经过的那条街有一道阴沟，它有多深。"

"假如我把脚伸到那条阴沟最深的地方，"孩子回答说，"我的小腿恰恰被水淹到。"

图文珍藏版

"你看，就这样我们的脚被弄湿了，"老人说。"现在我确实应该给你讲一个童话听；不过我把童话全都讲完了。"

"你可以立即编出来一个，"小孩说。"妈妈说，你所看到的一切都能被你编成童话，你也能把你所摸过的东西都变成一个故事。"

"不错，可是这些童话和故事全都算不了什么！不，真正的故事是自己走出来的。它们在我的前额敲击着，说：'我来了！'"

"它们会不会立刻就来敲一下呢？"小孩问。妈妈大声笑了一下，在壶里放进接骨木叶，然后倒进开水。

"讲呀！讲呀！"

"对，如果童话主动来了的话。不过这种东西拿着很大的架子；只有在它高兴的时候才来——等着吧！"忽然他大声叫起来，"现在它来了。请看吧，它现在就在茶壶里面。"

于是，小孩赶紧向茶壶望去。茶壶盖慢慢地自动竖立起来，从茶壶里冒出来好几朵又白又新鲜的接骨木花。它们长出又壮又长的树枝，从茶壶嘴向四处伸展，越展越宽，最后一个最漂亮的接骨木丛形成了——实际上它是一棵完整的树。这棵树甚至延伸到床上来，帐幔被它向两边分去。它是那么的香，它的花开得多么茂盛啊！一个很亲切的老太婆端坐在这棵树的正中央。她身穿着奇装异服——它是绿色的，像接骨木叶子一样，上面还缀着大朵的白色接骨木花。没有人第一眼就能看出来，这衣服究竟是用布做的呢，还是鲜活的绿叶和花朵。

"这个老太婆叫什么名字呢？"小孩问。

老人回答说："她被罗马人和希腊人称作树仙。不过我们太了解这一套：我们住在水手区的人给她取了一个更好听的名字。'接骨木树妈妈'。对她应该特别注意：现在，你注意听着并看着这棵美丽的接骨木树吧。"

"水手住宅区里就有这么一棵开着花的大树。在一个简陋的小院里的角落它默默地生长着。一天下午，当阳光普照大地十分美好的时候，两个老人就坐在这棵树下。他们一个是很老很老的水手；另一个是他很老很老的妻子。他们已经当曾祖父母了；过不了多久他们就要庆祝他们的金婚。不过具体日子他们记不清楚了。接骨木树妈妈坐在树上，很高兴的样子，正如她在这儿一样。'我知道金婚应该是在哪一天，'她说，可是这句话他们没有听到，他们在谈着他们一些过去的日子。

"'是的,'老水手说,'你还记得吗,在我们小时候,常常一起跑来跑去,一起玩耍!就是在这个院子里,我们就坐在现在的这个院子里。在这里我们种过许多树苗,它已经被变成一个大花园。'

"'是的,'老太婆回答说,'我很清楚记得:我们给那些树苗浇过水,它们之中有一根就是接骨木树。这树枝生了根,长出了绿芽,变成了现在这样一棵大树——现在我们就在它下面坐着。'

"'没错,'他说,'有一个水盆在那里的角落里;我把我自己剪的一只船放在那上面飘浮着——它很好地向前航行!但是不久我自己也去航行了,只不过方式不同罢了。'

"'是的,首先我们进了一所学校,学习一些东西,'她说,'后来我们接受了坚信礼;两个人全都哭了。不过在下午我们就手挽着手爬到圆塔上去,久久地凝望着哥本哈根和大海之外的这个广阔的世界。然后我们又来到佛列得里克斯堡公园——国王和王后经常驾着华丽的船在这里的运河上航行。'

"'可是,我去航行却采用了另一种方式,而且一去就是几年,那是很遥远的长途旅行。'

"'对,因为想你我常常伤心地哭起来,'她说,'我以为你死了,消失了,躺在深水底下,跟波浪一起嬉戏。有无数个夜晚我爬起床来,去看风信鸡是否还在转动。是的,它在转动,可是你却没有回来。我很清楚地记得,有一天下着倾盆大雨。我主人的门口来了那个收垃圾的人。我提着垃圾桶走下来,刚到门口我就站着不动了。——天哪这是多么糟糕啊！当我正站在那儿的时候，邮差来到了我的身边，递给我一封信。这是你写来的信啊！这封信该是行走了多少路途啊！我立即撕开它，念着。我笑着，哭着，我是多么的高兴呀。我现在终于知道了，你在一个盛产咖啡豆的温暖国度里正生活着。那个国度一定是十分温和美丽的！你在信上讲了很多的事情，我站在一个垃圾桶旁边，在大雨倾盆的时候读它，就在这时候，来了一个人，他双手将我拦腰抱住！'——

"'——一点也不错，于是他就结结实实地挨了你一记耳光——一记很脆响的耳光。'

"'我真的不知道那人就是你啊。你来得像你的信一样快。那时你是一个美男子——现在仍然这样。一条丝织的长手帕，装饰着你的口袋，你头上戴着一顶光亮的帽子。你是那么的英俊！天啦，那时的天气真糟，街上灰暗一片！'

"'后来我们就结婚了，'他说，'你记得吗？然后我们就有了第一个孩子，玛莉，接着尼尔斯，接着彼得和汉斯·克利斯仙都出生了。'

"'他们都成长得那么好，是那么的善良，备受大家的喜爱！'

"'后来他们的孩子又有了他们自己的孩子，'老水手说。

"'是的，那些都是孩子们的孩子！他们都健康地茁壮成长。——假如我没有记错的话，正是在这个季节里我们结婚的。'

"'是的，今天就是你们的结婚纪念日，'接骨木树妈妈说着，把她的头伸到这两个老人的中间来。他们还以为这是隔壁的一位太

太在向他们点头呢。他们彼此望了一眼，互相握着对方的手。不多时，他们的儿子和孙子都来了；他们知道今天是老人们的金婚纪念日。早晨他们就已经来祝贺过一次，不过这日子却被这对老夫妇忘记了，虽然他们还能很清楚地记得许多年以前发生的所有事情。从接骨木树散发出浓浓的香气。正在落下去的太阳照着这对老夫妇的脸庞，以至于他们的双颊都泛起了一阵红晕。他们最小的孙子们把他们围起来，在周围跳舞，异常兴奋地叫喊着，说有一个宴会将在今晚举行——到那时他们会吃到热乎乎的土豆！接骨木树妈妈在树上点点头，跟大家一起喊着：'好！'"

"但是这并不是一个童话呀！"小孩听完了说。

"唔，如果你能够把它听懂的话，"讲这段故事的老人说。"不过还是让我来听听接骨木树妈妈的意见吧。"

"这并不算一个童话，"接骨木树妈妈说。"可是现在它来了；现实的生活里会产生出最奇异的童话故事，否则美丽的接骨木树丛就不会从茶壶里冒出来了。"

于是她从床上把孩子抱起来，揽到自己的怀中，开满了花的接骨木树枝向他们合拢过来，他们好像坐在浓密的树荫里一样，而后随着这片树荫被它带着在空中飞行。这真是无法言述的美丽！接骨木树妈妈立即变成了一个漂亮的少女，不过她仍然穿着用缀满白花的绿色料子做成的衣服，与接骨木树妈妈所穿的一样。她的胸前佩戴着一朵真正的接骨木花，金黄色的卷发上套着一个接骨木花扎成的花环；她有一双蓝蓝的大眼睛。啊，她是多么美丽的女孩。啊！她和这个男孩互相亲吻着，现在他们是同龄的人，感觉到同样的快乐。

他们手挽着手从这片树荫走出来。现在他们正在家中美丽的花园里面。爸爸的手杖系在鲜嫩草原旁边的一根木桩上。它在这个孩子的眼中，变成了有生命的东西。当他们触摸到它的时候，它这晶晶的头便变成了一个漂亮的嘶鸣的马首，长长的黑色马鬃披在上面，它还长出了四条细长而结实的腿。这牲口既健壮又有精神。他们骑着它在这草原上驰骋——真叫人喝彩！

"现在，我们要骑到离这有无数里的地方去，"这孩子说，"我们要骑到一位贵族的庄园里去！——我们去年去过那里。"

他们骑着马在草原上不停奔驰。那个小女孩子——我们知道她就是接骨木树妈妈——一直在叫着：

"现在我们来到乡下了！你看到那种田人的房子吗？它的那个大面包炉，从墙壁里凸出来，看起来就像路旁边一只巨大的蛋。在这屋子上面接骨木树伸展着枝杈，公鸡在走来走去，为它的母鸡扒土。你看它那副昂首阔步的神情！——现在我们就要到教堂附近了。它在一座山丘上高高地耸立，在一丛栎树的中间——其中有一棵马上就要死了。——现在我们来到了熔铁炉旁边，燃烧的火非常剧烈，赤膊的人正用劲儿挥着锤子打铁，火星四处迸发。去啊，去啊，到那位贵族的华贵的庄园里去啊！"

在他后面的那个坐在手杖上的小姑娘所讲的事物，都一一呈现在他们眼前。虽然他们仅仅是骑在一个草棍上兜圈子，但是这男孩子却能清清楚楚地看到这些东西。他们在人行道上玩耍，还在地上划出一个小花园来。于是她把接骨木树的花朵从她的头发上取出来，栽下它们，后来它们就开始长大，正如那对老年夫妇小时候在水手住宅区里所栽的树一样——我们已经讲过这事了。他们手拉着手走着，与那对老年夫妇儿时的情形完全一样，不过他们不是走向圆塔，也不是走向佛列得里克斯堡公园去。——不是的，这小女孩子抱着这男孩子的腰，他们在整个丹麦上空飞来飞去。

那时是春天，接着夏天来了，然后是秋天，最后冬天也到来了。成百上千的景象在这孩子的眼睛里和心灵上映着，这小姑娘也不停地对他唱："你永远也忘记不了这些东西！"

在他们飞行的整个过程中，接骨木树始终散发出甜蜜和芬芳的气味：玫瑰花和新鲜的山毛榉的气味他也闻到了，可是接骨木树的芳香比它们要美妙得多，因为它的花朵就挂在这小女孩子的心上，而且在他们飞行的时候，他的头经常靠着这些花朵。

"在这儿，春天是多么美丽啊！"小姑娘说。

他们站在长满了新鲜叶子的山毛榉林里。在他们的脚下，绿色的车叶草散发出清香；浅红色的秋牡丹在这一片绿色中被衬得格外艳丽。

"啊，但愿春天永远驻留在这芳馨的丹麦山毛榉林中！"

"在这儿，夏天是多么美丽啊！"她说。

于是他们走过武士时代的那些古宫。古宫的红墙和锯齿的山形墙倒映在小河中——许多天鹅在河里游着，望着那古老的林荫大道，望着田野里泛起层层波浪的小麦，好像这里变成了海洋一般。田沟里开满了白色和红色的花，野蛇麻和繁盛的牵牛花也爬上了篱笆。黄昏的时候月亮升了起来，看起来又圆又大；草堆上的干草散发出甜蜜的香味。"人们永远也不会忘记这些东西！"

"在这儿，秋天是多么美丽啊！"小姑娘说。

于是天空显得比以前更加广阔，更加的湛蓝；树林染上了最华贵的红色、黄色和绿色。猎犬在追逐着；成群的雁儿从古老的坟墓

上飞过，发出凄凉的叫声；荆棘丛在古墓碑上缠做一团。海是深蓝色的点点白帆点缀在上面。老太婆、少女和小孩坐在打麦场上，摘下蛇麻的果穗，扔进一只大桶里。这时年轻人哼着山歌，老年人讲着关于小鬼和妖精的童话。哪里都没有这个地方好。

"在这儿，冬天是多么美丽啊！"小姑娘说。

于是所有的白霜降落到树上，远远望去像白色的珊瑚。雪被踩在人们的脚下发出清脆的响声，好像人们全穿上了新靴子似的。从天下落下来一个又一个的陨星。屋子里面，圣诞树上的小灯全亮起来了。这儿有礼物，充满了快乐。在乡下，农人在屋子里演起小提琴，人们在做着抢水果的游戏；即使是最穷苦的孩子也说："冬天是美丽的！"

是的，那是美丽的。小姑娘把每样东西都指给这个孩子看；接骨木树永远散发出香味；白十字架上的红旗永远飘扬着——住在水手区的那个老水手就是在这个旗帜下出外航海的。这个小孩子长成了一个年轻人，他必须要到广阔的世界里去，到那些生长咖啡的遥远的热带国度里去。离别之际，小姑娘把戴在她胸前的那朵接骨木花取下来，送给他作为纪念。它被夹在一木《赞美诗集》里。在外国，每当他打开这本诗集的时候，总是翻到夹有这朵纪念花的地方。他看得越久，这朵花就显得越发的新鲜，他感觉到好像呼吸到了丹麦树林里的新鲜空气。这时候他就清楚地看到，那个小姑娘正在花瓣之间睁着那双明亮的蓝眼睛，向外面凝视。她低声地说："在这里春天、夏天、秋天和冬天都是多么美丽啊！"于是，在他的思想中浮过去成百上千的画面。

就这样，过去了许多年；现在他成了一个老头儿，和他年老的妻子一起坐在一棵开满鲜花的树下：他们两人手挽着手，正如以前住在水手区的高祖母和高祖父一样。也像这对老祖宗一样，谈论着他们过去的时光，谈着金婚。有一位小姑娘在树上坐着，她长着一双蓝眼睛、头上戴着接骨木花，正朝这对老夫妇点着头，说："今天是你们金婚的日子啦！"于是她从她的花环上取下两朵花，吻了它们一下；它们便散发出光芒来，起初像银子的光辉，后来像金子的。当它们被戴到这对老夫妇的头上时，每朵花就变成了一个金色的王冠。他们两人坐在棵飘散着香气的树下，像国王和王后一样。这棵树的形状与接骨木树完全一样。他对他年老的妻子讲着有关接骨木树妈妈的故事，他把他小时候从别人那里听到的全都讲出来。他们觉得这故事和他们自己的生活有很多相似之处，而这相似的一部分就是整个故事中他们最喜欢的一部分。

"是的，事情的确是这样！"坐在树上的那个小姑娘说。"有人称我为接骨木树妈妈，也有人把我叫作树神，不过我真正的名字是'回忆'。我就坐在树上，不停地生长；我能够回忆过去的时光，我能讲出以前的故事。让我看看，你是不是仍然保留着你的那朵花。"

老头儿把他的《赞美诗集》翻开；那朵接骨木花依然夹在里面，十分新鲜，好像才放进去似的。于是"回忆"姑娘点点头。这时那对头戴金色王冠的老夫妇坐在红色的斜阳里，闭起眼睛，于是——于是——童话结束了。

躺在床上的那个小孩子，不知道自己是在做梦呢，还是有人给他讲了这个童话。茶壶仍然在桌上：但是它里面并没有长出接骨木树从。讲这童话的那个老人正向门外走去——事实上他已经走了。

"那简直太美了！"小孩子说。"妈妈，我刚刚去过一趟热带的国度！"

"是的，我相信你去过！"妈妈回答说。"当你喝完了两大杯滚热的接骨木茶以后，你会很容易走到热带国度里去的！"——于是她给他盖好被子，以免受到寒气。"当我坐在那里、跟他争论那究竟是一个故事还是一个童话的时候，你睡得香极了。"

"那么接骨木树妈妈到底在什么地方呢?"小孩子问。

"她在茶壶里面，"妈妈回答说，"而且她尽可以在那里面住下去!"

（1845 年）

沙丘的故事

　　这个故事是发生在尤兰岛众多沙丘山的一个故事，不过，它并不是在那里开始的，唉，是在遥远的、南部的西班牙发生的。海成为国与国之间的公路——请你幻想着你已经到了那里，到了西班牙吧！那儿是温暖的，那儿是美丽的；在那儿浓密的月桂树之间开着火红的石榴花。山上吹下来一股清凉的风，吹到橙子园里，吹到摩尔人居住的有着金色圆顶和彩色墙壁的辉煌的大殿里。孩子们举起蜡烛和飘扬的旗帜，在街道上游行；在他们的头上高阔的青天闪耀明亮的星星。歌声和响板声在四处响起来，年轻的男女在开满槐花的槐树下跳舞，而乞丐则坐在雕花的大理石上吃着水汪汪的西瓜，然后在昏睡中把日子打发掉。这一切就像一个美丽的梦！就这样日子一天天的过去了……是的，一对新婚夫妇正是如此；此外，他们享受着人世间一切美好的事物：健康、快乐的心情、财富和荣誉。

　　"我们快乐得无法再快乐了！"他们在内心深处这样说。但是他们的幸福还可以再向前迈一步，而这也是有可能的，上帝只需赐给他们一个孩子——无论在精神上还是在外貌上都像他们的一个孩子。

　　他们将会以最大的欢愉来迎接这个幸福的孩子，用最多的关怀和爱来养育他；让他能享受到一个有名望、富有的家族所能提供他

图文珍藏版

的一切好处。

日子一天一天地过去，如同过节一般。

"生活像一件礼物，它充满了爱、大得难以想象！"年轻的妻子说，"完美的幸福只有在死后的生活中才能得到不断地发展！这种思想我不理解。"

"毫无疑问，这是人类一种狂妄的表现！"丈夫说。"有人相信人会像上帝那样永久地活下去——这种思想，归根到底，就是一种自大狂。这也就是那条蛇——谎言的祖宗——听说的话！"

"对于死后的生活你不会有任何怀疑的吧？"年轻的妻子说。看起来现在，在她光明的思想领域中，第一次飘来了一道阴影。

"牧师们说过，只有信心才能使死后的生活得到保证！"年轻人回答说。"不过在我的幸福之中，我觉得，同时也认识到，倘若我们对死后的生活还有什么要求——幸福永恒——那么我们就未免太过于大胆和狂妄了。在一生中我们所得到的一切还不够多吗？对于此生我们应该，而且必须感到满意。"

"是的，我们确实得到了许多东西，"年轻的妻子说。"但是对于千千万万的人来讲，他的一生不是一个很苦难的考验吗？多少人来到这个世界上，难道就是专门为了得到贫穷、屈辱、疾病和不幸吗？不，如果此生以后再没有另外的生活，那么所有世界上的东西就分配得太不平均，上天也就太不公平了。"

"街上的那个乞丐有他自己的快乐，对他说来，他的快乐并不比住在华丽皇宫里的国王少多少，"年轻的丈夫说，"难道你认为那些辛勤劳作的牲口，天天挨打受饿，直累到死，自己生命的痛苦会感觉到吗？难道它也会要求一个未来的生活，也会埋怨上帝的不公正的安排，没有把它列入高等动物之中吗？"

"基督说过，天国里有许多房间，"年轻的妻子回答说。"天国是无边无际，上帝的爱也是没有边际的！哑巴动物也是有生命的呀！我相信，没有哪一种生命会被忘记：每个生命都会得到自己可以享受的、适合于自己的一份幸福。"

"不过我认为，我对这世界已经感到相当满意了！"丈夫说着。同时伸出双臂来，拥抱着他美丽的、温柔的妻子。然后拿出一支香烟他就在这开阔的阳台上抽起来。这里清爽的空气中洋溢着橙子和石竹花的香味。从街上飘来一阵阵音乐声和响板声；天上的星星闪耀。一双充满了爱恋的眼睛——他的妻子的眼睛——带着一种永不熄灭的爱情的火焰，在凝视着他。

"这样的一瞬间，"他说，"让生命的诞生、生命的享受和它的灭亡都存在价值。"于是他微笑起来。妻子举起手，做出一个温柔的责备的姿势。那阵阴影又消失了；他们真是太幸福了。

似乎一切都是为他们而安排的，荣誉、幸福和快乐他们都能享受到。后来生活发生了一些变化，但这仅仅是地点的变动而已，他们享受生活的幸福和快乐没有丝毫影响。年轻人被国王派到俄罗斯的宫廷去当大使。这是一个荣耀的职务，和他的出身及学识都很相配。他有众多的资产，他的妻子更带来了与他同样多的财富，因为她是一个富有的、有地位的商人的女儿。这一年，这位商人恰好有一条最大最美的船要开到斯德哥尔摩去；于是这对亲爱的年轻人——女儿和女婿——将要随船同去圣彼得堡。船上陈设着许多非常华美的东西——柔软的地毯铺在脚下，四周是丝织物和奢侈品。

有一支很古老的战歌几乎每个丹麦人都会唱，这就是《英国的王子》。王子也乘着一条华丽的船：赤金镶在它的锚里，每根缆索里都夹着生丝。当你看到这条从西班牙开出的船，你一定会联想到那条船，因为那条船同样豪华，同样也充满了的离别思绪：

愿上帝祝福我们在快乐中团聚。

顺风从西班牙的海岸轻快地吹过来，别离只不过是短暂的事情，因为几个星期以后，他们将会到达目的地。不过当他们来到海面上的时候，风就停住了。海是那样的平静而光滑，水波闪着亮光，天上的星星也在闪烁发光。华丽的船舱里每晚都充满了欢乐的气氛。

最后，人们开始祈盼风能吹过来，盼望有一股清凉的顺风。但是却没有风吹来。而当它吹起来的时候，却朝着相反的方向吹。这样，过去了许多个星期，甚至过去了两个月。终于，顺风总算是吹起来了，它从西南方向吹过来。现在他们是在苏格兰和尤兰之间航行着。正如在那支古老的《英国的王子》歌中唱的一样，风越吹越大：

　　它吹起一阵暴风雨，云块异常黑暗，

　　无法找到陆地和隐蔽处所，

　　于是他们只好抛出他们的锚，

　　但是风却向西吹，直吹到丹麦的海岸。

　　从此以后，过去了很长一段时间。国王克利斯蒂安七世坐上了丹麦的王位；那时他还是一个年轻人。从那时候起就发生了许多事情，有很多东西发生了变化，或者已经改变过了。海和沼泽地变成了繁茂的草场；荒地成了耕地。苹果树和玫瑰花在那些西尤兰的茅屋的遮掩下，都长出来了。当然，你需仔细看才能发现它们，因为为了躲避刺骨的东西，它们全都藏了起来。

　　在这个地方，人们可能会认为回到了远古时代——比克利斯蒂安七世统治的时代还要早。现在的西尤兰仍然和过去一样，它深黄色的荒地，它的古冢，它的海市蜃楼和它的一些相互交错的、多沙的、崎岖不平的道路，向天边伸展开去。朝西走，许多河流流向海湾，延展成为沼泽地和草原在它们周围。环绕着一片沙丘，就像峰峦起伏的阿尔卑斯山脉一样，立在海的四周，只有那些粘土形成的高高的海岸线才能把它们分割开来。每年浪涛都在这儿咬去几口，使得那些悬崖峭壁下陷，好像被地震摇撼过一次似的。它就是这样；在很多年以前，当那幸福的一对乘着华美的船沿岸航行的时候，它也是这样。

　　那是9月的最后的一天——是个星期天，一个阳光明媚的日子。

教堂的钟声，就像一连串的音乐似的，飘向尼松湾沿岸。所有的教堂在这里都像整齐的巨石，而每一所教堂就是一个石块。即使西海在它们上面滚过来，它们依然可以屹立不动。这些教堂绝大部分都没有尖塔；钟总是在空中的两根横木之间悬挂着。做完礼拜以后，信徒们就从上帝的屋子里走出，走到教堂的墓地里去。在那个时候，正如现在一样，没有一棵树，一个灌木林。没有人在这儿种过一株花；没有人在坟墓上放过一个花圈。粗糙丑陋的土丘恰恰说明这是埋葬死人的地方。整个墓地上只有那些在风中零乱飘摇的荒草。在每一处有一个纪念物偶尔会从墓里露出来：它是一块半朽的木头，曾经做成一个类似棺材的东西。这块木头是从西部的森林——大海——里运来的。大海为那些沿岸的居民盛产出大梁和板子，托着它们像柴火一样漂到岸上来；这些木块很快就被腐蚀掉了，一个小孩子的墓上就有这么一个木块；有一位从教堂里走出的女人向它走去。她站着不动，呆呆地望着这块半朽的纪念物。过了一会儿，她的丈夫也来了。他们一句话也没有讲。他挽着她的手，从这座坟墓离开，一同走过那深黄色的荒地，走过沼泽地，走过那些沙丘。他们默默地走了很久。

"今天牧师的讲道很不错，"丈夫说。"假如我们没有上帝，我们就会一无所有的。"

"是的，"妻子回答说。"他给予我们快乐，也带给我们哀愁，而他是有这种权利给我们这些的！到明天，我们亲爱的孩子就满五周岁了——如果上帝允许我们保留住他的话。"

"不要这样痛苦吧，那不会带来任何好处的，"丈夫说，"现在他一切都好！他现在居住的地方，正是我们希望去的地方。"

他们没有再说什么别的话，只是继续向前走，回到他们在沙丘之间的屋子里去。忽然间，一股浓烟从一个沙丘旁，从一个没有被海水挡住的流沙的地带升起来。这阵狂风是吹进沙丘里去的，在空中许多细沙被卷了起来。接着另一阵风又横扫过来，挂在绳子上的鱼开始乱打着屋子的墙。接着一切又沉寂下来，太阳依旧射出炽热的光。

丈夫和妻子走进屋子里去，立即把星期日穿的整齐的衣服换下来，然后他们急忙朝那沙丘走去。这些沙丘似乎忽然之间停止了滚动的浪涛。白沙被海草淡蓝色的梗子和沙草染成各种颜色。有好几个邻居上来一同把众多船只拖到沙上更高的地方。风吹得更厉害。天气冰冷得刺骨；当他们再回到沙丘间来的时候，无数的沙和小尖石子向他们的脸上打来。浪涛卷起白色的泡沫，而风却把浪头截断，使泡沫向四周飞溅。

黑夜降临了。空中充斥着呼啸，准备时刻扩大开来。它哀鸣着，怒号着，好像一群失望的精灵要把一切浪涛的声音淹没掉——虽然渔人的茅屋就紧贴在近旁。沙子敲打在窗玻璃上。忽然，袭来一股狂风，撼动了整个房子。天漆黑一片，可是到半夜的时候，月亮就要升起来了。

空中很晴朗，但是风暴仍然保持汹涌的势头，在这深沉的大海上扫着。渔人们早已上床了，但在这样的天气中，是不可能合上眼睛的。不一会儿，他们就听到有人在敲窗子。门打开了，传来一个声音：

"在最远的那个沙滩上有一条大船搁浅了！"

渔人们立即跳下床来，穿好衣服。

月亮已经升起来了。它的光亮足以使人看清东西——只要他们能在风沙中睁开双眼。风真是够猛烈的；简直可以把人们卷起来。人们得费很大的气力才能在阵风的间歇间爬过那些沙丘。带咸味的浪花像羽毛似的从海里向空中飞舞，而海里的波涛则像喧嚣的瀑布冲击着海滩。只有具备丰富经验的眼睛才能看到海面上的那只船。这是一只漂亮的二桅船。它被巨浪簸出了平时航道的半海里以外，送到一个沙滩上去。它继续向陆地行驶，但立刻又撞着第二个沙滩，搁了浅，不能移动。不太可能救它了。海水非常暴虐，拍打着船身，横扫着甲板。岸上的人似乎听到了痛苦的呼喊，临死时的挣扎声。人们可以看到船员们的忙碌地付出努力却没有丝毫收获。这时有一股巨浪袭来；它像一块毁灭性的石头，向牙樯打去，接着就把它折断，于是船尾高高地翘在水上。两个人同时跳进海里，消失了——这只不过是在一瞬间发生的。一股巨浪向沙丘袭来，一具尸体被卷到岸上。这是一个女人，看样子已经死了；但是几个妇女翻动她时似乎感觉到她还有生命的气息，因此就把她从沙丘抬过去，送到一个渔人的屋子里去。她是多么美丽啊！一定是一个富贵的妇人。

大家把她放在一张简陋的床上，上面几乎没有一寸被单，只有一条毛毯足可以裹住她的身躯。这已经很温暖了。

她又恢复了生命，重新活过来，但是她在发烧；她对所发生的事情一点也不知道，也不知道自己现在身处什么地方。这样倒也很好，因为她喜欢的东西现在都被埋葬在海底了。正如《英国的王子》中的那支歌一样，这条船也是：

这情景真使人感到悲哀，

这条船全部都成了碎片。

船的一些残骸和碎片漂到岸上来；它们中间唯一的生物就算她

了。风仍然在岸上呼啸。她休息了没有多久就开始痛苦地叫喊起来。她睁开一双美丽的眼睛，说了几句话——但是谁也听不懂说的是什么。

现在她所受的痛苦和悲哀得到报偿，她怀里抱着一个新生的婴儿——一个本应该睡在豪华的公馆里、睡在华美的、周围围着绸帐了的床上的婴儿。他本应该到欢乐中去，到拥有世界上一切美好东西的生活中去。但是上帝却让他降临在一个寒微的角落里；甚至他还没有得到母亲的一吻。

渔人的妻子把孩子放到他母亲的怀里。于是他躺在了一颗已经

世界经典童话

·安徒生童话·

图文珍藏版

停止跳动的心上，她死了。这孩子本来应该成长在幸福和奢华中；但是现在却来到了这个位于沙丘之间被海水冲洗着的人世，和穷人遭受同样的命运，分担艰苦的日子。

这时我们禁不住又要记起那支古老的歌：

王子的眼泪从脸上滚滚流下

我来到波鸟堡，愿上帝保佑！

但现在我来得恰恰不是时候；

如果我来到布格老爷的领地，

我就不会被男子或骑士所欺辱。

船搁浅的地方是在尼松湾南边的海滩，那个海滩曾被布格老爷宣称为自己的领地。据传说，沿岸的居民经常对遇难船上的人做一些坏事，不过这样艰难和黑暗的日子早已经过去了。现在遇难的人可以得到温暖、怜悯和帮助，在我们这个时代应该也有这种高尚的行为。这位垂死的母亲和不幸的孩子，不管"他们被风吹到哪里"，总会得到保护和救助的。不过，在其他别的地方，他们不会得到比在这渔妇的家里更热情的照料。昨天这个渔妇还带着一颗沉痛的心，站在她儿子埋葬的墓旁。如果上帝把这孩子留给她的话，那么他现在应该有五岁了。

没有人知道这位死去的少妇是谁，或是从什么地方来的。在这一点上那只破船的残骸和碎片不能说明任何问题。

在西班牙的那个富豪之家，一直没有收到有关他们女儿和女婿的信件或消息。这两个人没有到达他们的目的地；过去几星期猛烈的风暴一直在吹。大家等了好几个月："沉入大海——全部遇难。"他们清楚这一点。

然而就在胡斯埠的沙丘旁边，在渔人的茅屋里，现在他们有了一个小小的男孩。

两个人吃到上天给的粮食的时候，第三个人也能够吃到一点。大海供给饥饿的人吃的鱼不仅仅只有一碗。这孩子有了一个名字：雨尔根。

"他应该是一个犹太人的孩子，"人们说，"他长得那么黑！"

"或许他是一个意大利人或西班牙人！"牧师说。

不过，对那个渔妇讲来，这三个民族都是一样的。她已经很高兴这个孩子能受到基督教的洗礼。孩子很健康的成长。他流着温暖的贵族的血液；家常的饮食使他成为一个健壮的人。在这个卑微的茅屋里他生长得很快。西岸人所讲的丹麦方言也是他的语言。西班牙土地上一棵石榴树的种子，在西尤兰海岸上成为一棵耐寒的植物。一个人的命运可能就是这样！他整个生命的根深深地扎在这个家里。他将会体验到饥寒交迫，体验到与那些卑微的人们一样的不幸和痛楚，但是他也会品尝到穷人们的快乐。

对任何人来说童年时代都有它快乐的一面；这个阶段的记忆会永远在生活中射出光辉。他的童年该是充满了多少快乐和玩耍啊！沿海岸线许多英里的东西都是可以玩耍：一片片图案由卵石拼成，——它们像珊瑚一样红，像琥珀一样绿，像鸟蛋一样白，五光十色，由海水送来，又被海水磨光。还有漂白了的鱼骨，风吹干了的水生植物，洁白的、发光的、在石头之间漂动着的、像布条一样的海草——眼睛和心情从这一切之中得到快乐和欢娱。在这孩子身上潜藏的非凡智慧，现在都活跃起来了。他能记住很多的故事和诗歌！他有非常灵巧的手脚他能够用石子和贝壳拼成完整的图画和船；这些东西他用来装饰房间。他的养母说，他可以把他的思想奇妙地绘在一根木棍上，虽然他的年纪还是那么小！他有动听的声音；他的嘴一动就能唱出各种不同的歌调。许多琴弦张在他的心里：倘若他生在别的地方、而不是生在北湾旁一个渔人家的话，整个世界都可能流传这些歌调。

有一天，另外一条船也在这儿遇了难。有一个匣子，里面装着

许多稀有的花根漂上了岸。有人取出几根，放在菜罐里，人们以为这些东西是可以吃；另外的花根则被扔在沙上，干枯了。它们没有完成它们的使命，没有把藏在身上的那些美丽的色彩开放出来。雨尔根的命运会比这好一些吗？花根的生命很快就完结了，但是他的还只不过是刚刚开始。

他和他的一些朋友从来没有想到日子过得有多么的孤独和单调，因为他们要玩的东西、要听的东西和要看的东西是那么多。海就像一本大的教科书。每天它翻开新的一页：时而平和，时而涨潮，时而清静，时而狂暴，船只的遇难是它的终点。做礼拜是一种欢乐拜访的场合。不过，在渔人的家里，有一种特别受欢迎的拜访。这种拜访一年只有两次：那就是雨尔根养母的弟弟的拜访。他住在波乌堡附近的菲亚尔特令，以养殖鳝鱼为生。他总是坐着一辆涂了红漆的马车来，里面装满了鳝鱼。车子像一只箱子似的被紧紧地锁起来；它上面绘满了蓝色和白色的郁金香。两匹暗褐色的马拉着这辆车的。雨尔根有驾驶它们的权力。

这个养鳝鱼的人是一个滑稽幽默的人物，一个令人愉快的客人。他总是带来一些烧酒。每个人可以喝到一杯——如果酒杯不够的话，可以喝到一茶杯。雨尔根年纪虽小，也能喝到一点点儿，目的是用它来帮助消化那肥美的鳝鱼——这位养鳝鱼的人总是喜欢讲这套理论。人听到后而笑起来的时候，他立即又对同样的听众再讲一次。——爱好闲扯的人总是这样的！雨尔根长大以后，以及成年时期，经常喜欢引用来自养鳝鱼人所讲故事是许多句子和说法。我们

也不妨听听:

湖里的鳝鱼走出家门。鳝鱼妈妈的女儿想要跑到离岸不远的地方去,妈妈对她们说:"不要跑得太远!那个丑陋的叉鳝鱼的人就要来了,把你们统统都捉去!"可是她们走得太远了。在八个女儿之中,只有三个回到鳝鱼妈妈身边来。她们哭诉着说:"我们离开家门没走多远,那个可恶的叉鳝鱼的人立刻就来了,我们的五个姐妹全被他刺死了!"……"她们会回来的,"鳝鱼妈妈说。"不会!"女儿们说,"因为他剥了她们的皮,把她们切成两半,烤熟了。"……"她们会回来的!"鳝鱼妈妈说。"不会的,因为她们被他吃掉了!"……"她们会回来的!"鳝鱼妈妈说。"不过,他吃了她们以后还喝了烧酒,"女儿们说。"噢!噢!那么她们永远也不会回来了!"鳝鱼妈妈哀号一声,"烧酒埋葬了她们!"

"所以吃了鳝鱼后喝几口烧酒总是对的!"养鳝鱼的人说。

这个故事就像一根光辉的牵线,贯穿着雨尔根整个的一生。他也想从大门走出去,"到海上去走一下",这个意思是说,乘船去看看世界。他的养母,像鳝鱼妈妈一样,经常说:"坏人太多啦——全是叉鳝鱼的人!"然而他总得离开沙丘到内地看看去;而他真的走了。四天令人愉快的日子——这要算是他儿时最快乐的几天——展现在他的面前;整个尤兰的美、内地的快乐和阳光,都要集中地在这几天表现出来;他要去参加一个宴会——虽然是一个送丧的宴会。

一个有钱的渔家亲戚去世了,这位亲戚住在内地,"向东,稍稍偏北",正如俗话所说的。养父养母都要到那儿去;雨尔根也要跟着去。他们从沙丘出来走过荒漠和沼泽地，来到翠绿的草原。斯加龙河在这里流淌——河里有许多鳝鱼、鳝鱼妈妈和那些被坏人捉去、切成几段的女儿。不过，人类对自己的同胞所实施行为比这也好不到哪里。那只古老的歌中所提到的骑士布格爵士不就是被坏人谋害的吗？而他自己，虽然人们夸他的好处，不是也想把那位为他建筑了厚墙和尖塔堡寨的建筑师杀掉吗？现在雨尔根和他的养父养母就站在这儿；斯加龙河也从这儿流到尼松湾里去。

现在，这里还残留着护堤墙；红色崩塌的碎砖散在四周。在这块地方，骑士布格在建筑师离去以后，告诉他的一个下人："快去追上他，对他说：'师傅，那个塔儿有点歪。'如果他将头转起来，你就杀掉他，从他那里拿回我付给他的钱。但是，假如他不掉转头，那么就放他走吧。"这人遵从了他的命令。那位建筑师回答说："塔并不歪呀，不过有一天会有一个人人身穿蓝大衣从西方来；他能让这个塔倾斜！"100年以后，果然发生了这样的事情；西海打进来，塔就倒了。那时堡寨的主人叫作卜里边·古尔登斯卡纳。他在草原尽头又建立起一个更高的新堡寨。现在它还存在着，叫作北佛斯堡。

雨尔根和他的养父养母走过这座堡寨。在这一带地方，在漫长的冬夜里，他曾听人们给他讲过个故事。现在他亲眼看到了这座堡寨、它的双道堑壕、树以灌木林。从堑壕里冒出来长满了凤尾草的城墙。不过最好看的还要数那些高大的菩提树。它们有屋顶那么高，一阵阵清香散发到空气中。花园的西北角有一个大灌木林开满了花。它仿佛夏绿中的一片冬雪。像这样的一个接骨木树林，雨尔根有生

世界经典童话

·安徒生童话·

图文珍藏版

以来还是第一次看到。在他的记忆中永远都会存住它和那些菩提树、丹麦的美和香——这些东西在他稚弱的灵魂中已经为"老年而保存下来"。

再向前走，到那开满了接骨木树花的北佛斯堡，路就变得好走得多了。他们遇到许多乘着牛车去参加葬礼的人。他们也坐上牛车。是的，他们得坐在后面一个钉有铁皮的小车厢里，不过，不知要比步行好多少。就这样他们在崎岖不平的荒地上继续前进。那几条负责拉这车子的公牛，不时地要在石楠植物中间长着青草的地方停一下。温暖的阳光普照大地；一股烟雾从远处升起，在空中翻腾。但是它是透明的，比空气还要清，而且看起来像一道道光线是在荒地上跳着滚着。

"那就是赶着羊群的洛奇，"人们说。这话足够激发起雨尔根的幻想。他觉得现在他正在向一个神话的国度走去，虽然一切还都是现实的。这儿是多么平静啊！

荒地向四周拓展开去，像一张珍贵的地毯。石楠开满了花，深绿的杜松和细嫩的小栎树仿佛从地上长出来的花束。若不是这里有许多毒蛇，人们倒真想在这块地方留下来玩耍一番。可是这些毒蛇常常被旅客们提起，而且他们也谈到在此做威的狼群——因此这地方仍旧被叫作"多狼地带"。赶着牛的老头说，他父亲活着的时候，马儿常常要跟野兽打恶仗——现在已经不存在这些野兽了。他还说，有一天早晨，他亲眼看见他的马踩着一只被它踢死了的狼，不过这匹马儿腿上的肉也都被咬掉了。

在崎岖的荒地和沙子上的旅行，很快就宣告结束。他们在停尸房前面停下来：客人把屋里屋外都挤满了。车子一辆接着一辆地并排停着，马儿和牛儿来到贫瘠的草场上去吃草。像在西海滨的故乡一样，巨大的沙丘在屋子的后面耸立着，并且向四周绵延地拓展开去。它们怎样扩展到这块又宽又高的延进内地几十里路的地方，这块像海岸一样空旷的地方呢？是风把它们吹到这儿来的；它们的到来将被载入历史的史册。

大家唱着赞美诗。有几个老年人在流着眼泪。除此之外，在雨尔根看来，大家倒是挺高兴的。酒菜也很丰盛。鳝鱼是又肥又鲜，吃完以后再喝几口烧酒，正如那个养鳝鱼的人说的一样，"把它们埋葬掉"。在这儿他的名言毫无疑问地成为事实。

雨尔根一会儿在屋里待着，一会儿又跑到外面去。到了第三天，他就在这儿住得有些熟悉了；这儿就好像他曾经度过童年的地方，好像沙丘上那座渔人的屋子一样。这片荒地上长满了另外一种丰富的东西：石楠花、黑莓和覆盆子。又大又甜；一旦行人的脚踩着它们，红色的汁液就像雨点似的滴下来。

这儿有一个古坟，那儿也有一个古坟。一根一根的烟柱升向寂静的天空：人们说这是荒地上的野花。在黑夜里它绽放出艳丽的光彩。

现在是第四天了。入葬的宴会结束了。他们要从这土丘的地带回到沙丘的地带去。

"还是我们的地方最好，"雨尔根的养父说。"这些土丘看起来

没有气魄。"

于是他们就谈起沙丘是如何形成的。事情似乎非常容易理解。有一具尸体出现在海岸上；于是它就被农人们埋在教堂的墓地里面。后来沙子开始飞起来，大海开始疯狂地打进内地。教区的一个聪明人叫大家赶紧把坟挖开，看看那里面的死者是不是躺着舔自己的拇指；如果他是在舔，那么说明他们埋葬掉的就是一个"海人"了；海在没有把他收回来以前，是决不会安静的。所以人们挖开了这座坟，"海人"躺在那里面舔大拇指。他们立刻把他放进一部牛车里，那两头拖着牛车的牛好像是被牛虻刺着似的，拖着这个"海人"，越过荒地和沼泽地，一直向大海走去。这时沙子停止了飞舞，然而沙丘依旧在原地停着没动。他在儿时最快乐的时光里、在一个人葬的宴会的期间所听来的这些故事，雨尔根都将它们牢牢存在他的记忆中。

到门外去走走、看看新的地方和新的人，这些事情全都是令人愉快的！他还要走得更远。尽管他不到 14 岁，还是一个孩子。他乘着一条船出去看世界，看看这世界可以让他看到的一切东西：他经历了恶劣的天气、阴郁的海和人间的恶意以及硬心肠的人。他成了船上的一个侍役。他必须忍受粗糙的伙食和寒冷的夜、拳打和脚踢。这时在他的体内有某种东西在高贵的西班牙的血统里沸腾着，恶毒的字眼爬到他嘴唇边上，但是最聪明的办法还是将这些字眼吞下去为好。这种感觉和鳝鱼被剥了皮、切成片、放在锅里炒的时候是完全一样。

"我要回去了！"有一个声音从他身体里传出来。

他看到了西班牙的海岸——他父母的祖国；甚至还看到了他们曾经幸福和快乐地生活过的那个城市。不过对于他的故乡和族人他一无所知，而他的族人更不知道有关他的事情。

这个可怜的小侍役没有得到许可，是不能上岸的；不过在他们停泊的最后一天，总算到岸上去了一次，因为有人买了许多东西，他得帮着拿到船上来。

  雨尔根穿着破旧的衣服。这些衣服像是在沟里洗过、在烟囱上晒干的；他——一个在沙丘里居住的人——总算第一次看到了一个大城市。房子是那么高大，街道是那么窄，人又是那么的拥挤！有的人朝这边挤，有的人向那边挤——简直像是由市民和农人、僧侣和兵士形成的一个大蜂窝——叫声和喊声、驴子和骡子的铃声、教堂的钟声混杂一团；歌声和鼓声、砍柴声和敲打声，形成乱糟糟的一片，每个行业手艺人的工作场所就设在自己的门口或阶前。太阳热烈地照耀大地，空气是那么闷，人们好像是走进一个挤满了嗡嗡叫的甲虫、金龟子、蜜蜂和苍蝇的炉子。雨尔根不知道自己在哪里，在往哪一条路上走。这时一座主教堂的威严的大门出现在他面前。灯光在教堂阴暗的走廊上照着，一股香烟向他飘来。即便是最穷苦的衣衫褴褛的乞丐也爬上石级，到教堂里去。雨尔根跟着一个水手走进去，站在这圣洁的屋子里。彩色的画像从金色的底上射出光来。圣母抱着幼小的耶稣立在祭坛上，一片灯光和鲜花围在四周。牧师穿着节日的衣服在唱圣诗，歌咏队的孩子穿着漂亮的服装，在摇晃着银香炉。这里呈现一片华丽和肃穆的景象。这情景渗进雨尔根的灵魂，令他神往。他被他的养父养母的教会和信心所感动，他的灵魂受到了触动，泪珠滚出了他的眼睛。

大家走出教堂，来到市场上人们买了一些厨房的用具和食品，让他送回船上。回船上去的路并不短，他感到极度疲倦，便在一幢有大理石圆柱、雕像和宽台阶的华丽的房子面前休息了一会儿。他把背着的东西靠在墙上。这时有一个穿制服的仆人走出来，举起一根包着银头的手杖，将他赶走。本来他是这家的一个孙子。可是没有人不知道，当然他自己更不知道。

他回到船上来。这儿有的只是谩骂和鞭打，睡眠不足和繁重的工作——他必须得忍受这样的生活！人们说，青年时代受些苦不是没有好处的——是的，如果年老可以得到一点幸福的话。

他的雇佣合同到期了。船又在林却平海峡停下来。他走上岸，回到胡斯埠沙丘上的家里去。不过，在他航行的期间，养母已经去世了。

接下来是一个寒冷的冬天。暴风雪扫过陆地和海上；这样子是难出门去的。世界上的事情被安排得多么不平均啊！当这儿正是寒风刺骨和狂风暴雪之际，西班牙的天空上正悬挂着炽热的太阳——是的，太热了。然而在这里的家乡，只要一出现晴朗的下霜天，雨尔根就能够看到成群的天鹅在海上飞来，越过尼松湾向北佛斯堡飞去。他觉得在这儿可以呼吸到最新鲜的空气，这儿将会有一个美丽的夏天！在想象中他看到了石楠植物开花，成熟的、甜蜜的浆果结满了枝头；看到了北佛斯堡的接骨木树和菩提树开满了花朵。他决定再回到北佛斯堡去一次。

春天来了，捕鱼的季节又开始了。雨尔根也参加到这项劳动中去。在过去一年中他已经变成了一个成年人，做起活来非常敏健。他充满了活力，他能游水，踩水，在水里自由翻腾。人们经常告诫他要当心大群的青花鱼：即使最能干的游泳家也免不了被它们捉住，被它们拖下去吃掉，因此一个人的生命就此完结。但是雨尔根的命运却不是这样。

沙丘上的邻居家里有一个男子名叫莫尔登。雨尔根和他非常要好。他们一起工作在开往挪威去的同一条船上，他们还要一同到荷兰去。他们两人之间一直没有闹过别扭，不过这种事也并不是不会发生的。因为如果一个人的脾气急躁，他是很容易采取激动行为的。有一天雨尔根就做出了这样的事情：他们两人在船上没有缘由地吵起来了。他们坐在一个船舱口后边，正在吃放在他们之间、用一个土盘子盛着的食物。雨尔根拿着一把小刀，在莫尔登的面前把它举起来。与此同时，他的脸上呈现出死人一样的惨白，双眼露出难看的神色。莫尔登只是说：

"嗨，你也是那种喜欢耍刀子的人啦！"

话还没有说完，雨尔根的手就垂了下来。他没有说一句话，只是继续往下吃。然后他走开了，去做他的工作。当他把工作做完回来后，就到莫尔登那儿去说：

"请你打我的耳光吧！我应该受到这种惩罚。好像有一只沸腾的锅在我的肚子里。"

"别再提这件事了，"莫尔登说。于是他们成了更要好的朋友。后来当他们回到尤兰的沙丘中去、谈到他们航海的经历时，也同时提到了这件事。雨尔根确实可以沸腾起来，不过他仍然是一个诚实的锅。

"他的确不是一个尤兰人！人们不能待他当作一个尤兰人！"莫尔登的这句话说得很幽默。

他们两人都很年轻和健壮。但雨尔根却是最活跃的。

在挪威，农人爬到山上去，在高地上寻找放牲畜的牧场。在尤兰西岸一带，人们把茅草屋建在沙丘之间。茅屋是用沉船的材料搭起来的，在顶上盖上草皮和石楠植物。睡觉的地方就是屋子四周沿墙的地方；初春的时候，渔人也在这儿生活和睡觉。每个渔人都有一个所谓"女助手"。她的工作是：帮助渔人把鱼饵安在钩子上；当渔人回到岸上来的时候；准备好热啤酒来迎接他们；当他们进到茅屋里来，感觉疲倦的时候，再递给他们饭吃。除此之外，她们还要把鱼运到岸上来，把他们剖开，以及做许多其他的工作。

雨尔根和他的养父养母以及其他几个渔人和"女助手"都住在一间茅屋里。莫尔登则在隔壁的一间屋子里住。

"女助手"之中有一个姑娘叫爱尔茜。她与雨尔根从小就认识。他们的交情很好，而且在性格等很多方面都相差不多。不过从表面上看，他们彼此却不相同：他的皮肤是棕色的，而她则是雪白的；她有亚麻色的头发，她的眼睛蓝得像在阳光中闪动的海水。

有一天，他们在一起散步，雨尔根紧紧地、热烈地握着她的手，爱尔茜对他说：

"雨尔根有一件事情藏在我的心里，请让我作你的'女助手'

世界传世藏书 世界经典童话 ·安徒生童话· 图文珍藏版 410

吧，因为你就像我的一个弟兄一样。莫尔登只不过和我订过婚——他和我只不过是爱人罢了。但是这话对别人没有必要讲！"

雨尔根似乎觉得他脚下的一堆沙在往下沉。他说不出来一句话，只是点着头，好像在说："好吧。"其他的话不值得再说了。不过他心里忽然觉得，他瞧不起莫尔登。他越往这方面想——因为他以前一直没有想到过爱尔茜——他就越明白；他认为他唯一心爱的人被莫尔登偷走了。现在他懂得了，爱尔茜就是他所爱的人。

一阵不大不小的波浪，自海面上掀起来，渔人们都驾着船回来；他们摆脱重重暗礁的技术，真是很值得一看：一个人笔挺地立在船头，其他的人则紧握着桨坐着，专注地看着他。他们在礁石的外沿，向着海倒划，直到船头上的那个人亮出一个手势，预示有一股巨浪到来时为止。船被浪涛托起来，它越过了暗礁。船升得那么高，以至于岸上的人可以清晰地看见船身；接着整条船就消失在海浪后面——船桅、船身、船上的人都看不见了，好像海已经把他们吞噬了似的。可是不一会儿，他们又像一个庞大的海洋动物，又爬到浪头上来了。划动着的桨，像是这动物的灵活肢体。于是他们像第一次那样，又越过第二道和第三道暗礁。这时渔人们就跳到水里去，把船拖到岸边来。在海浪的帮助下，他们的船一步步向前推进，直到最后他们把船拖到海滩上为止。

如果号令在暗礁前稍有错误——稍有迟疑——船儿就会被撞得粉身碎骨。

"那么我和莫尔登也就完了！"雨尔根来到海上的时候，忽然心中升起了这样一个念头。他的养父这时在海上病得很厉害，浑身烧得发抖。他们离开礁石还没有多远，只有数桨距离。雨尔根跳到船头上去。

"爸爸，让我来吧!"他说。他向莫尔登和浪花看了一眼。不过，当每一个人都在使出浑身气力划桨，当一股最大的海浪向他们袭来的时候，他看到了养父的惨白的面孔，于是他再也不能控制住他心里那种不良的动机。船安全地越过了暗礁，到达了岸上，但是他的血液里仍然存留着那种不良的思想。在他的记忆中，自从跟莫尔登做朋友时起，他就心怀一股怨气。现在这些怨恨的纤维都被这种不良的思想掀动起来了。但是他不能把这些纤维织到一起，所以也就只好让它去。莫尔登毁掉了他，他已经感觉到了这一点，而这足以使他憎恨莫尔登。有好几个渔人已经注意到了这一点，但是莫尔登却没有注意到。他仍然像以往一样，喜爱帮助，喜爱聊天——的确，他太喜欢聊天了。

雨尔根的养父只能躺在床上。而这张床也成了给他送终的床，因为他在下个星期就死去了。现在雨尔根成为沙丘后面那座小屋子的继承人。的确，这仅仅是一座简陋的房子，但毕竟它还有点价值，而莫尔登却连这点东西也没有。

"雨尔根，你不需到海上再找工作吧? 现在你可以永远地跟我们住在一起了。"一位年老的渔人说。

雨尔根却从没有这么想过。他还想看一看世界。那位年老的法尔特令的养鳝鱼的人在老斯卡根有一个舅父，他也是一个渔人。不

过同时他还是一个有财富的商人，拥有一条船。他是一个非常可爱的老头儿，帮他做事倒是很不坏的。老斯卡根是在尤兰的北部，离胡斯埠的沙丘很远——远得无法再远。但是这正符合雨尔根的意愿，因为他不愿看见莫尔登和爱尔茜结婚：几个星期之后，他们就要举行婚礼了。

那个老渔人说，现在要离开这地方是一件傻事，因为雨尔根已经有了一个家，而且可以肯定爱尔茜是愿意和他结婚的。

雨尔根胡乱地应付了他几句话；谁也弄不清楚。他的话里究竟包含什么意思。不过老头儿把爱尔茜带来看他。她没有说什么话，只说了这一句：

"现在你有一个家了，你应该仔细考虑考虑。"

于是雨尔根就考虑了好长时间。

海里的浪涛很大，而人心里翻腾着更大的浪涛。许多思想——坚强的和脆弱的思想——都汇集到雨尔根的脑子里来。他问爱尔茜：

"如果莫尔登和我一样也有一座屋子，你情愿嫁给谁呢？"

"可是莫尔登并没有一座屋子呀，而且也不会有。"

"不过让我们假设他有一座屋子吧！"

"嗯，那么我当然会跟莫尔登结婚了，因为现在我就是这样的心情！不过人们的生活不能只靠这个呀。"

这件事雨尔根想了整整一夜。有一件东西压在他的心上——他自己也说不出一个道理来；但是他产生一个思想，一个比喜爱爱尔茜还要强烈的思想。因此他就去找莫尔登。他所说的和所做的事情都是经过认真考虑的。他将他的屋子以最优惠的条件租给了莫尔登。自己则到海上去找工作，因为这是他的志愿。爱尔茜听到这事情的时候，高兴地吻了他的嘴，因为她还是最爱莫尔登的。

一大清早，雨尔根就动身走了。在他离开的头一天晚上，夜深的时候，他想再去看一看莫尔登。于是他就去了。在沙丘上他碰到了那个老渔夫：他对他的远行颇不以为然。老头儿说，"一定有一个鸭嘴缝在莫尔登的裤子里"，因为所有的女孩子都爱他。这句话雨尔根没有在意，只是说了声再会，就径直朝着莫尔登所住的那座茅屋走去了。他听到里面有人在大声说话。莫尔登并不是一个人在家。雨尔根在门外犹豫了一会儿，他不愿意再碰到爱尔茜。他考虑了一会儿之后，觉得最好还是不要再一次听到莫尔登对他表示感谢的话，于是转身就走了。

第二天早晨天还没亮，他就捆好背包，拿着饭盒，沿着沙丘向海岸走去。这条路比那沉重的沙路容易走些，而且还要短得多。他先到波乌堡附近的法尔特令去，因为那个养鳝鱼的人就住在那儿——他曾经答应过去拜访他一次。

海是那么的清净和湛蓝的；黑蚌壳和卵石把地铺满了——儿时的这些玩物在他脚下发出响声。当他向前走的时候，血忽然从鼻孔里流出来：这不过是一点意外的小事，然而小事可能具有重大的意义。有好几大滴血落到他的袖子上。他擦掉了血，并且止住了流血。随后他觉得流出来一点血之后，头脑倒是舒服多了，也清醒多了。矢车菊花在沙子里面开放着。他折了一根梗子，把它插在帽子上。他要显得快乐一些，因为现在他正要走到广茂的世界里去。——"走出大门，到海上去走一下！"正如那些小鳝鱼说的。"当心坏人啦。他们叉住你们，剥掉你们的皮，把你们切成碎片，放在锅里炒！"这几句话一再地在他心里出现，他不禁笑起来，因为他觉得他在这个世界上决不会吃亏——勇气是一件很锐利的武器呀。

当他从西海走到尼松湾那个狭窄的入口时候，太阳已经高高地升起来了。他掉转头来，远远地看到两个人骑着马——后面还跟着

世界经典童话

·安徒生童话·

图文珍藏版

许多人——正在急急忙忙地赶路。不过这与他无关。

渡船停在海的另一边。雨尔根把它喊过来，登了上去。然而他和船夫还没有渡过一半路的时候，在后面赶路的那些人就大声叫喊起来。他们以法律的名义向船夫威胁着。雨尔根不明白其中的意义，不过他知道最好的办法还是把船划回去。因此他就把一只桨拿起来，将船划回来。船一靠岸，这几个人就跳了上来。在他还未曾觉察以前，他的手已经被他们用绳子把绑住了。

"你必须用命来抵偿你的罪恶，"他们说，"幸而你被我们抓

住了。"

　　他是一个谋杀犯！这就是他所得到的罪名。人们发现莫尔登死了；有人用一把刀插在他的脖子上。昨天晚上很晚的时候，有一个渔人看见雨尔根向莫尔登的屋子走去。人们知道，雨尔根在莫尔登面前并不是第一次举起刀子。因此他肯定就是谋杀犯；现在必须把他关起来。关人的地方是在林却平，但是路途很远，而西风却正在吹向相反的方向。不过，渡过这道海湾向斯卡龙去用不了半个钟头；从那儿到北佛斯堡去，也只有几里路。这儿有一座很大的建筑物，外面有围墙和壕沟。船上有一个人就是这幢房子的看守人的兄弟。这人说，雨尔根可以暂时被监禁在这房子的地窖里。这里曾经囚禁过吉卜赛人朗·玛加利，一直到执行死刑的时候为止。

　　没有人理睬雨尔根的辩白。他衬衫上的几滴血成为对他十分不利的证据。不过雨尔根知道自己是无辜的。既然他现在没有机会来为自己洗清，也就只好听天由命了。

　　这一行人马上岸的地方，正是骑士布格的堡寨所在的处所。雨尔根在那儿时最快乐的四天里，曾经和他的养父养母去参加一个宴会——入葬的宴会，途中从这儿经过。现在也又被牵着在草场上向北佛斯堡的那条老路走去。这里的接骨木树又开花了，高大的菩提树散发出清香。他仿佛觉得他只不过在昨天才离开这地方。

　　在这幢牢固的楼房的西厢，在高大的楼梯间的下面，有一条通向地窖的低洼的、拱形圆顶的地道。朗·玛加利就是从这儿被押到刑场上去的。有五个小孩子的心曾经被他吃掉过：她有一种错觉，

世界经典童话

·安徒生童话·

图文珍藏版

认为假如她再多吃两颗心的话，就可以隐身飞行，没有一个能看见她。地窖的墙上有一个狭小的通风眼，但是没有玻璃。鲜花盛开的菩提树不能够把香气送进来安慰他；这里是阴暗的，充斥了霉味。这个囚牢里只有一张木板床；但是"清白的良心是一个柔暖的枕头"，所以雨尔根睡得很好。

粗厚的木板门锁上了，并且插上了铁插销。不过迷信中的小鬼既然可以从一个钥匙孔钻进高楼大厦，也能钻进渔夫的茅屋，更能够钻进这儿来——雨尔根正坐在这里，想着朗·玛加利和她的罪恶。这整个房间充满了她被处决的头天晚上所有临终的思想。雨尔根心中记起那些魔法——在古代，斯万魏得尔老爷住在这儿的时候，它曾经被人使用过。大家都知道每天早晨总有人发现，吊桥上的看门狗，被自己的链子吊在栏杆的外面。雨尔根一想这些事，心里就变得寒冷。不过这里有一丝阳光射进他的心：这就是他对于盛开的接骨木树和芳馨的菩提树的记忆。

在这儿他囚禁没有多久，人们便把他移送到林却平。在那里，监禁的生活也是同样艰苦。

那个时代跟我们的时代不同。平民的日子十分艰苦。贵族们把农人的房子和村庄拿去作为自己的新庄园，当时还无法制止这种行为。在这种制度下，贵族的马车夫和仆人成了地方官。因一点小事他们有权宣布一个穷人的罪，使他的财产全部丧失财产，让他戴着枷，受鞭打。现在这一类法官还能找到几位。在离京城和开明的、善意的政府较远的尤兰，人们经常滥用法律。雨尔根的案子被拖了下去——这还算是不坏的呢。

他在监牢里感觉异常的凄凉——什么时候这些才能结束呢？他没有犯罪而却受到伤害的苦痛——这就是他的命运！在这个世界上为什么会成为这样呢？现在他有时间好好把这个问题思索一下了。为什么他有这样的遭遇呢？"这只有在等待着我的那个'来生'里才可以弄清楚。"当他住在那个穷苦渔人的茅屋里的时候，这个信念就在他的心里扎下了根。在西班牙的奢华生活和太阳光中，在他父亲的心里这个信念从来没有闪耀过；而现在在凄冷和黑暗中，却成了他的一丝安慰之光——上帝仁慈的一个标记，而这是永远不会欺人的。

春天的风暴开始了。只要风暴稍稍平静一点，在内地许多英里路以外都可以听到：西海的呼啸声。它像几百辆载重车子，在崎岖不平的路上奔驰。雨尔根在监牢里听到这声音——对于他说来这也算是寂寞生活中的一点消遣。任何古老的音乐也比不上这声音更能直接引起他心里的共鸣——这个呼啸的、自由的海。你可以跟随着它到世界各地去，乘风飞翔；你可以带着你自己的房子，像蜗牛背着自己的壳一样，又走到它上面去。即使在陌生的国家里，一个人也永远是在自己的故乡。

他静听着这深沉的呼啸，心中涌起了许多回忆——"自由！自由！哪怕你没有鞋穿，哪怕你的衣服破烂，自由就是你的幸福！"有时他的心里闪过这种思想，于是他就握紧拳头，向墙上打去。

好几个星期，好几个月，一整年过去了。有一个恶棍——小偷

世界经典童话

·安徒生童话·

图文珍藏版

尼尔斯，别名叫"马贩子"——也被抓进来了。这时情况才开始有所好转；人们可以看出，雨尔根蒙受了多么大的冤屈。

那桩谋杀案是在雨尔根离家后发生的。在头一天的下午，小偷尼尔斯在林却平湾附近一个农人开的啤酒店里遇见了莫尔登。他们喝了几杯酒——这还不足以使哪一个人的头脑发昏，但却足够让莫尔登的舌头放肆。他开始夸夸其谈起来，说他得到了一幢房子，打算结婚。当尼尔斯问他计划到哪里去弄钱的时候，莫尔登高傲地拍拍衣袋。

"钱在它应该在的地方，就在这里。"他回答说。

他的生命丧失在这种吹嘘里。他回到家里，尼尔斯就跟在跟他的后面，用一把刀子刺进他的喉咙里去，然后把他身边所有的钱劫走了。

这件事情的前因后果后来总算是水落石出了。对于我们来说，我们只需知道雨尔根获得了自由就够了。不过他在监狱和凄冷中受了整整一年的罪，和所有的人断绝来往，他这种损失拿什么可以赔偿呢？是的，人们告诉他，说他能被宣告无罪已经是很幸运的了，他应该离开。于是，市长给了他 10 个马克，作为旅费，许多市民送给他食物和啤酒——世界上总是有些好人的！并不是所有的人都把你"叉住、剥皮、放在锅里炒"！然而最幸运的是：斯卡根的一个商人布洛涅——一年以来雨尔根一直想去帮他工作——这时却由于一件生意来了到林却平。他了解到这整个案情。这人有一个副好心肠，他知道雨尔根吃过许多苦头，因此就想给他一点帮助，让他知道，世界上还有好人。

从牢狱走向自由，仿佛就是走向天国，走向同情和爱。现在他就要体会到这种心境了。生命的酒并不完全都是苦的：没有一个好人会把这么多的苦酒向他的同类倒出来，代表"爱"的上帝又怎么会呢？

"把过去的一切都埋葬掉和忘记掉吧！"商人布洛涅说："划掉过去的一年吧。日历可以被我们烧掉。两天以后，我们就可以到达那亲爱的、和善的、平静的斯卡根去。人们称它是一个偏僻的角落，然而它却是一个暖和的、有火炉的角落：它的窗子向广大的世界开放。"

这才算得上是一次真正的旅行呢！这等于又呼吸到了鲜美的空气——从那寒冷、阴湿的地牢中走向温暖的太阳光！盛开的石楠和无数的花朵铺满了荒地，牧羊的孩子坐在坟墓上吹着笛子——他自己用羊腿骨雕成的短笛。海市蜃楼，沙漠上美丽的天空幻景，悬在空中的花园和摇曳的树林都展露在他的面前；空中也同样地出现了一股奇特的气流——人们把它叫作"赶着羊群的湖人。"

他们走过温德尔人的土地，越过林姆湾，向斯卡根前进。留着长胡子的人——隆巴第人——就是从这里迁移出去的。在那饥荒的岁月里，国王斯尼奥下命令，要夺掉所有的小孩和老人，但是那个拥有许多土地的贵族妇人甘巴鲁克提议让年轻的人离开这个国家。雨尔根的知识很丰富，他知道这故事的全部内容。即使他没有到过在阿尔卑斯山后面的隆巴第人的国度，他多多少少也知道他们是个什么样子，因为童年时候他曾经到过西班牙的南部。他记起了那儿成堆的水果，鲜红的石榴花，蜂窝似的大城市里的嗡嗡声、叮当声和钟声。然而那毕竟是最美丽的地方，而丹麦是雨尔根的家乡。

最后他们到达了"温德尔斯卡加"——这是斯卡根在古挪威和冰岛文字中的名称。那时候在沙丘和耕地之间，老斯卡根、微斯特埠和奥斯特埠，延绵数英里路远，一直到斯卡根湾的灯塔那里。那时房屋和田庄与现在一样，零零散散地遍布在被风吹到一起的沙丘之间。这是风和沙子在一起嬉戏的沙漠，这个地方充满了刺耳的海鸥、海燕和野天鹅的叫声。在西南30多英里的地方，就是"高地"或老斯卡根。商人布洛涅就住在这里，雨尔根也将要住在这里。大房子都涂上了柏油，小屋子的屋顶是一个翻过来的船；猪圈是由沉船的碎片拼成的。这儿没有篱笆，因为的确这儿也没有任何东西可围。不过绳子上吊着长串的、剖开的鱼。它们一层比一层挂得高，被风吹干了。腐朽的鲱鱼堆满了整个海滩。这里有很多这种鱼，网一下到海里去就可以拖上来成堆的鱼。这种鱼是太多了，渔人们不得不再把它们扔回到海里去，或堆在那儿任凭它们腐烂。

商人的妻子和女儿，甚至他的仆人，都兴高采烈地出来欢迎父亲的归来。大家互相握着手，闲谈着，讲许多事情，而那位女儿，她有一幅可爱的面孔和一双美丽的眼睛！

房子宽大又舒适的。许多盘的鱼摆在了桌子上——令国王都认为是美味的比目鱼。这儿还有斯卡根葡萄园产的酒——这也就是说：从海里产出的酒，因为葡萄从海里运到岸上来时，早就被酿成酒了，

世界经典童话

·安徒生童话·

图文珍藏版

并且装进了酒桶和酒瓶里。

当母亲和女儿了解了雨尔根是什么人、无辜地受过多少劫难，她们用更加和善的态度来招待他；而女儿——漂亮的克拉娜——她的一双眼睛则是最善良的。在老斯卡根雨尔根总算找到了一个幸福的家。这对于他的心灵是有好处的——他已经承受过痛楚的考验，饮过可以令心肠变硬或变软的爱情苦酒。雨尔根的一颗心并不是软的——它还年轻，还有闲暇。三星期以后，克拉娜要乘船到挪威的克利斯蒂安桑得去拜访一位姑母，并在那里度过冬天。大家都认为这个机会很好。

在她离开之前的那个星期天，所有的人都到教堂去参加圣餐礼。教堂宽大而壮观；它是许多世纪以前是苏格兰人和荷兰人建造的，离城市不太远。然而它显得有些颓败，那条通向教堂的路深深地陷在沙里，非常的难走。不过人们很情愿地忍受困难，走到神的屋子里去，唱圣诗和听讲道。沙子在教堂的围墙堆积起来，但是人们还没有让它淹灭教堂的坟墓。

这是林姆湾以北的一座最大的教堂。祭坛上的圣母玛利亚，头上罩着一道金光，怀中抱着年幼的耶稣，这个样子看起来真是栩栩如生。唱诗班所在的高坛上，刻着圣洁的 12 使徒的画像。壁上挂着斯卡根过去一些老市长和市府委员们的肖像，以及他们的图章。宣讲台也雕着花。太阳荣耀地照进教堂里来，照在发亮的铜蜡烛台上和那个悬在圆屋顶下的小船上，

雨尔根觉得他的全身笼罩着一种神圣的、纯真的感觉，跟他小

时候站在一个华美的西班牙教堂里一样。不过在这儿他感受到他是信徒中的一员。

讲道完毕以后，接着就是领圣餐的仪式。他和别人一道去领取面包和酒。很凑巧的是，他恰好跪在克拉娜小姐的身边。不过在他的心里深深想着的是上帝和这神圣的礼拜；只是在他站起来的时候，才注意到旁边的人是谁。他看到眼泪从她脸上滚落下来。

两天以后她就动身到挪威去了。雨尔根在家里做些杂活或出去捕鱼，而且那时的鱼多——比现在要多许多。在夜里鱼发出亮光，因此它们的行踪也就暴露出来。鲂鱼在咆哮着，被捉住的墨鱼不停地发出哀鸣。鱼并不像人那样没有声音。雨尔根比一般人更要沉默，他把心事闷在心里——但是总会有一天要爆发出来的。

每个礼拜天，当他坐在教堂里、凝视着祭坛上的圣母玛利亚的像的时候，他的视线也停留在克拉娜跪过的那块地方。于是他就想起来曾经她对他是多么的温柔。

秋天带着冰雹和冰雪到来了。水漫到斯卡根的街道上来，因为水不能被沙子全部吸收进去。人们得在水里行走，甚至于还得乘船。船只不断地被风暴吹到那些危险的暗礁上撞坏。暴风和飞沙袭来，把房子都埋掉了，居民只能从烟囱里爬出来。但这种事情并没有什么稀奇的。屋子里是舒适和令人愉快的。泥炭和破船的木块烧得噼啪地响起来；商人布洛涅高声地诵读着一本旧的编年史。他读着丹麦王子哈姆雷特如何从英国赶来，如何在波乌堡登陆作战。他的坟墓就在拉姆，离那个养鳝鱼的人所住的地方只有几十英里的路。数以百计的古代战士的坟墓，散布在荒地上，像一个广阔的教堂墓地。商人布洛涅曾经亲自到哈姆雷特的墓地去看过。大家都在谈论着关于那远古的时代、邻居们、英格兰和苏格兰的事情。雨尔根也唱着那支关于《英国的王子》的歌，关于那条富贵的船只和它的装备：

金叶贴满了船头和船尾，

上帝的教诲写在船身上。

这是船头图画里的情景：

王子在拥抱着他的恋人。

当雨尔根唱这支歌的时候显得异常激动，眼睛里射出光辉，他的眼睛与生俱来就是乌黑的，因而就更加明亮。

屋子里有人读书，有人歌唱，享受着很富裕的生活，甚至家里的动物也过着这样的家庭生活。铁架上的白盘子闪着亮光；香肠、火腿和丰饶的冬天食物挂在天花板上。这种情况，现在依然在尤兰西部海岸的许多富裕的田庄里可以看到：丰富的食物、漂亮的房间、机智和聪明的幽默感。在我们这个时代，这一切都恢复过来了；像在阿拉伯人的帐篷里一样，人们都非常热情好客。

自从他儿时参加过那四天的葬礼宴会以后，雨尔根始终有再经历过这样欢愉的日子；可是克拉娜却不在这儿，她只存在于思想和谈话中。

四月间有一条船要开到挪威去，雨尔根也得跟着一起去。他的心情分外好，精神也很愉快，所以布洛涅太太说，看他一眼感觉都是舒服的。

"看你一眼也是同样的高兴啦，"那个老商人说。"雨尔根令冬天的夜晚变得活泼，也让得你变得活泼！今天你变得年轻了，看起来是那么健康、美丽。不过你早就是微堡的一个最美丽的姑娘呀——这是一个极高的评价，因为很早我就知道世界上最美的人儿就是微堡的姑娘们。"

这话对雨尔根并不适当，因此他不发表意见。他心中在想着一位斯卡根的姑娘。他现在要驾着船去看这位姑娘了。在克利斯蒂安桑得港船将要抛下锚。不到半天的时间，他就被一阵顺风吹到那里去了。

有一天早晨，商人布洛涅到离老斯卡根很远、在港湾附近的灯塔那儿去。信号灯早已熄灭了；当他爬上灯塔的时候，太阳已经高高地升起来。沙滩伸到水里延绵几十英里远。这天，在沙滩外边出现许多船只，他用望远镜从这些船中认出了他自己的船"加伦·布洛涅"号。是的，它正在开过来。雨尔根和克拉娜都在船上。在他们看来，斯卡根的教堂塔楼和灯塔就像漂浮在蓝色的水面上的一只苍鹭和一只天鹅。克拉娜坐在甲板上，看到沙丘远远地从地面露出：假如风向不变的话，她可能在一点钟以内就要到家。他们是这么地接近家和快乐——但同时又是这么地接近死亡和死亡的可怕。

船上有一块板子松了，水不断地涌进来。他们收下帆忙着堵漏洞和抽水，同时发出了求救的信号旗。但是他们离岸仍然有 10 多里路程。他们可以看见一些渔船，但是仍然和它们相距很远。风正在吹向岸边，潮水也对他们有帮助；但是这一切已经来不及了，船在向下沉。雨尔根伸出右手，抱着克拉娜。

当他呼唤着上帝的名字和她一起跳进大海的时候，她是用怎样的视线在凝视着他啊！她大声叫喊，但是仍然感到安全，因为他决不会让她沉下去的。

在这恐怖和危难的时刻，雨尔根体会到了那支古老的歌中的词句：

这是船头图画里的情景：

王子在拥抱着他的恋人。

他是一个游泳的高手，现在这对他发挥了很大作用。他用一只手和双脚划着水，用另一只手紧紧地抱着这年轻的姑娘。他在波浪上浮着，踩着水，尽力采用他知道的一切技能，希望能保持足够的力量到达岸边。从克拉娜那里他听到一声叹息，感觉她身上起了一阵痉挛，于是他把她抱得更加牢固。海水向他们身上袭来，他们被浪花托起，水是那么深，那么透明，在转瞬之间他似乎看见一群青花鱼从下面射出亮光——这也许就是"海中怪兽"，要来吞噬他们。在海上云块撒下阴影，之后耀眼的阳光又射出来了。成群的惊叫着的鸟儿，在他头上飞过去。在水上漂浮着的、昏睡的胖野鸭突然惊恐地在这位游泳家面前起飞。他觉得他的气力在慢慢地衰竭下去。

他距离海岸还有不短的距离；这时有一只船影影绰绰驶近来救援他们。不过在水底下——他能够清清楚楚看见——有一个白色的动物在注视着他们；当一股浪花把他托起来的时候，这动物就更向他逼近来：他感到一阵巨大的压力，于是四周变得漆黑一片，所有的东西都从他的视线中消失了。

沙滩上有一条被海浪冲上来的遇难船。那个白色的"波浪神"倒在一只锚上；锚的铁钩微微地从水面露出。雨尔根触到它，而浪涛以更巨大的力量推着他朝它撞去。他昏过去了，跟他的重负同时一起下沉。接着袭来第二股浪涛，又把他和这位年轻的姑娘托了起来。

渔人们把他们捞起来，抬到船里去；血沿着雨尔根的脸颊流下来，好像他死去了一样，但是他仍然紧紧地抱着这位姑娘，大家只能使出很大的气力才能他们俩分开。克拉娜躺在船里，面色惨白，没有一丝生命的气息。现在船正向岸边划去。

他们想尽一切办法来使克拉娜复苏；可是她已经死了！他始终是抱着一具死尸在水上游泳，他为了这个死人而把自己累得精疲力竭。

雨尔根仍然有呼吸。他被渔人们抬到离沙丘上最近的一间屋子里去。这里只有一位类似外科医生的人，同时他还是一个铁匠和杂货商人。他把雨尔根的伤裹好，以便等到第二天到叔林镇上去找一个医生。

病人的脑子受了重创。他在昏迷不醒中发出狂喊。但是在第三

·安徒生童话·

图文珍藏版

天，他倒下去，仿佛昏睡过去了一样。他的生命好像是牵在一根线上，而这根线，按医生的说法，还不如让它断掉的好——这是人们对于雨尔根能够做出的最好的祈盼。

"我们祈求他赶快让上帝接去吧；他决不会再是一个正常的人！"

不过生命却不肯离他而去——那根线并没有断，可是他的记忆却中断了：他的所有理智的联系都被切断了。最可怕的是：他仍然有一个活生生的身体——一个即将恢复健康的身体。

雨尔根住在商人布洛涅的家里。

"他是为了救我们的孩子才得了这种病，"老头子说；"现在他要算是我们的儿子了。"

雨尔根被人们称为白痴；然而这并不是一个合适的名词。他只是像一把松了弦的琴，再也发不出任何声响罢了。这些琴弦只在偶然间紧张起来，发出一点声音：几支旧曲子，几个老调子；画面刚刚展开，但又马上被烟雾所笼罩；于是他又呆呆地坐着朝前面望去，没有一点思想。我们可以相信，他并没有感到苦痛，但是他乌黑的眼睛失去了神采，看起来像朦胧的黑色玻璃。

"可怜的白痴雨尔根！"大家说。

他，从他的母亲的怀里出生以后，本来是注定要享受丰富多彩的幸福的人间生活的，所以对他来说，假如他还祈盼或相信来世会有更好的生活，那么他简直是"傲慢，可怕的狂妄"了。他心灵中的一切力量难道都全部丧失了吗？现在他的命运只剩下一连串艰苦痛苦和失望的日子。仿佛他是一个美丽的花根，有人把它从土壤里拔出来，扔在沙子上，任凭它腐烂下去。不过，难道按照上帝的形象造成的仅仅有这点价值吗？难道一切都凭命运在那儿摆布吗？不是的，对于他所受过的苦难和他所失去的东西，仁慈的上帝一定会在来生给他补偿的。"上帝对有的人都很善良；他的工作充满了仁慈。"这是大卫《圣诗集》中的话语。这商人的年老而虔诚的妻子，满怀耐心和希冀，将这句话念出来。在她心中只祈求上帝能尽早把雨尔根召回去，使他能走进上帝的"慈悲世界"和永恒的生活中去。

沙子快把教堂墓地的墙埋掉了；克拉娜就葬在这个墓地里。雨尔根好像对这件事一无所知——这并不属于他的思想范畴，因为他的思想只包括过去的一些片段。每个礼拜天他都和家人去做礼拜，但他只是静静地坐着在教堂里发呆。有一天正在唱圣诗的时候，他沉重地叹了一口气，眼睛闪着亮光，凝视着那个祭坛，凝视着他和已去世的女朋友曾经多次在一起跪过的那块地方。他把她的名字喊了出来，他的面色苍白，顺着脸颊眼泪流了下来。

他被人们扶出教堂。他对大家说，他的情绪很好，他并没有觉得有任何不妥之处。上帝所给予他的考验与遗弃，他全然不记得了——而上帝，我们的造物主，是聪明、慈爱的，有谁会对他产生怀疑呢？我们的心，我们的理智都承认这一点，《圣经》也证实这一点："他的工作充满了仁慈。"

在西班牙，和煦的微风吹到摩尔人的清真寺圆顶上，从橙子树和月桂树上吹过；歌声和响板声到处传扬。就在这里，有一位没有孩子的老人、一个拥有许多财富的商人，坐在一幢富丽的房子里。这时街上有许多孩子拿着火把和飘动着的旗子在游行过去了。这时老头子真愿意拿出无数的金钱再把她的女儿找回来：他的女儿，或者女儿的孩子——或许这孩子从来就没有见过这个世界的阳光，因而也不能走进永恒的天国。"可怜的孩子！"

是的，可怜的孩子！他确实是一个孩子，虽然他已经有30岁了——这就是老斯卡根的雨尔根的年龄。

流沙盖满了教堂墓地的坟墓，一直盖到墙顶那么高。即使如此，在这里死者还得和比他们先逝去的亲族或亲爱的人葬在一起。商人布洛涅和他的妻子，现在就和他们的孩子一起，躺在这白沙的下面。

现在是春天了——是暴风雨的季节。沙上的沙丘粒飞到空中，形成烟雾；汹涌的波涛在海面翻腾；鸟儿就像暴风中的云块一样，在沙丘上成群结队地盘旋和尖鸣。在沿着斯卡根港汊到胡斯埠沙丘的这条海岸线上，接二连三地有船只触到礁石上发生事故。

有一天下午雨尔根独自在房间里坐着，忽然他的头脑好像清醒过来；他产生出有一种不安的感觉——这种感觉，在他小时候，经常驱使他向荒地和沙丘之间走去。

"回家啊！回家啊！"他说。没有任何人听到他说话。他走出屋子，向沙丘走去。沙子和石子在他的周围旋转吹到他的脸上来。他向教堂走，墙上堆积着沙子，快要盖住窗子的一半了。可是人们把门口的积沙铲掉了，所以教堂的入口是敞开的。雨尔根走进去。

风暴在斯卡根镇上作威作福。这般的风暴，如此吓人的天气，从未在人们记忆中出现过。可是雨尔根是在上帝的屋子里。当外面正是一片晦暗的时候，一道光明出现在他的灵魂里——一道永不会熄灭的光明。他感觉一块压在他头上的沉重的石头猛然破裂了。他似乎听到了风琴的声音——可是这不过是风暴和海的啸声。在一个座位上他坐下来。看啊，蜡烛一根根地点起来了。现在这里显现了一种华美的景象，好似他在西班牙所看到的一样。市府老参议员们和市长们的肖像此刻全被给予了生命。他们从被挂过的很多世纪的墙上走下来，坐到唱诗班的席位上去。教堂的大小门全自动打开了；所有死去的人，身着他们活着那个时代的节日礼服，随着动听的音乐声中走进来了，坐在凳子上。于是圣诗的歌声，洪亮地唱起来了，如同汹涌的浪涛一般。住在胡斯埠的沙丘上的他的养父养母都来了；商人布洛涅和他的妻子也来了；在他们的身旁、紧挨着雨尔根，坐着他们温柔的、美丽的女儿。她向雨尔根伸出手来，他们一起走向祭坛：他们曾经在这儿一起跪过。牧师将他们的手拉到一块，让他们结为爱情的终身伴侣。于是喇叭声响起来了——就如同一个充满了愉悦和期待的小孩子的声音那样悦耳。它慢慢地扩大成为风琴声，最后变成由充盈了嘹亮的高贵的音色所组成的暴风雨，让人听到感觉十分快乐，可是它却是非常的强烈足以让坟上的石头被击碎。

那只挂在唱诗班席位顶上的小船，此刻落到他们两人面前来了。它变得非常巨大和美丽；它的帆是绸子做成的，帆桁上镀了金。它的锚是赤金的，每一根缆索，如同那支古老的歌中所唱，是"掺杂着生丝"。这对新婚夫妇走上这条船，全部做礼拜的人也随着他们一起走上来，因为在这儿大家都能找到属于自己的位置和快乐。教堂的墙壁和拱门都盛开出花朵，如同接骨木树和芬芳的菩提树一般，它们的枝叶在摇动着，散发出一种芬芳的气味；接着它们弯下腰来，朝两边分开；这时船起锚，从中间开过去，朝向大海，朝向天空；教堂里的每一根蜡烛是一颗星，一首圣诗的调子自风中吹出，接着大家便跟着风一起唱：

"在爱情中走向愉悦！——所有生命都不会消亡！永恒的幸福！哈利路亚！"

这也是雨尔根在这个世界里所说的最后的话。那根连接着不灭灵魂的线现在断了；唯有一具死尸在这个昏暗的教堂里——风暴在它的四周呼啸，散沙将它掩埋住。

次日清晨是礼拜天；教徒和牧师全来做礼拜。到教堂去的那条

路十分不好走，几乎没有办法从沙子上通过。当他们最后到来的时候，高高的一座沙丘已经堆在教堂的入口。牧师念了一个简短的祷告，说：上帝封上了自己的屋子的门，大家可以走开，到其他的地方去建立一座新的教堂。

于是他们唱了一首圣诗，就自顾自回到自己的家里去了。

在斯卡根这个镇上，雨尔根早已消失了；即便人们在沙丘上找也找不到他。传闻他被滚到沙滩上来的汹涌的浪涛卷走了。

他的尸体被埋进一个最大的石棺——教堂——里面。在风暴中，上帝亲手把他的棺材用土盖住；那上面压着大量的沙子，现在上面依然被压着。

那些拱形圆顶都被飞沙盖住了。现在教堂上长出不少山楂和玫瑰树；行人可以在那上面散步，一直走到从沙土冒出的那座教堂塔楼。这座塔楼好比一块巨大的墓碑，在方圆十多里地都可以看得见。没有哪一个皇帝会有这样漂亮的墓碑！谁也不来打扰死者的安息，因为在此以前谁也不知道有这件事情：这个故事是沙丘间的风暴对我吟唱的。

（1860 年）

世界传世藏书 图文珍藏版

世界经典童话

王书利◎主编

线装书局

目　　录

世界传世藏书

世界经典童话

·目录·

图文珍藏版

世界传世藏书

世界经典童话

·目录·

图文珍藏版

3

世界传世藏书

世界经典童话

·目录·

图文珍藏版

世界传世藏书

世界经典童话

·目 录·

图文珍藏版

世界经典童话

格林童话

线装书局

导　读

　　《格林童话》产生于 19 世纪初，此时，神圣罗马帝国统治下的德国结构松散，无论是在国家还是民族上都缺乏统一性。1806 年拿破仑瓦解了神圣罗马帝国，亦激起德意志民族意识的觉醒，大批知识分子投入民族解放运动之中。但各公国和自由城市之间存在的包括语言、文化等在内的差异成了形成统一民族精神的障碍。为了消除这一文化上的阻碍，一部分知识分子开始宣扬文化民族主义。他们在秉承浪漫主义文化精神的同时，亦将眼光转向民间文化传统领域，从搜集研究民间文艺入手，并借助于民歌民谣和童话故事。在这样的背景下，德国著名语言学家雅格·格林和威廉·格林兄弟收集、整理、加工完成了德国民间文学作品《格林童话》。它是世界童话的经典之作，格林兄弟以其丰富的想象、优美的语言给孩子们讲述了一个个神奇而又浪漫的童话故事。

　　《格林童话》带有浓重的地域色彩、民族色彩和时代色彩。《格林童话》共有 216 篇，分儿童和家庭故事、儿童宗教传说和补遗三部分，它问世后不仅在德国、在欧洲流传，在世界各地也都有喜爱它的读者。《格林童话》讲述的多是善与恶、勤与懒、富与贫等，富有趣味性和娱乐性。《格林童话》自问世以来，以其单纯、稚拙、幻想奇丽等特点赢得了小读者的喜爱。它的许多名篇佳作，如《白雪公主》《灰姑娘》《小红帽》《青蛙王子》等在世界各国广为流传，它们中的众多人物也深为孩子们熟知和喜爱，在世界文学史中有着不可替代的地位。《格林童话》是欧洲地区搜集得最系统，出版得最早的一部民间童话集。他们的童话不仅在德国，而且在全世界广为流传。

灰 姑 娘

从前有位富商，他妻子得了重病，临终前，她对女儿说："亲爱的孩子，仁慈的上帝会保佑你，我会从天上注视你，只要你永远都忠诚、善良。"说完，就升入了天堂。小姑娘每天去母亲的墓上哭呀哭，牢记母亲的话，一直都忠诚、善良。冬天，墓地被白雪覆盖，夏天，雪渐渐融化了，富商又为小姑娘娶了个继母。

继母有两个女儿，虽然脸蛋儿漂亮，心肠却很狠毒。她所有漂亮衣服都被夺走了，只穿着一件旧黑外套和一双木鞋。她的两个姐姐嘲笑她："看啊，多么美丽而骄傲的公主呀！"然后，把她推进了厨房。就这样，她每天在厨房里不停地干粗重的活，从早到晚忙不停：洗衣服、挑水、生火、煮饭。这还算好的，她的两个姐姐更是费尽心思折磨她：让她把混入灰里的豆子一粒粒拣出来。晚上，她干活累了也只能躺在灶边睡觉，而没有床铺。因此，大家见她脏兮兮的，土灰满面，就叫她"灰姑娘"。

一天，她父亲要去集市，便问继女们："你们要什么呀？""漂

亮衣服。"一个回答。"珍珠宝石。"另一个说。"灰姑娘,你呢?"父亲问她想要什么,她说:"就请在您回来的路上,将第一根碰在您帽子上的树枝折给我吧!"

回家时,果然在他路过一片灌木林时,有一根榛树条碰到他的帽檐了,他便将树枝折下,带给灰姑娘。继女们按自己的心愿得到了礼物,灰姑娘只得到根树枝。她来到母亲坟前,把树枝种在坟头,每天她伤心的泪水浇灌着榛树条成长。不久,树枝长成了一棵美丽的大树。每天,灰姑娘都会去树下三次,哭泣祈祷。每次,都会遇见一只白色鸟儿,无论她有什么愿望,小鸟都会满足她。

一天,国王邀请了所有漂亮女孩去参加一个大型舞会,为的是给王子挑选一个未婚妻。灰姑娘的两个姐姐也被邀请去了,高兴得不得了。于是,就唤来灰姑娘为她们梳头、擦鞋,要去王宫里赴宴。灰姑娘多么想去跳舞啊!于是,她便去求继母,让她也去参加舞会。"什么?你也要去?"继母说,"瞧你那一身脏兮兮的衣服吧!还想参加国王的舞会?你又没有漂亮的衣服和鞋子。"但经过灰姑娘一再的请求,继母终于答应了,但她必须在两个小时以内将一大盆混在灰炭里的豌豆全部挑干净。姑娘拿着大碗来到园子,请求道:"善良的小鸽子、小斑鸠和所有小鸟儿们,快来帮我拣豆子!"

那好豆豆就放入小盆,

那坏豆豆就吞入肚子。

于是，两只白鸽从窗口飞进来，接着是小斑鸠，最后飞来了一大群叽叽喳喳的鸟儿。"突突突"地小鸽子开始拣小豆子，其他的鸟儿也加入拣豆子的行列中，很快，一盆豆子拣出来了，这可没用一个小时。灰姑娘跑到继母那儿了，却被继母骂了："你连漂亮衣服都没有，怎么能去参加舞会呢？"灰姑娘哭得好伤心，继母只好说："那你若能用一个钟头拣满两小盆豆子，我就同意你去。"灰姑娘拿着掺杂在灰里的豆子又走进小园，同样说道："善良的小鸽子、小斑鸠，以及所有善良的鸟儿，赶快飞来帮我拣豆子吧！"

那好豆豆就放进小盆，

那坏豆豆就吞进肚子。

马上，一群群的白鸽和斑鸠飞来，天空中聚了一群群的鸟儿，就这样，"突突突"地啄啊啄。不一会儿，两小盆的豆子就都拣完了，这回连半个小时都不到。她又拿着豆子去见继母，以为这下子一定可以去啦！谁料到，那老继母仍要刁难她，说："这都没用，你连衣服也没有，怎么跳舞？你若是跟我们去了，让我们有多丢人啊！"说完，带着两个女儿就赴宴去了。

灰姑娘只好去母亲坟上，她孤零零的，站在榛子树下喊：

摇一摇，晃一晃，

小树请你将金子

抖落在我身上。

　　话音一落，一件金丝裙和一双绣花镶银鞋就掉下来了。小姑娘赶忙穿上它们，赶去参加舞会。灰姑娘在宴会上如公主一般美丽，连她的继母跟姐姐们都没认出这个一身闪金光的女孩儿竟是灰姑娘，她们认为灰姑娘这会儿，一定在家中拣豆子呢！整个舞会上，王子一直拉着她跳舞，并对所有邀请她的青年们说："她可是我的舞伴。"

　　天太晚了，灰姑娘说："我要回家了。"王子执意要跟她回家，看看她是谁家的女儿。但灰姑娘却从王子身边逃跑了，她跳进鸡棚。等到姑娘的父亲走来，王子说："有位不知姓名的姑娘跳入了你家的鸡棚。"没办法，他们拿来斧子辟开鸡棚，一看，里面没人呀！老父亲还想呢：不会是灰姑娘吧？等到他们回家后，见烟囱的窟窿里点着一盏灯，灰姑娘已经在灰里睡着了。原来，灰姑娘从鸡舍后跳到了榛树下，把漂亮的衣服和鞋子还给了鸟儿。马上又换上灰色的罩衣，回到了厨房。

　　第二天，等父亲和继母以及姐姐们又走了之后，灰姑娘又来到了榛树下，说：

　　　　摇一摇，晃一晃，
　　　　小树请你将金子
　　　　抖落在我身上。

世界传世藏书

世界经典童话

·格林童话·

图文珍藏版

很快，一套比昨天还华贵还美丽的晚礼服掉了下来。这一次，王子又是一直拉着她的手，不停地与她跳舞。其他年轻人来邀请她，王子就会说："她可是我的舞伴。"天色又晚了，姑娘又要回家了，王子一直紧随其后，希望能知道她究竟是谁家姑娘。可是这一次，姑娘仍然逃走了，消失在一片园子中，她宛如一只敏捷的小松鼠，钻过挂满鲜美梨子的大树，逃得无影无踪。等啊等，王子仍不见姑娘回来。这时，灰姑娘的父亲又走来了，王子说："那个不知姓名的女孩一定在树上。"老父亲想：会不会是灰姑娘呢？于是命人砍掉大树，却不见姑娘踪影。他们到家后，灰姑娘已经睡在厨房的灰堆里了。

第三天，等父亲和继母以及姐姐们走了之后，灰姑娘又来到榛树下，叫：

> 摇一摇，晃一晃，
>
> 小树请你将金子
>
> 抖落在我身上。

很快，一套无比华丽，从未有过的舞裙飘了下来，还有一双金子鞋。这次，当她出现在舞会上，所有的人都震惊了，一个字儿也说不出。王子仍旧对别人说："她可是我的舞伴。"并始终拉着她的手，跳啊跳。

天色晚了，姑娘想回家。这次，姑娘又飞似的逃脱了。但姑娘下楼时，左脚鞋子却给粘住了。原来这是王子命人在楼梯上涂满了沥青。王子见了那只小巧、精致的小鞋完全是金子的，便带上它去找姑娘的父亲，说："我要娶那位能合适地穿上这只鞋的姑娘。"她那两个姐姐的脚还算漂亮，于是高兴地拿来试穿，她们的母亲见老大的脚趾太大，穿不进，就拿了一把刀，对她说："割掉它，一旦你当了王后，就不用走路了。"姑娘咬牙忍住痛，穿出鞋来见王子。王子抱起她，当作未婚妻了。可是，他们经过那榛树下时，两只鸽子在唱：

> 瞧啊瞧，瞧啊瞧，
>
> 鲜血在鞋里流啊流，
>
> 鞋太小，鞋太小，
>
> 你还得继续寻找。

王子一看，果然鲜血已经流出了鞋。他马上将她送回家，说："这个不是我的未婚妻，让妹妹来试吧！"于是，妹妹来试鞋，虽说脚趾不大，可脚跟太大，没法穿，她母亲又拿了一把刀让她割下脚跟，说："削去脚跟算了，反正王后又不用走路。"姑娘削去了脚跟，忍着剧痛，穿上了鞋子。王子见她，便将她作为未婚妻抱走了。这次，经过大榛树下，王子又听见鸽子在唱：

> 瞧啊瞧，瞧啊瞧，
>
> 鲜血在鞋里流啊流，

鞋太小，鞋太小，

你还得继续寻找。

　　王子又一看，果然鲜血涌出了脚跟，连袜子都血红一片了。他
马上将她也送回家去，说："这个也不是真正的未婚妻。难道您家中
再没有其他女儿吗？""没了，"老父亲说，"可是我前妻留下的灰姑

娘是绝对不可能的。”

王子还是要见一见她，继母马上说：“她脏得不能见人！”但王子不同意，他们只好把灰姑娘叫出来。灰姑娘已经洗干净了手和脸，她坐在小凳上，接过来王子给她的金鞋，一下就穿上了，仿佛这鞋是专门为她而铸。王子一见她的脸，就认定她就是那个与自己跳了三天舞的姑娘，大喊道：“你就是我真正的未婚妻！”这时，继母和两个姐姐已经气昏过去了。王子抱着灰姑娘，骑上马，经过榛树林时，又听见鸽子在唱：

> 瞧啊瞧，瞧啊瞧，
>
> 没有鲜血在鞋里流，
>
> 鞋子正好，鞋子正好，
>
> 真正的新娘已找到。

然后，两只白鸽飞到姑娘肩头，一边一只，永不分离。

两个姐姐也来参加他们盛大的婚礼，想虚情假意讨好灰姑娘。在教堂时，她们左一个，右一个，挤在灰姑娘两旁，却被鸽子各啄了一只眼。当她们簇拥新人走出教堂时，交换了位置，这样，另一只眼睛也被啄走了。这就是狠毒人的下场：要当一辈子的瞎子。

巨人的故事

古时候有一个农民，他的儿子仅有父亲的大拇指那么大。有一天，这个农民去耕地，儿子请求说："爸爸，我想跟您一块儿去。""你也想去？"父亲说，便把他塞进衣袋，一块儿带去了。在地里，父亲把儿子放进一条犁沟，犁起地来。突然从山那边走过来一个高大的巨人，"儿子，看见那个大妖怪了没有？"父亲吓唬他说，"他是过来捉你的！"话刚说完，就见巨人用两根指头小心地把儿子从犁沟里拎起来，把他带走了。父亲在一边看傻了眼，他本来只是吓唬一下儿子，想让他乖一点，没想到他真的被巨人捉走了，他很悲伤，以为这辈子再也见不到儿子啦。

巨人带小不点儿回到家后，让他吃自己的奶，于是，小不点儿愈长愈高，最后，他再不是个小人儿了，成了一个又高又壮的年轻的巨人。两年之后，老巨人把年轻的巨人领进森林，想考验他，便说："去，替我拔一棵树出来！"年轻的巨人毫不费力地从地里拔出一棵非常非常粗的橡树。"你可以回家去了！"老巨人很满意，

把他领到他父亲的地里，然后走掉了。看见父亲正在地里扶着犁站着，他走过去说："爸爸，我现在已成了顶天立地的人了！"父亲吓了一大跳，惊恐地说："您不是我儿子。快走开。""我真是您儿子，我替您干活儿吧，我会比您干得更好！""不，不行！您不是我儿子，不是！"由于害怕，父亲扔掉手中的犁把，远远地退到路边去了。年轻的巨人刚用一只手按住犁把，犁头就被按得几乎全没入地下啦！父亲叫道："你如果愿意犁地，就别使那么大的劲儿！"年轻的巨人解下牵犁的马匹，自己拉犁干起活来，并对父亲说："您回去吧，爸爸，我一会儿就把地翻好，你就只管让妈妈煮一大堆吃的等我就行了。"父亲回家去了。年轻的巨人一人犁完了两亩地后，又用两张耙把所有地全耙了一遍。然后才回到了家。刚走进院子，母亲便问："这可怕的巨人是谁啊？"父亲答："咱们丢了的儿子。""不，绝对不是。咱们的孩子只有大拇指那么高，不是这个又高又壮的巨人。"然后，她冲巨人喊道："你走吧，我们不收留你。"儿子把马牵进马厩，喂它们燕麦和草料，又干起活来。干完后，他进房间问妈妈有没有饭吃，他饿了。母亲便把煮好的两大罐食物端上来，这么多东西足够她和丈夫吃上八天，谁料小伙子一下就吃完了，他还向母亲要食物，因为他根本没吃饱。母亲只得拿出煮猪食的大锅来，又煮了满满一锅食物，结果他还是没吃饱。最后，他对父亲说："我还是闯世界去吧。"父亲一听很高兴。

他首先来到一个村庄，找到村中的铁匠，问他需不需要伙计。

铁匠是个铁公鸡。他答道："要。你要多少工钱？""我不要钱，只要你每两星期发给其他伙计工钱时，能忍住我揍你的两下即可。"铁匠一听非常满意。第二天一早，年轻的巨人被吩咐打造一个锤。铁匠把烧得通红的铁棍放上，他一锤下去，把铁都打飞了，铁砧深陷进地里再也拔不出来，铁匠问他这一锤付多少钱。"一个子儿也不需要，"巨人答，"你只要轻轻接我这一下就成。"他抬起一脚，把铁匠踢出了四座草料堆之外，接着，他在铁匠铺里找到那根最粗的铁棒，提着走了。

接着，他走到一座农场，问当家的是否需要一个工头。当家的看他很壮，便答应了，并问他一年要多少工钱。他答："一个子儿也不要，只要当家的每年被我打三下，忍着就成。"当家的也是个守财奴，也很高兴地答应了。第二天一早，长工们要赶车去森林里运木材，巨人让其他人先走，自己又睡了近两个小时才起床，先从房间里端来两筐豌豆，煮着吃了，然后才套上马，向森林驶去。快到森林时，他发现地面有一段凹沟，便把车先拉到前面，让马留在原地，自己则在车后面堆起很多树枝树干以使任何马都过不去。他赶到森林时，他的伙计正好满载而归，他对他们说："我会比你们先回到农场的！"他下了车从地里拔起两棵非常粗的树，把它们放到车上，驾车向回走。车行到自己堆起的那一堆树干树枝前，发现伙计们正在那儿转圈圈呢！他下车解下马套，把马放到车上，自己亲自拉车，"哗啦！"一声，车马一起被他拉过去，然后就驾车走掉了。而伙计们呢，在那儿急得不行，可就是难以过去。回到农场后，他把自己拔的树木给当家的看，当家的很满意，向妻子说："这个工头蛮不错的，虽然有睡懒觉的毛病，毕竟比其他人回来得早！"

年底结算时，其他伙计得到工钱，当家的呢，该是巨人给他三下子的时候了，他哀求巨人饶他，并宁愿把职位让给巨人而自己当个工头。可巨人不干。没法子，当家的只好请求延缓两周实行，巨人同意了。当家的便召集手下人，大伙儿一起出主意，想办法。最后，他们决定让巨人下井洗个澡，一旦他下去了，便把井口旁边的一扇磨盘扔下井去，让巨人丢掉性命。巨人也愿下井去洗个澡。等他下井后，一扇磨盘从天而降，大家都以为他这下子必死无疑了，谁想巨人在井下喊道："快把井口边的破鸡赶走，它们扒沙子都掉到我眼睛里啦！我看不清东西了。"洗完澡，巨人说："当家的，快看我这项圈儿多漂亮！"嗨，他竟然把磨盘当成项圈儿戴上了！巨人再次要求当家的履行诺言，当家的只得苦苦哀求他再延缓两周。他们再一次聚在一起商量对策，这次，派巨人去那间夜里闹鬼的磨坊磨面，这之前，还没人能在那个磨坊过夜后还可以活着出来。掌管磨坊的磨工告诫巨人说："你最好在白天磨麦子，夜里磨坊闹鬼，在夜间磨麦子的人没有一个活着出来。"巨人答道："我有办法应付！"说完便把麦子倒进磨里开始干起活来。十一点钟左右，他来到磨坊，在屋里的长凳上休息。过了一会儿，磨坊的门自动开了，进来一张挺大的桌子，紧接着，鸡鸭鱼肉等很多好吃的东西自动地一一上了桌，但不知它们是从哪儿冒出来的。然后，一张椅子移到桌子旁，没有其他人出现，抵不住饮食的诱惑，他坐到了桌子旁，开始吃起来。吃饱后，屋里一片漆黑，他脸上奇怪地挨了一耳光。他叫道："别再打了，否则我就还手啦！"第二个耳光随话来到，巨人乱打了一通。打了一夜，他一点

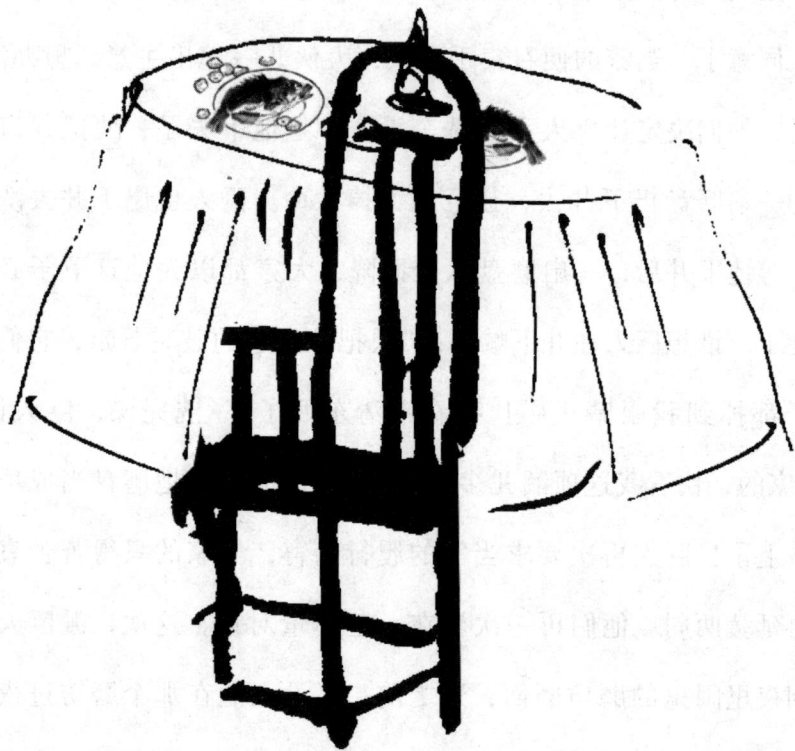

儿也没吃亏。天一亮，夜间的折腾便没了。磨工第二天早上发现他还好好地活着。他说："我昨晚吃了不少美味佳肴，被打了不少耳光，不过，我还得更多。"磨工非常兴奋，认为鬼已被赶走，愿给他一些钱报答。巨人说："我不需要钱，我有的是呢！"说完去对当家的说："事情给你办完了，现在是咱们履行当初条件的时候

了。"巨人一脚踢去，当家的飞到半空中，飘到了一个谁也不知道的地方。巨人回头对当家的老婆说："他回不来了，第二脚只能由您来接喽！"年轻的巨人抬脚也踢了她一下，她飞出窗去，因为身体较轻，她比自己的丈夫飞得还高。现在，夫妇俩是否还飞在空中，我不晓得，我只知道，巨人拿着他的铁棒，再次漫游世界去了。

地下小精灵

　　很久以前，有一位国王生养了三个女孩，三人天天都在王宫花园里玩耍。国王是个真正的花迷，他还特别喜爱一棵结满苹果的树，但他诅咒说若有人摘他的苹果，便会沉入很深的地下。现在是收获的季节，树上的苹果煞是惹人喜爱。三位公主每日结伴去树下，察看是否会有苹果被风吹落，可结果总是没有。一天，三公主实在是抑制不了诱惑，她摘了一个很大的苹果，跑到姐姐那儿，三位公主都咬了口苹果，刚咬下去，她们就一块儿沉入很深的地下去了，再听不见公鸡的打鸣儿声了。

　　中午时分，国王派人请女儿们一起用餐，但没人能找到她们。国王亲自在王宫和花园里找，也没能发现她们，他很担心，便在全国发通告说：谁能把三位公主找回来，他就可以娶任何一个公主为妻。通告发出后，国内不少年轻人离家去寻找公主，寻找的人群中有三个年轻的猎人，他们结伴而行，几天后发现了一座王宫。其中一间房里摆着一桌筵席，桌上的食物正冒着热气。奇怪的是，整个

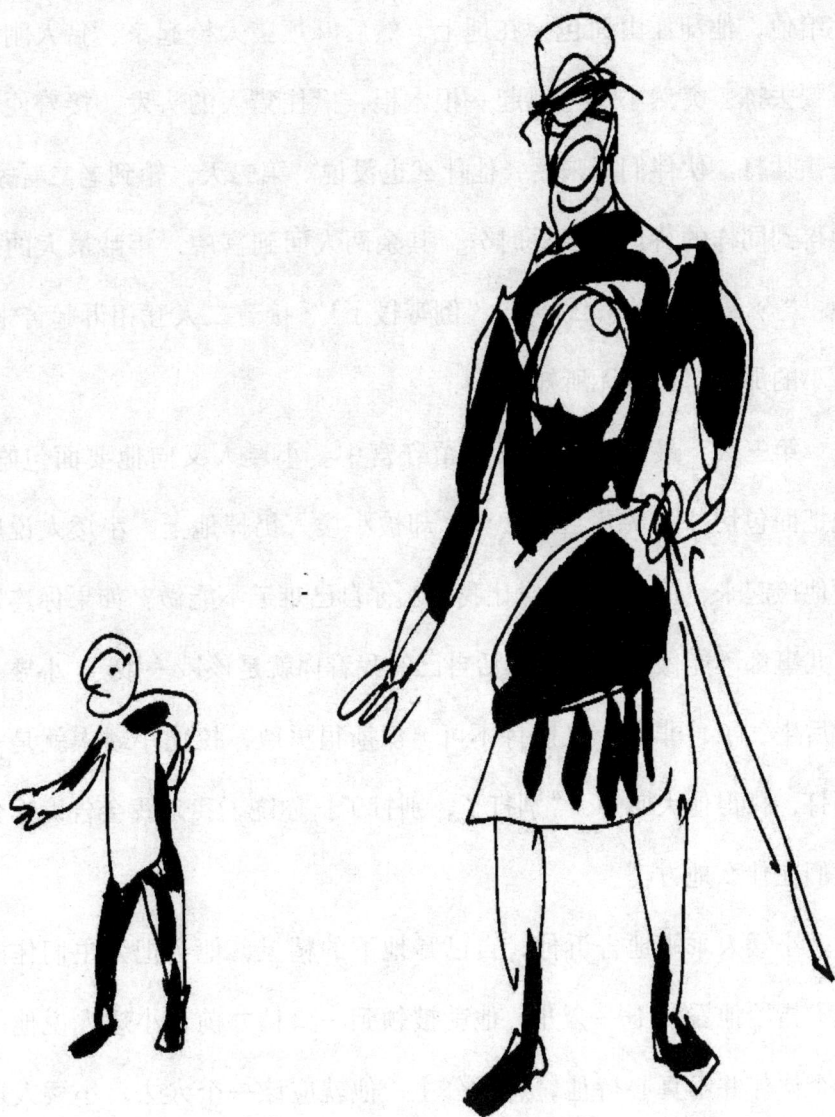

世界传世藏书

世界经典童话

·格林童话·

图文珍藏版

王宫里除他们外，别无他人。他们觉得饥饿，便坐到桌边开始大吃起来，边吃边商量由谁留在宫里看家，最终决定抓阄儿。当天抓阄的结果显示该由最年长的猎人留下。正午时，宫中来了一位小矮人儿，他求猎人给自己一块面包吃，猎人找出一个面包，切下一块来递给他，他却任由面包掉在地上，然后麻烦猎人捡起来，猎人刚弯下腰去捡，突然小矮人抓起一根木棍，揪住猎人的头发，接着便是一顿猛打。伙伴们回来后，他什么也没说。第二天，轮到老二看家，他得到同样的待遇。黄昏时分，其余两人回到宫中，年龄最大的问他："今天你过得怎么样？""倒霉极了！"接着二人互相诉起苦来。最小的那个对此一无所知。

第三天，最小的猎手汉斯留守宫中。小矮人又向他要面包吃，他把面包切掉一块儿给小矮人，却被小矮人扔掉地上。小矮人说麻烦他捡起来，汉斯叫道："让我捡？你自己难道不能做？如果你连这点儿事都不能做，怎么能养活自己？我看你就是该饿一饿。"小矮人听后生气了，非命令汉斯捡不可。汉斯很勇敢，拉住小矮人就是一顿打，打得他大叫道："别打了，别打了！你饶了我，我会告诉你公主们在什么地方。"

小矮人乖乖地告诉他，自己是地下的精灵，他会把公主们住的地方指给他看。不一会儿，他就被领到一口枯井前，小矮人说他的两个伙伴并不真心待他，想救公主，他就应该一个人去。小矮人还让他找来只挺大的筐，带上猎刀和铃铛，雇人把自己放下井去，到了井下，他会发现三间房，分别住着三位公主，她们在给有许多头的龙捉虱子，他必须把这些龙的头都砍掉，才能救出公主。

　　小精灵说完便消失了。当天晚上，另两名猎手回到宫中，询问他白天发生了什么。汉斯答："非常好！"然后告诉他们发生的一切。第二天一早，三人来到枯井边，又抓阄决定哪一个首先下井。结果年龄最大的猎人第一个打前阵，他带着铃铛和猎刀坐进筐子，临下井前交代他们说："我一摇铃，你们就拉我出来。"刚下去一会儿，他就害怕了，抓起铃铛就摇，于是他被拉了出来。第二个猎人坐进筐子，可同样无功就返。最后一个是汉斯，他让伙伴儿把自己一直放到了枯井底。他爬出筐子，提着猎刀，来到第一扇门前，趴在门上听了一会儿，听到有很响的鼾声传来，他知道怪龙睡着了，于是慢慢把门打开，发现有一位美丽的公主怀抱一个有九个脑袋的怪龙坐在房里，他砍掉了龙的九个头，公主高兴得跳起来，并把自己胸前的金饰品给他挂在脖子上。然后，他去了二公主的房间，她正在给一个七个脑袋的怪龙捉虱子，他把怪龙的七个脑袋砍掉，拯救了她，以同样的手法，他还救了正给四个头的怪龙捉虱子的最小的公主。三位公主见了面，异常高兴，汉斯使劲地摇铃铛，公主们一个个被拉出了枯井，只剩下傻瓜汉斯在井中，他正准备坐入筐中，想起小精灵的告诫。他把一块大石头放进了筐中，当筐子被拉到离井口有一半时，筐子忽然连着石头跌落井底，果真，那两个伙伴割断了绳子欲置汉斯于死地。他们以为汉斯被摔死了，便带着公主们走了，并威胁她们，让她们答应见到国王时就说被他们二人所救。

　　这样，二人见到国王后，一人娶到一位公主为妻。

汉斯非常伤心，突然，他发现屋里的墙上挂有一支笛子，无奈的他拿起笛子吹起来。怪事出现了，他吹得越长，屋里就有越来越

多的地下小精灵们突然出现，直到整个屋子都被装满。他们齐声问

汉斯需要什么，汉斯说想回到地上。刚说完，他们便一人揪着一根汉斯的头发，带着他飞出枯井，回到地上。汉斯连忙向王宫赶去，宫中正要给一位公主举行婚礼，三位公主一见到他便晕过去了。国王以为他伤害过三位公主，命人把他抓进监狱。公主们醒来后，请求父亲放了汉斯，当问及为什么，她们不肯说。国王便让她们去告诉烧火的炉子，公主们向炉子诉说了实情，国王明白了一切。他命令把另两个猎人绞死，并把最小的公主许给了汉斯。

金 山 国 王

从前，有一个商人，他养了一男一女两个孩子，他们还没学会走路。商人把自己的全部家财都投资在两条货船上，不久后传来消息说，两条装满货物的船全沉没了。商人现在不再富有了，除了一块地，他已一无所有了。一天，一个黑色的矮人儿出现在他身边，商人于是把自己的不幸一五一十地告诉了他。矮人儿说："不用愁，只要你同意把回到家里时第一个碰你腿的东西十二年后送给我，那么你想有多少钱，我就让你有多少钱。"商人没考虑就同意了，然后便回家了。

他刚进家门，小儿子看到了父亲，摇晃着身子扶着板凳很高兴地向父亲走来，抱住了父亲的腿。一个月过去了，他去了家中的阁楼，寻思着找些破烂东西典当一下，却看见地上有一大堆钱。他一下子心情又开朗起来，重新做起生意来。

日子一天天过去了，小儿子也渐渐长大了，他既聪明又活泼，商人很爱他，非常害怕会在年满十二年时失去自己的儿子，恐惧之

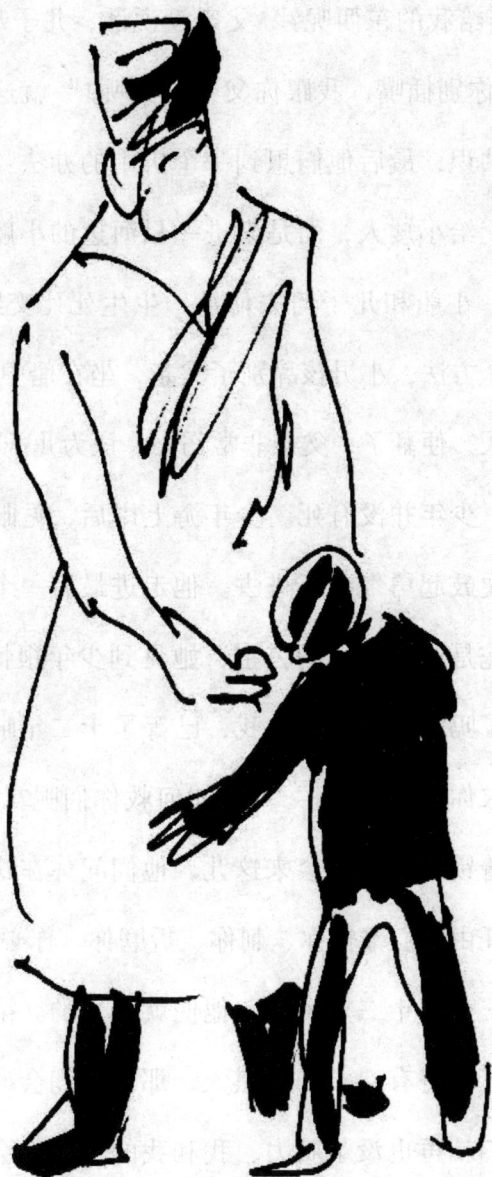

世界传世藏书

世界经典童话

·格林童话·

图文珍藏版

情常常写在他的脸上。儿子看到父亲每天忧心忡忡，便关心地询问父亲。父亲不情愿地把事情告诉了儿子。

儿子请牧师为自己做了祈祷，十二年后，黑色矮人来了，向商人说："您允诺给我的东西呢？"父亲没说话，儿子却说："你来这里做什么？""你别插嘴，我跟你父亲说话呢！"就这样二人争吵起来，难以达成共识，最后他们想到一个折中的办法：儿子既不让父亲带走，也不交给小矮人，而是坐进一只河边的小船，父亲亲自把船推离岸边后，小船和儿子何去何从，生生死死交给水流去决定。于是，依照这个方法，小男孩辞别了父亲，坐在船中，父亲一推船，谁想船刚行不久，便翻了，父亲非常伤心，认为儿子必定淹死了。

幸运的是，少年并没有死。少年游上岸后，见眼前耸立着一座华美的王宫，便鼓起勇气走了进去。他走进最后一个房间，发现地上有一条蛇，蛇是这个王宫的公主，她见到少年很惊喜，说："恩人，你真的来了吗？我等你来救我，已等了十二年啦！我的王国都中了魔法，请求你拯救我们。""我如何救你们呢？"少年问。"今晚，十二个拿着锁链的黑人会来这儿，他们问你在这儿干什么，你不用理他们，任由他们鞭打你、刺你、折磨你，你必须忍受这一切，同时保持沉默，夜间十二点钟时，他们就会走的。第二夜会再来十二个黑人，第三晚将有二十四个黑人，那晚他们会砍下你的头，午夜十二点，他们就再也没了魔力，我和我的王国就会得救，而你必须在此期间一直不说任何话。你也不用害怕，到时我自会来救你，你将会完好无损地活过来，像现在一样强壮。"少年答："我愿意救你。"然后一切事如蛇所说的发生了，王宫的人们都很开心，公主和少年举行了盛大的婚礼，少年便做了金山国的国王。

二人一起过着幸福快乐的生活，还有了一个非常漂亮的儿子。八年过去了，金山国王思念起父母来，想说服王后答应他去看望父母双亲。王后不让他回家，她怕这样会给自己带来不幸，国王苦苦请求，妻子没办法，她取出一枚随心意的戒指，告诉丈夫说："把它拿去戴在手指上，你希望去哪儿，它就会送你到哪儿，不过你必须同意我一件事，即不能用它把我带到你父亲那儿。"国王答应了她。他对着它许了个希望回到父亲的那座城市的愿，转眼间，他果真站在了父亲生活的城市的城门外，守门的士兵不让他通过，他到郊外找了个牧羊人，对换了衣服，他便顺利地进了城，找到了父亲。父亲却说自己的儿子早在河中淹死了，但见他可怜，表示会施舍他一顿饭吃。国王对父母说："我身上有颗痣，您二老忘了吗?"母亲说："我记得儿子的右臂下面有颗红色的痣。"金山国王挽起衣袖，露出右胳膊下的痣，父母亲认出了他。接下来，他把自己离别家庭后的传奇故事说给二老听，并说自己现在已是金山国王，有妻子，还有个七岁的漂亮儿子。父亲见他衣着寒酸，便打击他说："是啊，回来时竟还穿着牧羊人的衣服。"国王生了气，他想，让妻儿前来便可证明自己的话，于是，转动了手上的戒指，许了愿。瞬时，妻儿来到了他身前。王后哭泣着怨他没有遵守诺言，会让自己陷入不幸。他说："我不是故意的，不是想害你。"

有一天，他把妻子领到郊外的自家那块地上，去看那条河，后来他感到累了，便躺在地上睡着了。王后摘下丈夫的戒指，戴在手上，然后把丈夫的身体移开，留下鞋以做纪念，然后把二人的孩子抱到自己怀里，转动戒指，回到了自己的王国。国王醒过来后，才惊讶地发现妻子带着孩子走了。他想：父母会认为我是玩魔术的家

伙，我必须回到自己的王国。于是，他出发前往金山国，最终走到一座山前。那儿有三个巨人正在争论怎么分老父的遗物。他们一见金山国王，便请他替他们出主意。遗物共有三种：一把剑，只要有人拿着它说一声："砍下除我之外的人的头！"其他人的头就会落地；一件斗篷，只要穿上它，就能隐身；一双靴子，穿上它就可随心所欲地去所有地方。金山国王说："你们把这三件东西给我试用一下，

看是否是真的。"他们于是把三件宝贝给了他。这时，国王立刻想回到妻儿所在的金山国，不自觉地便说出了口。一眨眼的工夫，他从巨人面前消失，回到了金山国的土地上。站在王宫外，他听到有欢呼声和笛乐声传来，路人告诉他，王后正准备举行婚礼。他一听便大怒，然后，他穿上斗篷，隐身进了王宫。刚跨进大厅，就见自己的妻子，身着华美的服装，头戴王冠，正端坐在屋子中央的宝座上吃喝。他脱下斗篷，露出本相，然后走上大殿宣布："我是金山国王，婚礼取消！"

贵族们想上来捉他，他拔出宝剑，大声说道："砍下除我之外这儿所有人的头！"于是，众人皆没了性命，他重新登上王位，管理着金山王国。

乌鸦公主

很久以前，有一个淘气的小公主，常常让人抱着她玩。有一次，王后开玩笑似的说道："我呀，真巴不得你跟着乌鸦飞走，好让我能静一静。"刚说完，公主果真成了一只乌鸦，飞到了大森林中，有一天，一名男子在森林中漫步，突然听见有乌鸦的叫声，他顺着声音走去，发现了一只乌鸦，乌鸦说："我本是个王国的公主，由于受到诅咒变成一只乌鸦，求您救救我。""那我该如何做才能救你呢？"那个男子问。"你继续前行，直到发现一幢小屋，屋里坐着一位老太太，她会拿给你吃喝的食物，你切记不能动这些食物，否则便会沉睡过去，就不能救我了。屋子后面有一个大土堆，你就站在那上面等我。接下来的三天中，每天中午我都会驾车过来，第一天是四匹白马拉车，第二天会是四匹红马，第三天则会是四匹黑马。不过你一定不能睡，而是要保持清醒，否则就救不了我啦！"他答应一定照办，乌鸦公主说："其实，你会去吃那老太婆的食物的，我知道。"他再三向公主保证不会，然后就朝森林深处走去。他果然发现了一

幢小屋和一个老婆婆，老婆婆一见他进来便迎上来说："哎呀，看您都累成什么样啦，还不快吃点东西！"男子禁不住诱惑，就着杯子喝了一口水。到下午两点时分，他去了屋后的土堆上，等乌鸦公主前来。刚在土堆上站了一下，他就感到很疲劳，想躺下来休息，不一会儿就睡着了。这时，公主驾着四匹白马拉的车前来，看见那男子正沉沉地睡着，无论怎么摇晃他和喊他，就是醒不过来。第二天中午，老婆婆又劝说他喝一点自己带来的酒，他最终抵不住诱惑，喝了一口。近两点时，他又去屋子后的土堆上等着，可浓浓的睡意再次涌上来，于是他又躺倒在地上，陷入甜美的梦境。当乌鸦公主驾着四匹红马前来时，半路上预感到他将会睡去，果然，她爬上土堆，摇他晃他却叫不醒他。第三天，他禁不住又喝了一口酒。与前两天比起来，现在的他更加劳累，刚爬上土堆，就倒在地上昏睡过去。又是两点时分，公主这次驾驶着四匹黑马及用黑色装备起来的车前来，路途中，她已很伤心，说："我料他还是在沉睡，他救不了我啦！"走上土堆，公主摇晃了他一阵，见还是不能令他醒来，便在他身旁留下一个面包、一整块肉、一瓶上好的酒，她知道，这三样东西可以让那男子永远吃不完，然后，她把自己的金戒指戴在了他手上，上面还刻着她的名字呢。做完这一切，她又留了一封信给他，信的末尾写道："我早知道，这次你是救不了我的，若你真的想救我的话，去急流山的金宫吧！在那儿，你能救我。"安排妥当后，乌鸦公主驾着马车去了急流山的金宫。

男子一觉醒来，公主留下的一切他都看见了，他立刻跳起来，带着东西准备前往金宫，只是，他不晓得金宫到底在哪个地方。他又开始了四处流浪的生活，很多天之后，他走进一座阴森的森林，一直走了十四天仍没走出个头来。

晚上，他就和衣睡在小树丛旁边；白天，他就继续向前走。有一天，天黑了，他正准备睡在小树丛旁，忽然有吼叫和哀叫声不绝于耳地传来，搅得他难以入睡。到了该点灯时，他见前面似有灯光在闪烁，便起身迎着灯光走去。不久后，他来到一座房子前面，屋子是属于一位巨人的。巨人很久没吃东西了，他想把这男子当食物吞进肚子里。男子说："不要吃我，如果你饿的话，我这儿有东西会让你饱餐一顿的。""真的？那我就不吃你了，我找不到别的食物，才想吃你的。"巨人说道。然后二人一起坐到桌边，男子拿出自己的面包、肉和酒。二人吃喝了很久，原物却仍不见少。"这些东西真好，挺适合我的。"巨人边说边继续吃喝。饱餐一顿后，男子问巨人："您知不知道急流山的金宫在哪里？""我不知道，但可以帮你查一下地图。"

巨人取来家里的地图找起来，但没找着。男子想告辞远去，巨人让他再住一些时候，说自己的哥哥因出去找粮食所以没在家，他知道得更多。男子住了下来，巨人的哥哥回来后，男子招待他吃了个饱，然后三人一起去巨人的哥哥房里，找出以前的老地图，钻研了很久，最后终于找到了金宫。地图上的图例显示，金宫离这儿有好几千里呢。"太远了，我怎么能尽快赶到那儿呢？"男子问。巨人说："我背你去吧。"来到了距离目的地尚有两百个小时路程的地方，

世界经典童话

·格林童话·

图文珍藏版

巨人向他告辞离去。男子只得自己走剩下的路程，他不停地赶路，最后来到了金宫前。他看到金宫建在一座玻璃山上，乌鸦公主驾着马车绕了金宫一圈，然后就进去了。他见到公主，很开心，想立即上山，可玻璃山太滑了，他爬了一次又一次，也向下掉了一次又一次。他很伤心，以为自己进不了金宫，便决定待在这儿，一直等着公主。

接下来，他自己动手在急流山下建了一间小屋，每天看着公主驾驶着马车进金宫，自己却怎么也上不去。

一年后的一天，透过小屋的窗口，他看到有三个人在争执不休，看上去是三个强盗，就向他们喊道："愿上帝保佑你们！"三人一听住了手，但看不到有人在，重新争斗起来。

他只得再次叫道："愿上帝保佑你们！"然后向他们走去，问他们为何而争斗。

一个强盗回答："我发现了一根神奇的棍子，用它碰任何门，门都能自动打开。"另一个说他有一个斗篷，披在身上即能隐身，第三个说自己找到一匹马，用它可以去任何地方。三人因为到底是各走各的路，还是共同使用这三件东西谈不拢，所以争执起来。

男子说："我也有宝贝可换你们这三样东西，不过你们要先让我试一下你们的东西，看是不是真的。"三名强盗同意了，让他骑上马、披上斗篷、拿上棍子，他一得到这三样东西，立刻隐了身，他骑马到了玻璃山上，找到金宫，用棍子一指，金宫的门就自动开了。他隐身进入大厅，发现公主正坐在里面，望着一只满是葡萄酒的金杯。他由于隐身，公主看不见他，他便摘下公主送的戒指，扔进金杯中，"叮当"一声，公主听见了，便惊喜地立刻站起身，四处寻找救她的人。男子此时已走出宫去，脱下了斗篷，骑在了马上。公主由宫内找到宫外，见到他，非常高兴，他忙下马拥抱公主。公主吻着他说："你已救出了我，咱们明天就结婚吧！"

智慧过人的女人

古时候，有一个穷人。有一天，他女儿说："父亲，我去面见国王，求他赐给咱们一块土地吧！"她真的去了，国王真的赐了她一块草地。她和父亲在那块草地上耕作，结果从地里翻出了一个金臼。父亲要把金臼献给国王。女儿说："父亲，咱们还是不去献的好，您想，现在是只有臼却没捣臼的杵，国王肯定会让我们去找杵的。"父亲不听女儿的劝告，把臼献给了国王。国王命他一并把杵献上，他解释说没有杵只有臼。可没人听他的，他被投入监牢，他很后悔没听女儿的话，便日日叫着："女儿，父亲真该听你的话，那样就没事啦！"后来狱官把这个犯人的怪言怪语报告了国王，国王便命狱官把那个献臼的农民带到自己跟前来。农民来了，国王问："你女儿怎么劝告你的？""她对我说，我不能献上金臼，因为您那时肯定会让我找出杵。"农民答。

"哦，那你的女儿岂不很聪明？让她立刻来见我！"

农家女领命来面见国王，国王想测试一下她到底有多聪明，说

如果她能猜出国王的谜，他就娶她为后。国王说："你回去后来我这儿时，不能衣着寸缕，可也不能裸体；不能骑马，不能坐车；不能走路上，也不能走路外。如果这些你都能做到，就可做我的妻子。"农家女便立刻回家去，把衣服全脱下来，然后找来张捕鱼的大网，密密麻麻地把自己裹在里面。接着，她把渔网拴在驴尾巴上，由驴拖着她沿着车辙走，她只用大脚趾挨地。当她用以上办法再来见国王时，国王钦佩她的才智，说她猜中了。放了她监牢中的父亲，娶她做了王后，并把王宫的财产都交她掌管。

几年后，国王出去阅兵，遇上一桩事：一些农民卖了木材后停在王宫前休息，有一匹马生下只小马驹，小马驹调皮，跑到其他车的两头牛中间躺着。为争这只小马驹，农民们就吵了起来，两头牛的主人想留下小马驹，马的主人不同意。他们要求国王评判，国王说，小马驹在谁那里就归谁所有。牛的主人很高兴，马的主人无奈地离开了。后来，他听说王后是贫苦人家出身且很善良，便去求她帮忙。王后说："我可以告诉你怎么办，但你一定得答应不把我供出来。"这个农民答应了。王后便让他第二天一早，站在国王去阅兵必经的路上，装作打鱼的样子，还要装作从网中倒鱼的样子，并让他感觉似乎网中尽是鱼，然后王后又教了他一些应该答的话。第二天，他照吩咐做了，国王问他在干什么。他说："我打鱼。"国王说，没水怎能打鱼。他回答说，两头牛都能生下只小马驹来，他当然也能没水打到鱼了。国王觉得这农民不会想出这么好的主意，命他说出是谁教他的。农民说："是我自己想出来的主意。"国王不相信，士兵把那农民拉到一捆麦草上拷打，最后农民熬不住，供出是王后的主意。国王很生气，回到王宫后便对王后说："你怎敢如此捉弄我？

回到你的小屋中去吧！"但他同意让她从王宫中带走一件她最珍惜最宝贵的东西。王后命人送来一杯烈性的安眠水作为辞别酒，国王喝了一大口，她却象征性地呷了一点。不久，国王沉睡过去，她立刻命侍从送来一块干净的布，把沉睡的国王放进布里包起来，把他抬到门口的一辆马车上，王后亲自驾车，把国王带回了从前的小屋。

一天一夜后，国王醒了过来，发现自己睡在一个陌生的小屋的床上，过了一会儿，王后走到他跟前说："亲爱的丈夫，您让我从宫中带走一件我最珍惜、最宝贵的东西，对我来说，还有什么比您更让我珍惜的呢？"国王被深深地感动了，他说："亲爱的妻子，我是你的，你也是我的啊！"

希尔德布朗的故事

希尔德布朗的妻子很得村子中的牧师喜欢。牧师盼望着能与她单独交往一整天,她也有同样的想法。一天,牧师对她说:"仔细听着,亲爱的,我有办法能让咱们快快活活在家里度过一整天的时间。从这个礼拜三早晨开始,你就装成生病的样子,待在床上不要起来,你要装作像真的病了一样,礼拜天到了我布道的时候,你务必设法让你丈夫来,到时我会有办法的。""行,我就照你说的做。"农民的妻子回答。

礼拜三时,她待在床上不愿起来,哭哭啼啼地说自己不舒服,农民用了很多办法也不能把她的病治好。星期日一早,她对丈夫说:"我想我不行了,但我希望自己能去做礼拜,听听牧师的布道。"希尔德布朗说:"你起床的话病会加重的。还是我去吧,我回来后会仔细讲给你听的。"他去了牧师那儿。牧师说,如果家中有人生病,家中别的人就应该到高克里圣山走一趟,用一个铜板买一筐月桂叶,把它带回来,家中的病人就会好起来。还说如果有人果真愿去,可到他那儿去领一个铜板和一个可以装月桂叶的袋子。希尔德布朗听

罢别提多高兴了，做完弥撒便找到牧师，讨到了袋子和钱。他收拾了一下东西便上路了。他前脚刚走，他的妻子就与前来的牧师相会。那倒霉的农民急急地赶路，盼着早日赶到意大利的高克里圣山，半路上遇上了自己的表哥。他的表哥刚从集市上卖完鸡蛋回来。"上帝保佑你，"表哥说，"你急着赶路是去哪儿呀？""感谢上帝，表哥，"希尔德布朗说，"你表弟媳妇病了，牧师布道时说，若家中有人病了，可去意大利的高克里山朝圣，然后花一个铜板买一筐月桂叶回来，家中的病人就会立刻好起来。我从牧师那儿取了装叶子的袋子和钱，正要去朝圣呢！""别去那儿了，表弟，"表哥说，"你怎么能相信这种骗人的话？好好想一想吧，实际上是你老婆和牧师支开你好单独快活一把。""你坐在我的鸡蛋篓中，我把你送回去，让你亲眼看一下。"表哥把他背回家一看，天呀，他老婆已把家中养的家禽杀光了，牧师在那儿，还带着自己的提琴呢。表哥敲了下门，农民的老婆问是谁，表哥说明身份，并说："弟媳妇，我今天赶集卖鸡蛋没卖完，今天是背不回去了，能在您这儿住一晚吗？"农民的妻子只好请他在火炉边的长凳上坐一夜。表哥进来了。希尔德布朗的妻子和牧师却不高兴。后来，牧师逐渐开心起来，说："亲爱的，听说你歌唱得很好，表演一下怎么样？"那妇人说："现在我唱不好了。""别扫兴嘛，"牧师说："唱一个吧！"妇人便唱道：

我用计支走了丈夫，

他现在正爬意大利的高克里圣山呢。

牧师接着她唱道：

　　但愿你丈夫能待一年不回来，

　　托上帝的福，咱才不管那装叶子的袋子。

突然，厨房里的表哥也唱起来了：

　　哎哟哟，希尔德布朗老弟，

　　感谢上帝，你还待在长凳上干吗？

希尔德布朗也唱道：

　　我再也不能忍受了，

　　我会立刻爬出竹篓来！

唱完他便爬出竹篓，抓起棍子把牧师打得鼠窜而去！

三只鸟儿

　　一千多年以前，我们现今拥有的国土上散布着许多小国，其中一个国王的王宫建在了柯艾特山上，该国王特别擅长打猎。有一次，他带着手下的猎手们一块儿打猎时，柯艾特山脚下恰巧有三个女孩在放牛。她们在远处看见国王那群人后，最大的女孩喜欢上了国王，她对妹妹大声说："看见了吗？我只愿嫁给他！"年龄稍轻一点的妹妹则指着立在国王右边的人说："你们看，我但愿能嫁给他！"最小的妹妹用手指着国王左边的人大声说："除他之外，我不愿嫁给第二个人！"三个女孩的话被国王及其手下听见了。打完猎返回时，国王让手下带那三个女孩过来，于是三人各遂心愿。

　　有一天，国王即将出门远行，正赶上王后怀上了孩子，为让妻子高兴，国王请来她那两位至今还没儿女的妹妹照顾她。国王走后，王后生下了一个可爱的小男孩，他身上还有颗红痣呢。两个妹妹耍奸计把他扔进河中。这时飞来只小鸟，它唱道：

他会死掉吗？

现在不会知道。

变一束百合花，好不好，

乖孩子？

两个妹妹害怕了，扔掉孩子转身就跑。国王回到宫中，她们骗他说，王后生下一只狗。国王说："这是上帝的旨意啊！"

威西河边有一位渔夫，他救起了男孩，和妻子收养了他，一年过去了，国王又要出宫远行，他又请来妻子的两个妹妹陪伴王后，她这次又生下了一个男孩，两个坏妹妹重演上回的故事，再次把小婴儿扔进河中。小鸟又飞过来唱道：

他会死掉吗？

现在还不知道，

变束百合花，

好不好，乖孩子？

国王归来后，两个妹妹告诉他，妻子生下的还是一只狗。他回答："这还是上帝的旨意！"同样幸运的是，这个婴儿也被渔夫救起并抚养。国王第三次出宫后，可怜的王后这次生了个女儿，两个妹妹再次把这个孩子也扔进威西河里。鸟儿又飞过来唱道：

她会死吗？

不知道。

变束百合花，

好不好，乖孩子？

　　国王回家了，被告知妻子这次生下的是一只猫。国王很伤心，暴怒之下，把妻子投进监牢，可孩子同样被渔夫救起。

　　渐渐地，三个孩子长大了。一次，被渔夫最早救起的孩子与其他渔家孩子一块儿出去打鱼时，别人不同意跟他在一块儿，并笑他说："你是个被别人扔掉的孩子，还想跟我们一起打鱼？"他很难过，回家询问渔夫，渔夫对他说，一次打鱼时把他从水里救出来，那时他还是个婴儿。少年要寻找自己的生身父母，开始时渔夫不同意，他苦苦哀求，最终渔夫同意了。少年离家而去，一个老婆婆背着他过了河，他找了很久，但仍没找着父母。

　　一年后，国王的第二个被渔夫收养的儿子也离家而去，他的目的是找到哥哥。他一样地一无所获。家中这时只剩下最小的妹妹了，她走到大河那儿时，看到老婆婆，说："老婆婆，您好啊！"老婆婆同样致谢后，女孩又说："希望上帝保佑您，让您能钓到大鱼！"老婆婆很高兴地接受了她的祝福，她背女孩过了河，给了她一根神杖，说："亲爱的孩子，你要一直沿着眼前这条路走，看到一条黑狗时，你别开口，也别看它笑它，一直向前走，你就会发现一座敞开着大门的宫殿，走过门槛时你必须把神杖丢在那儿，然后你要快速地走过王宫，从一边出去，接着你就会发现一口井，井中有棵树，一个关着鸟儿的鸟笼就挂在树上，你先把鸟笼拿下来，从井中舀杯水，带着鸟笼和水按旧路往回走，从门槛那儿过时，记得一定要拾起神杖，回来的时候，再看到那条黑狗，你要用神杖打它的脸，务必要打着，然后再回到我这儿来！"女孩按照老婆婆说的做了，回来时遇到了自己的两个哥哥，三人一起往回走，经过黑狗时，女孩用杖打到了狗的脸，它变成了一位很英俊的王子，四人来到大河边。老婆婆把四人背过河，就走开了，四人回到了渔夫爸爸家，大家都很开心，装鸟儿的笼子被挂在了墙上。

渔夫收养的第二个孩子闲不住，独自外出去打猎。打猎累了，他取出自己的笛子吹起来，恰好国王也正在这一带打猎，听见有人在吹笛，就走过去问："年轻人，你是谁的孩子呀？""我的父亲是渔夫。"他回答。"可渔夫没孩子呀？"国王很诧异。"你到我家看看就知道了。"少年说。国王真去了，询问渔夫，渔夫道出事情原委。突然，挂在墙上鸟笼中的小鸟唱起来：

　　　　唉！可怜的母亲，

　　　　被独自关在监牢，

　　　　国王啊，

　　　　这些都是您的乖孩子，

　　　　是那狠心的姨娘，

　　　　想害死他们，

把他们扔进河中，

幸亏善良的渔夫搭救了他们。

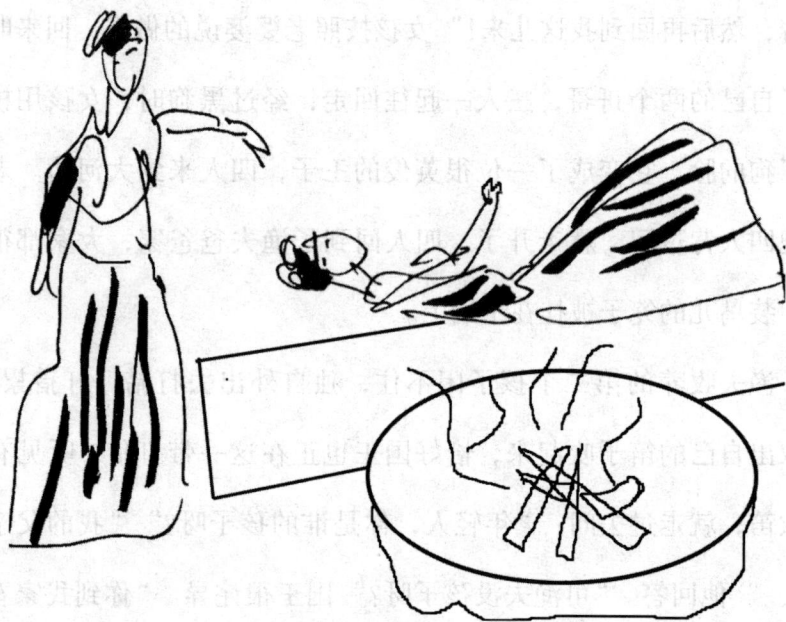

　　大家听了都很惊讶，国王带上孩子、小鸟及渔夫回到王宫，又派人接出狱中的王后。王后待在监牢里许多年了，又虚弱又憔悴，小公主忙把从井中取的水喂她喝了，她立刻恢复了从前的容颜和精神。两个坏姨娘被国王下令施以火刑，小公主与自己救的王子举行了婚礼。

不 死 水

古时候，一位国王病得很厉害，他的三个儿子很伤心，他们一块儿躲到王宫的花园中哭起来。有位老人过来问他们为何哭泣，他们回答说父亲病得很重，难以活命。老人说："有个办法可以救活他，你们去找不死水吧，给他喝了这种水他就会重新好起来，不过这水可不好找啊！""我发誓要得到它。"大王子说，然后他去见生病的父亲，请求让自己出发去找不死水，父亲同意了。大儿子想："如果能找到不死水，父亲就会最爱我，哈，我就能得到王位。"

大王子出发了，走了一段时间，这时，路上一个小矮人儿向他大声打招呼说："你急着去哪儿呀？""你不必知道，愚蠢的人！"大王子继续向前走了。小矮人儿生了气，诅咒他。不一会儿，大王子误入了一道山谷，他越走山就越向中间靠，最后他一步也不能向前进了，他进出不能，留在了那儿。家人等他等不回来了，二王子对父亲说："父亲，请您允许我出去找不死水，好吗？"他想，大哥如果死了，他找到不死水便可继承王位了。父亲同意。二王子顺着

哥哥的路向前走，同样遇上了小矮人儿，小矮人儿把他叫住，问去哪儿，他也答："笨蛋，为什么要告诉你？"他答完便又向前走，小矮人给他下了诅咒，结果他与自己的哥哥一个下场。骄傲的人就得受到惩罚，不是吗？

两个哥哥很久不回来，小王子也向父亲告辞，说要去找不死水，国王也同意了。小王子遇到小矮人儿时，有礼貌地说："我父亲病得很重，我去找不死水救他。""那你知不知道哪儿能找到不死水呢？"矮人问。"不知道。"小王子答。"你这个人挺有礼貌，你两个哥哥就不如你，我告诉你怎么找到不死水吧！一直向前走，你就会发现一座王宫，它中了魔法，不死水就在那王宫的水中。我送你一根铁棍子和两个小面包。你用铁棍在宫门上打三下，门就会打开，然后把两个小面包扔进宫门内两头张着嘴的狮子嘴里，它们便不会吃你了。你进宫去取不死水，一定要记着：十二点之前务必出宫，要不然你就会被关在宫中。"谢过小矮人儿，小王子拿着铁棍和小面包继续前行。一切果真如小矮人儿所言，他走进宫中的大厅，发现厅中是几个中了魔法的王子。他把王子们手上的戒指摘下，接着看见房间中还摆着一把剑和一个面包，他拿起来带着继续走路。又一间房出现在眼前，屋内立着位很漂亮的女孩，她很高兴见到小王子，并说小王子救了自己，会拥有这个王国，一年后，自己会跟他在这儿结婚，并告诉他那有不死水的井在哪儿，同时叮嘱他十二点之前必须回来。小王子按她指点的方向往前走，最后走进一间摆有一张很整洁的床铺的房间，用井边的杯子取到水后，他匆忙跑出王宫。正巧钟敲十二点时，他刚迈出王宫的铁门，不过脚后跟被立刻合拢的大门挤掉了一块。

他为自己拿到不死水而兴奋不已，往回走时又碰到了那小矮人儿，小矮人儿看到他得到了剑和面包，他说："这两样东西会成为你的巨大财富，剑，可用来战胜任何军队，这面包，是永远吃不完的。"小王子想起自己的两个哥哥，问道："亲爱的矮人儿，你知道我的两个哥哥在哪里吗？他们为父王找不死水，还没回家呢。""他们被两座大山夹在中间了！"小矮人儿回答。小王子求他放过两个哥哥，他同意了，但同时警告小王子："他俩不是好人，提防着才好。"

见到两位哥哥，小王子向他们说了自己找到一杯不死水，并搭救了一位漂亮的公主，以及如何得到公主的允诺说一年后成婚和管理公主的王国。然后，三人一块儿向家赶，途经一个国家时，因为打仗这个国家的人正在忍饥挨饿。国王感到没有希望重整国家了。小王子求见国王，把面包借给了他，以让老百姓脱离饥荒，把剑也借给了他，帮他打败敌军。这个国家恢复和平宁静的生活后，小王子拿回自己的东西，与哥哥们继续赶路。途中又遇上两个类似的国家，小王子也把剑和面包借出去，帮助国王恢复了以前的王国生活。这样一来，他一共救了三个王国。最后三人乘船渡海。船正行驶时，小王子的两位哥哥商议说："小弟取到了不死水，我们却没找着，父王肯定会把该给我们的王国交给他，咱们那时可就没幸福可言了。"接着二人使了坏，在某一天小弟弟睡着后，用又苦又涩的海水换去了装在杯中的不死水。

三人回到王国后，小王子把杯中的水献给父亲，以为喝了水，父亲定能康复。哪里料到，父王喝到的是海水，病情更严重了。老国王很气恼，另两个儿子端来真正的不死水给他喝，喝后果真病体康复了。那两个儿子乘机诬告小王子，说他想害死自己的父亲。两人又找到小王子，嘲笑他说："你取得了不死水，出了不少力是事实，如今受到称赞的可是我们哟！你太笨了，你在海中的船上睡觉时，我们把你的不死水给换掉了！一年以后呢，我俩中的一个将娶到那美丽的公主，你可不许说出事实的真相！父王现在也不相信你了，倘若你露了一点口风，你会送命的。"

老国王决定秘密枪杀小王子。某天，当小王子到林中打猎时，父亲的猎手跟着一块儿去了，小王子也没在意。可是，猎手舍不得下手。最后两人换了衣服，小王子向森林深处走去，猎手则回到了王宫。

不久之后，三辆装满黄金和玉石的马车驶进老国王的宫中，说是献给小王子的。原来，这三辆马车，是那三个被小王子用剑和面包拯救的王国的国王送过来的。老国王很后悔，开始想：小儿子说不定真是被自己冤枉了。他对臣子们说："我不该命猎手处决他，如果他还活着该多好！"猎手趁机向国王报告说，小王子还活着。国王听了猎手诉说后，才安了心，并发出通告说如果小儿子回来的话，会重获父亲的宠爱。

被小王子救下的公主命令在王宫前修一条用金子铺成的大路，并吩咐下人说，从大路中央直奔过来的骑马人是她真正的未婚夫，

要放进宫来，若是从旁路来到宫门口的，则是假的。很快地，约定的日子来临了，大王子企图冒充自己的小弟弟，去娶公主并得到王

国，他纵马疾驰，快到宫门时，从路的右侧来到宫门，守门的士兵知道他是假的未婚夫，让他回去。二王子继大哥之后，也上路了，骑马从路左侧来到宫门前，士兵也让他滚开，因为知道这位也是个

假的。小王子在一年的期限来到时走出森林，骑马向公主的王宫奔去，他压根儿没发现金路的存在，他从马路中央直奔到宫门口。宫门大开，公主兴高采烈地赶来接风洗尘，说他是自己的救命恩人，也是这个王国的国王，二人举行了隆重的婚礼。后来，公主对他说父王已后悔了，想让他回去。他回到了父亲那儿，讲述了自己如何错看了两位哥哥而受到欺压以及他为什么当时不说。父亲想惩处两位哥哥，谁知二人已乘船渡海去了遥远的地方，从此再没回来。

无所不能的博士

很久以前，有一个农夫，名叫克勒卜思。有一回，他把一车柴卖给了一个医生，酬价是两枚银币。医生当时正在吃饭。他见医生吃的喝的都是那么好，很羡慕，他问医生自己能否做一名医生。"可以，立刻就能实现。"医生说。"那我应如何做?"农夫问道。"你先去买那本前面印着只公鸡的进门书，然后，卖掉你的车和牛，去买一套医生的衣服及用品，最后，让人为你制块牌子，上面写上'我无所不能'几个字，挂在门上，这就行了。"农夫一切照办。不久，一位很有钱的大贵族家失窃了，有人推荐说某村有位无所不能的博士，他应该知道钱在什么地方。于是，贵族请他寻出失窃的财物。农夫的条件是和自己的夫人格莱特一起去。贵族同意了，夫妇俩便一同上车去了。贵族家到了，夫妇二人立刻被请到满是可口饭菜的桌前就座。第一个仆人端着美味菜肴走上来，农夫碰了一下妻子，说："格莱特，这位是第一个。"他本意是说第一个上菜的是这人，不料仆人以为他说自己是第一个贼呢，他确实是偷钱人之一，害怕

起来，出来后对一同窃钱的人说："坏事了，他真的无所不能，他认出我是一个贼。"第二个用人不敢进去，但又不得不进去。农夫一见他进来便又碰碰妻子说："他是第二个。"用人害怕极了，立刻出了屋子。第三个进来的用人得到同样的遭遇。第四个用人端上来的菜是用碗盖上的，贵族想考一考农夫，让他猜里面是什么。其实碗里装的是螃蟹。农夫一下子傻眼了，以为自己完了，便叹道："我这令人怜惜的克勒卜思啊！"贵族把克勒卜思理解成了螃蟹，惊叹道："天，他确实什么都知道！肯定能找出小偷。"

第四个用人吓得要命，便使眼色给农夫，要他出来一下。农夫出去后，四个人承认是他们偷的钱，并说只要不告发他们，博士可

以得到一大笔钱，偷的钱也会交出来，他们甚至还把他领到了放钱的地方。农夫同意了，他回到饭桌旁，对贵族说："大人，要想知道钱在哪儿，得让我查一下书。"第五个用人想知道农夫还懂得什么，便爬进农夫屋中的灶孔中。农夫在自己的进门书中找那只公鸡，但没找到，叫道："在里面的，快出来！"用人一听，吓坏了，立刻爬出来说："他真的什么都知道！"最后，农夫告诉了贵族放钱的地方，但没说是谁偷的。于是，他得到了双重的报酬，成了个很有名气的人。

躲在瓶中的魔鬼

古时候，一个樵夫只知道干活，最后他有了点儿积蓄，对儿子说："儿子，我就你这一个孩子，把这些钱拿去学门手艺吧，等到我老了，腿脚不便时，我要靠你来养我。"儿子去上学了，他很用功，老师们很喜欢他。日子一天天过去了，父亲的钱用完了，他只好回到家中。父亲痛苦地说："我没钱供你继续上学了，生存并不是件容易的事，我没剩下钱来。"儿子说："不用难过，爸爸！这也许是件好事，我会渡过难关的。"父亲想去砍树卖点钱，儿子要求一道去。

父亲借了把斧头。第二天天不亮，两人一起去了森林，儿子干起活来挺卖力气。正午时，父亲说："休息一下吧，午饭后，你会更有力量的。"儿子拿起个面包，说："爸爸，您休息吧，我逛一下森林，说不定能发现几个鸟窝呢。"父亲却认为他不如坐下休息，因为等会儿再干活，够他累的。

儿子没听，走向森林深处，边吃面包边看绿色树枝叶间是否有鸟窝，最后他走到一棵高大的橡树前，儿子站住了，想这树上肯定

世界传世藏书

世界经典童话

·格林童话·

图文珍藏版

有鸟窝，突然，有一个声音传来，他仔细听了一下，确实听到有个低低的叫声："放我出来！放我出来！"这个孩子四下里看去，没发现有人，只是觉得声音好像来自地下。他问："你在哪儿？"声音说："我就在这橡树根旁。快把我放出来！"少年开始挖起土来，在橡树的根旁找了半天，最终找到只玻璃瓶，他拿起来，发现瓶中有个青蛙样的东西在蹦跳，那东西又喊："把我放出来！"少年没想太多，把它放了出来，结果那东西一出瓶，转眼间变成了个可怕的魔鬼，几乎有那橡树的一半高呢。魔鬼喊道："放我出来的代价是什么，你知道吗？"少年说不知道。魔鬼说："就是拧下你的头。"魔鬼又叫道，"我在里面被关了那么长时间，这是什么好事吗？不，是对我的惩罚，我是大力士墨丘利乌斯，谁把我放出来，谁就得掉头。""慢，"少年说，"我得先搞清楚，你是否真的曾在那瓶中待过，以及是否真是个妖怪。如果你能再次进入瓶子里，我才相信你是墨丘利乌斯，我的命就给你啦。"魔鬼说："这好办。"他又化为一缕烟钻进了瓶中。说时迟那时快，少年拿起瓶塞立刻塞住瓶口，重新把瓶子扔到橡树根旁。魔鬼上当了。

这时，魔鬼哀求道："你把我放出来吧！如果你放我出去，我会让你非常有钱，花都花不完。""你休想再骗我！""我不会再伤害你了，我还要重谢你，别错过机会呀！"少年把魔鬼放了出来。魔鬼给少年一块橡皮膏大小的布条，告诉他只要用布条的一端拂一下伤口，伤口便会愈合；用另一端碰一下钢、铁，它们就会成为银子。少年说："我先试一下。"他走向一棵大树，用斧头把树皮划开个口子，然后用布条的一端拂了它一下，树皮立刻愈合，不留一点痕迹。少年很满意，他感谢了魔鬼的馈赠，魔鬼也感谢他救了自己，二人分手后，少年回父亲那里去了。

"你到哪儿去了?"父亲问，"爸爸，别生气，我会赶上你的。"可父亲仍然很生气，少年用布条碰了下斧头，便向树砍去，由于斧头变成了银的，不仅树没倒，斧刃还卷口了。

过了一会儿，儿子说："爸爸，收工吧，我干不了了。"父亲吼道："说的什么话，我可不是那种游手好闲的人，你自己回去吧!""爸爸，我自己回去会迷路的，这是我第一次来森林。"在儿子的劝说下，父亲和儿子一起回家了。父亲到家后对儿子说："卖了这把坏斧头吧，我再去想法挣点钱，总之得赔偿别人。"少年把变成银子的坏斧头拿到城里卖了三百个银圆。他到家后对父亲说："我有钱了，这原来的斧头值多少钱?”父亲告诉他是一银圆三铜板钱，少年拿出两倍的钱还给邻居，并给了父亲一百银圆，说：“现在我有的是钱，您就好好享福吧!”父亲非常吃惊，连呼上帝，问是怎么回事儿。少年说是自己充满对幸福的信心，才有如今的景况，并详细讲了原委。少年依靠余下的钱去了高等学府深造。再后来，他靠布条治天下人的伤口，最终成了闻名于世的大夫。

魔鬼的兄弟

有一个士兵，他退伍后，不知该如何生存下去。他向森林中走去，路上遇见一个小矮人，这是个魔鬼。小矮人说："你好像有烦恼?"士兵答："我没钱吃饭。"矮人说："若你愿当我的用人，我会让你一生不愁吃喝。你只要服侍我七年，七年后就不归我所有了，不过在七年中你不能洗脸、梳头、修剪手指、修理头发、擦泪水。"士兵最终同意了，由魔鬼领着到了地狱。接着，魔鬼吩咐他做好以下事情：把屋中所有大锅下的火烧得旺旺的，锅里煮着的好像是在地狱里吃的肉食；把屋子各处打扫干净，垃圾放到门背后。同时他被警告不可向锅中看，否则会得到惩罚。士兵允诺一切照做后，魔鬼外出了。士兵按照吩咐干起活来。最后，他受不了好奇心的诱惑，把第一口锅的锅盖移开了一丁点儿，向里看了一眼，里面原来是自己服役时的下士，他说："你好啊，想不到会再遇上我吧！以前我归你管，现在你可得听我的。"然后他盖紧锅盖，往火堆中添了柴火，让火更旺。他掀开第二个锅盖，发现里面是过去的中尉，他说：

"哈！以前你管我，现在得听我的了！"他又盖上锅盖，向火中添了块大木头，让火更旺。第三个锅中煮的是自己的将军，他更高兴了，于是用风箱把锅下的火吹得更旺。七年的日期一晃而逝。士兵服务了七年，从没洗过脸、剪过指甲、修过头发、擦过泪水。他还以为只在地狱中干了半年呢。期限满的那天，魔鬼回来了，说："汉斯，你都做了什么事?""我烧火、扫地、收拾屋子并把垃圾堆到门后。"他答。"你还看了锅中的东西,不过,幸好你把火烧得更旺,否则你就得死。七年时间满了,回不回家?"魔鬼说。士兵说想看望父亲。魔鬼便说要给他酬劳,让他往自己的背包中装满垃圾,带回家,路途中仍要不洗脸、不梳头、不修头发胡子、不剪指甲、不擦泪水,若有人问起,就答他是魔鬼的脏兄弟,魔鬼是自己的国王。士兵照魔鬼说的做了,不过并不满意报酬。

士兵回到森林中,准备倒空背包,可刚打开背包,就发现里面全是金子,他高兴极了。他进了城,吓呆了一个旅馆的主人,因为他的样子实在太糟糕了,跟一个地里的稻草人差不多。店主不敢让他住店,他把金子给店主看了,立即被热情地迎进屋中。他吃饱饭,然后睡觉了,不过仍是不梳头也不洗脸。店主趁夜间偷了士兵的金子。

第二天早上,士兵醒来了,付店主房租的时候,他才发现自己的背包不见了。他想自己被人害了,便回到地狱中,把事情告诉了魔鬼,请求帮助。魔鬼说:"好吧,我先帮你洗脸、梳头、剪发和修指甲。"然后,他让士兵再背一背包垃圾走,说:"你跟店主说,把金子还给你,否则我要把他捉来烧火。"士兵进了城,告诉店主:"还我金子,你这个小偷!否则你会进地狱受苦,并像我以前那样丑!"店主听后害怕了,给了他更多的金子,让他保密。士兵成了个大财主。

士兵回到家乡,靠着在地狱中学会的手艺来奏乐赚钱。不久,他被请到宫中为老国王演奏音乐，国王听了很高兴，想把大女儿嫁给他，可大女儿说宁肯跳海自杀，也不嫁他。国王让小女儿嫁他，小女儿听从了父命。这个魔鬼的兄弟不仅有位公主做妻子，还继承了老国王的王位。

披着熊皮的人

古时候，有个年轻的士兵，他参加战争，总是冲在最前头。战争结束后，他被遣散了。他的父母都去世了，只能到处游荡。有一次，他路过一片大面积的荒原，地上只有一圈儿树，突然，他听到身边有呼吸声，回转头来，见旁边立着位一身绿衣的人，像有钱人的样子，只是脚上长了只马蹄子。那人说："我知道你希望得到什么，我会给你花不完的财富，不过我得试验一下你会不会害怕什么，我才不愿浪费钱财呢。"士兵说："我有足够的勇敢精神，你尽管试好了。""好的，"那人说，"看你后面是什么？"他回过头，看见一只大吼着跑来的狗熊。"让我来给你鼻子挠个痒，看你还叫不叫！"士兵举枪射向熊的鼻子，熊中弹倒在地上，不动了。绿衣人很满意他的勇气，又提出年轻人须满足他一个条件。年轻人知道他是个魔鬼，也提出不损害灵魂的条件。那人说："这由你决定吧。以后七年内，你不能洗脸、梳头、修胡子、剪指甲，不能念'我的圣父'的祷文，而且，还要穿上我给你的上衣和斗篷。七年中你要是不在人

世界传世藏书

世界经典童话

·格林童话·

图文珍藏版

世了，灵魂归我；如果没死，灵魂归你自己，你自由了，还会很有钱。"年轻人便同意了。那人脱下绿色上衣递给他，说："只要你穿在身上，随时向口袋中摸一下，都会发现钱。"接着剥掉熊皮，告诉他以这熊皮为斗篷和床，且只能睡在上面，并给他重新起了个名字，叫披着熊皮的人。魔鬼说完就消失了。

年轻人穿上绿上衣，摸了一下口袋，果然有钱。然后，他披着熊皮来到人群中，开始快活地过日子。第一年，他顺利地挨过去了。第二年，他的样子很可怕：头发几乎把脸全遮住了，胡子像厚针，指头像爪子，脸上脏兮兮的，像能种庄稼的土地。见到他的人都被吓跑了，幸亏他对穷人慷慨解囊，让他们为他祷告不要在七年中死去，而且他待人和气，所以还能留在人群中生活。第四年的一天，他进入一家旅店，店主不敢收留他，怕他惊吓了马，连马棚都不愿让他住，不过，当他掏出一把银圆后，店主马上改变了态度，在旅馆后楼给他开了间单房，也省得他惊吓了客人，毁了旅馆的名誉。

天黑时，年轻人自己在房中坐着，想着让七年赶紧过去。忽然他听到隔壁房中有人正在哭，他觉得可怜，走过去一看，一个老人正抱头大哭，老人看到他，吓得跳起来要跑开，不过听到是人的声音，才不再害怕了。他安慰了老人很长时间，老人才说出为何而哭。原来这老人破产了，穷得店钱都付不起，女儿们得忍受贫穷，他也快被人抓去坐牢了。披着熊皮的人说："没钱不用怕，我有的是。"然后他找来店主，替老人付了房钱，还给了他一大包银圆。

老人说："我带你回家吧，我的女儿个个美丽，我希望她们中能有一个嫁给你。你虽然样子古怪，不过她们知道你的善行后，不会不同意的，而且她们会让你恢复清洁的。"年轻人去了他家，大女儿一见他便尖叫着逃掉了，二女儿打量了他一遍，说："我不能嫁给这个人。小女儿说："爸爸，他帮助了你，一定是个善良的人，你的允诺会实现的。"年轻人听到这话高兴极了。他摘下手上的戒指，分为两半，刻上名字，把有自己名字的那一半给了姑娘，另一半留给了自己。他请姑娘藏好她的那半个，然后告辞说："我需要再外出三年，三年后我不回来，你就取消婚约，那时我肯定已死了。求上帝保佑我活到那时候！"

　　小姑娘身着黑衣，一想起那披着熊皮的未婚夫就忍不住流泪。她未婚夫则在全国各地流浪，但无论在哪儿都尽可能地做好事，把钱送给穷人，换得对自己的祈祷。最后，七年期限到了，他回到那片荒原，坐在树下。一会儿大风刮起，魔鬼来到面前，不高兴地向他要身上那件绿衣服，他让魔鬼先把自己收拾干净了再说。魔鬼只得用水洗干净了他，还为他梳头、剪指甲。哈，现在他又成了那个勇敢的士兵，比以前还要漂亮呢。没了魔鬼的约束，他心中很轻松，进城买了套漂亮的天鹅绒衣服穿在身上，然后又买了辆用四匹白马拉的马车，接着便动身去了未婚妻家。没人知道他是谁，老人当他是尊贵的上校，把他介绍给里屋的女儿们，并安排他和大女儿、二女儿坐在一起。她俩给他倒酒，给他吃美味的饭菜，夸他是世上最英俊的男子。他看了下未婚妻，发现她在对面一直静坐着，不肯抬头看他。他向老人求婚，另两个女儿高兴地跳起来。他和未婚妻独

处时，把自己那半个戒指扔进酒杯中，请未婚妻喝酒，她接过来，喝完后发现了杯底的戒指，立刻把自己那半只也拿出来，拼成了一只，她立刻明白了。年轻人说："感谢上帝，我已重新为人了，我就是你的未婚夫啊！"说完他把未婚妻搂在怀中，吻了她。那两个女儿才知道他就是当年那个披着熊皮的人，二人气愤地冲出屋子，一个跳井死了，另一个则吊在一棵树上，也死了。晚上，敲门声传来，年轻人打开门，发现是那绿衣的魔鬼。魔鬼说："我没了你的灵魂，却收获了另两个灵魂。"

鹪鹩与熊之战

一个夏天，熊与狼正在森林中漫步，忽然听到有美妙的歌声传来。熊问狼："老弟，这是什么鸟儿?"狼答："它是鸟中之王，咱

们见了他可得鞠一躬呢。"那鸟只是一只鹪鹩。熊想去看看鸟王的王宫，狼说等王后来后再领他去。不一会儿，王后衔着食物回来了，国王也回来了，准备喂它们的孩子。熊要立即过去看，狼阻止他说："慢着，等国王和王后离开后才可以。"它们把鸟巢所在的洞穴记住后便离开了。熊等得心急，不久又返回去看，正好国王和王后飞走了，他爬到鸟巢旁边一看，里面有五六个雏鸟。他叫道："王宫就这样子啊！真穷酸，你们是私生子吧！"小雏鸟们一听就气坏了，把熊的话告诉了父母。国王和王后说："会给你们满意答复的。"然后二人飞到熊那儿喊："该死的熊，为什么说我的孩子是私生子？你将遭到惩罚，我们向你宣战。"战争即将开始，熊去请地上所有四条腿儿的动物，有公牛、毛驴、母牛、鹿、狍子等参加战争；鹪鹩则动员一切天上飞的动物参加战斗，大大小小的鸟儿，甚至蚊子、黄蜂、蜜蜂、苍蝇也来助威。

将到约定的战争时间时，国王派探子中最狡猾的蚊子去敌营打听消息。蚊子飞到敌军聚集地，隐身在树叶底下，偷听敌人说话。它见熊把狐狸叫过去，对他说："你是四条腿儿动物中最聪明的一个，来当总司令吧，率领大家战斗。"狐狸同意了，关于号令问题，狐狸说："若我翘起尾巴，就表示你们可以放心地前进厮杀，若我把它放下来，你们就向后退吧！"蚊子听完，回到自己那一方，详细报告了鹪鹩。

第二天一早，战斗打响了。地上的野兽们吼叫着向前冲，声响大得连地都要颤抖啦！而鹪鹩呢，率领军队在空中开战，各种鸟一齐鸣叫，也叫人心发颤。就在两军要交锋的一瞬间，一群黄蜂偷偷钻到狐狸的尾巴下，螫了三下。狐狸受不了了，惨叫着把尾巴放下来。野兽们以为是形势不妙的缘故，各自逃回洞中。山鸟胜利了。

国王和王后飞到孩子们身边，告诉他们："我们胜了，你们可以吃喝了！"小鹪鹩们这才满意，它们一块儿庆祝胜利，直到深夜。

甜小米粥的故事

　　从前，一个很穷但却真心向主的女孩与母亲生活在一起，没有吃的了。女孩动身向森林中走去，碰到个老婆婆。老婆婆知道她家中断粮了，便送她一个罐子，对她说一旦她喊一句："罐子，煮吧！"它就可以烧出可口的甜小米粥来，吃饭后再喊一句："停下，罐子！"它就不再煮了。女孩带着罐子回到母亲身边，从此，母女俩不再为吃饭发愁了，什么时候都可以吃到小米粥。有一次，女孩外出不在家，妈妈对罐子说："罐子，煮吧！"于是罐子煮起小米粥来，妈妈吃饱后却怎么也想不起该如何让罐子停下来，结果罐子不停地煮下去，最后小米粥溢出罐子，把厨房和整个房子都塞满了，然后漫出去，屋旁的街和街旁的其他房子里也满是甜小米粥，到最后，城中还剩一点空间时，女孩回来了，她忙喊："停下，罐子！"罐子停了下来。此后，如果有人进城，也得一边吃甜小米粥一边向里走。

世界传世藏书

世界经典童话

·格林童话·

图文珍藏版

世界经典童话

·格林童话·

有智慧的人

一天，一个农夫拿起手杖，告诉妻子："特莉涅，我要外出三天，这期间如果买牲口的到咱家来，你就卖掉咱家的那三头母牛，卖价是两百个银圆，不能再低了，知道吗？"妻子答道："去吧，我会办到的。"农夫警告妻子说事若办砸了，会打青她的背，让她在一年中背都是青色的。说完他就走了。

第二天一早，买牲口的来了。农夫的妻子很容易地便和他达成了协议。他一看牛，再听价钱，说："价钱合适，我把它们买下来了，这可就牵走了！"说完便解下牛绳，把牛向外赶，出了院门，农夫的妻子忙揪住他衣服说："先别走，把钱给我。""对，"那人答，"不过我忘了带钱来，放心吧，我向你做保证，这两头牛我牵走，剩下的那头留你做个抵押吧，如何？"农夫的妻子很满意，放他走了，心中还想："丈夫回来后一定会为我这么聪明而高兴的。"三天后，农夫回到家，问牛卖掉了没有。妻子答："卖掉了，亲爱的丈夫，依你的价，两百个银圆，那人同意了。""那么，钱呢？"农夫问。"钱

还没付，当时他忘带钱了，放心吧，他会送钱过来的，因咱这儿有他留的抵押品。""抵押品？"农夫很纳闷。"对！就是咱三头牛中的一头，他要是不出钱，这牛他也甭想牵走。我够聪明吧，留下了最小的那头牛，它最省饲料。"农夫一听大怒，抓起棍子就准备打青她的背，想了想又放下棍子说："你也挺可怜的。这样吧，我去大路上等上三天，若能遇着个比你更蠢的人，就饶了你，否则，你就等着挨揍吧！"

农夫说完后走向大路，坐在路边的石头上等着。不一会儿，一辆牛车驶过来，驾车的是个妇人，她站在车中央，既不坐在身边的草堆上，也不是牵着牛走路。农夫想她正是自己找的蠢人，便站起身来，在牛车前走来走去，像个傻瓜一样。妇人问："你在做什么？我以前没见过你，你从哪里来？""我从天上来，找不到回去的路啦！你愿帮我吗？"妇人答："不行，我不知道回天上的路，不过我丈夫在天上已住了三年了，你见过他吗？""当然，我认识他。不过他在天上的生活也不好过。"妇人说："这样吧，昨天我卖了家中的好麦子，得了笔钱，帮我带给他吧！你把钱藏在衣袋里，没人会发现的。""如果没其他方法，我愿意帮你。"农夫说。"你坐在这里等我一会儿，我去把钱拿过来。"妇人说，"我站在车中央，不坐草堆上，是要让牛省点力气。"她说完驾车走了。农夫想："这女人太蠢了，她要果真送钱过来，我老婆就可免于挨揍了。"不一会儿，妇人果真拿钱回来，塞入他的衣袋中，然后千恩万谢地走了。

妇人回家后，看到刚干完地里活儿的儿子，述说了自己的遭遇，总结道："我很开心可以为你父亲带点钱过去，唉，他在天国过得也不好！"儿子大吃一惊，说："妈，并不是天天都能遇到从天上来的人，我得去看看，问问他天上什么样子以及干活儿的事。"然后他赶紧骑马去追。他追上了农夫，农夫坐在一棵柳树下，正想数一下钱数呢。少年问他："您遇见那位从天上来的人了吗？"他答："看到了，他向回走，爬上那座山了，从那儿登天较近。您赶紧去追吧！"

少年唉声叹道："不行了，我干了一天活儿，再追到那儿，太累了。您既然认识他，能不能麻烦您帮我骑马去追一下？"农夫乐了：这又是个蠢人。便说："可以。"然后骑上马，赶路去了。少年在树下一直等到天黑也没等回来，他想也许是天上下来的那人事儿忙不愿见他，而那农夫呢，可能把马给那人捎给父亲了，想到这儿，他步行向家赶，回到家向母亲讲了整件事。母亲夸他做得好，并说他还年轻，步行也没事。

农夫回家后，对妻子说："你运气不错，我遇到两个比你还笨的人，这次就饶了你，以后再算这笔账吧！"然后，他坐进安乐椅中，说："还不错嘛！那两头瘦弱的牛能换这匹马，再加上一大笔钱，也值了。如果愚笨可以给我这么多甜头，也该值得尊敬了。"他这么想，你呢？一定也会喜欢头脑简单的人吧！

蛤蟆的传说

一

　　古时候，有个小孩，母亲每天午饭时总会为他预备一小碗牛奶和一块面包，每次他开始吃时，墙角总会爬出一只蛤蟆，和他一起喝牛奶，孩子很喜欢他，所以他吃饭时若不见蛤蟆出来，便会喊：

　　　　快出来呀，蛤蟆，

　　　　出来，小东西，

　　　　过来吃块面包，喝点牛奶，

　　　　好恢复精力，把身体养壮！

世界经典童话

·格林童话·

图文珍藏版

蛤蟆便跑出来，很有味地吃起来。它也喜爱那小孩子，给他带来各种东西，有宝石、珍珠、金制的玩具等。不过每次蛤蟆只是喝奶，不吃面包。又一次吃饭时，小孩子抓起小蛤蟆，轻轻打了一下它的头说："小蛤蟆，吃点面包。"母亲在厨房中听到他说话，出来后拿起块木头打死了善良的蛤蟆。

此后，小孩子不再像从前一样又高又壮了，没有蛤蟆陪他，他渐渐瘦下来，脸色也苍白起来。不久，猫头鹰在夜间叫起来，红胸鸲用枝叶编了个送丧的花环，因为那孩子已经死啦！

二

有一个孤儿坐在墙边纺线，突然从墙洞里爬出个蛤蟆。她忙在地上铺开自己的蓝围巾，她知道蛤蟆喜欢这种围巾，喜欢在上面玩。那蛤蟆看到围巾，忙爬回洞去，出来时嘴里衔着只小金冠，它把金冠放在围巾上，又爬回洞去。那孤儿把金冠拿起来，看出这亮闪闪的家伙是用很细的金丝编织的。小蛤蟆又爬回来了，不见了金冠，它爬到墙边，急得向墙上撞，最后累死了。如果那孤儿没拿金冠，小蛤蟆说不定还会衔出更多宝贝呢。

三

蛤蟆叫着咕咕，小孩对它说："出来，快出来。"它出来后，小孩向它打听小妹的事，说："有没有见到个穿红色袜子的小女孩？"小蛤蟆答："没有，你呢？咕咕，咕咕，咕咕。"

穷磨工与一只猫

　　有一位老磨坊主，他除了三个小伙计替他干活外，没有妻子儿女。有一天，老磨坊主说："我老了，该享享清福了，你们出去吧，谁能给我牵匹最棒的马回来，这磨坊就归谁，谁就得负责照顾我直到死去。"三人一起走出了村庄，其他两人对小学徒说："汉斯，你留在这村庄吧，别指望自己真会弄匹马来。"汉斯不听，仍跟着走。夜深了，三人找了个山洞去睡了。汉斯睡熟后，其他两人乘机继续走路，留汉斯一人在山洞中，他们自以为聪明，其实倒霉的正是他们自己。太阳升起时，汉斯醒过来发现只有自己一个人躺在洞里，他向四周看了一下，喊道："我的上帝，这是哪里？"他起身走出山洞，向森林走去，边走边想：我一个人被抛弃在这里，更不会找到马了。在神思恍惚中，来了一只小花猫，问他："汉斯，你要去哪里？""我知道你也帮不了我。"他想。"你心里想什么，我一清二楚。"小猫说，"跟我走，只要你很忠实地做我七年仆人，我就送你一匹非常漂亮的马。"汉斯认为它是只奇怪的猫，又很好奇这是否是

世界经典童话

·格林童话·

图文珍藏版

世界传世藏书

世界经典童话

·格林童话·

图文珍藏版

真的。小猫把他带回自己中了魔法的宫中，吃完饭后，饭桌被抬走了，小花猫说："汉斯，来与我跳舞。"汉斯拒绝了，说自己不会和母猫跳舞。小花猫于是命令小猫们带他上床睡觉去。第二天一早，小猫们又过来叫他起床，他领到一把银斧头，楔子和锯条全是银的，锤子是铜的，每天他都在劈柴。日子就在这猫的王宫中渐渐度过了，他不愁吃喝，接触的也只有那些猫了。有一天，花猫命他去把草地上的草割下并晒干，然后，花猫给了他银镰刀，金磨刀石，让他干完活再全交回来。汉斯便去做了，干完后，他把工具与干草一起带回去，并问花猫能不能给他报酬。"不行，"花猫答，"你还得做件事，为我造所房子吧！"汉斯建好房子后说该是他得到骏马的时候了。确实，七年已经过去了。花猫请他过去看马，它打开小屋的门，里面有十二匹好马，它们都昂着脖子，皮毛都油光光的，汉斯高兴极了。花猫说："你先回去吧，三天后，我亲自把马给你送去。"汉斯踏上了归程，花猫指给他路。由于花猫在七年中没给他做件新衣服，他只有穿着以前的衣服回去，衣服在他身上都变小了。回到磨坊，另外两人也回来了，他俩带回来的马，一匹是瞎的，一匹是跛的。汉斯进屋吃饭，磨坊主不准他上桌吃饭，他服装太破旧了，他们不想让别人看到他。他们扔了点东西给他，让他去外边吃。晚上睡觉时，那两个人不让床给他，他只好睡到鹅舍中去。三天后的清晨，他醒来后突然发现一辆六匹马拉的马车驶来，马儿一个个都泛着亮光，非常漂亮，还有名用人另外带着一匹骏马，这马正是要送给汉斯的。马车中走出来一位非常漂亮的公主，一直向磨坊走去。

那公主，正是让汉斯做七年工的花猫。她问老磨坊主，汉斯在哪里，老磨坊主回答："那家伙穿得太寒酸了，不能让他进屋，他现在待在鹅舍。"公主立即派仆人把汉斯带过来，给他换上华美的服装。现在的汉斯，可是比国王都更漂亮呢。公主看了一下另两名伙计带回来的瞎马和跛马，然后让人牵来专门带给汉斯的骏马。磨坊主说磨坊该归汉斯所有。公主却宣布说把马送给磨坊主，磨坊仍是他的，然后和汉斯一起坐上马车，走了。他们去了汉斯造的屋子，它已变成华美的王宫，宫里的所有用具全是金或银的。公主与汉斯举行了婚礼，汉斯从此过上了幸福生活。谁能说，脑子笨的人就一定没出息。

两个闯世界的人

也许山和谷不能碰到一起，而人可以，不管是好人还是坏人。有一天，一个鞋匠和一个裁缝在闯世界的途中相遇了。裁缝个儿不高，但很漂亮，他不管在哪儿，都是既高兴又快乐。当他瞧见鞋匠走来时，他从那人的背包看出他是个鞋匠，便高唱道：

> 替我把线缝严，
>
> 替我把绳子拽紧，
>
> 把沥青涂在鞋两边，
>
> 敲吧，把鞋钉子敲牢啊！

鞋匠不喜欢被戏弄。裁缝立刻陪笑道："我没恶意，请你喝口酒吧！"然后递上一瓶酒，鞋匠喝了一大口，果然不再发怒。他还酒瓶时说："我喝了一大口，别人只会说喝得多却从不会说喝得少。可以跟我一块儿流浪吗？"裁缝回答愿意，并建议去大城市。鞋匠回答：

"我本来就想去大城市，在小地方没什么意思，小人物才愿赤脚走呢。"二人便一起走了。

二人渐渐地感到时间够用，可吃喝的东西不够了。他们每到一个地方，便分开去寻同行。小裁缝看上去总是很快活，生机勃勃的样子，双颊红红的还挺英俊，大家都喜欢他。鞋匠羡慕地说："人越坏越有福啊！"裁缝既笑又唱，把自己的东西都分一半给同伴。

两人流浪一段时间后，决定去京城，这首先得经过一片大森林。路有两条，一条需要走上七天，另一条则需两天，两人谁也不知道哪条才是最短的路。两人坐在一棵橡树下盘算该带几天的面包上路。鞋匠说："得考虑周全，我带七天的面包。""不会吧？"裁缝喊，"带够吃两天的面包，就可以了。"二人分别买了面包，碰运气似的走入森林中。

森林静寂得像一座教堂，没有风，听不到鸟鸣，也没流水的小溪，树的枝叶繁茂，一丝阳光也射不进来。鞋匠背着七天的面包，累得浑身是汗，他一句话不说，脸色也不好，一点儿也不高兴。裁缝快乐得连蹦带跳，不时地吹响叶子，唱唱小曲儿，心想上帝见他这么快乐，也会为他高兴的。这样走了两天，第三天还未走出森林，裁缝已吃光了面包。当天晚上，他空腹躺在树下。第四天他饿着肚子赶路，硬挨了过去，但看着同伴吃面包，他只有羡慕的份儿，求同伴给点面包吃，得到的却是嘲讽："你不是很快乐吗？这次知道不开心的滋味了吧？今儿早晨鸟唱得太早，傍晚一定会遇上老鹰的！"他的同伴原来是个没同情心的家伙。第五天早上，可怜的裁缝再没

世界经典童话

·格林童话·

图文珍藏版

力气爬起来了，一句话也说不出了，脸色苍白，眼睛布满血丝。鞋匠说："用你的右眼换一块面包吃，愿意吗？"小裁缝为了活命只好同意，他用两只眼睛哭了最后一次，然后抬起头说："行动吧！"鞋匠果真用尖利的刀剜掉了他的右眼。此刻他想起母亲在他小时候偷面包吃时说的话："可以吃多少东西就吃多少，该忍受时必须忍着。"吃下自己用眼睛换来的面包，他站起来继续赶路，所幸自己还有只左眼，世界在眼中仍是清楚的。第六天，饥饿再次袭来，傍晚他倒在树下。第七天，他再也站不起来了，快要死了。忽然他同伴开口说："我发发善心，再给你一个面包，不过条件是剜掉你的左眼。"这个时候，裁缝终于后悔以前太浮躁了，他请上帝饶恕他，然后说："随便你怎么做吧，我会忍受痛苦。不过你要想清楚了，上帝的惩罚在将来会来到的，你这样待我，会有报应的。因为以前我并没亏待过你，我日子好时，好东西都分给你一半。我是个裁缝啊，我必须一针一线地缝衣服，要没了眼睛，我只有乞讨了。但求你在我瞎了双眼后，别抛弃我，否则我会饿死的。"可狠心的鞋匠仍剜掉了他的左眼，然后给了他面包和一根棍子，让他跟着自己走。

夜幕降临时，二人走出了森林，鞋匠见前面的野地上有副绞架，便把可怜的同伴领到那儿，让他躺下来，自己走了。小裁缝饿痛交加，很快睡过去了。第二天天大亮时，他醒过来却不知自己在哪儿。绞架上原本吊着两个死鬼，每人头上皆有只乌鸦立着。这会儿，两个鬼对起话来。一个说："老兄，你醒了吗？"另一个答醒了。他便说："昨夜从绞架上掉下来经过咱们头顶的那露水啊，用它洗脸则可重获光明，如果瞎子们知道，只怕他们还不相信呢。"小裁缝听罢，忙用手帕接了点露水，然后用它洗眼窝，吊死鬼没说错，他果真又有了一对明亮的眼睛。当然，他做了晨祷，还感谢了上帝的赐予。接着他背上包袱，忘记了过去的不幸，继续快乐地唱着吹着赶路了。

他首先见到一匹棕色小马驹，他揪住它的鬃毛，想让它驮自己进城。小马驹请求放过它，说："我还小呢，就算你很轻，可也会把我的背压断的，等我再大些才可以驮人，说不定哪天我还能酬谢你呢。"小裁缝觉得它也是个快乐的家伙，便放了它，并用小树枝打了下它的背，它开心地跑开了。

小裁缝一天多没吃东西了，他决定一会儿遇上什么可吃的东西，就抓来吃。这时，一只鹳鸟走过来，"等一下，等一下，"他边叫边伸手抓住它的细腿，"我也不知该不该吃你，只是我实在太饿了，我不得不把你的头揪下来，把你煮熟了吃。"鹳鸟说："不要这样，我不是普通的鸟，从没人伤过我，我对人很有用处，如果放了我，将来会有好处给你的。""那么飞吧，长腿老弟。"裁缝说。鹳鸟飞走了。

"现在该怎么办呢？"裁缝对自己说，"我越来越饿，肚子早就空了。下面碰到的东西，就算它不走好运吧！"这时，他看到池塘中有几只小鸭子游过来，"太好了！"他抓住一只鸭子就想拧它的脖子。突然躲在芦苇中的母鸭妈妈叫起来，大张着嘴游到他面前，恳求饶了那可怜的孩子，她说："你想啊，如果有人把你抢走并杀了你，你妈妈会多痛苦啊！""别说了，我还你孩子就是了。"说完，善良的他把抓住的小鸭放进水塘中。

继续前行，他发现一群野蜜蜂从一棵只剩一半的老树前飞来飞去，他想：刚才我做了好事，现在该有回报了。蜂蜜会让我打起精神的。不料蜂王飞出来向他正色说："如果你敢进攻我的子民，弄破我的安身之所，我们会在你身上扎上千万根蜂刺。如果你不侵犯我们，那么有一天我们会报答你的。"

小裁缝忍着饥饿，一步一步捱进了城。这时城里中午十二点的钟敲响了，宣告旅馆内已备好了饭菜等着客人前去吃呢。吃饱喝足后，他想："该找个活儿干干了。"便在城中转悠，寻找顾客，不久他就有了立足之处。由于他的技艺不错，很快有了名气，城中的人都希望由他为自己做衣服。名气渐长后，他说："虽然手艺不错，但需要精通才行。"他做到了，后来被召进宫，当了皇宫的裁缝。

怪事来了，他那凶狠的同伴鞋匠也在同日成了宫中的鞋匠。那人认出小裁缝后，看见他又有了双眼，心中很不踏实。晚上鞋匠干完活后，对国王说："尊敬的国王，裁缝那家伙口出狂言说要去找回很久以前失踪的金王冠。"国王答："很好。"第二天一早，他召来裁缝，让他找到金王冠，否则就别回来了。小裁缝收拾好东西，离开了京城，刚过城门，他就可怜自己不得不放弃现有的快乐，不得不离开这生活得很好的城市。经过那鸭子游走的池塘时，他看见鸭妈妈正坐在岸上，用嘴巴擦羽毛呢，鸭妈妈看见他便问为何这么沮丧。他说："你听了我的经历，就不会这么奇怪啦！"然后讲了这件事。鸭妈妈说："这点小事，我可以帮你。金冠在水底呢，我们会捞它上来，你现在把手帕摊开在地上。"然后它带领着自己的孩子游向塘底，五分钟后它浮上来时，金冠躺在它很稳的翅膀中间，小鸭们在它周围，全用嘴托着金冠下边，让金冠不下沉，它们游上岸，把金冠放在手帕上。裁缝拴起手帕的四角，把金冠带给了国王。国王很高兴，亲自给他戴了条金项链。

鞋匠见这次没成功，又想出了一个计谋，他跑到国王那儿说："尊敬的国王，裁缝那家伙真自大，竟夸口说他能把王宫中的全部东西，都用蜡泥捏出来！"国王便找来裁缝，让他把宫中所有的东西，无论是能动还是不能动的，甚至墙头的钉子都得用蜡泥捏出来，否则罚他终生被监禁。裁缝心想："事情越来越麻烦，真是受不了。"然后又收拾好东西，去流浪了。他坐到那棵只剩一半的老树下，垂下了头。蜜蜂们飞出来，蜂王知道后说："放心回去吧，明天此时你再来，带上一张大手帕就行了。"他回家去了。蜜蜂们却飞进宫中，把王宫的全貌地形以及所有的东西全侦察清楚了。飞回去后，它们立刻用蜂蜡依样造起宫殿来。黄昏时，一切工作做好了。第二天早上，小裁缝走来，看到一幢华美的王宫，一颗钉子不缺，一片砖瓦不少，王宫是那么精致小巧，雪白的颜色，带着甜香甜香的蜂蜜气味。裁缝把微缩王宫包进帕中，献给了国王。国王吃惊不小，把它放在宫中最大的房间中，并奖给小裁缝一座大石头房子。

鞋匠第三次对国王说："尊敬的国王，小裁缝得知宫中的院里没有喷泉，说要在院中间造出喷泉来，能喷一人高的泉水，并且能让水明亮得像水晶。"国王又叫来裁缝说："你不是允诺要让我的院中

央喷出泉水来吗？明天就做！否则我派人砍下你的头！"裁缝见事不妙，忙逃出了城门，想到这次竟会搭上一条命，不禁泪如泉涌。他闷闷不乐地向前走，不料遇上曾被自己放走的小马驹，它现在已是匹漂亮的棕色骏马了。它说："我要报答你，你的不幸我知道，骑上我吧，现在我能承受两个你的重量了，你的事我会帮你解决的。"裁缝很高兴，跃上马背，马如风般向前奔，直到奔到王宫的院中央。然后它绕着院子如风雷般狂奔三圈，三圈跑完它倒在地上，只听一声巨响传来，院中央的一块土地向空中飞去，像一发子弹一样快，土块飞出王宫，顿时，院内一道水柱高高喷起，比骑在马上的人还高呢，国王惊喜交加，上前当着众人的面搂住了小裁缝。

　　然而快乐的生活并没过太久，那该杀的鞋匠由于知道国王有很多美丽的公主却没一个王子，便又对国王说："尊敬的国王，裁缝那家伙仍然是骄傲自满，他竟说他有本领能从天上给您弄个儿子来。"国王忙令人找来裁缝说："给你九天时间，给我弄个儿子出来，我会把大公主嫁给你。"再一次，他打点行装逃出了城门。经过草地时，他见到那只鹳鸟，鹳鸟看到裁缝过来说："你带着包裹，是要逃离京城吧！为什么？"裁缝详细讲了，抱怨自己太背运。鹳鸟安慰说："这事儿容易，我会帮你走出困境，我早就向城中送过婴孩了，自然也能从井中捞出个王子来啦！回去等着，算上今天九天后你去王宫，我那时也会去。"小裁缝在约定的时间进了宫，不一会儿，鹳鸟飞来了，小裁缝打开窗户，只见它嘴中叼着一个天使般漂亮的婴儿，婴儿向王后伸出手，它把孩子放进王后怀里，王后高兴极了，对这孩子又是拥抱，又是吻。鹳鸟卸下肩上的旅行包，送给王后，然后就飞走了。包中是带给小公主们的五颜六色的甜豌豆，大公主没有，不过她有了小裁缝做丈夫。裁缝高兴地说："妈妈说得不错：只要真心相信上帝并有福气，就不会被打败。"

而鞋匠呢，被永远赶出了京城。他走向森林，到了那副绞架前，由于气恨交加同时挺热的，便累倒在地上，他想睡一觉，不料立在两个吊死鬼头上的乌鸦俯冲下来，啄走了他的眼睛。他发疯般奔向森林深处，最后饿死在里边了。

汉斯我的刺猬

从前有个农夫，他有钱有地，却没有孩子。有时他跟其他农夫一起进城赶集，别人总因为他没有孩子嘲笑他。有一次他气极了，跑到家中叫道："我必须有个孩子，哪怕他是只刺猬。"不久，他妻子果然生了个儿子，但这孩子上身是刺猬，下身却是人身。妻子大惊，埋怨是丈夫诅咒自己的缘故。丈夫说："多说没用，先给孩子受洗要紧，不过咱没法请教父了。"妻子说："除了'汉斯我的刺猬'外，咱也没法取别的圣名。"洗礼之后，牧师说："他上身全是刺，普通床铺睡不了。"便在灶台后面铺了点干草，把汉斯我的刺猬安置在上面。他同样不能吃母乳，否则会扎伤妈妈。他自个儿在灶后面的草上睡了八年，父亲讨厌他，巴不得他死掉，但他一直活着。后来，父亲要去城里赶集，儿子说："爸爸，给我买一只风笛吧！"农夫归来时，给儿子买了风笛。儿子接过来说："爸爸，把我的大公鸡带到铁匠铺去打上掌子，以后我骑它走，不会回来啦！"农夫为能甩掉儿子而高兴，便为公鸡钉上掌子。汉斯我的刺猬又要了几头猪和

驴，说要弄到森林中养，然后就骑着大公鸡走了。大公鸡驮着他飞到森林中的一棵大树上，他就坐在那里养猪和驴。这一坐，就是许多年过去了，猪和驴已长大而农夫不知道儿子的一丁点儿消息。每次汉斯我的刺猬坐在树上，总会吹自己的风笛，笛声很好听。一天，一位国王在森林中迷了路，听到有风笛声，觉得奇怪，便派手下人察看。手下人看了半天，最后看见是树顶上立着的一只大公鸡背上的刺猬模样的怪物在吹风笛。然后，国王又派人问他为何在树上以及他知不知道回王宫的路。汉斯我的刺猬从树上下来后说自己愿意做向导，条件是国王必须立下字据，即把回宫后在院中第一个遇上的东西送给他。国王认为他不识字，便拿出笔墨，随便在纸上写了几句，写完后，汉斯我的刺猬把回宫的路告诉了他。他顺利回宫后，公主见他远道归来，欣喜地出来迎接并吻他。他想起了字据，便告诉女儿他的经历，公主说她不愿去怪物那儿。

汉斯我的刺猬依旧放猪和养驴子，也依旧每天快乐地坐在树顶上吹风笛。一天，又有一位国王在森林中迷了路。他听到远处悠扬的风笛声后，派兵士去察看。兵士来到树下，抬起头看到了树顶上的公鸡及公鸡背上的汉斯，他问汉斯在上边做什么，汉斯答："我正在放养猪和驴，您有何事？"兵士说他们迷路了，问汉斯可不可以指点一下回宫的路。汉斯乘着公鸡从树上下来，告诉国王，只要他愿意把回宫后遇到的第一个东西送给自己，即可为他指路。国王同意了，并立了张字据。然后，汉斯我的刺猬骑着公鸡带路，国王也顺利地回到王宫。大家对他的归来都很高兴，他那美丽的独生女儿更是第一个奔过来拥抱父亲，简直开心极了，国王却难过极了，因为这第一个碰上的就是公主啊。公主知道后则安慰父亲别难过，并保证说为了父亲，那怪东西来的话，她就跟他去。

汉斯我的刺猬继续养他的猪和驴，后来猪又生猪，延续下去，森林都快塞满了，他不愿在森林里再住下去了，捎信给父亲，让他叫村里人空出所有的猪圈，他会带着许多猪回家，到时候所有会杀猪的人都可以来杀。父亲收到信奇怪极了，以为儿子早死了呢。到了时候，汉斯果真骑着大公鸡，带着猪群回到了村中。哈，那天的杀猪剁肉声太大了，几里地之外都能听得见。然后，汉斯对父亲说："爸爸，再去给我的公鸡钉上掌子吧，此后我再不回来了。"父亲按他说的做了，很高兴儿子不会再回来。

汉斯我的刺猬骑着大公鸡，向第一个国王那儿飞去。不料那国王已命令说一旦看到有骑着公鸡吹着风笛来的怪物，大家就放箭射他，用刀砍他，用矛刺他，以阻止他进城。所以当汉斯来到时，士兵们一哄而上，举着刀和矛，汉斯刺了下公鸡，公鸡飞过城门，降落到了国王的窗下。汉斯告诉国王，他应谨守承诺，把公主送给他，否则他让国王、公主都没命。国王只得去求女儿跟着汉斯走。公主穿着一身白衣，与汉斯我的刺猬及公鸡共乘着父亲给她的六匹马拉的马车，带着一些漂亮的女用人和不少钱，离开了京城。国王以为自己再也见不到他们了，谁知车驶出京城不一会儿，汉斯便脱下身上的王族服装，用刺猬皮刺得公主浑身是血，然后说："这是你们狡诈狠心应得的报应，走吧，我不会要你的！"把她赶走了。

汉斯我的刺猬再次吹着风笛，骑着大公鸡，来到第二个王国。这里的国王，吩咐下去，若有名叫汉斯我的刺猬的怪东西来，就放

他进城，再把他带到宫里。当公主看到汉斯时，吃了一惊，因为他的模样实在太怪了。不过她不能反悔了，于是她欢迎汉斯的到来，并举行了婚礼，二人一起参加晚会，坐在一起吃饭。到了晚上，该睡觉时，公主害怕起他的刺来，他安慰公主说不会让她为难的。汉斯去求国王让四个兵士守住他的卧室，并生了堆火，告诉士兵当他

想睡觉并从刺猬皮中爬出来时，皮扔在床前，士兵要立刻跑进来把皮捡起，然后扔进火中，直到皮全烧干净了。夜里十一点时，汉斯进入卧室，脱下刺猬皮扔在床边，士兵们便迅速捡起扔进火中，皮烧干净后，汉斯也得救了，恢复成人形，不过皮肤像煤一样黑。国王派御医用最好的药为他诊治，不久他变白了，成为英俊的男子。后来，汉斯继承了老国王的王位。

又几年过去了，汉斯与王后一起去看望父亲。父亲说他只有一个半刺猬半人的怪儿子，且早离家走了，说眼前的人不是儿子。汉斯最终让父亲认出了自己，老人很高兴，去了儿子的王国。

荆棘丛中跳舞的犹太人

　　古时候，一个有钱人有一名伙计，这家伙干起活来可勤快了，干了一年活后，主人一分钱也没给他，心想：这是聪明招儿，可省下一笔钱，反正他也不会走，还得为我干活。这伙计没说什么，到了第二年仍勤勤恳恳地干活，年终，他依旧没拿到一分钱，他还是没说话，继续留下来为有钱人干活。第三年岁末，有钱人想了一下，摸了摸口袋，还是没拿出一个钱来。伙计终于说话了："老爷，我辛辛苦苦地给你干了三年活，你就行行好，付我工钱吧！我想出去闯天下，就要走了。"有钱人把手放进口袋，最后摸出来三块银币，"你看，一年付你一枚银币，这么高的酬劳，你还想上哪儿去？"伙计没心机，也不太懂得钱，收下了三枚银币，他想：这回我有钱了，还愁什么，也不必再受苦受累了。

　　他出发了，又唱又跳。当他路经一片小树林时，树后出来个小矮人，问他："您去哪儿，快乐的大哥？我看您很快活的嘛！""我才不发愁呢，我有钱，三年的工钱一分不少地在兜里响着呢！"小矮

人又问："你到底有多少钱?""多少? 三枚银币,够多的吧?""那么,听好了,"小矮人说,"我很可怜也很穷,你把三枚银币送给我。我没法再干活了,可你年轻力壮,可以很容易地挣面包吃。一枚银币换一个愿望,你说吧!""哇!"伙计说:"你是个神仙呀! 我三个愿望是:第一要有支鸟枪,一打一个准儿;第二我要一把琴,只要一拉它,听到的人都跟着跳舞;第三我向谁请求都能得到满足。"小矮人说:"可以,我这就满足你的三个愿望。"接着他在树丛中用手抓了一下,提琴和鸟枪已到手中,好像早就放好了似的,他把二者交给伙计说:"不管你要求什么,都会得到满足。"

"我还想得到什么呢?"伙计对自己说,接着又上路了。不一会儿,他遇到一个留着长长的山羊胡子的犹太人,他正站着听一只大树顶上的鸟儿在唱歌。

"上帝造物真是奇怪,一只小鸟竟能发出如此动听的嗓音,它如果是我的该多好! 要能逮住它该多好!"犹太人说。"就这个要求呀,鸟立刻就能打下来。"

伙计边说边举枪射击,鸟应声掉进荆棘丛中。犹太人弓着身子朝荆棘丛中钻,他钻到荆棘丛中间时,伙计心血来潮,禁不住拉起了提琴,这时犹太人抬腿向上跳,他拉得越欢,犹太人跳得越起劲儿,结果,荆棘拉破了他寒酸的袍子,拉住了他的长胡子,刺得他浑身是伤。"天啊,"犹太人叫道,"我受不了了,求你别再拉了,我甚至愿给你一袋金子!""你肯出这么多钱,我就不拉了,不过我说,你的舞跳得还不错!"他拿了钱扬长而去。

犹太人后来去了城里的法官那儿。"法官大人！"他叫了两声哎唷又说："我被一个坏蛋大白天的给抢了，还把我打成这个样子，您把他抓起来吧！"法官问："是士兵用剑刺的你吗?""他没有剑，他背着支枪，脖子上挂着把提琴，很好认出来的。"法官便命人去追那个伙计，追到时，他正慢慢赶路呢。从他身上找到了那袋金币，他被带到法官那儿。

他说："我没打他，也没抢钱，是他自己送给我的，因为他受不了我的音乐，求我停下来。""上帝保佑！"犹太人叫道："他撒谎像逮墙上的苍蝇一样容易。"法官也不信伙计的辩解，说："荒唐，没有犹太人会那么做。"然后，给他冠上抢劫的罪名，判他受绞刑。他被押走时，犹太人还喊："懒惰的家伙，受到报应了吧！"伙计跟着刽子手爬上绞架，在最后一级梯子处他才转身向法官说："临受刑前，答应我一个请求。"法官同意了，"我不求你饶我，只希望能最后再拉拉我的提琴！"伙计说。犹太人听了赶紧叫道："看在上帝分上，不让他拉，不让他拉！""为什么不准，给他最后的快乐呗！我同意了。"法官说。

其实他根本无法拒绝伙计的请求，因为小矮人满足了他第三个愿望。犹太人大叫道："天哪，快把我绑起来！"这时，伙计取下提琴，刚拉了一下，大家一起跳起来，来到广场瞧热闹的人，老幼、瘦子、胖子全跳起舞来，甚至狗也不例外。伙计越拉得厉害，大家跳得越高，脑袋相互碰在一起，响起一片痛叫声。

最后，法官累得气喘吁吁，说："我饶你一命，不要拉了！"伙计把提琴挂到脖子上，从绞架上走了下来。犹太人还在地上喘气呢，伙计问他："狡猾的家伙，坦白吧，那些钱是怎么来的？否则我还拉琴。""是我偷的，是我偷的，"犹太人说，"你的钱是老实赚的。"于是，最后法官给犹太人定了盗窃罪，把他送上了绞架。

世界传世藏书

世界经典童话

·格林童话·

图文珍藏版

百发百中的猎人

古时候，有个年轻人学会了钳工手艺后，对父亲说想去闯世界，碰碰运气。父亲支持他的想法，给了点钱做他的旅费，小伙子从此开始四处流浪。他对打猎来了兴趣，希望猎人收他做徒弟，猎人同意了，他便跟着师父当了几年的伙计。出师时，年轻人想自个儿去闯世界。猎人给了他一只可以百发百中的神枪。年轻人继续赶路，来到一片走一天也走不出去的大森林。夜幕降临时，他为防止野兽的攻击，爬上一棵大树。临近午夜时分，他看见远处好像有点点亮光，便沿着亮光向前走去。光越来越大，最后看清亮着光的是个巨大的火堆，三个巨人围坐在地上正叉着牛在火上烤呢，一个巨人说："我尝尝肉是否可以吃了。"边说边撕下块肉，正要扔进嘴中，不料年轻的猎人一枪射飞了他手中的肉，他说："从哪儿来的风把肉刮跑了。"他又撕下块肉，正准备吃，又被射飞了，他给了旁边人一个耳光，训斥道："为什么抢肉吃？"同伴说："我可没抢，说不定让个神枪手给射的吧！"巨人撕下第三块肉，可还没抓牢又被射飞了，巨人说："可以把到嘴的东西射掉的人，肯定是个神枪手，这人对咱们有用处。"他喊道："出来吧，神枪手，出来一起烤火吃肉吧！我们不会伤害你的，你若不出来，被我们逮到了就麻烦了！"年轻人现了身，介绍自己是个能干的猎人，只要用枪瞄准，准会打中的。巨人们告诉他，只要跟他们在一起，不会亏待他的，并说森林前边有很大的一个湖，湖对岸的城堡中有位美丽的公主，他们想抢走她。年轻人说："好，我去把她弄来。""等一下，"巨人说，"城堡中有只小狗，一有人靠近它就会叫起来，所以我们一直进不去。你能一枪结果了那只狗吗？"猎人说可以。他们上了船，刚靠近湖岸，小狗看见他，张开嘴巴刚要叫，他一枪便把它打死了。巨人们看见这一幕，认为可以得到公主了。猎人建议自己先去查探一下。他仔细看了一下，发现床下有双拖鞋，右边一只上绣着国王的名字，以一颗星做饰品，左边一只上绣着公主的名字，也以一颗星做饰品。公主围着条金丝织成的绸围巾，右端缀着国王的名字，左端缀着公主的名字，名字闪着金光。年轻人用剪刀剪下围巾的右端，捡起右拖鞋，把二者放进了背包中，他看到公主睡得正熟，又剪下一小块睡衣，也放进背包中，然后他就向前走了。到门口时，巨人们在门外等他呢，他大声叫他们进来，说公主已经到手，不过他没法打开门，门上有个大洞，叫他们一个个钻进来。第一个巨人走上来，猎人把他的头发挽在手上，等巨人脑袋一钻进洞，手起刀落砍掉了他的头，同时把他的身子拽了进来。第二个、第三个巨人以同样的手法被砍死了。猎人为自己救了美丽的公主而暗自高兴，他把巨人们的舌头也割下

来放进了背包中。做完这一切，他想：该是回去找父亲的时候了，让他看看我做的事，接着再继续流浪。

国王一觉醒来，发现宫中躺着三个被杀死的巨人，他连忙进入女儿房间，叫醒她问她是谁杀了这三个巨人。公主说自己睡着了不知道。然后她准备穿拖鞋，发现右边一只没了，接着发现围巾的右端和睡衣的一块都被剪去了。国王把宫中所有人召集起来，询问谁救了公主并杀了三个巨人。一个长得很丑的一只眼的军官站起来说："是我。"国王宣布要把公主嫁给他。公主反对说："不行，父亲，我宁愿流浪也不愿嫁给他。"国王便说："我会让人在森林中建一间屋子，你以后永远待在里面吧，为过路人做饭，但不许收钱。"小屋造好后，门上挂了张木板，上写着："今日不收钱，明天收。"然后公主便搬进去住了。不久，很多人都知道了森林中的小屋内有个漂亮的女孩，专门为路人做饭并且不要钱。猎人听到消息后心想：这倒不错，反正我也没钱。他背着枪和包袱去森林了，他的包袱中还放着那天的战利品。他找到木板上写有"今日不收钱，明日收"的小屋，进了屋。他的腰间除了挂着一把气枪外，什么也没有，不过这支枪是神枪，可以百发百中。他问可不可以给自己一些吃的。公主问猎人从哪里来要到哪里去，他回答在世界上流浪，公主又问他怎么拿到这把刀，那上面还刻有父王的名字呢，他便问她是不是公主，公主答是。他说："我用这把刀砍下了三个巨人的头。"然后给她看了包袱中的舌头、拖鞋、围巾和那块睡衣。公主高兴极了，因为终于找到了真正救了自己的人。然后两人找到国王，请他来到小

屋，公主告诉他，真正的恩人是这位猎人。国王说他很高兴知道了
事情的真相，还说要把公主嫁给猎人。公主这次很愿意，他们接着
把猎人装扮成外国贵族的模样。国王在宫中举行宴会，大家都落座

了，公主的左边坐着那个独眼军官，右边坐着猎人，那军官还以为
猎人是名外国贵族呢。大家吃喝完毕后，老国王让军官猜谜，说有
个人称自己杀了三个巨人，却不知道巨人头里没舌头，怎么回事呢？

军官不在意地答："可能本来就没有舌头。"国王斥责他胡说八道，因为每个动物都长有舌头。又问他该如何惩罚一个欺骗国王的人，军官说该碎尸万段，国王宣布说他说了对自己的判决。接着军官被投入监牢，后来被碎尸万段。公主嫁给了猎人，不久后，猎人的父母被接进宫中，一家人幸福地生活在一起。猎人在国王死后继承了王位。

从天上带来的连枷

　　有个农夫，牵着两头牛去地里耕田。到了田里，忽然发现两头牛的角长起来，而且越来越长，等到耕完田回家，牛角太长了，进不了门。这时走过来一个屠夫，农夫把牛卖给了他，二人达成的协议是：农夫量一升萝卜籽给屠夫，萝卜籽的粒数就是屠夫该付的银币数。换句话说，农夫发了一笔小财。农夫到家中量了一升萝卜籽，把它背到屠夫那儿时，从口袋中掉出了一粒种子，否则农夫还能多得一个银币呢。当农夫拿到钱往回走时，发现那粒籽已经长成一棵大树，树一直长到天上。农夫想：正好乘机上天看看天使们在做什么，还可看看天使是什么样儿。他爬了上去，看见天使们正收燕麦呢，他仔细看着，没想到脚下的树摇晃起来，向下一瞅，有人正砍树呢。他忙抓了一些堆在身边的燕麦秆，搓了条草绳，又拿了一把扔着的镰头和连枷，便开始顺着绳子向下滑，滑到地上后，自己又掉入了一个很深的洞中。幸亏他拿着镰头，用它为自己挖了泥梯子，重新回到了地面。连枷则成了他到过天上的证据，谁也没法不相信他的故事。

世界传世藏书

世界经典童话

·格林童话·

图文珍藏版

两个国王的儿子

　　古时候，一个国王有了个小儿子，十六岁时，那孩子常和猎人们一起去打猎。有一次，在森林中打猎，王子被落下了，突然，他看见一头大鹿，便去射它，可没射中，他去追鹿。一直追出了森林，鹿忽然消失了，一个高大的巨人站在王子面前，说："终于找到你了，为了你我跑坏了六双玻璃做的冰鞋。"他把王子领过一条大河，来到一座宏伟的宫殿前。国王对他说："我有三个女儿，今夜你去我大女儿房中守着，从晚上九点到明早六点，其间每一次钟响时，我就来叫你一声，你若不答应，明天一早就得死，若每次都答应，就要娶大女儿做妻子。"少年走进卧室，见里面立了个石头人，大公主对石头人说："九点钟时开始到明晨六点，每个时辰我父王都来叫一声，你代王子回答吧！"石头人迅速点头答应。第二天一早，国王对王子说："干得不错，不过还不能把大女儿嫁给你，你还要到二女儿房中守一夜，我再考虑你娶我大女儿的事。夜里每隔一个时辰我就亲自叫你，你若不回答，就得流血。"年轻的王子进入卧房，二女儿房中有个更高更大的石头人，公主交代它若父王来叫，它就代答。石人点头答应下来。王子把手放在头上，卧在门槛上睡着了。第二天早上，国王又说："做得好，但仍不能把公主嫁给你，你还得在我小女儿房中守一夜。每个钟点我都来叫你一声，若不回答，就没命了。"年轻人走进小公主的卧室，那里的石头人更加高大，小公主叮嘱它若父亲来叫，由它来代答。石头人也答应了。王子像先前一样睡去了。第二天一早，国王说："守夜的活做得还不错，但还不能娶到我女儿。今天早六点到晚六点，你必须把我的那片大森林伐光，我才能考虑婚事。"他给了王子一把玻璃斧头，一把玻璃楔子，一把玻璃板斧。王子进入森林，用斧头砍了一下树，斧头断了，他把楔子放在地上，板斧只敲了一下就粉碎了。他以为这次必死无疑了，哭了起来。正午时，国王说："女儿们，谁去给他送点食物？"两个大一点的女儿说小公主该去送饭。小公主只得去了，小公主让他先过来吃饭，他说自己反正快死了，吃什么都没意思了。小公主不断劝他直到他肯吃一点儿食物。吃完后，小公主说："我帮你捉捉虱子吧，说不定过一会儿你会改变想法的。"她帮他捉虱子，他累得睡着了。这时，小公主急忙取下围巾，把它打成结，并敲了三下地面，说："出来吧，地下小精灵们！"瞬时，很多地下小精灵冒了出来问候公主。公主说："三个小时内，把这森林全部伐掉，把木柴也都堆好。"小精灵一起干起来，三小时内，他们把活儿就全做好了。他们向公主汇报后，公主拾起围巾说："回去吧，地下的小精灵们！"他们又消失了。王子醒后，很开心，小公主对他说："六点时回王宫来。"他回来后，国王问："把森林伐光了吗?"他答是的。大家一起坐上桌吃饭时，国王说还不能让他娶女儿，他还得做件事，他说："你明天得去掏光我池塘中的所有淤泥，不仅让池塘中的水清亮得像面镜子，水中还得有各种各样的鱼。"第二天早晨，国王给他一把玻璃铲子说："晚六点前，必须干完活儿。"王子去了池塘那儿，刚把铲子插入泥中，铲柄断了，他又用铲头挖土，结果它也坏了。他难受得要命。正午时分，小公主又来送饭，他告诉公主情况太不妙了，这次肯定没命了，他说："工具真没用!"公主便又借口替他捉虱子，乘他睡着时解下脖子上的围巾，把它打成结，用结敲地三下，说："出来吧，地下的小精灵们!"霎时，地面上出现了很多小精灵，公主让他们用三个小时的时间掏干净池塘，让满池塘水清澈可照人影且水中有各种鱼。小精灵请来所有亲人帮忙，结果两小时不到活就干完了。公主得到任务完成的报告后，又拿起围巾，敲了三下地，说："回去吧，地下的小精灵们!"小精灵们立刻没了踪影。王子醒后发现池塘变干净了，公主临走时嘱咐他六点回宫去。回宫后，国王问："事干完了吗?""干完了!"王子答。共进晚餐时，国王说："虽然池塘掏干净了，可还不能让你娶我女儿，你还得做件事。"这件事就是王子必须把山上的荆棘全部砍掉，然后在山上建幢王宫，王宫要豪华壮丽，其中的家具、用具都要齐全。第二天早晨，国王给他一把玻璃制的斧头和钻子，让他晚六点前全部做完。王子用斧头砍山上的荆棘，玻璃斧头立刻碎了，钻子也坏了。他伤心得很，盼着小公主赶快来帮他。正午时分，小公主来了，他忙向她说了自

世界经典童话

·格林童话·

图文珍藏版

己的经历。吃过饭后，他又在她帮忙捉虱子时睡着了。公主第三次取下围巾，打成结后敲地三下，叫出地下小精灵，把王子该干的活交给他们，让他们在三小时内完成。地下的小精灵在三个小时内收了工，向公主报告后，公主又拿起围巾敲地三下，说："回去吧！地下的小精灵们！"他们走后，王子醒来发现一切事情都解决了，快活极了。六点时，两人一起回到宫中，国王问："王宫建好了吗?""完工了。"王子答。但在饭桌上，国王又说："我大女儿二女儿出嫁后，小女儿才能与你结婚。"王子和小公主听后都很伤心。有一天午夜时，他找到小公主，两人一起逃出了王宫。跑了不久，小公主回头见父王追来了，她说："怎么办呢？父王追上来会抓咱俩回去的。这样吧，我把你变成一丛荆棘，我变成玫瑰花长在荆棘中。"国王追上来，只见眼前有丛荆棘和一朵玫瑰花，他去摘玫瑰花，荆棘就刺他的手。他只得回到王宫，王后问怎么没抓回来，国主说快追上时，二人却不见了，只有荆棘和玫瑰花。王后说："你摘下花，荆棘会跟回来的。"国王便返回去摘花，到地方一看，早没影儿了。国王就又向前追，公主见父亲快追上了，说："我把你变成教堂吧，我就是那在祭坛上布道的牧师。"国王追来后只看到一座教堂和一位布道的牧师，他回宫去了。他向王后说明了情况，王后说："如果你把牧师带回来，教堂也会跟着来的。你去追没用，还是我自己去吧！"她亲自追去，远远地看见了二人。公主见母亲亲自追来了，便把王子变成池塘，自己变成了一条鱼。王后追到时看到一个大池塘以及塘中那不时跃上跳下的快活的小鱼。王后伸手抓鱼，可老抓不着。

王后生气了，想喝干池塘的水来捉鱼，但喝了许多脏水，又呕吐了出来。她说："我知道，这是没法儿的事了。"她交给女儿三个胡桃，说："当你身处困境时，它们可以救你。"接着，二人来到一座村庄，过了村子就是王子的王宫了。进村后，王子说："我的爱人，请在这儿等些时候，我先回宫去派车并带人来接你。"他回到宫中，大家都很高兴见到他，他宣告说他已订婚了，未婚妻就在村子中，让人驾车去迎接她。车弄好后，仆人已坐进去，王子正准备上车，王后吻了他一下，结果王子立刻忘记了一切，不知道自己要去做什么。王后便命令把马牵回去并遣散了仆人们。而小公主呢，在村中等了许久不见王子来接自己，她只好去磨坊中打下手。磨坊也是王宫的，她天天下午都需要去河边洗罐子。有一天，王后到河边散步，看到她大为惊讶，她叫别人来认公主，可谁也不认识她。公主在磨坊中干了很久的活，这时候，王后给儿子选了位妻子，那女孩来自遥远的地方。王后让二人去教堂举行婚礼，很多人去看热闹，公主也想去看一下，磨坊主同意了。临走时，她敲开一只胡桃，里面是件非常美丽的裙子，她穿上它进入教堂，站在祭坛的对面。新人走进教堂，坐在祭坛前，牧师正准备给予祝福，新娘回头看见了公主，她跳起来说除非她有那么漂亮的裙子否则不结婚。两个新人回宫后，派人找来公主，要买她的裙子。她说不卖裙子，但可以换，条件就是让她夜里睡在王子卧室门前。新娘同意了。于是，当夜公主在王子卧室门前开始哭泣，可惜王子睡前被灌了安眠水，他睡得很熟，一个字儿也听不见，倒是侍卫被弄醒了，听了个不明不白。第二天一早，大家都起床后，一对新人又准备去教堂，当然新娘穿上了公主的那套漂亮裙子，公主这次敲碎了第二个胡桃，里面是套更漂亮的裙子，她穿上后再次站在祭坛对面，以后发生的事和上次一样。

夜里，公主又睡在了王子卧室门前，不过这次侍卫给王子喝的不是安眠水而是提神的水。公主再次哭诉起来，王子听了个一清二楚，他恢复了记忆。第二天一早，他忙找到所爱的公主，讲了自己身上发生的事，请求公主的原谅。公主敲碎了第三个胡桃，里面的裙子更加漂亮，她穿上后随王子去教堂举行了婚礼，很多孩子向他们献花，还为他们牵起彩带，牧师为二人做了真诚的祝福。虚伪的王后和她弄来的女子只得灰溜溜地走了。讲这个童话的人，现在还活着呢！

有头脑的裁缝

古时候，有个骄傲的公主，她向全国宣告说，猜中她谜语的人，无论是谁，皆可和她成亲。有一天，三个裁缝想结伴来试试。两个大一点的裁缝想，自己做的活都很好，这求婚的事应该成功。最小的裁缝是个没用的小粗心鬼，本身的学艺尚未学精，还幻想着能好运相伴，不过这的确是个难得的好机会。两个大裁缝对他说："老弟，看家吧，你不会成功的。"小裁缝说自己既然长了个脑袋在肩膀上，就有它的用处，说完就走了，好像拥有全世界。

三人一起到公主跟前报到，请她出谜，自称是聪明人。公主说："我的头发是两种色调的，猜猜各是什么颜色？""那一定是黑色和白色喽。"第一个回答，"正如我们黑底白花的布。"公主说错了。请第二个猜，他答："不是黑白两色，就是褐、红两色吧！就像家父身上的礼服。"公主说错了。请第三个回答，小裁缝鼓足勇气上前说："银色和金色，就这两种头发吧。"他猜中了。公主冷静地说："你还不能娶我，再去做件事，下面的厩舍里有头熊，你若能安全地

世界传世藏书

世界经典童话

·格林童话·

图文珍藏版

和它待一夜，第二天早上，我就嫁给你。"

晚上，他被带进厩舍，熊一见他便准备扑过来，用爪子打发他上路。"等一下，"他说，"我会让你静下来的。"他很镇定地从兜里拿出些胡桃，咬开壳儿开始吃核，贪吃的熊也想吃，他从兜中又拿出些胡桃扔给熊，这东西可不是胡桃而是石头，熊咬啊咬啊就是咬不开。它想自己真笨，连胡桃都咬不开，说："朋友，帮我咬开它。""哎呀，你真是没用。"说着他接过石头一甩手，石头变成了胡桃，其实是被他换了，他一子就把胡桃咬成了两半。熊见他毫不费力便咬开了，想自己再试试，接过小裁缝的石头，它又拼命咬可还是咬不开。过了一会儿，小裁缝从外衣下拿出一把小提琴，快活地拉起来，熊踏着节拍跳起舞来。熊跳了一会儿，爱上了这乐器，问他："你说，拉起来难吗?""很容易，看，用左手指按弦，用右手指拿弓在上面滑，啦啦啦，真是好玩儿。""这么容易，我要学，"熊说，"如果学会拉了，我随时都可以跳舞了。您教我好吗?"小裁缝说："当然愿意，不过先把爪子给我看一下它是不是太长。"看后又说："太长了，得把你的指甲剪短。"说完他就拿来老虎钳，等熊放上爪子，他立刻拧紧螺丝，说："等我把剪刀拿来。"熊痛得要命，它大声吼叫，小裁缝不理会它，自个儿在屋角的草堆上睡去了。

公主听到熊的吼叫，以为是熊把他吃了后痛快的叫声。早上，她去了熊舍，小裁缝不仅没死，而且快活地像鸟儿似的站在她面前。她曾公开允诺过，所以国王调了马车过来，送她和小裁缝一起去教堂举行婚礼。他们走后，两个大裁缝放掉了被老虎钳夹住的熊，熊怒气冲冲地在后面追着,公主听到熊低沉的喘息声和怒吼声,吓得叫道:"坏了,熊追你来了!"小裁缝很聪明,他忙倒立着,把两腿叉开伸出车窗,喊:"看见老虎钳了吗?再不滚开,还用它夹你!"熊吓坏了,立刻转身跑掉了。小裁缝与公主安全地走到教堂举行了婚礼,二人从此过着快活的日子。你若不信这个童话,就付我一个银圆吧!

世界经典童话

·格林童话·

图文珍藏版

光明的太阳会揭露此事

　　有个裁缝闯荡世界，有一段时间他没找着活儿，很穷苦，后来他连饭都没得吃了。一天，他遇上一个犹太人，他知道犹太人都很有钱，迎上去说："快把钱拿出来，否则我打死你。"犹太人说："饶命啊！我只有八块银币。"裁缝说："八块银币也是钱，快拿出来。"说完就开始打他，直打得他一命呜呼，临死前他说："光明的太阳会揭露此事。"裁缝掏了他的口袋，果真只有八块银币。他把犹太人的尸体拖到灌木丛后面藏起来，然后继续闯荡世界。不久，他到了一座城中给一位师傅当帮工，这期间，他爱上了师傅的漂亮女儿。二人后来结了婚，过着幸福的生活。

　　不久，二人有了两个孩子，在师傅夫妇去世后，夫妻俩便自立门户了。一天早晨，裁缝在桌旁靠窗坐着，妻子端来咖啡，他把咖啡倒进杯中，正想喝，突然看到阳光射进杯中，然后折射到墙上，光线在墙上晃着，晃出一个个圈儿来。他看看墙说："你想揭露吗？不能吧！"妻子听到问："亲爱的，这话什么意思？"裁缝答："不能

世界传世藏书

世界经典童话

·格林童话·

图文珍藏版

说出来。"妻子说："你不说表示你不爱我。"然后她保证自己不会告诉外人。他被搅得心烦，便说在许多年前，他曾因抢钱打死了一个犹太人，他临死前说光明的太阳会揭露此事。现在太阳一遍遍地画圈儿，可也没能力揭露。讲完后他请求妻子不要说出去，否则他就得死，妻子答应了。但在裁缝干活时，她找到教母告诉了教母此事，并让教母保密。结果，三天后，全城的人都知道了裁缝曾杀过人，他被押上法庭，处以死刑。光明的太阳最终揭露了事情，不是吗？

蓝色的灯

古时候，有个士兵为国王服务了很多年，等到战事一完，他由于身体受伤不能再当兵了，国王把他赶走了。他走了一天的路，黄昏时他进入森林中，天已经黑下来，他迎着一束光走去，来到了一所房子前，里面住着个巫婆。

士兵说："让我在这儿睡一觉，再给我点食物吧，我快渴死饿死了。"

"哎哟！"巫婆说，"谁愿给一个流浪的士兵东西呢？不过，我比较仁慈，愿收留你住下，但你得为我做事。"

"我需要做什么？"士兵问。

"明天为我把园中的土松一下。"

士兵同意了，第二天他干了一天，但到了晚上还没把土全部松好。

"我看哪，"巫婆说，"今天就干这么多吧，我再留你一宿，但你明天得把一车柴劈成小块。"

世界传世藏书

世界经典童话

·格林童话·

图文珍藏版

第二天士兵又干了一天，晚上时巫婆又留他住一宿，说："明天再为我做件事。这屋后是一口枯井，我有盏灯掉到里面了，它能发出蓝色的光并且永远不会熄灭。你得替我拾上来。"

第二天，二人来到井边，士兵被放进井中，他找到那盏灯，便让巫婆拉他上去，快被拉到井口时，巫婆伸手去夺灯，士兵把灯抱紧说："先把我拉出来，才能把灯给你。"巫婆发怒了，松开了手，士兵掉下了井底，她自个儿走了。

不过，可怜的士兵没受伤，在湿湿的井底他看见灯仍泛着蓝光。他想自己完了，出不去了，会死的。他伸手去拿烟斗，发现里面还剩有半斗烟丝。他想就最后再享受一次吧，便把烟斗就着灯焰点了一下，抽起烟斗来。烟雾萦绕在井中，突然出现了一个黑色小矮人，说："主人，您的命令是什么？"士兵让他把自己弄出井去。

黑色矮人牵着他的手穿过地道把他带出了枯井，当然他没忘带着那盏灯。这一路上，小矮人指着巫婆收藏的宝贝给士兵看，让士兵带走能带走的财宝。出井后，士兵命令小矮人："把巫婆捆起来，让她受罚。"不久后听到可怕的叫声，接着巫婆骑着野猫从眼前飞过去了。然后矮人回来说："命令已执行，她被带上绞架了。您还有命令吗？"士兵回答没有，让他先回去，不过一叫他他就得出现。矮人说："这容易，你把烟斗就着灯焰点燃，我就会出现。"然后就不见了。

士兵回到京城，住进城中最高级的旅店，买了很多好衣服，然后他告诉店主，尽可能豪华地给他布置房间。房间装饰好后，他召来小矮人，命令道："夜里，公主睡熟后，你背她出来，要她做我的仆人。"矮人说："这简单，可你要冒点险，若被发现你就完了。"

午夜，士兵的房门自动开了，原来公主已被背来。士兵叫道："来了是吧，干活去，把房间打扫干净。"公主打扫完，他又命她到他面前，他把脱下的靴子扔向公主，公主把靴子捡起来擦，直到把靴子擦得很亮。这一夜，士兵让她做什么她就做什么，非常顺从。黎明时分，公鸡叫了，小矮人又把她背回王宫的床上。

第二天一早，公主醒后找到国王，告诉她昨夜做了很奇怪的梦，梦中她被背着经过很多街道，来到一个士兵房中，在那儿她被当成女仆，扫地、擦靴子等干了不少脏活。虽说是梦，可现在感觉很累，像真干了活儿。国王说："有可能是真的。你今晚睡时把豌豆装进兜，兜底戳个洞，若你再被背走，豌豆会沿路掉下来。"小矮人隐身站在他旁边，听到了。晚上，当熟睡的公主被小矮人背到士兵房中时，豌豆一颗颗从兜中掉到路上，聪明的小矮人在沿途街道上都撒上了豌豆。公主只得又做了一夜活儿。

第二天一早，国王派人照豌豆搜寻，街上尽是正捡豌豆的穷孩子，边捡边说："昨夜下了场豌豆雨。"

"再想个法子吧！今夜你睡时别脱鞋子，从那房间临回来之前，你把一只鞋子藏到那房间中，我派人去搜。"黑色小矮人听到了。当士兵晚上又让他去背公主时，他劝士兵放弃算了，说他没法对付这事，万一鞋被发现了，士兵就会被砍头。士兵让他执行命令。于是，公主第三次做了苦工，在离开房间前，她把一只鞋子藏在了士兵的床下。

第二天一早，国王下令在全城搜公主的鞋子，最后在士兵屋中搜到了那只鞋。士兵被捉住了，进了牢房。他的蓝灯和金子落在了旅馆，他只随身带着一个金币。当他身戴镣铐时，透过窗口，他看到当兵时军中的伙伴经过，叫住他说："帮个忙吧，去旅馆把我的包裹取来，我会给你一个金币。"伙伴取来了包裹。当牢房中只有他一人时，他点着了烟斗，小矮人出现了，安慰他说："不要怕，不论你被押到哪儿，都别担心，只要别再忘了带那盏灯。"

第二天，士兵被法官判以死刑。即将被处决时，他要求国王答应他最后一件事。国王同意了，问要求什么。他答："求你让我在路

上抽斗烟。""你可以抽三斗烟,"国王说,"但别想我会饶了你。"士兵便拿出烟斗就着蓝色的灯焰点着了。当烟雾升起后,小矮人出来了,手中握着根小棒,说:"命令是什么?""打那些虚伪的法官以及那些仆役,把他们都打趴在地,尤其是那个国王,他对我太不好了!"

小矮人冲过去,挥舞着手中的小棒,谁挨着那小棒谁就会立刻摔到地上,动也动不得了。国王傻了眼,立刻跪下讨饶,说为保老命,情愿让士兵当国王并把公主嫁给他。

三个流浪医生

　　有三个自称手艺高强的外科医生在世界上流浪。有一天，他们住在一家旅店，老板说："展示一下你们的技艺，好吗？"他们同意了，第一个说他将剁掉一只手，第二天一早再把它接上；第二个说将挖出心来第二天再安上；第三个说他会剜掉双眼，第二天再放进眼窝中。老板说："果真是这样的话，你们技艺就太高超了。"这三人有种膏药，用它一涂伤口就能愈合。接着三人各自割下了手、心和眼，把这三样放进一个盘子中，把盘子递给了店主，店主将盘子交给女用人，让她把盘子放进柜中锁好。晚上，店中所有人都睡着时，女用人的情人来了，他向她要吃的。用人打开柜子，取出吃的。她忘了关上柜门，结果一只猫溜进来，见了开着的柜子，叼走了三个医生的手、心和眼。这时候，用人坐在情人旁边正聊天呢，士兵吃完了东西，用人收拾餐具时想起柜子没关，到那儿一看，才发现手、心和眼都不见了。她吓坏了，对情人说："这可怎么是好！手、心、眼都没了，明早怎么办啊！"情人说："别说出去，我帮你过这

一关。"他说外面的绞架上有个小偷的尸体，问用人是哪只手，她答右手，他说自己会去割下小偷的右手。姑娘把一把快刀给他，他便把小偷的右手割下带回来了。接着他捉了只猫，挖出了猫眼。现在只剩心的问题了。"你们宰了只猪，对吧？肉在地窖里是不是？"女用人答是。情人从地窖里把猪心拿了来。用人把这些东西放在盘子中，重新锁好了柜子。送走了自己的情人，她睡了个安稳觉。

次日早晨，医生们让女用人端来盘子，第一个医生拿过小偷的手接到身体上，抹上膏药，手和臂就合上了。第二个拿过猫眼放进眼窝。第三个把猪心装上。店主惊讶极了，赞不绝口，说第一次遇上这种事，一定会为他们宣传。接着三人付了旅费，继续前行。

三个人走得很慢，安上猪心的那个家伙老是掉队，遇上角落他便跑上去用鼻子嗅来嗅去，像猪一样，另两人拉也拉不住，他总是跑到又臭又脏的垃圾中去躺着。装上猫眼的那个更糟，他揉揉眼睛说："怎么回事？我怎么什么也看不见，这不是我的眼睛吧，你们谁拉我一把，省得我摔倒。"这样走下去，三人一直走到天都黑了，才到了另一家旅店。三人走到吃饭的地方，靠墙角的桌旁有位财主正数钱呢，拥有小偷的手的那个医生绕着他转，手忍不住动了几下，终于，那财主转了下头，他立刻把手伸去抓了把钱。另一个医生看见说："老弟，做什么？偷东西可是犯法的。"他说："我没有办法嘛！这只手老是动，又不是我非去抓。"后来他们就上床睡觉了，夜很黑，伸手不见五指，有猫眼的医生忽然醒了，推醒同伴说："兄弟们，有没有看到有白色的老鼠在晃动？"同伴们坐起来看了半天，结

图文珍藏版

果什么也没看到。他说："事情肯定出了差错，店主欺骗了咱们，手、心和眼不是咱们自己的。明天找他去！"次日一早，他们返回了原来的旅馆，对店主说，那手是个贼手，眼是猫眼，心是猪心。三个医生要店主赔钱。店主只好把自己所有的钱全赔了出去。

七位施瓦本男子的故事

很久以前，七个来自施瓦本的人聚在一起，他们是：舒尔茨、雅可利、马尔利、野格理、米歇尔、汉斯、怀特理。七人都喜欢冒险，成就伟业，决心去闯世界。七人共同订做了一支又粗又大的矛。七个人一起拎着矛，舒尔茨老兄是其中最壮最有勇气的家伙，他走在前头，排队似的，另六人紧跟在他后面，最后那人是怀特理。

在七月的一天，他们已走了不少路，但距离可以借宿的村子，还有一大截路。天色渐渐黑下来，忽然，有只黄蜂发出嗡嗡的恐怖声音，从距离他们很近的一片树林中飞出来。舒尔茨吓得直冒冷汗，几乎扔了手中的矛，他叫道："上帝，我听到有战鼓在擂着呢！"他后面的雅可利不知嗅到了什么，也叫道："是有情况，我闻到火药味，好像还有引信的感觉。"听到有人论证了他的话，舒尔茨撒腿就逃，跳过栅栏，刚好落到农夫晒草用的耙梳上，脚踩着了耙齿，他的脸被竖起的耙柄打个正着。"哎唷唷！"他叫起痛来，"我投降，我投降！"其余六个也抢着跳进院中，高呼着投降，可好长时间过去了，并没人来捆绑他们，这才知道受了骗。七人怕被别人讥讽，他们约定共同保密。

几天之后，七人来到一片荒野，太阳下，有只兔子正在打盹，它那双耳朵竖得高高的，瞪着红玻璃似的眼睛，他们见到它全给吓住了，最后，他们说："我们要同它战斗，勇气意味着成功的一半！"说完，七人同时抓紧了矛，舒尔茨冲在最前面，怀特理在最后。舒尔茨还没出手，最末的怀特理鼓起勇气，想赶紧刺出去，喊道；

> 看在全体施瓦本人分上，刺呀！
> 否则我诅咒你们像瘫子一样趴着！

汉斯清楚他的底细，说：

> 和你打赌，你就知道说大话，
> 哪次和龙斗时，你不在最后面？

米歇尔则说：

> 没错！没错！
> 这小子是个魔鬼！

到了野格理，他说：

世界传世藏书

世界经典童话

·格林童话·

图文珍藏版

如果他不是魔鬼，就是魔鬼他妈，

或是魔鬼同父异母的兄弟。

马尔利灵感奇现，他对怀特理说：

冲，怀特理，冲到前头去。

我会在你身后做坚强的后盾！

怀特理不理会，雅可利说：

亲爱的舒尔茨应做榜样。

光荣属于你！

好半天之后，舒尔茨终于有了勇气，说：

让我们勇敢地投入战斗吧！

显现英雄气概，打得恶魔求饶！

七个人便一齐冲向前去。舒尔茨一直在求上帝庇护，可他还是越来越靠近敌人了，最终害怕地大叫："嗬！嗬嗬！嗬！嗬嗬！"这叫声惊醒了兔子，吓得它仓皇逃窜。舒尔茨兴奋地叫道：

嗨，怀特理！看那是什么？

那魔鬼可是只兔子啊！

　　七人继续探险，走到摩塞尔河岸边。这河是绿色的，很宁静，水也挺深的。他们大声问对岸一个正干活的人如何过河，河太宽了，对岸的人听不清也听不明白他们想怎么样，就用当地土话问："做什么？做什么?"舒尔茨听不清，理解为："蹚过来，蹚过来。"他便迈开双脚，率先冲入摩塞尔河中，不久，他就陷入了河底的淤泥中，帽子却被风刮落岸边，正好一只青蛙跳上去"呱呱呱"地叫起来。剩下的六人听到叫声，说："伙伴们，榜样舒尔茨在叫咱们快点过去呢！咱们赶紧蹚水过去。"然后六人走进河中，他们都被水淹没了。

世界经典童话

·格林童话·

图文珍藏版

世界传世藏书

世界经典童话

·格林童话·

图文珍藏版

三个艺人

　　古时候，三个艺人相互讲好一起闯世界，仔细商讨一番后，他们一起前行。半路上遇见一个魔鬼问他们的职业。"我们都是艺人，现在还没工作。我们没分开过，但若再没活儿干，就得分手了。""你们可以不分开，"那人说，"如果你们按我说的去做，我会让你们有钱，你们还能像有钱人那样出门就坐车呢。"三人同意跟他合作。魔鬼的条件是：对别人的问话，第一个要答："我们三个一起。"第二个答："要钱。"第三个则答："对的。"他要求三人每次都按顺序答，此外不能说其他话。如果违反了条件，给三人的钱就立刻消失，而如果按条件做，三人会随时有花不完的钱。接着，魔鬼把他们能带走的钱都给了他们，让他们去城中的某个旅店。三人走进店中，店主忙招呼说："三位想吃点什么？"第一个答："我们三个一起。"第二个说："要钱。"第三个说："对的。"店主便派人端来饭菜。吃完饭，店主把账单递给第一个人，他说："我们三个一起。"第二个说："要钱。"第三个说："对的。"店主说："当然是对的，

世界传世藏书

世界经典童话

·格林童话·

图文珍藏版

三人一块儿出钱，否则我可不会白送吃的。"三人付的价钱高出账单的总数，其他住店的人说这三人肯定有毛病。"对，就是这样，"店主说，"他们智商有问题。"三人在旅店中住了很长时间，却一直只说魔鬼教他们说的三句话，但旅店中发生的事情逃不过他们的眼睛。有天，一个富商带着很多钱来住店，说："店主，请帮我把钱保管好，您这儿的那三个愚蠢的艺人说不定会偷我的钱。"店主答应了，他把富商的旅行包提到卧室时，觉得沉甸甸的，便猜想里面肯定是金子。午夜时分，等到别人睡着后，店主和妻子一起潜入富商房中，用斧头把他劈死了，做完这些事，二人又回屋继续睡觉去了。第二天一早，店里可热闹了，大家都知道了富商被劈死在床上。人们聚集起来，店主说："一定是那三个装疯卖傻的艺人干的。"其他人也都这么认为。店主便把他们叫来问："那商人，是你们杀的吗？"第一个说："我们三个一起。"第二个说："要钱。"第三个接着说："对的。"店主便说："大家都听到了吧！他们已承认了罪行。"三人被关进牢中，判处了死刑。三人害怕极了。到了夜间魔鬼现身说："再等一天，不要因为害怕而失掉将到手的幸福，你们不会受到伤害的。"次日上午，三人被带到法庭上，法官问："你们杀人了吗？""我们三个一起。""你们为何置人于死地？""要钱。""三个坏蛋，"法官说，"难道就不怕法律的惩罚吗？""对的。""他们承认了，且不愿改过，"法官说，"押出去执行判决。"三人被押了出去，店主也跑出去看热闹。三人被推上断头台，当刽子手举起泛着亮光的刀时，一辆四匹红马拉着的马车疾驶而来，马蹄子踏得连路上的石头都迸出了火星，车窗中有人伸出条白手巾来回晃动。法官说："赦免令来了。"同时"赦免，赦免"的声音从马车里传来，魔鬼从马车中走下，他变成了地位高贵、身着华服的大官。他说："这三人没罪，现在你们随意愿说话吧，把该说的全说出来。"最大的那个艺人说："商人不是我们杀的，真正的凶手在人群中。"

他指着旅店店主："去他的地窖中找证据吧，那儿还有其他被害的人。"法官立即命令公差去查验，果然是真的，公差向法官汇报后，店主被送上断头台处以死刑。最后，魔鬼对三个艺人说："他就是我所要的灵魂的主人，你们自由了，一生都不用发愁吃喝了。"

勇敢的王子

古时候，一位王子厌烦了宫中的生活，决定闯荡世界去，辞别父母后，他天天赶路，从不担心自己会到哪儿。有一天，他来到一所巨人的房前，由于疲劳就坐在门前休息了一会儿。他随意打量了一下四周，发现了院中巨人的玩意儿：一些巨大的木球以及几根一人高的柱子。他把柱子竖起来，然后用球去撞柱子，柱子被撞倒了，他高兴得又蹦又跳又叫。巨人听到声音，把头伸出窗户，看见王子在玩自己的玩意儿，吼道："兔崽子，谁允许你玩我的东西？谁让你那么有劲的？"王子仰起头说："你这个大家伙，只要我愿意，随时可以玩！"巨人走到院中，看着王子玩了一会儿，惊奇地说："小子，你如果有勇气，去生命树上给我摘个苹果吧！""要它做什么？""我自个儿不需要，"巨人说，"但我未婚妻想要，我走了很多地方也没找到那棵树。"

告别了巨人，王子沿途经过很多崇山峻岭、田野及森林，最后发现了长有苹果树的园子。生命树在园子中间长着，苹果在它上面

世界经典童话

·格林童话·

图文珍藏版

发出红光，他爬上树，正准备摘苹果时发现了前面的环儿，他把手伸进环中顺利地摘到了苹果。突然环儿越收越紧，王子感到胳膊的血管里好像被输入了巨大的力量。他带着苹果爬下树后，没去翻栅栏，而是摇了一下门，门开了，他走了出去。躺在门前的雄狮被声音惊醒了，向他走来，但它好像是王子的仆人。

他遵守承诺，把苹果交给巨人说："看，我把它摘了下来。"巨人兴奋地带着苹果去见未婚妻。姑娘很漂亮也很聪明，她见巨人胳膊上没环，说："不是你摘的苹果，因为你胳膊上没环儿。"巨人要求王子给他环，王子不答应。巨人说："苹果和环是配套的，你若不交出来，就得与我决斗。"

两人搏斗了很长时间，王子的环使他很有力量，他与巨人战了个平手。巨人忽然说："我热了，你也是吧？咱们一起下河洗个凉水澡再打架吧！"王子没想太多，与巨人来到河边后，把衣服和环全脱下，然后率先跳到河中。巨人抓起环就跑，雄狮发现他拿了主人的东西，追上去夺下宝环交给了王子。巨人则趁机隐身在橡树后，在王子穿衣服时冲上来剜掉了王子的双眼。

可怜的王子没了双眼，不知道该怎么办，巨人假装是个过路人，过来给他领路，他把王子领到了悬崖峭壁上，他让王子站在那儿，以为王子只要再向前走几步定会粉身碎骨，到时他就会得到环儿了。但雄狮跟了过来，它用嘴咬住王子的衣服把他拉了回来。雄狮知道巨人没安好心，在当巨人松开王子的手让他一个人待在那儿时，雄狮冲过来把巨人撞下深渊，跌成了碎片。

雄狮躺在地上用爪子抓了点溪水浇到王子脸上。当时王子被狮子领到一棵树下，树旁有条清澈照人的小溪呢。雄狮浇下的水有几滴掉入了王子的眼窝，再起身时，王子的双眼变得比以前更明亮、更有神。

王子谢过上帝的宠幸后，带着雄狮继续流浪。有一天，他来到一座王宫前，这王宫已中了魔法，王宫前站着一位美丽的女孩，姑娘迎上去说："你能救我脱离魔法的约束吗?"王子反问："我该怎么做?"女孩说："你必须在宫中的大厅里待三个晚上。你每晚都会被折磨，但只要你能挺住，沉默不语，我就能得救，你不会因此失去性命的。"王子说："我有勇气，上帝保佑，我愿试一试。"他进了宫。当夜，他坐在厅中等着。刚开始一点声音也没有，但午夜时，厅里热闹起来，许多魔鬼从各种角落中跑出来，他们似乎没发觉他的存在，自个儿在大厅中央升了堆火，然后坐下来开始赌钱。一个魔鬼输后说："肯定是屋中的这个生人使我输了!"又一个说："你去烤火吧，我来赌。"魔鬼的叫声凄厉，任谁听到都会害怕，王子默默地坐着。魔鬼们忍不住了，最后一跃而起扑向王子，鬼太多了，王子没法子反抗，他在地上被拖着，被打被掐被刺，受尽了折磨，王子始终保持沉默。黎明时分，魔鬼们全部消失了，王子用尽了力气，动都不能动了。天明后，黑皮肤的女孩拿着盛有生命水的小瓶走进来，用水给王子洗了一下，他全身的痛感立即消失了，女孩说："前一夜已成功地度过了，还有两夜，要挺住。"然后就走了，王子发现她脚上的皮肤已发白了。第二夜，魔鬼们下手更狠了，打得王

子皮开肉绽，他忍受着。天亮时，女孩又来了，用生命水使他恢复生机，临走前，王子高兴地看到她除了指尖，全身都已变白了。最

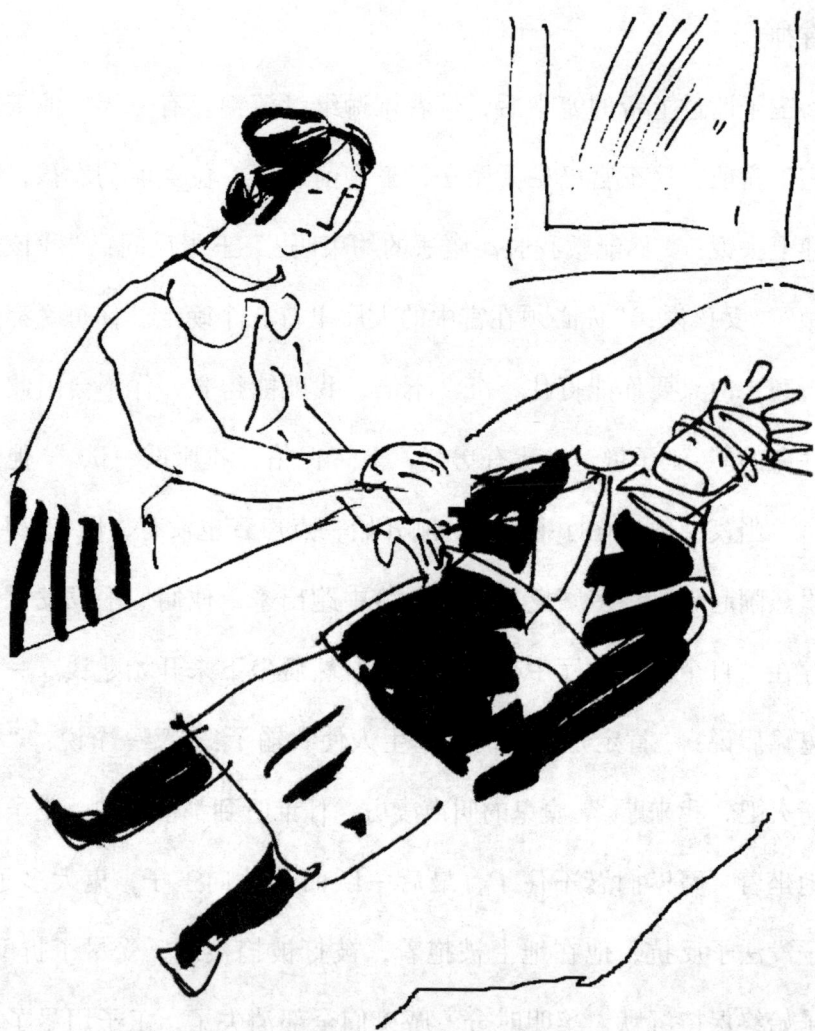

后的一夜是最困难的，这晚，魔鬼们大有不整死他不罢手的势头。

他忍受着身体被撕碎的痛苦，坚持到最后一刻，当魔鬼们终于消失

时，他已晕过去了，动也不能动一下，甚至没了力气抬下眼皮。女孩进来后，用生命水仔细地替他擦洗，他的一切疼痛都消失了，觉得特别精神，像刚刚做了个梦似的。他睁开眼睛，女孩全身雪白的皮肤美丽极了，她站在他面前。"站起身，用你的剑在楼梯上舞三下，一切就得救了！"她说。王子照办了，惊喜地发现王宫从魔法中解脱了，女孩本是位公主。仆人们进来说宴席已备好，山珍海味都已摆上了桌，二人便一起去吃了饭。当夜，他们高高兴兴地结为了夫妇。

世界经典童话

·格林童话·

图文珍藏版

年老的母驴子

有一天，一个年轻猎人到森林中打猎，突然，一个很丑的老婆婆进入了他的视野。老婆婆迎着他说："给一点东西吧！"善良的猎人很同情她，便尽可能地给了她随身带的东西。给完后，他继续前行，却被老婆婆拦住说："听我说，猎人，由于你的善良，我送你件东西。待会儿你经过一棵大树时，会看到树上有九只鸟，它们正争抢一件斗篷。你就举枪向它们射去，斗篷自会掉下来给你，同时会有只死鸟掉下来。那可是件如意斗篷，只要披在肩上，就可以去心中想去的任何地方。死鸟的心你要吃掉，这样你每天早晨起床后，都会在枕头下找到一块金子。"

他谢过女先知，走出差不多一百步的距离时，他遇到了跟老婆婆讲的一样的情况。猎人取下枪瞄准鸟群射了一枪，鸟儿们的羽毛被打得飘起来。小鸟们惊叫着飞了，有一只被射中掉下来。斗篷也掉在地上。依照老婆婆交代的，猎人挖出死去鸟儿的心吃了，然后带着斗篷回家去了。

世界经典童话

·格林童话·

图文珍藏版

　　第二天早晨起床后，掀开枕头，果然发现了一块闪亮的金子，第二天早上也是这样，从此每天早晨他都能得到一块金子。后来他有了不少金子，便想如果只是待在家中，再多的金子又有何用？我还是出门漫游世界吧！

　　他辞别了双亲，带着猎枪和一个包袱去闯世界了。这天，他路经一片繁茂的森林，森林的尽头耸立着一座华美的王宫。一个老婆子站在窗户前向远处望，她旁边是个非常漂亮的姑娘，老婆子其实是个位巫师，她告诉姑娘："森林里出来个猎人，有件珍宝在他体内，亲爱的女儿，咱们一定要得到宝贝，宝贝就是肚子里的鸟心，有了它，每天早上都能在枕头下找到块金子。"然后，她教给女儿计策，并狠瞪着女儿说："你得听我的，否则有你受的。"这时候，猎人来了，他看中了那美丽姑娘。

　　他进入王宫中，受到了热情的接待。不久，他就爱上了巫婆的女儿，无论她要求什么，他都尽力去满足她。巫婆对女儿说："咱们现在就动手取鸟心，他会在毫无感觉的情况下失去它的。"然后，她制造了一种药，猎人接过来一饮而尽，鸟心被他吐了出来。女孩捡起鸟心，照母亲的吩咐把它吃进了肚中。此后，猎人枕头下应该有的金子全移到了巫婆女儿那儿，每天女巫都来取金子，猎人痴爱着女孩，没想太多，只愿和她相守。

　　这天，女巫说："咱们有了鸟心，还要有那件如意斗篷。"女孩只能照做，她走到窗前向外眺望，看上去很忧伤。猎人问："怎么愁眉不展的？"女孩答："唉，亲爱的，王宫对面是座宝石山，山上出产美丽的红色宝石。我很想拥有红宝石，但没人能替我取，所以我难过。"猎人说："若你只是为这事，那我很容易就能办到。"说完，他披上斗篷，把女孩拉过来，心中想着去那座山，瞬间两人已到了山顶。四周的红宝石闪闪发光，他们挑了一些最美丽的宝石。猎人说："歇会儿吧，我有点累，站都站不稳了。"两人坐下来，猎人躺在爱人怀中睡去了。他熟睡后，女孩解下斗篷，披在自己肩上，一个人悄悄地回去了。

猎人醒后不见了心爱的姑娘，他知道上当了，说："唉，竟还有这样的骗子！"他心里难受极了，不知如何是好。在那儿坐了不久，突然飘来一朵白云，把他卷起来在天空中飞了一会儿，把他扔进一座很大的菜园子。

猎人四下里看了看说："吃点什么吧，肚子都瘪了，再走路会累的，这儿没有水果，只有莴苣。"刚吃几口，他便觉得怪怪的好像自己变化了。他惊恐地发现自己长着四条腿、一个大脑袋、两只长耳朵，原来他变成了一头驴子。饥饿再加上驴子的天性，莴苣在他口里已很好吃，他吃了不少，吃到最后，他又恢复了人身，原来有另一种莴苣让人恢复原形。猎人躺在菜园中睡了一觉。次日早晨醒来，他各摘了一棵两种变化的莴苣，想依靠它们拿回属于自己的东西，惩罚恶人。他带着莴苣翻出菜园子，开始出发寻找爱人的住处。他找了很久，终于找到了，他把脸抹黑，让任何人都认不出来，然后去宫中求宿。他说："我没法再走了，都累坏了。"女巫问："兄弟，你是干什么的？"他答："我是国王派出来寻找天下最美味莴苣的差

人，还好被我找到了，我现在正带着它呢。太阳光很强，莴苣的菜叶只怕会蔫的，不知还能否送它到国王那儿呢。"

女巫一听有美味莴苣就馋了，说："亲爱的兄弟，能让我也尝一下莴苣吗?"猎人说行，说他有两棵还可送她一棵，然后便把能变成驴的莴苣给了她。女巫一点儿也没有怀疑，只想尽快吃到天下最可口的莴苣，便忙到厨房做起来。做好后，她迫不及待地抓起几片菜叶便吃，结果一下变成一头母驴跑进了院中。女用人进厨房想把莴苣端上桌，半路上口馋，偷吃了一点，结果她也变成头母驴跑进院中，装莴苣的碗则掉在了地上。猎人动手捡起些菜叶放进碗中给女孩端过去，说："我来给你端菜，省得你久等。"女孩吃起来，她也成了头母驴跑进院中。

猎人洗了脸，走进院中，说："这就是你们背弃我的下场。"边说边用条绳子把三头驴拴起来，他把它们赶到磨坊前，交给了磨坊主，说老一些的驴是个女巫变的，每天只需让她吃一次饭同时打她三次；稍小一些的驴子是女用人变的，每天给她吃三顿饭也打她三次；最小的那头驴是个美丽的女孩变的，不用打它，每天给它吃三顿饭就行了。猎人到现在仍然不忍心让爱人受苦。然后他回宫中去找他需要的东西。

过了几天，磨坊主找到他说最老的母驴死了，另两头驴虽活着，却显得很难过，好像活不太久了。猎人心软了，他不再想报仇的事儿了，让磨坊主把它们牵回来。他让二人吃了能恢复人形的莴苣。恢复成人后，女孩跑到他面前说："亲爱的，请原谅我以前的行为。

我本不愿做的，可被逼着没办法啊！我是爱你的。那斗篷在我衣柜中放着，至于鸟心，我愿吃药把它吐出来。"猎人听后说："算了，你留着吧！我会娶你的。"二人结了婚，从此过着幸福快乐的生活。

森林里的老婆婆

有个穷女佣由主人带着坐车经过一个大森林时，从树丛中突然杀出一伙盗匪，他们见人便杀，除了女佣藏在一棵树后而活着外，其余的人全死掉了。盗匪掠走所有财物后，她悲痛地哭着说："谁来可怜我啊，以后可怎么办呢？我不知道路，森林中又没个人家，肯定得饿死在里面。"她走了很久，也没找到出森林的路。

黄昏时，她来到树下坐着。坐了不一会儿，飞来一只白鸽，嘴中衔着把很小的金钥匙，它把钥匙放进女佣手中，说："看见那边的大树了吗？用这钥匙开一下树上的锁，你就会有食物可吃，不会饿的。"

女佣走到树前，打开锁后发现里面有一小碗牛奶和一个白面包，她取出来吃了。吃完她说："现在该是休息的时候了，我很疲倦，如果有张床该多好！"刚说完，白鸽又衔着把金钥匙飞过来说："去开一下那边那棵树上的锁，你就会发现一张床的。"

姑娘开了锁发现一张又美又舒适的床。她先祈祷上帝保佑自己

世界经典童话

·格林童话·

今夜无事，这才上床睡觉。次日一早，白鸽第三次飞来，又衔给她一把小金钥匙，说："打开那棵树上的锁，你会得到几件衣服。"结果穷女孩发现了几件镶金嵌银的衣服，公主都不一定穿过这么漂亮的衣服呢。女孩就这样在森林中无忧无虑地生活着，白鸽每天都把她的生活照顾得很好，让她平静快乐地生活着。

有一天，白鸽飞来时说："你愿为我做件事吗？""我愿意。"女孩说。白鸽告诉她："我会把你领到一座小房子前，你进屋去，屋子中间的炉火边坐着个老婆婆，你别理她。

然后不论她做什么你都得径直向她右手边走去，那儿是扇门，进了门是个小房间，里边桌子上放着好多戒指，有的戒指上镶着晶莹剔透的钻石，但你不能拿它们，而要尽快找到一枚很朴素的戒指，把它给我带回来。"女孩照它说的走进小屋，老婆婆一见到她惊讶地说："你好，孩子。"女孩不理她，直走向她右手边。

老婆婆叫道："你去哪里？"边说边抓住女孩的裙子要阻止她，"没经我同意，你不能进去。"女孩挣开她进了小房间，房里的桌上确实摆着不少戒指，个个都很漂亮，女孩找了半天也没找到那枚朴素的戒指，这时她见老婆婆提着只鸟笼想偷偷地逃走，便立刻跑过去夺下鸟笼，这才看到鸟嘴中衔的正是那枚朴素的戒指，她抠出戒指攥在手心中跑出小屋，她便靠着棵大树等白鸽前来，站着站着，背后的树突然软了，弯曲了，树枝垂下来变成两只胳膊搂住她，女孩忙回头一看，一个英俊的男子正抱着自己。

他说："谢谢你把我从女巫手中救出来，是她把我变成了一棵树，每天有几小时我会变成白鸽，直到她没了戒指，我才能恢复成人。"这时候，他的侍卫、马都摆脱了魔法，恢复了人形。他们动身回到他的国家，他是位王子。女孩与他举行了婚礼，二人幸福地生活着。

兄弟三人的故事

有个男子有三个儿子，他的全部财产就是现在住的那幢房子。三个儿子都想继承这幢房子，父亲很爱这三个孩子，不想亏待他们，因此不知该把房子留给谁。他也不想把房子卖掉分钱给三人，因为这房子是祖宗留下来的。最后他想了个方法，对三个儿子说："你们都去闯世界去吧，每人学身技艺回来，谁学得最好，房子就归谁。"

三个儿子同意了，大儿子想当个铁匠，二儿子要做理发师，三儿子想做剑师。三人约定了学成归来的日子便分手去闯世界了。很巧的是，三人都拜了技艺高超的人为师，也都学了身真本领。约定的日期到了，三个儿子回到了家中，都想着该怎么利用最佳时机展示本领，正商议着，一只兔子从地里跑过来，理发师说："来得正好！"说完立刻端来脸盆和肥皂，刷了许多泡沫，兔子挨近时，把许多肥皂沫涂在它身上并快速地给它剃成一撮小胡子，整个动作如此迅速，一点儿也没伤到兔子。父亲很满意并说另两个没他能干的话，

房子归他。不一会儿，一个大老爷乘马车急驰而来，铁匠说："来看看我的本领，爸爸。"边说边追上马车，迅速把飞驰中的马的四块马蹄铁取下，重新钉上四块新的。"不错!"父亲说，"你和老二一样出色，我还是不知把房子给谁。""父亲，"老三说："我来露一手吧!"正好天上下起雨来，他拔出剑让它在头顶舞动，一滴雨也没落在他身上。雨下大了，变成了倾盆大雨，他舞剑的速度也加快了，最后身上的衣服一点也没有湿。父亲惊道："你的本领最高，房子归你吧!"

两个哥哥谨守承诺，都愿把房子给三弟。但三兄弟感情很深，因此三人都住在这幢房中，凭各自的技艺谋生。他们赚了很多钱。三个兄弟相亲相爱地生活着，三人都老了后，其中一个病死了，另外两个很忧伤，不久都死了。由于三人都能干又相互关爱，便被埋在了一个坟墓里。

魔鬼和他的奶奶

　　从前，国王统率着他的军队作战，士兵们的薪饷却少得可怜，难以维持生活。有三个士兵便在一起商量逃跑。一个说："如果被逮住就会死的，怎么办？"一条火龙飞到他们身旁，问三个人干吗躲在这儿。他们说："我们都是士兵，因薪饷太少就逃跑了。现在倒好，躺在这儿会饿死，出去会被绞死。"火龙说："你们若愿意当我七年的仆人，任何人都不能捉住你们。"三个人答应了。火龙用爪子抓住三个人，飞了起来，把三个人带到了安全的地方，这火龙原本是个魔鬼。他把一条小鞭子递给三个人，说："只要甩响鞭子，想要多少钱就有多少钱，你们可以去过大老爷们的生活，有马有车，七年期限一到，你们的灵魂就归我。"然后把字据拿出来，让他们签上名字。"但是，到时我会出个谜语，你们若猜得到，就自由了。"魔鬼走后，三个人带着小鞭子在世界上流浪。他们花钱为自己做了许多漂亮衣服，穿着它炫耀，无论在哪里，三个人都过着富人的生活，但三个人没干任何坏事。不知不觉间，七年的期限满了，三个人来

世界经典童话

·格林童话·

图文珍藏版

到野外，有两个坐在地上，有一个老婆子问他们为什么不开心。"唉，不关你的事，反正你也帮不了。""那可不一定，说出来吧！"三个人告诉她，他们为魔鬼当差当了七年，魔鬼给了他们很多钱，条件则是七年后三个人若猜不出谜语就得把灵魂交给他。老婆子说："我有办法，你们出一个人去森林里找座像房子一样的垮塌的石壁，跨进去，就会得到帮助。"生性乐观的一个士兵站起身走进了森林，他向前走了很久，终于找到了那屋子，屋中生活着一位老奶奶。她是魔鬼的奶奶，士兵把事情讲给她听，奶奶很喜欢他，便决定帮他的忙。她把盖住地窖的大石板挪开说："你待在里面别动，从这儿能听到外面人说的话。魔鬼来后我会问他谜底，你要认真听。"午夜十二点，魔鬼来要食物，他奶奶把饭桌收拾好，端上酒菜，两人很高兴地边吃边说些家常事，奶奶问孙子这一天收获了多少灵魂。"今天不行，"孙子说，"还好我已逮到三个士兵，他们肯定逃不出我的手心。""当兵的可不一定容易摆平，说不定能逃出你的手心呢。"魔鬼不屑地答："他们一定会属于我的，我出谜语让他们猜，他们猜不出来的。"奶奶问是什么谜语。"我让你知道没事，谜语是：'宽阔的北海里面有只死长尾猴，它是那三个人的烤肉，他们用的银勺子是鲸鱼的肋骨，望远镜是用条空心的老马的腿做成的。'"孙子上床睡后，奶奶把士兵放出来问："记好了吗？""记好了，"士兵回答，"知道的这些已足够了。"接着他从窗口爬出去回到同伴那里，向他们说了魔鬼上了他奶奶的当，把谜语和谜底全说了出来，被自己听到了。三个人都高兴极了，用鞭子又抽了许多钱来放好。期限满的最后时刻，魔鬼出现了，先让三个人看了字据，说："我会在地狱带你们吃顿饭，如果能猜出吃的烤肉是什么，你们就自由了，鞭子也给你们。"第一个士兵立刻说："宽阔的北海中有只死长尾猴将是烤肉。"魔鬼气得哼了一下，问第二个："将用什么做的银勺子？""鲸鱼的肋骨做成的勺子。"魔鬼气得脸都变形了，问最后一个士兵："那望远镜呢？""一条空心的老马的腿。"魔鬼气呼呼地走了。三个人于是继续使用那条鞭子，随心所欲地用它抽打了许多钱，并幸福地生活，直到老死。

忠诚的斐文南和不忠诚的斐文南

　　古时候，有夫妇两人，他们富足时没有小孩，最后破落了，却生了个儿子。两人无法给儿子请教父，丈夫便决定到别的地方去，希望在那儿能找到一个。半路上，他遇见一位穷人，那人说："我也很穷，我愿做你儿子的教父，只是我没有礼物给孩子，你把儿子带到教堂去吧！"夫妇俩把孩子带到教堂，那人已等了半天了，他给孩子取名为：忠诚的斐文南。

　　走出教堂后，那人把一串钥匙给了夫人，让她把钥匙交给孩子的父亲保管，说等小孩十四岁时，让他到原野上的宫殿去，用这串钥匙打开宫门后，宫中的东西就全送给他了。小孩长到十四岁时，真的去了原野，确实有座宫殿，他打开宫门，只发现里面关着一匹白马，马很漂亮。他为自己有这匹骏马感到高兴，便骑着它对父亲说："现在我有马了，我要去外面闯荡。"

　　半路上，他看到地上有支鹅毛笔，就拿了起来。骑马又走了一会儿，他看见河岸上有条鱼正张大嘴巴呼吸呢，便走过去帮它，用

手抓着鱼的尾巴把它扔进河中，鱼把头伸出水面说："为答谢救命之恩，我送你一支笛子，危急时吹响它，我就会来帮助你，若有东西掉进水中，我也会帮你捞上来。"他又向前走，一个人迎面走来，这个人问他去哪里，他答去最近的地方。两人互通了姓名，那人叫不忠诚的斐文南，由于差不多同名，两人结伴而行，住进了最近的旅店。

不幸的是，不忠诚的斐文南会各种巫术，还晓得别人的想法以及准备去做的一切。旅店中有位可爱的姑娘，她长得很漂亮，衣着也华丽，她看到忠诚的斐文南便爱上了他。她问他将去哪里，他说要继续流浪，姑娘就劝他别走，让他去国王那儿应征当个侍从或者当个驾马人。国王同意了。不忠诚的斐文南知道了这件事，问姑娘："你只帮他不帮我吗？"姑娘不知道他是个不可靠的人，便答应帮他。她向国王推荐他当侍从，国王同意了。

每天早上，当不忠诚的斐文南侍候国王穿衣服时，总听国王叹道："要是爱人在身边该多好！"他一直嫉恨忠诚的斐文南，有次乘机说："您让您的骑马开路者去接她来不就行了？他如果不愿去，让他以生命为代价。"国王召见了忠诚的斐文南，对他说了爱人的住处让他去接，如果不愿去就会没命的。

忠诚的斐文南走到白马身边哭道："我真是不幸！"这时，背后有声音说："你为什么哭呢？"他回过头去，看不到有人，就又说："亲爱的白马，我将和你分离，我快没命了！"又有声音说："为什么事哭呢？"他这才发现，说话的是白马。"白马，是你在说话吗？

你会说话?"停了一下,他说:"国王让我把他的爱人接过来,我应该怎么做?"白马说:"去跟国王说给你必需的东西,你才去接他的爱人。必需的东西是:一船肉、一船面包。肉是给河上的巨人预备的,免得他把你给吃了;面包是留给天上的大鸟吃的,免得它们啄掉你的眼睛。"国王听到忠诚的斐文南的请求后,下令全国的屠夫杀猪杀羊,全国所有的面包师制作面包,用这些把船装满后。白马对主人说:"骑上我的背,我们一起上船吧!要是看到巨人,你就说:

'静一下,静下来,巨人们,

我为你们安排好了,

我带着好多好东西给你们吃。'

"若看到大鸟飞来,你就说:

'静一下,静下来,鸟儿,

我为你们安排好了,

我带了许多好吃的给你们。'

"这样说了,他们就不伤害你。当你走进王宫时,巨人们可以为你开门,你带几个巨人进去,那时公主正熟睡呢,你千万别弄醒她,你要让巨人把她连床抬起来放上船。"

忠诚的斐文南照白马说的做了,肉和面包喂饱了巨人和大鸟,

世界经典童话

·格林童话·

图文珍藏版

巨人帮他把公主连床送上船，运到了国王那儿。公主和国王结了婚。

王后却并不爱国王，她爱的是忠诚的斐文南。有一天，当宫中所有男士都在场时，王后说自己会玩魔术，能把一个被砍下的头再安在脖子上，让人自愿一试。没有人愿试，在不忠诚的斐文南的建议下，忠诚的斐文南第一个被试验。他的头被砍下后，果真被王后又安了上去，脖子上除了留下一圈红疤痕外，他完好无损。国王问："亲爱的，你真有这种本事?"王后说："对啊，你要不要也试一下?"国王说："好的，好的!"王后砍下了国王的头，却没有把他安上去。国王死了，忠诚的斐文南娶了王后做妻子。

忠诚的斐文南依然经常骑白马。有一天，白马让他骑着自己去过去的那片田野。到了之后，让他骑它跑三圈。他依话做后，白马的后腿直立起来，恢复了人形，变成了王子。

铁火炉的传说

古时候，一个老巫婆诅咒王子，使他困在了森林中的一个铁火炉中。王子在炉中度过了很多年，一直没有人救他出来。一天，一位公主在森林中迷了路，她转悠了九天后，来到了铁火炉前，里面突然传出个声音说："你要到哪里去?"她说："我不知该如何才能回到我的王宫。"炉中的声音说："我可以帮你，让你回国，但有个条件，你要嫁给我，要知道，我可是位王子啊!"公主听了大吃一惊，但她实在想回到父亲身边就同意了。铁炉子中又有声音说："你下次再来时带把刀子把铁炉壁戳个洞。"说完出现一个领路人，领路人把她送回宫中。公主回来后，宫中的人都很高兴。父亲也拥抱和吻她，她却闷闷不乐，说："亲爱的父亲，我的遭遇太糟糕了。如果不是靠一座铁火炉，我就出不了大森林了，但我保证会再回到它身边，救它并嫁给它。"公主辞别了父亲，带着刀去了铁火炉那里。她到那儿后就开始用刀刮铁炉，挖洞，铁屑一直向下掉。两个时辰之后，一个小洞被刮出来了，她透过小洞看到里面有一位王子，她很

高兴，加快了速度，最后王子从炉中钻了出来。王子出来后说："你是我的未婚妻，我也是你的，你救了我。"他想把公主带回自己的国家，公主要他允许自己去与父亲道别，王子答应了，但让她与父亲说话别超过三句。公主回到家中，由于激动话说多了，铁火炉和王子都不见了，他们飞上了遥远的玻璃山，公主与父亲辞别后，带上不多的钱回到了森林中，但已见不到王子和铁火炉。她找了九天，把带的东西都吃光了，还是没找到王子。天黑时，她来到一幢古老的屋子前，屋子四周全是野草，只有门口有一小堆柴火。她透过小屋的窗口，看到屋中全是或大或小的蛤蟆，屋中还摆着一张饭桌，桌上放的是山珍海味，杯子盘子都是银制的。公主勇敢地敲了下门，一只又肥又大的蛤蟆说：

　　　　绿色的小女孩，

　　　　盘腿儿的小丫头，

　　　　盘腿儿的小家伙，

　　　　跳来跳去，

　　　　去看看，谁在敲门？

　　一只小蛤蟆打开了门，她走进来时，蛤蟆们表示欢迎，招呼她坐下来并问道："你从哪里来，要到哪里去？"她便把经历讲了，并说因自己多说了话，使王子和铁炉子消失了，她决定即使走到天涯海角也要找到王子。那只又肥又大的蛤蟆说：

绿色的小女孩，

盘腿儿的小丫头，

盘腿儿的小家伙，

跳来跳去，

去把大匣子拿来！

　　开门的小蛤蟆取来匣子，然后它们用食物招待公主，安排她睡一张用绸缎和天鹅绒铺的床，公主美美地睡了一觉。第二天一早，她要走，大蛤蟆交给她三根针，让她带上，大蛤蟆又把一个犁铧的轮子、三个胡桃交给她。公主来到玻璃山下，山很滑，她把针插在脚后面，踩着它向上爬，最后翻了过去。在山的另一面，她把针插在一个易记住的地方。接下来是过三把利剑，公主站在犁铧轮上滚过剑锋，这一关也过了。接着出现的是条大河，过了河后，她来到一座宫殿前。她走进宫，装作是个贫穷的用人想找个活儿干，她知道自己的爱人就在这宫中。后来她当了厨房的丫头，薪水很少。这时，王子正准备和另一女子结婚，他以为公主死了。晚上干完活儿，公主掏出了大蛤蟆送给她的三个胡桃。她打开第一个胡桃，发现里边放着件王族的服饰。王子的新娘听说了，想买这套服饰，她觉得一个丫头不该有这么好的服饰，公主说只要新娘答应一个条件就可以送给她，条件是让她在王子房中睡一夜。新娘太想要那件衣服了，便答应了。当晚，新娘把装有安眠药水的酒给王子喝了。当公主走进王子房中时，他已睡着了，叫都叫不醒。公主哭诉说："我把你从

世界传世藏书

世界经典童话

·格林童话·

图文珍藏版

铁火炉和森林中救出来，为找你我翻了一座玻璃山，三把利剑，还渡过一条大河，可现在你怎么不听我说话呢?"王子的仆人坐在卧室门前听到了哭诉，第二天一早便报告了王子。当晚，公主干完活后打开第二个胡桃，里面是件更漂亮的裙子，新娘也想得到这一件，公主提了同样的条件。新娘又让王子喝了安眠药水，王子仍是沉睡不醒。公主又哭诉了一夜，仆人把她的哭诉告诉了王子。第三个晚上，公主干完活后打开第三个胡桃，里面的衣服美丽极了，像是金子做的。新娘也想要这一件，公主再次提了同样的条件。不过这次王子没喝安眠药水，公主刚开始哭诉，他就知道自己真正的未婚妻来了。当天夜里，两个人乘上马车逃出了宫殿。两个人乘船过了河，坐在犁铧轮上过了剑锋，又用针过了玻璃山，最后，他们来到了原来的小屋，两个人一进小屋，小屋就变成一座雄伟的宫殿，蛤蟆们也都恢复了公主或者王子的原形。大家都很高兴，为两个人举行了婚礼。两人留在这个宫中过日子，后来公主的父亲觉得一个人太孤单，两个人便把他也接进了这座宫中，从此两个人拥有着两个王国，过着快乐无忧的生活。

一个懒纺纱女

　　有座村庄中住着一对夫妇。妻子很懒，老不想做事儿，丈夫吩咐她纺纱她总是纺不完，偶尔纺完了，她就让纱留在纺车上而不是绕成线团。丈夫批评她，她说："我没绞盘没法缠绕，你去森林中给我做一个吧！"丈夫说："好吧！"她偷偷跟在丈夫身后进了森林，丈夫爬上了一棵树，砍起木料来，她躲到丈夫看不见的灌木丛中喊：

　　　　砍绞盘木料的人，会死掉，

　　　　用绞盘绕线的人，会没命！

　　丈夫听到后把斧头放下，不知这是怎么一回事，最后以为是耳鸣的幻觉，便又拿起斧头砍起来。树下的妻子又喊：

　　　　砍绞盘木料的人，会死掉，

　　　　用绞盘绕线的人，会没命！

丈夫停下来，有点儿怕了，使劲想这是怎么一回事，不一会儿他鼓足了勇气，可刚抓起斧头要砍，就又听到：

砍绞盘木料的人，会死掉，

用绞盘绕线的人，会没命！

这时他忍受不了了，忙爬下树，向家中逃去。妻子从另一条路更快地回到家中，等他一进门，妻子没事人似的问："做绞盘的好料子砍了吗？"丈夫说没有，并说这线也绕不得了，然后说了森林中的经历，从此不再让她纺纱线。

过了一段时间，丈夫说："老婆，把纺好的线就这么老留在纺车上，太不好了。"

妻子说："你晓不晓得，我没有绞盘，如果绕线就得站在阁楼上，我在下边把线轴抛给你，你再扔下来，如此反反复复才成得了线团。"

"好，也行吧！"丈夫说。

于是夫妻俩干了起来。

干完了，丈夫说："线绕成了，线团还得蒸。"

妻子又害怕起来，嘴里尽管讲："好的，明早咱们就煮。"脑子里却想出一个新办法。

她第二天早上起来，生好火，摆上锅，却没放进线团，而是扔了一团麻疙瘩在锅中，煮啊煮，然后去找还睡在床上的丈夫，对他说："我得出去一会儿，现在你起来，去看看煮在炉子上锅里的纱线。可你得及时去，注意啊，如果鸡叫了你还没去看，纱线就会变成麻团。"

丈夫赶快爬起来，奔进厨房。可他走到锅边一看，惊奇地发现锅里只有一团乱麻，这个可怜的男子还以为自己做错了事，从那以后，再也不提纺纱煮线这回事。

本领无二的四弟兄

　　一个穷人有四个儿子，孩子长大的时候，父亲让他们去外面闯荡。于是，四个儿子各拿了一根随身的手杖，告别了自己的父亲，一块儿出了城门。当他们走到一个岔口时，面前有四条路通向不同的方向。这时，老大说："咱们就在这儿分手吧，四年后的今天，咱们再在这儿相聚。在相聚之前，咱们各人寻找自己的幸福吧！"

　　于是，四个人各走各的路，老大走着走着碰到一个人，这个人问他从哪儿来，到哪儿去。他回答说："我打算学一种手艺。"那人说："那跟我去学做小偷吧！"老大动心了，跟那人学做了小偷，想要什么，就能得到什么。老二也碰到一个人，这个人向他问同样的问题，想知道他打算学什么手艺，老二说他还不知道。"那你就跟我学做星象家吧。这职业再好不过了，没什么可瞒过一个星象家的。"于是，老二成了一名很在行的星象家。

　　老三被一位猎人收为了徒弟，成了一名干练的猎手。临分别之时，师傅给他一支猎枪，说："这支枪非常棒，它会使你百发百中

的!"最后一个儿子,也同样碰到一个人,这个人问他想不想当一个裁缝,老四于是就跟他学了,把本领学得非常扎实。临别,师傅送给他一根针,说:"用它你可以缝就你想缝的一切,不管脆得像鸡蛋皮还是硬得像钢铁,而且,缝完可以完全成为一个整体,看不见任何接缝的。"

四年一晃而过,哥儿们在约定的那天相聚在十字路口,又是拥抱,又是亲吻,然后一同回去见父亲。没过多久,国内闹了大乱子:公主被一条龙带走了。国王非常着急,向全国宣布:谁能救回公主,公主就做谁的妻子。那四兄弟商量说:"咱们显身手的机会来了!"星象家一边用望远镜看,一边说,"已经看见了,她坐在离这儿很远的海中的一块礁石上,旁边有一条龙守着。"说完,他们去见国王,国王给了他们兄弟一艘船,他们乘船过海,一直来到礁石前面。公主坐在上边,那龙却躺在她怀里睡觉。小偷说:"那我倒想试一试自己的运气。"他溜上礁石,从龙的身体底下偷走了公主。那怪物一点没感觉,仍然呼呼大睡。他们高兴极了,赶快带着公主驶向大海边。那龙醒来不见了公主,立刻飞上天空,气急败坏地向他们追来。可正当它下降到船的上空时,猎人便举枪瞄准了它射击,那东西一命呜呼了。但他下落时却把船砸碎了。他们幸好抓住一块木板,情况十分危急。裁缝拿起他带来的宝针,先飞快地把身边的几块板缝起来,然后又站在板上,搜集起船的所有碎片,随后,他把船全部缝拢。不一会儿,船便扬帆起航了。他们很快地回到了公主的王国。

国王见到了女儿,特别高兴!他对四兄弟说:"你们中的一个可以娶她，究竟是哪一个，你们自己决定。"他们谁都说该自己娶到公主。星象家说："要是我看不见她，你们的本领全都白搭，所以她归我！""看见又有什么用，要是我不把她从龙身下弄出来呢？所以她归我！"小偷说。猎人说："我要不一枪打死龙，你们和公主早被它给咬死了，所以她归我。"裁缝说："不是我凭自己的本事把船缝拢，你们会被淹死的。所以她归我！"听了他们的争论，国王宣布："你们每个人都有同样的权利，可是又不能每个人娶姑娘做妻子，因此，我就谁也不让娶了。不过，为报答你们，我把半个王国分给你们。"兄弟们同意了，"这样也好，免得我们几个闹分裂。"于是，他们每个人得到王国的一部分，一起和父亲过着幸福的生活。

一只眼、两只眼和三只眼

　　一个妇人有三个女儿。大女儿叫一只眼，因为她只有一只眼，端端正正地长在额头中央；二女儿叫两只眼，因为她和普通人一样有两只眼睛；最小的叫三只眼，因为她有三只眼，第三只同样端正地长在额头中央。可是正因为二女儿两只眼跟普通人一样，姊妹们和母亲都讨厌她。

　　一天，两只眼被派到野外去放羊，她碰到一个女人。聪明的女人说："两只眼，我要教你一个办法，叫你不再被讨厌。你只需对你的羊说：

　　　　小羊儿，你要咩咩叫，

　　　　小桌儿，你请快摆好！

　　"这样你面前就会出现一张铺着干净桌布的桌子，桌上摆着诱人的食品，你想吃多少就可以吃多少。等你吃饱了，不再需要桌子，

世界传世藏书

世界经典童话

· 格 林 童 话 ·

图文珍藏版

你只需说：

> 小羊儿，你要咩咩叫，
>
> 小桌儿，你好撤走了！

"这样，它又会在你眼前消失掉。"说完，聪明的女人就走了。两只眼半信半疑地嘀咕道："我得马上试一下，看她说的是否是真的，况且我也饿极了。"于是她说道：

> 小羊儿，你要咩咩叫，
>
> 小桌儿，你请快摆好！

话刚出口，面前就出现一张铺着白色台布的小桌子，桌上摆好了一套盘子、刀叉和银调羹，满桌的精美食物还冒着热气。两只眼看到这一切，惊呆了，于是念了她会的最简短祷词："主啊，欢迎你随时光临做客，阿门！"接着便动手吃了起来，吃得津津有味。吃饱了，她又说：

> 小羊儿，你要咩咩叫，
>
> 小桌儿，你好撤走了！

刚说完，小桌子和上面的一切就不见了。

傍晚，她赶羊回家发现姐姐和妹妹递给她的陶碗里只有一点食物，她碰也没碰。第二天，她又出去放羊时，她把给她的几片小面包留在了原来的地方。她头几次这样做，她姐姐妹妹没怎么注意，可每次都这样，她们就警觉起来。

正当两只眼又要出去时，一只眼走过来对她说："今天我和你一起去野外，看看羊是否在草多的地方。"两只眼明白一只眼的心意，于是把羊赶到深草中，说："来，一只眼，咱们坐下，我给你唱歌吧。"于是，一只眼坐下了。她已经很困了，可两只眼一个劲儿地唱：

　　　　一只眼，你醒着吗？

　　　　一只眼，你睡了吗？

一只眼便渐渐合上眼，睡着了。两只眼见她睡得像个死猪似的，不再担心会泄露什么秘密，才说：

　　　　小羊儿，你要咩咩叫，

　　　　小桌儿，你请快摆好！

接着坐到桌旁又吃又喝，直到再吃不下去了，才又叫道：

　　　　小羊儿，你要咩咩叫，

小桌儿，你好撤走了！

于是，一切马上消失。两只眼唤醒一只眼，说："一只眼，你要来放羊却睡大觉，羊不跑十万八千里才怪哩！走，咱们该回家了。"她们回到家，两只眼仍没碰家里的食物，一只眼却没法向母亲透露两只眼不想吃东西的原因，只得如实相告："我在野外睡着了。"

第二天，三只眼同二只眼一同出发了。同样由于跑了长路，天气又干燥，她实在困得不行了。可两只眼又唱起上次的歌：

三只眼，你醒着吗？

两只眼，你睡了吗？

唱着唱着，三只眼的两只眼睛闭上了，睡着了。但那歌曲里没有提到的第三只眼却如何也睡不着。虽然它闭着，却是装睡。透过眼缝它能把外面的东西看得一清二楚。两只眼想三只眼该睡着了吧，于是她又说起来：

小羊儿，你要咩咩叫，

小桌子，你请快摆好！

她放开肚皮吃着，吃完又说：

小羊儿，你要咩咩叫，

小桌子，你好撤走了！

　　第三只眼把所有的都看在眼里记在心里。两只眼来到她身边说："三只眼，醒醒呀，羊放得很好，咱们该回家了。"回到家，两只眼又没吃任何东西。三只眼把看到的对母亲说了。母亲生气了，她大叫起来："我让你以后什么也吃不成。"她杀死了母羊。

　　两只眼看在眼里，痛在心里，她来到门外，坐在一个土丘上伤心地哭起来。这时，那个女人又梦一般地出现了，女人告诉她："两只眼，我再教你个好办法，你去向你的姐妹要那只死羊的内脏，然后将它们埋在你家门前的地里。那么，幸福就会来到你身边了。"女人消失后，两只眼回家去求姐妹们："我不想多要什么，你们把羊的下水给我吧！"姐妹俩笑着答应了她。她捧着羊的内脏，埋在了家门前。

　　第二天早上，大家醒来时见门前有一颗美丽的树，有着银色的叶子和金色的果子。它应该算是世界上最美丽珍贵的东西了吧！可大家都奇怪这棵树如何会在一夜间出现，只有两只眼明白，因为树的位置正是掩埋内脏的地方。

　　母亲让一只眼上树去摘苹果，她摘不到一个苹果。母亲让三只眼去摘，因为她想她有三只眼，会看得更准，可三只眼抓不住苹果枝。母亲忍不住了，亲自上树，结果和她的两个女儿一模一样。两只眼在一旁说："我试试吧，或许我能做到。"

世界传世藏书

世界经典童话

·格林童话·

图文珍藏版

209

两只眼便爬上树去。金苹果纷纷掉进她的手里。她一口气摘了一围裙，母亲收了苹果，反而更嫉妒了，对两只眼更加恶毒。

有一天，一位年轻的骑士从远方而来。他被这美丽的果树深深吸引，便问树是谁的。

他说："我若能得到这树的一根枝叉，我愿意付出任何东西。"

姐俩忙说是自己的，也愿意为这个小伙子折枝。可无论她们如何下力气就是折不下来，情况和先前一样。小伙子奇怪地问，既然是她们的，为何连一个枝子都折不下来呢？这时，从树上掉下几个金苹果，一直滚到年轻人的脚下，这是两只眼因为她的姐妹撒谎而生气了。年轻人问这是为什么，姐俩终于说出还有个姊妹，可她不敢在众人面前出现，因为她长着两只眼睛，和常人一样。年轻人很想见她，便唤她出来。

两只眼走了出来。年轻人见到她，一句话也说不出来。他告诉两只眼，她一定能把枝子折下来。两只眼也相信自己能，因为树本来就是她的嘛！她很快折了一支带着很多叶子和苹果的树枝给了小伙子。当被问到要什么报答时，姑娘说："我一直过得很苦，你要是报答我，就带我走吧！"小伙子把她抱上马背，回到了父亲的王宫里。在宫里，姑娘穿上美丽的衣服，有吃有喝。王子爱上了她，请牧师为他们配婚，再进行庆贺。

两只眼进宫之后，发现树已长在她的门前，啊！它原来跟着她来了。

两只眼过着快活的日子。一天，有两个老太婆来到宫外，求她给她们点施舍。她走到她们面前一看，噢！原来是一只眼和三只眼。她们俩陷入了穷困，不得不四处流浪。别人唾弃她们，两只眼却欢迎她们，善待她们，让她们吃饱穿暖，两个人感到悔恨，恨自己年轻时对自己的姊妹干了坏事。

狐 狸 和 马

一个无情的农民却有一匹忠心的马。马老了，不能再劳动了。主人不想再给它东西吃，对它说："我现在用不着你了，你必须离开我的马厩！"他把马赶到了旷野中。马挺伤心的，慢悠悠地走到森林中寻找躲避风雨的地方。狐狸看见了它，便凑上前去问它："干吗你这么无精打采的，孤零零地走来走去呢？""唉，"马答道，"主人见我老了，不能再耕地了，就不再喂我，把我赶出了家门。"

狐狸说："我帮你试试。你只要躺在地上，伸开四肢，一动不动装死就行了。"马按狐狸的要求做了。狐狸走向不远处的狮穴，对狮子说："外边躺着一匹死马，快跟我去吧！你可以在那儿美美地吃一顿啊！"狮子禁不住诱惑，跟着去了。它俩站在马旁边，狐狸却说："在这儿吃你会觉得不舒服，我愿把他的尾巴绑在你身上，你把他拖回洞去，慢慢地享用，好不好？"狮子觉得这样做挺好的，便站了过去，让狐狸把马尾巴绑在他身上。可这狐狸却用马尾巴绑住了狮子的四条腿，捆得仔细极了，牢固极了，直到它无力挣脱。捆完后，

世界传世藏书

世界经典童话

·格林童话·

图文珍藏版

狐狸拍拍马的肩膀，大声说："拉呀，伙计，拉呀!"马听到命令，一下子从地上跳起，拖起狮子就跑。这时的狮子知道被骗了，开始大声咆哮，吓得整个森林的鸟都惊飞起来。可马任凭狮子咆哮怒吼，一口气把它拖过田野拉到主人门前。主人见此情景，改变了想法，对马讲："你留下来吧！我会好好养着你。"他果然一直让它吃足草料，直到它老死。

跳舞跳破了的鞋子

一个国王有十二个女儿，都很漂亮。她们的床摆在一个大厅里，并排放着。每天晚上睡觉时，国王总会亲自把门锁好，并闩好杠子。一次，早上他开门时却发现各个公主的鞋全烂了，这是怎么回事呢？于是，国王下令："谁要是能弄清她们夜里在哪里跳舞，谁就可以从她们中挑一个做妻子，并且在国王死后继承王位，可是，谁要是报名后三天三夜弄不出结果谁就要受死刑。"过了不久，有个士兵受了伤，不能再在军队里待了，便朝着国王所住的京城走去，走着走着，碰到一个老妇人，问他去哪儿，他说有兴趣弄明白公主在哪儿跳烂了鞋，然后弄个国王当当。老妇人说："这不难，只要不喝她们每晚送来的酒，而且，不睡得像死人似的。"她给了他一件斗篷，告诉他："只要你披上它，人们便发现不了你，这样你便可以偷偷跟踪那些女子。"士兵按她说的去做了。他和其他人一样受到相同的接待，并被打扮得特别英俊。晚上，他被领到大厅前的房间。他正要上床睡觉，大公主给他送来一杯酒，他把酒倒在了海绵上，然后躺在床上假装发出呼噜声！十二个公主听见声音大喜，大公主说："看来这家伙也不能待在人间了。"然后，她们起了床，打开柜子、箱子、匣子，取出华美的衣服来，为即将参加的晚会而喧闹。不一会儿，大公主走到自己床前，在床沿敲了敲，放床的地方立刻出现了一个地洞，大公主走在前面，其他的随后，士兵看见了，马上跟了上去，没忘带那斗篷。他跟在那小公主后面，当他走到台阶的中间时，一不小心踩到了小公主的裙边，小公主惊讶起来："怎么回事，谁在拽我的裙子？""别发傻，你是让钉子挂了一下。"大公主说。

她们走完了台阶，接着走上了一条宽敞的林荫道。啊！树上的叶子全是银色的，看呀，它们正闪闪发亮呢。啊！真好看，士兵很聪明，他折了一截树枝以回去做证据，可是那声音让小公主听到了，小公主大喊道："你们有没有听到响声？"大公主却笑道："那是鸣枪祝贺，因为咱们马上就要救出咱们的王子了。"接着，她们又走进另一条林荫道，那儿的树叶全是金子做的。最后，她们又走上第三条林荫道，那里的树叶全是亮晶晶的钻石做的。在最后两条林荫道上，这士兵各折了一根树枝，小公主每次都要受到惊吓，大公主却说那是鸣枪祝贺。她们来到一条大河边，河上有十二条船，每条船里有一个英俊的王子，他们坐在那里等着他们的公主。他们每人搂了一位上自己的船，一直跳到第二天凌晨三点，鞋子全跳烂了，才停下来。王子们划船把她们送回河对岸，士兵坐进了大公主的船。到了岸上，她们与自己的王子拜别，并答应今天晚上再去。在她们上台阶时，士兵抢先一步，躺在自己的床上。等那十二位公主回来，他已鼾声大作了。她们说："咱们可以放心地去睡觉了。"接着，她们脱掉飘逸的舞衣，踢掉穿破的鞋子，躺下睡了。第二天早上，士兵什么也没对国王说，因为他还想再看看那天堂似的美景，因此，

第二天晚上和第三天晚上他都跟她们去了。只是，第三次，他带了一个酒杯作为证据。他来到国王面前，拿出三根树枝和一个酒杯。那十二位公主藏在门后偷听他将要说什么。他把事情经过原原本本地说了出来，并且拿出了证据。国王立刻传唤十二位公主，问她们

士兵讲的是否属实，公主只好承认了。随后国王问士兵要哪一位公主。士兵说："我年纪大了，就请赐大公主吧！"国王当天就给他们举行了婚礼，并宣布国王死后由他继承王位。那些王子呢，得救的日子又推迟了，推迟的天数正是他们与公主跳舞的夜数。

六个仆人

古时候，有一个年老的巫婆女王，老巫婆一心想害人，每来一个求婚者，她总说，要娶她的女儿，需要解答一道难题，解不出就要死。许多男子倾心于姑娘的美，大胆来求婚，可一个一个惨遭杀害。有一位王子听说公主美貌绝伦，便对父亲说："我想向她求婚，让我去吧！""你去吧！看你的运气如何。"儿子一听，高高兴兴地上了路。

他骑马越过一片荒野，远远地看见前面堆着干草，谁知走近一看，才发现是躺在地上的一个人的肚子，远看像座小山似的。大胖子看着旅行的王子，说："你雇用我吗？""那好吧！我可能用得着你，跟我走吧。"走了一会儿，他们看到一个人把耳朵贴在草地上。"你在那儿干吗？"王子问道。"我在听世上发生的事。什么也别想逃过我的耳朵，甚至这草皮的声音。""那么你告诉我，在那个有漂亮女儿的女王宫中正发生什么事？"那人骂道："我听到了宝剑落下的声音，一个求婚者死了。""我用得着你，跟我走吧！"于是，三人一起前行，忽然看见前面地上横放着一双脚和一截腿，却怎么也望不见尽头，他们走了好长的路，才望到了身子，又走了好长时间，才看到了脑袋。"呀，你好，你长得好高啊！""这不算啥，要是我使劲伸展开四肢，还会长三千倍，比地球上的山还要高呢！要是你用得着我的话，我乐意为你效劳。""跟我走吧，我用得着你。"他们四人朝前走去，前面有个人坐在路上，用布蒙着眼睛。王子问道："你的眼睛怕光吗？""不，我不能取下这布，否则，我望见什么，什么便要破裂。如果你用得着我，我愿做你的仆人。""好，跟我走吧！"他们继续前进，忽然看到太阳底下一个人冷得发抖，他们走过去问原因，"我的体质和别人不一样，外边越热，我身体越冷，冷得直入骨髓；相反，外边越冷，我身体越热，坐在冰上还是热得受不了，坐在火中间我冻得受不了。""你真是个怪人，"王子说，"不过，你乐意替我效力，就跟来吧。"他们上了路，忽然看见前面站着一个人，正伸着长长的脖子四处张望，他望到了山峰另一边。"你在看什么呢？"王子问。那人答道："我可以看清所有的森林原野、深谷高山，甚至可以看穿整个世界。""我正好缺少这样的人，如果你乐意，跟我来吧！"

这样，王子有了六个仆人，他们一直来到了老女巫居住的城市。巫婆说："我给你出三个难题，你如果都解决了，我就让你做我的女婿。第一个，我扔了一枚戒指在江海里，你把它给我拿来！"王子马上回到仆人中间，说了问题，这个时候，那个目光敏锐的仆人说："先让我看看它掉在哪里。噢，在那儿，它挂在一块尖尖的礁石上面。"那高个子把他背到海边，说："只要你看得见，准能捞上来。"
这时，大胖子嚷道："没问题。"只见他趴下身子，把嘴凑近海水，
不一会儿，他把大海的水吸干了。而那高个子只是微微地弯下了腰，
便拿到了戒指。王子把戒指交给老妖婆，她仔细看了看，确实是她
所扔掉的，于是她又向王子说了第二个难题："我宫前的草地上，有
三百头肥牛，你得把它们通通吃掉，地窖里放着三百桶酒，你也得
喝光了。要是有一根牛毛和一小滴酒剩下来，我就要了你的命！"
"难道我不能请一些客人？没人陪着，吃喝无味。""我只准你请一
个人，让你有个伴，只一个。"

　　王子回到仆人那儿，对大胖子说；"今天你可以好好地饱餐一顿
了。"大胖子放开肚皮吃掉了三百头肥牛，一根毫毛也没剩下，他还
要喝酒，抱起桶咕咚咕咚地大喝一阵，一滴也没剩。那女人惊呆了，
说："第三个：今天晚上，我把女儿领到你房里，你用胳臂搂着她。
你们就那样坐着，可千万不能睡着！我十二点过来，若发现她已不
在你怀里，那你就完了。"王子认为这件事很容易，可他还是和仆人
商议了一下。王子说："我们千万要小心，你们守着我的房间，千万
不能让那姑娘离开。"夜晚，老妖果然领着女儿来了，交给王子就走
了。高个子卷起身子，把他们围得紧紧的，大胖子站在门口，真有
点水泄不通。他们俩坐着，姑娘沉默着。那月光透过窗户照着她的
脸庞，快到十一点时，老妖施出魔法让他们全都睡死了，就在那时，
姑娘逃出去了。

　　十二点差一刻时，魔法失去了效力，他们全都醒了，发现姑娘

不见了。王子垂头丧气，仆人们也开始抱怨，那长耳的仆人说："别吵，我仔细听听，噢，公主正坐在离这儿有三百小时路程的岩洞里。高个子，只有你能帮她，只要你迈几步，就到了。""好，只需目光异常厉害的老兄一块去，好让那岩石崩开。"说着，高个子背起那蒙着眼罩的人，很快就到了被施过魔法的岩洞前。高个子帮他解下蒙眼布，只见那老兄只用目光一扫，山岩便碎成了无数小块。高个子迅速抱起姑娘，一眨眼便回到了王子身旁。随后，也以同样的速度把他那伙计接了回来。十二点时，老妖来了，她惊呆了，原以为她女儿正坐在三百小时路程以外的岩洞里，没想到她仍在王子怀里。她叹道："这真是一个比我能耐大的人。"她只好把女儿嫁给了王子。

黑白新娘

一位妇女和亲生女儿及养女一起到田野上割草，慈祥的上帝装成一个穷人问三人："哪条路通往村子里？""想知道就自己找呗！"母亲说。亲生女儿接着说："如果怕找不到，早该找个领路的嘛！"养女说："真可怜，还是我为你带路吧！"上帝惩罚母女俩，马上把她们变丑了。他决定奖赏善良的养女，当养女把他领到村口时祝福了她，并说："任选三个愿望，我都会满足你。"姑娘说："希望自己像太阳般漂亮纯真。"刚说完，她就洁白如玉了。"我希望有个永远有钱的钱包。"亲爱的上帝给了她钱包并提醒说："说个最有价值的。""最后，我想死后能上天堂。"上帝答应也会满足她，二人便分手了。

三个人回家后，继母和女儿发现自己既黑又丑，而养女美丽洁白，两个人都想置她于死地。养女有个哥哥叫雷吉纳，养女把发生的事都讲给了他听。有天，雷吉纳说："可爱的妹妹，为了能常见到你，我要把你画下来。""但你别让其他人见这画。"姑娘说。雷吉

纳画下了妹妹，把画像挂在自己房中，他是国王的车夫，因此住在宫中。天天他都在画前站着，祈祷上帝给妹妹幸福。国王的侍卫发现了车夫每天都站在一幅美女画像前愣神，便汇报了国王。国王命他送上画像，他见画中的美女不仅酷似死去的妻子，而且比她更漂亮，不禁也爱上画中人。他问车夫画上的人是谁，车夫说是他妹妹。国王决定娶她，命令车夫带着马车和美丽的衣服去接新娘子。雷吉纳回到家中，妹妹听说后很开心，又丑又黑的女儿嫉妒得要命，对母亲说："你有法术顶什么用，又不能给我同样的幸福。"母亲说："闭住嘴巴，我会把这幸福给你。"她用法术使车夫的双眼失明，使养女的耳朵几乎失聪，接着三个人上了车，最前头是身着王室服装的养女，接下来是母亲和女儿，哥哥坐在车夫的座位上赶车，走了一会儿，车夫说：

　　　　亲爱的妹妹，快遮住身子，

　　　　以免被雨淋湿，

　　　　省得被风吹脏，

　　　　用你的洁白和美丽去见国王！

　　养女问哥哥在说什么，母亲答："哎呀，他说你应该脱下身上的衣服给你妹妹穿。"养女把衣服脱给了母亲的女儿，自己换上她的灰上衣。一行人继续赶路，不一会儿雷吉纳又说：

亲爱的妹妹，快遮住身子，

以免被雨淋湿，

省得被风吹脏，

用你的洁白美丽去见国王！

养女又问哥哥在说什么，母亲便说："他说你该把你的漂亮帽子给你妹妹戴。"养女照办，自己摘下帽子坐着。又走了会儿，雷吉纳又说：

亲爱的妹妹，快遮住身子。

以免被雨淋湿，

省得被风吹脏，

用你的洁白美丽去见国王！

养女问哥哥说什么，母亲说他让她看一下车外。这时他们正走在一座桥上，养女站起身向车外望去，母女俩把她推下了深深的河中，她化作一只洁白的母鸭子升上水面，游向下游。哥哥一点儿也不知道，送母女俩进了宫，随后，他把黑丫头当作自己妹妹，领她去见国王，车夫只看见那金色衣裙闪闪发光，认为那是新娘。国王一见那新娘奇丑无比，气坏了，下令把车夫扔到一个满是毒蛇的坑里。老巫婆用妖术弄昏了国王的眼睛，国王留下了她和她女儿，觉得那黑女孩漂亮极了，和她举行了婚礼仪式。

一天晚上，黑新娘坐在国王怀里撒娇，而那白色鸭子从下水道游到了宫里的厨房，对那小帮工说：

哥哥，请快生火吧！
让我把羽毛烤烤吧！

小伙子生起火来，鸭子舒服地烤着羽毛，并用嘴梳理羽毛。她问道：

我哥哥雷吉纳不知怎么样了？

小伙子答道：

他现在关在蛇坑里，遍体鳞伤！

养女问：

那黑女孩，她在宫里干吗？

小伙子说：

她坐在国王的怀里。

鸭子说：

我好可怜啊！

说完从下水道游了出去。

第二天晚上，她又问了同样的问题，第三天也是如此。小伙子把这件事告诉了国王。第四天晚上，国王亲自来到厨房，美丽的鸭子从下水道探出头来，国王迅速砍掉了鸭子的头。突然，鸭子变成了美丽的少女，跟她哥哥画上画的一样。国王大喜，见她浑身湿淋淋的，命令下人赶快拿来华美衣服。接着，国王问她有什么要求，她请求国王把哥哥从蛇洞中救出来，国王照办了，并惩治了老女妖和她的女儿。随后娶了洁白美丽的真新娘，并给了她哥哥奖赏，让他成为一个富有、体面的人。

铁 汉 斯

从前，一个国王的宫殿附近有一大片森林，森林里有很多野兽出没。一天，国王让一个猎手去猎一只鹿来，猎手一去不返。"也许他出事了。"第二天，国王派了两名猎手去找他，他们也是一去不返。第三天，国王告诉所有的猎手，"你们要踏遍整个森林，直到找到他们为止。"同样的事情发生了，而且他们所带猎狗也失踪了。许多年以后，一个外乡猎人求见国王，请求国王让他进那危险莫测的森林。国王说那里不安全，害怕他一去不返。猎人回答："我乐意去冒险！"

猎人带着狗走进了森林。没走多久，狗发现了野兽的足迹并紧跟而去，没追多久，它已站在泥沼边，无法前进。突然，从泥水中伸出一条光光的胳膊，把狗拖进去了。猎人急忙回去，带了三个汉子来，让他们用桶舀干那泥沼的水。水见底了，他发现那里面躺着一个野人，头发盖住脸，一直拖到膝头。他们用绳子绑住他，把他拖回宫去，整个皇宫对这野人惊讶极了，国王下令把他关在院里的

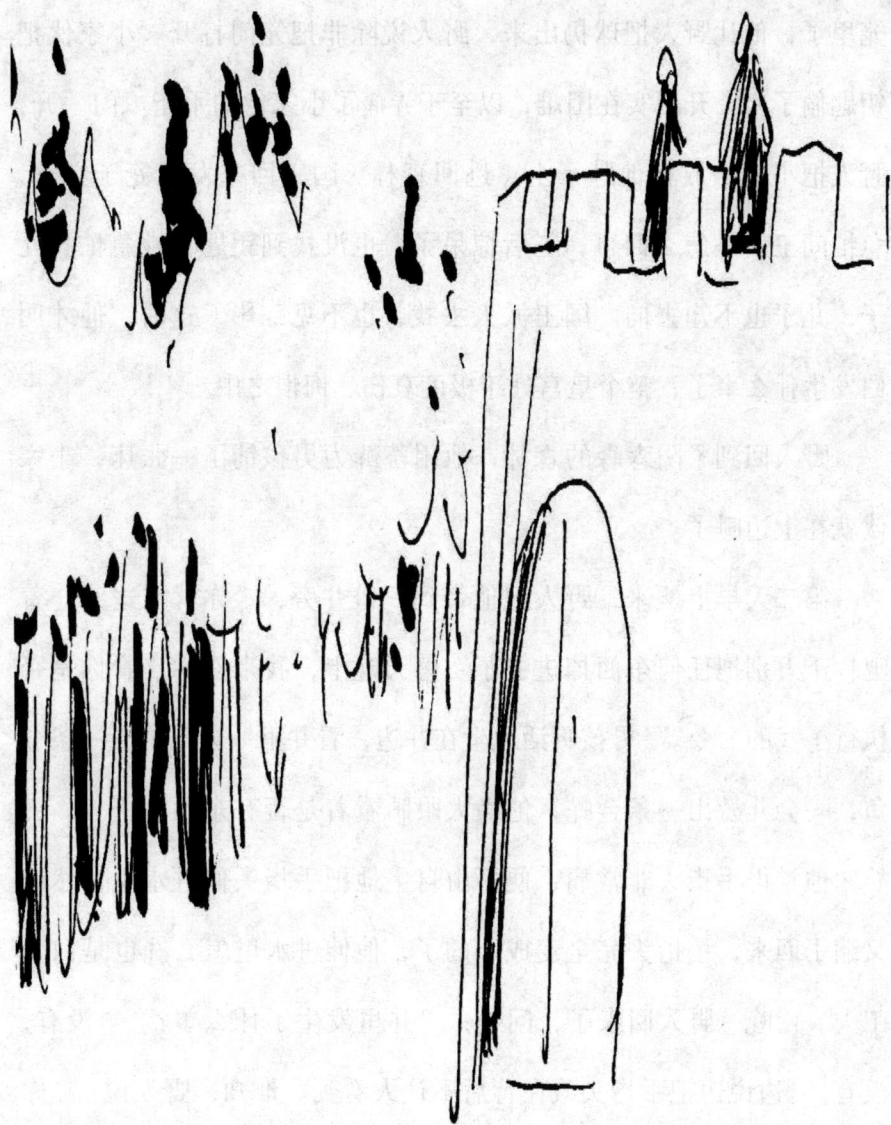

铁笼里，禁止开笼门，违者处以死刑，并且把钥匙交给王后亲自保管。从此以后，谁都可以放心地进森林了。

一天，国王八岁的儿子在院里玩球，一不小心，让金球滚到铁笼里了，他让野人把球扔出来，野人说除非把笼门打开。小家伙把钥匙偷了来。开启实在困难，以至于弄痛了小家伙的手指。门一开，野人把小家伙放在他脖子上，逃回森林。国王回来发现笼子空着，急忙问王后是怎么回事，王后惊呆了，也没找到钥匙，她急忙找儿子，儿子也不知去向。国王派人去找，也不见踪影。这时，他才明白发生什么事了，整个皇宫处于极度哀伤、悔恨之中。

野人回到了阴森森的森林，他用苔藓为男孩铺了一张床，小家伙就在上边睡了。

第二天早上醒来，野人把他带到一口井旁，"你就在这儿守着吧！千万别把任何东西掉进去了。每天晚上，我来看你，看你是否执行了我的命令。"男孩听话地坐在井边，看井里一会儿游出一条金鱼，一会儿游出一条金蛇，他睁大眼睛看着是否有东西掉进去。突然，他觉得手指头非常痛，便不由自主地把手指头伸进水里，然后又缩了回来，手指头完全变成金的了，他伸进水里怎么洗也是白费工夫。傍晚，野人回来了，问他："井里发生了什么事？""没有，没有。"边说边把手指头藏在背后不让人看到。谁知，野人说："你把手指伸进水里了，这次不追究，下次千万别把任何东西掉进去。"

第三天一早，小男孩早早地坐在井边守候，他的手指又痛起来，他在头发上擦着，一根头发掉进水里！他赶快去捞，捞出来一看，它已经完全变成金的了。野人回来了，已经知道什么事发生了，说："你把一根头发掉到井里去了，我再原谅你一次，可如果第三次发生同样的事，我便再也不能留你在这里了。"

第四天，男孩坐在井边，手指又痛起来，可不管痛得怎样厉害，他就是一动不动，可是，他觉得很无聊，不禁看了看倒映在水中的影子，一不小心长发滑了下来，掉到了水里，他赶紧坐直身子，但满脑袋头发已经变成了金的，小家伙害怕极了，赶紧用手帕包住它。野人来了，"解下你的手帕，"野人不听他的解释，继续说道，"你没经受住考验，再也不能留在这里了，到世界上去吧，去体味体味贫穷是什么滋味儿。

不过，你心胸并不坏，所以我希望你过得好，如果你有什么难处，可以来到森林喊：'铁汉斯！'我就会来帮你。"

小王子离开了森林，最后他走到宫里，御厨师让他当帮手，叫他劈柴、挑水和扫灶里的灰。一天，厨子做好了菜，旁边只有他，就让他给皇帝上菜去，他不想让任何人看见自己的金头发，就没把帽子拿下来。国王从未碰到过这种事，说："你给国王上菜，必须脱掉帽子的，你知道吗？""不成啊，国王，我头上长着癞子。"国王一听大怒，立即传来厨师，大骂一顿，问他怎么让个小瘟三来当下手。要他把他撵出去，厨师可怜他，就让他去当了一个小花匠。

此后，他一直在花园里干活儿。夏天到了，他一个人儿在园里劳动，太阳烤得他难受极了，他拿下帽子，阳光洒在他的金发上，耀眼的反射光直达公主房里，公主站起身去看出了什么事，她看见了小花匠，说："年轻人，采束花给我。"他戴上帽子，采了些花制成一束，给公主送去，上楼时他遇见花匠师，花匠师让他换点珍贵的花，他答："用不着，这花香，公主会喜欢的。"公主见他进来便说："拿掉帽子，不然就是不礼貌。"他说："不能摘，我是个癞痢头。"公主不听，硬是摘下他的帽子，满头金发立刻披泻下来，真的很美。他要走，公主一把抓住他的胳膊，送给他一些金币。他并不稀罕钱，把金币给了花匠师，让他给孩子们玩。

不久，王国参加了战争，国王召集了军队，但没人知道能否战胜强大的有优势的敌军。小花匠觉得自己是个大人了，便报名参战，他请求得到一匹马，别人笑他说："我们走后，你再去马厩牵吧，我们会给你留一匹的。"别人出发后，他到马厩中去牵马，发现这马是匹瘸马，走路摇摇晃晃的，不过他还是骑上马背，把它骑到黑森林中。在那儿，他喊了三声"铁汉斯"，声音传遍了整个森林，野人出来问他要什么，他说要一匹可以骑去打仗的骏马。野人说："除了骏马，你还可以得到意想不到的东西。"说完就回去了。不一会儿，一个马夫牵着匹马出现在他面前，马看上去威武得很，马后是一大队士兵，个个身穿铁甲，宝剑也都泛着亮光。他把瘸马交给马夫，率领着这队士兵冲向战场。他赶到时，国王的大部分士兵已战死，剩下的快撤了，他便率领自己的军队打败了敌人。但他并没去见国王，反而带着队伍从小道回到森林中，唤出了铁汉斯，让铁汉斯收回他的马和士兵，把瘸马还给自己，铁汉斯满足了他的请求。他骑着瘸马回到宫中，国王此时也回宫了，受到女儿的热烈欢迎和庆贺。国

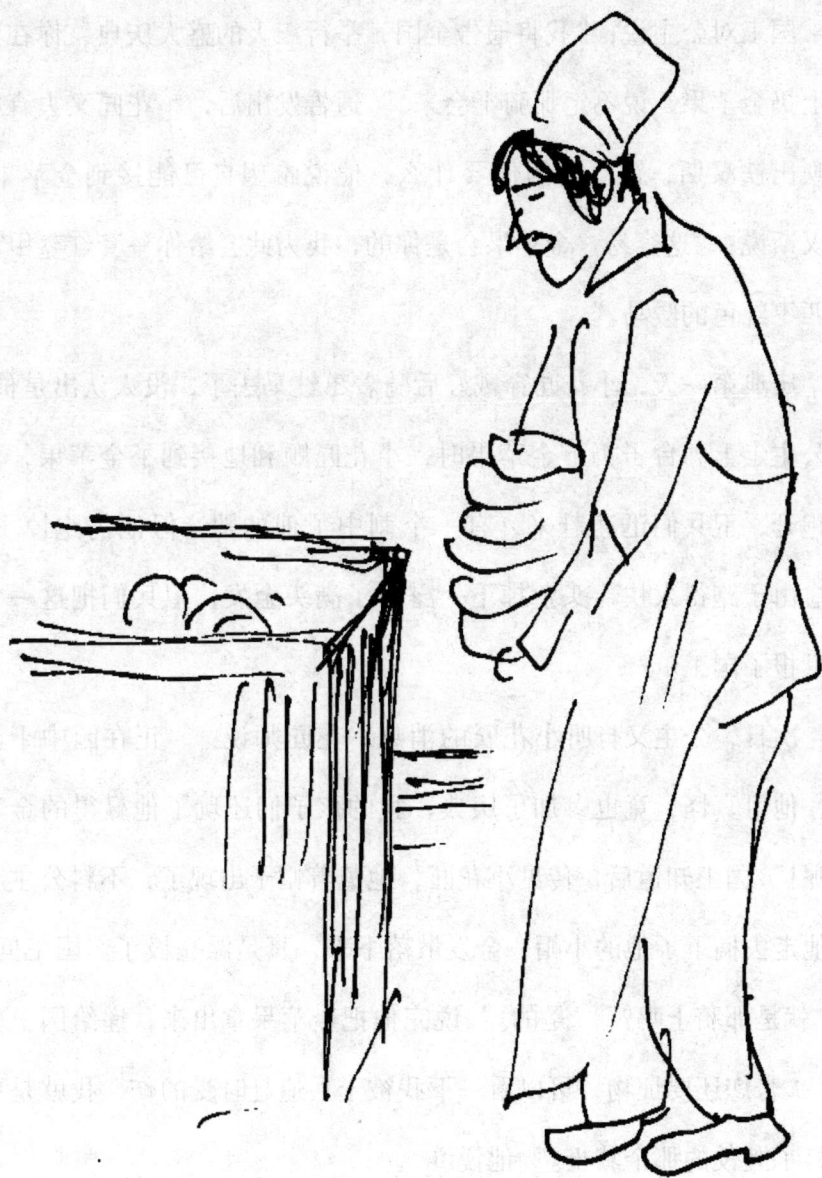

王说："打胜仗的不是我，而是位陌生的骑士，他带着自己的军队救了我。"公主问这骑士是谁，国王不晓得，他说："他去追敌人了，没再回来。"

国王对公主说："我将通告全国，举行三天的盛大庆典，你在庆典上扔金苹果，说不定那骑士会来。"通告发出后，小花匠又去森林中唤出铁汉斯，铁汉斯问他要什么，他说希望自己能接到金苹果。铁汉斯说："这容易，金苹果会是你的，我为此会给你一套红盔甲和一匹枣红色的骏马。"

庆典第一天，小花匠穿戴好后骑着枣红马去了，没人认出是他。当公主走上高台子扔下金苹果时，小花匠顺利地接到了金苹果，正要跑开，卫兵们迅速赶来，有一个刺中了他的腿，但他仍跑掉了，不过由于跑得太快，头盔掉下，露出了满头金发，卫兵们把这一情况汇报了国王。

次日，公主又打听小花匠的消息，花匠师说："正在园中干活呢，他可真怪，竟也参加了庆典，我的孩子们还玩了他赢得的金苹果呢！"国王知道后，传见小花匠，他戴着帽子出现了，不料公主直向他走去摘下了他的小帽，金发散落下来，真是漂亮极了。国王问："你就是那骑士吗？""是的。"说完他把金苹果拿出来，递给国王验看，"若您还要证物，可以看一下我被士兵追赶时受的伤，我就是帮你打了胜仗的那个骑士。"他说。

国王说："能做出这样的事的人，不会是个简单的人，小花匠，你父亲到底是谁？"他答："我父亲是拥有一个强盛王国的国王，我自己也有的是钱。"国王说："那我该赏你点什么?""我请求您把女儿嫁给我。"他回答。公主听后高兴极了。二人举行婚礼时还邀请了新郎的父母，两位老人惊喜极了，原以为再见不到儿子了呢!

三个黑公主

当东印度被敌军包围时，敌人提出退兵的条件是出六百元的赔款。城中便宣告说谁能拿出六百元，谁就可以当市长。有个穷渔民与儿子在海上打鱼时，敌人抓去了他儿子，敌人给了他六百元。他把钱拿了出来，成了市长，他还宣布说：若有人敢不称他为"市长大人"，就得受绞刑。

渔民的儿子从敌军手里逃了出来，跑进了一片深山老林。山却突然分开了，他进入了一座中了邪的宫殿，宫殿中的椅子、桌子、板凳全都罩着黑布。三个公主住在里面，她们一身黑衣，唯一白的一点在脸上。公主们让他别怕，他不会受伤害，说只有他能救出她们。他同意了，问自己该怎么做，她们说整整一年都不要跟她们说话，也不要细看她们，若他有所需要时再开口，她们会用尽量少的语言来回答。在山上住了段时间后，他想回去看看父亲，公主们同意了，给了他一个钱包和一件衣服，让八天内回到这儿。

随后，他被托上天空，平安抵达了家乡。他找到渔舍却不见父亲，就问别人那穷渔夫去了哪儿。结果就被送上了绞架。他说："老爷们，请让我最后回一趟渔舍好吗？"被允许后，他回去换上了以前的破衣服，对老爷们说："看看，我就是那穷渔夫的儿子啊！以前我就身着这套衣服为家人挣吃的。"人们这才认出了他，把他送回了家中。在家中他把自己的遭遇说了出来，母亲听后说这不是件好事，吩咐他回去后带上供烛，把几滴热蜡油滴到黑公主们的脸上。

年轻人回到宫中，三个公主正在睡觉，他把几滴蜡油滴在三个人脸上，三个人立刻身上都变白了，她们跳着大喝道："该死的畜牲！永远不会有人能救我们啦！待会儿，我们那三个有七条锁链的兄弟会把你撕碎的！"忽然，宫中响起了巨大的吼声，他赶紧去跳窗户，把腿摔断了，而宫殿在同一时刻沉下地去，山合上了。以后，再没人知道那王宫到哪儿去了。

羊羔和小鱼

以前有一对很要好的兄妹。母亲死后，继母待他们不好，总想法害他们。一次，他俩和别的孩子在门外草地上玩耍，草地边有个紧挨房子的池塘。孩子们在捉迷藏，念顺口溜，以此定谁做"老鼠"：

瓦涅克，白涅克，我来爱你吧，

把我的鸟儿送给你，

让鸟儿替我弄些草，

草料我就喂给母牛，

母牛替我挤出奶，

牛奶我送给面包师，

面包师给我烤蛋糕，

蛋糕我喂给猫儿吃，

猫儿帮我捉老鼠，

图文珍藏版

老鼠被熏在烟囱里，

熏好的老鼠我把它切细！

孩子们站成一圈儿，"切细"一词落在谁身上，谁就马上跑，别人去追他。孩子们正玩得开心，坐在窗口的继母生气了，她施展巫术，把哥哥变成一条鱼，妹妹变成小羊羔。不久，家里来了贵宾。继母暗想："机会来了。"她吩咐厨师："把小羊抓来杀了吧，咱们招待客人！"厨师捆住了小羊，小羊温顺得出奇。当厨师拔出尖刀，准备下手时，他瞧见阴沟里一只小鱼正游着，探头看着他。这就是那小哥哥啊！他见小羊被抓，忙从池中游进厨房。小羊冲它喊起来：

深深池塘里的小哥哥呀，

我的心难过又伤心，

厨师他已在磨刀，

就要刺破我的心！

小鱼也喊道：

地面上的好妹妹呀，

我虽然在好深的池塘里，

心却和你一样难过啊！

图文珍藏版

厨师见小羊和小鱼会说话，大惊失色，带它们去见一个女先知，她对小羊和小鱼念了一道吉祥的解咒语，他俩都恢复了人形，并被她领到森林里的一间小屋中。他们得救了。

思默里山

有这样兄弟俩，一贫一富。富哥哥从不愿接济穷弟弟，弟弟靠卖粮勉强度日，一家人吃不起面包。一天，他推着小车经过森林时，来了十二个粗壮的汉子，他以为是强盗，忙把小车推到一丛灌木中，自己躲到大树上。那十二个人走到山前喊："塞姆西山，开门！"山从中间分开了。他们走了进去，山自动关了起来。一会儿，山又开了，十二个人背着沉沉的口袋挨个儿往外走。山又合在了一起，并不见什么出口或入口。十二个人走了，走得看不见了，弟弟才从树上下来，心中充满好奇。他也走到山前，说："塞姆西山，开门！"山在他眼前开了。他走进去，发现这座山是座金银坑，里面有珍珠、钻石、数不清的财宝。他傻眼了，最后决定把衣袋里装满金子，他没有拿珍珠、钻石。他走出去以后说："塞姆西山，关上！"山合上了。从此他不必发愁了。他给家人买了面包、酒，还把剩下的钱施舍给穷人。钱没了的时候，他便从哥哥那儿借一只筐去装，可从没动过珍珠和宝石。第三次去向哥哥借筐时，哥哥早已嫉妒死他美好

的富足的生活，却不知此筐有何用，钱又由何而来，于是心生一计：在筐底涂上沥青。筐还回来时，筐底留着一枚金币。他立刻找到弟弟，质问他："你借筐干什么去了?""用来装大麦和小麦。"弟弟说。他在他面前晃着金币，威胁他要去法院告他。弟弟只好把事情经过告诉他。富哥哥赶忙驾车来到森林，到了山跟前，他说："塞姆西山，开门!"山分开后，他迈了进去。眼前有那么多珠宝，他惊呆了。他装了尽可能多的钻石，想运出来，可他财迷心窍，忘了山的名字，叫道："思默里山，开门!"名字不对，山毫无动静。他急了，越想越怕，可那些财宝静静地待着，一点儿忙也帮不上。天晚了，山突然分开，十二个强盗走出来，大笑大嚷："狡猾的小偷，终于抓住你了! 你进来过两次，当我们不知道，我们只是没逮着，这一次你再别想出去!"他分辩道："不是我，是我弟弟!"可一切已晚了，不论他如何乞求，强盗们还是杀了他。

图文珍藏版

世界传世藏书

世界经典童话

·格林童话·

图文珍藏版

去 旅 行

很久以前，一个穷女人有个儿子。他想去旅行，母亲说："这怎么行呢？你没有路费啊！"儿子说："我会有办法的。"

他走了好几天，嘴里不停地说："不多，不多喽。""这个怪人在说什么，不多？"渔夫们拉起网，鱼果然不多。他们用棍子打了他一顿，小伙子问："我应该说什么呢？""你该说：好好地捕，好好地捕！"

他又走了好几天，一个劲儿地说："好好地捕，好好地捕！"走到一副绞架前，一个可怜的罪犯要被处死。他看见了，说："早上好！好好地捕！""你在说什么呀，好好地捕？世界上坏蛋还有很多吗？还要绞死多少个才够？"他又挨了揍。"我到底该如何说呢？""你该说，主安慰可怜的灵魂。"

小家伙走着，嘴里说："主安慰可怜的灵魂。"他来到一条水沟边，见一个剥皮匠正在剥一匹马的皮，他说："早上好！主安慰可怜的灵魂！""这个人说什么呀！"剥皮者用铁钩打得他眼冒金星。"我

到底该如何说呢?""你该说:这个死畜牲,快躺到水沟里。"

他又一个劲儿地说:"你这个死畜牲,快躺到水沟里。"恰巧一辆装满人的马车开过,他便说:"早上好!你这个死畜牲,快躺到水沟里!"话音刚落,马车果然翻到了沟里,车夫用鞭子抽了他一顿。他只得回到母亲身边,再也没有出去旅行过。

小小的毛驴儿

　　从前，一位国王和王后没有孩子。王后苦苦祈祷："我就像一块农田，可田里什么也种不出呀！"上帝闻言，让她遂了心愿。可分娩时，孩子却是一头小毛驴。妈妈非常痛苦，想把它扔了喂鱼。国王却说："既然上帝赐他给我们，他就是我的儿子，将来我死了，让他继承王位。"小毛驴逐渐长大了，耳朵又细又长。但他性情活泼，很爱玩耍，也很喜欢音乐，学会了弹琴。一次，王子来到井边，他在井中看见了自己的模样，他灰心透顶，只带着一个忠实的伴儿离家出走了。他们到处流浪，来到一个王国。老国王有个独生女，非常漂亮。毛驴说："就在这儿住下来吧！"他边敲门边喊："城外有客人，快开门啊！"门没开，他便坐在地上，用两只前脚弹出优美动听的曲子。守门人听呆了，跑去报告国王："外面坐着头小毛驴，琴弹得可好呢！""请他进来吧。"国王应允着。小毛驴一走进大厅，便遭到大家的讥笑。国王让他坐在下人的桌上，他不愿意，说："我是位贵族，可不是一般的毛驴。"大家说："既然这样，你和武士们坐

在一起吧。""不，我要坐在国王身边！"国王很开心，笑着说："好吧，我答应你了，你坐过来吧！"国王问他："你觉得我女儿如何？"小毛驴转过去看她，说："太漂亮了，我还从没见过她这么美的女孩子！""那么，你坐在她身边吧！""好吧。"国王问他："你想娶我的女儿吗？""啊，是的，"毛驴答道，"我想娶她。"豪华的婚礼举行了，新婚之夜，新娘新郎被送入洞房。国王想知道毛驴是否还是那么有教养，便命一名仆人躲在新房里。新郎关上门，看了看周围，真的只有他们两个，便脱去身上的驴皮，此时站在公主面前的是位英俊的王子。"你看我是谁？"他说："我是否配得上你呢？"公主欣喜若狂，吻着他，不顾一切地爱上了他。早上，他又披上驴皮，谁也想不到驴皮里有英俊的王子。那个仆人向国王报告一切，国王不敢相信。"那你今晚自己去守着，你就会发现一切。陛下，你把他的驴皮扔到火里，那他就得现出原形了。""这办法挺好。"国王当晚等两个人睡了之后，进入新房，走到床边，月光下果然有一位高贵的青年睡着，驴皮就在地上。他拾起皮，下令在院中升起火，把皮扔进去，直至烧成灰才走开。青年醒来，想披上皮，却怎么也找不到。他难过地说："我得走了！"刚跨出门，国王已站在他面前，说："孩子，你这么英俊，别再离开我，我可以马上把一半江山给你，我死后，你会成为国王！""那么，我也会有始有终的，"青年说，"我留下来。"他掌管了半个王国。一年后，国王死了，他成了国王。他父亲死后，他又拥有了一个王国。从此，他和公主过着幸福的生活。

烈火中烧出的年轻人

当耶稣在人世间巡视的某个夜晚，他和圣彼得在一个铁匠家过夜，并受到了丰盛的款待。此时，一个老乞丐来到铁匠门口，要求施舍。圣彼得很可怜他，开口说道："主和师傅，如你愿意，让他恢复健康，自食其力吧！"耶稣动了善心，说："铁匠，借你火炉一用，我要把他变成个年轻人。"铁匠很高兴，圣彼得扯起风箱，炉火很旺，耶稣抓住老头，把他扔进火里。他在火中像一株可爱的玫瑰，口中吐着对上帝的赞词。耶稣走到冷却槽边，把他拖进去，用水没过他，当他完全冷却的时候，给他祝福。那小人儿蹦出来，肌肤娇嫩，精神焕发，跟一个二十岁的小伙子无异。铁匠看清了一切，邀请他们一起去吃晚饭。

第二天早上，耶稣上路了。铁匠以为已学会了一切，便问姨娘，想不想变成一个十八岁的小姑娘。她忙说："打心底愿意呢！"铁匠烧起旺火，把她推了进去，老太太发出一声声的惨叫。铁匠叫道："别叫，我要好好烧火。"又扯起风箱，老太太的破衣服全着了，她

世界经典童话

·格林童话·

图文珍藏版

不停地喊着。铁匠想："功夫还不过关呢。"便把她揪出来，扔进冷却槽。铁匠的媳妇和弟媳妇在对面楼上听见了老太太的喊声，赶了过来，见她已蜷成一团躺在水槽里，早已没有人形了。两个女人都在怀孕，受到惊吓，当天晚上生下两个像猢狲的孩子，便跑到森林中去了。从此他们成了这些猴儿的祖宗。

上帝的动物与魔鬼的动物

上帝造出了所有的动物，他选狼做他的狗，却忘了造羊。于是魔鬼造出了羊，尾巴又细又长。这一来可麻烦了，羊每次吃草总把尾巴挂在刺篱笆中，每次都得魔鬼替它们解开。时间长了，魔鬼烦了，吃去了所有山羊的长尾巴。于是，我们今天见到山羊的尾巴只有短短的一截。

现在山羊可以自己照顾自己了。但它们一会儿破坏长满果子的树，一会儿咬葡萄藤。上帝疼在心里，便放开他的狼，狼把羊咬死了。魔鬼忙去找上帝，斥责他把自己的造物咬死了。上帝说："那你为什么造了些害人的东西呢？"魔鬼说："没办法，我的本性是要害人，我造出的东西当然也如此了。你得赔我。"上帝说："好吧，等橡树落叶，我就把钱备好等你来。"叶落之时，魔鬼来了。上帝说："君士坦丁堡的教堂里有一棵橡树，上面的叶子一个也没落呢。"魔鬼去找那棵树，它在沙漠中找了六个月，终于找到了。回来的时候，其他橡树又通通长满了叶子，账勾销了，盛怒的魔鬼只得挖去了所

有羊的眼睛，把自己通红可怖的双眼安了进去。

从此以后，山羊都有魔鬼一样的眼睛和短短的尾巴。魔鬼呢，似乎也很喜欢变成羊的样子。

十二个懒工人

有十二个长工，第一个说："我有自己的懒法。我的第一项任务是保养身体：我吃得多，喝得更多。吃完四顿饭我会节食一段时间，等又饿的时候，吃起来胃口又会很好。到中午的时候，我早早找好午睡的地方。老板叫我，我就装作没听见；再叫，我就磨蹭，实在不行才蹭过去。这样的生活才可以过。"

第二个说："我负责养马。我用铁块堵住马嘴，不乐意就不给它吃，骗东家说它吃了，我就躺在燕麦里睡一会儿。睡够了，我伸出脚在马身上蹭，就算刷过马了。我干活吃不消。"

第三个说："干活岂不是自讨苦吃？我喜欢躺在太阳光下睡觉，下雨了，我也不起来。雨冲跑了我的头发，在我头上打了一个洞，我用橡皮膏一贴，就对付过去了。我身上这样的伤口已不止一处了。"

第四个说："该我干活，我就问，有谁愿给我当助手吗？若有，我就把活给他们，我在一边看着。即使这个对我也太难。"

第五个说："我呢，要清扫马圈的粪便，把它装上车。我慢慢地叉起一点，拉到一半的地方休息一会儿，我可不想太卖力气。"

第六个说："我才不怕干活呢，只是睡三星期觉懒得脱一次衣服。不系鞋带，鞋掉就掉吧。我上楼时，先一只脚一只脚挪到最下一级，再数剩下多少，以便弄清在哪儿需要休息。"

第七个说："我可不行。东家监视我干活，但他整日不在家。我可没耽误事。若想让我往前走，须有四个壮汉推。一张床上并排六人睡，我可以挤进去睡，睡着就不醒，若想让我回去，就只好抬我喽。"

第八个说："也许只有我活泼好动了。遇上前面有石头，我干脆躺倒。身上湿了，我也躺着。"

第九个说："这算什么！今天我面前有个面包，我懒得拿，差点饿死。旁边有一壶水，我嫌沉，宁可渴死。"

第十个说："懒害死我了，这不，断了条腿，腿肚也肿了！当时我们共有三个人躺在路上，有人赶车过来，它们从我身上碾过去。我可以缩腿，可我没听见车声，因为一些蚊子在叫，从我鼻孔钻进来，从嘴里飞出来，我也没力气赶它们！"

第十一个说："昨天我辞工了，我才懒得替主人搬那些死沉的书。不过，他辞了我也有道理，因为我让他的衣服上都是灰，被虫咬烂了。"

第十二个说："今天，我赶车去地里，在车上铺了草，睡着了，缰绳滑了。我醒时，马挣脱了，马套丢了，缰绳等通通不知去向，车陷在泥中。我才不管呢，依旧躺着。主人来了，自己把车推了出来，要不是这，我现在还在那车上睡得正熟呢！"

骗来的银币

一天，父母和孩子在吃午饭，桌旁还有一位来访的好友。钟敲十二点时，客人突然看见门开了，进来一个脸色苍白的孩子，一身白衣，他一句话不说，径直走进隔壁的房里。过了一会儿，他又一声不吭地走了出去。第二、第三天，孩子又来了。客人问父亲，那个孩子是谁家的。父亲说："哪有什么小孩。"又过一天，小孩又来了，客人指给他们看，可这对夫妇和小孩还是什么都没看见。客人站起来，走到隔壁，推开门朝里看，那小孩坐在地上用手在地板里掏着。他一发现有陌生人，就消失了。客人把一切描述给他们，母亲说："那是我四星期前死去的孩子。"他们挖开地板，发现了两枚银币。这是孩子从母亲那儿讨的想施舍给一个穷人的银币，可他又想："我可以去买一块烤饼呀。"于是他把银币扣下来，放在地板缝里。这下，他躺在坟墓里不得安宁了，每天中午都来寻那两块银币。他父亲把两个银币施舍给一位穷人后，那个上孩子再未出现过。

老麻雀和它的四个孩子

　　一只老麻雀养了四个小麻雀。小麻雀刚会飞时，一群孩子来捅窝，幸好小宝宝们都随风飞了。

　　秋天，许多麻雀聚集在一块麦田里。老麻雀见了它的四个儿子，把它们带回了家。"我的孩子们，我一个夏天都在担心，因为你们还没得到我的教训就飞走了。你们可得跟紧父亲，凡事小心，因为咱们根本经不起大风浪！"它问老大夏天如何度过，如何养活自己。"我待在花园里，吃蛹、蛐虫充饥。""咳，你还可以，"父亲说道，"不过这很危险，一定要小心，花园里有时会有人拿些绿色的中空的棍子，前边还有一小孔。""是，爸，可要是小孔上用蜡粘了绿色的叶子会如何呢？"儿子问道。"你见过这样奇怪的东西吗？"儿子说："嗯，商人的花园里有。"父亲说："商人都是机灵鬼，你要好好学经验，只是别太自信。"

　　它又问老二。"在王宫里。"老二答道。"麻雀不应在这里住，这里除了金子、绸缎、武器，还有凶残的鸟，食雀鹰，你应去马棚，

那里有燕麦、谷子，你在那儿才能每天吃上碎米，过得幸福。"老二说："不错，爸，但那些年轻马夫很坏，在草堆里设了陷阱，我们会被逮住的。""你在何处见的?"父亲问道。"王宫里的马夫就如此。""噢，我的儿子，宫里都是帮坏蛋。你若能待在他们身边不吃半点亏，你就出息了，知道怎么混了。但一定要小心，小狗虽机灵，有时也会被狼吃掉。"

它又问老三，老三回答："我总在公路、村道旁等着，看能不能捡到一粒米。"父亲说："你的口福不错，可安全很重要，要时常注意四周，别让人捡石头砸你。"老三说，"如有人事先已把石子什么的放在衣袋里了呢?""你见过吗?""矿工就是这样，他们出地面时常把石头带在身边。""矿工、工匠们都很机灵，你跟他们在一起，也会有收获的。走吧，把你的东西管好，矿上的好事者已害死好多麻雀了。"

然后，父亲来到小儿子跟前，让它跟着自己走。"亲爱的爸爸，如果能不伤害别人就养活自己，它肯定能长寿。上帝就是我们这些小鸟的保护神。任何小鸟的祈祷他都能听到。他要不高兴，我们这些鸟一只也不会掉到地上。"——"你和谁学的?"儿子说："我曾被风吹到一个教堂。我在吃窗上的苍蝇时听神父布道说的。正因为上帝保佑我，我才躲过了所有的灾难。""太好啦! 儿子，你仍飞到教堂去，吃以前的食物，向上帝呼唤，把自己托付给他，你就会永远幸福，不必再去怕那些凶恶的大鸟了。"

把自己托付给上帝

沉默，耐心，等待；

坚定的，有善良之心，

上帝会帮他得安宁，永远保佑他。

白雪与红玫

在穷寡妇的屋前有个花园，长着两朵玫瑰，一红一白。她有两个女儿，也叫白雪和红玫。她俩相亲相爱，总是形影不离，白雪说："我们谁也不离开谁。"红玫补充："一生不分离。"有一天早晨，当她们在森林中醒来时，见到一个非常漂亮的男孩，一身白色的衣服闪闪发亮。小男孩和善地看看她们就进森林去了。她们转过身才发现身后就是悬崖，太危险了。母亲告诉她们，那一定是保佑好孩子的安琪儿。

有天夜晚，她们正坐着，有人敲门。母亲以为有旅行者，让红玫开门。红玫心想一定是个穷人，谁知有一个大熊脑袋探进来。红玫吓得转身就跑，屋子里的动物也吓坏了。白雪躲在母亲身后。熊却说："我不害你们。我好冷，让我暖和暖和吧。"母亲说："好吧，不过要小心。"又唤白雪、红玫出来。

姐俩都出来了，又应熊的要求把它皮袍里的雪扫干净了。熊非常舒服，高兴极了。

世界传世藏书

世界经典童话

·格林童话·

图文珍藏版

睡觉的时候，母亲让熊在火炉边睡，以抵抗寒冷。第二天一大早，姐俩就把熊放回森林。以后，每晚熊都会来，跟她们玩耍。姐俩习惯了这一切，熊不来她们就不关门。

春天来的时候，熊对白雪说它整个夏天都不再来，因为它要去林中守自己的宝藏，防止那些凶恶的侏儒们偷。

有一天姐俩去林中捡柴，见一棵树倒在地上。树干旁有东西在动，走近才发现是小侏儒。他的胡子的下半截夹在树缝里，没办法出来。

小姑娘无论怎么使力也拔不出它，白雪拿起剪刀剪掉了胡子尖。小矮人一脱身就抓起藏在树根边的一袋装满金子的口袋。他气呼呼地走了。

又过了几天，姐俩去钓鱼。她们见到一个蝗虫大小的东西似乎想跳到水里去。她们认出又是那个小矮人。红玫问他是不是想跳水？他没好气地说："你不知道那条鱼想把我捉进水里去吗？"原来，他在钓鱼时被风把胡子和钩线绞在一起。她俩费尽了力气，可胡子缠得太紧了。她们只好又把胡子剪了一点。小矮人暴跳如雷，骂她们毁坏别人的容貌，说自己这个样子没脸再见家人了。让她们滚。他拾起藏在芦苇中的珍珠，飞快地跑了。

又一天，姐俩被派去城里买针线。经过一片荒原的时候，见到处是巨大的岩石。头顶一只大鸟在急速降落，落在不远处的一块岩石旁，她们听见惨叫声便奔过去。发现猎物正是那个小矮人。两个姑娘赶忙上去帮忙，终于将小矮人救下。小矮人刚恢复，就冲她们

世界经典童话

·格林童话·

图文珍藏版

喊，说她们扯坏了他的衣服。说完他扛起一袋宝石钻进地洞。姐俩买完东西回去时又经过荒原。见小矮人正在一块干净的地上晒宝石。两个小姑娘见到金光闪闪的宝石惊呆了。小矮人很害怕，惊叫起来。正在这时，一声吼叫传来，跑出一头黑熊。小矮人想跑，可熊已冲到。他胆怯地说："熊先生，饶命，我的宝藏都给您，您给我一条命。那两个坏心眼的小女孩肉可嫩呢，你吃了她们吧！"还没说完，熊就击了他一下，他死了。

姐俩想跑。熊却在背后叫她们的名字。她们停下脚，熊追上了她们，熊皮突然掉下来，她们面前站着一位英俊的王子。他告诉她们他本是一位王子，是小矮人偷走了他的珠宝，还把他变成了整天在林中跑的野熊。现在他死了，王子终于得救了。

白雪嫁给了王子，而红玫嫁给了他弟弟。他们平分了小矮人洞里的金银财宝。老母亲和她的孩子们一起幸福地生活了许多年。她把玫瑰移植进宫中。每天，它们都绽放出无比鲜艳的花朵，里面有红的，也有白的。

用玻璃做的棺材

有一天，一个善良的能干的小裁缝在林中散步的时候迷了路。夜幕降临的时候，吓得浑身发抖的他不得不找个栖身之处。他选中了一棵高大的橡树爬了上去，幸好他有随身带来的熨斗，要不他不被飓风吹走才怪。

这几个小时，他胆战心惊，害怕极了。他想，与其一晚上在这儿，不如去那有灯光、也有人的地方。他慢慢地来到一间芦苇编的小屋跟前，敲了敲门。门开了，一个身着五颜六色的碎布做的衣服、留着花白头发的老头出现在他面前。老头答应让他进屋。不仅给了他吃的，还让他睡在屋角一个不错的地方。

裁缝困得想一觉睡到天明，可巨大的声音把他吵醒了。他奔到门口，见到一头黑牛和鹿在搏斗。它们各不相让，拼得你死我活，发出惊天的叫声，大地似乎都在震颤。终于，牛被鹿角刺中了肚子，倒下了。鹿似乎还不解恨，又给了牛几下，牛死了。

裁缝惊得哑口无言。正在这时，鹿飞奔过来，把他顶在自己的

角上，穿过无数的田野森林。小裁缝怕极了，唯一能做的就是抓紧鹿角。鹿在悬崖边停下，放下了裁缝。他也不知过了多久才苏醒过来。鹿不见了。小裁缝茫然不知所措。这时岩壁里有个声音吸引着他。"别怕，没有人会伤害你，快进来。"小裁缝犹豫着走了进去。那个声音让他踏在厅中央的石板上。

他站在石板上，石板突然下陷，当石板停下来的时候，他发现了一座精美的建筑物，里面样样俱全，甚至有农庄，谷仓，像真的一样，非常精致，只不过是微缩的。裁缝想那一定是一位好工匠刻出来的。

他舍不得把目光移开，可他又听见那个声音让他回头看另外一只箱子。这次，他看到里面有一位姑娘。她安详地躺着，似乎睡着了，她有着美丽的金发和看起来昂贵的外衣。虽然她闭着眼，可她红润的脸色和随呼吸左右摆动的缎带证明了她还活着。小裁缝屏住呼吸看着她。忽然，姑娘睁开眼，惊喜地望着小裁缝。她叫起来："老天呀，这是真的吗？我终于要自由了！快，帮帮我，打开这棺材救我出来。"小裁缝按她的话做了。姑娘爬出来，走到角落里穿上一件宽松的衣服，坐到了石板上面。她亲热地吻着年轻人，说着赞扬的话："你是上帝派来拯救我的人，你将是我的丈夫。你将得到一切，包括我的爱。我们会幸福一生。那么，愿意听听我的故事吗？

我很小的时候就成了孤儿。跟哥哥相依为命。我们家总有很多朋友来做客，而我们也尽可能地接待好每一个人。有一天，家里来了个陌生的年轻人，要借宿一夜。我们愉快地同意了。晚饭桌上，他风趣幽默的谈吐让我们很开心。哥哥很喜欢他，便问他能否多住几天。他想了想之后答应了。我们吃完饭的时候已经很晚了。客人也去了自己的房间。我很累，很快进入了梦乡。不久，我被一阵美妙的音乐惊醒，可我发现自己像着了魔一般，竟然说不出话来。灯光下，我看见那个客人穿过两重紧闭的门走进我的房间。他说那音乐是他施展魔力发出的，他此次来的目的就是为了赢得我的爱情。我很讨厌他的手段便不想理他。于是我一夜无眠，直到快天亮才合了一下眼。一醒来我忙去找哥哥，好向他说明这件事。可他不在。用人说他一早就和客人去打猎了。

不好！我忙命人备马，带了一个用人向森林奔去。忽然，那个陌生的年轻人牵着一只漂亮的鹿出现在我面前。我上前质问他。那个年轻人又施展魔咒，使我晕了过去。

醒来的时候我就已经睡在这个玻璃做的棺材里了。那怪物还来过一回，让我知道那只鹿就是我哥哥。我们的家全被缩小装进了那个玻璃箱。至于玻璃瓶里的蓝气，那是我们的用人。我做了一个梦，梦见有个年轻人来救我。我睁开眼就见你在跟前，我简直不敢相信这是真的。"快帮帮我吧！来，帮我把装我家的箱子搬到大石板上去。好吗?"

石板上刚有重量，它就开始上升，他们重新回到了原来的大厅，接着来到户外。箱子被打开了，里面的一切又变成真实的，摆在他们面前。他们又去地下运回了装蓝气的瓶子。瓶子打开的时候，气体喷出来，一个个真人出现了，这正是小姑娘的用人们。此时，他们惊奇地发现小姑娘的哥哥正愉快地向他们走来呢。原来他已杀死了那变成黑牛的怪物，终于能恢复原形了。就在当天，在祭坛前，姑娘和小裁缝举行了幸福的婚礼。

懒汉海因茨

海茵茨是个懒汉。他每天只赶一只羊去放牧，可他每天回家以后仍然长吁短叹。有一天，他有了主意，他告诉自己："去娶胖姑娘特丽涅。她不是也有一只羊吗，我娶了她，她就可以一块儿放两只羊了，我岂不是乐哉了！"

这样想着，海因茨起身，费力地迈着步子穿过公路。他知道胖妞特丽涅的父母住在附近，他决定向他们善良可爱的女儿求婚。他们认真地想了一段时间，便答应了。这样海因茨便娶了胖胖的特丽涅做他的老婆；而特丽涅每天都牵着两只羊到山上去，让它们吃草。

不久，特丽涅也变得懒惰了，有一天她说："亲爱的海因茨，何必这样自找苦吃呢？我们何必把我们最灿烂的青春光阴用在辛勤的劳动上呢？这两只山羊——每天清早就把我们吵醒，然后又浪费我们时间去放它们，——我们不如跟邻居交换一群蜜蜂，这样多好啊！"

他们的邻居也觉得用两只母羊来交换一箱蜜蜂非常合算，于是

便答应了。这样，海因茨家里每天从清晨到黄昏便有一群蜜蜂飞进来飞出去，不久蜂箱里装满了蜂蜜。秋天来了，海因茨用罐子从蜂箱里取出一大罐蜂蜜。

夫妻俩把蜂蜜放在一块固定在卧室墙壁上的木板上。他们害怕小偷会把蜂蜜偷走或者老鼠会把它吃掉，于是特丽涅找来一根很粗的棍子，放在床头，这样她不起床就能拿到棍子，可以用它把小偷和老鼠赶走。

懒鬼海因茨现在已经懒到中午才肯起床，有一天早上，天已经完全亮了，他从沉睡中睁开双眼，躺在被窝里对妻子说："女人都喜欢吃甜的食物，为了防止你把蜂蜜吃光，我最好拿它去换一只快生小鹅的母鹅。""别着急，"特丽涅说，"等我们生了小孩，等他能放鹅的时候再去换吧，这样我们可以让我们的孩子去喂养那些小鹅，而我们也不必受干活劳累之苦了。"海因茨说："现在的孩子干活时总是随心所欲，把父母的话当耳边风。就像以前那个仆人，你让他找牛，他却偏偏去追那三只画眉。""唉，"特丽涅说，"我们的孩子要是不听话，我非用棍子把他整得服服帖帖的，你等着瞧吧，海因茨。"她一边大声说，一边拿起平时放在床边那根粗棍子，"瞧，我就这样打他。"她高高地举起棍子，很不幸地的是放在板子上的蜂蜜罐被她打翻了。罐子碰在墙壁上，掉到地上时已摔碎了，蜂蜜洒了一地。"我们再也不能换怀有小鹅的母鹅了，"海因茨说，"我们的孩子也不用再放小鹅了，值得庆幸的是罐子没有砸着我们的头。"当他把眼睛扫向地上时，他看到一块蜂蜜粘在一块陶罐碎片上，于是把它捡起来，高兴地说："还有一点儿，宝贝，我们把它吃了吧。经过这一场虚惊之后，我们可以起得晚一点，反正天还没黑。""当然！"特丽涅说。

图文珍藏版

怪鸟格莱弗

从前有一位国王。他有一个生病的女儿。有一位预言家告诉国王：公主只有吃了某种苹果，才能治好病。于是国王便通告全国：谁送来的苹果让公主恢复了健康，他就把公主嫁给谁，并且把自己的王位传给他。有一对老夫妇，他们生有三个儿子，听见这个消息之后，老父亲便对大儿子说："你到园里去摘一篮大大的红苹果，送到宫里去，说不定公主吃了以后，病就好了，这样你就可以娶她为妻，并且当上国王了。"大儿子按着父亲的主意去办了，在路上，一位白须飘飘的小老头拦住了他，问他篮里装着什么东西。这位名叫乌利的小伙子以为他想吃他的苹果，便回答说："里面是蛤蟆腿儿。"到了王宫，当乌利打开篮子时，国王勃然大怒，原来装在篮子里的是一些蛤蟆腿儿。乌利立刻被侍卫撵出了宫门。老头子只好让二儿子塞默去碰碰运气。可塞默的境况跟乌利也差不多，他在去王宫的路上也碰见了那位小老头儿，当那位小老头儿问他篮子里面装的是什么时，他跟乌利一样，以为老头儿想吃他的苹果，便撒谎说："是

世界经典童话

·格林童话·

图文珍藏版

猪鬃。"到了王宫揭开篮子后，他也吓坏了，因为里面全是猪鬃。这一次，国王更生气了，他让侍卫狠狠地抽了他一顿鞭子，把他赶了出去。回到家后，塞默也把事情的经过告诉了父亲。老头子的第三个儿子叫汉斯，为人忠厚诚实，不像两位哥哥那样圆滑，看起来有点傻气。那天晚上，汉斯梦见了国王的女儿、庄严豪华的王宫，以及王宫里的许多奇珍异宝。第二天清晨，汉斯到苹果园里摘了一大篮漂亮的红苹果，然后就上路了。在路上那个神奇的小老头儿也拦住了他，问他篮里装的是什么东西。汉斯诚实地告诉他说，篮里装的是苹果，是想送去给公主吃让她恢复健康的。"喏，"小老头高兴地说，"是就是，永远不变！"不久汉斯便来到皇宫，把苹果送给国王。国王看了之后，派人立刻把苹果送给公主吃，公主吃了送来的苹果之后，很快就感觉到自己的病好了，于是便下床来见国王。国王高兴极了。但是现在他又不想把公主嫁给汉斯，更不想让汉斯继承他的王位，于是便出了一道难题，要汉斯造出一条在旱地上比在水中驶得更快更灵活的船。汉斯为了能娶心爱的公主，便毅然地接受了条件，汉斯干活干得非常努力，而且他一边卖力地干活一边快乐地唱歌或吹口哨。中午时，骄阳似火，天气酷热难当，这时灰白胡子的小老头儿又来了，他问汉斯在干什么，"造一艘船，要让它在旱地上比水里行驶得更快更灵便。"汉斯回答说，他造船是想让国王把公主嫁给他。"喏，"小老头说，"那就让它是，而且永远是吧！"傍晚，夕阳的光辉金灿灿的像黄金一样美丽，而这时汉斯已造好了国王想要的船。他坐进自己造的船里，朝王宫划去，船跑得真快呀，像风一样。国王站在很远的地方就已看见了汉斯的船，可是这时他仍然不想让汉斯娶公主为妻。于是他又继续为难汉斯，让他放养一百只兔子，时间是从清早到晚上，而且不能让一只兔子死去或跑掉，否则的话，他就别想娶公主为妻。汉斯也做到了。可是这时国王还是不想把自己的女儿嫁给他，他让汉斯去完成一个更艰难的任务，叫他去偷一根怪鸟格莱弗尾巴上的羽毛。据说格莱弗鸟神通广大，什么都知道，但是它又非常残忍，没有一个基督徒能跟它讲话，它会把他们全吃掉。于是汉斯立刻起程，马不停蹄地向前赶路。费了千辛万苦到了格莱佛的住处，在它睡觉时偷着拔了一根毛。第二天清早，格莱弗出去了。这时已得到一根美丽的羽毛的汉斯迫不及待地赶了回去，把羽毛交给了国王，终于，国王答应了把公主嫁给他。

强壮的汉斯

　　从前在一个偏远僻静的小山谷里住着一对夫妇，他们只有一个孩子，名字叫汉斯。有一天，小汉斯跟着母亲一起到树林里去捡冷杉枝。突然，从丛林里跳出两个强盗来，他们一把抓住汉斯和他母亲，把他们带到森林深处。最后进入了一个大山洞，山洞里正烧着炉火，把四周照得很明亮。可以看见许多刀和剑之类的杀人凶器挂在墙壁上，在炉火的照射下闪着冷光；一张黑色桌子摆在洞中央，有四个强盗正围坐着在那儿打牌，坐在上首的那个人是强盗的头儿。他们指了一张床给她和孩子睡觉用，并且给了她一些食物。

　　就这样，女人在强盗窝里生活了许多年，汉斯已经长得又高又壮了。母亲常给他讲故事，并教他念一本从洞里找到的破旧的骑士书。当汉斯九岁时，他用枞树枝做了一根很粗的棒子，并把它藏在床背后，以防止被强盗看到。晚上，汉斯拿着自己做的大棒，走到刚抢劫回来的强盗那里，问他们头儿说："我现在很想知道谁是我的父亲，你如果不想死的话就马上告诉我。"强盗头子哈哈大笑，给了

世界经典童话

·格林童话·

图文珍藏版

汉斯一耳光，汉斯被打得直滚到桌子底下。汉斯没有说话，默默地站起来，心想："我还是等一年之后再试一试，那时结果也许会好些。"一年后的一个晚上，强盗们抢劫回来后，喝酒喝得大醉如泥。这时汉斯又拿起木棒，走到头儿面前，问他的父亲是谁。这次强盗头儿又狠狠地给了他一耳光，虽然汉斯又被打到桌子底下，但是不久他就站了起来，他拿起棒子朝头儿和其他强盗猛打，直打得强盗们躺在地上不能再站起来，母亲站在角落里，十分惊讶汉斯竟然这样勇猛强壮。汉斯看到母亲，便走到她跟前说："亲爱的妈妈，请快告诉我谁是我的父亲，现在我们的处境很危险。""亲爱的孩子，"母亲说，"现在我可以带你去找了，我们一定要找到他。"汉斯把许多的金银财宝装在一个大口袋里，然后背在身上，她母亲从强盗头身上取出大门钥匙，打开大门，这样他们离开了山洞。汉斯走出黑暗的山洞来到明媚的阳光下，这时他看到一幅美丽的景象：绿油油的森林，五颜六色的鲜花和唱歌的小鸟，还有空中灿烂的朝阳，看到眼前的一切，他觉得自己像做梦一般。最后，终于回到了他们以前居住的小屋前。父亲坐在小屋的门前，当他认出自己的妻子和儿子时，他高兴得眼泪都流出来了。汉斯这时虽然只有十二岁，但却比他父亲高出一头。父子俩开始修建新的房子，并且还用钱买来土地和家畜，准备建设一座农庄。汉斯犁地时，把犁用力推进泥土里，前面的两头公牛几乎用不着费什么力气。到了第二年春天，汉斯告诉父亲："爸爸，这些剩下的钱你都留着吧。另外请你找人给我做一个散步用的手杖，越重越结实越好，我要离家一段时间。"汉斯在手杖做好以后便出门了。他不断地前行，来到一座阴森黑暗的大森林里。这时，有"咔嚓咔嚓"的声音传过来，他看到一个想用枞树搓绳子的人。"跟我一块儿走吧，别干这个了。"大汉于是从树上爬下来。虽说汉斯也不矮，但他比汉斯还要高出整整一头。汉斯给他起了个名字叫"旋转枞树的人"。他们继续前进。突然他们听见铁锤沉重的敲击声，每打一下，他们感觉大地都要颤抖三下。不久他们看到一个巨人站在坚硬的峭壁前，正用拳头想把一块块的大岩石敲下来。汉斯对他说："和我们一起走吧，你不用再造房子了，你以后就叫'劈岩石的人'吧。"巨人同意了，跟他们一起穿过森林。野兽见了他们会东奔西跑、逃之夭夭。一天晚上，他们来到一座空无一人的大殿，晚上就在大厅里睡了。第二天早晨，汉斯走进殿前的花园，那里非常凄凉，里面全是荆棘和灌木。他正走着，一头野猪向他冲过来，他用手杖打了它一下，那野猪就倒在地上死去了。于是他把野猪扛进宫殿。他们三人便用铁钎叉着猪肉烤着吃，吃得津津有味。第一天，汉斯和"劈岩石的人"去打猎，"旋转枞树的人"留在家。当"旋转枞树的人"正忙着做饭时，一个满脸皱纹的小矮人进来了，向他要肉吃。"滚开，小矮人，"他嘲笑着说，"你吃肉有什么用！"可是让人意想不到的是，这个小矮人向他冲过来，轻而易举地就把他打倒在地上，小矮人气呼呼地走了。另外两个人打猎回来后，"旋转枞树的人"却闭口不谈刚才所发生的事情。他想："等我不在的时候，也让他们尝尝那个小矮人的厉害吧。"这个想法很快就使他忘记了挨打变得快乐起来。第二天，"劈岩石的人"留在

世界传世藏书

世界经典童话

·格林童话·

图文珍藏版

家里，他的遭遇跟"旋转枞树的人"一样。汉斯跟"旋转枞树的人"晚上回来之后，"旋转枞树的人"就知道他出了事，但是两人都不想说，都想让汉斯尝尝被打的滋味。第三天，汉斯留在家里烧饭。当他正站在灶台边烧水时，小矮人又来了，让汉斯给他块肉吃。汉斯想："这个小矮人挺可怜的，我就少吃一点，把我那份分给他一点吧。"于是汉斯递给他一块肉，小矮人狼吞虎咽地吃完后，又向他要，汉斯可怜他，便又给了他一块，并告诉他说这块肉非常好，他应该满意了。谁料小矮人吃完后又伸手要肉。汉斯这次没有给他，说："你脸皮真厚。"这时凶恶的小矮人便扑上来，想打汉斯，可是他没有想到汉斯比那两人要强壮多了。汉斯打了他几巴掌，把他打得滚到台阶下面去了。汉斯由于人长得高腿也长反而被他绊倒了，因此没有追上。小矮人跑进森林并钻进了一个地洞。汉斯只好先记住那个地方，然后回家了。随后他们三个人带上箩筐和绳子，来到小矮人钻进去的地洞。汉斯坐在筐里，随身拿着他的棍子，被其他两人放进洞口。汉斯到了地下，看见前面有一扇门，他打开门，发现里面坐着一位貌若天仙的姑娘，而那个小矮人正坐在她旁边，瞪着汉斯。当汉斯看见姑娘正被链子捆着，并用乞求的眼光看着他时。汉斯想："我一定要从小矮人手里救出这位姑娘。"于是他举起棍子朝小矮人狠狠打去，小矮人倒在地上死了。汉斯很快地替姑娘松去了身上的链子。姑娘告诉汉斯，以前她本是一位公主，后来一个野蛮的伯爵把她抢走，因为她不愿理他，便被关在这儿的地洞里，被小矮人看管着，受尽了折磨。汉斯让姑娘坐在箩筐里，让两个伙伴把她拉上去。两个伙伴再没有把箩筐放下来。汉斯心想："要是我在这洞里被活活饿死，那就惨了。"他来回不停地走，当他再次走到姑娘原来在的地方时，他看见一枚闪闪发光的戒指套在小矮人的手上，于是便把它褪下来戴在自己的手指上。他转动了一下戒指后，便听见头顶上有响声，抬头一看原来是几个天使在翩翩飞舞。天使们问他有什么吩咐。开始汉斯几乎不敢相信，但很快他便吩咐他们把他抬出山洞。但这时已经没有人在那里了；他跑回宫殿，还是没有人。原来"旋转枞树的人"和"劈岩石的人"带着公主逃走了。这时汉斯想起了天使们，便转动了一下戒指，很快天使又出现了，他们告诉汉斯那两个家伙已经在海上了。天使飞过来带着他迅速靠近了海上的小船。到了船上，汉斯挥动棒子，把他们打下水，使他们得到应有的惩罚。漂亮的姑娘刚才被吓坏了，汉斯现在又一次救了她。汉斯划船把她送到她自己的家里，随后他便娶了她做妻子，所有的人都替汉斯高兴。

瘦瘦的丽丝

　　瘦瘦的丽丝对生活的想法跟懒惰的海因茨和胖胖的特丽涅完全不一样，任何事情都不能打扰那两个人休息，丽丝从早到晚从不闲着，让她的丈夫大个子伦茨也干很多活儿，他背的东西重于一头驮三袋小麦的驴子。虽然这样，他们却仍然没有什么收获，生活还是很贫困。一天晚上，丽丝躺在床上，想着心事，无法睡去。她碰了碰身边的丈夫，说："伦茨，我跟你讲讲我的想法，你听着：如果我能捡到一块金币，别人又送我一块，我自己再去借一块，并且你也给我一块，那么，我一共有四块金币，我打算用它去买头小母牛。"丈夫听了很高兴地说："虽然我没有那块可送给你的金币，但等你真有了这四枚金币，你就可以买头母牛，你怎么想就怎么做吧，我非常高兴。"然后，他又说："等这头母牛下了崽儿，那时我就可以常常喝点牛奶了，好提提神。"妻子说："你不能喝牛奶，应该让小牛喝，这样它才会长得快，卖时也好卖得钱多一点。""那当然了，"伦茨说，"不过我们喝一点点不碍事。""你不能这样对待母牛，"妻

世界传世藏书

世界经典童话

·格林童话·

图文珍藏版

子说，"不论有没有事，我都不会答应。你要是再这么想入非非，你永远喝不上一滴牛奶，你这个贪得无厌的傻大个儿，你吃光了我辛辛苦苦挣来的全部东西，知道吗?""老婆，"丈夫说，"别说了，否则我用帕子把你的嘴堵起来。""什么?"妻子大喊道，"你想吓唬我，你这个贪吃鬼，你这个电线杆，你这懒鬼伦茨。"她想抓他的头发，可是大个子伦茨已经坐了起来，瘦丽丝的两条胳膊被他用一只手捏在一起，她的脑袋也被他用另一只手按在枕头上，无论她骂多久，都不放手，一直等到她睡着了才松开。第二天一早，他们醒来后是否再争吵，丽丝是否出去找她想要的那块金币，这些我都不清楚喽。

林中小屋

在大森林边上，有一间小屋，一个贫穷的砍柴人带着妻子和三个女儿住在里边。一天清晨，他又要去砍柴时，对妻子说："今天你叫大女儿把午饭送到森林中来，否则我干不完活。我随身带一个装着小米的袋子，沿途撒些米粒在地上，这样她不会迷路。"当日正午时，大女儿带着满满一锅汤上路了。可是由于森林中的山鸟早已把小米吃光了，因此女孩迷路了。她只好凭运气继续往前走。她来到一座房子前，窗户口正亮着灯，她敲了敲房门，里面传出粗鲁的叫声："进来。"于是女孩走进黑暗的前厅，又敲了敲房间的门，"请进来吧。"那个声音又说道。她打开门，看见一个白头发的老头，双手托着脸，正坐在桌子房边，白胡子抱过桌子，差不多挨到了地面。有三只小动物躺在火炉边：一只小母鸡，一只小公鸡和一只花斑奶牛。女孩说出了自己的经历，请求留她在这儿过一夜。老头儿说："美丽的小母鸡，美丽的小公鸡，还有美丽的花奶牛，你们可愿意？""咯咯咯。"动物们回答。想必是说："我们很愿意。"老头儿接着

说："这里什么都有，你到外面去给我们做顿晚饭吧。"女孩看到厨房里什么东西都有，而且非常多，于是便做了一顿丰盛可口的晚饭，但是她却没想到那些动物。她把食物端到桌上后，便跟老头一起吃起来，因为她实在太饿了。吃完饭之后，她问："我现在很累，我在哪儿睡觉？"

这时老头说话了："在楼上有一间小屋，里面有两张床，把它们整理干净，并铺上白色亚麻床单，过一会儿我也上来睡。"女孩上楼后，把床单抖干净又重新铺好，没有等那老头，就倒在其中一张床上睡了。不久，老头儿上来了，用灯照照那女孩，然后摇了摇头。他看见她已进入梦乡，便把地板上的一道暗门打开，让她沉到地窖里。

砍柴人直到晚上才回到家里。他责备妻子让他饿了一整天。"不是我的错，"妻子回答说，"我叫大女儿很早就带上午饭去了，她肯定是迷了路。"第二天清晨，砍柴人又到森林里砍柴去了，并且这次让二女儿给他送饭。"我带一袋扁豆，它比米要大些，这样她就能看清楚而不会迷路了。"二女儿到了中午，带上午饭出发了。和大女儿一样，她也在森林中迷了路，晚上她也来到那个老头儿的住房前，请求在这儿过夜，并向老头要了吃的。同样被老头儿沉到地窖里了。

第三天早上，砍柴人对妻子说："今天让小女儿给我送饭，她会找着路的，她又善良又听话，不会像她两个野丫头姐姐一样到处疯跑。"母亲听后不情愿地说："我不想再失去我最亲爱的孩子了。""别害怕，"父亲说，"小女儿又聪明又懂事，她不会迷路的。我会带很多比扁豆大得多的豌豆去撒在路上，这样可给她指路。"可是中午当小女孩带上午饭出发了以后，由于森林中的鸽子已把豌豆吞下肚去，于是她不知向哪儿走。她也来到那老头儿的小屋。

她按老头儿的吩咐做了一顿丰盛可口的晚饭，并端到桌上，然后想道："我不能只顾自己吃饭，却让动物们挨饿，我要把它们先照顾好。"她又出去拿了些大麦来喂小公鸡和小母鸡，用清香的干草来喂奶牛。"可爱的动物们，好好吃吧，"她说，"我去弄点喝的给你们解渴。"她又去提了一桶水，小公鸡和小母鸡跳到桶的边沿上，像鸟儿喝水那样，把嘴伸进去后又抬起头来；牛儿也饱饱地喝了一大口。把动物们喂饱之后，小女孩才坐到老头儿对面，把剩下的东西吃了。不久，小公鸡小母鸡把头埋到翅膀里面，而花奶牛也眯起眼睛。这时小女孩便问："我现在可以在什么地方休息？""漂亮的小公鸡，漂亮的小母鸡，还有你，漂亮的花奶牛，你们可愿意？"动物们回答说："咯咯咯，你和我们一块儿吃，你和我们一块儿喝，你把我们全都想到，我们祝你睡个好觉。"

小女孩上楼后，抖松鸭毛枕头，把干净的亚麻床单铺上。她整理好后，老头儿上楼来，睡在其中一张床上，他的胡子长得一直拖到脚跟。小姑娘躺在另一张床上，祈祷完以后才入睡。

可是当她醒来时，她眼前却是一幅奇异的景象。她发现自己躺在一个宽敞的大厅里，周围像皇宫那样富丽堂皇：金色的花朵生长在四周墙边的绿缎底上，象牙的雕成的床，天鹅绒缝成的被盖，一双用珍珠串成的拖鞋摆在旁边一张椅子上。小女孩以为自己正在做梦，这时三个穿着讲究的仆人走了进来，问她有什么需要。"你们走吧，"她说，"我要立刻起床，给那位老人做饭，而且我还要喂美丽的小动物。"她想，那位老人该醒来了吧，就转过头朝他的床望去。没想到躺在床上的不是老头，而是一位陌生的男子。她仔细看了一下，他不仅年轻而且很英俊。这时他醒了，坐起来说："我本来是一位王子，可是我被一个凶狠的女巫变成一个头发花白的老头儿，生活在森林中，我的三个仆人被变成了小母鸡、小公鸡和花奶牛，而且除了他们以外，没有人能跟我在一起。你就是我们要等的人，我们昨天午夜通过你得救了，我的皇宫也得以从破屋重新变回。"他们起床后，王子立刻派三个仆人去把女孩的父母接来，他要娶她为妻。"可是我那两个姐姐在哪儿呢？"姑娘问。"她们被关在地窖里，明天将被送到森林里去，给一位烧炭工当使女，她们的心肠什么时候变得不愿让可怜的动物们挨饿，我才放了她们。"

同甘共苦

　　从前有一个裁缝，他有一个善良、勤劳又虔诚的妻子，但他却始终不喜欢她，而且老是嘀嘀咕咕，动不动对她就拳脚交加。这事不知怎么被官府知道了，把他关进监狱，好让他改正自己的错误。过了一段时间后，他被释放，并被迫发誓，不再打自己的老婆，要与她和睦相处，甘苦与共。可是好日子不久，他的老毛病又犯了，又变得嘀嘀咕咕，爱吵架。由于他不敢再用手打他，便扯她的头发，女人逃到院子里，他却拿起尺子和剪刀追，追得她四处跑，并且用剪刀、尺子和手边能拿到的东西打她。打中的话，他就非常高兴；没打中，他便对她骂个不停。他就这样不停地追，直到邻居们都跑来帮他妻子。这样，官府里又把他抓去，叫他回忆以前说过什么。"亲爱的大人，"他说，"我没有撒谎，也没有打她，而是与她同甘共苦。""这不可能！"法官说，"她这次又严厉地控告了你，是吧？""我没有打她，因为她看上去那么迷人，我只想给她梳梳头。她却气冲冲地挣脱掉，并跑了，我立刻去追她，为了能阻止她，我把手中

的东西扔过去，作为善意的纪念。而且我确实与她同甘共苦了，因为打中的话，我高兴，她难受；没打中，她高兴，我难受。"法官对这荒诞的解释非常生气，便狠狠地惩罚了他。

篱笆国王

古时候，每种响声都有自己的内涵。铁匠的锤子声，是指"铁匠米托，铁匠米托！"木匠的刨刀声，是指"你有！你有！"磨坊的轮子响，是指"上帝保佑！上帝保佑！"如果磨坊主是个不诚实的坏人，小磨转动的时候，就用标准德语，先慢慢地问："那儿是谁？那儿是谁？"然后又很快回答："磨坊主！磨坊主！"最后快速地说："大胆地偷、大胆地偷，一担偷三斗。"

那时候，每种鸟儿都有自己的语言，而且能被人听懂，但现在只剩下啾啾声、唧唧声和类似于吹哨的声音，还有的好像是没有词儿的音乐。鸟儿们有一天突然提出一个建议，想从它们当中选出一个当国王，但田鬼不同意，因为它喜欢自由的生活，因此它每天都飞来飞去，忧心忡忡，大声喊："我到哪儿去呢？我到哪儿去呢？"最后它逃到一个遥远的沼泽地，再也不在同类当中出现。

在五月的一个早晨，从森林、田野的四面八方来了许多鸟儿，它们聚集到一起，商量大事，有一只母鸡不知道这件事，于是对盛

图文珍藏版

大的聚会感到非常吃惊，它咯咯地问道："这是干吗？干吗？"公鸡安慰它说："那是一帮有钱有势的家伙。"并且告诉了它们的打算。鸟儿们一致同意，选飞得最高的人当国王。

事后大家决定，趁这晴朗的早晨一起飞到天上，免得事后有人说："我本来可以飞高的，只是由于天黑了，便没有再往上飞。"信号一响，鸟儿们便一起朝蓝天飞去。田野里灰尘滚滚，嗖嗖声、呼呼声和扑扑的振动翅膀的声音到处可闻，那景象真像一片黑云掠过天空。雄鹰飞得最高，好像要把太阳的眼睛啄下来。当它看见其他鸟都不如它飞得高时，就想："你已经是鸟王，你不用飞得更高了。"于是向下降，在它下面的鸟儿一齐向它大喊："没有谁飞得比你高，你就是鸟王。""除了我以外。"一只没有名字的小鸟突然飞出来大喊，原来它刚才躲在鹰的胸毛里。这时它一点也不感觉累，便飞向空中，比鹰飞得还要高，飞到一定高度，它才收拢翅膀，开始下落，并不停地用尖利的嗓音大喊："我是鸟王，鸟王是我。"

"你不配当我们的大王，"鸟儿们气呼呼地大喊，"你用了阴谋诡计才飞那么高！"然后，它们又重新规定，谁在地上落得最深，选谁当王。于是，鹅在落地时用胸脯拍打地面。公鸡一落地，用嘴啄洞。而鸭子很倒霉，因为它落地时掉进了一个坑里，把脚扭了，它只得脚步蹒跚地朝池塘走去，并边走边叫："瞎扯蛋！瞎扯蛋！"而那只无名的小鸟找到了一个老鼠洞钻进去，并用尖细的声音朝上喊："我是鸟王，鸟王是我。"

"什么，你想当国王？"鸟儿们气冲冲地说，"你的诡计是不能得逞的!"于是它们决定把小鸟关在洞里，让它饿死。大家推选猫头鹰看守洞口，不准让小鸟逃出来。晚上来临了，鸟儿们睡觉了。而只有猫头鹰守在洞口边，看守小鸟。这时，它也很累了，最后睡着了。而那只小鸟也趁机逃走了。

从这以后，猫头鹰只敢在黑夜行动，因为白天它怕被别的鸟看见，它也怕被拔光身上的羽毛。它对老鼠恨得要命，专门在晚上出来捕捉它们，因为那个可恶的洞是它们打的。从此那只小鸟再也不敢露面了，它怕被逮住后有生命危险。它只能在篱笆间钻来钻去，偶尔大叫两声："我是鸟王！我是鸟王！"其他鸟儿也因此而讽刺它，叫它"篱笆国王"。

云雀是众鸟中最高兴的，因为它不用听"篱笆国王"的使唤。太阳刚一出来，它便飞到空中高唱："啊，多么美好呀！真是太美好了!"

猫　头　鹰

　　很久以前，人类比今天要无知和诚实多了，那时候一件怪事在一座小城里发生了。一只大猫头鹰名叫舒唬，从附近的森林里出来钻进了粮仓里，但它在天亮后却不敢从粮仓里出来，因为其他的鸟儿只要一看见，就会发出吓人的喊叫，而它对此非常害怕。早晨，仆人来到粮仓里取干草，突然他看见了坐在角落里的大猫头鹰，正滴溜溜地转着眼睛，他吓坏了，便赶快来到主人面前报告，说粮仓里有一个一口能把人吃下去的大怪物，他生平从未见过。主人听后，来到邻居们那里求援，让他们帮他对付那个可怕的怪物，不然要是等它从粮仓出来后，全城都会受害。随后，一片叫喊声与喧哗声充满了大街小巷，市民们拿着家里各种各样的农具作为武器纷纷赶到，整个城市进入了战备状态，甚至连市里的老爷们和市长都来了。市民们在广场上集合完毕，便向粮仓出发，把它围了个水泄不通。最后，一位高大强壮的汉子站了出来，他是一个以作战勇猛而闻名全市的人，他穿上铠甲，拿着剑和矛，全副武装地走了进去。这时粮

仓的两扇门都被打开了，猫头鹰正坐在屋子中间粗大的横梁上。勇士叫人搬来一架梯子，这时大家齐声朝他喊，要他像杀死凶龙的圣乔治一样表现出男子气概。猫头鹰看见勇士爬上来，正想靠近自己，并且听见下面的人群正大声叫喊，这时它不知所措，慌乱中朝他发出沙哑的吼声："舒唬，舒唬!"这时外面的人朝勇士大喊："刺它，刺它!"但他的双腿已发抖，只好昏头昏脑地退下来。

随后便再也没有人想冒险了。他们说："那怪物只吹了两口气，便毒坏了我们最强壮的人，而且差点死去，我们其他人不能再冒险了。"最后还是市长想出了一个办法："把整座粮仓连同里面的怪物一起烧掉，同时我们从市财政里取出钱来给粮仓主人，以赔偿烧毁的粮仓以及里面的粮食、麦草和干草的损失，这样就不需要人冒生命危险了。眼下我们要舍小取大，不能为吝啬这一点而坏了大事。"市民们便纷纷表示赞同。最后粮仓烧毁了，猫头鹰也被活活烧死了。

世界经典童话

·格林童话·

图文珍藏版

月　亮

在远古时有个国家，晚上从没有星星和月亮出现过。有一次，四个年轻人从这个国家出发到另一个国家去漫游。那儿的太阳西沉后，橡树梢头就会出现一个闪闪发光的圆球，把柔和的光洒向大地四周。虽然那个圆球没有太阳那么灿烂，但人们也能凭借它认清四周的万物。四个年轻人看到后很惊异，便问一个农夫，这是一种什么灯，农夫回答说："这是月亮，我们村长用三枚银币买来的，他每天给它添油，并让它保持干净，使它一直能发光。为此我们每周还得交一枚银币的费用。"

农夫走后，他们中的一个说："我觉得这盏灯对我们有用，我们家乡也有这么高的树，我们把灯挂在上面。晚上有了它，就不必摸黑走路了。这该多好！"第二个青年接着说："我们把它弄走以后，这里的人可以再买一个，是吧？"第三个青年说："我上去把它取下来，我擅长爬树。"于是，由第四个人去弄来马车，第三个人爬上树，在月亮上钻个孔，用绳子串着吊下来。他们用一块布把闪闪发

世界传世藏书

世界经典童话

·格林童话·

图文珍藏版

光的圆球遮盖住，以免被别人看见了。他们顺利地把月亮运到家乡，并把它挂在一棵高高的树上。当田野、房舍都被这柔光照亮了时，男女老少都感到无比高兴。地精们也从岩洞里跑出来，穿着小红褂子的小矮人们在草地围成一圈儿，跳起了舞。

这四个年轻人不断地给月亮加油，并保持它的清洁，作为报酬，他们也每周收取一枚银币。可是他们一天天地衰老下去，第一个人病倒之后，立下遗嘱，他死后要将月亮的四分之一带进坟墓作为陪葬。后来他真的死了，村长爬到树上，将它的四分之一剪下来，放进他的棺材里。月亮的亮度比以前变弱了，但还不明显。第二个人死后，也把月亮的四分之一带进了棺材，光线更暗了。第三个人也同样做了，月亮的光线更加微弱。等到第四个人把最后四分之一也带进坟墓时，大地重新被黑暗笼罩着，人们在黑夜中摸黑走路，于是经常相互碰撞在一起。

然而，在地狱里，月亮的各部分又重新聚到一块儿。这就使一直在黑暗中沉睡的死人们，纷纷苏醒过来，他们对自己又能看见东西感到非常惊奇。月亮的光线正适合他们的视力，于是他们全都爬起来，又兴高采烈地按原来的方式继续生活。一部分常去跳舞和赌博，一部分常到酒店里喝酒，酒醉后便吵闹不休，到后来甚至用棍棒打斗起来。这样，喧闹声越来越强烈。

那时圣彼得专门镇守天堂大门，他听到了地狱里的喧闹声后，从天堂来到地狱。他劝那些死去的鬼魂重新回到坟墓里躺下，然后他带上月亮走了。到了后来，月亮被他高高地挂在了天上。

寿　命

　　上帝在创造世界之后，便决定对所有的生物限定寿命。驴子首先走过来问："上帝，我能活多久?""三十年。""唉，主啊，"驴子说，"这时间太长了! 我每天要驮重东西，为了让人有面包吃，我得把一袋袋麦子拉到磨坊。而且主人为了让我们干活快点多点，常对我们拳打脚踢。您就缩短我们的寿命吧!"上帝减了它十八年寿命。"主啊，我可以活多久?"狗问。上帝回答说："驴子嫌三十年太长，你觉得呢?"狗说："这时间太长了。"上帝减去它十二年寿命。狗走后，来的是猴子。上帝对它说："你不需要像驴子和狗那样干活，而且整天非常快乐，你该愿意活三十年吧?""唉，上帝啊，"猴子回答，"实际并非如此。为了逗人们高兴，我要做鬼脸来取悦于他们，我欢乐的背后是很悲哀的。你就减短我的寿命吧。"上帝听了有理，便减了它十年寿命。

　　最后一个人来了，他也是来请上帝限定寿命的。上帝说："你觉

世界经典童话

·格林童话·

图文珍藏版

得三十年够吗?"人大声回答说:"太短了!我建好自己的房子,盖了火焰旺盛的炉灶,我栽了一棵树,等到它长大开花结果之后,我正想现在我可以好好享受一下生活的乐趣了,可这时我却要死了!主啊,请延长我的寿命吧。"上帝说:"那好,我把驴子减去的十八年加给你。"人回答:"这根本不够呀!""我再把狗的十二年加给你。""还是不够。""好吧!"上帝说,"我把猴子减去的十年也加给你吧,但不能再多喽。"人并不满足地走了。

就这样,人有了七十岁的寿命,属于自己的是头三十年,这段时间里人身体健康,心情快乐,工作也顺利,是人生的黄金时段;接下来的是属于驴子的十八年,这时他得承受一个又一个重担,得赚钱养活别人,而且还经常被指责和批评;再接下来是属于狗的十二年,这时人已牙齿稀松,只能躲在那里唠唠叨叨了;再往后是猴子的十年,这时人变得疯疯癫癫,经常干傻事,常常被孩子们取笑。

世界传世藏书

世界经典童话

·格林童话·

图文珍藏版

死神的使者

很久以前，有一个巨人在乡间大路上闲逛着，这时，突然跳出一个陌生人朝他大吼："站住，不许再往前走了。""什么？"巨人说，"我用两根手指头就能把你捏碎，你是什么东西，跟我说话竟这样大胆！""我是死神，"那人回答，"没有人敢不听从我，你也不敢。"巨人和死神打了起来。最后巨人胜利了，死神被他一拳打倒在一块石头边。巨人继续向前走，而死神被打倒后，全身疼痛不堪，连站都站不起来。"要是我永远躺在这鬼地方，世界将变成怎样呢？"他想，"世上将到处都挤满了人，甚至连站的地方都没有了。"这时一个年轻人一边唱着歌儿，一边环顾四周地走过来。他看见有人躺在地上昏迷不醒，便把他扶起来，并用自己的水瓶喂他喝了一口凉水，并等到他恢复过来。"你知道什么人被你救活了吗？"死神一边站起来，一边问。"不，"年轻人回答，"我不知道你是谁。""我是死神，"他说，"任何人都得服从我，你也不例外。但是为了向你表示感谢，我保证在死降临到你之前，我会先派使者去跟你打招呼，

世界传世藏书

世界经典童话

·格林童话·

图文珍藏版

然后我亲自来接你。""好吧,"年轻人说,"这样我就不用整天提心吊胆了。"他高高兴兴地走了,仍然是快快乐乐地过一天是一天。但是他也无法长久保持青春和健康,很快他便得了疾病,每天折磨得他痛苦不堪,他自言自语地说,"这疾病缠身的痛苦日子能早点过去就好了。"过了不久,他又恢复了健康,每天过得高高兴兴。突然有一天,有人在背后拍了拍他的肩头,他转身一看,站在背后的原来是死神。死神说:"你该和这个世界分手了。""什么?"那人问道,"你不守诺言,你不是承诺过,在你来之前先派使者来通知我吗?我怎么一个也没看见?""别瞎说,"死神回答,"我已接连不断地派许多使者来了,你不是得过感冒发烧吗?你不是头昏脑涨过吗?你不是得过关节炎后全身酸痛吗?你的耳朵不是常常咚咚作响吗?你的眼睛不是越来越老眼昏花吗?不光这些,晚上睡觉时,我的亲兄弟'睡眠'不是常让你想起我吗?你夜间睡时,跟死了不是一样吗?"那人听了以后,无话可说,只好告别人世,跟死神乖乖地走了。

鞋匠师傅

从前有个又瘦又矮的鞋匠，他生性好动，连一分钟也安静不下来。他走在大街上时，两条胳膊总是有力地前后摆动，以至有一次一个提水姑娘的水桶被他打到半空中，而自己被淋成个落汤鸡。他的手艺是做鞋，可是缝鞋时线被他拉得老长，谁要是在附近的话，常常会被打上一拳。他的伙计在他手下没有待得超过一个月的，再好的手艺他也总能挑出毛病。早上他妻子生火做饭时，他就会从床上跳下来，光着脚跑到厨房，大叫："这么大的火，你想把我的房子烧了吗？一头牛烤熟了也不用这么大火，你以为买柴不花钱呀？"要是他看见女仆站在水桶边说笑，便大声斥骂："你们这些笨蛋只知道胡扯，不知道干活。再说洗衣服用新肥皂干什么？你们真是又浪费，又懒惰！你们只想保养自己的手，不肯用力搓衣服。"他正要坐下来干活时，徒弟递给他一只鞋。"鞋怎么做成这样？"他朝徒弟大吼，"我告诉你多少次了，叫你鞋口不要剪得太大。这样的鞋能卖出去吗？除了鞋底有用外，什么也没用。我要求你按我的吩咐去重新

世界传世藏书

世界经典童话

·格林童话·

图文珍藏版

做。""师傅，"徒弟回答，"师傅，你说得太对了，这只鞋一点也不合格。不过这只鞋是你自己缝的。你刚才跳起来时，把它扔到了桌下，我只不过是替你捡回来。这件事，没人能说你是对的。"

一天夜里，鞋匠梦见自己死了，来到天堂门前，使劲地敲起大门。"真奇怪，"他说，"门上连门环都没有，我手都敲痛了。"大使徒圣彼得看见有人这样急着要进来，便打开门。"啊，鞋匠师傅，原来是你呀！"他说，"我会让你进来的，但是我得先警告你，你进来后，必须改掉旧习惯，对在天堂里看见的一切都别挑剔，否则你不会有好运。""谢谢你的警告。"鞋匠回答说，他进了门，在天堂大厅里走起来。他东望望西瞅瞅，不时地摇摇头，或嘀咕几句。这时，他看见两个天使正在抬一根横梁经过，只不过奇怪的是天使们在横着抬，而不是竖着抬。"他们可真笨。"鞋匠师傅想，但他没说什么。不久他看见两个天使从井里打水倒进一个有许多小孔的容器，水流了一地，其实这是在用雨水浇地。他心想："也许这只是为了好玩，天堂里的人，大都在偷懒。"他继续向前走，这时他看见一辆车子陷在泥坑里，他对站在一旁的人说："你怎么装这么多东西？你装的是什么？"那人回答："是虔诚的希望。幸亏我把车推上来，我没有到正路，在这种地方我是不会被丢下不管的。"一位天使来了，他在车前套了两匹马。过了不久，又来了一位天使，牵来两匹马，不过他把马套在车后，而不是车前。这时他忍不住了，便大骂："笨蛋，你们这样能从坑里拉出车子？你们真是狂妄自大，以为自己什么都知道。"他还想再说，可这时他被天堂里的一个农民抓着衣领，推出了门外。出门时他回头看见那四匹马竟真的把马车拖出了坑，原来它们长有翅膀。

这时他醒了。他想："天堂和尘世还真的不一样，四匹马同时套在车前车后谁都会冒火，但它们长有翅膀这就例外了。算了，我得起床了，不然家里又要被他们弄得一团糟了。算我幸运，我刚才只是在做梦，而没有真死。"

井边的牧鹅女

在很久很久以前，在大山之间的荒野里有一座小房子，里面住

图文珍藏版

着一位老婆婆和她的鹅群。她是一个勤劳的老太太，而且态度和蔼，

每当遇到别人她总是热情而主动地打招呼："亲爱的老乡，傍晚好，傍晚的晚霞真美丽。"可是人们对她的态度并不好，宁可绕远路也不愿遇见她，附近的猎人都会提醒他们不懂事的小儿子："瞧那可怕的老婆子，你永远不会逃过她的阴谋，除非你远离她。"

日子就这样一天天过去，直到一天早晨，一个英俊潇洒的青年出现在森林中。青年看见跪在地上割草的她和她旁边的一大捆割的草，两个盛满野梨野苹果的篮子，不禁惊讶地问："敬爱的老妈妈，这么多东西，你能搬得动吗？"老婆婆回答说："为了生存，我不得不干啊！

见小伙子好像生了同情之心，老婆婆便问："你可以帮我吗？你有伟岸的身躯、健康的身体，干这个很容易，我家就在附近的荒原上。"

出于对老婆婆的同情和对自己的自信，青年说："虽然我是伯爵，但我非常愿意帮忙。""那你就得辛苦一个多小时了。"老婆婆说。年轻人听说要走一个小时，有点后悔，老太太迅速地将草拴在他的背上，将两只篮子挎在他的手腕上。"不算重吧。"老婆婆说。对于不干活的伯爵来说，负重就如泰山压顶，"草捆压在背上特重，苹果和梨也像灌了铅，我快受不了了。""刚才那个勇士呢？走吧，没人会帮你的。"要是走平路，青年还算可以顶得住，可是偏偏都是崎岖的山路，豆大的汗珠掉到脚下的石头上。"我不行了，能不能休息一会儿？"年轻人哀求着。"我们到了以后才能休息。"伯爵想丢下草捆，但草捆牢牢地系在他背上，几乎成了身体的一部分。老太太哈哈大笑，"先生，"她说，"你的脸已经红得像烤熟的火鸡了。耐心地背着包袱吧，到了后来少不了你的辛苦费。"伯爵敢怒不敢言，只好任老婆婆摆布，跟在后面慢慢走去。老婆婆越走越快，而伯爵则是步履维艰，终于熬到了老婆婆的住所，这时他也差不多要彻底倒下了。那些鹅见了老婆婆，便支起翅膀，伸着脖子朝她跑来，一路哦哦叫着。跟在鹅后面走来的是一个又高又壮，丑如夜叉的女人。"娘，"她对老婆婆说，"出了什么事，你在外面待这么久?""没事，我的女儿，"老婆婆兴高采烈地说，"不会有什么坏情况发生的，恰恰相反，这位好心的先生帮我背东西。"终于老婆婆想起了小伙子，忙从他背上取下草捆，从他腕上取下篮子，看着他说："到你好好休息的时候了，你会得到你那份报酬的。"然后她对牧鹅女说："我的女儿，你回屋去，你不能和一位年轻的先生单独在一起，否则他会爱上你的。"伯爵听了真是哭笑不得啊，暗想："就她，再年轻三十岁，也不值得我心动啊。"这时候，老婆婆像抚摸孩子一样抚摸着每一只鹅，随后也进屋去了。年轻人躺在一条长凳上，不一会儿，就睡着了。

刚睡了一会儿，老婆婆就走过来把他推醒说："你不能继续待在这儿了。"说完便把一只用整块绿宝石精雕而成的小匣儿放到年轻人的手中，接着煞是神秘地说："妥善保管，它会赐予你幸福的。"年轻人感到非常清醒和精力充沛，于是接受了老婆婆的礼物，连那老婆婆的宝贝女儿看都没看一眼便上了路。在路上一直有一片欢快的鹅叫声伴随着他。

图文珍藏版

伯爵在荒野里跋涉了三天才找到一条通往一个大城市的路。他来到了王宫里。他跪倒在地从口袋里掏出那个小匣子。王后叫他把匣子呈上。可是不等王后将匣子打开，她便昏倒了。国王命侍从将他投入了大狱。等王后醒来以后，她命令把伯爵放了，并要和他单独谈话。

剩下伯爵一个人以后，王后不禁失声恸哭并向伯爵敞开了心扉，说出了自己的苦衷。她说："我虽锦衣玉食，享尽人间荣华富贵，可是我每天都是在痛苦和噩梦中度过。这就不得不说起我的小女儿，她非常漂亮，可是人有旦夕祸福啊！"王后哀叹到，脸上堆满了惆怅，"她十五岁那年，国王将三个女儿叫到宝座前，当我的可爱的小女儿走进来时，她照人的光彩，仿佛把每个人带入了仙境，人们都睁大了眼睛！国王说：'孩子们，我不知道哪一天，我会离开人世间，我今天决定在我死后每个人将得到什么。你们之中谁最爱我，谁就会得到最好的东西。你们要告诉我怎样爱我。'大女儿说：'我爱父亲像爱最甜的点心。'二女儿说：'我爱父亲就像爱我最漂亮的衣服。'小女儿说：'没盐，再好的美味也会失去味道，所以我爱父亲像爱盐一样。'国王听了十分生气：'既然你像盐一样爱我，那就用盐来回报你好了？'于是国王把王国分给两个女儿，而在小女儿身上捆上一袋盐后弃于荒山野岭，不久国王悔悟了，派人到森林里去找那可怜的孩子，可是最终连个影子也没找到。只要一想到我那可爱的女儿有可能被野兽吃掉，我的心就碎了。有时我认为她还活着，希望她藏在哪个山洞里，或者被好心人收留了。由此你就可想而知当我看见里面有一颗珍珠，形状跟从我女儿眼中掉出来的一模一样时，我的心情是多么的激动。快告诉我你的珍珠是从哪里来的。"

伯爵将自己的经历告诉了王后。国王和王后决定去找那个老婆婆，想从她那儿打探出女儿的下落。

一个傍晚，老婆婆正在纺线，这时外面一片喧闹，鹅群从草地上回来了，还嘎嘎直叫呢！不一会儿女儿来到她身边，她什么话也没说只是摇了摇头，然后女儿接过纺车，娴熟地纺起线。就这样两个人沉默了近两个多小时。打破沉寂的是猫头鹰的叫声，老婆婆说道："时间到了，女儿，你去干你的活吧。"

她还要干什么活呢？姑娘转身出去，穿过草地，走进山谷，来到三颗古老橡树的井边。坐在地上，美丽的少女悲伤地哭了起来，泪珠掠过头发撒落在地上形成一颗晶莹剔透的珍珠。不知她坐了多久，月亮被一片乌云遮住，她急忙往回跑，像一颗流星似的消失在茫茫黑夜中。

姑娘飞奔回家，老婆婆站在门口，姑娘刚想开口告诉她一切，她却和蔼地笑了笑说："你在这儿的日子已经过完，我们不能再待在一起了。"姑娘惊呆了，"亲爱的妈妈，你想赶我走吗？可是我能到哪儿去呢？我无亲无故。凡是你要求的事，我都严格按照您说的办，您对我也是很满意的，别让我离开这儿吧。"老婆婆不情愿地告诉姑娘："是我不能再待在这儿了，可是当我离开这儿的时候，这儿必须是干干净净的。回你的房间去，把脸皮取下来，换上你初来时穿的那件绸衣服，待在房里直到我叫你。"

　　话说两头，国王和王后同伯爵一起出宫寻找荒野里的那个老婆婆。夜里，伯爵在森林掉了队只好一个人继续前行。当月亮升起的时候，他看见一个人影从山上下来，这个人虽然手中没拿那条鞭子，但他敢肯定她是那个牧鹅女。正这样想着的时候，姑娘走到井边，取下了脸皮和假发，瞬时，伯爵被姑娘的美震撼，他不敢出一声大气，伸长了脖子，探着身子，睁圆了眼睛盯着姑娘。正在出神的时候，树枝喀一声断了，也就是此时姑娘套上假皮，像小鹿似的遁逃了，加之乌云遮住了月亮，姑娘就这样从他眼皮底下消失得无影无踪了。

　　就在伯爵追赶姑娘的途中，他看见两个人影穿过草地，正是国王和王后，他们很快到了小屋跟前。他们朝窗里一瞧，老婆婆正静悄悄地坐在屋里纺线，她看见他们后站起身，和蔼地说："进来吧，我知道你们是谁，来干什么。"三人忙进了屋。老婆婆接着说："要不是三年前你们错误地将女儿驱赶出家门，今天也不必走这么多路，吃这么多苦。三年来，她一直保持那颗圣洁而善良的心。而你们一直生活在懊悔和不安之中，也算得到了应有的惩罚。"说完，她走到女儿的房门前说道："出来吧，我的孩子。"门敞开了，走出的那位姑娘仍像三年前一样：金子般发光的长发，宝石般的碧眼。

　　她扑向自己的父母，亲吻他们，大家高兴得泪如泉涌。姑娘看见站在旁边英俊潇洒的伯爵，脸红得像盛开的红玫瑰。老太太说，"我要把她的泪水凝成珍珠全还给她，那些因伤心而淌的泪水比整个王国还值钱。还有，我要把这座小屋，作为她三年来劳动的报酬送给她。"说完这些话，老婆婆便消失在他们的眼前。只听四周的墙壁嘎嘎作响，当他们醒过神来的时候，小屋已变成一座华丽的宫殿，各处已摆放停当，许多仆人正为主人忙碌着。

夏娃的各色各样的孩子

　　自从亚当和夏娃被逐出伊甸园以后，他们只能靠自己辛勤地劳动在贫瘠的土地上创建房屋，耕种庄稼，自食其力。

　　夏娃每年生一个孩子，可孩子长得不一样，有美丑的差别。日子不知不觉过了很久，一天上帝派天使通知亚当和夏娃，他要亲自视察他们的生活情况。本来自觉有愧于上帝的夏娃见上帝如此地宽宏大量，便十分高兴，她把孩子们叫到身边，挑选出那些漂亮的孩子，给他们洗澡梳头，换上漂亮的新衣服并教导他们：在上帝面前要老实听话，要有礼貌，要虔诚地向上帝行礼，恭敬地与上帝握手，谦逊地回答上帝提出的问题。可那些丑孩子却无机会参加这次大典，夏娃不想让他们露面。这些孩子都被藏起来了。她刚安排好，就响起敲门声，亚当透过门缝一看，门外正是上帝，便恭敬地打开了门请上帝进来。这时屋里漂亮的孩子们整齐地向上帝鞠躬，向上帝下跪，和上帝握手，上帝开始给他们祝福。他用手抚摸着第一个孩子的头说："你将成为一个强有力的国王。"同样第二个孩子得到了

世界经典童话

·格林童话·

图文珍藏版

"成为王公"的祝福，第三个孩子得到了"成为伯爵"的祝福，第四个孩子得到了"成为骑士"的祝福，第五个孩子得到了"成为贵族"的祝福，第六个孩子得到了"将成为商人"的祝福，第七个孩子得到了"将成为学者"的祝福。上帝给予了每个孩子美好的祝福。夏娃趁着上帝高兴，也将那些被藏起来的脏兮兮、黑乎乎的小家伙们领到上帝面前。上帝瞧了一眼这些孩子说了一句"我也会给他们祝福"。他对第一个孩子说："你将会成为农夫。"以下依次是："你，织布工""你，鞋匠""你，裁缝""你，制陶工""你，马车夫""你，船夫""你，邮差""你，终生做仆人"。

夏娃在一旁听了有些着急，对上帝说："贤明的主啊，你的祝福为什么如此的不平等，你应该一视同仁。"上帝说："夏娃啊，如果他们都做了王公贵族，谁来耕田、磨面、烤面包？谁来打铁、织布、做木匠活儿、建房子、挖沟渠、裁衣服呢？每个人都有自己的本分，这样才能使社会的每一部分运转起来，并形成一个整体。"夏娃听了回答道："啊，主，原谅我的无知，就让你的祝福在孩子们身上实现吧。"可是转念一想，怎么没问上帝凭什么给孩子们锁定终生呢？

池塘里的水妖

　　从前有一对夫妻，靠磨坊过着快乐幸福的生活。他们有不少的地，当然手头也有不少钱，过得一年比一年好。谁知随着不幸的到来，他们的财产逐渐消失，并且一年快过一年，到最后连他们住的磨坊，他们都不能全部拥有了。男主人非常苦闷，白天辛苦地劳作，夜里辗转反侧地发愁，不知明天会是什么样子。一天早晨，当他走过磨坊的水堤，正好迎来了第一缕朝阳，就在这时水中传来一种怪怪的响声，他回头一看，一个美女正从水中慢慢地升起。长长的如瀑布一样的秀发，从头顶垂到下半身，风一吹显出白皙细腻的皮肤，她用那双纤长的玉手拢住头发。

　　他忽然醒悟了，这是池中的水妖！他非常害怕，想跑却不知怎样迈步。水妖却以温柔的嗓音叫他的名字，"只要你将家里慢慢长大的小生灵给我，我会让你比以前更加富裕有钱。"女妖说道。磨坊主心想：除了小猫和小狗，我就没什么要慢慢长大的小生物了。于是

世界传世藏书

世界经典童话

· 格 林 童 话 ·

图文珍藏版

他便高兴地答应了水妖，敲定了这笔交易。水妖重新沉到水里，磨坊主也兴奋地向家里走去。

当他还未走到家的时候，使女便迎出来高喊道："恭喜、恭喜！"就在他不在家的一段时间他妻子为他生了一个大胖儿子。而磨坊主却像木头人一样愣愣地站在那里，他从头到尾讲了一遍自己早上的经历。"连自己的亲生儿子都失去了，财富对我还有什么用呢？我还会有什么幸福呢？"他接着说，"可我该怎么办呢？"那些闻讯前来贺喜的亲戚朋友也无计可施。

真奇怪，从那以后，幸运又重新回到了磨坊主的身边。他无论做什么都能成功，箱子柜子好像自动就装满了，橱柜里的银子也好像突然在一夜里增多了。不久，他就像以前那样富有了。可是，时光年复一年地过去了，水妖一直没出现，磨坊主开始放心了。

磨坊主的儿子由一个婴儿长成了一个小伙子，他成了一个强悍的猎手，猎人爱上了一位美丽的姑娘，磨坊主送给他们一座精美的房子，两个年轻人在里面结了婚，过着幸福美满的生活。

一天，猎人追击一只鹿，跑出了森林，在空旷的田野上，猎人将它射倒在地。可是当他把鹿的内脏掏空了，走到水边去洗的时候，水妖把他拖到了水中。

妻子一直等到晚上，猎人也没回家，妻子不禁害怕起来，出门寻找。因为以前猎人向她讲起过他的故事，她好像也猜出了什么事，急忙奔向水池边。岸上放着丈夫的猎袋和刚宰杀完不久的鹿，她确认丈夫已遇难了。

世界经典童话

·格林童话·

图文珍藏版

　　可怜的女人怎么也不肯离开水池，最后昏昏沉沉地睡着了，并且做了一个梦。她梦见自己上了山顶，一位满头银丝的老奶奶正在向她招手。就在这时，悲伤可怜的女人醒了过来。当天色发白的时候，她便决定去寻梦。她艰难地爬上山顶，眼前的情景和梦中的一模一样。老太太热情地接待了她，让她坐在一把椅子上，"你肯定遭遇了什么不幸，不然谁都不会费尽千辛万苦来到这儿的。"老太太说道，女人哭着将自己的不幸告诉了老人家，并盼望能获得帮助。"别着急，"老太太说，"我会帮你的。等到下次满月的晚上，你带着这辆纺车坐到岸边纺满一轴线，然后把纺车放在岸上，你会得到满意的结果。"

　　在月圆之夜，做好了一切准备，当她把纺车放到岸上的时候，水底发出了特别厉害的声响，一个大浪将纺车卷入水底，一股水柱将猎人推到岸上，他跳起身来拉起妻子向原野跑去，但没等他们跑多远，水池的水溢出来了，淹没了田野。就在一瞬间，两口子都变了模样，妻子变成一只蟾蜍，丈夫变成了一只青蛙。已经赶上他们的洪水没能将他们吞没，但他们却被洪水冲散了，冲到了很远很远的地方。

　　当一个春天到来的时候，两个牧羊人相遇在那个幽深的山谷里，但是他们谁也没有认出对方。从此以后两人一起牧羊，虽然话不多说，但都感到欣慰。一天晚上，男牧羊人从口袋里取出笛子吹了一首优美而伤感的歌曲，吹完后，女牧羊人已是泪水满面。"也是这样一个月夜，我最后一次吹笛子，我亲爱的爱人，便从水中露出了头。可现在……"他盯着她看，仿佛眼中发出了光，他认出这就是失散多年的妻子。这时她也望着他，借着月亮的光认出了丈夫。原来，他们就是在洪水中失散的夫妻。

小矮人的礼物

以前有一个裁缝和一个木匠一起徒步旅行,在一个晚上,他们来到一个山坡上,月亮正好升起,许多小矮人正手牵着手兴高采烈地跳舞,还唱着优美动听的歌曲。

人群之中坐着一位高身材、穿着五彩六色的外套的老者,花白的胡子在胸前飘动。两个旅行者非常吃惊地望着这样的小生灵载歌载舞。老者热情地招手叫他们进去,别人也热情地给他们让路。两人进去了。

矮人们越跳越欢,也越跳越疯狂,而那怪怪的老人却取下皮带上那明晃晃的大刀来磨,等磨亮以后,便转过头来盯着两个陌生人,他们俩很害怕,可在人家的地盘上又能怎样呢?也没等他们想对策,老人已抓住木匠,把他的头发和胡子剃了个精光,接下来裁缝的命运也一样。在剃完以后,老者用煤将两个人的口袋装满。

随后,他们继续赶路,当他们走到山谷里的时候,已是午夜时分,远处的歌舞已听不见了,只有冷冷的月亮照在山坡上。两个人

世界传世藏书

世界经典童话

·格 林 童 话·

图文珍藏版

找到了一个简陋的遮蔽所。两个人躺在草铺上，盖上自己的衣服。由于特别困倦，他们就忘了将煤从口袋里掏出来。第二天一大早，他们被身上的重物压醒了，就伸手到衣袋里摸了摸。当他们的手从衣袋里拿出来的时候，他们手里抓的都是黄灿灿的金子，并且，一摸头上的头发，嘴上的胡子长得像昨天一样茂盛了。

他们一下子成了富翁！木匠向裁缝建议：等到晚上再上山找老头，装更多的金银财宝下来。

裁缝说："我已经满足了，现在我可以开一家裁缝店，并且我还可以拿出足够的钱和我的小甜心结婚了，我是世界上最幸福的人了。"

裁缝接着说："咱们俩是朋友，又是同路，我怎么也不能抛下你一个人，那我在这儿待着等你吧。"

等到傍晚，木匠在肩上挂了好多口袋，然后便朝那些小人跳舞的山坡走去。一切像前一天晚上发生的一样，老者邀请他跳舞，然后把他剃了个精光，最后让他带上煤离开。这回他装满了所有的口袋，然后赶回了裁缝等着他的小草屋。他将衣服脱下盖在身上就睡，最后，他进入了梦乡。

第二天早晨，当他打开口袋时，却发现里面仍是黑乎乎的煤块，而不是金灿灿的金子。他将整个口袋弄了个底朝天也没有发现一点金子。"认倒霉吧，不过还有昨天的金子呢。"他心想。可当他打开昨天的口袋时，他差点昏过去，因为昨天的金子也成了煤块。裁缝忙用手拍拍他的脑门，他的头发也没长出。不仅如此，他背上起了个驼包，而且胸前也隆起了同样一个大包。

　　裁缝极力安慰可怜的木匠："你是我的好朋友，我会和你一起分享我的财富。"他最后也实现了自己的诺言。虽然木匠也得到了一些财富，可他终生不得不背着两个驼包和一个光秃秃的脑袋。

世界经典童话

·格林童话·

图文珍藏版

世界传世藏书

世界经典童话

·格林童话·

巨人和裁缝

　　从前有个裁缝，不仅喜欢吹牛皮，而且喜欢赖账。一天，干完活后，他很想到森林里去走一走，看一看。

　　到了城外，他看见一个巨人一抬腿就越过了山峰，到了裁缝的跟前。"你到这儿干什么，还不给我让开。"他吼道，那声音就像打雷一样。裁缝低声回答道："我想到森林里挣点钱，用来养家糊口。""既然是这样，你愿意给我干活，当我的仆人吗？"巨人问道。"如果能挣到钱，得到报酬，我当然会愿意干的。"裁缝说。巨人说："小可怜虫，你去给我提桶水来。""干吗不把井和泉一起搬来呢？"吹牛皮的裁缝嘟哝道。"连井和泉一块儿搬来！"巨人听了裁缝的话害怕起来：这家伙身上一定有魔力，我可不能让他给我当仆人。不一会儿裁缝从井边提水回来了。巨人又让他去森林里砍柴。"干吗不一刀将整个森林砍下来呢？""他能一刀砍下整个森林，他不是有魔力，就是有神相助！"巨人更加信以为真，裁缝砍柴回来以后，巨人又让他去打几头野猪回来，烤了做晚餐。"干吗不一箭射一千头野猪

图文珍藏版

呢?"裁缝继续吹牛道。那个大个子的家伙，这下子完全被吓住了，他恭顺地说："可爱的小家伙，今天，你什么也别干了，去睡觉吧。"那天夜里巨人吓得一夜没合眼，一直在想一个赶他走的办法。第二天早晨，裁缝和巨人一块儿去沼泽地。沼泽地周围长着很多柳林，这时，巨人说："小个儿，你坐到柳枝上去，我要看你能不能把柳枝压弯。"嗖！裁缝跳上树枝，他屏住呼吸，使尽全身的力气，把树枝往下压，直到树枝弯下来。当裁缝再吸气时，令巨人非常满意的是，树枝又反弹到空中，他被弹得很高很高，谁也看不到他了。谁也不知道，最后他是不是又落回地面，如果没落回地面的话，就是他吹得过大的牛皮，将他浮在空中了。

坟墓里的穷孩子

从前有个孤儿，当时的政府将他交给了一个富人，穷孩子无论怎么做工，只能得到很少的食物，而且经常挨打。

一天，他被命令照顾母鸡和小鸡仔。在穿过一片荆棘的时候，小鸡跑散了。一瞬间，老鹰扑了过来，把母鸡抓个正着，然后飞远了。富人听见声音，出来一看，母鸡不见了，立刻勃然大怒，狠狠地揍了男孩一顿，打得他几天几乎不能下床。但是还得照顾小鸡。没了大母鸡的统领，小鸡到处乱跑，这儿一只，那儿一只，于是他把它们全部系在一条长长的绳子上，满以为这样就可以安全地照顾小鸡了。然而没有他想象得那么好。一天，由于过度地劳累，他睡着了，老鹰飞过来吃掉了所有的小鸡。这时富人正好回家，看见这一切，心痛极了，他气急败坏地把穷孩子痛打了一顿，打得他好几天不能动弹。

孩子复原以后，富人让穷孩子给法官送一篮子葡萄和一封信。路上，可怜的小孩子又饥又渴，忍不住偷吃了两颗葡萄。他把篮子

和信给了法官以后，法官读完信，发现少了两颗葡萄，就质问道："怎么少了两颗呢？"穷孩子原原本本地承认：是因为自己太饿太渴，就吃了两颗。法官给富人写了一封信，要求富人再送同样多的葡萄给他。富人很生气，可是只好再送上一篮葡萄，并写了一封道歉的信。这次，穷孩子，同样也因为饥饿偷吃了两颗，不过他这次先把信从篮子里取出，压在大石头下面，当东西送到以后，法官发现又少了两颗，质问他原因，穷孩子不解地回答："您怎么知道的，信不可能再告诉你了，因为我偷吃的时候，已经把它压在大石头底下了。"法官见他头脑如此简单，哭笑不得，写了封信要富人对穷孩子好点，别再在吃喝方面克扣他，并且要富人给穷孩子点教化，让穷孩子知道什么叫对什么叫不对。

第二天，富人让苦孩子把几捆喂马的草铡碎，并且说，如果他回来的时候还没铡完，就揍他，说完后他便到市场上去了，穷孩子卖力地干起来，他干热了，就在他拼命地干着的时候，一不留神，他把衣服给铡碎了。他大声说，"这下完了，他们会打死我的。我还不如自己结束性命。"

以前，男孩听富人的妻子说过，她的床下放着一罐毒药。她只是吓唬仆人以防仆人偷食，其实那是一罐蜂蜜。男孩将那一罐东西喝了个精光。"我不明白，"他说，"人们讲死很痛苦，可我怎么觉得很甜。"他坐在一个小椅子上等死。可他吃了这东西更加有精力了。"这一定不是毒药！"他说，"主人衣柜里有一瓶毒苍蝇的药水，那一定是毒药，会让我死掉的。"喝完以后，他便去寻找自己的墓地。发现了一个新挖的墓地后，他就躺在里面慢慢地死去了。

富人听到男孩死的消息大吃一惊，生怕被法院传讯，吓得倒在地上昏死过去。妻子当时正在熬满满一锅猪油，急忙过来扶他，万万没想到火苗蹿进了锅里，引燃了房子，整栋房子化为了灰烬。受良心的谴责，他们在贫困潦倒中度过了余生。

真正的新娘

从前，有一个美丽、善良的姑娘，母亲过早地离开人世，继母使她尝尽了人间的辛酸痛苦。

一天继母对姑娘说："把这十二公斤羽毛理干净，要是今晚完不成，我饶不了你！"可怜的女孩坐下来，眼泪像断了线的珠子从脸上滚落，因为她知道这个任务不能在一天内完成。她双手托腮，悲哀地说："上帝啊，就没一个人可怜我吗？"话音刚落，一个温柔的声音对她说："别难过，我的孩子。"这时一个老婆婆走到桌前，桌前的羽毛自动理好了。

第二大早晨，继母对姑娘说："这里有一个勺子，用它给我把花园旁边的大水池里的水舀干，要是晚上干不完，你知道会有什么结果的。"姑娘拿过勺子一看，上面全是小孔，即使没有小孔，她也干不完活啊！她跪在水池边，泪水滴到水池里。那个热心的老婆婆又出现在她面前，说："姑娘你到树丛中休息一会儿，我帮你干吧。"

太阳落山前姑娘醒来，发现水被舀干了，就向继母交差。继母

世界传世藏书

世界经典童话

·格林童话·

图文珍藏版

的脸都气白了，可她又想出了新的毒计。

第三天早晨，她对姑娘说："你在那边平原上给我建造一座宫殿，晚上必须完成。""我怎么会在一天内完成一项大工程呢?"姑娘说。"要是完成不了，你会知道有什么结果的。"继母威胁地说。

姑娘来到谷地旁，碰碰那巨大的岩石，她连一块也搬不动。她哭了，不久老婆婆再次出现，她让姑娘到旁边的树荫下去睡觉。老婆婆碰碰那些大石头，一座华丽无比的宫殿就屹立在眼前了。姑娘醒来后，被富丽堂皇的宫殿惊呆了，心想："母亲这次该满意了吧。"听说工程完成了，继母要检查一下完成的情况。就在她上楼的时候，她猛然一失足从楼梯上滚下，当姑娘跑到她跟前的时候，她已经断了气。

这座美丽的宫殿属于姑娘一个人了，她过着幸福的生活。不少英俊的小伙子向她求婚。

她和一位王子相爱了。在院子里的一棵菩提树下，王子向姑娘说："我去征求我的父母的同意，你在这棵树下等我，过不了几个小时，我就会来接你的。"王子吻了吻姑娘的面颊就走了。

姑娘坐在树下，可她等了三天，王子一直没回来，"他一定遇到了什么不幸，我必须去找他。"她收拾起三件美丽的衣服上路了。她找遍了世界的每个角落还是没有发现心爱的王子。最后她当了一个放牧女，把自己的漂亮衣服藏在石头下面。

她忧伤地过着牧牛的生活，又过了一天，从城里传来消息，说王子要结婚。通往城里的大路正好通过姑娘所在的村庄。又过了一天，她外出时正好遇见新郎经过，只见他高傲地骑在马上，没看姑娘一眼，可姑娘认出他就是自己的心上人。

没多久，全国举行庆祝活动，每个人都受到了邀请，姑娘也想去看一看。她取出了自己那漂亮的衣服穿在身上，戴上美丽的宝石。当她走进大厅的时候，她的美丽折服了每一个人，人们自动给她让开一条路。王子走上前去请她跳舞，并且惊奇地问："告诉我你是谁！我觉得我们俩认识！""你难道不记得你离开我时的行为吗？"姑娘说着轻轻地吻了王子的面颊。王子认出了自己真正的新娘。"走吧，咱们不能在这儿待了。"他带着姑娘上了马车，马儿飞快地跑向那美丽的宫殿。

兔子和刺猬

刺猬双臂抱在胸前，站在家门口，突然间，它想到应该去自己地里转一转，看一看胡萝卜的生长情况，胡萝卜地离它家很近，它和全家经常能够饱餐，并不自觉地把它当成自家的财产。它关上家门向地里走去，绕过野玫瑰丛时，它碰见了兔子。兔子出来啃白菜，刺猬友好地向它问候了一句早安，兔子高傲地对刺猬说："怎么，来地里瞎逛了？""我是来随便走走。""随便走走？"兔子开怀大笑，"依我看来，你那腿本来可以用在更好的地方！"这些话伤透了刺猬的心，除了别人说它的腿，其他话它都可以忍受，因为它的腿天生是歪的。刺猬说："咱们赌赛跑，我一定跑赢你！""你一双歪腿还想赛跑！不过你如果愿意赌的话，我愿意奉陪，可赌什么呢？"刺猬说："一块金币加一瓶烧酒。""可以。"兔子说，"那我们开始吧！"刺猬说："等一会儿，我先回去吃点东西，半小时后再开始。"

刺猬一边往回走一边嘀咕着："兔子就是腿长，可是笨得要命，它一定会输给我。"回到家里，刺猬对妻子说："老婆，快穿好衣服，

跟我到田野里去。""干什么呀?"妻子问道。"我和兔子要赛跑,赌一块金币和一瓶酒,我要你跟我一起去。"

半路上,刺猬对妻子说:"那块长条形的地就是我们比赛的地方,兔子跑一条犁沟,我跑对面的另一条,我们从那儿同时跑,你就站在犁沟边,一看见兔子跑过来,你就喊'我已到了!'"

到地里时,刺猬把妻子带到指定的位置,然后独自向另一边走去,兔子已等候在那儿了,"预备,跑!"兔子刚喊完已跑出很远,刺猬只跑了二三步就停下来,坐在沟边不动了。

兔子全速跑到另一头,刺猬的妻子冲它喊道:"这么慢,我都到了!"兔子愣住了。

兔子叫道:"再来一次。"又飞快地往回跑,刺猬太太却没动,兔子跑到另一头,刺猬喊道:"我到了!"兔子很生气,"再来一次!""我奉陪,多少次都可以。"刺猬答道,兔子一气儿跑了七十三趟,刺猬和它的妻子总是说:"我已到了!"

在第七十四趟中,兔子倒在犁沟间死了,而金币和烧酒归了刺猬,夫妻俩回家了。

以后,所有的兔子都不敢和刺猬赛跑了。

纺锤、梭子和针

很久以前有一个小女孩，她从小就失去了父母。她的教母一个人住在村边的一个小木屋里，靠纺线、织布和缝衣服，勉强生活。她看到这个小女孩很可怜就把她接到身边，教她各种手艺，女孩十五岁时，教母病倒了，她把女孩叫到跟前，说："孩子，我不行了，这间小木屋就留给你遮风躲雨吧，还有这纺锤、梭子和针，你拿着它们谋生吧。"然后便离开了人世，女孩在教母下葬时，伤心地走在棺材后。

女孩一个人住在屋里，非常勤劳，各种活都干，她还经常帮助其他人。

正在这时，王子周游全国，来到最穷的姑娘的屋子前，姑娘正在房间里纺线，王子透过明亮的窗口，看着姑娘，姑娘发觉王子正在偷看，脸一下子红了，低下头继续纺线，王子离开了，姑娘走到窗前推开窗户，眼睛盯着王子的背影。

姑娘突然想起以前教母经常说的话，便唱起来：

纺锤，纺锤，快出去把那位求婚者带到我屋里。

纺锤一下子从她手中跳下，跳出门，姑娘非常惊讶，她看到纺锤跳到田野上，身后带着金光闪闪的线，慢慢地消失了，于是姑娘坐在织布机前织起布来。

纺锤追上了王子，王子叫起来："也许纺锤会给我指明道路吧！"于是掉转马头，往回走，姑娘一边干活一边唱：

　　梭子，梭子，纺出细线，把那位求婚者领到我这里。

梭子也从她手中滑落，在门槛前自动地织出了一块漂亮的地毯：两边盛开着玫瑰和百合花，中间是绿色的藤蔓，许多小兔在其间跳跃，一只只小鹿探出头，鸟儿停在枝头，除了没有歌声，全都齐了。

梭子掉了，姑娘只好坐下来缝衣服，又唱道：

　　针儿，针儿，你又尖又细，快些把小屋内摆弄整齐。

这时针也滑落了，在屋中飞来飞去，像闪电一样快。不一会儿，桌子和长凳上就盖上了一层绿布罩，椅子盖上了天鹅绒，窗户挂起了丝绸帘，针刚完成动作，姑娘就看见了王子帽上的白羽毛。王子跨下马鞍，踏过地毯，一进屋里，看见姑娘穿着朴素的衣服，害羞地站在那儿，像盛开的玫瑰。王子说："你就是我找的人，我要你嫁给我。"

　　姑娘把手伸给王子，王子把她带回宫中，他们举行了盛大的婚礼。纺锤、梭子和针被收藏在宝库里，受到了人们的重视。

农民和魔鬼

很久以前有一个聪明机智的农民，他经常搞恶作剧。

有一天，农民种完地往家走去，天已经很晚了，突然，他看见

一堆煤正在他的地里燃烧，他十分惊奇地走了过去，看见一个黑色

的魔鬼，农民问："你一定是坐在一堆财宝上吧?"魔鬼回答："是的! 这里的银子多得很。""既然这财宝在我地上，就应该是我的。"农民说。"只要你把这块地往后两年收获的东西给我，这钱就是你的，我非常想要地里的果实。"农民答应了。但是，为了避免分配时吵架，他说："你拿走地面上的，我拿地下的。"魔鬼同意了，农民种上了萝卜，魔鬼在收获的季节来拿属于它的部分，但除了叶子外没有任何东西，而萝卜自然就归农民所有了。魔鬼说："这可不行，下回我要地下的，你要地上的。"农民欣然答应，但这次他种了小麦，麦子熟了后，农民割走了沉甸甸的麦穗，把余下的茎留给了魔鬼，魔鬼气冲冲地钻到岩缝中去了。农民高兴地取走了那些财宝。

图文珍藏版

小　海　兔

　　古时候，有位公主，她很傲慢，声称不嫁任何人，除非此人能在她面前躲藏起来，让她找不到，可是，如果被她找到了，就得被斩首，已经有九十七个人头挂在宫前的柱子上了。很久没有人来报名了，公主想："我将自由地生活了。"此时，有兄弟三人同时来见公主，老大钻进了石灰洞，公主派人把他拉出来斩了。老二躲进宫里的地窖，同样被发现了，他的头被挂在第九十九根柱子上。老三走到公主面前，求她给他一天时间想办法，并恳求公主发慈悲，如果他被发现了，就再请给他两次机会，如果第三次失败，他死而无憾，老三长得英俊又很诚恳，公主满足了他的心愿。

　　第二天，尽管他想了很久，仍然一无所获，于是他拿起猎枪，到野外去打猎。在他正瞄准一只乌鸦准备开枪时，乌鸦大声叫起来："你放过我，我一定报答你。"于是，老三放下枪，朝前走。到一个湖边时，看见了一条大鱼，他又瞄准了它，鱼也大叫："你放过我，我一定报答你。"于是他又放过了鱼。后来，他又碰见一只跛脚的狐

狸，狐狸说道："你最好帮我把脚掌里的刺拔掉。"猎人依着狐狸的话做了，可还是想杀死狐狸，狐狸说："别杀我，我一定会报答你。"老三于是让它跑了。天色已经很晚了，他就回家了。

到了第二天该他躲藏的日子，他不知该到哪儿去躲藏，最后他去森林里找乌鸦，说："你现在应该帮助我找到一个可以躲藏的地方，以使公主看不到我。"乌鸦想了一会儿，"有了！"它从窝里取出一只蛋，把它分成两半，让青年躲了进去，再把蛋完全合好，自己坐到上面。公主打开一扇扇窗户都没有发现他，公主非常着急，但到了第十一扇窗户时，她终于看见了，派人把乌鸦杀了，并把蛋敲开，让年轻人出来，并以讽刺的口吻说："好好干吧，要不就活不了了。"

第三天，老三来到湖边，把鱼叫来让它帮助，鱼儿把老三吞到肚子里，并潜到湖底，公主打开每扇窗户时都很失望，终于在打开第十二扇窗户时，发现了他，鱼儿又被杀了，年轻人不得不出来，他非常沮丧，"两次机会已经过了。"公主说。

最后一天，青年来到郊野，找到了狐狸。狐狸想了片刻，带青年走到一处泉水旁边，跳进水里后变成了一个小商贩，青年也跳入水中，变成了一只小海兔，商人来到城里兜售这只乖巧的小海兔。小海兔非常漂亮，公主便买了下来，狐狸叮嘱青年道："当公主来到窗户边时，你要偷偷地溜到她的辫子里。"到了公主寻找年轻人的时候，她连续打开十二扇窗户都看不见他的影子，所以非常害怕，她把第十二扇窗户一关，用力关的劲非常大，把所有的窗户都打碎了，整座宫殿都颤抖起来。

　　公主往回走时，感觉到小海兔躲在她的辫子里，于是把它抓了出来，使劲往地上一摔，大声喊道："一边去，不要让我再见到你。"小海兔来到泉边，沉入湖底，恢复了原来的模样。老三向狐狸致谢，说道："你比乌鸦和鱼聪明多了。"

　　老三来到宫中，公主已在等他，他们举行了隆重的婚礼。青年成了整个王国的国王。他从来没有告诉公主藏在哪儿，是谁帮了忙。公主完全相信是他的本领，因此很尊敬他。

世界经典童话

·格林童话·

图文珍藏版

神偷手

有一天，一位老农与妻子坐在屋前休息，突然一辆套着四匹黑色骏马的车飞奔而来，从车上下来一位男士，这位男士说："我想要一些简单的饭食，就马铃薯吧，让我饱餐一顿。"老农笑道："我会满足您的愿望。"妻子走进厨房开始做饭，农民对那位先生说："陪我去园子里干点话吧！"农民挖了几个坑，把树栽了进去。"你没有孩子帮你干活儿吗？"陌生人问。"没有，"农民答道，"从前是有过一个儿子，但他由于太聪明，什么都不愿意学，老做一些可恶的事情，最后他逃到远方去了，从那以后我就再也没有听到过他的音讯。"陌生人问："您不能认出他吗？"老农说："他身上有一个胎记，在肩膀上，看上去像颗豆子。"他刚说完，年轻人脱下了上衣，把肩膀露了出来，他的肩膀上有一个像豆子一样的胎记。老农大声喊道："你真是我的儿子吗？"亲子之情涌上他的心头，年轻人说："我变成了这样，是因为我是一个神偷手，我可以偷到任何我想要的东西，但我只拿富人的东西，从不偷穷人的，而且经常帮助他们。

如果我不费力气很容易就得到的东西，我碰都不碰。"农民说道："我不喜欢你当小偷，这样不会有好下场的。"然后，他们又来到母亲身边，当她得知儿子回来后，激动地哭了，当她又得知儿子成了一个高级小偷时，她伤心地说："即使你成了小偷，你仍旧是我的儿子。"

他们一起吃着粗糙的饭食。父亲说："如果伯爵知道你在干什么，那他就会把你放上绞刑架。""没关系，父亲，他不能把我怎么样。我一会儿要去看看他。"天色晚了，儿子坐进他的马车，向伯爵府驶去，伯爵非常热情地款待他，认为他是个有教养的人，但是当他得知男士的身份后，伯爵脸色非常苍白，沉默了一会儿，说："我考验考验你，要是你失败了，你就得上绞刑架。"神偷手说："请你出三个难题吧！我要是完成不了，听凭你处置。"伯爵考虑了一会儿，道："第一，你必须把我的坐骑从马棚里偷走；其次在我和夫人睡觉时，把被子拿走而不能被我们发现，并要摘走夫人手指上的结婚戒指；最后，你必须把我的牧师和执事从教堂里偷走。记住，它关系着你的性命！"

神偷手来到邻近的城市，穿上了从一位农妇手里买到的衣服，把脸涂成棕色，并在上面画了些皱纹，最后，买了一些年代久远的匈牙利酒，并把烈性催眠药水倒入其中，给马棚里的士兵喝了。所有的士兵都倒在地上打起了鼾。他飞快地把绕在柱子上的绳子解开，并把马蹄用旧布裹住后，小心地把马牵出院子，然后骑上马逃跑了。

第二天天刚亮，神偷手牵着盗来的马来到伯爵府，伯爵说："你这次成功了，但下一次小心点，如果你被我抓住了，你将会像其他小偷一样。"

到了晚上，神偷手来到野外的绞架下，偷了一个已被吊死的人，扛着他走向伯爵府，在伯爵夫妇卧室下搭了一架梯子，把死人放在自己的肩膀上，往上爬，爬到一定的高度，死人的头突然出现在窗口，床上的伯爵看见了，就开了一枪。神偷手一松手，让死人摔了下去，自己却躲了起来。伯爵把死人拖到花园里，准备挖坑把死人埋掉，神偷手抓住这个机会，爬进伯爵夫人的卧室，他学着伯爵的声音说："那小偷虽然死了，但却很可怜，而且他的父母也很可怜，我想现在把他埋在花园里，给我被子，我要把他的尸体裹起来埋掉。"伯爵夫人把被子递给了他，小偷继续说道："我应该对他宽宏大量，你把戒指也给我吧，我把他与戒指一起埋掉。"尽管妻子不情愿这么做，但还是把戒指摘了下来，小偷拿着这两样东西走了，他在伯爵埋完人以前已回到家里。

第二天早晨，神偷手来还偷到的被子和戒指。伯爵问神偷手："你怎么会死而复生呢？"小偷答道："你埋的是另外一个死人。"神偷手把偷窃过程详细地告诉了伯爵，伯爵继续说："你确实是一个神偷，不过你必须解决第三个难题，要是失败了，你原先做过的一切都没用。"

天黑后，他来到教堂的墓地上，把一根短蜡点燃后粘在螃蟹背上让它爬行，所有的螃蟹背上都有了蜡烛，然后，他穿上了一件长袍，在下巴上粘了一把胡须，所有人都不可能认出他。他拿着口袋，走进教堂。他用刺耳的声音叫道："你们这些万恶的人，世界的末日到了！听着，如果谁想让我带上天堂，赶快爬进这个袋子。我是负责天堂大门的圣彼得，快爬进袋子，世界就要灭亡了。"牧师和执事离教堂很近，他们看见墓地上的亮光，感觉到有大事发生，他们又走进教堂听了一会儿布道，执事对牧师说："我们何不利用这个机会，在世界末日到来之前上天堂呢？"牧师和执事相继爬进口袋。神偷手快速系紧口袋，把袋子拖下台阶，拖过村庄，拖上伯爵府的台阶，最后把口袋扔进鸽子笼里，鸽子四处乱飞，神偷手说："天使们正拍打着翅膀。"然后转身插上门走了。

　　第二天早晨，神偷手告诉伯爵第三个任务也完成了，伯爵证实了他的话，把牧师和执事放了出来，说："你真的很聪明，不愧为神偷手，但你必须离开我的领地，你要是回来，只有上绞刑架了。"神偷手与父母告别后，又一次远走他乡，再也没有消息。

鼓　手

　　一天傍晚，一位年轻的鼓手来到一个湖边，看见岸上摆着三件小小的白色亚麻衬衫，他拿起一件塞到口袋里，回到了家。快要睡着时，他听见有人在对他说："鼓手醒醒，请把我的衬衣还给我，你从湖边把它拿走了。"鼓手说："告诉我你是谁，我就把它还给你。"声音答道："我是一个公主，不幸落入巫婆的魔掌，被关在玻璃山上，我和两个姐姐每天在湖里洗澡，没有衬衣，我没有办法飞回去。"鼓手听后，从口袋里拿出衣服，递给她，并说："我怎么帮你呀？""你必须穿过巨人居住的森林，爬上玻璃山，才能把我从巫婆手中解救出来。"

　　天刚亮，鼓手就向玻璃山前进了，他把鼓挂在身上，走进森林，可是一个巨人都没看见。于是鼓手擂起鼓，鸟儿四处乱飞，一会儿，一个在草丛中熟睡的巨人站起来，足有一棵树那么高，他把鼓手背到玻璃山脚下就不往前走了。鼓手只好从他背上下来。

　　鼓手看着光滑如镜的山，试着爬了几次，都是白费力气。正在

此时，他看见不远处有两个人在争吵，走过去才知道他们在争一个马鞍子，两人都想要，鼓手说："又没有马，要马鞍子干什么呢？"他们中的一个回答："谁要是想去任何地方，只要骑在上面，说出自己的愿望就能实现，这个鞍子现在该我骑了，他又不肯。"鼓手朝前走了一段距离，把一根棍子插在地上，然后对他们说："你们谁先跑到那儿，谁先骑。"两人立刻快速地跑起来，鼓手则马上跳上鞍子，发誓要到玻璃山上，他马上就到了。鼓手开始敲门，门开了，一个满脸通红的老婆子盯着鼓手，问他来这儿干什么。鼓手说："我来找一位住在这里的公主，但没有找到。"老太婆并不太在意。第二天早晨，她让鼓手把整片森林砍光，把树木劈成柴，堆成堆，并给他一把斧头，一个大锤和两个楔子，但是这些东西刚用时就坏了。他正在为难时，走来一位姑娘，鼓手认出她就是公主，可是老太婆阴险地说："你还得不到她。"她要把姑娘拖走，鼓手把巫婆抓起来扔进火里，巫婆被烧死了。

公主看着鼓手说："你为了我做了这么多，你将成为我的丈夫，我们将拥有许多财富。"他们只拿了一些宝石，然后公主转动她的戒指，他们就到了城门前，鼓手对公主说："我想先向父母打个招呼，你在这儿等我一会儿，我马上就回来。"公主说："你千万别亲你父母的右脸颊，否则你将忘记你所做的事，不要把我一个人丢在这儿。"鼓手答应后回到家，他高兴地亲了父母的两边面颊，结果他把公主忘掉了，然后把硕大的宝石倒在桌上。父母给他造了一座漂亮的宫殿，母亲则为儿子挑了一位漂亮的姑娘，准备举行婚礼。

公主在城外等了很久，鼓手也没有回来。公主非常难过，知道鼓手一定亲了父母的右脸颊，于是住进林中的一间小屋。每天晚上，她都进城，从他的房前走过，但他不能认出她。后来她得知鼓手的婚礼就要举行了，公主想试一下是否可以让他恢复记忆。婚礼的第一天，她穿了一件像太阳似的发光的裙子，新娘走到公主面前，想买下这套衣服，公主说只要能在新婚的第一晚待在新郎卧室门外，就白送给新娘。新娘答应了，不过她在新郎的酒里下了催眠药水，新郎喝了以后，就睡着了。晚上很晚的时候，公主来到新郎门前，朝里喊道：

> 鼓手，鼓手，你快醒来，
>
> 你难道把我忘了？
>
> 在玻璃山上，你曾坐在我的身旁，
>
> 我曾帮你逃脱巫婆，
>
> 你曾拉着我的手，来表示你的忠诚，
>
> 鼓手，鼓手，快回答我。

可是鼓手依然没有反应。第二天晚上，公主用一件像月光一样柔美的衣服换得了一次机会，朝新郎大声喊话。

鼓手依然没能醒来。清晨，人们告诉了新郎陌生人的诉苦，并告诉他新娘在酒里下了药。第三天，公主用一个像星星一样亮晶晶的衣服又换得了一次机会，而新郎这次则把酒倒在床下，公主再次喊道：

鼓手，鼓手，你快醒来，

你难道把我忘了？

在玻璃山上，你曾坐在我的身旁，

我曾帮你逃脱巫婆，

你曾拉着我的手，表示你的忠诚，

鼓手，鼓手，你回答我。

　　鼓手突然恢复了记忆，后悔自己当初吻了父母的脸颊。他立刻拉起了公主的手，把她领到父母面前，告诉父母整个经历，并举行了真正的婚礼。

坟　山

有一天，有个富人正在家中看着他的一堆粮食，突然响起了一阵急促的敲门声，来人是他的邻居，他非常穷，还有一群吃不饱的孩子。穷人对富人说："我的孩子在挨饿，请借给我四升麦子。"富人说："我将白送给你八升麦子，但你必须在我死后，守我的墓三个晚上。"农民答应了。

三天后，富农突然死了，农民想起对他的许诺。晚上，他坐在富人的坟包边，一片空旷，偶尔有一只猫头鹰发出凄厉的叫声。第二天，穷人平安地回到家里。第三夜时，农民感到非常害怕，觉得好像要出事，果然他看到墓地墙根边站着一个男子，农民问道："你在这儿干什么?"陌生人回答："我是一个退伍士兵，因为我无处栖身，想在这儿过夜。"农民说："你要是不害怕，就跟我在一起，帮助我看守那座坟墓。"士兵高兴地同意了。

午夜，突然响起一声刺耳的哨声，一个恶魔站在他们前面，并冲他们喊道："躲开，躺在地里的人是我的，我必须把他带走。你们

如果不躲开，我就杀了你们。"士兵说："你不是我的长官，我不能服从你，我要一直坐在这儿。"魔鬼一见威胁无效，便用缓和的语调说："你们愿意为了一袋金子而放弃吗?"士兵说："如果你能装满我的靴子，我就让路，把这块地给你。"魔鬼说："我马上回来。"魔鬼走后，士兵把靴底割掉，并放在旁边一个土坑边的草里。两人准备好后，就坐在原地等待。过了一会儿，魔鬼回来了，手上提着一袋金子，魔鬼倒空了袋子，靴子仍旧是空的。士兵大声说："你回去多拿些来吧!"魔鬼又拿了一袋回来，仍然没能装满靴子。金子在倾倒时发出叮当的响声，可靴子仍然是空的。士兵说："你怎么这么小气，快多拿些金子来，否则我们的交易终止。"魔鬼再一次回来时背着一个大口袋，当大口袋里的东西倒入靴子时，金子显得比先前多装了一些，他非常生气，想夺走靴子。然而就在此时，太阳升了出来，恶魔大叫了一声逃走了，可怜的灵魂得救了。

农民想平分那些金子，士兵却说："把我的那份分给别的穷人吧! 我想搬到你的小屋里，咱们共用剩余的金子，一起过平静的生活。"

图文珍藏版

林克兰克老头儿

很久前，一位国王造了一座玻璃山，并说，谁能翻过玻璃山并且不摔倒，他就把他的女儿嫁给他。有个男人非常喜爱公主，公主说，她愿意和他一块儿去翻山，想在他摔倒时扶起他。于是，她和他一起去翻越玻璃山，公主在半山腰滑倒了，山突然裂开，公主掉了下去。山合拢后，他大哭起来，国王派人去劈玻璃山，想找回公主。公主在地底下的大洞里碰见一个老人，公主成了他的女仆，每天早晨，公主替老人烧饭，铺床，做所有的家务活儿，老人每次回家都带着许多金子银子。公主就这样生活了许多年，都变老了，老人叫公主曼斯洛特太太，公主叫他老林克兰克。有一天，老人又出去了，公主像往常一样，只留下阳光正好射进来的滑动窗没关。老林克兰克回来后，一边敲门一边叫："曼斯洛特太太，请给我开门。"公主说："我不会让你进来。"老人于是大声喊道："可怜的林克兰克我正站在这儿，有十七条长长的腿，有一只镀了金的脚，快替我铺床，曼斯洛特太太！"

他一边围着转一边叫。他转来转去，看见一扇小窗子开着，就想钻进去，没想到胡子刚塞进时，曼斯洛特太太把系在窗上的绳子拉了一下，窗户便掉下来紧紧夹住了老人的胡子。老头儿嚎叫起来，说疼死了，让公主放了他。公主让他交出了那架用来爬出山洞的梯子。公主于是又在滑窗上系了一根足够长的绳子，然后再放好梯子，爬出了山洞，到了山顶后，她才拉开窗子放了老头。公主回到家之后，把自己的全部经历告诉了父亲。国王听后十分高兴，而且公主的爱人也仍然在等她回来。国王派人挖开玻璃山，找到了老头儿和他所有的金银财宝，杀了老林克兰克。公主与爱人结了婚，并过上了快乐幸福的生活。

水　晶　球

很久以前，有一个女魔术师，她有三个儿子，但并不信任他们。她把大儿子变成了一只鹰，让他只能栖身在高山上，它常在空中翱翔飞腾。而她的二儿子也被她变成了一条鲸鱼，他只能住在深海底下，并不时地喷出一股巨大的水柱。兄弟俩每天只有两小时能恢复人形。三儿子害怕自己被变成野兽，如熊、狼之类的，便离家远走了。可是他听说有一位住在金太阳宫里的公主中了魔，便毅然决定去解救公主。他找了很久，走了很多的路，但根本看不见太阳宫殿的影子。这天，他陷入了一片大森林，不知哪儿有出路。突然，他看见远处有两个巨人在向他招手，便走过去。巨人说："我们有一顶帽子，不知它应属于谁，我们一样的强壮，谁也打不过谁，给我们出个主意吧！"年轻人问："为一个帽子而这样争夺又何必呢？""这帽子有很多功用，你戴上帽子后，想去哪儿便能到哪儿。"年轻人说："这样吧，你们先把帽子给我，我先往前走一段，然后我叫你们，你们听到叫声后便开始向前跑，谁先到我跟前，帽子就归谁所

有。"他戴上帽子向前走，但由于一直惦记着公主，便把刚才的事忘了。他走啊走啊，最后内心深处发出一声叹息："哎，我在金太阳宫该有多好啊！"没想到话刚说出来，他竟真的来到金太阳宫门前。

他进了宫门，终于在一个房间里找到了公主。但是一看到她时，吓了一跳：她脸上布满皱纹，而且脸呈炭灰色，双眼也黯淡无光，头发成了红色。于是他问："我不怕任何危险，但我怎样才能救你？"公主回答说："唉，只有拿到水晶球，把它放在魔术师面前，破除他的魔力后，我才能恢复原来的面貌。"

年轻人听完话后便来到山下泉边，那儿有一头公牛，正向他叫。他刚杀死了它，牛就变成一只火鸟想要飞走，这时年轻人的大哥变成的鹰向它扑来，把它赶到海边，并使它扔下蛋。不幸的是蛋掉在了渔夫的屋顶上。小屋冒出浓烟，开始燃烧起来，而这时那位年轻人的另一位兄长——那条鲸鱼游过来，掀起和小屋一样高的波浪，把火扑灭了。年轻人幸运地找到了那个蛋，蛋没有熔化，只是冷水浸过后蛋壳裂了，他完好无损地把水晶球取了出来。

然后年轻人找到魔术师，把水晶球举在他面前，他说："你破除了我的魔力，而从今以后太阳宫的国王便是你了，而且你的两位哥哥也能被你恢复人形。"随后，年轻人立刻去找公主，而找到她时，发现她已恢复人形，变得光彩照人，后来两人便结成了夫妻。

玛琳姑娘

　　很久以前有一个国王，他的儿子非常想娶一位强国的公主为妻，那位公主名叫玛琳。公主的父亲没答应王子的求婚，但公主真的很喜欢那个王子，便对父亲说："我不能也不愿嫁给别人。"她父亲非常生气，下令修建一座不见天日的高塔，塔建好以后，在里面放进了能供七年吃喝的东西，把公主和她的使女关在里面，让她们与人世隔绝。他想用七年的时间，打消女儿的念头。

　　她们在黑暗中度日。王子经常绕着塔走来走去，呼唤着公主的名字，但由于墙壁太厚，她们在里面根本听不见。时间一天天地过去，最后七年的期限也快要到了。她们剩下的食物只能维持几天，她们用切面包的刀，在石头缝涂灰浆的地方，不停地挖，公主和使女轮流着干，累了就休息一下。经过长时间的努力，终于取下了第一块石头，紧接着第二块、第三块也被取下。三天以后，她们阴暗的栖身所能照进光线了。终于，洞口大得能够朝外观望。她们看见蓝蓝的天空，闻见清新的空气，但她看见周围的一切后又惊呆了，

原来她父亲的宫殿已化作一片废墟，城镇、村庄和四周的田野全被烧毁和破坏，一个人影也没有。最后，她们终于能钻出来了。可她们又能去哪儿呢？她们走了很久以后，终于到了另一个国家，便四处找事做。但她们的请求都一一被拒绝了，没有人肯同情她们。最后她们来到一座王宫，一位厨师同情她们，留她们在厨房里帮工。

玛琳姑娘以前的情人，正是她们现在所在王国的王子，他父亲已替他选定了另一位新娘，举行婚礼的日子到了，新娘相貌奇丑，不愿见任何人，独自一人待在房间里，负责给她送饭的是玛琳。新郎新娘相见并一起上教堂的日子终于来临了，新娘怕自己长得丑，遭人耻笑，便对玛琳说："我脚扭伤了，你就穿着我的结婚礼服顶替我吧，我想你以后再也遇不着这么好的事了。"玛琳推辞说："我不贪图不是我的东西。"她拒绝了。最后新娘威胁说："你要是再不答应，我就把你杀了。"于是玛琳只好听从，她穿上新娘漂亮的新礼服，并戴上她的首饰。当她走进王宫大厅时，她的美貌把所有的人都吸引住了。国王对儿子说："我给你选的新娘就是她，你们一起去教堂吧。"新郎这时也惊呆了，他以为站在自己面前的就是自己以前喜爱的玛琳，但他接着想到玛琳关在塔城那么久了，或许早已死了，站在自己面前的不可能是她。于是他拉着新娘的手，一起向教堂走去。玛琳看到路边的一丛荨麻，便说：

荨麻丛呀，

可怜的荨麻丛，

你为何孤独地在此生长？

想我以前饥饿难熬时，

我把你吃过，

既没有煮，也没有烧。

　　"你在念什么？"王子问。她回答说："没什么，我只是想起了玛琳。"王子对她知道玛琳感到很奇怪，但却一句话也没说。他们在墓地前的小桥上经过时，新娘又说：

墓地前的小桥啊，你不要断了，

我可不是真正的新娘。

　　"你在说什么？"王子问。"没什么，"她说，"我只是想到了玛琳。"王子问："你认识玛琳吗？"她回答说："我只是听说过而已。"他们来到教堂门前，她又说：

教堂的大门，你别垮掉，

我可不是真正的新娘子。

　　王子又问："你在那儿说什么？"她回答："哎，我只是想到了玛琳。"这时王子把一串珍贵的项链戴在新娘的脖子上，扣好链环。他们走进教堂，牧师把他们的手放在一起，他们成了婚，在回去的路上，她一句话也没说。

回到王宫之后，她立即来到丑新娘的卧室把身上漂亮的衣服脱掉，摘下首饰珠宝，重新将她的灰色罩衣穿上，仅仅将项链留在自己的脖子上。

夜色降临了，丑新娘就要被引到王子的卧室里，她在自己的脸上遮了块面纱以便不让王子发觉。所有的来客都走了，王子才问她："你为什么对路边的荨麻丛说话呀？""对路边的荨麻丛？"她反问道，"我不知道你指的是什么？""你没有这么做吗？你不是我的新娘，你是假的！"王子气愤地说，她赶忙转了一个念头，说道："我的思想被我的使女保管着，我去问问她到底是怎么回事。"她假装出去，对玛琳斥责道："丫头，你到底对荨麻丛说什么来着。""我仅说：

> 荨麻丛啊，
>
> 可怜的荨麻丛，
>
> 你为什么孤独地在这里生长？
>
> 以前我曾耐不住饥饿，
>
> 既没有煮，也没有烧过，
>
> 我生生地将你下咽。

问完后，新娘跑着回到房间里，对王子说："我现在晓得我对荨麻丛说过什么了。"她将刚刚听过的话重新对王子说了一遍。王子又问："那你又怎么解释在我们经过墓地前的小桥时，你又对它说了什么呢？"新娘又反问道："我根本没说什么呀？哪有什么小桥？""你仍然不是我的真新娘，你依然是假的！"丑姑娘便又说："我去找一下我的使女，问问她我说了什么，因为她掌握我的思想。"于是她又跑着出去了，对玛琳呵斥道："丫头，你到底对墓地前的小桥说什么了？""我什么也没说，除了：

墓地前的小桥，你别倒塌啊，

我是假的新娘子啊。

"你这么讲真该去死掉！"丑新娘急忙回到王子的房间，对王子说："我终于知道我对墓地前的小桥说过的话了。"于是又重新将那两句话说了一遍。"那你对教堂的大门又说了些什么呢？""什么教堂的大门呀？"她反问，"我没有同任何大门说过话。""那你还是假的新娘。"她跑出去又呵斥玛琳姑娘道："丫头，你又对教堂的大门说什么来着？""我除了两句话，什么也没说：

你千万不要垮了，教堂的大门啊，

我只是假的新娘子啊。

"你再这么讲，我就扭断你的脖子。"丑新娘气得不得了，赶忙跑回房里，重新将那些话诉说了一遍。"那你又将我在教堂门口送你

的项链放哪儿了!""什么项链呀? 我没有收到你的项链。"丑新娘
反问道。"我明明亲自给你戴上脖子的,而且还是我亲自为你扣好
的。你竟然将这忘了,你肯定是假新娘!"王子边说边去扯丑新娘脸
上的纱巾。那张丑陋不堪的脸露出来了,王子惊得不由后退了几步,
问道:"你到底是谁? 又怎么来到这里了?""我是你的新娘,咱们
刚订过婚的,我怕我在公众面前会遭到他们的嘲笑,因此就叫我扫
地的使女换上我的衣服,冒充我去教堂。""那么,那个姑娘在哪儿
呢?"王子问她,"我很想看到她,你去把她请来吧!"丑新娘答应
着出去了。到了外面却对仆人们命令说:"那个扫地的使女骗了我,
将她杀了!"仆人们立即将使女抓住,但是使女的呼救声被王子听见
了,王子急忙跑出房间,命令仆人们把使女放了。仆人们又拿来了
蜡烛,借着烛光,王子发现自己的那条金项链挂在使女的脖子上。
"你是我的新娘子,"王子说,"和我一起上教堂的是你,到我的房
间里去吧。"当两个人独自在一起时,王子对姑娘说:"你曾经提到
过玛琳,而她原是我的未婚妻。你和她长得真像啊。"姑娘说:"我
就是玛琳。"接着,他们互相拥抱对方,然后快乐幸福地生活在一
起。而那个丑新娘遭到惩罚,被斩首示众。

　　那个曾经关过玛琳的高高的塔楼一直屹立不倒。当小孩们走过
塔旁时,便唱着:

　　　　叮当,叮当,叮叮当,

　　　　谁被押在塔里边?

里边押着一个公主，

但可惜我看不到她，

高塔倒不了，

石头难碎掉，

穿着花衣服的小汉斯啊，

来吧，快走在我后面吧。

水牛皮靴

　　从前，有个勇敢无比的士兵，他对什么都不害怕，也不在乎。但他退了伍后，因什么都不会干，他不得不四处流浪。他将旧风衣搭在自己的肩上，脚上穿着一双水牛皮缝的马靴。一天，他毫无目的地在田野郊外走着，最后，他来到一片森林里。他不知自己身处何地，仅看见一个穿戴整齐的男人坐在一根被砍断的树干上。那人穿着绿色的猎装。"看来咱们是同病相怜了，那么咱们就一块儿去找出路吧。"猎手笑着说。于是，他们到处找路，直到天黑。"看来找不到路了，"士兵说，"远处不是有微弱的灯光吗？我们去找点吃的吧。"他们找到灯光的所在地———一间石房，敲门后，一个老妇人开门出来了。士兵对老人说："我们饿得不行了，想找点吃的，还想找个地方待一夜。"老太太说道："这儿有个强盗集团，你们最好趁他们没回来前快快逃命，否则，小命可能保不住。""我不怕，"士兵说，"我连续饿了两天两夜，什么都没吃，不是被饿死就是被杀死，

世界传世藏书

世界经典童话

·格林童话·

图文珍藏版

反正都是死，让我进去吧！"猎手原先还不想进去，但被士兵强拉着进了屋子，士兵安慰他："进去吧，老兄，不会死的。"

老妇人好心地说："你们悄悄地藏在炉子后面吧。如果他们吃不了那么多，我就乘他们睡觉时暗地里送进来给你们吃。"他们刚藏好，强盗们就闯了进来，一共有十二个。

老太太端出一大块烤好的肉，强盗们吃得十分有味。士兵闻到了香味，对猎手说："我抵抗不住这香味了，我要去桌边和强盗们一块儿吃。"士兵故意大声地咳嗽，被强盗们听见了，强盗们也是一惊，赶忙放下自己手中的刀叉，跑了过去，发现了躲在炉子后面的士兵和猎手。

"啊哈，两位，"他们大嚷道，"你们待在这里是来侦察我们的吗？瞧着吧，让你们一起去见阎王！""给点面子好不好！"士兵说道，"我饿了，给我点充饥的吧，然后要杀要剐都随你们便。"过了一会儿，强盗头说："好，给你点吃的，免得你成了饿死鬼。""等着看吧。"士兵边说边坐在桌子旁边坐下，然后旁若无人地大口大口地吃着烤好的肉。

猎手心里害怕，仍是不敢上前吃烤肉。强盗们震惊又好奇地看着士兵，士兵说道："这烤肉味道真好，要是再有点喝的就更妙了。"强盗们答应了士兵的请求，拿来了酒，士兵一下儿就将瓶塞拔出，然后将酒瓶举起在强盗们的脑前摇来晃去，并且对他们叫道："祝你们全都长命百岁，但请你们现在将嘴张开，并且举起你们的右臂。"边说边将酒猛往嘴里灌。他的话音才落，强盗们就都像石头人似的纹丝不动地待在原地，嘴张得大大的，在空中举着他们的右臂。士兵吃了能抵三天三夜的饭食，这才站了起来。

天又亮了，士兵对猎手说："现在是该离开的时间了，请老太太为咱们指点一条直达城里的近路吧，为了节省时间，越近越好。"他们终于抵达了城里，士兵去看了他以前的战友，对他们说："我偶然在郊外的一片森林里发现了一个强盗窝，我带你们一起去把强盗窝端了吧。"

士兵领着战友们，并且又对猎手说："你也瞧瞧我们是怎样端掉他们的。"他们到达那里后，士兵叫战友们一起团团围住强盗窝，然后又喝了一口酒，将酒瓶在强盗头上摇来摇去，大声叫道："是你们醒过来的时候了！"一会儿，强盗们果然醒转过来，被老兵们用绳子捆了起来。然后，士兵吩咐同伴们将他们一个个扔上车，并说："快开往监狱吧！"这时，猎手忽然把士兵的一个战友拉到一边，向他诉说了另外一件事。

"靴子锃亮的老兄，"士兵说道，"我们制服了强盗们，肚子也吃得饱饱的。现在终于可以放心地上路了。"快到城里时，士兵看到很多人兴高采烈地欢迎着，手中还举着绿色的枝条，接着他又看到御林军拥出城门，向他们走来。"这究竟是怎么回事呢？"他惊奇地问猎人。"你还不知道吗！"猎手回答，"国王回来了，这些人都是来迎接国王的。""可国王又在哪儿呢？我怎么没发现他呢？""他就在你面前，"猎手答道，"国王就是我，我早通知我的属下我这时回来。"猎手边说边将猎装敞开，国王的华服立即露了出来。士兵听了这段话，十分惊讶，急忙跪下，国王不以为过，握住士兵的手说："你是个无惧、勇敢的战士，而且救了我。我不会让你再四处流浪受苦了。如果你想吃一顿美味烤肉，尽管到我们厨房里去吃。"

儿童宗教传说

林中的圣约瑟

很久很久以前，有一位母亲，她有三个漂亮的女儿，性格各不相同，大女儿为人非常粗鲁，不懂礼貌而且心肠毒辣；二女儿与她相比好得多了，但仍有一些缺点，不是那么讨人喜欢；最小的女儿却是个好姑娘，是个十分虔诚、善良的孩子，大伙儿都很喜欢她。令人感到奇怪的是，母亲十分疼爱的竟是惹人讨厌的大女儿，而讨厌人见人爱的小女儿。因此，善良而又可怜的孩子总是在狠毒的母亲驱使下一个人去森林中捡柴。她希望小女儿会迷路，盘算着让她永远都不要回来啦。想这样把她扔掉。可小女儿是个虔诚善良的好孩子，所以每次都有一个小天使保护着她，带着小女孩走出大森林。

世界传世藏书

世界经典童话

·格 林 童 话·

图文珍藏版

可是有一次，不知道为什么，保护小女孩的小天使迟迟没有出现。天黑了，小女儿十分害怕。忽然，她看见远处有一点亮光，小女儿好高兴，便跑了过去，随着亮光她走到了一间小茅屋面前。小女儿轻轻地敲门，"吱"地一声门开了，又出现了第二扇门。她走到第二扇门前，又开始敲门，门开了。给小女孩开门的，是一位非常威严但又慈祥的老爷爷，留着长长的白胡子，小女儿定睛一看，他不是别人，正是圣约瑟啊！小女孩十分兴奋。老人笑着对她说："进来吧，我的孩子，过来啊！坐到我那火炉边的椅子上吧，进来暖和暖和你的身体。如果你感到渴了，我去给你拿点清水来。"小女孩走进了屋子，她有点饿了。这时老爷爷说："哦，可怜的孩子，大森林里没有什么东西可以给你吃，我只剩下几根胡萝卜了，不过你必须先洗一下再煮来吃。"说完，圣约瑟把萝卜递给小姑娘。勤快的小姑娘一会儿就煮好了萝卜。圣约瑟说："小姑娘，我也很饿啊，你能把你的食物分给我一点吗?"小姑娘很快地说："可以啊!"于是，她把自己的食物分了一大半给圣约瑟，只留给自己一小半。吃完饭，他俩收拾好餐具后，圣约瑟说："吃饱了，现在我们应该睡觉去了。不过很可惜我只有一张床。你是客人，所以你就睡在床上吧。我睡在地下的草铺上就可以啦。""不，"小姑娘急忙说道，"这是您的床，您应该睡在自己的床上。我睡惯了草铺，我觉得它十分柔软，所以我睡这儿就行啦。"圣约瑟看着好心的姑娘笑了，他抱起小姑娘并放到他自己的床上，小姑娘没有办法，在圣约瑟的一再要求下小姑娘做完祷告后便睡在了床上。这是她最幸福的一个时刻。第二天早上醒来，她怎么也找不到老爷爷，只发现一个钱袋，钱袋上写着：这袋钱是送给昨天夜里在这儿睡过觉的好心的孩子！小姑娘高兴极了，拿了钱袋，蹦蹦跳跳地走在森林的大道上。这一次虽然没有小天使带路，她却幸运地走出了大森林，回到了母亲的身边。当她把钱给那个妇人时，母亲惊呆了，她无话可说，只好对小姑娘表示满意了。

二女儿听到小女儿的故事也来了兴致。第二天一大早，她便决定去森林里。母亲给了她一块比小女儿的大得多的煎饼和面包。她遇到的情况与小妹妹的一模一样。她也发现了一袋钱，但只有巴掌那么大，钱袋上同样写着：送给昨天夜里在这儿睡过觉的小姑娘！于是，二女儿也高高兴兴地拿着钱袋回到了母亲身边。她把钱袋交给了母亲，只是悄悄地放了几枚钱币在自己的口袋里。

本来不相信的大女儿也好奇了，打算第二天也到森林里去碰碰运气。她让母亲给她做了很多的煎饼和面包。大女儿还带了很多面包和乳酪。和两个妹妹一样，大女儿也在傍晚到达了小茅屋，并在小茅屋里找到了圣约瑟。大女儿把所有东西都煮成糊糊后，圣约瑟又说了同样的话："我的食物都给你了，我很饿哟，把你的食物分给我一点吧。"听了这番话，大女儿立刻回答："等我吃饱了，剩下的再给你吃吧！"可这个坏心眼儿的姑娘吃得一点儿都不剩，圣约瑟老人只好刮碗吃。随后，善良的老爷爷依然要把床让给她，自己已做好准备睡在草铺上了，而大女儿也毫不谦让地同意了，自己往床上一躺便睡着了，可怜的圣约瑟只有躺在硬梆梆的草铺上。第二天早上，使大女儿惊奇的是，在她原来的那个鼻子上竟然多出来了一个

世界经典童话

·格林童话·

图文珍藏版

鼻子！而且那鼻子伸得老长老长的，她害怕了，一个劲儿地哭着、喊着，她不停地向前跑想找到圣约瑟。大女儿终于找到了他，一头扑倒在圣约瑟的脚下，苦苦哀求，久久地跪在他脚下。看到姑娘的可怜相，圣约瑟心软了，取掉了她多余的那个鼻子。好心的老爷爷还送给她两枚小钱。她走到家后，母亲站在门前问："圣约瑟给了你什么礼物啊？""哦，他给了我一大口袋钱呢！"她撒谎说，"可惜我在路上把它们都掉啦。""什么，掉啦？"母亲嚷了起来，"呵，走，咱们回去一定要把钱找回来。"说着便拉住大女儿的手，打算和她一起回去找。半路上，跑出来了蜥蜴和毒蛇，她们遇到了攻击。这坏心眼的母女喊着、跳着，到头来蜥蜴和蛇咬死了坏女孩，咬伤了那个狠毒妇人的脚，惩罚她没有教育好自己的这个宝贝女儿。

十 二 使 徒

在基督诞生的三百多年前,生活着一位母亲,她总共生了十二个儿子。她每天祷告上帝,祈求他让她所有的孩子与已经被上帝预言的要降临人间的救世主在一起。可是她没有什么生活来源,她越来越穷了,没法子,只好一个接一个地把十二个儿子打发走。她的大儿子名叫彼得,他不停地走,到了一片大森林里,迷失了方向,进入了密林深处。这时他感到饿了,饿得几乎都走不了一步,终于,他精疲力竭了,只好静静地躺在地上,等待着死亡的到来。可突然之间,一束光照醒了彼得,他看见自己身旁站着一个小男孩,浑身光芒四射,就像一位小天使。彼得挣扎着抬起头望着他。于是,小男孩看着痛苦的彼得问:"你干吗这么伤心绝望地躺在这儿呢?""唉,"彼得一脸沮丧地回答,"我从小就在这个世界上四处漂泊,只是为了生存,希望自己还能见到那个已经预言要诞生并能拯救苦难人们的救世主。"听完这番话,男孩说:"跟我来吧!"彼得跟着他来到岩壁中间的一个大山洞前。小天使带着迷惑的彼得走进洞去,只见四周全闪着金银和水晶的璀璨光芒。而在亮堂堂的洞中央则并排摆着装饰华美的十二张小摇床。彼得惊呆了。这时候,小天使说:"你累了,躺在第一张床上睡一会儿吧,我愿意摇你,直到你入眠。"

于是，彼得依照小天使的吩咐做了。小天使便轻轻地唱起了催眠曲，并轻轻地摇啊摇啊，直摇到彼得睡着了。而在他沉睡的那段时间里，他的二弟也被小天使领进来了，而且也被慢慢地摇进了梦乡。就这样，那位母亲的十二个儿子依次一个个到来，全部躺在金摇床里睡着了。他们这一睡就睡了整整三百年，而最后一夜，也是最伟大的一夜——苦难人类的救世主耶稣终于降临到人间了。就在这时候，十二个兄弟终于苏醒过来，实现了自己的最大心愿，成了他的十二个门徒。

世界经典童话

·格林童话·

图文珍藏版

玫　瑰

　　很久以前，有一个妇人，她们家特别穷，而她还养了两个孩子。

　　妇人总是让较小的孩子每天在树林里打柴。一天，那个最小的孩子

走进林子里，碰见了一个与自己差不多大的小孩。那个孩子勤快地帮他拾柴，还替他扛回家里。当孩子一回头的刹那间，那个小孩突然不见了。小儿子把这件奇怪的事情告诉给母亲。母亲却不相信。为了证明自己，他拿回家来一朵玫瑰花蕾，并告诉母亲这花是那孩子给他的。那孩子还告诉他，一等玫瑰开放，他又会出现的。母亲把玫瑰插在了水里等花开。一天早上，母亲走到床边去叫小儿子起床拾柴。孩子已经死了，可躺在那儿却容光焕发。而就在这天早晨，那朵玫瑰花开了，开得很娇艳。

世界传世藏书

世界经典童话

·格林童话·

图文珍藏版

贫穷和谦卑指引天国之路

很久以前有一个王子。一天，他漫步到野外，脸上带着忧心忡忡的表情，静静地凝视天空，说："嗨！人这一辈子要是到了天上不知有多舒服呵！"就在这个时候，一个穷老头向他走来。王子向他打招呼："我要怎么样才能上天堂呢？"老头儿毫不犹豫地回答："通过贫穷和谦虚呗。这样吧，你穿上我的这身破烂衣服，漂泊七年去尝尝穷困的滋味儿。记住，千万别收取钱财，你要是饿了、渴了，就去讨一点儿面包充饥。这样，你会逐渐接近那舒服的天堂！"王子脱下自己华丽的衣服，抛弃了王位，披上乞丐的破衣衫，走出王宫来到了广大的世界上。为了能早日进入天堂，他忍饥挨饿，受苦受穷。按照老头儿的吩咐，他除去一点儿食物以外什么都不要了，也不讲太多的话，只是默默地祈祷上帝有朝一日能接他到天堂去。七年时间过去了，他又回到自己父亲的王宫，可没有人再认识他了。最后，有一个好心的卫士去向王子们报告，可他的兄弟们不相信，也不理睬他。他只好写了一封信给自己的母亲，王后也不相信，但出于怜悯，让他在楼梯下住下，并吩咐两个侍从每天送食物给他吃。其中一个人心眼儿很坏，扣下了大部分食物，只为那身体虚弱、骨瘦如柴的王子送去一些水；而另一侍从非常宽厚诚实，替他领到什

世界传世藏书

世界经典童话

·格林童话·

图文珍藏版

么就给他送去什么。但食物依然很少，只可以借此维持生命；王子极力地忍耐着，身体一天比一天更加衰弱。终于他病得很厉害了，便要求领取圣体。弥撒才做了一半，京城里和附近地区的圣钟一起自动敲响了。弥撒做完了，神父看了看睡在楼梯下的穷人。可怜的人儿已经死了，他一只手拿着枝玫瑰，另一只手拿着束百合。在他身旁还有一张纸，纸上写着他流浪的故事及遭遇。

他下葬后，在他坟墓的一侧长出了一株鲜艳的玫瑰，另一侧长出了一丛美丽的百合，就像他死时手中握着的那样。

上帝的食粮

　　从前有两姐妹，姐姐没有孩子，但却非常富有；而妹妹却是五个孩子的母亲，不幸的是后来成了寡妇，穷得连维持自己和孩子们起码生活的食物都没有。寡妇去找她富有的姐姐借食物。可是，这个特别富有的女人心肠很毒辣，她冷酷地说："我也一点儿食物都没有哩，怎么借给你呢？"

世界传世藏书

世界经典童话

·格林童话·

图文珍藏版

她把可怜的穷妹妹赶走了。过了一些日子，狠毒女人的丈夫回到家中。他感觉有些饿，便想切一块面包吃，谁知他刚切一刀，那大面包便流出了红红的鲜血。夫妻俩都吓了一跳。富有的姐姐害怕了，便对丈夫说起前几天妹妹来借粮，而自己拒绝她的事。丈夫听完，急忙赶去妹妹家，准备给她点食物，当他跨进贫穷寡妇的房间，发现她正在祈祷，怀里抱着两个年龄最小的孩子，而三个大的已经饿死了。丈夫急忙说要送给她食物，她冷冷地回答说："我们已不稀罕人间的食粮了！上帝才是好人，他已经满足了我的三个孩子的食欲，只要我们真诚祈求，他一定会满足我们的心愿。"这番话刚一说完，她怀中的两个孩子咽了气。没过多久，那个贫穷的妹妹也心痛欲裂，"咚"的一声躺到地上死了。

三根绿色枝条

　　很久以前，有一位隐士，住在山脚下的一片大森林中。他没有事情可做，就用祈祷和做善事打发自己的时光。每天傍晚，为了表示自己对上帝的敬意，他总是背几桶水上山去。因此，山上的一些动物有了水喝，一些植物受到水的滋养。隐士的虔诚感动了上帝，他令自己身边的一位天使每天跟随着那隐士上山，等他一完工后便给他送来甜美的食物。这位好心的隐士始终这么虔诚，一天，他看见有一个可怜的罪人被许多人押解着走向绞架，不禁自言自语地说："这是他罪有应得啊！"傍晚，他背水上山时，那个每天陪伴他的小天使没有出现，他猛地醒悟了，心想自己必定做了什么错事，把上帝惹恼了，可究竟是因为什么事他却怎么也想不到。于是，郁闷的隐士不吃不喝，跪在地上日夜地祈祷，请求上帝的宽恕。一天，他正在林中为自己的罪过而痛哭流涕时，忽然听见一只鸟儿唱得格外动听，格外优美，而隐士的心情变得越加沉郁，愤愤地说："瞧你这只鸟唱得如此快活哟！你要是能说话，告诉我怎么得罪了上帝，让我知道该如何赎罪，使我的心重新快活起来该多好呀！"没想到那只鸟儿真的开口说话了："上帝惩罚你是因为你做了不义的事，诅咒了那个被送上绞刑架的可怜的因犯，不过，只要你每天自觉地悔悟和

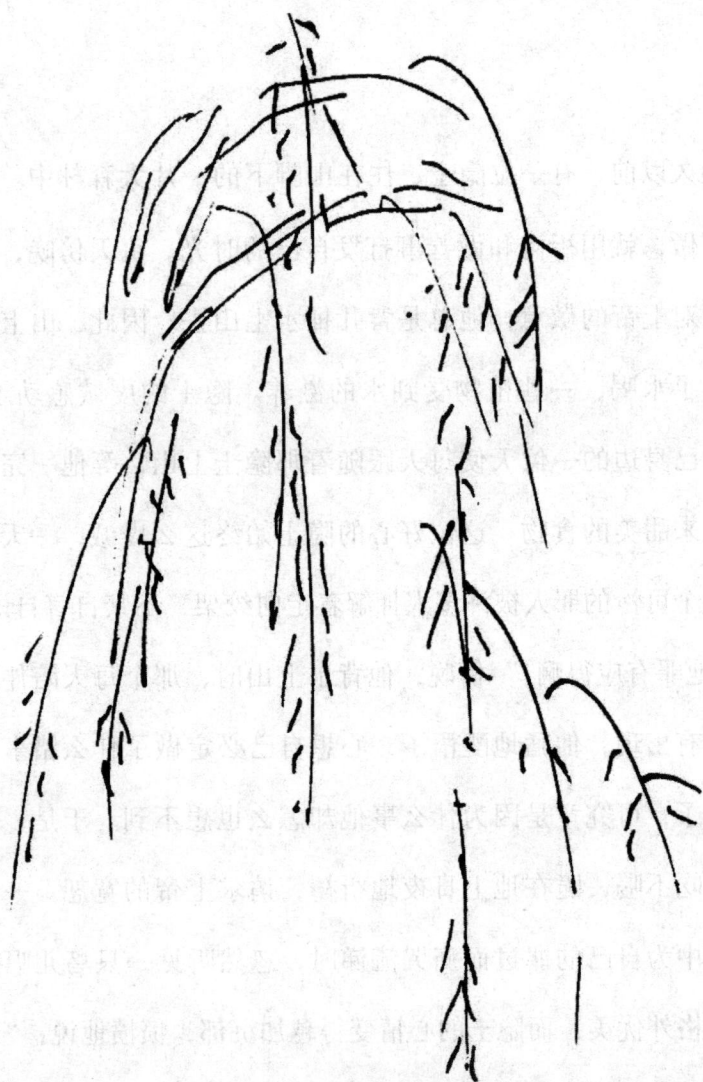

赎罪，只要你心诚，他还会原谅你的。"话音刚落，他身旁又站着那以前保护他的小天使，手里还举着一根干枯的枝条，并对隐士说："这根干树枝你必须一直背在身上，直到它发出三条绿色的新枝条来才可取下它们；可是到了夜里，还必须把它搁在枕头底下。而且你还得挨门挨户地去乞讨你所需的食品，记住了！你在同一所房子里最多只能待一夜。这就是上帝要让你承受的处罚。"

按照天使的吩咐，隐士背上那根枯木，回到他不愿面对但又不得不面对的生疏的人世上。他所有吃的喝的都是挨家挨户乞讨得来的，靠着可怜的施舍过活。这使他常常饿肚子，有一次，他很早便起来乞讨，直至深夜，他讨了一家又一家，可就是没有人愿意给他一点什么吃的，谁也不肯留他过夜；他只好走进郊外的一片树林，他不停地寻找，终于发现了一眼窑洞。洞内坐着一个老婆子。他带着一线希望说："好心的老妈妈，就让我留在你家过一夜吧！""哦，不行！"老婆婆回答，"我不敢呀。我那三个儿子，一个比一个凶狠并且野蛮，他们去抢劫了。如果他们见我留一个陌生人在这儿，一定会把咱们俩都杀掉的！"隐士恳求她："好心的老妈妈，留下我吧，他们不会伤害你和我的。"老婆婆被他说动了。于是，隐士终于有一块落脚地了。他躺在台阶下，枕着枯木睡。老太婆问他原因，隐士便把自己的故事告诉了老婆婆。老婆婆大哭起来，感叹道："天啊！如果只因为说错了一句话上帝就要惩罚你的话，那我的那些可恶的儿子们在接受上帝审判时，会有什么下场啊！"

到了半夜，妇人的强盗儿子果真回来了。他们大吵大闹，点上火把，把整个窑洞照得如同白昼！他们发现石梯底下躺着一个陌生人，立刻大发雷霆，母亲说："就让他在这儿住一晚吧，他是个正在赎罪的可怜人。"强盗们好奇地问："他为什么赎罪啊?"隐士于是爬起来，又一次告诉了他们自己的事，强盗们被他的故事震动了，对自己所犯的滔天大罪害怕起来，开始自我反省和诚心地悔过赎罪。隐士非常高兴，重新躺在石梯下睡觉。第二天早上，老婆婆发现这位隐士早已死了，他枕在脑袋底下的枯木中，却高高地长出来三根绿色的嫩枝条。大家都明白，这就是上帝给他的恩典，把他接上了天堂。

世界经典童话

·格林童话·

图文珍藏版

圣母的小酒杯

有一次，一个车夫载着一车葡萄酒上路。途中，车陷在泥里，车夫费了好大力气也没把车拖出来。这时候，圣母玛利亚正好路过此地，便对他说："我走得又累又渴，给我一杯酒喝吧，我愿意使你

的马车从泥地中出来。"疲惫的车夫回答："只可惜我没有给你斟酒

的酒杯呀。"圣母摘下一朵叫野旋子的小白花递给车夫。车夫吃惊地发现这花的样子很像一只酒杯，而且花瓣上还带着红色纹路。车夫用它斟满酒，圣母高兴地把酒喝下去后，眨眼间马车便活动了，车夫谢了圣母，又继续驾着心爱的马车往前走。直到今天，那叫野旋子的小白花还被称作圣母的小酒杯呢。

老 妈 妈

在一座大城市里有一位孤独的老妈妈，她每天晚上坐在房间里回忆着过去，回忆着自己怎么失去了心爱的丈夫、两个孩子、所有的亲戚朋友，现在只剩下她孤苦伶仃的一个人，心里感到阵阵悲伤。尤其令她难过的是她失去了两个儿子，在极度痛苦中，她抱怨起上帝来。她就这么静静地坐在桌旁，陷入了沉思。

忽然间早祷的钟声响了。她奇怪自己是在伤心难过中熬过了整个夜晚，于是便决定去教堂。老妈妈点上灯来到了教堂。她发现教堂里边灯火通明，整个教堂弥漫着一层朦胧的晨光。老妈妈走到自己的老位子旁，看到它已被别人占了，所有的长凳上都挤满了来祈祷的人。突然，使她奇怪的是：这些来教堂的人全是自己死去的亲朋好友，他们坐在那儿，却面无血色，既不念经，也不唱圣诗。这时她的一个老姑妈站起来对她说："那儿，你瞧那祭坛上，你会看见你的两个儿子！"老妈妈向祭坛望去，果然见她的两个儿子在那儿，一个孩子被吊在绞架上，另一个五花大绑地被捆在刑轮上。老妈妈非常纳闷儿。那老姑妈又说了："现在你应该知道上帝的用意吧。如果上帝不是在他们还是清白无邪的孩子时就召他们到天堂上来，而是让他们慢慢长大，继续活在世上，那么他们的下场就会是这

世界传世藏书

世界经典童话

·格林童话·

图文珍藏版

世界经典童话

·格林童话·

图文珍藏版

样子!"

听了这番话,老妈妈立刻跪在地上感谢上帝,感谢他对自己的照顾,忏悔自己误会了人类的救世主。两天以后,人们发现老妈妈躺在床上死了。

天国的婚礼

从前，有一个穷少年，他坚持每天在教堂里听牧师布道："要想进天堂，就必须永远行得端，走得正。"少年受到启示后便跋山涉水去了。他一个劲儿地朝正前方走啊走啊，翻越了许多山，一点也不偏离正前方的方向。最后，他终于走到一座大城市，找到了一家大教堂，恰巧里边在做弥撒。少年看见教堂一片明亮，非常欢快，以为现在自己已经在天国了。

小伙子决定留在这儿不走了。弥撒做完了，教堂执事叫他离开，他坚定地回答："不，我绝对不会再出去啦，我很高兴自己最终能走进天堂。"没法子，执事只好去跟牧师商量，说教堂里来了个少年，做完弥撒后赖着不肯出去了。因为他一直都认为这儿是天堂。牧师听了后，笑着说："没关系，让他待在那里吧！"随后牧师又去问少年愿不愿意干活，少年说只要不让他离开天堂干什么都可以，他每天把自己一半的食物放在怀抱耶稣的圣母像前，圣母每天也开始吃东西。一个月过去了，人们发觉圣母变胖了，他们感到奇怪，只有牧师发现了这个秘密。

后来少年病了，等他好了的第一天，他就去给圣母送吃的，牧

师也跟在身后，听他说道："上帝，不要怪我没送吃的给你，我病了，下不了床"。圣母回答："没事，我明白你的真心，下个星期天，我要带你去参加婚礼。"可当星期天，牧师把晚饭带给少年时，少年却已死了，永远地留在了天国。

榛 树 条

    一天，圣母看见耶稣在摇篮里睡着了，就说："孩子，我去为你采些草莓来。"在林中，圣母玛利亚看见一个长着丰硕的草莓的地

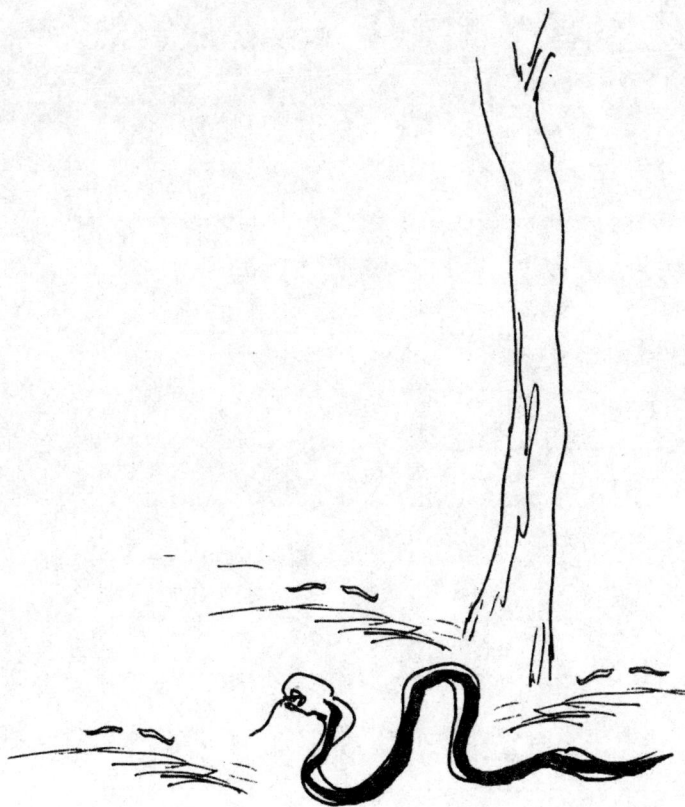

图文珍藏版

方，当她正准备摘的时候，一条蝮蛇跑了过来，圣母害怕得转身就跑，躲到一株榛子树后，最后蝮蛇又爬走了。圣母采了很多草莓，并说："我也要用榛子树来保护其他人。"从此，绿色的榛树条成了人们对付蛇类和爬虫最有效的武器。

补　遗

穿靴子的猫

　　磨坊主有三个儿子、一座磨坊、一头毛驴和一只公猫。磨坊用来磨面，毛驴负责搬运麦子和面粉，猫则逮老鼠。

　　后来，磨坊主死了。老大分到了磨坊，老二分到毛驴，老三只有一只猫，别的没有他的份儿，他很伤心，对自己说道："老大可以磨面，老二可以骑驴，而我的公猫能干什么?"公猫听后开口说道："你不用伤心，我有更大的作用，你请人给我做双靴子，然后我穿着它们出去，你会有很多收获。"老三非常惊奇猫能说话，就把鞋匠叫到屋中，给猫做了一双靴子。做成后，猫立刻穿上，还要了一只口袋，装满了粮食，并在袋口上扎了一根绳子。然后出门了。

世界经典童话

·格林童话·

图文珍藏版

国王是一个特别爱吃鹌鹑的人，可就是没人能捉到。公猫知道后，走近林子，把口袋打开、粮食摊好后，把绳子藏进草里，牵到一丛小树后面，然后自己也躲了起来，同时眼睛不停地向四处搜寻，注意着周围的动静。不一会儿，一群鹌鹑来吃袋里的粮食。公猫把袋口一封，并把它们的脖子拧断，然后把口袋搭在背上，朝皇宫走去。

猫来到国王面前，行了个礼，说："我的主人，伯爵×××"——随口说出一个高贵的名字——"向国王陛下问好，并派我送来一些刚捉到的鹌鹑。"

国王非常高兴，叫人取来库里的黄金送给公猫。猫回来后，把金子放在地上，说这是他的靴子换来的。老三不敢相信自己的眼睛，公猫说："你这些钱还是太少了，我明天出去再拿一些钱回来，并且我已告诉国王，你是一位伯爵。"就这样过了许多天，老三已经有了很多钱，而猫也格外受到国王的宠爱。有一天它碰巧知道国王要去湖边闲逛。公猫赶回家后告诉老三，让他去湖里洗澡，这样可以成为伯爵并可以发财。于是老三跳进湖里，公猫把他的衣服藏到很远的地方。国王的车刚到，公猫就向国王诉苦说它主人的衣服被强盗抢走了。国王马上派了一名侍从回到宫中取来一套衣服。老三穿上了华贵的衣服，国王对老三非常欣赏，公主也为老三的年轻和英俊所倾倒。

公猫自己却赶到一片大草地，这块地是魔法师的，公猫对割草的人说："国王来了后问这块地是谁的，你们就说是伯爵的，否则你们得死。"在前边还有一块非常大的麦田和一片茂密的树林,当然它们也同样属于魔法师,公猫重复了原话。

公猫继续向前走,来到魔法师的门口,闯了进去,对魔法师说:"听说你可以变成许多种动物,但我还是觉得你变不成一只大象,所以我想来证明一下。"魔法师傲慢地看着公猫:"你看好了。"刚说完已变成了一只大象。公猫说:"太神了,那你能变只狮子吗?"魔法师说:"那太简单了。"顷刻间,又变成了一只狮子。公猫故作恐惧状说道:"太不可思议了,我简直不敢相信,如果你能变只老鼠那才是太厉害了呢,变老鼠可能太难了吧?"魔法师被奉承得忘了形,又变成了一只老鼠,公猫一下子捉住它,把它吃了。

国王则继续乘车游览,当他得知草地、麦田和树木都是伯爵的

以后非常吃惊，对他更加佩服了。

　　他们来到宫殿门口时，公猫已经站在台阶顶上了。车一停，它下来说："陛下您已到了我主人伯爵老爷的宫殿了。"国王对这眼前的建筑很吃惊，伯爵则把公主拉进了大厅，当然两人举行了婚礼。国王死后，伯爵成了国王，而公猫也当上了宰相。

傻瓜汉斯

　　很久以前，一个国王和他的女儿生活得非常幸福。有一天，公主生了一个孩子，可孩子却没有父亲。国王想了半天，然后派人把

孩子送到教堂，给孩子一个柠檬，说他把柠檬塞给谁，谁就是孩子的父亲。国王告诉守门的人只让英俊的青年进去，然而有一个叫傻瓜汉斯的人也混了进去。孩子把柠檬给了他，国王气得命令把父母

和孩子三人关进一只大木桶，扔进海里。公主抱怨道："都是你害得我成了现在这样子，你干吗挤进教堂？""不，他跟我有关系，因为有一天我希望你生一个孩子，现在真的实现了，而且我希望的一般都会实现。"于是他们相继要了一碗马铃薯和一艘漂亮的船。这个愿望实现了，他们在船上要了很多东西。水手把船驶向陆地，汉斯登岸后说："我希望有座宫殿！"一座漂亮的宫殿果真出现在面前，早有侍从把母子俩领进宫中，汉斯又把自己变成了一位聪明年轻的王子，公主嫁给了他。

他们愉快地生活了很长时间。有一次，老国王出外打猎迷了路，来到宫门前。公主认出父亲，又告诉国王她是他的女儿，于是他们一起幸福地生活。

鼠 皮 公 主

　　一位国王把三个女儿叫到床前，因为他想知道哪个最爱他。大女儿说爱他胜过爱整个王国。二女儿说爱他胜过世界上所有珍珠宝

贝。三女儿则说爱他胜过食盐。国王非常生气，小女儿竟然这么小看他。于是他叫一名侍从把公主带到森林中杀死。到了林中，侍从不忍心杀她，公主让侍从弄到一件鼠皮大衣后就走了。她来到邻国，

冒充一个男仆来服侍国王。每天晚上，她帮他脱靴子，他每次都把靴子扔到公主脑袋上。有一天，其他侍从弄来一枚珍贵的戒指，公主却不小心把它弄丢了，国王把公主传来，问她戒指丢在哪儿啦。公主只好露出女儿身，国王看到后非常动心，就把她娶为王后。

举行婚礼时，公主的父亲也来了。在宴席上，他的菜里都没有放盐。他很生气说："我还不如死了，这菜一点味也没有。"王后一听马上说："可你曾经下令处死你的女儿，就因为她说爱你胜过食盐。"国王认出了女儿，求她原谅。对于国王，食盐比他的王国和全世界的珠宝还要可贵。

懒汉和勤快人

很久以前，有两个年轻手艺人，他们一起四处漫游，发誓永不分开。可是在一座大城市，他们中有一个人，独自四处乱跑，哪儿热闹他就去哪儿；另一个人则一直吃苦耐劳，干完活后才漫游。有

一天，他路过一座绞架，看见地上有一个可怜的人，在星光下，他看出这可怜虫是他当时的伙伴，便把自己的斗篷盖在他身上，躺在他身边睡着了。过了不久，他们就被吵醒了，两只乌鸦站在绞架上在说话。第一个说："上帝会养活我。"而另一只却说："那也应该干点活儿。"这时第一只乌鸦掉在地上，第二只乌鸦等到天亮时给他弄来一些虫子和水。第一只又苏醒了，手艺人看到后很奇怪，两个人带着它们来到另一个地方，乌鸦中的一只仍然很勤奋，另一只仍旧很懒。房东的女儿非常喜欢勤劳的乌鸦，吻了它一下。突然乌鸦掉在地上变成了一个年轻的美男子，他说："我们是兄弟，有一天把父亲气坏了，他诅咒我们变成乌鸦，直到一位美丽的姑娘吻我们才能得救。"所以勤劳的得救了，而懒惰的却没人吻它，那个懒散的手艺人从此变得勤快起来。

世界经典童话

·格林童话·

图文珍藏版

雄狮和青蛙

一位国王有一儿一女，王子经常出去打猎，有时长时间住在森林里。有一次，王子进去后再也没回来，他的妹妹很伤心，就走进森林去寻找他。她走了很久，突然看见身边有一头雄狮，狮子非常友好地让她骑到背上，并带她来到一座洞穴里。公主一点儿都不害怕，他们走了很久，又看见了阳光，并看到了一个漂亮的花园里耸立着一座华丽的宫殿。狮子说："你要是想见到你哥哥，必须住在这里服侍我。"

于是公主留了下来，服侍着狮子。有一天她在园中散步，来到一个池塘边，看见上面有个小岛。小岛上面有只绿色的青蛙，头上顶着片蔷薇叶子，青蛙问道："你为什么这么伤心呢?"公主便把心里话告诉了青蛙。青蛙说："只要你每天给我摘片蔷薇叶子当帽子，我就可以帮助你。"每次雄狮要东西时，公主都来到青蛙面前，青蛙总是先准备好了。青蛙告诉公主："等狮子睡着了，你必须用剑把它的脑袋砍掉。"公主不想答应，但青蛙告诉她不杀狮子就见不到她哥哥。晚上，狮子睡着了。公主拿起宝剑砍下了狮子的脑袋，突然间

世界传世藏书

世界经典童话

·格林童话·

图文珍藏版

她哥哥站在了她身边。哥哥激动地告诉她："我被别人诅咒成这样子，直到有一位姑娘出于对我的关心亲手砍掉我的头，才能复活。"兄妹二人来到池塘边想感谢青蛙，看见青蛙向火里跳去。火灭了后，一位美丽的姑娘出现了。她是王子心爱的姑娘，也被诅咒了，他们一块儿回到了王国，举行了盛大的婚礼。

世界传世藏书 图文珍藏版

世界经典童话

王书利◎主编

线装书局

目　　录

世界传世藏书

世界经典童话

·目录·

图文珍藏版

世界经典童话

图文珍藏版

世界经典童话

一千零一夜

线装书局

导　读

　　《一千零一夜》是著名的古代阿拉伯民间故事集，有 243 个故事。在西方被称为《阿拉伯之夜》，在中国却有一个独特的称呼：《天方夜谭》。"天方"是中国古代对阿拉伯的称呼，仅凭这名字，就足以把人带到神秘的异域世界中。它是世界上最具生命力、最负盛名，拥有最多读者和影响最大的作品之一。同时，它以民间文学的朴素身份却能跻身于世界古典名著之列，也堪称是世界文学史上的一大奇迹。这本书其实并不是哪一位作家的作品，它是中近东地区广大市井艺人和文人学士在几百年的时间里收集、提炼和加工而成的，是这个地区广大阿拉伯人民、波斯人民聪明才智的结晶。《一千零一夜》的故事，很早就在阿拉伯地区的民间口头流传，约在公元八九世纪之交出现了早期的手抄本，到 12 世纪，埃及人首先使用了《一千零一夜》的书名，但直到 15 世纪末 16 世纪初才基本定型。《一千零一夜》的故事一经产生，便广为流传。在十字军东征时期就传到了欧洲。书中的故事来源主要包括三个方面：1、波斯和印度；2、以巴格达为中心的阿拔斯王朝（750-1258 年）时期流行的故事；3、埃及麦马立克王朝（1250~1517 年）统治时期流传的故事。

《一千零一夜》的内容包罗万象，十分丰富，大故事套小故事，盘根错节，层层深入；情节错综复杂，奇幻诡异，枝蔓繁衍，气势壮丽宏伟，节奏感鲜明，心理描写又细致入微，合情合理；手法奇巧动人，把瑰丽的幻想和真切的描述巧妙地融为一体，构成曲折多姿、变幻莫测、奇丽感人的艺术境界。书中常把威严的帝王将相与普通的庶民百姓，将人们常见的花鸟鱼虫与想象中的神魔鬼怪，巧妙地融入一篇篇富于哲理和人情味的故事情节中，深切地表现主人公与命运抗争，与大自然周旋，与成功路途中的各种艰难险阻以及社会上时而出现的假丑恶现象斗争的敢于冒险，勇于抗争的大无畏主义精神，令人不忍释卷。

国王山鲁亚尔和他的兄弟的故事

传说古代有一个萨桑国，地处古印度和中国之间的海岛上，那里的国王拥有千军万马，后宫仆役多得数不清。他有两个勇猛的儿子，全是骑手。次子沙宰曼不如长子山鲁亚尔英武。山鲁亚尔继位后，一统江山，以其一身正气而使万民敬仰。沙宰曼被分封到撒马尔罕当国君。两兄弟各自掌管自己的疆土，在国民面前表现得十分正直；他们的国势在 20 年内威势渐震，他们也与民同乐。

山鲁亚尔国王遣丞相去撒马尔罕，想把沙宰曼接来，因为他想念弟弟了。丞相听令而去，马上出发，平安抵达撒马尔罕，拜见沙宰曼之后，丞相转述了国王的问候和思念之情，并请求沙宰曼去见国王。

沙宰曼很爽快地答应了丞相，立刻办妥了路上用的帐幕、骆驼、骡马和随从等，还命他的丞相暂理政事，便上路了。他刚走了没一会儿，猛然记起宫里的礼品还未带上，于是回头去拿。刚进到宫里，他就发现乐工和王后正在一块儿坐着唱歌、嬉闹。见此情景，让他勃然大怒，眼前发黑。他说："这等事竟然在我还没有远离首都时就发生了，如果我在兄长处待的时间长了，这恶棍会做出何等的坏

·一千零一夜·

图文珍藏版

事！"就挥剑杀死了乐工和王后。接着走出宫外，下令动身，带领手下穿山越岭，向哥哥的都城出发。

沙宰曼在都城外遣使去通报。山鲁亚尔到城外迎接弟弟，嘘寒问暖，喜不自禁，特别为弟弟将城池装扮一新，热情地招待弟弟，与弟弟秉烛夜谈。

沙宰曼恼于王后的行径，长时间面漏愁容，日渐消瘦。山鲁亚尔还以为是弟弟思乡心切，因此即便发现他消瘦了，可并未放在心上，也没有询问。直到过些天之后才问道："兄弟啊，看你愁眉苦脸，也消瘦了许多，到底怎么了？"

"大哥！我心里不舒服啊。"沙宰曼不想吐露自己的心事。

"你还是陪我到山里狩猎去吧，愁思也许因此而消除。"

沙宰曼不想去，于是山鲁亚尔自己率众进山狩猎。沙宰曼独自待在宫里。从他所下榻的殿堂回廊往外看，可以看见宫廷花园。那天他靠窗遥望，发现宫女和仆役从宫廷门口排成一列步入花园中，他们各有二十人，王后也混杂于其中，装扮得美艳惊人。她们缓缓来到喷泉边，坐下来享受着琼浆玉露，欢歌笑语，这狂欢场景延续到日头西下。

触景生情，令他思忖道："跟这里相比，我的遭遇算得上什么！"他的愁绪慢慢变淡了。接着他又想道："这里与我的遭遇相比，实在是更糟糕！"因此他变得正常了，恢复了饮食。

狩猎回宫后，山鲁亚尔抓起弟弟的手以示亲热，发现他气色好多了，面泛红晕，胃口大开，便询问道："兄弟，过去你面无血色，如今居然面泛红晕，身体复原了，这究竟是怎么一回事？你别瞒着了。"

"我会告诉你我面无血色的原因；可我不能告诉你我为何康复，请不要怪我。"

"行，你可以先告诉我你为何面无血色。"

"哥哥呀！先前你遣丞相去邀请我，我已处理好所有事情，从都城启程了。我在路上记起有一串珍珠丢在宫里了，那是赠给你的礼物，于是回去拿。到了宫里，我发现乐工和王后在一块儿坐着唱歌嬉闹，这两个混蛋被我挥剑刺死，随后我就跋涉到你的国都来。然而我始终对此事耿耿于怀，所以身体受到影响，变得瘦弱不堪。可是希望你能谅解我不告诉你复原的缘故。"

"向安拉发誓，你必须对我说出你复原的缘由。"

沙宰曼道出了他的所见。山鲁亚尔闻知后告诉弟弟："我必须亲眼看见一次。"

"你带着手下外出狩猎，随后偷偷潜回到我房中去监视。等你目睹之后，就知道是怎么回事了。"

山鲁亚尔国王马上宣布去狩猎，随从们跟着他驻扎到了野外。他在帐幕里待着，并告诉手下不许擅入。然后潜回宫里，藏到沙宰曼房中。片刻之后，坐于窗边的他就发现王后与宫女、仆役们缓缓步入花园，一块儿游玩嬉闹直到黄昏；这番景象和沙宰曼之言一模一样。山鲁亚尔目睹之后，愤怒得几乎发疯。他准备负气离去，便告诉沙宰曼："兄弟，我们的王者之尊被这宫闱秽乱玷污殆尽。走吧！我们放弃王位，出外畅游吧，瞧瞧天下有何人与我们的不幸相似？如果找不着的话，我们干脆自杀得了。"

沙宰曼听从了山鲁亚尔的话，兄弟俩便一同潜出宫殿后门，连续奔波了几天几夜，来到了海边的草地上。他们在大树下纳凉，畅饮甘泉。一小时之后，他们猛地看见海上暴风骤起，狂涛怒吼，只见一根黑色风柱直抵九霄。他们被这异变惊得灵魂出窍，急忙爬上树藏起来，窥探着事态的发展。片刻后一个妖怪浮出海面，他壮硕无比，头颅奇大，膀阔腰圆，头顶一口箱子，从海中走上岸来，坐在山鲁亚尔兄弟俩栖身的树下。接着妖怪从箱内拿出一只盒子，顺手揭开，一个美艳动人的女子从盒里走了出来，她的笑靥好似阳光一般明朗，这正像诗人所描述的：

黑暗被她的光芒点亮，

明朗的白天随后降临。

林木花卉闪耀金光，

那是被她的熠熠光辉所映照。

她解下面罩，露出真容，

她的神情送给旭日更多的光芒。

当她从敞开的幕布后现身时，

芸芸众生为之倾倒。

当她那炯炯眼神稍有黯淡，

眼泪就像雨水一样绵绵不绝。

妖怪淫笑着对女子说："我得歇息片刻，无牵无挂的小美人，我

·一千零一夜·

图文珍藏版

先打个盹吧。"便俯下身去，把女子的膝盖当作枕头入睡了。

女子仰面发现两个国王藏于树冠，于是抬起妖怪的脑袋，把它放在地上，随后迅速地起身立于树下，示意兄弟俩安心地下来。他们回绝说："向安拉发誓，你饶了我们吧，别逼我们下去。"

"向安拉发誓，你们别待在树上了！要不然，我把妖怪叫起来干掉你们。"

女子的逼迫令兄弟俩魂飞魄散，不得不下了树。来到他们跟前的女子命令道："来，放心大胆地和我做爱吧！要不然，我把妖怪叫起来揍你们。"

女子的命令让山鲁亚尔胆战心惊，他跟沙宰曼说："弟弟，你就听她的话去干吧。"

"不行，你先来，我后来。"沙宰曼犹豫着。两人彼此对视着不愿同女子做爱。

"你们俩互相看什么看？"女子发火了，"你们要是再拖延，我立刻把妖怪叫起来揍你们。"

兄弟俩只得乖乖地、不情愿地和女子做爱，只求能免遭妖怪的毒手。完事之后，女子吩咐兄弟俩在一边坐下，随即在口袋里摸出一个小包，又在包里拿出了一串戒指，一共有五百七十枚。她让他们俩观赏着戒指，又问他们："你们可知它们来自何处？"

"不清楚。"

"凡是趁妖怪入睡、大意之机和我做过爱的人，都要给我戒指。如今该你们给我戒指了。"

兄弟俩只得遵命将自己戴着的戒指立即褪下来交给她。

女子拿起戒指说："我也曾为人妻，是这妖怪在我的洞房花烛之夜抢走了我。我被他关在盒子里，盒子又放在箱子里，上了七把锁，沉在怒涛翻卷的海底。他这么防范我是由于他清楚无人能阻止得了我们女人想要做的事。只要是我们想做的事一定能做成。这就像诗人所描述的：

> 勿信女人，勿信其誓言。
>
> 她们的欢乐与哀愁，
>
> 全都与她们的肉体有关。
>
> 她们的爱是谎言，
>
> 衣裙下藏尽凶险。
>
> 必须提防女人的狡诈，
>
> 不能再像约瑟夫那么冤。
>
> 难道你忘了先祖亚当的遭遇，
>
> 她们才是被赶出乐土的根源！

女子的肺腑之言令山鲁亚尔和沙宰曼惊讶万分，互相交头接耳："这个法力无边的妖怪，被女人骗得比我们还惨。看来，我们大可不必那么生气了。"两人便高兴地辞别女子，马上赶回故果，连着奔波了几天几夜，最终安然抵达山鲁亚尔的王国，他们到宫里斩杀了放荡的王后和奸诈的宫女、仆役。自此山鲁亚尔憎恶女人，决心报仇，他每日纳一妃，过夜之后便于第二天杀死，然后再纳新妃，这样足足过了三年。人民都惊恐万分，纷纷携女逃亡。然而国王依旧要残杀妇女，逼迫丞相帮他物色。都城里的女子，死的死，逃的逃，都没有留下来的了。有一天丞相遍访万家，连一个女子都找不着，便忧心忡忡地回到自己的府宅里。

丞相育有二女，长女叫山鲁佐德，次女叫敦亚佐德。山鲁佐德学识丰富，看过大量史书，对古代王室传记和各地民族的历史都了然于胸。有人说她藏有数千本文史典籍。那一日丞相回来后闷闷不乐，于是山鲁佐德询问道："父亲！您怎么愁容满面，忧郁万分？昔人有云：

> 对忧郁的人说，
> 痛苦只是暂时的。
> 痛苦亦会消逝，
> 有如快乐的逝去。"

女儿的安慰令丞相说出了国王逼他去干的事。山鲁佐德听罢，说："向安拉发誓，您让国王来娶我吧。没准儿我嫁给他之后，能和他一直过下去；为了挽救千万姐妹的生命，我甘愿奉献出自己。"

"向安拉发誓，女儿呀，你绝不能轻举妄动。"

"事已至此，只能这样了。"

"我担心驴子、水牛和农民之间发生的故事，将再次发生在你身上，假若你执迷不悟的话。"

"爸爸，驴子和水牛发生了什么事？您给我讲讲吧。"

驴子和水牛的故事

过去有个生意人，他有经商的资本，还熟知兽语。他与老婆孩子在一个小村子里住着，家里有一匹驴子和一头水牛。一天水牛进了驴子住的棚里，发现驴子正悠闲地卧着歇息，身上被冲刷得一尘不染，切碎的草和烧熟的糠放在槽里供它食用。就算主人偶尔有事骑它出门，很快就会回来。所以水牛特别艳羡驴子的待遇。某日，主人听到了水牛和驴子之间聊天的内容。那时水牛跟驴子说："祝贺你呀！你总是闲着，主人关心照料你，给你切碎的草吃。尽管他偶尔要用上你，也只不过让你驮着他出门转一圈就回家了。可我却一天到晚忙个不停，要么下地犁田，要么在屋里转磨。"

"等到农民牵你下地时，你不能让他给你上轭，要使劲挣扎。"驴子教了水牛一招，"如果他要打你，你就卧倒好了，要不就乱蹦一气。如果他把你牵回来，你就假装劳累不堪，不要吃他给的草。要是你想舒舒服服地生活，只消三两天之内绝食，就能不用再干活了。"

那天晚上，水牛几乎没吃农民带给它的草。第二天凌晨，农民牵着牛去下地，发现水牛衰弱不堪，便动了恻隐之心，说："都是由

世界经典童话

·一千零一夜·

图文珍藏版

于昨天干得太累了！”便向生意人说了这事：“主人，昨天晚上，水牛一点儿东西都没吃，现在奄奄一息地在棚里歇着，没法耕地了。”

主人早已了然于胸，听完农民的话，便告诉他：“把驴子换上，替下水牛去犁田。”

驴子从清晨累到黄昏才回家。水牛由于有驴子代替干活，已经歇了一整天，它向驴子致以谢意。然而驴子并不领情，只觉得极度恼火。翌日凌晨，农民依然把驴子牵到地里干活去了；等到黄昏归来时，驴子的肩都蹭伤了，疲倦不堪。水牛对它既怜悯又感谢，便使劲地赞美它。驴子感叹说：“就算我累成这样，也只是白费力气呀！”然后它就跟水牛说：“主人发话了：要是水牛再躺着的话，就给屠户杀掉算了，把皮和肉都切开，这可是我给你的忠告啊。就因为这事，我真是担心你的安危。你想法子自救吧，我已告诫过你了。"

水牛极为感谢驴子的告诫，它不情愿地说："我得像从前一样了。"然后又开始贪得无厌地猛吃起来。

生意人再次听到了驴子和水牛的这番交谈。第二天一早，生意人和妻子一同去驴棚，遇见农民牵着水牛下地去。看到了主人，水牛就立即摆出一副高兴的样子，生机勃发，尾巴抖来抖去。生意人被这景象惹得捧腹大笑，笑得差点儿摔了一跤。不明就里的妻子问他："你为什么这么快活？"

"我知道一个不能告诉别人的秘事。这兽语的秘密如果让别人知道了，我就活不成了。"

"你是死是活跟我无关。但你必须说出你笑的原因。"

"我不会说的，因为我不想丢掉性命。"

"你笑的原因，就是要嘲弄我。"

生意人被妻子的死缠硬磨搞得无计可施，只好投降了。他打算先当众立好遗嘱，再讲出秘密，然后死掉，于是他派儿子去把法官和见证人请来。他觉得自己已是个一百二十岁的老人了，而他妻子则是他叔叔之女，他孩子的妈妈，他也一直很爱她，因此宁愿自己去死，也不想令妻子难堪。那天，他对请来的亲朋友邻们表白了自己面临的结局：在吐露兽语的秘密之后，他就会死去。在场的人们都规劝他的老婆说：

"向安拉发誓，你别再坚持了，要不然你老公，也就是你孩子的爸爸就会丧命的。"

"我就要坚持；无论死活，他都得对我说出秘密。"

人们被她的固执搞得哑口无言，无计可施。此刻生意人起身告别亲朋友邻，洗澡去了，这是为死亡而做的准备活动。他家中有一条狗、一只公鸡和五十只母鸡。当他从鸡窝前走过时，听见那条狗正在斥责公鸡："主人都快没命了，你怎么还那么快活？"

"发生什么事了？跟我讲讲。"公鸡问道。

狗便说起主人的遭遇来。公鸡听罢，说："向安拉发誓，主人实在是太蠢了。我有五十个老婆，我可以随心所欲地和任何一个老婆亲热。主人只因仅有一个老婆，难道就制服不了啦？他干吗不去掰几条桑枝，在屋里狠抽她一顿，就算抽不死她，至少也能让她求饶改正，不会再有恃无恐了！"

狗与鸡的对话被生意人牢牢记在心中。

驴子和水牛的故事说完之后，丞相又对女儿说："我会像生意人对待他妻子那样对待你，假如你还是坚持己见的话。"

"他是如何对待她的？"

他便折了几条桑枝，带进屋里收起来，随后告诉他妻子说："过来，我要对你说出秘密，随后就在屋里死去，我不愿被别人看到。"生意人待妻子一进屋便紧闭屋门，取出桑枝，使劲鞭打着她的身体。她被打得死去活来，终于求饶了，说："我悔过！宽恕我吧！"她跪倒在地，不停地亲着他的手和脚。生意人原谅了她，夫妇俩便步出屋门，重修旧好。亲朋友邻也满意于他们的握手言欢，都轻松畅快地分别散去。

山鲁佐德听完父亲的讲述，说道："爸爸，事到如今还是性命最要紧，所以尽管您说得对，我还是要坚守立场，希望您准我入宫去。"丞相也无计可施，不得不为了办好国王的事情而准备把女儿送入宫去。

山鲁佐德在入宫前告诉敦亚佐德说："妹妹，待我入宫之后，会派人把你也接进去。当你见到我时，要这么跟我说话：'姐姐，为了能愉快地度过一宿，您给我说个故事吧。'然后我就借机讲故事给你听。如果安拉同意的话，我的故事兴许可以挽救别人的性命呐。"

丞相镇静地送女儿入宫，与国王见面。国王看见丞相来了，很高兴地问："你带来了我想要的东西吗?"

"是的，我已带来了。"

刚见到国王，山鲁佐德就失声痛哭起来。国王问她："你为何难过啊?"

"陛下，我想再和我的妹妹聚一次，权当作诀别。"

国王遣人去丞相府上把敦亚佐德接来。入宫之后，见着了姐姐，敦亚佐德便快乐地搂抱着她，和她一起在床脚边坐着，聊起天来。敦亚佐德说："向安拉发誓，姐姐，为了使我们能高高兴兴地度过今晚，您说个故事给我听吧。"

"我当然很想说了，只是不知仁慈善良的国王准不准许。"

本来国王就烦躁不安，难以入眠，如今他听故事的欲望又被姐妹俩的交谈勾起来了，于是颔首同意。这样，山鲁佐德在这一千零一夜的头一夜里，讲起了下面的故事——

生意人和恶魔的故事

过去有个富有的生意人，家财万贯，生意遍及各地。一天，他纵马远离家门，到外地做生意去。路上高温酷热，于是他来到路边树园中的一棵老树下坐着歇息，抓出几个鞍袋里装着的枣子填填肚子。吃完枣后，他漫不经心地乱丢着枣核，猛地，一个恶魔来到了他跟前，膀大腰圆，手执利刃，对他说道："起来！你把我儿子给杀死了，我也得以其人之道还治其人之身。"

"你儿子怎可能是我杀的呢？"

"我儿子路过此地，不巧被你丢的枣核砸中前胸，顿时就咽了气。"

"不行呀，我们死后都必须回到安拉身边，我们是安拉的仆人！唯愿全能的安拉施以援手了。就算他被我杀了，也算不上是蓄意谋杀，求求你放了我吧。"

"没门，我必须报复！"恶魔用利爪攫住生意人，将其抵在地上，提剑便欲刺死他。生意人呜咽着说："我就全指望安拉了！"然后念道：

时间有两日：

一日安心，

另一日则可怕。

生活有两边：

一边快乐，

另一边则苦恼。

告诉那些遭受厄运的人吧：

遭受厄运的人都优秀高雅。

是不是你未见过狂风？

一旦它扑过来，

倒下的林木都很高大。

是不是你未见过大海？

随波逐流的都是尸首，

珍宝却在大洋底层留下。

虽然那命运戏耍我们，

老是让我们遭受劫难，

可是，宇宙繁星中，

唯有日月或圆或缺；

苍茫土地上茂盛与枯死的林木众多，

唯有结果实的好树才会被糟蹋。

你算准了走运的时刻，

然而忘记了厄运的责罚。

生意人念完后，恶魔嚷道："别啰唆了！向安拉发誓，我不得不杀你。"

"魔头，我恳请你放我一马，你想想，我家里有财宝、妻儿老小以及未还的债、未赎的当票，我得把这些事情全部处理好。我赌咒明年一月一日，我肯定会再来这儿，把自己交给你。安拉在上，我说的都是真话。"

恶魔信了他的话，就让他走了。生意人一回到家，就急着料理各种债权事务，整理与典当有关的事务，告诉家人全部实情，又立下了遗嘱，与妻儿老小们一同平静地过日子。新年来到了，他于是就洗浴燃香，极不情愿地与至亲友邻们作别，用胳膊夹着寿衣，在亲友们的呜咽声中，径直前行到路边的树园中，孤单地在树下坐着，为自身的厄运而恸哭。此时突然有一个老者走来，牵着一头挂着铁链的羚羊。他来到生意人跟前，致意之后问道："你为何独自坐于这妖魔肆虐的地方？"生意人告诉了他一切。老者惊讶地听完，说："年轻人！向安拉发誓，你的遭遇真是不寻常，你的负担也太重了，如果能写下这些事，对将来的人来说，还真是一种借鉴呢。"他便坐在生意人旁边，又说道："年轻人！向安拉发誓，我要目睹一下这恶魔如何对付你，所以我不会走的，我会和你在一块的。"

两人聊着天，忧愁和惊恐煎熬着生意人。正在这慌乱之时，突然又出现了一位领着两条黑狗的老者。他向他们致意，并说道："两位何以在这妖魔肆虐之地逗留？"两人又告诉了他一切。在这老者落座于他们身边之时，一位领着一头花骡子的老者又出现了。他向他们致意，又问他们为何在此地停留。他们又告诉了他一切，然后他也和他们坐在了一起。一阵风暴在第三位老者刚坐下之时吹了起来，在荒野中掀起遮天蔽日的沙尘。片刻沙尘消退，他们面前显现出一个恶魔。一把离鞘的利剑在他的大巴掌上抓着，双眼火光闪烁，好似灯笼；他用巨爪攫住生意人，叫道："起来！你把我儿子给杀死了，我也得以其人之道还治其人之身。"

生意人痛哭流涕，三位老者也不禁掬一把怜悯之泪。他们全都立起身来，牵着羚羊的老者奋勇前行，亲了亲恶魔的爪子，说："大魔王啊，我想告诉你我与这羚羊的往事，如果你觉得这事情不可思议，那么你就赏个脸，减去这生意人三分之一的罪孽吧。"

"好吧，老家伙，你说吧。要是你的故事的确稀奇古怪，我就看在你的分上，减掉他罪孽的三分之一。"

第一位老者与羚羊的故事

这头羚羊本是我叔叔的女儿，我和她还是血亲呢。我在她尚未成年时便与她成亲了。婚后三十载，未有一子半女。我于是又纳一妾，给我生了个儿子。小孩相貌堂堂，仿佛旭日一般美丽迷人。我细心养育他直到他整十五岁，那一年我带了很多物品出门做生意。我叔叔的女儿——就是这头羚羊，小时候学过法术，所以乘我出远门之机，她用法术把我的妾变为一头黄牛，把我儿子变为一头小牛，全送给牧牛人去放牧。我于许多年之后回到家里，询问妾和儿子去哪里了。她回答说："你的妾故去了，你的儿子不晓得跑到何处去了。"我自此整天以泪洗面过了一年。在牺牲节时，为了找到好祭品，我派人去牧场让牧牛人挑一头肥壮的黄牛来。牧牛人领来一头肥胖的母牛，它本是我那被施了法术的妾。那时我挽起袖口，举刀割去，黄牛居然热泪盈眶，吼叫不停。我立于一边静静地看着，感到有些不对劲，便下不了手，于是吩咐牧牛人说："再牵一头过来。"那时我叔叔的女儿叫道："这头牛是牧场里最壮的，就应该杀它。"

黄牛在我靠近它要举刀时又吼叫起来，我就让牧牛人去杀。那母牛被杀之后，把皮一割开，才发现全是皮毛与骨骼，根本没有肥肉和油脂。我就把这副皮包骨头的遗骸给了牧牛人，心中后悔已来不及了，便让他再去挑一头小肥牛。这次我儿子被他牵来了。它看见我后，就扯断绳子，向我跑来，在我身边缠绵着，泪水涟涟，不停地哀号着。我下不了手，就吩咐牧牛人："我不想杀它，再去牵头黄牛来。"那时我叔叔的女儿，就是这头羚羊又叫道："今天过节，仪式应该盛大，需要杀掉一头最棒的牛，牧场里就数这头小牛最棒了，要杀还是得杀它。"

"听你的话就对吗，方才那头黄牛怎么样？糟糕至极，我后悔得不得了，大家也都灰心了。这头小牛我可不杀，不能再依着你了。"

"向安拉发誓，今天过节，仪式这么盛大，就得杀它才行。如果放了它，你就不配成为我的夫君，我也不愿意做你的妻子了。"

我搞不清她心里有何打算，竟讲出如此绝情的话，我便举着刀走近小牛——

看到东方已破晓，山鲁佐德就停住不再说了。敦亚佐德说："姐姐，你的故事真好听！真动人！真是妙趣横生啊！""如蒙陛下恩典，"山鲁佐德说，"让我还能活着的话，那我明晚还会讲故事给你们听的，而且那故事比今天的更加妙趣横生。"姐妹俩的交谈让国王听见了，他思忖道："向安拉发誓，先让她把后面的故事说完吧，这条命暂时留着。"这一晚就在讲故事当中度过了。国王早起上朝处理国事，丞相已做好为女儿料理后事的准备了，入宫时还带上了寿衣。他发现国王整整一天都未下令再去寻访女人，而是专心致志地处理朝政，发布其他的命令，他感到很惊讶。国王晚上去后宫歇息。敦亚佐德对山鲁佐德说："姐姐，今晚把昨晚没说完的故事接着说下去吧。""要是陛下同意，"山鲁佐德说，"我很乐意再说下去。"国王闻言，道："行，你说下去吧。"山鲁佐德便接着说了起来：

（第一位老者说）"我还是下不了狠心去杀那头小牛，于是嘱咐牧牛人："牵走这头小牛，把它同其余的牛一起放养。"我叔叔的女儿——这头羚羊，一直目睹着那时的场景，还不停地怂恿说："杀了这头小牛吧，它真的很棒。"但我下不了手，便让牧牛人牵着它回去了。

第二天，我正抑郁地待在屋里，突然牧牛人来向我报告说："主人，我要告诉你一件事；我们都会为这事儿感到高兴的。""是什么事？讲来听听。"我命令他。他说："主人，我的女儿小时候学过法术，是一个和我们住在一起的老妇人教给她的。我昨日遵你的吩咐牵回那头小牛，看到它之后，我女儿就掩面而泣，然后又大笑不止。她对我说：'爸爸，你让我见着了陌生人，这说明你一点儿也不在意我的自尊心啊！'我说：'哪里有陌生人？你又哭又笑是什么原因呢？'她说：'你牵来的小牛，原来是中了法术才变为小牛的，它本是主人之子。我笑是因为他们母子被他的大老婆施了法术；我哭是因为怜悯他的妈妈。他爸爸干吗要把她杀掉呢？'我对女儿所言惊讶不已，因此一大早就跑来告诉你。"

他的话令我心花怒放，手舞足蹈，马上就跟他去了他家。他女儿向我问候，亲着我的手。那小牛也凑上来与我缠绵不已。我问她："这头小牛的来历真是如你所说的那样吗？"她说："是的，主人，它是你的骨肉，你的宝贝啊！"我说："小丫头，我会赠给你这牧场中由你爸爸照管的所有牲口和钱财，要是你能救他的话。"她莞尔一笑说："主人，我不爱钱财，我只有两个要求：一，让我和他成亲；二，由于你老婆无恶不作，所以我想用法术制服她，将她束缚起来，要不然我还会担心的。"我说："我答应你的全部要求。我还是要把你爸爸帮我照管的牲口和钱财全赠给你。而且，就算你杀死我老婆也不算违法。"

见我应允之后，牧牛人的女儿就拿了一只盛满水的碗，口中念念有词，然后往小牛身上泼水。她一面泼着，一面念道："如果你是天生的小牛，你就不用变身了；要是你被施了法术，那么在安拉的准许下，你还是早点变回原样吧。"说完之后，小牛真的变回了人形。此时我坐倒在地，把孩子抱在胸前，说："孩子呀，向安拉发誓，你妈妈和你是怎么遭到她的毒手的？快跟我说吧。"他就告诉了我整件事的来龙去脉。我说："孩子呀，派人来拯救你，让你重新拥有你的权益的，是安拉呀。"我便让牧牛人的女儿和我的儿子成亲了，要她施法术让我妻子变为羚羊。那时候她告诉我："羚羊不像野兽爬虫那么令人厌恶，还算是比较温柔秀美的。"

过了一阵子，我儿子的妻子就早逝了。我儿子在她去世后就远行去了印度，也就是那个和你之间有纠纷的生意人的老家。这头羚羊跟着我辗转各地，四处周游，打听我儿子的下落。在冥冥之中，我就这样来到此处，发现生意人在树下坐着恸哭。我的故事说完了。

听完第一位老者和羚羊的故事，恶魔说："真是不可思议，给你一个面子，减去他罪孽的三分之一。"

此时第二位老者，即两条猎狗的主人，借机上前对恶魔说："你来听听我和我的两位兄长——这两条猎狗的故事吧，要是你觉得难以置信，那就请看在我的分上，减去生意人罪孽的三分之一吧。"恶魔说："要是你的故事的确离奇，那么我会同意你的要求。"

第二位老者与猎狗的故事

这两条猎狗本是我哥哥，我是他们的兄弟。我们在爸爸去世后各分得了他那三千金币财产的三分之一。我用这份财产作为资本，开了一家商店做买卖，两位哥哥每人也都开了一个店铺为生。然而没过多长时间，我的长兄——这两条猎狗中的一条，就把他的商店

世界传世藏书

世界经典童话

·一千零一夜·

图文珍藏版

和商品卖了一千金币，又弄了其他一些货物，到外地做买卖去了。他去后过了有整一年，一日我的店门口突然来了一个要饭的，我跟他说："希望安拉拯救你。"他抽泣着说："你都认不出我来了！"我认真地端详着他，发现他竟然是我的长兄。我站起来欢迎他，把他带回家，想与他共叙离别之情。他告诉我："我不想说那些丢人的事情了，总之没钱了。"我领他去洗澡，让他穿我的衣裳，住在我家里。过后我盘点资金，发现我的纯利有一千金币。因此我将其中的五百枚金币送给他，告诉他："你有了这些钱一定要好好过，别四处乱闯了。"他兴高采烈，又经营了一家店铺。

没过多久，我的二哥——这两条猎狗中的一条，也把他的商店和商品卖掉了，想集资出外做生意；我使劲劝他，他只当耳边风，最后拿上货品，与同伴们一起上路了。过了一年，他也如老大一般落魄地回乡了。我问他："二哥，你为何不听我的话，还要乱闯呢？"他抽泣着说："弟弟，我就是这种命啊，现在我不名一文，成了一个叫花子了。"

我领他去洗澡，让他穿我的新衣，给他吃给他喝，并告诉他："二哥，新年伊始总是我盘点资金的时候，今年所得的收益，我们两人二一添作五算了。"我便去盘点资金，发现利润是两千金币，我感谢并颂扬安拉，我拿出一半送给二哥，供他作为开店维持生活的资本。

过了不久，两兄长一块儿来看我，撺掇我和他们一起外出经商。我否决道："你们都出去过，到底有没有发财？怎么可能我一去就会发财呢？"他们没有说服我，我们依旧各开各的店。但自打那次开始，他们每到新年伊始便撺掇我出外做买卖，我一直都不答应。这样六年过去了，我终于愿意同他们一起出外经商了。我告诉他们："两位兄长，我可以与你们一起到外地去做买卖，但你们得让我知道你们的资本。"

他们居然一分钱都没有，这太令我吃惊了。他们俩成天不干活，唯一的一点资本都浪费在下馆子、玩女人和赌钱上面了。我沉默着清点自己的利润，把现钱和商品算在一起，一共是六千金币。我欣慰万分。那时我将资金对半分开，把三千金币藏在一个挖好的洞里，那是一种预防措施，如果生意没做成，落了个我哥哥那样的下场，我还能再回来取钱重操旧业。另外三千金币的安排，我坦率地告诉他们："我们把这三千金币随身携带,这就是我们去外地做生意的资本。"他们俩都同意了。我自己拿上一千金币,剩下两千他们每人分一半,然后各自去准备拿到外地出售的商品,为出发做着预备工作。

事情全办妥之后,我们便把商品装在租来的一艘船上,顺风远航在大海上。日子一天天逝去,我们一直在一个月之后才抵达一座都市,把商品搬下船,运到城里以十倍的价钱销售。商品销售一空,我们便打点行李,正当要动身之时,海边来了一位穿着破烂衣衫的女子。她亲着我的手,说:"先生,你想助人为乐、救人脱离苦海吗?我会报恩的。"我说:"不错,我很喜欢助人为乐、救人脱离苦海,而且也无需你报恩。"她说:"先生,你和我成亲,再带我回你家吧。我把身体奉献给你,希望你帮助我。若你真的乐于助人,我肯定会报恩的;不要被我的外表蒙蔽了。"

我被她的话给打动了,起了恻隐之心。我于是把她领上船,拿出好衣裳让她穿,还准备好舒服的床褥给她睡,并非常尊敬她。我的两位兄长在返程时,由于贪恋我的财富而妒忌心起,便阴谋要暗害我,掠夺我的财富。他们俩商量道:"要是把弟弟干掉,我们就可以瓜分他的财富了。"在恶魔的指使下,他们做好了准备,最终在我入睡之时,暗暗地把我和我老婆扛出来扔入大海。

我老婆猛然惊觉,转瞬化为一个仙子,她拯救了我,把我放在一个岛上,便忽然离去了。她于翌日凌晨回来,对我说:"你是我的主人,在安拉的准许下,我将你救出海面,放到岛上。告诉你,我是笃信安拉与穆罕默德的仙子,我对你一见钟情,爱上了你。虽然那时我的外形变得那么脏乱不堪,但你依然和我成了亲。我挽救了你,但却要杀掉你的兄长们,因为他们太令人讨厌了。"

　　我惊诧于她的话。我向她表达了谢意，并说："你也不一定非得杀掉我的兄长们。"接着我就把自己和兄长们的事情向她和盘托出。她了解了这些事情之后，告诉我："今晚我飞到船上弄沉它，让他们成为大海的祭品算了。"我再三恳求说："向安拉发誓，这么做不好，昔人有云：'恶人必将自食其果'。反正希望你考虑一下，他们毕竟是我的亲兄弟啊。"她说："向安拉发誓，必须杀死这两个祸害。"

　　她携我飞回我家里，我挖出了埋在洞里的钱，探望了亲友，又购买商品开店做生意了。

　　傍晚我的店打烊了，我便回家吃晚饭，看见这两条猎狗绑在家中。它们看见我来了，就立起身来，泪水涟涟地在我身边不愿走开。我正觉得有些奇怪，我老婆就告诉我说："这两条狗就是你的兄长。"我问她："他们变成这样，究竟是什么人干的？"她说："他们被我弄到我姐姐那儿，是她让他们变成了狗。他们一直要到十年之后才会变回人形。"

　　如今，已过去整整十年了。现在我领着这两条猎狗去寻访我老婆的姐姐，好让这两条猎狗变回人形。我来到这里碰到这生意人，听说了他的情况，我就决定不走了，想知道你和他之间最后的了断。我和两条猎狗的故事就到此为止了。

　　恶魔听罢第二位老者的故事，说："你的故事很离奇，给你个面子，就减去他罪孽的三分之一吧。"

　　此时第三位老者——花骡子的主人来到恶魔跟前说："魔界的统领啊，我要告诉你一件比前两位老者的故事更加不可思议的事，希望你看在我的分上，赦去生意人最后的罪孽吧。"恶魔说："行，你开始吧。"

第三位老者与骡子的故事

这头花骡子本是我的老婆。我有事出门远行,过了一年才又踏
入家门。这段时间里,她举止放纵,成了一个荡妇。看见我回家了,

她就立即提来一壶水,口中念念有词,并往我身上泼水,还念道:
"由人变犬。"她的魔咒刚一说出,我就马上成了一条狗,她便把我
赶出家门。我这丧家之犬只能四处游荡了。某一次我来到一家肉铺
咬骨头吃,被屠夫发现了,他收养了我,并领我回他家。然而他的

女儿一看到我就掩面说道："爸爸，你领回家的是一个男子。"屠夫说："哪里有什么男子？"她说："这条狗就是一个男子，他中了他妻子的法术，我可以救好他。"屠夫说："向安拉发誓，女儿，请你动手吧。"

屠夫之女提来一壶水，口中念念有词，并往我身上泼水，还念道："回复原形。"我立刻又变了回来。那时我亲着她的手以示谢意，并请求她："希望你用法术去对付我的老婆，就像她用法术对付我那样。"她便送给我一些水，说："在她熟睡时往她身上泼水，你想要她变成什么，她就会变成什么的。"

我随身携带着水，来到家里，发现妻子已入睡了，于是泼了一些水在她身上，并念道："由人变骡。"她马上就成了一头骡子。魔界的统领啊，现在在您眼前的这头骡子就是她呀。

恶魔非常惊诧于第三位老者的故事，便转身问骡子："千真万确？"骡子点头示意说："不错，向安拉发誓，我的情况的确是这样的。"恶魔感到离奇至极，又被他们打动了，便告诉老者说："给你个面子，他最后的罪孽也赦免了；如今他是你们的了，让他跟着你们吧。"

生意人来到三位老者跟前，千恩万谢，老者也祝贺生意人捡回了性命。他们彼此告别，各走各的路了。生意人赶回家，与家人们重新团圆，依旧过着他的日子，一直到年老谢世。

这个故事说完之后，山鲁佐德发现天空已经非常明亮了。敦亚佐德说道："姐姐，你的故事真好听，真动人，真是妙趣横生呀！"

"如蒙陛下恩典，"山鲁佐德说，"让我还能活着的话，那我明晚还会说出更好听、更妙趣横生的故事来呢。"姐妹俩的话被国王听见了，他思忖道："先让她继续活着，这些故事这么离奇，还是要听她再说下去。"早上国王上朝，接受官员跪拜，然后就在御座上开始日理万机，发布敕令了。傍晚他就去后宫歇息。敦亚佐德恳求姐姐说："姐姐，你再说个故事让我们欣赏吧。"山鲁佐德回答说："行，我很乐意。"然后她就说起了以下这个故事：

辛巴达航海远行的故事

很久以前，当哈里发何鲁纳·拉施德当政时，搬运工辛巴达居住在巴格达，他靠运货为生，日子过得很是艰难。一天骄阳似火，辛巴达背的东西又很沉，不禁使他汗流浃背，劳累至极。当他从一户富人家门口走过时，就把货卸下来，在门口宽阔、干净的台阶上坐着歇脚、纳凉。

就在坐下去的同时，辛巴达猛然嗅到房内有馥郁芳香袭来，又听到连绵不断的乐曲声和动听的歌声。他凝神静听，从那动人的乐曲声中分辨出了金丝雀、夜莺、山乌、斑鸠和鹧鸪等鸟儿的叫声。他的心绪被这各种各样的音乐逗弄得极不安静，他高兴得失了控，下意识地偷偷走近门口，探头探脑地看着。门内有一个豪华高贵、宽敞明亮的院子，院内下人、仆役众多，恍若是王公贵族的府宅。食物的香气随着清风扑鼻而来，他不禁食欲大动，沉醉在这安逸的氛围中。后来他仰面朝天，低声喟叹："安拉！天地由你创生，幸福由你赐予，你若想赐予哪个人幸福，你就会慷慨地赐他富足的享受。安拉！请你宽恕我的罪过，接纳我的悔过。安拉！你是万能的，随心所欲的，所以谁都抵抗不了你的判罚和权威。安拉！颂扬你，你

想赐予谁富有，谁就会富有；你想赐予谁贫困，谁就会贫困；你想
赐予谁高贵，谁就会高贵；你想赐予谁低贱，谁就会低贱。安拉！
只有你一个神，你太强大了！太威严了！统治得太英明了！只要是
你中意的奴仆，都能尽享你的恩宠，就好比是这大宅子的主人，穿
着绫罗绸缎，吃着山珍海味，安享着世间的幸福生活。反正是你掌
管着人的生命，让有的人劳累、贫穷，有的人安逸、悠闲，有的人

享受、幸福，有的人却如我一般，劳苦、贫贱一辈子。"然后他悲凉地念道：

天下太多凄惨的人，

贫无立锥之地，

只得依靠他人的施舍。

我也是其中之一，

疲倦不堪，

天天耗尽体力，

日子难以为继，

身上的重负，

把我越压越低。

其他人快乐、安逸，

舒适无比，

从未度过我这般的日子。

他们生活富裕，

享尽珍奇，

一生愉快至极。

人都是父母所生，

我与他亦是同类，

根本上全都一致；

然而却被一道裂缝隔开，

好比是酒、醋之异。

我并未乱放厥词，

只由于你是执法者，

愿你判罚得公正。

搬运工辛巴达念完诗句，扛起货物，就打算离开，这时有一位
青年仆役从房内走出来，他眉清目秀，仪表堂堂，服饰华美，他抓

住辛巴达的手说："我们老爷有请，他要跟你说话，跟我进去吧。"

搬运工准备推辞离去，却又难以割舍，于是让看门人先照管一
下他的货物，便跟着仆役进了门。这庄严矗立、豪华至极的宅子里，
充满着快乐、庄重的氛围。坐在座位上的，好像都是显贵；桌上堆
满了各种各样的水果、美酒和佳肴。花儿的芬芳与食物的香气混合
成一种欢快的气息，令人沉迷不已。拿着乐器的乐工依次排开坐着，

正预备着表演精彩的节目。一位白发老者端坐在上座，他相貌清朗，举止庄严肃穆，显然是一位大富大贵的有福之人。搬运工辛巴达被这种排场给吓得失魂落魄，他心想："向安拉发誓，这儿是一片乐土，要不就是君王的离宫。"然后他就谦卑地向他们致意，并颂扬他们，还跪倒亲吻了土地，最后虔诚地垂首侧立一边。

主人叫他到自己身旁坐下，跟他很热情地聊着，还请他吃美味佳肴，以示好客之道。搬运工辛巴达赞美了安拉之后开始吃起来。酒足饭饱之后，他又说道："颂扬安拉，我已不能再吃了！"便起身净手，随即有礼貌地感谢主人。主人问他："你来做客，我们很高兴，希望你万事顺心，永远幸福。你怎么称呼？干什么工作？"

"我叫辛巴达，是个搬运工。"

主人听罢颔首道："我和你的名字一模一样，我是航海家辛巴达。我想听你再念一次刚刚在我门外念过的那首诗。"

搬运工辛巴达顿感羞愧，他红着脸迟疑地说："向安拉发誓，我腆着脸瞎说一气，都是因为我又累又苦又穷；希望主人能谅解、宽恕。"

"勇敢一点，如今我们是兄弟了，放心地念吧。我对你在门外念的那首诗很感兴趣。"

搬运工辛巴达于是遵命又念了一次。这诗令主人深受感动，他很佩服这首诗。他告诉搬运工："我要告诉你，搬运工：我曾度过一段神奇惊险的岁月。我如今的快乐以及你所看到的这种排场，是通过艰苦卓绝、险象环生的斗争才获得的，所以我要告诉你在如今这种身份和享受之前我的种种经历。我有过七次航海远行的经历，每次都碰上恐怖万分、永远超乎人们想象的艰难困苦。一句话，所有的东西都是命中注定的；命中注定的事你必须接受。"

第一次航海远行

我父亲是个商人，生意做得很红火，家财万贯，一生乐于疏财助人，在那时真是屈指可数的集巨贾与大善人形象于一身的商人。我很小的时候他就去世了。他丢下了大量的现金、地产、商品等等遗产。我长大之后，财富由我掌管，日子过得很奢靡，吃美味佳肴，穿丝绸锦缎，居住在大楼广厦里，来往的都是一些酒桌上的哥们、花花公子，我一掷千金、肆意挥霍。那时我觉得我的资产足以保证我花销一辈子，因此始终漫不经心地过着奢华、浪费的日子。

到我醒悟到自己的愚昧时，已经迟了，我的钱袋已经空空如也，境遇、地位也都一落千丈。我孤身一人，一文不名，将要堕入郁闷、恐慌的深渊了。此时我猛然想起父亲说过圣苏里曼的箴言："有三件事要强过另外三件事：死的那天胜过生的那天，活着的狗胜过死的狮子，墓地胜过贫穷。"我重新振作，把剩下的家具、服装和地产，拿去拍卖换来了三千金币，我要拿它作盘缠，保证我远行到外地做买卖的需要。

一旦做出决断，我就整理起来，购买了商品和旅行必备用品，打算走海上路线。我和别的生意人一块儿来到巴士拉，坐船在海里度过了几天几夜，途中路过了很多小岛。我们到达一处就去做生意，时而还来一些物物交换，我觉得航海生活令人非常愉快，充满乐趣。

世界经典童话

图文珍藏版

　　一日经过一个小岛，岛上风光旖旎，如天堂一般，所以船长下令船泊在岸边，扔下铁锚，铺设跳板。乘客们全都上了岸，扛着炊具去生火做饭的也有，洗洗涮涮的也有，四处饱览景致的也有。大伙儿就餐、游玩，各得其乐，正在这愉快忘归之时，船长突然大喊道："朋友们！快点儿上船吧，以免遇上什么变故。快回来吧，把东西都丢下别管了，保命要紧。我告诉你们：这是浮在水面的一条大鱼，不是小岛。天长日久，它的身躯上落满了泥土，因此有植物长出来，变成一个小岛的模样。它已觉察到你们烧火做饭的热度了，已经在游动了。一旦它潜入水下，你们就都没命了。你们丢掉杂物，快点回来。"

　　船长的一席话使得乘客们丢掉东西，争分夺秒地往船上赶去。有的人已上了船，有的还在岛上，而岛屿已撼动起来了，旋即没入海中，乘客们纷纷坠海。

　　我也坠入了海中。幸亏有安拉佑护，在我即将溺水而亡之时，我看见有一只被乘客丢掉的大木盘浮在我附近，于是用手抓住木盘，趴在盘上，双脚来回抖动，发挥船桨的作用，竭力与狂涛对抗，力图游回船边获救。但船长任由乘客淹死，径直扬帆离去。看着船的背影逐渐消失，我绝望至极，心想自己肯定会被水族吞吃掉。

　　在海面上我就这样任由风浪摧残，一直飘荡了一昼夜。翌日，狂风巨浪将我送到一座不知名的岛上，我握住了低伏在海面上的树枝，挣扎着上了岛，鱼把我的双脚咬得鲜血淋漓。虚弱、刺痛令我瘫软在地，似乎离死不远了，我就这样晕厥了过去。一直晕厥到第二天旭日初升，我才渐渐醒来；然而我不得不贴在地上爬着，因为双脚浮肿了，疼痛难忍，无法步行。

　　岛上果实种类繁多，也有泉水。我吃着果子填饱肚子，喝着泉水止渴，平静地休养了几天，渐渐地，元气与体力都恢复正常了，走动起来也比较方便了，于是决定探寻脱险之策。我掰断树枝权作手杖，拄着它在海边散步，欣赏着各种奇特、迷人的景色。

　　我一直在海边走着。一天我看见极远处有一个朦胧的身影，我推测是兽类，要不就是海洋生物，便疑惑地往那边踱去，走近一细看，竟然是一匹高头大马，被系在海边。我走上前去，它突然嘶吼起来，惊得我身子一颤。我正欲离去，不料从地穴里爬出一个人来，怒吼着来到我身边，问道："你是什么人？从何处来？来干什么？"

"我是坐船去外地做买卖的，途中遭遇险情，我和一些乘客坠入海里，幸亏我发现一个大木盘，在海浪中漂荡了一昼夜，才被狂风巨涛送到此地。"

他听完后，拉着我的手说："随我来。"便带我来到地穴的大厅里，要我坐好，给我东西吃。那时我饥肠辘辘，猛吃了一餐。然后他探问我的家世、来历，我就原原本本地告诉了他我的故事。他听后非常惊讶。我又问他："向安拉发誓，你已知道了我的故事，请不要感到太意外。如今我愿你能回答我：你是什么人？怎么会居住在地穴大厅中？你把马系在海边有何用意？"

"我们是迈赫勒琼国王的牧马人，散布在岛的各处。我们挑选大块头的母马，在月圆时把它系在海边，随后藏在这地洞里，仔细观察。片刻之后，闻到母马气息的海马就会从海中跃出来挑逗母马，要把它带入海中。但母马被系住了，走脱不掉。它们便互相嘶叫，然后打闹、交配。听到声音，我们就跳出来用吼叫声把海马吓走；而怀孕的母马则会生下混种小马，长得极为漂亮，一匹就值一库银子。如今已到了海马上岸之时，如果安拉准许的话，我会领你去谒见迈赫勒琼国王，领你看看我们的国家。我跟你说吧，要是你没碰上我们，肯定会在这杳无人迹之处孤单地死去，到那时也没有人能够发现你。我们之间的偶遇，正说明你的性命可以保住，回家也有望了。"

我为他祈福，感谢他的好心。一匹海马在我们交谈之时上了陆地，嘶叫着来到母马跟前，想把母马勾引走；然后它们打闹着，母马不停地嘶叫。牧马人听见嘶叫声便提着剑与盾牌，奔出地穴，高声向他的同伴传达信息："海马上岸了，大家赶紧现身吧！"

他一面叫唤一面敲打盾牌，一下子很多人涌了出来，手执利器，由各个方向跑来，吼声惊天动地，水牛般肥壮的海马终于受惊逃走了。

一眨眼的工夫，那些牧马人一人牵着一匹好马走上前来。他们发现我跟他们的同伴在一块儿，就询问起我来。我告诉了他们我的遭遇，他们都很可怜我，来到我身边，坐在地上，摊开垫子，放上吃的，大家围坐着进餐。吃完后大家上马启程，我也上了一匹马，一直往前走，从野外来到了城市，进了王宫。他们先拜见、通报了国王，等国王同意了，才领我进殿。我谦逊地向国王请安、致意。国王很高兴我的拜谒，也很敬重我，询问我的遭遇，我原原本本地向他述说了我的情况。他大感讶异，说："年轻人！向安拉发誓，你已安全了。你会高寿的，否则你逃脱不了那灾祸。颂扬安拉，你终于安全了。"国王对我很好，敬重我，温言劝慰我，让我在宫廷中当官，负责掌管海港、登录往来舰船等事务。

自此我就勤劳谨慎地工作着，为宫廷效劳，赢得国君的青睐、喜爱，穿上他赐给我的华美服装，常伴君王左右，也讨论国家大事，为百姓着想。我在这个国家就这样住了许久。当时，只要我一去海边，就常询问旅客和航海家巴格达在什么地方，盼望着有谁会去那里，这样我就能同他一块儿回故乡了。然而一直无人知悉巴格达的方位，也无人想去那里，我极为沮丧，生了许久的闷气。一日，我进殿拜谒迈赫勒琼国王，遇见一批印度人也在殿上，便上前致意。他们很高兴地回应着，与我聊天，还询问我是哪国人。

我询问他们的故乡，听说他们不是同一族的，有人是沙喀尔族，这个民族友善、老实、对人很公正；有人是婆罗门族，他们滴酒不沾，生活条件好，日子过得很富足，长相美丽，多愁善感，还精于豢养牲畜。他们对我说，共有七十二个民族生活在印度；我大吃一惊。

有座小岛叫科彼鲁，也归迈赫勒琼统治，那里不分昼夜都传来敲锣打鼓的声音。本地人和航海家对我说，岛上的百姓聪明过人。在那边的海里，我见到过长达二十丈的大鱼，还见到过猫头鹰鱼。另外还有数不清的各种各样古怪离奇之事，要一件件说来，可就打不住了。

在那儿，我依旧在手杖的帮助下走路，巡察整个海滩。一日，我发现一艘满载乘客的大船即将靠岸。靠岸后，船长下令降帆下锚，铺设跳板，海员把商品运出来，我就进行登录工作。我问船长："船上还有没有别的商品？"

"先生，还有；有一批商品还放在船上；可是其货主已经在其他岛上坠海身亡了，所以我们替他保存着他的商品。我们准备变卖他的东西，换成钱好拿回巴格达给他的亲属。"

"货主名叫什么？"

"他已经死掉了，人称航海家辛巴达。"

我听罢船长的话，再细细打量他，马上认出他来，便忍不住大叫一声，我对他说："船长！我告诉你，我正是那名货主呀！我正是那天和乘客们一块儿上岛的那个航海家辛巴达呀！那时我们在大鱼的背上，后来它动了起来，你就高声召唤我们尽快回到船上去；然而有回去的，也有没来得及回去的，都掉进海里。我也是掉在海里的一员。多亏有安拉佑护，我抓住一个被乘客丢弃的大木盘。趴在上面，海浪将我送到这座岛屿上来，偶遇国王迈赫勒琼的牧马人，领我去拜谒国王，我向国王讲述了自己的经历，受到了国王的青睐、喜爱，让我来掌管海港业务。我勤奋工作，一片忠诚，深得国王信赖。你船上的商品都是我的东西呀！"

"不行，盼望全能的安拉来挽救了！看来世间只剩下狡诈阴险之徒了。"

"船长！你何以对我的话反应这么激烈？"

"因为你是冒名顶替者，妄图霸占商品，你已听说商品的主人已死掉了。这种事真是奸人所为啊。我们目睹了商品的主人与别的一些客人一起坠海而亡，没有一个逃脱的，你为何冒名顶替呢？"

"船长，你先听我说说我的遭遇，了解实情，这将是我没有冒名顶替的明证；以谎言来诈骗，那不是君子所为。"

　　我便向船长原原本本地讲述了自巴格达启程到海岛遇险的经历，商品有多少种，还有中途我跟他订过的协定，以及两人之间的交往。这下船长和生意人才认出我来，知道我没有信口雌黄。大伙儿眉开眼笑，庆贺我安然无恙，说道："向安拉发誓，是安拉令你重获生命，我们根本就没想到过你会安然无恙。"然后他把商品转交给我；商品一件不少，我的签名犹在。我从商品中挑了几样最珍贵的，当作礼品，由海员拿着跟我进宫去送给国王，我对他说，我原先搭乘的货船抵达了海港，我的东西还都在船上，因此挑了一些东西当作礼品献给他。国王惊讶万分，他更加宠爱我、敬重我，还给了我不少礼品，因为这证实了我以前告诉他的均是实情。

　　把商品售完后，我得了一大笔钱，便开始购买本地的土特产，运上船去装好，我在商船即将回航时，去拜谒国王，感激他的恩典，并恳请他同意我回国。国王欣然同意，还赠给我不少特产。我便向国王告辞，同生意人一起再次踏上旅途。在无垠的大海中，我们的孤帆夜以继日地行驶着，最终平安抵达巴士拉。我为能安然返家而兴高采烈。在巴士拉我停留、歇息了数日，接着装满了商品返回故乡；回到巴格达，来探望我的亲友有好多。

　　我把做生意的盈利花在制作家居设备、添置仆役车马、投资田庄地产等方面，在不长的时间内拥有了自己的家庭和事业，我的财富远远超过我父亲的遗产。自此我常结交有学识之人，并广结善缘，每天都安然享乐，日子过得比以前更为闲适、舒畅。以前的那一幕幕危险经历全都被我抛到了九霄云外。我第一次航海远行的故事就到此结束了；如果安拉首肯的话，第二次航海远行的故事就到明日再叙吧。

讲完第一次航海远行的故事，航海家辛巴达款待搬运工辛巴达及友人们一起吃晚饭，还让仆役拿来一百枚金币赠给搬运工辛巴达，说道："今日多亏你的到来，使我们得到了安慰。"

搬运工辛巴达向航海家辛巴达道谢辞行，并揣着他赠的金币回去了。他在途中一直沉思着自己和他人的际遇，体会到了万分的惊讶。

从当晚到翌日凌晨，搬运工辛巴达舒舒服服地睡了一个好觉，然后如约前往航海家辛巴达府上，受到主人的热烈迎接与敬重，主人让他跟自己坐在一块儿，等剩下的亲朋好友逐渐来齐之后，才开始请他们用餐。然后航海家辛巴达在轻快的氛围中，讲起了他第二次航海远行的故事：

第二次航海远行

我告诉你们，朋友们，就跟昨日我对你们描述的那样，我回来之后的日子异常舒适、欢乐。然而某一天我猛地有了一种想去远行的欲望，我希望去海上饱览他乡的风貌，顺便做做买卖，盈利之后回家过舒适的生活。我便取出很多钱，买了在国外畅销的商品，包装完毕送到海边去。正好那里泊着一艘新商船，乘客云集，口粮也非常充裕，正扬帆待发。

　　旅行用具和商品都被我运上了船，我于是同生意人、乘客们一块儿启程。那段日子天高云淡，旅途非常顺当；不停地从这个海湾到那个海港，从这个小岛到那个国家。我们在每个地方都登陆去做生意，和那里的商人、官员们来往；大伙有买有卖，有的还以货易货，不停地做着各种贸易。

　　一日，我们经过一个特别漂亮的小岛，岛上林木茂盛，果木繁多，花草缤纷，禽鸟鸣唱，流水淙淙，可唯一的缺憾就是无人居住。船长将船靠了岸，商旅都登陆去饱览秀色，大伙都颂扬安拉创造的美丽的大自然。我随身携带了吃的，独自在林间觅得一个溪流涓涓之地，悠闲地坐着，一边就餐一边观赏美景。当时天气清朗，微风习习，四处寂然，我不由自主地在这造化的温床中睡着了。

　　当我从寂静而又馥郁的树荫下苏醒过来时，其他人早已不见了。商旅们早就上船离去，这个岛上如今只有我一个人了。我顾盼四周，不要说人，就连人影也见不着，我惊恐万分。我忧惧、惆怅、沮丧，差点儿都吓死了。那时我独自被抛于无人岛上，没有吃的，劳累至极，苦闷、茫然，见不着一线生机，我忍不住喃喃道："坛子虽然第一次摔不碎，不意味着永远摔不碎。尽管第一次侥幸有人指点我，可这次要想再碰上可以领我到人口聚居之地的人，那可比登天还要难！"

　　我不禁痛哭流涕，茫然不知所措，责备自己的举止；舒舒服服地在家里吃着山珍海味，穿着绫罗绸缎，还有享不尽的财富，这种幸福的日子不想过，非要远离家乡，出海远行，我对这种自寻死路的行径极度悔恨、气愤。再说头一次航海远行就碰到过极度险情，几乎丧命，可这次竟然又远离巴格达，再度出海，我对这样的选择也懊丧不已。我愤怒得失去了理智，不晓得该怎么办，颓然长叹："安拉是我们的主，我们死后都得回到安拉的身边。"

我惊慌失措，害怕得无法在一处静静地停下来，因而我茫然四顾地徘徊着。此后我攀上一棵大树远眺，眼前是碧空如洗，水天一色，下面是树林、飞禽与戈壁。我认真地巡视了一遍，最终看见有一个巨大的白色物体，便赶忙下了树，朝那里前行。我一直来到那里，才发现它是一座庞大壮观的白色穹顶物体。我在它附近转了一圈，但却找不着入口。我也爬不上去，因为它太平滑了，又是圆形的。我又转了一圈，边走边计算着步伐，得出它的周长约有五十大步。那时已近黄昏，我很想进到屋里休息。猛然间夕阳消失，地上顿时被黑暗笼罩了；因为那时正是夏天，我还当是乌云蔽日才会造成这种景象呢。我觉得惊惧不已，仰面凝视着天空，才发现一只身形巨大、双翼宽广的巨鸟正在盘旋着。地面变黑的原因就是由于太阳被它的身躯给挡住了。这幅场景令我更加惊惧不安。

我突然想起过去有个旅行家告诉过我的一件事：传说有些岛屿上生活着一种身躯巨大的鸟类，叫作神鹰，它们经常把大象抓来给小鹰吃。这说明我发现的那座白色穹顶物体就是神鹰的蛋，我忍不住惊叹安拉创造生命的玄妙。此时神鹰翩然降落，双脚笔直地往后伸展，收起羽翼，巍然伏在蛋上。

我立即除下头巾，摺起来揉成一根绳子，绑住我的腰身，然后把身子紧紧地缚在神鹰的腿上。心想："它有可能带我去有人类居住的地方，否则在无人岛上住着实在太恐怖。"我一夜未睡，担心神鹰会在我熟睡之时飞走，我来不及做准备。

第二天一早，神鹰立起身来，引颈长啸，载着我振翅冲上高空，我感到越来越高，几乎已触着天顶了。然后它又缓缓下落，终于降在了一片高原上。我惶惶然除去头巾，脱离了神鹰腿；尽管我自救成功，然而依旧战战兢兢，恍恍惚惚。

神鹰攫起地上的某样物体，又往高空飞去；我细细一看，它攫住的竟然是一条既粗且长的巨蟒，这令我惊讶不已。我步行着观察了一下四周，发现我立足在很高的地方，脚底是幽谷，四周是万仞摩天的峭壁，根本爬不上去。我深悔自己不应冒此风险，喃喃道："真希望我没做过这件事，那么我还会在岛上；岛上饿了可以吃果实，渴了可以喝泉水，可这儿荒芜一片。刚出牢笼，又入虎穴，我的命太苦了。我无能为力了，只盼望着全能的安拉来救我了。"

我大着胆子，聚精会神地来到了幽谷中，看见到处都散落着那天下硬度最高、最珍贵的钻石，人们用它们在铁器或瓷器上钻洞。这里也是巨蟒的乐园。巨蟒的身子有如枣树一般粗壮，一口吃掉一头大象也没问题。白昼时它们都藏在洞穴里，担心神鹰的袭击，故不敢露面，要到晚上才出动。我置身于此地，后悔不已，喃喃道："向安拉发誓，我真是自绝生路啊。"

夕阳西下，夜晚来临了，我忌惮巨蟒，饥渴早已抛到九霄云外去了，在幽谷中颤抖着寻觅一处容身之地。后来找到一个洞口窄小的洞穴，我爬进去，把身边的一块巨石挪到洞口封好，在洞里安全地藏着，喃喃道："藏到洞里，我的性命暂时无碍了。等明日出洞再觅生机吧。"然而我一转身就发现一条巨蟒盘在洞里，正孵着卵，我吓得直筛糠，如同摔了一个倒栽葱似的昏昏然。没办法，我只好任由命运摆布了，忐忑不安，一直不敢入眠。

终于把夜晚挨过去了，我看见天色已明，便挪开洞口巨石，跳出来在幽谷中徘徊。然而一夜未睡，又加上没吃没喝，令我整个人犹如醉鬼一样，踉踉跄跄地走着；正当我踽踽顾盼之时，猛地半空中摔下来一头被杀死的牲口。我细细观望，并无人迹，不禁惊讶万分。

我记起过去商人和旅行者告诉过我的一件事：传说钻石都产在深幽的谷底，人们想要采摘却无路可寻。可钻石商竟然设计出一条妙计，即把死羊身上的皮给扒下来，丢进谷底，羊肉上便会嵌进一些钻石，而山谷中巨大的秃鹰则会抓起血肉模糊的羊肉飞至山巅，准备美餐一顿，而这时钻石商们就会吼叫着冲出来撵走秃鹰，把嵌在肉里的钻石取下，再弃下羊肉给鹰吃，而将钻石拿走。传说这是钻石商能取得钻石的唯一途径。

那头被杀死的羊令我记起这件事来，便立即开始搜罗大量的钻石，藏在兜里、头巾、衣裳和鞋子里，随后仰面躺下，把羊拉过来压在身上，并用头巾把我和羊缚在一块儿。片刻之后，一只秃鹰飞了下来，抓着死羊向上飞去，飞到山巅降下，它正打算吃羊肉，悬崖后面突然传来吼叫和击打木板的声音，秃鹰吓得盘旋而去，我便立即除去头巾，站了起来，身上到处都是羊血。然后那个吼叫的钻石商立刻跑来了，发现我立在羊的跟前，惊讶得噤口不言，浑身颤抖。他拨弄着羊肉，发现没有钻石，愤怒地叫出了声："太沮丧了！无奈何，唯求安拉来拯救了。这个恶魔从何而来？求安拉助我们赶走它。"他无精打采，悔恨地击掌长喟："痛苦啊！究竟发生什么事了？"我走上前去。他惊讶地问道："你是什么人？怎么到这里来的？"

"我是个正人君子，你不要担心。我本是个商人，见识过各种神奇怪异的东西；我为何在这幽谷之中，说起来也是极端怪异的。你不要担心，我有好多好多钻石，我要送给你的钻石数目，将会令你觉得非常满意的。我这儿随便哪颗钻石都要比你所能够弄到的更加珍贵。你就不要伤心、沮丧了。

钻石商感谢我，还恭祝我有好运，和我亲热地交谈。其余的那些来山里宰羊弄钻石的商贾们，看到我在跟他们的同伴交谈，便纷纷上前向我致意，恭祝我有好运，请我跟他们在一块儿休憩。我告诉了他们我的经历以及来到幽谷中的前因后果，为了补偿钻石商的辛劳，我还送了很多钻石给他。他兴高采烈，恭祝我有好运，还表达了无尽的谢意，他说："向安拉发誓，是安拉令你再获生命。过去来此地之人全都丧命，只有你幸运。颂扬安拉，他佑护着你，令你化险为夷。"

我化险为夷，心中快乐异常，因为终于可以脱离巨蟒谷、奔赴有人居住的地方了。我和商贾们一道，舒舒服服地睡了一宿。第二天，我跟他们启程下山，依稀发现谷底有巨蟒，不禁倒吸一口凉气。我们一直穿行着，最终来到一片开阔的平原，到处都是高耸的樟脑木，随便哪棵树下都容得下一百多人纳凉。只要在树上敲个窟窿，窟窿里就会淌出液体，这就是樟脑，想收集樟脑就可以用这种方法。树木在液体流干后便会枯死，逐渐化作朽木。

平原的林木中生活着犀牛。它和我们故乡牧场里的黄牛、水牛一样，在林中栖息；然而犀牛的身躯比牛要粗壮，脑袋上有一只角，长约十尺。旅行者曾说过，犀牛能顶死大象，把大象挂在脑袋上，还能很轻松地四处狂奔。此后大象体内的油脂被日光晒化了，就淌入犀牛的眼里，犀牛就瞎了，不知该往哪走，只得卧倒在水边，常常让神鹰抓去给小鹰吃。另外，那里还栖息着多种多样、数不胜数的野兽，如野牛等。我一个城市一个城市地奔走着，用钻石交换商品，搬到各处去出售，获利颇丰。

长时间的旅途中，我走过很多城市，后来游历回国，先抵达巴士拉歇息几日，再装满钻石、钱财、商品，顺利归抵巴格达，与亲友们重逢。我赠他们礼品，还大做善事，赈助可怜的贫苦人。我本人依旧锦衣玉食，广厦高屋，四处结交，过着享乐安适的生活；把以前的那一幕幕危险经历全都抛到九霄云外去了。很多人听说了我的遭遇，他们不顾路途遥远，都要来见我一面。我告诉他们旅行中的异事奇闻；他们都惊讶万分，并恭贺我化险为夷。

说完了第二次航海远行的故事，航海家辛巴达又说道："如果安拉首肯的话，我明日继续对你们讲第三次航海远行的故事。"他接着命令准备晚餐，款待亲朋好友和搬运工辛巴达，又赠给他一百枚金币。

搬运工辛巴达诧异、感动于航海家辛巴达帮助他的大方举动。他把金币装好回家，默默为航海家祈福。

第二天一早，搬运工辛巴达晨祷结束后，便如约前往航海家辛巴达府上，向他致意、问候。航海家辛巴达欢迎他，并让他挨着自己就坐，守候着剩下的亲朋好友，等到齐之后就款待他们酒食。他要人们使劲吃喝，在大家都神清气爽、兴高采烈之时，就讲起了他的第三次航海远行的故事：

第三次航海远行

朋友们，我要说的，就是最奇特的第三次航海远行的故事了。就像昨日我告诉你们的那样，我第二次航海后回乡，获利颇丰。我为自己能化险为夷而欣喜不已，由于安拉把我浪费掉的财物又补贴给了我，这令我更为兴奋。自此我非常快乐、安闲地在巴格达又生活了一段时间。此后我又有了一种想去国外做买卖，并欣赏风土人情的欲望；昔人有云，人的本性就是贪婪。我便买下了很多在国外畅销的商品，带上旅行用品，决绝地从巴格达出发，赶到巴士拉。来到海边，已有一艘船泊在那里，船上全是正派老实的商旅。

我上了船，与商旅们一道，在大海中持续行驶，从这片海域到那片海域，从这个岛到那个岛，从这个城镇到那个城镇；我们每路过一处，都兴高采烈地登陆去观赏风景，做生意。一日，商船正飞速疾驰，船长在甲板上观望着，突然他惊呼一声，不停地甩自己耳光，拽唇上的髭须，扯所穿的衣裳，举止怪异，不知出了什么变故。我们赶紧去抚慰他，并问："船长，究竟发生什么事了？"

"乘客们！我告诉你们，商船被操纵我们的狂风刮到了险恶的猿猴山附近了。山中的居民形似猿猴；无论什么人路过此地，都必死无疑。所以我感到我们大限已到，都活不下去了。"

船长话音刚落，猿猴就来到了；它们分布在山间各处，数不胜数，从各个方向朝我们袭来。它们为数众多，气势汹汹，让人心惊

胆战。我们担心被它们杀死，或是财物与食品会被它们夺走，因此不做任何反抗。它们的毛发有如狮鬃，长相恐怖，脸灰目黄，五短

身形，真是最丑陋的动物。没有人通晓它们的话，也不知道它们的来历。

刹那间，猿猴攀上船来，把缆绳都啮断了，船渐渐歪倒在沙滩上，商旅全被驱赶到陆地上，成了囚徒。它们洗劫了财富，连商船都运走了。后来它们突然散去，不知所踪。

置身小岛上的我们既没吃的，又没喝的，不得不取果实填饱肚子，饮泉水止渴。然后有人看见岛内有一座房子，我们便上前窥视。这是一座安如磐石的大楼，院墙耸立，两扇檀木做的门大开着，进门后，有一个异常开阔的庭院，四周户牖高耸，形状巨大的凳子置于大厅里，厨房里放有多种炊事用具，旁边有密密麻麻的死人骨，堆积如山，可是寂静的房内杳无人迹。

这幅场景令我们惊讶万分；大伙坐在房内，过了片刻没见有什么情况，就都卧在地上大睡起来，这一觉从清早睡到黄昏才苏醒过来。此刻大地突然在颤抖，轰鸣的声音从空中传来，只见一个高大的黑巨人，长得像枣树，从楼上往下走。他的双眼有如火炬，牙齿有如猪牙，阔嘴有如井口，下嘴唇像骆驼唇一样耷拉在胸口，耳朵像两片毯子挂在肩头，手指有如狮子的利爪。这个巨人令我们胆战心惊、失魂落魄。

他来到厅堂里，坐在大凳子上，片刻之后来到我们跟前，一把将我捏住，拿在手心里端详着。在他手心中的我，勉强可供他吃上一口。他一直在观察我，像屠夫在观察牲口的肥胖程度。我由于多次旅途劳顿，体格瘦弱，皮包骨头，他觉得我不够胖，便丢下我，捏起下一个伙伴，再端详、考虑，最后丢掉，就和对待我一样。我们全都被他端详过了，均不符他的标准。他最终发现了船长，觉得

世界经典童话

·一千零一夜·

图文珍藏版

很满意；因为船长在我们当中最为健硕，虎背熊腰，浑身牛劲。他像屠夫抓住了肥牲口一样，兴高采烈地捏着船长，并将其扔在地上，用脚扭断他的脖颈，再将船长的尸首插进一把大铁叉，放在火中，转动着炙烤起来，然后如人们吃家禽那样将其放在跟前，缓缓地撕咬着。吃完后他丢掉骨骼，坐了片刻，就在大凳子上睡着了。不久就传来了他的呼噜声，如同待宰牲口的喘息声一般，他直睡到第二天凌晨才醒转，趔趄着离开了。

确定他已远离后，我们才交谈起来，不禁伤心痛哭，大伙儿悔恨地说："早知不如坠海而亡，要不让猿猴杀死，也强过被巨人烤着吃掉。向安拉发誓，这种死法太残忍了；咱们也跑不掉了，都得死于此地。无计可施，只盼全能的安拉来挽救了。"

我们大着胆子来到了房外，想寻觅藏身之地或逃亡路线，以摆脱被巨人烧烤之苦。然而我们走了一整天，到处都没有藏身之地，晚上不得不置安危于度外，战战兢兢地走回房内歇息。我们一坐下，大地就开始颤动了，然后黑巨人又来了，跟昨天一样，把我们挨个捏起来端详，最终寻得一个合乎标准的，如昨天对待船长一般，弄死、烤熟，再美美地吃掉，随后卧在凳上熟睡，呼噜声有如雷鸣，到次日天亮方醒，随后又从容离去。

我们在巨人离去后，聚集起来讨论该怎么办。有的说："向安拉发誓，这种杀戮太残忍了；干脆咱们投海自尽得了，也要胜过被烤死。"然后有人又说："他这样残害我们，不如我们出个计策弄死他，除掉这个孽种，省得我们每天惶恐不安。"后来我提议道："朋友们，要想除掉他，我们先得弄些木料扎成木筏，再想计策干掉他。然后我们坐木筏出海，要不暂留此地等待过往商船搭救。如果没把他杀死，我们也能坐木筏逃亡，哪怕坠海而亡，也要强过被人烤死。要是我们走运的话，就能化险为夷，要不我们就坐以待毙吧。"

"向安拉发誓，我们都赞成这最为英明的决断。"伙伴异口同声地说。

我们迅速工作起来，将木块、木料运出房外，扎成木筏，拴在海边，在木筏上还搁了些食物；预备工作完成后，我们才潜回房内。晚上，大地又开始颤动了，然后巨人出现，像条饿犬一般，将我们挨个检查一遍，挑了一个胖一些的，像前两天一样弄死、烤着吃，吃罢卧于凳上，打着震天响的呼噜入睡了。

等他睡熟了，我们抬起两根铁叉，在熊熊大火中烧红，我们使劲地把叉子拿到巨人身边，用尽所有人的力气，瞄准他的双眼就刺下去，他的眼睛终于被刺得失明了。他怒吼着，有如雷鸣一般，令我们恐惧万分。他哆嗦着立起身来，东摸西摸地想抓住我们。我们心慌意乱，到处乱跑，惶恐不已，又万分沮丧，以为必死无疑了。但他并没有抓到我们，而是摸出大门，怒吼而去。他的叫声令山谷回响，土地颤动。

片刻之后，那巨人又领来一对更为庞大凶恶的同伴。那凶残可怖的模样令我们肝胆俱裂，我们拼命逃到海边，坐上木筏驶离陆地。然而那两个巨人竟追赶过来，举着大石头砸我们，我们当中有许多人坠海、或被石头压死，最终只有我和另两个伙伴侥幸活命。

我们三人坐着筏子，由海风吹至另一个岛屿。我们觉得逃生有望，兴高采烈，继续奔走，想寻得生还之道。我们跋涉得疲惫不已，晚上便卧在地上入睡。然而片刻之后我们就吓醒了，原来有一条巨蟒向我们进攻，一个伙伴不幸遭其吞噬；那时他的骨头在蛇肚子里断裂的声音都清晰可闻，惨烈无比。我们对他的死伤痛不已，同时觉得自身性命也难保，惶惶不安，万分悲伤，喃喃道："向安拉发誓，刚逃出巨人魔爪，我们非常高兴，不料又碰上这样的灾劫；并且灾劫一次比一次恐怖、古怪。无计可施，只望安拉援救。向安拉发誓，我们已逃出巨人魔爪，也未被海洋吞噬，然而我们如何才能逃过眼前这一劫呢？"

我们又在岛上穿行，一路上吃果实、饮泉水。黄昏时抵达一棵大树，于是攀上树去睡觉。我攀上树冠，在密叶中藏起来入睡。可是没有想到的是，晚上又有一条蟒蛇探头探脑地游至我们周围，然后爬上我们睡觉的大树，它一下子就把我那剩下的伙伴的头和肩膀都吞了进去。我只能干瞪眼看着，此时传来他那骨头碎裂的声音。巨蟒最终将他全吃了进去，然后下了树，扭曲着游走了。

我在树冠上藏了一整夜，翌日凌晨我才下了树。那时我被极度忧郁与恐惧给折磨得思绪紊乱，麻木得如行尸走肉；失望透顶，想了结自己，蹈海而亡，脱离这世间苦厄。不过人有求生的本能，尽管我那时已疲倦得无法再走下去，然而为了求生，我又寻得几根木板，脚上横着捆一根，脑袋上捆一根，然后前胸后背左臂右膀都各捆上一根；这样我全身都捆上了木板，仿佛被关在木头囚笼里。然后我才能在地上安卧歇息。巨蟒晚上依旧游至树下，并来到我眼前。然而它却吞不下浑身捆着木板的我，无奈地围着我打转。我盯着它，不禁胆战心惊。它时而远离，时而趋近；整整一个通宵，它来回游走，但却总是吞不了我，于是便沮丧地离去了。

我把木板从身上卸掉，立起身来，奔走在岛上，最后来到海边极目远眺，发现远方海里有一艘船。我折了一根长枝条，一面伸出去摇晃，一面高声叫喊。船上的人听见声音，说："岛上肯定有人，我们得去察看一番。"他们把船靠了岸，将我领上船。他们询问我的经历；我原原本本地把我的历险经过跟他们娓娓道来。他们非常惊诧，让我穿他们的衣裳，准备吃的给我充饥。我酒足饭饱，化险为夷，立即又觉得意气风发，兴高采烈，真心颂扬安拉，谢谢他帮助我逃离险境。我死里逃生，备受考验，变得更加坚毅了，那逝去的往事犹如一场大梦。

我们一直前行，在海洋上顺利地行驶着，停靠在一个岛上，名叫塞廖赫垂。生意人带上商品登陆去经商。那时船长瞟着我说："你要知道，你是个远离家乡的穷苦人，听说你的经历异常离奇古怪，我想给你一些钱好回故乡，将来你会感恩于我、为我祈福的。"

"不错，我会为你祈福的。"

"我告诉你：过去我们船上有个商人，可是他半路上不知下落，杳无音讯，也不清楚是不是还活着。我想让你把他的商品去卖掉，在赚得的钱中分给你一些，剩下的我们来保存，回到巴格达后，还

世界经典童话

·一千零一夜·

图文珍藏版

给他的家人。你答不答应我的要求，把这些商品拿到岸上去，学着生意人的样子去卖掉？"

"我懂了，你真是好心肠，我答应。"

我颂扬、感激了他。然后他让海员把商品拿出来给我。船上的记账员说："船长，这些商品在哪个人的账上记着呢？"

"在航海家辛巴达的账目上记着吧，他坠入海里，不知死活。我让这异乡人卖掉他的商品，然后在赚的钱中分给他一些，剩下的由我们携回巴格达还给他，若他仍未回家，就给他的亲人。"

"你的计划很不错。"

船长说起了我的名字，我心想："向安拉发誓，航海家辛巴达就是我。"我便不露声色地问船长："主人啊，我将要出售的这些商品的货主是什么人呀？你能跟我说一说吗？"

"我也不知道他的来历；但是他叫航海家辛巴达，是巴格达人。一次我们中途经过一个岛屿，有几个乘客在那里溺死了，他也不知去向，到现在还杳无音讯。"

我大吼道："船长！你要知道：航海家辛巴达就是我，我没死，活得好好的。是这么回事，那天和乘客们一起登陆的我，携带了粮食，独自在一个僻静之地坐着就餐，觉得非常快活，不由自主地睡了一觉。醒来后，我看不到一个人，船也消失了，我被独自抛于岛上。最后我浪迹到钻石山，遇到了找钻石的商贾，对他们说了我在岛上睡觉、你们离去的事，还告诉他们旅程中的各种事。那些钻石商都知道我是航海家辛巴达；这些商品都是属于我的。"

商旅们听罢，都拥上来，有的信有的不信。当我说起了钻石山，他们当中有个人便迅速起身来到我跟前，说："我来告诉你们吧，过去我对你们说过我和伙伴在钻石山杀羊丢到深谷里收集钻石，结果我的羊和一个人一起被送回山巅，你们全都否认有这种异事，都嘲笑我是个骗子。如今铁证如山，那日和我的羊在一起的就是他；他送给我很多昂贵的钻石作为弥补。我还和他一起跋涉到巴士拉，随后才分道扬镳；那时他告诉我他的名字是航海家辛巴达。你们要知道：如今他在此地现身，就是要证明我过去告诉你们的都是真事，你们必须信服。他和我们相逢于钻石山时，曾说过这些商品是属于他的；他是个老实人，这是有明证的。"

听罢钻石商之言，船长走近我，怔怔地盯着我问："你的商品上有印记吗？"我告诉了他有几种商品、有什么标记，还有我在巴士拉上船后与他的关系，他终于认出我就是航海家辛巴达；便热情地搂着我，向我致意，为我祈福，说道："向安拉发誓，老朋友，你的奇遇真是太不可思议了。颂扬安拉，他让我们重逢，他让你的商品物归原主。"

我收回商品后能获得丰厚的利润，我异常兴奋，觉得我能化险为夷，拿回商品真是幸运。我立即同生意人一块儿上岸经商，然后又航行到塞乃德继续做生意。我发现那儿海里有多种多样难以尽数的怪物；有长得像黄牛、驴子似的鱼，以及一生都在海里度过、还在海中孵蛋的海鸟。

我们一直行驶下去，顺利地抵达故乡，与亲朋好友团聚。他们看见我毫发无损，高兴万分。那以后我广做善事，赈济贫穷、悲惨的人们，解决他们的温饱问题，我还常常呼朋引伴来会餐；我的衣食住行都追求高层次的享受，把以前的历险经过全抛到九霄云外去了，过着安逸享乐的日子。

世界经典童话

·一千零一夜·

图文珍藏版

　　第三次航海远行的故事说完了，航海家辛巴达又说道："如果安拉首肯的话，比第三次更离奇的第四次航海远行的故事我将于明日告诉你们。"他又让仆役拿一百枚金币赠予搬运工辛巴达，又款待了亲朋好友。大伙酒足饭饱，纷纷告辞。

　　搬运工辛巴达心情惊异地拿着金币辞别，返回家中睡觉。第二天一早，结束晨祷之后，他如约抵达航海家辛巴达的府上，主人热情地接待他，让他就坐，并等候其他亲朋好友，大伙来齐之后就举行宴会，宾主极其欢洽。大伙酒足饭饱之后，主人就讲起了第四次航海远行的故事：

第四次航海远行

　　兄弟们，你们要知道：第三次航海远行回家之后，我和亲朋好友团聚，日子过得比以前还要舒适、安逸，每天消闲玩乐，大宴宾客，把以前的历险经过全都抛到了九霄云外，所以又受到了贪欲的蛊惑，还是想着外出远行，盼望同各色人等交往，经商赚钱。我就购买了很多在国外畅销的贵重商品，装载完毕，数目比过去都多，我到达巴士拉，与那里的巨商一块儿坐船启程。

　　船行驶在大海上，持续地从这片海域到那片海域，从这个岛到那个岛，终于一日遇上风暴，巨浪滔天，船长下令马上下锚泊船，以防险情。那时我们诚挚地祈求安拉的拯救。然而肆虐的狂风刮裂了帆，吹折了桅杆，终于船倾覆了，商旅货物全坠入海里。我使劲游了很长时间，已经疲倦不堪，眼见就要沉入海底，突然我攀住了一块在海面漂着的破甲板，我和其他一些保留住性命的乘客一块儿趴在甲板上，在狂风巨浪的摆布下，飘荡了整整一昼夜。

　　第二天，狂风巨浪把我们带到了一片海滩上，大家都又饿又冷，极度恐慌和疲惫使我们无精打采，形销骨立。可巧岛上植被繁盛，我们吃着野草维持生命。大伙卧在沙滩上，直睡到第二天日出时才醒转过来。我们便一起顺着海滩探望前行，不经意间看见远处仿佛有幢房屋，我们迅速跑到那房屋前。房内忽然冲出一帮裸男，不动声色地把我们抓起来，领着去见国王。国王让我们就座，要手下送来一些我们不知其名、也未见过的东西让我们吃。伙伴们饥肠辘辘地大吃起来，可我却没有食欲，便不去吃那东西——安拉让我一向就吃很少的东西，他的这种设计令我得以保全性命。

吃完那些东西后，伙伴们便思维紊乱，都变成了傻子，他们像疯了一般使劲地吃着，这情形简直糟糕透顶。然后别人又拿椰子油给他们喝，还抹在他们身上。喝下椰子油，他们全都变成了行尸走肉，目光呆滞，可是吃起东西来却更加起劲。这场面令我心焦，我也担心那帮裸男也要对我下手，因此忧郁不已。

我小心察看，发现他们是祆教徒，国王叫乌鲁。他们只要发现有人踏上了他们的国土，便会把人抓到国王跟前，让人吃那种东西，还给他椰子油喝，并涂在他身上，使他的消化系统超强运转，能够吃、喝得更多，同时失去理性，无法思想，麻木得如同骆驼一般；然后再给他多吃那东西，多喝椰子油，把他饲养得肥肥嫩嫩，最后杀掉给国王吃。原来他们是食人部落。

这情景令我忧惧。伙伴们完全成了白痴，受人控制，像牲口那样被驱使出去放养。我极端恐惧，又加上挨饿，所以瘦得皮包骨头，不成人样，这样他们反而不来算计我，根本不理我，慢慢就把我淡忘了。我便偷偷潜出那里，赶忙奔向前方。跑了一会儿之后，我突然看见高坡上坐着一个裸男，细细端详，他就是管理饲养我的伙伴以及其他牺牲者的牧民。他发现我仍有意识，与其他人不同，便在远处告诉我说："你回身向后，再往右边去，就能发现出口。"

我遵循他的话，转向后方，看见右边有一条大道，便马上跑过去，一直前行；时而因担心追兵而飞奔，时而为歇口气而缓步，我在走出那牧民的视力范围之外，我也看不见他时，这才安下心来。

然而此刻夕阳已西下，天色阴暗，我止住步伐歇息，想卧在地上就寝；然而过分的惊惧、饿肚子与劳累令我失眠了。我大着胆子，午夜里就启程，不断地跋涉直到天亮。此刻我饥饿难耐，疲倦劳累，只能以吃果实维持生命，但还是一直前行，没日没夜地穿行着，肚子饿了就吃果实，就这样七天七夜过去了。第八日，我发现远处显现出朦胧的身影，就走上前去；我不停地走着，直到黄昏才抵达那里。不过由于以前两次遇到过麻烦，所以我惴惴不安地从远处窥探他们，发现他们在摘胡椒。

我缓缓靠近他们。那些人发现了我，都奔过来询问："你是什么人？打什么地方来？"

"你们要知道，我太惨了……"我立刻对他们说了我的情况以及各种奇遇。

"向安拉发誓，这太吓人了。你如何逃出他们的控制？你怎能斗胆路过那里？他们为数众多，分散各处，喜欢吃人，没有人能从他们那里逃出来，谁都没有胆量到那里去。"

我原原本本地向他们讲了我和伙伴被抓，还有伙伴品尝不知名食物的经历。他们惊讶不已，并宽慰我，为我祈福，要我与他们待在一块儿，让我吃咸的东西来填饱肚子，歇了一个多小时，再让我上他们的船，驶往他们所生活的岛屿，还带我拜谒他们的国王。

我为国王祈福，并向他致意，赢得他的欢心与敬重，他对我的遭遇非常关切。我把自己的情况以及自巴格达出发之后在旅程中所发生的奇遇，都娓娓道来。国王和大臣听罢，颇为诧异。国王给我赐座，让手下款待我吃的。我酒足饭饱之后，净了手，感激、颂扬安拉，接着便去观赏这座城市的景色。

这城市贸易发达，人口众多，各种物品一应俱全，商旅熙来攘往。我觉得在这城市里非常愉快，和本地人相处异常舒畅；而且国王非常敬重我，我比大臣的身份都要高贵。我发现所有当官的都骑着没有鞍的马匹，感到很不解。一日，我问国王："陛下，你们怎么骑没有鞍的马？坐在鞍上不仅舒服，还能让人神清气爽呢。"

"鞍是什么玩意？我们根本没见过，也没用过。"

"陛下能准许我做出一副来给您坐上试一试吗？"

"行，你去做吧。"

"请赐我少许木材。"

国王命令手下去准备我所需的木料，还召来一个头脑灵活的木工。我指挥他怎么做鞍架，披上毛皮，再装上皮兜胸、腹带，鞍褥则用棉布做成，又喊了个铁匠，指导他锻造出一副脚镫子，拿索带绑在鞍上；最后找来一匹御马，装上鞍辔，带去拜见国王。国王看后非常欣喜，极为感谢我，并上马检验了一番，觉得舒适异常，便封赏我颇丰。

丞相艳羡我为国王所制的鞍辔，让我帮他也做一副；我便为他做了一副一模一样的。这下群起仿效，当官的都让我为他们做马鞍。我应允了，指导木工做鞍架，指导铁匠锻脚蹬，做出来许多马鞍，出售给各级官吏以及其他行业的人士，我大赚一笔，大家极为敬爱、喜欢我；我的身份在国王、大臣和各色人等中极为崇高。我志得意满，日子过得快活非凡。一日国王告诉我："我跟你说：我们非常敬爱你，你已是我们国家的人了，我们无法失去你，也不能让你从此地出走。我如今想告诉你一件事，望你服从我，别违抗我。"

"陛下吩咐的事，我可没胆量违抗，我简直无法报答您对我的细致关心与呵护；颂扬安拉，我就是您的仆人。"

"我想让一位纯洁、漂亮、可爱又富有的女子和你成亲，使你定居此地，与我一同生活在宫廷中。望你服从我，别违抗我。"

国王的话令我赧然，垂首不发一言。他问："年轻人，为何沉默？"

"一切都由您做主吧，随陛下的意愿而定。"

国王命令手下马上把法官与见证人喊来，立下婚约，当场让一个高贵、纯洁、漂亮、有很多土地的有钱女子嫁给我，还赠我一处高贵美丽的宫室，遣仆役侍奉我，每月都给我薪金。我把以前那种种奇遇全都抛到九霄云外去了；日子过得特别舒心。我心想："我若想回故乡了，就把她也带回去。命里注定的事肯定会出现；再说将来会有什么变故，也不好说。"我和老婆彼此深爱对方，两情相悦，互相敬重，日子过得非常幸福，就这样过了多年。一日，和我关系最不错的一个邻人的老婆去世了，我前往吊丧，发现他愁容满面，忧心忡忡，看上去惨兮兮的。我开导他说："你可要节哀顺变呀，别过分沉溺在丧妻的哀痛之中；祈盼安拉偿还你所失去的，添加你的财富、寿命。"

"兄弟啊！"他痛苦万分地说，"我只能再活一天了，如何再续弦？安拉如何能偿还我所失去的？"

"朋友，镇定一点；你很健壮，不要让你的心灵去求死。"

"兄弟，用你的灵魂发誓吧，你明日就会与我分别，永远也不会再见到我了。"

"为什么？"

"我们这里的传统就是：妻亡夫殉葬；夫亡妻殉葬；今日他们为我老婆出殡之时，就会把我也葬入她的墓里去的；所以说，夫妇中无论少了谁，剩下的那个也就无须再过日子了。"

"向安拉发誓，这是一种会把人逼疯的丑陋传统。"

我和邻人正在交谈之时，不少当地人也进来了，吊唁亡者，准备出殡。他们抬来一个木盒，将尸首殓入，丈夫跟在旁边，他们将尸首和那男人送到郊外海边的大山上，掀起一块巨石，将尸首丢入一个像井一样的洞穴里，再用绳索绑着那男人，将他也投入洞内，并留给他一壶水、七张饼的饮食。他在洞里把绳子卸掉，外面的人就拉出绳子，把巨石依旧掩在洞口上，然后一块儿归去。

参与了这次丧葬后，我喃喃道："向安拉发誓，这么死太残忍了!"我便拜见国王,问道:"陛下,贵国为何殉葬要用活人呢?"

"我告诉你,我国有这种传统,夫亡妻殉葬,妻亡夫殉葬;这样无论生死,夫妻俩永在一起,不会分开,这是老祖宗传下来的。"

"如果有个人,和我一样是个外地人,那么他的老婆在这儿去世了,你们也要他去殉葬吗?"

"不错,就像你看到的那样,所有事宜都按我们的传统来办。"

国王的话令我恐惧万分,愁眉不展,胆战心惊,魂不守舍,生怕老婆先我而去,我就成了牺牲品。后来我又自我解嘲说:"命中注定的事,哪个人能搞清楚?没准我比老婆先死呢。"我便强撑着上班,想忘掉这事。然而不久之后,老婆染病,没几天就故去了。好多当地人赶来安慰我,安慰她的亲戚,国王也依传统来安慰我。然后他们叫来殓尸者,为尸体洗浴,并以最华贵的服装、最珍奇的珍宝来装扮她,随后殓入木盒,扛到郊外海边的大山上,掀起洞口的巨石,将尸首投入洞内,人们聚过来与我辞别。那时我高呼着:"我不是本地人,我不想按你们的传统……"然而他们充耳不闻我的恳求,捉住我,用暴力捆起了我,把我同一壶水、七张饼一同投入洞内,说道:"卸开绳索。"我不想卸,他们便丢下绳索,掩上巨石,分别回家了。

这个洞位于山坡下,洞内尸骨堆积如山,到处是一片腐臭之气。那时我只顾自责,喃喃道:"向安拉发誓,我必须承受这所有的灾劫,不就是由于我在此地成家立业了吗?无计可施,只盼全能的安拉援救了。不就是这样吗?刚从一种灾劫中抽身出来,又陷入了更恐怖的灾劫中,永无宁日。向安拉发誓,这么死太不值了,被人家丢进来殉葬,倒还不如坠海而亡,要不就像前几回那样在山里死去。"我不停地自责，躺在尸骨上睡着，求安拉救助我，并且我也盼着死去，然而又没有那么快。

一段时间之后，我又饿又渴，费力地坐好，摸着了饼，咬了几下，又喝了点水，打算走一走。我察觉到这个洞穴异常开阔，到处是尸首和白骨。在离腐尸较远处，我安置了歇息之地。那时我每天，或者隔几天才吃少许饼，喝一点水，生怕还没死时就断炊了。然而不管如何省法，食物总会吃完的。

在这无望的、漆黑的墓穴里，我生活了几日，在我忧伤地思索着食物吃光之后如何是好之时，头顶的洞里忽然猛烈地颤动起来，一阵巨响过后，洞内射进一缕阳光。我愣住了，说："看！怎么了？"我仔细观察着，发现有一伙人在洞口站着。随后一个男人的尸体和一个抽泣不已的女子被他们扔了进来，而且也丢下了水和饼。那时女子发现不了我，我却把她端详得一清二楚。

那些人掩上出口，分别回去之后，我立起身来，拿起一根死尸的腿骨，潜到那女子身边，抓住她的脑袋，用腿骨击倒她，然后又补了两下，把她给打死了。她衣着华丽，还装饰着贵重的珍宝。我抢走她的口粮，躲在我藏身之处，倍加节省，每日只进食维持生命所必需的少许食物，以防东西吃完，只能饿死渴死。

以后每到上面办葬礼时，我就干掉殉葬的，抢走他的口粮，让自己的生命延续下去，就这样我在洞中居住了很长时间。某一日，我被身边发出的响声惊醒，我感到很害怕，心想："什么东西？"我便立起身，手执一根死尸的腿骨，去有动静之处检查。那是一头野兽，被我的步履声给吓跑了。我跟着它追了一会儿，突然发现前方有微弱的光芒，时明时灭。我向那微弱的光芒赶去，离的距离近了，那光芒也由一点变成了一块，这说明那是一个出口。我心想："没准这洞口还有别的出口，这或许是其他的裂隙。"我认真思索了半天，大着胆子来到那光芒跟前，发现这是动物挖开来以便进洞吃死尸的一个出口。

我的心情因找着出口而转为宁静，想到自己又有了生机，不禁感觉像做了一场梦。我费力钻出洞外，来到了海边的大山上。大海把这座山与城市、岛屿都隔绝开来，非人力所能跨越。我欢欣鼓舞，精神百倍，虔诚地感激、颂扬安拉。最后我又爬回洞里，把剩下的食物收起来，找了一套死者的服装穿上，搜罗了很多殉葬者带来的珍宝饰物，装在死者的寿衣里，取出后放在山上。每日我都要进洞搜罗殉葬的财宝，就这样过了许久。最后我在海边坐着，守候着来往船舶，好向他们呼救。

一日，我依旧在海边坐着，思考如何脱身，突然看见有一艘船在巨浪翻滚的海上行驶着。我在树枝上绑着一件白色寿衣，高高扬起，顺着海滩一边走一边摇晃，还高声叫喊。船上的人循声而至，他们抛下一艘快艇，海员们把小艇驶到我跟前，问："你是什么人？怎么会在这里？此地杳无人烟，你是如何来的？"

"我是个商人，我的船翻了，我趴在一块甲板上，身上携带着一些财物，在海上漂流，幸亏安拉保佑，我最终流落至此。"

我从洞里搜罗来的宝物被他们运上了快艇，他们又领着我上大船拜见船长。船长问我："你怎么流落至此？这大山的背后是一座大都市，我在海上开了一辈子的船了，经常路过这座高山，从未发现过有人，只有鸟兽栖息；你是如何来的？"

"我是个商人，坐一艘大船去外地做买卖；不料途中遇难，船翻

世界经典童话

·一千零一夜·

图文珍藏版

了，我携带了一些资财，趴在一块甲板上，被狂风吹到这儿的海边。我从此望眼欲穿地守候着，盼望有过往船舶来救助我。"

我隐瞒了我在那座都市里的生活和遭到殉葬的灾祸，因为我担心船上有来自那座都市的商旅。我给了船长一批宝物，说："你救了我，这里是一份薄礼，送给你以表感激之情。"

他拒绝了，并说："只要我们发现有坠海的或是置身孤岛的人，肯定会去救助他，并把他带上一块走，给他提供吃的和穿的；但我们不收礼。抵达邦德尔之后，我们还会送他一些礼品，使他能够谋生。我们都是看在安拉份上才做善事的，不索要回报。"

我谢过船长，为他祈祷，祝福他。这以后，我跟着他们奔波在海上，从这片海域到那片海域，从这个岛到那个岛，持续地行驶着。一路上，当我记起被葬在洞穴里的情景时，就忍不住惊恐万分；当我记起被商船搭救，化险为夷时，又欣喜若狂，高兴不已。

最终我安然无恙地来到巴士拉，停留了几日，接着启程回到巴格达，与亲朋好友团聚。他们看见我安全回家，全都高兴地祝贺我。我贮存起财宝，自此广做善事，赈济可怜的穷人，解决他们的温饱问题。我又过上了以往那样的奢侈日子，常常与亲朋好友欢宴，大吃大喝，自由自在地尽享人间富贵。以上就是我最离奇的第四次航海远行的故事。

说完了第四次航海远行的故事，航海家辛巴达告诉搬运工辛巴达："朋友，今晚还是在这里吃吧。明日你过来，我再对你讲述更加奇妙的第五次航海远行的故事。"然后他让仆役给搬运工辛巴达一百枚金币，又拿出饮食，大家共享晚宴。

搬运工辛巴达和客人们都认为这次航海远行的故事比以前的几次更加离奇，不禁惊奇万分。吃完饭，众人辞去。搬运工辛巴达兴高采烈地回家去了，美美地睡了一觉。

第二天一早，搬运工辛巴达梦醒之后便洗漱、做晨祷，随后如约去航海家辛巴达的府上，问候他。航海家让他在身旁就坐，等候着剩下的亲朋好友，等人到齐后便请他们用餐，大伙酒足饭饱，每个人都觉得兴高采烈，于是他就说起了第五次航海远行的故事。

第五次航海远行

朋友们，我告诉你们，我第四次航海远行后回乡，获利颇丰，所以全身心地吃喝玩乐、嬉戏玩耍，把以前的历险经过全都抛到了九霄云外。日子久了，环境变了，我的贪欲又出现了，渴望去国外经商、观光；后来我做了决定，抖擞精神，购买在国外畅销的贵重商品，装好由骡马拉到巴士拉，发现海边泊着一艘性能优良的新船，我非常喜欢，便收购下来，招募了一个船长和一些海员，还安排了仆役，装上自己的商品启程了。那时众人都兴高采烈，昭示出前景美好、买卖兴旺的景象。我们持续行驶，从这个岛到那个岛，从这片海域到那片海域，到许多都市中去观光、经商。某一日途经一座无人居住的荒岛，岛上仅有一座白色穹顶物体，我们就停船上岸去观光。我明白这穹顶物体就是一枚硕大的神鹰卵，但是此前商旅们并不知情，他们用石块击碎它，里面溢出很多液体，他们还把一只未长成的小鹰拖出来杀了，切下了很多肉。那时我没下船，来了一位乘客告诉我说"走吧，主人，去瞧瞧你曾称之为穹顶物体的蛋吧。"我来到那里，发现商旅们敲碎了神鹰卵，不禁大惊失色，叫道："你们别再瞎胡闹了，神鹰会来报仇的，要是把我们的船给毁了，那就完蛋了。"

可众人无视我的警告，老是在瞎胡闹。他们正在乱敲乱打之时，突然阳光消失了，顿时我们面前一片漆黑，长空里黑云密布。我们仰望天空，才明白神鹰用羽翼遮住太阳，令地上变得漆黑。神鹰飞来发现自己的卵已遭毁坏，长啸一声，引来了母鹰；两只神鹰在天空里回旋，啸声有如雷鸣。我命令船长和海员们："立即启航，在灾祸降临之前迅速寻找逃生之路。"商旅们也飞快地跑回船上，船长和海员们马上扬帆启航，驶离孤岛。

船驶得飞快，只求及早远离那片区域，以防遇上危险。然而还没驶出多远，神鹰们已追踪而至，两只神鹰各攫着一块巨石，飞临我们头顶，瞄准后往下丢。幸亏船长及时转弯，大一点的石头掉入船边的海里，掀起狂涛有如高山，几乎将船卷翻。随后母鹰丢下一块小一点的石头，砸中船舵，船尾被毁掉了，整条船也随之倾覆，人们和财物全部坠入海中。我拼命在海里试图逃生，最终还是安拉保佑我，让我攀上一块碎甲板，在海上漂着，任由狂风将我吹至一座孤岛。那时我累得几乎都快死掉了；我由于极度的恐惧和饥饿而变得十分落魄，在死亡线上挣扎着。我卧在海边，慢慢地等待精力复原，情绪稳定下来后，才站起来缓步而行。我觉得这孤岛似乎是片乐土，林木茂盛，流水淙淙，禽鸟欢歌，树上野果众多，地上百花盛开。我以吃果实、饮泉水维持生命，虔诚地颂扬、感激安拉。

由于极度恐惧与劳累，我仿佛是个伤员，在这孤岛上逡巡，成天都见不着一个人。我晚上就卧在地上入睡。第二天一早，我起身来到树丛中的一条小河边，发现有个老者坐在那里，长相庄严，身穿树叶编成的裤子。我思忖着："或许他就是坠入海中的商旅里的一员，也漂流到此。"我上前向他致意。他默不作声，挥舞着手势作答。我问："老大爷，你怎么坐在这个地方呢？"他摆摆脑袋，以示烦恼、忧虑，然后做着手势示意我把他驮过河去。我心想："索性做做好事，驮他过河吧；我这么帮他，没准还会获得报答呢。"我便很利索地背起了他，把他背到了对岸，然后对他说："老大爷，你下来时小心一点。"可是他没有下的意思，反倒拿双腿死死地勒住我的脖子。我俯视他的双脚，竟如水牛的脚爪一般黝黑结实，我吓坏了，试图把他掀倒在地，然而他死命地勒着我，令我无法呼吸，眼冒金星，最后摔倒在地，昏死过去。

他把双腿的力气松了松，对着我的后背和肩头一通狠揍，我痛彻心扉，难以忍受，只得勉强立起身来，不顾疼痛、劳累，任由坐在我身上的他肆意驱使，他命令我走入树丛，把最美味的果实采下给他吃。我略有迟滞，他便施以拳打脚踹，真是比鞭刑还厉害的酷刑。他不断奴役着我，逼我背着他去他想去的地点，我简直是他的囚徒，稍稍不合他的心意便要挨揍。他整天在我脖子上呆着，连屎尿都排在我身上。想入睡时他就勒紧双腿，卡住我的脖子；可是他只打个盹，片刻之后又会揍我起身，背他前行。我无法抗拒他的凶恶行径，只埋怨自己起初不应怜悯他，更不应背着他。

我就这样被役使，劳累不堪，心想："我好心帮助他，却反遭奴役，向安拉发誓，我今后永不再行善举。"这非人的对待令我沮丧万分，试图一死了之。我隐忍着这苦役，度过了很长时间。一日，我背他来到一片南瓜地，地里的很多南瓜都干枯了。我挑了一个大个的，在瓜蒂处掏个窟窿，将瓤倒掉，又到葡萄藤下采了些葡萄放在瓜内，封上窟窿，在日光下曝晒几日，便成了葡萄酒，每日喝上一些，好抚慰我所受到的苦难。酒醉之后，我就变得意气风发，兴高采烈。一日，我像往常一样饮酒消愁，他指着酒问我："这是何物？"

"它是一种让人兴奋的液体。"

那时我已半醉，快活异常地背着他在丛林中穿行，兴高采烈，哼着小调，手舞足蹈。他发现我如此兴奋，便做手势让我把酒给他。他的指示我没有胆量违抗，不得不给他南瓜。他拿起南瓜一下子饮尽了瓜里的葡萄酒，将南瓜抛于地上，摔得稀巴烂。饮完酒后他很激动，醉醺醺地扭动着，然后烂醉如泥，肌肉也变得松软了，慢慢歪倒在一旁。我发觉他喝多了，已不省人事，丧失了意识，我于是拼命用手掰开他那死死勒在我脖子上的粗壮双腿，他被我摔倒在地。我终于不受奴役，逃离苦海了，然而那时我还无法置信。

我考虑到他酒醒之后会来揍我，因此我跑到树丛中搬来一块巨石，瞄准他的头就砸了下去，他的头立即被砸得稀烂，他终于毙命了。希望安拉切勿可怜这个坏蛋。自此我无拘无束，舒适快乐地在孤岛上过日子，吃果实，饮泉水，总是在海边逡巡、远眺，守候着过往的船舶来搭救我。我回忆着我的家世和种种奇遇，喃喃道："看哪，安拉要我好好活着，要我迟些日子再回归故里与亲朋好友重逢。"

我几乎不抱任何希望地在这无人岛上守候着。又是几天过去了，一日，我总算发现有一艘船来到海边靠岸，乘客们纷纷上了岛。我立即上前同他们打了个照面，他们马上聚过来，问我的经历，询问我如何来到此地。我告诉了他们我的奇遇，他们惊讶地说："那个要你背着他的怪物叫海老人，只要背上了他，没有人能再活命；你真是幸运啊。颂扬安拉，是他让你化险为夷的呀。"然后他们便供给我吃穿，还携我一块旅行。

图文珍藏版

在无垠的海洋上，商船行驶了几天几夜，抵达了猴城，这里的房屋都很庞大，而且所有宅子的窗户全都对着海洋。传说市民们一到晚上就弃家出行，坐船到海上去睡觉，为的是不被夜间入侵的猴群骚扰。我起了猎奇心，便入城观光。当我兴尽而归时，却发现海边不见船的踪影，它已离去了。我觉得难过，深悔不该上岸游览，又想起以前遇到猿猴的事，还有伙伴的下场，不禁在海边坐下痛哭起来。那时一个当地人过来询问道："朋友，你大概是外乡人吧。"

"对，我是个孤零零的外乡人。我本是坐船出海做买卖的，途经这里，便上岸观光，等我回到岸边时，船竟然离去了。"

"走，坐我们的船去海上休息吧；你要是晚上待在城里，会遭到猴群的袭击。"

"我知道了，这就跟你走。"我一边答应着一边迅速起身，上了他们的船，驶到离岸一里左右的海面上睡了一宿。第二天凌晨，人们驶回岸边，分别回家。这已形成传统了，他们夜夜都是这么过的。要是晚上还待在城里，猴群就会来把你杀死；这岛上有庞大的猴群，白昼抢夺郊外果圃里的果实，藏在山中休息，到晚上便蜂拥入城，杀人作恶。在猴城中，我遇上了一件最为离奇的事情，有一个曾与我同在一艘船上过夜的人问我："朋友，你是外乡人，在城里有没有活干？"

"向安拉发誓，我没有活可干，我也不知该干什么。我本是个腰缠万贯、乐善好施的商人，自己有一艘装满金钱财物的大船，在海上经商，然而途中遇难，船翻了，幸亏有安拉保佑，我因攀上一块碎甲板而保住性命。"

那当地人听罢，递给我一个布兜，说："你拿着它和别人一块到郊外捡石块去。走，我领你去和他们认识，你跟着他们就行了。他们如何行事，你就照办。或许因此你能赚到一些钱，也算是回故乡的盘缠吧。"他便领我去郊外，捡了整整一兜石块，片刻之后，城里走出一些人。他把我介绍给他们："他是异乡客，让他跟着你们学习采集术，他也可以借此谋生了，你们做善事会有善报的。"

"知道了，我们听你的。"他们应允了，让我跟着他们。与我一样，他们一个个都提着一兜石块，一直走到一片开阔的谷地中，谷地里有参天大树，数不清的猴子居于其间；我们一来，它们就溜回树上藏起来。兜里的石块被伙伴们取了出来，他们不停地拿石块砸猴子，猴群仿照他们的行为，采下树上的果实砸过来。我定睛一瞧，被猴群掷过来的竟然是椰子。

明白了同伴的意图后，我便挑了一株最为高耸的、挤满了猴子的椰树，从兜里取出石块，一股脑儿地往树上扔。猴子就以树上的椰子还击。地上已落满了椰子，而我的石块还没扔完。我捡了整整一兜，同伴们也都捡了不少，我们这才凯旋。我寻访到那个帮我忙的本地人，送给他我捡回的椰子，还向他致以诚挚的谢意。他告诉我："你出去把它们卖了，收入全归你自己。"他又把他家一间小屋的钥匙给我，告诉我说："没卖完的先存在这里。今后天天你都要如今日这般，和他们一道去采集，捡来的椰子，要知道有优劣之分；好好管理你赚来的钱，有的要存起来，逐渐你的积蓄就会增多，可以当作你以后回故乡的盘缠钱。"

"太感谢你了，希望安拉降福予你。"

在他的指导下，我天天捡一兜石块，与同伴们到谷地里去采集椰子。同伴们领着我，寻觅果实累累的椰林，我每日捡一兜，一直捡了许久。在很长的一段时间里，我有了很多存货，也售出了很多，获利颇丰，便选购了不少喜欢的东西，我的日子越过越红火，我感到凡是我路过的地方，我都会很幸运。

一日，我来到海边，发现有一艘货船开来，停在岸边；登陆的生意人拿着商品到城里去卖，并收购椰子和别的东西。我回去对房主说我想坐船返回故乡。他说："由你决定吧。"我对他的应允表示了谢意，辞行后来到了船上，跟船长交涉，随后又将椰子和别的货物运到船上，从此告别猴城，再度在海上漂泊。

我们不停地行驶着，从这个岛到那个岛，从这片海域到那片海域，所到之处，皆停船观光、经商。我出售椰子，偶尔也用它来换其他商品。我所失去的财物全都可以用我所赚来的钱补上，还略有盈余。

一日，我们来到了一个出产丁香与胡椒的岛屿，商旅们说，他们曾见过每根胡椒上都长着宽大的叶子，使胡椒免受阳光和雨水的摧残；一俟太阳下山，暴雨停歇，叶子就歪倒在胡椒的一边。我在这里用椰子交换了不少胡椒和丁香随身携带。后来我们又路过盛产檀香的古玛尔岛和一个方圆五百里、也出产檀香的大岛，当地人作恶多端、嗜酒、不信宗教，对祷告、悔过毫无概念。我们接着又路过出产珍珠的海域，我拿椰子送给采珠人，告诉他："借着我的好运，你为我采一次吧。"

采珠人沉入海底，采出很多珍贵的宝珠，他们告诉我："先生，向安拉发誓，你的运气真不错。"我接过宝珠，乐不可支。我同商旅们又往前行，幸有安拉保佑，我们平安来到巴士拉，停留了几日后，我装满货物返回巴格达，与亲朋好友团聚。他们兴高采烈，欢庆、祝贺我安然无恙地回家。

我贮存起财宝商品，随后大做善举，赈济贫穷、孤苦之人，赠给亲友们礼品，常把他们喊来畅饮。我这次的盈利，是我在海里损毁物品价值的四倍。以后，我又过上了以前那种安逸、悠闲的日子；把历险的种种经过全都抛到了九霄云外。

说完了第五次航海远行的故事，航海家辛巴达又说道："以上就是我第五航海远行当中最为离奇的经历；下面我们开始就餐吧。"吃完之后，他让仆役赠给搬运工辛巴达一百枚金币。

收下赠金的搬运工辛巴达，心中充满了惊讶之情，他走回家里休息。第二天凌晨，晨祷完毕之后，他如约来到航海家辛巴达的府上，问候他。主人请他就坐，与他一起聊天，等候着剩下的亲朋好友，大伙来齐之后就款待他们酒食；待他们酒足饭饱、神清气爽、兴高采烈之时，主人就讲起了他第六次航海远行的故事：

第六次航海远行

朋友们，我告诉你们，第五次航海远行后回乡，我觉得非常快乐，每天吃喝玩乐，把历险的种种经过全部抛到了九霄云外。某一天，我正在家中纵情欢乐之时，突然有一帮商旅来访，他们一脸沧桑，露出怡然自得的神色。他们的到访使我想起远行返家时与亲友团聚那一刻的快乐，又勾起了我出门远游经商的欲望。我便作了决

世界经典童话

·一千零一夜·

图文珍藏版

定，购买了不少在国外畅销的贵重商品，装好运往巴士拉。有艘装满商品和乘客的大船正扬帆待发，我就上了船与他们一道启程。

我们持续地行驶着，从这个地点到那个地点，从这个城镇到那个城镇，经商、观光，从商旅生涯中获得快乐。一天，船正在航行着，船长猛然怒吼起来，扯下头巾，拽着髭须，甩自己耳光，不停地痛哭流涕。人们被他的举止搞得惴惴不安。大伙非常慌乱，聚过去问他："船长，到底发生什么事了？"

"乘客们，你们要知道：我们已抵达了一片从未到过的海域，这是由于行程计算有误造成的。若是安拉不来拯救我们，我们就死定了。我们开始虔诚祈求吧，愿安拉救助我们！"

船长边说边攀上桅杆，准备把帆降下来。然而狂风肆虐，刮断了桅杆；巨浪掀烂了船舵；没有舵的船被潮水推向一座大山。船长从桅杆上下来，感慨道："无计可施，只盼全能的安拉来救助了！天不遂人愿；向安拉发誓，我们遭遇灾劫了，没有人还能活命。"那时我们非常沮丧，众人痛哭流涕，仿佛自己已成鱼儿的食物，互相诀别。然而，船触礁了，粉身碎骨，商品和乘客全都坠入海中。有的人溺死，有的挣扎着登上了山。我也上了山。这座山其实就是一个孤岛，数不尽的船只残骸与财宝散落在海边，这说明此处是船只遇难多发之地；狂风和巨浪又把残骸中的财宝卷上了岸。

幸存的人们稀稀拉拉地站在孤岛上，面对着海边难以尽数的财宝，再加上过度的惊吓，人们都有些神志不清，说话做事都有些疯疯癫癫。我爬到山巅，四处徘徊，看见有一条涓涓细流，从这边山腰中流向对面的山腰中。河底以及周边地带，到处是翡翠玉石以及种种贵重的矿产，璀璨夺目，如夜晚繁星一般数不胜数。那儿还有贵重的沉香和龙涎香。其状如蜡的龙涎泉受热之后就化掉，淌到海边，散发出馥郁芬芳，抹香鲸特别喜欢喝这种东西；到了鲸鱼肚子里，它就发生了改变，后来又被抹香鲸吐出来，板结成块状，在海上漂流，色泽、外形都有所改变，最终被送到海边，见多识广的商旅就会把它藏起来，价格非常昂贵。那儿的龙涎泉源自险峰峭壁之中，谁都爬不上去。

来到孤岛上的我们，瞪大了惊讶的双眼，端详着天地间的景色，赞叹安拉造物之精妙。那时，一想到生命的安危，我们就惊恐不已。在海边，我们觅到一些食物，贮存好，每日或每隔一日才吃少许，

世界经典童话

·一千零一夜·

图文珍藏版

生怕没有食物后在饥饿中死去。我们当中每日都有死掉的。我们为死者沐浴，给他穿上衣裳或从海边找来的布匹，然后安葬。随后死去的人数日渐上升，幸存的人越来越少，还都得了肚子疼的疾病，衰弱疲惫。最后幸存者渐次死去，只留下孤独的我在孤岛之上。那时食物即将告罄，我为自己而伤心，不禁痛哭慨叹道："真希望我早一点死去，还有人安葬我，那才叫有福气呢？无计可施，只盼全能的安拉来救助了。"

几天之后，我觉得死期已近，就挖了一个大坑，喃喃道："待大限来到之时，我就卧在里面等死，希望狂风卷来沙尘，把我的尸首遮掩住，以防暴尸荒岛。"那时我深深悔恨，自责我的蠢笨，自责我总是喜欢远离家乡去海外游历，而不顾遇到过五次险情；并且这些险情，一次比一次厉害；非得到了死亡线上，我才后悔、抱怨，立志再也不航海远行了；而且我外出冒险、奔走是没有什么原因的，因为我过着舒适的日子，我的财富任我花销一生也用不完；这岂不说明我是自讨苦吃吗？最后我思前想后，思忖道："向安拉发誓，这条河肯定有源头和入海口，肯定会流经有人居住之地。我应该做一艘只坐我一个人的小舟，推入河里，随波漂流，这才是上策。如果安拉首肯的话，一路顺顺利利，那么有可能脱险；要是这一路遇上阻碍，那么就算毙命于河中，也胜过在此地坐以待毙。"我便立刻干了起来，极为困难地弄到了一点沉香木，在河岸上平整地排开，我用在残骸中发现的绳子把木头绑起来，又在其上面垫了几张平整的破甲板，也死死地捆好了，两边各弄来一块小木板，权当作船桨，最后一艘宽度比河底还要狭小的小舟制成了。我在小舟上载满了搜罗来的宝石、财物和龙涎香，还带上了仅存的一点食物，我充满豪情地念道：

　　　　走吧，

　　　　脱离这险境，

　　　　大胆前进，

　　　　哪怕丢掉房屋，

　　　　任建造者哀叹、伤心。

　　　　天涯处处是你家园，

　　　　然而你只有一副肉身。

　　　　不要因为瞬间的灾祸而恐惧，

　　　　什么灾祸都会有止境。

　　　　若他命该绝于这里，

　　　　便不可能死于其他地方。

　　　　大事勿要请人代劳，

　　　　因为你能信赖的只有你自身。

　　小舟被我拖下河，我在舟中坐好，顺流而下；走了一段路，便到了山洞里，小舟笔直前行，四周伸手不见五指。随后来到一个狭小之处，船抵着岸边，头上的石壁又顶着我的脑门。那时已不可能再后退了；故而我责骂自己考虑问题不仔细，慨叹道："如果这里再狭小一点，小舟进退两难，那我岂不得在此处等死吗？"我无计可施，只好把一张脸使劲压着小舟，任由河水带着我走，漆黑中，我不知昼夜，胆战心惊，极为恐惧。洞里一直是漆黑一片，时而宽一些，时而窄一些；我倦了，便不由自主地昏昏睡去。搞不清又漂流了多长的路程，又经过了多长的时间，我才苏醒过来；眼睛一张开，只看见一片光亮，我来到了一片开阔地，小舟泊在岸边，好多印度人和埃塞俄比亚人站在我身边。他们发现我苏醒了，便跟我说起话来。我不知道他们说的是什么话，不能跟他们对话，这令我感到自己似乎还在做着梦。最后我身边来了一个人，用阿拉伯语问我："朋友！你怎么样了？你是干什么的？你从何处来？你来这里想干什么？山的另一边从不曾有人过来；山的另一边究竟是怎样的？"

"你们是什么人？这是哪里？"我问道。

"朋友，我们是农夫，在此地耕作；我们发现你在小舟里睡着了，就拽住它，让它停在岸边，守候着你逐渐苏醒。让我们知道你是如何来到这里的？"

"向安拉发誓，我的朋友！让我先填饱肚子吧，我吃完了再告诉你们吧。"

他们马上端来了吃的；我大口大口地吃着，肚子饱了，精力逐渐恢复，心情渐趋平和。安全抵达有人居住之地，这令我欣喜万分，我虔诚地感激、颂扬安拉。我原原本本地把自己的经历、漂流的艰辛，全都娓娓道来。他们听完说道："我们应领他去拜谒国王，这些事情应由他本人来说。"他们拿着我的财宝，带我入宫拜谒国王。

国王向我致意，他对我的到来很高兴，并询问我的遭遇，我就原原本本地把我的家世和奇遇都向他娓娓道来。国王诧异不已，祝贺我化险为夷。我取出一些小舟上装的宝石和龙涎香献给国王，我赢得了他的敬重，把我视为贵客。自此我就住在宫廷里，与高官显贵交往。

我的经历流传在外，很多当地人和外地人都到宫里来找我，询问我故乡的事情；从他们那里，我也知道了各国的风俗习惯。一日，国王询问我巴格达的概况和哈里发的政权。我向他描述了一番哈里发的仁政，他大为羡慕；他告诉我："向安拉发誓，哈里发的政策很明智，老百姓也衷心拥护他的统治；我万分仰慕、崇敬他，我要请你代我送一份礼品给他。"

"我懂了，我听您的。我会把主上的礼品带到哈里发的宝座前，并向他叙述主上的仁政。"

在宫廷里，我生活了很长时间，一直受到敬重，日子过得非常闲适。一日，有关商人预备好船舶去巴士拉做买卖的传闻被我得知了，心中因而想道："能和生意人一道返回家乡，真是太棒了。"我便赶忙拜谒国王，亲他的手，说明我极为想家，决定和生意人一道坐船回乡。国王说："由你自己选择吧。有你在我们身边，我们都备感欣慰；如果你想定居在此地，我们会非常高兴的。"

"向安拉发誓，陛下，您的恩典荫庇着我，我永生不敢忘怀。然而我极为想家，恳请您允许我回去，与亲友团聚，享受家的乐趣。"

国王了解到我返家的愿望非常强烈，就把那些即将出海经商的生意人叫来，让他们把我捎上，他还为我置办旅行用品，盘缠钱也由他掏，还嘱咐我送一份贵重礼品给何鲁纳·拉施德哈里发。辞别国王及认识的伙伴之后，我便和生意人启程了。我们路上行驶很顺利，从这片海域到那片海域，从这个岛到那个岛，最终安抵巴士拉。

在巴士拉我停留了几日，悠闲地休整一番，随后带上财宝返回巴格达。我先把礼品送入宫廷，随后返家，与亲人团聚，贮存起财宝，款待亲朋好友，赠他们一些礼品，然后广为施舍，赈济贫穷的人们。数日后，哈里发宣我进殿，问我礼品从何而来。我告诉他：

"向安拉发誓，我根本搞不清那里是什么地方，也不清楚如何去那里。起因是那时我们的船只遇难，我漂流到一个孤岛上；我做了一艘小舟，推进河中，顺流而下，希望能得救……"我告诉他旅行中

的经历，怎样漂到有人居住的都市，在那里的日子，还有国王派我带礼品的过程。哈里发诧异不已，非常尊敬我，下令记载历史的官员记下我的遭遇，当作史料放在内府中，供将来的人研究。自此我在巴格达城中生活，又过起了以前奢侈的日子，把历险的种种经过全都抛到了九霄云外，每天欢宴游玩，不亦乐乎。

说完了第六次航海远行的故事，航海家辛巴达又说道："朋友们！以上是我第六次航海远行的故事，如果安拉首肯的话，明日我要说最为离奇的第七次航海远行的故事给你们听。"随后他款待众人酒食，还赠给搬运工辛巴达一百枚金币。

用餐完毕，亲朋好友四散离去。搬运工辛巴达揣着金币，心中满足诧异，返回家中休息。

第二天做完晨祷，搬运工辛巴达如约来到航海家辛巴达的府上，同别的客人们一同享受饮食。用餐完毕，航海家辛巴达讲起了第七次航海远行的故事：

第七次航海远行

朋友们，我告诉你们：第六次航海远行回乡之后，我获利颇丰，又过上了以前那种奢侈的日子，每天欢宴游玩，挥金如土，这样舒适的生活没过多久，我又起了贪欲，想去海外观光，渴望能出海远行、做生意、饱览各国风光。我便作了决定，准备了好多贵重商品，装起来运往巴士拉。有一艘装满商品和乘客的大船正扬帆待发。我便上了那艘船，又同商旅们一道生活了，这令我快活非凡。

船行驶在海上，借着晴空万里，无风无浪，顺利地来到了中国的边境。那时我们正兴高采烈地聊着经商秘诀，在远行中感到非常快乐，猛然间狂风突起，随即暴雨如注。我们一边在商品上盖好毯子、袋子，以防渗水，一边伤心地祷告，请求安拉的拯救和佑护。船长奋不顾身地扎好皮带，攀上桅杆，巡视八方，随后跳回甲板，盯着我们，绝望地甩自己的耳光，拽掉唇上的髭须。我们万分诧异，问他："船长，到底怎么了？"

"我告诉你们：风浪把船推到了大洋的尽头了，我们真心祈求安拉救助，都去办后事吧！"他说着从柜子里拿出一个袋子，抓出袋中的一把泥土，掺上水，片刻之后嗅了嗅，然后从柜子里又拿出一本小册子，掀开看了看，说："乘客们，我告诉你们：奇闻逸事都记在这小册子里面，它说此地乃圣灵所居，圣苏里曼·本·达伍德便是在此去世的；因此没有一个抵达这里的人能够生还，必定会遇害。像大山一般的鲸就生活在此地，只要是到达这里的船舶，全都会被鲸吃掉。"

船长的话令我们惊惧不已。他的话音刚落，船身就晃动起来，猛地被抛到半空，然后又坠入海里，随后传来雷鸣般的声响，我们胆战心惊，觉得马上就会被鲸鱼吃掉。刹那间，一条山一般的鲸鱼浮出海面，我们惊呆了，痛哭流涕、无可奈何地坐以待毙。此刻，又一条更为庞大的鲸鱼浮现出来。我们哭天喊地，无计可施，互道诀别，准备让它们吃掉。然后一条更为巨大、凶恶的鲸鱼出现了。三条凶狠的鲸鱼围攻着小船，眼看它们就要把船、乘客及货物都吞掉了。我们都惊恐得不知所措。在这危急时刻，突然狂风大作，巨浪滔天，小船碰到礁石，粉身碎骨，乘客和商品全部坠入海中。

我立即除去衣衫，只剩下一件衬衣，在海浪中挣扎着，划了一阵子，攀上一块碎甲板，就这样漂在海上，随便海浪怎么要弄我。置身于此绝境，我只得自责道："航海家辛巴达！你执迷不悟，虽然多次历险，仍然想出海远行；就算是悔过了，但也只是做做样子。这一切全是由于你贪婪而要承受的惩戒，所以尽管你富可敌国，依旧要承受这灾难。"

随后我渐渐让理性战胜了情绪，告诉自己说："有了这次惩戒，我幡然醒悟，真心悔过，永远不再渴求，也不再谈起航海远行了。"我不停地祷告，诚心祈求安拉；又因想起往日那闲适、游乐的岁月而悲伤。就这样过去了两天，最终我来到了一片海滩。我上了岸，才发现是一个面积不小的岛屿，岛上有林木、溪流。我就吃果实、饮泉水，使自己活了下来，我的精力逐渐复原，心情平静，胸襟开阔，毅力坚定。

我在孤岛上奔走，想找条生路，随后我看见一条湍急的大河，不禁想起上回乘船的遭遇，心想："我得造艘小舟，就跟上回一样，或许我可以逃生。如果可以逃生的话，那我就真心悔过，痛改前非，终生不再航海远行了。如果途中遇险，我就死了算了，远离尘世之苦也不错。"我便找了几根木头，又弄来一些树枝和枯草，做成绳索，紧紧地捆扎成一艘小舟。我对它说道："要是这次得救的话，一定是安拉在暗中佑护我。"我把小舟拖入水中，坐在舟中，顺流而下。

小舟持续行驶了很长的路程；一日，两日，三日，不停前行。我在舟中安睡，三天里只饮了些河水，什么东西都没吃。极度的劳累、惊恐与营养不良，令我仿佛一只病鸡。最后河流流进一座山峰，从山洞里穿流进去。我担心洞中又如上回那样因狭小而出现险情，便试图把小舟泊住上岸；可是水势湍急，我没法泊舟，只得顺流进入洞中。我觉得必死无疑了，慨叹道："无计可施，只盼全能的安拉来救助了。"

所幸片刻之后，河水便从洞里流了出来，来到一片旷野，我面前出现广阔无垠的低地，河水倾泻而下，激流声有如电闪雷鸣。小舟挣扎在激流中，我胆战心惊，死死握住木板不敢轻举妄动，生怕坠入河中。小舟在湍流中飞驰而下，在这危亡时刻，我既驾驭不了小舟，又没法登陆。最终，我来到了一座都市近郊，那里屋舍俨然、人口众多。河边的居民发现我在小舟中坐着，被激流挟持而下，便立即扔出绳子和渔网，将我救离险境。我一来到岸上，便由于极度的营养不良、惊惧和失眠而昏死过去。他们赶紧抢救我，才使我复苏过来。他们当中的一位老者特别慈祥，对我十分关切，把他的衣裳脱下来让我穿，领我到城里去洗澡、用香熏身，请我喝美味的酒水，还领我上他家，在客房里坐下，为我准备可口的饮食。我酒足饭饱，仆役便呈上开水让我刷牙净手，还给我手绢擦拭。随后老者整理好一间偏房，让我住着，还要仆役悉心服侍我。他视我为贵客，我的膳食很不错，住得也很舒心。三日后，我的精力慢慢复原，心情平静，胸襟开阔，恢复了正常。第四日，老人过来探望我，说："年轻人，你给我们带来了安慰；颂扬安拉，是他令你化险为夷。如今你想不想陪我去集上逛逛，把你的东西售出，再买点儿其他的货物？"

我不知他在说什么，沉默着暗自思忖："我有什么东西可卖？他干吗这么说？"然后老人又说道："年轻人，走吧，我们一同到集市上去吧，你不要再迟疑了，要是谁开出了你满意的价格来买你的东西，你就卖吧；要是价格不高，那么先把东西暂留我处，待价格上扬时再出售也可以。"

我想了想，暗自嘀咕："先跟他去，瞧瞧究竟是什么东西？"我就告诉他："我知道了，我听你的。老人家，每件事我都会遵从你的教导，你的行为可以修来福运的。"

我跟着他上了集市，发现人们已经劈开我坐的小舟，放在集上请人在卖，原来，那些木块都是檀木。拍卖开始了，生意人互相竞价，价位上升到一千枚金币时，就停住了。老人转身告诉我："年轻人，你要知道：当前的市场价就是这么高，你想不想卖？要不先等一等，我帮你存储好，待行情再攀升时再脱手？"

"老人家，由你做主了；你想怎么处理都行。"

"年轻人，我再加上一百枚金币，你出售给我行吗？"

"行，那就给你吧。"

老人命令仆役抬着檀木回去，存储在收藏室里。我随他返回家里，相伴而坐。他给了我金币，他还借给我一个兜，装起金币，用锁锁好，随后给了我钥匙。片刻之后，老人问我："年轻人，有件事我想征询你的意见，希望我的打算能被你接受。"

"老人家，有事就请讲。"

"我告诉你：我都六十岁了，却没有儿子，唯一的一个女儿，长得还算漂亮、可爱，也有一些财产；我想让她跟你成亲，和你过日子。我死后，你要继承我所有的积蓄和在商务机构里的官职。"

我一言不发。老人又说道："年轻人，你听我的话，接受这门亲事吧；我都是为了你才这么做的。你听了我的话，我把女儿嫁给你，那么你就是我的儿子了，一家人在一块过日子，我的现金和田产都是你的。将来没有人会管着你，你想经商也行，想返回故乡也行。总之财物都是你的，任由你支配。"

"老人家，向安拉发誓，你就好比是我的生父。在历经艰险、尝尽苦难之后，我再也没有什么主见了。你做主此事，随你的意愿而定吧。"

老人让仆役把法官和见证人喊来，立下婚约，准我和他的女儿成亲，又大办丰盛的喜酒，款待来宾。新婚之夜，妻子装扮得华美、艳丽，简直美艳绝伦。她的陪嫁饰品，款式多样，每件都是由价值几万枚金币的玉石、珍珠制成，有的饰物简直价值连城。我们互相深爱对方，感情真挚。自此夫妇过上了琴瑟和谐的日子，两个人相依为命。

此后丈人染病而亡，我收殓、葬好他的尸首，接管了他的一切；财产都归我，仆役由我驱使，生意人都拥戴我就任他本来担任的官职。在商务领域，我丈人的岁数最大，威信最高，所有的贸易交往都得经他首肯后才得以生效。生意人在他辞世后拥戴我继任，所以我频繁地与城中的人们交往。时间一长，我就了解到他们每个月都有一次变身。每个月的开头几天，他们身后就生出双翼，在半空中飞翔，而女人和孩子则留在城中。我不知道这是怎么回事，心中狐疑，暗自想道："等到下个月的头几天，我去跟某个人聊一聊，知道是怎么回事，没准他们肯背上我一块去飞翔呢。"我一直守候着，到了下个月的开头，我发现他们的肤色与身体都有了改变，就去拜访他们中的一员，跟他聊天，求他说："向安拉发誓，把我也背上飞一次吧，然后再背我下来。"

"不行，绝对不可以。"他一口回绝。

我死缠硬磨，终于获得了允诺。我瞒着家人，由他背着，与他们一起翱翔在天宇中，他们直飞上九霄，这里连神仙颂扬安拉的嗓音都清晰可闻。我惊异艳羡，于是顺口说道："颂扬安拉！多谢安拉！"

话音刚落，天上就燃起神火，几乎烧着了他们。他们疾速躲藏，瞬间就降落在一座大山之巅。他们责怪我、愤恨我。他们把我丢在深山里，四散飞去。我于是自责道："刚逃过一劫，马上又陷入更危险的灾劫之中，我太不幸了。无计可施，只愿全能的安拉来救助了。"

在山上逡巡的我，不知该怎么走，正当我惊恐不安，觉得自己要命丧于此的时候，忽然有两个有如明月般可人的小孩来到我面前，他们一人倚着一根金手杖。我上前致意，并问道："向安拉发誓，让我知道你们是什么人？干什么的？"

"我们是安拉的忠实信奉者。"他们边说边把一根金手杖交给我，然后飘然离去。我倚着金手杖穿行山间，一面很诧异地回想着两个小孩的举动。猛地，有一条巨蛇出现在我面前，它正在吞噬着一个男子。已被蛇吞噬到腹部、即将毙命的男子惨叫着呼救，喊道："祈盼安拉消解掉救我之人的灾劫。"我循声上前，挥杖击毙巨蛇，把他给救了出来。他走过来，激动地说："你有恩于我，我再也不会与你分开，我想一辈子跟着你。"

"行，很高兴你和我在一起。"我对他说，然后我们共同上路。片刻之后，对面有一伙人走过来。我凝神细看，看见他们之中有个人，正是刚才背我上天的那个人。我上前向他致以歉意，说好话宽慰他："兄弟！你怎能这么对付兄弟呢？"

"就是因为你颂扬安拉，我们才遭到火烧。"

"我不知情呀，不要再怪我了，以后我保证不再说话。"

他要求我别开口颂扬安拉，然后才答应背我回去。随后他载着我，顺利飞回城里。老婆迎上来，祝贺我毫发无损地回家，还提醒我："今后不要与他们出游，不要同他们交往。他们无宗教信仰，不懂得感激、颂扬安拉，他们是恶魔的同党。"

"那为何你爸爸过去同他们交朋友呢？"

"父亲同他们不是一路人，也不做他们那种勾当。既然我父亲已经故去，我觉得你应该把他的地产、商品全都出售掉，换成金钱回故乡去。反正我的父母都已亡故，我对这里也无眷恋之情了；我要与你一道回去。"

我接受了老婆的提议，把岳父留下来的物品渐次出售掉，并打点行装，准备有人远行时，可以随时跟他一起回故乡。最后，城里有人想出海远行经商，然而找不着现成的商船，只得购置木料，自行建造了一艘大船。我把盘缠钱交给了他们，携着老婆与财宝，丢下各类产业，离城出发。商船行驶在一望无际的海洋中，从这个岛到那个岛，从这片海域到那片海域，一路上风和日丽，万事如意，最终安全抵达巴士拉。

在巴士拉我并未停留，而是乘船直往西行，最后来到巴格达，与阔别多年的亲朋好友团圆。他们告诉我，自我第七次航海远行出发直到回乡，一共过了二十七年。他们没有我的音讯，在这悠悠岁月中始终伤心失望。我意外返乡，与他们团聚，描述行程中的经历。他们觉得诧异不已，对我的化险为夷感到非常高兴。

我贮存起带来的财宝，随后真心实意地进行了悔过，保证以后再也不外出航海远行了，也断绝了做生意的欲望。我记起多年来闯荡海外，历经艰险，随时都有可能死掉，幸亏有安拉佑护，使我可

世界经典童话

图文珍藏版

以安然无恙地返回故里，与亲人们共享家的温馨，过着闲适的隐逸日子，颐养天年，我真诚地感激安拉，这一切都是拜他所赐。

说完了第七次航海远行的故事，航海家辛巴达又跟搬运工辛巴达说："我的历险、奇遇和毕生的功业，如今你应该都知道了吧，我的陆上辛巴达先生！"

"向安拉发誓，祈求你能谅解我，是我看错你的为人了。"

航海家辛巴达乐于助人、勤于赈济，毕生待人豪爽大方，常常款待亲朋好友，同他们一块饮食、聊天、游玩，日子过得非常幸福、安适，一直到年老谢世。

阿里巴巴和四十大盗的故事

高西木和阿里巴巴

传说在古波斯的一个城市中，有这么两个兄弟。哥哥名叫高西木，弟弟名叫阿里巴巴。父亲死后，他们二人分家另过了，各过各的日子，不过，分家后没多长时间，由于继承来的财产不多，他们的钱都折腾干净了，日子一天天难过起来。兄弟俩为了维持日常生活，只得辛辛苦苦地想办法谋生。

不久，高西木娶到了一位阔佬的女儿，他凭着岳父的宠爱得到了些财产，就开始经商，开设店铺、买卖货物，他财源广进，规模日渐扩大，他的店里有琳琅满目的商品，还有许多昂贵的货物存放在仓库中，另外，他又埋起他积攒的财宝，日子过得很是顺心、舒服，他声名远扬，是闻名全城的商业巨头。

阿里巴巴的妻子来自蓬门小户，夫妻二人的所有财产除去一间

旧房子，就是三头毛驴了，日子过得很是艰难。阿里巴巴以砍柴卖薪当作谋生的手段。每天，他牵着三头毛驴到山林中去，砍了柴背到集上去卖，这就是他生活的依靠了。

山林之中

一天，和往常一样，阿里巴巴牵了三头毛驴，到山里去砍柴。他将枯枝和干木头伐下来堆做一堆，捆扎好让毛驴来背，正在他想要下山时，一大团烟雾在他的右方升腾起来，向他飞了过来，速度很快，渐行渐近。定睛一瞧，他这才发觉向他这里逼近的是个马队。阿里巴巴发现了这一点后大惊失色，战栗不已，唯恐会同强盗相遇，遭到杀害不说，毛驴也会被夺走，于是他转身便逃。可是，他觉得奔出山林是没有时间了，那支马队正在逼近，于是他只好把背负木柴的驴子往林间小径里一赶，然后便躲到了一株大树上。大树的旁边有块巨型石头。在枝繁叶茂的树上藏着的他能把树底下的事儿瞧个一清二楚，但是树底下的人不会发现他。那支马队与此同时奔到了树底下，在石头前面，他们全都下了马。瞧上去，他们中的每一个都是年少勇猛、机灵而富有生气。认真将他们端详过后，凭着他们的动作、形象，阿里巴巴认定他们是群劫匪，很明显，他们刚刚拦路抢劫了一伙商队，带着金钱和货物到这里来，不是想分赃就是想藏宝。在心里盘算着这些的同时，阿里巴巴也数清了他们的人数是四十。

在树底下，他们把马拴好，将显然装满了金银财宝的、沉重的鞍袋摘了下来。那里面有个人像是首领，他也把沉沉的鞍袋一背，穿过山林，来到大石头前面自言自语道："芝麻，芝麻，开门吧！"大石头在首领的叫喊声中闪开了一条宽广的路。劫匪们依次进入，那个首领殿后。大门在他一进了洞之后就自动关上了。

阿里巴巴在强盗走入山洞后一直在树上藏身，悄悄探望，他只怕他们会猛地出洞，那他就会被他们抓住，引来杀身之祸，因此他没有胆量从树上下来。最后他决定偷走一匹马，然后将自己的驴赶上，逃回城中去。然而，山洞的门在他打算下树时猛地打开了，第一个出山洞的是劫匪的首领，他在门前站住，瞧着手下，点着数，随后便念着咒语说："芝麻，芝麻，关门吧！"果不其然，洞门在他的叫喊声里自动关闭了。

图文珍藏版

芝麻，芝麻，开门吧！

那些手下等着首领清查完毕之后便走到自己的马旁边，在鞍子上放置好了鞍袋，然后便都一跃上了马，在首领的带领下风驰电掣而去。阿里巴巴依旧在树顶藏身，打探着他们的一举一动，他们远去后好一阵，他才有胆量爬下树来。刚才，他唯恐那些人中的某一个会因为什么原因突然返回，那他就暴露了，因此才迟疑不决。然后，他对自己说："我得看看这个咒语是否应验，这个洞门在我的命令下是否开关自如。"因此，他放声叫起来："芝麻，芝麻，开门吧！"山洞大门等他的话音一落便訇然洞开。他进门后抬眼望去，这是一个封着顶的大山洞，洞很高，光由洞顶的透气孔中泄入，明亮得像是灯光。他开始觉得强盗们的窝里不可能有什么东西，只是黑乎乎的一片。但是，一切大出他的所料。望着堆了一洞的财宝，他瞠目结舌。在这里面，一堆又一堆的丝绸、彩缎、绣着花的衣裳一直挨到了洞顶，还有成堆的彩色毯子和不计其数的金银货币，散落在地上或是搁在皮袋子里。阿里巴巴望着这大宗的金银财宝，他坚信这些财宝是强盗们历年抢劫和收藏下来的，并非只是几年的收藏。

走进山洞之后，山洞的门就自动关上了，但是阿里巴巴还记着那能让门打开的咒语，他并不害怕无法出洞，因此有恃无恐、心安理得。与此同时，对于洞里面的财宝，他无动于衷，最令他动心的是钱。所以，他计算好毛驴的载货能力，决定拿几袋金币藏到柴捆中，让驴驮回去。他觉得这么办，人们发现不了钱袋，会依旧待他当作以砍柴为生的樵夫。

依照着自己的想法，阿里巴巴收拾好了一切后说："芝麻，芝麻，关门吧！"山洞大门在他的叫喊声中关上了。这句咒语的作用是不一样的。比方说，洞门会在有人进洞时自己关上。正相反，人们要是来到了洞的外面，洞门只有在说完："芝麻，芝麻，关门吧！"之后才会关上。

吐露秘密

带着这些钱，阿里巴巴牵着驴飞速赶回了城，他一进家门就把门关好，将柴捆卸下来打开，把一袋金币带到屋子里给妻子看。她发现这是一袋金币，就害怕阿里巴巴拦路抢劫，犯了罪了，因此，她破口大骂，说他不能只为了获得钱财就去犯罪。

"我没当土匪呀。我做的事，只能是你同意的，有助于我们的生活的。"阿里巴巴解释着，接着就对妻子讲述了山林中的那一幕以及他的举动，然后他从钱袋里倒出了金币让她来瞧。

听罢，阿里巴巴的妻子欣喜若狂，那金光闪烁的钱币直晃她的眼睛。这会儿她往地上一坐便数起钱来。阿里巴巴说："唉！蠢东西！按照你的数法，哪年哪月能数完呢？倒不如我挖个洞藏好这些金币，别让这个秘密被别的人探听了去。"

"你这么想很正确，就这么办好了。但是，我得称称这些金币有

多少，心里好有个底。"

"你因为这事开心，这也难免，可是得小心呀，一定别告诉别人。"

阿里巴巴的妻子匆忙地到高西木家去了，要借他们的升来用，高西木正好不在，她就告诉他的妻子："嫂嫂，把你们家的升借给我用用好不好？"

"你要用大升还是小升？"

"请把小升借给我吧，我不用大升。"

"稍等片刻，我来拿。"高西木的妻子嘴上应着，私下里却在升的底上涂了些蜜蜡，她坚信，不管阿里巴巴的妻子用这升称量什么东西，这蜜蜡上总会粘上一丁点，她因此好知道他们打算称量些啥。高西木的妻子打算用这个办法让她的好奇心获得满足。

对于她的阴谋，阿里巴巴的妻子一无所知，她把升拿回家就开始称量金币，与此同时，阿里巴巴继续挖洞。阿里巴巴等她称量好金币后把洞也打好了，就这么着，这夫妇俩一同把金币藏到了洞里，他们万分谨慎，把土掩到洞口埋好，再把地上踏平。

在称量好金币之后，一枚金币粘在了升中的蜜蜡上，可是阿里巴巴的妻子却并没留意到这点。然后，这位善良的妇女到她的嫂嫂那里还升。发现是金币粘在升底的蜜蜡后，高西木妻子的妒忌之心立刻被煽动起来了，她于是喃喃自语道："哦！他们用我的升称量的东西是金币。"她惊奇不已，因为想到了阿里巴巴是个不名一文的人，居然会拿升来称量金币。

高西木逼迫阿里巴巴

因为这桩事，高西木的妻子一直在揣摩、考虑，久久不能忘怀。她等到太阳落山、高西木风尘仆仆地归来后，便急不可耐地告诉他："你这个家伙！一直以来，你觉得自己是大富贾，是很有钱的。然而，你醒醒吧，同你相比，你的弟弟阿里巴巴却富比王侯呢。比起你来，他的财产多多了，他得用斗来称量他积蓄下的金币呢。你攒下的金币有多少，只要数数就能清楚。"

"你怎么知道这件事的？"高西木半信半疑问道。

高西木的妻子便细数起阿里巴巴的妻子借升和还升的事，还有那枚粘到升上的金币被她瞧见的事，接着她便给他看了那枚金币，那上面还铸造着古代帝王的名字和年号。

对这事儿知道得一清二楚之后，高西木的心中也油然升起了惊羡和怀疑，贪欲和梦想产生了，一整夜他都无法入眠。第二天，天刚蒙蒙亮，他便起身找阿里巴巴去了，他说："弟弟呀！看上去你穷兮兮的，可怜巴巴的，实际上你是个闷声不响的有钱人呀。你囤积了大笔钱财，多到甚至得用斗称量才行呢。"

"你在说些个啥？我听不懂。你来讲讲明白吧。"

"我在讲什么你一清二楚。别打算装傻充愣来糊弄我。"高西木怒气冲天，给他看了那枚金币，"你拥有不计其数的这种金币，这一枚只不过是粘到了升里，让我的妻子发现了。"

顿时，阿里巴巴醒悟了，看来高西木和他的妻子已经晓得了他埋藏金币的事，他暗自揣想："看来是无法再对这件事藏着掖着的了，这样会带来厄运和祸事，干脆打开天窗说亮话。"他在这样的情势下很是为难。最后，他无可奈何，在逼迫之下，只能竹筒倒豆子，将强盗和洞里的金银财宝一股脑儿地告诉哥哥。

听罢，高西木疾声厉色："你发现的那个藏财宝的山洞的地点，你一定得一五一十地对我讲，同时，还要告知我能开关山洞大门的那两句咒语。我这会儿先告诉你：倘若你不把一切都毫无保留地告知我，我会把你告到官府里去，你的财宝会被长官没收，你也要被抓到监狱里，最后只是竹篮打水一场空。"

阿里巴巴就原原本本地将山洞的地点、开门和关门的咒语说了出来。高西木听得全神贯注，他死死记下了所有的要点。

高西木在洞里

次日，天刚亮，高西木就把雇来的十头骡子一起牵进了山，他依着阿里巴巴所言来到了他躲藏过的那株大树下，强盗的窝被他找到了，他发现，眼前的一切与阿里巴巴的叙述大致不差，便坚信自己已经来对了地方，他因此大叫起来："芝麻，芝麻，开门吧！"

山洞大门在高西木的叫声中洞开了，一条通衢大道展现出来。进入山洞后，高西木就看见大堆的金银珠宝和稀世的物品摆放在那儿。一等他进了洞，洞门就自己关上了。他认认真真地鉴赏起物品来。这大宗的金银珠宝一落入他的眼中，他就大发赞叹，眼睛都不够用。他打起精神把金币收妥，足够十匹骡子背的，将金币装袋后又把袋子背到洞口，打算往洞外背，再由十头骡子往家里运。可是，事情并未遂他的心意，大出他所料。这会儿，那句让洞门打开的咒语让他忘到九霄云外去了，他高声叫着："大麦，大麦，开门吧!"山洞大门紧闭如故。他一下子手忙脚乱了。他思索着，把所有的庄稼、粮食的名称统统叫了一遍，唯有"芝麻"他却忘了个干干净净。他忧愁万分，惧怕不已。在山洞里，他来回地踱着，对于在洞门旁堆放好、打算拿走的金币，他也没有什么欲望了。他被关在了洞里，忐忑不安，极度的惊慌失措。那些金银珠宝片刻之前还令他大喜过望、欣喜若狂，如今却引发了灾难和懊恼。

高西木死了

因为高西木的贪心和妒忌过了头，他已大祸临头，非但所有的指望都已渺茫，还招来了杀身之祸。他被关在洞里已濒临绝境，叫天天不应，叫地地不灵。

强盗们在那一天的午夜抢劫之后回来了，远远地，那一群牲畜便映入了眼帘，他们十分惊讶，因为不晓得骡子到这里来做些什么。这是因为高西木为了不让它们走散，把骡子的脚用线绳捆住了，它们便全部进了林子，找些小草来吃。大盗们并不过分关注这群骡子，以为它们是迷了路，没什么不对头，只有一点挺怪，它们迷路的地点未免离城市太远了。

　　率领着手下，强盗首领来到了洞前，大伙下马后念动了咒语，洞门便随声洞开。在山洞里，那得得的马蹄声早已传入高西木的耳中，并渐渐逼近，他晓得大盗们来了。立刻便浑身酥软，觉得大限已到了。他壮壮胆，怀着点儿侥幸心理等洞门一开，便一下子闯了出去，打算逃出生还。然而，兵械挡住了他的去路，他和大盗的首领迎面碰上。他将高西木一刀砍翻在地，一个手下在旁边拔出剑来一挥，高西木被劈为两半，一命呜呼。

　　强盗们奔到山洞里清点物资，那宗金币本已被高西木放入袋中，在门边摆好打算拿走，现在也被他们放回原处，继续存放。大盗们在此事之后并不把阿里巴巴拿走的那些金币放在心上。然而，别的人会破门而入这件事却让他们莫名其妙。因为这个地点天生险峻，歧路丛生，满是悬崖峭壁，要想到这儿来真是要历经千辛万苦，何况倘若任何人不晓得开门关门的咒语，想进入山洞是门儿都没有的事。他们一想至此，便将高西木的尸身当成了出气筒，他们一气儿将他的尸体大卸成四块，在山洞门里面悬挂，每一边挂两块，告诉有胆子来到这儿的人，他们会落得什么样的结果，这就是一个榜样。把这惩戒之策付诸实施之后，他们出了洞。依然关好了门，随后上了马，一阵风似的离开了。

高西木的尸体

高西木直至夜半三更仍然没有归来，他妻子的忐忑、焦急和担忧之心也渐渐滋生。她慌忙来到了阿里巴巴的家倾吐苦水："弟弟呀，一大早高西木就出了门，这会儿还没回家。你清楚他干啥去了，我害怕会有什么不幸发生，很是牵挂，要是那样就完了。"

阿里巴巴也有预感，高西木肯定是遇到了不测，因此才无法准时归来。尽管他惴惴不安，却依旧开导着高西木的妻子："嫂子呀，也许他迟归是出于细心，为了不让别人发现他干的事，他回城时绕了远道。我觉得再过上一阵子他就会回家了。"

听罢，高西木的妻子多少有了点指望，她怀着侥幸之心回家，安安心心地等着丈夫。可是，夜深人静时依旧不见丈夫归来。她惶惶不可终日，心慌和害怕已趋极致，她不禁号啕大哭起来。可是，她唯有压低喉咙，小声地哽咽，唯恐左邻右舍得知个中原委，她自怨自艾，后悔莫及："为什么我非得把阿里巴巴的秘密告诉他不可，让他因此又羡慕又妒忌？这明显是要自寻烦恼，自作自受呀。"

高西木的妻子坐立难安、手足无措，她终于等到了天明，便又慌里慌张去了阿里巴巴那儿，她哀求着他，让他千万要去打探哥哥的下落。

阿里巴巴对嫂子好言相劝，随即便牵上三头毛驴上山去了。走到大石头的附近时，地上的血迹映入了他的眼帘，可是他的哥哥和骡子却踪影全无。他发现这个噩兆后，便晓得大事不妙，因此不胜恐怖。他来到石头前面，朝着洞门念道："芝麻，芝麻，开门吧！"门一下子打开了。举步进入山洞后，高西木的尸体进入他的视野，右边悬挂了两块，左边也同样有两块。阿里巴巴吓得魂飞魄散，可是只好强打起精神，将哥哥的尸体整理好，扎成两捆，用柴火裹好装成柴火捆，打算让一头毛驴来背。另外，他像捆扎尸体一样捆好几袋子金币，用柴火仔细地掩饰好，捆成两捆，打算让另两头毛驴背。诸事完毕后，他念动咒语，关好洞门，随后便在高度戒备之中牵着驴子下山去了。他一路小心翼翼，将尸体和金币搬运了回来。

把背负着金币的毛驴牵回家后，阿里巴巴叮嘱妻子埋藏好金币，但是，他却缄口不言高西木的事。然后，他牵好背负着尸体的毛驴，径直前往高西木家。听到动静后，高西木的女仆玛尔基娜开了门，把阿里巴巴和毛驴让到了院子里。

从驴背上，阿里巴巴卸下了高西木的尸体后告诉女仆："玛尔基娜，着手处理老爷的丧葬，让他入土为安吧。我这会儿得先去给嫂嫂报丧，接着就去给你打下手。"高西木的妻子正巧在这时从窗子中发现了阿里巴巴。于是便问："阿里巴巴，我丈夫到底咋样了？看来情况要糟，一看你阴着脸我就晓得。赶快讲讲事情怎么样了？"

阿里巴巴就一五一十地向嫂子报告了高西木的事，还有他将尸体偷偷运回来的事。

安葬高西木

把情况从头至尾讲述完毕之后，阿里巴巴便说："嫂嫂，事情至此已不可挽回了。尽管很惨，可是为了保住我们的身家性命，我们必须死死守住秘密。"

晓得丈夫命丧黄泉后，高西木的妻子痛哭失声，她告诉阿里巴巴："我的丈夫就是这个命，能怪谁呢，命数所限罢了。我如今为你的生命着想，会对这桩事守口如瓶的。"

"安拉的决定是不可违背的，只有安心接受，如今你可以放下心来歇歇了。我等你守寡的日子过后就纳你为妾，你会过上舒心日子的。我妻子心肠好，待人很不错，她既不会妒忌你，也不会让你烦恼，对此你大可不必操心。”

“就这样好了，只要你认为好就行了。”说罢，她不禁放声大哭。

哥哥的死也叫阿里巴巴流下了眼泪。从嫂子那里出来后，他同女仆玛尔基娜讨论起哥哥的丧葬事宜来。他等商量完毕并且可以付诸实践后，才赶着毛驴回家去了。

玛尔基娜等阿里巴巴离开后便立即去了家药店，她行若无事似的和店主聊起来，问他什么样的药可以医治奄奄一息的患者。

“哪一个病到了要吃这种药的程度？”店主问玛尔基娜。

“我家主人高西木呗，他生了病，快要不行了。他话也说不出，饭也吃不下，都好几天了，我们都快对他的康复不抱指望了。”说罢，她便买了药回家。

次日，玛尔基娜又去了药店，她买的这一服草药药劲很大。她换上了愁眉苦脸的样子哀叹道：“恐怕他根本没有能力服药了，只怕他不等我回去就不在了。”

阿里巴巴在玛尔基娜有所举动时也打点好了一切。在家里，他等候着，只要一有痛哭和哀号的声响从高西木家里传出，他就会装出满腹伤痛的样子，前去协助处理丧事。

第三日，玛尔基娜在天刚蒙蒙亮时就蒙好面纱去了裁缝店，她要找缝纫高手巴巴穆斯塔法。她把一枚金币递给他之后说：“把你的眼睛用布遮住后，请你同我去我家。”

巴巴穆斯塔法不愿意。玛尔基娜再次递过来一枚金币乞求他，要他前往家中。

被蝇头小利打动了的巴巴穆斯塔法应允了下来，他把自己的双眼用布遮好后，就在玛尔基娜手牵手的带领下来到了黑屋子里，高西木的尸体放在那儿。玛尔基娜在这会儿将遮眼的布解开，她指点说，他得将高西木的尸体拼凑起来并天衣无缝地缝好，她把一匹布往尸体上一抛说："你抓紧点儿，先缝好尸体，再按照死人的身体做套寿衣给他。你把这些事做好了，我会再加薪水的。"

依着玛尔基娜的叮嘱，巴巴穆斯塔法真的缝好了尸体并做好了寿衣。玛尔基娜认为不错，于是再次将一枚金币给了巴巴穆斯塔法，同时，她把他的双眼再度遮好，拉着他的手让他返回裁缝店。

玛尔基娜接着便马不停蹄地往家里赶，她伙同阿里巴巴将高西木的尸体用热水洗净，为他穿上寿衣，装殓完毕，停放妥当，安葬前的手续一一完备后，她便去清真寺中向阿訇报告了噩讯，并且说死者亲属正等候着他，要他前去主持葬礼，为死者祈祷。

阿訇依言，同玛尔基娜一块来到死者家中，为死者祈祷并行葬礼，随后，尸匣由四个人抬着，从家中送到祖坟中去安葬。依照风俗，远亲近邻们也参加了葬礼。在送葬队伍中，玛尔基娜站在前排。她头发散乱，捶胸顿足，哭嚎不止。在她身后，阿里巴巴同别的亲朋好友鱼贯而行，也都流露出了伤痛之态，到达坟场安葬尸体之后，大家这才四散而去。

在家中，高西木的妻子悲泣不止。城里的女人都来到了她家吊唁，人们很可怜她，好言相劝，让她别太伤心了。

因为哥哥去世，阿里巴巴按照规矩闭门不出，以示悼念之意。

高西木之死的秘密在城里无人知道究里，这是因为玛尔基娜和阿里巴巴随机应变，制定了周密的计划，唯有他们俩和高西木的妻子是知情者。

等到四十天的守丧期过去后，阿里巴巴在公众面前，用他的财产的四分之一下了聘礼，纳他的嫂子为妾，他指点高西木的大儿子继父业，再度经营已关了门的店铺，买卖货物。这个侄子跟随一个巨贾做买卖已经很长时间了，在熏陶之下已有了不少长进，在商业领域中堪称前途无量。

巴巴穆斯塔法和大盗

一天，同往常一样，大盗们回山来到了他们的老窝，发现高西木的尸体失了踪。他们认真清点后得知，不少金币也踪影全无，这桩事令他们奇怪之极，不知如何是好。首领说道："如今，我们得仔仔细细地把这事儿弄个明白，要不然我们长年累月攒下的金银珠宝非得给渐渐偷光不可。"

对于首领的观点和主意，大盗们都很赞成，他们都觉得，那个被他们杀掉的人是晓得开关山洞的咒语的。另外，那个将尸体弄走、又偷了不少金币的人同样知晓咒语，因此，为了斩草除根，他们一定要花大力气去做调查，非要揪出那个人不可。详细讨论过之后，他们打算让一个机灵鬼假扮成外地的商贾，在城里的各处溜达，打探打探城里有哪个人在这几天里死了，他又是住在哪里。如果目的达到了，那事情就有了眉目，可以将他们的目标找到。

"进城打探的事儿就让我来好了。"一个强盗毛遂自荐道，"我能在短时间内打探好一切，倘若事情不成，我以死谢罪。"

首领应允了这个强盗的申请。他乔装改扮后趁夜进了城，埋伏妥当。次日天刚亮，这强盗便走动起来，他发现市面上的铺子除了巴巴穆斯塔法的店之外全都关着门，而且还正在做活计。强盗惊讶地问候他说："天才放亮呀，怎么你就干上活了？"

"瞧上去你是打外地来的。别说我上了岁数，我的眼睛好使着呢。我昨天在一间黑乎乎的屋子里还缝好了一具尸体呢。"

听到这儿，强盗暗自想道："我循着这一点线索就可以如愿以偿了。"他又告诉裁缝："我觉得你是在逗我开心呢。你是不是想说，你为一位死者做了套寿衣，换句话说，你的老本行就是制做寿衣。"

"你别东问西问了，这件事与你是不相干的。"

强盗在这时递给裁缝一枝金币说："我没有窥探他人隐私的意思。我是个老实人，我也会守口如瓶。我只是想搞清楚，昨天要你帮忙的是哪一家？你可不可以告知我那个地点，要不就领我去上一次？"

　　拿着金币的裁缝无法再缄默了，于是就说了实话："我没能亲自瞧见去往那一家的路径，是有一个女仆带我去的，那里我不是太熟，她把我的眼用手绢蒙上，我被她领到了一间大宅的黑屋子中，她于是去掉挡住我眼睛的手绢并指点我，要我先缝上一具被肢解的尸体，随后再做套寿衣给这尸体。女仆等我的工作完成后就又把我的双眼用手绢蒙上，把我引到她在那之前蒙我眼睛的地方。所以，我不能告知你房子的位置。"

　　"尽管那所房子在哪里你不晓得，不过，那个女仆把你的双眼遮起来的地方你总可以领我去吧。我在那儿可以把你的双眼也遮上手绢，和那个女仆一样引着你前行，或许你凑巧会来到那间房子前面。我这儿还有枚金币，只要你伸伸援手，我就以此来酬谢你。"强盗又给了裁缝一枚金币。

　　将两枚金币收入口袋中后，巴巴穆斯塔法马上走出铺子，他引着强盗出发，一直走到玛尔基娜把他的双眼蒙起来的地点，他叫强盗把他的双眼用手绢遮好，然后领着他前行。巴巴穆斯塔法这个人本来就思维敏捷、条理分明，他由强盗带领着没一会儿就进了条巷子，那是玛尔基娜领他来过的。他前行着，同时也在心里回想着，他数着步子，慢慢地走。在走动中，他猛然收住了脚步说："我那次跟着女仆走，就在这儿停下了。"

　　巴巴穆斯塔法和强盗这会儿站着的地方从前住的是高西木，现在则是他的弟弟阿里巴巴了。

图文珍藏版

玛尔基娜之智

寻找到了高西木的家后，强盗只怕再来复仇时迷失道路，因此在大门上，他用白粉笔留了个印记。接着，他兴高采烈地替巴巴穆斯塔法解开了眼前的手绢说："巴巴穆斯塔法，太谢谢你了，你对我的帮助很多，只求伟大的安拉因此赏赐你。请你现在告知我，住在这所宅院中的又是哪一个？"

"实话告诉你吧，我全然不知。我不是很了解这一片地方。"

强盗又对裁缝千恩万谢，随即便放他走了，因为他晓得从他那儿也榨不出什么来了。然后，他也匆忙返回山洞汇报去了。

没等裁缝和强盗离开多久，玛尔基娜有事要办，便出了门，门上的白印子不经意落入她的眼帘，她大惊失色。思考了片刻，她认定是对方想要对主人不利，以此来辨别他们。因此，她在左邻右舍的大门上都留下了一样的粉笔印子。她的嘴巴很紧，这桩事就是男、女主人也毫不知情。

返回山里后，强盗向首领和同伙讲述了他是如何查找的来龙去脉。接着，首领和手下们一同潜入了城市之中，打算以牙还牙地对付那个偷他们财宝的人。那一个强盗，因为曾在阿里巴巴的门上留下了印记，就跟在首领旁边为他领路，他领着他径直来到了阿里巴巴的门前，指点着门说："看！这所宅子里住的人正是我们所寻找的。"

瞧了瞧附近的宅院后，首领诧异起来，那里的每一扇大门上都有个印记，他问："这些宅院的每扇大门上都留有印记，你认定的那家究竟是哪一个？"

立刻，那个向导强盗如坠入云雾中，不知如何应答。他赌咒道："我在一所宅子的大门上留下了印记，千真万确，可是这些大门上怎么也会出现了印记，我搞不清楚，到底我留下的印记是哪一个，我也无法确认了。"

返回到城外后，首领告诉手下："我们做了无用功，没能找着我们想找的那个宅子，我们现在先回到山里去另做打算吧。"

强盗们一个接一个地回了山洞，首领就当着大家的面，将那个谎报军情的强盗审讯并关了起来，他说："还有哪一个去城里找线索？倘若我逮住了那个偷我们财宝的人，我会重重有赏。"

有一个强盗在首领的呼吁下回答："我打算去一趟，我自认能让你如愿以偿。"

首领决定让他前往。这个强盗遵循着命运的指导去裁缝店找到巴巴穆斯塔法，依照上一个那样，他也以金币收买了裁缝，由他带着，来到了阿里巴巴的家门口，在门框上，他为了和已有的白色印记分开，就用红粉笔留下了印记，然后，他飞速赶回山洞，把一切汇报给首领听。他满怀骄傲，洋洋自得地说："报告首领，那所宅子已被我找了出来，在门框上，我留了印记。因为有印记，它与它旁边的宅子大为不同，我可以一下子把它认出来。"

在匪徒往返的过程中，玛尔基娜又见到了留在门框上的红印记。她仔细思考过后，为了迷惑对手，也留了相同的印记在邻居的门框上，以便于防范。她这样做的同时依旧是守口如瓶的。

玛尔基娜和大盗们

没有多长时间，首领派遣进城的第二个使者就大功告成，发现了阿里巴巴的家。然而出乎他们预料的是，结局依然与前一次相仿。等到强盗们到了城市里、打算复仇时却发觉那红色印记留在了每扇大门的门框上，这一次，他们又摸不着头脑了。他们挨个回到了山洞里，沮丧万分，首领火冒三丈，大发脾气，又关起了第二个使者。他喃喃自语着："我用惩戒来奖赏两个使者的行动，因为他们全都一事无成。依我看，我的手下不可能再去做这桩事了。如今只有我披挂上阵去查找那个坏家伙的地址。"

首领做出决定后就孤身一人进了城，同样，他也从裁缝巴巴穆斯塔法那里入手。在他那儿，强盗们已因此耗费了许多金币了。在巴巴穆斯塔法的指点下，首领不费力地找到了阿里巴巴的家。有了那两次前车之鉴，他凭记忆记住了那所房子的地址和周围的情形，并没有留下什么印记在那儿。他飞快地返回山洞告诉强盗们说："我已经将那个地方牢牢记在了心中，再去查找不会有麻烦了。你们现在去买十九头骡子给我，另有一大袋菜油和三十八个大瓦罐，样子和体积要一模一样，我会派上用场。我会等一切置办妥当后让你们全身披挂，然后，你们全都躲到了大罐子里。你们除去我和关在牢里的两个人共有三十七个，余下的那个大瓦罐要盛满油，然后将瓦罐捆扎妥当，由骡子驮上，一头骡子驮上两个罐子，我假扮油商引着牲畜到城里去，在晚上去那个坏家伙那儿，恳请他让我借宿。我要是能留下，就会趁机把你们放出来，趁着月黑风高，我们大伙开始行动将他干掉。把他宰掉后就搜屋子，将被他偷走的财宝收回，由骡子背回。我们依此行事，便可大功告成。"

强盗们一致赞成首领的这一计策，大家满心高兴地依计行事，各自买妥了骡子、皮袋、大瓦罐什么的。三天之后，经过辛苦奔走，他们置办好了一切，还用油涂好了大瓦罐的外层。在首领的指点下，他们把菜油倒入了一个大瓦罐里面，武装到牙齿的强盗则全部躲到了剩下的三十七个瓦罐中，再把它们捆扎成十九对，负到了十九头骡子身上。首领把商人的服饰一披，乔装改扮成油商，他拉着骡子、运载着油，径直进了城，他在日暮时分来到了阿里巴巴的家门口。

主人阿里巴巴恰在此时用过了晚饭，在屋门口，他反复地踱着步，首领借此时机靠近他并问候说："我是外来的，把油运到城里来买卖，已经有过许多次了。但是，由于这一次晚了一些，没有留宿的地方而不知如何是好，我请求你，伸出援助之手，容我借宿在你的宅院中，让牲畜们轻松一下，将商品卸掉，再给它们找些草料吃。"

以前，阿里巴巴在大树上藏身时听到过首领的声音，他进入山洞，阿里巴巴也是亲眼看见了的，但是如今却在他的乔装改扮下被迷惑住了，因此，对于他的要求，阿里巴巴一口应允，请他同去屋中住宿。为了存放商品、圈住牲畜，他整理出了一间闲置不用的仓库，他叮嘱了男仆，要他把草料和水备妥，他又告诉女仆玛尔基娜："家里来了位要留宿的客人，你尽管为他安排晚饭和床铺，就有劳你了。"

首领将货捆飞快地卸下，一件一件地堆放到了仓库中，又牵了骡子进去，为它们准备水和草料。主人也盛情款待了他。当着客人的面，阿里巴巴叫来了女仆玛尔基娜："你对待客人要殷勤，不可怠慢了他。你要让客人的一切要求都得到满足。你把一套白色的干净衣裳收拾好交给值班的阿卜杜拉，叫他转给我，我明天清晨要去浴室洗澡，洗完了就要穿它。还有，煮一锅肉汤让我回来时可以喝。"

"都清楚了，会照你的吩咐办的。"

说罢，阿里巴巴去卧室歇息了。用过晚餐后，首领去了仓库，侍弄着牲畜。待到夜色渐深，阿里巴巴一家人都入眠了，他压着喉咙对大瓦罐里的强盗们说："你们要是在深夜听到了我的召唤，立即就要出来。"指点完毕后，首领由仓库中出来，随着玛尔基娜由厨房穿过，来到替他收拾好的卧室。把手里的油灯放好之后，玛尔基娜问："还有什么事没办妥？你说好了，我会照办。"

"没有了。"说罢，等着玛尔基娜离开后，首领熄灯就寝。

按照主人所言，玛尔基娜把一身干净的白衣裳拿出来给了值班的阿卜杜拉，让老爷洗完澡好有穿的。然后，她在炉灶上放好了瓦罐，点旺了火，为主人煮起肉汤来。她在不久之后需要观察罐里肉汤的火候，可是灯熄了，灯油烧尽了，又没有可以补上的，她不知道该怎么办了。发现玛尔基娜不知如何是好、一脸焦灼，值班的阿卜杜拉过来帮忙了："不用着急，有一罐又一罐的菜油，正在那边的仓库里放着呢，你何至于就没的可用的？想用多少，你自己去拿好了。"阿卜杜拉在值班，因为要侍候着老爷去浴室，他在门厅里歇息，并没有去屋里睡。

玛尔基娜把油壶拿好，走到仓库里去了，满心都是对阿卜杜拉的感谢，她发现油罐摆放在那儿，整整齐齐。在罐里藏身的强盗在她走近为首的罐子时听到了脚步声，把她认作首领；以为他正打算召唤他们，因此，他小声问："我们是不是该起身报仇了？"

猛然间有这样一种声音传入耳朵，玛尔基娜吃了一惊，向后退了一下，但是她凭着聪明和大胆、率性敢为和机灵敏感，立刻就有了回答："还早着呢。"她悄悄告诉自己："瞧上去，这些罐子里装了些鬼鬼祟祟的家伙，并不是菜油呀。或许这个油商心怀恶意，对老爷图谋不轨，打算玩些花招呢。安拉仁慈！乞求你保佑我们不要落入他的网中。"走到第二个罐子跟前时，她照样压着喉咙，再度重复了一次"现在还早着呢。"她就如此这般地重复，从第一个直到最后一个。她悄悄地告诉自己："赞美安拉！此人显而易见是个强盗头

·一千零一夜·

图文珍藏版

子，可是老爷他却认定他是个油商呢，强盗们就等他一声令下，好起身来烧杀抢掠。"她走到末尾的罐子跟前才发觉里面是菜油，她将油壶装满油又回了厨房，将油倒入灯中后就返回仓库，打那个罐子中，她舀走了满满一锅油，随后添柴烧锅，直至油沸方停，随后，她来到仓库里，一个挨一个地，她将一勺勺滚油倒进了罐子里，在罐子里藏身的强盗全部被烫死了，根本无法四散逃命了。每一个大罐子中的人都成了尸体。

凭借玛尔基娜非凡的聪明和绝妙的计策，她神不知鬼不觉地将这桩骇人听闻的大事办好了，并没有惊动任何人。她心满意足，返回厨房后关好门，又接着为阿里巴巴烧起肉汤来了。

首领在玛尔基娜进厨房后没有一个钟头便醒了过来，他开窗后发现已是伸手不见五指了，万籁俱静，他要召唤强盗们起身，便以手击掌暗示他们。可是并无回应，四下里一片寂静。他稍等片刻又以手击掌，并召唤起来，还是没人答应。回答在他第三次击掌和呼唤时依旧没有出现。他乱了方寸，慌忙由卧室赶往仓库，他揣想道："没准儿是他们睡得太死，可是我一定要立刻把他们叫起来，现在动手刚刚好。"来到最靠近他的大油罐前之后，他大惊失色，一股沸油的味道直冲鼻子，他用手去摸，很烫。待他把每一个都抚遍之后，他发觉所有的油罐都是如此。他直到此时才恍然大悟，死神光临了他的同伙，对于他自己的生命，他现在也觉得几近不保了。唯有翻墙而过，从后花园里逃之夭夭，他满心都是怒火和沮丧。

在厨房里，玛尔基娜探听着强盗头子的一举一动，他肯定是翻墙而逃了，因为他没有从仓库中露面，而大门又上了两道锁。但是，聪明过人的玛尔基娜想起剩下的强盗还在罐子里，悄无声息，便也就放宽了心，安歇去了。

阿里巴巴在天亮前两个钟头便起身了，去往浴室中洗澡。对于这个晚上发生在家里的、险恶之极的事，他并不知情，聪慧的玛尔基娜并没有用这件事去打扰他，至于这桩事轻而易举就解决了，她倒也没想到。她本来怕被强盗们谋害，倘若她把这一切讲给老爷听，然后再依计行事，只怕错过时机。

从浴室归来时，太阳已经升得老高了，阿里巴巴奇怪地发现油罐子依旧按老样子放在仓库里，"这位油商朋友怎么了！"他暗自说道，"都到了这会儿了，为什么不带着油到集上去卖呢？"

发现油商并没有赶早集去卖油，阿里巴巴就找来玛尔基娜询问，玛尔基娜回答："安拉无所不能，保佑老爷长寿，你会活到一百三十岁呢！过一会儿，我会把那个商人的丑恶罪行告诉你。"带着阿里巴巴，她走到仓库里并把门关好，接着她用手指点着油罐子，并说道：

"老爷请瞧瞧，是油还是什么其他的东西藏在这里面？"

定睛一瞧之后，阿里巴巴发觉是个男子躲在其中，他惊叫一声要夺路而逃。玛尔基娜马上请他放宽心："不要担心！这个人死掉了，他不能再伤害你了。"听罢，阿里巴巴方才镇定下来说："玛尔基娜，我们曾遇上了不幸，这才过去没多久，为什么这个坏东西也找上了门来了？"

"感谢伟大的安拉！我会把个中的细节一条条地讲给老爷听。但是，为了防止传入邻人们的耳朵，我们要压低了喉咙，否则就会大祸临头了。这会儿，拜托老爷按着这些油罐子的顺序，挨个地查看里面所盛的东西。"

依照着次序，阿里巴巴查看着罐子，发觉每一个里面都是一个男子，身上的披挂很是齐全，只是被浇了滚油，因此死掉了。他失魂落魄，哑了一般出不了声。他过了不少时间才镇定下来问："那个油商又去了哪里？"

"我同样会把他的事情一五一十地对你说。此人可不是买卖人，他是个凶手，专干坏事。他嘴甜，但笑里藏刀，实际上是要干掉你。我一定得把他从前和现在的诸般行为如实地告诉你。可是老爷得注意身体，你才从浴室里出来，说话之前先吃些肉汤好了。"她服侍着阿里巴巴，等他一进屋立刻就把吃的端上来。

阿里巴巴吃罢便告诉玛尔基娜："对于这桩怪事的前因后果，我是迫不及待地要弄清楚，让我安安心吧，快些告诉我。"

"老爷，你在昨天夜里让我煮肉汤，说完后，你就到寝室去休息了，依照嘱咐，我把一身白色的干净衣裳拿出来并交到听差的阿卜杜拉手中，接着我去了厨房，点火，在炉灶上放好锅，开始煮肉汤了。肉汤不久就沸腾了，为了将油渣撇掉，我得把油灯点着。但是家里没有油了，点灯用的油没有了，我将这件事告诉了阿卜杜拉。他有个主意，让我去仓库，从那里的油罐子里弄点儿油。我来到了第一个油罐子前，忽然，一个压低的声音从罐里传入我耳中：'我们是不是该起身了？'我这一惊非同小可，立刻明白了，那个油商在用诡计来害老爷，这才叫人在罐子里藏身。因此，我就答道：'还早着呢。'一模一样的问题在我来到第二个罐子前面时又传了出来，我也依样画葫芦地答了，如此这般对付了罐子里的一切家伙。我到了那会儿心里便清楚了，他们敢情是在耐心等着呢，头子一声令下，他们就要行动了。他们的头子呢，就是那个油商，老爷你还把他当客人，在家里接待他呢。他却想着让手下干掉你，将你的财产抢走。可是，我不会让他有机可乘的，他没能得如愿以偿，原因是，在末尾的罐子里，我看见了真正的菜油，我拿壶灌了油回到厨房，把灯点亮后，我返回仓库，装了满满一锅油，把柴引燃，烧沸了油，我一个挨一个地把油倒入了每一个罐里，在里面躲着的强盗就这么全被烫死了，我返回厨房，把灯熄了，在窗子后窥探事态的发展和那个假油商的所作所为。那个强盗头子一会儿就露面了，他几次以暗示来召唤，并无回音。他从寝室中直奔仓库，去看个究竟，发觉强盗们死了个干干净净，便在黑暗中跑了。不过，我并不晓得他是怎样逃跑的。我认为，大门上了两道锁，无路可逃，那么他肯定翻过墙头，从后花园逃走了。因此，我放宽了心，这才去歇息了。"

"我在此之前说的是昨天晚上的全部情况。"玛尔基娜又往下说，"还有，我在几天之前就对此有了些预感。我并不敢对老爷说，只好把它压在心头，要是风声泄露了出去，左邻右舍晓得了该怎么办呀，如今，只有告知老爷了。是这么一回事：我有一天返回家中时发现有个白色的粉笔印记留在了家里的大门上。那时候，我有这么一种感觉，这是敌人用来害老爷的，尽管那是谁留下的，要派什么用场，我并不清楚，因此，我把同样的痕迹也留在了邻居家的门上，这样，坏家伙们就无法进行区别了。这些印记，照昨天晚上的事来看，显然是为了怕迷路而留下的记号，以用来实施报复行为。要是以四十个强盗来考虑，还有两个人不知去向，我只能多加防范，因为我并不太清楚其中的确切情况。最重要的是，他们的首领也在剩下的三个强盗之中，他逃走了，但仍然活在世上。老爷一定要小心从事，千万要提高警惕，要不然，他不可能就此罢手，老爷可能会为其所害呢。我会因此竭尽全力，不让老爷的身家性命受到危害，我们这些奴仆为老爷服务总是全心全意的。"

听罢，阿里巴巴欣慰极了，他说："我对你出的这个主意十分赞同，我此生对于你这敢作敢为的举动是没齿难忘了。我用什么奖赏你呢，对我说好了。"

"这些是我该做的嘛。我觉得，将那些死尸尽快埋掉，不要走漏风声才是眼下的当务之急。"

在玛尔基娜的点拨下，阿里巴巴引着男仆阿卜杜拉去了后花园，他们在一株树旁挖了个大洞，将尸体上的兵刃取下后就把三十七个人埋了进去，接着，将土地搞得像从前一样平整，另外，他们又藏起了油罐子和别的杂物。然后，阿卜杜拉在阿里巴巴的授意下，在集上一批批地卖掉了骡子，每次只卖一两匹。这桩大案至此才算悄无声息地结束了。可是，阿里巴巴想到那强盗头子和两个手下依旧在人世，肯定会再次前来复仇，因此，他不敢就此大意起来，加倍仔细地注意安全。他把杀死强盗和从山洞中得到财宝的事深深埋在了心里，对谁他也不曾说过。

强盗头子死了

首领侥幸活命，偷偷地跑回了山洞中。他怒火万丈，痛苦难耐，像个疯狂的人似地失去了理智。想到痛失财产和手下，他坚持要报仇，必欲将阿里巴巴杀之而后快。要不然，阿里巴巴知道念动咒语，

可以让洞门开关，他会把山洞里的金银财宝偷个一干二净。因此，他做出了打算，要孤身一人进城，用做买卖来实现报仇的心愿，这样，他干掉阿里巴巴之后，好东山再起，重整队伍，再去拦路抢劫，这以劫掠为生的职业是祖上传下来的，一定要让它传宗接代。

首领做出决定后就躺下睡了。第二天天才蒙蒙亮，他便起了身，改头换面，和上次一样进了城，住在了一家旅店中。他对自己说："这种案子长官不会不管的，有这么多人死了，阿里巴巴肯定要吃官司，他的房子绝对会被夷为平地，财产也全充了公，这种令人震惊的大案，城里肯定已经闹得众人皆知了。"因此，他询问着旅店里的伙计："近来，可有什么怪事在城里出现？"

伙计就对首领讲了他的所知。听罢，他的心中夹杂着讶异和沮丧，伙计说的新闻同他并无一点干系，他因此晓得，阿里巴巴为人敏锐聪慧。他逍遥法外，但是，他不仅将山洞里的钱偷走了不少，还杀了那么多人呢。因此，首领为自己的性命担忧起来，为了不陷入对手的网中，为了不导致失败，他决心把自己的聪明才智发挥到极点，要加倍小心才成。所以，在城市里，他租到了一家店铺，他在铺子中摆的物品全是稀罕货，是他打山洞里运过来的，然后，他化名盖赫旺吉·哈桑，留了下来，用做买卖的身份来伪装自己。

无巧不成书。死去的高西木的店铺正巧位于强盗头子盖赫旺吉·哈桑的店铺对门，如今，他的儿子，即阿里巴巴的侄儿正主持这里的生意。强盗头儿冒着盖赫旺吉·哈桑的名，到处奔波走动，没多久，他便和左右几家铺子的老板打成一片，关系也很融洽。他为人慷慨，态度谦逊，对高西木的儿子，他的一举一动更是分外亲热坦诚，他同这位俊俏、衣饰整洁的年轻人在一起时，通常是几小时地闲谈，真是交情不浅。

阿里巴巴在几天后来到店里探望侄儿。依照习惯，他每过几天就要去探望探望他。首领晓得了这件事。见到了阿里巴巴之后，首领立刻就把他认了出来。一个早上，首领从年轻人那儿探听着阿里巴巴的事："对我说说，前几天来你店里的那个客人是谁？"

"那是我的叔叔，我父亲的亲弟弟。"

强盗头儿打那以后就对阿里巴巴的侄儿更加好了，为了把他的阴谋祸心掩藏起来，他为对方行了不少方便。时不时地，他还会做东请客，邀对方前来享用。

阿里巴巴的侄儿在过了些时日后觉得，出于礼貌，他也应该请盖赫旺吉·哈吉来用餐才好。不过，自己的居所太小，不便招待客人，就它与盖赫旺吉·哈桑的奢华场面相比也太可怜了。因此，他找到了叔叔阿里巴巴，向他讨教。

阿里巴巴告诉侄儿："你这么想也是正确的，如同他做东请你的客一样，你邀请那位朋友是理所应当的。明天星期五，是休息的日子，你歇业一天好了，同别的商人一样，你邀请盖赫旺吉·哈桑，与他一同游览公园，换换空气。你在你们玩累了之后就带他到我家来，别让盖赫旺吉·哈桑晓得就行。我在这儿会告诉玛尔基娜，让她安排好美味佳肴等待他的光临，我会把所有的事办妥，你不要为此担心。"

次日，依照叔叔的主意，阿里巴巴的侄儿真的请到了盖赫旺吉·哈桑，二人一同游览了公园，归来时，他带着盖赫旺吉·哈桑拐进了小巷，他的叔叔就住在这里，他们走到了门前。他在敲门的同时告诉盖赫旺吉·哈桑："我的朋友！实话对你说吧，这是我的第二个家。我的叔叔知道了你的品德和对我的种种好处，他很高兴与你会面。所以，你同我一起进门吧，和他见见面，我会因此格外的快活和感谢你。"

听罢，盖赫旺吉·哈桑欣喜不已，因为这样一来，他就能进敌人的房子，和他拉近距离，自己也能马上完成复仇大业。不过，他装出了一副犹豫不决的模样，再三地谢绝邀请。房子里的仆人在这时已经开了大门。阿里巴巴的侄儿把这不太情愿的朋友的手牵住，两人同时进了房子。主人阿里巴巴对盖赫旺吉·哈桑表示欢迎和问候，他态度谦虚，温文有礼："我的客人！我对你如此善待我的侄儿表示无尽的谢意。你对他关怀备至，这我都清楚，你对他的关心比我对他的更甚呢。"

"你的侄儿人很好，同他认识之后，我就深深地欣赏他，他的行为和谈吐很能打动我。尽管他年纪轻轻，但是天资不错，聪慧绝伦，他的明天一片光明啊。"盖赫旺吉·哈桑奉承着他，以此来应对。

他们主客二人就这么寒暄上了，气氛又礼貌又融洽，谈话不久便入了港。盖赫旺吉·哈桑不久便说："主人呀！是回家的时候了，我要向你辞别了。倘若安拉同意，我会过一阵子再来拜访你的。"

阿里巴巴挽留着他，"我的朋友，要去什么地方呢？我是真心真意地要招待你在此用饭。吃了饭再走好了。就算比起你们家的饮食，我们的并不十分美味，也请你接受我的邀请，这是个能让我们在一块乐一乐的机会嘛。"

"主人呀！你如此盛情，我真是十分感动。但是，只能乞求你的谅解，请让我离开好了，这里面有个很特别的理由。"

"客人呀！看上去你满怀忧愁，郁郁不乐，对我讲吧，原因为何呢？"

"原因是这样的，最近我正在服药，医生告诉我，要想除根，就不能吃一切加了盐的饭菜。"

"这算不了什么，倘若这就是原因，你会同意我的请求的。厨娘

正在为做饭做准备，我去告诉她，要她不往饭菜里加盐便可以了，稍等片刻，我去去就来。"说罢，阿里巴巴去厨房告诉玛尔基娜，让她不要往菜里加盐。

忽然间听见这么一个要求，玛尔基娜在为饭食做准备的同时也诧异至极，她问："是谁想吃不加盐的饭菜？"

"为什么问这个？依照我的吩咐去做就可以了。"

"行，就依照你的吩咐去做。"不过，对于有这种请求的人，玛尔基娜还是挺感兴趣的，她特别想瞧瞧他。

将饭菜准备妥当后，玛尔基娜帮着男仆阿卜杜拉把桌椅放好，这样就好上菜款待来客了，也能趁此瞧瞧客人。见到了盖赫旺吉·哈桑后，尽管他的服饰换成了外地商贾的，可她依然立刻认出他的庐山真面目。把他认真端详一下后，玛尔基娜发现，他将一把短剑放在了长袍之下，"是这样呀！"她不禁告诉自己，"这就是这个坏东西要吃不搁盐的菜的原因，因为老爷与他势不两立，他就想趁机结果老爷的性命。我一定要抢占先机，我不能等他有害人的机会，要先把他干掉。"

在桌面上，玛尔基娜铺好一张白色的台布后就开始上菜，主人在同客人一起享用美食，她借此机会平静地返回厨房，反复思考如何除掉强盗头子。

阿里巴巴同盖赫旺吉·哈桑开怀大嚼，慢慢地享用完了之后，玛尔基娜和阿卜杜拉就急忙把碗勺拾掇停当，还给客人上了点心。玛尔基娜又在盘子里搁好了干鲜果品，交由阿卜杜拉，由他用托盘送上去，在主客的旁边，她搁好一张三足小茶几，在上面搁了三只酒杯和一瓶美酒，方便他们自用。把所有事安排完毕之后，玛尔基娜和阿卜杜拉下去打算用餐了。

强盗头子盖赫旺吉·哈桑这会儿感到时机已成熟，于是便心花怒放地暗自揣摩："这正是以牙还牙的好时候，我拔出短剑，用力捅过去，马上就可以干掉这个人，随后，我就从后花园逃跑。他的侄儿没有拦住我的胆子，哪怕他有，我动用上一个手指或脚趾头，他准会玩完。可是，再忍耐一会吧，等那两个仆佣吃罢饭、去厨房睡觉后，我再行动吧。"

玛尔基娜平心静气地窥探着这首领的一举一动，并且揣摩着他的想法："我一定不要让这个坏东西的恶行得逞。不但他的鬼点子不能奏效，我还要让他一命呜呼。"忠心耿耿的玛尔基娜于是就匆忙换了衣裳，穿上了类似舞蹈服装的衣裙，一副色彩明丽的缠头缠在头顶，一顶很贵的面纱遮住脸庞，一条织锦的腰带束在腰间，一把镶金配玉的匕首悬在下方。装束齐备后，她招呼着阿卜杜拉："把手鼓拿上，我们去客厅里为老爷的贵客献艺吧。"

听了玛尔基娜的话，阿卜杜拉真的把手鼓带好并随她到客厅里来了。阿卜杜拉敲起了手鼓，玛尔基娜便按照拍子舞动。仆佣两个跳了片刻就收住了步子，歇息一下，打算认认真真地往下表演。阿里巴巴很高兴，他要他们随着自己的性子去跳，并说："你们跳起来吧，让客人能看到更为出色一些的歌舞表演，让他的兴致高涨吧。"

"我的主人！你如此厚待我，我快活得不能自已了。"盖赫旺吉·哈桑诚恳地致谢。

仆佣二人在主人的召唤下、在客人的称赞声中逸兴横飞，越发地起劲了。阿卜杜拉打着手鼓，玛尔基娜便展现了高超的舞技，主人和客人都从她那妙曼身姿中获得了美的享受。玛尔基娜在他们欣赏得入了迷之后就猛地拔出了匕首，她用左手握着它，飞速地旋转，舞姿动人。突然，她在胸前平放好利刃，做了一个短暂的停留，她伸出右手，接过了阿卜杜拉的手鼓，同时并未停止旋转，这是向座中的人邀赏，是欢乐宴会中的一个风俗。开始，她在主人阿里巴巴的跟前收住了脚步，老爷在手鼓里投入了一枚金币，他的侄儿也依样投入了一枚金币。发现玛尔基娜舞了过来之后，盖赫旺吉·哈桑把钱包拿出来找着行赏的钱。这时候，玛尔基娜壮了壮胆，说时迟那时快，她冲着盖赫旺吉·哈桑的心口一匕首扎了过去，马上，他一命呜呼。

阿里巴巴魂飞天外，他狂叫起来："你都干了些啥？我要毁在你手里了！"

"你错了，"玛尔基娜据理力争，"我的主人呀！我杀掉了他，却是让你免遭厄运呀。倘若你不信，想要揭穿他的阴谋诡计，只消

世界经典童话

·一千零一夜·

图文珍藏版

将他的袍子揭开。"

阿里巴巴在检查时见到了他藏在里面的短剑，他吓坏了，瞠目结舌。

"这个可恶的东西是你的仇人。"玛尔基娜说，"他就是那个冒牌的油商，也就是强盗们的头领，你回想回想吧。他声称他不吃加盐的菜，那是因为他不到黄河不死心，成心要陷你于死地。我一听你说他不吃加了盐的菜，就疑虑起来了。我一看见他就晓得了，他没存什么好心，成心要杀死你。赞美伟大的安拉！我的猜测和担忧是正确的。"

因为感激玛尔基娜，阿里巴巴决心要重赏于她："看！你两次从强盗那里把我救出生天，对于救命之恩，我理应回报。"他因此指点着玛尔基娜的脖颈，说道："现在，我解除你的契约，你自由了，成了自由人。我来替你操办婚礼，让你嫁给我的侄儿，让你们幸福地生活在一起，这就是对你的忠心的报答。"

在对玛尔基娜阐明一切后，阿里巴巴又对侄儿说："听我的吧，依此行事，你的日子肯定会越过越红火。玛尔基娜这个女郎手段高明、赤胆忠心。你现在来瞧瞧在地上躺倒的这个人，这个冒牌的盖赫旺吉·哈桑，他为了趁机杀害我，这才同你打得火热。可是，玛尔基娜她借自己的聪敏，为我们清除了心头之患，我们因此才安渡难关。"

侄儿同意这个主意，答应同玛尔基娜结为连理，阿里巴巴为此快活之极，接着，在阿里巴巴的带领下，他的侄儿、玛尔基娜同阿卜杜拉携手并肩，将这场大灾消解掉。他们通宵未曾休息，万分小心，私下里行事，在后花园挖了个坑，将强盗头子的尸体抬了过去并埋好，至此，这桩事情才了结了。他们从那之后全都三缄其口，这桩事的来龙去脉，他们一直没有让旁人知晓。

大　结　局

由于让自己的侄子和马尔基娜成亲是阿里巴巴亲自提出的。所以为了显示对这门亲事的关心，他也亲自操办了婚礼。盛大的婚礼在黄道吉日、万事俱备之后举办了，为了让来宾得到充分地享受，酒席摆了很多桌，还依照着那时的奢华风格，用花样百出的舞蹈和流行音乐来助兴。亲朋友邻纷纷前来入席，热情地贺喜，真是快乐无限，热烈无比。

阿里巴巴终于过上幸福的日子了，因为他所担心的事已经不存在了，他专心致志地做买卖，日子越发红火，他的面前是一片大好前程，闪耀着璀璨的光芒。

自从暗地里搬回兄长高西木的尸身之后，阿里巴巴就不愿再去洞里了，这是出于防备歹徒的警惕心理。他再次策马上山的那个清晨，距离强盗及强盗头子被歼灭的时日已有许久了。在经过仔细勘察、确定无人在旁时，他才胸有成竹地向洞穴勇敢地走去，他跃下马来，将马拴于树旁，自己来到洞口念动咒语："芝麻，芝麻，开门吧！"洞门一如既往地立即打开了。到了洞里，阿里巴巴发现原有的财宝全都保存在里边，一件也不少。他根据这一点断定，没有一个歹徒漏网。他也觉得世上只剩他一人了解这个奇迹了。然后他搬出

·一千零一夜·

图文珍藏版

一袋与马所能负担的重量相等的金币，随后便回家了。

以后，这个藏宝洞的奇迹被阿里巴巴转述给了他的儿孙们，他还告诉他们怎样让洞门打开和关上，以及如何进出洞穴，他的子孙们一辈又一辈地把它传承了下来，那洞中的财宝，他们也可以一直享用下去。阿里巴巴和他的后代们就这样过上了富可敌国的好日子，在这所城市中，他们是最富有的。

阿里巴巴早年只是个穷人，囊空如洗，以砍柴维持生活。凭借发现山中财宝的幸运，他飞黄腾达，财利双收，终于步上了巅峰。

阿拉丁和神灯的故事

顽皮的阿拉丁

传说在很久以前，中国的京城里有个工匠，靠裁缝为生，名唤穆斯塔法。他生计艰难，生活穷困，唯有一个独生子，人称阿拉丁。

阿拉丁脾气很怪，自打小时候起，他就不走正道，顽皮可气。

阿拉丁十岁那年，他的父亲打定主意，要让他学习裁缝，好使自己后继有人，也让他好以此为生。原因是，穆斯塔法一直手头拮据，没有余款用来供儿子读书认字。要他去做买卖、当学徒，学到些本事，也是不可能的事。总之一句话，他唯一能做的，就是让儿子在自己店里待着，自己教他裁缝技术。

可是，阿拉丁顽劣难教，老是跑到门外去，同这一片的穷困的淘气包们嬉戏打闹，一天也不肯平心静气地留在店里。只要等父亲出了店铺，比如同债主交涉等他总是抽冷子就跑出门，同他那些顽

皮的小朋友们去公园中游荡、玩耍。对于阿拉丁而言，这类事情已是司空见惯，见怪不怪的了，开导和鞭策一点儿效果都没有。他的未来让人担忧，因为父母的训导他听不进去，也不愿子继父业，同样，他也不愿学习经商。

发现儿子一无所长，裁缝穆斯塔法灰心之极，又气又悲，不久便生出病来，命丧黄泉。父亲逝去后，阿拉丁不仅不因此把他那懒散乖僻的脾气改一改，却依然故我地在外游荡。见到丈夫去世，儿子却又不成材，他的母亲不对未来抱有指望了，灰心丧气、万般无奈之下，干脆一股脑卖光裁缝店和一应家什，随后，她用纺线来维持生计，还要供应她那游手好闲的宝贝儿子吃穿。阿拉丁在此时感到，父亲去世了，不再有严厉的规则限制着自己了，因此，他倍加懒惰、无所事事起来。他从不在家里呆，只有吃饭时间除外。然而，他那令人同情的母亲只能用手纺线为生，还要养着儿子到他十五岁。

非洲魔术师

无巧不成书，有件事在阿拉丁十五岁的时候发生了：一天，同往常一样，阿拉丁和这一片的淘气包们又戏耍上了，这时，一个外地来的修士挑上了他。这个人说是修士，实际是千里迢迢来自非洲的摩洛哥摩尔人。这个人修习魔法已趋化境，同时对星相学也很在行。他研究这种旁门左道已经入了迷，他潜心钻研，最后，真的变成了个大巫师。这时，他立于街边，上下端详着这伙小孩，陷入了沉思。然后，他的目光盯住了阿拉丁，他目不转睛，对他的形体和另外的小孩子的情况认真查看和揣摩。巫师查看完毕、思考过后自忖道："的确，这个小孩正符合我的要求，我离开故土，长途跋涉到此地，正是要找到他。"因此，他把这群小孩中的一个带到旁边，向他询问阿拉丁的情况："他是谁家的孩子？"

从这个小孩这里，巫师搞清楚了阿拉丁的一切，想方设法要和他套近乎。来到阿拉丁身边后，巫师引他走到旁边问："我的孩子，或许你是裁缝穆斯塔法之子？"

"没错，老爷。可是我的父亲他已经去世了。"

一听到这件事，巫师猛地把阿拉丁的颈子抱住，他一边亲吻一

图文珍藏版

边抽泣。

见到这个外乡人的行为，阿拉丁奇怪之极地问："老爷，为什么哭呀？你怎么会晓得我的父亲呢？"

"我的孩子，"巫师说，语调发抖，"既然你对我说，你的父亲已经去世了，你又何必如此询问我？你的父亲是我同母异父的兄弟。在他乡时，我漂泊不定，现在，我不远万里，返回故乡，满心欢喜，满指望能同他再度重逢，也好让长久以来在胸中徘徊的愁绪就此泯灭不见。然而天不佑人，却听到你亲口说，他已经去世了。但是血浓于水嘛，我在这伙孩子里面，一下子就发现你是我的侄儿。虽说你父亲他在和我分开时还没结婚，但是你同你父亲血脉相连。"

趁着追忆往昔之时，巫师装作深情款款，一脸哀伤，他接着说："我至亲的侄儿阿拉丁！我为你父亲的去世而深感沮丧，自此，我因希望与兄弟重逢而怀有的欣喜已磨灭殆尽了。更加上长久以来，我漂泊四方，和亲兄弟长期分离。在这种局面下，我只求在死去之前与他会一会面，但是山高路远，终不能如愿。这种事是人们逃不开的，生死相隔叫我伤痛难禁，但生死由命，上天注定啊。"说罢，他再度用力拥抱阿拉丁，以示亲善之意，他高声说："至亲的侄儿！我自此之后只能从你这里略慰老怀了，你代替了你父亲对于我的重要性，因为你是他的儿子，他的传人呀。人们说的'留有香火，死亦复生'就是指这个。"

说罢，巫师把钱包取出来，取了十枚金币，交到阿拉丁手上并问他："至亲的侄儿，你同你母亲在哪里住啊？"

立刻，阿拉丁领着巫师回了家，又指点给他自己家的位置。巫师走时，又嘱咐他："至亲的侄儿，这些钱你先交给你母亲，同时，

世界传世藏书

世界经典童话

·一千零一夜·

图文珍藏版

代我问候她，要让她晓得，你的大伯从外地归来了。我明天一大早会到你家去看望和探视她，还要趁此将我那兄弟生前的住处、死后的墓穴瞧上一眼。"

吻过巫师的手之后，阿拉丁同他道别。他欢喜异常，于是便径直回家，不再依循他那不到吃饭不回家的脾气，见到母亲后，他喜不自胜，抬高嗓门儿说："母亲，告诉你个好消息，刚才，我那个在外面漂泊了很长时间的大伯归来了，他叮嘱我，要我向你问好。"

"儿子啊！我觉得你是在逗我开心呢。你嘴里提到的大伯是哪一个呀？你怎么会冒出一个大伯来了？"

"母亲，怎么这么讲呢？我父亲的兄弟他打哪儿来呢，倘若说我既无大伯也无其他亲眷的话？千真万确，他抱着我吻我，并且流泪不止，要我向你问好。"

"儿子呀！我只知道你本来有个大伯，可是，他已经死了很久

听了母亲一席话，阿拉丁半信半疑，不知如何是好。

挑中了阿拉丁，同他交往又分开后，巫师熬过了一个晚上。第二天一大早，他慌里慌张去找阿拉丁，因为他看不见这个少年便忐忑不安，不能释怀。他四处逡巡，继续前行，走到了阿拉丁的嬉戏之处后，他发觉，他正和那群调皮鬼搅在一块，他立刻过去拉过他来，热烈拥抱他，使劲儿吻他，接着，他塞给他两枚金币说："赶快回家，去对你的母亲说，我会去你的家里吃晚餐，这两枚金币给她，请她整治菜肴好了。但是你先领着我，把到你们家去的路再指给我瞧瞧。"

"都清楚了，我听命便是。"阿拉丁满口答应，接着他领上巫师，一边往家里走，一边指点着路径，他们俩一直走到了门前，这才分别了。

阿拉丁径直回了家，将两枚金币交给母亲说："母亲，大伯今天傍晚要到咱家来吃晚餐，这是他给的，当作伙食费。"

阿拉丁的母亲十分快活，她上了集市，买到做饭所需的各色吃食，又同邻居借了餐具，接着，她便仔细地做起饭来。等到菜肴做好，只待开饭了，她便告诉阿拉丁："儿子呀，饮食已经备好，但是你得出门去，去迎接你的大伯，我恐怕他不晓得咱们的地址。"

"都清楚了，我听命便是。"听到母亲的吩咐，阿拉丁打算出门迎接，正在这时，忽然传来了叩门声。他慌忙去开门，定睛一瞧，巫师在门边站立，另有一个拎着酒和点心水果的佣人，阿拉丁赶快表示欢迎，满心欢喜。

把佣人领进房间中后，巫师指使他将礼品放好后便让他走了，接着，他又对着阿拉丁的母亲哀叹和问好，随后又问："我兄弟在世之时喜欢在哪儿活动呢？"

阿拉丁的母亲指点了一处，那里搁了条长凳，巫师就俯身过去，贴到地面上，吻着地板，还嘟嘟囔囔地念着经文，随后，他放声大哭，说道："我的兄弟，我的眼珠子！真是我生不逢时，才会同你生死相隔，就是想最后见上一见，也都不能如愿呀！"他自怨自艾，哽咽难禁，悲伤不已，几乎晕厥。

见到了这一幕，阿拉丁的母亲被他那声情并茂的表演打动了，她确信无疑，以为他便是阿拉丁的大伯，她也动了情，不禁也俯身过去，从地板上将他搀起来说："就算你哭死过去，也是于事无补了呀。"她温言软语，开导于他，请他入座，悉心款待他。

在饭桌上，巫师被奉为上宾，全身上下快活无比，因此，他便和阿拉丁的母亲闲聊了起来："弟妹呀！你素来与我不曾谋面，你在我兄弟在世时也不晓得我的事，这倒也不奇怪。这是有缘故的：四十年之前，我从这座城中出走，四处漂泊。我从印度和信德国中穿过，到达了埃及，很长时间，我都驻留在这座气势恢宏的城池之中，那里是人间胜境，被誉为世界一大奇迹。最终，我流浪到了远方的西非，在摩洛哥国，我长期住了下去，一晃就过去了三十年。

"一天，我独自一人，逗留家中，蓦地，我心情波动，我的故土、祖国，我的手足兄弟回到了我的记忆之中，在这些回忆中，我的离愁别绪、骨肉亲情忽然爆发，难以控制。我形影相吊，远离故土和祖国，一想至此，我不由地老泪纵横。接着，我的这念头让我在深思熟虑之后做出决定，重返故里。我本以为，一到故乡便会和我的兄弟再度重逢。因此，我告诉我自己：'你呀你呀！如同阿拉伯游牧民族那样，你究竟要过多长时间离开故土、漂泊无定的日子呢？你仅有一个亲兄弟而已，你要做的事就是，马上返回家乡，同你的兄弟在你死前再见上一见。这是因为人世变迁，人们又怎能想象得到它会给人招致什么不幸呢？现在没有打算，到时客死他乡，你就该后悔不及，长恨无绝期了。还有，你还有个有利条件，你经济状况尚佳，你理应想到兄弟，他的手头拮据，你就该伸出援手呀。'一想至此，我一跃而起，收拾行李。也巧，那天是礼拜五，是休息日，我马上出发了。在路上，我经过百般磨难，十分辛苦，我能重回故里，全仗老天庇护。昨天，我在街头闲逛，不经意之中，我发现侄儿阿拉丁正和一群少年玩耍打闹着。我瞧见他后，情不自禁地产生了亲近之心，这是血脉使然嘛，我有种直觉，他就是我那独生侄儿，所以，一同他相见，顷刻之间，我的疲惫和烦忧烟消云散，我几乎要快活得飞起来了。可是，他告诉我兄弟已经去世了，这时，我伤心难过，不由地大放悲声。或许阿拉丁告诉了你我那时是如何伤心欲绝的了。

"我在极度的悲痛之中只有一个安慰，那便是阿拉丁的形象，他是我兄弟传下来的香火哟。我兄弟有了后代，对他而言，他也就等于死而复活了。"

巫师着重谈着这些，接着，他转过脸来凝视阿拉丁。因为他发觉，他的一席话使阿拉丁的母亲感动莫名，正在抽噎不止。因为要迫使她无法提及她丈夫在世的情况，才能使他的奸计得逞，因此，这巫师才如此宽慰于她。他询问着阿拉丁："我的孩子，你的职业是什么？你有没有学会什么谋生手段？对我讲吧，为了维持你们母子的生计，你是否学会了一门技艺呢？"

阿拉丁无言以对，窘迫之极，低首不语。他的母亲趁机急不可耐地说："情况出乎你的意料呢。我指天起誓，这个小孩子他不通人情。我向来就没有见过这种不驯服的小孩。每天，他无所事事，打发着日子，和淘气包们搅和在一块儿，他的父亲因此抑郁成疾，一病不起。如今，我也过着可怜的生活，每天拼命纺纱，从早到晚，手不离纱锤，我们母子俩就依靠它，每日买得几个饼子充饥。每日里，阿拉丁除了吃饭向来不回来和我打照面。说句实话吧，我倒想锁上门，不再让他回来，让他自寻生路、自食其力好了。我已是个老太太了，气力不济，劳作也日益艰难，就是想要同往日一样，只怕也力不从心了。"

　　听罢阿拉丁母亲的肺腑之言，巫师换上了怜悯的表情告诉阿拉丁："我的孩子，为了什么你总是品行欠佳，放任自流？对于你而言，这样的品行真是一种耻辱。我的孩子，你正值青春年少，家中人向来品行端正，可你却要靠母亲来养，她年纪已大，体力不支，却还要拼命干活，你难道不觉得羞耻吗？如今，你已经成人，对于自己的未来，你总该有所谋划，按着规矩，一步步去实现它。我的孩子，你放眼四周，仔细瞧瞧好了。我心甘情愿地扶植你，你在各行各业中选择你中意的去从事吧。我的孩子，到你学徒期满便可自食其力了。倘若你对你父亲的裁缝业并不满意，你大可挑选你中意的行当学习，好不好呢？我的孩子，我作为大伯，理应大力协助你，对我讲好了。"

　　费尽心机，花言巧语之后，巫师发觉阿拉丁依旧不感兴趣，默默无语，他感到这个少年天性散漫，只求吊儿郎当地混日子，因此，他又说道："我的孩子，我这么讲你明不明白，同不同意呢？我也可以弄间商铺给你，倘若你对学艺不感兴趣的话，把各色高贵值钱的商品准备妥当，好让你学做买卖，在大商人之中，你会声名鹊起，在生意场中，你把握到了贵卖贱买的生意窍门，渐渐地，你在城里就会变得众人皆知了。"

这会儿，听罢大伯的一席话，阿拉丁喜不自胜，他特别想成为大商人，对此他欣喜若狂，原因是，他晓得大商人总是穿着奢华绮丽的丝绸衣裳。他仰头盯着巫师，轻轻一抿嘴，随后又垂下了脑袋，心满意足。

巫师悉心窥探，一见阿拉丁的笑就明白了，他是愿意做买卖的，因此，他趁热打铁地吸引住了他："我的孩子，看来你乐意做买卖，说明你有雄心壮志，那么，让我来帮你开间店铺，让你在生意场中混个出人头地吧。我明天陪你去集市上买衣裳，那是专供大商人穿用的，是为你量体而裁的。接着，为了兑现我的话，我再着手帮你开店。"

开始，这个摩洛哥人声称自己是她丈夫的亲兄弟，阿拉丁的母亲对此疑虑重重。但是，他允诺会出钱为自己的儿子添购商品，开设店铺，她一见到这些，那怀疑便烟消云散了。她开始这样认为，她坚信他就是自己男人的亲兄弟，要不然，一个外乡人又怎能这样帮助自己的儿子呢。因此，她告诫儿子，要他浪子回头，不要再胡思乱想，要做个正经八百的好人。要向精明强干的大伯学习，对待他要像对父亲一样，他的教诲一定要牢记在心，她又说，以前，他和那群无所事事的淘气包浪费了不少时间，如今应该予以补救。

教导了儿子一通之后，阿拉丁的母亲抽身起来，把饭桌收拾好，上了菜肴，把巫师让到上位，母子俩打横作陪，一同享用晚餐。在吃饭的过程中，巫师跟阿拉丁扯起了做买卖的情况。听了他一席话，阿拉丁目瞪口呆，一夜无法成眠。

巫师踞案大吃大喝，直到酒意醺然、天色已晚时才告辞离开。他在临走前再三叮嘱，明天一早，他就会陪同阿拉丁，去购买商人专用的衣裳并依计而行。

第二天一大早，急切的叩门声便传入阿拉丁母亲的耳中，她开了门，发现门口立着巫师。他不进屋门，却声称，他要陪阿拉丁去集市上购物。阿拉丁满心喜悦，走到大伯跟前向他问好，吻了吻他的手。拉着阿拉丁，巫师和他同去了集市，在一家服装铺里，他们进了门，声称要购买上等衣服。老板展示了各色高级衣服，以便他挑选。他指点着这些衣服，告诉阿拉丁："我的孩子，你中意哪一件的款式就挑哪一件好了。"

听罢大伯所言，阿拉丁欢欣鼓舞，选了一身他最中意的。拿钱将衣服买下后，巫师又领上阿拉丁，一同前往浴室沐浴。阿拉丁换上新装，喜不自胜，为了表示谢意，他吻了吻大伯的手。接着，叔侄俩便落座饮着果汁。

巫师由浴室出来后，便不惮辛劳地领着阿拉丁到集市上游荡，他指点着生意场上的情况，让他观赏，并告诉他："我的孩子，你要做好防备，同这些人多打交道，要和他们混熟了，同那些普通的买卖人更要多来往，从他们那儿，你可以掌握做生意的诀窍，积累经验。你要知道，他们现在做的工作，就是你日后要干的。"

巫师领着阿拉丁游完了集市，又去城里的风景胜地游玩，在大寺庙中，他们欣赏着清静的景色。他领他进饭馆，用银盘子装好美味佳肴，要他品尝，两个人大快朵颐。

午餐用罢，巫师领上阿拉丁来到游乐场，寻欢作乐。在古代皇帝的宫阙中，在奢华绮丽的宏大建筑里，在房间里形形色色的装饰旁，他们流连忘返，他的眼前敞开了一个新的世界，他为此而欢欣雀跃。

巫师在最后带上阿拉丁来到一家大旅店，他自己住在这儿，这是专门供给外来商贾住宿的旅店。他诚邀各个行当的商人，请大家聚一聚，在一块儿用用晚餐，当着大家的面，他宣布说阿拉丁是自己的侄儿。

商贾们吃得心满意足，兴尽而散，这时已然暮色四合，巫师这才把阿拉丁送回了家。

发现儿子身着华服，十足就是个商人，阿拉丁的母亲欢天喜地，不由得泪湿衣襟。她极为感动，因为这个伪善的巫师假托亲戚，对阿拉丁体贴备至，给予援助，她兴奋地表达着自己的谢意："好兄弟，对这个孩子，你是这样体贴，你给予的帮助良多，我的感谢真是无法用语言表达，我这一辈子都忘不了你，你真是恩重如山呀。"

"弟妹呀！这算不了什么，仅仅是我的一点意思而已，这孩子和我的亲儿子没什么两样。对我而言，为兄弟抚养后代是我无法推辞的义务。弟妹不要因为这个而感到不好意思。"

"只求上苍保佑兄弟能长寿吧！阿拉丁他以后在你的帮助下，终于有可能会得到幸福了。他日后会听从你的教导，你怎么说，他就怎么做。"

"弟妹呀！阿拉丁在一个好人家中长大，马上就要成为大人了。只愿上苍保佑！只愿他追随着父亲的遗志，老老实实，好好做人，他父亲在九泉之下也会快慰。而弟妹你盼子成才，到时候也就不会失望了。明天是礼拜五，恰好是休息日，商铺歇业，要开店的事无法进行，只能说太遗憾了。各个行当要过了安息日才会继续营业。所以，我有个主意，明天早晨我再过来，带着阿拉丁出城，游览公园胜地，那些场所他还从未游览过呢。他会在那些地方遇上同去游览的商界名人，对他而言，同他们进行交流是大有裨益的。"吩咐完了之后，巫师告辞，径直去旅店休息。

在这一天里，阿拉丁着新装，进浴室，去饭店，逛集贸市场，游览美景，和很多生意人相识，他简直无法表达自己的喜悦。第二天早上，大伯还会前来，要领他去郊外游览，他一想至此，激动难耐，通宵不曾合眼，只是盼着天明。

次日一大早，果不其然，巫师准时到达了阿拉丁的家。叩门声一传入阿拉丁的耳中，他便从床上一跃而起，把门开了，向大伯表示欢迎。看到阿拉丁之后，巫师用力拥他入怀，给了他热烈的吻，他抓住他的手说："侄儿呀！今天，我想带你游览的场所风景之美，

为你一生所仅见。"为了调动他的心情到达亢奋状态，他开了些玩笑。这么着，两个人谈笑风生，离开家门，走到郊外，在公园中穿

行，寻欢作乐。为了让阿拉丁更加开心，巫师领着他，信步走来，四处观赏，滔滔不绝，什么这一处风景秀丽怡人，那一处庭院气象庄严。他们二人每走过一座亭子、一间楼阁或是一座宫阙，都要认真鉴赏，巫师不厌其烦地反复询问阿拉丁："侄儿，你喜欢这个吗？你高兴吗？"

在这些奇幻的景致、高大的建筑、他一辈子都没欣赏过的奇景面前，阿拉丁欢乐无限、情绪高涨。他们放慢了脚步，缓缓走着，陶醉在自然之中，直到走得倦意滋生时，才来到了一间景色秀丽的花园。在这儿，空气清新，景致迷人，令人沉醉。在这儿，清泉在争奇斗妍的花朵旁流动，百折千迴；铜铸的狮子像是黄金造就，泉水由它的嘴里涌出，着实动人。在池塘边，他们快乐地相对而坐，稍做歇息，像是亲热的父子俩那样谈笑风生。巫师打开腰带，把口袋解开，里面装有饭食和干果，他告诉阿拉丁："我的侄儿，你可能饿了吧，吃点什么吧。想吃什么就吃吧。"

这时，阿拉丁真的饥肠辘辘，因此他开怀大嚼起来，巫师和他一起吃。他们享用着、休憩着，很是惬意和快活。

发现阿拉丁食用、歇息够了之后，巫师就说："侄儿，你休息够了吧，这会儿，我们得再度出发前行，让我们到达我们这趟行程的终点吧。"

听到大伯的一席话，阿拉丁站起身来，跟在巫师后面，缓步前行，他们脚步不停，走过一个又一个花园，他们已经走出了很远，那些园林已被他们落在了身后，终于，在一座高耸入云的荒山跟前，他们停下了。

阿拉丁也不是个小娃娃了，但是，到这一天为止，他一步也没踏出过城，也从不曾像这天行走这么远，所以，他感到力不从心，只得哀求巫师："大伯，咱们这是要去什么地方？咱们离开花园，已经有很长一段距离了，现在来到的这处所在不见人烟。我已经疲惫不堪，寸步难行，倘若我们还要长途跋涉，我可就无法忍耐，要昏倒在地了。不如咱们掉转过头来回家去算了，倘若前方并无可供游玩的花园的话。"

"不，我的孩子，现在不是返回的时候，我们并不是迷了路，我们最终要做的事也并不是游览花园。这是因为，大多数君王的大业简直无法与咱们现在要干的事情相比，同它相比，你的那些见识简直不值一提。因此，你要一鼓作气，勇敢地前行。感谢上苍！你也已经长大成人了。"巫师将他的意思阐述过之后，又温言软语，用好话蒙骗阿拉丁，为了让他因为赶路而产生的倦意烟消云散，他还给他讲了几个怪异的传说。运用这些小花招，巫师领着阿拉丁不断前行，直抵终点。正是为了它，这个西非的巫师才不远万里，从日落的西方赶到了日升的东方。

神　灯

巫师大为满意，将阿拉丁引到终点之后，他告诉他："侄儿，这里就是我们的终点。这会儿，你先歇一歇。我在不久之后将向你展示最瑰丽的奇景。在人间，没有人能够欣赏到这一幕。能让你看到的，是前无古人、无人得知的幻境。但是你歇够了以后，找些木头

·一千零一夜·

图文珍藏版

片儿、干树杈来给我，以便我引燃它，随后，再让我把个中奥秘讲给你听。我们如此这般，方可大功告成。"

听罢巫师所言，对于大伯将要干的事，阿拉丁极为好奇，劳累也被他抛到了九霄云外，歇了歇以后，阿拉丁便站起身来，依从巫师的指示把木头片和干树杈捡起来，他听到大伯的召唤后，就抱好木头片和树杈，走回巫师身旁。

点着了木头片和树杈之后，巫师从胸口的袋子里摸出个小盒子，它十分精巧，他掀开它，拿了些许乳香出来并洒向火中，烟气缭绕，而巫师则对之念动了咒语。阿拉丁对他所念的内容不甚了解。然而，大地在茫茫烟气之下猛然晃了起来，一声巨响之后，大地訇然开裂。

发现这可怕的一幕之后，阿拉丁惊骇莫名，为了逃开这场大灾，他企图溜走。见到他的举动后，巫师勃然大怒，无法遏制。因为，他可能会全盘皆输，倘若没有这个少年参与的话，除去阿拉丁，谁也不能打开那个地下的神秘宝库，那是他朝思暮想要得到的。因此，看出阿拉丁要开溜的企图后，他抬手就用力在他的头上扇了一掌，这下他头痛欲裂，当场昏厥。

渐渐地，阿拉丁醒了过来，他依稀发现自己的身旁立着巫师，于是情不自禁，抽泣不已地说："大伯，你如此责罚于我，究竟我有什么地方没做好呢？"

"我的孩子，我倾尽全力，只求你能够成才，可你却反倒不听我的话了！"巫师做出慈爱的表情，开导起阿拉丁来，"我要你去干的事，你一定要干，因为我是你的大伯，也就和你的亲生父亲没有什么两样。现在，我所要做的就是，让你欣赏一处奇景，你的劳累会在你看到它的那个时候烟消云散的。"

那开裂的土地在此时缓缓展现出了一块云母石，它呈矩形，上有铜环。立刻，巫师面向云母，弄妥沙盘，进行卜算，接着，他又对着阿拉丁说："我的孩子，倘若你能将我命令你做的事做好，你就会立刻富比王侯的，我打了你，就是由于这个原因呢。这是因为，你有一个宝藏就藏在这片地区的地下，那里面的宝贝藏起来的时候，借用了你的名字，预先已经设定好了，只能是你来选择是否打开宝库。在这之前，我已经为把宝藏打开而进行了祈祷。我的孩子，你这会儿仔细听好了我的阐述，在这面石板下，贮藏着那个宝库。你走过去，把石板上的铜环捏住后往上掀开，这是因为在这个世界上，没人掀得动它，只有你除外。把石板掀开了之后，因为本来这个奇怪之极的宝库就是为你而设的，所以，你要做的事就是进去。但是，我下面的话你一定要听清，我怎么说，你到了里头就要怎么做，万

世界经典童话

·一千零一夜·

图文珍藏版

万不能漫不经心。我的孩子，我这么做都是为了你的权益和快乐。在宝库中，有难以计数的、品质上乘的、历代君王的收藏都无法比及的宝贝。还有，牢记这一点：这个宝库属于你的同时也属于我。"

听罢巫师所言，立刻，阿拉丁把他的不幸，比如劳累、被打产生的剧痛和抽噎不止都抛到脑后去了。他呆立不语，头晕目眩，目不转睛，只是瞧着巫师。这时，他又欢喜异常，这是想到因为运气的关系，他马上要发财了。因此，他真心实意地告诉巫师："大伯，你尽管开口吧，你认为该怎么办，我就照着去做好了。"

"侄儿，我觉得你比我的亲儿子更让我挂心呀。这是因为你是我兄弟之子，我没有别的亲戚，只有你呀。我的孩子，说句实话，你同样可以继承我的财产。"说罢，他热烈地吻着阿拉丁，又继续道："我这样风尘仆仆究竟意欲何为？我的孩子，告诉你实话，我都是因为你才这么干呢。我最终会让你成为一个人才，又有钱又受人尊敬。但是，你一定要完全按照我的要求行事，千万不能有所违背。现在，你听从我的吩咐走过去，抓住铜环来掀开石板。"

"大伯，我还小呀，这石板这么沉，我自己抬不动，你搭把手，我们齐心协力，一齐把它掀开。"

"我的侄儿，倘若我参与其中就会坏事，我们便达不到目的了。在此之前，我对你讲过了，其他人无法去动这个宝库，只有你例外，你只需手握铜环，向上一掀，石板就开了。可是，你得边揭边念自己的名字，不可间断，另外，也要念你父母的名字，这么一来，石板可以被轻而易举地掀开，你不会有筋疲力尽的感觉。"

听从大伯的吩咐后，阿拉丁壮壮胆，束束腰，来到石板前，他伸出手，抓紧铜环，随后，他用力掀着石板，与此同时，念着自己和父母的名字。那石板訇然开启，不费吹灰之力，这使他大感意外。定睛一瞧，在石板覆盖下的是一个地下通道的入口，有十二级台阶向地下延伸。

巫师与此同时慌忙指导着阿拉丁说："阿拉丁，凝神静听，我怎样说，你便怎样做。现在，你进入地道，顺着台阶往下走，一定要万般留神。在这下面有四个房间，在每个房间里，有四个黄金、白银的罐子摆在当地，里面盛着稀世珍宝。一定别动它，或者是令你的衣服角和罐子、墙相接，千万留神呀。你所要做的，就是不断前行，不要收住脚步，要不你可就要倒大霉，化为黑石了。当进入第四个房间时，你会发现，在屋子里又有一扇门，它是关上的。你打开它时，一定要叫着你和你父母的名字，像你掀开石板那样，这么一来，你就来到了一座花园。在园子里的果树上满是果子，金光闪烁。顺着正中间的过道，你继续前行，五十步开外就会有个气势宏大的厅堂。在厅里的天顶上，有盏油灯挂在那儿，另有一架梯子放在厅里，大约有三十来个台阶。你爬上梯子，把油灯摘下来，把灯油倒出来，将它放入你胸口的袋子里，接着就返回吧。你不要恐惧，那盏油灯没什么危害性。你离开的时候，要是看中了那花园果树上的什么果子，也可以任意采撷。这是由于当你拥有了那盏灯之后，宝库里的一切宝贝就都是你的了。"指导完了之后，巫师把一个戒指由手上卸下，为阿拉丁戴在了食指上之后说："我的孩子，你不要担心，实话对你说，这个戒指会给你庇护，使你免遭一切伤害和恐惧，不过，我告诉你的这些事你要铭记在心，为了打开宝库，达到梦想，束起腰带，壮壮胆量，尽快往下走吧。不要恐惧，现在，你不是稚童而是个大人了。我的孩子，不久之后，你会把大笔的财富尽握手

世界经典童话

·一千零一夜·

图文珍藏版

中，顷刻之间变为世间首富。"

听从了巫师的教诲，阿拉丁下到了地穴之中，他走下台阶，进入了地下通道，依照着规矩，万分戒备地走过有金银罐子的那四个房间，接着，他进了花园，顺着小径，继续前行，最后到达了那座气势宏大的厅堂，他上了梯子，把在天顶上悬着的那盏油灯摘下、吹熄、倾倒了灯油，随后，他把它搁到了胸口的袋子中，又爬下梯子，从大厅出来直奔花园。

此时，阿拉丁在花园里悠闲地游荡，怡然自乐，观赏着园中胜景，不再如同来的时候那般噤若寒蝉了。那鸟儿美妙动听的叫声传入他的耳中，枝头上的宝石果子映入他的眼帘，它们精光闪烁，赤橙黄绿，各色齐备。每一株树都形态各异，各自生出的果子也大为不同。那果子光芒闪动，令人头晕目眩。比起它来，正午的阳光也黯然无光。更特别的是，比起这些宝石果子的个儿来，历代君王的宝石收藏品也不值一提了，他们拥有的最大的宝石只抵得上这里宝石的半个。

在花园里，阿拉丁怡情畅性，把这些叫人目眩神迷的奇妙树木看了个饱，并上下端详，认真思考。他发现，这些长在枝头的、硕大无比、昂贵无匹的宝石果子有各种类型，像什么绿宝石、红宝石、钻石、翡翠、珍珠等等。见到这等人间仙境，他也唯有目不暇接、赞叹不绝而已。对这些举世无双的宝石，阿拉丁不懂鉴别，也不了解他们所值几何，到底他的年纪尚小，眼界狭窄，幼稚可笑，也没有什么经验。这儿的宝石照他看就是玻璃似的物品而已。但他知道，它们不同于葡萄、无花果和别的水果，不像普通的水果可以食用，因此觉得可惜，只将它们当成玻璃做的，收藏了一些，每一种都摘几个放入袋中。阿拉丁暗忖道："让我来摘点儿玻璃果子，拿回家中，以供把玩。"他拿了许多，把衣袋塞满了又取下头巾，包了一包，往腰里一系，打算拿回家去，当个摆设。他一点别的想法都没有，仅仅把它们当成了装饰品。

阿拉丁慌里慌张地从花园离开，从这诱人的宝库中走了出去，这是因为，对于他那当巫师的大伯，他已经开始惧怕了。沿着进门的道路，他丝毫不停，一直走到地下通道的入口。本来，当他打那四间屋中通过时，他可以把那金的和银的罐子里的财宝拿一些，但是他不屑一顾。当他爬上台阶来到最顶上的一级的时候，他发觉比起别的台阶来，它特别高，要上去特别困难。他请求巫师伸出援手，因为他独自一人，又拿了很多宝石果子塞在身上，又是处在攀登之中："大伯，搭把手吧，拉着我从这里出去。"

"我的孩子，这油灯好像快压塌你了，你先把油灯给我，轻松一下吧。"

"不，大伯呀！这盏灯不压人，它不沉。你搭把手，帮帮我，拉我从这里出来，到时候，我自然会从口袋里拿出灯来给你。"

这个非洲巫师唯一的目的，便是将神灯偷到手。因此，他这才风尘仆仆，从远方的摩洛哥到达中国，他一再声称，要阿拉丁先给他神灯。因为在一开始，阿拉丁把灯塞到了胸口的袋子里，接着，他又把许多宝石果子塞了进去，袋子那么满，想要伸手进去取神灯，实在已经不可能了。实际上，阿拉丁天性纯朴，没有心机，他想的是，出了地道后就给他大伯这盏神灯。但是，对这一想法，巫师一无所知，他发了牛脾气，必定要将神灯取之而后快。他向阿拉丁几番索要，却一无所获，这时，他怒气勃发，破口大骂。觉得要达到目的已然无望了的时候，巫师彻底失望了，他不顾一切，念动咒语，将乳香洒入火里，穷凶极恶，立意复仇。在他身边，那块石板因为咒语的驱使而晃了起来，渐渐地，它照老样子覆盖到了地下通道的口上，遮住了它。就这样，阿拉丁被关在了宝库的地下通道里。

原来，我们见到的这个巫师是个异乡客，这个邪恶的巫师本不是阿拉丁的大伯。但是，他满脑子里想的都是，借阿拉丁这个少年之手搞到神灯，大发横财。而且这个巫师爱自吹自擂，夸夸其谈，又善于作伪，欺骗善良人。最终，这个卑鄙小人使出了杀手锏，将阿拉丁陷在了地下通道里，他动用沙石，遮好了石板，故意想要让他饿死在里面。

原来，这个巫师住在西非地区，是个原住民——摩尔族人，从小时候起，他就对妖术很感兴趣。他潜心研究每一门旁门左道，还郑重其事地进行试验。在西非的一些城市里，平民因为这种妖术的泛滥也脱出了正轨，不时会造成骚乱。这个巫师仔细钻研古代典籍，勤学不辍，对于各个宗派的秘诀，他也很有研究，就这样，他慢慢地积累了许多这类知识，最后变成了巫师中的佼佼者。刻苦研究了四十年之后，他对咒语的辨认和拼读的方法很有心得，一时无人能及。

一日，凭借着巫术，巫师在魔法书中得知，在中国有座名唤卡拉斯的城池，在它城外的一座山下，埋藏有一个大宝库，其中的珍宝不计其数，君王们的藏宝与之也无法相比，那盏神灯，就是宝库中的极品。拥有了这盏神灯的人是无所不能的，谁也无法制服他，没有人可与他一决雌雄，不管是比地位、比财产还是比权势；同神灯的魔法相比，人间最有权力的帝王也是不值一提的。

凭借自己的魔法，巫师了解到，想要打开那个宝库，只有让一个名唤阿拉丁的少年到那里去，他来自那里的一个贫寒的家庭。因此，为打开宝库，他进行了周密测算，只求能轻松愉快、没有障碍地大功告成。终于，他打点好行李，出发去往中国找寻阿拉丁，对他又哄又骗。巫师本来觉得他会拥有神灯、主宰神灯，因为他依照计策行事，一丝不苟。但是，令他大感意外的是，最后，他的努力试验、梦想和要求全都遇到阻碍；他的奔波劳苦只是白白花掉了力气和时间，一点效果也没有。所以，他沮丧万端，大为恼怒，打定主意要害死阿拉丁。因此，他利用巫术将阿拉丁埋到了地下通道中，只等他渐渐死去。他觉得只要他如此行事的话，阿拉丁不可能由地下通道里脱困，也无法从中拿出神灯。他极度伤心和沮丧，因为美梦破灭了。他大梦初醒似地、蔫头耷脑地离开了中国，回到故乡非洲去了。

被埋到地下通道中后，阿拉丁大声疾呼，叫着巫师，哀求他搭把手，把他带离地道、返回人间。可是，没有答复，无论他如何叫嚷和乞求。阿拉丁在此时渐渐清醒，他觉察到，巫师以阴谋诡计骗了他，此人不是他的大伯，只是个妖人，长于坑蒙拐骗，这一点他已经可以断定了。他认为，要脱离困境、全身而退是不可能的事了。他烦恼之极，不由自主地饮泣起来，万般无奈之下，他顺着台阶，往下走去，只求上苍放他一条生路，不要让他这么难过。他下到了底层，转来转去，左冲右突，但他什么也瞧不着，唯有漆黑一片而已。这是因为，巫师使用了巫术，关上了宝库里的每一道门，阿拉丁走过的门路，包括花园门，已完全关闭。为了聊以自慰，阿拉丁想去花园里散散心，可是，去花园的门户也关闭了，一点儿希望也没有了。他无法将伤痛积压在心里，失声痛哭。最后，他已无计可施，唯有转身返回地道的台阶，灰心失望，坐下等候死神降临。

还好，柳暗花明又一村。上苍在阿拉丁尚未身陷囹圄时就指给他了一条生路，让他能死里逃生。在命令阿拉丁进入宝库的通道时，非洲巫师送给了他一个戒指，为他戴到食指上以保平安，并且告诉他："进去之后，这个戒指可以令你免除凶险，凭着它，你的胆识和勇敢也会倍增，不管有什么样的困难，它都可以使你化险为夷。"这件事本是上苍来庇护阿拉丁的，它在无形中借了巫师的言谈举止，使他免于遭到厄运。

在地道里，阿拉丁叫天天不应，叫地地不灵，转瞬即遭灭顶之灾，顾念到自己的凄凉景况，说什么也是无济于事，因此，他气愤交加，情不自禁地抚摸着手，以此发泄心中的苦闷和哀痛，但是当他摩挲着手的时候，不经意之间，抚到了食指上的戒指，出人意料的事发生了，一个魁梧的巨灵神在他的面前出现了，他声若洪钟："报告主人：你的奴仆听命，前来相助，要干什么就下令好了，谁掌握这个戒指，我就服从于谁，因为，我是这枚戒指的奴仆。"

这声音一传入耳中，阿拉丁就抬眼望去，一个巨灵神在他眼前挺立，同传闻中的所罗门时代的妖精形象别无二致。他见到了这狰狞的样子，忍不住战栗不止。幸好，巨灵神又告诉他："你要做什么？吩咐我就可以了。实话告诉你，我已经变成了你的奴仆。这是因为，这枚戴在你指头上的戒指本来是我的主人。如今，我要服从你的号令，因为你掌握着它嘛。"

巨灵神的又一次说明传入耳中之后，阿拉丁这才渐渐松弛了面容，抚平了心情，与此同时，在为他戴戒指时，巫师讲过的话语又回到了他的记忆中，他于是底气十足，胆子又大了起来，他兴高采烈，说道："戒指的奴仆！我命令你令我重返人间。"

话音刚落，忽然之间，大地崩裂，阿拉丁猛然站到了地上，正在宝库的大门所在之处。一时之间，他无法睁眼视物，这是因为在伸手不见五指的地下通道中，他已经羁留了三天，对于白天的光线，他已经难以适应，所以他只能轻轻地开翕着眼皮，等到调整好眼睛对光的适应能力，他才睁开双眼，观察四周。他的情绪好转了，与此同时，因为当他认真查看这一地区之时，巫师在此之前将地下宝库打开时所露出的洞口已泯灭不见，这一片土地就像以前那么平滑，丝毫不留痕迹，他处于这一情况下无法得知自己是在什么地方，因此惊讶之极。随后，他深入思考、详细探查后才搞清楚：这一片地区就是那个巫师焚香念咒之处，他这才相信自己仍在原地，并没有走远。他掉转过头来，东张西望，随后他发觉，稍远处即是那些公园和建筑，那是他游览过的，对那里的景致和走过的路线，他还差不多可以认得出。他死里逃生，逃出死亡的控制回到了大地上面，上苍如此厚待于他，他唯有感恩而已。他欢天喜地，离开此处，孤身一人踏上了返城的路途，在他的面前，美好的未来尽显无遗。同出来时一样，一路上的景致看起来也并不生疏。他不停脚地返回城里，穿街越巷来到家门之前，与他的母亲相见。这时，他已经气力不支，一头栽倒，昏迷不醒，这是因为，他逃出地道后大喜过望，同时，在这么长时间以来，他又一直忍受着恐惧、伤痛和饥渴的折磨。

自打儿子离开了家，阿拉丁的母亲就忐忑不安起来，她哀叹不已，抽噎不止，泪沾衣襟，苦不堪言。这时，她发现了回家的阿拉

丁后，简直是大喜过望、欣喜若狂，但是，儿子的昏厥又令她大感意外。害怕之下，她手足无措，慌忙实施急救手段，用水泼着他的脸，寻遍左邻右舍，找到香料，熏他的鼻子，他这才悠悠醒转。

缓缓恢复意识之后，阿拉丁声音微弱，要母亲给他些吃食："母亲，我已经三天都没吃上东西了。"

他的母亲慌忙取来食品，放在儿子旁边说道："儿呀！你且起身吃上些饮食，提提神儿。你吃饱歇够之后，再告诉我你的经历也为时不晚呀。这会儿，你劳累到了极点，我不能让你开口。"

听罢母亲所言，阿拉丁翻身坐起，大吃大嚼，情绪高涨起来。他又倒下歇息了片刻，当他感到神清气足时便告诉母亲："母亲，我有一肚子苦水要倒给你哩。那个杀千刀的东西，要让我惨遭毒害，他是故意的。原来，他的那些毒计和花招是早就想好的。这个坏东西，他拍着胸口，说是我的大伯，可是他的狰狞面貌曾经展现在我的面前，他对我施以辣手，我几乎要被他害死了。咱们母子俩几乎掉进他的罗网，幸而上苍庇佑。起先，他摆出慈爱、祥和的样子，巧言令色，说要为我的未来着想，其实这全是幌子。实际上他是个伪善的人，心眼毒辣，惯于骗人，以巫术来迷惑大家。依我看，比起世上的一切妖精来，他更为可恶呢。母亲，我要把这个坏东西犯下的所有恶行滴水不漏地告诉你，让你瞧瞧，他自己发下宏愿，说要为我的未来着想，可又是他自己将其完全打破，还有他恶狠狠地欺凌我的那些举动，请你认真思考这一点：看上去，他对我疼爱有加，在心里，他却凶残无比，只想置我于死地。他这么做是为了什么？实际上，他表里不一，口蜜腹剑，目的只是要以我的生命为代价，使他的诡计得以奏效，最终能大发横财。"接着，阿拉丁把这件事的来龙去脉详细叙述出来，并抽泣不止：他怎样跟在巫师身后，将胜景一一游遍，又是怎么来到了荒山之前，那儿埋有藏宝，随后，巫师怎样点火、焚香、祈祷、念动咒语等等，末了他说："忽然，在巫师低声地念咒声和升腾的烟雾里发出了一声巨响，大地开裂，世界一片漆黑，雷声轰鸣。我震骇到了极点，战栗不止。我看到这种险况后，唯一想干的，就是脚底抹油，逃之夭夭。但是，发现了我的企图后，巫师厉声呵斥我，又一掌扇过来，将我打晕在地，因为只有我在那里，那个地下宝库才打得开。同时，唯有我进得了宝库，那巫师却不行，因此，他不许我溜走。就这样，他对我又打又骂，接着却又改换表情，和颜悦色，开导我说，他可以指导我进到那个令人陶醉的宝库之中，摘取宝贝。开始，他把一个戒指由手上褪下来，把它当作我的庇护神，为我戴在食指上，随后他吩咐我，要我迈入地下通道的入口；从台阶上往下走到底层，从四间房子里穿插过去，那些房间里满是数不胜数的珍珠宝贝。那个可恶的巫师再三告诫我，让我千万不要碰它们。然后，我来到了一座花园，它真是动人之极，巨大的果树生长在那里面，枝头结着果子，五颜六色，像是玻璃做的，光芒闪动，叫人头晕目眩。最终，我走到了一间厅堂里，那里挂了一盏油灯，我听从巫师的吩咐摘下了那盏灯，吹熄后又倒掉了灯里的油。"说罢，阿拉丁把神灯从胸口的袋子里拿出，又向他母亲展示那几袋子宝石，这是他从花园中采摘的。阿拉丁对它们不甚了解，仅把它们当作了玻璃制品，尽管它们是稀世珍宝，就是一般的君主也无法拥有呢。

"母亲，"阿拉丁继续往下说，"我把灯和摘到的玩意儿拿好，掉转身子，向外走去，当时，我带的东西重极了，所以，走到地下通道的入口处时，我被压得无法举步，爬不到最上面的那级台阶上去，我便呼喊着我那可恶的大伯，求他伸出援手。但是，那个杀千刀的东西无意搭救我，却向我叫道：'你先把灯给我。'因为灯在衣服的袋子里装着，我无法把它拿出来，上头满是那些玻璃果子呢，因此，我告诉他：'大伯呀，这会儿我不好将灯拿给你，等我到了上头之后再给你灯吧。'其实，这盏灯才是他的最终目的，他本来的想法是，把灯从我这里抢走，再害死我，埋到地下通道里。这就是我所有的悲惨经历。"在叙述时，由于想到巫师那种种凶残、可怕的行为，阿拉丁不禁怒气冲天地说："我把他当成大伯来投靠，可他却是个大巫师，口蜜腹剑，真该千刀万剐！"

听罢儿子所言，阿拉丁的母亲完全明白了这个巫师是怎样残害他的，她也怒气冲冲，说道："没错，我的孩子，千真万确，他是个旁门左道之人，专门想歪点子，运用巫术残害他人。你没有被他所害，真是上苍所佑了。起先，我还的确将这个坏东西当成你大伯了。"

阿拉丁困极了，只欲睡去，这是因为在地道中，他已经三天三夜没合眼了。母亲对儿子的想法一清二楚，于是就催他去休息。

疲倦已极的阿拉丁美美地睡了一大觉，次日日上三竿才睡醒。他醒来后，便问母亲食物在哪里。他的母亲说："儿子呀！因为你昨天将家里的吃食吃了个一干二净，我没有吃的让你吃了。你先按捺片刻，我把纺好的那点棉纱带到集上去，卖掉之后，就为你买些吃食回来吧。"

"母亲，你先留着你纺好的纱，不要将它卖掉。要不，你把我拿回家的那盏灯给我，我把它卖了，换来了钱，好买些吃食。我觉得，比起纱来，油灯能换的钱总要多一些吧。"

对于儿子的主意，母亲表示赞同，她拿来灯后觉得它脏了一些，就告诉阿拉丁："儿子呀！灯在这儿，只是脏了一些，要是想卖贵一些，就先擦擦干净吧。"因此，她捏了把土擦洗了一下灯，马上，一个巨灵神显现在眼前。这个巨灵神面目狰狞，体格魁梧，吓人之极。他瓮声瓮气地告诉阿拉丁的母亲："我听命前来，你有什么吩咐呢？说出来好了。我是你的奴仆，同时，我也是灯的奴仆，你怎样说，我就怎样做。还有，别的神灯奴仆也都听从你发号施令，并不是只有我才这样。"

发现这个骇人的神灵后，阿拉丁的母亲哆嗦不止，一语不发地昏厥在地。发现母亲如此这般之后，阿拉丁连忙伸手拿到神灯，神情平静，与灯神开始攀谈。这他之所以不害怕是因为在他陷于地道之中时，因为焦急而摩挲着手，无意中在戒指上擦了一下，戒指神就显现面前，他已经有了经验。那种情形与眼前的情形相差无几。他一点也不慌张，因为已经经历过了，他告诉这个巨灵神说："灯神呀！我肚子饿，搞点儿美味佳肴，让我大快朵颐吧！"

听罢阿拉丁的命令，灯神立即泯灭不见。片刻之后，灯神弄来了一桌美味佳肴，在一个美轮美奂的银盘中放着，一共十二份，全是珍馐美味，用金碟子装好。另外有白面饼，美酒晶莹透亮，在金杯和皮革酒囊中盛着。将酒席收拾完毕，灯神立即无影无踪。

阿拉丁赶快用水泼他母亲的脸，以香熏她，将她救活，等她悠悠醒转后便说："母亲，请起身吧，吃些饭食，上苍怜悯我们啊。"

这些精美的银盘、金杯、金碟子、香喷喷的美味饭菜一映入眼帘，阿拉丁的母亲就奇怪之极地问："儿子呀！这种慷慨的壮举是谁人所为，这个菩萨心肠、怜悯我们、赐予我们吃食、使我们免遭苦难的人是哪一个呢？我们理应对这样的大善人感激涕零。依我看，将这样的酒筵赐予我们的人该不会是皇帝吧，他知道我们穷困潦倒，生计艰难，才动了怜悯之心呢。"

"母亲，这会儿不是说这个的时候，咱们母子二人先吃点饭食吧，我已经饿坏了呢。"他搀起了母亲，来到桌边，两个人享用起来。母子二人吃得分外香甜，饭量也大了起来，这是因为，很长时间他们都在忍饥挨饿，今日忽然有这种美味摆在眼前。一个原因是饿得过了头，另一个原因则是这种美味为他们母子俩平生所仅见，他们从未尝过，显而易见，它出自王侯或豪富之家。更别说那不晓得来自哪里的考究的餐具，根本无法衡量它们所值几何。

吃得心满意足之后，阿拉丁母子二人还剩了不少饭食，不仅够晚上吃，甚至次日再吃也还富裕。母子俩把手洗净，坐在一起，谈天说地。母亲瞥了瞥儿子说："儿子呀！对我讲好了：那个巨灵神称自己是奴仆，他对你做了什么？赞美上苍！从今之后，我们不必忍饥挨饿，你也不必向我诉苦，上苍怜悯、赏赐我们，给了咱们丰盛的美味。"

对于母亲的疑问，阿拉丁做了回答，他将事情的来龙去脉全部交代清楚，包括发现灯神后，她怎样因为恐惧而不省人事，他又是如何应付灯神的。听罢，她啧啧称奇地说："这倒是真事，我自己没有过这种经历，但是鬼怪在人们面前显灵，原也是稀松平常之事哩。儿子呀！依我看，正是这个巨灵神，将你从地下宝库里搭救了出来吧？"

"母亲，并不是他。显现在你眼前的巨灵神是神灯的奴仆。"

"儿子呀！为什么你这么说？"

"这是因为，这个巨灵神和那一个长得不太像。那个是戒指的奴仆。那盏握在你手里的神灯的奴仆才是你见到的。"

"是呀，是呀，他才在我面前显灵，一眨眼的工夫又不见了，我几乎吓死过去。这个该死的东西果然和这盏灯是一路货色。"

"没错，他受神灯的管辖。"阿拉丁附和着母亲。

"儿子呀！看在我养活了你的份上，我恳求你，丢掉这盏灯和这个戒指吧。我不想再一次见到这种情况，倘若你保存着这灯和戒指，我们一定会大祸临头的。因为我们很忌讳同妖精打交道。我们应当有所防备，以免大祸从天而降，古代的圣贤就是这么说的呀。"

"母亲，按理说，我理应对你的话信之不疑。可是，要我把神灯和戒指扔掉，我心有不舍，我是从实际利益着想的。这是因为：您也看见了，这奴仆在咱们饥渴难耐时为咱们做了善事。还有啊，那个巫师并不是想要得到金银财宝，才吩咐我进入宝库的。金银财宝在地底下的四个房间中堆得到处都是，他却不屑一顾，他再三对我说，他不要别的，只要我给他把神灯搞到手。对于这盏灯的功用，他一清二楚，他对此做过深入的思考和细致的钻研，只不过他尚未试用就是了。他寻求的目标正是这盏神灯，为此他才吃尽苦头、风尘仆仆、背井离乡、长途跋涉，来到咱们这里。正因为如此，他无法从我这里得到它，沮丧万端，因此便不顾一切，将我陷在了地道里面。这一切证明了神灯的珍贵，我们唯一能做的，便是保留它、小心对待，千万不可走漏风声。从今往后，我们能凭它发财呢，要过好日子，就要靠它了。再说到这个戒指，我要时刻戴在手指头上，要对它爱若珍宝，这是必须的。我本不会逃离险境，重返你身旁，而是在地下宝库的地道里死掉了，如果不是由于这个戒指的缘故的话。凭着这个原因，我又怎敢摘下这个戒指？倘若我不把戒指随身携带，一旦倒了霉，发生了不测，祸从天降，它可就救不了我的命了，可是我只能藏好神灯，这是你的意思，也由于你担心的缘故。为了不让你担惊受怕，我今后不会再让你瞧见这种情形。这么做不就两头兼顾了吗！"

听罢儿子的处理方法，阿拉丁的母亲想通了，她笑逐颜开，心服口服，于是便说："儿子呀！做母亲的不再反对了，你认为什么是正确的，只管去干好了。不要让我再瞧见那个奴仆、那可怕的一幕，我就要求这一点。"

阿拉丁母子的日子开始有了起色，对于灯神搞来的饭食，他们开心享用，足足吃了两天，才将那些酒菜吃完。第三天，吃食没有了，阿拉丁去了集市，想卖掉一个碟子，它是金制的，但他对此一无所知。

在集市上，阿拉丁同一个犹太人相遇了，他可恶下流，鬼鬼祟祟，非要将这个盘子买下不可。他领上阿拉丁，躲在角落里，细心地检查了一遍又一遍，最终相信这盘子是金制的，为世上所罕见，因此打算买下。不过，他将阿拉丁当作幼稚小童，认为他对生意的事一窍不通，阿拉丁怎样看待这盘子，他却不甚了解。因此，他干干脆脆地问阿拉丁："我的小主人，你想把这个盘子卖个什么价呢？"

"你当然清楚它值什么价了。"阿拉丁用一句话答复了犹太人。

听上去，阿拉丁这么回答是很在行的，在还价时，犹太人反复揣想，唯恐阿拉丁对盘子的价值了解得很清楚，因此会漫天要价，而他只想低价收购这盘子，因此，他踌躇不决，自忖道："也许对于商品买卖，这小子一无所知呢，这盘子值多少，他没准并不清楚。"这么想着，他从钱袋里摸出了一枚金币。发现金币之后，阿拉丁心满意足，他马上收下金币，掉转身子，脚步不停地离开了。犹太人马上明白了，阿拉丁天真、不懂行，他认为，其实把这个盘子买下来只需要几毛钱或是一块钱。

把盘子卖掉后，阿拉丁马不停蹄，他来到面包铺，购买了面饼，又匆匆赶回家里，向母亲交付了面饼，另外还给了她余钱，他说："母亲，还有什么要买的？你来采购好了。"

于是，阿拉丁的母亲来到集市，将日用生活品一一买好，日复一日，她与儿子的生活变得富足起来了。卖盘子换来的钱几天以后用完了，阿拉丁又拿上个盘子，把它卖给了那可恶的犹太人。这犹太人贪得无厌，仍想从中克扣，实际上，每个金盘子卖一枚金币已经是很贱的价了。但是，每一次，他依旧付给一枚金币，这是因为第一次购买时，他就付了一枚金币，如今，如果不照样付钱，这小子恐怕会找别的买主，这种好买卖就做不成了。

凭借变卖盘子，阿拉丁维持着生计，就这样日久天长下去，十二个盘子终于变卖殆尽，家中仅余那个银制的托盘。他干脆领上犹太商人回家，看过之后卖了它，价格是十二枚金币，因为这个银质托盘体积大、分量重，带到集上去不太容易。

阿拉丁母子的日子过得顺心遂意，有什么东西需要购买了，他们就去购买，要是阿拉丁发现钱用完了，就会取出神灯一擦，灯神便应声而来，和以前一模一样。"我的主人，请吩咐！你需要什么？"

"我肚子饿了。你再去搞一桌美味来，就如同以前那样。"

答应之后，灯神消失了。果不其然，他的想法立刻便得以实现，就像上次一样，一个大托盘被端了上来，十二个碟子摆放其中，它们更为考究了，各色珍馐美味放在盘里，此外，还有面饼和几瓶美酒。

为了不让母亲见到灯神而吓得惊恐万状，阿拉丁在她出门时才摩挲神灯，要饭食来吃。一会儿之后，他的母亲回来了，她发现了大托盘，里面还有各色佳肴，香气扑鼻，她惊喜交集，却又有些恐惧。发现这一切后，阿拉丁便说："母亲，这灯的用处，你如今可以明白了。开始，你训斥我，让我把它丢弃。如今，它的有用之处，你总算搞清楚了吧。"

"儿子呀！乞求上苍，保佑灯神，可对于我而言，却并不愿意瞧见他哩。"

在托盘旁坐好后，阿拉丁和母亲尽情享用着饭食，有所剩余，就收起来放好，以便次日再吃。

阿拉丁母子俩过上了幸福的小日子，灯神带来的饭食享用完毕之后，他会拿上一个盘子，藏到衣裳里，偷偷出门，找到犹太人，卖给他。无巧不成书。在一间老珠宝店铺的门口，他正待走过，一个珠宝商人发现了他，此人心地善良，就告诉他："我的孩子，你在干些啥呀？很多次了，我发现你路过此地，还和一个犹太人来往，好像同他做生意都做熟了似的。依我看，你仿佛要卖给这个犹太人一些东西，这会儿才又去找他吧。我的孩子，实话对你说，这个犹太人是个下流东西，活该千刀万剐，他总是耍花样、玩计谋，靠买和卖的差价牟取暴利，不少老实人都吃过他的苦头。很明显，你和他做了这么多次交易，肯定是受了他的骗。我的孩子，你可以让我来瞧瞧你要卖的东西。我会照着它的价值公平地买下来，决不让你受委屈，你用不着担心。"

听罢珠宝商的一席话，阿拉丁便拿出了盘子。把它接过去之后，珠宝商人上下端详，用秤称了分量后问他："你卖给犹太人的那些盘子和这一个是一样的吗？"

"没错，是一样的。"

"他付了多少钱给你？"

"一枚金币。"

听到这样的答复，珠宝商人很是吃惊，气愤地说："这个杀千刀的犹太人，怎么就不担心天打五雷轰，买进一个金盘子，才付给一枚金币，怎么能这么骗小孩呢？"随后，他又告诉阿拉丁："我的孩子，这个犹太人花样百出，无比狡猾，你上了他的当了。我已经用秤称过了，这个盘子是金制的，约莫算来，它至少也值七十枚金币。

就用这个价，把它卖给我好了，只要你乐意的话。"说完，他点了七十枚金币，把它们交到阿拉丁手中。

听完珠宝商人的控诉，阿拉丁这才晓得，那个犹太坏蛋狠毒无比，自己是中了计，他极为气恼。与此同时，他真心实意地感谢这位珠宝商，他既公平又善良，因此，他将商人给他的金币接受下来，兴高采烈，告辞回家了。

凭着变卖盘子换来的钱，阿拉丁继续过活，把一个金盘子卖掉后，如果换来的钱用光了，他就再去卖。盘子他是有很多的，因此，他老是送到珠宝店中，源源不断地将它们卖掉，换来的钱，除去日常生活能用掉的还有节余，因此他们的积蓄日益丰厚，生活逐渐舒适起来，不过，他们母子二人还是生活得很俭朴，并不大手大脚，维持中等水平的生活即可，用起钱来很有计划。如今，阿拉丁已长大成人了，他早已改掉了不少小时候的淘气毛病，说起那些无所事事、成天游荡的捣蛋鬼，他也不再和他们混在一起了。他已经有所挑选，只和品行端正的人交往，还不时和商界人士打交道，他时不时地和他们在一起，从他们那儿，他得知了生意之道和赚取利益的方法。时不时地，他也和珠宝商人、做首饰买卖的人密切来往，对于他们店里的稀世珍宝，他细心查看，他们做买卖的手法，他也刻意加以学习。这些事，他都牢记在心。他的经验和知识在交往中日益增加，最后，他总算搞明白了，那几袋从花园里搞到的果子是宝石，为世上稀有，可不是什么玻璃做的小玩意儿。这时，他已经明白，自己极为有钱，富比王侯。在他自己的揣摩中，比起珠宝店的宝石，他自己的数量尽管只及得上它们的四分之一，但是质地却比它们上乘。在珠宝店中，最大个的宝石只有自己最小的那么大。

世界经典童话

·一千零一夜·

图文珍藏版

巴迪鲁勒·布多鲁公主

每天，阿拉丁都要去集市，因为要熟知买卖的情况，对货物的质优质劣能有个认识，学一点做生意的诀窍，在商界中能崭露头角，他才和商人们来往和套近乎，凭借这个赢得他们的喜爱。

这天，阿拉丁同以往一样，衣饰整洁，前往集市，正当他在街上行走时，一个差役的高声叫喊传入了耳中，他告诉平民们："奉天承运，皇帝诏曰：商贾和黎民们，今天，巴迪鲁勒·布多鲁公主将去浴室，沐浴熏香，下令全城，店铺停业一天，黎民闭门不出。在此期间，平民不得出门，违令者斩。"听到皇宫的戒严令之后，阿拉丁顿时好奇心起，只想瞧瞧皇帝之女巴迪鲁勒·布多鲁。他自忖道："满朝的文武百官，没有不对公主的妍丽姿色赞叹不已的，就是因为这个，我才那么渴望见她一面呀。"

只为想见一见巴迪鲁勒·布多鲁公主，阿拉丁打定主意，也到浴室去，在门厅后面，他躲藏起来，这样，一等巴迪鲁勒·布多鲁公主走进浴室大门，他便可以欣赏她了。决定之后，阿拉丁抛开顾虑，来到浴室，在门厅后面，他躲藏起来，按捺性子，只等着巴迪鲁勒·布多鲁公主。

从主干道上走了一个来回后，巴迪鲁勒·布多鲁公主饱览美景，开心畅怀，然后，她在婢女们的陪伴下来到浴室。走进大门之后，她把面纱一摘，莲步轻移，径直前行。此时，一位绝色佳人、窈窕淑女就展现在阿拉丁面前了。她面若珍珠，晶莹圆润，双眸如同太阳，光芒四射，两道柳叶眉，牙齿有若编贝。她如此清丽，恍若天人。阿拉丁不禁惊叹："人们说公主生得美，真是名副其实。"

对巴迪鲁勒·布多鲁公主，阿拉丁可谓是一见倾心。自此之后，他的心海波浪翻涌，在他的脑海里，总是浮现起公主的倩影，他因此而魂不守舍。他返回家里，心神不宁，有如行尸走肉。他的母亲与他交谈，他也不理，从不回答她的问题。

第二天一大早，和往常一样，他的母亲同他一边吃早餐，一边闲聊，她说："儿子呀！你遇到了啥？对我讲吧，你怎么会痛苦成这个样子？你遭到何种打击，竟会成了这样，你倒是让我明白呀。"

以前，阿拉丁一直觉得世上的女人都是普普通通，没什么可说

的，和他的母亲一个样。尽管他总是听说皇帝的女儿巴迪鲁勒·布多鲁公主是人间绝色，会让人丢魂失魄，可是，到底"美貌""爱情"意味着什么，他还是稀里糊涂的。自打那天，他一眼瞧见了公主，终于陷入了爱情的陷阱，魂不守舍，不思饮食，与过去迥然不同了。此时，他的母亲反复追问他，让他讲出痛苦的理由，他却没好气地把头晃了一晃，说："别操心我的事！"

母亲还是对他疼爱有加，她苦口婆心地劝他，让他凑过来，两个人一同用饭。对于母亲的吩咐，阿拉丁总算是照办了，可是，他总觉得食不知味。接着，他变本加厉，卧床不起，整夜都合不上眼睛。他的这种怪异举动继续着。他的母亲不知所措，对于到底有什么事情不对头，她也迷惑不解。她断定儿子肯定有了病，于是，她俯下身去，说："儿子呀！你就告诉我好了，倘若你哪个部位很疼，要么就是有了什么不适的话，我来延请医生，为你诊治。正好，咱们城中来了个阿拉伯医生，他正在治病，大家都说，他对诊断很在行，连皇上都命他进宫瞧病去呢。倘若你生病了，我就去请他，让他为你诊治。"

听说要去请医生，以便为他诊治，阿拉丁郑重其事起来，说："母亲，我身体很好，并没有什么不适。原因是以前，我总觉得世上的女人都一模一样，没什么不同，就像你似的。一直到了不久之前，我这种观念一下子大为改观。这是由于皇帝的女儿巴迪鲁勒·布多鲁公主到浴室去了，她要沐浴熏香，而我便趁机见了她一面。"然后，他详细地将那一天事情的来龙去脉告诉了她，末了他说："那个差人颁布了戒严令，他说，'今天，巴迪鲁勒·布多鲁公主要到浴室沐浴熏香，严禁店铺做买卖，严禁平民出门观望。'肯定你也对这道戒严令有所听闻。我的运气好，虽说戒严令已经颁布，在公主走进浴室大门、将面纱摘下来的时候，我瞥见了她的面容。公主靓丽非凡，世所罕见。我不由自主，一见倾心。我说不出有多迷恋她，接踵而至的是烦躁难安。我的心无法平静了，我只能打定主意，要将她据为己有，我绞尽脑汁，只为将她娶到手。因此，我有个念头，想求求皇上将巴迪鲁勒·布多鲁公主许配给我。"

对于儿子的想法，阿拉丁的母亲不敢苟同。她认为，他这么想可就过于天真无知了，于是便说："儿子呀！对天起誓，依我看，你还是清醒过来为妙，你都已经没有理性了。你还是别这样不知天高地厚吧，你像疯了似的。"

"不，我的好母亲！我不是没有理性，也没有不知天高地厚。我的念头和计划绝不会因为你适才的劝告有半点转移。因为要让我安心，唯有把我钟情的美人——巴迪鲁勒·布多鲁公主娶回家。这会儿，我要去见公主的父亲、皇上大人，向他求婚。"

"儿子呀！以我的这条命赌咒，为了不遭到旁人的耻笑，你还是住口为妙，人家准以为你神经错乱了。再也不要把这种傻话说出口了。我倒是问你，哪一个人曾经干过这么一档子蠢事？谁去求见皇上呢？说实话，我不明白。皇上大人那样尊贵，就算是你的计划可行，要想让你娶亲的美梦成真，说什么也要托媒吧，让媒人拜见他，把这个要求向他明言呀。"

"母亲，我有你呀，干吗还去求旁人为我求亲？有哪一个人能和你一样，同我有这样密切、实实在在的关系？你代我去提亲不就可以了嘛。"

"儿子呀！你在讲些个啥？难道和你相同，我也失心疯了？从今之后，不要再为这事儿操心，把这种想法抛到脑后去吧。我的孩子，你是裁缝之子，永远不要忘了。在这个城市里，你父亲是个最穷困潦倒的裁缝，自然，我也是一介平民，手头拮据。咱们家一文不名，哪有胆子让皇帝的闺女做咱们的媳妇？皇上想和王侯们结成亲家，这不是很自然嘛，就算是王孙公子去提亲，皇帝也不能把公主许给那些个少爷们，倘若档次、等级实在是差得太远的话。皇上怎么说也要觉得大致差不多，这才不会拒绝呀。"

阿拉丁按捺了性子，等他的母亲讲罢才说："母亲，我很清楚你刚才讲的那些事。我晓得自己出身贫寒，可是，我的想法无法因为你的话发生转移。我把赌注压在你这里，恳求你，对我的想法你要赞同，还要协助我，因为我是你的儿子，你是真正对我好的。倘若你不想这么干，这也就是说，我要因此而完蛋了。我只能了结自己了，倘若我无法娶到我的心上人的话。母亲，不管别的，我总还是你的儿子吧。"

听罢儿子的肺腑之言，阿拉丁的母亲顿时动了可怜他的念头，她情不自禁，泪沾衣襟，说："儿子呀！话是不错，我是你的母亲，我没有其他后代，只有你一根独苗。帮你提亲，令你心满意足，这本是我乐意从命的事，我只是担心：倘若我去求亲的人同我们条件相当，一开始，人家肯定会问，你有家产几何，是靠做生意还是靠技术来生活，以及其他一些问题我对此如何回复呢？我的孩子，我对一般人家的问话都无言以对，去向皇上大人求婚，我又怎么能有胆量呢？他心气高，连近旁的人都不屑一顾，这些事情你也得清楚。还有，嫁于裁缝之子为妻，又有哪个女孩愿意？我向皇上求婚，碰一鼻子灰事小，弄不好龙颜震怒，我可要掉脑袋了，对此我可是一清二楚。儿子呀！这桩事关系到了我的人身安全，我怎能不要命了呢？要和皇上拉近乎，向公主求亲，我怎么才做得到呢？退一万步说，我进得了宫，见得了皇帝，你又让我如何启口？没准儿皇上认为我是个疯婆子，要把我抓起来。皇上这么有威严，即使皇上给了我见面的光荣，我带什么见面礼去见他呢？我的孩子，就算是皇上正直、宽容，没准儿他不会轻易把怀着正经缘故去求见他、乞求他的同情和恩赐的人拒之门外，而是大方地满口答应。可是，到头来，只有配得上的人才能接受他的好处和奖赏，例如战场上奋不顾身的战士，要不就是普通人，也得是为国家立了大功的。但是你又怎么样？我的孩子，你在皇上、在大众看来，究竟建立了什么配得上他的奖赏的功勋？还有，皇上不可能让你的美梦成真，对于咱们这种阶层的人来讲，你想得到那种奖赏是门儿都没有。这是因为，倘若想美梦成真，想与皇上拉关系，求他奖赏，你一定要在见他时拎上合他心意的见面礼。所以，我丑话已说在了前头。你找不到配得上皇上的见面礼去送，却要向公主提亲，你干吗要干这种危险的事？"

"母亲，你刚才所言、你对我的警告都十分有道理，我应该仔细斟酌，铭刻在心。然而，我的亲娘！要想让我平静，唯有娶到巴迪鲁勒·布多鲁公主。因为，我对她一见倾心，我的心里只有她一个人呀。说到见面礼，这倒让我的胆子大了起来，敢同皇上攀亲了。虽然，你说没有拿得出手的见面礼，实际上并非如此，正相反，我不仅有，还是再合适也不过的呢。这种见面礼，不仅王侯们不曾拥有，就是藏在宫中的宝贝也无法与之相比。母亲，实话告诉你：起先，我把从地下宝库里拿回来的东西当成了小玩意儿，其实它们是稀世奇珍呢。皇上的所有宝贝，连这些宝石中最小的一粒也比不上。

世界经典童话

·一千零一夜·

图文珍藏版

最近，我同珠宝商人交往频繁，得到了不少经验，于是我明白了，那批我放入口袋里的宝石是最上等的。你可以安心了，它可以让你松口气了吧。我记得，家里是有个小钵的，烦劳母亲，把它拿出来，我在里面填满宝石，以充作见面礼，这样，你就有可以送给皇上的东西，也就能为我提亲了。我坚信，母亲有了这种厚礼，一切难题都会迎刃而解。倘若我要把巴迪鲁勒·布多鲁公主娶回家，而你又不想伸出援手，那我活着又有什么意思呢？不要觉得这些稀世宝石不值得一提。我意识到这一点，是建立在和珠宝商人屡次打交道、对交易场上的情况和价钱都摸透了的基础上的，你可得信任我呀。同我的宝石相比，在内行的评判、估价中最好的宝石也只能卖到我的价钱的四分之一。因此，咱们的宝石顶顶值钱，我敢同你打包票。母亲，我恳求你，听从我的安排，为了让我们母子可以把宝石的璀璨光芒看个饱，同时能找个好方法来对它进行处理，你还是快去给我取来小钵，好叫我在里面装上宝石。"

阿拉丁的母亲去找小钵，心中暗忖："我对儿子所言将信将疑，我拿来钵就能搞个水落石出了。"这么想着，她端来小钵，在阿拉丁跟前放好了它。

在小钵里，阿拉丁放入精心选好的各色宝石，反复筛选到塞满为止。在一旁，母亲平心静气，细细观察，宝石的光芒由小钵中激射而出，亮如闪电，她看得眼花缭乱，心神恍惚。虽说她还在疑心，认为这不是什么稀世宝贝，但是她也认为，没准是真的，一般的王侯也不会拥有这种宝石。

"母亲，这装入钵里的，是无价的见面礼，凭着它，皇上会对你肃然起敬，他会殷勤款待你的。现如今，求你不要推三阻四了，打起精神，快带上这钵宝石去皇宫吧。"

"儿子呀！这的确是百里挑一、毫无瑕疵的见面礼，千真万确。依你说，它是独一份的，无可比拟。然而，拜见皇上，为你向他的女儿巴迪鲁勒·布多鲁公主提亲，谁有这个胆子？倘若皇上问：'你要干什么？'我可没胆量把'想让你的女儿给我当媳妇'的话说出口。这是因为，我到了皇上那里，舌头像是被扎起来了似的不听话。即使我在上苍的庇护下壮起了胆子，放肆地说：'我请求和你攀亲，让我的儿子阿拉丁娶到你的女儿巴迪鲁勒·布多鲁，'宫廷中的人就会认为我神经错乱而看不起我，让我人头落地，肯定会如此，我可不能干这种搭上一条命的事。倘若这样，不光我会受苦，你也要受连累。儿子呀！我肯定会壮着胆子到皇宫去的，无论会有什么结局，这是因为我爱你，想让你的梦想成真。如果皇上肯见我，他肯定会问我一些问题，什么这些礼品值多少钱呀，为什么要送礼，如果我把你要向公主求婚的目的挑明了，依照规矩，他会询问你的工作、身份、身家和人品，我又怎么办呢？"

"母亲，你多虑了，皇上来不及去思考别的了，他会被这光彩耀人的宝石给迷住的，看都看不够呢。如今，你不要以为这事难如登天，你所要做的，仅是把这无价之宝送予皇上做见面礼，接着，为我向他的女儿巴迪鲁勒·布多鲁公主求亲。我们在过日子时想要什么，我的这盏神灯都会有求必应地供给，这件事你早已清楚。我只要张口，我要多少它给多少。这会儿，我只想到一件事：如果皇上询问起我的事，正如你设想的那样，我们应如何应付，要好好想想。"

阿拉丁母子二人在那天晚上整夜未眠，讨论不休、制定计划到第二天黎明。母亲精神抖擞，面有喜色，她终于了解到，神灯大有用武之地。神灯是无所不能的，家中能用上的东西它都能给，这一点尤其令她兴奋。

把神灯的用途告知母亲之后，阿拉丁发现她激动而且快活，他害怕她在和别人谈话时，会将风声泄露出去，所以，他叮嘱道："母亲，要小心呀，在咱们家，神灯可是顶顶宝贝、顶级可贵的。它的价值和用处，你一定不能泄露给外人呀。神灯这件事，在别人那里一丁点儿也不能提，要不然，就会有人把神灯偷去或抢走。倘若那种事真的发生了，咱们如今这红火的小日子就过不成了，我的理想和美梦也会泡汤。正是这盏神灯，是它给了咱们安适和美好的未来。"

"儿子呀，别为这个操心，我心里有数。"说罢，她找来一条顶好的手绢裹好装宝石的钵子，带在身上，前往皇宫。

她脚步不停，直奔皇宫，她发现，文武百官在源源不断地前来上朝。宰相、大臣、小官、贵族按着次序鱼贯而入，在朝廷上站好，在宰相的带领下参见坐在御座上的皇帝，躬身致敬，随后，便把双手相交放于胸前，低下了头，等待旨意，皇上同意后才能依照自己的身份坐下。随后，有大臣要启奏，剩下的人在皇上身边，静静倾听。皇上退朝后回宫了，这时，其他的臣子才依次出门。

一大早，阿拉丁的母亲就从家赶往皇宫，但是，人们对她视若罔闻，她唯有呆立当地，动弹不得，悄悄窥探。她等到早朝下了、臣子们由宫廷中退出、各自行事之后才返回家中，垂头丧气，郁郁不乐。

发现母亲带着贡品返回，阿拉丁便明白了，她一定是遇上了障碍，但究竟是怎么回事，他并不打听。她搁下贡品后讲述了一遍发生的事，接着说："儿子呀！本来，我今天理直气壮，心情平静，侍立一边，只想见到皇上后好提亲，我还想着，和皇上对话时一准儿会心神不宁。可是，和我一样，今天也有不少人要求晋见，可是都未能如愿地见到皇上，同他攀谈。儿子呀！不要闷闷不乐，你要开心才好。等到明天，我要再到皇宫去，见到皇上后再为你提亲。我想，明天总不能也和今天一样吧。"

听完母亲的一席话，阿拉丁得到了某种慰藉。当然，他对巴迪鲁勒·布多鲁公主的爱意极深，迫切要同她成婚。然而，他唯有控制自己，按捺着性子，继续等下去，因为万事开头难嘛。

第二天一大早，阿拉丁的母亲又到皇宫来了，她发现接待室门户紧闭。通过询问别人，她方才晓得，皇上一个礼拜只有三次接待平民，并非每天如此。看到这种局面，她垂头丧气，心情抑郁，只有返回家中，到接待日来临才好再去。

就这样，依照皇上会见平民的固定日子，阿拉丁的母亲总是准时到皇宫去，在接待室门边，她站好了，等着晋见，她发现，不少人也要晋见，室门开启时只放一个人进去，门接着就关了，只有上一个人出来了才能放下一个进去。每一个接见日，阿拉丁的母亲都去，期待着接见，然而时间有限，还没到她，时间就已经到了。在这种局面下，一个月都快过去了。在月末的这一天，阿拉丁的母亲总算可以求见了，此时，已经快到接见的终点时辰。但是，她唯恐到了皇上跟前时，自己由于过分紧张而口不能言，大门恰在此时阖上了，这一天的接见完毕了。

在宰相的陪伴下，皇上走出接见室，向后宫走去。他发现在每

世界经典童话

·一千零一夜·

图文珍藏版

一个接见日，阿拉丁的母亲总会前来，在接见室的外面，她规规矩矩地站立着，所以，他转过头来，告诉宰相："爱卿，我发现，在最近六七个接见日里，那个老妇人每次必来，呆立一旁，纹丝不动，提着一袋什么东西，她是怎么回事，你晓不晓得？她打算干什么？"

"主公，照大家的看法，女人们总是有些神志不清。很可能，那个老妇人来到这里是向陛下倾倒苦水，或是由于男人的欺辱，或是同旁人闹了别扭。"

显而易见，宰相的答复难以叫人信服。皇上说："照这么看，她还是会再度前来。你到时候可以把她领到我这儿来。"

"我清楚了，一定照办。"宰相答道。

在每一个接见日，阿拉丁的母亲必去无疑，在大厅门外，她等着晋见。虽说困难重重，但是她因为要为儿子提亲，便把烦恼和劳累埋在了心里，面对艰难险阻，她兢兢业业，尽力解决，只希望儿子会美梦成真。这一天，和往常一样，她期待着接见，皇上定睛一瞧，发现了她，于是告诉宰相："就是这个老妇人，我那天告诉过你的。带她过来好了，也好知道她想干什么，让她的希望能够实现。"

马上，宰相听从了旨意，带着阿拉丁的母亲来见皇帝。为了表达崇高的敬意，她朝皇上行礼，吻着他的指头，并捧着他的手，碰触自己的眉毛。然后，她为皇上祈福，求他长命百岁，国业兴旺，随后，在皇上脚旁，她跪倒在地，恭听皇上的问话。

"老太太，"皇上对她讲，"我发现，你来接见室很多次了，毫无疑问，你想吐露些什么。对我讲吧，你想达到什么目的，我能帮你完成。"

"对，我总在祈求皇上开恩。今天，我要先请求皇上，在我还没有开口以前，千万保证我的性命安然无恙，也请答应我，让我独自一人向陛下提出我的要求和愿望。"

对于她的目的，皇上迫不及待地想搞清楚，于是，他马上显示出祥和的态度，对她的要求，他也满口答应，屏退左右，只剩下宰相，这时，他才扭头告诉她："这会儿，你可以对我讲出你的需求了吧。"

"我乞求陛下在我讲话出现错误之时赦免我。"

"你尽管放开胆子讲。上苍会赦免于你。"

"主公，我有一子，名唤阿拉丁。这一天在街中，他听到宫里的差人正颁布圣旨，他说，因为皇上的女儿巴迪鲁勒·布多鲁公主要去浴室沐浴，因此颁下禁令，商贩歇业一日，平民不得随意出门。听说了这件事后，我的儿子好奇心盛，只存着个念头，要去见一见公主，他想方设法，潜入浴室，在大门之后，他躲藏起来，窥视于她。所以，公主进入浴室时就被我儿子瞧见了。他欣喜若狂，倍觉自豪。不过，从看见公主那天到今日为止，他神魂颠倒，郁郁寡欢，一天天苦挨着日子。他对公主一见钟情，就逼迫着我来了，他要向陛下求婚，想和公主结为连理。我怎么也不能让他抛开这个念头，他对公主的爱情实在是太深了。他的生活已经深深陷入了爱情的罗网，陷得那样深，几乎让他难以生存。他告诉过我：'母亲，告诉你吧，如果我和公主不能配成一对，那我是死路一条呀。'因此，我不嫌唐突，前来拜见你，皇上大慈大悲，只求你能看在我们有难言之隐的份上，宽宏大量，赦免我们的过错。"

听完阿拉丁母亲的一番话，皇上脸色平和，上下打量着她，与此同时，他放声大笑，问："你把什么东西捏在手里呀？是什么裹在那块手绢里？"

见到皇上平和的脸色和笑容后，阿拉丁的母亲确信，他这是以笑来表达愤怒，毫无疑问，他马上就会换上怒火万丈的愤怒嘴脸。听到皇上问她，她只能把手绢解开，拿出盛了宝石的小钵，贡奉了上去。一时间，接待室中珠光闪耀。发现这些宝石是举世罕见的、个头硕大的无价之宝后，皇上惊讶至极，不由地提高了嗓门说："在我这一辈子里，瞧见这种宝石可是头一回呢。我在自己的宝库里也找不出和它们相似仿佛的宝石呢。"然后，他又问宰相："爱卿，你觉得怎么样？你这一辈子里有没有见到过这样珍贵、奇妙的宝石？"

"主公，千真万确，我向来没见过这么出色的宝石。我认为，要想在陛下的宝库中找一颗能同小钵中最小的宝石差不多的，只怕都难以如愿了呢。"

"照你说来，应该让献出这种宝石的人成为巴迪鲁勒·布多鲁公主的丈夫喽，他与公主结为连理，真是天造地设的一对。"

听了皇上的话，宰相瞠目结舌，无言以对，因为皇上曾经允诺了他，要将公主许配给他的儿子，因此，他苦恼不堪。失了一会儿神之后，宰相回复道："主公，陛下曾应允小臣，要将巴迪鲁勒·布多鲁公主许配给我的儿子，我倍感荣幸，感激涕零。小臣觉得，陛下本已有过允诺，倒不如让我来说一句，不嫌唐突的话，请陛下顾及我的情分，留出三个月的时间给我的儿子，也好让他多方筹集，弄到珍稀的贡品，作为聘礼奉献陛下，也好与公主成婚。"

皇上深知，要办到相同的事，不管是宰相，还是别的王公大臣都无能为力，就是想也不用再想。不过，他还是同意留出三个月时间，以满足宰相的请求，也借此显示宽容和伟大。与此同时，他告诉阿拉丁的母亲："你回去吧，对你的儿子讲，我发了宏愿，会将公主许配于他；但是，为了让她婚后生活从容，我要先为她置办好嫁妆。告诉你的儿子，安心等待，三个月之后，方可完婚。"

得到皇上首肯后，阿拉丁的母亲感激涕零，连声赞美皇上，随后便返回家中。

阿拉丁发现母亲归来，满面喜色，毫无疑问，要有喜事临门了。他发现母亲今天回来时与以往不同，并没有在路上逗留、久久不返回家，与此同时，也并没有拿回来那包宝石，因此，他也笑逐颜开。他对母亲说："母亲，赞美上苍，没准儿你有喜讯给我吧，是不是皇上对你开了恩，因为那些稀世宝石派上了用场？他有没有显露出宽宏大量的气度？对你的所言，他有没有认真听取呢？"

阿拉丁的母亲就将她进宫的经历滴水不漏地细细讲述了出来：

皇上吩咐宰相，带她进了门，面对那些世所罕见、巨大无比、晶莹夺目的宝石，他又是如何啧啧称奇、爱不释手，宰相的感受又是如何，接着，她又说："皇上向我发誓要把公主许给你。可是，我的孩子，与此同时，宰相泄露了一桩秘事，那是皇上以前偷偷答应他的，借此来让皇上注意，他还乞求皇上，要他将誓言兑现。皇上接着便允诺我，三个月之后，便让你和公主完婚，随后就让我回来了。所以，我有些顾虑，要是宰相参与其中，坏了结婚的大事，迫使皇上改弦易辙，那岂不是要完蛋了。"

听了母亲的一席话，阿拉丁晓得皇上已经同意，要把公主许给他，三个月之后，即可以完婚。虽说还要再过三个月，但这个喜讯依旧让他心里甜滋滋的，他欣喜若狂，高兴地说："虽说还有三个月，让人望穿秋水，可是，皇上已经同意，让我和公主完婚，因此，我依旧高兴得无法自抑。"母亲为了他四处奔走，最后硕果累累，他为此十分感动。随后，他又告诉母亲："母亲，以天起誓，我在今天以前一只脚已经进入坟墓，还好，你搭救了我，让我重新焕发了生机。赞美上苍！我断言，这个世界上不存在比我更快活的人了，我到了今天才体味到这一点呀。"因此，他按捺性子，等候下去，只求日期一到，迎娶巴迪鲁勒·布多鲁公主，幸福地生活。

公主完婚

依照皇上的规定，阿拉丁艰难地等待，总算熬满了两个月，谁

曾料想，风云突变。这一天，日暮时分，他的母亲因要买油，去到了集市中，她发现，商铺歇业，各个家庭门前彩灯闪烁，城中装点整齐，各级官员骑着马巡视，卫兵们来回逡巡、放哨，烛光火光汇集在一起，一片繁华景色。这种异乎寻常的局面映入她的眼帘，她因此而迷惑不解，慌忙来到一间油铺，趁着买油的时候，她询问着油商："大伯，凭你的性命赌咒，对我讲吧：今天，大家都洒扫装点自己的门庭，城中也点缀齐整，各级官吏巡视，卫兵则在放哨，有什么事发生了呢？"

"大婶子，你是个异乡人，不是在这里住的吧？"

"不是，我就住在城里。"

"要是这么说的话，这种事发生了，你怎么可能一点儿都没听闻？对你说好了：今夜是良辰吉日，皇上的女儿巴迪鲁勒·布多鲁公主要和宰相之子完婚呢。这会儿，宰相的儿子正在浴室里，他沐浴熏香，那各级官员和守卫则听从命令，在替他站岗放哨，并会在他洗完后簇拥着他入宫去见公主，随后便郑重其事地行大礼。"

听罢油商所言，阿拉丁的母亲仿佛晴空里听到炸雷，丧魂落魄。她第一个想到的，便是自己那个儿子阿拉丁。这个叫人同情的人在

世界传世藏书

世界经典童话

· 一 千 零 一 夜 ·

图文珍藏版

世界经典童话

·一千零一夜·

图文珍藏版

得到皇上的首肯后，按捺下性子，煎熬着过日子，以便三个月之后可以完婚，这些她再清楚也不过了。如今，如何告知儿子这个噩耗呢，她不知所措。她手忙脚乱，赶回家中，告诉阿拉丁："儿子呀！我得透露个实情给你，它会让你痛不欲生、堕入苦海呢。对我而言，它也很让人难受呢。"

"你听说的是什么？赶紧告诉我。"

"皇上不讲信用，千真万确呀，他将巴迪鲁勒·布多鲁公主许给宰相之子为妻，还下了命令，今天夜里，婚礼庆典就要在皇宫里举行了。"

"你从哪儿打听来的？"

这时，阿拉丁的母亲将她在街上的所见所闻细细地叙述出来。

阿拉丁这下怒气冲天、痛苦难耐，他不服气，不愿就此认输。

他稳定心神后想起神灯，这下，他重新又精神抖擞起来，说："母亲，凭你的性命赌咒，以为宰相儿子大功告成，娶到了公主，那是没门的事。咱们先把这事丢到一边。这会儿，你先做饭好了，我吃了饭就去卧室里歇一歇。这桩事终究会遂我们的意，你就安心吧。"

依着自己的打算，阿拉丁关好卧室门，把神灯拿了出来一摩挲，马上，灯神显灵，站在他的眼前，说道："说吧，想让我干什么?"

"你听我讲：我向皇上求过婚，想同他的女儿巴迪鲁勒·布多鲁公主结为夫妻。皇上开恩，应允了我，以三个月为期，到期便可完婚，可是，皇上背信弃义，半路悔约，把公主许给了宰相之子，今天夜里，就要在宫里完婚，让新郎、新娘相识，成为夫妻。所以，我命令你、这位办事精干的灯神，你去到宫里，以便窥探。你等到新娘和新郎入洞房、将要圆房那一刻，马上把他们带到我这里，连床也带来。这件大事，就是我急需你去干的。"

"清楚了，我会照办。倘若你除了这件事还有别的，开口说就是了。"

"现在没有其他的事情，只有这个需要你去做。"阿拉丁说罢，倍觉欢欣。

阿拉丁说罢，灯神便泯灭不见，过时，阿拉丁收好神灯，从卧室里出来，和往常一样，和他的母亲谈天说地。一会儿之后，他抽身而起，回到卧室中，他约莫着灯神快要到了。灯神在片刻之后便出现了，那一对新人以及他们的婚床，一股脑儿地被他搬入了家中。发现这一幕之后，阿拉丁欢欣鼓舞、志得意满，他告诉灯神："给我把那个活该上绞架的人掳走，将他在茅房里锁上一个晚上吧。"

立刻，灯神带着新郎官去了茅房，还口吐冷雾，他便浑身打战，尴尬无比，留在了那儿，接着，灯神归来回复阿拉丁："是否还有什么要干的？对我讲好了。"

"明天一大早，你来我这里吧，照老样子，让他们返回宫中。"

"清楚了，我会照办。"答应之后，灯神泯灭不见。

阿拉丁抽身站起，事态有了这样美好的发展，他怎么也不能想像，可是，眼下巴迪鲁勒·布多鲁公主正在他的家中躺着呢，他对她的崇敬之心一点儿也没有变，虽说因为爱上她，他遭了不少罪。他说："漂亮的公主！不要觉得我带你来到这里是不怀好意，是破坏你的贞操，绝非如此，这有违于天命。只是为了守护你，让你免遭奸人戏弄，我才做出这种事来。此外，还有个原因，你的父亲曾发下宏愿，已经把你许配给我了。如今，你平心静气，踏踏实实，睡你的觉吧。"

发现自己所处的地方肮脏简陋、黯淡无光，又听了阿拉丁的一席话，巴迪鲁勒·布多鲁公主惊恐万状，战栗不止，六神无主，无言以对。

阿拉丁气度平和，把外衣脱下，往床上一丢，在公主身边一躺，倒头便睡。他举止端正，没有邪念，也不想做出浪行，对于公主已经同宰相之子成了婚这件事，他根本无所畏惧。另外，对巴迪鲁勒·布多鲁公主来说，眼下的境况是她这一生从未经历过的，千真万确，这个晚上太可怕、也太难熬了。说到宰相的儿子，此刻他站在茅房里，处境更为不堪，在灯神的逼迫下，整整一夜，他惊骇莫名，奇冷无比。

次日天才放亮，听从主人的吩咐，灯神准时出现在阿拉丁眼前，并不等他摩挲神灯，他问道："我的主人，你可曾有什么指示，我照办就是了。"

"带那个名义上的新郎来我这儿，随后，伙同这个名义上的新娘，送他们一同返回宫中好了。"

听从阿拉丁的吩咐，灯神在顷刻之间送走了这对新人，让他们回到宫里，进入他们的洞房，这件事的前因后果，没有一个人能够知晓。不过，发现自己忽然又被送到宫里来了，公主和宰相之子不由自主地愕然对视。因为大喜过望，他们同时昏迷不醒。

将公主和宰相之子处理好后，灯神泯然不见，这时，皇上前来看女儿了，他要祝贺新婚的女儿。开门声传入宰相之子的耳中，他心中明瞭，皇上到洞房来了，为了对岳父表示欢迎他打算起身穿衣。但是，他体力不支，躺倒在床无法起身，这是因为昨天晚上在茅房里，他被冻坏了，只能在被子里取取暖。

在巴迪鲁勒·布多鲁公主面前，皇上俯身下去，慈爱地在她前额上吻了吻，同时祝贺她，还问她新婚的感受。可是，女儿对他怒目而视，一言不发。皇上再三询问，然而公主一直缄默不言，对于昨天夜里的事，她只字不提。皇上无可奈何，唯有告别女儿，慌忙返回了寝宫，对皇后讲述了他和公主的龃龉。

皇后唯恐因为这件事，皇上会对公主产生恼恨，于是就辩白道："主公，对于新婚宴尔的女子而言，公主的举止也不算异常，毫无疑问，她怕羞嘛，主公对她宽容为怀吧。但是，我心里记挂着她，得自己去探望一下。"因此，她拾掇好衣饰，脚步不停地来到公主的洞房，祝贺她并在她的前额上吻着。公主毫无反应，一声不吭。她就自忖道："显然她变成了这副模样，是有什么不测发生了。"因此，她问："女儿呀！你哪里不对头？我来探望和祝贺你，你默然不应，到底怎么了？告诉我个中隐情吧。"

　　"母亲，请谅解我。"巴迪鲁勒·布多鲁公主把头仰起来，凝视着皇后："本来，作为一个女儿，你来探望我，让我脸上增光，我也理应毕恭毕敬、热烈欢迎你。这会儿，让我将我的厄运、昨晚的艰苦历程倾诉给你听吧。我可没有瞎编。母亲，开始来了个人，一把举起了我们和婚床，我们立即被他带到一个地方，那里阴暗恐怖，此人不知从何而来，我们也不相识。"然后，公主将昨天夜里的一切经历滴水不漏地倾诉了一遍：她的丈夫被带离她身边，她只得独守空床，接着，又有一个年轻人出现了，他扮演了她丈夫的角色，在她和他自己的中间，他搁好衣裳，一头倒下，他们共同睡去。末了，她又说："那个人到了今天的黎明才托起我们和床，一块儿运回了宫，在洞房中放好，随后，父王大驾光临。那时，我之所以没有和父王交谈，实在是魂不附体、过于惊骇、六神无主，不知说什么好了。是我有失体统，让父王因此而不快了。母亲，只求你代为转告，对父王诉说我的惨况，请求他的宽恕，对于我当时的茫然失措，他应该谅解吧。"

听完巴迪鲁勒·布多鲁公主的倾诉，皇后说道："女儿呀！你先定定神。人们会对此说长道短的，倘若你将你经历的这种不测告诉旁人的话，大家就会谣传：'皇帝的女儿得了失心疯。'你是正确的，个中隐情，不要让你父王知晓，如今，你得留神呐，我再告诉你一次，这件事的细节，不要让你的父王知晓，你得留神。"

"母亲，我告诉你这一经历时身体很好，很有理智。我没有神经错乱，我所碰到的事，全部都真实无疑。如果你不信我，找我的丈夫来打听好了。"

"女儿呀！快快起身，把一切顾虑和幻觉丢到九霄云外，盛装打扮，到人声鼎沸的婚礼宴席上去吧。在酒宴中，你能听到音乐演奏和演唱，它们十分动人，也能饱览歌伎、舞伎们的歌舞。女儿呀！为了表示对你的敬意，大家正装点城池，备好珍馐美味，为你的婚礼大操大办呢！"

皇后说罢，马上把宫中最为内行的宫女叫来，帮助公主打点行装去参加婚礼，她们好生替她梳洗打扮；接着，她慌忙回来见皇帝，劝慰着他，跟他解释，在新婚之夜，公主因为被梦魇所困，身染微恙，末了说："请你谅解公主有失体统之处，不要太看重这件事。"

接着，皇后又偷偷找来了宰相之子，从他那儿打探情况："对我说好了，是否巴迪鲁勒·布多鲁公主所说之言属实？"

唯恐讲了实话之后，他和公主好梦难圆，因此，宰相之子撒起谎来："启禀母后：我对这桩事一无所知。"

听罢宰相之子的答复，皇后确信，公主的确陷入了噩梦之中，昨天夜里的事只不过是梦幻罢了。因此，她大为释怀，心情愉悦，和公主一起参加了婚宴。整整一天，欢乐异常的宴会都在持续。宴会中高朋满座，歌舞升平，乐师操纵乐器，乐声令人陶醉；这些景象融汇在一起，热力四射、喜气盈人。对于公主，皇后和宰相父子二人特别关注，他们为了打动公主，让她被这欢乐的景象吸引，从而也快活起来，于是便争先恐后挑动宴会的气氛。他们不惮辛劳，不怕繁琐，只想完成这个愿望，任何东西，只要是公主喜欢的，他们必定殚精竭虑地搞到手，展示给她看。他们以为这样一来，公主的忧愁便可烟消云散，她会转嗔为喜。可是，他们白忙活一场，无济于事。这会儿，巴迪鲁勒·布多鲁公主还陷在昨天夜里的事中无法自拔，她秀眉深锁，纹丝不动，凝神静想。

说起来，昨天夜里，宰相之子被禁闭在茅房之中，忍受着刺骨的寒冷，遭的那些罪也是一言难尽哩。但是，他之所以乔装作伪，对于昨天夜里的事，他好像全不在意，抛诸脑后，个中必有缘故。首先，他的婚事或许会因泄露了昨夜的秘密而毁于一旦，同时，还会对他那良好的名誉、他那人人艳羡的背景有所损害，他对此顾虑重重。其次，他对美人巴迪鲁勒·布多鲁公主也喜爱异常，唯恐因此而不能再拥有她了。

这一天，阿拉丁也出了门，想观望观望，他发觉，从皇宫到城中一隅都充盈着弄虚作假的快活，对此，他一笑了之。人们羡慕并祝福着宰相之子，这话传入他的耳中，他不屑一顾，自忖道："你们这些无知的人啊，你们对他如此赞叹和艳羡，这只是因为对于他昨夜的经历，你们一无所知呀。"

阿拉丁返回家中，心情平静如常，他耐心等待，天色已黑，应该就寝了，这时，他进入了卧室，取出神灯一摩擦，灯神应声出现。接着，他命令灯神，把宰相之子和公主连同床一块搬来他家，就和昨日一样，不要等他们两个亲热上就要行动。

灯神立刻泯然不见。片刻之后，和昨天晚上一样，他带上宰相之子和巴迪鲁勒·布多鲁公主夫妻二人，一同来到阿拉丁家，又带这个名义上的新郎去茅房，关他的禁闭，让他遭受折磨。

发现灯神将一切处理完毕了，阿拉丁把外衣一脱，往床中间放好，以便分隔他和公主，接着一头倒下，与她共眠。

第二天一大早，和以往一样，灯神来到阿拉丁这里，他听从阿拉丁的吩咐，带上宰相之子和巴迪鲁勒·布多鲁公主，把他们送回宫里，按着老样子，把他们在洞房里安顿好。

皇上一觉醒来，才睁开眼，女儿巴迪鲁勒·布多鲁就浮现在他脑海中，他打定主意，探望她一下，以便得知她是否变得正常了。因此，他困意全消，翻身下床，整饬好衣饰，脚步不停，走到公主的洞房前，大声叫着她。

这一夜，宰相之子受尽磨难，几乎冻僵。叫喊的声音传来时他才被送返洞房，因此，他只好勉强从床上下来，在仆人的协同下，在皇上进入洞房前逃回宰相府。

皇上将新房的毯子撩了起来，在床前，他俯下身去，问候尚卧倒在床的女儿，在她的前额上温存地吻着，询问着她。可是，她满脸沮丧，一言不发，对他瞠目以示，面上的表情又是无助又是害怕。

见到了这一幕，皇上不能再将愤怒郁积于胸中了，他疑云顿生，以为要大祸临头，于是在情急之下，他把佩刀拔了出来，声色俱厉，说道:"究竟怎么了呢?倘若你再不对我讲,我就一刀杀了你。莫非你这就叫尊重我,我和颜悦色,同你攀谈,你却毫无表示?这种反应莫非是我想要的?"

皇上手里那光芒闪烁的佩刀以及他的一脸怒容一映入眼帘,巴迪鲁勒·布多鲁公主便不顾一切,将懦弱心理抛到了脑后,将事情的来龙去脉讲了个清楚:"敬爱的父王,你会对发生在我身上的事有个清楚的认识,同时,你也会给我解释的机会、会宽恕我的,求你不要因为我而懊恼,产生情绪波动吧。这会儿,求你听取我的倾诉。我把这两个夜晚以来遭到的厄运明明白白说出来,你就会宽恕我,你大慈大悲,终会同情我,这一点,我坚信无疑。我是你的女儿,你的恩赐,我也理应享受吧。"因此,公主便竹筒倒豆子,倾诉了这两个夜里的遭遇,末了,她说:"父王,你可以去询问我的丈夫,他会把所有的事对你明言,倘若对我的所言,你还心存疑虑的话。但是,我丝毫不晓得他被弄到了哪里,又有什么样的经历。"

听罢公主所言,皇上又惊又恼,老泪纵横,他还刀入鞘,吻着公主说:"女儿呀,前一天夜里的一切,你为什么不对我明言呢?我可以对你加强防卫,倘若你告诉了我,这第二茬苦难和恐惧,你也不用再受了。但是,不会再有不测发生了。这会儿,你起身吧,丢掉这些烦心事,对于它,你大可不必挂念了。今天晚上,我不会让你再忍受磨难,我会加派人手,为你站岗巡逻。"

嘱咐过之后,皇上由公主的新房离开,脚步不停,来到寝宫,赶快把宰相召进宫问:"爱卿,令郎和公主遭遇到的不测,我想他大概已经对你讲了!你又怎么认为呢?"

"主公,从昨天到现在,小臣还没能与我儿相见。"

皇上只能又细叙了公主遇到的不测和惨况，最后，他说："或者公主现在的惧怕与她的悲惨经历关系不大，你还是赶快去询问令郎，看看他在这件事中的真实遭遇吧。我坚信，公主讲的事千真万确。"

马上，宰相辞别，马不停蹄，赶回宰相府，又派人找到了儿子，让他来到自己身边，告诉他皇上的吩咐，接着，他刨根问底，一定要探个虚实。

宰相的儿子遭到他的盘问，没有胆量再扯谎了，唯有把实情全盘托出："父亲，巴迪鲁勒·布多鲁公主所言属实，就是她要扯谎，上苍也不允许呀。我们在过去的两个夜晚本应共享鱼水之欢，却惨遭天外之祸，将其破坏殆尽。对我而言，非但无法与新娘同床共枕，还在一个吓人之处被囚禁了起来，那里漆黑一片，恶臭难闻，我惊慌失措，几乎冻僵，九死一生，境况只有更凄凉而已。"末了，他说："亲爱的父亲，拜托你了，去求见皇上，把我和公主的婚约解除，还我一个自由身吧。原本这是桩荣耀之举，可以娶回皇帝之女，当上驸马，更何况我迷恋公主，为了她，赴汤蹈火在所不惜。可是，如今我气力不支，再也无法挨过像昨晚和前晚那种可怕的日子了。"

听罢儿子所言，宰相绝望之极，百般烦恼。为了让儿子当上驸马、飞黄腾达、尽享荣华，他这才要同皇上做亲家。如今，听罢儿子的经历，宰相大惑不解，茫然不知所措。对他而言，毫无疑问，解除婚约未免可惜。这是因为，儿子新婚宴尔，对于那极端的光荣、极致的快乐，总不能浅尝辄止吧，因此，他告诉儿子："儿子呀！你安下心来，忍一忍吧，等我们瞧瞧今夜的情形，再作打算，我们会加派人手，加强护卫。能得到这种至高无上的待遇和身份的人，只你一个，其他人想都想不来呢，可别弃之若敝屣，这一点你要清楚。"吩咐完毕之后，宰相马不停蹄，来到皇宫，向皇上吐露了实情，并且说，巴迪鲁勒·布多鲁公主所说的一切俱都属实。

"既是实情，就不应再耽搁了。"皇上态度强硬，告诉宰相，随即下令，将婚约解除，将有关于婚礼的一应庆祝活动也取消。

事情骤然而至，大伙猝不及防，更对宰相父子的尴尬处境大惑不解。大家各自发表高见，有人说："究竟是为了什么才会在突然之间解除公主的婚约呢？"除了对巴迪鲁勒·布多鲁公主念念不忘的阿拉丁，没有人晓得这件事的来龙去脉，在私下里，也唯独阿拉丁笑得很是开心。

公主和宰相之子的婚约被皇上解除了，但是，他给阿拉丁母子的允诺却被他抛到脑后去了，一丁点儿也记不起来了。阿拉丁唯有按捺性子，等候下去，直到皇上限定的日期到了，他方能迎娶巴迪鲁勒·布多鲁公主。

时候一到，阿拉丁就指派母亲，要她求见皇上，请他践约。他的母亲听从他的打算，理直气壮，来到皇宫，等在一旁，求见皇上。皇上移驾到接见室，他发现，阿拉丁的母亲在门外侍立，于是，他向她发过的宏愿便回到他的脑海之中，因此，他回过头来，告诉宰相："爱卿，这个老太太就是给我们奉上珍奇宝石的那个，我向她发了宏愿：三个月一到，就延请她入宫，和她共同商量，以便使公主和她的儿子完婚。如今，日子到了，你觉得如何是好呢？"

听了皇上的话，宰相就引上阿拉丁的母亲，一同进了接见室，见过皇上。

阿拉丁的母亲跪倒在地，问候皇上，又为他祈福，愿他长命百岁。

皇上乘兴便询问她来这儿的目的。

阿拉丁的母亲赶快开口："回禀皇上，现在，该让我的儿子阿拉丁和巴迪鲁勒·布多鲁公主完婚了，因为你许下的三个月之期已经到时间了。"

听了阿拉丁母亲的愿望后，皇上吃了一惊，左右为难，茫然若失，说实话，他瞧不上阿拉丁的母亲那贫贱、穷困的形象，可是，就他而言，她上一次带来的见面礼举世罕见，是无价之宝，他又无力回报。因此，他向宰相求救："你怎么来处理这件事？她这个愿望言之有理，千真万确，我发过话，同意她的儿子娶公主，可是她家一贫如洗，家业实在不够富裕。"

宰相早就对阿拉丁妒恨交加，这时，儿子的婚事遇上了麻烦，他又因此而烦恼不堪，他暗忖道："我的儿子当不成驸马，我又怎么能叫这种人把皇帝的女儿娶到手呢？"因此，他心生歹念，偷偷走向皇上，窃窃私语："主公，想把这个讨厌鬼甩开，也不是什么难事。本来嘛，陛下怎能将高高在上的公主嫁给此人，他可是没有傍身之技、名不见经传哟。"

"那又怎么样呢？皇上对宰相所言不太清楚，我对平民许了愿，和与他们订了盟约是别无二致的，我早已经答应了那老妇人，就是不想结亲，又怎能对约定矢口否认呢？"

"主公，我有个主意：索要高额的聘礼，这也不算过分呀，你要他准备四十个大托盘，用纯金制成，上面装满上等宝石，同上一次给陛下的要一模一样，以此作为聘礼，迎娶公主，随后，让四十名白人侍女端好了，由四十名黑人太监开路，一路送入宫中；这样一来，他无计可施，我们就算是把他回绝了，也不能说是有违于约定了。"

听了宰相的主意，皇上欢欣鼓舞地说："爱卿，以天为誓，你出了这个主意，能派上大用场，它会卓有成效的。瞧上去，他不可能会满足我们的这个条件，这样一来，局势就对我们有利了。"

和宰相讨论完毕，皇上便告诉阿拉丁的母亲："回去吧，对你的儿子说，我这个人言而有信，声誉良好，但是，我有个额外要求，作为娶公主的回报，我需要这样的聘礼，用四十个金制盘子，放满上等宝石，同上次的贡品要一模一样，让四十名白人侍女捧好，四十名黑人太监开道，送入宫中。我自然会同意把女儿嫁给他，只要你的儿子能照办。"

听了皇上的条件，阿拉丁的母亲大为沮丧，在回家时，她唉声叹气，自言自语："这种托盘和宝石，要我那让人同情的儿子去什么地方弄呀？要他去地下宝库拿吧，那儿活像个妖精洞，肯定行不通。他拿回家的宝石，倒是也可以进贡，但是，那些白人侍女、黑人太监又到什么地方弄呢？她回到家里，发现阿拉丁正静候佳音，她说："儿子呀！要想娶到巴迪鲁勒·布多鲁公主，你是无能为力了，莫非对于你的美梦，你仍然不肯丢开吗？对于咱们家来说，皇上的要求是我们一生也满足不了的。"

"赶快把最新局势讲给我听。"阿拉丁求他母亲快说。

"儿子呀！这一次，见到了我，皇上依旧和颜悦色，瞧得出来，他对我们是宽大为怀的，可是，毫无疑问，那个惹人烦的宰相和你是不共戴天哟。这是因为：遵循你的主意，我请求着皇上：'乞求陛下，兑现你的誓言，同意巴迪鲁勒·布多鲁公主与我儿阿拉丁完婚，因为你定下的时辰已经到了。'当着我，皇上便询问宰相，他就鬼鬼祟祟和皇上咬着耳朵。他们窃窃私语，过了一会儿，皇上才给了我回答。"接着，她又转述了皇上的要求，随后，她说："儿子呀！依我看，尽管皇上希望你答复，越快越好，可我们拿什么答复呀。"

听罢，阿拉丁忍俊不禁，说道："母亲，在你看来，此事难若登天，你下了断言，咱们无法给皇上一个答复；实际上，并非如此，我自有妙计，母亲请放宽心，别太过虑了。这会儿，请先做饭吧，吃完之后，让我来答复好了，你肯定会心满意足。皇上的看法同你的别无二致，这个自然；就是为了把我和他女儿的婚事回绝掉，他才提了这么高的要求，谈到要聘礼的事。依我所见，比起我原先想象的，这聘礼少多了，真的不算多呢。反正，你稍安勿躁，让我精打细算，让你能从容地走往皇宫，回复皇上。"

母亲到集上去买东西，阿拉丁趁机加紧行动，他来到卧室里，

·一千零一夜·

图文珍藏版

把神灯拿出来摩挲着，立刻，神灯出现了，说："开口吧，我的主人！需要我干什么事？"

"我要娶皇上的女儿巴迪鲁勒·布多鲁公主，因此向皇上提亲。他开出条件，为了把公主娶到手，要下聘礼，要四十个盘子，用纯金制成，每个盘子有十磅重，在盘子里，要盛满了上等宝石，要同我们取自地下宝库的一模一样，找来四十名白人侍女，由她们端好，在四十名黑人太监的护送下，一同入宫。所以，我要求的这些东西，请你尽快安排妥当。"

"都清楚了，我会照办。我的主人，所有的事都会安排妥当，请你安心就是。"允诺之后，灯神泯灭不见。

灯神过了一个时辰左右再度出现了，他把阿拉丁要求的东西全部带来了，丝毫不爽。他把人和东西尽数交给阿拉丁，说："所有的事都按指示办妥了，你开口好了，还有什么要我办的。"

见到这些，阿拉丁欣喜异常，说："接下去还需干什么，我会对你讲的，眼下已经无须再干什么了。"

不多会儿，阿拉丁的母亲由集市上返回，进入家门，她发现了黑人和女郎们，她不由自主，大喜过望，连声叫道："这是神灯的神力呢，感谢上苍，垂恩于我的儿子呀。"

见到他的母亲还没把披肩脱下来，阿拉丁就说："母亲，你抓紧时间，在皇上下了朝、尚未回到后宫之时，你亲自带上奴婢，走进宫去，将他需要的东西亲自交给他，现在时机正好呀；这么办的话，他便明白，我把他的条件全部满足了，就是条件更高，我也能满足呢；还有，他也会晓得，宰相在耍弄他、蒙骗他呢；另外，皇上和宰相给我出难题、考验我，我要让他们都晓得，这是白费功夫。"

阿拉丁把大门打开，请他的母亲带上奴婢，端好聘礼进宫去了。

在前头，走着阿拉丁的母亲，在后面，侍女们依次跟随，头顶金盘子，每一个侍女旁边，有一个太监护卫着，大家缓步前行，前往皇宫。他们走过市中心时，人们见到了这样盛大、神奇的一幕，这样迷人的侍女，全都驻足观望。让人们目不暇接的是，她们身着绫罗绸缎，上绣金丝银线，昂贵无匹。那放在金盘子里的上等宝石也映入了人们的眼帘，尽管美轮美奂的绣花手绢把它们蒙了起来，可它们照样光芒闪动，比阳光还明亮。

阿拉丁的母亲带着奴婢，径直前行，队形和步伐都井然有序，在途中，许多人闻声前来欣赏，对于侍女们的美貌，人们赞叹不绝。

阿拉丁的母亲带着奴婢，走进皇宫发现了这一幕，宫里的卫兵和侍者啧啧称奇，更何况，侍女们姿容秀丽，恍若天人，就算是修士、信徒瞧见她们也要油然而起爱慕之心呢，同样，要是王侯将相、富商及其后代们瞧见她们，也都会这么想呢。侍女们衣饰奢华。在她们头上的金盘子中，名贵无比的宝石发出璀璨的光芒，叫他们眼花缭乱。

侍卫官立刻觐见皇上，把送礼的队伍到来一事汇报给他。听罢，皇上龙颜大悦，传令下去，让他们马上进见。在侍卫官的带领下，阿拉丁的母亲带着奴婢，进入接见室，在皇上跟前，他们齐齐下跪，共同为他祈福，愿他长命百岁。把头顶上那装有宝石的金盘取下来之后，侍女们一个挨一个地把它们放到皇上面前，将蒙着盘子的手绢掀开，随后，她们在胸口交叉着放好双手，一言不发，退了下去，静听指示，完全合乎礼节。

侍女们那窈窕身姿、非凡的容颜一映入眼帘，皇上便兴奋异常，几近癫狂。这时，他看着金盘中满满当当的宝石，它们绚丽夺目，形色各异，他唯有万分震惊、形若木偶。

这种意想不到的事情一发生，皇上便应对无门，哑口无言。他感到，这个求婚的人的确身手不凡，在这么短的时间中，他竟然搞到了这许多宝贝。他为此而诧异不已。

皇上又诧异、又快活，因此他将聘礼收下后，便指示侍女，端着礼物到后宫去，以此敬献巴迪鲁勒·布多鲁公主。阿拉丁的母亲找准时机，十分谦卑地告诉皇上："回禀陛下，同巴迪鲁勒·布多鲁公主那至高无上的地位比较而言，我的儿子阿拉丁献上的礼品微薄，着实是配不上呢。就公主的身份而言，收下比这多上几倍的聘礼，也实在是不为过呀。"

听罢老妇人的自谦之语，皇上转过了头，瞥了瞥宰相，问："爱卿，你认为如何呀？此人几个时辰就搞到了这样的宝贝，莫非他还不配做驸马？"

比起皇上来，看到这种聘礼，宰相的惊讶艳羡之心有过之而无不及，可是，他也更为嫉恨阿拉丁、更想迫害他了。所以，他不便坚决唱反调，因为他发现，皇上对聘礼大为满意，结婚之事已铁定无疑了，所以，他便婉转地说："这不怎么好吧。"他说得天花乱坠，只为了要施奸诈计谋，搅坏阿拉丁和巴迪鲁勒·布多鲁公主的姻缘："主公，就算公主的一个手指甲，就是汇聚了天地间的所有的宝贝也配不上呢。然而，比起公主的身价来，主公对聘礼的要求太低了。"

皇上对他不屑一顾，因为他很清楚，宰相因为过于妒忌，才会摆出这种姿态，这是显而易见的，因此，他告诉阿拉丁的母亲："老太太，回去吧，对令郎说："这聘礼我收下了，我决定，将公主许配于他，他即将成为驸马，对他讲，立即入宫，他已和我结为秦晋之好。从今以后，我将尽己所能，对他施以敬意和爱护，此外，今天晚上，我就要为他和公主完婚。我的主意，你一定要依从，让他不要拖延，即刻进宫吧。"

阿拉丁的母亲欢天喜地，告辞后，便回家了。在路上，她行色匆匆，准备敞开胸怀，向儿子贺喜。她高兴得忘乎所以，因为她想起，她的儿子马上要与公主完婚，当上驸马了。

让阿拉丁的母亲离开后，在侍卫的伴随下，皇上来到后宫，去往巴迪鲁勒·布多鲁公主的香闺，他传令侍女，要她们向公主展示聘礼。

这聘礼一映入眼帘，巴迪鲁勒·布多鲁公主大吃一惊，抬高嗓门，说："依我所见，与这些宝石比起来，天地间的宝石都要相形失色了。"她扫视侍女，欣喜异常，因为她们全都是窈窕美女，性格可人。尽管，因为她从前的丈夫、宰相之子，她遭受了磨难，曾伤心欲绝、郁郁寡欢，但是，马上她心情开朗了，因为她了解到，这些侍女和盘中的宝石是她未来丈夫作为聘礼送给她的。看到侍女的形容和一言一行是那样可爱，她的心也得到了快乐和抚慰。她已和从前大为不同，她笑逐颜开、容光焕发。

皇上心情愉快，也不再提心吊胆了，因为他发现，公主的忧伤和苦闷已消失得无影无踪，他笑逐颜开，告诉公主："女儿呀！你对这些聘礼可曾中意？喜不喜欢呢？依我看来，说句实话，比起宰相之子来，由今天向你求亲的这个人做你丈夫要更为适宜一些。毫无疑问，你这桩亲事很不错，你们小夫妻俩的日子会和和美美的。"

阿拉丁的母亲志得意满，一阵风似的跑回家。发现母亲满脸堆笑、笑逐颜开，阿拉丁就晓得有喜事盈门了，他情不自禁，扬声说道："感谢上苍！只求母亲带来了好消息，让我美梦成真。"

"儿子啊！我为你报喜呢，你就开开心吧，马上，你的美梦就要成真，你只管享用吧。我对你说，皇上开恩，收下了你叫我送去的聘礼呢。如今，公主就算是你没过门的妻子了，今天夜里，你就要和她见第一面，行婚姻大礼。皇上告诉我，他会昭告天下，他已经把你挑中，要你做驸马了。皇上又对我说：'对你的儿子说，让他即刻入宫，我已同他结为秦晋之好，从今以后，我要加倍给予他关怀和敬重。'儿子呀！时至今日，对于你的婚姻大事，我可是已经竭尽全力了，从今往后，你要独立自主了，就算有什么事发生，你也要独力支撑了。"

阿拉丁欢呼雀跃，满怀爱意，将他母亲的手吻着，不住口地谢她，接着，他进了卧室，把神灯拿出来摩挲着，灯神即刻出现。他要求道："请带上我，前往浴室中沐浴、熏香，它须是人间所无缘得见的，再为我备妥衣饰，它须是精美考究的。这种衣服，就连历代的王侯也不得一见。"

灯神满口答应，立刻，他领着阿拉丁，飞到了一间浴室之中，它华贵之极，波斯的国王也无缘一见。这间浴室，由大理石和红玉堆砌起来，金光闪烁，叫人意乱神迷。形形色色的上等宝石，在厅堂中的墙上排列成行，恍若人间仙境。在这间浴室中，四周并无人迹，只有一位神仆在阿拉丁出现后伺候他，为他搓澡和冲水。

洗浴完了之后，阿拉丁来到厅堂之中，略做歇息，在他的眼前，一身华服出现了，它奢华之至，他来时穿着的衣物已消失不见。这是依照他的吩咐，由灯神预备的。此时，神仆献上果汁和掺了龙涎香的咖啡，以便他饮用。有一班黑人奴仆等他享用完毕，休憩好之后就伺候着他，为他穿衣、戴帽、熏香，把一切整理妥当。这样一来，他变得精神抖擞，一表人才了。如今，他将皇上之女娶回了家，摇身一变，成为驸马，是皇上的亲戚，大家也就不待他当作那个穷困的裁缝之子了。

阿拉丁打扮一新，该回家了，这时，灯神再度显现，带上他，一同飞返家中，说："我的主人，还有什么吩咐？开口就是。"

"没错，为了组建我的侍卫队，你得为我找来四十八名奴仆，二十四个在我的前面走，为我开道；二十四个在我的后面行，为我殿后。他们一定要衣饰整洁，武装齐备。他们的服饰及马具一定要世所罕见，王侯也无法拥有。另外，为我备好一匹好马，马具要以金银制成镶珠嵌玉，配得上波斯国王。此外，为了让每一名侍卫都带有一千枚金币，你要将四万八千枚金币为我备好。如今，我该去谒见皇上了，这几桩事情，你要为我准备妥当，不要延误了。这是因为，我要想入宫与皇上见面，这几桩事情必须要圆满解决才行。还有，找来十二名侍女，要容貌秀美的，让她们和我的母亲做伴，一同去往皇宫。她们一定要穿用配得上皇后的服饰，要十分考究。"

"都清楚了。"灯神答道，接着便泯灭不见了。片刻之后，他再度显现，把阿拉丁需要的东西全部带到。他引来一匹良驹，与之相比，就是举世闻名的阿拉伯马也要自愧不如。与良驹交相辉映的，是金马鞍、银辔头。褥垫上的丝绸极为昂贵，镶嵌着金丝，光彩夺目。

立刻，阿拉丁为母亲换上华服，吩咐好她，叫她带上十二名窈窕侍女，列队成行，前往皇宫。随后，他派遣神仆，前往皇宫，打探皇上的一举一动。一眨眼的工夫，神仆消失无踪。立刻，他便打探完毕，胜利返回，速度也是同样地快，他说："回禀主人，皇上正等待着你的到来。"

阿拉丁翻身上马，前往皇宫，侍卫队分成一前一后，列队前行，保护着他，声势惊人。他们气势宏大，装备齐整，十分抢眼，行人

驻足定睛观看，羡慕异常，啧啧称奇。在队伍中，阿拉丁格外显眼。他如玉树临风，气派非凡，一见之下，令人敬佩。侍卫队在他们途经之处，大把地撒着金币，布施给平民，大家一望可知，这种举止、做派，只有王侯将相外出时才能具备。仰仗了神灯的神力，阿拉丁才有了如今的一切，这正好说明，只要得到神灯，就能获得好运，肆意享受。人们对阿拉丁赞赏有加，这是因为，他是神灯的拥有者，同时，他为人大方，仪容出众，气派庄严。大家异口同声，盛赞于他，并不妒恨他，虽然阿拉丁出身贫寒，是裁缝之子，这一点大家都一清二楚。正好相反，大家认为，他洪运临头，现在这种荣华富贵，正是他应得的，还为他祝福呢。

对于巴迪鲁勒·布多鲁公主和阿拉丁的婚姻，皇上是郑重其事的，他颁发命令，让各级大臣、社会名流进宫。在他们面前，他说到自己给阿拉丁的允诺，向他们报喜，说巴迪鲁勒·布多鲁公主就要同他完婚了；并吩咐下去，等新郎倌到来时，他们需要一同迎接和问候于他。依照皇上的指示，各级大臣和社会名流根据自己的等级，按着次序，在皇宫门外站好，静候新郎。

在气势宏大的侍卫队的簇拥下，阿拉丁来到皇宫外面，准备下马进宫，这时，按照皇上的安排，负责迎客的显贵走上前来，将他拦住，说："我的主人！皇上下令，准你骑马入宫，到殿前再下马。"因此，各级大臣欢迎阿拉丁，并指引着他，一同入宫。来到迎宾阁前，他们奋勇争先，将他搀下马来。随后，各级官员引着他，依次走入迎宾阁，请他在宫椅上落座。

此时，皇上抽身而起，走下龙椅，来到阿拉丁身旁。皇上免去了阿拉丁跪拜、叩头的礼节，并且热情地拥吻着阿拉丁，让他就座于右侧，并神情亲切地与他谈话。皇上的吩咐，阿拉丁一丝不苟地办理，无论是行为、举动、反应还是回话都与宫中的礼节完全一致。他问候皇上，并为皇上祈福，说："皇上，我们的主人！陛下同意，让我与巴迪鲁勒·布多鲁公主完婚，结为连理，你真是宽大为怀呀；对我而言，陛下开恩，是一种无可比拟的光荣。从今而后，我是陛下的仆人，对你毕恭毕敬、赤胆忠心，服侍你，祈愿陛下，洪福齐天，国运昌隆。陛下的恩典浩浩荡荡，无与伦比，我感激涕零，溢于言表。如今，乞请陛下多加恩典，为了让我抒发我对公主的敬爱之心，请赐我一块土地，以便我修建一座宫殿，使她可以安适自如地在其中起居。"

发现阿拉丁的衣着是王室用品，本人又一表人才，贴身的侍卫们也威风凛凛、异于常人，皇上油然兴起崇敬之心。这时，阿拉丁的母亲衣饰华贵、形如皇后，来到皇宫参加婚典，十二名侍女仔细地护卫着她。皇上发现她的装束后，诧异莫名。阿拉丁口齿伶俐，用词华丽，皇上对此深为满意，除了皇上又惊又羡，那些文武百官也对他产生了敬意。唯独宰相并非如此；他对阿拉丁妒恨交加，气愤异常。这时，皇上无法按捺兴奋的心情，他用力拥阿拉丁入怀，吻着他，说："我的孩子，看到你的一举一动，我欢欣鼓舞，平生首次，我是这样的快活。"见到了这一幕，宰相对阿拉丁的恨意加深了，他忌妒意到极点，无法控制。

皇上殷勤招待阿拉丁，志得意满。他传令下去，要求演奏音乐，并领上阿拉丁以及文武百官，一同前往宴会厅。在那里，太监和宫女已将美味佳肴置办妥当。皇上吩咐阿拉丁，要他在自己右边落座，各级官员和社会名流依照自己的身份，也一个接一个鱼贯落座。豪华盛大的结婚庆典就在一片乐声中宣告开始。

　　在宴席上，面对阿拉丁，皇上态度温存，他面带笑容与阿拉丁交谈。阿拉丁仿佛是君王之后，公子贵胄，要不然就是在宫中长大，对于各色规矩，他都一目了然，所以应答有序，文质彬彬，态度谦逊。阿拉丁滔滔不绝，口才极好，同皇上和大臣们交谈着。阿拉丁这种雄辩的口才、那种信手拈来的祝福之词传入皇上耳中，使得龙颜大悦。

　　酒宴结束，将食具撤下，皇上马上召来了法官和主婚人，开始举行订婚礼，并为巴迪鲁勒·布多鲁公主和阿拉丁制好结婚证书。在订婚时，忽然阿拉丁抽身而起，向外便走。见状，皇上阻止他说："我的孩子，要到什么地方去呀？此刻，订婚礼正在举行之中，要接下去，完成预备手续后，结婚大典就要开始举行了呀。"

　　"回禀皇上，我已打定主意，为了抒发我对巴迪鲁勒·布多鲁公主的敬爱之心，我要为她修建一间宫殿，完全配得上她那至高无上、无比高贵的背景，以供她起居。这个目的不达成，我无法与她相见。但是，在最快的时间里，这座宫殿便可以修好，这全仗上苍的神力，以及陛下的关爱和我自己的力量。如今，我该为公主干点什么了，为了让巴迪鲁勒·布多鲁公主一生快乐，我要竭尽全力，这是很自然的事。建一所宫殿是最要紧的事，这也是我的义务。"

　　"我的孩子，那你就亲自去勘查好了，"皇上说："你可以在任何一处修建宫室，只要你觉得好就可以了。依我看，在皇宫之前有片荒地，颇为开阔，作为地基倒也适宜，你可以在此修建宫室，倘若你觉得可行的话。"

　　"太棒了，"阿拉丁说，"这也是我的愿望呢，在离皇宫不远的地方，为巴迪鲁勒·布多鲁公主修一幢宫室。"说罢，他辞别皇上，翻身上马，从皇宫离开，他的侍卫簇拥着他。他敢说敢做，大家对此都赞叹不已，他们认为，作为驸马，他品行端正，再合适不过了。

阿拉丁返回家后便回到卧室，拿出神灯摩挲着，立刻，灯神出现了，问道："我的主人！要我做什么，开口好了。"

"眼下，需要你去干的事至关重要，你要在最短的期间内准备妥当。在皇宫的前面，有一片开阔地，我需要你在那里修一座宫室，要尽快修好，极尽奢华之能事。在宫中，装备要一应俱全，比如家具和其他物品什么的，一定要是宫中所用的、珍贵无比的。"

"都清楚了，我会照办。"答应之后，灯神泯灭不见。

次日，天刚放亮，灯神来到阿拉丁这里，说："回禀主人，依着你的命令和意图，宫室业已竣工，请同我一块前往，进行检阅。"

阿拉丁快活地跟着灯神，一同去查看新宫殿。灯神将他负在背上，飞入天空，不一会儿便来到了新宫殿的面前。

阿拉丁抬眼望去，心满意足，这座宫阙气势宏伟。整间宫阙经过精心建造，由上等的建材构成，例如碧玉、大理石和云母等等。在灯神的指引下，他步入宫室，将各处的陈列和装备一一查看。开始，他来到了宝库里，定眼一瞧，黄金白银和形态各异的珍珠宝贝遍地都是，不计其数，贵重非凡。来到餐厅，他发现各类餐具俱都齐备，例如杯盘碗勺等物都以纯金制就，世间罕见。进入厨房，厨师侍候在其中，在他们的身旁，厨房用品应有尽有，光彩夺目，恍若金银制成。走入仓库，各色箱笼、盒框堆积如山，在里面，大批的绫罗绸缎质地上乘，专供宫中使用，锦缎和丝绒的产地是中国和印度。卧室是装修成套间的，陈设在里面的，是华丽的床具、奢侈的装饰，装修非常精美。一匹匹良驹被饲养在马厩中，王侯们的好马比起它们来也要自愧不如。在马具仓库里，金制的马鞍、银制的辔头，镀金嵌玉，精致异常，马服、褥垫等衣服、饰物挂在墙上，十分考究，也镶着珠宝。只花了一个晚上，这所有的一切便全部完工。就算是人间最有权有势的王侯，若想修建这样气势恢宏的宫室，想搞到如此奢华精美的摆设，恐怕也要无能为力了，所以，阿拉丁惊讶万分。在这所新宫阙里，不仅有许多金银财宝，另有许多太监、奴婢，以供驱使。在他们中间，侍女们姿容秀丽，让人爱怜，一看到她们，最圣洁的教徒也会魂飞魄散。最叫人瞠目结舌的是，在这所宫阙之中的楼上，有一个观光亭，上有二十四扇格扇。每一扇格扇都由宝石镶成，昂贵无匹。不过，为了使阿拉丁查看一下皇上的财力，有意留下了一个格扇，并未竣工。

将这座宫阙查看完毕之后，阿拉丁备感欣慰。他瞥了瞥灯神，说："我忘记对你讲了，另有一桩事要你完成。"

"我的主人，尽管开口！还要我干些什么呢？"

"我还要一张锦缎地毯，从我的新居开始，伸展到皇宫为止，要以金线混编而成，质地上乘，宽度和长度要足够，为的是在巴迪鲁勒·布多鲁公主离开皇宫、来到此处时，不叫她的玉足沾上泥土，她需要从地毯上行走。"

灯神答应了，接着泯灭不见，片刻之后，他又在阿拉丁这里出现，说："我的主人，我已经满足了你的要求。"接着，灯神引着阿拉丁，来到宫室之外，向他展示在两座宫殿之间铺着的地毯，它巧夺天工，令他赞叹不已，随即便把他送返家中。

这天一大早，皇上醒来，穿好衣服，翻身下床，将窗子打开向外打量着，他发现，一座气派非凡的宫阙在皇宫的对面拔地而起。他擦擦眼，再度定睛观望，这才确认，千真万确，他看到了一间庞大的建筑，奢华异常。那在两所宫室之间伸展开来的地毯一映入他的眼帘，他更是瞠目结舌，另外，同皇宫的奴仆比起来，那所宫殿中的守卫、奴仆的装扮、服饰也毫不逊色，一派庄严之气。

这天一大早，宰相到宫中来上早朝，发现在皇宫对面，一所新的宫殿平地而起，一条精致的地毯在两所宫殿之间伸展，他也大惑不解，矫舌不下，他脚步不停，来到皇宫，与皇上相见，面对这个无法想象的奇迹，他们二人高谈阔论，这一幕实在是太过诱人，他们都心神震荡。最终，君臣交口称赞："说句实话，王侯也是无法修建这么一座宫阙的。"皇上得意非凡，告诉宰相："到了这会儿，你总该同意，阿拉丁做巴迪鲁勒·布多鲁公主的丈夫是完全够格的吧？

他这座宫阙庄严雄伟，大家根本无法形容它的宏大的气势，这你也都看到了吧？"

自始至终，宰相都在妒忌阿拉丁，因此，他告诉皇帝："陛下，只有巫师才能变出这种华丽非凡的大宫阙；在这个世界上，想把它在一夜之间修好，就是最有钱的富豪、权势遮天的王侯也无能为力呢。"

"我真是很诧异，你一直唠叨不休，对阿拉丁大加污蔑。依我看，毫无疑问你是出于妒忌和怀疑。你也晓得，为了修一所宫阙，以便让我的女儿起居，阿拉丁要求得到一块土地，我也就赐给了他。反正，他献给公主的聘礼极为珍贵，连王侯也不曾拥有，这样的人修了这么一所宫室有什么不可能呢？"

听罢，宰相明白，皇上很欣赏阿拉丁，因此，他心中的妒忌更甚。无可奈何之下，他只有按捺不满，一言不发，不敢再在明处表示对青年阿拉丁的不满。看上去，他点头哈腰，仿佛是心悦诚服，惟皇上马首是瞻了。他强撑着，同皇上和各级官员一同等待，共同祝贺巴迪鲁勒·布多鲁公主的婚礼，在他们身旁，侍立着太监和宫女。

这一天，一大早，阿拉丁便醒了过来，意识到这一天是个好日子，他要同巴迪鲁勒·布多鲁公主完婚了，片刻之后，他就该前往皇宫举行大典。想到那种气象，他欢喜异常，翻身下床，将神灯拿出来摩挲着，立刻，灯神出现了，问："我的主人，想要我干什么？请开口好了。"

"今天是我完婚的大好日子，我立刻就要前往皇宫举行婚礼。你赶快去拿一万枚金币来。"

灯神答应了，随即泯灭不见，不一会儿，他带来了一万枚金币。阿拉丁翻身跃上骏马，向皇宫进发，他的侍卫分成一前一后，保护着他。在路途中，为了显示他的大方和仁慈，他不停手地挥洒着金币，施舍给大家，对此，人们感恩戴德，不知不觉之间，他愈发显得身份崇高，名声显赫了。

阿拉丁带着侍卫，气势宏大的来到皇宫门口，各级大臣争先恐后，向前迎接，随即，又通报皇上，说驸马业已大驾光临。皇上走下龙椅，来到门外，他欢迎着驸马，态度亲密，拥抱他、亲吻他，接着，他们携手步入迎宾阁，他让阿拉丁在自己身边落座。随后，公主的婚典庆祝仪式开始了，皇宫和城池被装点得美轮美奂，乐师弹奏出乐曲，乐声嘹亮，歌伎们成群列队，尽情舞动，舞姿曼妙，歌声与舞姿交相辉映，叫人听得舒畅，看得迷醉，欢乐充彻每一个角落，直传入天空，宫阙内外，一派喜气洋洋，这种热闹情景一直持续到中午，皇上这才下令，把酒席摆好。

太监们得令，便指点着奴仆，飞快地搬桌摆椅，上菜添酒，让人们大快朵颐。接着，大伙顺次步入宴会厅，皇上引着阿拉丁，另有文武百官、乡绅巨贾、社会名人等也依着官品和身份，顺次就座，接着，大家敞开胸怀，随意享用，随心所欲。在婚礼的酒席上，满是美味佳肴，珍奇饮食；客人们应邀而来，人山人海；京城之外的官吏和百姓们也不惮路途遥远，前来助兴，厅中摩肩接踵；在皇宫内外，在阿拉丁那华美的新宫阙旁，车水马龙，川流不息，欢声雷动；就皇宫和都城而言，这么宏大的气势，这般欢快的情景是绝无仅有的。皇上在万众狂欢之时，猛然回想起了昔日的景象，阿拉丁的母亲衣着破旧，胆怯地谒见他，她的儿子名不见经传，处境凄凉，他前思后想，慨叹万端。在皇宫之前，平民百姓东瞧西看，惊叹不已。看到阿拉丁用一夜时间，就建好这样一座气势俨然的新宫殿，人们更是对他称羡不已，心悦诚服。大家众口一词，为他祈福，说："他天赋异禀，平步青云，洪福齐天，长命百岁，永享荣光。"

宴会结束后，阿拉丁抽身起立，辞别皇上，翻身上马，侍卫在一旁相从，为了打点稳妥，以便将新娘巴迪鲁勒·布多鲁由宫中迎入家门，他需要返回自己的宫殿。在路途中，人们欢呼雀跃，众口一词："上苍庇护，使你尽享荣华，寿比南山！"在热闹的景象中，人们围得里三层外三层，欢声震天，在侍卫的身后，人们紧追不舍，你追我赶。阿拉丁为了表示谢意，在从皇宫回到自己的新宫殿时，一把把挥洒着金币，施舍给人们。

在新宫殿门口，阿拉丁一跃下马，走入客厅休憩。侍卫列队侍候，在胸前将双手交叉放好，异常谨慎，进退有序。立刻，奴仆们上了果汁，供他享用。阿拉丁饮毕，立即下令，让宫中的侍女、太监和仆从一齐动手，打点稳妥，好把巴迪鲁勒·布多鲁公主迎入新宫，以行大婚。

时至午后，艳阳西斜，渐转凉爽，皇上下令，文武官员和宰相作为陪伴，一同赶往宫前广场，欣赏马术和大比武。

这时，在侍卫的陪同下，阿拉丁身跨良驹，前往广场，参与演习，就是阿拉伯的好马也比不上他的坐骑。在赛场上，他大展英姿，显示骑术，手持棕榈木制成的标枪，驰骋疆场。

与此同时，在香闺的阳台上，阿拉丁那没过门的妻子、巴迪鲁勒·布多鲁公主端坐着，从格扇中俯瞰着广场。她发现，阿拉丁风度翩翩，玉树临风，不禁目眩神迷，大喜过望，顿生爱意。

各方人士前来比武，他们八仙过海，各显神通。这时，铃声一响，他们回到自己的位置中静候评分。大家一致认为，阿拉丁的骑术和武功高出一筹，实在是其中的佼佼者。演习完毕，在文武官员的陪同下，皇上志得意满，起驾回宫。在侍卫的保护下，阿拉丁旗开得胜，返回新宫殿。

天色已晚，在皇上的臣子和显贵的陪同下，新郎阿拉丁去往皇家浴室沐浴。阿拉丁沐浴熏香，身着绮丽，翻身上马，和官员、显贵们列队前往新宫殿，声势浩大。在阿拉丁的身旁，四个骑士，手握利刃，不断逡巡，意在防护。为了活跃气氛，本地百姓和外地人高举蜡烛，敲锣打鼓，吹箫抚琴，成群结队，为阿拉丁和随行的官员、显贵开路，径直走到了新宫室的前面。

阿拉丁发出邀请，要随行官员和显贵步入客厅，一同落座。侍女们上了果汁、糖茶，以供他们享用，随之前来贺喜的人们也见者有份。在新宫殿的里里外外，人山人海，笑声响遏行云。看到这欢乐的一幕，阿拉丁不胜欣慰，他传令下去，要侍卫来到宫殿之外，施舍金币，以资感谢。

欣赏过大比武之后，皇上起驾回宫。皇上传令下去，要皇亲国戚、各色人等建立起送亲队，送巴迪鲁勒·布多鲁公主出门，在宫里，古老的婚礼仪式举行起来，大家吹吹打打，欢送公主，要她前往丈夫的宫殿里成亲。在送亲队中，遵从皇上的旨意，还有皇上的心腹官员。侍女、太监、宫女们在前面开路，高举着蜡烛，各级官吏、王公贵族以及他们的亲眷紧随其后，殿后的是四十名侍女，这是阿拉丁以前派遣出来为公主下聘礼的。在她们每个人的手中，都有一支大蜡烛，插在镶嵌珠宝的金烛台上，飘散着樟脑和龙涎香的气息。这个皇室送亲队，排列整齐，护送着巴迪鲁勒·布多鲁公主，径直走向阿拉丁的宫室，蔚为大观，最后，他们护送公主来到门前，上了楼，步入新房。女人们手忙脚乱，将公主装扮一新，盖好盖头，穿上吉服，簇拥着她前去成婚，新郎和新娘便拜了天地，结为连理。这时，在新娘的身边，阿拉丁的母亲凝神而立，新郎挑开新娘的盖头之后，她趁机聚精会神地欣赏。她断定，公主真是国色天香。

巴迪鲁勒·布多鲁公主缓缓张望，她发现宫殿之中，灯火通明，枝形的烛台形态各异，由足金打成，红绿宝石镶嵌其上。她自忖道："以前，我自以为皇宫的屋子豪华绝伦，无与伦比，直到今天，我方才晓得冠绝古今的是这一座宫室呀，它真的是无可比拟的。在波斯的历代王朝之中，在权力最大的君王的时代，这种宫殿也是可望而不可即的，我对此信之不疑。另外，在一夜之间，修好这样一座宫室，就是所有人齐心协力地干也无法成功呀，我对此同样信之不疑。"让巴迪鲁勒·布多鲁公主赞赏的除了宫中的装修和布置，还有这座宫室那蔚为奇观的外形。

为了迎接和款待送亲队伍，酒席在巴迪鲁勒·布多鲁公主惊叹不已时业已摆好，人们尽情享用，谈笑风生。大伙大快朵颐、肆意欢乐，此时，酒席前走来八十名歌伎，拿着乐器，在众宾客眼前，她们悄然站立，玉手轻扬，美妙的乐声便飘了出来，让人们深深地迷醉于其中。这悦耳的声音传入巴迪鲁勒·布多鲁公主的耳中，她如痴如醉，自忖道："在我这一生中，这样的仙乐还从未有缘欣赏。"她干脆停止饮食，专心一致，倾听乐声。

酒席一直到夜半三更仍在继续，来宾们怡情畅性，酒酣耳热，欢声笑语，乐声不断。最终，新郎阿拉丁抽身起立，亲自倒酒，送到新娘手上。公主将酒盏接过一口喝光。来宾因此更加喜气洋洋，不可遏制，人们普遍认为，这一夜应永载史册。就算是威名远扬的亚历山大大帝时代，这种欢愉也是无缘享用的。

等到宾客兴尽而散，阿拉丁和巴迪鲁勒·布多鲁公主才携手并肩，共入洞房，同享枕席之乐去了。

次日一大早，阿拉丁翻身下床，这时，仓库保管给他送上一身宫服，极尽奢华之能事。阿拉丁用了早餐，饮用了掺入龙涎香的咖啡，接着便传令下去，将马匹准备好。接着，他一跃上马，在侍从的簇拥下，直奔皇宫。他进入皇宫的院子之后，太监便脚步匆匆，直入后宫，通报皇上，阿拉丁已驾到了。

听说阿拉丁来了，皇上马上出门相迎。见了阿拉丁的面，他紧紧地拥吻他，态度亲热，让他在自己的右边落座，仿佛他是自己的亲儿子。阿拉丁像宰相、大臣、显贵们一样，落座之后，就为皇上祈福并问候他。皇上笑逐颜开，传令下去，要仆从呈上饭食，以供驸马享用。立刻，仆从端上了饭食，岳父便和女婿同吃早点。吃罢，撤席，然后，阿拉丁把头转了过来，告诉皇上："皇上，我的主人，今天，陛下愿不愿意到令爱巴迪鲁勒·布多鲁的住所吃午餐，请王公大臣们做陪客？"

"我的孩子，你的确出手豪阔呀。"皇上欢喜不禁，同意了阿拉丁的请求。

皇上与阿拉丁并肩策马，在接受邀请的王公大臣的陪同下，由皇宫出来，直至阿拉丁献给公主的新宫室方停。他抬眼望去，反复浏览，只见它新颖之至，固若金汤，由碧玉、红玉充作建筑材料，珍贵异常。他望着这座气派的宫阙，意为之谜，神为之夺，惊羡莫名。他转过头来，告诉宰相："你觉得怎样？对我明言好了，在你这一生中，在历代权势遮天的君王那里，你发现过有哪一个修出这样宏伟的建筑，动用这么多金银财宝？"

"皇上，我的主人！在亚当的后代中，即使是最有权柄的君王，即使召集所有的人，大家携手并肩，也无法修出这样的宫室，尽管它的确华丽非凡。不，对于技师来说，他们要修出这样的宫室也会觉得力所不能及。所以，小臣已经告诉过陛下了，只有玩魔法、搞巫术，才能搞得出这种东西。"

依皇上看，显而易见，因为对阿拉丁的妒忌，宰相才会这么说。这种论调只能使王公大臣坚信，这一伟大的业绩出自魔术和巫术，而不是来自人类之手。所以，皇上开门见山，告诉宰相："我的宰相呀！你口若悬河，总该有个完吧。你是什么意思，我心中有数，你也就无须多言了。"

在阿拉丁的指引下，皇上和臣下在宫阙中游览观光，直至走到顶层，步入观光亭中。他们定睛一瞧，这间亭子的华美气势为人间所少见，门窗上镶了名贵的祖母绿、红宝石以及别的名贵宝石。皇上见到此情此景，只觉进入了人间天堂，意乱神迷；与此同时，他喜不自胜，深感安慰。他兴奋地举步前行，在亭子中踱着步，认真鉴赏，在这令人愉悦的景象中，他流连忘返。不经意之中，他发现了一扇尚未修好的格扇，这本是阿拉丁存心要它如此，但他感到出乎意料。与别的格扇相比，皇上认为这一扇并非完美无瑕，他极为遗憾，不禁感慨地告诉阿拉丁："唉！这可怎么办，这对于你而言是白玉微瑕，叫人可惜呢。"随后，他转过头来，告诉宰相："你晓不晓得这些格扇中为什么还留有没修完的部分？"

"主公，依我看来，因为皇上着急，要阿拉丁抓紧完婚，他抽不出时间，没能全部完成，这才留下了遗憾。"

在皇上与宰相一问一答之时，阿拉丁找准时机，走下了楼，来到巴迪鲁勒·布多鲁公主的屋里，把皇上来的事对她讲了。他随后便回到皇上这里，这时，皇上问他："我的孩子，为了什么你没有把这个观光亭的格扇全部修好呢？"

"皇上，我的主人，当时，我火烧眉毛，因为婚礼将在旦夕之间举行，我没有时间去雇用高手，只能留下些缺憾。"

"我已经决定：动用我的财力，来修完这扇格扇中没能修完的部分。"皇上于是便发下了宏愿。

"如果是这样的话，上苍将保佑陛下，使你威名永存，同时，在令爱巴迪鲁勒·布多鲁公主的宫殿里，陛下也遗泽甚广，绵绵不绝呢。"

皇上做出决定，为了把那扇格扇没修完的地方补好，他要动用自己的财力，因此，他颁布命令，召来若干珠宝商和首饰匠，将所需的金银财宝、各色宝石如数供应，要他们殚精竭虑，修好格扇。

巴迪鲁勒·布多鲁公主轻移莲步，欢迎着皇上，她笑逐颜开，俯身过来。发现公主面含春色，皇上心情愉快，态度亲热，拥抱着她，在她的额头吻着。在公主的带领下，他携臣下一同来到楼下，步入餐厅。在专门为他准备的首位上，皇上就坐，巴迪鲁勒·布多鲁公主和驸马阿拉丁分坐左右，打横相陪，按着次序，文武百官、王公贵族、侍卫总领也分别坐到相应的位置中，大家共享午餐。刚刚动箸，皇上就觉到了，这些饭菜乃是珍馐美味，滋味之鲜美为他平生所未见。这样出神入化的烹饪手艺，这样奢华精美的食具，不由得他不羡艳。八十名歌伎站在宴席之中，队列齐整，奏乐为宾客们增添乐趣。她们轻拨细弄，乐曲声便飘了出来，美妙之极。皇上欣赏着，心神俱失，手舞足蹈，无比舒适。他不由自主，激动万分，慨叹不止："的确，普通的帝王、波斯国王的势力都达不到啊。"

皇上和臣下们放开手脚，大吃大嚼，酒足饭饱之后，洗净手脸，进入客厅休憩，畅所欲言，享用点心和水果。宾主融洽之时，对于珠宝商和首饰匠的工作进展，皇上仍念兹在兹。他抽身起立，前往视察，他爬上顶层，到了匠人那里，这才发现，工程没有什么起色，要想修完，还需加倍努力，况且同原有的水准相比，他们的手艺也大为不如。

世界经典童话

·一千零一夜·

图文珍藏版

珠宝商和首饰匠回禀皇上，与实际所需相比，宝石数量远远不足，可是小金库里的宝石已经用光。听罢，皇上马上颁布命令，将宫中的大金库打开，根据匠人们的需要，取出宝石，随时供应，他又说，阿拉丁献上来的宝石也能用，倘若还是不够用的话。

从皇宫中，匠人们万分谨慎地运来所有的宝石，兢兢业业，继续开工。然而，宝石又全部用光了，而工作的二分之一还没完成，这实在是出人意料。

万般无奈之下，皇上下令，为了以备急用，征收宰相和臣下自己的宝石。然而，宝石还是远远不够用，尽管按照皇上的吩咐，人们已照办了。

第二天一大早，阿拉丁去查看匠人们的成绩，他看到目标只达成了一半。他气不打一处来，勒令他们停止工作，又下了命令，让他们分头归还宝石。

听从了阿拉丁的安排，匠人们手忙脚乱，他们把所用的宝石摘下来放在一块儿，完璧归赵。把皇上的归还回去，属于宰相和大臣的也各归其位。匠人们求见皇上，汇报说，阿拉丁已勒令他们停止工作了。听罢，皇上问："这又为了什么？不让你们再干了，这是为什么？为什么要半途而废？"

"回禀陛下：奴才们对别的事一概不知，只是他吩咐我们，拆掉已经修好的地方。"

马上，皇上下了命令，让随从准备马匹，他一跃上马，离开皇宫，来到阿拉丁的宫中，查探个中缘由。

阿拉丁勒令珠宝商和首饰匠停手，让他们离开后，便到自己的房间中去，把神灯拿出来，在上面摩挲，立刻，灯神出来了，说：

"开口好了，要我干什么。"

"我要求你去修好观光亭中那扇没有修完的窗子。"

"都清楚了，我会照办。"答应之后，灯神泯灭不见。

片刻之后，灯神又出现了，对阿拉丁说："我的主人，我已经满足了你的要求。"

阿拉丁兴高采烈，爬上了顶层的观光亭，他发现，这扇格扇已同别的格扇分毫不差，工作全部完成了。他目不转睛，上下端详这才被修好的窗子，这时，一名太监脚步匆匆，走到他身边说："回禀主人：皇上骑马前来，现在已经到了院子里。"

听罢，阿拉丁匆匆下楼，上前迎接。看见了阿拉丁，皇上说："我的孩子，为什么你要这么干？为什么不许工匠们修好格扇，而使你的宫中有美中不足之处？"

"主公，我预先就设计好了，在那格扇中留下一些地方不完成。这不是我力有不及，也不是要陛下移驾此处、观光游览时，刻意让你看到这所宫殿留有余憾之处。只求陛下可以知晓：请陛下与我同往，亲眼看见白玉微瑕之处，指示增补的方法，而并非是我无法完工，我的愿望就是如此。"

与阿拉丁谈罢，皇上又一次跟在阿拉丁后面，步入观光亭，认真检查了所有的格扇，他发现，每一扇格扇都别无二致、完美无瑕。这下，他大吃一惊，兴奋不已，狂热地拥吻阿拉丁，亲亲热热地说："我的孩子，你打什么地方学到这种巧夺天工的技术？耗费上珠宝商和首饰匠几个月的时间，他们也干不了你一夜之间完成的工作。以天起誓！在这个世界上，简直没有第二个和你一样的天才，更别说与你旗鼓相当的人了。"

世界传世藏书

世界经典童话

·一千零一夜·

图文珍藏版

"多谢主公的赞誉，我愧不敢当。只求上苍保佑，你能长命无绝衰。"

"我的孩子，以天起誓，一切赞誉用在你身上都是恰如其分的，因为你的手艺巧夺天工，无人能及。"

皇上和阿拉丁赞美着对方，以谦虚的态度应酬着，他们走下楼来，走入巴迪鲁勒·布多鲁公主的房间里。公主马上起身，以示欢迎，请父皇落座，她则侍立一边，仔细服侍。发现公主居住的宫阙壮观华丽，她的日子过得顺心畅意，皇上老怀得慰。他和女儿聊着天，亲密无间，随后才心满意足，返回宫中。

阿拉丁成婚后，生活平稳，万事遂意。每天，他坐在坐骑上，在侍卫的簇拥下在城中穿行，散散心，也做些善事，在路上，他不停地将金币施舍给路边的百姓，赈济他们。所以，他已远近闻名，当地人和外乡人对他的乐善好施赞不绝口，认为他有菩萨心肠，对他感恩戴德。另外，对生活穷困的黎民百姓、修士和叫花子，他更是关心备至，亲施亲为，给予援助。因为慷慨大方，他声名远扬，比起王公贵族，他更为赫赫有名。他的交往频繁，人缘很好，许多臣子和显贵与他打得火热。

阿拉丁不改初衷，对于以往的生活方式，他仍奉行不殆，尽管他名声日隆，地位极高，他和老朋友的来往还是很密切，时常，他也会跃马奔驰，在皇宫前的广场上，在皇上举办的骑马赛上一显身手。巴迪鲁勒·布多鲁公主生性好动，爱说爱笑。见到阿拉丁在马上英姿勃发，技艺高超，她不仅笑容满面，对他的爱恋也一日深似一日。对于上苍垂怜、赐予她如此之多的恩典，她感慨良多。例如，她以前曾经与宰相的儿子有过缠绵，为了保护她的贞操，不让她受到玷污，她的真命丈夫阿拉丁就来拯救于她。这正好说明，上苍对她是恩泽广被的。

阿拉丁美名远扬，皇上和文武百官对他的喜爱和信任日甚一日，不光如此，他在黎民百姓看来是个伟人，举国上下，俱对他赞誉有加。生活这样完美圆满，忽然，敌兵大举入侵了。马上，皇上发兵应战，指派阿拉丁领队，厉兵秣马，即时开拔，前往战场。阿拉丁接受了派遣，领着兵马风尘仆仆上了前线，和敌军展开激烈的对抗。在气氛已趋白热化的战场上，他视死如归，以身作则，奋勇抵抗。战争进行到极致时，双方死伤惨重，兵器相击，响声清脆，士兵的喊杀声与马的鸣叫混作一团，愈发显得惨痛。终于，阿拉丁冲锋陷阵，大显神威，把敌军杀得片甲不留，逃之夭夭。阿拉丁一举获胜，战果累累。

阿拉丁打了胜仗，喜报传来，人们欢欣雀跃，大家披红挂绿，装点城池，来欢庆这次胜利。皇上在他班师回朝时出城欢迎，亲密无间地拥吻着他，黎民百姓自告奋勇，纷纷向他贺喜，欢庆的氛围弥漫了京城。

皇上和阿拉丁两个并肩骑马，志得意满，回到城市。阿拉丁由皇上作陪返回自己的宫殿。在那里，巴迪鲁勒·布多鲁公主已等候多时，她欢迎着他的归来，欢天喜地地在他的前额上吻着，态度温柔，安排他和皇上落座，并传令下去，让奴婢捧来果汁和点心，以供他们二人享用。

阿拉丁立下赫赫战功，举国上下，对他赞誉有加；皇上下令，全国披红挂绿，狂欢庆贺，以嘉奖于他。从此，阿拉丁平步青云，天下皆知，从官兵到平民，谁不高看他一眼。在大家看来，简直就是"苍天在上，阿拉丁在下"了。本来，因为阿拉丁的广结善缘，人们已对他喜爱有加；现在，人们对他敬若天人，这是因为，他的马术出神入化，又立下战功，保卫了国家的安全。此时，他洪福齐天，他的声望如日中天。

非洲巫师再返中国

返回老家之后，非洲巫师对自己的遭遇很不服气，念念不忘，回想起他长途跋涉，历尽千辛万苦，只为了得到神灯，便不由地长吁短叹，痛苦难耐。更有甚者，神灯明明已唾手可得，却又功败垂成，每想至此，他便怜惜自己费了许多功夫，终是一无所获。对于自己的厄运，他不胜唏嘘，又怒火万丈。他破口大骂阿拉丁，是他违背了规则，让他终于两手空空。有时，他懊恼难耐，歇斯底里，大叫不止，他喃喃自语："我也算如愿以偿，那个死小子在地道里活活死掉了。不管怎么说，神灯原封不动地埋在宝库中，想要得到它，我再想别的办法好了。"

非洲巫师认为尚有一线生机，就打定主意，重整旗鼓。这天，他为了弄清阿拉丁的结局和神灯的下落，把沙盘拿了出来，详细检测，准备稳妥。他把细沙抹平，堆好，弄成一小堆、一小堆的，随后，他开始算卦，把沙子上的卦象小心翼翼地拓在纸上，他全神贯注，全力以赴地测算，却一无所获，没能达成愿望。稍微休息片刻，他再起炉灶，更加小心地处理好盘中的沙子，严格按照主次之分，按部就班，第二次占卜，再次研究和测算，然而，神灯依旧下落不明，他大为沮丧，怒火万丈。为了得知阿拉丁的去向，他平心静气，再算第三副卦，这才发现，阿拉丁没有在地道中一命呜呼，为此，他大惊失色，极为恼怒。他细心测算，这才将阿拉丁的下落打听明白。这个小东西安然从地道中逃之夭夭，不仅依然活着，还拥有了神灯，本来他就是个机灵鬼嘛。他情不自禁地怜惜起自己的不走运来。他哀叹道："我因为要得到神灯，经受了旁人无法忍受的磨难。然而，这个可恶的东西，竟然不吃苦头就坐收渔利。他已经成为数一数二的有钱人，是谁将神灯的奥秘泄露给了他？"

经过占卜之后，巫师得知，阿拉丁非但没有性命之虞，反而逃出通道，享上了神灯的福。他气急败坏，说："要想让我出这口气，

必须要把他打入地狱。"接着，他换了泥盘，再算一卦，看到卦象，他得知阿拉丁发了横财，还同皇上的女儿成了婚，摇身一变，成为驸马。这下，他可就怒火万丈，战栗不止了。他抖擞精神，收拾好行李后出发，再度踏上去中国的路，以便复仇，同时将神灯据为己有。

巫师满腔恨意，又心怀指望，他跋山涉水，走过漫漫长路，历经艰险，方才抵达中国，他进了都城，在一间客栈中入住，阿拉丁正在此城居住。换了装束之后，他步出客栈，在街道中漫步。在人多的地方，他也凑将过去，聚精会神，将他们的对话一一收入耳中。一些人夸奖新宫殿，认为它气象庄严，另一些人则欣赏阿拉丁本人的菩萨心肠；一部分人看中的，是他的崇高人格，另一部分人则说，他形容俊俏，一表人才。巫师步入一间茶馆，只见人们三五成群，饮着茶，谈天说地，形象各异，有人窃窃私语，有人神采飞扬。在一个青年身边，巫师挨着坐了下来，此人正在对阿拉丁赞不绝口，

世界传世藏书

世界经典童话

·一千零一夜·

图文珍藏版

他问："年轻人，刚才你在对谁大加赞扬？"

"老大爷，显而易见，你是外乡人，来自异国他乡。尽管如此，阿拉丁威名远扬，你又怎么可能没听说过呢？在这个世界上，他那座奢华的宫殿名声在外，蔚为奇观呀。比起我们的皇上，他的名声和地位都有过之而无不及。你对他的赫赫威名一点儿耳闻都没有？"

"能把那间宫阙瞧上一眼，这是我最渴望的，麻烦你，陪我去一趟吧。"

"我知道了，遵命就是。"对于巫师的请求，这个青年满口答应，他带着路，引巫师来到阿拉丁的宫殿前。

巫师全神贯注地察看，他发现，凭着神灯的神力，这座宫阙才会拔地而起。他心痛难忍，自忖道："咘！原本，这个可恶的小子是裁缝之子，不名一文，吃了上顿没有下顿，我一定要设一计，让他命丧黄泉。也许，我可以害得他一命呜呼，让他的母亲重新干纺线的老本行，只要好运能够垂青我，助我一臂之力。"巫师面有戚色，蔫头耷脑，返回客栈，心中妒忌交加。

为了打探神灯的下落，巫师将历法表和沙盘拿出来，占了一卦，结果大喜过望，因为神灯并没有被阿拉丁贴身收藏，而是放在了新宫殿中，他不禁高叫起来："我有主意了，我能干掉他，不费吹灰之力，还要将神灯据为己有。"他筹划好之后，脚步匆匆，步出客栈，他找来一个铜匠说："我情愿开出高薪，请你打几盏油灯给我，只是要快。"

铜匠答应了，立刻开工，为巫师打制油灯，他手脚不停、兢兢业业，终于，灯被他赶制出来了。

巫师给了钱，拿上灯，返回客栈，把它们放入竹篮中。他把这篮油灯提好，从客栈中走出来，在街道和闹市中穿行。他放开喉咙嚷："喂！有旧油灯吗？可以换新的！"这叫嚷声传入人们的耳朵，大家就对他冷嘲热讽："毫无疑问，此人神经错乱了，否则，以新换旧，这种事他怎么会干？"所以，在他的旁边，要瞧新鲜的人围得水泄不通，对他更为有兴趣的是孩子，他们亦步亦趋，讥笑着他，不肯离去。对于针对他的冷嘲热讽，巫师听若未闻，视若未见，也不加阻止，只是疾步前行，最后走到了阿拉丁的宫殿前。他放大了音量，同时，小孩子也叫了起来："老神经病……"

无巧不成书，这时，巴迪鲁勒·布多鲁公主在观光亭中端坐，四处观望，忽然，吵闹声传入耳中，她透过格扇，向下窥探，发现这一幕后，她迷惑不解，于是叫来侍女，让她去探听探听。

马上，侍女走下楼来，步出大门，举目看去，一个声音便传入耳中："喂！有旧油灯吗？可以换新的！"与此同时，在他的后头，一大群小孩叫嚷不休。侍女匆匆返回，把这一切汇报给巴迪鲁勒·布多鲁公主，听罢，公主忍俊不禁。这时，侍女们伙同公主议论纷纷，众说纷纭。有的说："我敢肯定，此人所言，并不属实。"

"公主，我发现，一盏旧油灯放在主人的屋子里。"有一个侍女说道，"为了了解他的话的真伪程度，咱们把它拿下去，换一盏新灯吧。"这个侍女之所以瞧见了神灯，全是因为阿拉丁粗心大意，没把它藏好。

巴迪鲁勒·布多鲁公主对于神灯的秘密和功用一无所知，而正是靠了这盏神灯的神力，阿拉丁才飞黄腾达，娶她为妻，变为皇上的娇婿，作为驸马，尽享荣华富贵。对此，她也毫不知情。所以，这个侍女的主意为她所采纳，她说："很好，到你主人的房间中去，把那盏旧油灯拿来。"她只是想证明，那个大喊大叫的人会不会真的以旧换新，因此，她才这样做了。

马上，侍女拿来了神灯，把它交给巴迪鲁勒·布多鲁公主。对于非洲巫师的奸诈和凶恶，公主和别的人都一无所知。她叫来一个太监，命他下去以旧换新。太监领命后拿上神灯，同巫师交换了一盏新的，回到楼上后，他仔细地展示给公主看。认真检查完毕，公主发现，这一盏千真万确是新灯，她只能开怀大笑，至于这大喊大叫的人为什么要这么干，那就更不可得知了。

发现这一盏旧油灯真的是那盏迷人的神灯，是取自地下宝库时，巫师欣喜若狂，马上，他在胸口的袋子里藏好它，那些新灯本是用作交换的，现在被他抛到一旁，他甩掉小孩子后就逃之夭夭，一气儿从城里跑到了城外，随后，他缓步前行，来到旷野之中，这里空空荡荡，并无人迹，他按捺着性子，直到夜色已深，万籁俱寂，方才把神灯取出来，一摩挲，立刻，灯神出现了，说："主人，你一召唤，你的奴仆就来了，想要我为你干些啥？开口吧。"

"我要求，"巫师说，"把阿拉丁的那座宫阙搬运到我的老家非洲，包括其中的人和东西，在郊外的一所花园中，将它放下。你晓得我住在哪里，可要带上我呀，你不要忘记了。"

"都清楚了，我会照办。先把眼睛阖上，你一张开眼就会看到你的老家，还有那座宫殿。"

果不其然，灯神立刻将巫师、阿拉丁的宫殿以及它的一切运到了非洲。

阿拉丁被抓起来了

在每天早上，皇上一睁开眼，总要将窗子推开，审视女儿的宫殿，这是因为对于巴迪鲁勒·布多鲁公主，他一直爱若珍宝。同往常一样，阿拉丁的宫殿被搬运走后，第二天，皇上清晨醒来，推窗而视，惟剩一块光秃秃的平地，那儿变成了通衢大道，和以前完全两样，阿拉丁的宫殿已经无影无踪，一点痕迹都没留下。这其中的缘故，这宫殿去向何方，他一无所知。他急得两手互搓，热泪滚滚，把连鬓的胡子都打湿了。他按捺不住，失声痛哭，因为女儿巴迪鲁勒·布多鲁公主现在怎么样了，她去了哪里，他都无从知晓，他马上把宰相找来了。

见到皇上后，宰相发现他哽咽不止，令人同情，吓了一跳，问："皇上，请宽恕我吧！我祈求上苍，使陛下遇难呈祥。今天，陛下为何这么伤心？"

"依我看，我碰到了什么厄运，你并不知情吧？"

"主公，以天起誓，小臣丝毫不知。"

"这么说来，毫无疑问，你今天还没见到阿拉丁的宫殿？"

"主公，千真万确，小臣并未见到。是不是它还关门闭户呢。"

"你立起身来，透过窗户，向外观望，倘若你果真没有瞧见的话。关门闭户，为什么你会这么说呢。"

宰相走到窗边，向外观望，果不其然，没有宫殿，没有建筑，一切都消失了，顿时，他摸不着头脑，一言不发，又走到皇上这里。皇上问："我为什么伤心，你如今总算清楚了吧？那所谓关门闭户的宫殿，你倒是瞧见没有？"

"主公，臣下以前曾警告过陛下很多次，只是靠了歪门邪术，那座宫殿和别的东西才会出现的。"

听罢，皇上愤怒如狂，他歇斯底里地嚷道："阿拉丁他人呢？"

"他到山上去打猎了。"宰相不阴不阳地这样答道。

立刻，皇上颁了圣旨，命令心腹侍卫动身把阿拉丁抓回来。

心腹侍卫们全体上山，他们四处寻觅，走到狩猎区，方才遇上阿拉丁，他们对他推心置腹地说："阿拉丁，我们的主人！请求你大人大量，别为难我们。我们来抓你，凭的是皇上的圣旨，我们用锁链锁住你，也是他吩咐的，还要带你进宫去审问。我们怎么有胆子违抗皇上的圣旨呢？"

猛然间听到侍卫的一席话，阿拉丁不知究竟，大惊失色，瞠目结舌，无言以对。渐渐地，他恢复了常态，瞥了他们一眼，说："你们清不清楚皇上为啥下旨说要抓我？我是无罪的，是纯洁的，我坚信不疑。我没有背叛皇上和祖国。"

"我们的主人呀！我们对个中缘由一无所知。"

阿拉丁一跃下了马，他开门见山地告诉侍卫："也好，这命令是皇上下的，你们就照办好了。"

侍卫用铁链锁住阿拉丁，将他五花大绑带到城中。发现阿拉丁被抓起来之后，大家都大吃一惊，提心吊胆，因为他们清楚，皇上会让他人头落地。阿拉丁在贫苦大众的心中地位很高，这是因为他为人乐善好施，对他们以真诚相待。听说他被抓起来了，大家倾城出动，汇聚成人流，他们眼含热泪，心怀怜悯，怒火万丈，追随着侍卫，想知道阿拉丁的情况。有些侍卫决定去追问皇上，问他为什么大发雷霆，以便求他网开一面，因为他们也于心不忍。等侍卫带着阿拉丁来到皇宫后，便把捉他的事详细汇报。皇上不管不顾，横下一条心，要处决阿拉丁。

接到圣旨后，刽子手做好准备，展开皮褥垫，摁住阿拉丁让他跪在上面，用布带子遮好他的双目，接着，将利刃握在手中，逡巡着，皇上一声令下，就要砍他的头了。

皇上要砍阿拉丁的头，人们听到这个消息，蜂拥而至，将宫门堵得水泄不通，他们选派使者，谒见皇上，慷慨陈词："如果你动了阿拉丁一根毫毛，我们就把你的宫殿打个稀巴烂，让你和其余的人殉葬。"

宰相听到了大家对皇帝的威胁，赶快启奏皇上："陛下，你颁布了这样的圣旨，使得我们都危在旦夕了。现在时机刚好，赦免你的女婿，收回圣旨吧，要不然，那些人发起疯来，我们就大祸临头了。比起拥戴我们来，他们更拥戴阿拉丁，这里面真是有天壤之别呀。"

透过窗户，皇上向外窥探，他发现，黎民百姓正在骚动。人们潮水般由四面八方涌来，不可阻挡，宫墙都快被挤塌了。皇上迫于局势，顾虑重重，万般无奈之下，只好撤回圣旨。他传令给刽子手，要他给阿拉丁松绑，又找来差人，昭告百姓，说驸马已被赦免，重新获得自由，人潮因此才平静了下来。

阿拉丁九死一生，终于获得赦免，快乐之极。他举目望去，皇上在龙椅上就座，于是，他走上前去，说："主公，我对陛下的恩典铭记终生，是你给了我生路。眼下，可不可以告知我：究竟我什么地方做得不好，惹得陛下龙颜震怒？"

"叛孽！"皇上大叫道，"我也不晓得你这算是什么。"他瞥了瞥宰相说："把他领过去，让他通过窗户，向外观望，然后，让他讲个明白，他的宫殿去哪了？"

宰相听命，依着指示做了。阿拉丁向外观望，他发现，窗外的宫殿踪影全无，片瓦不存，那片空地已然夷为平地。见到了这一幕，阿拉丁也震骇已极，到底是怎么回事，他也一无所知。他六神无主，走到皇上这儿来，皇上斥责他："你的宫殿哪儿去了？我的女儿呢？我这一辈子就只有这一个女儿，女儿她可是我的掌上明珠呢！"

"主公，宫殿和公主去了哪里，我并无所知，这是怎么回事，我更是毫不知情。"

"阿拉丁，为了让你快去对此事明察暗访，把我女儿的下落搞明白，我这才赦免了你。这一点，你要心中有数。你把公主找回来再来见我吧。你要是找不回公主，我要你人头落地，我以自己的人头作保。"

"我都清楚了，以四十天为限，请陛下为我定一个日期。时间一到，公主没有找回来，那就要杀要剐随陛下。"

"你提出的日期，我就允诺了，可别妄图逃跑。就算你跑出这个地球，你也逃不出我的手掌心。"

"皇上，我的主人！我自己会回来谢罪的，杀头我也认了，倘若时间到了，公主还是找不回来的话。"

发现阿拉丁被赦免了，又成了自由身，大家都为他高兴。但是，在亲朋好友那里，在人前，阿拉丁因为遭凌辱和妒忌他的人的冷嘲热讽而深感羞愧，无法昂然面对。从皇宫出来后，他在街上信步走来，六神无主，自己的境况和眼前的情形，都让他手足无措。在城市里，他逛了两天，神志不清，妻子和宫殿该如何去寻找，他没有主意。每一个人在此时都心生可怜他的意思，他们在私下里给他送吃喝，以帮他渡过难关。

阿拉丁报仇

漫无目的地游荡了两天之后，阿拉丁干脆由城中出来，直奔野外，在不毛之地，他踟蹰着，在命运之神的指引下，他来到一条河的旁边。他几欲纵身一跃，打算了却残生，因为他已经绝望，无意再存活于世了。在岸边，他挺立着，凝视着逝水，忽然，从前陷入地道，生死存之于一瞬的情景回到了他的脑海中。那时，他逃出通道，没有葬身于其中，时至今日，又怎能轻言死去？他幡然悔悟，缓缓清醒。在河边，他俯身下去，掬起河水，想洗洗脸，他的手刚一搓动，手指上的戒指就被触动了，忽然，戒指神出现了，说："我的主人，你的奴仆来报到了，需要我干些啥？开口吧。"

见到戒指神，阿拉丁大喜过望，狂叫道："我要求，给我运回来我的宫殿，还有我的妻子巴迪鲁勒·布多鲁公主。"

"主人呀！千真万确，我毫无办法，这桩事难如登天。我没有胆量去做，它是灯神管辖的。"

"既然你对此力不从心，我不逼你。但是，至少宫殿在哪儿，你就送我去哪儿。我必须要去，不管它在哪儿。"

"我会照办。"将阿拉丁负在背上之后，戒指神腾云驾雾，转眼之间，将他送到了他的宫殿附近。他所降落之处对着的恰好是他的

·一千零一夜·

图文珍藏版

妻子、巴迪鲁勒·布多鲁公主的卧室。现在，他环顾四周，没有把自己的宫殿识别出来，因为当时正值夜深，一片漆黑，然而，他的痛苦立即烟消云散。他心存感激，因为他坚信，上苍作美，使他和妻子能够重逢，另外，他想起自己的命运，明明已是山穷水尽，生死关头，戒指神却又救他脱困。毫无疑问，是上苍指引他再度点燃求生的意志。因此，他的痛苦尽消。

已经有四天了，因为遭遇厄运，丧魂落魄，阿拉丁无法入眠，这时，他疲倦之极，在宫殿左边的一棵树下，他坐了下来，随即便沉沉睡去。

按理说，阿拉丁犯了死罪，差一点遭砍头之刑，他应该辗转反侧，可他一睁眼，天已大亮，因为他困得太厉害了。鸟儿在树梢鸣叫，他因此惊醒过来，此时，阳光已洒在了他的脸上。他欠欠身子，一跃而起，来到河边，略做洗漱，接着他合拢双手，祈求上苍保佑，让他轻松救妻子脱困。他走回宫殿前，上下端详着，接着，他背靠宫墙，端坐下去，绞尽脑汁，打算冲进去见妻子。

被非洲巫师的诡计蒙骗之后，巴迪鲁勒·布多鲁公主落入了他的手掌心中，她和丈夫、父亲生离死别，悲痛欲绝，茶不思，饭不想，夜不能寐，唯有抽泣度日。她的心腹侍女很同情她，每天，她都进来嘘寒问暖。这一天一大早，十分凑巧，侍女在服侍公主的时候，为了让公主欣赏一下高山远树，湍湍流水，好能散散心，在命运之神的安排下，侍女在无意之中把窗子推开了。窗子刚一推开，阿拉丁便映入眼帘，他正在墙角下坐着呢。她心急难耐，高叫起来："公主啊公主！我的主人阿拉丁，他在这儿，在下面呢。"

巴迪鲁勒·布多鲁公主翻身坐起，来到窗前，向外观望，那正是阿拉丁。与此同时，阿拉丁一扬头，发现了她之后，两个人深情地对视和问候，心中有无限喜悦。巴迪鲁勒·布多鲁公主告诉阿拉丁："起身吧，把角门开了，赶快进来。眼下，那个可诅咒的人不在。"马上，她派了侍女把门开了。

阿拉丁同巴迪鲁勒·布多鲁公主相见了，久别重逢，热烈拥吻，他们不禁泪水长流。阿拉丁说："公主呀！我得先问你一桩事情：你晓不晓得，我在自己的屋子里放了一盏旧油灯，它去了哪里？"

听罢丈夫的疑问，公主慨叹道："亲人呀，让我们大祸临头的就是这旧油灯了。"

"这是什么意思呢？"阿拉丁有些摸不着头脑。

公主讲述了事情的来龙去脉，对于以旧灯换新灯的事，她讲得特别仔细，末了她说："第二日，一发现自己到了这里，我就觉得，今生我俩断难相见了。那个家伙设计害我们，假装做买卖，骗走了旧灯，他说凭借着巫术，还有旧油灯的神力，他才做到了这件事。他是非洲的摩尔族人。如今我们的所在地正是他的老家。"

"对我说，这个该杀千刀的狗东西告诉你什么了？他想怎么样？他对你干了些什么呢？"

"每天，他都会到这里来，与我会面，求我嫁给他，让我把你抛到脑后去，别觉得和你分离是件惨事，要想开一些。他又说，我的父亲已经砍了你的头，又说，你出身寒门，正是有了神灯，你这才发了家。另外，为了让我开心，他还说了不少甜言蜜语。但是，我悲啼不止，从没给他好脸色瞧。"

"对我说，那盏灯让他藏在了哪里？"

"那灯让他随身收藏，从不离身。一天，他问我，还想不想你，这时，他打胸口的袋子里把灯拿出来让我瞧。"

听罢，阿拉丁喜出望外，说："公主，你听好了：为了换换装，我先离开一会儿，随后就到。发现我的装束变了时，千万不要吃惊。我想，你找个侍女，把角门看好了，看见我时，就开了门放我进来，我想个主意，把这个坏笨蛋给干掉。"说罢，他马上悄悄步入宫殿，行色匆匆地走着。在路上，他和一个农民相遇了，他说："嗨！庄稼汉，穿上我的衣服，把你的给我。"由于语言不通，农民不愿意。他不顾一切，伸出手来，剥下了农民的衣服，又送了农民自己那身新的。他穿上农人的衣饰，装成个种地的，进了不远处的城里，上了集市，用两枚金币买了瓶强力麻药，藏好后便脚步不停地返回宫殿门口，侍女看着门，发现了他，立刻把他放了进去。

阿拉丁化装成农民，来到巴迪鲁勒·布多鲁公主跟前，说："告诉你吧：你化化妆，把最美丽的衣裳换上，假装兴高采烈，神情要开朗愉快、轻松自在；等那混账摩尔人来找你时，你就展开笑靥，假装很亲热地与他一道就餐；这下他就会觉得你已淡忘了深爱的夫君与高贵的父皇。反正你得千方百计逗他高兴，显示出特别爱他，还要情意绵绵地把酒一饮而尽，恭贺他长命百岁、事事如意。你诱骗他喝掉几大杯之后，再乘他不备，把这瓶麻药滴几滴在他杯里，然后倒满酒让他饮。待那杯酒一喝完，他就会不省人事地摔倒在地，跟死尸没什么两样。"

"这么做真是让我特别难受。可我只能这么做，因为我要脱离这混蛋的魔爪。这个混账东西摧残我，让我和亲人生离死别。杀掉他是合情合理的，这是他自找死路，罪该万死，死不足惜。"

阿拉丁和公主计划妥当，一道吃了点东西，然后赶紧与她道别，潜出宫外躲起来。巴迪鲁勒·布多鲁公主马上让贴身侍女为她梳洗，换上最华贵的衣裳，装扮得明艳动人，有如落入人间的仙子。此刻，混账的非洲巫师到来了，她于是满面春风地欢迎他。

看见巴迪鲁勒·布多鲁公主装扮得如此美艳，而且那温和的神态也与以前截然不同，巫师不禁心花怒放，爱慕之情与霸占欲立即平添了几分。

巴迪鲁勒·布多鲁公主开朗地请巫师在自己身旁就座，说道："可爱的人哪！要是你喜欢，今夜就在此处与我共饮美酒吧。最近我特别烦闷，生活得孤苦伶仃、难以忍耐。我觉得你昨日的话很正确，父皇由于失去我而惆怅愤怒，杀掉阿拉丁泄愤，阿拉丁不可能从墓地里出来找我。要是看我今晚的模样与以前截然不同，请你不要有疑虑。我决定和你做朋友，让你取代他的位置，和我白头到老。现在我孤零零的，只盼着你今夜到来，我们一道就餐，爽快地饮酒，听说非洲的酒享誉天下，你就让我喝一点此地的好酒吧。我这里的都是故乡的酒。如今我希望能享用此地的好酒。"

巫师发现巴迪鲁勒·布多鲁公主喜欢上他了，她那忧愁的表情消失了，代之以兴高采烈的神情，因此他断定她已放弃以前的决定，对阿拉丁已然绝望了，于是，他乐不可支地说："可爱的公主，我会照你的意愿和要求去办妥所有事情。我这儿有一坛好酒，是此地土产，还在地里藏着，一直储存得很不错，已有八年的历史了。眼下我就回去拿酒，马上就会归来的。"

巴迪鲁勒·布多鲁公主擅于交往，知道如何应对，因此她继续戏耍着巫师，说道："我的爱人，不要走，我会感到孤寂的。干脆叫个太监去拿吧，这样你还可以陪着我，我也能从你的话语中寻得安慰。"

"公主呀！只有我才晓得藏酒之处。我片刻即回，不碍事的。"说完，巫师就去了。

一会儿工夫，巫师真的拿着酒回来了。公主感谢道："我的爱人，为了我你不辞辛劳，我真是不好意思，实在有劳你了。"

"我的眼睛呀！没关系。我以能为你服务而深感荣幸。"

巴迪鲁勒·布多鲁公主与巫师寒暄一阵，便在桌旁坐下，准备一醉方休。巴迪鲁勒·布多鲁公主做势欲饮。当侍女给他们两人各倒满一杯酒时，她端起杯子，恭祝他长命百岁，然后一口气喝完，巫师也在同一时刻端起杯子祝她长命百岁。巴迪鲁勒·布多鲁公主做出侃侃而谈的样子，一边说着情话，一边端起杯子和巫师干杯。她这么摆出姿态，是为了让他意乱情迷。巫师以为巴迪鲁勒·布多鲁公主已经从内心深处服从、听命于他，却不知这实际上是一个圈套，因此他越发兴奋、迷狂。在巴迪鲁勒·布多鲁公主的花容月貌前，他居然情意绵绵，头脑发热起来，世间万物对他而言仿佛都如一颗沙粒。

巴迪鲁勒·布多鲁公主一直陪伴着巫师用餐，看见他醉态萌发，公主就问他："我们国家里有一种传统，不晓得你这里有没有？"

"什么传统啊？"

"用餐之后，一对恋人必须互换杯子，各饮一杯，以示享尽欢乐。"她说着端起巫师的杯子，倒满一杯置于自己这边，然后交给侍女她自己的酒杯，侍女会依照先前的安排，把麻药倒在酒中交给巫师。巴迪鲁勒·布多鲁公主扭动柔美的腰肢，做出娇媚的样子，然后拉起巫师的手，吹气如兰似的对他说："我的爱人，你的杯子在这

里，我的杯子在那里，如今我俩互换，各饮一杯吧。"说完，她端起杯子，一口气喝完了。

巴迪鲁勒·布多鲁公主的甜言蜜语，还有她那饮酒时表现出来的爽朗，令巫师觉得她对自己有意思，便头脑发热起来，以为自己是伟大的亚历山大大帝，他快活地模仿着巴迪鲁勒·布多鲁公主的样子，端起她的杯子，一饮而尽。谁知刚喝完，他就晕头转向，神志不清，像死尸一样摔倒在地。此刻，侍女们马上跑下楼，打开角门放主人阿拉丁入内。

阿拉丁飞身上楼，发现桌边坐着巴迪鲁勒·布多鲁公主，非洲巫师已被她迷倒了，便热情地拥吻她，以示谢意，他兴高采烈，对公主说："公主，你跟侍女们先避入里屋，留下我独自处理他。"

巴迪鲁勒·布多鲁公主和侍女们马上走进里屋。阿拉丁振作起来，将屋门闭锁好，随后来到巫师跟前，把他口袋的神灯取出来，然后抽出匕首，干掉了巫师。他立即擦拭神灯，灯神就现形了，问道："主人，你需要我干什么？请说吧。"

"你必须把我的殿宇从此处移回中国，还是将它置于宫殿前方的原来位置。"

"清楚了，我会照办。"灯神回答着消失了。

阿拉丁趁机到里屋去，把手搭在巴迪鲁勒·布多鲁公主的颈子上，热切地亲着她。夫妇俩彼此深爱，紧贴着坐在一块聊天，还叫侍女拿上吃的，舒心地享用着，快乐地聊着，等到醉态朦胧时，两人才安然就寝，平静地睡着了。

第二天一早，阿拉丁醒转之后，把巴迪鲁勒·布多鲁公主叫起来，一道洗漱换衣裳。公主在侍女的帮助下梳洗，戴上饰品，披上华贵的衣裳，装扮得异常美丽。这时阿拉丁也穿好了。巴迪鲁勒·布多鲁公主看上去特别迷人，几乎控制不了自己激动的喜悦之情，这是由于即将见到皇上的缘故。

在放掉阿拉丁之后，皇上一直烦闷于巴迪鲁勒·布多鲁公主的失踪，他异常担心，心绪不宁，公主可是他的掌上明珠呀，而且他也别无子嗣，因此他终日痴痴独坐，如女人和小孩一般痛哭流涕。每个凌晨他醒后做的第一件事就是开窗，朝着过去阿拉丁的殿堂所在方位痛哭流涕，最后泪水流尽，眼睛肿痛。在阿拉丁夫妻俩安然返回的那个清晨，他依旧往外面守望着，猛地发现眼前多出一座殿宇。他以为眼睛出问题了，便使劲擦了擦，认真端详，惊讶不已，最终辨认出那就是驸马的殿宇。因此他急不可耐地让随从立即牵坐骑来，他要御驾亲临那里。

阿拉丁发现皇上策马驰来，赶紧出外恭迎。他们在半路上就碰面了，阿拉丁引皇上进入殿宇。闻说父皇驾到，巴迪鲁勒·布多鲁公主兴奋地跑下楼来恭迎，父女就此团圆。皇上把公主拥在胸前，不断地亲她，他竟然喜极而泣。阿拉丁夫妇一块儿扶皇上缓步登楼。皇上来到公主屋内，让公主把自己的经历告诉他。

巴迪鲁勒·布多鲁公主告诉了皇上她的经历："父皇！昨日我与夫君重逢，才得以恢复生机；他将我从那非洲巫师的掌握中解救出来。那巫师是天下最坏的混蛋，罪该万死。如果我的心上人不去援救我的话，我就跑不出巫师的手掌心，您将再也看不到我了。当时，离开父皇和夫君令我极为惆怅。感谢上天，阿拉丁从凶狠的巫师那里把我救走，我在他的保护下，就能安稳地过一生了。"然后公主又把历险的过程娓娓道来：怎样受到巫师的蒙骗，把旧灯与新灯交换，怎样命令侍女用旧灯跟他换了新灯，怎样试图以交换神灯来说明她的愚蠢等等，然后又说："然而做完这些事的次日，我、侍女，还有整座殿宇都被运到了非洲。我在外邦非常不适，生活极端痛苦。终于等到我夫君跑到那儿去，我们重逢之后才设计出妙计。要不是阿拉丁适时去搭救的话我恐怕会惨遭巫师的凌辱。"然后公主又讲起了如何让巫师饮药酒的过程，最终说："夫君，总算带我回家了。但他如何办到这一点的，我毫不知情。但是好歹我们离开非洲回来了。"

等巴迪鲁勒·布多鲁公主说完之后，阿拉丁又把他所做的事娓娓道来：如何第二次进屋发现巫师倒在地上像个死尸，如何让公主和侍女远离污秽之地避入里屋,如何取出巫师口袋里的神灯,如何拿匕首杀死他,如何吩咐灯神把殿宇移回原址等等。他最终告诉皇上:"皇上若怀疑我的话的真实性,可以与我一道去察看非洲巫师的尸体。"

皇上于是跟着阿拉丁去检查非洲巫师毙命之处,然后命令抬走尸体,用火焚烧,将骨灰抛于半空。皇上直到此时才幡然醒悟,他使劲抱着阿拉丁,热情地亲他,对他说:"年轻人,请不要怪我!我在混账巫师为非作歹时,差点儿杀掉你。我的年轻人,我觉得你是不会怪我的。由于我觉得痛失爱女比亡国还要难受,因此那时我才那样处置你。你会谅解我这做父亲的对孩子的溺爱之情。"

"陛下,您那么惩罚我,这与国法并不相悖;我也没有因反抗您的旨意而犯法。都是非洲巫师那混蛋策划了这么多的灾祸与苦难。"

阿拉丁的话令皇上松了一口气。便立即吩咐修整城池,大办酒席,以庆典的礼仪来庆贺巴迪鲁勒·布多鲁公主和阿拉丁驸马的安全回归,遣人到各地下达这个旨意。举国上下都按照圣旨,热热闹闹地搞起了庆祝活动,一直延续了三十天。

巫师的亲兄弟

阿拉丁并未将非洲巫师的威胁完全除掉,虽然他复了仇,抢回了公主和殿宇。尽管非洲巫师被焚毁了,骨灰也抛在空中,然而他却有一个法术更高明、性格更凶残的亲哥哥。他也是一个法力无边、通晓多种算命术的大巫师。古语云："一颗豆子可以分成两片豆瓣"，正好可用来形容他们哥俩。他们各居于一处，各使各的歪门邪道，借法术行违背天理之事，可谓是罪恶滔天。非洲巫师弟弟由于作恶多端，被杀死之后，大巫师哥哥某一日却突然思念起兄弟来，为了知道对方的现状，他拿出占卜盘，抚平沙子，敲出小坑，随后进行占卜，他详细钻研了卦象，了解到他要找的人已死掉了。他为这凶讯痛心不已。他又占了一卦来算出弟弟是怎么死的以及死在何处，得出他死在中国，是被一个名叫阿拉丁的青年杀死的。

非洲大巫师了解到内情之后，马上要去为兄弟复仇。他打点好行李，立即启程，一路艰辛，走过平地、原野，穿过沙漠、高地，一直走了数月时间，终于抵达中国首都，杀害他兄弟的人就住在这里。大巫师投宿于一家旅店中的一个小屋子里，在屋内略微休整之后，便步出旅店，到街上闲逛，顺便辨明方位，摸清道路，为完成他的复仇任务做准备。

一日，非洲巫师步入一间在商业区内档次很高的茶楼。楼里到处都是人，有玩牌的，有对弈的，有听别人讲故事的，游乐设施齐备，喧闹非凡。他坐在人群中，倾听着其他人的闲聊。有些人聊起了尼姑法图美的美德，还有她做过的很多神奇的事情。他探听到法图美在郊外荒僻之地居住，整天在修炼的陋室中勤奋修行，一个月只到城里来行医两次。她不仅纯洁、忠诚，还有很大的法力，给人看病，药到病除。她特别喜欢援救那些鳏寡孤独的穷苦人。

听到大家颂扬法图美的美德，非洲大巫师兴高采烈，心里嘀咕道："我马上就要得到我想要的东西了。感谢上天！通过这个老太婆，我不久便能如愿以偿。"他便与闲谈者中的一个攀谈起来："老

世界经典童话

·一千零一夜·

图文珍藏版

人家，我适才听到你们在赞美法图美的德行，真是让人敬佩啊，可她到底是什么人？居住在何处？"

"不可思议！"那人惊呼道："在京城里居住的人，有谁不清楚法图美的神妙故事？不幸的人啊！你准是外乡人，因此根本不知道她那无欲无求的操守、诚挚纯洁的品德和勤勉修行的法力。"

"是啊，主人！我是个昨晚刚到的外乡人，所以诧异于这种事迹，盼你把那位尼姑的事情统统跟我说吧，告诉我她住在哪里，我也好去拜见她。我是尘世间的有罪之人，我希望她能拯救我，为我祷告，拿她的善心把我从苦难中超度出来，那可真是获得了最大的幸福啊。"

大巫师的话把老人给打动了，他立刻怜悯起巫师来，把法图美的德行与事迹一股脑儿地全说给巫师听，还对巫师说法图美居于小山上的窑洞里，随即领着他来到郊外，向他指出通往法图美住所的路径。大巫师用甜言蜜语夸奖老人的品行，再三感激他的善心。

大巫师兴高采烈地返回旅店，详细谋划了一番，准备通过法图美为兄弟复仇。次日凌晨，他计划去小山上打探法图美的住所。也是命该如此，那日法图美正好到城里来给人治病。在往城外去的道上，他发现人们聚在一处，熙熙攘攘。他怀着猎奇的心理上前观望，正好看见众人在把法图美围在中间。那些人都是得了病或者身有顽疾的，全都恳请她来治病、祈福。她为了让大家都满意，便一个个地诊断起来，非常忙碌。

大巫师立在一边窥视着途中偶遇的法图美，亦步亦趋地盯着她，一直盯梢到她步入窑洞，然后才胸有成竹地回到旅店。黄昏时分，他潜出旅店，到一家酒店里饮了一碗酒，然后来到城外，飞速跑到法图美的窑洞门口，他悄无声息地潜入窑洞，发现她仰面躺在席上，于是飞身上床，俯在她身上，然后掏出腰刀，叫醒她。

法图美猛地醒来，发现一个男人俯在她身上，手执一把尖利的腰刀，似乎随时都可能宰掉她。她惊惧不已。大巫师便胁迫她说："告诉你！你要是发出声响或讲话，我就一下子宰了你。你给我起床，听我的命令去行事。"他发誓说，她只需听从他的吩咐，竭力完成他要她干的事，就可以保住性命。然后，大巫师直起身来，使她能够活动自如。

"脱掉你的衣裳给我，再穿上我的衣裳！"

法图美只得脱下衣服，连缠头、面罩和披风都递给了巫师。

世界传世藏书

世界经典童话

·一千零一夜·

图文珍藏版

大巫师除去自己的衣裳，丢给法图美，然后穿上她的衣服、披风、面罩和缠头，装扮成法图美，接着说："你得去找一些胭脂什么的，给我化化妆，把我脸色抹成像你的脸色那样。"

法图美遵照命令，来到陋室的旮旯里，拿出一个罐子，取出油脂抹在巫师的面孔上，把他的脸色抹成像她的脸色那样，随后在他颈子上又挂了串珠子，又交给他一根手杖拄着，末了她取出镜子来让他看，说道："瞧，你如今长得和我一模一样了。"

在镜中，大巫师发现自己和法图美确实难分彼此了，十分得意。然而在达到目的之后，无耻的他竟然反悔。他找法图美要了一根绳索，随后用暴力抓住她，拿绳索把她勒死了。他将尸体从洞里拉出来，丢进大坑里，随后返回窑洞，睡了一夜。

第二天一早，大巫师走出法图美的陋室，急急往城里走，到了阿拉丁的殿宇跟前，立于一面墙下。大家看见他的装扮，还以为他就是法图美，于是围拢过来，有让她为其祷告的，有让她为其看病的。他也模仿着法图美的举动，做出热情助人的模样，时而抚着这边病人的脑袋帮他治病，时而嘀嘀地为那边的穷苦人祷告，忙个不停。聚集的人逐渐增多，喧闹声也越来越大，时时传进阿拉丁的殿宇中。这突发的喧闹声被巴迪鲁勒·布多鲁公主听见了，她吩咐侍女："瞧瞧去，外面发生什么了？"

侍女急忙到外面瞟了瞟，旋即返回公主身边，说："公主，适才的喧闹声是从外面的人群中传来的，那些人都在恳求尼姑法图美为他们祷告、看病呢。要是你想见见她，我就去把她叫进来，你也能让她为你祷告呢。"

"行，你叫她去吧。老早我就听说过她的法力，一直盼着见见她，请她为我祷告，她的神奇事迹，一向为众人所传颂。"

侍女遵公主旨意，叫来了身穿法图美衣裳的非洲大巫师。他到了巴迪鲁勒·布多鲁公主身边，就巧舌如簧地念诵着祈祷的用语为她祈福，兼之他那仙风道骨般的穆然神情，居然当场骗过了所有人。

巴迪鲁勒·布多鲁公主赶紧站起来欢迎，关切地和他寒暄着，还请他在自己旁边就座，说道："尊敬的法图美老奶奶，我此生的一大心愿就是想和你一块住一段时间。我和你在一块，接受你的祈福，不但能接受上天的恩赐，还能依照你的样子去修行，把你的真诚品行和纯洁道德当作榜样，这样就能达到助人为乐的最高宗旨了。"

虽然非洲大巫师的诡计已然得逞，然而他还想得寸进尺，达到其最后目的，于是依旧骗着公主说："公主呀！老身只是一个潜心修行的不幸的老太婆。我这种人不配在王宫里过舒服的日子，只配在穷乡僻壤之处勤奋修行。"

"法图美老奶奶，我将请你住在一间清幽的小房间里，你可以在屋里独自静修，不用担心有人来打搅你。这么一来，我的宫殿应该比你的陋室适宜你居住吧。"

"那我就听你的了。公主的旨意既是如此，那我就答应了。因为皇帝的女儿说出的话，也就相当于皇帝说的话，是不能抗拒的。我只有一个要求，就是只在自己的房间里吃喝和歇息，这是我喜欢安静的惯例。我不需要美味佳肴，只要每顿饭有侍女给我送几张饼，一点水就可以了。"大巫师不想让他的庐山真面目被人发现，所以他着重提出要独自在屋内进餐。这是由于如果和其他人一道吃饭的话，一揭开面罩，别人就会看见他脸上的虬髯，这样的话，他的身份就暴露了，奸计也就实施不了了。

　　"法图美老奶奶，你不用担心！"巴迪鲁勒·布多鲁公主宽慰他，"我会遵照你的意思去准备所有事情的。眼下我先领你去瞧瞧为你预备的房间。"

　　巴迪鲁勒·布多鲁公主领着假扮法图美的大巫师径直来到一间精巧的小耳房，她冲着房间对他说："法图美老奶奶，这就是我为你预备的小屋子。往后你就独自在此居住，潜心修行，安静调养，颐养天年吧。以后这房间就会以你的名字命名。"

　　大巫师非常喜欢巴迪鲁勒·布多鲁公主那如笃信者一般的真诚举止，特别是她那和善的禀性，因此他再次为她祈福。

住所安置完毕之后，巴迪鲁勒·布多鲁公主又领着假扮法图美的巫师去欣赏美丽的宫室，并把他带到最顶端，到达了那镶着玉石的二十四个窗子所在的一览亭，指点着红墙碧瓦的楼宇让他观赏。她志得意满地说："法图美老奶奶，这里亭台楼榭的安排、搭配还不错吧？你意下如何？"

"对上天发誓，我的孩子啊！这些亭台楼榭的安排、搭配都巧夺天工，真是让人艳羡，我觉得普天之下不会再有能与之相提并论的殿宇了。可是白玉微瑕，这殿宇之中尚还少一样物品，因此从装饰角度而言，还并非是十全十美的。"

"法图美老奶奶，到底有何缺憾？少什么物品？对我说吧。我认为我们能够补上这个缺憾，使得宫殿在各方面都十全十美。"

"我认为这儿还应该有一个罕见、贵重的神鹰蛋，把它悬于房顶正中，这会令屋宇生辉，令这座宫室变成天下唯一的尘世乐土。"

"神鹰是什么动物啊？到什么地方才能弄到它的蛋？"

"公主呀！神鹰是一种庞大的猛禽，可以攫走骆驼、大象作为食物。它一般生活在戈府山中。盖这所殿宇的人，他肯定可以弄来神鹰蛋。"

巴迪鲁勒·布多鲁公主领着假扮法图美的大巫师一面观赏着宫室，一面聊着天，午饭时间不久就来到了，侍女端上饮食，公主邀巫师一道就餐。可他借故推辞。公主亦不能强迫，只好任由他去小房间里歇息，又依照他的要求，派侍女把饮食送进他房内。

那天的傍晚，阿拉丁狩猎回宫，看见了公主，两人互致问候。阿拉丁将公主拥至胸前，热烈地亲她，察觉到她愁眉不展，一反往常喜笑颜开之态，便问她："公主，怎么了？让我知道你何以忧愁？"

"没事。"公主答道，"但我觉得我们的宫室仍然有白玉微瑕之处。我的眼睛阿拉丁呀！如果我们房顶正中间再悬上一个神鹰蛋的话，那这座殿宇可真称得上是世界之最了。"

"你就是为了这么一点芝麻绿豆大的事情而难过吗？我觉得办这事太简单了。你不用再苦闷了，尽管舒心、愉快地过日子吧。往后不管你想要什么，跟我说一声就成了，你的要求我都能为你实现。"

阿拉丁安慰完公主，便回到自己屋内，拿出神灯擦拭，灯神立刻显现在他跟前。

"你去弄个神鹰蛋来，我要把它作为饰物悬在屋顶正中间。"

阿拉丁的话令灯神陡然发起火来，他以响亮、可怕的声音咆哮着说："你真是个忘恩负义的小人！你有了我和神灯其余的仆役服侍着，居然还贪得无厌，让我替你弄来我们皇后的蛋，只是为了娱乐、装饰之用！老天在上！你们夫妻俩罪无可赦，得接受残酷的裁决，就算我把你们捻成粉末抛到半空，都难消我这口怨气。可是我也能够不计较此事，因为你们俩并不知情，糊里糊涂，也可算是无辜的。而元凶正是那个混账非洲巫师的亲哥哥。他绞死法图美，穿上她的衣裳饰物，假扮成她，冒充潜入你家里，想找机会刺杀你，他这么做是要为他弟弟复仇。他揎掇你老婆，因此你才会来找我弄神鹰蛋。"灯神道清前因后果，便猛地消失了。

灯神的咆哮与肺腑之言，令阿拉丁头昏眼花，浑身抽搐，直打哆嗦，然而他竭力压抑着畏惧的情绪，逐渐冷静了。他晓得法图美的医术高明，便假装脑袋疼痛去找公主。

看到夫君双手捂着头叫唤，巴迪鲁勒·布多鲁公主就询问他为何叫唤。阿拉丁说："不知何故，我头痛欲裂。"她听丈夫说脑袋痛，就派侍女去叫法图美来看病。阿拉丁问："法图美是什么人？"公主于是原原本本地向丈夫叙述法图美的神奇医术，还有将其请入宫室住下的事情。随后，侍女领来了假扮成法图美的大巫师。阿拉丁假装一无所知，马上立起来欢迎，像对待真正的法图美那样尊重他、向他致意，还亲着他的衣袖，以示诚挚的敬爱，同时恳切地祈求他："法图美老奶奶！我的脑袋疼得快要炸了，你发发善心，帮我祷告、医治吧。我晓得你很会把脉，你看过的病立刻就会好。"

阿拉丁这真诚的赞美正中非洲大巫师的下怀，令他感到顺利得有点难以置信。因此他做出法图美的举动，左手摸着阿拉丁的头，给他祷告治疗，而右手则悄悄探入袍内抽出别在腰上的腰刀，想伺机捅死他。

阿拉丁心中甚为明了，他不动声色地默默凝视着大巫师的举动，在他准备拔出腰刀时，抢先出手，迅雷不及掩耳地扣住巫师的手腕，抢过腰刀，一下子捅入大巫师的心房，大巫师立时毙命。

巴迪鲁勒·布多鲁公主目睹着丈夫的行为，大惊失色，怒吼道："她是一位有着崇高声望的圣洁尼姑，她究竟有何罪过，你居然如此凶残地杀死她？法图美尼姑和善忠诚，法术闻名遐迩，人们都敬爱、崇拜她；你竟然杀了她，就不畏惧天谴之灾吗？"

阿拉丁说："没有，我没有杀死法图美尼姑。我把杀害法图美尼姑的歹徒给杀了。他就是那个施法术将你和我们的殿宇全移到非洲去的巫师的兄弟。这个可恶的混蛋跑到我们这儿，谋划了毒计，先害死法图美尼姑，然后假扮成她，效仿她的举止骗得人们信任，还千方百计地伺机刺杀我，来为他弟弟复仇。而且，他还怂恿你找我索取神鹰蛋，因为这一招可以害死我。要是你对我所说的事情还有

·一千零一夜·

图文珍藏版

疑虑，那就到这边来端详一下这个被我干掉的人吧。"说完，阿拉丁一把拽掉这个摩尔人的面罩。

看见一个长着虬髯的不认识的男子卧倒在地，巴迪鲁勒·布多鲁公主不由得吓了一跳，这才恍然大悟，知道了个中缘由，她对阿拉丁说："我的爱人！我又一次差点儿置你于死地。"

"可爱的公主，不要伤心，没关系的。我对着你这两只美丽深情的眸子起誓！只要是你的所作所为，不管出现什么样的后果，我均愿意接受。"

听见阿拉丁如此宽慰的话语，巴迪鲁勒·布多鲁公主大为感动，她高兴地用力将他拥入怀中，一边亲吻，一边对他说："我的爱人，我之所以引起这可怕的灾祸，都是由于我深深地爱着你却不清楚此事的真相，我懊丧万分。但是你勇敢面临灾祸，把它干净利落地解决掉，一点儿都不怪我，你的宽广胸襟令我太感动了。今后我会更珍视我们的爱。"

阿拉丁也被公主的话给深深打动了，他也用力将她拥入怀中，不断地亲她。两人彼此珍爱对方，更加明瞭了对方的深情，这爱也愈发坚如磐石，两人终于成为可以相濡以沫、厮守终生的伴侣了。

此时皇上驾临探望公主，他忽然来到阿拉丁两口子跟前。两人详细地告诉他刚刚结束的灾祸，还让他去察看摩尔人的尸首。

皇上了解到灾祸的前因后果，又察看了摩尔人的尸首，心中依然觉得有些后怕，于是依照上一回处理非洲巫师的方式，将这摩尔人的尸首焚烧掉，还将骨灰抛到半空中。

阿拉丁力克两名劲敌，将非洲巫师兄弟的奸计全都破坏了，自己也化险为夷，自此与巴迪鲁勒·布多鲁公主过上了平静、美满的日子。皇帝于数年之后驾崩，阿拉丁和巴迪鲁勒·布多鲁公主袭位，成了皇帝与皇后。他们处事公平，治国理政，万民都热爱、崇敬他们。在阿拉丁的统治下，人民的生活幸福安康、平安喜乐。阿拉丁和巴迪鲁勒·布多鲁夫妇之间情深意笃，一直到年老谢世。

乌木马的故事

传说在很久很久以前，有一位有权有势的国王有一个儿子和三个女儿。王子潇洒俊俏得如同满月；公主们则艳丽无匹，具有绝世姿容，十分动人。这一天，和往常一样，国王坐在宝座上，正处理着国事，这时，三个智者要求拜见他。其中的一个人手持着金制的乌鸦，另一个提的是铜制的喇叭，最后一个带来了乌木马。发现这一切后，国王问："这都是些啥呢？它们是干什么用的？"

持有金乌鸦的人回复说："这只乌鸦是金子做的，它每个时辰都会拍翅鸣叫着报时，白天和夜里都不间断。"拿着铜喇叭的人也跟着说："在城门底下，把这支铜喇叭安置好，它就像警卫一样，会在敌军进攻时报警，敌军也自然难逃罗网。"带来乌木马的人最后说："大王，骑上这匹乌木马的人想去什么地方，它都能立刻带他飞过去。"

听罢智者们的回答，国王说："既然是这样，在封赏之前我要先试用一下。"因此，他使用了金乌鸦，发现它的功用正好与他主人的介绍合拍；然后，在用过铜喇叭之后，他发现它也同主人的介绍别无二致。国王试用过之后，龙颜大悦，问持有金乌鸦和铜喇叭的人：

"你们想要什么奖赏？坦白对我讲！"

"只求大王能将公主许配于我俩。"

对于他们的请求，国王点头应允，真的赏了公主们给他俩做老婆。这时，带来乌木马的人走上来跪下，亲吻着土地说："如同奖赏我的朋友那样，请大王也奖赏我。"

"我要先试用你的木马。"

这时，在一旁的王子便毛遂自荐，他告诉国王："父王，就让我骑上这木马做个试验，等返回时，我会向父王汇报一切。"

"儿子呀，你可以去骑，倘若你乐意这样做的话。"

王子见国王点了头，就抬腿上了乌木马，他把身子晃来晃去，木马却纹丝不动。他叫了起来："智者呀！你吹了牛，你说人只要骑了它，它就会飞起来，但是它却纹丝不动！"

听见王子发出了疑问，智者快步上前，马的身体上有一颗凸出的钉子，他指点着它说："抓住它。"王子就把钉子抓住了，木马立刻晃动着带他高飞，一刻不停，直入苍穹。大地已消失不见了，他害怕极了，手足无措，对于自己轻率地去试用木马，他追悔莫及。他喃喃自语着："这智者分明是怀着歹心来陷害我！无计可施，只盼伟大的安拉来拯救了。"

他对着马的身体上下端详，认真查找，最后，马的肩膀下的按钮映入了他的眼中，它左右各一，凸出如同公鸡的头。他自忖道："没有什么别的了，只有这两个按钮凸现出来。"因此，他将右边的按钮一握，木马的速度加快，向更高处飞去，他慌忙松开了手。然后，他又试图去握左边的按钮，一抓住它，木马便缓缓减了速，一点点地降了下去，这让他感到很意外，他终于无生命之虞了。

王子在这可怕的试飞中将木马的用处摸得一清二楚，他欣喜不已，满怀愉悦，对于安拉将他从险境中拯救出来，使他免遭杀身之祸，他心怀感激。但是，要想在地面上降落，还需花费大量时间，因为木马刚才飞得过于迅速、过于高了，它已经飞得太远了。所以，在木马下落的同时，他试着转动木马的头，一会儿朝上飞，一会儿朝下落，运转自如，随心所欲。最终，在试用过之后，大地近在眼前，他定睛一瞧，这个地方是他从来没涉足过的：长草蔓生，绿树环抱，流水潺潺，一座气势宏大的城池显现在一望无垠的原野上。这一幕映入他的眼帘，他不禁开口赞道："啊！这座城池叫什么名？我倘若能晓得它的名字，那该多么惬意！"

此时已是日暮时分，暮色四垂，在雾霭中，他骑着木马在城外绕行，上下端详并自忖着："最适宜的办法就是到城里借住一宿。熬过这个晚上，等到明天早晨，我骑马飞回去，向父王汇报我的所见所闻。"因此，他留了心，要找个地方临时休息一下，这地方得能保护好自己和木马不被旁人发现。正在这时，一座宫殿进入他的视野，它位于城中心，巍然屹立，又高又宽的护墙固若金汤，在它的四周气象庄严地耸立。"这可真是个合适的处所！"他赞美的同时转动了按钮，缓缓地，在那所宫殿的平屋顶上，木马落了下来。

从马上跃下后，王子赞美着安拉，接着，他环视着木马；目不转睛地自忖："凭安拉起誓，只有聪慧绝伦的智者才造得出这木马；我会对这位智者敬若上宾，厚厚封赏，只要安拉保佑我长命百岁，安全返乡，重见父王和母后，共叙别情。"

在宫殿顶上，王子饥渴难耐，自打他上了马离开家，他滴水未进，粒米未尝。他安心等候到人们纷纷入了眠才喃喃自语："这宫殿奢华宏大，肯定不会没有饭食的。"因此，将木马丢下之后，他开始了对饭食的寻找。找到了楼梯后，他逐级而下，嵌有云母的院落出现在他眼前。看到这别具一格的庭院、华丽无匹的摆设，他咋舌不已。但是，这房间里并无人烟，一片沉寂，对此，他不知如何是好，他眼含惧意，四下打量，对于哪个地方才有饭食，他全无概念。他喃喃自语："拉倒吧，到房顶上去，同木马歇在一块，等到明天早上坐着木马返回，这才是万全之策。"这时，他正在暗自筹划，要返回房顶，突然，一缕光线出现了，它明明灭灭，朝他的立足之处飘过来了。定睛一瞧，他发觉在一群侍女的环绕下，一位风华绝代、美如满月的丽人正走过来。

原来，这位具有稀世姿容的少女是公主，国王对她爱若珍宝。国王对她是百依百顺，为了逗她开心，专门修了座行宫给她。所以，一有劳累之意，抑或是郁郁不乐，为了排解愁绪，公主就会在仆佣的陪同下入住行宫，少则一两日，多则几天。这一夜，同往常一样，她率侍女和女官到宫里来了，她们寻欢作乐，一个男佣带着剑做护卫。

在行宫里，她们七手八脚地行动了，将香炉点燃后一同嬉戏。正在此时，趁着人们正尽情玩耍、开怀嬉戏，王子猛然出击，他打昏了男佣，把宝剑劈手夺过，在公主身边的侍女和女官后面，他穷追不舍，她们四处逃窜，局面顿时大乱。唯有公主临危不惧，挺身而出，她说："你是不是在昨天向我求婚，但遭到了父王婉拒的王子呢。父王对我讲，你丑陋不堪；凭安拉起誓，要是这样的话，显而易见是父王说了谎！"

原来，印度王子早些时候向公主求婚，可是国王不同意，原因是他丑陋不堪，因此，公主在这一突发事件发生时产生了怀疑，以

为王子就是那个印度王子，曾向她求婚却未获允许。正在这时，旁边的一个侍女说："公主，他不是那个求婚者。这个人相貌英俊，而那一个则奇丑无比。实话告诉你吧，那个向你求婚又未获应允的人充其量只配与他为仆。公主，睁大眼睛看一看，这个一表人才的少年显然不是等闲之辈。"

说完，侍女走向那被打翻在地的男佣，把他从昏迷中叫醒。醒来后，男仆惊恐万状，他一跃而起，四处寻找着宝剑。侍女告诉他："现在，那个打昏了你并夺走宝剑的人和公主在一块，他们正在交谈呢。"本来，他的责任就是听命于国王，保护公主的安全，避免她遭遇不测。所以，他听到侍女所言，快步跑到大厅里去了，果不其然，公主和王子挨坐在一起，正在交谈。他在王子的跟前停下问："你究竟是人，是仙？"

"你这杀千刀的奴仆！用鬼呀仙呀的称呼波斯王子，你胆子不小呀！我杀掉你！"说罢，他把宝剑挥舞着，"国王已经同意把公主给我为妻，我已是驸马了。"

"我的主人！要是这么说，那么万全之策就是你同我们的公主结为连理，因为你是人类，又是位太子嘛。"

男仆仓皇逃离了行宫，他一把拉下衣裳，把土洒到头顶上，嚎啕痛哭，惊声尖叫，回到王宫里找国王去了。这哭声和叫声一传入耳，国王便恐惧万分地问："发生了什么？我被你搞得惊慌不已，立刻告诉我，简明扼要地说出来。"

"大王，救救公主吧！她遭到了鬼怪的纠缠，它假扮人类，还顶着王子的名！陛下抓紧时间赶他走吧。"

国王将男仆所言听入耳中，不由得极为震怒，动了杀心，他大吼："奴婢！你竟然粗心成这个样子，连鬼怪都有胆子纠缠公主了！"因此，他跌跌撞撞地到行宫里来了，他发现，侍女和女官们依照次序站好，因此，他便向她们询问道："公主的情况如何？"

"禀告大王，我们给公主做着伴儿，一块儿来到行宫，突然，那位年轻人悄没声息地出现了，追逐着我们，他生得满月一样；他将光芒闪动的利剑握在手中，不过，他的俊俏是我们闻所未闻的。我们质问他意欲何为，他却编造谎话，说公主已经被大王许给了他。我们对他只是知道个皮毛，他是人、是仙，我们无法分辨。但是，他温文尔雅，彬彬有礼，也没有干什么卑污的事儿。"

国王听到侍女们所言，总算不再怒气勃发了。接着，他发现王子和公主并排坐着，亲亲热热地聊着天儿，定睛一瞧，果不其然，他人品俊俏，面如银盘，风姿动人。但是，因为要保证公主的安全，他产生了恼怒之心，无法按捺，终于抛开顾虑，拔出利刃，闯入大厅，如同妖怪一般，要同王子格斗。发现这一幕，王子急忙问公主道："这位就是你的父亲？"

"是呀，他便是父王。"

王子挺身而出，手握利刃，狂吼一声，恰似半空中响起焦雷，他出言恫吓，要对国王加以利刃。在对手的嚣张气焰下，国王明白了，这年轻人的健壮勇猛更甚于己，他迫于形势，只能暂时收敛，悄悄地收剑入鞘，换上副和气的表情，向王子走过来说："这位青年，你到底是人，是仙？"

"倘若我不为维护你和公主的地位着想，我早就让你受伤了。我是波斯王子，你竟敢问我是人还是仙？我的父王、波斯的国王有权有势，他能大兵压境，将你的国土夷为平地，让它彻底消失，只要他乐意这么做。"

国王听了王子的一番话，不禁手足无措、大惊失色地说："听你的意思，你是个王子，但是你又怎么会在没得到我的允许的情况下私闯禁宫？还撒谎，说什么公主已被我许给你了？你得知道这一点：我可是杀了不少向公主求婚的王侯和贵族呢。又有哪一个敢说你不会被我杀掉？只要我发令，我的仆人会马上进来，把你宰掉，你倒是说说有哪一个人能救得了你？"

"你让我最感到诧异、最无法理解之处，就是你所知甚少，没有远见。难道你给女儿挑的丈夫会比我更出色？让我来问你，你这一生可曾见过比我更有力、更勇猛、更落落大方、更有权有势的人物？"

"不，以安拉起誓，我一生从来没看见过你这种人。但是，你应该托媒，按规矩来求婚，倘若你要娶妻的话，我倒是会答应，让女儿同你成婚；但是你鬼鬼祟祟，想在没有名分的情况下就把我的女儿带走，那不是对我的污辱，要玷污我的门庭吗？"

"你刚才所说的很在理。但是，倘若你下了令，要你的仆人和部下来把我杀掉，就如同你刚才吹嘘的那样，那么倒是会污辱你了，同时，也让人为此对你起了疑心。我如今想了个主意，只求你能应允。"

"是什么主意？说来听听！"

"我的主意是，你现在来同我单打独斗；把对方干掉的那一个可以成为王。要么，你今天晚上先从这儿走开；到明天再来同我决斗，把你所有的军队和奴仆都带来，我们好比出个胜负。你能调动的军队数量是多少？说来听一听吧！"

"只算部队人员，不算仆人就有四万人呢。"

"那好，你明天一大早就把全部的部下带来对他们说：我把同所有的军士打斗作为条件来向公主求婚；告诉他们，我夸下了海口，说我可以把他们打败，可他们却对我无可奈何。接着，你就让我们双方决斗吧，倘若我被他们给杀掉了，那就什么也别说了，你可以使你的宫闱秘事继续得以保存；倘若我令他们一败涂地的话，我这种人才难道不是做驸马的上上人选吗。"

王子口若悬河，吹嘘与恐吓兼而有之。国王听罢，对他的所言有所肯定，因此便大大方方地就座，同他闲聊；接着又命令手下，让他们告知宰相号令文武百官，汇集所有军队，装扮齐备，厉兵秣马，以便同王子决斗。

国王同王子一谈而倾心，他听了王子所言，对他的言谈举止很是喜爱。两个人谈得投机，不经意间已到了早晨，国王准备回宫了，他下了令，让军队整顿好同王子决斗。这时，他挑出了匹好马借给王子，同时配好最优质的马具，以便让王子决斗时骑。王子不要，他说："大王，我先不骑马，且让我去军队里瞧一瞧他们的情况吧。"

"要是想瞧的话就去瞧好了。"

国王带着王子，一同来到三军之中，以便让他了解情况，熟知军队的人数，接着宣称："部下们，现在有个年轻的王子，他要向公主求婚，依我看，他风流俊俏，有胆有识，手段高强。他已经有言在先，他要孤身一人制服你们，他觉得你们算不了什么，就算是你们数量庞大。他既然已夸下海口，你们在决斗时可要留心，将他斩于马下好了。"然后，国王又对王子说："我的孩子，决斗的时辰已到，怎么办你自己瞧吧，去向他们展现你的手段好了。"

"大王，如此行事不免有失公平；在他们有坐骑的同时我却徒步，我如何能与他们对抗呀？"

"我已为你备好一匹战马，你却没有骑用的意思。算了，你想用哪匹马就用那匹吧。"

"我对你所有的马都不屑一顾，只有我自己的马，我才乐意使用。"

"你的马在什么地方？"

"放在你的行宫了。"

"放在行宫中的何处呢？"

"行宫的房顶。"

"房顶！你就要露出马脚了。该杀的人！马怎么上得了房顶？你的假面具和荒唐之处快要尽显无遗了。"

国子诧异极了，他转头面向侍卫命令着："你们进宫看看，要是有什么玩意儿在房顶上，就马上把它带给我。"这时，大家备感诧异，你看我，我看你，窃窃私语："楼梯那样高，马怎么下得来呀？这种奇谈怪论真是没听到过！"

听到国王的指示，侍卫马上来到了行宫的房顶之上，果不其然，一匹好马就在那儿，它形态俊美，极有气势。他们走到近处，认真检查后才看出来，它是象牙和乌木所造，他们于是忍俊不禁地说："那个家伙提到的马就是这一匹了。没准儿他是神经错乱了吧！事情会有真相大白的一天，走着瞧吧，也许他会有不凡之处，这倒也是说不准的事。"因此，他们万般谨慎地把马抬了起来，由房顶一直抬到城的外面，小心地在国王跟前放下了它。大家前来围观，诧异之极。不但是大家对这匹马的雄伟身姿和新颖漂亮的马具啧啧称奇，国王自己瞧着它，也是爱不释手呢。他问："孩子，这是不是你的马呀？"

"对，陛下，不久之后，你就能知道它的用途了。"

"你来骑好了，它本来就是你的马。"

"我不会骑上它的，如果你的士兵不肯避得远一些的话。"

国王吩咐下去，要王子四周的兵士撤离到一箭开外，王子于是便乐意从命了："大王，我这会儿要上马了。我打算同你的部下开战，他们肯定会大惊失色，四处逃散，逃之夭夭了。"

"行啊，你要怎样就怎样。你要清楚，我的部下不会手下留情，你可不要退缩啊。"

王子气度从容，骑上了乌木马，勒着马头要进攻了。国王的军队在此时也陈兵阵前，以便对敌。人们窃窃私语着，有的说："我们等这家伙一进来就把他斩于马下。"有的说："作孽啊！这个年轻人玉树临风，要杀掉他可怎么下得了手啊？"有的说："以安拉起誓，我们大家不历尽千辛万苦绝对战胜不了他。他若不是个人才，不聪明绝顶、胆识过人，他也就不会这样夸下海口了。"

王子在马上端端正正地坐好，在万众瞩目之中，他把上升的按钮按动了，木马开始晃动起来，它的肚子不多时便被空气填满了，于是，它向天空飞去，直插入云霄。发现王子骑着马上了天，国王震惊万分，面色如土，他狂吼道："把他抓起来，这杀千刀的东西！把他抓起来，不要让他先行动了。"

看到这一幕，宰相和其他大臣们也摸不着头脑，只能先让国王宽宽心，于是便说："大王，在这个世界上，人怎么能和鸟儿相比？显而易见，这个人是个大魔法师。在安拉的庇护下，主公幸运地安渡难关；赞美安拉，保佑主公没有被那个家伙所害。"

国王看到王子的所作所为，郁郁寡欢，他回到宫中，将赛场上的一幕讲给公主听。他这才发现，因为同王子分开了，公主由于忧郁和烦闷，已经抑郁成疾，卧病在床，针石难医了。国王担忧不已，他把女儿拥入怀中，在她的额头上轻吻着说："女儿！安拉保佑，我们没有被那个魔法师陷害，我们来赞颂他吧。"他把王子驾着马飞上天的一幕对女儿讲了一遍又一遍，可是，她充耳不闻，只是唉声叹气，流泪不止，并自忖道："凭安拉起誓，我就此不进饮食了！我和他不能再度重逢的话就不再进食了。"国王忧心忡忡，可是，他总是对她好言相劝，把苦闷一直埋藏在心头；而她对王子的思念和爱意却在他的劝说下与日俱增。

王子骑上了马，飞到高空之中，逃离了险境；但是，他依旧无法忘记公主，他依旧留有一丁点信心和安慰。这是因为在闲谈之中，他已从国王处了解到了公主和国王的名字，他是萨奈奥姆的国王，他了解了这些便心情轻松了，放心地加快速度，一路返回波斯。来到都城后，他在天空中兜着圈儿，随后便在王宫的屋顶上落下了，他下了马就赶快进入内宫，拜见国王。他发现，因为同他分开了，国王正在烦闷和痛苦呢。

发现王子后，国王马上站了起来，一把将他抱住，无比温存，他神情愉悦，大喜过望。王子在父子俩重逢后便询问国王，那个造出了乌木马的智者怎么样了。国王便说："儿啊，那是个下贱东西，希望他这一生没有好日子可过；就是因为他，我们父子俩才四散分离，我把他关了起来。"

在国王跟前，王子为智者求情，请求将他赦免。终于，国王将

世界经典童话

·一千零一夜·

图文珍藏版

他开释，厚赏于他，对他尊敬有加；但是，国王却不愿意依照前约，将公主许给他为妻，他因此怀恨在心，同时加倍悔恨自己将驾驭木马的诀窍传授给了他人，然而，在人屋檐下，却又不得不低头。国王又告诉王子："儿啊，你这次历经了艰险，日后不要再骑这木马了，要不你会难以免除祸事呀，因为对这木马的实在情况，你是不甚了解的。"王子于是告诉了国王，他如何在萨奈奥姆同公主相遇，还有他是如何同国王倾谈和钩心斗角的；国王说道："那国王若是起了杀你之心，他早就会把你干掉了，这只是你的死期未到而已。"

对于萨奈奥姆国国王之女，王子一直思念不已，无法萦怀，那渴求的心情按捺不下。因此，他悄没声息地来到了房顶上，骑上乌木马后便将起飞的按钮拧开，飞入天空去找公主了。

国王在第二天的早上不见王子的影踪，惊慌失措地赶快去房顶寻觅。发现乌木马踪影全无之后，他顿时明白王子是驾马离开了，于是心中的凄苦顿生，后悔不迭，只想着为什么没把木马藏好，他喃喃自语："凭安拉起誓，我等儿子再次返回后，一定要藏妥这木马，不再给他骑走，弄得我担忧他的安全。"说完，他沮丧万端，哀叹不止，抽噎不停。

在天空中，王子驾驭着木马继续前行，直到到达萨奈奥姆国他第一次落地之处才停了下来，他下了马，轻手轻脚地走到公主嬉戏的厅堂中，四处逡巡，却发现一片寂然，并无人迹；不见公主踪影，连侍女和女官以及她的贴身护卫也消失不见了。他大惊失色，倍感失落。因此，他试探着、寻觅着，在宫殿里兜着圈子，终于，他发现了公主的寝宫，而她正重病在床，侍女和女官们在床边服侍。他抛开顾虑，硬闯了进来，向她们问好。他的声音一传入耳中，公主就强撑起身子，向他致敬。他连忙叫道："啊！我的可人儿！你可让我这些日子孤单坏了。"

"不，是你让我孤单坏了。"

"公主，在你看来，我同国王闹的矛盾和他对付我的手段是怎么样的呢？说实话，倘若不是看在你的面子上，我肯定干掉他，以儆效尤。但是，我对他尊敬有加，这全是因为你。"

"为什么你不管不顾地离开我？我失去了你又怎么会开心地生活？"

"你乐意听从我的吩咐吗？"

"你想怎么说就怎么说。我一定全部服从，不会拂你的意，你说什么都行。"

"那好，跟我到我的故乡去好了。"

"行啊，我十分乐意。"

听到公主这样回答，王子大喜过望，笑容满面，他把她的手一拉便指天立誓，然后，他把她带到了房顶上，一骑上木马，让她在自己的前面坐好，把起飞的按钮旋动，一同飞入高空。这时，侍女和女官们手足无措，一窝蜂地奔入了宫中，通报了一切。听到公主已经离开，国王和王后慌慌张张地从宫中出来观望。发现王子和公主骑在乌木马上，正穿行在空中，他们张皇失措，不禁乞求起来："王子哟！瞧在安拉的份儿上，怜悯一下我和我的老妻，不要把我们的女儿带走呀。"

王子不管不顾地把公主带走了。他在半路上起了疑心，不知公主是不是有离愁别绪和后悔之心，不想同父母分离，因此，他问道："是不是你不想和双亲分散，想让我送你返回？"

"我的主人，凭安拉起誓，我不想返回；我只求同你在一起，永世都如此。"

听见公主这样坚决地回复他，王子既高兴又感到宽慰，他把飞行的速度降了下来，让木马慢慢地前进，以此来表示对她的关怀，不让她为害怕和劳累所困扰。他们在返回的路上经过一个地方，那里长草蔓生，流水潺潺，于是他们就降落，在那儿休憩和饮食。然后，为了不出现不测，他用布条把公主捆好，小心防备，接着就再度飞了起来，心情愉悦地直奔都城。这时，他笑逐颜开，觉得已经大功告成，所以没有径直回到城中，却在郊外的御花园里降了下来，国王时常会来这儿散心畅游，他有意要向公主展示一下国王的权威，让她晓得比起她的父亲来，他的父亲更加有权有势，气度恢宏，他让公主进了门后便说："你先在此处稍事停留，我先到城里去，和父王相见之后，把宫殿给你收拾好，专程叫人迎你进城，也好让你瞧瞧我们的气势。"

公主听了王子的一席话便满心高兴地说："行啊，你想怎样都可以。"她觉得，如果照此办理，她被迎接和欢迎的方式就会气势宏大，也很配得上自己的地位。

把公主丢下之后，王子马不停蹄地进了城，到宫中去拜见父王。发现王子安全地返回，国王笑容满面，大喜过望，赶快过来欢迎他。王子说："父王，我对你提到过的那位国王之女，如今已被我领来了。我权且让她在郊外的御花园中歇息；我这会儿来告知父王，好让你将仪式准备妥当，把她接进城来观看国王的气势和礼仪。"

"很好，为迎接她去做准备吧。"国王点头应允，马上便传令下去，让平民把全城洒扫干净，装点起来，文武百官、各级兵吏装备齐整，做好准备，前去迎接公主。王子也郑重其事，忙个不停，把宫中多年贮藏的财宝找出来，有首饰、珍珠、宝物、金银玉器等，还有各色奢华绮丽的装饰品，五颜六色的各类绸缎，将一座宫殿装点完毕以供公主居住；此外，他挑选各国女郎，任用印度人、希腊人、埃塞俄比亚人做侍女和女官。他打点好一切之后便急忙走出城来，到御花园中来接公主。

来到御花园中，他赶到了公主暂时憩息的屋宇之中，却发现她踪影全无；去找乌木马时，又发现它也失了踪。他大惊失色，极度沮丧，愤怒地给了自己一顿耳光，把衣裳都扯破了，在园子里茫然失措地兜着圈子。他过了很长时间才渐渐清醒了起来，喃喃自语着："她怎么可能晓得木马的奥妙，我从没对她讲过呀？没准儿在不经意之间，那个制造乌木马的智者发现了她，把她连同木马都弄走了，以此来复仇。"因此，他召集了园丁询问情况："你们有没有发现什么人进了花园？""倒是没有瞧见其他人，"园丁答道："只有那位智者因为收集标本，进入了花园。"听了园丁一席话，他的想法被证实了，把公主带走的正是那个智者。

说来也巧。那个造了乌木马的智者，在王子在花园中安排好公主、返回城中之后也来到了御花园里，收集着标本，忽然，一缕麝香的香气扑鼻而入，它发自公主的身上。循着香气，他向前寻觅，在屋门口，那匹他亲自打造的乌木马映入他的眼帘。他喜出望外，兴高采烈；因为他在木马被骑走后很是难过和沮丧。他慌忙上前，经过认真检验后确认，它的零件完好无损。他本想马上上马，逃之夭夭，但是，他突然踟蹰起来，暗忖道："我一定要看看王子带来了什么。"因此，他将木马丢在一旁，冲进了房间里，发现里面有个姑娘，艳丽得就像天空中的骄阳。一瞧便知，她不是等闲人物，他料定是王子让她在这里暂且休息，随即便要把她迎入城中。因此，他心生一计，赶快走上前来跪下，吻着土地。公主定睛一瞧，此人相貌丑陋，望之令人生厌，于是就问："你是哪一个呢？"

"公主，我是王子派来迎接你的仆人，要带你去城里，去离这不远的那座花园。"

"王子他人呢？"

"他还同国王在一起，过不了多久，他就会大张旗鼓来迎接你了。"

"啊！莫非王子除了派你就再也派不出其他手下了吗？"

智者放声大笑着说："公主，不要让我的丑蒙蔽了你。倘若你只看外表可就大错特错了。你肯定会对我大加褒扬，倘若你对我的认识像王子对我的认识一样多的话。他别有深意地让我来这里迎接你，就是因为我丑；要不然，在他的宫中，奴婢和侍者人数众多，难以计数呢。"公主被他的言谈所感动；她完全相信了，并不疑心，马上起来把手给了他说："大叔，我们如何前往呢？你有没有牵来供我坐骑的牲畜？"

"公主，那匹乌木马刚才把你带了过来，这会儿你还是可以骑它呀。"

"可我无法自己操纵它！"

智者偷偷一乐，晓得诡计已经得逞，他已经制服了她，便说："来呀！我为你驾驭它。"因此，他坐上了乌木马，公主在后，他把她牢牢用布条捆住，又将起飞的按钮拧开，空气立刻填满了马的肚子，它晃动着飞上了天，不断地前行着。公主对他的阴谋一无所知，她等到他们飞入云霄，地面已经消失无踪后才问："嗨！你声称自己是王子派来迎接我的，可是王子他人呢？"

"王子这个东西肮脏可鄙，但愿安拉使他变得丑陋。"

"你这个杀千刀的奴仆！你怎么敢把主人的吩咐抛到一边？"

"他哪里是我的主人。你可晓得我是哪一个？"

"我对你的情况一无所知，只是知道你刚才对我所言的那些罢了。"

"刚才我是扯谎来蒙你呢。我曾因为我们胯下的这匹马而痛悔终生，这是因为我动手制成了这匹马，但是王子却夺走了它。如今，我抢回了它，同时也抢到了你；趁这个机会，我能报复他了，让他的心火烧火燎，就像我的一样；他从此是别想再拥有这木马了。你就安安心心地快活一下好了！我会比王子更加悉心地照料你，会对你更加好呢。"

"祸事临头呀！我无法在父母面前尽孝，却又半路上和情人劳燕分飞！"公主抽打着自己的耳光，号啕大哭。

智者把乌木马驾驭着飞入希腊的国土，在一片丛林密布、处处河渠的平原上，他们降了下来。此地离城市的距离不长；在那一天，希腊国王刚好带着手下出门，嬉戏打猎，由此地经过。智者、公主及乌木马一映入他的眼帘，他便下令，要手下把他们抓起来。智者没加提防，被抓获了，他同公主一块被带到了国王那里。发现他非常丑陋，而公主却姿容绝丽后，国王便发问了："小姐，你是这个老家伙的什么人？""她是我老婆！"没等公主回答，智者便抢先开了口。公主当众反驳了他："不，大王，凭安拉起誓，他不是我的男人，我与他素不相识；他威逼我，将我蒙骗到此地。"

国王听罢公主的申诉，便吩咐手下动手。手下七手八脚地将智者按倒，饱以老拳，差点儿让他一命呜呼。接着国王下了令，将他关入监狱，着意看管，自己带上乌木马和公主回到宫里去了，但是，对于这木马的用处，他一无所知，也不知道使用它的诀窍。

王子在公主不见了以后满腹哀怨，准备去寻觅她。因此，他穿上旅行服，将路上用得着的钱财和物品携带好，将满心的痛苦和沮丧强压下去，踏上漫漫长路。他不惮辛劳，走遍无数乡村和城市，探听着公主的消息。在路途中，他每到一处就询问乌木马的事儿。听到乌木马的事情，大家全都诧异莫名，无人肯信。可是，他并不垂头丧气，继续前行，一定要达到目的。在悠长的岁月中，他殚精竭虑，挨过各种辛苦，不停打探，但终无任何线索。他又进入了萨奈奥姆国打探，但是不光公主没有下落，因为公主不见了，国王也郁郁不乐，他因此倒更加心痛不已了。他在万般无奈之下，只好断然离开萨奈奥姆，进入希腊境内询问公主和乌木马的消息，准备不撞南墙不回头了。

在小客栈中，他暂住下来，一群商人正坐在一块儿谈天说地，他发现这一幕后便挨着他们坐了，只听见有个人开口说："你们听着，我遇到了一桩奇事。"

"什么事呢？对我们说说。"剩下的人们问道。

"从都城经过的时候，我从那儿的人那里听到一桩奇谈怪论，就是国王在某天带着手下，出外打猎，到了城外的丛林边，看见了一个老家伙，他丑陋不堪，还带着位风姿绰约的少女，另有一匹乌木马，样子精美，机关巧妙。"

"国王怎么做了呢？"

"国王传令，让手下把老家伙抓起来，又询问那位少女。老家伙骗国王说，自己是少女的男人，但是，那少女当场拒绝，不承认是他的妻子。国王下令，让手下暴打了老家伙并押入牢中。不过，我不太了解那位少女和乌木马被如何处置了。"

王子听罢商人的一席话，便走上前来，虚心地同他攀谈，从他那里，他把国王的名字和到都城去的路都探听清楚了。了解完毕后，他立刻心情好转，满怀愉悦，心里的压抑消失无踪；这一夜，他安心睡去。

第二天一大早，王子出发前行，脚步不停地直奔京城。但是，城门的守卫在他进城时把他拦下了，要押他到宫中，由国王来审问，他要说出原籍、职业以及为什么来到都城。希腊的惯例向来如此，一定要询问过旅人并记录在案后；他们才能暂留在城里。王子那一天到达都城时天色已晚，国王下朝了，例行的暂住程序无法办理。城门的守卫在无奈之下只能把他领入牢中，权且羁押一晚。监狱守卫觉得让他身陷图圄于心不忍，因为他确实是风流俊俏、风度翩翩，于是便优待他，要他和他们一起在狱门外就座，一起享用饮食。食毕，大伙在一块儿谈天说地，对他问东问西："你来自什么地方？"

"我来自波斯。"

听到波斯的名字，大伙哄堂大笑，有个人开口说："年轻的波斯人，我听到过很多有关波斯的传闻，波斯的风土人情，我也所知甚多，但是，比我们牢里的那个波斯老家伙更为滑稽可笑的人，我倒是见所未见、闻所未闻呢。"另一个人继续道："他那种丑陋卑下的人我也是见所未见呢。"

"怎么叫滑稽可笑呢？"王子问道。

"在国王打猎、路经城外的丛林时，他被国王看到了，并被抓了回来；他声称自己是个智者；那时，他领着一位妍丽的少女，另有一匹精巧绝伦的乌木马。那位妙龄佳人被带入宫中接受国王的宠幸，只是她精神失常了，国王对她体贴备至，他延医问药，只求她能痊愈。倘若那个波斯的老家伙所言属实，他的确是名智者的话，他肯定会让那位少女痊愈的。如今，那匹乌木马在国王的宝库中存放，完好无损。那个波斯的老家伙因在牢中，一天到晚唉声叹气，抽泣不止，到了夜半三更更是扰得我们无法安然入眠。”

王子听了监狱看守的一席话，晓得了智者事败之后懊丧不已，忽然，他灵机一动，想了一个能使愿望成真的计谋。接着，监狱看守要休息了，他们告诉他，要他到牢里权且歇上一晚，随即就把牢门锁了。王子来到牢里，听到那位智者正在讲波斯方言，他哀叹着说：“啊！我真是万劫不复，骗过了王子，把那女郎夺走了，这是自找罪受哟！我不愿意放过她，只因为没有盘算好才没能达到目标；我满盘皆输，只是由于我没有自知之明，对自己不配承受的东西一味强求。倘若哪个人没有自知之明，对自己不配承受的东西一味追求，那他就会步我的后尘了。”

王子听罢智者的悲叹和抽泣后便在一旁询问：“要等到何时，你才会不再悲叹和抽泣呢？莫非你认为旁人就没遇到过你这种不幸？”哲人听罢王子的驳斥，顿时醒悟，将他引为知己，以为他与己有同样的遭遇；因此，为了得到短暂的安慰，他向他坦白了自己的来历和遭遇。

第二天，城门的守卫来到牢里，见到了王子，把他带入宫中，拜见国王并向他禀报，昨日由于他抵达时已值下朝，无法前来拜见。听罢，国王问道：“你来自何方？姓什名谁？职业为何？到这儿来的原因是什么？”

“我名叫哈勒遮图，波斯人，是名智者，擅长医术，专处理疑难杂症。于是，我云游四方，遍览人情风貌，增进阅历和见识。在云游途中，我遇到病人就为他们诊治。这便是我的工作了。"

听罢王子的答复，国王欢欣不已地说："尊敬的大夫！我们正亟需你的帮助，你真是来对了。"接着，他又把少女的症状讲了出来，末了又说："只要你让她的精神病痊愈，你想要什么，我就给什么。"

"愿安拉让陛下威名远扬，我很愿意倾尽全力，为她治病。我请求陛下，请对我说明她是什么时候神经错乱的？发现她、智者和木马的情况又是如何呢？"

国王就把那天发现他们的全部过程一一细述，末了又说："现在，那个智者依然被关在牢里。"

"陛下怎样安置他们带来的木马？"

"照它的老样子，我把它放到了一座宫殿里。"

王子暗忖道："要是这样，我应该先去瞧一下木马，一定要在动手之前确保无事；我要干的事只有在木马平安、不出故障的情况下才能顺利地完成。如果它的机关一旦有所损伤，想救公主，只能另寻他法了。"他决定之后就转头告诉国王："大王，我想先去瞧瞧刚才说到的那木马，没准儿从它那里，我会找到治病的希望。"

"行啊，盼望你的查阅。"国王点头同意后马上站起身来，携起王子的手，来到放马的宫殿里，上下端详、认真察看后，王子发觉，它的每一个零件都完好无损，于是心中暗喜。他告诉国王："愿安拉令陛下威名远扬！如今，该去探看那少女并为她诊治了。倘蒙安拉恩准，我会有机会一举治好她的不适呢。"接着，他给国王出主意，让他小心看护木马，随后，他便跟在国王后面，来到公主静养的居所。进了门定睛一瞧，她披头散发，踉踉跄跄，疯态大发，胡说八道，叫嚷不休。实际上，她的疯狂是伪装的，并非真的如此，这么行事只是为了保护她自己。见到这一幕之后，王子便告诉她："没什么，没有什么困难。"因此，他按捺着性子，温柔地与她聊天和抚慰着她，渐渐地叫她认出他来。发现是王子后，公主欣喜若狂，大叫一声昏厥过去，人事不知。国王认为她是因为畏惧他才大叫的，所以，他马上出门去了。王子借着机会，在她的耳畔轻声细语道："这会儿正是要紧之时，此时你要千万忍住，先顾及我们的安危。我们这会儿要把情绪控制住，好好出主意、想计谋，好与这个昏君抗衡，逃出他的魔爪。我马上出去，对他讲你是鬼上了身，同他打包票，说会让你的病痊愈，作为交换的条件，要他把你的锁链下掉。你在他进门时就甜言蜜语，假意奉承，好使他发现，在我的医治下，你的身体大有好转；我们只要这么做，就能轻轻松松地大功告成。"

"我知道了，一定照办。"公主颔首。

王子胸有成竹，迈步出了病房，他面带笑容，告诉国王："大王，借着你的洪福，我为她诊断过后，一经治疗，她便有了起色，我也是为陛下挽救了她呀。这会儿，请你移驾进来，看看她，开导开导她，逗她开开心。陛下的梦想已经实现，我贺喜陛下。"

国王进入了病房，一见到他，公主就站起来欢迎他，并跪下吻着土地。国王大喜过望，传令下去，要下人仔细侍候她，随她入浴室，沐浴熏香，为她备好衣裳和首饰。下人们听令，一块儿为她贺喜，服侍着她，给她穿好宫服，戴罢首饰，簇拥着她进入浴室，为她沐浴熏香，她被装扮得有如天人，风姿特秀，如同满月。接着，在侍女和女官的追随下，她来到国王身旁，跪在地上，为他祈福。国王满心喜悦，告诉王子："这一切都靠你了，因为你的针石之术，上帝开恩于我们呢！"

　　"陛下，另有一个万全之策，倘若你想让她永葆安康，疯病永不发作的话。即是请求陛下到那一天打猎时与他们相遇的地方去，带上大臣们和军队，还有那匹乌木马，在那里，请允许我斩妖除魔，不叫它们再为祸人间，这样，这位姑娘便可永葆健康。"

　　"太好了，就依计行事。"国王一口答应，接着他传令下去，要军队马上动身，同时将乌木马带上，随后便领着臣下到城外来，一直走到智者被擒之处。王子安排妥当，让臣下们列队，站在旁边，又让乌木马和公主站在一起，使国王和军队能大致瞧见他们。准备完毕后，他就告诉国王："乞求陛下的恩准，我将点燃香火，念动咒语，收复恶魔，禁止它再来打扰这姑娘。我降妖除魔后，便上马并让姑娘也坐在后面，它就会晃动着前行；等到它来到陛下面前就算大功告成了。"

国王对王子信任有加，他心怀喜悦，带着部下听令于他，人们凝神观看，等他降妖除魔。借这个机会，王子骑上乌木马，叫公主在身后坐好，用布带捆好她，按动了起飞的按钮，木马腾空而起，隐入高空，无影无踪。国王和臣下等候着，良久，还是等不到他归来，终于失望和后悔起来，带着部队返回宫中，万般沮丧，闭门不出，反复揣想，愈加气恼。宰相和大臣们都清楚，因为那女郎被抢走了，国王这才抑郁难安，于是大伙约好了，进了宫来，极力开导于他说："那个夺走了女郎的人是个大魔术师，赞美上帝，保佑主公，使你免遭这魔术师毒计的陷害。"

把公主营救出来后，王子驾驭着乌木马，志得意满，加速前进，日夜兼程，径直返回波斯，在他自己装点好的宫殿里降了下来。他让公主安定下来之后再到宫里来拜见父王和母后，为他们祈福，随即汇报了拯救公主的一切事宜。国王和母后高兴异常，传令下去，大摆酒筵，让王子和公主成婚，宴请宾客以及平民，开怀畅饮，一月方止。

国王对儿子爱若珍宝，他销毁了乌木马，斩草除根，不让什么不测再有产生的可能。王子在成婚后已经美梦成真，喜不自胜，立刻备好丰盛礼品，修书一封，送往萨奈奥姆国王处，向他通报说，他和公主已经成婚，二人安然无恙。使者日夜兼程，来到萨奈奥姆国送上信件和礼品。展读信件之后，国王知晓了公主健康如昔，满心喜悦，他厚赏了使者，备好了厚礼，拜托使者，回拜王子。

使者携带礼物，返回波斯，汇报情况，献上礼品；听罢，王子欣喜不已。从此之后，在波斯和萨奈奥姆国之间，鸿雁频频，礼物传送不休，每年都有消息往来，关系之亲密日甚一日。以后，波斯国王薨了，王子成了国王，他秉承先王遗志，公正无私，并进行改革，使国家蒸蒸日上，他与臣民一起共享欢乐，直到千代万代。

戛梅禄王子与白都伦公主的故事

皇帝山鲁曼与戛梅禄王子

　　相传在很久很久以前有个国家，这个国家的皇帝是山鲁曼，他对整个国家的军队有着强大的支配权力，他皇宫里的宫女成千上万。在当时，他几乎无人不知、无人不晓，是个很有威信的了不起的人物；可是有一点遗憾，他虽已年过半百，但是膝下无子，所以他担心自己将来老去的时候没有人能接替他的皇位，因此日夜忧心忡忡。有一天他对自己身边的宰相说出了这件大事，他说："我已经很老了，可是到现在为止也没有人接替我的王位，这半壁江山与财富，会因后继无人而消亡。"

　　"您所担心的事情，大概只有安拉才能妥善地给您解决，"宰相劝慰地说，"皇上，您就把这件事安心地托付给安拉吧，让我们共同来向上苍祷告吧。"

图文珍藏版

293

皇帝接受了宰相的建议，他每天焚香沐浴，然后很虔诚地拜了两拜，双手合十，向真主祈祷着，盼望会有一个王子。果然不久之后王后便怀孕了，十月怀胎，她生下了一个王子，这个王子长得漂亮标致，惹人喜爱，皇帝为他取了一个很响亮的名字——戛梅禄·宰曼。皇帝因此而欣喜万分，他命令重修皇城。在皇宫里举行大庆以表达内心的喜悦以及对这个重大事情的祝贺。从各个国家来送礼祝贺的人全都聚在京城，真是热闹非凡，这样喜庆的日子整整持续了一个礼拜。

皇帝对王子的成长费尽了心思，他给王子请了两个奶妈和无数的保姆，不惜一切代价悉心地培养与教导。所以，在王子刚刚十几岁的时候就已经识书万卷，知晓一切礼节。王子健康快乐地成长着，魁伟而帅气，很快就成了令人注目的人物。皇帝十分钟爱他，日夜让他陪在身边。因为皇帝太喜爱自己的王子了，总是担心会失去他。有一天上完早朝，他又对宰相说："宰相，不知为什么我对这个王子总是很忧虑，害怕有一天他会出什么事儿，所以我有个想法，就是在我还健壮的时候为他操办终身大事，你看怎样？"

"陛下，娶妻生子乃是人生的一件大事，何况是太子，在他还没有继承您的王位以前，替他操办此事，这是情理之中的事。"

"那好吧，立刻召见太子。"

太子被召进皇室，低着头一句话也不说。皇上说："孩子，我想让你早日成家，趁我还在世的时候把这件事操办完毕，也好无牵无挂。"

"父皇，"王子说，"我想跟您说，关于结婚成家这件事我一点也没兴致，女人都是奸诈狡猾的。我看过的书上，以及我从生活中所听到的简直是太多了，一提到女人，我就觉得厌恶，所以，就是千刀万剐我也不娶妻生子。"

戛梅禄王子振振有词，他拒绝了皇帝想为他娶妻的想法。皇上听完立即改变了脸色，觉得面上无光；但是因为对王子的溺爱，他不但没有生气，从今以后反而再也不提这件事，无论什么事他都顺从太子的想法，听取他的意见。他不惜一切地给他创造了舒服而快乐的生活。太子就在皇宫这样无限优裕的环境中生活，他的身体以及思想日渐发展成熟，太子的容貌也越加标致，他的举止越来越威武。为了表示对太子的尊重，皇帝整整沉默了一年。有一天他看见王子漂亮的面孔、魁伟的身体、优雅的言谈、成熟的举止，禁不住喜上眉梢，他感到无限欣慰。于是就把他叫到自己的跟前说："我的孩子，您难道不听我的话吗？"王子惴惴不安，"扑通"一声在皇上膝下跪下来，羞涩地说："父皇，安拉吩咐我要永远孝敬听从父母的命令，您说的话我一定会听的。"

"好吧，我的孩子，一年以前我就想给你娶妻成家，我只是想亲眼看见这件事，也好毫无牵挂地离开人世，还有，我现在还打算趁我还健在之时，让你举行登基仪式，成为我们国家的年轻的皇帝。"

太子跪在地上沉思了片刻。然后抬起头看着皇帝说："父皇，我宁愿上刀山下火海也不娶亲。我十分清楚听从您的命令是安拉交给我的最大的天职，但是，我诚心地恳请您别拿结婚这件事来逼迫我，也别让我因为要服从天职而勉强自己娶妻生子。我曾经读了无数的诗书，诗书中观古纵今任何一位伟大的英豪，或者是平民百姓，因为女人的奸诈、挑拨而受到的迫害，简直是数不胜数。"

皇上听了此番话又感到十分的不悦，但是因为对太子的过分溺爱，这一次他仍旧没有反驳，强压心中的怒火，表示一切任由他自己安排；太子于是离开了。皇上闷闷不乐，又一次召见了宰相，他说："爱臣，你知道吗？关于王子的婚姻我有点无能为力，我曾经按照你的建议来处理这件事，想在他继承王位之前操办婚姻大事，但他对这件事一直持反对的态度，我该怎么办呢？宰相，你有什么好主意吗？"

"皇上，您别着急，就再给他一年的时间吧，"宰相想出了一个办法，"再过一年，您再跟他提及此事，就不要单独召见他一个人，您最好选择一个喜庆的日子，等朝中文武百官和所有的将士都聚集到一起的时候，再把他召进朝上，当着所有人的面您很庄重地谈及他的终身大事，众人瞩目之下，想必他会因为顾及您的面子而服从您的命令。"

皇帝听完宰相说的这番话，感到很畅快，他觉得这真是个难得的好办法，于是给了宰相一大笔赏金，殷切地盼着下一年的来临。王子重新获得了单身自由的权利，他过着富裕舒心的生活，身心发育更加健康，他走向了人生的黄金时期，他二十岁的时候，已经达到了顶峰，仪表堂堂、智勇双全，是当代万人注目的焦点人物。

皇帝牢牢地记着宰相说的话，又忍耐了一年，终于等到了一个全国喜庆的节日，他让皇宫里所有的人聚集到一起来共同庆贺，趁此机会召见王子，王子在他面前跪下来拜了三次，随后他谨慎地站起来，和其他百官一样立在一旁，听候着命令。皇帝说："王子，你也许不知道，值此大喜的日子，群臣欢聚一堂的时候，我召见你，只是为了你的婚姻大事，这一次，我希望你能听从我的吩咐。你已经到了结婚的年龄，我打算去其他的国家给你娶个漂亮的公主，我想趁我还健在的这段日子里，看着你们恩恩爱爱，我也就可以毫无牵挂了。"

王子听完这番话，稍稍思索了片刻，忽然他显出一副大义凛然、幼稚可爱的神情，昂首挺胸地面对着皇帝，说："我宁愿立刻死去，也不娶亲成家。您虽然已年近古稀，但您的思想还很不成熟。您所谈的问题，从前不是曾经说过两次了吗？我一直持的反对态度，您忘记了吗？"因此，王子感到极其厌倦，卷起袖衫，就这样在满朝文武的朝廷上像发表演说一样，长篇大论了一阵。

王子在这样的节日里在这样的场合里，毫无顾忌地大发牢骚，这让皇帝感到极其尴尬与无地自容。于是，他带着一个国家的皇帝所特有的荣耀与威严，再也无法控制自己的怒火，大发雷霆，呵斥他，并大声地命令把守在两边的侍卫队："抓住他，立刻把他给我绑起来。"侍卫们不敢违抗，很快把太子绑起来拉到了他的面前，王子第一次见父皇这样大发雷霆，所以失魂落魄地垂着头立在他面前，一声也不敢吭，他此时感到无限的羞耻。皇帝怒火中烧，大声地责

世界经典童话

·一千零一夜·

图文珍藏版

骂，训斥他说："你这个混账，根本不懂任何礼节。竟敢在众目睽睽之下出言不逊，用这样的话来反驳我，像你所说的这番混账话，就是一个要饭的叫花子都会觉得耻辱，你就不知道吗？"于是皇帝又吩咐下去，解下太子身上的绑绳，把太子关入城堡里的一间阁楼中囚禁起来。

侍卫们依照吩咐，把太子押到一间炮楼禁闭起来。整个炮楼里有一间摇摇欲坠的阴暗的房间，房间里还有一洞很深的井眼。侍卫们只粗粗地打扫了一下，清扫了地上的垃圾，抬了一张床放在房子的一个角落，又拿来一套被褥、一盏灯和几只蜡烛。这个破烂不堪的房间里没有一点光亮，与黑夜相同，白天都需要点着蜡烛来照明。从这一天起王子就被囚禁在这间破旧的暗室里，门口依旧有人守候着。他躺在硬邦邦的铁床上，翻来覆去，满腹的辛酸与懊悔，他开始反省了，他后悔不该违抗父皇的命令。他自责地骂自己说："婚姻是个什么东西啊？安拉要是能让世界上所有的坏女人都自取灭亡该有多好啊！"随后他又发出一声长长的叹息，"要是顺从了父皇，我就只能结婚成家了，结了婚我就可以回到优越的皇室里，总比在这黑屋子里舒服多了。"

皇帝那天又在朝上忙了很长时间，审批了一些公文，与众臣商讨了一些重大的国事，一直忙到深夜才回宫，他又召见了宰相，垂着脸说："爱臣，你已经看到了，我听了你的建议，在万人瞩目的节日里向戛梅禄提起了婚事，可结局是我们父子之间的感情发生了危机，你不能否认这全是你的罪过，你说，我现在该用什么办法补救？"

"皇上，您不要着急，让王子在囚禁室里过上半月，您再把他召进皇室，来商讨婚姻之事，想必他会欣然接受的。"

皇帝再一次听从了宰相的意见，便回到后宫休息去了。他在床上辗转反侧，怎么也无法入睡，他反反复复地想念着戛梅禄。因为他将近半百才喜得贵子，一直深爱着他，这么多年来都让太子睡在他身边，而且每天晚上他都要太子躺在自己的臂弯里才能酣然地进入梦乡。而这一天，他在床上翻来覆去怎么也睡不着，他想着太子一个人在那间黑暗的炮楼里度过寂寞长夜，于是他魂牵梦绕，就像是躺在了热锅里，就这样一直到第二天黎明仍未合眼，心中的懊恼与悔恨交织在一起，他伤心极了，眼中不觉含满了热泪。

戛梅禄躺在肮脏简陋的房子里，到了黑夜，站在门口守候的仆人帮他点燃蜡烛，又给他送来了晚餐，他只吃了一小口就再也吃不下了。他满怀着心事：朝廷上，他在众目睽睽之下违抗自己父皇时的言行举止，依然历历在目。戛梅禄懊悔自己的行为，禁不住连连哀叹，"我的老天爷呀，你为什么要这样折磨我，一个人的生命难道只取决于一两句言语吗？冒犯了父王的言语就让我的生命垂危吗？"于是他以泪洗面，独自一个人暗自哭泣，他恨自己一时的冲动鲁莽，千不该万不该在众人面前顶撞自己的父皇，他似乎领悟了许多道理："粗鲁的言谈足以能够让人丢掉性命，假如一条路迷失了方向总还有改正的机会，最多也不过是历经曲折再到达终点，可我的言谈却令我的生命发生了危险。"

太子吃完了一口饭，伤心地哭了个够，一直在旁守候的仆人给他端来了一盆水，他洗漱一番后，就准备上床休息了。

世界传世藏书

世界经典童话

·一千零一夜·

图文珍藏版

戛梅禄与迈野姆娜

　　戛梅禄草率地洗漱了一番之后，又虔诚地做了睡前的祷告，他端坐在那张暗室的铁床上，大声诵读着《古兰经》中的《雅西尼》《圣仁主》《仪姆兰的家属》《诚笃》《众人》《曙光》《国权》《黄

牛》等辞章，并双手合十恳请安拉能够时刻保护他，这一切做完之后他在床上解衣而卧。他穿的是一件很薄的蓝丝绸的睡袍，头戴蓝色连体帽，他的后背倚着很漂亮的枕头，身上盖着柔软的棉被，因为他被折腾了一整天有些疲惫不堪，他躺下只一会儿工夫就酣然进入了梦乡。在他的床头点着两只红色蜡烛，床尾处依旧亮着灯，在万籁俱寂的夜里摇曳的红烛下，他的面庞显得是那样的标致，依旧

像他小时候那样惹人疼爱，简直是漂亮极了。

戛梅禄王子在甜美的梦乡中一直酣睡到午夜两点。他无法想象自己在以后的生活中会遇到什么事情，更想象不出他将在人生的旅途中历尽哪些艰难险阻。然而谁也没有想到，囚禁王子的那间炮楼是个古老而且荒凉的地方，在夜里经常有鬼神出没，在房间里的那一眼深泉中，就住着神王戴么勒雅图的公主迈野姆娜。

大约两点左右，迈野姆娜公主依旧像往常一样从那个井眼中飞出来要到人世间偷食人间烟火。今天她刚刚钻出井口，就发现这儿有了很大的变化，陋室里居然有灯烛在闪闪发光。她一出生就住在这里，大约已有好多年了，像今天这样的情况以前还从未发生过。于是她惊讶地叫起来，"天哪，我以前可从来没见过屋里会有什么东西。"她望着从房子里透出的摇曳的烛光，有一种莫名的惊奇，她找不到这其中的奥秘。因此她朝着烛光走过去，首先看见的是一个仆人酣睡在门口，屋内放着一张床，在床头点着蜡烛，床尾处还燃着灯光，还有人躺在床上呼呼大睡，这一切令她惊讶极了。她轻轻地向床前靠过去，收起自己的双翼，走上前轻轻地掀开被子，认真地看着躺在床上的人，她看见戛梅禄王子那张美丽标致的脸庞，禁不住充满了无限的眷恋与遐想，她痴痴地望着王子那张容光焕发的脸颊，比月亮更明晰，比这灯光更灿烂，她还从未见过这样漂亮可爱的男人，不禁自言自语地说："我的安拉，我歌颂你，你所创造的奇迹令我震撼！"

迈野姆娜公主是个充满爱心的女神，她一边颂扬着安拉，一边恋恋不舍地凝望着王子的面庞，感叹道："这真是一张可爱至极的脸孔、越看越漂亮，我要从此守护在他身旁，决不允许任何人来侵犯他，只要是能够对他造成伤害的事，我要全力以赴来保护他。可是他怎么会住在这个人烟荒芜、鬼神出没的地方呢？假如要是有恶魔来到这里的话，他一定会受到威胁的。"她疑惑不解地望着他，重新帮他把被子盖好，随后即展开双臂离开了这间暗室，转身又飞向了外面的夜空中。

迈野姆娜与代赫尼庶

迈野姆娜在广阔的夜空中尽情地飞翔着，突然她听见了另一对翅膀翩然扇动的声音，她沿着这个响声追了过去正好看见一个名叫代赫尼庶的狠毒的恶神在前方飞翔着。她飞过去猛地一下逮住了他。代赫尼庶感觉自己被人抓住猛然回头，看见了迈野姆娜，他失魂落魄，全身颤抖，立即向她哀求着说："我愿用安拉这个伟大的名字和圣苏里曼食指上戴着的戒指向您发誓求饶，请您放过我，放我走吧。"

"你这个混账东西！你在我面前起誓一点用处也没有，我决不会宽恕你，你刚才去哪儿了，快点细细地讲出来。"迈野姆娜怒斥着。

"我在中国国土上飞过，路过了一个海洋，在那个地方发生了一件令人意想不到的事情，我看见了这一切，现在我十分愿意把它讲给你听，假如你觉得我所讲的是事实的话，你就得放过我，并且给我写张字条，签上你的名字，也好让我在以后的日子里在整个世界的每一个角落都不会受任何的鬼神的侵害。"

"你是个早就该死的骗子，你到底看到些什么？快点给我讲出来，决不允许骗我。别妄想以这来做诱饵，以使我饶恕你，我也愿以安拉的伟大盛名来发誓，假如你欺骗了我，我就会掏你的心，放你的血，抽你的筋。"

"是的，我的主人，我欣然接受你的一切要求，我现在就讲，我今天晚上从中国国土的一个海岛上飞过，那里是皇帝埃尤尔统治的天下，他拥有整个海岛和无数座宫殿。埃尤尔的女儿是个倾国倾城的美女，她身材窈窕，聪颖慧黠，她美丽的容颜是我无法用语言来表达的。这个国家的皇帝是个魁梧英俊、智勇双全的武士，他不分白昼地练兵习武，有着强大的军队，可以说是天下无敌。皇帝从来都是雄心勃勃，他的威武雄伟被四面八方的人所传颂着，周围数不尽的小岛都属于他的领地。他非常喜爱这个公主，视她为掌上明珠，为了她不顾一切地欺压百姓，入侵他国。给她修建了整整七座宏伟的宫殿，每一座宫殿都分别用极其昂贵的材质来建造。其中第一座是用黄金制造的，第二座是钻石的，第三座是水晶的，第四座是玉石的，第五座是铜的，第六座是五彩砖建成的，第七座是珍珠翡翠的，整整七座宫殿里面摆设的全是柔软舒适的绸缎和黄金白银的器具。皇帝命令他的公主白都伦在每个宫殿里轮流居住，每一处居住一年。公主的美丽容颜无人不知、无人不晓，有很多其他国家的王子王孙争先恐后地向她求婚，皇帝很尊重她的意见便与她商讨。但她却感到十分地厌恶，她对皇帝说：'父皇，我从来都没想过要结婚，我是您的公主，是一个国王的女儿，是统治其他人的，我才不要被别人统治。'白都伦公主每一次都毫无动摇，但是想娶她的人依旧在增加；周围各个国家的皇帝都想为自己的王子能娶到白都伦而

世界传世藏书

世界经典童话

·一千零一夜·

图文珍藏版

303

费尽心机，不遗余力地把本国名贵的古玩等珍稀礼物和求婚书呈现上来，只想争取这一婚姻的成功。皇帝每一次向女儿白都伦提及婚姻之事，问她的主意，可最终结果都令皇帝很失望，这样一次又一次公主显得很是烦躁，她有些不耐烦地说：'父皇，假如您老是想让我成婚的话，我就在自己的房间里不出来，然后把我自己的宝剑柄在地板上立着，把锋利的剑顶住自己的胸口，这样向下压去，不费任何吹灰之力我就会被宝剑刺穿胸膛，自己了断性命。'皇帝埃尤尔听女儿这样恐吓自己，禁不住有些恼火，他心中的闷气简直可以说是一触即发，可是他却无可奈何，因为他担心自己心爱的女儿会因此而自行了断，于是，对女儿倔强的拒绝和对各国小伙子王侯们的求婚书，他感到十分的尴尬，甚至有些迷惘，有些无能为力。因此他无奈地对公主说：'如果说你对婚姻真的很讨厌的话，我就把你禁闭起来，从今以后你就没有自由活动的权利。'于是他就真的把女儿白都伦关了起来，派了无数个年老的女仆看守着她，限制她出入任何一个宫殿大门的自由，这证明了他对她无限的怨恨，随后他向各国的求婚者致书信一封，首先向他们表示了深深的愧疚，并且还说，白都伦病得很厉害，常常发神经病，已被自己禁闭起来。""我再一次向你发誓，我的主人"，恶魔代赫尼庶对善良的女神迈野姆娜说："走吧，我们现在就去那儿，也请你看一眼公主举世无双的容颜吧，然后，你杀我也好，囚禁我也行，到时候你自己看着办吧，总之这一次我是生是死完全由你支配。"

恶魔代赫尼庶说完这一切，紧缩着双翅站在一旁不敢说话，心惊肉跳地听候着迈野姆娜的命令。迈野姆娜一声冷笑，一口唾液吐在了恶魔的脸上，说："呸，你说的这个美女又有什么了不起，我还以为是什么样的怪事，原来也无非如此。我今天晚上也和你一样遇到了一个极其帅气的男人，假如要是被你看到，你肯定无时无刻都会对他魂牵梦绕的。"

"噢，这个人是谁呢？"她问。

"听我说吧，你这个该死的恶魔，我看到的这个美少年的境况也许跟你说的白都伦公主相差无几。他的父皇好几次与他商谈结婚的问题，他也是断然拒绝，并在众人面前违抗了父王的命令。他的父王十分恼火，于是便把他禁闭在一间炮楼的房间里。我刚才路过那儿，见他正在床上酣睡着。"

"好吧，你带上我去看一看吧，让我评说一下他与白都伦公主到底哪一个会更可爱？不过到目前为止，我总是感到再不会有人比她更漂亮。"

"去你的吧，丑陋的恶魔，你这个骗子，我见到的人才是最漂亮的，再不会有第二个人会像他那样的标致。"

"我们用安拉伟大的名字来发誓，走吧，你先随我去看一下白都伦公主，然后我们再一起去看被关在暗室里的那个标致的男人，你觉得这样如何？"

"你这个狡猾的恶魔，为什么一定要这样做？我不去看白都伦公主，你也别来看我说的美男子，我们来赌一把，看到底谁是赢家，我提打赌的条件：假如你说的那个白都伦会比我说的美男子更标致的话，就算你赢了，如果正好相反的话，那就是你输了。"

"我完全同意，我的主人，我接受你的建议，那我们现在就去中国的海岛吧。"

"不行，我们为什么要先去遥远的地方而放弃眼下？我说的人离这很近，他就在眼底下，我们要先到这儿，看完了他再去岛国看白都伦，现在就跟我一起落到地上去。"

"好吧，我完全听你的。"

于是迈野姆娜和恶魔代赫尼庶双双展开翅膀从高高的夜空中飞到了地上，他们来到炮楼，走到了戛梅禄王子的床前。迈野姆娜像刚才那样轻轻地掀开被子，戛梅禄王子那张标致的脸庞便立刻尽收于他们的眼帘。看完后迈野姆娜回转身看着恶魔说道："怎么样，你这个混蛋，看到了吧，你可别发傻！"代赫尼庶认真地打量了一番后说："我向安拉发誓，我的主人，也许我该认输，但是主上，这个人的美丽容貌与我见到的那个人简直是相差无几，就像是两个模型从一个胚胎里制造出来的。"

代赫尼庶说完这番话，迈野姆娜恼火极了，她的脸一下子沉下来，左翅"啪"的一声拍在了他的脑袋上，差点让他失去了性命。她生气地说："该死的骗子，我发誓，我命令你马上飞到那儿，把白都伦给我抓过来，让他们躺在一张床上，我们好好地比较一番，看看到底谁是胜利者，如果你不听我的命令，我就杀死你，让你粉身碎骨，然后烧成灰丢在广漠的沙滩上，用惩治你的刑法去警示其他的恶魔。"

"好吧，我的主人，我一切听你的吩咐，总之我坚信白都伦是美貌绝伦的。"

恶魔代赫尼庶说完就转身飞向了夜空中，迈野姆娜紧紧地跟在身后，以防他逃掉。他们飞了好长一段时间，在海洋岛上埃尤尔的宫殿里他们落下来，很轻易地就见到了白都伦公主，酣睡中的白都伦穿着绸缎的睡袍，看上去更加的玲珑剔透，秀丽可人。代赫尼庶和迈野姆娜两个人一起把公主带到了炮楼中的陋室里，把她和王子戛梅禄放在了一张床上，两个如此标致的青年，看上去就像是一奶同胞，简直是个奇迹，恶魔代赫尼庶和善良的仙女迈野姆娜站在他们面前认真地从头到脚看了无数遍，又从头到脚认真地做了对比，代赫尼庶对她说："我用安拉这个伟大的名字发誓，主上，我感觉还是白都伦要更加漂亮一些。""错了，王子才是最漂亮的。"迈野姆娜持相反态度，坚硬地说："你这个该死的恶魔，难道你的眼睛被狗吃了吗？你是非不分，歪曲事实，难道你没看到他标致的脸庞和魁伟的身材吗？"

代赫尼庶和迈野姆娜都觉得自己说的比对方正确，相互争执了很久也难以定论。突然迈野姆娜满腔怒火一下子爆发了，她要杀死代赫尼庶。此时的代赫尼庶见势头对自己不利立刻认输了，他时刻不停地说着令迈野姆娜心欢的话，但他还是提了一个主意说："我建议，我们两个最好找个第三者来对我们所说的话做最后的公证，我们共同听取第三者的公论，你觉得如何？""好吧，也只能如此了。"迈野姆娜说完这话，用自己的手掌在地上轻轻地拍了一下，就见一个弯着腰、长着长条的脸、眯着眼睛、头顶上有七个头角、全身上下全是疮疤、长发披肩、双手像树杈、脚趾像麻杆、有着狮子的爪子和小马的前蹄、乱蓬蓬的头发、看上去脏兮兮的、令人毛骨悚然的大恶鬼。这个魔鬼刚见到迈野姆娜便立刻跪在她的面前叩了三个头，随后他惶恐地又从地上爬起来，毕恭毕敬地问道："我的主人，您有什么命令呢？"

"格式格式，我与这个恶魔代赫尼庶之间正在为一件事情而争论不休，现在要你以第三者的身份出来讲一句公道话。"因此她就把整

图文珍藏版

件事情的经过完整地讲给他听。格式格式仔仔细细地看完了白都伦公主，又上上下下打量了戛梅禄，他感到两个人的容貌几乎没有任何区别。就像是从一个模子里制造出来的一样。他看着这两张美妙绝伦的面庞简直是惊讶极了，便回转身对恶魔代赫尼庶和神王的女儿迈野姆娜说：“我以安拉这个伟大的名字向你们发誓，假如你们真的想听到我的真话，那我就实话实说吧，这一对美貌的青年，他们的外表是完全相同的，没有任何的区别啊。”

戛梅禄和白都伦

听完了格式格式的意见，迈野姆娜说：“不错，格式格式所说的看法我完全同意。”代赫尼庶也随后说：“我也没有任何意见。不过我还有个想法，就让我们把他们俩撮合成一对吧。”刚说到此处王子戛梅禄从睡梦中渐渐地睁开了眼睛，他在梦里梦到了父皇为自己找了一个美貌绝伦的公主为妻子，而此刻他惊醒过来，却突然发现有一个漂亮的女子就躺在自己的床上，他望着白都伦美丽的面庞，禁不住暗自惊喜地自语道：“假如梦也能灵验的话，这肯定是父皇一直想给我找的妻子吧。时间过得真快，转眼间已走过了三个严寒酷暑，至于结婚的问题我却一直持相反的态度。我还因此而在众目睽睽之下冒犯了父王，于是我被父皇关在这间暗室里，今天晚上这个漂亮的女人肯定是父王对我的试探。假如真的是这样的话，只要天一亮我就要请求父皇为我娶这个新娘。此时我要做的只有一件事，就是要从这个女郎的身上摘取一个小礼物作为结婚的信物。"想到此处，他托起白都伦细嫩的左手，把她其中一个手指上的钻戒摘下来套在了自己的手上，随后他掉转身远远地躲在了床的一角，依然醋甜地睡去。

看到了这一切，神王的女儿迈野姆娜掉头对另两个魔鬼说："你们看到了吧！他是多么的有涵养，他的作风与品德是多么的高尚啊！"她话音刚落，公主白都伦也突然间惊醒了，她一眼看见了躺在自己身边的戛梅禄，被吓坏了，禁不住大声叫道："天啊，怎么回事？这个人是谁？我从来都没有见过他？我们怎么会睡到一张床上来？"她从头到脚认真地观察了一番，她看见了戛梅禄那张标致的脸孔，自嘲似的说："长得可真帅，脸庞像阳光一样灿烂，假如我以前就知道有这样一个王子给我写了求婚书的话，我怎么会反对婚姻呢？我会无怨无悔地嫁给他的。明天天一亮我就要恳请父皇让这个可爱

世界经典童话

·一千零一夜·

图文珍藏版

的小伙子成为我的终身伴侣，随后她一低头发现丢失了一只戒指，她在床上转动着目光，看见了戛梅禄王子手指上戴着的一颗戒指正是自己丢掉的那一颗。于是她也想找个信物作为交换，想到这，她伸手悄悄地摘下了戛梅禄王子手指上的一颗宝石戒指套在了自己的手指上，然后她也躺下来继续睡觉，两个人就这样再一次进入了梦乡。女仙迈野姆娜说："代赫尼庶，此时此刻，这对完美的婚姻算是完成了，他们两个人成为终身伴侣是天经地义的事，那么，到现在为止，我彻底地放过了你。"于是她遵守了他们刚开始打赌时所立下的诺言，给他写了一张字条并签下了自己的名字，然后她命令格式格式说："现在你的任务是帮助代赫尼庶，两个人一起抓紧时间将白都伦公主平安地送回她的宫殿，因为黎明马上就要来临了。"

"我一切听您的吩咐。"格式格式回答着说。然后他便与代赫尼庶一起把还在熟睡中的公主轻轻地抱起来，小心翼翼地飞向空中，他们再一次来到了囚禁白都伦的宫殿，把她轻轻地放到了舒软的床上，之后，他们两个人各自向着自己的方向离去。

戛梅禄与守候的仆人

第二天清早，王子戛梅禄终于真正地清醒过来，他揉着睡眼四处寻找，怎么也不见昨夜的那个漂亮女郎了，他便感到莫名其妙："这到底发生了什么事儿？难道是父王有意在折磨我吗？他一定是非常想让我与这个女郎成为终身伴侣，才有意这样做又趁我熟睡时带走了她。"想到这儿他突然大声地传唤一直守候在门前的仆人，"快点起床吧，你这个懒虫算瓦甫！"

睡在门前的算瓦甫被吓了一跳，一边揉着惺忪的睡眼一边从床上爬起来，他打了一盆温水端给了戛梅禄。戛梅禄痛痛快快地洗漱了一番，然后他又虔诚地进行了祷告，颂扬了安拉，在做完了这一切之后，他看了看眼前的这个仆人，只见他垂着头一言不发，便问道："算瓦甫，你还是老老实实地告诉我，昨晚上那个漂亮的美人去哪里了？"

"美人，什么美人？"算瓦甫摸不着头脑。

"就是昨天夜里与我同床的那个美人。"

"我以安拉这个伟大的名字向您发誓，昨天夜里没有任何人到这里来过。门一直在锁着，而且我就睡在门前，就是有美人她怎么进得来呀？我再一次向您发誓，我的王子，根本就不曾有人到这儿来，包括美人。"

"你这个混蛋，简直是在撒谎，你想骗我，美人到底去哪里了，她被谁带走了，你赶快老老实实地给我讲出来。"

"我用安拉这个伟大的名字向您发誓，"算瓦甫有些惊慌失措："我的主上，我确实没看见任何一个人来过这里，包括男人和女人。"

听到此，戛梅禄王子差点气昏了，他大声地吼道："你是个混蛋骗子，你居然敢撒谎，快给我过来！"仆人刚走到他面前，就被他一把抓起了衣衫，捏紧他的胳膊一下子把他放倒在地上，然后狠狠地打了他一顿，仆人莫名其妙地昏死过去。可是戛梅禄依然不解心中怒气，找来绳子又把他结实地绑起来吊在了这眼深井里，就这样把他泡到了冰凉的水里。当时已是严冬季节，他被冻得浑身发抖。王子戛梅禄依旧没有放过他，把他从井里提起来又放下，放下了又提起，无数次的折磨与冰冻。算瓦甫极其地悲痛，他不断地哭诉求饶，请求王子给他留一条生路。戛梅禄坐在一旁悠然自得地看着他说："我用安拉这个伟大的名字向你发誓，你这个该死的家伙，到底是谁带走了我的美女？她是否可好？她被带到什么地方去了？如果你不能重头至尾地给我讲出来，我就让你永远地呆在井里。"

算瓦甫感到自己再也不能有求生的机会，必死无疑了，于是他便说起了谎话："王子，恳请你发发慈悲把我放出来吧，我把所有的一切全都如实地告诉你。"戛梅禄听见此话才一下子把他从井里提上来。他全身青肿，他颤抖着，已经被王子折腾得失去了知觉。他张着嘴，上下牙齿之间不停地抖动着，就像是遭遇了一场暴风雨似的。他的全身已经湿透了，浑身上下沾满了肮脏的泥浆，已经头破血流，看上去十分的悲惨与可怜。他就像死人一样地躺在那儿，毫无动弹之力。王子戛梅禄看着躺在地上的仆人，忽然一股怜悯之心涌上心头，他稍稍平静了一下，怒火也随之消失了很多。这时算瓦甫又可怜地说："王子，恳请您给我一点儿时间，让我把这套满身是水的衣衫脱下来拧干水，我重新穿一套暖和的干衣服，随后我会把整件事情从头到尾都告诉你，你看可以吗？"

"你这个该死的骗子，你真是不撞墙不死心，你敬酒不吃非要吃罚酒，待我动了怒，你才肯向我说真话，现在你想怎么样？换衣服呀？抓紧时间吧！换完了衣服赶快给我过来，老老实实地告诉我一切吧！"

算瓦甫好不容易有了一个喘息的机会，他跌跌撞撞，几乎是走一步跌一跤，匆匆地赶到皇帝那里去报告这一信息。他跑到那里时皇帝山鲁曼正在与宰相密谈，就听皇帝说："这几天我一直在牵挂着我的王子，已经无法入眠，我总是担心他会发生意外，假如一直这样下去的话，要想个好办法呀！""皇上，您不必太心急，"宰相安慰他说："我用安拉这个伟大的名字向您发誓，王子一定会很平安，就让他在暗室里住上一段时间，磨其心志，他刚烈高傲的个性会随着时间的推移而有所转变，您放心吧，当您再次见到王子时，我想他一定是个体贴入微、谦逊谨慎的成熟的青年了。"

皇帝山鲁曼与他的爱卿正谈得投机，派去守候王子的仆人突然就闯进来，皇帝被吓了一跳，"皇上，"仆人气喘吁吁地说："皇上，不得了了，王子他已经神经错乱，已经得了疯病了。他拼命地打我，您看，我现在这凄惨的模样全是被王子折磨的。他一口认定在昨天晚上曾经跟一个美人睡在一起，到第二天天亮时，王子醒来发现这个美人不见了，于是他让我告诉他一切事情的真相，包括那个女人的去向和住处，是谁让那个女人到这儿来的，然后又是谁把她悄悄地带走了？皇上，你要知道，我就在王子的门口睡着，门一直都是紧锁着，我把钥匙压在了我的床头下，第二天是王子吼醒了我，我才把门打开，因此不会有任何人进到屋子里。"

山鲁曼听到此处，禁不住大吼一声："天啊，我的孩子！"因此他怒火中烧，把所有的罪过都撒在了宰相的头上，因为这件事从一开始就全都是宰相的主意，随后他大声下了一道命令："宰相，快去把这件事认真地调查一下，如果真如刚才说的那样，我决不会饶恕你！"

戛梅禄王子与宰相

听了这话，宰相也有些心慌了，他不敢怠慢马上起程，跟着仆人算瓦甫一步一跌、惊慌失措地向禁闭王子的暗室里奔去。阳光普照着大地，他们一同走进了这个阴暗肮脏的房子，戛梅禄正襟危坐在床中央大声诵读着《古兰经》中的一首词。宰相毕恭毕敬地问候过王子之后便在旁边一张椅子上坐了下来，他说："王子，刚才这个该死的仆人算瓦甫失魂落魄地跑到宫中说了很多难听的话，把我和皇上吓得胆战心惊的。"

"是说了我的坏话吗？他到底都胡说八道了些什么？以致我的父皇也受到惊扰？"王子又瞪着他问，"这个奴才真是个混账！"

"他全身青肿，狼狈不堪地闯进宫殿，说了很多莫名其妙的话，完全与你的实际情况相背离，他告诉我和皇帝，说王子如何的神情异常等谎话来进行哄骗。我现在亲眼看到了王子，您依旧是言谈举止彬彬有礼，与以前您在宫中完全相同，我虔诚地相信安拉会时刻保护着你，让您永远平安幸福。"

"这个该死的算瓦甫，他到底在我的父皇面前说了些什么？"

"他说，王子发了精神病，口口声声说您昨天晚上跟一个美人在一起过夜，第二天的时候女郎不见了，您还折磨拷问他，问他女郎的住所和去向。"

王子夏梅禄听完宰相的话，禁不住大发雷霆，他大声地说："算了吧，别再装腔作势了，这一定是你们的计谋，晚上故意安排一个美人来到我这里，然后趁着天还没亮又把她带走了。该死的宰相，你比仆人聪明伶俐得多，现在你一定要清清楚楚地讲给我听，美人从哪儿来？现在又到哪儿去了？为什么你们让她到我这儿睡了一夜然后又把她带走了？你快点告诉我。"

"夏梅禄，我可爱的王子，但愿安拉没有捉弄你，我用安拉这个伟大的名字向你发誓，我们从来没做过这件事情，昨天夜里确实只有你一个人在这间暗室里，房门紧锁着，而且算瓦甫在门口守卫着，根本就不会有任何人会进到房子里。王子，我觉得您还是应该冷静下来，别再为这件荒唐的事情伤心了。"

"不，说句真心话，我非常乐意让她成为我的终身伴侣。"

"王子，你能告诉我，你说的那个美人是在您清醒的时候出现的，还是这只是一个梦而已？"宰相疑惑不解地问道。

"宰相，我说的话是千真万确的，我的确是在清醒的时候看到了那个美人的，我想，这一切都是你们有意安排的，不让我们说话，而且还趁天不亮的时候带走了她。"

"天啊，我可怜的王子，这件事只是发生在你的梦里，一定是你在白日心有所想的结果，要不然，就是你这几天饮食不爽才导致了神经异常，再有一种可能就是有魔鬼在捉弄你。"

"不，你这个虚伪的混蛋，你有什么权力这样下结论，算瓦甫刚才已经证明了这个事实，他说换件衣服回来就把整件事情的经过从头到尾地讲给我，现在，这件事怎么又变了？"

王子戛梅禄于是暴跳如雷地几步窜到宰相跟前，一下抓住了他长长的胡子，在自己的腕上绕了几圈，用力一拉，一下就把老宰相从座位上拉下来，宰相被王子用力地拉着长长的胡子，疼得乱叫，随后他又被王子踢倒在地，王子对他一顿拳打脚踢。宰相就快要一命呜呼了，在他奄奄一息的时候，突然有一个主意涌现在他的脑海里。他想："连一个佣人都会临危自救，难道我一个国家的宰相就做不到吗？如果这样下去，我肯定会被王子活生生地打死，我也只能这样了，为了保住自己这条老命，我必须用谎话来蒙骗他，他的确是疯了，天啊，这竟然是真的。"想到这儿，他有气无力地对王子说："王子你饶恕了我吧，皇上曾经无数次地下达命令，让我们守住这个机密，无论怎样都不能与你提及美人的事情。可是现在我要保全自己这条性命，我已经老了，筋骨又脆，禁不住你这顿痛打，你让我喘息一下，我会告诉你实情，我会把整件事情从头到尾清清楚楚地告诉你的。"

听到了宰相说的话，王子戛梅禄这才停下手来，依然怒气未消："老东西，非要逼着我这样做，假如你一开始就对我讲真话，何必要受这皮肉之苦呢？快点给我爬起来吧，讲出全部事情的经过。"

"你说的一定是那个举世无双的女子吧？"

"是的，快点告诉我，宰相，到底是谁让她到我这里来？又是谁趁我熟睡的时候把她带走了？她现在在哪里？快点说吧，无论天涯海角我一定要找到她。以前全都是我的过错，才惹恼了父皇，他有意用这个美丽的姑娘来试探我，现在我已经改变了主意，我愿意娶她为妻，和她结婚将是我一生中最幸福的事情。我知道，父皇是因为生了我的气，才想出这样的办法来惩罚我，我现在一切都会听从父皇的吩咐。宰相大人，恳请你帮助我，把我这些话传给父王吧，让那个美丽的姑娘做我的妻子吧！今生今世，我只爱她一个人，其他的任何人都别再想着来烦扰我。宰相，快去吧，你立刻就去皇宫找我的父皇，我要成亲，然后你快点回来告诉我这件事父王是否同意。"

"好吧，我听你的吩咐，"宰相说完跟跟跄跄地逃出了这间暗室，他对自己能够轻易地离开王子的暗室而感到庆幸，他惊恐交加，腰酸背痛，一步一跌地向宫廷的方向跑去。

世界经典童话

·一千零一夜·

图文珍藏版

王子与皇帝

宰相就这样步履艰难地闯进宫中，皇上正焦急地等待着他，一见到宰相这副凄惨的模样，他惊呆了，大声急切地问："你这是怎么回事？谁敢这样对待你，你怎么会如此的失魂落魄，快点告诉我。"

"皇上，我给您带来了一个消息。"

"什么消息？"

"皇上，您要相信，王子戛梅禄果真精神异常，他得了疯病了。"

听了这话，皇帝的脸孔立即沉了下来，他命令说："爱卿，快把事情从头到尾完整地讲给我听，王子到底是怎么回事？"

"是，我听您的吩咐。"于是宰相便把他与王子的说话内容和他挨打的过程全部从头到尾讲述一遍。皇帝听完了他讲的一切之后，说："如果是这样，爱卿，我也要告诉你一个好消息。"皇帝说完一下子从宝座上站起来，"你这个该死的臣子，我要把你贬为平民，我要杀掉你的头，以此来作为我对你的奖赏。这件糟糕的事从一开始就全部是你的过错，我的王子疯了，你要负全部的责任。我以安拉这个伟大的名字向你发誓，如果我的儿子真的是这样的话，我一定要让你受尽皮肉之苦。"皇帝骂完走到宰相跟前，拉着他一起去了炮楼，他低头进到了这间阴暗潮湿的房子。王子戛梅禄一见到父王山鲁曼，欣喜地立刻从床上跳下来，他走上前亲吻了父王，随后他又倒退几步，低下头一句话也不说，像个做错了事的小孩子一样立在

他身旁。这样过了好一会儿，他突然抬起头望向了父王，眼睛里噙满了泪水，他说："父皇，你原谅我吧，我在大庭广众之下说了一些冒犯您的话，惹伤了您的心，现在我知道错了，我会以此为戒，重新做人，恳请您宽恕我吧。"

皇帝听完了这些话，一下子把王子搂进怀抱，亲吻他那张标致红润的脸颊，皇上把他拉在身边坐下来，回头瞪着宰相，大声训斥着："该死的奴才，为什么要说谎来欺骗我？令我担忧受怕？"然后他又回转头对太子说："我的儿啊，你能告诉我今天是礼拜几吗？"

"父皇，"太子说："今天是礼拜二，明儿是礼拜三，以后的日子延续下去依次是礼拜四、礼拜五、礼拜六。"

"噢，我真高兴，愿安拉能保佑你，你是个健康的王子，那么你再告诉我，这是几月？"

"父皇，我当然知道，现在是十月，以后是十一月，接下来依次是十二月、一月、二月、三月、四月、五月、六月、七月、八月、九月。"

世界传世藏书

世界经典童话

·一千零一夜·

图文珍藏版

听到王子如此清晰肯定地回答，皇上欣喜万分，随后他又转身对着宰相，尖厉地骂道："该死的奴才，到底为什么奚落我的宝贝儿子，只有你才是千真万确的疯子。"宰相无奈地低下头，他想为自己申辩几句，但转念一想："还是再等等吧，看过一下还会有什么事情发生？"然后，他又听见皇上说："我的儿子啊，这到底发生了什么事？宰相和算瓦甫说你亲口对他们讲，昨天夜里你跟一个美人睡在一张床上，这个美人究竟在哪里？"

"父皇，"戛梅禄尴尬地笑了一下说道："父皇，您就原谅我吧，我再也禁不起您这样的言语了，您想出这样的办法来惩罚我，现在我完全变成了另一个人，您应该是最了解我的，我已经无怨无悔地想要成亲了，但是我唯一的愿望就是恳请您能把昨天晚上那个美丽绝伦的姑娘匹配给我，我知道这是您有意安排的，所以不等我再次醒来就又把她带走了。"

"我的宝贝啊，愿安拉保佑你吧。你说在昨天晚上我安排了一个女人到你这里，天不亮又让她离开了，我怎么糊涂了，这件事到底是怎么发生的呢？我用安拉这个伟大的名字向你发誓，你说的话令父王莫名其妙。快点讲给我听吧，也许这只是一场梦或者是一种虚无缥缈的幻觉吧？大概是因为你白日想得太多关于结婚这件事，神经处于一种幻想的状态，所以才会在你的梦里给以灵感，都是我的罪过，让这可恶的婚姻害了你，让我们共同来咒骂它吧。毫无疑问，戛梅禄，你对婚姻这个问题依然持有很偏见的态度，所以才会把梦中的幻觉带到现实生活中来，孩子，别再胡思乱想了。"

"父皇，我们先不谈这件事，假如您真的不能知晓我昨夜见到的那个姑娘的去向的话，那么您就让安拉向我起誓吧。"

"我用伟大的安拉——摩西和亚伯拉罕这个名字虔诚地向你发誓，这件事我无从知晓，更不知道关于她的任何的讯息，这只是你梦中的想象与幻觉而已。"

"我想跟您说一个简短的比方来判断这件事是真是假，假如一个人在做梦时，梦见自己在和很多人拼杀，他突然从噩梦中惊醒过来，那么在他的手上难道还会有一把血淋淋的凶器吗？"

"当然不会，向安拉发誓，这万万是荒唐至极的一件事。"

"那好，我现在就向您说出整件事情的经过。事情是这样发生的，昨天夜里大概二更天的时候，我醒过来了，一睁开眼就看到在自己的身旁躺着一个漂亮的姑娘，我十分地喜爱她，于是我就轻轻地取下她手指上的一颗戒指套在了我自己的手上；她也和我一样，趁着我熟睡的时候，脱下了我手指上的一颗戒指，就这样我们作了交换。对于这件事我当时虽然感到很奇怪，但很快我就冷静下来，因为我感觉一定是父皇有意这样安排的。可是到了第二天，我睁开眼睛时就再也不见女郎了，我不知道是谁带走了她。所以，我同算瓦甫和老宰相发生了一些矛盾。交换戒指的事情是毫无疑问的，您说这怎么会是幻梦中的一种情节呢？假如没有姑娘的戒指戴在我手上的话，可能连我自己也会这么认为，但是这枚戒指千真万确是昨晚那个姑娘的。您如果还是不相信的话，那么您看一看这枚戒指吧，它一定是价值连城的。"

说完夏梅禄王子脱下了戴在自己手指上的那枚戒指交到皇帝手里。皇帝接过来，翻来覆去仔细地观察了一番，然后他说："这枚戒指确实让人惊奇，也许这是一件很复杂的事情，至于昨天夜里你与那个女郎睡在一起的事，调查起来确实很困难，我也搞不清楚怎么

会发生这样的事情，这一切的不幸都是老宰相一个人造成的。我用安拉这个伟大的名字向你发誓，我的儿子啊，就让伟大的安拉妥善地解决这一切吧，只有她能够解开这个谜。记得曾经有一首诗这样写道：

　　　大概只有命运才会崖前勒马，

　　　带来些许好讯息，

　　　让她帮我实现理想，

　　　满足我所有希望，

　　　在所有的演出之中上演一出喜剧。

　　"戛梅禄，我的王儿啊，父王坚信你的神经是正常而健康的，但是这件让人惊奇的事情没有任何人能帮助你，这其中到底是怎么回事，就只有期待着安拉的指点了。"

"父皇，我恳请您一件事，快些帮我寻找那个姑娘吧，快点让我再次见到她，尽快尽快吧，我的父皇，要不然我会害病而死的。"

"皇上，"老宰相在一旁说，"皇上和王子还要谈很久吗？您离开朝廷，离开军队已有一段时间了，与众官员分离的时间过长，也许会令民心涣散而影响了整个国家的安危。真正聪明的人如果生病了，他首先想到的是医治病人的根源。依奴才看，最好还是把王子戛梅禄拘禁到宫中的一个庭落里，让他在那儿静养一些时日。这样的话，皇上除了每个礼拜二和礼拜五用来聚集文武官臣、批报奏折、处理朝内大事和会见外国客人以外，剩下的时间，您就可以很方便地到庭落里一心一意地陪太子散心与静养，然后安心地等待着安拉来揭开这个谜底。所以我建议皇上不能满足于现在的安逸，要时刻提醒自己还有很多不能安逸的地方，因为一个聪明伟大的王者总是把预防这件大事放在第一位的。"

宰相的一番话令皇帝心悦诚服，正好也说中了自己的心意，与整个国家的现状相符，他也担心众臣不能遵纪守法，照章行事，以失去了皇帝的那种荣誉与尊严，于是他立即传发命令，把太子戛梅禄迁禁到宫中的庭落里，让他好好地静养。而皇帝也急匆匆地回朝理事去了。

禁闭王子的庭院坐落在海岛的中央，四周是湛蓝的海水，到达那里要穿越一座环形的拱桥，大约有十米宽，打开房子的门窗便是无边无际的大海，站在这向远处望去，会令人充满着无限的遐想；所经过的这条路是由五彩斑斓的鹅卵石铺砌而成，屋顶在阳光及海

水的映衬下闪闪发光，房子的壁墙上挂着丝绸的幔帐，门窗上挂的
是彩色的垂帘，房子的一角放着一张柔软舒适的单人床，屋中所有
的家具摆设几乎全是金、银或是用上好的丝绸制作成的珍贵物品，
整个房间简直富贵气派极了。戛梅禄再一次住进了宫殿式的住所，
重新过上了优裕的生活。可是在他心里牵挂的仍旧是那个美丽动人
的姑娘。就这样时间一天一天地过着，王子终于坚持不住，整日忧
心忡忡，吃不香，睡不着，以至于在夜里常常被噩梦惊醒。他看上
去身心憔悴，几乎失去了全部的兴趣与笑容。时间过得很快，转眼
三年的时光稍纵即逝，在这一千多个日日夜夜，皇帝山鲁曼只在礼
拜二和礼拜五在朝廷上批复奏折，发号施令，接见外国大臣和与文
武官员商讨国家大事，而剩下的所有的时间和心思全都花在了太子
的身上。虽然在这一段漫长的岁月里他也心力交瘁，悲喜交加，但
他对太子的爱依然没有改变，在心里深深地牵挂着，并悉心照顾着
他的王儿。

白都伦公主从梦中醒来

　　拥有着七座宫殿的公主白都伦，被恶魔代赫尼庶和丑八怪格式
格式安全地送回到宫殿里，并把她放在了自己温暖舒适的床上，白
都伦就这样一直甜甜地酣睡着。第二天清早，公主白都伦才从甜美
的梦乡中睁开双眼。她坐在自己的床上愣愣地发呆，她在整个房间
里左寻右盼，都没有看到昨天晚上与自己睡在一起的那个标致的小

伙子的身影，因此她的芳心渐渐地悬了上来，她的脑海里浮现的却是昨晚看到的小伙子的面孔，她心慌极了，禁不住大声地叫了起来。在她外边守候的奴婢们被这喊声惊醒了，她们不知道发生了什么事，急急忙忙地跑到了公主的卧室里，一个年龄最大的婢女一下跪在她的床前，小心地问："公主，发生了什么事？"

"你这个老女人，快点告诉我，昨天晚上在我房里的那个小伙子到哪里去了？他怎么一大清早就离开了这里？"

老奴婢听到公主如此的问话，顿时大惊失色，她害怕极了，小声地说："公主，你怎么能说这样的话呀？"

"别尽跟我说些废话，你这讨厌的老女人，快点老老实实地告诉我，昨天晚上那个小伙子到底去了哪里？你不知道，那个小伙子是多么地英俊，他满面红光，身材魁伟，浓黑的双眉下面一双炯炯有神的眼睛，我长这么大，还从来没有看到过这样标致漂亮的小伙子呢！你还是告诉我吧，他到哪儿去了？"

"我用安拉这个伟大的名字向你发誓，"老女人惊慌失措地说，"我们不知道究竟发生了什么事，根本没有什么小伙子到这里来，昨天晚上任何人也不曾来过。我愿意向伟大的安拉起誓，公主，恳求你不要开这种玩笑，这不仅有损于您的声誉和尊严，还直接关系到我们的性命。您说出的这些鬼使神差的话要是被皇上听到了，我们也就性命难保了。"老女人说完这些眼泪都流了下来。

"可是，昨天晚上确实是有一个小伙子和我睡在一起呀，他是一个英俊魁伟的小伙子。"

"但愿你能够从梦境中摆脱出来，公主，请相信我，昨天晚上从来也没有人来过，这是千真万确的。"

白都伦不再说话，她举起手时突然发现戴在自己手指上的小伙子的戒指，一转眼她又发现自己的戒指不见了，于是她又抬起头望着老宫女，大声地喝道："混账的老东西，你竟敢以安拉的名义向我说谎，假如没人跟我在一起的话，这枚戒指又做何解释？你这个骗子！"公主气极了。她一转身拔出了挂在墙壁上的锋利的宝剑，一下子捅进了老婢女的心窝里。

公主白都伦与皇帝埃尤尔

白都伦公主一气之下杀死了老宫女，站在一旁的其他的婢仆们见了此状吓得失魂落魄，她们齐声狂叫着，立刻奔出屋外向宫里跑去，她们来到皇帝跟前，向他详细地讲了这件事情的经过。皇帝埃尤尔吃惊地张大了嘴巴，他马上动身随众宫女一齐来到了公主的面前，皇帝小心地问道："我的宝贝女儿啊？这儿到底发生了什么事情？""父皇，"公主白都伦娇滴滴地说，"昨天晚上我和一个年轻英俊的小伙子睡在一起，可是一清早他就不见了，我不知道他到哪里去了？"说完这些，她感到有些迷迷糊糊，在屋子里东张西望，随后又撕破了穿在自己身上的长裙。皇帝看到这一切，禁不住大惊失色，立即命令随身的仆人把公主抓住，绑上她的手脚，找一根铁铐系在公主的脖子上，把她拴在了一个高楼上。

皇帝这样对待自己的女儿，心如刀绞，发生了这样不堪入耳的事情。他悔恨交加，忧心忡忡，痛苦极了，随后他又下达了一道指令，征集天下所有的名医、术士。皇帝许诺说："如果谁医好了我女儿的怪病，那么他就会幸福地得到她，娶她为妻，而且我还要把我的国土分出一半送给他作为奖赏，但是如果是为了这些奖赏而前来应征，却不能把我女儿的病医好的话，那么他的脑袋就要在我的城墙上示众了。"

皇帝埃尤尔的指令下达之后，前来应征的各个国家的名医和术士纷纷来到宫中，整个宫廷的大门不分昼夜地敞开着，可是他们都没能医好公主的病，于是皇帝怒气冲冲，每天都有人在这里被皇帝埃尤尔杀死，就这样先后杀了五十个名医和五十个术士，累计在一起整整一百个头颅，这些头颅被依次悬挂在宫廷的门前。

从这以后再也没有人敢前来应征了，对于公主的病，所有的人都感到无能为力了。因此，皇帝埃尤尔的女儿白都伦公主害了不治之症的消息像一阵风一样传遍了大江南北，成了无人不知，无人不晓的怪事。

白都伦公主与买尔祖旺

公主白都伦的病情越来越糟，整日整夜以泪洗面，她被这种相思之苦折磨得心力交瘁，看上去她苍老了许多，就在这样烦躁孤寂的生活中，时间一转眼过去了一千多个日日夜夜。有一个年轻的小伙子叫买尔祖旺，是她的一个奶娘的二儿子，他与公主白都伦，从小就在一起嬉戏玩耍，一直到彼此都已长大成熟，他们俩无话不谈，情同手足。在这一千多个日子里，他一直在外面做巡回旅游，直到今天他才从遥远的异国他乡回到了宫中。他看见了自己的亲娘，便迫不及待地问起了白都伦的情况。他的母亲低垂着脸伤心地说："我的孩儿啊，你的公主妹妹不知害了什么病，神经已经错乱了，这三年来她一直被铁链拴着，各个国家的名医和术士都来应征为她诊治疾病，可是所有的人都摇头叹息，无能为力。"

"噢，天哪，我一定要去探望她，我与她说说知心话，也许能够发现其中的症结，说不定就能治好了她的病。"

"是啊，妈妈赞成你去看她，可是一定要谨慎一些，等到明天我想一个绝妙的办法把你偷偷地带进去吧。"

第二天，买尔祖旺的母亲便到宫中，她来到了囚禁公主的房前，拿了好多的小礼品，用来贿赂看守着的侍从，他说："我也有个女儿，她与我们的公主从小在一起长大，两个人感情很好，不过，她已经嫁人了。最近，她听说公主病得很厉害就十分地伤心难过，于是便从遥远的家里赶到这儿想看望公主。所以，我恳请各位，就让她看一眼公主吧，也不枉费她跑了这么远的路程。我们悄悄地来，然后再悄悄地离开，绝不会让人发现的。"

"好吧，但是要见到公主，只能在夜深人静的时候，"这个侍从说，"等到明天上午皇上来过了之后，你再带着你女儿偷偷地来看望公主吧。"

于是奶娘吻了吻侍从的手，并向他表示了深深的谢意之后转身离去了。到了第二天快深夜的时候，她找了一件女衫放在了买尔祖旺的面前，让他装扮成一个姑娘，这一切打扮好了以后，她就拉着这个女儿的手，径直向囚禁公主的房前走去。侍从看见了他们，站起身看了他们一眼说："抓紧时间进去吧，千万别被人发现了。"

买尔祖旺顺利地进到了房子里，他脱掉了裹在身上的女衫，随着转过身点燃了一只红色的蜡烛，在这摇曳的烛光的映衬下，拿出了他事先带在身上的一本古书，朗声地读了几小段，然后他望着被铁链拴在窗棂上的公主走过去，公主愣愣地发呆，眼中噙着泪水。他问候了白都伦，白都伦顺着声音望过去，认出了买尔祖旺，张口说："噢，买尔祖旺，原来是你，你一直在外面旅行，我和奶娘一直很担心，没有你的任何消息，现在你终于回来了。"

"是啊，"买尔祖旺沉静地说，"我在昨天才回到了家里，过几个时日我还是要走的，这一次我刚回到家中，听妈妈说你病了，我非常地担心，也非常地想念你，于是就打扮成女人的模样，趁夜深人静的时候前来探望你，也许我能帮助你。"

"买尔祖旺，你也相信我是害了神经病吗？

"大家都这样说，就算我一个人不相信可是又有什么用呢？"

"不是的，买尔祖旺，我用安拉这个伟大的名字向你发誓，他们根本就是胡说八道，即便我是真的害了神经病，可是这其中的缘由是没有人能够了解的。"

"如果是这样的话，那到底是怎么回事呢？你把整件事情从头到尾地讲给我听，说不定我能够帮助你，让你摆脱这个困境呢！"

"好吧，买尔祖旺，我现在就对你讲出真话，大概是在三年前的一天夜里，我在后半夜被梦惊醒了，一个人在床上孤寂地想着梦中的情景，可是我突然间发现在我的床上躺着一个小伙子，他极其可爱，身材魁梧，面貌俊美，他是我有生以来所见过的最标致的男人，总之，任何赞美的词语都不能完全地表达出他的美貌。当时进入我脑海的第一个念头就是：这个小伙子是父皇故意安排的，他想试探一下我的心境，因为当时有好多其他国家的小伙子王侯向我求婚，我的父皇很希望我能尽快地成亲，但是我却倔强地反抗了父王的旨意，这一次肯定是父皇的主意，出于这种想法，如果把他唤醒，我会感觉很尴尬，于是我翻转身又倒头睡下了。可是第二天清晨，我再一次醒来的时候，那个小伙子不见了，小伙子脱去了我手指上的戒指，而他手指上的戒指也被我脱了下来，我们作了互换，也许这是一次奇遇，这就是我生病的原因，可是父皇和所有的人都以为我疯了。买尔祖旺，你要知道，我见过这个小伙子以后，完全被他的气质和美貌深深地打动了。因为我日日夜夜地思念着他，以致我吃不好，睡不香，我才如此的心力交瘁，整日以泪洗面，每天在浑浑噩噩中虚度时光，买尔祖旺，这就是整件事情的经过，你能帮助我吗？"

公主白都伦说完这些话已是泣不成声，买尔祖旺沉思了良久，感觉事情不是那么简单，他也没有好办法。随后他抬起头安慰公主说："这件事情也许很复杂，我一时也不知该怎么办才好，所以我要走遍全世界，帮助你去寻找他，你要坚强地撑下去，千万要保重自己，安拉会保佑你，也许用不了多久我就会把他带回到你的面前。"

买尔祖旺重新踏上旅程

买尔祖旺又与公主白都伦交谈了一会儿，好好地叮嘱鼓励她一番，随后便偷偷地溜出去，急匆匆地向家里奔去，他又陪母亲待了一个晚上。第二天一早，就整理好行装，与母亲告别后重新踏上了远征的旅程。他夜以继日地前行着，毫不耽搁地从这里又走到了那里，其中经过了无数个城市、乡村，以及许多海岛。转眼一个月的时间过去了，这一天买尔祖旺走到了一座名字叫颏羽乐比的小镇上，便走了进去，他真心希望就在此地能找到事情的答案。

世界经典童话

·一千零一夜·

图文珍藏版

　　在旅程中他所路过的一个角落，传出的几乎全是皇帝埃尤尔的公主白都伦害了疯病的消息，可是在一个城镇里，他却听到了意外的讯息，满耳听到的全是皇帝山鲁曼的太子夏梅禄也害病的传言。于是他对此事进行了跟踪走访，十分认真地调查这件事情。镇上的人告诉他说："这个害病的王子住在一个叫哈里多突的地方，那里离这个小镇很远，如果只是走路的话，大概需要大半年的时间。"

　　买尔祖旺对这些事了解清楚之后，打定主意要走水路。于是他直接乘坐了从这个小镇开往哈里多突的轮船，夜以继日地赶路。就这样他坐着轮船平安愉快地度过了整整三十几天，离小城哈里多突越来越近了。这一天他依旧坐在轮船上，突然狂风骤起，船帆与桅桨全都被狂风吹进了海里。只一会儿工夫这艘轮船便沉没了，轮船上所有的人都落入冰冷的深海里，与巨浪和狂风作垂死的拼搏。买尔祖旺顺着激流向下方飘去，正好飘到了小城哈里多突的中心岛屿

世界传世藏书

世界经典童话

· 一千零一夜 ·

图文珍藏版

太子戛梅禄养病的行宫。当时是星期二，是皇帝山鲁曼在行宫发号施令、处理国家大事和接见外国宾客的日子。可是皇帝根本没有这份心情，他心急似火，太子已经生命垂危，几天以来一直默不作声，不吃饭也不喝水，脸色惨白，整个人已经变了模样。皇帝就这样默默地守候在戛梅禄的床前，泪眼蒙眬。宰相呆呆地坐立在一旁不敢说话，这时，他抬眼透过门窗向远滩望去，一眼看见了正在深海里挣扎的买尔祖旺，他突然在心底里萌生了一种怜悯之心，立刻向皇帝报告说："皇上，我发现有一个人在深海里拼命地挣扎，恳请您让我先出去，把他搭救上来，兴许我会因此而感动安拉，而安拉则会因此而保佑太子，让太子重新恢复生气呢！"

"宰相！"皇帝有气无力地说："王子现在已经生命垂危了，这都是你的罪过，他现在的这副模样，如果被你救出来的那个人看到以后，说不定会事不关己地奚落一番。我向安拉发誓，假如他看到了我儿子的情况而幸灾乐祸的话，我一定会割下你的头悬挂在宫墙外面，以此来对你所做出的这一切祸事表示惩罚。你现在明白了吧，那么是否救他完全由你自己来做主了！"

宰相听完皇上说的这些话，毫不犹豫地打开了能够通向海边的后门，走了只不过十几步就来到了海滩。此时的买尔祖旺已经被冰冷的海水浸泡得四肢麻木，眼看着就要气枯力竭了。宰相正好蹲在岸边伸出手抓住了买尔祖旺的衣衫，费了好大的气力才把他从海中托上来，买尔祖旺已经失去了知觉，腹中灌满了冰冷的海水，他已经昏迷不醒了。宰相立在一旁耐心地等着他醒来。慢慢地，买尔祖旺睁开了眼睛，这时候，宰相才拿来一套侍从所穿的干净的衣服给买尔祖旺换上，他帮买尔祖旺穿戴整齐之后才对他说："你千万牢记于心，是我给了你第二次生还的机会，转过脸来你可不要把我害死呀。"

"你为什么要这样说呢？"买尔祖旺惊奇地问道。

"因为我把你救了上来，一会你要经过朝上，所有的大臣将士都在这里汇集，所有的人都因我们的王子戛梅禄生命垂危而严守秘密没有人敢多说一句话，所以，你要小心从事。"

听到宰相说出了戛梅禄的名字，买尔祖旺的心情一下子激动起来，这就是他在那个小镇上听到的有关戛梅禄生了精神病的怪闻，而他也正是自己历尽艰辛冒着生命危险要寻找的人，但是他又冷静下来，只装作什么都不知道，他吃惊地问："谁叫戛梅禄啊？"

"戛梅禄是我们皇上山鲁曼的儿子，现在生命垂危，许多日子以来他滴水未进，整日躺在病床上，而且还不能很安稳地入睡，已经奄奄一息。所以我们满朝的文武百官都因此而愁眉不展，天下所有的名医和术士也无能为力，因此，你过一会儿路过宫廷的时候，一定要记住不要抬头说话，也不要左顾右盼，要不然不但你的性命难保，就连我也会因你而受到牵连而丢掉性命。"

"我用安拉这个伟大的名字向你发誓，我一定会听从你的吩咐，但是你能告诉我，戛梅禄王子是怎样生病的吗？"

"具体原因我也不是很明白，所有的人也都是百思而不得其解。我们只知道大概在三年以前，我们皇上与他商讨成亲的大事，可是他竟然在皇帝第三次提出此事的时候，在文武百官面前夸夸其谈地进行反驳，这种行为触怒了皇上，于是皇上就把他拘禁在炮楼的一间暗室里。可是只一天的工夫，他说自己曾经和一个美丽绝伦的姑娘睡在一张床上，并且趁着这个姑娘熟睡之机脱下了她手指上的一枚戒指，然后又呼呼睡去，等到第二天他再次醒来的时候，发现自己手指上的戒指也被姑娘脱去了，于是这段婚姻就算匹配成功了。可是这件事情简直是令人无法相信的，因为他睡的房间一直是紧锁着，而且门前有人看守，根本不可能有人进去，这件事情有些复杂，所以，就算我有求于你，当你在文武百官面前经过的时候，千万别东张西望，你顺利地走过去就行了，我可不想因为救了你而丢掉自己的性命，皇上对我早就恨之入骨了。"

买尔祖旺听到这一切之后，暗自思量，"我的老天，感谢安拉保佑，这正是我要找的人，我的此番出行已经到达了目的地。于是他便随宰相进到宫中，他径直地向着王子戛梅禄的病床前大踏步走过去并直直地盯着王子看。老宰相被他的举动吓得几乎魂飞魄散，只能用眼神示意他抓紧时间赶快离开这里。可是买尔祖旺就像什么都没看到，依旧目不转睛地望着躺在病床上的戛梅禄。

戛梅禄王子与买尔祖旺

买尔祖旺认真地打量了一番生命垂危的戛梅禄，他完全确信这就是他要找的那个人，禁不住欣赏地感叹道："这真是安拉的旨意，王子的气质与我们公主的完全相同，简直如同孪生兄妹一般。戛梅禄似乎听到了这些哀叹，慢慢地睁开双眼，他静静地倾听着。买尔祖旺趁机吟起了一首诗：

我感觉你活跃又多情，

时时牵挂着那个靓丽的身影。

你是真的受了剑伤？

抑或是痛苦情忧？

如果不是这样，

那么为一个动人的倩影。

你是否肯陪我喝上几杯酒，

重新奏上一曲苏里曼和勒巴彼的情歌？

请别认为我受了箭伤，

只是有一双眼睛射进了我的心房。

假如我的情感能先她而哭泣，

我就不会悔悟而因生命垂危？

但是她却先我而伤心流泪，

这哀怨的声音刺痛了我的心，

所以我想说，

"她已先我而获取了这份荣耀。"

我为她的美丽而洒尽泪滴，

只为从古至今，

无论世上的任何一个人，

都不能与她相提并论，

她学识渊博就像鲁格曼，

她美貌如花就像约瑟夫，

她歌声动听就像达伍德，

她纯洁高贵就像玛利亚。

而我却满怀忧伤似雅葛伯，

我的忏悔与怒恼就似尤诺斯，

我的灾难福患就似昂幽补，

而我的境遇与经历就似亚当与夏娃。

买尔祖旺吟完了这首长诗，王子夏梅禄立即感到了青春的活力。他的心中顿时充满了无限的希望，感觉自己忽然畅快了许多，他舒了几口气，张开嘴巴有气无力地说："父皇，恳请您让这个人坐到我的床边吧。"

听见自己的儿子开口说话了，皇上高兴极了，几乎欣喜若狂，他马上就改变了想杀掉买尔祖旺和宰相的念头，从床前站起来走到买尔祖旺的身边，拉着他的手来到了病床前，要他坐在王子的身边，他说："感谢安拉的慈悲心肠，我的王儿他有救了。""虔诚地希望安拉能重新归还王子的灵气，"买尔祖旺接着说，"但愿他能够平安地度过危险期。"随后他颂扬了皇帝，深深地向他表示祝福。

"你从哪里来？"皇上问道。

"我从埃尤尔皇帝的领地中不远万里赶到了这里，皇帝埃尤尔拥有无数的岛屿和七幢富丽堂皇的宫殿，你应该知道的呀！"

"你的到来，让我看到了希望，恳请安拉还他生气，让他转危为安吧。"

"假如安拉真的愿意保佑王子的话，让我们共同祈祷未来的生活一片阳光。"

买尔祖旺同皇帝山鲁曼说完这一切之后，便走到了戛梅禄的床前，凑到王子的耳边用只能令王子听到的声音悄悄地说："戛梅禄王子，坚强地从床上坐起来吧，祝福你永远快乐！你因为那个漂亮的女郎而吃尽了苦头，但是你要知道，她也被你折磨得心力交瘁。此时此刻什么都不要说了，你们两个人之间唯一不同的是：你的忧郁和孤寂深深地藏在心窝里，所以你才会因此而害病不浅；可是她却不同，她毫无顾忌地把一切事情从头至尾地讲给了所有的人，因此她被人误解为不够贞洁，说她把梦中的意境带到了生活中来。她还不听劝阻地一再坚持，所以人们传言公主害了疯病。此时此刻她依旧在悲惨地遭受着不幸，她被她的父王用铁链拴在窗棂上，经受着无限的相思之苦，这么多日子以来，她已被折磨得改变了模样。如果安拉真诚地保佑你们的话，你和公主的病情都会因我的出现而消失的。"

听了买尔祖旺的一番话，戛梅禄立刻感到轻松了许多，他心中充满着无限的憧憬与幻想。于是，他望向自己的父皇，用眼神示意他扶自己坐起来。皇帝山鲁曼惊喜极了，他兴奋得几乎要跳起来，差点儿跑过去把王子扶了起来。可是这种情形却突然又令皇帝山鲁曼感到万分地忧虑和尴尬，于是他吩咐在场的众文武官员以及宰相在内的所有人都退了下去，然后才扶起王子，让他极其舒适地靠在柔软的靠垫上。随后又命令在门外守候的宫女们用鲜艳的花朵把房子熏得沁人心脾，并传令下去要隆重的装修城堡，以此来表示他的喜悦以及对太子的重现生机而庆祝。"我亲爱的贵宾，非常感谢安拉的保佑以及你的来临，我们会记住你的恩德。"于是吩咐御膳房做了一桌最丰富名贵的饭菜令他与太子戛梅禄一起进餐。买尔祖旺转过身对王子说："我的主上，快些过来与我们共同用餐吧。"太子很听话，真的坐下来与他共同进餐。皇帝山鲁曼见到这种情景，高兴得手舞足蹈，他兴奋地对买尔祖旺说："我的孩子，你来得可真是时候，你是我们太子的救命恩人啊！"于是奔跑出去，把这一喜讯激动地告诉了皇后和宫里所有的人。随即宫中的人敲着响钟鸣示国人，国人立即知晓了这一喜讯，因此举国上下沸腾起来，为了表示对这一喜讯的重大祝贺，全国人民为太子举办了盛况空前的聚会。当天晚上买尔祖旺与太子共同度过，皇上也亲自陪伴，为太子的身体康复而欣喜若狂。

第二天天刚亮，皇帝山鲁曼就离开了这里，他把剩下的时间留给了戛梅禄和买尔祖旺，让他们无拘无束地谈天说地。于是买尔祖旺就把自己不畏艰险来到这里的缘由说给了王子，最后他说："你应该清楚，我所说的那个叫白都伦的公主是我国皇帝埃尤尔的掌上明珠。"随后他又把白都伦公主的境况从头到尾认真地讲述了一番，这其中包括她是如何思念他及牵挂着他。"总之你们之间的遭遇有着太多的共同点，你和你父皇之间发生的这一切，相同地也在她与她的父皇之间发生并继续着，所以我确信，你就是害她生病的人，而她也是唯一能解开你心中谜底的人，所以我希望你能够顽强地振作起来，等你的身体稍微恢复以后，我打算把你带到她面前，让你们重新相聚，完成这段千里姻缘，就像有一首诗曾经描绘的那样：

> 当朋友们忘却友谊，
>
> 彼此各奔东西，
>
> 即使相隔千山万水，
>
> 我们也要互相联络，
>
> 把知心的人聚到一起，
>
> 就让自己成为一颗剪刀上的螺钉。

买尔祖旺依旧给予王子戛梅禄极大的勇气和信心，并让他尽快地恢复健康，陪他谈天说地，给他讲解诗文，令他的心情舒畅。王子戛梅禄也对此事充满了无限的希望，他又像从前一样认真地读书，渐渐恢复了生气，就这样没过几个时日，王子戛梅禄经过静心地休养，身体基本恢复了健康，他又重新恢复了那个标致漂亮的小伙子的形象。

王子戛梅禄彻底痊愈了，皇帝山鲁曼喜形于色，他奖赏了宰相以及所有的官臣，赦免天下的罪民，并下令免掉苛捐杂税，装修城镇，隆重地举行了一个欢乐的庆祝活动。买尔祖旺庄重地对王子戛梅禄说道："你一定要明白，我离开祖国出来巡游时最终目标就是为了找到你，于是我历尽了艰难险阻，跋涉千山万水来到了这里，而此时此刻我已经找到了你，你也恢复了健康，那么就是我们要离开这里去找公主的最佳时机了。明天一早你就去面见你的父王说要出去捕猎，顺便带足金钱以便旅途中用。我陪伴你一同前去。我想你就这样对令尊讲："我想要与买尔祖旺共同出去打猎，顺便游览一下山河的壮观，重新沐浴一下大自然的无限奥秘与美丽。所以我要在外面宿营一晚。"如果我们能到达城区，面对宽广的大路，我们就能够毫无拘束地踏上旅程了，可是你要千万记住一定不能带着侍从或者仆人。

"好，这个主意很好！"戛梅禄非常高兴，于是立刻跑到宫中面见父王山鲁曼，把买尔祖旺教给他的话从头到尾说了一遍。山鲁曼只好同意，但他还是不放心，千叮咛万嘱咐："王儿，对于你出去打猎和游山玩水的意见我完全赞成，可是只允许你露宿一晚，第二天必须尽快赶回来，你不在父王身边时，父王总是日夜难宁，担心、牵挂着你，另外你的身体还需要静心的调养。在父王的心目中你是最重要的，就像诗人所说的那样：

> 假如在每一个夜晚，
>
> 我拥有波斯王的城堡与苏里曼的飞毯，
>
> 这些，
>
> 对我来说，
>
> 就只像一只苍蝇那样不值一文，
>
> 因为你不在我的身边。

皇帝山鲁曼开始为王子戛梅禄和买尔祖旺准备行装。他命令侍从找来两匹最好的骏马，并给他们预备了金钱和必要的用具。戛梅禄很开心，但是他拒绝了仆人的跟随。临走之前，皇上把戛梅禄拥进怀抱，恋恋不舍地说道："王儿，我愿意用安拉这个伟大的名字向你发誓，你一定要牢记父王对你说的话，只许在外面宿营一个晚上，明天一定要赶回来，别让父王为此而担心、牵挂你们，好吗？"

"父皇，"王子戛梅禄说："假如安拉肯虔诚地保佑我，我明天一定会尽快赶回来。"说完他转身告别了皇帝山鲁曼，与买尔祖旺飞身上马，带好了预备的金钱、食物和骆驼，离开了城堡，踏上了远去的路程。

戛梅禄和买尔祖旺离宫出走

戛梅禄和买尔祖旺他们俩人骑着马离开了皇宫，他们马不停蹄地在旅途中奔波。日暮时分，才停下来歇一会，并吃了点东西，然后给马匹和骆驼饮水添草料，接着又继续向前走去。他们夜以继日地行走，整整走了三天三夜，到了第四天，他们走到了一个宽广而浓密的树林里，便决定在此处休息一会儿，于是买尔祖旺开始忙起来，他将一匹马和一只骆驼全给宰了，把骨头剥了下来，将皮肉切成一块块的，并且将戛梅禄的衬衫和外套撕成碎片，用血液把破衣染红，随后抛在了一个三岔道上，这些事都完成后，他们才吃喝起来，吃饱喝足以后便又上路了。戛梅禄对买尔祖旺所做的一切表示惊讶，便问道："兄弟，你刚才忙乎了一阵到底在干什么呀？这样做有什么作用呢？"

"你不明白吗？皇帝只允许我们在外住宿一晚，如果第二天我们还没有回到皇宫，皇帝肯定会沿途追寻我们，追到此处时，看到你那血迹斑斑的破碎衣服，悉知你在旅途中惨遭强盗杀害，或遭凶猛的野兽袭击身亡。用这个办法，他们就信以为真，不再继续追寻我们，打道回宫去了。这样我们才能顺利地到达目的地。"

"主呀，我向你发誓，这个主意真不错，你干得很好。"

戛梅禄和买尔祖旺就这样日日夜夜地在宽广的田野上，在茂密的树林里不停地奔驰，然而戛梅禄不免觉得有些孤独和伤感，便向买尔祖旺难过地诉说出心中的痛苦，而买尔祖旺总是不断地宽慰他、激励他。这一天，买尔祖旺指着一个很远很远的地方对戛梅禄说："你看，那儿就是埃尤尔皇帝的城市。我们总算看到它了。"戛梅禄感到很愉快，拥抱着买尔祖旺，亲吻着他的额头，很感激他的帮助。

他们来到城市，找到旅馆住了下来，并好好地休息了几日后，买尔祖旺才领着戛梅禄去浴室把全身冲了个干干净净，将商人穿的衣服拿给他穿上，还准备了一个金器做的沙匣和一套银质的测象仪器，要他带在身边，然后对戛梅禄说："尊敬的主人，你可以去了，到皇宫的大门边，大声呼叫。'我写算俱会，可以预测未来，灾难祸福，还上知天文，下知地理，并掌握医术，哪位有疑难重病者，请快快求医。'皇帝知道又来了一位高明的术士，必定派人来领你进宫，为公主白都伦治病，你进入宫后，对皇帝说："以求三日为期，倘若公主的病治疗有效，请皇上恩准：将公主许配给我结为夫妻，如果公主的病情治疗不愈，你仍旧按以前的办法处罚我。"皇帝肯定会同意你所提出的条件，你见到了公主，就直截了当地向她说明自己的一切。因为公主的病情，是对你的思念所致。只要你与公主相会以后，公主的病情就会很快好转，由于有你在她身边细心地照顾，这样她的身体将会迅速恢复健康。皇帝看到这些情景，将会欣喜若狂，一定很乐意将公主许配给你，并将他的领土分一半给你。这些条件都是皇帝自己说过的，你走吧，愿你一切顺利。"

"兄弟，我会永远牢记你对我忠诚的帮助。"戛梅禄与买尔祖旺道别后，拿着沙匣和测象仪器走出旅馆，一直向皇宫大门走去。到门口就呼叫起来，"我写算俱会，可以预测吉利、灾难、祸福。还能圆梦解梦。我的医术能治疗疑难杂症，有谁要求医呀，快来请我吧。"人们很久没有听到这种呼叫声了，觉得很稀奇，从四面八方走过来观看，因为都市里所有的大夫和术士都已改名换姓另谋职业了，早已不被人所知。人们围过来仔细打量着他——这个潇洒、聪明、很有朝气的年轻人，人们对他很是钦佩同时也十分惊讶，好心地对他说，"对着主发誓吧，聪明的年轻人，你别为了要娶白都伦公主为妻，连自己的生命都不顾！你把头抬起来看一看，上面挂着这么多的人头，不就是为了这件事而送了命的吗？"戛梅禄没有把人们对他的劝告当回事，仍旧高声呼叫说"我是一位精通医术的术士，有谁需要解除疾病的痛苦呀……"大家对他这种言谈举止，感到十分不安。

戛梅禄和白都伦相会

戛梅禄把大家对他的关心和告诫不予理睬，他在心里嘀咕着："没有热恋过的人，怎能感受热恋中的思念心情呢。"然后他又高声地呼叫："我是有名的大夫……"大家对他的行动和态度很厌烦，又对他说："你是个既愚蠢，又顽固，还挺傲气的小东西，要好好珍惜自己的生命，别随便断送了这么潇洒健壮的身体。"戛梅禄仍旧不理大家的真心相劝，仍然提高嗓门大叫，"我是个好大夫，我是术士，精通哲理，测算吉凶祸福，有没有人来算一算？"

戛梅禄的嗓门越叫越高，大家对他还是耐心地再三相劝。一阵阵的高叫声和杂吵声传到了皇宫，皇帝埃尤尔便传来臣相。"把那个叫唤的术士给我带进宫来，我要召见他。"臣相接旨赶紧出宫，来到拥挤的人群中，领着戛梅禄来到皇宫，皇帝赐座后便说，"孩子，向主起誓吧，你若不是术士，就不用拿生命当儿戏，所有前来为公主治病而医治不愈的，都要杀头的。倘若能把公主的病治好，可以封为驸马，我的要求是这些，你仔细考虑一会儿。你很年轻，不用自己骗自己，向主发誓吧，倘若公主的疾病治疗无效，你必死无疑。"

"我主意已定，同意你的要求，"戛梅禄说，"如果公主的病医治不愈，由皇帝按先例惩罚吧。"

皇帝命令法官作为见证人，随后又传令侍从送戛梅禄到后宫为公主治病，侍从和他一同来到了那条很长的走廊旁。他焦急地加快脚步，超过侍从朝前走去。侍从急忙赶上去说道："喂，你这个笨蛋，走这么快忙着去送死吗？我至今还没看到有人像你这样，愿意急着去送死的？你明白吗？前面是灾难在等着你呢？"

侍从和戛梅禄一会儿便来到了公主白都伦的房间前。侍从留他在门帘外站着，戛格禄环顾四周，对侍从说，"我治病的方法有两种，看你选择哪一种方法。一种是站在门帘外医治你家的公主，另一种是让我进屋去医治公主的病？"侍从很惊讶地说："你在门帘外就能治好公主的病，更能证明你的医术相当高了！"戛梅禄在门帘外坐下，将笔墨纸准备齐全后写着：

> 看呀属于你的戒指，
>
> 那相会的夜晚，是我取下交换的，
>
> 今天送还给你，
>
> 愿我的戒指，也能物归原主。

写完后，把公主的戒指用纸包好，交给侍从送给公主。白都伦公主把包好的东西打开一看，见是自己的那只宝石戒指。于是她接着看完了纸上的诗句，略知情况，心里已明白是他到了，惊喜万分，心情立刻变得舒畅，兴奋不已，于是挥笔回道：

> 离别的痛苦，

让我流尽悲伤的泪珠。

我在心里默默祈祷：

如果我俩有朝一日能够重逢。

分别的愁苦不再追寻，

幸福将包围在我的身旁，

让我欢喜涕零，

明亮的双眼呀

泪水是你的天性，

不管是快乐，还是悲伤，

你总是尽情地流着泪水。

公主念完诗句，顺势站立起来，她借助兴奋时的那股力量，挣断了颈上的锁链，冲出房门，来到门帘外看到是戛梅禄——心中的恋人，不禁唤道："主人呀！我们是在梦中相见呢？还是真实的重逢呢？虽然我们已经分别，万能的主又安排我们重新相会吗？感谢真主，我在失望至极中又和他团聚。"

侍从看到公主这些情形，飞转身跑着来到皇宫，跪倒在地上，吻了吻地面后说着，"回禀皇上，这个术士的确是术士中的高手，他的医术最高明，他不用进公主的房间，在门帘外很快便把公主的病治愈了。"

"这些情况是真实的吗？我得亲自去看个明白。"皇帝这样说。

"皇上请起驾过去瞧瞧。公主的力量可大着呢，她扯断了锁链冲出房门和术士见面呢。"

侍从领着皇帝直奔后宫，朝公主房间走去，公主看到皇帝亲自驾到，立即上前迎驾，并害羞地用双手遮住红红的面庞。皇帝已看到公主的身体确实恢复了健康。喜悦得跳起来了。他拥抱着公主，不断的亲吻着她的额头，显露出皇帝对公主的分外宠爱，然后他朝戛梅禄示意，并急切地问道："年轻人，家住何处？"戛梅禄说明了自己的身份、家族，讲述着他是山鲁曼皇帝的太子，在那个夜晚偶遇白都伦公主，便取下公主的戒指，把自己的戒指给公主带上，这一切都详细说给皇帝听，皇帝觉得这个故事十分离奇，便说："让你们这个美妙神奇的故事记录下来，好好保存，留传后代。让晚辈们一代一代流传下去。"

皇帝立即传令官员和证人。将白都伦公主和戛梅禄太子立下婚约结为伉俪；安排装修城楼，准备丰盛的宴会；满朝文武官员，军队和百姓都穿着节日的盛装，汇集在皇宫里，皇宫里里外外一片喜气洋洋的景象，吹打弹唱，共庆白都伦公主身体康复和结婚庆典，这么隆重的庆贺，持续了一周。

戛梅禄携带白都伦公主回国探亲

白都伦公主结婚以后，埃尤尔皇帝又设宴款待城内外的大臣和来宾，宴会的规模很大，宴席很丰盛。城内外一片欢腾，宴会持续了整整一月。戛梅禄与公主结婚的夙愿已了，与白都伦相亲相爱地过着美满幸福的生活。而后他不免思念起家乡和远方的父王、母后，那一天的晚上，梦中的父王忧愁地对着他说："孩儿，你怎么忍心这

般对我呢?"接着又吟出他那忧伤的诗:

朦朦的月色令我担心、害怕,
我的双眼总是不停地看着夜空中数不清的星星。
我的肝脏啊!
你静一静吧!
不要太急躁,
心灵啊!
希望你能经受住磨难的考验
承受着他曾给你的烙痕。

睡梦里戛梅禄默默地看着父王脸上的忧愁,听着对他的怨言诗句,内心焦虑不安,忧心忡忡,失去了往日快乐和喜悦的心情。公主察觉到他的情绪不对很是惊讶,关心地问他。"有什么事令你悲愁呢?"戛梅禄把昨晚上梦中的经过叙述一遍给公主听,然后他们俩约好一同前往皇宫,向父皇禀告,请求皇上恩准回国探亲。埃尤尔皇帝慷慨地批准了驸马的请求。可是白都伦公主对父王说:"皇上,孩儿不愿意和驸马分开呀。""原来如此。"皇帝接着说,"你就和他一起去吧。"皇帝批准白都伦公主和戛梅禄一同回国探亲,并要求他俩在一年以后回来看望双亲。公主和戛梅禄高兴万分。感谢皇帝的厚爱,并急切地吻着皇帝埃尤尔的手,以示感谢。

皇帝埃尤尔尽心地安排着公主和戛梅禄回国探亲一事,将旅途中所需的一切用品,包括骆驼、马匹、粮草、帐篷、车辆,以及钱财和护卫,都准备齐全,并决定了出发日期,在出发前,皇帝赠送驸马戛梅禄十件很漂亮的宫服，这些宫服绣工精致，嵌着珠宝，还挑选了最好的良马十匹、骆驼十只、昂贵的财宝无数，把爱女交给戛梅禄，要他好好照顾。一直送到城外很远的地方，皇帝埃尤尔才与他们难舍难分地含泪道别。

戛梅禄和爱妻白都伦率领一群人马奔赴旅途，一天接着一天地，不停地奔波，一个月以后，走到了一片辽阔的水草地域。于是停下休息。吃喝完毕，公主白都伦感到疲倦极了，便到帐篷里睡了。戛梅禄随后走进帐篷去照顾她，偶尔发现她胸前的那颗红光闪闪的红宝石，形如苏木。于是顺便取下来仔细观赏，他见宝石上雕刻着一些字，但却不明其中之意。他十分惊奇，他想："红宝石一定有其重要的含义，否则她不会这么看重它，戴在贴身的胸口处，她将它放在如此神圣的地方，可能是小心谨慎以防弄丢吧，哎！红宝石能发挥什么作用呢？其中又有什么神秘的含义呢？"

戛梅禄追赶大鸟

戛梅禄为了查看红宝石，走到帐篷外，在阳光下细心地观赏，忽然间，一只大鸟迅速扑过来，叼走了他手中的红宝石，飞向空中，戛梅禄此时可急坏了，追随大鸟而去，大鸟飞行的速度正好能让戛梅禄追上它。它飞得很低，沿着地面飞向前方，戛梅禄紧追着大鸟，经过了一个又一个村庄，越过了一座又一座高山，连续不停地追到太阳下山了。夜幕时分，大鸟停留在一棵大树树梢上休息，而戛梅禄则迷茫地站在大树下，此时又饥又渴又累。他想往回走，然而天已经黑乎乎的不能辨别去向。他觉得这次可能有断送性命的危险，并长长地舒了一口气，叹道："现在已没有挽救的方法。祈求万能的主呀！救救我吧。"然后就躺在大树下，不一会儿便睡着了。

第二天的清早，戛梅禄在睡梦里醒过来，只见高大的树梢上，大鸟正伸展着大翅膀向前起飞，于是戛梅禄又随即追上。大鸟今天飞行的速度比昨天就慢多了，简直在戛梅禄力所能及的速度内。戛梅禄感到很有趣，他自己对自己说，"主呀，大鸟怎么会明白呢，它昨天按我奔跑的能力飞行，而今天它好像知道我累了，只是慢慢地跑着，并按我力所能及的速度飞行，万能的主呀，我发誓，这件事真的是十分怪异！我必须跟随到底，弄个明白，总之摆在我面前的是死和活两条路，大鸟飞向何处，我就跟到何处。最终它总该飞往有人居住的地方吧？"

夏梅禄继续追随大鸟，夜晚睡觉，白天行走，一路上一边走一边寻找野果当饭吃，渴了喝河边的水。经过十天的追逐，眼前总算出现了一座人口较拥挤的都市，此时大鸟飞速前进，瞬间飞进城内，夏梅禄失去了大鸟的去向，他很惊讶，自顾自地说道："感谢主呀，我总算顺利地到达这个都市了。"然后他来到河边坐着休息一会儿，把自己清洗了一番，他看到自己孤独一人流失他乡，既困惑又难过，既饥饿又疲倦，回想往日在皇宫里与亲人们欢聚一团，快乐幸福地享受着无忧无虑的优越生活，不禁伤心得泪如雨下，他吟诵着：

> 我只想遮住由你那方遇到的一切，
>
> 它恰恰情愿坦露自我，
>
> 我的双眼难以入眠，
>
> 在我备感疲惫，失望至极之时，
>
> 我高声疾呼：
>
> 命运啊！
>
> 你不用可怜我，
>
> 也不必让我的生命在困境和险厄中延伸。

夏梅禄与花匠

夏梅禄吟诗完毕，歇息了一阵，慵懒地站了起来，缓慢地毫无目标地走入城里，从街道的东边走向街道的西边，自始至终没有遇

到一个人，这个都市坐落在海边，他从面对海洋的那个城门里走出来，走呀走呀，走到一片茂盛的果树林里。他正犹豫不决，徘徊不定之时，一个花匠从那边的果树林里走了出来，向他示意问安，迎接他的到来。他说："感谢真主，你已幸运的脱离了人们对你的伤害，顺利地走到这里了，当大家还没发现你时，请到果园来吧。"戛梅禄惊慌地走到果树林里，颤抖地问花匠："城里发生了什么事吗？城里住的是什么人呀？"

"你不明白吗！城中全是异教徒。"花匠说，"向真主发誓，对我说说，你到这儿来干什么？你是如何来的呢？"

戛梅禄向花匠诉说了自己的不幸经过。花匠很惊讶地说："孩子呀，你现在什么都不清楚。这里与信仰伊斯兰教的国家距很远，水路需要四个月，陆路需要花一年的时间才能到达，我们这里的货物

世界传世藏书

世界经典童话

·一千零一夜·

图文珍藏版

353

用船运往伊斯兰教的国家在那儿销售，每年只航行一次，第一个靠岸的地点是艾补奴斯，随后又在哈里多突靠岸。它们都属于山鲁曼皇帝的领地。"

戛梅禄心里默默地思考着，目前的困境没有解决的办法。于是决定暂时留在园林里，帮助花匠干活，做一些体力活以维持自己的生计。然后便对花匠说："你愿意收留我吗？我可以帮你干活。"

"我知道了，答应你就是，"花匠满口同意了他的要求，并教他园林里各种栽培技术，比如下种、灌水、锄草……等等，并拿了一件很长的工作服让他穿上，戛梅禄就留下来当了一名花匠。在果园里忙着种地、浇水、除草等工作。戛梅禄的生活已经安顿好了，但是他孤独一人远离家乡，不能和妻子及家人团聚。他昼夜不安，忧心忡忡、伤心地流泪，一直不能安心住下来。

白都伦在丈夫失踪以后

白都伦从梦中醒过来，发现戛梅禄不在她身旁，戴在胸前的红宝石也无影无踪。她心里默默地沉思着，叹了一口气说："真主啊！我的主人去哪里了？他一定对此很困惑，并不知道其中的奥秘，于是拿着红宝石走了，这中间肯定发生了不一般的事，不然他不会弃我离去。但愿真主惩罚它。"然后她考虑了一番，心想："我若是把丈夫戛梅禄失踪的事让侍从们知道了，可能会使他们产生贪心的想法。看来我只能用策略来稳定这件事了。"想到这里，她马上拿来丈夫所有穿着的衣服、鞋子……等，装扮一番，再把披肩披在身上。安排宫女在自己的轿里坐着，然后走到帐篷外，传令侍从准备出发。

白都伦公主骑在马上，带领护卫人员奔向前方，她隐瞒着戛梅禄的失踪情况，自己则假装成戛梅禄，这并不会让任何人发觉，因为他们俩人的相貌和身形简直是一模一样。

白都伦公主率领着这群人马在旅行中，马不停蹄地日夜兼程，这天走到了一个靠近海边的都市，他们决定在都市的郊外停留住宿。她立刻了解到都市的基本情况，并且打听出这里是艾补奴斯市，是阿尔马诺斯皇帝的京都，这儿的皇帝只有一个独生女儿，叫哈雅图·诺芬丝公主。

白都伦与阿尔马诺斯皇帝

当阿尔马诺斯皇帝听到白都伦公主率领的队伍于艾补奴斯城郊外留宿休息的讯息后，便派遣使者前去打听。白都伦的侍从对来到营里的使者说，在这留宿休息的是山鲁曼皇帝的儿子，因要回哈里多突，正好经过此处所以临时决定在此处留宿。于是使者回到宫里禀告。听了这个讯息，皇帝马上领着亲信大臣赶到城外，与白都伦在营帐中会面。白都伦上前欢迎，相互问候。然后，阿尔马诺斯皇帝将白都伦请进皇宫里，摆设宴席招待她，用贵宾的礼节来招待她的随从，并将他们安排在宾馆里。

公主白都伦身着缀着珠宝的绣花衣裳，仪表堂堂，她在阿尔马诺斯皇帝的皇宫里舒服而平静地休息着。三日之后，皇帝前来看他，"亲爱的孩子，你知道吗？我现在已年逾古稀，但身边没有子孙，仅有一个女儿，跟你一样，长得清秀俊美，现在我年老体弱，已经没有处理国事的能力了，所以我决定将皇位传给你。如果你觉得我的国家还不错的话，就请你留下来，一来可以与我的女儿成为夫妇，二来接替皇位，封你为王，这样我就可以退休了。"皇帝对她说。

白都伦公主觉得有些羞涩，不好意思，汗水直往额头上冒，她低下头，暗暗寻思："我身为女子，这该如何是好呢？如果我不同意而离开这儿，万一他派人来追杀我，我岂不是很危险。如果我依从他，到时秘密被发觉，可就惨了。唉，难道夏梅禄失踪，下落不明的灾难还不够我承担吗？事情到了这种地步，只有留下来，并且保持沉默，事事依从他，才能保留性命，也只有等伟大的安拉来挽救了！"

白都伦公主做出决定之后，抬起头，对皇帝说"是"。皇帝高兴极了，召集臣相、大臣、文武官员和法官，并当着所有官员的面，宣布将王位传给白都伦，自己退位。白都伦头戴王冠，身着皇服，走上殿堂接受满朝文武的跪拜，赫然像个年轻男子，她的漂亮英俊，令人钦慕，谁都没有怀疑过她。

白都伦与哈雅图·诺芬丝

当了艾补奴斯的皇帝后，白都伦得到了举国上下的拥护敬重，鼓乐齐鸣，全国同庆。同时，老皇帝阿尔马诺斯为哈雅图·诺芬丝预备嫁妆，随之婚典举行。这对新婚夫妻，俊美、靓丽，如一同升起的两个月亮，也如同时撞在一块的太阳。婚典结束，来宾们将蜡烛燃上，将这对新婚宴尔的佳人送入新房，拉上窗帘，这才欢欢喜喜地散去。在烛光的映照下，白都伦与诺芬丝都默默无语。心情沉重的白都伦思念着戛梅禄，禁不住伤心泪流，念道：

远去的人啊！
我的心因你而怅然，
唯留下一丝性命。
我过去报怨失眠，
现在双眼竟让眼泪渗透；
只希望失眠可以延至今天。
你走后，
思念随后生长绵延。
你应问问，
分别之后我的境遇。
如非泪水流之均衡，
眼皮早已被毁坏。
我对安拉倾诉别离愁苦，
人们却不怜惜我的恋念、焦心。

念完，白都伦站起来盥洗、做礼拜，等到哈雅图睡后，便随意寻了个地方歇息。第二天，老皇帝阿尔马诺斯与太后来新房看望哈雅图，询问情况；公主将白都伦的表现一字不落地讲给父王与母后。

　　早晨，白都伦出了新房，便上朝听政，她端坐于王位上，受着臣相、大臣与文武官员的跪拜。他们赞颂着为她祈祷，面对她，并跪着亲吻地面。她笑逐颜开，待他们亲切温和；从臣相、大臣到文武官员及士兵们都得到了恩赐，所以大家都竭力诚心敬重、拥护于她，高呼万岁，全以为她是年轻男子。她逐步执掌大权，治理国事，下达命令，奖励好人善事，严惩恶行，大赦天下，减轻税收。这天她一直处理公事，时至黄昏，这才到后宫歇息。见哈雅图·诺芬丝漠然独坐于新房中，于是走到她跟前坐下，温柔地吻了一下她的额头，压抑着伤悲的心情，随意与她说笑聊了一会，便站起来悄然擦掉悲伤的泪水，洗盥、做礼拜，等到夜深人静，哈雅图·诺芬丝沉睡后，便随意躺在一边睡下了。第二天天刚亮她就起床，做完晨祷，而后临朝，发布命令，一心治理国事。

世界传世藏书

世界经典童话

·一千零一夜·

图文珍藏版

老皇帝阿尔马诺斯又来到新房看望公主，与她交谈，探听新皇帝的表现，哈雅图·诺芬丝将白都伦所做的全都仔细禀告给老皇帝，末了说："父皇，我觉得如我夫婿这般智慧忠诚的人儿，真是世上少有的；可他经常不是伤心痛哭，就是轻声微叹。"

"亲爱的孩子啊！你多按捺一下；假如他还如此，我最终将解除他的皇位、将他赶出我国境内。"老皇帝宽慰着诺芬丝公主，脑子里依然筹划着如何对待白都伦。

晚上，白都伦返回后宫，步入新房，看见屋里烛光明亮，哈雅图·诺芬丝端坐在那儿，孤寂黯然。此情此景，不由地使她想起戛梅禄及她们夫妇俩于短时间内遇到的别离景象，不由自主地叹气哭泣。稍过了一会，她起身准备做晚祷，哈雅图·诺芬丝将她抓住，说："我的爱人啊！我父王待你不薄，你不觉得惭愧吗？"白都伦又端坐下来，说："你说这些是什么意思？亲爱的。"

"我说这些无非是为你担心而已，我从未碰到过你这么自以为是的人；我父王已准备废除你的皇位，并将你驱逐出境。要是他恼怒起来，可能要杀了你呢。我说这些，是出于怜惜你，你仔细想想吧？"

听完诺芬丝的话，白都伦低下头，望着地面，觉得迷茫、忧虑。她暗想："如果我违背他，性命就不保；如果要是听从了，那么秘密就泄露了，真是让人难以决策的问题啊！话说回来我现在是艾补奴斯的皇帝，什么都把握在我手中；戛梅禄如果要回到他的国家，肯定要经此路，我与他肯定会在此地相逢。如今我迷茫困惑，天知道我该如何行事才好。就让我将所有的都依托给安拉吧！他可以帮我解决。"接着她勇敢果断地将自己的遭遇全部仔细地向诺芬丝诉说

了，临了叮嘱说："以安拉的名义，我恳请你帮我严守秘密，不能泄漏半点风声，等我与戛梅禄相见之时，我会听从你的任何要求的。"

听完白都伦的述说，诺芬丝非常惊诧，非常怜悯她，帮她祈祷，盼求安拉帮他们夫妇早日相聚重逢，而且宽慰她说："姐姐，不要忧郁着急，慢慢忍着点，等待万能的安拉解决吧！"她说完念着：

唯有忠诚的人，

可以遵守承诺。

秘密于心中，

如那禁封的屋子；

门上不但要上锁，贴上封条，

并且门锁的钥匙也已丢掉。

世界传世藏书

世界经典童话

·一千零一夜·

图文珍藏版

诺芬丝念完继续对白都伦说："姐姐，古训说，自由人的胸怀，就像神秘的墓穴一样。你安下心来，我会严守这秘密，一点也不走漏这个消息。"

第二日早晨，做完早祷，白都伦便上朝听政，在王位上治理事务。此刻，老皇帝又来探望诺芬丝，公主诺芬丝赶紧将白都伦的改变告诉父皇母后，夫妻俩冰释前嫌，心意相投的情景述说给老皇帝。老皇帝闻后，顿时心情轻松，心旷神怡，倍觉欢喜，预备丰裕的酒席，与公主和新皇帝同饮。自此岳丈与"女婿"过起了幸福美满日子。

哀伤的山鲁曼皇帝

打从戛梅禄太子与买尔祖旺一块儿去狩猎以后，山鲁曼皇帝就觉得心里惶惶不安，他努力克制这种心情，强迫自己期盼着，但是等到黄昏时，太子还没有回来，皇帝因而一夜未眠，辗转反侧。夜晚是那么漫长，他始终牵挂着太子，在这种担心、忐忑不安的情绪中，终于盼到了破晓。旭日东升，他内心逐渐得到了些安慰，便满心欢愉地盼望着太子的回来。但是直到用膳时分，依然不见太子的踪影，他不觉生出一种别离之感，内心猛然冒出一股牵挂太子的冲动，他惊恐不安，失声地痛哭起来，衣服都让泪水打湿了。

悲伤地哭泣了一阵子，皇帝擦去泪痕，立即宣布旨令，指挥队伍快速打理行装，为找寻太子作远路出行的预备。因此他满怀着忧愁、郁闷的情绪，率领庞大的军队，气势磅礴地出了京城。他将队伍部署成六队。选定先锋，左卫与后卫等，往四面八方寻找太子，出发前，他嘱咐大臣："限明天所有人马于十字路口会合。"

根据皇帝的旨意六路人马向不同的方向进发，开始四处寻找太子。他们爬山越岭，不断地向前搜寻，就这样，走了许多的路，但直到太阳落山时，仍然没有发现太子的踪迹。他们连夜行进，一直到第二天中午，六路人马先后赶到十字路口会合。但是谁也不能确定太子走的是哪个方向，就在大家四处察看的关头，有人忽然看到被撕扯的碎衣片及残留的血肉，细细观察，依然可以看见碎衣片上的血痕，并且布片及肉块都朝着一个方向。

一见这种情形，山鲁曼皇帝顿时感觉心猛地被抽了一下，禁不住大喊一声，叫着太子的名字，顿时老泪纵横。不由得抽打自己的面颊、揪自己的胡子，扯自己的衣服。他已确信太子遇难了，所以越哭越悲哀。其他人也觉得太子肯定死了，也跟着皇帝一起落泪，把地上的泥土撒向自己的头，每个人都发自内心地伤心、痛哭。

皇帝毫不怀疑地认为太子死了，他觉得太子肯定是在路上被强盗杀了，或许是在山里遭到了野兽的攻击，便领着军队心情沮丧地往回走。走到城里，便宣布旨意，为悼念死去的太子，举国上下的百姓都要穿丧服。而皇帝自己在皇宫里修了所名叫忧郁宫的房子，这样他每逢礼拜二和礼拜五上朝听政外，其他的时间都静呆在忧郁宫里，过着离群独居的忧愁日子。

戞梅禄发掘出宝藏

流浪的戞梅禄终于在一个由老园丁看护的花园中落下脚，与老园丁相依为命。他时时回想起从前那些幸福舒逸的日子，所以整日

哀愁泪流，甚至不时地靠念诗咏调来打发时光。"驶往伊斯兰国家的船到了年末就会出发。"老园丁时不时地宽慰着他。

一日，一直与老园丁生活的戞梅禄，看见百姓们三五成群，熙熙攘攘。戞梅禄正觉得纳闷时，老园丁过来说："亲爱的孩子，你现在不用做工了，歇息歇息吧！今天百姓都在喜气洋洋地欢度佳节呢！

不知这段时间有没有船去伊斯兰国家，我现在就去给你打听打听，你守护花园吧！顺便歇歇。"

老园丁离开后，园中只留下戛梅禄独自一人，他不由得又为自己那苦难多磨的经历哭泣起来。就这样，他不停地想，心中越来越焦急，越来越难过，泪流不止，以至于最后伤心地不省人事了。过了一阵，他渐渐地清醒过来，慢慢绕着花园的树散步。由于内心总是想着自己遭受的坎坷境遇以及别离的愁苦，心神不定的戛梅禄不留神摔倒了，那树枝儿把他的脸弄烂了，血痕累累，血泪交织。他抹去血痕，忍住泪水，把伤处用布绑好，整个园子里只有他流离失所、迷茫凄苦的身影在不停走动着。正在这个时候，他不经意地仰起头，发现树梢儿有对小鸟儿在打架，突然一只鸟掉了下来，而另一只则舒展翅膀离去了，显然这只已死了。稍过会儿，又有两只略大些的鸟儿飞到亡鸟的旁边，像是在哭泣，嘴里叽叽喳喳地叫着，并且扑闪着翅膀，然后它们用嘴和爪刨了个小坑掩埋了亡鸟，接着成双飞走了。不一会儿，那只得胜的鸟儿被它们叼着来到那掩埋鸟儿的小坑旁，随即也被啄死了，肠胃被叼了出来，皮肉都被啄烂了，两只鸟儿得胜而归，只见鲜血和皮毛散落在地上。

戛梅禄目不转睛地看完这些后，惊异极了。他看见有东西在发亮，于是疾步过去，细细一看，却是一个嗉囊。他俯身捡起，扯开来，啊！原来是那个让他们夫妻分离的红宝石。他马上明白了事情是怎么回事，兴奋地昏了过去。一会儿，他醒过来，自语道："感谢安拉，这可是我与妻子欢聚团圆的好预兆，是个喜讯啊！"他捧着宝石，仔仔细细地观赏着，过了一会儿他找块布将它捆到胳膊上，觉得欢快鼓舞，心里充满了希望。"这真是个喜讯！"他暗想着。然后他慢慢地走回房里，等待老园丁回来，可是已经很晚了园丁依然未归，他便独自先睡了。

第二天早晨，戛梅禄起床后，依然用绳索把腰扎起来，拿着镐头和筐子，认真踏实地在花园里劳作。从这到那翻地，慢慢地挖到了一棵空心树下。镐头刨到树根时，便传出裂纹响，地面崩裂了，一个盖子显现出来。他掀起盖子，看见了门和阶梯。戛梅禄觉得惊奇，便顺着台阶走下去，一个翁顿、瑟睦德王朝时期的地窟展现在他面前。湛蓝色的墙面，无以计数的红色宝石把这个石头垒成的地窟照得光彩四射。戛梅禄高兴得手舞足蹈，看着这些财宝，自顾自地说，"霉运就要结束了，幸福欢乐的生活重现了。"

出了地窟，戛梅禄把盖子遮好。开始给花草树木浇水，直到黄昏。老园丁深夜才归来，对戛梅禄说："亲爱的孩子，我给你带来了好消息。你很快就能重返故乡了。三日后，驶向艾补奴斯的船就要出发了，生意人此刻在准备船和货品呢！首先到达的伊斯兰教国家是艾补奴斯，到达后，大概再行六个月的陆路，就抵达哈里多突了。"戛梅禄眉开眼笑，不停地亲吻着老园丁的手，兴奋地说："老人家，你告诉了我一个喜讯，我也有个喜讯要给你说呢。"接着，他把自己无意中找到财宝的事情给老园丁讲了。听了后，老园丁欢天喜地地说："好孩子，我在这园里劳作了八个春秋，没发现任何东西；想不到你才来不满一载，倒找到了财宝。看来这些都是你的，更是你情绪转变，早日回故乡和亲人欢聚的动力啊！"

戛梅禄说："财物我们一定要平分。"随后领着老园丁到了地窟，将金光闪闪的财宝拿给他瞧。总计二十瓮的金子，两人各得十瓮。老园丁说："亲爱的孩子，花园里的橄榄唯独我们这儿才有的，时常有生意人将其贩卖到其他地方。你找个皮兜将金子放进去，上面放满橄榄，之后包好，用船载回去。"

夏梅禄马上着手，准备了五十个皮兜，放满黄金，顶上铺了层橄榄，而后包好，其中有个皮兜装着红宝石。全部准备好后，夏梅禄与老园丁聊着天，满怀信心地认为能顺利返回家乡，和亲人团聚了。他心里想着："抵达艾补奴斯，接着走陆路到哈里多突与父皇相见，到时就能探知我的爱人白都伦在哪儿了。孰知她是回故乡呢，还是径直回父皇那儿了？是不是在路上遇到了意料不到的坏事情呢？"

在等候出发的这段时间里，夏梅禄把所有事情都安排好了，他与老园丁倾心相谈，难舍难分，向他描述了一番鸟儿们厮杀的情景，很晚他们才睡。梦醒后，已是第二日早晨了，夏梅禄发现老园丁病倒在床，起不来了。第三天，老园丁的病更加重了，看来活不了多久，夏梅禄心里很伤心，很难过。正在这当口，园里来了船长和水手找老园丁，夏梅禄说老园丁生病了，"我们的船要去艾补奴斯了，那个想同行的年轻人在吗？"船长问。

夏梅禄答道："我就是。"随后就让水手把那些皮兜运上船。水手在运皮兜时叮嘱说："风向很好，正适合船行驶，你赶快来。"

"知道了，我很快来。"他匆匆将食物拿到船上，妥善放好，以便路上吃，随即他跑回花园，向老园丁道别。但是老园丁已经快咽气了，吸着气，进行着垂死拼搏。夏梅禄不舍得这样走，就在床铺跟前，陪他到咽下最后一口气，马上将他入殓，掩埋妥当，这才拼命去追船，奔到海滩，那船已顺风而行，乘风远去了。木然看着船儿渐小的影子，他手足无措，无精打采，一言不发地返回园里，难受得直打自己的耳光，把土往脑袋上撒。

这以后，他把花园租下来，承接了老园丁的遗愿，请了一个人浇水灌溉，苦心管理。他随后再次准备五十个皮兜，去地窟把所留的黄金全都放了进去，顶上放满橄榄，之后包好，准备随时拿走。他外出四处探听，知道船每一年仅有一趟，只有明年才有机会。他心神不定，忐忑不安，回忆着独自所碰着的事，特别是把白都伦的红宝石给丢了觉得十分难受，难过得不停流泪。

白都伦与船长

当了艾补奴斯皇帝以后，白都伦强忍悲伤愁苦的心情，踏踏实实地治理国事，赢得了文武百官的尊敬和好感。她出去巡访，百姓们热热闹闹地相拥着为她高呼、祝福，说："你是老皇帝阿尔马诺斯的女婿，公主的夫婿。"但是每到夜深人息的时候，她就不由得为戛梅禄的孤寂落寞而痛哭。她时不时地与诺芬丝谈戛梅禄的事儿。一日，她隔着窗儿远望大海，瞧见一艘船开进海港。望着那船，她内心突然有一股很强烈的情感，焦灼不安，激动非常，她骑上马带大臣随从前去港口察看。那些人刚好在将货往下卸，她就跟船长探听装了些什么货。"启奏皇上，这次带的货有许多种，草药、眼膏、药粉、香水、钱币、布帛、兽皮、麝香、香料、檀香、罗望子和橄榄等等；我们那儿的主要土特产品就是橄榄。"船长回答说。

耳闻着船长说到橄榄，白都伦非常好奇，很想知道橄榄是什么

样的，什么味儿，于是她对船长说："运来的橄榄多吗？"

"有整整五十个兜；但那个卖橄榄的没有一块来。"

"拿来我瞧一瞧吧？"

船长命令着，水手服从指挥，很快拿出橄榄，将它献给皇帝。白都伦瞧了瞧，说："我要这五十兜橄榄；要多少银两，我给你们。"

"这橄榄在我们家乡很便宜，卖橄榄的那个穷苦人，没及时上船，给掉下了。"

"这些橄榄在你们家乡价值多少？"

"一千块钱的价。"

"我给你一千元买下它。"她命令随从把橄榄带回去。

这天晚上，白都伦让佣人取包橄榄拿至后宫，她与诺芬丝共同细细品尝。她拿了一个大碟子，把皮兜往下一倒，碟子不光有橄榄，还有许多金灿灿的黄金。"怎么是金子啊!"白都伦问诺芬丝说。便吩咐佣人将其他的橄榄拿到后宫来,依次将它们开启查看,看见各个皮兜里均铺满了黄金,而所装的橄榄加起来还不到一袋。她细细检查一遍,发觉黄金里有颗红宝石。拾起来细看,这正是戛梅禄从她胸口上取走的那颗红宝石。看着这个非常喜欢的东西,白都伦极其高兴,大喊着,便昏过去了。

没多久,白都伦渐渐清醒了,暗暗道:"我和戛梅禄离别的起因就因为这颗红宝石,而如今它却成了喜讯。"她便对诺芬丝讲:又见到宝石了,是我们夫妇团圆相聚的预兆啊!

第二天早上,端坐于王位上的白都伦吩咐把船长带进来,船长接受命令走到皇帝跟前,跪拜在地上吻了吻,并规规矩矩地等待旨令。白都伦问:"那卖橄榄的生意人,你究竟将他扔在哪儿了?"

"启奏陛下,他和一个老园丁一起在信奉异教的地区生活。"

"如果不把他带来,你的船和你自己将要遭到的损伤,恐怕这是你意料不到的。"白都伦接着命令查封那商人的船舱,严禁再进行交易,并对他们说:"那卖橄榄的人欠我的债,如果你们不把他带到我这来,你们的货物将被查收,而且将你们处以死刑。"

遭受挟持的商人们,都与船长相议,表示愿集一些路费,让他驶船回国把人找回来。"请你无论如何把那个让我们倒霉的人带回来,解救我们的性命和物品吧?"他们诚恳地请求道。

白都伦与戛梅禄重逢

　　船长同意了商人们的意见，为实现他们的愿望，他迅速准备妥当，赶紧扬帆起航，一切顺利地回到故乡。船到岸后，正是夜深人静之时，船长顾不了许多，与水手赶到园里找人。

　　寂静的黑夜，戛梅禄心神不定，想着自己的遭遇，想念着妻子，难过地哭泣，正在这个夜深不眠之时，猛听到叩门声，不觉一惊，爬起来，便开门去了。门一开，水手们二话不说，将他围住，抓到船上，立即开船启航。在浩瀚无边的大海中连夜行驶了几天，戛梅禄一直都莫名其妙不明白到底怎么了。他向水手们打探被抓的原因，他们回答他说："你这坏人，欠艾补奴斯皇帝的债，还盗取了他的钱财。"

　　"向安拉发誓，我一生还从未去过那个地带，又怎会借别人的钱呢！"

　　水手们不与他争辩，开着船往艾补奴斯驶去。到达目的地后，他们将他领进皇宫去。白都伦一眼便认出他了，吩咐佣人把他带入澡堂洗澡，与此同时宣布解除禁令，获准商人们可以随意经商，而且赏赐了船长一件价值万金的衣服。深夜，她把事情向诺芬丝说了，叮嘱道："你要好好保密，我会想个主意解决问题留下一些材料给后人的。"

　　佣人领着戛梅禄进入澡间洗澡、熏香，洗完澡后，他穿上官衣，精神抖擞，犹如星星一样英俊潇洒，然后回宫中拜见皇帝。白都伦尽力控制着激动的心情，依照计划一步步安排着。她首先给他封了爵位，让他在宫里担任职务，而且指派佣人侍奉他，赏赐给他骆驼和黄金，使他生活得很富裕。而后又多次提拔他，最终委任他掌管国库，把握财权。她时时和他接近，与之共商国家大事，而且还向臣相大臣们宣传他的才能，因而全部官员都很敬重他、佩服他。白都伦毫无节制地给他封赏，加官晋爵，让戛梅禄不知所以然。因为他职位高钱财富有，所以从老皇帝阿尔马诺斯，到所有的官员、奴仆，几乎都敬重、恭维他，让他不知所措，也让他同时对这种反常的事情觉得诧异、害怕。他暗暗说："向安拉发誓，这种赏赐，中间必有原因。皇帝这样不寻常地敬重我，或许有什么计谋吧！我得告辞回家才行啊！"接着便去拜见皇帝，说："陛下，蒙受皇上太多恩赐，日后不能再妄想非分，请求皇上批准臣辞职返乡，并且把赏给微臣的所有恩典都收还吧！"

"你既过着这样幸福的日子、又有无边的赏赐，又为何还想不通而告辞回故乡呢？"白都伦含笑说着。

"陛下，似这般毫无原因的赏赐一定是怪异的情况；更何况如我这等稚嫩的人，怎能担当其他元老才有资格胜任的职位呢！"

白都伦哄然乐起来，乐得都快倒地了。然后她说："咱俩一块度日的情景，亲爱的，你快忘得差不多了吧！"接着她真诚地给他作自我介绍。戛梅禄此时才明白过来，她就是自己的爱妻白都伦。因为太高兴了，他不禁流下了欢欣的眼泪。

白都伦把自己的遭遇从头至尾仔仔细细给戛梅禄讲述了一遍，戛梅禄也向白都伦讲了分别后的经历。别离这么久，夫妇俩重新相逢，很是高兴。而后白都伦领着戛梅禄拜见老皇帝阿尔马诺斯，述说了自己的真实身份，讲明自己是戛梅禄的妻子和夫妇二人离群失散的缘故。老皇帝耳闻了白都伦的事儿，觉得惊异极了，嘱咐用金墨载录下来。他问戛梅禄："王子，你愿被招为驸马与我的公主哈雅图·诺芬丝结合吗？""我得和白都伦商议一下，因为她对我的情义是言语无尽的。"戛梅禄说道。

戛梅禄直接问询白都伦的想法。白都伦说："此主意甚好，你就应允与公主结婚吧；从此，我就做她的一个奴仆，仔细侍奉她。以报她这样成全、优待于我，而且我们已经受到了她父王这么多的恩情了。"

戛梅禄与哈雅图·诺芬丝结成夫妇

戛梅禄将老皇帝想招他为婿的意思与白都伦相商后，白都伦欣然无异，丝毫不妒嫉。他高兴地把白都伦欣然同意及愿意做奴仆侍奉公主诺芬丝的情况禀奏给老皇帝。老皇帝听后非常高兴，立即上朝，召集臣相、大臣和文武百官在宝位上，向他们讲述了戛梅禄与白都伦夫妇俩的坎坷经历和境遇，将自己准备招戛梅禄为婿，顶替白都伦为皇帝的意思向他们说了，并询问他们的意见。各官员听完老皇帝的所言，一致无异议，异口同声说："白都伦公主即为我们的驸马，也曾是皇帝，那么她的丈夫戛梅禄当然也可以成为我们的皇帝，我们诚心欢迎他，愿意服从于他，不违背他的意见。"

老皇帝阿尔马诺斯见群臣都拥护这个建议，心里无比喜悦，非常得意地赶紧请来法官、证人和元老，为戛梅禄和哈雅图·诺芬丝订婚，而后举行结婚典礼，大摆酒席，招待来宾。并借以结婚和册封皇后的吉日，封赏大臣，大量筹措物资，救济贫苦的黎民百姓，大赦天下。百姓欢呼雀跃，纷纷前来庆祝。高呼皇帝万岁。

艾谟章笃与艾思武德

当了艾补奴斯皇帝后，戛梅禄命令减免税收，大赦天下，大胆勇敢地做了很多顺应当时情况的改革和让人歌颂的事。实现了国富民强、平安盛世的境况，而后他和皇后们过着相敬如宾、欢快幸福的日子。在这样富裕、享受的生活里，他将自己的从前山鲁曼皇帝的领土江山及其对他的抚育之恩典尽数抛开了，全都遗忘得干干净净。

光阴似箭，转眼一年过去了。戛梅禄的两个妻子各自都生了一个儿子，像太阳一样英俊漂亮。白都伦生下的叫艾谟章笃，诺芬丝生的叫艾思武德，一大一小。艾思武德较哥哥艾谟章笃长得更俊美。兄弟俩在皇宫里被照顾的细致周到，受到优越无比的养育。随着年龄的成长，皇帝请来有名的老师教他们读书认字，且给他们教灌学术、政治和武功，将他们锻炼、培育得俊美活跃、文武全才，个个出类拔萃。时至年为十七岁时，兄弟俩的身体已发育成熟，万般惹人喜爱，俩兄弟自小就在一块生活，大了以后，还是生活在一块，相互关爱，不分不离，生活得很是恬静舒服和欢乐，让人看了，有的羡慕，有的妒嫉。

　　时光飞逝，转眼之间，艾谟章笃和艾思武德长大成人。这时候，每回戛梅禄皇帝出外巡视，就让兄弟俩代理朝政，交替治理国事。话说这也算是宫廷的风流艳史，正当戛梅禄外出巡视，艾氏兄弟执掌国事时，皇宫里传出耸人耳目的丑闻：异母白都伦竟然爱着诺芬丝的儿子艾思武德，她单恋着他；而白都伦的儿子艾谟章笃被他的异母诺芬丝所追求。就这样，两个母后偷偷地，以寻常的母子感情作掩盖，私下里进行着不正常的爱情举动，相互勾引对方的儿子。他们一见到自己心爱的人，就喋喋不休，企图想完全霸占，不想让他离开。但是这只不过是她们自作多情而已，时间一长，相互都没能如愿，就失落得如入低谷一般；饭也吃不下，茶也不想喝，连睡眠都被这种不正常的爱情之火灼得无法入眠。

王子与皇后

　　有一天，戛梅禄皇帝又要去郊外狩猎，于是他像往常一样安排两位王子轮着执政，替他打理国事。首先是白都伦的儿子艾谟章笃王子执政；他端坐在皇位上，下达着惩恶扬善的各项指令。艾思武德王子的母亲诺芬丝就借此机会给他写了一封示爱的信，毫不掩饰地表达自己爱恋他的心情，并说出想与他多多来往的想法。她拿出一块经麝香熏染的薄纱，将那封情书以及自己的一小束发丝一同放到里面，然后又用一块手绢将它包裹起来，这才让自己的一个奴仆将它交到艾谟章笃王子的手中。

可怜的奴仆全然不知将会发生怎样的事情，也就更加无法知道自己将要面临怎样的灾难了，他只知是一个劲地按照皇后的指令去完成任务。他匆忙地跑上朝廷，跪着吻了吻地面，接着就恭恭敬敬地将那封信递给了王子。艾谟章笃王子打开手绢看完信的内容以后，明白了皇后是个背叛了父王的奸诈的人，不由得火冒三丈，对女人这种无耻的行为痛恨不已，他大骂："主啊，请你把这种奸诈、狂妄、淫荡无耻、无情无义的女人全部灭亡吧！"说着，他愤怒地拔出宝剑，对奴仆说："你这个与坏人狼狈为奸的狗奴才！居然胆大妄为地帮着背叛父王的贱妇传递书信？你这个可恶而无耻的没用的奴才，真是罪该万死！"于是，王子把宝剑一挥，奴仆的头就落地了。他仍旧把信用手绢包裹起，放在了自己的口袋里，连忙到他母后那儿去，将这一切告之于她。接着向母亲诉说着自己的满腹牢骚，对那个淫妇大骂一通，道："世上的女人真是一个坏过一个！我向伟大的真主发誓，如果不是要顾及父王和弟弟的面子，我肯定会冲进去，砍掉她的脑袋，就如那个狗奴才一样。"他气呼呼地回到自己的卧室，越想越气愤，弄得茶不思饭不想，整夜无法入眠。而皇后诺芬丝知道艾谟章笃王子看过信后大发雷霆，并气愤地砍掉了自己奴仆的脑袋，对此十分懊恼，于是便对王子痛恨不已，想借机报仇。因为这件事，她自己也被气得病倒在床。

到了第二天的早晨，轮到艾思武德当政了。他坐上皇位，下达惩恶扬善的命令，仔细打理着各种国事。此时，艾谟章笃的母亲白都伦皇后则心怀不轨的呆在后宫，她叫来了后宫里一位阴险狡猾并善于欺上瞒下的老女仆，向她叙述自己心中的秘密，接着便拿出笔墨给艾思武德王子写了一封情书，以表明自己爱慕、思念他的态度。写完后，她用麝香熏了一下信，便和自己的一缕发丝一起卷了起来，放到了一个缀满珠玉的绣花荷包里，让这个老女仆交给艾思武德王子。

老女仆依照皇后的指令，慌慌张张、鬼鬼祟祟地上了朝廷，等到人不多并且王子不太忙的时候，连忙将信呈了上去，接着便恭恭敬敬地退到一旁等候回话。王子看完信，知道了信中的内情，依旧将信叠了起来，放到了衣服口袋里。做完这一切，才开始大发雷霆，痛斥淫妇这种无耻下流的行为，接着便从宝座上一跃而起，拔出宝剑向老女仆砍去，杀死了这个老女仆。

艾思武德气得头脑发晕，无精打采地来到母亲那里，见母亲病倒在床，便向她叙述了自己的烦恼，并破口大骂白都伦以后，才从母亲那儿出来，去见他哥哥艾思武德，并将这件事详细地对他说了一遍。最后他气愤地说道："我向真主发誓，如果不是因为怕得罪你，我一定会闯进去，砍掉她的脑袋。"

"我发誓，亲爱的弟弟，"艾谟章笃说道，"昨天我执政之时，也遇到了一件事，而且与你所遇到的事情相似；你母亲也写了一封内容相同的情书交给我。"接着，他详细地将他母亲诺芬丝爱恋自己的事说了一遍，然后说："以安拉的名义发誓，如果我不是要顾及你的面子，我非得冲入后宫，像砍掉奴仆的头那样解决她！"

那天晚上，两兄弟愁苦万分，感慨不已，互相倾诉着自己的烦恼，破口大骂这种奸淫无耻的女人，就这样一夜未曾合眼。最终，两人一致认为，对于这件宫内发生的丑事要严守秘密，绝不告诉皇帝，以免两位皇后被处死。

第二天，戛梅禄皇帝带领着他的狩猎队伍回宫了，他坐上皇位与众臣们交谈了一阵后，便回到后宫中休息，当他看到两位皇后卧病在床，奄奄一息的样子，感到惊讶不已，忙问："两位皇后为何成这样了？"

原来两位皇后调戏王子未成，丑行暴露，便懊恼万分，唯恐王子将此事告诉皇帝，于是她俩商量着设计谋害王子，借此将他们害死。当皇帝狩猎回宫时，她们便强撑着从床上爬起来，亲吻了皇帝的手，颠倒黑白地对皇帝说："陛下，你可知道，你含辛茹苦，耗尽心力的将两位王子养育成人，可是他们却居然做出引诱皇后的无耻下流行为来辱没陛下。"

皇帝听皇后这么一说，顿时脸色大变，怒火上冲，气得昏头昏脑，说："究竟发生了什么事？一五一十地将它说给我听！"

"陛下，你知道吗？"白都伦首先说，"诺芬丝的儿子艾思武德王子总是给我写情书，想引诱我，我曾多次告诫他，但他却不知悔改。这一次您出外狩猎，他就借此机会用剑威胁我，企图奸污我，我不从，他就杀掉了我的女仆。"说着就不停地抽泣起来，然后继续说道："陛下，请您一定要为我讨回清白呀！否则我只能以死相报了。这种奇耻大辱，叫我如何在这个世界上苟且偷生呢？"

白都伦还在不停地哭泣，此时诺芬丝也开始抽泣起来，她也和白都伦一样编造了一个谎言，告诉皇帝艾谟章笃王子是如何引诱她的。然后她说道："请陛下为我做主，替我申冤雪耻啊，不然我就要将此事告之我父王。"接着，两位皇后又开始在皇帝面前痛哭流涕起来。

皇帝听完两位皇后捏造的谎话后，见她俩悲痛欲绝的样子，信以为真，因此勃然大怒，一跃而起，拿着宝剑，准备杀掉王子。正在此时，老皇帝阿尔马诺斯忽然驾到；他是因为知道戛梅禄皇帝刚从外边狩猎回来，所以特意前来探望他的。当他看到戛梅禄气急败坏地手拿宝剑，鼻孔冒血，一副凶神恶煞的样子，连忙问他到底出了什么事。于是，戛梅禄皇帝将两位王子的无耻行为重新述说了一遍，然后说道："嗯，这次我一定不顾情面，严惩恶行，将两个不孝之子斩首示众。"

王子与财政部长

老皇帝阿尔马诺斯听他这么一说，也痛恨起两位王子来；他说："我的儿呀，你做得很对。他们两个卑鄙无耻的东西，请真主来处罚他们吧！对于这些欺瞒真主、胆大妄为的无耻之徒，都会受到主的处罚的。但是，我的儿啊！俗话说：'凡事不能只看眼前，应该要有远见。'对你来说，他们不管多么大逆不道，但毕竟仍是你的亲生骨肉啊，所以你最好不要亲自下手，以免自己受罪，日后又后悔不已。你只需吩咐一个大臣为你做这件事，让他将这两个畜生带到郊外，在那儿无声无息地处死，你就不会看到这残酷的事实了，古人说'眼不见为净'嘛。"

戛梅禄皇帝觉得老皇帝说得有理，听从了他的意见，于是将宝剑收回到剑鞘中，立刻下令让管库的财政部长到这儿来。财政部长是一位年长的、经验丰富的老臣了。皇帝一见到他，便对他说："请将两位王子给我紧紧地绑起来，扔在两个箱子里，让骡子背着，命你亲自押送去郊外处决，并且用两个瓶子盛满他俩的血拿回来给我看。你立刻去执行，早去早回。"

　　"我知道了，遵从您的旨意，立刻去办。"部长说完便马上起身去完成使命了。刚巧，他一走出宫门，就在走道里遇上了两位王子。艾谟章笃和艾思武德两位王子一听说父王狩猎回宫了，于是便打扮得整整齐齐地准备去面见父王，祝贺他安全返回。财政部长看到他们，就对他们说："两位王子，恳请你们明白，我只是一个任人使唤的部下，现在我遵从皇帝的旨意，去执行一项任务，那么两位王子是否也应该遵从皇帝的旨意呢？"

　　"没错，我们的确应该遵旨。"两位王子答道。

于是，部长拿出绳子将两位王子捆了起来，装在了两个箱子里边，把箱子放到一头骡子的背上，走出了京城，来到了人烟稀少的郊外，然后下马把王子放了出来。部长看着眼前这两位仪表堂堂的王子，不禁流下了同情的泪水，最终他还是狠了狠心，拔出宝剑对他们说："王子们，我对天发誓，我真的不忍心杀你们，对我来说要我杀死你们实在是很困难；可是，我毕竟只是一个奴仆，这件事与我一点关系都没有，我只不过是奉皇帝之命来处死你们的。"

"我们心甘情愿地承受真主安排给我们的一切；你的行为是合理的，请动手吧。"说完，两位王子便相互告别，紧紧靠在一起，面对即将到来的死亡。"以安拉的名义，老先生，"艾思武德王子说，"我请求你先杀死我吧，我不想亲眼看到自己亲哥哥的死而痛苦万分，就这样让我无牵无挂地死去吧。"艾谟章笃王子也这样请求部长先杀死他，说："弟弟比我小，我真不愿看着他死去，那样我会心痛不已。"说完，两兄弟相拥大哭，部长看着他们如此动人的情景，也不禁被感动得流下了眼泪。

两位王子相互依偎着，恋恋不舍，互相做最后的道别："这都是两个阴险狡诈的母后设计出来的阴谋；你母亲想谋害我，而我母亲则想谋害你；她俩狼狈为奸，我们一点办法也没有，只愿仁慈的真主能挽救我们了。我们永远是真主的，我们都将回到真主那儿去。"两兄弟说完又抱头痛哭。艾谟章笃王子对部长说："老先生，我以真主的名义，请求你先把我处死吧，将我心中的怒火彻底消灭，不要再让它继续燃烧了。"艾思武德说："不，不，求你先处死我吧。"艾谟章笃说："好吧，就让我俩的脖子紧靠在一起，那么，他一挥刀就能砍掉我们两个的脑袋。"这样，两兄弟面对着对方，伸着脖子，靠在了一起，准备让部长来砍头。部长眼含热泪，将他俩捆在一起，拔出宝剑说："我向真主发誓，两位王子，要处死你们真是让我为难；现在，你们是否还有一些事情要交代的？身前还有什么事要我替你们做的吗？有没有遗嘱？有没有书信需要我去传递的呢？"

"不，谢谢你了！我们并没有什么事需要你代劳，"艾谟章笃说："关于遗嘱，我只想告诉你：在你处决我们之时，请你把我弟弟放到我的身体的下边，这样你的宝剑就能先砍到我。你执行完命令回去后，如果父王向你打听我们死前的情形，望你能顺便说一句：'您的两个儿子向您问好！他们想问您：可否明白他们到底是犯了罪呢，还是被人陷害？您为何不查明他们当时的真实情况，也没去收集证据，就这样糊里糊涂地将他们处死了。'另外，请求你还要告诉他一声：'红颜祸水！最毒妇人心啊！这世上的许多灾难，都是她们这些女人捏造出来的。'刚才我对你所说的一切，你可一定得明明白白地告之父王啊。我最后还请求你稍缓一下执行命令，以便我们兄弟之间能再多聊一会。"然后，他热泪盈眶地对艾思武德说："亲爱的弟弟，到了现在这个地步，我们哭也没用了，我们不要伤悲，古时候众多王侯将相的最终结局也就是我俩的前事之师。历代王朝，许许多多的王公贵族和黎民百姓不也是这样的归宿吗？"

部长听到两位王子的一席话，感动不已，不禁老泪纵横，失声痛哭，泪水把他的胡子都弄湿了。正当他拔出宝剑，挥手准备朝两位王子砍去之时，他的那匹千金骏马猛然间竟一跃而起，转眼间就奔入了森林。他焦急万分，扔下手中的宝剑就追了过去。他看见那匹骏马在飞奔着、嘶叫着，地上的灰尘被弄得四处飞扬。当他正朝着骏马追过去时，从树林里突然蹦出一头十分恐怖、眼冒金星的雄狮。此时，部长的手里已经没有宝剑，看着狮子目露凶光地朝他走来，他已明白自己在劫难逃了，不由地感叹万分："真是无可奈何！只希望仁慈的真主来解救我了。这都是因为艾谟章笃和艾思武德，才会让我遇到这种倒霉的事。唉，这件事一开始就糟糕透了！"

两位王子就这样被牢牢地捆在一起，烈日当头，他俩被晒得喉咙冒烟，酷热难熬，就张开嘴大口喘着气悲惨地大叫起来。可是，这地方人烟稀少，十分偏僻，哪会有人给他们送水啊，因此他们失望极了。艾谟章笃感叹道："我宁愿快点被处死，免得在这儿活受罪。唉？也不知道老部长追马追到哪里去了！把我们捆在这里这么长时间！但愿他能尽快回来处决我们，总比我们在这儿忍受这种痛苦要强得多。""我的好哥哥，"艾思武德说，"我们还是忍一忍吧，相信仁慈的真主会来救我们的。他的马突然跑掉了，一定是真主的指示。可是，这样的炙热和口渴真够受的。"然后，他拼命地摆动着，终于将捆着的手臂挣脱出来了，接着他飞快地站了起来，为他的哥哥松开了绳子，拿起宝剑说："我向真主发誓，我们一定不会就这样从这儿逃走的，得打听到老部长的消息，了解了他到底怎样了才行。"这样，两兄弟便向森林里走去，追踪部长的下落。艾谟章笃对弟弟说："我看，部长及他的骏马应该还在森林里，他们不会走出森林的。"

"亲爱的哥哥，"艾思武德说，"你留在这儿，让我先到里边去打探一下。"

"不行，我不能让你独自一人进去；如果要进去的话，就让我俩一同进去吧！要生一起生，要死就一起死。"

于是，两位王子就朝森林的更深处走去，没多久他俩就看到那位部长在凶猛的雄狮前吓得双膝跪地，双手高举，眼望天空，祈求真主的帮助，那样子就如一只弱小而可悲的麻雀。艾谟章笃王子不假思索地拔剑向雄狮刺去，一剑就刺瞎了雄狮的眼睛，将它杀死。部长获救了，他踉踉跄跄地从地上爬起来，看到两位王子感到惊讶不已；于是连忙在他们面前跪下，说："我以真主的名义发誓，两位王子，我不杀死你们，同时其他人也不能杀死你们；我将以我的性命来维护你们的生命。"他兴奋不已，从地上站立起来愉快地与王子相拥，询问他们如何解开绳索来到森林里边。于是，王子将他们如何被烈日晒得干渴万分而从绳索中挣扎出来并且追踪他的下落而走进森林的全过程都详细地说了一遍。部长听完这一切，十分感动，然后，和两位王子一同离开了森林。这个时候，王子对部长说："老先生，请您遵从父王的指令，将我们处决吧。"

"不，我绝不会杀害你们的！但是，为了能向皇帝复命，我会把狮血盛满两个瓶子，以此来证明你们已被处决了。现在，你们就赶快逃离这儿吧，世界如此之大，一定会有你们的容身之所。说真的，我还真有些舍不得你们呢。"说完，三人相拥而泣。接着，帮王子脱下衣服，放到包裹里，并且将自己的衣服与王子的交换，然后盛满了两瓶狮血放在身上，依依不舍地与王子含泪告别。他匆匆忙忙地回到皇宫，跪倒在皇帝面前，吻了吻地面。皇帝看到他因猛狮的惊吓而变得惨白的面孔时，以为是因杀死王子所致，因而欣喜不已，问道："命令执行了吗？"

"是的，陛下，"部长回答道，"一切都是遵照您的指令去做的。"说着就将盛满了鲜血的两只瓶子及两位王子的衣服递给皇帝。

"他们被处死时到底怎样？有没有叮嘱你一些事？"

"两位王子死前都十分平静安详。他们要求我对您说：我们向父王问好，我们不会怨恨您的。并且说，您要杀我们是情有可原的；但是，请您记住一句话，最毒妇人心，女人是祸水，人世间许许多多的灾难都是她们制造出来的。"

皇帝听完部长的陈述，渐渐低下了头，眼睛盯着地面；从王子给他的留言中，他已能感觉得到他俩是含冤而死的。这不禁又让他想起女人们偷偷摸摸的欺瞒举动，于是便将装有王子衣服的包裹解开，亲吻着衣服，失声痛哭，并细心地摸索着。在艾思武德王子的衣服口袋中他翻到了白都伦皇后写给他的情书以及书信中的发丝，看完以后，他恍然大悟，这才明白艾思武德王子的确是冤死的。然后，他又翻了翻艾谟章笃的衣服，在艾谟章笃的衣袋里也找到了诺芬丝皇后写给他的情书以及书信里卷着的发丝，他看完以后，明白了艾谟章笃王子同样也是冤死的。此时，皇帝拍着手叹了口气说："我已无能为力了，只希望仁慈的真主能解救他们；我已亲自下令将我的两个孩子处死了！"他呼喊着两个儿子的名字，放声大哭，拍打着自己的脸，后悔极了。接着，他让一名工匠在一座宫殿中为两位王子修建了两座墓碑，上面刻着艾谟章笃王子与艾思武德王子的名字，将它称之为悲愁宫，自此以后，他不理朝政及妻室，整天就待在悲愁宫里伤心痛哭。

艾谟章笃及艾思武德王子在路上

自从两位王子与老部长分开以后，他们就一路上游荡着，在人烟稀少的荒野中艰难地行走着，饿了就吃路旁的野果，渴了就喝河里的清水。他们夜以继日地整整走了一个月，看到了一座耸立在他们眼前的黑石山。从这儿向前走到底通向哪呢？他们不清楚，于是就细心地打探了一下，看到前面有两条路：其一是绕着半山腰而通向前方；其二则是直上山顶。他们犹豫着互相对看了一眼后，决定走上山的这条路。他们连续不断地走了五天。抬眼一看，前面一片苍茫、无边无际。他俩因不适应走这么远的路，再加上又在这种荒山野岭的环境下，两位王子觉得十分疲惫和失落。最终，他们明白了这条路是走不通的，于是只好转身，朝另一条路走去，慢慢地试探着找出口。只走了一天的路，艾思武德王子就感到累极了，他说：

"我的好哥哥，我看我是没法再朝前走了。""好弟弟，"艾谟章笃说，"加油啊，坚持住，真主会来救我们的。"于是，兄弟俩勉强支撑着接着朝前走了下去，一直走到天都暗了下来。艾思武德实在太累了，坚持不下去了，一下跌到了地上，流着泪说："我的哥哥，我真的不能再走了。"艾谟章笃就将弟弟放在自己的背上，背着走，走累了就坐着歇会，休息好了就继续朝前走，就这样走一会歇一会一直走到天都亮了。终于，他走到了一个山坡上，看到面前有一池清澈的泉水和结满果实的果树，他们高兴极了，几乎不敢相信这是真的，于是立即停住了脚步，吃着树上的果子，喝着清澈的泉水。

他们不舍得那些泉水和果子，再说艾思武德的双脚又肿又疼，无法行走，所以他们在这座高坡上好好地歇息了三天三夜，然后继续上路。他们艰难地行走了好几天，在他们处于疲惫而饥渴，几乎都快要死了的时候，在他们面前竟然出现了一座城市。他们互相看了看，感到惊喜万分，立刻就显得精神抖擞了，于是，满怀希望地朝那儿走去，满心欢喜地走到那座城市的附近。艾谟章笃对弟弟说："你先待在这里，让我进去瞧瞧，打听打听这儿是哪儿，是什么国家，这样也就清楚我们背井离乡、跋山涉水地走了这么久，到底走到了哪里？如果我们那时候茫然朝那条通向山顶的路上走，我想即使走上一年也无法到达此处。感谢真主，我们终于顺利地到达了有人群的地方。"

"向真主发誓，好哥哥，我就如你的影子一样，所以得让我去打听才行。如果你去了，我独自待在这儿看不到你，心里就总觉得忐忑不安，忧虑烦闷。"

"这样的话，那么这次就让你去了，记着快去快回。"

艾思武德与拜火教异教徒

艾思武德带了一些钱，与哥哥告别后向山下走去，进入了这座城市里。他经过一条狭小的巷子时，遇到了一位年老的长者，他长着一大束松松的胡须，而且分为两部分，落在了胸口上，手扶着拐杖，头上围着红头巾，看上去十分整齐、精神。艾思武德看着他这身打扮感到十分惊讶，于是走上前去问道："您好，老伯！去市场该怎么走呢？"长者笑着答道："孩子，你看起来像是外地人。"

"对，我的确是外地人。"

"你远离家乡到我们这儿来，真让我们感到欣慰！可是，你为何

"老伯，您有所不知。现在我的哥哥正在山中等候着我，我俩是从很远的地方来到这儿的，一路上翻山越岭，整整走了三个月，终于来到了这座城市，所以准备去市场买一些吃的东西。"

"哦，太棒了！我祝贺你了！你可知道，现在我的家中正摆宴席接待客人呢，因而准备了各种各样的美味。你是否愿意跟我一起回家？到了我家以后，你想要什么就给你什么，不要你的钱，并且还给你介绍这座城市的情况。感谢真主！我的孩子，你遇上我真是你的运气。"

"好吧，我跟你回去，只是希望能尽量快一点，我的哥哥还在等我呢。"

长者笑了笑，脸上的表情是那么仁慈而祥和，他拉着艾思武德的手来到了一条狭窄的小巷子里，说："感谢真主！他指引着你逃脱

世界传世藏书

世界经典童话

·一千零一夜·

图文珍藏版

了危险!"他领着他走进了巷子中的一座宽敞的大房子里。房子的客厅中央有一堆燃烧得很旺的火焰,火焰周围有四十位年纪较大的老人在叩头。艾思武德看到这种场面,惊得全身颤抖,也不清楚他们这群人的具体情况。这时,他听到这位长者朝那群老人说:"异教徒们,今天是个幸运的日子!"然后继续喊道:"埃子邦!"话一出,随即就有一位鼻子扁平,面容丑陋,高大得吓人的黑奴跳了出来;他依照长者的命令,用绳子将艾思武德牢牢地绑了起来。然后,长者对他说:"你带他去地牢里,叮嘱监牢女奴,要日夜不停地折磨他。"那群老人们一个个兴奋不已,说道:"棒极了,等到过节时,将他带上山杀了祭火。"

黑奴遵从长者的指令,将艾思武德关到了地牢里,把他交给监牢女奴看管。监牢女奴依长者的吩咐,毫不留情地折磨他、抽打他,以至于他被打得昏了过去,毫无知觉了,接着女奴留下一个馍饼、一碗盐水,就走了。直到深夜,他才渐渐地清醒过来。他看到自己奄奄一息地倒在地上,伤痕累累,血迹斑斑,疼痛难忍。艾思武德想想以前锦衣玉食的宫中生活,而如今却到了这种背井离乡、无家可归、受人折磨、成为囚徒的境地,不禁泪流满面。

他时而哭泣,时而低吟,一伸手则摸到了放在他跟前的馍饼和一碗盐水,于是端起来就吃,以留残生,吃完便安静地倒在了地上,既不能活动,也无法欣然入眠。就这样,直到天亮,此时监牢女奴进来了,帮他换衣裳。因为他浑身是血,而且被鲜血浸湿的衣服与身体贴到了一起,所以在脱衣服时,皮肤随着衣服被一块一块撕了下来。他感到钻心的痛,不由地大声哭诉起来:"真主啊!假如你真的想让我受折磨,就请再给得重一些吧。仁慈的主啊!你已看到了是谁在折磨我，那么就请求你替我复仇吧。"

监牢女奴遵从指令，残忍地用鞭子抽打着艾思武德，直到他再一次被打得昏迷过去了，接着她像上次那样在他跟前放了一个馍饼和一碗盐水后就走了。艾思武德手脚被铁镣铐着，关在地牢里，遍体鳞伤，鲜血直流，好长时间才气息奄奄地清醒过来。他倒在地上叫苦连天，不停地低吟着，想到他的哥哥以及以前的生活，情不自禁地伤心痛哭。

艾谟章笃与漂亮女郎

艾谟章笃在山上焦急地等待着，一直等到中午，弟弟仍没回来，不禁焦虑不安起来。他后悔与弟弟分开，因而悲痛万分，心里越来越感到恐惧和焦虑了，最后他不禁痛哭流涕起来，一边哭一边走下山，走进了城内寻找弟弟，他问路上的行人城里的具体情形，人们告诉他说："这座城是拜火教教徒的城市；城里的人们大部分都要拜火。"他又问艾补奴斯的位置，人们告诉他："从这到艾补奴斯要走一年的陆路，行六个月的海路。那个国家的皇帝是阿尔马诺斯，他为自己的女儿招了一位王子做驸马，叫戛梅禄·宰曼，现在已经赐封为王了，他廉洁、公正、英明、果敢，是一位才德兼备的君王。"

艾谟章笃一听到人家谈论起父王，不禁感叹万分、泪流满面，他觉得有些难堪，踌躇不定、无路可寻。最终，他买了一些吃的，寻了一个安静的地方坐了下来，准备用餐，但是一想起弟弟目前不知下落，就哽咽着吃不下去了。后来，为留住残生，他强迫自己吃了一些东西，接着站起身来，漫无目的地在街上逛荡着，寻觅着弟弟的踪迹。偶然间，他遇上了一位信奉伊斯兰教的裁缝，于是他在裁缝店里与这位裁缝师傅聊了起来，他诉说着自己不幸的经历，得到了裁缝的怜悯。裁缝对他说："如果你的弟弟落在了拜火教教徒的手中，恐怕就很难再与他相见了。或许将来仁慈的真主会安排你俩见面的。目前，你是否愿意暂时留在我这里呢？"

"嗯，愿意。"艾谟章笃答道。于是，他就这样住在了裁缝店中。这位裁缝师傅十分关爱他，不时地安慰他，并且还向他传授做针线的手艺。很快，他便将缝纫技巧学到手了，完全能够自己养活自己了。有一次，他去海边洗衣服，然后又去了浴室洗澡，洗完后他更换了一套干净整洁的衣服，走上了街。正当他悠闲地在街上散步时，有一位身材苗条的漂亮女郎突然走上前来与他搭话，并且要求他带着她一同去吃饭。他不好意思回绝她，但又不方便带她去裁缝家，因而不知如何是好，只得垂着头一直朝前走。那位漂亮的女郎一直跟着他，走过大街，穿越小巷，仍然往前走。走了一阵，女郎感到累了，便问他："先生，你的家究竟还有多远呀？"

"就到了。"他答道，继续走着，来到了一条洁净的巷子里，当他走到巷子尽头时，发觉前面没有路了，于是感到心慌意乱、惴惴不安起来，不由地暗暗感叹着："唉！我已无计可施了，只希望仁慈的真主来解救我了。"他摇了摇头，左顾右盼，发现巷子尽头有一栋房子，门是锁着的，大门两旁有两个石凳。于是他走了过去，坐在了一个石凳上，女郎也跟了过去，随即坐到了另一个石凳上，她问："先生，你坐在这儿干什么呢？"

他垂头盯着地面，过了好一会才缓缓地抬起头说："我在等候我的奴仆，因为门钥匙在他那儿。我嘱咐他，让他为我准备好美味的饭菜和甘甜的美酒，等我洗澡回来好好地吃一顿。"他说着心里暗暗揣测着："或许这样一等，时间久了，她就自然会走开了，我也就能够摆脱她而回到裁缝店里了。"

等了好久，女郎耐不住了，说："先生，我们坐在这儿一直这样等，可是你的奴仆总也不回来。"接着她站起身来，拿起一块石头走到门口，想把锁砸开。"住手，"艾谟章笃急忙制止，"不必这么急躁，还是等奴仆回来开锁吧。"但是，她却不听劝阻，拿起石头向门锁砸去，门锁被砸坏了，她一推，门打开了。艾谟章笃看到女郎这种粗鲁的行为，问道："你怎么如此鲁莽？"

"哎呀！这又怎么了？反正这是你的家呀。"

"是的，这的确是我家，可是你为何要砸坏门锁呢？"

女郎不予理睬，昂首走了进去。艾谟章笃却立在门口，踟蹰不前，心里感到恐惧而迷茫，不知道该如何应对。此时，女郎问他："你难道不进屋吗？"

"你听着，我这就进屋。可是我的奴仆到现在仍没回来，我安排他的事，也不知道都准备好了没有？"然后，他心惊胆战地揣着一颗忐忑不安的心走入了屋里。他抬眼一看，看到面前是一个宽大华丽的客厅，客厅周围环绕着四个宫室，里边的房间一个挨着一个，桌面上、椅子上全铺着绸缎，正中间是一个有八只角的喷水池，四周围点缀有珠玉的盘子，盘子里装满了香气溢人的水果；左边摆放着杯碗盘勺、蜡烛灯台，一应俱全，而且旁边就放着椅子，一看便知是吃饭聊天的地方。满屋都是家什，箱子柜子里放满了衣服和金钱，地面上铺的是云石，很明显这是一个富裕的有钱人家。看到眼前的一切，艾谟章笃感到难堪而迷茫，心里暗暗感叹不已："这下我彻底完了！我已走投无路了，只求仁慈的真主快来解救我吧。"

不过，那位漂亮女郎却与艾谟章笃的心情不一样。她看到面前的情景，欣喜万分，兴奋不已。她高兴地对他说："先生，向真主发誓，你的奴仆并没忘了你的嘱咐，他已按照你的要求准备好了。瞧：地面已擦干净了，饭菜已做好了，水果也准备妥当了。我想，我来得正是时候！"艾谟章笃心里七上八下的，因为感到恐惧和焦虑，他已心慌意乱了，女郎唠唠叨叨说了一大串，他也没听进去。因而，她感到很惊讶，问道："哎呀！先生，你怎么一直站在那儿呢？"

艾谟章笃勉强的摆出笑脸，心里满怀忧虑，鼻子哼了一声，为难地坐在了女郎身旁，心里想着："等到房主回来，我就死定了！"他满面愁容，一副忧心忡忡的样子，暗暗想着："这户人家的主人肯定会回来的，到那时我该如何向他解释呢？他肯定会气愤地杀了我，哦，那我就完了！"

漂亮女郎从座位上站了起来，把衣袖卷起来，端出饭菜，接着一点也不客气地吃了起来，她道："快吃呀，先生。"艾谟章笃无奈地只好和她一起吃着，但心里却十分不安，所以一边吃还一边不停地回头朝门口望去，生怕房屋主人回来。就这样，直到女郎吃饱了，并且等到她退去碗碟，端上水果，接着又取出美酒，打开酒盖，斟满了一杯递给他。他拿着这杯酒，直直地看着门口，心里暗暗想着："噢！此时如果房主回家，看到了我，可怎么得了啊！"

艾谟章笃与漂亮女郎在白和迪尔家里

艾谟章笃手拿酒杯，眼盯大门，正顾虑着无法喝下去的时候，房主忽然回来了。这家房主是皇宫里皇帝身边的一位大臣，这座房子是准备为自己休闲以及与朋友吃喝聊天的地方。他名叫白和迪尔，是一位为人直率、豪爽、仁慈、大方而又有情有义的人。那一天，他是准备设宴招待几位知己到家里来喝酒聊天的。当他回到家里，发现大门敞开着，便缓缓地走了进去探着头看了看，此时艾谟章笃刚好与女郎一块坐在桌子旁，桌上摆满了美酒和水果。正当他探头往里看的时候，艾谟章笃也拿着酒杯回头来看，两人的目光正好相对。顿时，他的脸就吓得苍白，全身颤抖着，害怕自己会被杀死，于是心神不宁地坐着一动不动，不知如何是好。

白和迪尔看到他一副魂不守舍、恐惧万分的样子，连忙伸出手指放在嘴上，示意他不要出声，并打着手势让他出来。于是，艾谟章笃将酒杯放在桌上，站起身来，女郎连忙问他："你准备去哪里？"他轻轻点了点头，暗示他要去上厕所，便光着双脚走出了大门。他看到白和迪尔，便知是这家的房主，于是飞快地走上前去，吻了吻他的手说："向真主发誓，尊敬的先生，请您允许我向您解释一下，然后再处置我吧。"于是，他仔仔细细地将自己为何出走，为何远离家乡来到这儿的经过一五一十地说了一遍，并且表明擅自闯进来不是他的原意，全是女郎砸坏门锁做出来的行为。白和迪尔听完艾谟章笃所说的一切，了解了他的具体情形，明白他也是出身于贵族的王子，对他的境遇表示同情；于是他对艾谟章笃说："你必须按我的要求去做，我绝对保护你的生命安全，如果你一旦违背我，那我就会把你杀死。"

"我的生命和自由是你重新给予的；有何指令请快说吧，我绝对不会违背你的。"

"好的，那么请你立刻回到屋里，从容自如地坐在桌子旁。我随即就进去。当我走进屋里时，你就对我破口大骂，问我：'怎么这么晚了才回来？'而你要不理睬我的推辞，站起来就打我。不要对我心软，不然我就要杀掉你。好吧，现在你回屋里去，痛快地大吃大喝，想吃什么我就会为你们端出来。今天晚上，你就在此留宿，明天天亮以后再离开；这完全是为了礼待外乡人。我一直以来都十分关爱外乡人，理所当然地我该敬重他们的。"

艾谟章笃亲吻了一下白和迪尔的手，兴高采烈地回到了屋里，脸上立即显得红光满面。他进去后就对女郎说："夫人，你是贵宾，能亲临鄙舍真是我的荣幸。"

"你怎么突然如此热情地对待我，真的令我惊奇万分！"

"向真主发誓，我的夫人啊！刚开始我以为别人偷走了我的一串项链；那是一串价值连城的项链，每一颗珠子就价值一万金币。刚刚我想起来出去检查了一下，发现它仍然完好无损地呆在那儿，所以我安心多了。不过，那个可恶的奴仆怎么到现在还没回来呢？一定得好好惩罚他一下。"接着，他与女郎一起兴高采烈地吃了起来。女郎听他这么一说，感到非常高兴，相互间无所顾忌，卿卿我我地吃得十分痛快。

　　到了傍晚，白和迪尔穿了一身奴仆的服装，系起腰带，和一般的奴仆一样穿着一双草制拖鞋，匆忙地跑到了艾谟章笃跟前，先向他问好，接着对他下跪，吻了吻地面，垂着头将手放在背后，做出一副犯了错请求饶恕的表情。艾谟章笃生气地瞪着眼睛朝他破口大骂："你这个该死的奴仆！你死到哪去了，为何到现在才回来？"

　　"回主人的话，我刚才洗衣服去了，没想到您先回来了；尊敬的主人，您不是嘱咐我为您预备好晚饭吗？并不是午饭呀！"

　　"混账！你居然说谎来欺骗我。好，以真主的名义发誓，这回我一定得好好打你一顿。"然后，他起身将他推倒在地上，取出拐杖朝他的身上轻轻打了下去。但是，女郎却看着心里不够痛快，她自以为是地将艾谟章笃手里的拐杖抢了过去，拼命地朝白和迪尔身上打了下来。白和迪尔开始还能咬着牙挺着，可是终于他还是挺不住了，便哭了起来，请求饶恕。艾谟章笃发现有点不对劲，连忙制止她："不要打了。""不行，"女郎说，"你别插手，我要将所有的怨气都发到他的身上。"

　　艾谟章笃阻止她，将她手里拿着的拐杖抢了回来，这样白和迪尔才喘口气从地上站了起来，他抹了抹眼角的泪水，小心翼翼地伺候着他们。然后他将地板擦得干干净净，点上了蜡烛。他每一次出入客厅时，都要被女郎恶狠狠地臭骂一顿。艾谟章笃实在有些不耐烦了，他对女郎说："向真主发誓，你能不能少说几句，不要咒骂我的奴仆了？"

　　白和迪尔勤劳而小心地服侍着他们，恭恭敬敬地为他们端菜送酒，一刻也不停息，一直忙到深夜，他感到十分疲倦，实在支撑不下去了，就躺在客厅里睡着了。此时，女郎已喝得醉醺醺的，她听

到白和迪尔在打鼾，就对艾谟章笃说："快，你替我将这把宝剑拿下来，砍下这个奴仆的脑袋。如果你不听从我的命令，那么我就要杀死你。"

"你为何要杀他？"

"我就是想杀死他；你不动手，那好，我就亲自动手了。"

"向真主发誓，我不允许你这样乱来。"

"我偏要这样。"说完，她拿着宝剑，拔了出来，准备杀死奴仆。

艾谟章笃暗自想着："这位先生对我们太好了，他细致入微地理解我们；因为要保全我的脸面，他宁愿假装成我的奴仆，低三下四地服侍我们。这样一位心地善良、宅心仁厚的大好人，我又怎能害他呢？绝对不行。"然后，他对女郎说："你要是一定要杀死我的奴仆，那么我想我应该比你更有资格来杀他。"于是，他将她手里的宝剑夺了过来，举起宝剑，对准女郎的脖子一挥，砍下了她的脑袋。

白和迪尔被惊醒过来，看到身边的艾谟章笃一副怒气冲冲的样子，手里的宝剑沾满了血迹，然后他又看到了地上女郎的尸体。他惊呆了，急忙问他这是怎么回事。艾谟章笃将发生的一切详细地说了一遍，然后说："她是有意想害你，又不听从我的劝阻，因此才落到这样的结果。"

　　白和迪尔站起身来，朝艾谟章笃的额头吻了一下，说："先生啊，你如果原谅了她，就不会有这些麻烦事了。现在最要紧的就是必须在天亮以前，将她的尸体挪出去。"说着，他系上腰带，用一件衣袍将尸体紧紧包裹起来，扛上它，对艾谟章笃说："你来自外地，对本城的情形不熟悉，所以你千万别乱跑，就呆在我家中等着我回来吧。如果在早上我回来了，我肯定会热情周到地接待你，尽最大的努力打探你弟弟的下落。但是，假如太阳升起来时我仍然没有回来，那就表明事情败露，我毫无指望了。这座房屋以及屋里所有的东西就全都归你了。祝你平安。"说完，他背起尸体走了出去，经过街道，穿过巷子，他来到了海边，准备将尸体扔到海里。但是，他走到海边没多久，就遇上了省长的巡视队，于是他被他们围了起来，他们细致地打量着他，一下就辨认出了他的身份，因而感到十分惊讶，他们打开衣袍，看到了里面裹着的尸体，便将他抓了起来。

　　第二天早上，巡视队将白和迪尔带入了皇宫，并上报给皇帝。皇帝一听气愤不已，说："你这个罪孽深重的坏蛋，居然做出这种丧尽天良的事，是不是经常干这种杀人谋财的勾当？如今，你杀了人，窃了财，就想将尸体投入海里。你到底曾杀了多少人，快如实招来！"白和迪尔委曲求全地站在皇帝面前，低头不语。皇帝大喊一声："你这个罪该万死的坏东西！快说，这个女人是谁杀的？""陛

世界经典童话

·一千零一夜·

图文珍藏版

下，"白和迪尔说，"这个女人是我杀的。我无计可施，只求仁慈的真主来解救我了。"皇帝大发雷霆，下令将他绞死，于是让刽子手带他出去行刑，并且同时下令让省长差人通告全城，让全城的老百姓都知道白和迪尔犯了杀人罪，已被判处绞刑。

艾谟章笃依照白和迪尔的嘱咐，老老实实地待在家里等他回来，可是当太阳升起来时，白和迪尔仍然没有回来，他有些心慌意乱，忐忑不安起来，不免叹道："我没有办法了，只希望仁慈的真主来解救他了。看，他到现在还没回来，不知究竟出了什么事？"就在他满怀疑惑、忧心忡忡的时候，突然听到官差在大街上叫唤的声音，他顺着每条街道边走边叫，向城内的民众宣告白和迪尔的罪行，以及正午时分处决的讯息。他听后不禁悲痛万分，失声痛苦起来，他叹了口气说："我们都是归属于真主的，最终我们都将回到真主那儿去。女郎是我杀的，可他却为了救我，宁愿背负罪名，向真主发誓，这样不行，我绝不会让他这样因我而死的。"说完，他走出了白和迪尔家，又重新找了把锁将门锁好了，然后飞快地跑上了刑场，对省长大人说："尊敬的大人，白和迪尔是无辜的，请不要杀死他。我以真主的名义发誓，他的确没有杀人，那个女郎是我杀的。"

省长一听到艾谟章笃的话，决定将他和白和迪尔一同带入皇宫，汇报给皇帝。皇帝朝艾谟章笃望了望，问："是你杀了那个女郎？"

"是的，那个女郎的确是我杀的。"

"你为何要杀了她？快从实招来。"

"陛下，说起来话就长了。我所经历的事情让人惊奇不已，如果将他们一一记下来，可以以此来告诫后人。"接着，他便将自己的出身以及兄弟俩离家出走，中途失散等情况仔仔细细地述说了一遍。皇帝听完以后，觉得非常离奇，于是对他说："听完你的经历，我现在全都知道了；对于这种情形，你所犯的罪的确是情有可原，按理也该饶恕你。我问你一句，你可否愿意留在宫里任丞相一职呢？"

"我遵从您的旨意。"艾谟章笃欣然接受了。

皇帝给予他和白和迪尔一些奖赏，而且还替他准备了一座宫室，并赐予他奴婢车马以及一切的日常所需，又供给他俸禄，还下了指令，命人为他找寻他的弟弟。

艾谟章笃任丞相一职以后，毫无怨言地在宫内处理大小事物，他赏罚分明，惩恶扬善，廉洁公正，将一切事情安排得妥妥当当。但是遗憾的是，所有受命找寻他弟弟的人，查找了好长时间，搜遍了城内的所有街道和巷子，仍然没有找到他的弟弟。

艾思武德与拜火教教祭师

艾思武德被拜火教教徒囚禁在地牢里，整整关了一年，他们日夜不停地蹂躏他，抽打他，使他受尽了折磨。此时，到了快过拜火教教徒节的时候了，祭师准备了船只，打算上山祭拜。他将艾思武德关到了一个木箱子里，搬到了船上，准备带他上山作祭祀。就在那一天，丞相艾谟章笃站在宫里朝海边遥望，看到许多人忙忙碌碌地在搬货上船，海边被人群拥挤得水泄不通，潜意识里他有一种不祥的预兆，心里觉得焦虑不安。所以他没有细想，立刻就下令侍从为他准备好马，他要带上随从去海边看看。来到海边，他命令随从

搜查船舱。随从领命而去，来到了船舱，细致地检查船里的货物，但并没查出任何异常的东西。于是他只得带上随从，无精打采地返回宫中。回宫后，他想起弟弟到现在仍不知情况怎样，不免唉声叹气，伤心地痛哭起来。

丞相带领随从搜查完走了以后，拜火教教徒的祭师连忙上了船，吩咐水手赶快起航。在海中航行的日子里，他们只是间隔两天才将艾思武德释放出来，随意给他一些吃的，然后又关了起来。就这样行驶了几天，在一座火山的附近，突然刮起了一阵旋风，海上波浪翻涌，船只漂流在无边无际的大海中，被风浪吹打得失去了方向，在海上迷路了，最终他们漂到了一个海岸边，看到岸上建筑着一座宏伟高大的城市；这便是马尔佳娜女王的城市。

艾思武德与马尔佳娜女王

船靠岸以后，船长告诉祭师："老者，我们失去了方向，迷路了，我看现在只能到城里歇息几天，然后再等待上天的旨意了。"

"好吧，你说得对；你说怎么办就怎么办吧。"

"如果城里的女王差人前来询问，我们如何应付她呢？"

"我们关起来的那个伊斯兰教徒，让他换上奴仆的服装，装扮成一个奴仆；女王看到了，我们就说自己是卖奴仆的贩子，其他的奴仆已卖出去了，只留下最后一个了。"

"这样说实在是再恰当不过了。"

船长正安排水手收帆停船，准备上岸进城之时，马尔佳娜女王就带了随从来到了岸边。她大喊一声，船长连忙上前下跪，吻了吻地面，静候女王问话。女王问："你的船上是什么货？船里有何人？"

"回陛下的话，船里有一个卖奴仆的贩子。"

"让他出来见我。"

祭师领着假装是奴仆的艾思武德登上岸来到了女王面前，朝她下跪，吻了吻地面。女王问他："你是干什么的？"

"陛下，我以卖奴为生。"祭师答道。

女王朝艾思武德望了望，以为他便是被贩卖的奴仆，问他："你叫什么？"

"艾思武德。"他悲愁地答道。

"你认识字吗？"

"认识，我不仅识字，而且也懂得礼节。"

女王看到艾思武德那副忧伤悲泣的神情，不免对他产生了同情之心，她对祭师说："这个奴仆我买了。"

"陛下，不行啊；因为其他的奴仆全卖完了，只剩下这一个是留着自己用的。"

"我一定要买下这个奴仆；我拿钱给你，要么你干脆作为礼物送给我好了。"

"不行，这个奴仆我不能卖给你，也不能送给你。"

女王气愤不已，不管三七二十一，拉着艾思武德就走。回到宫里，她差人给船长捎了封信，命令他当晚必须离开这儿，不然将收缴他的一切财物、摧毁船只。船长接到命令，愁苦万分，无精打采，他叹了口气说："此次出海，实在是太不幸了！"然后他开始收拾东西，准备天黑了就起航。他吩咐水手们："你们好好的准备准备，盛满水袋，晚上就扬帆开船。"

水手们遵从船长的命令，连忙准备起来，等候夜晚的来临。

艾思武德大难临头

马尔佳娜女王带着艾思武德回到宫里后，走到了沿海的一座城堡中，敞开窗子，设下了丰富盛大的晚宴，与他一同吃喝，然后又嘱咐宫女端上美酒，与他同饮。女王十分喜爱他，亲自敬酒给他，以至于他喝得醉醺醺的。艾思武德醉得迷迷糊糊地，站起来去上厕所。他离开城堡，看到面前的大门敞开着，于是就走了出去，朝前行走了一段路，走到了一个花团锦簇，果树茂盛的大园子里。他躺在了喷水池旁的一棵树上，尽情享受着园子里清新的空气，不一会儿便睡着了。

夜幕降临了，祭师吩咐水手们赶快起航："扬帆起航吧，时候到了。""知道了，遵命，"水手们一同答道，"可是，还得再等一等，我们还想到城里边盛上几袋水，以备中途饮用。"然后，他们带上水袋来到城里，围着城堡走了好几圈，只看到花园的围墙，其他的什么也没有找到；没有办法，他们只得越墙而入，来到花园里找水。终于，他们走到了喷水池的旁边，看到躺在果树上睡着了的艾思武德；他们认真地打量了一番，认出是他，于是欣喜万分，连忙迅速地盛满水袋，带着他就跑，直到将他带上了船，他们告诉祭师："恭喜、恭喜！那个让马尔佳娜女王夺走的奴仆，我们已找到他了，而且已帮你带回来了。"接着，他们将艾思武德推到了祭师跟前。祭师看到艾思武德，高兴得大笑不已，欣喜万分。他大大地奖赏了水手们一番，然后催促他们立刻起航。

马尔佳娜女王在皇宫内等了好一阵，但艾思武德还是没有回来，于是她派人出去寻找。可是寻了好一会也没看见，于是她便点上蜡烛亲自带领随从走出了城堡。她看到花园的门打开了，就认为可能他在里边，便走进了花园里，在喷水池旁她找到了他的一只鞋子，随即就到四周认真查看了一番；但是，她查遍了花园的每一个地方，一直找到天都亮了，可最终还是没有找到他的人。此时，她问身旁的侍从，贩卖奴仆的大船走了没有，侍从答道："昨晚二更时分他们便开船走了。"

她确信艾思武德准是让他们给抓走了，感到情形危急，气愤极了。她随即传出指令，让军中马上为她预备好十只大船，做好打仗的准备，备足枪支弹药，赶快出海追船。在出航之前她告诫军官说："如果追上了拜火教教徒的大船，我一定重重有赏；可是，如果你们没追上，那我就会将你们统统杀死。"

听了女王的命令，军官和士兵们既惊喜又害怕，只得驾驶着十只大船出海追赶，竭尽全力，以最快的速度来航行。他们一直这样航行了整整三个昼夜，在这片无边无际的大海中，没有发现任何船只。直到第四天，他们终于在海面隐隐看到了拜火教教徒的船只，于是急忙跟着追了过去，太阳下山之前，便追上了，并将它包围起来了。

这个时候，祭师正放出艾思武德在抽打他、折磨他。艾思武德被他蹂躏得不成人样、苦不堪言，苦苦哀求，就在他求生不能，求死不得之时，祭师发觉自己的船只已让马尔佳娜女王的战船给团团包围住了，于是他这才醒悟过来，明白自己的厄运到了，此劫难逃了，不由得害怕起来，他说道："就是你这个可恶的艾思武德！把我们给害惨了，所有的灾难都是因你而起。向真主发誓，在我死去之前，我一定得先杀了你。"然后，他嘱咐身旁的人，一起抓住艾思武德的四肢，将他投入海中。

艾思武德落入了海中，他拼命地舞动着双手双脚，与海浪拼搏着，一会浮上来，一会儿又沉了下去，处境十分险厄，最终他被翻涌的浪涛推到了海岸边。他死里逃生，渐渐地清醒过来了，张开双眼一看，原来自己已躺在了海边，并没有被海水淹死，真是幸运极了，心里不禁涌出一丝希望，心情也平稳多了。他缓缓地从地上站起来，将身上湿透了的衣服脱了下来，拧干水，平摊在阳光下晾着。他赤身裸体地坐在海边，回忆起自己的身世、境遇以及所经历的各种灾难，不免悲痛万分，痛哭流涕，他感叹道："真主啊！我如今已到了穷途末路的境地了。我所有的愿望、憧憬和信心全被这些灾难给毁灭了；面对这样悲凉、凄惨的遭遇，我又能向谁诉说，向谁哭泣呢？只能独自一人默默悲伤而已。"

他悲痛地流着眼泪，从地上站起身来，穿好衣服，准备从这儿出发，找寻回去的路；但他实在是太累了，孤身一人，无路可走，迷迷糊糊地不知道自己从什么地方来，也不知道要到什么地方去？这种情形下，他也不甘心坐以待毙。他感到很迷茫，踌躇不定，最后他壮起胆子，毫无目标地朝前走去，在人烟稀少的田野里，孤身一人前行。饿了就吃路边的野果，渴了就喝小河里的清水，他日夜不停地走了整整一天。到了第二天傍晚，他走到了一个能够看到远

图文珍藏版

处若隐若现的城市的地方，不由地欣喜万分，连忙加快了步子，匆忙朝城市走去，但是，当他来到城门前，城门已经关闭了，无法进城休息。事情就那么凑巧，这个城市其实就是他被拜火教教徒囚禁了的那个城市。当然也就是他哥哥艾谟章笃担任丞相的那座城市。那个时候，因为无法入城，他只得回到城市旁边不远处的一个墓地，寻到一个暂且可以歇息的地方。他来到了路边的一个没有门的空坟，蜷缩起身子用衣服的袖子挡着脸睡了下去。

拜火教教徒的祭师将艾思武德扔到海中以后，马上使出他的魔术，兴起大风大浪，以大雾作掩护，安全地摆脱了马尔佳娜女王战舰的重重包围，偷偷摸摸地逃回了自己的国家，带领水手们靠岸登陆。他兴高采烈地经过墓地，正准备入城之时，猛然看到艾思武德就睡在那个没有门的空坟里，心里感到惊奇万分，他说：“我得进去仔细瞧瞧。”说着便走了过去，认真地看了看躺在里边的艾思武德。他从上至下盯着他看了一遍，确认他正是艾思武德，就问他：“嘿！你还没有死啊？”接着，就立刻将他抓了起来，带回家里，用铁镣锁住他，狠狠地抽打了他一顿，把他关在了地牢里，将锁住他的钥匙交给了他的女儿薄丝苔妮看管，并吩咐她夜以继日地鞭打他，折磨他，直到他死去为止。

薄丝苔妮遵照父亲的指令，用钥匙开启地牢的门，走进去准备折磨他。但当她看到艾思武德生得如此英俊时，就问道：“你叫什么？”

“我的名字是艾思武德①。”

---

① 艾思武德：原本是“幸福”之意，所以当薄丝苔尼听到他的名后，便祝他幸福。

"哦，你的名字很吉利，祝你幸福，祝你前程似锦、吉祥如意。我觉得，像你这样的人不该被人折磨，我明白你是苦于无奈。"接着她耐心地劝慰他，并打开了锁住他手脚的铁镣，热情地与他聊了起来，询问他有关伊斯兰教的理论。于是，艾思武德将伊斯兰教的道义以及先知穆罕默德的最终目标和善行都从头到尾、仔仔细细地向她讲解一遍，深得她的钦慕、敬佩；并且因此而打动了她的芳心，于是她立即决定放弃拜火的想法，从此信奉伊斯兰教。自此以后，她就经常与艾思武德在一起，向他学教，做礼拜，暗地里还为他送汤送饭，熬鸡肉粥给他补养身子，以使他能更快地恢复体力，身体也更加健壮起来。

艾谟章笃与艾思武德重逢

有一次，薄丝苔妮从地牢出来，刚刚来到门外，就听到了一阵沿街叫唤的声音，那人喊道，"如果谁收容了一位年轻英俊的人，必须马上将他交上来，皇帝陛下一定会依他的需要奖赏他。不过，如果有人私自藏了起来而不上交者，一旦查到，就收缴他所有的财物，并且就地处决。"她记得以前艾思武德向她提到过自己的身世和遭遇，因而听到这个讯息，随即便明白了他就是皇帝要找的人。她急忙回到地牢，将这个讯息说给他听，然后他俩偷偷从地牢里逃了出来，径直朝皇宫走去。艾思武德来到皇宫，一看到艾谟章笃就说："向真主发誓，原来丞相就是我的哥哥艾谟章笃啊！"与此同时，艾

谟章笃也看到了艾思武德，兄弟俩相拥而哭，痛不欲生，当场昏了过去。宫里的随从大惊失色，手忙脚乱地围着他俩，采取抢救措施。

没多久，兄弟俩渐渐清醒过来。艾思武德将与哥哥分手后所经历的事情以及得到薄丝苔妮善待的事情，从头到尾详细地述说了一遍；艾谟章笃十分感激她对弟弟的照顾。然后，他带着弟弟去面见皇帝，向皇帝汇报了事情的前因后果。国王听完，下旨将那个祭师的所有财物全部收缴上来，并将他处决，以示民众。

艾谟章笃与艾思武德两兄弟再次相逢，又悲又喜，两人相互叙说着别后的境遇与牵挂。艾谟章笃也将自己遇到漂亮女郎，并与她在白和迪尔家里所经历的一段险情以及因祸得福，不但没被处死，反而担任了丞相的事情仔仔细细地对弟弟说了一遍。接着，拜火教教徒的祭师被带了进来，皇帝下旨立刻将他处决。

"陛下，你真的一定要将我处死吗?"祭师问。

"是的。"

"这样的话，我想请求陛下稍等一会。"他低着头暗自思考了好久，然后抬头坚决地说："真主才是唯一的主宰，穆罕默德是他的教徒。"他面对皇帝，宣称自己放弃拜火教教，真心诚意地信奉伊斯兰教，决定改过自新，做一个忠诚的伊斯兰教徒。皇帝与其身边的人看到他的真心悔悟，都为他高兴。艾谟章笃和艾思武德两兄弟对他也相当尊重，将自己的身世与境遇全告诉了他。他听完后觉得十分惊讶，说："两位主子，请你们收拾行装吧，我心甘情愿地护送你俩回国。"兄弟俩对他的善意表示感激，但是当他们一想起以前所经历过的遭遇，便感叹万分，悲从中来，情不自禁地伤心痛哭。祭师看着他俩伤心欲绝的样子，产生了怜悯之情，他劝慰他俩说："你们不要悲伤；我相信，不用多久，你俩也会像聂尔曼和诺尔美那样幸福美满地全家团聚的。"两兄弟好奇地问："他们是怎么回事?"是这样的，祭师就开始对他们讲起了关于聂尔曼与诺尔美的故事。

聂尔曼和诺尔美的故事

很久很久以前，在库法城居住着一个富有的人，名叫勒彼尔·本·哈台睦，他的家境非常好。他有一个儿子，名叫聂尔曼·本·勒彼尔。一天，他从奴隶市场经过，见到有个奴隶贩子正贩卖一个女奴，那个女奴愁眉不展，她怀中躺着一个娇小可爱的女孩，于是他问奴隶贩子：

"这母女俩的卖价是多少？"

"五十块金币。"

"那好，我先立个字据，随后叫她主人去兑现。"

买卖双方办妥了手续，钱人两清后，勒彼尔将这母女俩带回家中。他的妻子见此忙问："咦，这女奴是哪来的呀！"勒彼尔告诉妻子："我从奴隶市场上买回了她们母女俩，你瞧她怀里的小女孩多么可爱，我很喜爱她。我敢肯定：她长大后，一定会是个美艳绝伦，无人可比的美人。""你的眼光向来很准，"他妻子又转过身问那女奴："你叫什么呀？"

"陶斐谷，夫人。"

"你女儿呢？"

"撒尔德，夫人。"

"很好，你是幸福的，那么买下你的人也会很幸福的。"夫人边说，边望向丈夫，想听听丈夫的意思，"你给这个小女孩取个名字吧。"

"叫什么呢？"

"我看就叫诺尔美怎么样？"

"很好，这个名字挺好的，就给她取名叫诺尔美吧。"

从那以后，诺尔美就在勒彼尔夫妻家与她们的儿子聂尔曼一起成长。时光飞逝，转眼就过了十年。十年后，聂尔曼和诺尔美都长大了，一个英俊潇洒，一个美丽动人。他们互相关爱，聂尔曼以妹妹来称呼诺尔美，诺尔美则叫聂尔曼为哥哥。

一天，勒彼尔将聂尔曼叫到跟前，轻声细语地说："孩子呀！你明白吗，诺尔美并不是你的妹妹，她是你的婢女。在你还躺在妈妈怀中时，我从奴隶市场上将她买了回来，然后抚养她长大，也就是为了让她能好好服侍你。以后，你不用叫她妹妹了。""那么，就让她嫁给我，做我的妻子吧。"聂尔曼十分高兴地去见他母亲，把自己的想法告诉了母亲。他母亲说："孩子呀！她是你的婢女，我很喜欢她，你就娶她为妻吧。"

日子就这么一天天过去了，聂尔曼和诺尔美就在这个富足的家庭中又生活了几年。他俩都长大了，两人也更加漂亮了，尤其是诺尔美，她不但娇美、漂亮、可爱，并且识大体，能歌善舞，精通琴棋书画。在当时的库法城中，没有一个女子能与她相比，她的美名传到了很远的地方，家喻户晓。聂尔曼和诺尔美这对相亲相爱的年轻夫妻经常一起钻研学问，有时两人一起饮茶聊天，或者你弹我唱，两人的生活过得幸福美满。

库法城中还居住着一个人，叫汉昭祝，他是哈里发奥补督·买立克·本买尔旺委派到库法城的官员。他最大的特点便是喜爱溜须拍马。当他听到有关诺尔美美艳绝伦的传闻，心中暗自琢磨："若诺尔美真如传闻中所说的倾国倾城，且能歌善舞，我可得想尽办法将她弄到手。像这样的绝色女子，哈里发宫中可没有，到时我就把她进献给哈里发。"想到这，他将自己的管家婆叫过来，对她说："诺尔美是家喻户晓的绝代佳人，而且能歌善舞。她是富豪勒彼尔的婢女，你的任务是，先到他们家，想法接近诺尔美，跟她混熟，然后再用计将她骗出来。"

听了汉昭祝的指示，管家婆下去乔装改扮了一番，便执行她的任务去了。管家婆打扮成一个信徒的模样，上身穿着件粗布衣，脖子上戴着一副特长的念珠，上面的念珠只能以千计算。她左手拿拂尘，右手拄着拐杖，口里喃喃念叨着，一瘸一拐地走到勒彼尔的府邸前，敲了敲门。府中的奴仆打开门问她："你想干什么？"

"我不过是个让人怜悯的教徒，现在该进行午祷了，我想借你们家这块宝地做个礼拜。"

"老奶奶，这是聂尔曼·本·勒彼尔的府邸，屋里并没有做礼拜的祭台。"

"我也清楚屋里会没有做礼拜用的祭台。但是我在官府中担任管家，今天我刚好要出来修行，现在已是午祷时候了，我非得进屋去做礼拜不可。"

"这可不大好，我没有权利让外人进去的。"

"对我来说，哪怕是皇宫赏的宅邸我都能随便出入，难道聂尔曼·本·勒彼尔的府邸我还不能进去吗？"

管家婆和奴仆在门外争吵，刚好被路过此处的聂尔曼听到了，他来到大门口，微微一笑，便让管家婆跟他进了屋。进屋后，管家婆见到了诺尔美，不禁为诺尔美的美貌所惊诧。于是她为诺尔美祝福、祈祷，还说了许多话赞扬她的美丽。然后，管家婆便不再理睬周围的人，自顾自全神贯注的在屋中的一角做午祷了，她一直做到天黑，中间也没停下来歇会儿。诺尔美见了，对管家婆说："大妈，您先歇一下吧！"

"夫人哪！如果想来世再获幸福，那么今世就得经受苦难。如果这辈子不能吃苦，那么下辈子想再获得幸福就很难了。"

"您先吃些东西，随后请你替我在主面前悔过，请求真主安拉宽恕我深重的罪孽。"

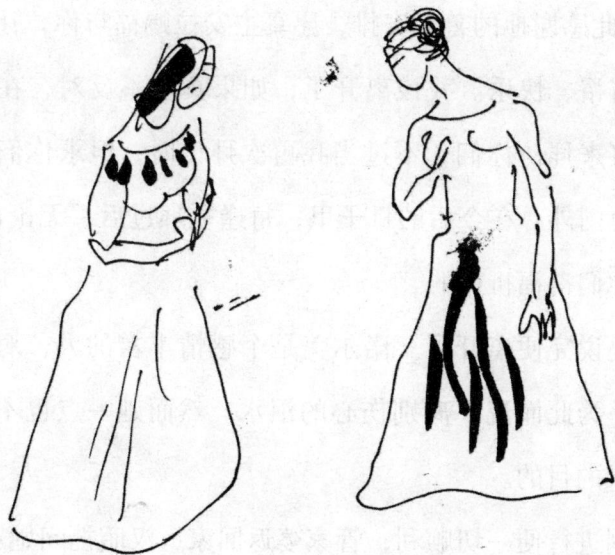

"感谢你，我正吃斋呢，所以不能吃东西。你就不同了，你年轻，刚好处于吃喝、享受的时期，主会赐福与你的。"

管家婆旁征博引，啰啰嗦嗦地说了一大堆劝诫的话，讨诺尔美欢心。诺尔美被她的话打动了，她对聂尔曼说："这位大妈品德高尚，对主安拉忠诚，她面上泛着圣洁的光辉，就让她在我们家过段时间吧？""行，"聂尔曼说："那你就给她准备间房子，让她在里面静下心来修道，不要让别人打扰她。或许我们会凭借她的道行得到真主安拉的保佑，让我们白头到老，生生世世永不分开。"

那天晚上，管家婆便在聂尔曼的家中住下了。当晚，她整整一夜都在祈祷、做礼拜。第二天一大早，她便来到聂尔曼和诺尔美跟前，向他们辞行，并为他们祝福。诺尔美说："大妈，主人已让我给你准备了一间房子，好让你在这安安静静地修行。但你现在准备去哪儿呢?"

"我在此感谢他的善意安排,愿真主安拉赐福与你,让你们此生都能生活富裕、快乐。我该离开了,如果真主不反对,在往后的日子里我仍将来拜访你们,不过当我再次拜访时,但求你们的奴仆不要将我拒之门外。在今后的日子里,每逢礼拜过后,无论白天黑夜,我都会为你们祝福祈祷的。"

管家婆说完便离开了。诺尔美是个感情丰富的人,对她的离去恋恋不舍,为此而流下离别伤心的泪水。然而她一点也不清楚管家婆来他们家的目的。

计划刚进行便一切顺利,管家婆返回家,汉昭祝问她:"事情进展怎样?"

"我看到那个漂亮女子诺尔美了,她果真是美艳绝伦,没有哪个女子能比得上她。"

"假如你能将我交代的事情做好,用计将她骗出来,我会加倍犒赏你的。"

"希望大人能给我一个月的时间。"

"行,就以一个月为限。"

于是,自那以后,管家婆每天奔忙于聂尔美家中,常常到聂尔曼家中拜访,每次都去得很早,而回来得却很晚,偶尔她还留在那儿住宿。对于她的来访,聂尔曼和诺尔美都热情地款待她,把她奉若神明。家中的人也视她为贵宾。一天,四周没什么人,管家婆小声地告诉诺尔美:"小姐,我来你们家,是希望为你祈祷求福,给你引见一位得道的老者,你希望获得什么,他都会为你祈祷的。"

"行,我以安拉的名义发誓,大妈,我就跟你去见那位长者吧!"

"你先向老夫人禀报一声，我才能带你去。"

诺尔美拜见了聂尔曼的母亲，希望她能让聂尔曼允许自己跟随管家婆一起见一位长者，与那些贫苦的人一起做祈祷，求安拉赐福。恰在这时，聂尔曼从外面回来了，他刚一落座，管家婆赶紧送上一大堆的恭维话，想亲吻他的手，却遭到聂尔曼的拒绝。没办法，管家婆只好说了很多祝福的话，转身离开了。

第二天，管家婆又来到聂尔曼家，此时聂尔曼刚好出去了。她又低声说："诺尔美，我昨天跟那位长者约好了，趁着聂尔曼外出之际，我们赶紧上那位长者那一趟，然后赶紧回来。"诺尔美去请求聂尔曼母亲的批准，说："我以真主安拉的名义发誓，请您允许我跟这位真诚的信徒去道所，拜见那些道行很高的长者，我会在聂尔曼到家之前回来的，行吗？"

"若是被聂尔曼知道了，那可如何是好！"聂尔曼的母亲说。

"我们只在那逗留一小会儿，见一见场面就尽快回来，不会要很长时间的。"管家婆回答说。于是，用这个办法，管家婆将诺尔曼骗出家门，到了汉昭祝的家中，她领诺尔曼来到一间小屋内，随后禀报主人，任务已完成了，汉昭祝于是动身去看诺尔美。他见到诺尔美，马上被她的倾国倾城之貌所震惊，果然如传闻中那样是个绝代美女。汉昭祝生平从未见过如此漂亮的女子。他暗自得意，赶紧给哈里发写了封信，并派遣五十名士兵将诺尔美护送至大马士革，进献给哈里发。出发前他再三嘱咐卫兵："进宫后，将这封信和诺尔美献给哈里发，随后将回信尽快拿回来呈给我。"

卫兵领命出发了，他率领大队人马，一路上护送诺尔美前往大马士革。诺尔美不知发生了什么事，整天以泪洗面。到达京城后，卫兵要求晋见哈里发，并将此事向他禀报了。于是哈里发安排了一间王宫让诺尔美住。

哈里发很开心，他兴奋地来到后宫对王后说："汉昭祝花了一万两黄金从库法城一位富豪手中买下一个女子，这是他写给我的信，人我已安排好住处了。"王后听后，忙说："这真是件喜事，愿真主安拉保佑你。"哈里发的妹妹听说宫中又进来一位新人，也满怀好奇心去看望诺尔美。她见到诺尔美后不由得惊叹到，"啊，你真是美丽极了，就算花十万两黄金，哈里发也会觉得挺值的。"

"亲爱的姐妹，你能告诉我，这是谁的王宫，这又是哪个都市？"诺尔美向哈里发的妹妹询问道。

"你现在身处哈里发奥补督·买立克·本·买尔旺的王宫，在京

城大马士革。你难道不清楚吗？"

"公主呀，我真糊涂了。"

"你的主人没跟你说过他以一万两黄金的价将你卖给哈里发了吗？"

听了公主的话，诺尔美不由得哭起来，她暗想："我被人欺骗了！假如我告诉别人，我是被人骗到这的，没人会相信我这番话的，既然这样，我就保持沉默吧，过段日子再说。我想真主安拉会保佑我的。"想到这，诺尔美垂下头，一句话也不说，经过长途跋涉，风吹雨淋，她的脸上泛起红潮。公主见她如此害羞，心情也不平静，便悄悄地离开，让她能安心休息。

第二天，公主带上衣裳及装饰物去探望诺尔美，将她打扮得漂漂亮亮的，她对哈里发说："哥哥，在你面前的这个人是当今少有的绝代佳人吧！"哈里发对诺尔美说："你能不能揭开面纱，让我目睹一下你美丽的容颜？"诺尔美羞涩地低下头。哈里发对妹妹说："瞧，她好像不开心呢，你劝慰劝慰她吧。"

诺尔美想起以前美好的往事，想到现在与聂尔曼天各一方，因而越想越难过，心中忧虑万分。诺尔美整天愁容满面，什么东西也吃不下，最终郁积于心，一病不起，体温也日渐升高，人也一天比一天消瘦。哈里发为她的病情很是担心，替他请了很多有名的医生给她治病。

就在管家婆将诺尔美骗出家门后没多久，聂尔曼便回家了。他坐在床边呼唤："诺尔美。"没有人答应，他站起身一边呼唤一边寻找，却仍不见诺尔美的身影。使女们一个个都吓得战战兢兢，全躲开不敢见他。聂尔曼来到母亲房里，见母亲双手撑着脸，一言不发地坐在那儿，他问："妈！怎么不见诺尔美了。"

"诺尔美被那个忠诚的老妇人带走了，去拜见一个有名的长者去了，她说不用多长时间就会赶回来的。"

"她们什么时候出门的？怎么现在还没回来。"

"她俩一大早就离开家了。"

"你怎么能让她外出呢？"

"孩儿呀，那位忠诚的老妇人哀求我允许诺尔美与她同行。"

"看来是没有希望了，只祈求真主安拉能帮助我找回诺尔美了。"

聂尔曼唉声叹气，精神恍惚。他跑出家门，找到巡警问："你们干吗去了！光天化日之下，一个大活人被人骗走了，你们却不闻不问，我要到执政官那儿告你。"

"谁将你的亲人骗走了？"

"一个假心假意的老妇人，她穿一件粗布毛衣，脖子上挂着一串长长的念珠，那念珠得以千计数。"

"你说她在何处，你说出来，我们便会调查此事的！"

"她在何处，我哪清楚！"

"既然这样，没有亲眼见到的事，只有真主安拉最清楚了。"事实上他心里很明白是汉昭祝家的管家婆骗走了诺尔美。

"维持社会治安秩序一向是你和汉昭祝的责任，现在有人从我家将人骗走了，我不找你们找谁。"

"那么，你去找汉昭祝吧。"

聂尔曼依仗着父亲是库法城中的大富豪，因而年轻气盛地前往汉昭祝处。在汉昭祝府邸门前，奴仆向汉昭祝禀报，聂尔曼求见。汉昭祝传令下去："请聂尔曼进来。"聂尔曼来到汉昭祝面前，汉昭祝问他："你到此有何贵干？"聂尔曼便将诺尔美被骗的事情原原本本地告诉了汉昭祝。汉昭祝假惺惺地叫来卫兵："传巡警，吩咐他将那个老妇人抓来。"汉昭祝心里很清楚巡警与管家婆相熟，但当巡警来到汉昭祝面前时，他还是对巡警说："我吩咐你火速抓获骗走诺尔美的那个老妇人。"

"没有亲眼看见的事，只有安拉最清楚，其他人怎会知道呢？"

"我命令你骑马在各大街小巷仔细搜索，到每个村子城镇去打听、搜寻。一定得把诺尔美找回来，请速去办理！"然后他转身对聂尔曼说："如果万一找不着，那么我和巡警每人送你十个女仆，以此作为赔偿。"

聂尔曼听了此言心中万分失望，他心情沮丧地回到家里，来到母亲跟前，唉声叹气，愁眉不展。他母亲也非常伤心，陪聂尔曼一同落泪，母子俩无心安睡，一直流泪到了天明。聂尔曼的父亲听说此事后，赶回家来，对儿子说："孩子呀！汉昭祝可不是个好东西，这一切全是他安排的，他派人将诺尔美骗走。你不要因此而过分担忧，好人总会有好报，坏人终究逃不脱的，真主安拉会保佑你的。"

聂尔曼知道这一切后，气急攻心，结果一病不起，他这一病就是三个月，这些日子，聂尔曼身体日渐消瘦，一日比一日虚弱，医生们对此都毫无办法。看到这情景，父亲绝望了，他想儿子的性命只怕不会很长了。

一天，聂尔曼的父亲在儿子的床前坐着，正为儿子的病情担忧之时，库法城传来一个消息，说城中来了一位云游方士，他来自波斯国，据说他精通妙术，能卜测吉凶，医治百病。勒彼尔听后愁眉顿展，于是随即将这位云游方士请至家中，让他给儿子诊治诊治。

他对这位方士敬重有嘉，将他视为座上宾，对他说："我儿子如今患病在身，有烦大师给我儿子看看。"云游方士听了，对聂尔曼说："将手递给我看看。"方士给聂尔曼把了把脉，又看了看他的脸色，然后笑着对勒彼尔说，"令郎没有什么大碍，只不过是心病而已。"

"你说得很对，不过仍请大师仔细诊疗一下，看看他的病情怎样，请将情况都讲给我听，千万不要有所隐瞒。"

"他因与心上人分离才病成这样，而他思念的人如果没在巴士拉，便已到了大马士革。任何药都不能使他的病情有所好转，唯一的办法是让他们重逢，这样才能医好他的病。"

"如果大师能想出办法让他们得以重逢，老夫定会好好报答您的。为此我不惜花费我的财产，哪怕是要保障你安逸地度过晚年，也不成问题。"

"这样做并不难，很快他们就会重逢了。"说着，他转身面对聂尔曼，安慰他说："不要泄气，振作起来，你尽可以幸福愉快地过日子。"然后，他又对勒彼尔说："我打算带你儿子去一趟大马士革，如果真主安拉成全，那么此行一定会将他思念的人带回。"随后他又问聂尔曼："你叫什么？"

"聂尔曼。"

"聂尔曼，现在你坐起来，真主安拉会赐福与你，让你和你的心上人重逢的。你一定要振作起来，打起精神，然后吃点东西。保住身体，我们随后便起程前往大马士革。"

云游方士做好出发的准备，勒彼尔支付给他一万金币，并为他准备妥一些骆驼、马匹、礼物以及路上可能需要的一些物品。待准备工作做好后，聂尔曼与父母辞行，便与云游方士一块踏上了去大马士革的旅途。一路上，他们经过了哈勒白，在城中打听一些情况，然而一无所获，然后他们继续上路到达了大马士革。到那以后，他们先停下来歇息了三天，然后便计划张罗开间药店，他们将店铺装修得很漂亮，非常引人注目，店内的搭板和壁柜里摆的全是些药瓶药罐。所有安排好了后，云游方士便对聂尔曼说："聂尔曼，现在开始，你我便是父子关系了，以后你就叫我爸爸，我便称你为儿子。"聂尔曼答道："我都清楚了，一切听您吩咐。"

大马士革城的人们听说了此事后，便三三两两地前往波斯医生的药店观光。他们到店中看看那些药品，同时，人们也被聂尔曼的俊美所吸引。方士与聂尔曼在平时交谈时，全用波斯语，在那时，凡是富家子弟都会波斯语，由于波斯医生的医术高明，只要经他把脉，开好药方，病情马上好转，可称得上是立竿见影。因而没有多长时间，他的医术便名振全城，大马士革的城民，无论是王宫贵族，或是平民百姓，男女老少，都知晓他的大名。

一天，有一个老妇人来到了药店前，她骑着一头装饰得特别阔气的驴子。老妇人吆喝着停了下来，对医生说："这位先生，麻烦您帮我一下。"医生忙从店堂内走出来，在医生的帮助下，老妇人下了驴。然后她问道："你是否就是人们言传的刚来此地的波斯医生？"

"对，正是我。"

"我女儿现在病得很重。"老妇人说完从怀中取出一个药瓶，将它拿给医生。

医生看了看手中的药瓶，沉吟了一会儿，说，"老夫人，请您将小姐的芳名告诉我，这样我可以替她卜算卜算，何时服药最理想。"

"她叫诺尔美。"

波斯医生一边在手掌中写些什么，一边算着，随后，他说："人们生病都源于五行的天象，请您将她的出生地告诉我，这样我能更好的对症下药，她是在哪儿出生长大的，现在年龄多大了。"

"她有十四岁了，出生在库法。"

"她来这多长时间了？"

"刚到还没几个月呢。"

"我看开这些药比较好……"随后医生列出了许多药名。

"对我来说，要找全这些药很难，看在真主安拉面上，就请您给我们配全这些药吧。"说完，她在柜台上放上了十枚金币。

医生用眼睛瞅了一下聂尔曼，让他去给这位老妇人将药配好。老妇人看见聂尔曼，两眼直愣愣地看着他，然后接口说道："这孩子跟我们家姑娘长得可真像。"她回过头问波斯医生："他是你的助手，还是你儿子呀？"

"他是我儿子。"

"当老妇人开始和波斯医生说话的当儿，聂尔曼从老妇人口中听到了诺尔美的名字，他的心激动得跳个不停。虽然他听了医生的吩咐，去给老妇人配药，然而却抑制不住兴奋的心情，他配齐药，然后将药盛在一个盒子里，并且偷偷将写下的纸条塞进药盒，纸上写着这么一些内容：

> 当我看到诺尔美的时候，
> 肃武德[1]谈不上是幸福

---

[1] 肃武德：幸福之意。

祝美禄①也远没达到美丽，

他们都说，

"将她遗忘吧，

如她般美丽的人儿，

我可以赠你十双"

可那些美人中，

都没有谁与诺尔美一般模样。

我此生都不会将她遗忘，

然后，他用库法文在盒外写上一行字"聂尔曼·本·勒彼尔封"，随后将药盒交给老妇人。

老妇人带上药回到宫中，她把药盒交给诺尔美，说："小姐，你知道吗？大马士革来了一位医术高明的医生，我以前都不曾见过这么高明的医生，他仅仅看了那个药瓶，然后知道了你的名字，随即便诊断出你生了什么病，还给你开了很多药方。这些药都是他儿子给配的。他的儿子生得英俊清秀，我在城中还没见过这么清秀的小伙子。他家的药店备有各种药物，城中像这样药物齐全的药店也少有。"

诺尔美拿着药盒，低头一看，见药盒上有聂尔曼的名字，她的脸色马上变了，心中猜想："不用说，药店的医生肯定了解到了一些有关我的情况。"她问那位老妇人："你能为我描绘一下那小伙子长

---

① 祝美禄：美丽之意。

得怎样吗?"

"医生称他为聂尔曼,他的右眼角有一道伤疤,看起来眉清目秀,身上穿的很华贵。"

"愿安拉赐福与我,保佑我。好吧,赶紧把药递给我吃。"

她脸上的愁容一扫而光,她一边吃药一边说:"这真是一剂良药。"她将药吃完后,突然看到盒中有一张纸条。她把纸条打开,看了纸条上的内容,心中全明白了。同时这也说明他正是自己的主人。此刻她心中的欢乐简直无法形容。老妇人看到诺尔美病情好转,心情也好了,她也开心地说:"这是个黄道吉日。""老妈妈!"诺尔美对老妇人说:"我感到肚子空空的,你给我拿点吃的来吧。"老妇人马上要奴仆准备些吃的,给小姐端上来。

诺尔美的病完全好了。她在桌旁坐着吃东西,刚好这时哈里发奥补督·买立克·本·买尔旺来看望诺尔美的病情,见到她能吃东西了,心中十分高兴。看到哈里发心中开心,老妇人进言道:"陛下,我向您贺喜,现在诺尔美的病痊愈了,这都多亏城中刚来的那位高明的波斯医生,他的医术真的很神,我生平还从没见过这种名医,他仅给夫人开了一个药方,夫人的病就全好了。"

"那位名医将诺尔美的病医好了,你就送他一千金币吧,就算是感谢他。"

老妇人欣喜地领命去了,她兴高采烈地带上金币来到药店,把一千金币的酬金交给医生。并对他说,他医好的那个人是哈里发的王妃,同时还将诺尔美的一封信转交给医生。波斯医生拿到信后把它交给聂尔曼。聂耳曼一眼就认出是诺尔美的字。他欣喜若狂,一下子晕倒在地,过了一段时间,才缓缓地醒过来。那封信上写着:

因上当受骗而与亲人离别的诺尔美致主人聂尔曼：

看到主人来信，让我一扫愁容；欣喜万分。有如读到古诗名句：

佳讯传到，

让我重燃希望，

那写信的手呀，

从他指间倾泻出甜美的芳香，

如同回来的母亲抚育摩西，

也如同雅各手里约瑟的衬衫。

看着诺尔美所引的优美典故，聂尔曼心为所动、眼泪忍不住扑哧扑哧往下掉。老妇人见此情形，甚为讶异，忙问他："可怜的孩子，你为何哭得这么伤心？"波斯医生在一旁替他回答说："唉，你不知道，诺尔美是他的奴仆。现在他俩生不相逢，他如何能不悲伤地痛哭呢？还有，诺尔美是因思念主人才抑郁成疾的，她的病之所以能好，是缘于诺尔美得知主人来到身边，他们很可能相逢。要解开心病，我是无能为力的，只希望您能一表同情心，从中周旋，能促成他们重逢。这一千金币，你先收着，日后我们会重谢你。""你是诺尔美的主人。"老妇人问聂尔曼。

"千真万确，我正是她的主人。"

"可能事实就是如此，诺尔曼经常提到你呢！"

聂尔曼将他与诺尔美的情谊和经历原原本本告诉了老妇人。老妇人听后说："可怜的孩子，看来只有我才能让你们破镜重圆了。"

然后，她骑上毛驴，赶回王宫。她来到诺尔美跟前，对她说："小姐，我想你是因为与主人聂尔曼·本·勒彼尔分别才伤心痛哭，因为郁结于心，以致病倒了吧？"

"这么说来，你已知道我俩的故事了，我们的事对你而言也没什么可保密的了。"

"你尽管放心，小姐。我以真主安拉的名义发誓，我会倾尽我的全力让你们俩破镜重圆的，就算拼上我的老命也在所不惜。"

于是一天，老妇人带着一个包裹来到药店，包裹里全是些女人的衣物和装饰品。老妇人对聂尔美说："我曾与诺尔美聊起你，我想她对你的思念只会比你对她的牵挂更深。若你有胆识肯以生命做赌注，我会想办法带你进宫，让你们能见上一面，然后再计划计划怎么将诺尔美救出王宫。只有这样，诺尔美才有希望逃出宫来。"

"这个办法很好，愿安拉赐福与你。"

接下来，老妇人便忙开了，她给聂尔曼梳理头发、修眉，煞有介事的将聂尔曼装扮起来，让聂尔曼穿上女人的衣裳，并穿戴上女人们的饰物。这一切完成后，老妇人开始仔细地打量聂尔曼。经过装扮后的聂尔曼真是漂亮极了。老妇人看后发自内心的赞美到，"这是真主安拉造化的尤物，我以真主安拉的名义起誓，你看上去比诺尔美更漂亮。"于是，老妇人又教他怎样像女人似的行走，说："你先迈小步，轻盈摇曳地走几步给我看看，这样我就能知道你走路的样子是否像女人。"

聂尔曼遵从老妇人的吩咐，在她面前按她所说的学女人走起路来。他试着走了几步，老妇人细心观察了一会儿，觉得他走起路来还像那么回事，于是老妇人说："有一点点像了，但仍须多模仿练习，假如安拉成全，明天可能有机会进王宫。到时进了王宫你遇着卫兵或是奴仆，你都别开口，只做出一副柔顺的样子低着头，别紧张也别拘束，有我在身旁周旋，不用担心，愿真主安拉保佑我们。"

第二天清晨，老妇人又到了药店，她再次替聂尔曼装扮，为进宫做准备。聂尔曼随老妇人来到王宫大门前，老妇人走在前面，聂尔曼紧随其后，王宫看门人拦住聂尔曼，想阻止他进宫，这时老妇人厉声喝斥说："你们这些混账，也不看看这是谁，她可是哈里发的王妃诺尔美的奴婢，竟敢不让她进去。"然后她又回过头吩咐聂尔曼说："跟我进宫去吧。"

聂尔曼在老妇人的带领下进了王宫，一直走到了通向后宫的门前。老妇人叮嘱聂尔曼说，"你不用胆怯，沿着这条路一直往前走，然后往左转，继续前走，迈过五道门，在第六道门的那间房子便是为你准备的了。你只管前去，没有什么担心的，要是遇到什么人，也别开口，只管前走，不要探头探脑，踌躇不前。"说完后，老妇人将他带到守卫旁，守卫说："她是谁？"老妇人说："这是小姐刚买的奴婢。"

"哈里发吩咐，没有他的指示，谁也不能擅自闯入后宫；你赶紧将她带走，我不会让她进宫的，我必须忠于职守。

"官爷，你可得想明白，你难道不知道，主上如今最宠爱的妃子便是诺尔美；自王妃病好后，主上还不曾施恩于她以示庆贺，如今买来一个奴婢供她支使，要是让小姐知道你阻挡女仆一事，她一定会发怒的。一旦小姐生气，你可就要小心你的头了。"于是老妇人转身对聂尔曼说："你进去吧，别听他的，只是不要将门卫阻止你的事禀告给小姐。"

聂尔曼小心地走进后宫，心里总念挂着左转、左转，谁知却糊里糊涂往右转了，他也牢记着要过五道门，在第六道门旁才是他的房子，可不知怎的，也许是心神不宁，不知不觉来到第七间房子。他抬头一看，只见他来到一间金碧辉煌的房间，屋里铺设的是绫罗绸缎，门窗的帷幔和帷帘全是巧夺天工的织锦绣品，房间的香炉余

烟袅袅，房里芳香沁人心脾。一张床紧挨着墙边，床上铺着的也是锦被。他仔细观察了一下，随后沮丧地坐在床边，不知如何是好！恰在此时，哈里发的妹妹与一位奴仆走进房来，见有个人坐在床边，以为是宫中的奴婢，于是走上前问他。"喂，你是哪儿的婢女，叫什么名字？怎么会到这来呢？"聂尔曼对这一连串的问题一问三不知，她又接着问他："你是不是我皇兄的奴婢，你是不是惹他生气了，如果这样，我去向他求求情，让他宽恕你。"对此聂尔曼仍是一言不发。哈里发的妹妹便打发她的奴仆到门口去看看？还嘱咐她："不要让其他人闯进来了。"随后她又上前，认真地看了聂尔曼一会，说：

"奴仆，我看你怎么那么陌生，以前没在宫中见过你。你到底是谁？叫什么？你是如何到这儿的？"聂尔曼还是不开口。这下公主可火了，她一挥手，掀掉聂尔曼的面纱，一下就看出了破绽。聂尔曼这下慌了，忙开口说："夫人，你收留我吧，就当我是你的仆人吧，我请求你的帮助，请你做我的庇护人。"

"那没什么要紧的，你先告诉我你是谁，你是怎么到我房间来的？"

"夫人，我叫聂尔曼·本·勒彼尔，诺尔美原本是我家的奴婢，被汉昭祝骗进宫，因此，我才冒着丢掉性命的危险进宫了。"

"这没什么大不了的。"公主劝慰聂尔曼，随即将女仆叫过来，对她说："你去一趟诺尔美房中，将她请到这儿来。"

再说那个老妇人，当她到了诺尔美那儿后，便问："你与你的主人聂尔曼见面了吗？"

"我以安拉的名义发誓，我没见到他。"

"糟了，说不定他迷失了方向，闯到其他房间去了。"

"惨了，这下我们肯定没命了，现在我们也无计可施，只希望真主安拉能保佑我们。"

老妇人与诺尔美你望着我我望着你，满面愁容，这时，公主的女仆来到诺尔美的房间，说："我家主人让我请小姐到她那儿去一趟。"

"行，你去回禀你家主人，我随后就到。"诺尔美打发走女仆后，两人都猜测："是不是聂尔曼误闯到公主的屋子里，被她看出了破绽。"

诺尔美忐忑不安地赶到公主那儿。到了那儿，公主对诺尔美说：

"你家主人现在就在我屋里，他可能找错地方了，安拉成全你俩，你们都不要太担心。"

听了公主的这番话，诺尔美抑制不住激动的心情，来到聂尔曼跟前，他俩紧紧相拥，深情亲吻。一对相亲相爱的人喜获重逢，两人都异常兴奋，结果俩人全昏了过去。

过了好一会，两人才慢慢醒过来，公主对他俩说："你们先坐下商量商量，我们该好好计划一下，得想个办法将这个问题解决。"

"这个我们都清楚，一定会遵照你的吩咐，我俩的事全靠公主的鼎力相助。"

"我以安拉的名义发誓，你们尽管放心，我会竭力帮助你们，不会害你的。"于是她又打发女仆。"去弄些食物给我们吃。"

女仆将准备好的食物拿来，公主便与聂尔曼、诺尔美一起进餐。他们在一起愉快地交谈。聂尔曼叹了一声，说："不知道这件事会如何发展。"公主说："聂尔曼，你是真心爱诺尔美吗？"

"夫人，你瞧我这样子，正是因为思念她，我才因此日渐消瘦。"

"以安拉的名义发誓，你们是一对恩爱的年轻人，无论是谁都不能将你们分散，如今你们只管放心地呆在这儿，尽情享受两人在一起的欢乐时光吧！"

聂尔曼、诺尔美听了公主的这番话满心喜悦，诺尔美更是开心，她向公主要来琵琶，弹唱一曲：

> 奸佞人想尽诡言，
>
> 一心让我们天各一方，
>
> 我俩与他们向来并无宿怨。

谗言充斥在我们周围，

能助我们的人却少之又少，

我们应珍惜生命，珍爱泪水，

为此该与他们周旋，

我会抽出利剑，

让心中的怒火如洪波汹涌，

如火山爆发。

他们欢畅地举杯歌唱。然而就在人们淋漓痛饮之时，哈里发突然来到宫中。他们见到哈里发，赶紧跪下参见。哈里发一眼看到诺尔美手中的琵琶，说："衷心感谢安拉，你的病痊愈了。"随后见宫中有一个陌生人，便问道："皇妹，这个陌生人是谁呀？"

"皇兄，她是我一个善解人意的奴婢，因为有她在身边，诺尔美的病才好得这么快。"

"我以真主安拉的名义发誓，她长得真漂亮。这样好了，我吩咐人将诺尔美住房旁边的那间小屋整理整理，就安排她在那儿住下吧。"

公主见哈里发兴致正高，赶紧敬他一杯酒，大大颂扬了他一番，随后邀请他一起共享快乐时光。哈里发也敬诺尔美一杯，并请求她为自己弹唱一曲。诺尔美接过酒，喝了两杯，哈里发想再敬一杯，此时诺尔美拿起琵琶，开始弹唱：

我欣然喝下两杯，

主上又递给我第三杯，

我手提长裙，

看着这杯美酒，

飘飘然而又矜持，

在寂寥无人的夜晚，

我仿佛是一个高高在上的皇帝。

哈里发被歌曲深深打动了，诺尔美的歌声清悦动听，哈里发大大称赞了她的歌喉，并夸奖她歌美词也美。哈里发陪着她们一直玩到夜深人静。公主见哈里发的兴致正浓，于是说："皇兄，最近我读了一本书，是一个关于富贵人家的事情，你想听一听吗？"

"哦，这是个什么样的故事，说来听听。"

"很久以前，库法城中住着一个年轻小伙子，叫聂尔曼·本·勒彼尔。他有一个女仆，受到他的宠爱，而他的女奴也深深爱上了主人。他俩可以说是青梅竹马，两小无猜，两人很恩爱，情深义重。过了几年，两人都长大成人了。他们俩你有情我有意，于是许下誓言愿两人白头偕老，永不分离。偏偏这时灾难降临到他们头上，女仆因上当受骗，被人以一万枚金币卖进宫，成了皇帝的宠妃。而聂尔曼对女仆却是日思夜想。最后他离开家乡，历尽千辛万苦，不畏长途劳累，访遍邻国，只希望能找回他心爱的女仆。一路上，他经历了种种磨难，受尽无数的风吹雨打，最终得到一个消息，听说他钟爱的人在京城王宫里。于是他想方设法混进宫中，尽管这样他有可能丢掉性命，但为了见到心爱的人，他顾不上这么多。他来到宫中与女仆相见，两人还来不及好好叙谈，此刻皇帝驾到，他见到这种情况，不问缘由，立即下令，对这对年轻人判处死刑。你瞧这位皇帝行事真是太草率了，不由分说就降人死罪，他这样做是不是很不妥？"

"这件事听来真叫人惊讶。我认为凭以下三个缘由，皇帝应完全宽恕他们。一、因为这对年轻人真心相爱；二、他们身处宫中应受到皇帝的庇护；三、皇帝给平民百姓判刑时更当谦虚、谨慎。他怎能如此轻率呢？这位皇帝与其他国君相比，实在不算英明。"

"皇兄，听了您这番话，我们恳请主上能说到做到，只是许多事例表明，当事到临头时，皇帝在对自己与平民百姓之间事情的处理上却仍有不恰当之处。"然后她转过头对聂尔曼、诺尔美说："你们俩都起来吧！"她又对哈里发说："皇兄，这便是诺尔美，她因被汉昭祝蒙骗，来到宫中，并进献给陛下。他在写给陛下的信中谎称诺尔美是他用一万金币买下的。她旁边的便是聂尔曼了，诺尔美的主人，是勒彼尔·本·哈台睦的儿子。现在我替他俩向皇兄求情，看在祖辈的情分上，饶了他们，希望你能让他们离宫，还他们自由。让真主安拉赐福于他们，保佑他们吧！他们刚才便处于你的威名之下，还共享你的美味。因为我心怀同情，才斗胆替他们求情，希望你不要加害他们，不要给他们定罪。"

"皇妹，你此言极对，我要说到做到，在判处自己的行为也不能有失公正，"然后他问诺尔美："这是你的主人？"

"对，他就是我的主人——聂尔曼。"

"好吧，你们都无过错。我原谅你们的行为。还你们自由。"哈里发接着问："聂尔曼，你又是如何得知诺尔美的消息的呢？有人告诉你她在王宫吗？"

"皇上，我把我的经历告诉你吧，我以我祖先的名义发誓，我此言句句是实，绝无半点虚假，现在我将我的故事告诉皇上。"

于是聂尔曼便将自己的出身、家庭告诉皇上，接着说到波斯医生为他所做的一切，以及老妇人又是如何帮助他，将他带进宫中，随后他又是如何迷失方向，误闯皇妹屋中。他将事情原原本本地告诉了哈里发。哈里发越听越奇，连忙派人将波斯医生请进宫中。他说："这样的有识之士，我们应该重用。"

波斯医生进宫后，哈里发如见故人，重赏了医生，并让他留在宫中。并且也赏赐了聂尔曼和诺尔美及老妇人。聂尔曼、诺尔美在宫中度过了愉快的七天，过着舒适的生活，然后，他们希望哈里发允许他们回到家乡。哈里发高兴地答应了。于是这对幸福的年轻伴侣，走在了回家的路上，他们顺利地回到库法，与家人团聚；过上幸福美满的生活，白头偕老过一生。

大 团 圆

听完祭师所讲的关于聂尔曼和诺尔美的故事，艾谟章笃和艾思武德非常惊讶，他们都说这真个是神奇的故事。两兄弟安安心心，高高兴兴地睡觉了。

第二天，艾谟章笃、艾思武德两兄弟相伴进宫晋见皇帝，皇帝热情地接见了他俩。皇帝与他们两兄弟谈得很投机，恰在这时，传来一阵吵吵嚷嚷的声音，还听到有人叫救命，随后便有士兵进来禀报，有敌国正入侵。皇帝闻听此言，脸色大变。臣相艾谟章笃毛遂

自荐，说："我到外面看看到底发生了什么事情。"

艾谟章笃匆匆忙忙地赶到城外，城外聚集了大批军队，做好了进攻的一切准备。敌国军队的领帅见到艾谟章笃，猜到他便是皇帝遣来的使臣，于是便领着他去晋见自己的主上。艾谟章笃来到入侵国的营帐里见到了他们的皇帝。艾谟章笃面见皇帝，在他面前跪下，吻了吻地面。然后抬起头来。却见到皇帝是一个戴着面纱的女人。皇帝对他说："实话跟您说吧，我是马尔佳娜女王，来此的目的只是为了找到我的一个年轻奴隶，此外别无他求。假如在城中找到此人，那么便什么事都没有了，如果没找到的话，那么，我们很可能得大战一场。"

"女王陛下，你能否告诉我，你的奴隶叫什么，他长得什么模样？"

"我的奴隶叫艾思武德。那时，他与教会的祭师一块来到我们国家，祭师不愿将他卖给我，我却强行将他留在身边。可就在那天晚上，祭师又把他悄悄带走了。"

女王向艾谟章笃详细讲述了艾思武德的模样。艾谟章笃一听，心中明白女王要找的正是他弟弟艾思武德，于是他说："感谢真主，我们国家现在算是有救了。女王陛下要找的那个人，正是我的弟弟。"接着，他将他们兄弟俩的遭遇以及他们是如何在外漂泊的故事全都告诉了女王，女王听后觉得非常惊奇，但一想到已经找到艾思武德了，继而又十分高兴，并重重嘉奖了艾谟章笃。

艾谟章笃回到宫中把他所了解的事情全向皇帝禀报了，皇帝听说此言，马上眉开眼笑了，并吩咐艾谟章笃和艾思武德到城外接女王进宫。他们与女王见了面，正热烈地交谈着，忽然天地间扬起尘土，从滚滚尘埃中又冲出一队人马，他们身披盔甲，手执利器，将城围得严严实实的。见此情况，艾谟章笃两兄弟大吃一惊，暗自猜测："我们是真主安拉的子民，最终都要回到真主面前。现在我们面临的军队，多半是仇敌的人马，现在我们与女王的事情并未最终取得妥善处理，如果此时他们再攻进城来捕获我俩，我们国家必定会被人占领的。"

于是艾谟章笃临危不惧，他打开城门，经过女王马尔佳娜的营地，来到刚到那批人马的军营中向皇帝打探消息。这批军队的首领是埃尤尔皇帝，他是群岛与七幢宫的掌管人。艾谟章笃来到皇帝眼前，跪在地上，吻了吻地。皇帝对他说："我是埃尤尔皇帝，因为找寻我丢失的女儿途经此处。我的女儿白都伦在外漂泊了很长一段时间，一直都没回家，现在我也不知她身在何方，并且她丈夫夏梅禄也没有任何消息。我想向你们打听一下，是否知道他们的消息。"

听了皇帝此番话，艾谟章笃心中想了一下，他明白，眼前的皇帝是自己的母亲白都伦的亲生父亲，也就是说他眼前站着的正是自己的外祖父。艾谟章笃将头缓缓抬起，然后跪倒在地亲吻着地面，对皇帝说他便是白都伦的儿子。埃尤尔国王一听此言，一把将艾谟章笃拉入怀中，祖孙俩相拥痛哭流涕，说："感谢真主，我的乖孩子，我们一家人总算相逢了。"

接着，艾谟章笃告诉皇帝，母亲白都伦和父亲夏梅禄现在在艾补奴斯居住下来，他们俩现在都挺好的，同时也告诉了皇帝，他们两兄弟如何惹得父亲大为恼火，并吩咐财务大臣将他俩处以死刑。幸亏财务大臣同情他俩，将他们悄悄释放了。皇帝埃尤尔听后，安慰他说："不用担心，我此刻便带着你们兄弟俩到你父亲那儿去，向你父亲求情，希望你们父子能冰释前嫌，那么我便也可以与你们一家人生活在一起，安享晚年了。"

艾谟章笃听了外祖父的话万分高兴，他连忙跪在地上亲吻地面，感谢外祖父将为他所做的一切。随后，他带着皇帝的奖赏，高高兴兴地回到宫中向皇帝禀报了这一切。皇帝听了愈加惊奇了，于是下令准备好盛大的宴席，并且带上成群的牛、羊、骆驼、马以及食物，送给马尔佳娜女王和埃尤尔皇帝，同时也将这件事告诉了马尔佳娜女王。女王听后说："既然我有幸能遇上这等巧事，我愿跟随皇帝往来于两国之间，为你们和解献上微薄之力。"

皇帝与女王刚要出城迎接埃尤尔皇帝，只见城外再度扬起滚滚尘烟，一下变得天昏地暗起来，还听到军马的嘶叫声，并夹着军号战鼓声，从尘烟中又冲出一队兵马，同样也是披盔戴甲的。兵临城

世界经典童话

·一千零一夜·

图文珍藏版

下，皇帝见到此番情形，说，"这天本是喜庆的日子，感谢真主让我与两国修好，现在又来了一批军队，相信我同样也能与他修好。"于是他命令艾谟章笃和艾思武德两兄弟："这批人马来势汹汹，这可是我生平没遇到过的。你们出城去打听一下是怎么回事，一定要记住随机应变。"

艾谟章笃两兄弟打开城门，外出前往第三批来到的军营之中谈判。来到军前，意外见到这批军队的首领竟是父亲戛梅禄。兄弟俩连忙跪在地上拜见父亲，戛梅禄见到两个儿子，一把抱住他俩，伤心痛哭，他久久地拥抱着自己的两个儿子，舍不得放开，并且对儿子说当初是他错了，赶走了儿子，他一直在孤独与郁闷中生活。艾谟章笃和艾思武德将外祖父埃尤尔也在此地的喜讯告诉了父亲。听到这一消息，戛梅禄连忙上马，让儿子带着他去见埃尤尔皇帝。埃尤尔皇帝听到女婿即将前来的消息，欣喜万分，亲自出营相迎。两人分别多年，却在异乡重逢，都热烈地交谈着，感叹事情实在是太巧了，他们都没有想到。

艾谟章笃和艾思武德两兄弟兴高采烈地回到宫中，向皇帝禀报了这一情况，皇帝听后非常高兴，于是吩咐准备更盛大的宴席，准备迎接各国国君。同时吩咐送大批的食物、牛、马、羊、骆驼赏赐各军，正当举国同庆的时候，突然见到城外再度飞扬起尘土，天空中充斥着尘埃，并且夹杂着军号和战鼓声。又一支军队兵临城下，如滚滚春雷般的来势汹汹，马蹄杂乱声越来越近，一支威武之师来到城前。军队全都身披黑盔甲，军队的将领是一个老人，他身着黑战袍，头发长长的，垂至前胸，来人气度不凡，让人一见便心生惧意。皇帝没想到又有一支军队来到城外。他很紧张，对在座的各位君主说："今天一天，我有幸能与在座几位国君见面，真得感谢真主。你们所有的人都是德才兼备之士，然而令人遗憾的是，有一支军队再次光临我国城下，此番不知是福是祸，这该如何是好呢？"

"皇帝无须担心，"那些皇帝们劝慰他说："现在我们这有三个国家的国君，每位君主都带领着一支军队，假如来者是仇敌，我们便与你共同作战，就算来人的军队比我们多出三倍，我们也能战败他们的。"

正当各国国君计划着怎样击败敌军时，那支军队遣来一个使节，来至城门外，请求觐见皇帝。士兵将他带进宫中，使节跪在地下，吻了吻地面说："我们的国王因寻找多年漂泊在外的王子，途经此处，他已很久都没有王子的消息，如果你们知道王子正在此城中，就请将他交还给我们皇帝，那么两国便不会发生什么事了，不然两国交战必会祸及国民？"

"我们国家并无此人，请问贵国皇帝该怎么称呼？"

"我们皇帝叫山鲁曼，为哈里多突的皇帝。"

戛梅禄听到从使节口中说出山鲁曼三字，便惊呼一声，马上昏了过去。当戛梅禄醒来后，悲痛欲绝地将艾谟章笃和艾思武德叫到跟前说："儿子呀，你们赶紧跟使节到城外拜见哈里多突皇帝，他正是你们的祖父呀，请告诉他，我在城中的这个好消息。他正是我的亲生父亲呀，为了找寻我，他一定一直愁眉不展地，甚至还穿上了丧服。然后，戛梅禄将自己的遭遇告诉了各国国君，皇帝听了这些连连称奇。

在众皇帝的陪伴下，戛梅禄走出城门，去拜见父王山鲁曼。父子异地相逢，抱头痛哭，他们太高兴了，两人都晕了过去，过了好一会儿才缓过来。戛梅禄告诉父王他在离开父皇之后发生的种种事情。众皇帝纷纷祝贺他们父子相逢。在众皇帝的陪同下，山鲁曼进了宫。皇帝再摆宴席，邀请山鲁曼皇帝。此时各国国君都相聚在异国，席间，还为两对佳人——艾谟章笃与祭师的女儿薄丝苔纪、艾思武德与马尔佳娜女王——举行了婚礼。

在此，众皇帝都非常高兴，没想到一家人在异地相逢。大家在一起开开心心地度过了这一天。随后马尔佳娜女王首先告辞，临行之前，众皇帝再三吩咐要常常保持联络，其他的国君则乘兴前往艾补奴斯。

这一行人来到艾补奴斯，戛梅禄拜见老皇帝阿尔马诺斯。将途中与两个儿子重逢的消息告诉了他。埃尤尔皇帝则径直来到后宫，见到了女儿白都伦。父女相见，慰藉了心中的思念之情。

埃尤尔皇帝在艾补奴斯待了一段日子，随后带着女儿白都伦以及外孙艾谟章笃夫妻俩回国了，他年老了，准备将王位传给艾谟章笃。戛梅禄也因想念家乡，在老王阿尔马诺斯的应允下也随父亲回到哈里多突，王位则传给艾思武德。

老百姓听说戛梅禄父子要回国了，举国欢庆，将国都打扮得喜气洋洋的，并且带着家里的老老小小到城外迎接他们的皇帝，全城开开心心地庆贺了一个月。戛梅禄也接过父王手中的大权，治理国家，出现了太平盛世的局面。他也深得百姓爱戴直到终老。

世界经典童话

世界传世藏书 图文珍藏版

线装书局

王书利·主编

目　录

世界传世藏书

世界经典童话

·目录·

图文珍藏版

1

世界传世藏书

世界经典童话

·目录·

图文珍藏版

世界传世藏书

世界经典童话

·目录·

图文珍藏版

3

世界传世藏书

世界经典童话

·目录·

图文珍藏版

世界经典童话

·目录·

图文珍藏版

世界传世藏书

世界经典童话

·目录·

图文珍藏版

11

木偶奇遇记

世界传世藏书

世界经典童话

·目录·

图文珍藏版

世界经典童话

伊索寓言

线装书局

导　读

　　伊索，弗里吉亚人，伊索是公元前 6 世纪古希腊著名的寓言家。他与克雷洛夫、拉·封丹和莱辛并称世界四大寓言家。他曾是萨摩斯岛雅德蒙家的奴隶，曾被转卖多次，但因知识渊博，聪颖过人，最后获得自由。据希罗多德记载，他因得罪当时的教会，被推下悬崖而死。死后德尔菲流行瘟疫，德尔菲人出钱赔偿他的生命，这笔钱被老雅德蒙的同名孙子领去。传说雅德蒙给他自由以后，他经常出入吕底亚国王克洛伊索斯的宫廷。另外还传说，庇士特拉妥统治期间，他曾到雅典访问，对雅典人讲了《请求派王的青蛙》这个寓言，劝阻他们不要用别人替换庇士特拉妥。13 世纪发现的一部《伊索传》的抄本中，他被描绘得丑陋不堪，从这部传记产生了很多有关他的故事。公元前 5 世纪末，“伊索”这个名字已为希腊人所熟知，希腊寓言开始都归在他的名下。得墨特里奥斯（公元前 345～公元前 283）编辑了希腊第一部寓言集（已佚）。1 世纪和 2 世纪，费德鲁斯和巴布里乌斯分别用拉丁文和希腊文写成两部诗体的伊索寓言。现在常见的《伊索寓言传》是后人根据拜占庭僧侣普拉努得斯搜集的寓言以及后来陆陆续续发现的古希腊寓言传抄本编订的。

　　《伊索寓言》这本世界上最古老的寓言集，篇幅短小，形式不拘，浅显的小故事中常常闪耀着智慧的光芒，爆发出机智的火花，蕴涵着深刻的寓意。它不仅是向少年儿童灌输善恶美丑观念的启蒙教材，而且是一本生活的教科书，对后世产生了很大的影响。在欧洲文学史上，它为寓言创作奠定了基础。世界各国的文学作品甚至政治著作中，也常常引用《伊索寓言》，或作为说理论证时的比喻，或作为抨击与讽刺的武器。此书中的精华部分，至今仍有积极的现实意义。在欧洲寓言发展史上，古希腊寓言占有重要的地位。它开创了欧洲寓言发展的先河，并且影响到其后欧洲寓言发展的全过程，寓言本是一种民间口头创作，反映的主要是人们的生活智慧，包括社会活动、生产劳动和日常生活等方面。现传的《伊索寓言》根据各种传世抄本编集而成，包括寓言300多则，其中有些寓言脍炙人口。《伊索寓言》中的动物除了有些动物外，一般尚无固定的性格特征，例如狐狸、狼等，有时被赋予反面性格，有时则受到肯定。这与后代寓言形成的基本定型的性格特征是不一样的。

狐狸和葡萄

对于一只饥肠辘辘的狐狸来讲，首先考虑的就是填饱肚子的问题，即便是一丁点仅够填塞牙缝的食物也不错。

就在它饿得两眼昏花之时，一片长满了熟透了葡萄的葡萄林跃入了狐狸的眼中，狐狸马上垂涎欲滴，馋得想一口就吞下全部的葡萄。但葡萄架实在太高了，即便狐狸用尽所有力气也跳不了那么高。唯有眼巴巴地看着那一串串沁人心脾、晶莹剔透的葡萄而束手无策。

心灰意冷之余，饿肚子的狐狸只好悻悻地走开，"哼，一定没熟、绝对是酸的，还好我没吃……"狐狸边走边以一种庆幸的口吻说。

的确，人对于自己心有余而力不足的事，习惯加以诽谤和谣言中伤他人来自我安抚的，用这样的方法来表明并不是自己的失误。这的确是人类一种深深的悲哀。

狼和鹭鸶

假使一块骨头一直待在肚子里而不消化的话，那不管对谁来说，都是非常难受的。恰好一只狼就非常不小心地遇到了如此的问题，这只能怨他那天进餐时胃口太好了。

狼于是到处找医生看病，以便能赶紧地把那块叫人厌恶的骨头给处理掉。碰巧的是他遇见了鹭鸶，对于狼而言的确是一件好事。在利益的引诱下，鹭鸶欣然接受了狼的要求，把那块叫狼痛苦已久的骨头取出来。于是鹭鸶非常老练的把头伸进狼的口中如同叼鱼一般的拿出了那块骨头。接着非常小心地跟一脸轻松的狼要之前谈好的报酬。狼很吃惊地听完鹭鸶的要求。接着说：

"什么？报酬？你见过谁落入我口中后依旧能够毫发未损的？你今天竟然做到了，除非你还想再做一次，我的朋友？你该知足的了。"

绝对不能相信坏人的承诺，这是任何人都明白的道理，可我们面临引诱的时候，我们可以做得到吗？

世界传世藏书

世界经典童话

·伊索寓言·

图文珍藏版

小男孩与蝎子

某天，一个小男孩在城墙前兴高采烈地捉蚱蜢，没多久就抓了不少。突然一只蝎子出现在他面前，他没有弄明白以为也是蚱蜢，就上前去抓他。蝎子竖起他的毒刺，凶巴巴地说："来吧，假使你敢捉我，非但你的手会受到损失，就连你捉到手的蚱蜢也会全部失掉。"

这故事告诉我们，千万要搞明白好人和恶人，并采取不一样的态度与方式分别对待他们。

落入井里的狐狸和公山羊

一只狐狸没注意失足掉到了井里，不管他怎么努力挣扎也没法子爬出来，只能呆在井里，心急如焚地等待时机。就在这会儿一只公山羊觉得口非常渴，连忙来到井边，却看见一只狐狸在井里，就问他："井水好喝吗？"狐狸觉得机会来了，心里非常高兴，他沉着地极力称赞井水，说此水是天下第一水，清爽甘冽，劝山羊马上下来，和他一块痛饮。十分想喝水的山羊以为是真的，没有丝毫犹豫地跳了进去，当他咕咚咕咚痛饮完后才发觉已陷入困境，于是就与狐狸一块琢磨上井的方法。成竹在胸的狐狸，狡诈地说："我倒有一个方法。你用前脚扒在井墙上，再竖直角，我从你后背跳上井去后，

再拉你上去，我们就全能上去了。"这只公山羊不假思索就同意了他的意见。于是，狐狸踩着他的后脚，跳到他背上，接着又从角上用力一跃，跳出了井口。狐狸上去以后，转身打算自己走开。公山羊气愤地斥责狐狸不守诺言。狐狸回过头和公山羊说："喂，朋友，假使你的头脑就和你的胡须一般完美，你何至于在没看明白出口之前就盲目地跳下去。"

这故事说明，智者应该事先考虑明白事情的结果，而后再去做它。

寡妇与母鸡

从前有个寡妇养着一只母鸡，母鸡每天都要下一个蛋。她认为给鸡多喂些粮食，鸡就可以每天下两个蛋。于是，她就每天给鸡多喂些粮食，最后母鸡越长越肥，每天连一个蛋也下不了了。

这故事告诉我们，有的人因为爱占小便宜，想得更多的利益，结果连本有的都失去了。

农夫和毛驴

有一个年老的农夫一直住在乡下，从来没进过城，他要求家人带他进城去看看。家人就让他坐在两头毛驴拉的车上，并对他说："只要你赶着毛驴，它们就会把你给送到城里。"走到半路上，突然刮起一场风暴，天昏地暗，毛驴迷了路，走到了悬崖边上。老人眼看非常危险，就说："宙斯啊！我并没有冒犯过你呀！如果你要罚我摔死，为什么不让我死在光荣的马或高贵的骡子手下，却要我死在这个小毛驴的手下！"

这个故事是说，死就要死得光荣、壮烈。

世界传世藏书

世界经典童话

·伊索寓言·

图文珍藏版

还不了愿的人

从前，有个穷人生了病，病情越来越严重，医生们都说没有一丝希望了。但是他仍对众神祷告，要是他的病能好，一定献上一百个牛头作为祭品，还要献匾给庙里。站在他旁边的妻子问："这笔钱从哪来呀？"那人答道："你认为神是为了钱向我要这些东西，才肯医治好我的病吗？"

这个故事是说明，信口许愿的人往往是无法还愿的。

杀人凶手

一个杀人犯，被受害者的亲人们穷追猛赶，逃到了尼罗河边时，迎头碰见一条狼，他惊恐万分地爬到河边的一棵树上，躲在上面。但是他又发现树上有一条大蛇正朝他爬来，他吓得跳到了河里。在河里有一条鳄鱼，正在等着他，就把他吃了。

这个故事是说明，对于那些有罪的恶人，无论是在地上，在空中或是在水里，都不会感到安全的。

农夫与命运女神

有一个农夫在耕地时，发现了一块金子，认为这一定是土地女神所赐予的。于是，他每天都给土地的女神祭奉。命运女神来到他的面前，说："喂，朋友，那块金子是我送给你的发财礼物，你为什么把它看作是土地女神的恩惠呢？如果时运不同，这块金子也许会落到别人的手里，那时候你一定又要埋怨我命运女神了。"

这个故事是说明，人应当认清恩人，报答他的恩惠。

狡猾的人

有一个狡猾的人和另一个人打赌，约定要向他证明德尔斐的神示并非是真的。到了约定日时，他手里拿了一只小麻雀，并把它藏在外衣里。他走到庙里，站在神的前面，问神他手中拿着的东西是活的还是死的。他想，如果神说是死的，他就把活麻雀拿出来；假如神说是活的，他就捏死麻雀，再拿出来。神识破了他卑鄙的诡计，说道："小伙子，收起你那一套吧！你手里的东西，是死是活，还不是在你！"

这个故事是说明，神是不能亵渎的。

农夫和狐狸

有个心肠很坏的农夫非常嫉妒邻居农田里的庄稼长得好，一心想要毁掉这些庄稼。于是，有一天，他趁着捉狐狸的机会，偷偷地把烧燃的木柴放在邻居的地里。恰好路过此地的狐狸拿起那块木柴，按照神明的指示，把它扔到这个农夫的地里，把他的庄稼烧得精光。

这就是说，害人必害己，神绝对不会放走任何一个坏人。

农夫和树

从前，有一个农夫的田里有一棵树，这棵树长得并不粗壮，只能作为那些麻雀和吵闹的蝉的栖息地。农夫觉得这棵树并没有什么大用处，想把它砍掉就拿起斧头，朝树身上砍了一下。那些蝉和麻雀请求农夫不要砍倒他们的家，允许树生长在田地里，他们会在树上为他歌唱，令他高兴。农夫没有理睬他们，接着又砍了第二斧和第三斧，直到树上砍出了一个洞。这时，他突然发现树洞里有蜜蜂

世界传世藏书

世界经典童话

·伊索寓言·

图文珍藏版

窝和蜜，他尝了尝蜜后，赶忙抛下斧头，不但没有再砍伐，而且对这棵树加以小心保护。

这个故事是说，重利轻义是某些人的本性。

小猪与羊群

有一头小猪混进了羊群里，和羊一起吃食料。不久，便被牧人发现了，把他捉住了，他竭力嚎叫，还拼命挣扎。羊群指责他大喊大叫，说："我们常常被牧人捉，可从来不会这样大喊大叫。"小猪对他们说："我被捉与你们被捉是两件不同的事，捉你们仅仅是为了毛或奶，捉我却是为了吃我的肉呀。"

这个故事是说明，真正的危险不是关系到钱财，而是关系生命。

猎狗与野兔

一天，猎狗抓住了一只野兔，一会儿咬他，一会儿舔他的嘴唇，不断地作弄他。野兔竭力抗拒，并且对猎狗说："喂，你这个家伙，请你不要这样又咬又亲，因为这会儿我难以判断，你究竟是我的敌人，还是朋友。"

这个故事讽刺了那些态度暧昧的人。

小孩与栗子

一个小孩把手伸进装满栗子的瓶中，他想尽可能地抓上一大把。但是当他想要伸出手来时，手却被瓶口给卡住了。他不愿放弃一部分栗子，因此不能拿出手来，只好痛哭流涕。一个行人对他说："你还是知足点儿吧，只要少拿一半，你的手就能很容易地拿出来了。"

这说明人不要贪多，一定要知足。

小山羊与吹箫的狼

一只小山羊落在羊群的后面，被狼所追赶。他回过头来，对狼说："狼啊，我知道我将会成为你口中之食，请你不要让我默默无闻而死吧，请你吹箫，我来跳一回舞吧。"于是，狼吹着箫，小山羊跳起舞来，狗听到后跑过来追赶狼。狼回过头来对小山羊说："我真活该，我本来是拿屠刀的，不应该学着吹箫呀。"

这个故事是说，有些人不守本分，结果往往会失败。

青蛙庸医

一只青蛙从潮湿的洼地里蹦了出来，对所有的野兽大声宣布："我是一位医术高明、能治百病、博学多才的医生！"一只狐狸问他："你连自己跛足的姿势和起皱的皮肤都无法治愈，怎么还吹牛说能给别人治病呢？"

这个故事是说要想判断人们的知识和才能需要听直言，观直行，不要被他的花言巧语所迷惑。

蚂蚁与鸽子

一只蚂蚁口渴了，爬到泉水旁去喝水，不幸被急流冲走。快要被淹死的时候，鸽子看到了，赶忙折断一根树枝，扔到水里，蚂蚁赶紧爬了上来，脱离了危险。后来，有一个捕鸟人走过来，用粘竿捕捉那只鸽子。蚂蚁看到了，就咬了捕鸟人的脚一口。捕鸟人痛得丢下了粘竿，鸽子马上被惊跑了。

这个故事说明，人们应该知恩图报。

披着狮皮的驴

驴子披着狮子的皮，到处走动，去吓唬别的动物。动物们都以为他真的是狮子，吓得四处逃跑。突然一阵风刮来，把驴子身上披着的狮皮给吹走了，驴子原形毕露。这时，动物们一见到他就都跑回来，用木板和棍棒狠狠地打了他一顿。

这个故事说明，那些狐假虎威，仗势欺人的人必将遭到世人痛恨，自取灭亡。

马、牛、狗与人

宙斯创造了人，但没给人长寿，却给了人聪明与才智。在冬天，人为自己建造好了房屋，舒适地住在里面。有一天，天气异常地寒冷，还下着雨，马冻得再无法忍受了，就跑到人那里，请求人让它住在屋内避寒。人说除非马同意把它的部分寿命送给人，否则就不允许它进门。马高兴地答应了。没过多长时间，牛也忍受不了寒冬，跑来找人。那个人同样地说，除非牛能够把部分寿命送给人，不然就不肯收留它。牛在献出了部分寿命之后，也被收留下来。最后，狗冻得几乎就要死了，也跑来把自己的部分寿命送给人，得到一个住处。这样，人在宙斯所给的年岁内，纯洁而善良；到了马给的年岁，就开始吹牛说大话，自命不凡；到了牛给的年岁，开始干事业；而到狗给的年岁，就很容易发脾气，动不动就大吵大闹。

这个故事适用于那些爱发脾气的固执的老人。

马与兵

战争年间，一个士兵用大麦精心地喂养他的马。但是当战争一

·伊索寓言·

图文珍藏版

结束，那匹马就被拉去服苦役，搬运那些沉重的货物。后来当战火重燃，军号再次吹响了，主人备好马鞍，全副武装骑着马去迎敌。这时，马却变得毫无力气，不断摔倒，他对自己的主人说："你还是尽快再去找一匹战马吧。因为你已经把我变成了一头驴子，又怎么还能把我当作战马骑呢？"

这就是说，和平、舒适的日子里不能忘记了灾难。

大树和芦苇

有一天，狂风把大树给刮断了。大树看见弱小的芦苇没有受到一点损伤，就问芦苇，为什么像我这么粗壮都被风刮断了，而那么纤细、软弱的你却什么事也没有呢？芦苇回答说："我们感觉到自己的软弱无力，就低下头给风让路，避免了狂风的冲击；而你们却倚仗着自己的粗壮有力，拼命抵抗，结果就会被狂风刮断了。"

这个故事是说，当遇到风险时，退让也许比硬顶更为安全。

核桃树

从前，有一棵核桃树生长在路旁，结了很多核桃，路过的人们

世界经典童话

·伊索寓言·

图文珍藏版

都拿石头去打树上的果实。核桃树暗自叹息，自言自语地说："我真倒霉，每年我给人们带来了果实却为自己招来了许多侮辱与苦恼。"

这个故事是说那些因为自己行善而吃苦的人们。

河里拉屎的骆驼

有一匹骆驼在渡过湍急的河时，往河中拉屎，他看到那粪便一下子就被急流的河水冲到了他的前面。他说："为什么我看见刚才还在我后面的却一下到了我的前面?"这个故事是说，那么愚昧无知的人只能看到现象却无法理解原因。

蔷薇与鸡冠花

蔷薇和鸡冠花生长在一起。有一天，鸡冠花跟蔷薇说："你是世界上最漂亮的花朵，神和人们都那么喜爱你，我真羡慕你有这样漂亮的颜色和芬芳的香味。"蔷薇回答说："鸡冠花啊，我仅仅是昙花一现，即使人们不去采摘，不久也会凋零的，而你却是永久开着花，青春永驻。"

这就是说，事物各有所长，也各有所短，勿须羡慕别人有你所没有的东西，因为你也有别人所没有的东西。

骆驼、象、猴子

从前，无知的动物们要选举国王，骆驼和象也积极去参加竞选，一个身材高大，一个力大超群，他们都希望能够战胜别人而当选。然而，猴子却认为他们俩都不适合，他说："骆驼一贯温顺，对于那些做坏事的动物也不生气；而象总是害怕那些小猪，一点儿也不像国王。"

这个故事是说明，有很多人都是因小失大。

狮子和他的三个顾问

狮子把羊给叫来，问他能不能闻到从自己嘴里发出的臭味。羊说："能闻到。"狮子就咬掉了这个傻瓜蛋的头。接着，他又把狼召来，用同样的问题问狼。狼说："闻不到。"狮子把这个阿谀奉承的家伙给咬得鲜血淋漓。到后来，狐狸也被召来了，狮子问他同样的问题，狐狸看了看周围的情形，说："大王，我患了感冒，什么味也闻不到。"

这个故事是说，模棱两可，暧昧含糊可以让人抓不着把柄。

黑人

有人买了一个黑奴，以为他的肤色是因为原来的主人的大意而造成的，带回家后，用许多肥皂和水想要把他给洗干净。可是黑奴肤色丝毫没有起一点变化，他自己却因为辛苦而大病一场。

这个故事说明，生来就有的东西会始终保留着原始的样子。

渔夫与金枪鱼

渔夫们出去捕鱼，辛苦劳累了很久，但一无所获。他们就垂头丧气地坐在船里。这时候，有一条金枪鱼被人追赶，刷刷地逃游过来，恰好跳到了他们的船里。渔夫于是将它捉住，拿到市场上卖了。

同样，往往依靠技术得不到的，却可以凭借碰运气得到。

狐狸和豹

狐狸和豹互相为吹嘘自己的美貌而争吵不休。豹总是夸耀他身上五颜六色的斑点，狐狸却说："我要比你美丽得多，我的美并不体现在表面，而是灵活的大脑。"

这个故事是说明，智慧的美远胜于形体之美。

猴子与渔夫

有只猴子坐在一棵大树上，看见渔夫在河里撒网，就仔细的观察他们的动作。一会儿，渔夫们收起了网，吃饭去了。猴子就连忙从树上爬下来，想要去模仿渔夫捕鱼。但他一拿起网，反而把自己套住了，差一点被淹死。猴子自言自语地说："我真是活该！我没有学会怎么撒网，还抓什么鱼呢？"

这个故事是说明，不要不假思索地去模仿不适合自己的行为。

鹰与屎壳郎

鹰正在奋力追逐一只兔子。兔子一时无处求助，只好拼命地奔跑。这时，刚好看见一只屎壳郎，兔子就向他求救。屎壳郎一边安慰兔子，一边向鹰恳求不要抓走那只向他求救的兔子。而鹰却没有把小小的屎壳郎给放在眼里，还是在他的眼前把兔子给吃掉了。屎壳郎极为遗憾，深感自己受到了侮辱。从此以后，他就不断地盯着鹰巢，只要是鹰生了蛋，他就高高地飞上去，把鹰蛋给滚下来，将它摔得粉碎。鹰到处躲避，后来竟然飞到宙斯那里去，请求给她一

世界经典童话

·伊索寓言·

图文珍藏版

个安全的地方生儿育女。宙斯容许她在自己的膝上来生。屎壳郎知道后，就滚了一个大粪团，高高地飞到宙斯的上面，把它扔到他膝上。宙斯立刻起身抖落粪团，无意中把鹰的蛋都砸了下来。据说自打那以后，屎壳郎出现的时节，鹰就不孵化小鹰。

这个故事告诉人们，不要看不起任何人，因为没有人弱小到连自己受了侮辱都无法报复。

白发男人与他的情人们

一个头发斑白的男人有两个情人，一个年轻，一个年老。那个

年老的女人认为，与比自己年轻的男人交往，怕被别人取笑，只要

他来找她，就得不断地把他的黑头发给拔掉。那个年轻的为了隐瞒她有了一个年老情人，又不断地拔去他的那些白头发。这样，两人轮流地拔，终于他变成了秃头。

这故事是说，不相配的事总是有害的。

寒鸦与乌鸦

从前，有一只寒鸦他的身体特别地强壮，和其他的寒鸦相比，他要大得多。于是，他就瞧不起自己的同伴，自以为是地跑到乌鸦那里，想和他们一起生活。乌鸦们很快从他的形状和声音中辨认出他是寒鸦，并一齐啄赶他，把他给驱逐出来。被乌鸦们赶出来后，他又只好回到寒鸦那里。然而那些曾受到他的侮辱的寒鸦们十分愤慨，都不同意收留他。结果，这只寒鸦就变得无家可归了。

这个故事是说，那些看不起自己的亲人和同伴的人，既不会受到外人的欢迎，又会被同胞们所不齿。

橄榄树和无花果树

冬天，橄榄树嘲笑无花果树说："我一年四季常青，永远漂亮，而你的树叶每到冬天都会凋落，只有在夏天时才美丽。"正当他夸夸其谈时，天空突然下起了大雪，雪花大片大片的漂下来。雪花都压在枝繁叶茂的橄榄树上，没一会儿就把他压垮了，美丽也随之消失了。而光秃秃的无花果树，却一点也没被雪伤害。

这是说，有时候美丽外表会给人们带来危害。

冬天与春天

冬天总是讥笑春天，专挑春天的毛病，并指责他说，只要春天来到，人们就不会安静下来，有的走进原野山林观赏风景，高兴地把鲜花插在头上；有的乘船远航，漂洋过海到别的国家游玩，一点都不担心什么狂风暴雨。然后又说："我却就像一个威严的帝王，我对天发令，让人们害怕狂风暴雨和大雪；我对地发令，让人们害怕天寒地冻；我强迫人们老老实实地只呆在家里度日。"春天说道："正因为这样，人们希望尽快地告别冬天。人们认为我的名字就是美丽。宙斯也说，春天是所有名字中最美的。因此，人们总是盼望春天的来到。"

这是说，威猛强悍只能使人产生反感，和煦温馨却使人向往。

强盗与桑树

强盗在路上杀死了一个人，因此，人们都在追赶他。他带着一身血迹逃跑。迎面而来的行人问他，双手为什么这么红呀，他说自己刚才从桑树上爬下来。正说到这里，那些在后面追赶的人来了，把他抓住了，吊死在桑树上。那桑树对他说："我非常高兴帮助人们处死你，因为你杀了人，却把事情赖到我身上。"

当被别人毁谤为恶人的时候，有些本性善良的人，也往往会毫不犹豫地进行反击。

百灵鸟葬父

据古时候的传说，百灵鸟生于地球还未出现之前。她父亲得了一场大病死了，因当时还没有地球，她根本找不到地方为父亲做坟墓。停丧五天后，她心中慌乱，就把父亲葬在自己的头上。从那以后，她头上就有了冠毛，人们传说那是她父亲的坟山。

这故事是说青年人的第一责任是孝敬父母。

麻雀和野兔

老鹰抓住了一只野兔，野兔十分悲伤和痛苦，他的哭喊声就像孩子哭一样。这时，一只麻雀责备他说："你飞快的速度怎么不见了？这次你的脚为什么跑得这么慢？"麻雀正说着，一只老鹰飞过来，突然把他也抓住了，并吃掉了他。野兔见后，心安地说："唉！他刚才还幸灾乐祸，现在自己也同样遭到不幸的命运了。"

这是说，见人遭受危难时，切不可幸灾乐祸。

鹦鹉与猫

从前，有个人买了一只鹦鹉，他很细心地饲养，让鹦鹉自由自在地生活。这只被驯养的鹦鹉，高兴得总是不停地叫。一只家猫看见了它，问它是谁，是从哪里来的。鹦鹉回答："我是被主人刚买回来的。"猫说："你这大胆的东西，怎么刚来就这么叽叽喳喳地叫。我是在这里长大的，主人都不允许我这样做。有时如果这么做了，他就会大发雷霆，赶我出去。"鹦鹉回答说："好管家太太，你最好赶快出去。主人喜爱我悦耳的声音，而讨厌你的叫声。"

这故事适用于那些总是对别人妄加评论的人。

家狗和狼

有一只饥饿的瘦狼，他在月光下四处寻食，遇见了喂养得特别壮实的一只家狗。他们互相问候着，狼说："朋友，你怎么这么肥壮，吃了一些什么好东西？我现在日夜为生活奔波，苦苦地煎熬着。"

狗回答道："你要是想像我这样，只要学着我干就行了。"

"原来是这样，"狼急切地问，"是什么活儿？"

狗回答说："就是给主人看家，防止夜间有贼进来。"

"那么，什么时候开始干呢？"狼说，"住在森林里，风吹雨打，我都快受够了。为了有个温暖的屋子住，只要不挨饿，做什么我都不在乎。"

狗说："那好，跟我走吧！"

于是，他们俩一块儿上路了，突然狼注意到狗脖子上有一块伤疤，觉得特别好奇，不禁问狗这是怎么回事。狗说："没什么。"狼继续问："究竟是怎么回事？"

"一点点小事，可能是我脖子上拴铁链子的颈圈弄的。"狗轻描淡写地说。

"铁链子！"狼惊奇地说，"你难道是说，不能自由自在地随意跑来跑去吗？"

"不是，也许你没有完全明白我的心意，"狗说，"白天有时候主人把我拴起来。但我向你保证，在晚上我有绝对的自由；主人把自己盘子里的东西喂给我吃，佣人把残羹剩饭拿给我吃，他们都对我倍加宠爱。"

"晚安！"狼说，"你去享受你的美餐吧，至于我，宁可自由自在地挨饿，而不愿套着一条链子过舒适的生活。"

这是说，自由比安乐还重要。

猎狗和狐狸

有条猎狗看见狮子，就追了上去。当狮子回过头来大声吼叫时，他却被吓慌了，掉头向后逃跑。狐狸看见了，说，"你这个胆小鬼！狮子的吼声你都受不住了，你还想去追它？"

这故事是说，有些人，千方百计表现自己的强大的人，当他们真正面对强者时，却马上被吓得落荒而逃。

狗和屠夫

狗钻进肉店里，趁屠夫忙乱之际，偷了一个猪心就跑。屠夫转过头来，看见狗逃跑了，就说："喂，你这个畜牲，你记清楚，无论你今后跑到哪里，我都会注意提防着，你偷跑了我的一个猪心，却把另一个心给了我。"

这故事说明，灾祸常成为人们的学问，也就是说，吃一堑，长一智。

猎狗与众狗

有个人养着一条强壮的猎狗，主人想让它去追赶野兽。可是他每次看见一队队行走的野兽，就拼命地挣脱颈圈，使劲地逃跑。其他狗见到这只壮得像公牛一样的猎狗，就问："你为何如此仓皇逃窜？"猎狗说："我知道，我虽吃住不愁，生活舒适；但命令我去追赶熊和狮子，那我就离死不远了。"那些狗几乎都明白了这个道理，就说："尽管我们缺衣少食，生活简陋，但我们也不想去和凶猛的狮子或熊拼搏。"

这故事是说，荣华富贵舒适享乐往往和危险相连，而清贫简陋的生活却是安全的。

乌鸦与狗

有一次，乌鸦祭祀雅典娜，就请狗来赴宴。狗对他说："你为什么要花这么多钱来办这毫无用处的祭祀呢？那个女神不是非常厌恶你，使你的预兆一点都不灵吗？"乌鸦回答说："正是因为这个原因，所以我才给她祭祀，我知道她从来不喜欢我，老是和我过不去，但我要以祭祀同她和解。"

这是说，许多人恐惧敌人，不惜代价想同他们和解。

田螺

农夫的孩子正在那里烧烤田螺，突然，他听到田螺吱吱地响，就说："唉，你们这些可怜的东西，家都被烧了，还有心唱歌。"

这故事说明，那些不分场合的人经常会受到人们的责备。

狗和海螺

有一只狗，他经常去偷吃鸡蛋，有一天，他看见一只海螺，以为这也是鸡蛋，于是张开大嘴，一口就把它吃进肚里。过了一会儿，他觉得肚子为什么这么疼呀，就说："我真是活该，把所有圆的东西都当成鸡蛋了。"

这故事告诉我们，不能单凭直觉和外表去认识事物，否则，一不小心就能够毁灭自己。

船主和船夫们

有一天，人们坐船准备出海，可天有不测风云，海面上起了狂风巨浪，船主一筹莫展，感到十分疲倦和烦躁。船夫们仍然顶着风浪拼命地划船，累得几乎精疲力尽了。船主却严厉地对他们说："你们再不划快点，我就用石头把你们砸死。"其中一个船夫说："但愿我们能到有石头的地方。"

这故事告诉我们在生活中遇到危险时，要避重就轻，宁愿忍受小一点的危险，而躲避致命的危险。

人、马和小驹

有个人赶着一匹已经怀孕的母马上路了。在中途，母马产下了小马。刚刚生下的小马驹跟着妈妈走了一会，就觉得全身乏力，他只好对骑在他妈妈背上的人说："我这么一点点小，不能走多远。你要是把我扔下，我马上就会死掉。假如你能把我放在什么地方喂养，日后我定将让你骑着我走。"

这故事说明，行善会有好报，尽管这种好报很难很快实现。

猎人和骑马的人

有个猎人扛着一只兔子打猎归来。在回来的路上被一个骑马的人看见了，于是骑马人便停下来假装要买兔子。骑马人刚一拿到兔子，就纵马飞奔而去。猎人拼命地在后面追赶，但始终没有追上，他们相隔越来越远。猎人望着那远去的骑马人，无可奈何地说："你走吧！那只兔子送给你了。"

这故事是说，许多人由于无奈才假装乐意，把自己舍不得的东西送给他人。

野猪、马与猎人

从前，野猪和马常常是在一起吃草，但是野猪经常使坏，不是践踏青草，就是把水搅浑。马非常生气，一心想要报复他，便跑去请求猎人帮忙。猎人说除非马愿意套上辔头让他骑，才帮助马惩治野猪。马报复心切，就答应了猎人的要求。于是，猎人骑在马背上打败了野猪，然后又把马牵回去，拴在马槽边。马悲叹地说："我真傻！为了一点小事不能容忍他人，现在却招致终身被奴役。"

这故事是说，人们在生活当中一定要对他人宽容，不要因为小事就想去报复他人，否则会给自己带来不幸。

蜜蜂、鹧鸪与农夫

有一次，蜜蜂与鹧鸪因为特别口渴，便飞到农夫那里求水喝，他们许诺要报答农夫，鹧鸪许诺在葡萄园松土，以便结出累累硕果；蜜蜂许诺守护葡萄园，用毒刺驱赶偷吃葡萄的人。农夫说道："我有

世界经典童话

·伊索寓言·

图文珍藏版

两头牛，他们从没许诺过什么，但是他们什么活都干，因此，我把你们要的水让他们喝，那不更好吗!"

这故事说的是那些随便许诺但并不准备实干的人。

行人与浮木

几个行人一起沿着海边走，他们来到一处高地，看见大海的远处漂浮的木头，心里想一定是一艘大海船。于是，他们等着它靠岸，想要乘坐这一艘船。当迎面而来的风把浮木吹到快到岸边时，他们觉得这可能不是一艘大船，也许是一条小船吧，仍然满怀希望地在那里等待。这时，一个大浪把那根木头送到岸上，他们才发现原来是一根木头，互相说道："这无聊的东西让我们白等了一场!"

这故事说明，有些人对不完全了解的东西，抱有很大的希望，但一经了解，却大失所望。

航海者

有几个人一起坐船出海。大海的气候变化万千，船刚驶入海中时，正好遇到了狂风巨浪，巨浪把船几乎要吞没了。有个人撕破衣服，大声悲惨地痛哭，请求庇护神，许愿说如果能得救，一定会还愿报恩。过了一会，风暴过去了，大海恢复了往日的平静，大家为幸免于难而互相祝福，手舞足蹈，高兴极了。老实的船工却对他们说道："朋友们，幸免于难的确值得高兴庆贺。但我们还必须勇敢地去面对说不定还会再来的狂风巨浪。"

这故事告诫人们要知道天有不测风云，风平浪静时仍要警惕随时可能降临的惊涛骇浪。

富人与鞣皮匠

有个富人与鞣皮匠是邻居。那富人受不了皮革的臭味，多次催

促鞣皮匠搬家。鞣皮匠总是说，立刻就搬，却老是拖延不搬。这样一直拖来拖去，随着时光的流逝，富人已经闻惯了皮革的臭味，也就不再为难鞣皮匠了。

这故事说明，习惯能消除对事物的恶感。俗话说得好习惯成自然。

逃走的寒鸦

从前，有个人捕捉到一只寒鸦，他便用麻绳拴住寒鸦的一只脚，扔给自己的孩子玩。这只寒鸦非常不愿意被小孩玩弄，于是逃回自己的窠里。可脚上的绳索却缠住了树枝，他再也飞不起来了。他临死的时候自言自语地说："我真倒霉！因不愿忍受人的奴役，却丧失了自己的生命。"

这故事是说，有些人为逃避眼前的危险，反而会遇到更大的灾祸。

吃饱了的狼与羊

有一只吃得饱饱的狼在路上走着，突然他看见一只羊倒在地上，就以为羊是害怕自己而瘫倒了，便走上前去鼓励他，说只要羊能对自己说三句实话，就放了他。羊开始说，第一，他不希望遇到狼；第二，如果自己不幸遇到了，那么，希望遇到的是一只瞎眼狼；第三，愿所有的恶狼都死光，因为恶狼不断地伤害他们，而他们却从来没做过伤害狼的事情。狼觉得他的话一点不假，便放了这只羊。

这故事说明，有时说实话也能在敌人面前显示出力量。

牧羊人与羊

牧羊人赶着一群羊来到橡树林里，他发现一棵高大的橡树上长满了橡子，特别招人喜爱，便高兴地脱下外衣，铺在地上，然后爬到树上，使劲地摇着橡树，橡子便从树上落了下来。羊群跑过来尽情地享受这些橡子，不知不觉地就把牧羊人的外衣也啃完了。牧人从树上下来后，见到如此情形，说道："你们这些没用的坏家伙，你们把羊毛给别人做衣服穿，而我辛辛苦苦地喂养你们，你们却把我的外衣吃掉了。"

这故事是说，有些糊涂无知的人热情接待外人，却损害自己人的利益。

公牛与野山羊

有头公牛由于被狮子追赶，便逃进了一个山洞里，洞里住着一群野山羊。尽管野山羊对他又踢又顶，公牛还是忍受痛苦对他们说："我在这里忍辱负重，并不是害怕你们，而是害怕那在洞口站着的狮子。"

这故事说的是，为了逃避大灾难，必须忍受一时痛苦。俗话说，小不忍，则乱大谋。

公牛、狮子和猎人

公牛看见一只小狮子正在那里睡觉，便趁机用牛角把他顶死了。母狮子走过来看到自己的孩子死了，十分伤心，痛哭流涕。这时一头野猪在老远的地方站着对悲伤的狮子说："你知道有多少人为他们的孩子被你们咬死而伤心落泪吗?"

这故事是说，只有当自己也遭到同样不幸时，才会反省自己给别人带来的不幸。

老鼠和公牛

一只老鼠把公牛咬了一口，公牛非常疼痛。他特别想捉住老鼠，而老鼠却早就安全地逃回到鼠洞里。公牛就用角去撞那座墙，弄得精疲力尽，躺在洞旁睡着了。老鼠偷偷地爬出洞口看了看，然后又轻轻地爬到公牛的胁部，再咬他一口，赶紧又逃回到洞里。公牛醒来后，无计可施，烦躁不安。老鼠却对着洞外说："大人物不一定能够胜利。有些时候，微小低贱的东西会更利害一些。"

公牛和小牛犊

一头公牛竭尽全力想挤过一条小路，到牛栏里去。这时，一头小牛犊走了过来，争着要先走，并告诉公牛怎样才能通过这条小路。公牛说："不用劳驾你了，在你没出世以前，我就已经知道那办法了。"

这是说，年轻人千万不要在老人面前逞能。

乌鸦与狐狸

有只乌鸦偷了一块肉，便叼着站在大树上。从这里路过的狐狸看见了，直流口水，狐狸很想把肉弄到手。于是，他站在树下，大肆夸奖乌鸦的身体魁梧、羽毛漂亮，还说他应该成为鸟类之王，要是能发出清脆的声音，那就更当之无愧了。乌鸦为了要显示他能够发出清脆的声音来，便张嘴放声大叫，而那块肉却掉到了树下。狐狸跑上去，抢到了那块肉，并嘲笑说："喂，乌鸦，你如果有头脑，也许能够当鸟类之王。"

这故事适用于愚蠢的人。

乌鸦与赫耳墨斯

有只乌鸦被捕鸟夹夹住了，他请求阿波罗，说如果自己能够脱险，将供奉贵重物品。阿波罗解救了他，但乌鸦早已把自己许的愿丢到了脑后。不久，他又被捕鸟夹夹住了，他再也不敢请求阿波罗，只好向赫耳墨斯许愿。赫耳墨斯对他说："你这坏东西，你总是欺骗别人，我怎么还会相信你呢？"

这故事是说，那些忘恩负义的人遇到灾难时，谁也不会去救他。

蚱蜢和猫头鹰

一只猫头鹰他白天在家里睡觉，可是每到晚上就出来找东西吃。有一天，正当他睡得很香的时候，被一只蚱蜢的声音给吵醒了，他无法入睡，就急切地请求蚱蜢停止叫声。蚱蜢根本就不理他，仍然叫个不停。猫头鹰越是不断地请求，蚱蜢反而叫得越响。猫头鹰被弄得无可奈何，焦躁不安。突然他想到一个好妙策，便对蚱蜢说："听到你动听的歌声，我已睡不着了。你的歌声就像阿波罗神的弦琴一样动听。我要把青春女神赫柏刚送给我的仙酒拿出来，痛痛快快地畅饮一场。你如果不反对，就请上来一起喝吧。"蚱蜢这时正很渴，又被这赞美词弄得高兴得忘乎所以，因此，他什么也没想就急忙飞了上去。结果，猫头鹰从洞里冲出来，把蚱蜢弄死了。

这故事是说有些人有一点点本事就得意忘形，忘乎所以，忘记了自己的地位和处境，到头来却自找苦吃。

蜜蜂和蛇

一只蜜蜂在一条蛇头上坐着，不停地用刺去叮扎蛇，差一点就把蛇叮死了。蛇忍受着极大痛苦不知所措，他无法逃避这个小小的仇敌，怎么也吓不跑蜜蜂。正在这时候，一辆满载笨重木材的货车向这边驶来，蛇便有意地将头放到车轮底下，并说："让我和仇敌同归于尽吧！"

这故事说明，与其备受敌人的折磨，不如与他们同归于尽。

行人与乌鸦

几个人外出办事，正忙着赶路，这时正好遇到一只独眼乌鸦迎面飞来。他们抬起头看了看乌鸦，其中一个人说这是一种凶兆，劝大家赶紧回去。另一个人却说："乌鸦如何能预示未来呢？他要是能预知，为什么不事先防备自己不瞎眼呢？"

这是说，那些对于自己的事都考虑不周的人，也就没资格教训他人。

蝙蝠、荆棘与水鸟

蝙蝠、荆棘、水鸟，决定靠合伙经商来维持生活。于是蝙蝠借来一点钱作为资金，荆棘带来了他自己的衣服，水鸟带着赤铜，然后，他们便装好货，乘船出发了。后来，他们在海上不巧碰到了强大的风暴，船被吹翻了，所有的货物全部沉没了。幸运的是，他们被海浪冲到了岸上，没有被淹死。从此以后，水鸟总是站到水中，想把丢失的赤铜找回来；蝙蝠害怕见到债主，白天不敢出来，只好夜间才出来寻食；荆棘则到处寻找衣服，总是把过路人的衣服抓住，看看是否是自己曾经丢失的。

这故事说明，许多人在一件事上曾经失败过，以后凡遇到这事就格外地仔细认真。

图文珍藏版

蝙蝠与黄鼠狼

蝙蝠不小心掉在了地上，正好被一只黄鼠狼看见了，于是蝙蝠请求黄鼠狼饶命。黄鼠狼说绝对不会放过他，自己有生以来就痛恨鸟类。蝙蝠说自己是老鼠，而不是鸟，黄鼠狼便把他放了。后来蝙蝠又掉了下来，被另一只黄鼠狼叼住，他再三请求不要吃他。这只黄鼠狼说他痛恨一切鼠类。蝙蝠又改口说自己是鸟类，并非老鼠，黄鼠狼又把他放了。这样，蝙蝠两次改变了自己的名字，终于死里逃生。

这故事说明，我们遇事要随机应变才能避免危险。

狼、羊群和公羊

狼派了一个使者到羊那里去，说羊群要是把守护他们的狗抓住杀了，就和他们缔结永久的和平。那些愚蠢的羊答应了狼。这时，有一只年老的公羊说："怎么能让我们信任你们并与你们一起生活呢？有狗保护我们时，我们还觉得自己不能平安地吃食呢。"

这是说，人们不能相信坏人假惺惺的誓言，而放弃自己的安全保障。

占卜者

占卜者坐在市场里收钱算卦，忽然有个人赶过来告诉他，他家的门被撬了，家里所有的东西都被偷走了。占卜者大吃一惊，立刻跳了起来，唉声叹气地赶回家中，察看所发生的事情。一位旁观者见了就说："喂，朋友，你不是宣传你能预知别人的祸福吗，怎么连自己的事情都没预测到呢？"

这故事适用于那些连自己的事都预料不到，却扬言能够预测未来的人。

蜜蜂和牧人

有一个牧人发现树洞里有许多蜂蜜，就赶紧过去想偷走。这时，从远方飞回来的蜜蜂一下就把他包围了，并打算用毒刺刺他。于是牧人马上说："我走，我走。我一点儿蜂蜜都不要，只要你们别刺我。"

这是说，不义之财不可取，否则将危害自己。

世界传世藏书

世界经典童话

·伊索寓言·

图文珍藏版

养蜜蜂的人

　　有个人来到养蜂人家里，他见主人不在，就想把蜂蜜和蜜粉偷走。过了一会养蜂人回来看见蜂箱空了，就在蜂箱旁寻找不见的东西。这时候，采花回来的蜜蜂看见了，都围过去用针刺他。那人痛苦地对蜜蜂说："啊，你们这些坏家伙！不去惩治那偷蜜的人，却一个劲地来刺爱护你们的人。"

　　这是说，愚蠢无知的人不去提防坏人，却防备朋友，以友为敌。

僧人

　　僧人们养了一头驴子，他们经常让驴子驮着行李四处游荡。有

　　一天，驴子劳累致死，僧人剥下他的皮，用皮绷了一锣鼓，敲打着

它来化缘。别的僧人见到他们，问他们的驴子到哪里去了。他们说："死了。但是现在，他遭受到更厉害的挨打，要是他还活着是绝对受不了的。"

这是说，有些人就算摆脱了奴役，但也改不掉他们的出身。

年轻人与屠夫

两个年轻人去一家商店里买肉。当屠夫正忙着做事的时候，一个人趁机偷了一块肉，并把肉放到另一个人的怀里。屠夫回过身来，四处寻找那块肉，指责他们。那偷肉的人发誓说自己没拿，怀里藏着肉的人发誓说没偷。后来屠夫看穿了他们的诡计，说道："就算你们发假誓骗过我，但也骗不过神。"

这故事说明，骗人的假誓言总是会被识破的。

年轻的浪子与燕子

年轻的浪子把传下来的家业都挥霍一空，最后只剩身上穿的一件外衣。一天，他看见有一只燕子还不到季节就飞回来了，他以为是春天到了，不用再穿外衣了，就拿去卖了。不久一阵凛冽的北风

世界传世藏书

世界经典童话

·伊索寓言·

图文珍藏版

袭来，非常寒冷，冻得他四处躲藏，碰巧见到燕子冻死在地上，便对他说道："喂，朋友，你把我俩都毁了。"

这故事说明，不按自然规律办事是十分危险的。

兔与狐狸

有一次，兔子要和鹰打仗，于是就去请狐狸助威。狐狸却说："要是我既不认识你们，又不知道你们要跟谁打仗，我们怎么会去帮助你呢？"

这故事说明，有些人不顾自己的生命安全，硬要同比自己强大的对手去争斗。

狗与狐狸

几条狗发现了一张狮子皮，就用牙齿使劲把它撕碎了。狐狸见了，说："要是狮子还活着，你们就会知道，你们的牙齿是不能和他的爪子相对抗的。"

这就是说，有些人风光一时，为人敬仰。一旦他们身败名裂，人们就会藐视他们。

野猪与狐狸

有头野猪在路旁的树干上正在磨他的牙齿。狐狸看见了就问："为什么要在没有猎人及危险的时候磨牙齿？"野猪回答说："我这样做是有道理的，一旦危险降临，就来不及再磨牙齿了，那时我就可以使用磨好的利牙呀。"

这故事是说，人们应当未雨绸缪，防患于未然。

小猪与狐狸

有个农夫用驴驮着山羊、绵羊和小猪运进城去。一路上小猪不停地拼命直叫，狐狸听见了，就问它："为什么那些羊都安安静静，只有你这么能叫？"小猪回答说："我并不是无缘无故地叫喊，我非常清楚，主人捉绵羊是要它的毛和奶，捉山羊是要干酪和小羊羔，而把我捉来是要杀我去祭祀。"

这故事是说那些能预感灾难来临的人。

狼、狐狸和猿猴

狼责备狐狸偷吃了他的东西，狐狸却一点都不承认。于是，他们请来了猿猴来裁决纠纷。当他们双方各自都讲述原因后，猿猴裁决道："狼，我觉得你不会失去你所要的东西；狐狸，我相信你就算偷过东西，也会死不承认。"

猿猴的裁决真是巧妙，聪明人说话总是这样，照顾到两种情况，两种可能，不会顾此失彼。

狮子和牧羊人

一头狮子从树林里经过时，踩上了一根刺。于是，他赶紧跑到牧羊人面前，摇着尾巴向他问好，好像在说请帮帮我。牧羊人壮着胆子，仔细检查了一番，发现了在狮子爪子上的那根刺。然后他把狮子的爪子放在膝上，将刺拔了出来解除了狮子的痛苦。狮子回到了树林中。不久牧羊人被他人诬告，送进了牢房，被判决喂狮子。狮子认出了那位牧羊人，它不但没扑过去，反而慢慢地向牧羊人走去，把爪子放在牧羊人的膝上。国王听说这事情后，下令赦免了牧羊人。

这是说行善者必有回报。

披着狮子皮的驴子

有头披着狮子皮的驴子，他四处游荡，来吓唬那些弱小无知的动物。后来，他看见了狐狸，于是也想去吓唬吓唬他。狐狸以前就听到过他的叫声，便对驴子说："要是我听不出你的声音，也许我也会害怕了。"

这是说，有些人看起来神气十足，一表人才，然而一开口就原形毕露了。

狮子和青蛙

狮子听到青蛙大声叫喊，心里在想：这一定是个大动物，于是

转过身来，朝声音发出的地方仔细看去。他等了一会儿，却看见青蛙从池塘里蹦了出来，就走过去，一脚踩住青蛙，说："这么一个小东西叫声却那么大。"

这故事是说那些多嘴多舌的人，除了会说空话，别无所能。

世界传世藏书

世界经典童话

·伊索寓言·

图文珍藏版

狮子、狼与狐狸

年老的狮子得了重病，只好在山洞里躺着。除了狐狸之外，所有的动物们都去问候他们的国王。狼就趁机在狮子面前诬陷狐狸，说狐狸胆大包天，藐视国王，竟敢不来探望。正在这时候，狐狸进来了，听到了狼所说的最后几句话。狮子一看到狐狸就怒吼起来，狐狸马上请求国王让他解释几句。他说："在所有向国王问候的动物当中，有谁像我这样忠诚，为你四处奔走，寻找医生及最好的妙方？"狮子立刻命令他把药方说出来。狐狸说："将狼的皮活剥下来，趁热将他的皮披在身上。"说完以后狼立刻变成了一具尸体，躺在那里。这时，狐狸得意地笑着说："你不应当怂恿主人起恶意，而应该引导主人有善心才对呀。"

这故事说明，常常算计别人的人，往往会自食后果。

蚊子与狮子

有只蚊子飞到狮子面前，说："我不怕你，你并不比我强。你的力量到底有多大？是用爪子抓，还是用牙齿咬？最多只不过这两种，女人和男人打架时也会用。可我却比你要厉害得多。你如果愿意，我们就来比试比试吧！"蚊子吹着喇叭，猛冲上前去，专门咬他鼻子周围没有毛的地方。狮子气得用爪子把自己的脸都抓破了，最后狮子终于要求停战。蚊子战胜了狮子，吹着喇叭，唱着凯歌，在天空中飞来飞去，没想到却被蜘蛛网给粘住了。蚊子将要被吃掉的时候，叹息道："我战胜了最强大的动物，却没想到被这小小的蜘蛛所消灭。"

这故事是说，骄傲的人是不会有好下场的，有些人虽然能够击败比自己强大的人，但也会被比自己弱小的人击败。

种菜人

一个种菜人正在给菜园浇水。这时候，有个人跑过来问他，为

什么野菜长得很茂盛而人们栽种的菜却很瘦弱。种菜人回答说："地是野菜的亲娘，但却是家菜的后娘。"

这故事适用于那些为自己的懒惰编造借口的人。

种菜人与狗

种菜人的狗掉到井里了。种菜人想把狗从井里救出来，于是他自己也下到井里，但狗却认为主人下来是要把它再捺到水里去，尽快把它淹死。因此当种菜人靠近狗的时候，狗转过身来，咬了种菜人一口。种菜人忍着剧痛一边往上爬，一边说："我真是活该！何必要这么热心去救它呢?"

这故事适用于那些无情无义、恩将仇报的人。

两只狗

从前，有个人养了两只狗，他让一只狗去狩猎，另一只看家守门。每次猎人带着猎狗出去打猎，获得的猎物，总是分一些给守门狗。对此猎狗十分不高兴，就指责守门狗说自己每次出去打猎，都是四处奔跑，非常辛苦，而守家狗却什么事都不做，光享受别人的劳动果实。守门狗对猎狗说:"你不要责怪我,应该去责怪主人,是他让我不去打猎,坐在家里享受别人的劳动果实。"

这就是说,不要责怪孩子的懒惰,因为是父母把他们惯成这样的。

狼与狗

一只白胖白胖的狗,他脖子上戴着一个小圈,狼见到后,就问他:"是谁把你拴住了,而且养得你这么肥胖?"狗回答说:"是猎人。但愿你不要像我这样的受罪,套着沉重的颈圈比挨饿还难受。"

这故事说明,对于失去自由的人来说,就算最好的美食也都索然无味。

磨坊主和儿子与驴子

磨坊主和他的儿子一起赶着他们的驴子,到附近的市场上去卖。他们刚走没多远,碰见了一些妇女聚集在井边,谈笑风生。其中有一个说:"瞧,你们看到过这种人吗,放着驴子不骑,却要自己走路。"老人听到这些话,马上叫儿子骑上驴去。又走了一会儿,他们碰到了一些正在争吵的老头，其中一个说："看看，这正证明了我刚才说的那些话。现在这种社会风气，根本谈不上什么敬老尊贤。你们看看那个懒惰的孩子骑在驴上，而他年迈的父亲却在下面行走。下来，你这个小东西！还不让你年老的父亲歇歇他那疲乏的双腿。"老人就叫儿子下来，自己骑了上去。他们没走出多远，又遇到一群妇女和孩子。有几个人马上大喊道："你这个无用的老头，你怎么可以骑在驴子上，而让那个可怜的孩子跑得一点力气都没啦？"老实的磨坊主，马上又叫他儿子来坐在他后面。

就快到市场时，一个市民看见了他们就问："朋友，请问，这头驴子是你们自己的吗？"老人说："是的。"那人说："人们还真是想不到，依你们一起骑驴的情形看来，你们两个人抬驴子，也许要比骑驴子好得多。"老人说："那不妨照你的意见试一下。"于是，他和儿子一齐跳下驴子，将驴子的腿捆在一起，用一根木棍把驴子抬上肩向前走。经过市场口的桥时，许多人围过来看这种有趣的事，大家都在取笑他们父子俩。吵闹声和这种奇怪的摆弄使驴子十分不高兴，它用力挣断了绳索和棍子，掉到河里去了。这时，老人又气愤又羞愧，连忙从小路逃回家去。

这就是说，任何事物都不可能使人人满意，想令人人满意，反而会谁也不满意。

争论神的人

两个人，为忒修斯的能耐大还是赫拉克勒斯的能耐大，争吵得

世界传世藏书

世界经典童话

·伊索寓言·

图文珍藏版

面红耳赤。但是两位神却对他们十分生气，没收了他们中一人的土地。

这就是说，对主人品头论足会给自己带来坏处。

鹿与洞里的狮子

有只鹿拼命地逃避猎人的追捕，跑到了一个住有狮子的洞里。他刚一进去就被狮子抓获。鹿在临死之前说："我真是倒霉，逃过了猎人的捕杀，却将自己送给了最凶猛的野兽。"

这个故事是说，有些人为了躲避较小的危险，反而将自己陷入到更大的危险里去。

海豚、鲸与白杨鱼

海豚与鲸互相打斗。他们争斗了很长时间，并且越打越猛烈。这时，有一条白杨鱼游过来，劝说他们停止争斗。海豚却说："我们宁可打到同归于尽，也比让你来调解要好受得多。"

这就是说，有些人本来无足轻重，遇着乱世，自以为是地称起英雄来。

泉边的鹿与狮子

一只鹿感到非常口渴，连忙跑到泉水边去。他喝着甘甜的泉水，看着水里自己的影子，看到自己修长而美丽的双角，不禁得意扬扬起来，当见到自己细小的腿，又开始郁郁不乐。就在他看得入神时，有一头狮子疾奔而来。他转身拼命地逃跑，一下子就把狮子远远地甩在身后，因为鹿的力量是在腿上，而狮子的力量是在心脏上。在空旷的草原上，鹿总是能跑在前头，保住性命。但是当他进入到树林中时，它那美丽的双角被树枝给挂住了，再也没有办法奔跑了，结果被跟踪而来的狮子捉住了。鹿在临死之前对自己说："我真是不幸呢！被我所不喜欢的救了命，却被我所最信赖和宠爱的东西断送了生命。"

这个故事是说，美丽的东西不一定有实用，甚至还会坏事，不美的东西却在关键时刻有实用。

狐狸和鳄鱼

狐狸同鳄鱼争论他们谁的家族更显贵。鳄鱼详尽地述说了他祖先的许许多多伟大事迹之后，又说他的先辈还做过体育场的长官。狐狸却说："就算你不说，我也能从你的皮肤上看得出，你是经过多年锻炼的。"

同样地，事实胜于雄辩。

狐狸和狗

狐狸偷偷地溜进羊群里，抱起一只小羊羔，假惺惺地抚摸着他。狗问狐狸在干什么，他说："我在逗他和他玩耍呢。"狗又说："如果你现在还不放下这只小羊，我将叫你尝尝狗的抚摸。"

这个故事适用于恶汉和笨贼。

狼与狗

狼对狗说："你们与我们长得几乎完全一样，那么，咱们为什么就不能做亲兄弟呢？我们和你们其他方面毫无差别，可是你们却要屈服于主人，脖子上被套着圈子，保护羊群。尽管你们工作劳累，甘愿做奴隶，但仍然免不了遭受鞭子的毒打。你们如果觉得我说得对，那羊群就都归我们吧。"那些狗同意了，狼走进羊圈里，首先把狗全咬死了。

这是说，那些背叛朋友的人，都会受到严厉的惩罚。

驴子与狗

驴子和狗一同外出赶路，他们发现地上有一封密封好的信。驴

子捡起来，撕开封印，打开信纸大声朗读。信里提到饲料、干草、大麦以及糠麸。狗听了驴子读的这些，很不舒服，毫不耐烦地对驴说："好朋友，快点读下去，看有没有提到肉和骨头之类的。"驴子把信全部读完以后，仍然没有发现信中提到狗所想要的东西，狗就说："朋友，把它扔了吧，都是些没有什么兴趣的东西。"

这是说，有些人总是以自己的意愿代替他人的意愿。

狗和狼

有只狗觉得自己有劲，而且跑得也快，便拼命地去追赶一只狼。毕竟狗的心里还是有点害怕，不时地躲躲闪闪。狼回过头来对狗说："你并不可怕，你身后的主人来袭击我才害怕呢。"

这故事是说，不要借别人的高贵来自豪。

酣睡的狗与狼

有条狗正睡在羊圈前面。狼看见后，便冲上去想袭击他，把他吃掉。于是狗请求狼暂时不要把自己吃掉，然后又说："我现在瘦得跟干柴似的，等再过几天，我的主人要举行婚礼，那时我要吃得饱饱的，一定会变得肥肥胖胖，到时你再来吃不是更香些吗？"狼相信了狗的话，就把他放了。过了几天狼又来了，他发现狗睡在屋顶上，他便站在下面喊狗，提醒他记住以前的诺言。狗却说："喂，狼呀，你以后是看不见我睡在羊圈前面了，用不着再等婚礼了。"

这故事说明，聪明的人一旦脱离险境后，他终生都会防范这种危险。

牧羊人与狗

有一天，牧羊人正要把羊群赶进羊圈，这时，一条狼跑来了，混进羊群中。牧羊人差一点儿把狼与羊群关在一起。狗看见了，赶紧对牧羊人说道："你如果想要这群羊，怎么能把狼和羊群关在一起呢？"

这就是说，与恶人同住必将会引来灾难和死亡。

寒鸦与狐狸

有一只饥饿的寒鸦站在一棵无花果树上。他看见无花果又硬又青，便一直守在那里等候它们长大成熟。狐狸看见寒鸦总是在那里站着，就去问明其中的原因，然后说："哎呀，朋友，你太糊涂了，你只知一味等待是没有用的，那只能欺骗你自己，而决不能填饱你的肚子。"

这故事是说那些一味等待却不知努力行动的人是没有结果的。

寒鸦与鸽子

　　寒鸦看见一群不愁吃喝的鸽子舒适地住在鸽舍里。于是他把自己的羽毛全部涂成白色，便跑到鸽舍里，和他们一起过活。寒鸦一直不敢出声，鸽子就认为他也是同伴，便允许他在一起生活，但是，有一次，他一不小心，叫了一声，鸽子们马上就认出了他的本来面目，将他啄赶出来。寒鸦在鸽子那里再也吃不到食了，只好又回到他的同类那里。然而他的羽毛颜色和以前的不一样了，寒鸦们又不认识他，不让他与自己在一起生活。这样，这只寒鸦因想贪得两份，最后却一份都没得到。

　　这故事是说，人们应该满足于自己所有的东西，贪得无厌，最终会一无所获。

狮子与公牛

　　狮子想要杀害一头大公牛，他打算施展计谋来智取。于是，狮子对公牛说："朋友，如果你愿意，我准备杀一头羊，设宴招待你。"他想趁公牛躺下来吃的时候把他给杀死。公牛走到狮子那儿，看到只有许多的铜盆和许多大铁叉，根本没看见羊，他就一声不吭地走了。狮子责问他，为什么无缘无故一声不响地走了。他回答说："我这么做是有一定道理的，因为我看得出那些所准备的餐具，并不是为了吃羊准备的，而是为了吃牛的。"

这个故事说明，那些聪明的人能从蛛丝马迹中识破坏人的阴谋诡计。

翠鸟

居住在海上的翠鸟十分喜欢僻静的地方，传说她为了逃避人类的猎捕，常常在人迹罕至的海岸边的岩石上筑巢。有一次在孵卵的季节，一只翠鸟走到一处海岬，相中了临海的一块岩石，就在那里筑起了鸟巢。一天，就在她出外觅食的时候，海上忽然狂风大作，汹涌的波浪一浪高过一浪，汹涌的浪涛冲到岩石上，把鸟巢给卷走了，小鸟也无踪无影了。当翠鸟回来后，见到这般悲惨的景象，痛苦地说道："我真是不幸啊，我小心防备了陆上的捕猎，才逃到这里来，谁能想到海是更靠不住的。"

这就是说，十分小心谨慎地防备敌人，却不知道有时会落在比敌人更厉害的友人手里。

牧人与海

有一个牧羊人经常在海边的草地上放牧羊群，看到海很宁静而

温顺，就想去航海做生意。于是，他卖掉了羊群，买了些椰子，装船出发了。不料海上刮起了大风暴，船就要沉下去，他只好忍痛把所装的货物全部抛到海里，好不容易才坐着空船逃了回来。很久之后，有人路过海边，偶遇海面很宁静，大为赞美。牧羊人却对他说："好朋友，大海又在想要椰子了，所以才显得这么宁静。"

这个故事说明，人们从患难中能够得到学问。

燕子与蟒蛇

有一只在法院里做窝的燕子出外觅食。一条蟒蛇趁这个机会爬进燕子窝里，把小燕子都给吞吃了。燕子回来发现自己的窝空了，极度悲痛。另一只燕子飞过来劝慰她，并对她说她不是唯一丢失孩子的妈妈。她回答说："我之所以这样悲痛，并不仅仅是因为丢失孩子，而是因在这受害的地方本是所有受害者都能求得帮助的地方。"

这个故事说明，当灾难来自最意想不到的地方时，最使人悲伤。

女主人与侍女们

从前，有个女主人十分勤劳，她雇了几名侍女。到夜里每当公鸡一打鸣，她就叫她们起来去干活。侍女们每天日夜劳作，累得精疲力尽，她们恨死了那只公鸡，决定要找个机会弄死它，她们以为是那公鸡不到天亮就把女主人给叫醒，才使她们受苦受难。然而就在她们把公鸡弄死之后，反而比以前更不幸了。那个女主人不知道鸡叫的时间，总是在黑夜里更早地把她们叫起来去干活。

这个故事是说，许多人的不幸往往是由于自己造成的。

守财奴

有个守财奴变卖了他所有的家产，换成了金块，并埋在一个秘密的地方。他每天都走去看看他的宝藏。有个在附近放羊的牧人留心观察，知道了内情，趁他走后，把金块挖出来拿走了。守财奴再来时，发现洞中的金块没有了，就开始捶胸痛哭。有个人看到他如此悲痛，问明原委后，说道："喂，朋友，不要再难过了，那块金子虽然是你买来的，但并不是你真正拥有的。去拿一块石头来，代替金块放在洞里，只要你心里想着那石头就是块金子，你仍然会很高兴的。这样与你拥有真正的金块效果并没什么不同。依我之见，你拥有那金块时，也从没使用过。"

这个故事只说明，一切事物如果不使用就等于没有。

鬣狗与狐狸

传说鬣狗每年都要变换他们的性别，有时是雄的，有时是雌的。有条鬣狗看到狐狸，就指责他，说自己想要和他交朋友，狐狸却毫不理睬。狐狸回答道："你不要指责我，还是指责你自己吧！因为我不知道是该把你当女朋友好呢，还是当男朋友好。"

这个故事适用于那些做事态度暧昧的人。

胆小的士兵与乌鸦

有个胆小的士兵出去打仗，乌鸦大叫一声，他马上放下武器，一动也不敢动。过了一会儿，他拿起武器继续往前走，乌鸦又大叫了起来。他停下来说："你们尽力地去大叫吧，只是不要来吃我的肉呀！"

这个故事适用于那些非常胆小的人。

丈夫与怪癖的妻子

某人的妻子行为极其怪癖，她和家里的所有人都难以相处。丈夫想知道她同她娘家的人是否也是这样，就找了一个很好的借口把她送回了娘家。没过几天，她就回来了，丈夫问妻子娘家的人待她怎么样。她回答说："那些放牛和牧羊的人都不给我好脸色看。"丈夫对她说道："啊，亲爱的，如果那些早出晚归的牧人都不能和你很好地相处的话，那么那些整天和你在一起生活的人又会对你怎么样呢。"

　　这个故事是说，事情常常可以由小见大，由表及里。

农夫与杀死他儿子的蛇

　　一条毒蛇趁人不注意爬进农夫家，咬死了农夫的儿子。农夫十

分悲痛，抓起一把斧头，气冲冲地跑到蛇洞外站着，只要蛇一出洞就砍死他。不一会儿，蛇刚从洞里出来，农夫马上一斧头砍过去，可惜没有砍到蛇，却把洞旁的一块石头给劈成了两半。农夫担忧后患，就恳求蛇同他和解。蛇说："我一看到那劈开的石头，就不可能对你产生好感；同样，你一看到儿子的坟墓也不会原谅我的。"

　　这个故事是说明，深仇大恨是很难化干戈为玉帛的。

狐狸和为王的猴子

有一次，猴子在野兽的集会上跳舞，赢得了大家的好感，被选立为王。狐狸非常嫉妒，当他发现一个捕兽夹子里放着肉时，就把猴子领到那里去，说他发现一个宝物，自己没敢动用，准备留给王室作贡品，并劝他亲自去取。猴子很轻率地跑了上去，结果被夹子给夹住了。他斥责狐狸陷害他，狐狸却说："猴子，凭你这点小小的本事，你这个笨蛋还想做兽中之王吗？"

这个故事是说明，凡事不要轻率。不然，就会给自己带来不幸，同时为世人所嘲笑。

狐狸和狮子

从前，狐狸和狮子住在一起。狐狸总是充当狮子的奴隶，经常去森林里把野兽给赶出来，然后再由狮子去捕捉。他们俩总是按照各人的功劳大小来分配猎物。但是，狐狸总觉得狮子分得太多了，不愿意再帮狮子去追赶野兽，而是自己独自去林中捕捉猎物。当他正准备捕捉一只羊时，自己却先被猎人抓住了。

这个故事是说明，平平安安地做百姓比胆战心惊做国王要好得多。

狐狸和关在笼里的狮子

从前，有一头狮子被关在笼子里，被狐狸看见了，狐狸就毫不畏惧地走过来大声地谩骂狮子。狮子对他说："骂我的并不是你，而是我所遭遇的不幸。"

这个故事是说明，身遭不幸的强者往往会受到地位低下的小人的蔑视。

狐狸和猴子争论家世

狐狸和猴子同行，一路互相争吵他们谁的家世更高贵。他们各自夸耀一番后，走到了一处墓地。猴子转过头去，放声大哭。狐狸不明白他哭的原因，忙问他为什么哭，猴子指着那些墓碑说："当我看到这些为我祖先的解放所奴役过的奴隶墓碑时，你说我怎么能不伤心呢？"狐狸说："你就使劲地吹牛唬人吧，他们之中没有谁能站起来反驳你。"

世界传世藏书

世界经典童话

·伊索寓言·

图文珍藏版

这就是说，在没有人反驳时，说谎话的人更是自吹自擂。

伊索在造船厂

　　闲暇的时候，擅讲故事的伊索来到了造船厂。有些造船工人同他开玩笑，逗他说话。伊索说在古时候到处是一片混沌和水，但宙斯想要出现土，便叫土分三次喝干海水。土第一口喝下去，最先奇迹般地出现了山峰，第二口喝下去时，一片原野顿时展现在眼前。伊索接着就说："他若再喝第三口，那么你们这点技艺就将毫无用处了。"

　　这故事说明，嘲弄比自己高明的人，往往会自讨没趣。

洗澡的小男孩

　　有一天，一个小男孩在河里洗澡，不幸遇到了危险，眼看就要被淹死时，这时有人路过，小男孩看见了连忙大声呼救。然而，那人却责备小男孩太鲁莽和太冒险。小孩回答道："请你还是先把我救出来，再责备吧。"

这故事是说，该说的时候说，该做的时候做。

农夫和狗

农夫持续被风暴困在家里，粮草都没有了，又没法出去为自己弄食物，迫于无奈，他把绵羊吃掉了。可是风暴仍继续不停，山羊也被他吃掉了。后来，风暴一点也没减弱，他又吃掉了那耕田的牛。那些狗注意到主人的所作所为，互相商量道："我们得赶紧离开这里，主人连帮他一起辛勤耕作的牛都宰了，又怎能会放过我们呢？"

这故事说明，对于那些家人都要伤害的人，要特别警惕。

狮子与农夫

有只狮子闯到农夫家的畜圈里，农夫想要捉住他，于是马上把院子的大门都紧紧关上了。狮子因跑不出去，便先咬死了一些羊，随后又朝那些牛冲去。农夫担心自身难保，便将门打开，让狮子出去。狮子逃走之后，妻子对悲叹不已的丈夫说："你活该！人们都远离可怕的狮子，你为什么还要把他关起来呢？"

这是说，去激怒比自己更强大的人，只会自讨苦吃。

马与驴子

驴子看到主人对马照料非常精心，给他丰富的饲料，想到自己连糠麸都不够吃，还要做十分繁重的工作，便悲伤地对马说："你真幸福！"当战事爆发时，全副武装的战士骑着马，奔驰于战场，不顾枪林弹雨，冲锋陷阵。马不幸受伤倒下了，驴子见到后，不再觉得马比自己幸福，反而觉得马比自己更可怜。

这故事说明，不要随便羡慕别人，各人都有自己的生活，都有自己的幸与不幸。

铁匠与小狗

铁匠家有一条狗，他打铁时，狗就睡觉，等到吃饭时狗便立刻跑到铁匠的身旁摇头摆尾，讨好主人。铁匠扔给狗一块骨头，并说道："你这家伙，总是贪睡。为什么那沉重的打铁声丝毫不影响你的睡眠，而我们吃饭时轻微的响动声却能使你惊醒？"

这故事是说，那些唯利是图的人，对于自己有利的事专心致志，对自己无利的事则不闻不问。

丑陋的女娲与阿佛洛狄忒

从前有一家主人爱上了丑陋心险的女娲。她用很多金钱把自己打扮得很华丽，去同女主人比美。她还不断地祭奉阿佛洛狄忒，请求将自己变得漂亮些。睡梦中的阿佛洛狄忒对女娲说不能为了她的祭祀而赐给她美貌，并对以她为美的人感到气愤。

这就是说，凡是用卑鄙手段致富的人，不要得意忘形，别忘了自己是什么身份，别忘了自己的本来面目。

白松与荆棘

　　白松和荆棘互相争吵起来，于是，听见白松骄傲地说："我质地优良，躯干粗壮，既能够做庙宇的屋顶，又可以建造船只，而你能够做什么呢？"荆棘说："假如你一想起劈你的斧头和锯你的锯子时，你恐怕还是会愿意做荆棘吧。"

　　这故事是说，平淡无奇的生活也许比富有离奇的生活更无痛苦和危险。

百灵鸟和小鸟

　　早春时节，一只百灵鸟飞到嫩绿色的麦田里做巢。过了不久小百灵鸟们的羽毛渐渐地丰满了，力气也慢慢地长足了。有一天，麦田的主人去看已成熟的麦子，就说："收割的时候到了，我一定要去请所有的邻居来帮忙收获。"一只小百灵鸟听到这话后，就赶紧告诉了妈妈，并问妈妈，咱们以后搬到什么地方去住。百灵鸟说："孩子，他并不是真的马上要收获，只是想请他的邻居来帮忙。"几天过后，那个主人又来了，看到麦子已经熟透了并掉了下来，急切地说："明天我带上家里的帮工和可能雇到的人来收获。"百灵鸟听到这些话后，就向小鸟们说："我们现在该搬家了，因为这一次主人真着急起来了。他不再依赖邻居，而是要自己亲自动手干了。"

这是说不寄希望于外力，而是自己亲自动手，这才是真正下决心了。

击水的渔夫

渔夫在河里拦河张网捕鱼，用麻绳缠住石块，然后又不停地打击河水，吓得鱼群仓皇逃窜，都钻进了他的网中。附近的一个人看见以后，指责他不应该这样把河水弄浑，而使大家都没清水喝。渔夫回答说："如果不搅浑河水，我就得饿死不可。"

这故事是说，有些人如同这个渔夫一样，为了自己的私利，不惜把事情搞混搞乱，再从中渔利。

贼和看家狗

有一个宁静的夜晚，一个贼悄悄地进入一户人家的院子。为了避免狗吠喊醒主人和追咬自己，贼特意随身带了几块肉。当他把肉给狗吃的时候，狗说："你如果想这样来堵住我的嘴，那就大错特错了。你这样无缘无故、突如其来地送给我肉吃，一定是别有用心，不怀好意的，一定是为了你自己的利益，想伤害我的主人。"

这是说忠心的狗都不受肉的贿赂，所以我们都应忠于职守，抵制诱惑。

驴子与农夫

驴子替农夫干繁重的活，却没有多少吃的。于是，他跑去请求宙斯，让他离开农夫，卖到别的主人那里去。于是宙斯把他卖给一个陶工，陶工让他搬运沉重的粘土和陶瓷，驴子感觉到比原来更劳累。他又请求宙斯再给他换一个主人，宙斯又把他卖给了一个铁匠。他一到铁匠那里，看到要干的活，后悔不已地说："我真不幸！留在以前的那些主人那里该多好啊！现在连我的命都得交给这个主人了。"

这故事说明，许多人总是抱怨自己的生活不好，却并不了解别人的生活同样也有不如意的地方。

世界经典童话

·伊索寓言·

图文珍藏版

老人与死神

一天，有个老人砍了很多柴，他挑着走了很远的路。感觉到十

分吃力，一路上他特别的累，最后，他实在挑不动了，就放下担子，叫喊起死神来。死神来后，问他为什么叫他，老人说："尽管我已精疲力竭了，但还是请你把那担子放在我肩上。"

这故事说明，即使生活不幸，人们也爱惜生命。

医生与病人

有一个医生给病人治病。而最终那个病人还是死了，医生对那些送葬的人们说："假如病人生前戒了酒，洗了肠，就不至于死去。"在场的另一个人回答说："高明的大夫，事到如今，你说这些话，都是毫无用处了，你应该在病人生前患病的时候，用这些话去劝服他。"

这故事说明，当朋友处于困难的时候，应及时给予帮助，而不应该在事后去说一些毫无用处的空话。

蜜蜂与宙斯

蜜蜂不愿意将自己的蜂蜜给人类，便飞到宙斯面前，请求给他巨大的力量，以便用针能够刺死那些接近蜂窝的人。宙斯对他的恶意十分气愤，便使蜜蜂只要刺一次人，蜂针就断了，使蜜蜂自己也随之死去。

这故事讽刺了那些不怀好意、自食恶果的人。

狮子与驴子合作打猎

狮子和驴子联合在一起外出打猎。他们来到野羊居住的山洞。狮子守在洞口监视，驴子则跑进洞里，乱喊乱跳，吓唬野羊，野羊都被他轰赶出来了，守候在洞口的狮子捕捉到了许多野羊。随后，驴子跑出洞来，问狮子他是否很勇敢，野羊都被轰赶出来了。狮子答道："是呀！如果我不知道你是野驴子，我也许会害怕你。"

这是说，那些在能人和行家面前自吹自擂的人，自然会被世人讥笑。

山羊与牧羊人

很多山羊被牧羊人赶到羊圈里。其中有一只山羊不知在吃什么好东西，单独落在后面。牧羊人拿起一块石头扔了过去，正巧打断了山羊的一只角。牧羊人吓得请求山羊不要告诉主人，山羊说："即使我不说，难道还能隐瞒下去吗？我的角已断了，这是十分明显的事实。"

这故事说明，明显的罪状是没法隐瞒的。

挤牛奶的姑娘

一个农家挤奶的姑娘头顶着一桶牛奶，从田野里走回农庄。忽

然她想："这桶牛奶换来的钱，至少能够买回三百个鸡蛋。除去一些意外的损失，买回的这些鸡蛋可以孵得二百五十只小鸡。等鸡价涨最高时，就可以拿这些小鸡到市场上去卖。照这样的话一年到头，我便可分得很多赏钱，用得来的这些钱足够买一条漂亮的新裙子。圣诞节晚宴上，我穿上漂亮迷人的新裙子，年轻的小伙子们都会向我求婚的，而我却要摇着头拒绝他们。"想到这里，她真的摇起头

图文珍藏版

来，头顶的牛奶倒在地上。她的美妙幻想也随之消失了。

这是说，想入非非的人不会给自己带来任何实惠。

牛和屠夫

有一天，许多牛想杀死宰他们的屠夫，因为屠夫从事的工作是屠杀他们。他们聚集在一起，商讨了一个办法，就是磨砺他们的角，准备战斗。有一头耕过许多田地的老牛说："屠夫们的确宰杀我们，但他们是用精巧的手艺来杀我们，减少了好多我们的痛苦。如果没有这些手艺高明的屠夫，而让其他人来宰杀，我们会更加痛苦的。你们要知道一个不可违背的客观规律，虽然屠夫可以杀死，但人们总是要吃牛肉的。"

这是说如果灾难和死亡不可避免，就要勇敢地去面对它，与其痛苦而死，不如痛快而死。

偷东西的小孩与他母亲

有个小孩从学校里偷了同学的一块写字石板，于是，拿回家交给母亲。母亲不但没有批评他，反而夸他能干。第二次他偷了一件大衣回家，同样交给母亲，母亲很满意，更加夸奖他。随着岁月的流逝，小孩长大成小伙子了，便开始去偷贵重的东西。有一次，他被当场捉住，反绑着双手，并被人押送到刽子手那里。他母亲跟在后面，捶胸痛哭。这时，那个小伙子提出来想和母亲贴耳说一句话。他母亲马上走了过去，儿子猛地用力咬住他母亲的耳朵，并撕了下来。母亲骂他不孝，犯杀头之罪还不够，还要把母亲致残。儿子说道："我初次偷石板交给你时，如果你能打我一顿，今天我就不会落到这种可悲的下场，被人押去处死！"

这故事说明，小错当初不惩治，必将酿成大错。

猫和鼠

从前，有一户人，这户人家里有许多老鼠。猫知道后，便跑到

他们家里去，毫不留情地抓住一只就消灭一只。老鼠看到他的同伴

世界经典童话

·伊索寓言·

图文珍藏版

不断被杀，都躲入鼠洞里。猫再也不能抓到他们，就想出办法引鼠出洞。猫爬在一把木橛上，吊在上面装死。有只老鼠出来窥探，一下就看出来了猫是装死的，于是他对猫说，"呵，伙计，你哪怕变成一只麻袋，我也决不会到你跟前去的。"

这故事说明，聪明人吃一堑，长一智，不会被伪装所蒙蔽。

农夫与争吵不休的儿子们

世界经典童话

·伊索寓言·

图文珍藏版

有个农夫的儿子们常常互相争斗不休。他曾经多次语重心长、苦口婆心地劝解他们，仍无济于事。他认为应该用事实来教育他们，便叫儿子们每人去拿一捆木棒来。木棒拿来后，他先将整捆木棒交给儿子们，叫他们折断。儿子们一个个用尽了全身力量都没有把它折断。然后他解开那捆木棒，给他们每人一根。他们都毫不费力地将木棒折断了。这时，农夫趁机说："孩子们，你们要像木棒一样，团结一致，齐心协力，就不会被敌人征服；可如果你们互相争斗不休，就很容易被敌人打垮。"

这故事说明了一个深刻的道理，团结才是不可征服的力量，而内讧只能耗损自己。

老太婆和羊

从前，有一个贫穷的老太婆，她养着一只羊。到了剪羊毛的季

节，她想剪羊毛，但又不愿花钱雇请人手，于是就自己动手剪。对
剪羊毛的技术一点不熟练，因此连毛带肉一起剪下来了。那只羊痛
得挣扎着说："主人，你为什么这般伤害我？我的血和肉能增加多少
羊毛重量呀？如果要我的肉，屠夫就能立刻宰了我；如果要我的毛，
剪毛匠会很好地剪下我的毛，而不使我这般痛苦。"

这故事是说最少的费用并不一定能获得最大的利润。

人与同行的狮子

有一天，狮子和人一起赶路，他们互相吹嘘自己。在路上，他们看到一块石碑，石碑上刻着一个人征服几头狮子的图画。那人一边指着那块碑，一边说："你看，事实证明我们比你们强多了。"狮子笑着说道："如果狮子会雕刻，那么你就会看到众多的人倒在狮子脚下。"

这故事说明了一个深刻的道理，那些自己毫无本事的人却喜欢常常在别人面前炫耀自己。

被狗咬的人

有个人被狗咬伤后，四处求医治伤，仍无显著疗效。有人向他建议，用面包擦干伤口上的血，再扔给咬你的那条狗吃。他回答说："我如果这样做的话，那么全城的狗一定都会来咬我。"

这就是说，恶性若得逞，就会更加为非作歹，为所欲为。

马和鹿

从前有一头马独占了一片草原。一天，一只鹿闯入他的领地，想和他一起分享草原。马对鹿的闯入十分仇视，一心想报复，就向人求教惩罚鹿的办法。人回答说，你如果愿意将一块马口铁含在嘴里，并答应让人骑在自己的背上，我就拿出最有效的武器为你去驱逐鹿。马同意了人的要求，允许人骑在他身上。从这以后，马才知道，还没来得及对鹿进行报复，自己就成了人的奴隶。

这就是说不假思索地答应别人提出的条件，往往不仅达不到自己的目的，反而会失去更多。

捕鸟人和冠雀

捕鸟人装好网，准备捕鸟。冠雀老远就看见了，便问他在干什么。他说正在建造一座漂亮的城市，说完就跑到远处躲藏起来。冠雀信以为真，毫不犹豫地飞进网内，结果被逮住了。捕鸟人跑来捉冠雀时，冠雀说："喂，朋友，你建造这样的城市，决不会有多少居民。"

世界经典童话

·伊索寓言·

图文珍藏版

这故事说明，残暴的统治者会使人们宁愿舍弃城市和家园。

挂铃的狗

有条狗常常咬人。主人给它挂上一个铃铛，以便大家能防范它。

然而，它却整天在市场上摇着铃跑来跑去，洋洋得意。老母狗问它："你得意什么呀？你挂着铃并不是因为你有美德，而是为了表示你会作恶。"

对于狂妄自大的人来说，虚荣的性格往往能够显露出他们隐秘的罪恶。

世界传世藏书

世界经典童话

·伊索寓言·

图文珍藏版

断尾的狐狸

一只狐狸被捕兽器把尾巴夹断了。受到这种耻辱以后,他觉得脸上无光,生活很不好过,所以他决定劝告他同伴,让其他狐狸也去掉尾巴,大家都一样了,他的缺点就可以掩饰过去了。于是他召集了所有狐狸,劝说他们割去尾巴,他信口就说尾巴既不雅观,又使我们拖着一件笨重的东西,是多余的负担。有一只狐狸站起来说:"喂,朋友,如果这不是对你有利,你就不会这样煞费苦心地来劝说我们了。"

这故事讽刺了那些不是出于好意,而是为了自身利益而劝其他人的人。

灯芯

用橄榄油的灯芯能发出很亮的光。灯芯洋洋得意,认为自己发出的光比太阳还要亮得多。一阵风吹来,灯芯马上被吹灭了。有人再来点燃,并对他说:"灯芯啊,好好地亮着,别盲目自大了,否则的话,是永不会灭的。"

这就是说，人们不要因名声与荣誉而盲目自大，沾沾自喜。

兔与青蛙

有一次，许多兔子聚集在一起，为自己的胆小无能而难过，都相互悲叹自己的生活中充满着危险和恐惧，更不幸的是还常常被人、狗和鹰以及别的许多动物屠杀。他们都觉得，与其一生心惊胆战，还不如一死了之的好。于是，他们一起奔向池塘，想要投水自尽。正在这时许多围着池塘边蹲着的青蛙，听到了那急促的跑步声，于是立刻纷纷跳下池塘。有一只比较聪明的兔子，它看到青蛙跳到水中，似乎明白了什么。"快停下，朋友们，我们不必吓得去寻死了！。你们看，这里还有比我们更胆小的动物呢！"

这故事说明，那些不幸的人们往往是以他人的更大的不幸来聊以自慰。

母狮与狐狸

狐狸总是取笑母狮无能，说她每胎仅能生一个孩子。母狮回答说，"可我生下的毕竟是一头狮子。"

这就是说，贵重的价值在于质，而不在于量。

渔夫与小梭鱼

渔夫将网撒到大海里，捕到了一条小梭鱼。那可怜的小鱼求渔夫把它放了，说他还太小。他又许愿说："等我长大以后，你再捉住我，将对你更有好处。"渔夫说："现在我若放弃手中的小利，而去追求那希望渺茫的大利，那我岂不成了傻子吗？"

这故事说明，愚蠢的人才会放弃已到手的小利，而去追求那虚无飘渺的大利。

农夫与他的儿子们

有个农夫他快要离开人世时，想把自己的耕作经验都传给儿子，便叫他们来说："孩子们，我即将离开这个世界了，你们都去寻找曾经我埋藏在葡萄园里的东西，把它们都统统地找出来！"儿子们以为那里埋藏了金银财宝。父亲去世以后，他们把那葡萄园的地全都翻了一遍，什么宝物都没找到，倒是将葡萄园的地很好地耕作了一番，所以这年的葡萄比往年结了更多的葡萄。

世界经典童话

·伊索寓言·

图文珍藏版

这故事说明了一个道理，劳动是最好的宝物。

农夫和鹳

　　农夫在刚刚播种的田里布下许多网，许多来吃种子的鹳都被捉住了，还有一只鹳也被捉住了，鹳的腿被网折断了，它哀求农夫说："饶了我吧，可怜可怜我吧。我不是鹳，而是一只鹳，是一只性情优美的鸟。你瞧，我多么孝顺父母，为他们辛勤劳作，你再仔细看看我的羽毛，也与鹳完全不同。"农夫大笑说："你说的话也许没错；但我只知道，你和这些偷吃种子的鹳一起被捉到，那么你就得和他们一起死。"

　　这就是说人们切莫与坏人交朋友。

两只打架的公鸡

　　从前，有两只公鸡，为了单占母鸡，于是便打起架来，其中一只把另一只打跑了。被打败的那只只好躲在隐蔽的地方，而打胜的那只却飞到高墙上大喊大叫。这时一只鹰突然猛飞过来，将他抓走了。从这以后，被打败的那只公鸡平平安安地占有了那些母鸡。

这故事说明，傲慢会给自己带来危害，谦卑给人恩惠。

老鼠与青蛙

　　老鼠不幸被青蛙所爱。青蛙非常愚蠢，他把老鼠的脚绑在自己的脚上。开始，他们在地面上行走，一切正常，还可以一起吃着东西。后来他们走到池塘边，青蛙把老鼠带进水里，他自己在水里嬉戏玩耍，高兴得呱呱叫。可怜的老鼠却被水淹死了。不一会，老鼠便浮出水面，但他的脚仍和青蛙绑在一起。鹞子从这里飞过，看见了那只死老鼠，扑入水中，把他抓了起来，而青蛙也被提出了水面，也成了鹞子的美食。

　　这就是说，与别人关系太密切，在灾难降临时，往往也会受到牵连。

叼着肉的狗

　　有一天，一只狗叼着一块肉渡过一条河。他看到自己在水中的倒影，还以为是另一条狗叼着一块更大的肉。想到这里，他打算去抢那块更大的肉。于是，他便跳到水里。结果，他两块肉都没得到，水中那块本来就不存在，原有的那块又被河水冲走了。

这故事能教育那些贪婪的人。

公牛与车轴

一天，几头公牛使劲拉着货车行走，车轴被压得发出吱吱的响声，这时牛回过头，不耐烦地对车轴说道："喂，朋友，我们任劳任怨地负担着全部重量，你还埋怨什么？"

这故事是说，那些干活少的人叫唤得特别响，而那些不作声的人往往承担着全部重量。

狼与小羊

　　一只小羊在河边喝水，狼看见以后，就想：怎样我才能名正言顺地吃掉这只小羊呢？于是，他想出了一个办法，就跑到上游，恶狠狠埋怨小羊把河水搅浑浊了，使他无法喝到清水。小羊回答说，我只站在河边喝水，况且又是在下游，肯定不会把上游的水搅浑。狼见此计不成，又说道："我父亲去年被你骂过。"小羊说，那时我还没出生呢。狼对他说："不管你怎样辩解，反正我不会放过你。"

　　这说明，任何正当的辩解对恶人来说都是无效的。

熊与狐狸

　　有一头熊大肆吹嘘，说他很爱人类，从不吃死人。一只狐狸对他说："但愿你把死人撕得粉碎，而不要去危害那些活着的人们。"

　　这故事讽刺了生活中那些假装善良的恶人。

田鼠与家鼠

　　田鼠和家鼠是好朋友，一天家鼠叫田鼠一起去乡下赴宴。他一边吃着大麦与谷子，一边对田鼠说："你知道吗，朋友，你过的这种生活跟蚂蚁差不多了，我那里有许多好东西，与我一起去享受吧！"田鼠跟着家鼠来到城里，家鼠把地里生产的豆子、谷子、红果、干酪、蜂蜜、果子等都摆出来给田鼠看。使田鼠看得目瞪口呆，大为惊讶，称赞不绝，并悲叹自己的命运。他们正想开始吃，突然有人推开了门，胆小的家鼠一听响声，害怕得赶紧钻进了鼠洞。当家鼠再想拿干酪时，又有人进屋里拿东西。他一见到有人，又立刻钻回洞里。这时，田鼠也顾不上饥饿，战战兢兢地对家鼠说："再见吧！朋友，你自己尽情地、担惊受怕地享受这些好吃的东西吧。可怜的我还是回去啃那些大麦和谷子吧，平平安安地去过你看不惯的普通生活。"

　　这故事说明，人们宁愿过简单安稳的生活，而不愿去享受那充满风险的欢乐生活。

骡子

从前，有头骡子，它靠吃大麦生存，因此长得很强壮，每当他跳跃时，总是自言自语地说："我父亲一定是一匹能奔跑的马，我非常像他。"有一天，因为需要，骡子不得不被拉去不停地跑路。回来后，他才愁眉苦脸地想起自己的父亲原来是驴子。

这故事说明，人们如遇好运出了名，千万不要忘记自己的本性，因为生活如同潮起潮落，前途无法预测。

乌龟与兔

乌龟和兔子为他俩谁跑得快而争论不休。于是，他们约定比赛的时间和地点。比赛一开始，兔子觉得自己是天生的飞毛腿，跑得快，对比赛掉以轻心，躺在路旁睡大觉。乌龟深知自己走得慢，毫不气馁，不停地朝前奔跑。结果，乌龟超过了睡着了的兔子，夺得了胜利的奖品。

这故事说明，奋发图强的弱者往往也能战胜骄傲自满的强者。

猫和鸡

有一天，猫不怀好意、假惺惺地举办生日宴会，许多鸡被请来赴宴。鸡刚一进屋，猫就立刻关上大门，把他们统统吃掉了。

这就是说，对敌人不要抱有任何美好的希望，否则将遭到更大的不幸。

说谎的放羊娃

有个放羊娃赶着他的羊群到村外很远的地方去放牧。他总是爱撒谎，开玩笑，时常大声向村里人呼救，谎称有狼来袭击他的羊群。开始两三回，村里人都惊慌得立刻跑来帮他，反而被他嘲笑，只好没趣地走了回去。后来，有一天，狼真的来了，窜入羊群，大肆咬杀。牧羊娃对着村里人呼喊救命，村里人以为他又在像往常一样说谎，开玩笑，没有人再理他。结果，他的羊全被狼吃掉了。

这故事说明，那些常常说谎话的人，即使有一天说实话也无人相信。

百病之鹿

有只鹿病了躺在草地上。许多野兽前去看望他，把那附近的草都给吃光了。鹿病好后，找不到草，因缺少食物而体弱至死。

这故事是说，过多地结交毫无益处的朋友是有害无益的。

老太婆和酒瓶

一位老太婆找到一个不久前曾装过最好陈酒的空瓶。这瓶现在仍带着浓浓的酒香，她多次把瓶放在鼻尖下，不断摇晃，贪婪地吮吸酒香，并说："啊，多么甜美！装过酒的空瓶都留下这样难以忘掉的香味，那酒不知有多么美味芳香。"

这就是说美好的事物总给人们留下深远的影响，使人们永远难以忘记。

月亮和她妈妈

有一次，月亮让妈妈给她做一件斗篷。妈妈回答说："我怎样才能给你做一件合身的斗篷呢？你现在是新月，然后是满月；再接着既不是新月，也不是满月。"

这就是说，事物总在不断变化，不可能一劳永逸。

世界传世藏书

世界经典童话

·伊索寓言·

图文珍藏版

狼与狮子

有一次，狼从羊群中抢走一只羊，正叼着羊往回走的路上，碰上了狮子。狮子立刻把羊从狼口里抢走了。狼远远地站着，自言自语地说："你抢我的东西太不正当了。"那狮子笑着说："那么，这东西是朋友正当地赠送给你的吗？"

这故事是说，窃贼和强盗都是一丘之貉，没有好坏之分。

渔夫与大鱼和小鱼

渔夫从海里拉起渔网来，他立即抓住网里的大鱼，扔到岸上，而那些小鱼却从网眼中逃跑了。

这就是说，小人物容易得救，而那些名声大的却难以躲过危险。俗话说："人怕出名，猪怕壮。"

孩子和青蛙

几个孩子在水边玩耍，看到水中有许多青蛙，就用石头去打他们。几只青蛙被他们打死了。这时，一只青蛙从水中探出头来说："孩子们，请你们不要再打了。这对于你们来说只是在做游戏，而对于我们却有性命之忧啊。"

这就是说，不要把自己的快乐建筑在别人的痛苦之上。

公鸡与野鸡

有个人在家里养了一些公鸡。有一天，他在市场上看到了一只被驯化的野鸡，就买下来带回家，与公鸡关养在一起。那些公鸡都追啄他，野鸡原以为他是外来的关系；才受到欺负。过了几天以后，他看到那些公鸡相互斗架，彼此斗得头破血流，还不愿意停下来。于是，他自言自语地说："现在，我再也不怨恨被他们所欺负了，因为我亲眼看到他们自己也无法互相宽容。"

这个故事说明，聪明的人如果看见邻里与家人还不能互相宽容，那他们得不到这些人的宽容就不足为奇了。

驴子、公鸡与狮子

有一天，公鸡和驴子生活在一起。饥饿的狮子来侵害驴子，公鸡一叫，狮子害怕鸡叫，转身就逃跑了。驴子看到狮子连鸡叫都害怕，心想狮子也没有什么了不起，就马上跑去追赶狮子。他追到远处，公鸡的叫声听不到了，狮子猛然转过身来，把他给吃了。驴子临死时叹道："我真是不幸啊！我多愚蠢啊！我并不是它的竞争对手，为什么还要去参加战斗呢？"

这个故事说明，不要轻敌，要知道自己到底有多大能耐，不要在强大的对手面前逞能。

河流与海

河流入海中，并抱怨海说："我们的水原本是甘甜可口的，但是你们却将我们变成咸得不可饮用的水了。"海知道他们是有意来责难自己，便说："请你们不要再流到我这里来了，你们也就不会变咸了。"

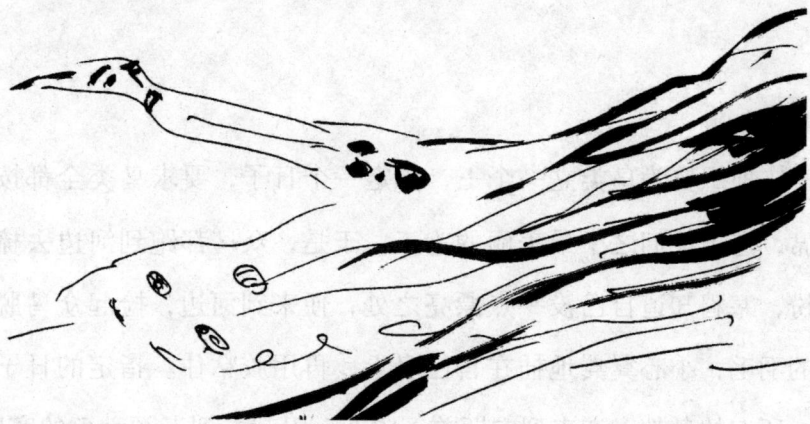

这就是说，要看到事物发展的总趋势，不要纠缠在枝节问题上。

运盐的驴子

有只驴子驮着盐过河。他的脚底一滑，跌倒在河水中，盐在水中都溶化了。他从河水里站起来顿时感到身上轻松了许多，他很高兴。后来，有一天，他驮着海绵过河，心想再跌倒下去，站起来时一定会更轻松。于是，他就故意地摔了下去，他没想到海绵是吸水的，因此再也站不起来了，淹死在河里了。

这就是说，有些人聪明反被聪明误，自己害了自己。

徒劳无功的寒鸦

　　宙斯想要为鸟类立一个王，指定一个日子，要求鸟类全都按时出席，选出他们之中最美丽的为王。于是，众鸟都跑到河边去梳洗打扮，寒鸦知道自己没一点漂亮之处，便来到河边，捡起众鸟脱落掉的羽毛，小心翼翼地插在自己身上，再用胶粘住。指定的日子到了，所有的鸟都一齐来到宙斯前。宙斯一眼就看到五颜六色的寒鸦，在众鸟之中显得格外漂亮，并打算立他为王。众鸟十分气愤，纷纷从寒鸦身上拔下原本属于自己的羽毛。不一会儿，寒鸦身上美丽的羽毛一下子全没了，又变成了一只丑陋的寒鸦。

　　这故事是说，借助别人的东西只能得到美的假象，那原本不属于自己的东西被剥离时，就会原形毕露。

站在屋顶的小山羊与狼

　　一只小山羊站在屋顶上，看见一只狼从底下走过，便谩骂他、嘲笑他。狼反驳道："啊，伙计，骂我的不是你，而是我所处的地势。"

这故事说明，地利与天机常常给人勇气去与强者抗争。

山震

有一次，一座大山发生了震动，震动发出的声音就像大声地呻吟和喧闹。许多人都聚集在山下观看，不知将要发生什么事。他们焦急地站在那里，担心着将要发生的不祥之兆，结果仅看见从山里跑出来一只老鼠。

这就是说庸人多自忧。

善与恶

力量弱小的善，被恶赶走来到了天上。善于是问宙斯，怎样才能回到人间去。宙斯告诉他，大家不要一起去，一个一个的去访问人间吧。恶与人很相近，因此接连不断地去找他们。善因为从天上下来，所以就来得很慢很慢。

这就是说，人很不容易遇到善，却每日让恶所伤害。

老猎狗

一条老猎狗年轻力壮时从未向森林中任何野兽屈服过，年老以后，在一次狩猎时，遇到一头野猪，他勇敢地冲上去咬住野猪的耳朵。因为他的牙齿老化无力，没能牢牢地咬住，野猪逃跑了。主人跑过来以后大失所望，并痛骂老猎狗一顿。年老的猎狗抬起头来说："主人啊！这不能怪我。我的勇敢精神是和年轻时一样的，但我不能抗拒自然规律。从前我的行为受到了您的称赞，现在的行为就不应受到您的责备。"

这是说，生老病死是不可抗拒的规律。

蚂蚁与屎壳郎

夏天，别的动物都悠闲地生活，只有蚂蚁在田地里跑来跑去，搜集小麦和大麦，给自己准备冬季要吃的食物。屎壳郎惊讶地问他为何这么勤劳。当时蚂蚁什么也没说。

寒冷的冬天来了，大雨把牛粪冲掉了，饥饿的屎壳郎，爬到蚂蚁那里想找点食物，蚂蚁对他说："喂，伙计，我在当初劳动的时候，你如果不批判我，而也去做工的话，现在就不会受饥挨饿了。"

这也就是说，尽管风雨变化万千，辛勤劳动的人都能够避免灾难。

公鸡和宝玉

一只公鸡在田野里正在为自己和母鸡们寻找食物。突然他看到

了一块宝玉，便对宝玉说："如果不是我，而是你的主人见到了你，他会非常珍惜地把你捡起来；但我发现了你却毫无用处。我与其得到世界上一切宝玉，还不如得到一颗麦子好。"

这是说自己需要的东西才是真正珍贵的。

小鹿与其父

有一天，小鹿对父亲说道，"父亲，你为什么会怕狗呢？你比他高大，比他跑得快，而且还有很大的角可以用来自卫。"公鹿笑着说："孩子，你说得都有道理，可我只知道一点，就是当我听到狗的叫声就会不由自主地立刻逃跑。"

这故事说明，激励那些天生胆小、软弱的人是毫无用处的。

遇难的人

有位雅典的富商与别人一起去航海。一天，海面上风暴骤起，狂风巨浪把船打翻了。这时，别人都在拼命地游泳逃命，只有这个雅典人不停地祷告雅典娜女神，许愿要是他能得救，一定会献上很多祭品。有一个共同遇难的人游到他身旁，对他说道："雅典娜保佑你，你也得动动自己的手吧！"

这个故事是说，在请求神帮助时，自己也得积极想办法去做点事。

发现金狮子的人

　　从前，有一个既胆小又贪心的富人发现了一只金狮子。他自己对自己说："我不知道这件事到底该怎么办，我心里太乱，没有办法拿定主意。我一方面贪心爱财，一方面又胆小怕事。这样的运气是怎么回事？金狮子是由哪位神明造出来的？这件事令我内心矛盾重重。爱金子吧，又害怕金子做成的狮子；心中的欲望催着我去拿，性格却劝我退后。唉！好运来了，可我又不敢接受。这个宝物并没有使我感到快乐。神给予我的恩惠，可望而不可即！这是怎么回事？我怎么办才好，要采用什么方法呢？我得回去把家人带来，凭借他们许多人的力量来捉住它，我自己则站在一旁远远地观望！"

　　这个故事适用于那些既贪图财富又害怕灾祸的人。

农夫与狼

　　农夫替牛解下犁套，牵着它去喝水。这时，有只非常凶狠的饿狼正出来觅食，看到那犁，开始仅仅只是舔舔那牛的犁套，觉得其中有牛肉味，就不知不觉地将脖子慢慢地伸了进去，结果没有办法再拔出来，只好拉着犁在田里耕起田来。那个农夫回来后，看到了它，就说："啊，可恶的东西！但愿你从今以后弃恶从善，回来种田吧。"

这个故事是说，尽管有些恶人做了一点好事，但是这并非他的本意，而是出于无奈。

骗子

有个人卧床不起，病情非常严重，他绝望了，于是向众神祈祷，说如果能使他病体康复，他一定奉献一百头牛。众神想试验他一下，就用灵丹妙药，使他康复了。他病好下床后，并没用真正的牛来酬谢众神，而是用纸团做成了一百头牛，放在祭坛上烧了，并念念有词地祷告说："诸位神明，请接受我所许下的承诺吧。"这时，众神们认为他用骗术亵渎了神灵，就在晚上托梦告诉他，要他到海边去，说在那里可以找到一千块雅典钱。他醒来后，非常高兴，直往海边跑去。结果在那里遇到了海盗，被他们抓去给卖了，卖得一千块钱。

这个故事适用于说谎话的人。

图文珍藏版

青蛙邻居

有两只青蛙相邻而居。一只住在远离大路的深水池塘里，另一只却住在大路上小水坑中。住在池塘里的青蛙友好地劝告住在水坑的邻居搬到他那里去，说那里将会生活得更好、更安全，可是邻居却说自己舍不得离开已经习惯了的地方，不想搬来搬去。结果，不久就被过路的车子压死了。

这个故事是说，习惯于环境不图变迁，不但过不上好日子，还会被旧环境所困扰，而有生命之忧。

人与宙斯

传说神最先创造的是动物，并赏赐给他们的：有的是力量、有的是速度、有的是翅膀。而在创造人的时候，人却裸露着身体一无所有。人对神说："你就不给我一点什么赏赐吗？"宙斯说："难道你没有看到赐予你的礼物吗？那才是最大的礼物。因为你有思想，思想不论赋予神或是人都是有力的，而且要比所有力量更为有力，比最快的速度更快呢。"

人方才感觉到神赐予自己礼物是最珍贵的，并向众神们表示敬意，很感激地走了。

这就是说，思想是神给予人最大的赏赐，最特别的礼物，思想也是人有别于动物的最显著的标志。

人与狐狸

有人同狐狸为敌，因为狐狸常常危害他。有一天，他抓到了一只狐狸，想要狠狠地报复一下。他把油浸在麻布上，绑在狐狸尾巴上，然后点上火。神灵却把狐狸引进那个人的田地里。此时正当是收获的季节，这个人一边赶狐狸一边痛哭，因为田里将什么都收获不到了。

这个故事是说，人们在极度气愤的时候，常常会毫无理智地处理事情，从而招来更大的灾祸。

两只口袋

普罗米修斯创造了人，并在他们每人脖子上挂两只口袋，一只装别人的缺点，而一只装自己的。他把装别人缺点的那只口袋挂在胸前，而另一只则挂在背后。因此人们总是很快地看到别人的缺点，而很难看到自己的缺点。

　　这故事也就是说人们往往喜欢挑剔别人的缺点，却无视自己的缺点。

山鹰与狐狸

　　山鹰与狐狸相互结为好友，为了更加巩固彼此的友谊，他们决定在一起居住，当鹰飞到一棵大树上筑巢孵育后代时，狐狸就走进树下的灌木丛中，生儿育女。

　　这一天，狐狸出去找食，鹰也正好没吃的，便飞到灌木丛中，把幼小的狐狸叼走，与雏鹰一起饱餐了一顿。狐狸回来后，知道自己的孩子被鹰叼走，他特别伤心，决定为孩子报仇，而最令他悲痛的是一时无法报仇，因为他不会飞，只能在地上跑，无法追到会飞的鸟。他唯一能做到的就是远远地站在一边诅咒敌人。

　　不久，鹰的这种行为也受到了惩罚。有一次，一些人在野外杀羊祭神，鹰飞下去，从祭坛上抓起带着火的羊肉，叼到自己的巢中。这时候刮了一阵狂风，巢里细小干枯的树枝燃起了熊熊的烈火。那些臭未干的雏鹰都被烧死了，并从树上摔了下来。狐狸当即跑了过去，当着鹰的面，把那些小鹰全都吃光了。

　　这故事说明，对于违背诺言的人，即使能躲过受害者的报复，也逃不出正义的手掌。

马与马夫

很久以前，有个马夫，他偷偷地卖掉了用来喂马的大麦，但仍

坚持每天给马擦洗，用梳子梳理马毛。一天马对马夫说道："如果你想要我长得漂亮，那么就不要再卖掉喂我的大麦了。"

这是说，那些虚情假意的人只会用花言巧语和小恩小惠去贿赂别人，而把别人最必需的东西夺走占为己有。

农夫与蛇

冬天，农夫发现一条冻僵的蛇，他非常可怜它，就把蛇放在自己怀里。蛇被温暖，苏醒过来以后，恢复了它的本性，便咬了恩人一口，使他的恩人受到了致命的伤害。农夫临死前说："我怜悯恶人，应该受恶报。"

这故事说明，即使对恶人仁至义尽，也不能改变他们的邪恶本性。

吹箫的渔夫

从前，有一个会吹箫的渔夫，带着他心爱的箫和渔网来到了海边。他站在一块特别突出的岩石上边，吹起箫来，心想：鱼如果听到这美妙的音乐就会自动跳到他的面前。他聚精会神地吹了好久，毫无效果。他只好将箫放下，拿起网来，向水里撒去，结果捕到了好多鱼。他把网中的鱼一条条地扔到岸上，并对活蹦乱跳的鱼说："你们这些不识好歹的东西！我吹箫时，你们不跳舞，现在我不吹了，你们倒跳起舞来。"

这故事唤醒了那些做事不择时机的人们。

人与森林之神

　　相传，从前有个人与一个森林之神萨堤罗斯交上了朋友。冬天到了，天气变得特别寒冷，那人将手放在嘴边不断地呵出热气来。森林之神忙问为什么要这样做。那人回答说："天寒手冷，呵热气手就会暖和些。"一次，他们一同在桌上吃饭，桌上的饭菜热气腾腾，烫得很，那人夹起一点放到嘴边，不断地吹。森林之神又问他这是为什么。他说饭菜太烫，把它吹凉。森林之神对人说道："喂，朋友！我只好同你绝交了，因为你这嘴一会儿出热气，一会儿又出冷气。"

　　这故事说明了一个道理，决不能与那些反复无常的人交朋友。

苍蝇与蜜

　　房里漏流出来一些蜜，这时许多苍蝇就飞去饱餐起来。蜂蜜太甜了，他们舍不得走。就在这时他们的脚被蜂蜜牢牢地粘住了，再也飞不起来了。他们后悔莫及，嗡嗡乱叫道："我们真不幸，因贪图

世界传世藏书

世界经典童话

·伊索寓言·

图文珍藏版

一时的享受而把命都给丢了。"

对大多数人来说，贪婪是灾祸的根源。

母山羊与葡萄树

葡萄藤刚刚长出嫩绿的新芽，母山羊就非常粗暴地去吃它的嫩叶。葡萄树对母山羊说："你真是太残忍了，为什么要伤害我刚刚长出的新芽？难道说地上没有青草了？吃了我的叶子，你仍是会被宰了拿去祭祀，到那时我将把酿成的酒洒在你身上。"

这个故事是说，那些连嫩新芽都不懂得去爱护的家伙只配承受责骂。

病鸢

一只快要病死的鸢对他妈妈说："妈妈，请您不要再继续悲伤！还是赶快祈求神明，让他们保佑我的性命吧。"妈妈回答说："唉！我的孩儿，你想会有哪位神能可怜你？差不多每一位神明都被你惹怒了，你总是从他们的祭坛上把人们献给神的祭品偷走。"

这个故事是说，如果要在患难中得到朋友的帮助，就必须在患难时缔结友谊。

小孩和苎麻

  一个小孩不小心让苎麻给刺了一下，他急忙跑回家，告诉妈妈说："我只是轻轻地碰了它一下，它就刺得我很痛。"妈妈说："正是因为这样，它才会刺你。下次你要是再碰到苎麻，就要勇敢地一把抓住它，它就会在你的手中变得柔软如丝，不会再刺伤你了。"
  这就是说，很多人都是服硬不服软的。

捕到石头的渔夫

  渔夫们拉网时，觉得很沉重，他们高兴得手舞足蹈起来，以为这一下子捕到了很多的鱼。谁知道当把网拉到岸边时，网里却满是石头和别的东西，没有一条鱼。他们感到十分的懊丧，没捕到鱼也倒罢了，最难受的是事实与他们所料想的恰好相反。他们中一个年老的渔夫说道："朋友们，别难过，快乐总与痛苦在一起，她们就像一对姐妹。我们预先快乐过了，现在不得不忍受到一点点痛苦。"

这个故事是说，人生千变万化，就像有时晴朗的天空会突然下雨一样。

三个手艺人

一座大城被敌军围困了，城中的居民们聚在一起，共同商议如何对抗敌人的办法。一个泥瓦匠挺身而出，主张用砖块作为抵御材料；一个木匠毅然提议用木头来抗敌是最佳的方法；一个铁匠站起来说："先生们，我不同意你们的看法。我认为作为抵御材料，没有一样东西比铁更好。"

这就是说，人们都习惯于从自身角度出发去考虑问题，总认为自己所熟悉的东西是最好的。

驴子和他的影子

一个旅客雇了一头驴，骑着它到远处去。那天天气很热，赤日炎炎。他停下来休息，躲避在驴子下，希望能够有个荫凉，避免太阳的暴晒。驴子的影子仅够遮蔽一个人，于是旅客和驴子的主人为了遮荫激烈地争论起来，谁都认为自己才有这个权利。驴子的主人坚持说他仅出租了驴子本身，而没有出租驴子的影子。那旅客说他雇的驴子包括驴子本身和影子。他们争论不休，以至于互相打了起来。就在他们打架的时候，驴子逃跑了。

这就是说，人们往往为了小事争吵不休，从而失去了最重要的东西。

饥肠辘辘的狗

有几只饥饿的狗，发现河里浸泡着一张兽皮，他们怎么使劲够也够不着。于是，就互相商定，大家一起喝干河水，就可以得到那张兽皮了。结果，还没等到去拿兽皮时，他们的肚皮都被河水涨饱了。

这就是说，不量力而行，辛辛苦苦追求希望渺茫的利益，结果，不但所希望的东西没得到，自己反而会付出惨重的代价。

狗、公鸡和狐狸

狗与公鸡结交为朋友，他们一同赶路。到了晚上，公鸡纵身一跃跳到树上，在树枝上休息，狗就在下面树洞里过夜。黎明到来时，公鸡像往常一样啼叫起来。一只狐狸听见鸡叫，就想吃鸡肉，便来到树下，恭敬地请鸡下来，并说："多美的嗓音啊！太悦耳动听了，我真想拥抱你。快下来，让我们一起唱支小夜曲吧。"鸡高兴地回答说："请你去叫醒树洞里那个看门守夜的，他一开门，我就可以下来。"狐狸马上去叫门，狗突然跳了起来，把他咬住撕得粉碎。

这故事说明，聪明的人往往能临危不乱，巧妙而轻易地击败敌人。

狮子与报恩的老鼠

狮子睡着了，突然有只老鼠跳到他身上。狮子猛然站起来，抓起他来就想吃。老鼠请它饶命，并说如果狮子能保住他的性命，必将报恩。狮子轻蔑地笑了笑，便把他放走了。不久，狮子真的被老鼠救了性命。原来狮子不幸被一个猎人抓获，并用绳索把他捆在一棵树上。老鼠听到他的哀嚎，走过去咬断绳索，放走了狮子，并说："你当时还嘲笑我，不相信真能得到我的报答，现在应清楚了吧，我也能报恩。"

这故事说明，时运交替变更，强者也会有需要弱者的时候。

海鸥和鸢

一只海鸥吃了一条很大的鱼，他的肚子被胀坏了，躺在海滩上等死。一只鸢看见后说："你这是自作孽啊！你本是空中飞的鸟，就不应该去海里找食物。"

这就是说每个人都应该安分守己。

卖神像的人

从前，有个人雕刻了一个赫耳墨斯的木像，拿到集市上去卖。没有一个买主来光顾他的木像，他便大声叫喊，来招揽生意，说有赐福招财的神出售。这时旁边一个人对他说道："喂，朋友，既然如此，你应该自己享受他的好处，为什么还要卖掉他呢？"他回答说："我要的是现在能马上兑现利益，这神的利益却来得太慢。"

这故事正是讽刺那些不择手段地求利，连神也不尊敬的人。

牛和蛙

一头牛去水潭边喝水，不小心踩着了一群小蛙，并踩死了其中一只。小蛙妈妈回来后，发现少了一个儿子，便问他的兄弟们，他到哪里去了。一只小蛙说："亲爱的妈妈，他死了。刚才一头巨大的四足兽来到潭边，踩死了他。"蛙妈妈一边尽力鼓气，一边问道："那野兽是不是这个样子，这般大小？"小蛙说："妈妈，您别鼓气了。我想您是不可能鼓气成怪物那样大的，再鼓气就会把肚子胀坏的。"

这就是说，渺小无论如何也不能与伟大相提并论。

众树与荆棘

石榴树、苹果树、橄榄树相互为谁的果实最好而争吵不休。一天，正当他们激烈争吵时，篱笆边的荆棘听到了，便说："你们不要再争吵了，朋友们。"

这是说，有些微不足道的人，在强者相互争斗时，也自不量力地极想表现一番。

乌龟与鹰

从有，有一只乌龟看见鹰在空中飞翔，便请求鹰教他飞行。鹰劝告他，说你的本性根本就不适合飞翔。但乌龟再三恳求，鹰便抓住他，飞到高空以后将他松开。乌龟坠落到岩石上，被摔得粉身碎骨。

这故事说明，那些好高骛远，不切实际的人必遭失败。

燕子与鸟类

从前，有一棵树它能产生一种叫粘鸟胶的东西，当这棵树刚发芽时，燕子预感到鸟类将要大难临头。可是，她召集鸟类，劝他们一定要把所有的这种树弄死。要是做不到，就立刻飞到人那里去，向他们求助，请求他们不要用粘鸟胶来捕捉鸟类。所有的鸟都取笑燕子，以为她是说傻话。燕子无奈就独自飞到人那里，请求保护。人们觉得燕子聪明、机智、善良，就答应了她的请求，允许她和人们住在一起。结果，别的鸟类都经常被人捕捉，成为人们的美食。唯有燕子幸免于难，在人们家里平平安安地筑窝，无忧无虑地生活。

这故事说明，未雨绸缪的人能避免危险。

天鹅

家鹅与天鹅同样被一个富人养着，但他们的用处却不一样：养

天鹅完全是因为他善于唱歌，养家鹅仅是为了吃肉。有一次，主人打算把家鹅派上用场，于是天已经很晚了根本就分别不出哪是家鹅哪是天鹅，因此，天鹅被抓了出去。这时，他唱起歌来，以表他的

悲哀。歌声说明了天鹅的本性，使他幸免于死难。

这故事说明，音乐常常使生命延续。

天鹅与主人

据说天鹅在临死前才能唱歌。有人偶然看到市场上有天鹅出售，还听说这只天鹅的歌声特别悦耳动听，就买了拿回家。有一天，他设宴请客，叫天鹅在席间唱歌，天鹅却始终不吭一声。后来，天鹅老了，知道自己快要死了，这才为自己唱起了挽歌。主人听到后说："如果你要是除临死之外，其余别的时间都不肯唱歌，那么我就是太傻了，那天让你唱歌时，就应该把你杀了。"

这是说，许多人不愿意自愿去做某些事，总是在不得已时，才勉强去做。

冠雀

捕鸟夹把一只冠雀给夹住了，冠雀悲哀地说："我真是一只最不幸的鸟呀！我并没偷别人的金子、银子，更没偷别的贵重的东西，仅仅一颗小谷子却让我丧失了性命。"

这故事是说那些贪小便宜而招来巨大灾难的人。

猿猴和两个人

从前有两个人，他们其中一个总爱说实话，而另一个却爱说谎话。有一次，他们偶然来到了猿猴国。一只自称为国王的猿猴吩咐手下捉住这两个人，他要查问这两人对自己的看法。同时他还下令，所有的猿猴都要像人类的朝廷仪式那样，将在他左右分成两行，中间给他留一个王位。一切准备妥当后，他下令，把那两人带到自己面前来，对那两个人说："先生们，你们看，我是怎样的国王？"爱说谎的人回答说："以我来看，你就像一个最有权力的国王。"那么旁边的这些猿猴呢？那人赶紧又说："他们都是你的栋梁之材，至少也能做大使和将帅。"那猿猴国王和他的手下听到这番谎话，非常高兴，然后吩咐把美好的礼物送给这个阿谀奉承的人。那位说实话的人见到这种情形，心想："一番谎话可以得到这么多丰厚的报酬，那么，要是我依照习惯，说了实话，又将会怎样呢？"这时，那猿猴国王转过身来问他："请问你认为我和我的这些朋友怎么样呢？"他说道："你是一只最优秀的猿猴，依此类推，你的所有同伴都是优秀的猿猴。"猿猴国王听到这些实话后，恼羞成怒，将说实话的人扔给手下去处置。

这故事是说，许多人宁愿相信假话，却不爱听道出实质的实话。

猴子与骆驼

在动物们的集会上，猴子登上台跳起舞来，他的舞姿深受欢迎，赢得了大家的称赞，个个为之喝彩。骆驼却十分嫉妒猴子，他也想赢得大家的喝彩。于是，他站了起来，得意扬扬地显示自己的舞技，结果，他那怪模怪样的舞姿，洋相百出，让动物们大为扫兴，他们用棍棒打骆驼，最后把他赶跑了。

这故事适用于那些不顾自身条件盲目模仿他人的人。

猴子与小猴

一只猴子生了双胞胎，但她只宠爱其中的一只，细心抚养，特别爱护，而对另一只却十分嫌弃，毫不经心。可不知是什么原因，那只为母亲宠爱、细心抚养的小猴，被紧紧抱在怀里而窒息死了，那只被嫌弃的猴子却茁壮成长。

这故事说明，过分的关心宠爱对孩子的成长是不利的。

战争与残暴

各路神明都一一抓阄结了婚。最后剩下的一个阄被战争之神抓走了，同他相配的是残暴女神。于是，他们相爱，结为夫妻。从那以后，不管在什么地方，他俩总在一起。

这是说，无论何时何地，只要有战争，就会有残暴。

河水与皮革

河水对漂流在水中的一块皮革说："你是谁?"皮革回答说：

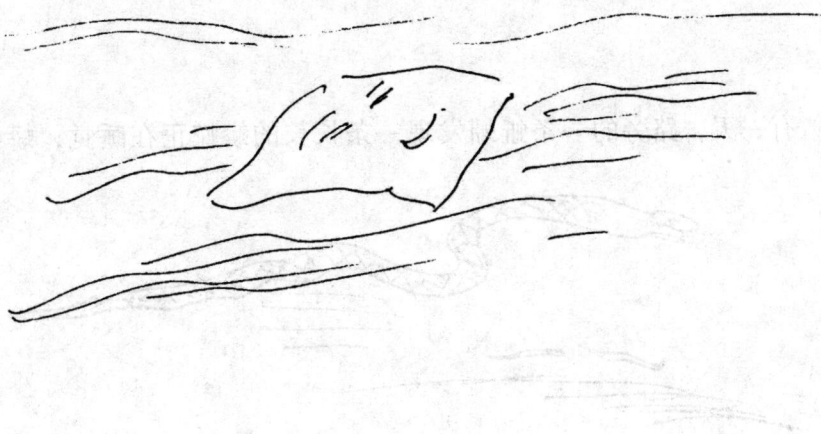

"我叫硬皮。"湍急的河水拍打着他，说道："你还是赶紧改个名字吧，我马上就能让你变软。"

这是说，恢复事物的本性是轻而易举的。

墙壁与钉子

猛烈的钉子把墙壁钉坏了，于是，墙壁对着钉子大声叫道："你为什么要钉坏我，我跟你无冤无仇，什么坏事我都没做。"钉子辩解道："这一切都不是我的责任，你应该去责备那个狠狠敲打我的人。"

这就是说，责任要归之于罪魁祸首。

蚯蚓和蟒蛇

有一天，路旁的一条蚯蚓发现一条长长的蟒蛇正在睡觉，蟒蛇

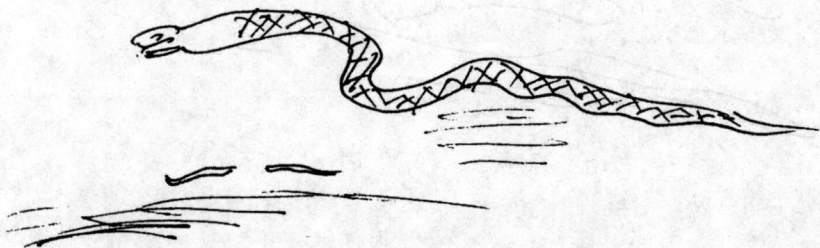

修长的身材让他看了羡慕不已，他心想自己要是有那样漂亮的身材该多好啊。于是，蚯蚓便爬到蟒蛇旁边，使劲地拉着自己的身体，不料用力太大，终于把自己的身体拉断了。

　　这故事是说自不量力，不根据实际情况，盲目地去模仿别人，对自己是没有好处的。

贼和旅馆老板

　　一个贼在旅馆租住了一间房子，一连住了好几天，希望偷一点东西能够付房钱和饭钱，可他白白等了好几天，都一无所获。这天，贼看见旅馆老板穿着一件漂亮的新衣服在门上坐着，便走上前去，同他闲谈。谈了一会儿，他们都觉得有点疲倦，贼打了一个呵欠，并像狼叫似的大吼了一声。旅馆老板说："你怎么喊得这么吓人呢？"贼说："我愿告诉你。但请先抓住我的衣服，我愿意把衣服放在你的手中。先生，我自己也不知道我到底什么时候是这样打呵欠，也不知道这种可怕的嚎叫传染到我身上来是惩罚我的罪孽，还是其他别的原因。但是有一点我是知道的，我要是第三次打呵欠时，就会变成一只狼，去咬伤人。"说完以后，他又打了第二个呵欠，并和第一次一样，像狼一般地嚎叫。旅馆老板听完贼的故事，信以为真，非常恐惧，站了起来，准备逃走。贼扯住他的外衣，请他留步，并说："先生，请等一等，扯住我的衣服，不然我变成狼时，就会暴怒地撕破它。"刚一说完，又像狼嚎叫一样打了第三个呵欠。旅馆老板害怕贼伤害自己，便赶忙脱下新衣交给贼，逃进旅馆躲藏起来。贼带着新衣连忙逃离旅馆，不再回来。

这是说有些人为了达到某种目的，不择手段。如果相信那些鬼话，自己肯定要吃亏。

神射手和狮子

从前，有一个神射手。有一天，他到山里去寻找猎物，森林里的野兽看见他来了，全部都逃得无影无踪，只有高傲的狮子准备向他挑战。神射手向狮子射出了一箭，说："这只是给你一个警告，你可以从中知道我本人来攻打你的情形。"狮子被射中受了重伤，吓得惊慌逃窜。狐狸劝狮子要勇敢一点，不要轻易示弱。狮子回答道："他的一支箭就这么厉害，我又怎么能经受得住他本人的攻击呢？"

这故事是说，要善于借助外物去攻击那些不好直接攻击的强大敌人。

补鞋匠改做医生

从前，有个补鞋匠，他特别贫穷，最后他不好靠手艺来维持生活，就来到另一座城市去行医，因为在那边没有一个人认识他。在那里，他靠吹牛，卖一种可治百病的假药，骗取了人们的信任和好名声。有一次，他自己患了重病。那城里的官老爷想试验一下他的医术究竟怎么样，于是就拿来一个杯子，倒满一杯水，谎称这水是补鞋匠治百病的药和毒汁混和起来的，命令他喝下去，并允诺给他一笔酬金。补鞋匠很清楚自己的药无解毒功效，害怕喝了毒汁会死亡，便说出了自己毫无医药知识，只是靠吹牛来卖假药，被人们盲目称赞而成名。官老爷召集市民大会，告诉大家说："你们都愚笨至极，竟然毫不怀疑地把自己的头托付给这样一个没有用的人。在别的城市，大家连脚上穿的鞋都不愿意要他做。"

这个故事是说不要轻易相信那些江湖浪子。

兄和妹

有一户人家，他有一个儿子和一个女儿，儿子以他的美貌而闻名，而女儿却以貌丑出名。有一天，兄妹俩同时来到镜子面前各自看到了自己的面目。哥哥对着镜子夸奖自己的美貌，妹妹十分生气，无法忍受哥哥的自我赞扬，她几乎觉得哥哥的自夸是在嘲笑自己。她为了报复哥哥，就跪倒在父亲跟前，抱怨说哥哥是男孩子，却有了应属于女孩子的美貌。父亲赶紧拥抱住兄妹俩，给他们每人亲吻和抚爱，并说："我希望你们俩每天都去照照镜子。我的儿子，你不可让恶行来污损你的美貌；我的女儿，你可以用你的美德来弥补美貌的不足。"

这故事是说外表的美貌和内心的美德合而为一，才能使人真正的美丽。

乌鸦和羊

一只讨厌的乌鸦在羊背上站着。羊非常不情愿地载着他先后走

了很久，然后说："你如果这样去对待狗，他肯定会用锐利的牙齿来报答你的。"听完这话，乌鸦回答说："我轻视弱者，服从强者。我知道应该欺侮谁，应该奉承谁。我就是靠这样来延长生命一直到老的。"

这是说那些唯利是图的小人总是欺弱怕强。

说大话的燕子与乌鸦

　　燕子对乌鸦说："我是一个非常漂亮的姑娘，是名雅典人，是雅典国王的女儿也就是公主。"她又说忒柔斯强奸了她，还割掉了她的舌头。乌鸦说："你舌头割去了，怎么还这么滔滔不绝，口若悬河。你要是有舌头，还不知将会怎样吹牛呢?"

　　这是说明，那些好吹牛说大话的人，往往会在自己的谎话中原形毕露。

鸽子与乌鸦

　　有只鸽子被人饲养在舒适的鸽舍里，他到处炫耀自己生了好多小鸽子。乌鸦听到了，说："喂，朋友，你别骄傲了，你生得越多，你就会越为他们的生活而操心。"

　　这故事是说，多一个孩子多操一份心。

白嘴鸦与乌鸦

乌鸦能为人们占卜吉凶，预测未来，人们把它称为神鸟。白嘴鸦十分羡慕他，也想这样做。他看见行人从这里路过时，就飞到一棵树上，大声地叫了起来。行人们惊奇地听到白嘴鸦的声音，转过头来看了看。其中一个人说："朋友们，我们赶快走吧，这是一只白嘴鸦，他的叫声根本就没有作用。"

这故事是说，无能者嫉妒强者，是不会达到目的，并且还会遭到别人的耻笑。

乌鸦

有一只乌鸦他非常羡慕天鹅那洁白的羽毛。他猜想天鹅一定是常常洗澡，羽毛才会变得这样洁白无瑕。于是，他毅然离开了他赖以生活的祭坛，来到江湖边。他每天都要洗刷自己的羽毛，羽毛不但一点都没洗白，反而因缺少食物饥饿而死。这故事是说，人的本性不会根据生活方式的改变而改变。

蝮蛇和水蛇

蝮蛇经常到泉水边饮水。住在那里的水蛇，对蝮蛇那种不满足自己的领地，却要跑到别人的领地里来喝水的做法，十分生气，出来阻拦他。他们俩的争吵愈演愈烈，并约定互相交战，要是谁赢了，就把这水陆领地全都交给谁。交战的日子决定之后，那些仇恨水蛇的青蛙，跑到蝮蛇那里激励他，并且答应助他一臂之力。战斗开始了，蝮蛇向水蛇猛攻，可是青蛙除了叫唤之外，什么也不能做。蝮蛇取得胜利后，责怪青蛙，虽然许诺给他助战，却不但不帮一把，自己只会唱个不停。青蛙对他说道：“啊，朋友，你知道，我们不是用手来助战，而是用声音。”

这个故事是说明，在非要用手帮忙的时候，即使用再好的言语也是没有丝毫用处的。

鹞子与蛇

鹞子抓住了一条蛇飞到空中，蛇转过头来，猛咬了他一口。他俩就从高空中摔了下来，鹞子被摔死了。蛇对他说：“你为什么要这么狠毒，去危害那些没有做坏事的人呢？你真是罪有应得。"

这个故事是说，有些人贪得无厌，到处作恶，直至遇到了强者，受到了应有的报应。

蛇的尾巴与身体

有一天，蛇的尾巴拼命争吵着要由他领路。蛇的其他部分说："你没有眼睛鼻子，怎么能够指引我们向前走？"尾巴却什么道理也听不进去。于是，他就来领路，拖着全身到处乱冲乱撞，结果掉进了一个石洞里，蛇的全身都被摔坏了。尾巴摇摆着恳求蛇头，说，"救救我们吧，我的争吵真是太无聊了！"

这个故事是说那些好胜而不自量力的人。

蛇、黄鼠狼与老鼠

蛇和黄鼠狼在一所房子里打架。同住在一所房子里的老鼠经常被他们吃掉，现在一看到他们在打架，就纷纷跑出来。然而，他们双方一看到老鼠，就马上停止了互相的厮杀，一齐朝老鼠跑了过去。

这就是说，那些自行卷入政客们互相争权夺利的人，在不知不

世界传世藏书

世界经典童话

·伊索寓言·

图文珍藏版

觉中成了政客们的牺牲品。

蛇与蟹

蛇与蟹住在一起。蟹总是忠诚和友好地与蛇相处，而蛇却阴险狡诈。蟹常常劝告蛇要忠诚、正直，而蛇却把蟹的话全当耳边风。因此蟹十分气愤，忍无可忍，趁蛇睡着时，把蛇杀死了。蟹看着蛇僵直地躺在地下，说道："喂，朋友，现在你死了，也用不着忠诚、正直了，你如果能听我的劝告，就不至于被杀了。"

这个故事是说，对于有些人来说，也许他死了对人们还好一些。

蛇和鹰

蛇和鹰互相交战，斗得难分难解。蛇用自己的身体紧紧地缠住了鹰，农夫看到了，就帮鹰解开了蛇，让鹰获得了自由。蛇因此感到十分气愤，便在农夫的水杯里下了毒药。当不知情的农夫端起杯子正准备喝水时，鹰猛地冲过来撞掉了农夫手中的水杯。

这个故事是说明，善有善报，好人一定能够得到好报。

庸医

从前，有一个庸医。他给一个病人看病，其他的医生都说这个病人并没有什么危险，只需要休养一段时间，就能够康复。他却叫病人回家准备后事，并说："你已经活不过明天了。"过了一段时间，这个病人的病情略有好转，脸色苍白地出外散步。那个医生遇到他，说道："你好，地下的人们怎么样了？"他回答说："喝了忘河的水，十分安静。但是不久以前，死神和冥王因为医生们没有让病人死去，大肆威胁和恐吓他们，并把他们的名字都一一记下来。原本你的名字也是要被记下来的，但是我跪在死神和冥王的面前，苦苦哀求，并且发誓说你不是真正的医生，而是被别人误认为的。"

这个故事揭露了那些既无知识和医术，又要吹牛行骗的江湖庸医。

演说家

有一天，演说家德马得斯在雅典演说，没有一个人认真地听他演讲，他就请大家允许他讲一则伊索寓言。人们都表示同意，他开始说："得墨忒耳和燕子、鳗一起同行。他们来到了一条河边，燕子飞走了，鳗潜入水中。"讲到这儿，他就再不讲了。人们问他："那么得墨忒耳怎么样了？"他回答说："她正在生你们的气呢，因为你们对国家大事毫无兴趣，而只是喜欢听伊索寓言。"

这个故事是说，不务正业，只图安乐的人是十分愚蠢的。

第欧根尼与秃子

古希腊哲学家第欧根尼遭到一个秃子谩骂后，说道："我决不会回击。我倒是很欣赏你的头发，他早已经离开了你那可恶的头颅而去了。"

这就是说，幽默和讽刺是最好的回击。

旅行的第欧根尼

古希腊哲学家第欧根尼外出旅行，走到一条洪水泛滥的河边，站在岸上没有办法过河。有个经常背人过河的人，看到他在那里为难，就走过来把他搁在肩上，很友好地背着他渡过了河。他十分感激这个人，站在河岸上抱怨自己的贫穷，无法报答行善的人。就在他正思索这件事的时候，看到那人又在背别的人过河。第欧根尼走上前说："对于刚才的事我不必再感谢你了。因为我现在知道，你不加选择的这样去做，只是一种怪癖。"

这个故事说明，有些人对于任何人都不加审慎地行善，他们得到的不是赞誉，而是愚蠢的骂名。

农夫与鹰

农夫发现有一只鹰被捕兽夹给夹住了，他看到鹰十分美丽，惊讶不已，于是就把鹰放了，鹰表示永远不会忘记他的恩德。有一天，鹰看到农夫坐在一面将要倒塌的墙下，就马上朝下飞去，用脚爪抓起他头上的头巾。农夫站起来去追，鹰立即把头巾丢还给他。农夫拾起头巾后，回过头来一看，却发现在他刚才坐过的地方，墙已经倒塌了。他对鹰的报恩十分感动。这个故事是说，人们一定要知恩图报，做了好事也一定会有好报的。

橡树与宙斯

橡树指责宙斯说："我们生长着毫无意义，所有的植物中我们被砍伐得最多。"宙斯说："招来不幸原因全在你们自己，如果你们不能做斧柄，对木匠和农夫没有一点儿用处，那么斧头也不会来砍你们了。"

这个故事是说，有些人把自己所引起的不幸，毫无道理地归咎于神。

樵夫与橡树

有一个樵夫正在砍橡树。他先用橡树枝做成了楔子，再用楔子十分容易地就劈开了树身。橡树说："我并不怨恨那斧子，而更恨那从我身上生出来的楔子。"

这个故事是说，一个人被家人所害，比被别人所害更痛苦，更伤心。

赫耳墨斯与地神

宙斯创造了男人和女人，吩咐赫耳墨斯领他们到地里去，指点他们如何开荒种地，生产粮食。赫耳墨斯奉命而行。刚刚开始地神就要阻挠。赫耳墨斯就强迫她，说这是宙斯的命令。地神说道："那么就让他们随心所欲地去开垦吧，反正他们要哭泣着来偿还的。"

这个故事适用于那些轻易借债，却要辛苦偿还的人。

宙斯与蛇

宙斯结婚时，所有的动物都尽自己的所能送来了礼物。一条蛇嘴里衔着一朵玫瑰花也爬来送礼。宙斯看到他说："别的一切动物的礼物我都可以接受，可是从你的嘴里来的东西我是万万不能收的。"

这个故事是说明，坏人的恩惠是令人生畏的。

宙斯与乌龟

宙斯结婚时，举行了盛大的宴会，招待所有的动物。只有乌龟没有出席宴会，宙斯不知道他因为什么原因没有来。第二天，他就问乌龟为什么不来赴宴。乌龟回答说："还是在家里舒服，我爱自己的家。"宙斯气愤至极，就罚乌龟永远驮着他的家行走。

这个故事是说明，再豪华的宴会也没有自己的家舒服。

宙斯做判官

宙斯命令赫耳墨斯在贝壳上把人间所有的罪恶都记录下来，放到他旁边的箱子里，让他来裁决对每个人的惩罚。然而箱子里的贝壳都相互混杂在一起，所以宙斯拿到的贝壳有先有后，但是总归是要拿到的。

这个故事是说，人们不必因为那些恶事和坏人没有及时地受到惩罚而不愉快。古人说，善有善报，恶有恶报，不是不报，只是时候未到。

赫拉克勒斯与雅典娜

赫拉克勒斯经过一条狭窄的路时，看到地上有一个十分像坚果的东西。他想用脚去踩碎它，突然觉得那个东西变大了两倍，于是他更加用力地去踩，到后来用大木棒去打。结果那个东西越胀越大，把路都堵塞了。他扔下木棒，不知所措地站在那里。这时，雅典娜来到他的面前，说："兄弟，住手吧，不要与人争斗和对抗。假如你不去理睬那东西，它就会平平安安地停放在那里，仅有坚果那样大。

要是与它争斗和对抗，它就会膨胀得巨大。"

这个故事是说，生活中需要和平共处，争斗和对抗往往会带来更大的灾难。

赫拉克勒斯与财神

赫拉克勒斯被承认为神以后，宙斯为他设宴庆贺。在宴会上，赫拉克勒斯热情友好地向众神们一一问好。最后，当财神走进来时，他却转过身去，背对着财神，低着头看地板。宙斯对此觉得非常奇怪，就问他为什么和其他神都高高兴兴地打招呼，唯独对财神却另眼相看。他回答说："我之所以对他另眼相看，是因为在人间，总看到他和坏人在一起。"

这个故事是说，许多有钱人的财富往往是不义之财。

英雄

有个人在家里供奉着英雄，经常不断地把昂贵的物品祭献给英雄，所用的祭品花去了他许多钱财。一天，英雄在夜里对他说："喂，朋友，不要再浪费你的钱财了。你都花完了，就会变成穷人的，那时你就会怨恨我了。"

这个故事是说，许多人因为自己的无知遇到了不幸，却把这个原因归咎于神。

宙斯和猴子

宙斯通知林中所有的野兽，许诺给推选出来的拥有最漂亮孩子的野兽发奖。猴子和其他野兽一起来到宙斯那里，她以慈祥的母爱，带着一只扁鼻无毛、相貌丑陋的小猴子，前来参加评奖。当她把小猴子带给大家看时，引起了一阵哄堂大笑。但是她坚定地说："我不知道宙斯是否会把奖发给我儿子。但是至少有一点我十分清楚，在他母亲的眼里，这个小猴子是最可爱的、最漂亮的、最活泼的。"

这就是说，不管孩子漂亮还是丑陋，优秀还是平庸，在自己母亲的眼中总是最好的。

驴子与蝉

驴子听见蝉在唱歌，被美妙动听的歌声打动了，自己也想发出同样悦耳动听的声音，便羡慕地问他们吃什么东西，才能发出如此美妙的声音。蝉回答道："吃露水。"于是驴子就只吃露水，没多久就饿死了。

这个故事告诉人们不要奢望非分之物。

狐狸和樵夫

狐狸为躲避猎人们的追赶而逃窜，恰巧遇见一个樵夫，便请求让他躲藏起来，樵夫叫狐狸到他的小屋里躲着。不一会儿，许多猎人赶来，向樵夫打探狐狸的下落，他嘴里一边大声说不知道，又一边做手势，告诉他们狐狸躲藏的地方。猎人们相信了他的话，也没留意他的手势。狐狸见猎人们都走远了，便从小屋出来，什么都没说就走。樵夫责备狐狸，说自己救了他一命，连一点谢意都不表示就走。狐狸回答说："如果你的手势与你的语言是一致的话，我就该好好地感谢你。"

这故事讽刺了那些嘴里说要做好事，而行为上却作恶的人。

狼与逃进神庙的小羊

一只小羊被狼追赶，逃进一个神庙里。狼对小羊说，你若不赶快出来，祭司会抓住你，把你献给神的。小羊回答说："我宁愿献给神，也比献给你好。"

这故事说明，即使要死，也应选择有价值的死。

口干舌燥的乌鸦

　　一只乌鸦口渴得要命，飞到一只大水罐旁，水罐里没有多少水，他想尽了办法，仍喝不到。于是，他就使出全身力气去推，想把罐推倒，倒出水来，而大水罐却纹丝不动。这时，乌鸦想起了他曾经使用的办法，用口叼起石子投到水罐里，随着石子的增多，罐里的水逐渐地升高了。最后，乌鸦终于喝到了水，解了渴。

　　这故事说明，智慧往往胜过力气。

小蟹与母蟹

母蟹对小蟹说："你偏要横爬，为什么不直着走？"

他答道："妈妈，请您亲自教我直走，我将照着您的姿势走。"可母蟹根本就不会直走，于是小蟹说她笨。

这就是说，教育者本身只有正直地生活，正直地走，才能去教导别人。

骆驼与宙斯

骆驼见牛炫耀自己漂亮的角，羡慕不已，自己也想长两只角。于是，他来到宙斯那里，请求给他加上一对角。宙斯因骆驼不满足已有的庞大身体和强大的力气，还要妄想得到更多的东西，气愤异常，不但没让他长角，反而把他的耳朵砍掉了一大截。

这故事说明，许多人因为贪得无厌，一见别人的东西就眼红，不知不觉中连自己已具有的东西也没保住。

世界传世藏书

世界经典童话

·伊索寓言·

图文珍藏版

独眼的鹿

有头只有一只眼的鹿，在海边吃草，他用这只眼睛盯着陆地，防备猎人的攻击，而用坏了的那只眼对着大海，他认为海那边不会有什么危险发生。不料有人乘船从海上经过这里，看见了这头鹿，一箭就把他射中了。他就要咽气的时候，自言自语地说："我真是不幸，我防范着陆地那边，而我所信赖的大海这边却给我带来了灾难。"

这故事是说，事实往往与我们的预料相反，认为是危险的事情倒很安全，以为安全的却更危险。

生金蛋的鹅

从前有个人养了一只鹅，鹅生下一只美丽的金蛋。那人认为鹅肚里肯定有金块，不然的话，怎么会有金蛋呢，于是，就把鹅给杀了，结果发现它与别的鹅没有什么区别。他贪婪地希望能够得到更多的财富，却把微小的利益失去了。

这故事说明，人们应该满足于现有的东西，切不可贪得无厌，杀鸡取卵。

世界传世藏书

世界经典童话

·伊索寓言·

图文珍藏版

狮子和海豚

有一天，狮子在海滩上游荡，突然看见海豚跃出水面，于是就劝他与自己结为同盟，说我们是一对最好的搭档，一个是海中动物之王，另一个是陆地兽中之王。海豚非常高兴地答应了。不久，狮子和野牛展开了一场激烈的斗争，狮子请求海豚助他一臂之力。尽管海豚想出海助战，却因为自己不能上陆地而未能帮助狮子，狮子就指责他背信弃义。他回答说："不要责备我，去责备自然吧！因为是它让我在海里生活，我没有办法去到陆地上。"

这就是说，我们结交盟友，应当选择那些能共患难的人。

号 兵

很久以前，有个号兵，正当他在吹集合号时，不幸被敌人抓住了，他大声叫道："各位，请不要无缘无故地杀掉我。因为我没有杀害你们其中的任何一个人，我除了这把铜号以外，没有其他任何武器。"敌人却对他说道："正因为这样，你就更应该被我们杀掉，你自己虽没攻打我们，但你召集所有士兵来攻打我们。"

这故事说明，人们更痛恨那些怂恿他人作恶的人。

夜莺与鹞子

夜莺在一棵大树上站着，像往常一样他正在唱歌。饥饿的鹞子看见她后，突然猛飞过去将她抓住。夜莺在临死之前，请求鹞子饶了她，说她难以充满鹞的肚子，如要彻底解决饥饿，应当去捕捉一只更大的鸟。鹞子却回答说："若我放弃了手中现成的食物，再去追求看不见的东西，那我岂不是傻瓜了吗。"

这故事讽刺了那些为贪图更大的利益，而放弃已到手的东西的愚蠢人。

夜莺与燕子

燕子劝说夜莺，让他像自己一样和人住在一起。夜莺回答说："我不愿意回忆起我以前的痛苦，因此我更愿住在田野里。"

不幸受过痛苦的人，总是躲避以前发生痛苦的地方。

世界传世藏书

世界经典童话

·伊索寓言·

图文珍藏版

做客的狗

一天，有个人大摆筵席，招待他的亲戚朋友们。因此这人家里的狗也高兴地跑去请另一只狗，说："朋友，快走，请你和我一起去赴宴吧。"那条狗也兴高采烈地跑来，见到如此丰盛的筵席，他心里暗暗地说，"太好啦！真想不到天底下还有这么多好吃的！今天让我饱吃一顿，明天我的肚子就不饿了。"他独自暗暗地窃喜，不停地摇着尾巴，十分相信地看着他的朋友。正在这个时候，厨师看见狗尾巴怎么会在那里四处乱摇，就立刻跑去抓住了他，把它从窗口扔了出去，那狗被摔得大声叫唤，惊慌地跑了回去。路上别的狗遇见他，都问他："朋友，宴会怎么样呀？"他回答道："我喝得太多了，已经醉了，所以我记不清回去的路了。"

这故事说明，对那些慷他人之慨的人是不可信任的。

青蛙求王

青蛙们因没有国王，大为不快。于是，他们决定派代表去拜见宙斯，请求给他们一个国王。宙斯看到他们如此蠢笨，就将一块木头扔到池塘里。青蛙最初听到木头落水的声音吓了一大跳，立刻都潜到池塘的底下去了。后来当木头浮在水面一动不动时，他们又游出水面来，终于发现木头没什么了不起的，大家爬上木块，坐在它的上面，开始时的害怕都忘得一干二净。但他们觉得有这样一个国王很没面子，又去求见宙斯，请求给他们更换一个国王，说第一个国王太迟钝了。宙斯感到十分生气，就派一条水蛇到他们那里去。结果青蛙都被水蛇抓去吃了。

这故事说明，迷信统治者，不相信自己的力量，只能受制于人，招致灾难。

驴子、狐狸与狮子

驴子和狐狸俩合伙去打猎。突然他们遇到了狮子，狐狸见大事不妙，马上跑到狮子面前，许诺将驴子交给他，只要能使自己免于危险。狮子答应道："可以，"狐狸就引诱驴子掉进了一个陷阱里。狮子见驴子没办法再逃跑，便立即先抓住狐狸吃了，然后再准备去吃驴子。

这是说，那些出卖朋友，背叛友谊的人最后是得不到好下场的。

债台高筑的雅典人

在雅典有一个欠债人，债主三番五次来催他归还拖欠的钱，他总是说没钱，请求延期。因为债主不答应，他迫不得已只好把家中仅有的母猪赶出来，当场出卖。买主走上前来，问这猪还能下小猪崽么。他回答说，她不但能下小猪崽，而且还会下得很多，她是一头不同寻常的猪，因为她在土地女神节会生下些小母猪，在雅典娜节会生下些小公猪。买主听了这话大为吃惊。债主说道："这一点都不奇怪，因为她在神节还会为你生些小山羊哩。"

这故事说明，有些人为了自己的利益，会不惜为不可能的事情作伪证。

狮子和野驴

狮子和野驴一起到外面去打猎，他们俩各自都有优点，狮子力气大，而野驴跑得快。这天他们抓获了好多野兽。狮子就把猎物分开，堆成三份，说道："这第一份是我的，因为我是王。第二份也应该是我的，把它算作我和你一起合作的报酬。至于第三份呢？如果你不想逃走的话，也许会对你有大害。"

这是说，人们对自己的力量和能力必须实事求是，正确估量，不要去和比自己强大得多的人交际和合作。

驴子和驴夫

驴子被驴夫赶着上路了，刚走了一会，他们就离开了平坦的大路，沿着陡峭的山路走去。当驴子快要滑下悬崖的时候，驴夫一把抓住他的尾巴，想要把他拖上来。可是驴子却拼命挣扎，驴夫把手松开了，说道："让你得胜吧！但那将是一个悲惨的胜利。"

这故事说明，事事争胜好斗不会有好下场。

老鼠与黄鼠狼

老鼠同黄鼠狼作战。而每次老鼠总是被打败，老鼠聚在一起商量，他们认为是因为没有将领所以屡次失败，于是他们举手表示选举几只老鼠来做将领。这些将帅想要使自己显得与众不同，就做了一些角绑在自己头上。作战又开始了，结果老鼠再次被打败。别的老鼠很容易就逃进了洞里，而那些将领因头上有角不能钻进去，全都被黄鼠狼吃掉了。

这是说，对于大多数人来说，虚荣往往是不幸的根源。

鹿与葡萄藤

有只鹿为逃避猎人的追捕，躲藏在葡萄藤底下。猎人刚刚从旁边走过去不远，鹿就以为躲过了危险，便毫无顾忌地开始吃那茂盛的葡萄叶子。叶子沙沙地抖动着，猎人们马上掉回头来，觉得叶子底下好像躲着什么动物，一箭就把鹿射中了。鹿在临死前说："我真是该死，因为我实在不应该去伤害救我的葡萄藤。"

这个故事说明，那些恩将仇报的人终将会受到神的惩罚。

篱笆与葡萄园

一个愚蠢的年轻人继承了父亲的家业。他把葡萄园四周所有的篱笆都给砍掉了，因为他认为篱笆不能结葡萄。篱笆被砍掉以后，人和野兽都能随意侵入葡萄园。没过多久，所有的葡萄树全都被毁坏了。那个蠢家伙看到如此情景，才恍然大悟：虽然篱笆不能结出一颗葡萄，但它们可以保护葡萄园，它和葡萄树一样是同等重要的。

世界经典童话

·伊索寓言·

图文珍藏版

这个故事是说，红花虽好，还需要绿叶扶持。

迈安特洛斯河边的狐狸

有一天，众多狐狸聚集在迈安特洛斯河边，想要喝河里的水。但是因为河水水流特别急，他们互相只是说说而已，谁也不敢跳下河去。其中有一只狐狸，嘲笑同伴胆小，为了显示自己要比他们勇敢，他壮着胆子跳入河中。湍急的河水一下子就把他给冲到了河心，站在河边的狐狸对他说："请不要离开我们，快回来，告诉我们从哪里可以安全下去喝水吧。"那只被水冲走的狐狸却回答说："我想把一封寄往米利都的信送到那里去，等我回来后我再告诉你们吧。"

这就是说，那些喜欢卖弄自己、自我吹嘘的人常常会给自己招来不幸。

吹牛的运动员

有个运动员因为经常在参加比赛时缺乏勇气，而被人们指责，只好出外去旅行。过了些日子，他回来后，大肆吹嘘说，他在别的很多城市多次参加竞赛，勇敢超人，在罗德岛曾跳得很远，连奥林

世界传世藏书

世界经典童话

·伊索寓言·

图文珍藏版

匹克的冠军都无法与他抗衡。他还说那些当时在场观看的人们如果能到这里来，就可以为他作证。这时，旁边的一个人对他说："喂，朋友，假如这一切是真的，根本不需要什么证明人。你就把这里当作是罗德岛，你跳吧！"

这个故事说明，用事实容易就近证明的事，说得再多也是多余的。

狼与马

狼路过一处田地，看到地里有很多大麦。虽然黄澄澄的招人喜爱，但是狼不吃大麦，只好走开了。没走多远，就碰见一匹马，他把马领到田里，告诉马这些大麦他自己舍不得吃，特意给马留着的，因为他喜欢听马吃草时牙齿所发出的美妙声音。马回答说："喂，朋友，如果你能够以大麦为食料，你就未必喜欢听我吃草的声音，而不顾及你的肚子了。"

这个故事说明，那些本性恶劣的人，尽管向人们报告最好的消息，也是别有用心的，人们是不会相信的。

老狮子

一头年老体衰的狮子病得有气无力，奄奄一息地躺在地上。一头野猪冲到他身旁，恶狠狠地咬他，报复狮子以前对他所造成的伤害。过了一会儿，一头野牛也用角来顶他，把狮子视为可恨的仇敌。当驴子看到谁都可以对这庞大的野兽为所欲为时，也用他的蹄子用力去踢狮子的头部。这头快要断气的狮子说："我已经勉强忍受了勇者的施暴，但是还得含羞忍受你这个小丑的侮辱，我真是死不瞑目。"

这就是说，无论自己过去多么辉煌，都难以避免辉煌失去后别人的不敬与报复。

肚胀的狐狸

一头饥饿的狐狸四处寻食，他看到树上的洞穴里有牧人遗留的面包和肉，就马上钻进去吃。把肚子吃得胀鼓鼓的，他费了九牛二虎之力，却怎么也钻不出来，就在树洞里唉声叹气。另一只狐狸碰巧经过那里，听到了他的呻吟声，就走过去问他原因。当他听明白缘由后，就对他说道："那你就老老实实呆在里边吧，等到恢复你钻进去的样子时，就很容易出来了。"

这个故事说明，时间能够解决许多困难问题。

赫耳墨斯与雕刻家

赫耳墨斯想要知道人们对他有多尊重，就化作一个凡人，来到一个雕刻家的店里。他看到宙斯的像，就问多少钱。雕刻家回答说："一块银圆。"他又笑着问赫拉的像要多少钱。雕刻家说："那个要贵些。"当他看到了自己的像时，心想自己身为神的使者，又是招财进福的神，应该标出高价吧。赫耳墨斯就指着自己的像，问需要多少钱，雕刻家答道："如果你买了刚才那两个，我就把这个做零头，白送给你吧。"

这个故事说明，那些爱慕虚荣的人，往往被别人看不起。

天文学家

有一位天文学家习惯每天晚上都出去观察星象。有一天，他来到郊外聚精会神地观察天空，一不留神掉进一口井里。他大声叫喊起来。附近的人听到他的呼叫声后，走过来弄清楚了情况，就对他说："喂，朋友，你用心观察天上的东西，却没有看到地上的事情。"

这个故事是说，人首先要做好地上的最普通的事，才谈得上天上的高深的事。

赫耳墨斯与忒瑞西阿斯

赫耳墨斯想要试验一下忒瑞西阿斯的预言是否灵验，就从牧场偷走他两头牛，再变化成一个凡人，进城去找他，来到他家做客。当忒瑞西阿斯得知牛被偷了，就带赫耳墨斯来到郊外，观察有关偷盗的征兆，并且对赫耳墨斯说，如果看见了什么鸟就赶紧地告诉他。当赫耳墨斯看到一只鹰从左边飞到右边去，就马上报告他。忒瑞西阿斯却说，这并不相干。随后赫耳墨斯又看到一只乌鸦飞到一棵树上，时而往上看，时而低头向下看，又跑过去报告他。忒瑞西阿斯于是说："乌鸦向天地神发誓说，如果你愿意，我的牛就可以找回来。"

这个故事可以讲给偷窃的人听。

赫耳墨斯与手艺人

宙斯吩咐赫耳墨斯去给手艺人身上全部撒上说谎话的药。药研制好后，他平均地撒在每个手艺人的身上。最后，只剩下了皮匠，但是仍留下很多药，他就拿着剩下的药全部撒在了皮匠身上。从那以后，手艺人都说谎，特别是皮匠更为厉害。

这个故事适用说谎的人。

赫耳墨斯的车子与亚剌伯人

有一天，赫耳墨斯赶着一辆满载说谎、欺骗、讹诈的车子，到世界各地去旅行，每到一处就将车上所载的东西分给众人。据说，当他走到亚剌伯人的国家时，那辆车突然坏了。亚剌伯人以为车上载着的都是贵重物品，就抢光了车里的所有东西，赫耳墨斯就不能再到别的地方去分发这些东西了。

这个故事是说，亚剌伯人是最会说谎的人，他们的嘴里没有一句真话。

宙斯与狐狸

宙斯赏识狐狸的聪明和狡诈，赐他做兽类之王。一天，宙斯想知道狐狸随着身份的变化，他贪婪的本性是否会有所收敛。当狐狸坐着轿子走过来时，宙斯扔下一只屎壳郎。屎壳郎围着轿子不停地飞，狐狸再也无法忍耐下去了，马上跳下轿子，想捉住他。宙斯十分气愤，就将狐狸贬回到原来的地位。

这个故事是说明，即使是穿上了最华丽的服装，坏人也不会改变他的本性的。

宙斯与人

宙斯创造了人，并吩咐赫耳墨斯把智慧灌入到他们的体内。他为每个人准备好了相等的智慧，然后再分别给他们灌上。身材矮小的人，很容易地就灌满了，成了聪明人；可是那些身材高大的，智慧只能灌到膝盖，根本不够，所以比别人愚蠢些。

这个故事适用于那些身体魁梧但缺乏头脑的人。

世界传世藏书

世界经典童话

·伊索寓言·

图文珍藏版

宙斯与阿波罗

宙斯和阿波罗争论谁的射术更高明。阿波罗用力张弓，射出一支箭，而宙斯却只迈了一大步就跨到了箭所落在的远处。

这个故事是说明，强中更有强中手。

嘶叫的鹞子

起初鹞子能发出一种很是动听的尖叫声。可当他听到马嘶叫后，觉得特别好听，十分喜欢，就不断使劲地去学马那样的嘶叫声。最终不但一点没有学会，而且连自己原来的叫声也不会叫了。

这个故事是说，那些好高骛远的人总是想要他本性以外的东西，到头来得不偿失，最后连他自己本来具有的东西也都丧失了。

世界传世藏书

世界经典童话

·伊索寓言·

图文珍藏版

捕鸟人与眼镜蛇

有个捕鸟人拿着粘鸟胶与粘竿到外面去捕鸟。他看到一只鸟栖

息在一棵大树上，就想要把它捉住。于是，他接长了粘竿，仰着头专心致志地盯着高空中的那只鸟。就在他这样聚精会神时，不知不觉地踩着了一条躺在他脚前的眼镜蛇。蛇马上转过头来，狠咬了他一口。他中了蛇毒，在临死之前，自言自语地说："我真是倒霉，光想去捉那只鸟，不料自己却反遭其害，丢了性命。"

这个故事是说，那些想用阴谋陷害别人的人自己会先遇到灾难。

捕鸟人、野鸽和家鸽

捕鸟人布上网，把几只家鸽拴在网里，然后远远地躲在旁边看着。有些野鸽飞到家鸽旁边去，一下子就被兜在网里。当捕鸟人跑过去捉住野鸽时，野鸽责骂家鸽，说他们原本是同族，却不把这诡计预先告诉他们。家鸽回答说："对于我们来说，维护自己主人的利益比照顾自己的亲族更重要呀。"

这就是说，勿需指责那些为了爱护自己的主人，而背叛亲族情谊的奴隶。

捕鸟人和鹳

捕鸟人布下了捕鹳的网，躲在远处等候飞来的猎物。一只鹳鸟和几只鹤一起飞进了网里，捕鸟人立刻跑了过去，把他们全都给捉住了。鹳鸟向捕鸟人恳求把他放了，说他对人是有益无害，他可以捕杀蛇和别的害虫。捕鸟人回答说："即使你并不算坏人，但是你和坏人们在一起，也应该受到惩罚。"

这就是说，人们应该避免和坏人交往，以免被别人怀疑同他们所干的坏事有关系。

捕鸟人和斑鸠

有一天，一个客人很晚来到捕鸟人家，这时，捕鸟人已经没有食物来招待客人，就跑去捉了那只自己驯养的斑鸠，想要把它杀了招待客人。斑鸠痛斥他忘恩负义，说自己曾经帮他招引来了许多和自己一样的斑鸠，令他得到那么多的利益，现在却要被杀掉。捕鸟人说道："这样就更应该杀了你，因为你连自己的同类也不放过呀。"

这个故事是说明，那些背叛自己亲人的人，不但为亲人们所憎恨，也为自己的主子所厌恶。

母鸡与燕子

母鸡发现了一个蛇蛋，小心翼翼地把它孵化，又细心地给它啄开蛋壳。燕子看到后，说："傻瓜，你为什么要孵化这个坏蛋呢？它一长大首先就会伤害到你。"

这个故事是说，尽管人们仁至义尽，那些本性恶劣的人也不会改好。

老马

一匹老马被人卖了去拉磨。当他在被套上轭时，悲伤地说："我从跑马场冲到了这样一个终点。"

这就是说，人也许到了老年时还是会遇到艰辛。

行人与真理

有个人在荒凉的野外赶路，他看见一个女人眼睛盯着地下，一个人站在路旁，于是走了过去问她，"你是谁？"她说："我是真理。"然后行人又问道："你为什么不住在那繁华热闹的城市，而住在这荒凉的野外呢？"她答道："古时候，谬误只在少数人那里，可是现在你无论走到哪里都会听到谬误。"

这是说，当到处都充满谬误时，真理就远离人们无处置身了。

行人与赫耳墨斯

有个行人经过长途跋涉后，发誓说，如果找到什么东西一定会献给赫耳墨斯一半。他果然发现了一只装有杏仁和干果的袋子，心想袋里一定有银子，立刻捡了起来。他把袋里所有的东西都倒了出来，发现袋里只有一些吃的东西，根本就没有银子，于是他吃了起来，然后抓着杏仁壳和果子核放到祭坛上，说道："赫耳墨斯，请接受我所许诺的东西吧！现在我把它们连里带外全都献给你了。"

这故事是说，那些贪心不知满足的人连神都要欺骗。

行人与幸运女神

有个行人长途跋涉后，精疲力尽地倒在井边睡着了。当他几乎要掉到井里时，命运女神叫醒了他，说："喂，朋友，你如果掉到井里，一定会指责我，决不会怨自己的疏忽。"

这是说，许多人把由于自己造成的不幸，常常归之于命运。

宣誓之神

　　曾经有这样一个人，信任他的朋友把钱寄托在他那里，请他帮着保管好，但他却想把这笔钱据为己有。朋友让他去宣誓，他心惊胆颤，借故离开了家，向城外走去。当他走到城门口时，遇见一个跛脚的人出城，就问："你是谁？到哪里去？"那人回答："我是个宣誓神，到那些不尊敬神的地方去。"他又问："你什么时候再回到城里来？"他回答道："每四十年来一次，高兴时就三十年来一次。"第二天，这人毫不犹豫地跑去宣誓，说从来就没有帮朋友保管过钱。正在这时，他忽然遇见了那个宣誓神。当他被送到断头台上时，他指责宣誓神说："你明明说每三四十年回来一次，现在却宽容一天都不肯。"宣誓神回答道："但你该知道，只要有人惹怒了我，我当天就会赶回来。"

　　这故事说明，对于不敬神的人们来说，神的惩罚是不按时间的。

普罗米修斯与人

　　普罗米修斯遵照宙斯的命令，创造了人和动物。宙斯觉得动物太多，又命令普罗米修斯毁掉一些，把动物变成人。普罗米修斯执行了宙斯的命令。因此，有些原本不是人的动物虽经改做，仅具有人的外形，但内心却仍与动物一样。

这故事说的是那些人面兽心的家伙。

老鹰、猫和野猪

一只老鹰飞到一棵大橡树上筑造了巢。一只猫来到这棵树的树干上找了一个树洞，在那里生下了小猫。一只母野猪带着小猪住在这棵树树根的洞里。猫想独占这棵大树，便实行她的诡计。她先爬到老鹰巢边说："你们真不幸啊！不久将要被毁灭，我们也非常危险。你不妨看看，那树下的野猪天天在挖土，想把这棵大树连根拔掉。只要树一倒下，他就可以轻而易举地把我们的孩子抓去，喂给他的孩子吃。"猫的这些话吓得老鹰心惊胆颤，惊惶失措。接着，猫又爬下来，来到野猪洞里说："你的孩子们十分危险，只要你一出去为小猪找食物，树上的老鹰就会把小猪叼走。"猫又狠狠地吓唬了野猪一番后，假装自己也很害怕，躲进了她的树洞。到了晚上，她偷偷地跑出去给自己和孩子寻找食物。白天，她仍然装出一副恐惧的样子，整天躲在洞口守望着。于是，老鹰害怕野猪，静静地在枝头上坐着，不敢乱飞；野猪也害怕老鹰，不敢离开树洞。后来，老鹰和野猪以及他们的孩子都被饿死了。猫和她的孩子便把老鹰和野猪作为自己的食物了。

世界传世藏书

世界经典童话

·伊索寓言·

图文珍藏版

这故事说的是那些挑拨离间的恶人。

乌鸦与蛇

有一只饥饿的乌鸦四处找食，突然，他看见有一条蛇正熟睡在温暖的阳光下，便猛飞下去把他抓住。惊醒的蛇回过头来，咬了他一大口。乌鸦临死时说："我真不幸！我虽找到了这样可口的好食物，却丢掉了自己的生命。"

这故事是说，有些人为了四处找宝，不惜用生命去冒险。

驴子和马

驴子请求马给他省一点饲料。马说："好，为了显示出我高贵的尊严，要是我吃不完，那么你就吃剩下的。晚上我回自己的厩中时，你如果能过来，我就会给你满满的一小袋麦子。"驴子回答道："谢谢你，我是不会相信你的。现在你连一点饲料都不给我，过一会儿怎么能够给我更大的好处呢？"

这就是说，别相信那些吝啬鬼假惺惺的许诺。

马和驴

有一匹马，他正在路上炫耀自己精美的马饰，忽然遇到了一头驮着许多货物的驴子。因为货物太重，驴子只能慢慢地让开路。于是马傲慢地说："我恨不得想用脚踢你。"驴子一点都不和他计较，只是默默地请求神的保佑。过了不久，那匹马患了重病，被主人送回农庄来。驴子看见拖着粪车的马，就讥笑他说："骄傲的东西，你那华丽的马饰现在到哪里去了？你怎么会变成这么一副倒霉相?"

这故事是说人们不能因一时荣华富贵而不可一世。

苍蝇和拉车的骡子

一只苍蝇在四轮车的车轴上叮着，他对拉车的骡子说："你为什么要走这么慢！怎么不跑快一点？看来我一定要叮咬你的颈部了。"骡子说："我不会害怕你的恐吓，我只是注意坐在你上面的那个人，他会用鞭子使我加快步伐，用缰拉我的头调整方向。你快滚开吧！别再烦我了，我知道什么时候该快，什么时候该慢。"

这故事是说不要自以为是，去做那些超越自己范围的事。那样，只会让别人厌恶。

顽皮的驴

一头驴子爬到了屋顶上，并且在那里跳起舞来，将屋上的瓦片

踩得粉碎。主人马上爬了上去，把他从屋顶上赶下来，并用一根粗木棍狠狠地打了它一顿。驴子说："为什么呀？我昨天看见猴子也是这样子的，你们大家很开心，它的表演几乎使你们那么高兴。"

这故事是说那些不顾自身条件的人会遭到别人的嘲笑。

买驴子的人

有个人到集市上买了一头驴子，想要牵回去试一试。于是他把驴牵到自己的马当中，并让驴子站在马槽前。那驴子来到一头好吃懒做的驴子旁边。于是，买驴的人马上给那头驴套上辔头，牵回去还给了驴的卖主。卖主问："你这个方法行吗？"那人回答道："不用怀疑了，依我之见，自己是什么样子选择的朋友就是什么样。"

这是说，物以类聚，人以群分。

野驴和家驴

野驴看见家驴舒舒服服在阳光充足的地方躺着，就走了过去，夸奖他身强力壮，还能吃到美味的食物。后来，野驴看见家驴驮着沉重的货物正在赶路，驴夫还跟在后面用棍棒边打边赶，野驴说："我这会不再觉得你幸福了，我看得出，不遭受那百般痛苦是得不到那种享受的。"

这是说，人们不必去羡慕那付出沉重代价所得到的利益。

狼与驴子

有条狼被选为狼的首领。为了预防狼互相争食打架，他规定了法律，先把各自猎得的食物都集中起来，再平均分给大家，这时一头驴子走过来，他慢腾腾地摆着鬃毛说："从狼的脑袋里竟想出了一个好主意。可为什么你自己不把昨天猎得的食物拿出来一起分享呢？"驴子把狼说穿了，就把那法律废除了。

这是说，有些规定公正法律的人，经常自己不遵守所规定的法律。

牧羊人与小狼

牧羊人拾到了几只小狼崽子，于是就很细心地抚养他们，心里想如果把他们养大后，不仅可以保护自己的羊群，还可以去将别人的羊也抢过来。但没想到那些小狼崽长大以后，寻找机会首先咬死了牧羊人自己的羊。牧羊人叹息地说："我真活该！狼都该杀死，我为什么还去喂养这些小狼崽呢？"

这就是说，帮助坏人无疑是帮助他们干更多的坏事，而且遭殃的首先就是自己。

牧羊人与狼

　　牧羊人捡了一只刚刚才出生的狼崽子，就把它带回家去，和他的狗喂养在一起。这只小狼长大以后，它经常与狗一起追赶那些来叼羊的恶狼。有一次，狗没追上狼，就回家去了，而这只狼却继续追赶，等追上以后，就和那些狼一起分享了羊肉。从那以后，有时并没有狼来叼羊，而它也偷偷地咬死一只羊，和狗一起分享。后来，牧羊人发觉了它的行为，就把它吊死在树上。

　　这故事说明，恶劣的本性难以改变。

牧羊人与狼崽

　　有一天，牧羊人发现了一只小狼，便带回家去喂养。等小狼长大后，牧羊人教它怎样去偷抢附近别人家的羊。已驯化的狼对牧羊人说："你要是让我养成了偷抢的习惯，那最好首先请你看守好自己的羊，别丢失了。"

　　这就是说，促使别人干坏事，首先遭殃的是自己。

世界传世藏书

世界经典童话

·伊索寓言·

图文珍藏版

野驴和狼

有一天，野驴不小心被刺扎伤了脚，他走起路来一瘸一拐的，十分痛苦。这时候，一条狼看到了受伤的野驴，想要吃掉这唾手可得的猎物。野驴请求他说："你帮我把脚上的刺拔出来，消除我的痛苦，叫我毫无痛苦地让你吃。"于是，狼用牙齿把刺拔了出来，野驴的脚不再痛了，这时，他的脚也有力气了，就抬起脚来把狼给踢死了并逃到其他地方，保住了自己的性命。

这故事说明，对有些人行善，不仅得不到好处，还会遭到不幸。

小羊羔和狼

狼追赶小羊羔，小羊羔逃进一座庙中躲藏。狼叫他出来，并向他大喊："要是和尚捉住你了，会把你杀了去祭神。"羊羔回答道："在庙中祭神，总比让你吃掉好得多。"

这就是说，无论遭到什么样的危险，也比死在恶人手中好。

世界传世藏书

世界经典童话

·伊索寓言·

图文珍藏版

狼医生

驴子正在牧场中吃草，这时，有一只狼向他跑来，他看见了，便装出瘸腿的样子。狼走过来以后，问他脚怎么啦。他说越过篱笆时，被刺扎伤了脚，请狼先把刺拔掉，然后再吃掉他，免得刺扎伤了狼的喉咙。狼信以为真，就抬起驴的腿来，全神贯注地认真检查驴的蹄子。这时，驴子用脚对准狼的嘴使劲一蹬，蹽掉了狼的牙齿。狼非常痛苦地说：“我真活该！父亲教我做屠户，我为什么要去做医生呢？”

这就是说，那些不安分守己的人往往会遭到不幸。

狼与狗打仗

有一次，狼与狗宣战。把一只希腊狗选做狗将军，而他却迟迟没有应战，狼就不断地威胁他们。希腊狗说道：“你知道我为什么犹豫不决吗？我告诉你吧！战前谋划至关重要。狼的种类和毛色几乎是相同的，而我们的种类却不同，性格也不同，再加上我们有五颜六色的毛色，有黑色的，有红色的，还有的是白与灰色。带领了这些完全不能统一的狗，如何能去应战呢?"

这是说，人们必须团结一致、一心一意，才能够战胜敌人。

朋友与熊

非常非常要好的朋友一起上路。途中，突然遇到一头大熊，其中的一个立即闪电般地抢先爬上树，躲了起来，而另一个眼见逃生无望，便灵机一动马上躺倒在地，紧紧地屏住呼吸，佯装死了。因为他知道熊从来不吃死人。熊走到他跟前，用鼻子在他脸上嗅了嗅，转身就走。躲在树上的人下来后，问熊在他耳边说了些什么。那人委婉地回答说："熊告诉我，今后千万注意，别和那些不能患难与共的朋友一起同行。"

这故事说明，不能共患难的朋友不是真正的朋友。

被围在牛栏里的鹿

一只鹿被猎狗追赶得很急，跑进一个农家院子里，惶恐不安地混在牛群里躲藏起来。一头牛好意地告诫他说："喂！不幸的家伙！你为什么要这样做呢，你把自己交到敌人手中，这不是自投罗网

世界经典童话

·伊索寓言·

图文珍藏版

吗?"鹿回答说:"朋友,只要你允许我暂时躲在这里,我就会寻找机会逃走的。"到了傍晚,牧人来喂牲口,他们并未发现鹿。管家和几个长工经过牛栏时,也没注意到牛栏里有鹿。鹿庆幸自己平安无事,便向那头好意劝告过他的牛表示衷心的感谢。另一头牛说:"我们虽然想保护你,但现在还不能完全放心。因为另外还有一个人要经过牛栏,他对于一切都十分留心。只要他过去后,你的性命就有了保证。"这时,主人进来了,一边埋怨牛饲料分配不好,一边走到草架旁大声说:"怎么搞的,只有这么一点点草料?牛栏里的草也不够一半。这些懒鬼连蜘蛛网也没打扫干净。"当他在牛栏里走来走去检查每样东西时,发现鹿角露出在草料上面,便叫来人捉住这只鹿,把他给杀掉了。

这就是说,在逃避一种危险的同时,不要忽视另一种危险。

烧炭人与漂布人

一位烧炭人正在一所房子里经营,看见有一个漂布人搬迁到他的旁边来住时,便满怀高兴地走上前去邀请他与自己同住,并解释说这样就会彼此更亲密,更方便,还更省钱。漂布人回答说:"虽然你说的是真话,但根本不可能办到,因为凡我所漂白的,都会被你弄黑。"

这故事说明,不同类的人就很难相处在一块。

狮子、驴子与狐狸

　　狮子、驴子和狐狸商量好一起去打猎，他们捕获了许多野兽，狮子叫驴子把猎物分分。驴子把猎物平均分成三份，请狮子自己挑选，狮子勃然大怒，猛扑过去把驴子吃了。狮子又命令狐狸来分。狐狸把所有的猎物都堆在一起，仅留一点点给他自己，然后请狮子来拿。狮子问他，是谁教你这样分的，狐狸回答说："是驴子的不幸。"

　　这故事说明，我们应该从别人的不幸中吸取经验和教训。

驴子与小狗

　　有户人家养着一只狗和一头驴子，主人常同狗一起嬉戏。有一天，他外出吃饭，带回一些食物给狗吃。狗高兴得摇着尾巴迎了上去。驴子非常羡慕，于是也蹦蹦跳跳地跑了过去，结果不小心踢了主人一脚。主人十分气愤，痛打了驴子一顿，并把它拴在马槽边。

　　这故事说明，同样的事情不一定适合所有的人。

风与太阳

　　北风与太阳为谁的能量大而争论不休。他们议定，谁能使行人脱下衣服，就说明谁的能量大。北风一开始就猛烈地刮，路上的行人纷纷紧裹自己的衣服，风无可奈何，只好刮得更猛。这时行人冷得发抖，只好添加更多衣服。风刮厌倦了，便让位给太阳。太阳最初把温和的阳光洒向行人，行人脱掉了添加的衣服，太阳接着把强烈的阳光射向大地，使得行人们汗流浃背，渐渐地忍受不了了，只好脱光衣服，跳到旁边的河里去洗澡。

　　这故事说明，劝说往往比强制更为有效。

树和斧子

　　有个人他来到森林里，请求大树给他一根木当作斧子柄。大树答应了他的请求，给他一根小树枝。他用小树枝做成斧子柄，完好的装在斧子上，接着抡起斧子就砍起树来。他很快就把森林中最贵重的大树砍倒了。一棵老橡树悲伤地看着同伴们被砍毁，无能为力，他对身旁的柏树说："我们是自己先葬送了自己。如果我们不给他那根小树枝，他就没法砍伐我们，这样我们能永久地站立在这里。"

这就是说绝不能帮助对自己造成威胁的对象，哪怕是一个小小的帮助。

小母牛与公牛

小母牛看到公牛在辛苦地干活，十分同情他。可是祭祀时，主

人家不用公牛，却捉住小母牛去宰杀。这时，公牛笑着对她说："喂，小母牛，正因为你要被作为祭品，所以你才什么活都不用干。"

这个故事说明，危险专等着那些游手好闲的人。

秃头武士

有一个秃头的武士，头戴着假发，骑着马飞奔去打猎。突然，一阵风把他的假发给吹跑了，他的同伴都情不自禁地放声大笑起来。秃子勒住马说："这个假发本来就不是我的，从我头上飞去，又有什么可感到奇怪呢？这个假发不也是早已离开了那生长它的原主人吗？"

这个是说，人们不必为那些突然失去的东西所苦恼。原本不是你的东西想留也留不住，是你的就终归是你的。

狐狸和鹤

狐狸请鹤来吃晚饭。但是他并没有诚心诚意地准备些什么饭菜来款待客人，仅仅只用豆子做了一点汤，并把汤倒在一个很浅很浅的石盘子中，鹤每喝一口汤，汤就从他的长嘴中流出去，怎么也吃不到。鹤十分苦恼，狐狸却非常开心。后来，鹤回请狐狸吃晚饭，他在狐狸面前，摆了一只长颈小口的瓶子，自己很容易地把头颈伸进去，从容地吃到瓶里的饭菜，而狐狸却一口都尝不到。狐狸得到了应得的回报。

这是说要想让他人尊重自己，自己首先必尊重他人；同时，告诉我们，对待那些不尊重他人的人，最好的办法是以其人之道还治其人之身。

斑鸠与人

有个人捕捉到了一只斑鸠，想要杀死他。斑鸠请求人的赦免，并说："请饶恕我吧，我会帮助你捉到更多斑鸠。"那人说道："那你更需要被杀，不然你的亲戚朋友将会遭受到你的陷害。"

这个故事是说，那些想用阴谋诡计加害亲人的人，必将先受到正义的惩罚。

牧人与野山羊

牧人把羊群赶到牧场去放牧，看到有几只野山羊混杂在羊群里。傍晚，他将所有的羊都赶进羊圈。第二天，暴风雨大作，牧人无法到牧场去放牧，只好在羊圈里饲养羊群。他丢给自己的羊一点点食料，只限于不致饿死，但为了想把外来的那几只野山羊留下，变成为自己的羊，他却给他们许多食料。雨停之后，牧人把所有的羊都赶向牧场，来到山下时，那些野山羊全都逃跑了。牧人指责他们忘恩负义，得到了特殊照顾，却仍然要逃走。野山羊回过头来说："正是因为这样，我们更加要小心谨慎了。因为你只特殊照顾我们这些昨天刚来的，而过于冷淡地对待你以前一直饲养的。这不难预见，今后要是再有其他的野山羊来，你一定又会冷落我们去关爱他们。"

这个故事说明，那些喜新厌旧的人的友谊是不可信的。因为即使同他相交很久，他一旦有了新交，就会冷落旧交的。

蒙难的人与海

有个在海上遇难的人被冲上海岸，他躺在地上，因极度疲劳而睡着了。不一会儿，他坐起来，看着大海，指责大海总是以平静、温和的外表引诱人们。当人们上当后，大海就变得凶暴和残忍，最终把人们给毁灭了。这时，海变成一个女人对他说："喂，朋友，你为何要责怪我？应该责怪风！我本是非常平静的，可是风忽然猛刮过来，卷起了惊涛骇浪，让我变得残暴了。"

这就是说，有些人惯于找借口，来推却自己的责任。

运神像的驴子

有个人把神像放在驴子背上，赶着进城去。只要是遇见他们的人都对着神像顶礼膜拜。驴子以为人们是在向它致敬，便洋洋得意，大喊大叫，再也不肯往前走了。驴夫见到这情形，明白了是怎么回事，马上狠狠地给他一棍，并骂道："喂，你这蠢东西，要等到人们给驴子鞠躬的时候还早得很哩！"

这个故事说明，那些依靠别人获得尊敬的人太不自量力了。

三只公牛与狮子

三只公牛在一起生活。有只狮子一心想要把他们吃掉，可是他们团结一致，狮子一直都没能得逞。狮子就进行挑拨离间，使得他们相互冲突，最后狮子趁着三头牛单独居住的时候，轻而易举地将他们一个个地吃掉了。

这个故事是说明，人们不要相信敌人的花言巧语，要相信你的朋友，保持团结。

世界经典童话

·伊索寓言·

图文珍藏版

女人与酗酒的丈夫

从前，有一个女人，她的丈夫好饮贪杯。她想帮助丈夫戒掉这个不良的恶习，就想出了一个办法。一次，她的丈夫大醉如泥，像个死人似的不省人事，她就把他背出去，放到墓穴里，然后回家了。估计丈夫快要清醒的时候，她便来到墓地，敲墓穴的门。墓里的人问："是谁在敲门？"她答道："我是给死人送吃的来的。"他说："喂，好朋友，请你不要再送吃的，还是先送点喝的来吧。没有喝的，真令我难受。"女人捶胸顿足，伤心地说："啊，我是多么的不幸呀！我挖空心思，结果一点效果都没有。老公呀，你不仅没有改好，反而变本加厉，你的嗜好已经变成了一种恶劣的习惯了。"

这个故事是说明，人不能沉湎于不良的嗜好中，即使你不是有意去做，可是习惯成自然，要戒除就非易事了。

女巫

有个女巫声称自己能念咒语，使众神息怒。她经常到处招摇撞骗，因此得到了不少酬金。但是后来有人控告她破坏神道，把她给抓到法庭，判处了死刑。有人看到女巫被押赴刑场时，对她说："喂，女人，你不是自称能平息神灵的愤怒吗，现在怎么连凡人的愤怒也都无法平息了呢？"

这个故事是说，有些人口口声声称自己能办大事，可是连一点小事也办不到。

胆小的猎人与樵夫

有个猎人搜寻狮子的足迹。他问一个樵夫，是否发现狮子的足迹。樵夫说："我只看到狮子本身。"猎人吓得面如纸色，全身哆哆嗦嗦地说："我仅是想搜寻它的足迹，并非要找狮子本身。"

这个故事是说，有些人的勇敢，仅仅是停留在口头上，而不是表现在行动中的。

金丝雀与蝙蝠

在窗口挂着一个鸟笼，笼里面关着一只金丝雀，他每天在夜里歌唱。蝙蝠听到后，飞过来问她为什么在白天默默无声，而在夜间却放声歌唱。金丝雀回答说，她这样做是有道理的，因为他是在白天唱歌时被捉住的，从此以后他变得谨慎了。蝙蝠说："你现在才懂得谨慎已经没有用了，如果你在被捉住之前就懂得，那该有多好呀！"

这个故事是说明，不幸的事发生之后，后悔是没有用的。

黄鼠狼与爱神

黄鼠狼爱上了一个漂亮的青年，因此请求爱神把自己变为女人。爱神同情她的热情，把她变成了一个美丽多姿的少女。于是，那个青年人一看到她就爱上她了，带着她回自己家里去了。就在他们喜气洋洋地走进洞房时，爱神想要知道，黄鼠狼改变了外形后，习性会不会有所改变，因此她把一只老鼠放进了房子里。那个女人忘记了自己的身份，马上跳下床，去追老鼠，想要吃掉它。爱神看到这种情景，十分气愤，又把黄鼠狼变回原来的模样。

这个故事是说，一个本性恶劣的人，即使是改变了外形，本性仍然难以更改。

黄鼠狼与锉刀

黄鼠狼钻进一家铁匠的作坊，看到一把锐利的锉刀放在那里，他就去舔它。结果把自己的舌头刮破了，鲜血直流。但是他还以为舔下了一些铁，非常兴奋，终于把舌头全给舔掉了。

这个故事是说，那些好斗的人最终会害了自己。

小狗和青蛙

炎热的夏天，有一只小狗和它的主人一起赶路，它整整跑了一天，到了晚上，他昏昏沉沉地躺在池塘边潮湿的草地上睡着了。当小狗睡得正香的时候，池塘边的青蛙像往常那样，哇哇地叫了起来。它们的叫声把小狗吵醒了，小狗很不高兴。他心想：我要立刻跳到池塘边，狂叫几声，吓唬吓唬他们，他们就不可能再吵闹了，然后我再舒舒服服地睡上一觉。于是他接二连三地喊了几声，结果毫无作用，只好回到池塘边，十分气愤地说："我真是太愚蠢了，这些天生爱吵闹的东西怎么会变得文质彬彬，体贴他人呢?"

这故事是说，那些骄傲自大的人总是目空一切，为所欲为，不顾他人。

牧羊人与狗

有个牧羊人养了一条壮实的狗，他经常把那些死了的羊拿来给狗吃。有一天，羊群都回到圈里了，牧羊人却看见狗走近羊群，去抚弄它们，他便说："喂，伙计，你想要对羊做的事，也许会落在你头上！"

这故事适用于那些受到优待而还不知足的人。

猪与狗

猪与狗互相叫骂。猪向阿佛洛狄忒发誓，非要用牙齿把狗撕咬

得四分五裂。狗却嘲笑他说："你向阿佛洛狄忒发誓那太好啦，她特别痛恨你们这些愚蠢的猪，决不允许吃过猪肉的人进入她的圣庙。"猪回答说："女神这样规定不是出于恨我，而正是对我的厚爱。她这样做是为了防备有人杀害我，吃我的肉。女神最痛恨的是你们，不管是死是活，都可以拿去祭祀。"

世界传世藏书

世界经典童话

·伊索寓言·

图文珍藏版

这故事说明，聪明的人把对手的非难巧妙地转化成对他的赞美。

鬣狗

据说鬣狗每年都要变换他们的性别，有时变成雄的，有时又变成雌的。有一天，一只雄鬣狗对雌鬣狗大发淫威。雌鬣狗说："喂，伙计，你这样干，不久你也会遭受到这种侮辱。"

这故事说明，人们做任何事时都必须考虑别人，说不定有些事也会落到自己头上。

猪与狗关于生产的争论

猪与狗为了谁生产顺利大吵大闹，争论不休。狗说："在四只脚的动物中，我生产的最短。"猪回答说："或许你需要的时间最短，但你应该明白，你生的是瞎子。"

这故事说明，判定事物的好坏，不完全取决于速度，而要看本质的好坏。

世界传世藏书

世界经典童话

·伊索寓言·

图文珍藏版

小偷和狗

有只狗从小偷身边走过，这时，小偷赶紧将面包分成小块，不

停地扔给狗吃。狗却对小偷说："喂，你这个家伙，快滚开点！我非常害怕你的这种好意。"

这故事是说，那些送厚礼的人必另有所图。

母狗和她的小狗

一条母狗快要生小狗了，她急忙地跑去请求牧人给她一个生产的地方。牧人答应了她的要求，接着她又让牧人给她一个地方抚养小狗，牧人也答应了。然而，当小狗长得身高体壮后，这条母狗竟对牧人说，对这块地方她有独占的权利，不准别人靠近。

这故事是说有些人总是贪得无厌，欲壑难填。

两只屎壳郎

在一个小岛上放养着一头牛，有两只屎壳郎靠着吃牛粪而生活。当冬季来临时，一只屎壳郎对另外一只说，他想马上飞到大陆去过冬，让另外一只单独留在岛上，这样食物就足够充饥了。他还说，要是他发现丰富的食物，就会带些回来。他飞到了大陆，发现有很多牛粪，还是稀的，就在那里停留下来过冬。冬天一晃就过去了，他又飞回到岛上。另一只屎壳郎看到他浑身油光发亮，长得又肥又壮，就责怪他不履行诺言，什么都没有带回来。他答道："请你不要责怪我，要责备就去责备那地方的自然条件吧，因为只能在那里吃，一点也不能带回来。"

这个故事是说不讲信用的朋友是不能信赖的。

河狸

河狸是生活在水中的四足动物。据说它的阴部可用于治疗某种疾病，因此当人们一看到它就去追赶，要把它捉住，把它的阴部割下来治病。当海狸知道被追赶的原因，就凭借腿的力量尽力逃生，来保护自己的身体。每当到它就快被捉住时，它就把自己的阴部撕下来，抛出去，这样就能够保全自己的生命。

这个故事是说，聪明的人宁愿抛弃财富，用来保全自己的生命。

苍蝇

一口盛着肉汤的瓦锅里掉进了一只苍蝇，他快要被淹死时，自己安慰自己说："我已经吃饱了，喝足了，洗过澡了，即使是死了我也不遗憾。"

这个故事是说明，人们容易忍受没有痛苦的死。

蚂蚁

很久很久以前，蚂蚁原本是人，他们有田可耕，有地可种。但是他们并不满足于自己的劳动所得，不愿意辛勤劳作，却非常羡慕别人的东西，常常去偷邻居的果实。宙斯对他们的贪婪感到非常地气愤，就把他们变成了现在称之为蚂蚁的小动物。虽然他们改变了模样，但本性却依然如旧，直到现在他们还是在别人的田里走来走去，拾捡小麦和大麦，贮存在自己的窝里。

这个故事是说明，那些本性恶劣的人，即使是受到了最严厉的惩罚，恶习也不会有所改变的。

蝉与狐狸

蝉在大树顶上鸣唱。狐狸想要吃掉他，于是想出了一个诡计。他站在树下，一会儿赞美蝉的歌声悦耳动听，一会儿又羡慕地看着蝉，认真地欣赏他的歌声，并且劝蝉下来，说他想要看一看究竟是什么样的动物才能够发出这么悦耳的声音。蝉识破了他的诡计，就摘了一把树叶抛了下去。狐狸以为是蝉下来了，猛地扑了过去，抓住它。蝉说道："喂，坏家伙，如果你以为我会飞下来，那可就大错特错。我自从发现狐狸的粪便里有蝉的翅膀之后，就时时刻刻警惕狐狸。"

这就是说，聪明的人懂得如何从邻人的灾难中吸取教训。

蝉与蚂蚁

冬季，蚂蚁正在忙着把那些潮湿的谷子晒干。饥饿的蝉跑过来，向他们乞讨食物。蚂蚁问他："为什么在夏天的时候你不去收集食物呢？"蝉回答说："那个时候没有时间，我忙于唱着美妙动听的歌。"蚂蚁笑着说："你夏季如果要唱歌，那么冬季就去跳舞吧。"

这个故事是说明，要不失时机地工作、劳动，才能够丰衣足食；要是一味地享乐，只能去挨饿。

弹琵琶的人

有一个天生不会弹琵琶的人，经常在声音效果很好的室内弹唱。听着室内回响的声音，他得意扬扬，自认为自己的嗓音十分不错。心想凭自己的实力完全可以到剧场登台表演了，可是当他登场之后，唱得非常差，台下的人们扔石头把他给轰赶下来了。

这就是说，有些演说家在学校里还似模似样，好像讲得头头是道，但是遇到讨论国家大事的时候却是毫无价值的人。

吃肉的小孩

牧人们在野外祭祀，便杀了一只山羊，他请来附近的人们一起享用。有个特别穷的女人，带着他的孩子也来到了这里。正当大家吃得高兴时，因为那孩子吃了太多的肉，所以肚子就痛起来了。他痛苦地说："妈妈，我要把肉吐出来。"他妈妈说："孩子，那不是你的，仅仅是你所吃下去的罢了。"

这故事是说，有些人随随便便就拿别人的东西，欠别人的债，当被讨还时，却是那么痛苦。

小孩与乌鸦

有一天，有个女人为还不会说话的孩子去算命，算命先生预言孩子将来会被乌鸦所害死。因此她非常担心，便做了一个大箱子，把孩子放在里边保护起来，她定时打开箱子，给孩子送饭菜和水。

有一次，她打开箱子盖正在给孩子送水，孩子顽皮地把头伸出来，不巧箱子上的鸦嘴形的搭扣砸在孩子的脑门上，把孩子砸死了。

这是说，该来的灾难是躲不掉的，只有提高自己与灾难抗争的能力。

小孩与画的狮子

有一个特别胆小的老人，他有个独生子，老人的孩子非常勇敢，而且天生喜欢打猎。有一次，老人梦见儿子悲惨地被狮子咬死了。因此他非常害怕这梦会成为现实，就特意制造了一座悬空的漂亮房子，把儿子锁在里面，把他保护起来。为了使儿子高兴，老人在墙上画了许多各种各样的动物，其中也画有狮子。然而，那孩子越看画越烦恼。有一次，他站在狮子画的旁边，说道："喂，你这个可恶的狮子，为了你和我父亲的幻梦，我才被关在这种像牢房一样的房里。"说着说着，他挥动拳头用力向墙打去，好像要把那狮子打死似的。没想到一根刺钻到他指甲里去了，他疼痛难忍，最后发炎引起高烧不退，没多久就死了。原本是一头画在墙上的狮子，却把孩子给害死了。这位父亲精心的安排对孩子有害无益。

这是说，人们要勇敢地去面对困难，而不要用什么心计去回避它。

人和蝈蝈

有个穷人捉蝗虫时，捉到了一只叫声嘹亮的蝈蝈。那人正要弄死它时，蝈蝈说："你为什么要无缘无故地把我弄死？我又没危害庄稼，更没破坏森林。我发出悦耳动听的声音，还能使人们高兴，或许是吵闹了一点，除此以外，无可挑剔。"那人听后，就把蝈蝈放走了。

这故事是说，正确的道理是能说服人的。

跳蚤与运动员

有一次，有只跳蚤跳到正在准备奔跑的运动员的脚上，不停地去咬他。运动员十分气愤，决定用手指捏住跳蚤。可跳蚤凭着天生的本领，一窜就逃跑了，保住了小命。运动员叹息地说："赫拉克勒斯呀，假如你是这样帮助我去对付那小小跳蚤的话，又怎样帮助我去战胜强劲的对手呢？"

这故事告诉我们，不要为那些无关紧要的事去求神，当真的在遇到重大困难时再去求神。

骡子和强盗

两头满载背包的骡子长途跋涉，一头驮着装满珠宝的背包，另一头则驮着装满谷物的背包。驮着珠宝的骡子昂着头，不断地摇摆系在颈部的铃，让它发出清脆的声音。他趾高气扬地向前走着，仿佛明白所载东西的价值。而那一头驮着谷物的骡子却以恬静、安闲的步伐跟在后面走。突然，一群强盗从隐蔽的地方冲过来打劫，在打斗中，一个强盗用一把短刀刺伤了那头驮珠宝的骡子，将珠宝抢劫一空，而那头驮着谷物的骡子根本就没有引起强盗们的注意。受伤的骡子哭诉他的不幸，另一头却说："我很高兴强盗不看重我，我没一点损失，也没有受伤。"

这故事是说，富有并不值得夸耀，倒是要小心它会带来灾难。

两个士兵和强盗

两个士兵一块儿赶路，中途，遇到一个强盗出来抢劫。一个士兵马上逃到一边躲起来，另一个士兵勇敢地迎了上去，与强盗搏斗，并杀死了强盗。这时，那个胆子小的士兵跑过来，抽出剑，并把外衣丢开，大声说："我来对付他，我要让他清楚，他所抢劫的是什么人。"这时，那名勇敢的士兵说："我只希望你刚才能出来帮助我，就算只说些话也好。因为我会相信这些话是真的，更会鼓足勇气去抗敌。而现在还是请你将剑插进鞘里，管住你那毫无用处的舌头吧。你只能骗骗那些不知道你的人。我亲眼见到了你逃跑的速度，十分清楚你的勇敢是不可靠的。"

这故事是说，有些人在事快要成功或已经成功后，企图把自己打扮成英雄，而在夺取成功的过程中，他们却袖手旁观。

驴与骡子

有一天，驴子和骡子驮着货物被驴夫赶着上了路。驴子十分气愤他们俩驮的东西一样多，而骡子觉得自己应该吃两份饲料。他们刚走了没多久，驴夫看见驴子有点走不动了，就从他背上卸下一部分货物，放在骡子背上。他们又走了一会儿，驴夫看到驴子累得快不行了，就又取了一部分货物，最后驴夫把驴驮的所有货物，全放在骡子背上。这时，骡子回过头对驴子说："喂，朋友，你现在还气愤我吃双倍饲料吗？"

这故事是说，不要与别人斤斤计较，各人都有自己该做的事，该得的酬劳。

驴子、乌鸦与狼

有一天，一头驴子背上受了伤，正在牧场上吃草。忽然，有只乌鸦飞到了他的背上，去啄他的伤口，驴子痛得跳起来大叫。而站在远处的驴夫却若无其事，在那里发笑。正在这时候，有只狼从这里经过，见到后，自言自语地说："我真倒霉！只要我望一望驴子，就遭到人们追赶，而乌鸦飞到驴背上，人们还笑。"

这故事说明，人们时时刻刻警惕那些专做坏事的人。

驴子们请求宙斯

有一次，驴子们不愿再忍受长年沉重的劳作，便派代表去宙斯那里，请求为他们减少些痛苦。宙斯知道这是不能改变的，便说当他们撒尿能成河时，就会免去那些苦难。驴子们心想宙斯的话绝无戏言。因此现在只要一头驴撒尿，其他的驴也会围在那里撒起尿来。

这故事说明，天生的本性是无法改变的。

病驴和狼

　　有一天，驴子生了病在家里躺着，狼跑来探望他。他一边摸着驴子的身体，一边问驴子什么地方痛，驴子回答道："你所摸到的地方都痛。"

　　这是说，那些假心假意的人表示关心你，实际上是想危害你。

野驴与家驴

　　有一天，家驴驮着沉重的货物，显得特别劳累。野驴看见了，就指责他心甘情愿受到压迫，说："你看我多么幸福、自由自在、无忧无虑地生活着，还可以到山上去吃草。而你却过着痛苦而又毫无自由的生活，不但非常劳累，还常常遭受主人的压迫和用鞭抽打。"就在这时候，狮子来了，他看到家驴和驴夫在一起，便向那孤单的野驴猛扑过去，把他抓住吃掉了。

　　这故事说明，自由固然可贵，但有时也会造成生命、生活的毫无保障。

自以为是的狼

一条狼在山脚下徘徊。落日的余晖把他的影子照得特别长。狼看着自己的影子，就得意扬扬地对自己说："我拥有这么大的身体，几乎和一亩田地那样大，为什么我还要怕狮子？难道我不该被称为百兽之王吗？"正当他沉醉于幻想中时，一头狮子向他猛扑来，把他咬得都快死了。这时候狼后悔莫及，大声喊道："我真不幸啊！是狂妄自大毁灭了我。"

这是说那些盲目狂妄自大的人，会自食其恶果。

鹿、狼和羊

鹿跑去向羊借了一斗麦，并且还说狼可以为他担保。羊怀疑他是骗取食物，就说："狼经常抢夺他所要的东西，而你跑得比我要快。到了归还时，我怎么能找到你们呢？"

这是说不要相信那些不值得相信的人，不要借钱物给那些根本不打算归还的人。

觅食的鸟

从前，有一只鸟在林中的树上寻找食物，树上的果子酸甜可口，他不想再离开这里。捕鸟的人看到鸟十分喜欢这里，就拿来粘竿把它给活捉了。鸟在临死时说："我真是不幸，因为贪吃，图一时快乐，而把自己的性命都给丢掉了。"

这个故事适用于那些只为了一时快乐而丧失生命的人。

小偷与公鸡

有几个小偷悄悄地溜进一户人家里，结果什么也没有偷到，仅仅发现了一只公鸡，就抓住他偷走了。当小偷们要杀公鸡时，公鸡向小偷们请求放了他，并说他对人们是有好处的，每天天还没有亮时，他就把人们叫醒过来去工作。小偷们回答说："单凭这一点，就非要你死不可，你把人们都给叫醒严重地妨碍了我们偷盗。"

这个故事是说明，那些对于好人有用的事正是对于坏人有害的。

图文珍藏版

池塘里的蛙

有两只青蛙住在池塘里面。夏天，池塘干涸了，他们没有办法只好离开那里，四处寻找可以安身的地方。当他们来到一个很深的井旁时，其中一只不假考虑地对另一只说："喂，朋友，这里面的井水多好啊！让我们一齐到这井里去居住吧。"另一只回答说："这里的水要是也干了，我们又用什么办法爬上来呢？"

这个故事告诫我们，凡事要三思而后行，千万不可轻率从事。

猫和公鸡

一只猫抓着一只公鸡，并且想出要吃他的借口。他指责公鸡在夜晚打鸣，令人无法安睡，人们都十分讨厌公鸡。公鸡辩解说，他是为了人们的利益而啼叫，那样就可以让人们按时起床工作。猫回答说："尽管你说的好像有点儿道理，但是我总不能不吃晚餐吧。"于是，他毫不客气地把公鸡吃掉了。

这就是说，坏人干坏事总是能够找到借口的。

孔雀和白鹤

孔雀看不起白鹤羽毛的色泽，她一边张开自己美丽的羽毛，一边讥笑他说："我披挂得金碧辉煌，五彩缤纷；而你的羽毛一片灰暗，特别难看。"鹤说道："可我飞翔在空中，在星空中歌唱；而你却像公鸡和家禽一样，只能行走在地上罢了。"

这故事是说，穿戴简朴而志趣高洁的人远胜于披金戴银而平庸凡俗的人。

孔雀与寒鸦

众鸟在一起商量选举国王，孔雀觉得自己最美丽漂亮，应该被立为国王。众鸟正在准备一致推举孔雀为王时，寒鸦说："如果你做了国王，那么鹰来攻击我们时，你将怎样保护我们呢？"

这故事是说，衡量一个人，不能只看外貌，重要的是看他的能力和智慧。

世界经典童话

·伊索寓言·

图文珍藏版

狮子、老鼠和狐狸

炎热的天气使狮子疲惫不堪，他在洞中躺着睡觉。这时，一只老鼠从他的鬃毛和耳朵上跑过去，把他从梦中惊醒了。狮子大怒，爬起来摇摆着身子，到处寻找老鼠。狐狸见到后说："你是一只威严的狮子，也被老鼠吓怕了。"狮子说："我并不是怕老鼠，只是恨他太放肆和没有礼貌。"

这是说，有时候一点点小小的自由都是很大的冒犯。

手舞足蹈的骆驼

从前，有一个人要教他的骆驼跳舞，骆驼说："我连走路的姿势都不雅观，又怎么能跳舞呢？"

这个故事适用于那些不恰当的行为。

人与骆驼

人们第一次看到骆驼时，对这些庞然大物感到特别恐惧和震惊，

都吓得纷纷逃跑。随着时间的流逝，他们渐渐地发现骆驼的善良温顺，就壮着胆子，勇敢地去接近它。没过多长时间，人们完全明白骆驼这动物根本没有一点脾气，于是就更不害怕它了，还给它们装上了缰绳，交给孩子们牵着走。

这个故事是说明，熟悉和了解事物能够消除对事物的恐惧。

蟹与狐狸

　　从前，有一只螃蟹从海中爬出来，独自一个住在海岸边。有只十分饥饿的狐狸正在发愁没有吃的，看到他后，就跑过去捉住了他。蟹在快要被狐狸吞食之前，说："我真是自作自受！我本来应该好好地生活在大海里，却偏要跑到陆上来。"

　　这个故事是说，有些人抛开自己熟知的事情，而去做自己一无所知的事，结果遇到了不幸。

狐狸和狮子

　　一只狐狸从来就没有见过狮子，一次偶然的机会，他在森林里碰到了狮子，把他吓得半死。当他第二次遇到狮子时，他还是感到害怕，但是比起第一次来要好得多了。第三次遇到狮子时，他竟然有胆量，走了上去，与狮子进行很亲切的谈话。

　　这个故事是说不要害怕那些不了解的事物，接近它，就会发觉其实并没有什么可怕的。

狐狸和荆棘

一只狐狸在爬越篱笆的时候，差一点就跌下去了，他拼命地抓住了一根荆棘。脚被荆棘刺痛了，他痛得抱怨荆棘说，自己仅仅是向他求助，而他却比篱笆还坏。荆棘说："我总是习惯于依附别人，你却要来依附我，这种做法实在是太愚蠢了。"

这就是说千万不要依靠那些根本不可能依靠的人。

跳蚤和公牛

有一天，跳蚤问牛："像你这样高大强壮而且勇敢，为什么还终日里去为人们耕作？而我这只区区的小虫，却能够毫无顾忌地去叮咬人，大口大口地吸取他们的鲜血！"公牛回答说："我一定要报答人类的恩德，因为他们都喜欢我，经常为我擦洗身体，并且抚摸我的额角，我从他们那里得到了关爱。"跳蚤说："你喜欢的这些方式，我都无法忍受。人们一旦抓住我，用对付你的方法，那将会要我的命。"

这就是说，得到什么样的待遇，就会采取什么样的态度去回报。

跳蚤和人

有一天，一只小小的跳蚤在一个人身上跳来跳去，不断地叮咬他，弄得他极为难受。他一把抓住跳蚤，问它："你到底是谁？为什么在我身上四处叮咬，令我到处瘙痒？"跳蚤说："请你饶恕我吧，千万不要捏死我！我们一直就是这样生存的，虽然不断地骚扰人们，但是决不会做出更大的坏事。"那人笑着说："罪恶不论大小，只要祸及别人，就绝不能够留情，所以一定要捏死你。"

这个故事是说明，坏人无论大小都应该坚决加以惩治。

狐狸与面具

狐狸走进演员的家里，仔细察看他所有的家当后，发现了一个制作精巧的妖怪面具，就连忙把它拿在手里说："喂，这是谁的头，只可惜没有脑子！"

这个故事是说那些身体魁伟而缺乏思想的人。

父亲与女儿

父亲有两个女儿，一个嫁给了菜农，另一个嫁给了陶工。过了一些日子，父亲来到菜农家里，询问小女儿情况怎么样，他们的生活过得如何。女儿说一切都很好，只是有一事需祈祷神明，那就是请求多下些雨，好好地浇灌那些蔬菜。不久之后，他又来到陶工家里，询问大女儿过得怎么样。女儿说什么都不缺，只祷告一件事，请求天气晴朗，阳光充足，使陶瓷更快地干燥。父亲对她说道："你希望出太阳，你的妹妹却盼着下雨，那我又应该为谁乞求呢？"

这个故事是说，那些同时想做两件截然不同的事的人，必然会干不成任何一件事情。

马与驴子

从前，一个人赶着一匹马和一头驴子上路。在路上，驴子对马说："你要是能救我一命，就请你帮我分担一点儿我的负担吧。"马不愿意，驴子终于因为精疲力竭，倒下去死了。于是，主人把所有的货物，包括那张驴子皮，都放在马背上。这时，马悲伤地说："我真倒霉！我怎么会受这么大的苦呢？这全是因为我不愿分担一点儿驴的负担而造成的，现在不但驮上全部货物，还要多加一张驴皮。"

这个故事说明，强者与弱者应该相互帮助，共同合作，只有这样各自才能更好地生存。

老狮子与狐狸

有一头年老的狮子，已经不能凭借自己的力量去抢夺食物了，心想只能采取智取的办法才能获得更多的食物。于是，他钻进了一个山洞里，躺在地上假装生病，等到其他小动物走过来窥探，就把他们抓住吃掉。这样，有不少动物都被狮子以这种方法吃掉了。狐狸识破了狮子的诡计，远远地站在洞外，问狮子的身体现在如何。狮子回答说："很不好。"反问狐狸为什么不进洞里来。狐狸说道："假如我没发现只有进去的脚印，而没有一个是出来的脚印，我也许会进洞去。"

这就是说，聪明的人常常能审时度势，根据迹象预见到将要遭遇的危险，避免不幸。

山羊与驴

有个人饲养了山羊和驴子。主人总是给驴子吃充足的饲料，嫉妒心很强的山羊就对驴子说，你一会儿要拉磨，一会儿又要驮沉重的货物，那么辛苦，不如假装生病，摔倒在地上，就可以得到休息。驴子听从了山羊的劝告，摔得遍体鳞伤。主人请来医生，为他治疗。医生说要将山羊的心肺熬汤作药给他喝，才能够治好。于是，主人立刻杀掉山羊去为驴子治病。

这个故事是说，只要是想策划作恶的人，必将自食其果。

鹰与乌鸦

鹰从高岩直飞而下，抓走了一只小羊羔。一只乌鸦看到后，非常地羡慕，很想学它的样子。于是，他呼啦啦地猛扑到一只公羊的背上，狠命地想把他给带走，但是他的脚爪却被羊毛给缠住了，怎么拔也拔不出来。尽管他不断地使劲拍打着翅膀，但是仍飞不起来。

牧羊人看到后，跑过去一把将他抓住，剪去他翅膀上的羽毛。傍晚，他带着乌鸦回家，交给了他的孩子们。孩子们问父亲："这是

世界经典童话 ·伊索寓言·

图文珍藏版

什么鸟?”他回答说，“这确确实实是只乌鸦，可是他自己硬要充当老鹰。”

这个故事是说，仿效别人去做自己力所不能及的事，不但无法得到什么好处，还会给自己带来不幸，并会受到世人的嘲笑。

口渴的鸽子

有只鸽子口渴得非常难受，看到画板上画着一个水壶，以为那是真的。他马上呼呼地猛飞过去，不料自己却一头碰撞在画板上，折断了翅膀，摔在地上，被人轻易地给捉住了。

这就是说，有些人急于想得到所需的东西，一时冲动，鲁莽从事，就会使自己身遭不幸。

哲学家、蚂蚁和赫耳墨斯

有一个哲学家在海边看到一艘船遇难，船上的水手和乘客全都淹死了。他就抱怨上帝的不公，为了一个罪恶的人偶尔乘了这艘船，竟然让全船无辜的人都随之死去。正当他深深地沉思时，他发现自己被一大群蚂蚁给团团围住了。原来哲学家站在蚂蚁窝旁了。有一只蚂蚁爬到他的脚上，咬了他一口。他马上用脚把他们全踩死了。这时，赫耳墨斯出来了，他用棍子敲打着哲学家说："你自己也同上帝一样，这样对待众多可怜的蚂蚁。你又怎么能够做判断天道的人呢？"

这个故事是说，人不要苛求别人，因为自己也难免会犯和别人同样的错误。

赫耳墨斯神像与木匠

一个很贫穷的木匠供奉着一个木雕的财神赫耳墨斯神像，请求发财。尽管他不断地祈求，日子却越过越穷。最后，他一怒之下把神像从祭台上拿下来朝着墙头摔过去。神像的头被摔断下来，一道金泉一涌而出，木匠连忙拾起神像，并说："我想你简直是无理得令我无所适从。尊敬你，供奉你，却得不到一丝好处；对你不好，倒使我发了横财。"

这个故事是说，有些人敬酒不吃吃罚酒，对待这样的人只有采取强硬的对策。

孔雀和天后赫拉

　　孔雀向赫拉诉说夜莺凭着悠扬、动听的歌声，深深地打动了人们的心，令大家十分喜爱她。可是她一开口唱歌，就遭到听众们的嘲笑。天后赫拉安慰她说："但是你的外表和身材都是出类拔萃的。绿宝石的光辉闪耀在你的脖子上，开屏时，羽毛更是华丽富贵，光彩照人。"孔雀说："既然在歌唱方面我远远不及他人，那这种无言的美丽，对我又有什么用呢？"赫拉回答说："各人有各人的命运，这是由命运之神所操纵的。他注定了你的美丽，夜莺的歌唱，老鹰的力量，乌鸦的凶征。所有鸟类都满意神所赋予他们的东西。"

　　这个故事是说，人要接受自己的优点，同时也要接受自己的缺点，任何事和任何人都不可能十全十美的。

两个仇人

　　从前，有两个仇人一起乘同一艘船去航海，一个坐在船尾，另一个坐在船头。突然海上风暴大作，船眼看就要沉了，船尾的那个人问船工，船的哪一部分会先沉下去。船工说："是船头。"那人说：

"现在我死而无憾，我将能看到我的仇人死在我的前头。"

这个故事是说明，有些人，报复仇人的愿望比保护自己生命的愿望更为强烈。

宙斯与受气的蛇

有条蛇常被人们所践踏，就跑去向宙斯告状。宙斯对他说："如果你咬了第一个践踏你的人，就不会再有第二个敢这样去做的人了。"

这个故事是说明，抵抗住第一个侵略者，其他的侵略者就会望而生畏，不敢来犯。

蝮蛇和狐狸

一条盘缠在一捆荆棘上的蝮蛇，顺着河水漂流。狐狸在河边看到后说："这船主和船倒是很相配。"

这个故事说的是那些想做坏事的恶人。

世界经典童话

·伊索寓言·

图文珍藏版

鸟、兽和蝙蝠

鸟和野兽宣战，双方分别都有胜负。蝙蝠总是靠近强的那一方。当鸟和兽宣布停战和好时，交战双方明白了蝙蝠的犹豫行为。因此，双方都裁定他为奸诈罪，并将他赶出日光之外。从那以后，蝙蝠总是躲藏在黑暗的地方，只在晚上才独自飞出来。

这故事是说那些两面三刀的人，最终不会有好下场。

两个锅

河里漂流着一个瓦锅和一个铜锅。于是，瓦锅对铜锅说："请离我远一点，不要靠近我。即使是我自己不小心碰到你，我也会破碎。"

这就是说，与强硬的人相伴是很不安全的。

猫和生病的鸡

　　猫知道有一只鸡生病后，就把自己装扮成医生，带着医疗用品前去探望。于是，他在鸡窝前面站着，耐心地询问鸡哪里不舒服。鸡回答说："很好，只要你离开这里，我就不会死。"

　　这故事说明，坏人就算装出一副善良的样子，聪明的人也会知道他们是口蜜腹剑。

狼与母山羊

　　母山羊在陡峭的山崖边吃草，狼根本就无法捉到他，就叫她赶快下来，免得一不小心掉到山谷里，并且还说在自己身边的草地很好，青草茂盛鲜嫩，还有许多花。母山羊回答说，"你并不是真心喊我去吃草，而是让我去填饱你的肚子。"

　　这是说，尽管坏人老奸巨猾，但是在聪明人面前，他们的诡计仍是枉费心机。

骆驼和阿拉伯人

一个阿拉伯的骆驼夫把货满载在骆驼背上后，问骆驼是愿意上山还是愿意下山。骆驼振振有词地说："你为什么这样问我？难道经过沙漠的平坦大道都关闭了吗？"

这是说，不了解事物的特性就不能正确使用它。

狼与牧羊人

狼老老实实地跟随着羊群，他并没有做坏事。牧羊人开始一直把他当作敌人一样小心防范，提心吊胆，十分警惕地看护着羊群。狼却一声不吭地跟在后面走，始终没有想抢羊的迹象。后来牧羊人就不再提防狼，因而以为这是一头老实的护羊犬。后来，牧羊人有事须要进城一趟，就把羊交给了狼来看护。于是，狼就借此机会，咬死了很多羊。牧羊人回来，看见很多羊被咬死了，十分后悔，并说道："我真活该，我怎能把羊群托付给狼呢？"

这是说，把事物托付给不应托付的人，自然会上当。

行人与斧头

有两个人一起赶路。其中一个人捡到了一把斧头，而另一个人对他说："我们捡到了一把斧子。"那人说："不能说'我们捡到了'，而是'我捡到了'。"过了一会儿，那个丢斧头的人追上了他们，斧子要了回去。捡到斧子的人对同伴说："我们完了。"而另一个说："你不要说'我们完了'，而要说'我完了'，因为在你捡到那斧子的时候，并没有把它当成我们共有的东西呀。"

这故事说明，那些有福不愿与人同享的人，有祸也没人与他分担。

行人与梧桐树

夏季中午时分，十分炎热，几个头顶烈日的行人疲倦极了，看见一棵梧桐树，就来到树底下，躺在树荫下乘凉。他们边仰望着阔大的树叶，边彼此大发议论道："这树不能结果，对人没有好处。"树回答说："不知好歹的人们！你们现在不正享受着我的恩惠吗？还好意思说我是不结果的无用之树。"

世界传世藏书

世界经典童话

·伊索寓言·

图文珍藏版

这是说，有些人不知好歹，享受了别人的帮助，还要贬低别人。

牧人和丢失的牛

一位牧人在树林中放牛，不幸将一头离群的小牛犊给丢失了。他在树林中四处寻找，但一无所获。他发誓，只要能发现偷小牛犊的贼，他就供奉树林守护神一只羊。过了一会儿，正当他走上小山丘时，忽然看见山下有只狮子正在吃他的小牛犊。他吓得举起双手，仰望着天空，向天哀求道："我刚发誓，如果捉到偷牛犊的贼，我愿供奉一只羊给树林守护神。现在那贼已发现，我愿意失去那只小牛犊，并再添上一头大牛，只要保证我自己能安全逃离狮子。"

这是说，有些人在强大的敌人面前吓破了胆，忘掉了自己的誓言。

蝮蛇和锉刀

有条蝮蛇爬进铁匠铺里，要各种工具接济他。从他们那里得到救济之后，又爬到锉刀那里，请他也接济一下。锉刀说："你若想从我这里得到点东西去，那你真是太傻了，我历来取之于人，却从不施舍。"

这故事说明，想从守财奴那里得到利益是十分愚蠢的想法。

芦苇与橡树

芦苇和橡树为他们的耐力、力量和冷静争吵不休，谁也不肯服输。橡树指责芦苇说他没有力量，不论多大的风都能轻易地把他吹倒，芦苇没有回答。过了一会儿，一阵猛烈的风吹了过来，芦苇弯下腰，顺风仰倒，幸免于连根拔起。而橡树却硬迎着风，尽力抵抗，结果却被连根拔掉了。

这故事说明，有时候不去硬与比自己强大的人抗争，或许对自己更为有利。

宙斯与众神

宙斯、普罗米修斯和雅典娜共同创造万物，宙斯创造牛，普罗米修斯创造人，雅典娜创造房子。他们选举莫摩斯来裁判他们的杰作。莫摩斯因嫉妒他们的创造物，便说宙斯犯了错误，应该把牛的眼睛放在角上，让牛能看见撞到的地方。他又说普罗米修斯也做错

图文珍藏版

了，要把人的心挂在体外，好让每个人的心里想法都能表露出来，使坏人无法伪装。最后他说雅典娜应该把房屋装上轮子，若有坏人作邻居，便很容易迁移。宙斯对莫摩斯无端的诽谤十分气愤，便把他轰出了奥林穆斯山。

这故事说明，世界上没有十全十美、完美无缺的东西。

樵夫与赫耳墨斯

有个樵夫在河边砍柴，不小心把斧子掉到河里，并被河水冲走了。他坐在河岸上失声痛哭。赫耳墨斯知道了此事，很可怜他，走来问明原因后，便下到河里，捞起一把金斧子来，问是不是他的，他说不是；接着赫耳墨斯又捞起一把银斧子来问是不是他的，他仍说不是；赫耳墨斯第三次下去，捞起樵夫自己的斧子来时，樵夫说这才是我所掉的那一把。赫耳墨斯很欣赏樵夫的为人诚实，便把金斧、银斧都作为礼物送给他。樵夫带着三把斧子回到家里，把事情经过详细地告诉了他的朋友们。其中有一个人十分眼红，决定也去碰碰运气，跑到河边，故意把自己的斧子丢到急流中，然后坐在那儿假装痛哭起来。赫耳墨斯来到他面前，问明了他痛哭的原因，便下河捞起一把金斧子来，问是不是他所丢失的。那人高兴地说："呀，正是；正是！"然而他那贪婪和不诚实的样子遭到了赫耳墨斯的痛恨，不但没赏给他那把金斧子，而且连他自己的那把斧子也没给他。

这故事说明，诚实人总会得到人们的帮助，欺诈的人必遭到人们唾弃。

鹅与鹤

鹅和鹤一块在田野上寻找食物。突然来了几个猎人，轻盈的鹤很快就飞走了。身体沉重的鹅，还没来得及飞，就被捉住了。

这故事是说，一无所有的人无牵无挂一身轻；而那些家财万贯的人的财富却成了他们的负担。

兔子和猎狗

一条猎狗把兔子赶出了窝，还一直追赶他，追了很久仍没有抓到。一个牧羊人见此就停下来，讥笑猎狗说："你们两个之间小的反而跑得更快。"猎狗回答说："你不知道我俩跑的目的完全不同。我仅为一顿饭而跑，而他却是为性命而跑啊。"

这就说明，不管人或动物都具有求生的本能，这个本能蕴藏着巨大的力量。

恋爱的狮子与农夫

狮子爱上了农夫的女儿，便向她求婚。农夫不愿将女儿许配给野兽，但又惧怕狮子，一时无法做决定，突然他急中生智，心想，如果狮子再次来请求农夫时，他就说，他认为狮子娶自己的女儿很适合，但狮子必须先拔去牙齿，剁掉爪子，否则就不能把女儿嫁给他，因为姑娘惧怕这些东西。狮子利令智昏，色迷心窍，就不假思索地接受了农夫的要求。从此，那农夫就拒绝了狮子，毫不惧怕他。狮子再来时，农夫就用棍子打他，把他绑起来。

这故事说明，有些人轻易相信别人的话，而去抛弃自己特有的长处，结果，轻而易举地就被原来恐惧他们的人给击败了。

金枪鱼与海豚

金枪鱼被海豚追逐，发出阵阵声音，在眼看就要被海豚捉住的时候，金枪鱼猛然一跳，不料跳得太远，搁浅在岸边。穷追不舍的海豚也跟着金枪鱼一跳，同样也搁浅在岸边。这时，金枪鱼回过头去，看着奄奄一息的海豚说："现在我对死已无所畏惧了，因为我亲眼看见造成这种结果的那家伙也与我一同死掉。"

这故事说明，有些人看到那些造成别人不幸的人，同样也给自己带来不幸，便容易忍受不幸带来的痛苦。

狼与羊群

狼一心想吃羊群，但因有狗的守护，迟迟不能得逞，心想非智取不可。于是，他派使者去拜访羊群，说狗才是他们俩之间的敌人，若能把狗赶出来，他们之间就能和平共处。羊根本没有认清狼的险恶用心，就不假思索地把狗赶出去。没有了狗的保护，狼便轻而易举地把羊吃掉了。

这是说，人们如果失去保护自己的人，很快就会被敌人征服。

瞎子和小野兽

一个瞎子擅长于用手触摸各种动物，什么动物只要他一摸，便能分辨出来。有个人带来一条小狼，教他摸一摸，请他说出是什么东西。他摸了摸这个小野兽后说："这是一只狐狸，还是一条狼，我不大清楚。不过有一点我却十分明白，让这种动物进羊栏是不安全的。"

这故事是说恶劣的习性在年小时便可知道。

胃与脚

胃与脚不停地争吵谁的力气大。脚总是夸自己的力气强大，连整个肚子都能搬来搬去，胃却回答说："喂，朋友，如果我不给你们提供营养，那么你们就什么也搬不动了。"

由此可见，人各有所长，要相互帮助。

大力神和车夫

一名车夫赶着货车正沿着乡间小路行走。途中，车轮突然陷入了很深的车辙中，再也无法前进。这时，愚蠢的车夫吓得茫然失措，一筹莫展，痴呆呆地站在那里，注视着货车，还不断地高声喊叫，求大力神来助他一臂之力。大力神来到以后，对他说："朋友，用你的肩膀扛起车轮，再抽打一下拉车的马。你自己不自力更生，要想尽快解决，仅靠恳求我，怎么行呢？"

这就是说自力更生，自助自立是克服困难的最佳办法。

鼹鼠

相传鼹鼠的眼睛是瞎的，可小鼹鼠却对妈妈说他能看得见。妈妈便想试验他一下，于是，就拿来一小块香喷喷的食物，放在他面前，问他这是什么。他说是一颗小石头。母亲说："啊，不幸的孩子，你不但眼睛看不见，连鼻子也没用了。"

这故事是说，那些爱吹牛说大话的人，常常夸海口能做大事，却在一些微不足道的事情上会暴露了自己的真相。

老太婆与医生

有位患了眼病的老太婆，请一位医生给她治病，并谈定了治疗费。那医生每次给她上药治疗时，总是趁她闭着眼睛时，顺手牵羊地偷走一些家具。老太婆的病终于治愈了，可她家里的东西几乎被偷光了。医生便向老太婆要商定好的治疗费，老太婆不肯付钱，便被带到法官那里。她说她许诺过要付给医生治疗费，条件是把她的眼病治好，可是经过医治后，她的眼睛却比以前更差了。她说："以前我还能看见家里的所有物品，现在却什么也看不见了。"

世界传世藏书

世界经典童话

·伊索寓言·

图文珍藏版

这故事是说，贪得无厌的人，总会不知不觉地留下自己的罪证。

燕子与乌鸦

有一天燕子与乌鸦在树林里争吵谁最美丽。乌鸦对燕子说："只有在春天才能看到你美丽的外表，我的身体却可以抵御冬季的严寒。"

这就是说，健康的身体其实是最漂亮的外貌。

狼和老太婆

一只饥饿的狼四处寻找食物。当他来到一家农舍时，突然听见小孩的哭声。一位老太婆吓唬小孩说："快别哭了，不然我马上就把你丢出去喂狼。"狼听见了，信以为真，就站在门外等待。天渐渐地黑了，他又听见老太婆逗那小孩说："好宝宝，如果狼来，我就杀了他。"狼听了这话后，一边跑一边说："这老太婆怎么说的是一套，做的又是另一套呢。"

这故事讽刺的是那些言行不一，表里不一的人。

世界传世藏书

世界经典童话

·伊索寓言·

图文珍藏版

主人和他的狗

一个人打点好了行装正准备出发。这时，他看见自己的狗仍站在门口打呵欠，便严厉地对它说："你为什么还站在这里打呵欠？一切都准备好了，只等你了，赶快跟我走吧！"狗摇着尾巴回答说："主人！我早就准备好了，我等你等得都打呵欠了。"

这是说有些人不但不检点自己，还常常把过失归咎于别人。

猴子与海豚

出海航行的人总喜欢带着一些动物，以便在旅行中消遣。有个海员带着一只猴子航海，当到达雅典阿提卡的苏尼翁海峡时，突然一场风暴袭来，狂风巨浪一下就把船打翻了，大家都纷纷跳进水中逃生，猴子也机灵地跳进去。海豚看见了它，以为是人，立即钻到它底下，把它托起来，并安全地把它送往岸边。到达雅典海港珀赖欧斯时，海豚问那猴子是不是雅典人。他回答说："是的，我祖先都是名人显贵。"海豚接着又问他知不知道珀赖欧斯。猴子以为海豚所说的也是个人，所以答道："噢，他是我非常要好的朋友。"海豚对猴子说假话的行为十分气愤，便不再托住猴子，让他淹死在海水中。

这故事讽刺了那些信口开河的人。

受伤的狼与羊

狼被狗咬伤了，伤势很严重，躺在地上感到非常难受，不能外出觅食。这时，他看见一只羊，就请求他到附近的小河里帮他取一点水来。他还说："你给我一点水解渴，我就能自己去寻找食物了。"羊回答说："如果我给你送来水喝，那么我就会成为你的食物。"

这故事告诉我们千万别上那些会伪装的恶人的当。

太阳结婚

夏天，太阳举行婚礼。所有的动物都高高兴兴地前来祝贺，连青蛙也不例外。其中有一只青蛙却说："傻子们，你们高兴什么？一个太阳都能把烂泥晒干，现在他又结婚，若再生下一个和他一样的儿子，那我们不知还要吃怎样的苦呢？"

这就是说，许多缺乏思想的人，只会跟着别人瞎起哄。

蚊子与公牛

蚊子在公牛角上休息了很久。当他要飞走时，问公牛是不是希望他离开。公牛回答说："你来的时候，我一点儿都不知道，你离去时我也未必会在意。"

这就是说，对于那些软弱无知的人，存在与否，人们都觉得无
关紧要。

负箭之鹰

鹰站立在岩石上，他刚想要去捕捉一只兔子，这时有个人正好
一箭射中了他，箭扎在他的身上，带着鹰毛的箭翎却留在鹰的眼前。
他望着羽翎说："我自己的羽毛害死了自己，这种痛苦更难以忍受。"

这就是说，因自己的原因而受害，那痛苦更令人难受。

马槽中的狗

一条狗在马槽旁躺着，不停地叫，目的是不让马吃干草。这时
那头马对同伴说："这狗太自私了！他自己不能吃干草，还不让会吃
的去吃。"

这故事讽刺了那些总是不愿别人得到好处的人。

老鼠开会

在很久以前，因为老鼠们深受猫的侵袭，觉得十分苦恼。于是，
他们在一起开会，商量用什么办法去对付猫的骚扰，以求得平安。

会上，老鼠们各有各的主张，但一个个都被否定了。最后一只

小老鼠站起来提议，他说如果在猫的脖子上挂个铃铛，只要我们听到铃铛响声，就知道猫来了，便马上可以逃跑。大家对他的建议给予热烈的掌声，并一致认同。有一只年老的老鼠坐在一旁，始终一声不吭。这时，他站起来说："小鼠说出的这个办法是非常绝妙的，也是十分妥当的；但还需要解决一个问题，那就是派谁去把铃铛挂在猫的脖子上？"

这故事是说，想出一个好主意也许不难，要想实现这个主意就没那么容易了。

狮子、熊和狐狸

有一天，狮子和熊同时抓到一只小羊羔。他们俩为争夺小羊羔，因此凶狠地打了起来。经过一场苦斗，他们俩都受了重伤，因此，他俩有气无力地躺在地上。狐狸早已躲在远处坐山观虎斗，看见他俩两败俱伤，直挺挺地躺在地上，就跑了过去，于是，就把躺在他们俩之间的羊羔抢了去。伤势严重的狮子和熊眼睁睁地看着狐狸抢走了羊，却一点办法也没有。他们唉声叹气地说："我们都错了，我们俩斗得死去活来，让狐狸从中受益了。"

这故事正如俗话所说："鹬蚌相争，渔人得利。"即双方相争反而让第三者得了利。

狐狸和刺猬

一只狐狸渡过湍急的河水时，被冲到了一个深谷中。他遍体鳞伤，在地上躺着一动也不能动。一群饥饿的蚊蝇叮遍了他的全身。这时，一只刺猬走了过来，十分同情他的处境，问需不需要赶开这些叮他的蚊蝇。狐狸回答说："不用啦，请你不要打扰他们。"刺猬觉得奇怪："为什么不把他们赶跑呢？"狐狸回答说："千万不要，你所见到的这些蚊蝇已吸足了我的血，不再叮咬我了。你若帮我赶跑他们，那另一些更饥饿的蚊蝇就会来把我所剩的血吸干。"

这是说，与其忍受两次折磨，不如将一次折磨忍受到底。

狮子和鹰

一只鹰停止了飞行，想让狮子和它成为好朋友，以谋求他们相互的利用。狮子回答说："我不反对，但请你原谅我，你必须找一个担保你守信用的保证人。一个可以随时违约飞去的人，我怎么能信任他而和他交为朋友呢？"

这就是说交朋友时一定要经过慎重的考虑。

狮子国王

有一只狮子做了国王，他很善良、随和，与人一样和平、公正。在他的统治下，惩恶扬善，裁决动物之间的纠纷，使所有的动物和睦相处。胆小的兔子说："我祈祷能得到这样的日子，那时弱者就不怕被强者伤害了。"

这是说，在正义的国家里，一切事情都公正处理，那么弱小者的生活也会平安。

狮子和兔

狮子看见兔子正在睡觉，就想趁机把它吃掉。就在此时，狮子又看见一只鹿从这里走过，就丢下兔子去追赶鹿。兔子听到声响后，马上跳起来逃跑了。狮子使劲追鹿，但是没有追到，于是又回来寻找兔子，却发现兔子早已经逃之夭夭。狮子说："我真活该！放弃已到手的食物，却贪心去追求那更大的目标。"

这就是说，有些人不满足手中的小利，想去追求更大的目标。结果，不但丢失了手中的小利，而且更大的希望也没追到，只留得两手空空。

狮子和野猪

夏季，炎热的酷暑使人很口渴，狮子和野猪一起来到小泉边喝水。他们都想自己先喝到水，因此，他们彼此争斗得你死我活。当他们喘息时，忽然回过头去，发现有几只秃鹰正在等候，他们知道不管是谁倒下去都会被它们吃掉。因此他们停止了斗争，并说："我们还是成为好朋友吧，这样总比被秃鹰和乌鸦吃掉好得多。"

这是说，人们不要相互进行无聊的斗争，否则，会给自己带来灾难。

疯狮子与鹿

有一只狮子发疯了。鹿在森林中看着他，于是说："啊呀，我们太不幸了！他没发疯时我们都受不了他，现在他疯了又会怎么作弄我们呢？"

这个故事告诉大家，即便那些惯于为非作歹的人偶尔得势，可别人都避之不及。

世界传世藏书

世界经典童话

·伊索寓言·

图文珍藏版

狮子、狐狸与鹿

狮子得病了，他唯有在山洞里睡觉。于是他对关系最好的狐狸说道："你要是想治好我的病，叫我能活下去，那么就去用巧言令色把森林中最肥的那只鹿引到这里来，我实在太想吃他的血和心脏。"

狐狸来到树林里，看见树林里蹦蹦跳跳的那只大鹿，就向他问好，接着说："我要告诉你个好消息。你知道吗，国王狮子是我的邻居，他病得非常厉害，几乎快要死了。为此，他正在思考，眼下森林中谁能承袭他的王位。他说野猪愚笨浅薄，熊懒惰无能，豹子残暴凶狠，老虎骄傲自大，唯有您才是国王的最佳人选，鹿的体格健硕，又正值壮年，他的角哪怕蛇见了都畏惧。我为何如此啰唆呢？你一定能成为国王。我是第一个知道这个消息的，并告诉你的，你应该如何报答我呢？要是你相信我的话，我劝你赶紧为他送终吧！"

听了狐狸这番话，鹿被弄迷糊了，就走进了山洞里，丝毫都没有想防备发生其他的事情。狮子猛然朝鹿扑过来，用爪子撕下了他的耳朵。鹿惊慌失措地逃回树林里去，狐狸费心费力白忙了一场，他两手一拍，表示已经毫无办法了。狮子强忍着饿，后悔起来，非常懊丧。狮子让狐狸再去琢磨计策，用甜言蜜语把鹿再引回来。狐狸说："你吩咐我的事实在太难办了，可我也要全力去帮助你。"于是，他如同猎狗一样四处去嗅，找寻鹿的踪迹，心里一直在想坏主意。狐狸问牧人们是不是见到一只带血的鹿，他们告诉狐狸，鹿跑进树林里去了。

此刻，鹿正在树林里休息，狐狸恬不知耻地来到他的面前。鹿一看见狐狸，恐惧得毛都竖了起来，说："你这个坏家伙，你别想再来骗我了！你继续往前走，我就杀死你。你去寻找那些没有经验的人，让他们再去当国王。"狐狸说："你怎么这么胆小如鼠？你难道开始不相信我，不信任你的朋友吗？狮子抓住你的耳朵，只是临死的他想要告诉你一点关于王位的承袭与指示而已。你却连那衰弱无力的手抓一抓都受不住。现在狮子对你十分气愤，要把王位传给狼。那可是一个坏国王呀！快去吧，无需害怕。我向你起誓，狮子肯定不会伤害你。我以后也会专门伺候你。"狐狸再一次用花言巧语欺骗了那只可怜的鹿，并说服了他。

鹿刚一进洞，就被狮子抓住吃掉了，并把他所有的骨头，脑髓和肚肠都吃得干干净净。狐狸站在旁边看着，等鹿的心脏掉下来时，他悄悄地拿过来，把它当作自己奔波的报酬吃掉了。狮子吃完以后，依旧在寻找鹿的那颗心。狐狸远远地站着说："鹿哪里有心，你无需再找了。他两次来到狮子家里，送上门叫你吃，怎么还会有心呢！"

这故事是说，有些人贪慕虚荣，不辨真伪，给自己招来灭顶之灾。

富人与哭丧女

从前，有个富人，他有两个女儿，可当中一个死了，商人便请来一些哭丧女为女儿哭丧。另一个女儿对母亲说："实在太不幸了！我们有丧事，却不清楚如何尽哀，而她们这群毫无瓜葛的人却能如此悲痛欲绝，涕泪横流。"母亲回答道："好孩子，无需如此大惊小怪，她们这样号啕痛哭，不是因为内心的悲伤，而是为了金钱装出来的。"

这故事讽刺了借别人的不幸来牟取利益的人。

驴子与青蛙

驴子驮着木料从池塘边走过，一时大意跌了一跤，掉进了水里，就放声大哭。池塘里的青蛙听见他的哭声，说道："喂，朋友，你跌了一跤就如此悲痛欲绝；要是和我们一样长久在这里生活又该怎么办呢？"

这故事是说，有些人没有经受过挫折和失败，一点小小的挫败都不堪忍受。

病人与医生

有个人得病了，医生问他身体如何，他说出汗非常多。医生说："这不错。"第二次又问他如何，他说浑身发冷，抖得很厉害。医生说："这也不错。"第三次医生再来询问他的病情时，他说现在腹泻。医生说："这依旧不错。"病人有一个亲戚来看他，问他如何，他说："我就因为这些不错而快丢命了。"

这故事是说，阿谀逢迎的人会给人们带来危险。

世界经典童话

木偶奇遇记

线装书局

导　读

克洛迪，原名卡尔洛·洛伦齐尼，1826 年 11 月 24 日出生在意大利托斯坎纳地区一个叫科洛迪的小镇。他的笔名便是由这个小镇的名称而来。

克洛迪精通法文，曾翻译过法国贝罗的童话，为广大小读者所喜爱。克洛迪一生中，曾写过许多短篇小说、随笔、评论，然而最著名的要数他写给孩子们看的童话故事，这些童话想象力丰富，人物形象栩栩如生，情节曲折动人，为他赢得了巨大的声誉。

主要作品有：《小手杖》（1876）、《小木片》（1878）、《小手杖漫游意大利》《小手杖地理》《小手杖文法》《木偶奇遇记》《眼睛和鼻子》（1881）、《快乐的故事》（1887）、《愉快的符号》《讽刺杂谈》（1892）。

《木偶奇遇记》是克洛迪的代表作，发表于 1880 年。当仁慈木匠杰佩托睡觉的时候，梦见一位蓝色的天使赋予他最心爱的木偶皮诺乔生命，于是小木偶开始了他的冒险。如果他要成为真正的男孩，他必须通过勇气、忠心以及诚实的考验。在历险中，他因贪玩而逃学，因贪心而受骗，还因此变成了驴子。最后，他掉进一只大鲸鱼的腹中，意外与皮帕诺相逢……经过这次历险，皮诺乔终于长大了，他变得诚实、勤劳、善良，成了一个真真正正的男孩。

第一章

木匠樱桃师傅是怎么得到一段木头的，这段木头又会哭又会笑，像个孩子一样。

从前有……

"有一个国王！"我的小读者们马上要说。

"不对，孩子们，你们错了。从前啦，有一段木头。"

这段木头并不是一段怎么名贵的木料，而是冬天用来烧火炉和小壁炉，生火取暖的那种普普通通的木头棒儿。

我也不知道事情究竟是怎么发生的，不过有一点倒是肯定的，那就是在一个大晴天，这段木头不知怎么就跑到老木匠安东尼奥师傅的铺子里去了。由于老木匠安东尼奥师傅的鼻子尖上总是闪着紫红色的光彩，活像是只熟透了的樱桃，因此人们管他叫作樱桃师傅。

一见到这段木头，樱桃师傅高兴极了，快活得直搓手，嘴里还不住地低声嘟囔：

"这截木头来得正是时候，我来用它做成一条桌腿，放在我的桌子上。"

他说干就干，马上抓起一柄锋利的斧，要削皮、砍细，可是，就在他刚一举起斧子要砍下的时候，他的那支扬起的胳膊却停留在空中一动不动，因为他听到一个很细很细的声音在苦苦哀求：

"可别把我砍得太重呀！"

"孩子们，你们仔细想一想，那个好心的樱桃师傅老人该是多么惊讶啊！"

他睁起一双惊愕的眼睛四下瞅了瞅，看看那个细小的声音是从哪里传出来的，可是什么也没有瞧见！瞧瞧凳子底下，没有；打开老是关着的柜子看看，没有谁在那儿；翻翻盛放刨木花和锯子的筐子，什么也没有；敞开铺子的大门，伸出头朝街上张望，什么也没有。

　　噢，那么……

　　"我明白了，"他笑着说，用手搔了搔自己的假发，"这个声音准是我自己瞎想出来的。让我开始干活吧。"

　　他重新抓起斧子，神情庄重严肃地朝木头上砍下去。

　　"哎哟！你把我砍疼了！"细小的声音喊道，很不高兴的样子。

　　这一回樱桃师傅真给吓呆了，眼珠子差点没飞出眼眶，嘴巴张得老大，舌头伸出老长，一直伸到了下巴上，活像喷泉旁立着的一个大怪物。舌头刚能动弹，他才开始颤颤巍巍地说：

　　"这个喊'哎哟'的声音是从哪儿传出来的？另外，这屋子里连个鬼也没有。也许是这段木头像小孩似的会哭会闹不成？这个我可不敢相信。瞧，木头就在这儿；不就是一段烧壁炉的普普通通的柴火吗？跟所有的劈柴没有什么两样，扔进炉膛里煮豆角的木柴……那么，有谁藏在木头里？哪个敢藏进去，活该他倒霉。那好，我这就来跟他算账！"

　　他这么说着，双手捏住这段可怜的木头，一点不客气地朝墙上撞去。

　　撞了一会儿后，他停下来侧着耳朵听，想呀听能不能听到什么发出哭泣的声音。听了两分钟，什么也没有听到，五分钟后，什么也没有听到，十分钟，还是没有听到！

　　"我明白了，"他说，勉强笑了笑，搔搔头上的假发，"那个喊

'哎哟'的小声音，是我自己听错啦！别理它，只管干我的活吧。"

可他心里仍然挺害怕，为了给自己壮胆，试着哼起小调来。

他放下斧子，拿起一把刨子，想把这段木头刨平刨光溜；正当他一上一下地刨着时，他听到一个细小的声音笑着对他说：

"快住手啊！我浑身上下都被你弄得怪痒痒的！"

这一回，可怜的樱桃师傅真像触了雷电似的，一屁股瘫软在地上。当他睁开眼睛的时候，他才发现自己是坐在地上的。

他的脸整个儿变了色，就连他红得发紫如樱桃的鼻尖，也因为怕得要死而变成了铁青色。

世界经典童话

·木偶奇遇记·

图文珍藏版

第二章

櫻桃師傅把木头赠给他的好友杰佩托，杰佩托想用这段木头做成一个神奇的木偶人，一个会跳舞、会击剑、会翻跟头的木偶。

正在这时候，有人敲门。

"请进来。"木匠说，都没有气力站起身来。

一个快快活活的老头儿走进来，他的名字叫杰佩托，可是邻近的孩子们假若成心想拿他开心，气他一蹦三尺高的话，爱喊他的诨名玉米糊糊，这是因为他头上总戴一个黄色假发套，发套的颜色跟一盆玉米糊糊的颜色特别相近。

图文珍藏版

杰佩托的脾气别提多古怪，谁喊他玉米糊糊，那准是犯大忌！他立刻狂怒不止，那个样子简直是头发疯的野兽，任是什么办法也制服不了他的。

"你好哇，安东尼奥师傅，"杰佩托说，"你坐在地上做什么呀？"

"我在教蚂蚁做算术呢。"

"倒挺会玩的。"

"老兄，谁把你带到我这儿来的？"

"两条腿呗。安东尼奥师傅，您要知道，我到贵府来是有一事相求啊。"

"只要您吩咐一句，我随时乐意为您效劳。"木匠说，用双膝的力量硬支起身来。

"今天早上我脑子里闪出一个好念头。"

"快说来听听。"

"我想为我自己制造一个灵巧的木偶人，一个神奇的木偶人，又会跳舞，又会射击，还会翻跟头。我要带着这个神木偶周游全世界，往后吃喝花销就不犯愁了。怎么样，老伙计，这个主意不错吧？"

"太好了，玉米糊糊！"那个细小的声音喊起来，不知道是从哪里传出来的。

一听到有人喊他玉米糊糊，杰佩托老先生的脸色刷的一下红了起来，跟一个很辣的红辣椒一样，他转过身来冲着木匠怒气冲天地责问：

"为什么侮辱我？"

"谁侮辱您啦？"

"您叫我玉米糊糊……"

"那不是我。"

"我会让您瞧瞧我的厉害的！我说是您。"

"不是的！"

"是的！"

"不是的！"

"是的！"

吵的声音越来越大，他们说着嚷着，终于动起手来，互相揪住假发，拳打脚踢，抱住对方咬，扭作一团。

他们打完了架，安东尼奥师傅手里捏着杰佩托的黄色发套，而杰佩托的嘴里叼着木匠的灰白色假发。

"把我的假发还给我！"安东尼奥师傅央求道。

"把我的也还给我，这样我们重新和好。"

两位老头儿各自从对方手中拿回假发，紧紧握住对方的手，发誓从今以后要一辈子保持亲密的朋友关系。

"说吧，杰佩托师傅，"木匠说，做出个和解的表示，"我到底能为您做点什么？"

"我需要一段木头做一个木偶，您能给我吗？"

安东尼奥师傅满心喜悦，赶快去取台子上的那截让他胆战心惊的木头。正当他要把木头交给朋友时，木头死劲一挣，从他的手上猛烈地挣脱，不偏不倚，正好砸在可怜的杰佩托的腿胫骨上。

"哎哟！安东尼奥师傅，您就是这么个送礼法，搞这一套好把戏，差点没叫我成了跛子……"

"我可以对您发誓，那不是我干的！"

"这么说，倒是我干的不成！"

"要怪就全怪这段木头……"

"不错，我知道它是木头，可是，刚才是您用它撞我的大腿的！"

"我没有故意撞您的腿！"

"撒谎！"

"杰佩托，您可别侮辱我；小心我叫您玉米糊糊！"

"蠢驴！"

"玉米糊糊！"

"蠢驴！"

"玉米糊糊！"

"丑猴子！"

"玉米糊糊！"

当听到第三次喊自己玉米糊糊时，杰佩托的眼眶顿时发黑，身子朝木匠扑了过去，给他一顿好揍。

战斗结束了，安东尼奥师傅发现自己的鼻子上多了两条抓痕，另一位呢，上衣上少了两颗纽扣。不分输赢，彼此彼此，两个人又紧握双手，又发誓成为终生的好朋友。

杰佩托师傅捡起那段木头，一再感谢安东尼奥师傅，然后一拐一拐地走回自己的家。

第三章

回到家后，杰佩托立即开始制作木偶人，为他取名皮诺乔。木偶起初搞的一些恶作剧。

杰佩托住在大楼底下的一间地下室里，房子靠从楼梯的洞洞透进来的光照明。家具简单得不能再简单了：一把破椅子，一张硬板床，一张东倒西歪的小饭桌。在房间的底墙上嵌有一个壁炉，虽然壁炉里的火燃烧着，可是那火是画出来的，在火上还画着一口锅，锅里的水欢快地沸腾着，团团雾气缭绕，看上去跟真的一模一样。

刚一走进家，杰佩托刻不容缓操起木工器械干了起来，雕呀刻呀，终于做成了一个木偶。

"给他取个什么名字呢？"他自问自答，"就叫他皮诺乔。这个名字会给他带来好运的。我认识一家全都叫皮诺乔的人家，爸爸叫皮诺乔，妈妈叫皮诺乔，孩子们个个都叫皮诺乔，一家子人活得很不错，他们中最富有的一个沿街乞讨。"

他为他的木偶取好了名儿，然后在木偶身上做细致的深加工，给他做出了头发、额头、眼睛。

眼睛是做好了，那双眼睛眨呀眨的，又紧盯着他瞧，你们能想象得出他那副吃惊的样子吧。

杰佩托看到自己被两只木头眼睛紧紧盯住时，心里感到很不是个滋味，一字一顿地说：

"贼木头眼睛，干吗老看着我？"

没有回答。

眼睛是雕好了，现在该挖鼻子了，可是鼻子刚一挖出来，便开始往前长，长呀，长呀，几分钟的工夫便长成一个奇大无比的鼻子。

可怜的杰佩托截它一段，可是截了又长，长个没完没了，而且长出的比截下的还长，长疯了，长极了，长极了。

有了鼻子，该给他凿个嘴巴。

嘴巴还没有完全凿好，就开始吃吃地笑起来，为他哼起小曲儿来了。

"别笑了！"杰佩托生起气来，没有用，跟同墙壁说话一样。

"我再说一遍，别笑了！"他用威胁的嗓音吼道。

笑是停止了，长长的舌头却从嘴里伸了出来。

杰佩托装做什么也没有看见的样子，免得耽误自己的活计，又干起活来。嘴巴做好了，轮到下巴、脖子，还有肩、胃、胳膊和手。

手刚装好，杰佩托感到头上的假发不翼而飞了，他仰头往上看，看到什么啦？看到他的黄假发抓在木偶的手里。

"皮诺乔！快把我的假发还给我！"

皮诺乔非但不还给他，反而把它戴在自己头上，差点憋他个半死。

木偶的种种胡闹和嘲弄的举动叫杰佩托伤心透了，他这一生中好像别人从来没有对他有过如此的非礼，于是转过身来对着皮诺乔说：

"坏儿子！我还没有完全做好你，你就开始不尊重你的爸爸了！不好，我的孩子，这样不好！"

他流出一滴伤心的眼泪。

还得做一双腿和两只脚。

脚刚钉上，他的鼻尖便挨了一脚。

"我这是活该！"他自个儿说，"我早该想好的！现在已经迟了！"

他用胳膊夹起木偶放在地上，在房间的地板上让他迈步。

起初，皮诺乔的两条腿很僵硬，不会移动，杰佩托用手帮他，教他一步前一步后地迈步。

皮诺乔的两条腿逐渐灵便起来，开始自己走动，在房间里跑起来，后来穿过家门，跳到街上，撒腿就逃。

可怜的杰佩托跟他在后面跑着，可怎么也追赶不上，顽皮的皮诺乔像只野兔，两只木脚板在石板街上敲击着，发出橐橐的脆响，就跟十个农民穿着木屐在走路一样。

"捉住他！捉住他！"杰佩托喊着，可是街上的行人看见有如一匹乱跑的马驹子在狂奔的木偶时好奇地停下来，瞧热闹，笑着，笑个不停，笑弯了腰。

末了，正巧一位宪兵打这儿经过。他听到附近乱哄哄的一片，以为是一匹马驹子挣脱主人的手开了溜，就在街当中勇敢地叉开两条腿，神态坚定地拦住他的去路，以防发生更大的事故。

皮诺乔从远处瞥见宪兵像大栅栏一样阻住他的去路，想耍个滑头，从他的两条腿中间刺溜一下钻过去，却没有成功。

宪兵纹丝不动，一把揪住他的鼻子（那是个极长的大鼻子，好像生来就是为了让宪兵揪住似的），把他交到杰佩托的手里。为了好好管教他，杰佩托伸手就去拧他的耳朵。可是耳朵没有摸到。他是多么吃惊啊！你们知道那是怎么一回事吗？原来呀，刚才他急于教训他，竟忘了给他装上两个耳朵。

他就一把揪住他的后脖颈，拖在身后，摇头晃脑地威胁他说：

"我们先回家去。到了家我再跟你一五一十地算账！"

一听说要挨罚，皮诺乔扑通一声趴在地上，不愿再走了。

一些爱看热闹的人和游手好闲的人纷纷围上来，叽叽喳喳地说个不停。

"可怜的木偶啊！"一些人说，"他不想回家是对的！天晓得那个坏良心的杰佩托会怎么死揍他一顿啊！"

另一些不怀好意的人随声附和说：

"要说嘛，杰佩托看上去倒像个正人君子！可对待孩子，却像个暴君！要是把可怜的木偶交到他手里，他不用费力就会把他打得粉碎！'

大家七嘴八舌地议论着，用手比画着. 把宪兵的心给说动了，他干脆放了皮诺乔，而可怜的杰佩托却被带往牢房。杰佩托一时语塞，找不到词儿为自己辩解，他哇哇哭了起来，像头小乳牛，一面朝监狱慢慢挪步，一面哭诉：

"没良心的儿子啊！想想看吧，我花了多少力气，受了多少罪才做了你这么个木偶呀！这真是罪有应得啊！我早就该想到的啊！"

这以后发生的事，整个儿是胡编的故事，叫人不能相信，不过，我在随后的章节里照样讲给你们听。

第四章

　　皮诺乔同会说话的蟋蟀的故事。在这个故事中，大家能看到坏孩子是如何讨厌那些远比他们懂得多的人来规劝自己的。

　　那么，孩子们，我接着前面的故事讲吧。就在可怜的杰佩托无缘无故没犯什么错儿被带到牢房去的时候，淘气的皮诺乔被宪兵放掉了，他撒着欢往田野里跑，越过田地，以便快快地回到家里；他跑得那么起劲，那么性急，跳过高高的山崖，翻过蒺藜栅栏，跨过很深的水沟，那种亡命奔跑的样子，活像受到猎人追赶的小山羊或一只小野兔。

　　来到家门口，他看见朝街开的大门虚掩着，便推门走了进去，反身闩上门，一屁股坐在地上，长长地舒了一口气，按捺不住内心的喜悦。

这份喜悦心情才不过持续了一会儿，就被房间里的一个"喔——喔——喔"的声音给驱散了。

"谁在叫我？"皮诺乔问，很有些害怕。

"是我呀！"

皮诺乔四处张望，看见一个肥硕的蟋蟀正在慢慢往墙上爬。

"告诉我，蟋蟀，你是谁？"

"我是会说话的蟋蟀，住在这间房子里有一百多年了。"

"不过，今天这所房子归我了，"木偶说，"你要是知趣的话，就请立即从这儿走开，连头也别回。"

"在没有对你讲出一个伟大的真理之前，"蟋蟀回答说，"我是不会离开这里的。"

"讲出来好了，讲完了就赶快离开这儿。"

"反叛父母亲，任性从父亲的家里出走的孩子，是会招来灾难的。在这个世界上不听话的孩子是不会有好结果的。他们迟早会后悔莫及的。"

"你唱好了，我的蟋蟀，你想说什么就说什么吧，你高兴做什么就做什么吧。我知道，明早天一亮，我就要离开这儿，因为假如我留在这儿的话，别的孩子发生的倒霉事儿，也会落到我的头上的，也就是说，他们会打发我上学，不管我是否愿意，都得叫我读书；而我呢，我对你实话实说吧，我是不喜欢学习的，我喜欢的是扑扑蝴蝶，爬树掏鸟窝里的小鸟儿。"

"可怜的糊涂虫啊！这样你长大后会变成个大蠢驴，大家都会拿你取笑的，你难道不知道吗？"

"呸！你这个臭蟋蟀专门说不吉利的话！"皮诺乔吼起来。

蟋蟀很有耐心，像个哲学家，不但不为这番辱骂所激怒，反而

·木偶奇遇记·

图文珍藏版

继续心平气和地说：

"假如你不喜欢上学，为什么不学会一技之长呢，将来也好凭本领混口饭吃呀？"

"你想要我告诉你吗？"皮诺乔反驳说，开始失去耐性了。"在世界上所有的职业中，真正适合我的只有一种。"

"那是什么？"

"那就是吃吃，喝喝，睡大觉，尽情地享乐，从早到晚优哉游哉。"

"照你说来，"会说话的蟋蟀用他惯有的平静口吻说，"凡是不劳而获坐享其成的人，到头来不是进医院，就是坐监牢。"

"小心点，你这个专说丧气话的臭蟋蟀！要是我真的生起气来，够你好受的！"

"可怜的皮诺乔啊！你真叫我可怜你！"

"你为什么可怜我？"

"因为你是一个木偶，更糟糕的是你还长着一个木头脑袋。"

听到后面这一句话，皮诺乔真的怒不可遏，他从桌子上抄起一把木锤子，朝会说话的蟋蟀砸过去。

他以为不会击中他，可是非常不幸，他偏偏出手那么准，木锤子正好砸在蟋蟀的头上，可怜的蟋蟀刚刚叫出"喔——喔——喔"就僵硬了，身体紧紧地粘在墙上。

第五章

皮诺乔肚子饿得咕咕叫，找到一个蛋想煎来充饥；然而煎蛋竟飞出了窗外，这真叫人不可思议。

这时候天色开始变暗。皮诺乔这才想起自己还没吃一点儿东西，他饥肠辘辘，腹内空空，胃口好极了。

孩子们只要有好胃口，食欲便迅速传遍全身。说实在的，只过了几分钟，食欲就变成饥饿，在不知不觉之中，饥饿又变成一只大饿狼，变成一把割自己身上肉的小刀。

可怜的皮诺乔三步并作两步跳到灶膛前，灶上的锅正煮得热气腾腾，他想揭开锅盖，看看里面煮着什么东西，然而，锅是画在墙上的，你们该想象得出，他懊丧成什么样子。他那本来就很长的鼻子，现在伸得更长了，足足有四个指头那么长。

他在屋子里乱跑一气，翻箱倒柜地找了个遍，希望能找到一点儿面包，哪怕是一点干面包渣儿，一点面包硬壳儿，或者一根剩下的喂狗的骨头，一碗半瓢发了霉的玉米糊糊，一口剩鱼汤，一颗樱桃核儿，总而言之，凡是能下肚的东西都行。然而，什么也没有找到，他两手空空，一无所获。

饥饿感却一个劲儿地增强，越来越强烈。为了给自己提神，减轻痛苦，皮诺乔拼命地打哈欠，打出长长的哈欠，有好几次嘴角给哈欠拉扯到了耳朵根上。打完了哈欠，又一个劲儿地吐口水，他觉得胃已经不在他的身上了。

这时他绝望地哭了，说：

"会说话的蟋蟀说得太对了，我跟我爸爸作对，跟他捣乱是错的，从家里逃走是要不得的……要是我爸爸在这儿的话，我也不至于死劲地打哈欠，打得要死要活的！啊，饥饿才真是一种很坏的病呢！"

他似乎在一堆垃圾里瞥见了一个又圆又白的东西，看上去像是一个蛋。他一纵身向它扑过去。真是一个蛋。

木偶的喜悦难以形容，那股高兴劲儿怎么想象也不过分。他真以为是在做梦，手里捧着蛋在掌心里转着圈，亲了又吻，吻了又亲，说：

"我该做什么蛋吃呢？煎鸡蛋？不，最好在盘子里煮熟！啊，要是在煎锅里油煎，说不定味道更鲜？或者生着喝呢？不，最快捷的吃法莫过于在盘子上煮来吃，或者在小长柄平底锅上做了吃！我太想吃了！"

说到这儿，他立即动手，先把一个小长柄平底锅放在燃着炭火的炭盆上，既不放素油，也不放黄油，而是倒上一点水，水刚要冒蒸气，啪！他打破蛋壳，将蛋壳里的东西往锅里倒。

蛋壳里没有倒出蛋清和蛋黄，却飞出一只快快活活的小公鸡，小公鸡很有礼貌地深深一鞠躬，说："皮诺乔先生，多谢您替我打破了蛋壳！再见吧，祝您好，并向您家人致意！"它说了这一番话后，展开翅膀，穿过敞开的窗户飞了出去，从视线里消失了。

可怜的木偶站在那儿直愣神，眼睛发呆，口张着，手里拿着那只蛋壳。他好久才从惊愕中醒过神来，禁不住哭了起来，尖声叫着，失望地直跺脚，一面哭一面说：

"会说话的蟋蟀说得不错！我要是不从家里逃出来，要是我爸爸在这里的话，我这会儿就不会饿得要死呀！呜呜，饥饿好难挨呀！"

他的身体摇晃得越来越厉害，简直支持不住了。他想干脆走出这间房子，跑到附近一个小镇上，希望能在那里碰到一位心地善良的人，对他大发慈悲，给他一片面包吃。

世界传世藏书

世界经典童话

·木偶奇遇记·

图文珍藏版

第六章

　　皮诺乔的一双脚伸到火炉上去取暖，烤着烤着就睡着了，第二天早上醒来一看，才发现两只脚给烧成了木炭。

　　那是个冬季的漫漫长夜。雷声隆隆，震耳欲聋，闪电划破夜空，犹如天空被道道烈火烧裂；凛冽的寒风刮着，发出愤怒的呼啸，卷起弥漫的尘云，铺天盖地，田野的树木被吹得拼命摇晃，发出吱吱嘎嘎的响声。

　　皮诺乔最怕打雷闪电，可是比起肚子饿，电闪雷鸣就不那么可怕了。他走到家门口，箭一样射了出去，只消一百多跳，就跳到小

镇上，累得跟一条猎狗一样，舌头伸出嘴外老长，大口大口地喘着粗气。

小镇上黑洞洞的，空旷旷的。店铺早已打烊，家家户户关着门闭着窗，街上连条狗也没有，好像整个镇子都死了。

皮诺乔大失所望，肚子饿得咕咕叫，他只得去撤一家人家的门铃，门铃响起来，他自个儿说："总会出来一个人吧。"

一位老人从窗户露出脸来，头上戴着睡帽，气急败坏地吼道："都什么时候啦，你要干什么？"

"求您行行好，给我一点面包好吗？"

"在门外等着，我马上就来。"老人回答，他以为自己碰上了那种鲁莽的孩子，他们喜欢在半夜三更按别人家的门铃，专门打搅正在酣然入睡的人们。

半分钟后，窗户又开了，还是那位老人的声音对着皮诺乔喊道："到窗下来，伸过帽子来。"

皮诺乔赶忙从头上取下他的小帽子，正要伸过帽子去接的当儿，不料一盆凉水劈头盖脑泼了下来，他从头到尾被淋了个透心凉，活像个落汤鸡。

皮诺乔如同一只浑身湿淋淋的小公鸡回到家中，又累又饿，身上没有半点力气，连站都站不直，坐在椅子上，把两只湿漉漉泥糊糊的脚搁在燃着炭火的火盆上烤。

他刚闭上双眼就睡着了，在熟睡中两只木头脚点着了火，慢慢烧焦了，变成了灰。

皮诺乔照旧睡他的大觉，打着呼噜，那两只脚就像是长在别人腿上似的。天刚放亮，有人来敲门，他才醒过来。

"谁？"他问，打着哈欠，眨巴眨巴着眼睛。

"是我。"一个声音回答。

那个声音是杰佩托的。

第七章

杰佩托回到家里，这个可怜人把为自己预备来充饥的梨给了木偶当早餐。

可怜的皮诺乔睡眼朦胧，根本没有发现他的脚整个儿给烧没了。一听到他爸的声音，便霍地从椅子上跳下来。他想跑去拉开门闩，却跟跄几下，扑通一声跌倒在地板上。那个倒地的剧响，就跟装满长木勺的大口袋从五层楼上摔下来一样响。

"快给我开门！"杰佩托站在街上大叫。

"我的好爸爸呀，我不能啊。"木偶哭着回答，身子在地上打滚。

"你为什么不能？"

"因为我的两只脚给吃掉了。"

"给谁吃了？"

"猫。"这时前面正好有一只猫在用小爪子玩着木片，皮诺乔瞧见了，就随口这么答道。

"我说你快给我开门！"杰佩托又嚷道，"再不开门，我进屋后，瞧我不把你揍扁！"

"我站不起来，您相信我吧。我真可怜啊！我真可怜啊！我这一辈子非得用膝盖在地上爬啊爬啊……"

杰佩托宁愿相信所有这些哭哭啼啼的哭诉都是木偶的另一个恶作剧，他盘算好了，要当场戳穿它。于是他爬墙跳窗进入房子。

开初他本想说点什么，想做点什么，可是当他看到他的皮诺乔真的躺在地上，脚真的没了，他一下子感到心口发痛，立即抓住他的脖子将他抱了起来，在他身上不停地吻，用手百般抚摩他，亲个没完没了。伤心的泪水顺着他的面颊往下直流，他啜泣着说：

"我的皮诺乔呀！你是怎么把脚给烧了的？"

"我不知道，爸爸，真的，您相信好了，那是个可怕的夜晚，我一辈子都忘不了的。电闪雷鸣，我饿得心里发慌，会说话的蟋蟀对我说：'你要学乖，你是个坏家伙，你是罪有应得。'我对他说：'你小心点，蟋蟀！'他对我说：'你是个木偶人，你的脑袋瓜是木头做成的。'我一气之下给了他一锤子，他就死了，可是怪他呀，我本来是不想打死他的，结果报应就接二连三地来了。我把一只平底锅放在燃烧着炭火的炉子上，想煮鸡蛋吃，可是鸡蛋里飞出了小公鸡，小公鸡说：'再见吧，向您家人致意。'我饿呀，越来越觉得饿，那个戴睡帽的老头儿把头伸出窗外对我说：'到窗下来，伸过帽子来。'我饿呀，却遭了一通水淋头，讨个面包吃算不得什么丢人现眼的事，难道不是这样吗？我马上回到家里，因为我实在太饿了，就把脚搁在炉子上烘干，这时，您回来了，发现我的脚烧焦了，我肚子一个劲儿地感到饿，两只脚丫子却没了！唉……唉……"

皮诺乔放声大哭起来，哭得那么响，连五公里远的地方都听到了。

听了老半天，杰佩托好容易才弄明白了一件事，那就是木偶快饿死了，他马上从口袋里掏出三只梨，伸到他面前，说：

"这三只梨是我的早餐，我心甘情愿送给你。快吃，吃下去就全好了。"

"假若您想让我吃掉梨，那就求求您把梨皮削掉。"

"削皮？"杰佩托惊讶地反问，"我的孩子，你吃东西可千万不该这样挑剔，这样精细。这很坏！在这个世界上，一个人从小就要养成什么都吃的习惯，要学会糊口，因为一个人永远不知道今后会遇到什么样的倒霉事。什么情况都会发生的！"

"您说得太好了，"皮诺乔接过话茬说，"可我从来不吃带皮的水果。果皮叫我受不了。"

心地善良的杰佩托只好从衣袋里摸出一把小刀子，耐心细致地为他削去三只梨的皮，把梨皮放在桌子的一个角上。

皮诺乔咬了两大口便把第一只梨吞下了肚，张口正要吐出梨核，杰佩托一把抓住他的胳膊，说：

"别吐出来，这个世界上的一切东西都是好东西。"

"我真的不想吞下梨核！"木偶像条小蝰蛇一样扭动着身子吼叫。

"谁知道呢！什么情况都会发生的！"杰佩托重复说，一点儿也不发火。

结果呢，三个梨核没有扔出窗外，而是与梨皮一起被放在桌子角上。

吃下，或者说得更确切些，是吞下三只梨后，皮诺乔打了个长长的哈欠，哭腔哭调地说：

"我还是饿！"

"可是，我的孩子，我再也没有什么给你了。"

"真的什么也没有吗？"

"就剩下这些梨皮和梨核了。"

"那好吧！"皮诺乔说，"要是再没有别的什么东西，那我先吃一块皮吧。"

他开始嚼起梨皮来。起初真还难以下咽，可是后来一块接一块，梨皮全吞进他的肚子里。梨皮吃完了，轮到梨核了，一口吞一个，也全下了肚。他两手往肚子上高兴地拍了几下，满意了，说：

"这下我感到好极了！"

"瞧，"杰佩托评论说，"还是我对吧，我说什么来着，我说不应该养成太挑剔、口味太精细的习惯吧。我亲爱的，在这个世界上，谁也说不准会发生什么事。情况是千差万别的……"

第八章

杰佩托为皮诺乔再造两只脚，又卖掉自己的皮外套为他买了一本识字课本。

肚子是不饿了，木偶又哭哭啼啼起来，原来他要一双新脚。

为了惩罚他的顽皮行为，杰佩托故意不理他，听凭他失望地号啕了老半天，后来才对他说：

"我为什么要给你再造一双脚呢？也许是为了看到你再次逃出家门吗？"

"我向您发誓，"木偶啜泣着说，"从今往后我学乖，呜呜呜……"

"所有的孩子，"杰佩托反驳说，"他们想要得到什么东西的时候，都是这么说的。"

"我保证我去学校念书，我会做一个优等生的……"

"所有的孩子都这样，在他们想得到一件什么东西时，总是反复保证的。"

"可是我跟那些孩子不一样呀！我比所有的孩子都乖呀，我总是说真话。爸爸，我向您保证，我会学一门技术的，当您老了，身体不行了时，我来安慰您，您相信我好了。"

尽管杰佩托脸上装出很凶恶的表情，可是眼睛里噙满泪水。看到他可怜的皮诺乔这么一副狼狈相，心里酸楚楚的，真不是个滋味儿。他二话不说，拾起木器工具和两块上好木头，全神贯注替他做了起来。

不到一小时，两只漂漂亮亮的小脚做出来了：细长细长的两只脚既灵巧又轻捷，神经反应十分敏感，跟大艺术家的天才杰作没有什么两样。

于是杰佩托对木偶说：

"闭上你的眼睛，睡觉！"

皮诺乔真的闭上两只眼，假装睡着了。就在他假睡的时候，杰佩托把用鸡蛋白调制成的胶水糊在两只脚上，把木脚结结实实地粘在脚的位置上，天衣无缝，根本看不出粘合的痕迹。

木偶发现自己有了脚，高兴得不得了，一骨碌从椅子上跳到刚才他躺倒的地方。起初脚怎么也不听使唤，身子东倒西歪，走路跌跌撞撞的，活像是高兴得发了疯。

"作为报答您的大恩大德，"皮诺乔对他爸爸说，"我马上去学校。"

"真是乖孩子。"

"可是，为了去上学，我总需要穿点衣服呀。"

杰佩托穷得叮当响，身无分文，只好用彩纸替他裁了一件衣服，用树皮给他做了一双鞋，用面包给他做了一顶小帽子。

皮诺乔上跑到一个盛满水的脸盆前去照自己，看到自己还蛮漂亮，欣喜得直蹦跳，神气十足地说：

"我看上去跟个绅士一样！"

"真的，"杰佩托随口说道，"记住，虽然说不上衣服多么漂亮，穿上去你就像个绅士，但干干净净的确是真的。"

"对了，"木偶抢着说，"为了去上学，我还缺点什么，而且缺的是最重要最好的东西。"

"什么东西？"

"我没有识字课本啊！"

"说得对，怎么才能弄到识字课本呢？"

"太容易不过了，去一家书店买一本嘛。"

"钱呢？"

"我可没有钱。"

"我也没有。"善良的老人接着说，表情十分忧伤。

　　尽管皮诺乔天生是个十分快活的孩子，可这时也显出哀愁，因为当痛苦是真正酌痛苦时，所有的人都能理解的，连孩子们也不例外。

　　"别急！"杰佩托喊起来，双脚一跳霍地站起来，穿上补满补丁的旧外套，跑出了家门。

　　过了一会儿，他又跑了回来，手里拿着一本给儿子买的识字课本，他自己的外套却没有了。这个可怜的人只穿着一件单薄的衬衣，屋外下着鹅毛大雪。

　　"爸爸，外套呢？"

　　"卖掉了。"

"为什么要卖掉外套呢?"

"因为我热。"

皮诺乔当然明白他为什么要这么回答,抑制不住一颗善良的心的冲击,跳上去搂住杰佩托的脖颈,开始在他脸上乱吻。

第九章

为了去看一场木偶表演，皮诺乔卖掉识字课本。

外面的雪停了，皮诺乔胳膊下夹着崭新的识字课本，去上学了。走在路上，他脑袋瓜里胡乱捉摸着千奇百怪的事儿，凭空幻想出成百上千的仙阁琼楼，人间美境，竟然一个比一个更美丽动人。

他自己对自己议论开了：

"今天到学校去，我要很快学会读字母，明天学会书写，后天学会数数。然后呢，我用学到的真本领去赚好多的钱，我用赚到的第一笔钱先给我爸爸买一件漂亮的粗呢外套。嗨，我怎么只说是件粗呢外套呢？不，我要买一件全是用金线银线织成的、扣子是钻石的外套。那个可怜人确实有资格穿这样一件外套的，因为，为了给我购买书和送我去上学，他现在只剩下一件衬衣了……瞧啊，天是多么冷啊！普天下的爸爸们都会做出某种牺牲的吧！"

他这么想着，心里热乎乎的，挺激动的。恰在这时，咿呀咿呀的吹笛子声和咚咚咚的锣鼓声由远处传到他的耳朵里：

他不由自主地停住了脚步，竖起耳朵听。音乐声是从一条横街的尽头传来的，那条横街一直通到海滩的一个小镇子上。

"那是什么音乐？遗憾的是我必须去上学，要是……"

他站在那儿直愣神，犹豫不决。怎么也该想个办法？要么去上学，要么去听笛子声。

"这样吧，今天我去听笛子声，明天去上学；再说，上学的日子往后有的是。"这个小滑头终于做出了决定，耸耸肩膀。

说过这话后，他走上横街，撒着欢跑开了。越往前跑，笛子咿咿呀呀的声音，鼓乐铿锵铿锵的声音，听得越发真切。

很快，他看到了一个广场，广场的中央搭起一个简陋的木棚子，木棚子用五光十色的大帆布围着，周围挤满了观众。

"那个大棚子是干什么的？"皮诺乔问一个站在街上的小男孩。

"那块大牌子上写着呢，念一念不就知道了。"

"我很高兴念，可我今天还不会念。"

"好一头笨牛！好吧，我来念给你听吧。知道吗，牌子上那些用火红颜色写的字的意思是：木偶戏大舞台。"

"节目演出很长时间了？"

"现在刚开始。"

"门票多少钱？"

"四块钱。"

皮诺乔好奇得心里直发痒，没法控制自己，竟毫不害羞地对与

图文珍藏版

他说话的那个男孩说：

"你能借给我四块钱吗？明天准还你！"

"我很愿意给你，"男孩拖着唱腔回答他，"可是恰恰今天我不能给你钱。"

"我把我的上衣卖给你换四块钱。"木偶这样说。

"我要一件彩纸剪的上衣有什么用？天一下雨，还不淋我一个透湿。"

"你要买下我的鞋子吗？"

"用那玩意儿点火倒不错。"

"帽子呢，给我多少钱？"

"真是个好东西！一项用面包屑糊起来的帽子！我怕耗子爬到我头上把我给啃了！"

皮诺乔被这些话给噎住了，竟吐不出一个字来，停在那儿想主意，要拿出最后一件宝贝，可是他没有勇气这么做；他下不了决心，迟疑着，心里别提有多痛苦。最后还是说出了口：

"能给我四块钱换走这本新识字课本吗？"

"我是个小孩，我从不从别的小孩子手里买东西。"小孩子回答他，显然比他机警得多。

"四块钱我给了，换你的识字课本。"一位打这儿经过的卖旧衣服的对他说，因为他一直站在旁边听着呢。

不动腿的工夫，课本卖出去了。请想想吧，那个可怜的杰佩托这会儿穿着单薄的衬衣，冻得上牙磕下牙，待在家里，为的是给宝贝儿子买识字课本呀！

第十章

　　木偶们认出了他们的木偶兄弟皮诺乔，他们为他举行了一个盛大的庆典；更有意思的是走出来一个食火者老板，皮诺乔狂奔乱跑才冲出危险，结果很不妙。

　　当皮诺乔走进木偶小剧场时，发生了一件引起极大轰动的闹剧。要知道这时候幕布已经拉开，演出开始了。

　　舞台上，木偶阿莱基诺和普尔奇内拉正在吵嘴。在通常情况下，他们要你一拳我一掌地打斗，互相捆耳光，舞枪弄棒厮打。

　　台下观众看得十分带劲，看到这两个木偶的吵架打斗，动作是那么逼真，跟这个世界上的两个有血有肉、能思考会推理的真人一样，他们不时哄堂大笑，笑得肚子发痛。

突然，阿莱基诺呆住了，停止了念白做唱，转过身子对着观众，用手指着观众后排的某个人，用戏剧腔调大嚷起来：

"我的天哪！我是在做梦还是醒着？难道那个不是皮诺乔吗？"

"当真是皮诺乔呢。"普尔奇内拉也喊道。

"真的是他。"罗萨乌拉夫人从幕后探出头来尖声叫着。"是皮诺乔，是皮诺乔！"所有的木偶从幕布后面一齐跳了出来，一起高喊。"是皮诺乔，是我们的兄弟皮诺乔，皮诺乔万岁！"

"皮诺乔，快上我们这儿来，"阿莱基诺喊道，"来和你的木头兄弟们拥抱在一起！"

听到这些热情洋溢的邀请声，皮诺乔奋力一跃，从后排跃到贵宾席上，再一跃. 从贵宾席跃到乐队指挥的头顶上，从那儿又跃到舞台上。

素食剧团的男女演员们用他们热热闹闹的方式欢迎他。他们死劲儿拥抱在一起，亲着、吻着，脖子搂得生疼，互相拧着，掐着，那个场面真是感人，叫人想象不出有多么友好，多么热烈，情谊有多么深。

那个场面感人是没话说的，他们哄闹了好一会儿。可是台下的观众却受不了啦，他们看到心爱的节目进行不下去了，变得不耐烦起来，此伏彼起地喊了起来："我们要看戏，我们要看戏！"

他们算是白喊了，木偶们不但不接着演戏，还加倍地欢闹起来。他们嚷着，叫着，把皮诺乔举到肩上，在舞台的灯光下扛着，如同扛着得胜的将军。

就在这个时候，一个奇丑无比的人从幕后走了出来，他就是木偶剧场的老板，只要瞧上他一眼，便会吓一大跳，他蓄着像墨水一样的黑胡须，乱糟糟的，拖得老长老长的，从下巴上一直拖到地上，他一动腿走路，自己的脚准会踩上自己的胡须；他的一张嘴阔极了，活像一个灶门；他的眼睛如同两只红色玻璃灯笼，里面亮着光。他手里捏着一条粗大的鞭子，鞭子是用蛇和狐尾绞编而成的。一看到老板意料不到的出现，所有的木偶顿时鸦雀无声，连气都不敢喘一下，静得连一只苍蝇飞过的声音都能听到。那些可怜的木偶，无论男的，女的，都在发抖，抖得跟晃动的树叶子一样厉害。

"你为什么来搅乱我的戏？"老板问皮诺乔，那个声音像是从患着重感冒的妖怪的嗓子里挤出来似的。

"最尊敬的先生，请您相信，不是我的错！"

"收场吧！今晚我会教训你的！"

事实上，戏演完后，老板走进厨房。他在厨房里为自己烤一只绵羊做晚餐。绵羊是穿在一根铁条上的，在缓慢地转动着。柴用完了，烤不成了。于是他喊阿莱基诺和普尔奇内拉过来，吩咐他俩说：

"去把那个木偶给我抬来，他被我钉着呢。那个木偶是用干木料做成的，我保证它一扔进火里，一定会生出很旺的火，烤熟我的羊再好不过了。"

起初，阿莱基诺和普尔奇内拉有些犹豫，后来老板的眼睛一瞪，

·木偶奇遇记·

图文珍藏版

他们吓得缩成一团，只好服从。不一会儿，他们回到厨房，胳膊上抬着可怜的皮诺乔，他像一条离开水的鳗鱼，蠕动着，绝望地挣扎着："我的爸爸呀，快来救救我！我不愿死掉！我不愿死掉呀！"

第十一章

食火者连连打喷嚏，他原谅了皮诺乔，皮诺乔的朋友阿莱基诺把他从死里救出。

剧团老板食火者（这是他的名字）看上去是个很可怕的人，尤其是他那长长的黑胡须，他拿它当围裙使用，拿它盖住整个胸部和两条腿。然而，从内心来说，他并不是一个坏人。证明他不坏的根据就是，他看见那个可怜的皮诺乔被抬到自己跟前，拼命挣扎，连呼带叫"我不愿死掉，我不愿死掉"时，他马上受到了感动，怜悯之情油然而生，他先坚持了一会儿，后来简直忍受不住了，打了一个响亮无比的喷嚏。

一直在旁边伤心得似垂柳的阿莱基诺，听到这一惊天动地的喷嚏声，脸上的愁云一下子散尽了。他弯下腰对着皮诺乔轻声耳语一番："这是个好消息，兄弟，老板一打喷嚏，就意味着他对你已经产生了同情心，你就得救了。"

必须知道，所有的人在因某人某事而受到感动时，他们不是哭就是至少假装擦干眼泪，而食火者却不是这个样子，每次只要真正受到感动，就鼻孔痒痒打喷嚏。和其他的人一样，那也是他表达自己内心情感的一种方式。

打过喷嚏，老板还在生气，向皮诺乔吼道：

"别哭了！听到你抽抽搭搭地哭个不停，我的胃就翻腾得厉害，我难受得差不多……阿嚏！阿嚏！"一连又打了两个喷嚏。

"祝您幸福！"皮诺乔说话了。

"谢谢。你的爸爸和砾的妈妈还健在吗?"食火者问他。

"爸爸还在,妈妈我从不认识她。"

"要是现在我把你扔进炭火里给烧了,你那年迈的爸爸该多伤心啊!可怜的老人啊!我可怜他!阿嚏,阿嚏,阿嚏!"又是三个喷嚏。

"祝您幸福!"皮诺乔说。

"谢谢!不过,话又说回来,我也够可怜的。你都看到了,我的柴用完了,我总得烤熟我的羊肉吧。说句真心话,你在这种时候会让我真正快乐的!可是现在我真的受到了感动。我不烧你,但得烧剧团里的其他木偶。喂,宪兵!"

听到命令声,随即出现两名木头宪兵,身子长长的,细细的,头上戴着宪兵帽,手里端着出鞘的亮闪闪的宝剑。

世界经典童话

·木偶奇遇记·

图文珍藏版

老板用喘息的嗓音对他们说:

"把那个阿莱基诺给我抓来,捆得牢牢的,扔进火里。我要用他把我的羊肉烤得香香的。"

你们想想可怜的阿莱基诺会是个什么样子!他简直吓坏了,两条腿直打哆嗦,弯得支持不住,扑通一声栽倒在地上。

皮诺乔看到这揪心的一幕，跑过去趴在老板的脚下放声大哭，泪水打湿了他的长胡须，用哀求的声音说：

"行行好啊，食火者先生！"

"这里没有先生！"老板厉声说。

"行行好啊，骑士先生！"

"这儿没有骑士！"

"行行好吧，受勋的骑士先生！"

"这里没有受勋的骑士。"

"行行好吧，大人阁下！"

当听到称自己大人阁下时，老板的小嘴一下子变圆了，突然间他变得更加富有人情味，更加好商量，于是他对皮诺乔说：

"好吧，你要做什么？"

"我请求你对可怜的阿莱基诺开恩。"

"这里没有什么开恩，假若我放了你一条生路，那我就必须把他投入火炉，因为我要烤熟我的羊肉呀。"

"那好吧，"皮诺乔身子一挺，扔掉头上的面包帽，骄傲地喊道，"如果情况是这样的话，我知道我该怎么做。来吧，宪兵先生们！捉住我，把我扔进火堆里。不……可怜的阿莱基诺，我的真正的朋友要为我去死，这不公正。"

听到他高声喊出来的很有英雄气概的这些话，在场的亲眼见到这一悲剧的所有的木偶都哭起来了。连两个宪兵，尽管他们也是木头做成的，也哇哇直哭，跟两只吃奶的小羔羊一样。

刚开始时，食火者无动于衷，态度还很强硬，对他的话不理不睬，就像一个大冰块一样；可是过了一会儿，他也受到了感染，打起喷嚏来，而且一连打了四五个，然后热情地张开双臂对皮诺乔说：

"你真是一个好孩子！到我这儿来，吻我吧。"

皮诺乔跑过去，像只小松鼠一样沿着老板的胡须爬上去，在他鼻尖上甜甜地吻了一下。

"这么说，你是饶了我啦?"可怜的阿莱基诺用别人刚刚能听见的细小的声音问。

"饶了你吧!"食火者回答，又叹了口气，摇摇头补充说，"得啦，今晚我只好吃半生不熟的羊肉了! 下一次呀，谁碰上了谁倒霉吧!"

听说阿莱基诺获准开恩，所有的木偶一齐跑到舞台上，点上灯火，跳起来，舞起来，如同过一个盛大的节日。天都大亮了，他们还在欢闹着。

第十二章

剧团老板食火者赠送五枚金币给皮诺乔，让他带回去交给他的爸爸杰佩托；谁知皮诺乔却上了狐狸和猫的当，同他们一起走了。

第二天，食火者把皮诺乔叫到一旁，问他：

"你的爸爸叫什么名字？"

"杰佩托。"

"什么职业？"

"穷人。"

"赚很多钱吧？"

"他的口袋里分文没有。想想看，为了给我买识字课本，他不得不卖掉他身上唯一的外套，那件已经穿得百孔千疮、补了无数个补丁的外套。"

"可怜的人啊，听起来就叫我伤心。来，我这里有五枚金币，你拿去交给他，代我向他多问几声好。"

皮诺乔对剧团老板千恩万谢这是不难想象的。他又一个个拥抱了剧团里的木偶，也拥抱了宪兵。他高兴得不知怎么是好，连蹦带跳往家里赶去。

可是没出半公里，他在路上遇到了一只跛脚的狐狸和瞎眼的猫。这两个家伙互相帮助，结成一对难兄难弟。跛脚的狐狸扶着猫走路，瞎眼的猫由狐狸引着走路。

"你好哇，皮诺乔。"狐狸彬彬有礼地向他打招呼。

"你怎么知道我的名字的？"木偶问。

"我很熟悉你的爸爸呢。"

"你是在哪儿见到他的?"

"昨天,在他的家门口。"

"他那时在干什么?"

"他穿着一件单薄的衬衣,冻得直哆嗦。"

"可怜的爸爸!可是,如果上帝愿意的话,从今往后,他就不再挨冻了!"

"为什么呢?"

"因为我有钱了,是个大富翁。"

"一个大富翁,你?"狐狸笑弯了腰,笑他口出狂言;猫也大笑不止,但为了不叫他看出自己的真嘴脸,假装用前爪梳理自己的胡须。

"这有什么好笑的,"恼怒的皮诺乔吼道,"我本来不乐意炫耀自己,免得你们馋得流口水,可是这些,请你们仔细看看,是五枚美丽的金币呢。"

说着,他从口袋里掏出食火者赠给他的金币。

狐狸听到金币令人愉悦的叮当声,不由自主地伸长那条看上去像是站麻了的跛腿,猫呢,睁开两只像绿色灯泡似的眼睛。但他很快又闭上眼睛,皮诺乔却什么破绽也没有发现。

"那么,"狐狸问他,"你要用这些钱做什么?"

"首先,"木偶回答,"我要给我的爸爸买一件金银线织成的崭新的漂亮的外套,扣子是钻石的;然后我要给自己买一本识字课本。"

"给你自己吗?"

"真的,因为我要去上学,我要用心学习。"

"瞧我!"狐狸说,"因为愚蠢地热爱学习,我都丢了一条腿。"

"瞧我!"猫说,"因为愚蠢地热爱学习,我双目都失明了。"

正在这时候,一只白色的乌鸦栖在路边的草地上,唱着他的老调儿,他唱道:

"皮诺乔别听坏伙伴的话,不然你会后悔的!"

可怜的乌鸦啊,你不说这些倒没事啊!猫一蹿扑过去,还没等他发出"哎哟"一声,就把他连毛带骨全吞下了肚。

猫吃完了乌鸦,舔舔嘴巴,重新闭上了眼睛,又变成跟原先一样的瞎子。

"可怜的乌鸦啊!"皮诺乔对猫说,"你为什么对他这么狠?"

"我要教训教训他。这样,下次他就不会在别人谈话时乱插嘴。"

他们走了一大半路程,这时,狐狸突然站住,对木偶说:

"你要让你的金币成倍成倍地增加吗?"

"什么意思？"

"你愿意用五枚可怜的小钱生出一百枚、一千枚、两千枚金币吗？"

"巴不得呢！用什么法子呢？"

"方法再简单不过了。你别带着钱回家去，而是跟我们一起走。"

"你们要把我带到哪儿去呢？"

"带你到猫头鹰那儿去。"

皮诺乔想了一会儿，决断地说："不，我不想去。现在我已经快到家了，我想要回家，我爸爸在家里等我。昨天，他没看见我回家，谁知道那个可怜的老人会怎样伤心啊。我这个儿子也太不成器了。会说话的蟋蟀说得不错，他说：'在这个世界上不听话的孩子是不会有好结果的。'我用自己的行为证明了他的话是对的，因为我自己遇到了很多灾难，昨晚在食火者那儿，我碰到的那件事多危险啊……一想起来，我就浑身起鸡皮疙瘩。"

"这么说来，"狐狸说，"你确确实实想回家去吗？那好，你走吧，你的下场会更糟。"

"你的下场会更糟！"猫重复说。

"好好想想吧，皮诺乔，机不可失。"

"机不可失！"猫学着舌说：

"你的五枚小钱从今天到明天会增加到两千呀。"

"怎么会变得那么多呢？"皮诺乔问，嘴因惊异而张得大大的。

"我这就讲给你听，"狐狸说，"必须知道在猫头鹰那儿，有一块福地，被大家称作奇迹地。你在那个地方掘一个小洞，放进一点什么东西，例如一枚金币，然后用一点土填好；浇上从喷泉里打上来的水，再撒上一勺盐巴，晚上你安安心心地躺在床上，就在这个时候，在静静的夜晚，那枚金币就开始发芽、开花。第二天早上，在太阳升起来的时候，你回到那儿去，你会看到什么呢？你会看到一棵挂满金币的树，那些金币数量之多就像六月的美丽的麦穗结出的麦粒一样。"

"妈哟，"皮诺乔禁不住喊了起来，惊异得厉害，"我要是埋进我的五枚金币，那第二天早上就会发现多少枚金币呢?"

"这个算术太好做了，"狐狸回答说，"你扳着指头就能算出来。假设一枚金币为你生出一串五百枚金币的小树，五百枚乘以五，第二天你就会得到两千五百枚金光闪亮、叮当作响的金币，统统放进你的口袋里。"

"啊，太好啦!"皮诺乔大喊一声，高兴得跳起来。"一旦我收获到这么多金币，我自己拿去两千枚，其余的五百枚，我送给你们。"

"送给我们?"狐狸喊道，现出一脸的不高兴和受到侮辱的样子。"上帝会原谅你的!"

"会原谅你的!"猫重复一遍。

"我们,"狐狸接着说,"我们不为获利而干活,我们工作的唯一目的,是为了别人发财致富。"

"为了别人!"猫跟着说。

"多好的人啊!"皮诺乔心里想。他把他爸爸、新外套、课本都忘得一干二净,他对狐狸和猫说:

"我们快走,我跟你们一块儿去。"

第十三章

红虾旅舍。

他们走哇，走哇，走哇，快累死了，到了天快黑时终于来到一个名叫"红虾"的小旅舍。

"我们在这儿歇一会儿吧，"狐狸说，"吃点东西填填肚子，休息几个小时。半夜我们再动身，黎明时分赶到奇迹地。"

他们走进这家小旅舍，围坐在桌旁，没有一个有食欲。

可怜的猫感到胃很不舒服，只吃了三十五条涂有番茄酱的绯鲤和四份抹奶酪牛肚，牛肚做得不合他的胃口，中间还要了三次黄油和奶酪粉加以调制。

狐狸倒很情愿多嚼点东西，可是医生要他严格限量饮食，他只好简单地要了一只甜野兔，佐以肥嫩的小母鸡和刚会打鸣的童子鸡。吃完了野兔，为了开开胃，他又要了几样小吃，有鹧鸪、家兔、田鸡、蜥蜴，以及凤鸟蛋；除此之外，别的就不想要了。他说他很讨厌食物，什么食物都不能往嘴上送近。

吃得最少的就是皮诺乔，他要了几颗核桃和几片面包，每样剩了一些在盘子里。可怜的孩子的心思老集中在奇迹地上，他正担心滚滚金币如何花得完。

晚餐用完了，狐狸吩咐店主说：

"给我们开两个房间，一间给皮诺乔先生，另一间给我和我的同伴。可是您得记住，半夜时必须叫醒我们，我们好继续行路。"

"是，先生。"店主回答，并向狐狸和猫挤了一下眼睛，好像在说:"我吃了定心丸,心领神会啰!"

皮诺乔一倒在床上,就呼呼入睡了,梦一个接一个地做起来。他梦见自己好像来到奇迹地,地里长满了小树,小树上缀满了小串串,这些小串串就是金币,风一吹,摇摇晃晃,发出叮当叮当的清脆声,好像在说"谁想要就来摘吧"。可是,正当皮诺乔梦到最动心的时候,正当他伸长手臂去大把大把地摘下这些美丽的钱币并放进口袋里的时候,他被三声突如其来的敲门声给弄醒了。

那是店主来告诉他说半夜了。

"我的同伴们准备好了吗?"木偶问。

"岂止准备好了!他们走了已经有两个小时了。"

"何必那么匆忙呢?"

"因为猫得到了一个不幸的消息，他的大儿子的脚上长了冻疮，危及生命。"

"他们付了晚餐钱吗？"

"您认为呢？他们可是很有教养的人，他们不会对您先生阁下做出任何无礼的事的。"

"真遗憾！这种无礼说不定会让我十分高兴呢！"皮诺乔说，搔着头，然后问：

"那两个好朋友在哪儿等我呢？"

"明天早上天刚放亮的时候在奇迹地里。"

皮诺乔丢下一枚金币结清了他和他的伙伴的晚餐，然后出发了。

　　只能说是盲目出发，因为店外漆黑一片，伸手不见五指。附近的田野上，连一片树叶的响声也听不见。只有几只夜间的小鸟，从一处草地飞往另一处草地，在皮诺乔的面前抖动翅膀，皮诺乔吓得倒退几步，喊："谁在那儿？"远处的小矮山传来回音："谁在那儿？谁在那儿？"

　　走着走着，他看见在一棵树上落着一个小动物，放出虚弱昏黄的光亮，宛如从一件透明的瓷器灯具里射出的烛光。

　　"你是谁？"皮诺乔问。

　　"我是会说话的蟋蟀的影子。"小动物说，声音极其细微，仿佛是从另一个世界里发出来的。

　　"你要我做什么？"木偶问。

　　"我要向你提个醒儿，往回走，带着你还剩下的四枚金币给你那可怜的爸爸，他在哭呢，他绝望了，他怕再也见不到你了。"

　　"明天，我的爸爸就会是一个大富翁，因为四枚金币会变成两千枚。"

　　"我的孩子，你可别相信那些对你许诺说能让你一夜之间发财的人的鬼话，按照常理，他们不是疯子就是骗子！听我的话，快回去吧。"

　　"可我偏不，我要往前走。"

　　"现在已经晚了！"

　　"我要往前走。"

　　"晚上太黑。"

　　"我照样往前走。"

　　"路太危险。"

　　"我仍要往前走。"

　　"你得记住，那些爱淘气的孩子，那些老按他们自己的想法做事的孩子，到头来迟早会后悔的。"

"老调重弹。晚上好，蟋蟀，再见吧。"

"再见，皮诺乔，但愿老天救你一命，帮你逃脱搞暗杀的人。"

刚一说完这些话，会说话的蟋蟀突然不见了，像烛光熄灭一样消失了。路上比刚才更加黑暗。

第十四章

　　由于皮诺乔不听会说话的蟋蟀的忠告，他落到了强人的手里。

　　"真的吗？"木偶自言自语，又开始上路了。"我们这些可怜的孩子真够遭罪的。大家都责骂我们，教训我们，忠告我们。由他们去唠叨吧，大家都装出是我们的爸爸和我们的老师，就连会说话的蟋蟀也不例外，这就是我不想听他唠叨的原因。照他的说法，天晓得该有多少不幸的事会落到我的身上！我还会遇到强人、杀人凶手，不坏，我根本就不相信有什么杀人的凶手（我也从不相信这些鬼话）。在我看来，凶手是爸爸们故意编造出来的，为了吓唬晚上爱往外跑的孩子们。退一万步说吧，假如我这会儿真的在路上遇到他们，我难道会怕他们吗？连做梦也不会呀。如果是那样的话，我会毫不胆怯地朝他们的面前迎过去，高喊：'凶手先生们，你们要我做什么？请记住，跟我可不该开玩笑哟！请你们走开，闭住嘴！'听到我这么严厉的话，这些可怜的杀人凶手，我好像看见他们一个个吓得屁滚尿流，像一阵风一样逃走了。假如他们太没教养，不想逃走的话，那我逃走就是了，这样事情不就结束了吗……"

　　皮诺乔还没有来得及做完他的这些推理，就听到身后的树叶一阵轻轻的沙沙响。

　　他忙转过身去，看到黑夜中有两个黑魆魆的影子，整个儿包在两个像黑煤袋一样的袋子里，这两个家伙踮着脚尖，一跳一跳地跟定在他的后面，活像两个鬼魂。

　　"说杀人凶手，杀人凶手真的来了！"他自言自语，不知道该往哪儿藏这四枚金币，他突然灵机一动，把金币一把塞进嘴里，压在舌头底下。

他想拔腿就跑，第一步还没有迈出去，就感到双臂已被抓住，听到两个瓮声瓮气的可怕的声音在对他说：

"是要命，还是要钱？"

皮诺乔口里含着钱币，不能回答他们的问话，就向他们打躬作揖，用手乱比画，样子彬彬有礼，意思是想让这两个从袋子的两个窟窿里露出眼睛的家伙明白，他只不过是一个可怜的木偶，口袋里连一文钱也没有。

"少来这一套！废话少说，拿出钱来！"两个强盗威胁说。

木偶摇头，打手势，想说："我没有钱。"

"钱不拿出来，就弄死你。"身材高些的强盗说。

"弄死你！"矮些的重复说。

"弄死你后，再杀死你爸爸！"

"连你爸爸也杀了！"．

"不，不，不……别杀死我可怜的爸爸！"皮诺乔用绝望的声调喊道。他这么一喊，舌头底下的金币发出叮当的金属声。

"好哇，你这个狡猾的东西！把钱藏在舌头底下，快吐出来！"

皮诺乔表现得很坚强！

"你装聋子啦？等一会儿，看我们怎么叫你吐出来！"

一个强盗捏着木偶的鼻子尖往上提，另一个按住他的下巴粗暴地往下拉，逼他张嘴，可是木偶的嘴像是用钉子钉着似的，而且钉子头还回了头呢。个头小些的强盗从袋里摸出一把小刀子，插入他的嘴里，要撬开它。皮诺乔陡然用力一咬，咬住他的手，再一使劲咬断了，吐出来的不是人的一只手，而是一只猫爪子。你们该想象得出他是多么吃惊啊。

咬掉一个爪子，他高兴坏了，更来劲了，拼了命挣出强人的魔掌，沿着路边的田地跑，大蹿一步，逃向田野深处。凶手们在后面穷追不舍，仿佛两条猎狗追着一只野兔子；那只失掉一只爪子的，只好用一只脚跑，可想而知他跑得多么吃力。

皮诺乔一口气跑出十五公里路远，眼看没救了，再也跑不动了，后面的追兵仍紧追不放。他爬上一棵高大的松树的顶端，坐在树枝上。凶手们也想爬上去，爬到一半高，一骨碌滑了下来，摔落在地上，摔破了手和脚的皮。

然而他们并不气馁，捡起一堆干柴围住树干，点起了火。松树开始燃烧，一会儿就火光冲天，松树像风中的蜡烛摇曳着，眼看火焰越蹿越高。皮诺乔不愿自己变成一个烤乳鸽，从松树顶上一蹦，蹦到田地上，又蹦到葡萄架上。凶手仍然跟在后面，不肯有半步落后，一点儿也不觉得累。

这时天色开始放亮，他们还在跑着；突然皮诺乔来到一条又深又宽的壕沟前，沟水脏兮兮的，跟咖啡牛奶的颜色一样。怎么办？

"一、二、三!"木偶一边喊,一边猛地一跃,跳到沟的对面去了。凶手们也纵身一跳,然而他们没有计算好距离,扑通一声,掉进壕沟中间。听到扑通声,皮诺乔高兴得直叫,又跑了起来。

"痛痛快快洗个澡吧,凶手先生们。"

起初,他以为他们统统给淹死了,等他回过头来一看,发现那两个家伙仍旧追赶着,仍旧套在两只黑袋子里,浑身往外滴水,活像两只漏底的篮子。

第十五章

凶手们继续追赶皮诺乔，追上他后，他们用粗大的橡树条抽打他。

木偶丧魂落魄，他正要趴在地上举手投降，而眼珠子却四下里张望。他看见在绿树丛林深处，有一间白色小屋，远远地闪耀着雪白的光。

"我要是还剩口气能坚持跑到那个屋里，恐怕就有救了。"他自言自语。

他连一分钟也没有迟疑，朝广阔的树林里跑开了，凶手仍跟在后面跑。

木偶亡命地奔跑了近两小时，终于跑到那所房子跟前，已是上气不接下气。他用手敲门。

　　没有人回答。

　　他更猛烈地敲门，因为这时已经听到追捕者走近的脚步声和滞重困难的呼吸声。屋里还是静静的。

　　敲门眼看没有用了，急得他在绝望中用脚踢门，用头撞门。这时，一位漂亮的姑娘从窗户里探出头来，她头发深青色，脸跟蜡人一样苍白，眼睛闭着，手交叉着放在胸前，说话时嘴唇也懒得动弹一下，用细细的就像是来自另一个世界的声音说：

　　"这个屋子没有任何人，人都死了。"

　　"至少你给我开开门吧！"皮诺乔哭着喊着，恳求着。

图文珍藏版

"我也死了。"

"死了？那你趴在窗户口做什么？"

"我在等人来抬走我的棺材。"

这话刚一说完，姑娘就消逝了，窗户悄然无声地又关上了。

"啊，青发仙女啊！"皮诺乔叫道，"行行好吧，给我开开门。请你对被凶手追杀的一个可怜的男孩发发善心吧！"

他的话还没说完，他的脖子被人扼住了，两个熟悉的凶恶的声音在他耳边威胁说：

"你再也逃不掉啦！"

木偶眼看死神就在眼前晃动，怕得两条木腿直抖，他听到腿关节连接处的嘎吱声和舌头下藏着的四枚金币的叮当声。

"怎么样？"凶手们问他，"你想不想开口？嗯！不回答？没关系，这回我们来撬开你的嘴！"

他们掏出两把长长的锋利如剃头刀片的小刀子，朝他的两肋嚓嚓就是两下。

可是，幸亏木偶是用坚硬如铁的木头做成的，刀子一捅上去，刀片立即折得粉碎，凶手的手里就剩刀柄，互相瞧着，惊讶得目瞪口呆。

"我知道了，"其中一个说，"得把他吊起来，我们吊起他。"说着，他们真的动手用绳子在他的脖子下打了一个活结，把他吊在一棵被称作大橡树的枝子上。

然后他们盘腿坐在草坪上．等待木偶最后咽气；可是三个小时过去了，他的两个眼睛仍旧睁得大大的，口紧闭着，两腿摆动得更厉害。

他们终于等得厌烦了，抬头望着皮诺乔，对他讥笑说："明儿见吧。我们明天来的时候，希望你客气一点，知趣地好好死在这儿，口张得大大的。"

他们走了。

这个时候刮起了寒冷的北风，风怒号着，呼叫着，吹得可怜的木偶东摇西荡，猛烈地摆动，活像节日里钟楼的钟摆在欢快地敲着。猛烈的摆动叫他摧心裂肝似的痛苦，绳索的活结更加紧紧地勒在脖子上，让他没法呼吸。

他的眼睛慢慢地闭上，尽管他感到了死亡的临近，但仍然希望随时有个充满同情心的人经过这儿，把他解救出来。等呀，等呀，当他看见谁也没有出现，真正没有任何人出现时，他的脑子里又想起了他的可怜的爸爸……他几乎是垂死地嘟囔说：

"啊，我的爸爸呀！你要是在这儿就好了！"

别的话没力气说了，他闭上眼，张开口，伸长腿，猛地一抽缩，像僵尸一样停留在那儿。

第十六章

青发仙女收留木偶，把他放在床上．并请来三位医生为他会诊，看他是活着还是死了。

可怜的皮诺乔被强盗们吊在大橡树的枝子上，看上去与其说是活着，还不如说是死了。这时，美丽的青发仙女又探头窗外，当她看到木偶吊在那里，在寒风中瑟瑟发抖，东摇西摆时，她的心禁不住生出种种怜悯，于是拍了三下巴掌，发出三个小小的拍击声。

听到信号，一只苍鹰鼓动双翅，飞来停在窗台上。"我亲爱的仙女，您有何吩咐？"老鹰低着头问，样子很是毕恭毕敬。要知道青发女子是个大慈大悲的仙女，住在这个森林附近有一千多年了。

"你看到那个吊在橡树上的木偶了吗？"

"我看见了。"

"那好，立即飞到那儿去，用你的利嘴松开吊木偶的绳结，轻轻地把他放在橡树旁的草地上。"

老鹰飞走了，两分钟后飞了回来，说：

"您吩咐我的，我都做完了。"

"你看他怎么样？是活着还是死了？"

"看上去像是死了，但不是真的死了，因为我刚一啄开勒紧他脖子的绳结时，他就舒了一口气，用极其微弱的声音叹道：'我现在感到好受多了！'"

仙女又拍了两下巴掌，出现一只神气的长卷毛狗，用两条后脚直立走路，就跟人一样。

长卷毛狗身穿华贵的驭手制服，头上戴顶镶金边的三角小帽，白色卷毛一直拖到脖子上；上衣是咖啡色的燕尾服，钉着钻石纽扣，衣上缝有两个大口袋，专门用来装女主人馈赠的午餐骨头；下穿深红色绒布短裤，穿丝袜，脚踏敞口小鞋，背后背一个用蓝缎子做成的雨伞样的套子，天一下雨，便立即将尾巴藏在其中。

"快，麦多罗，勇敢点！"仙女对长卷毛狗吩咐说，"快去从我的马厩里套一辆最漂亮的马车，驶往森林里去，到了大橡树下，你会看见一个半死的可怜的木偶躺在草地上。你要有礼貌地抬起他，把他轻轻地安放在马车的坐垫上，带到我这儿来。你听懂了吗？"

长卷毛狗摇了三四下背后的蓝色伞套，表示听明白了。

不一会儿，从马厩里驾出一辆饰以金丝雀羽毛的颜色极鲜亮的小马车。车的里面衬以掼奶油和萨沃伊奶酪。车子由一百对小白鼠拉着，长卷毛狗坐在车厢里，真像一个赶马车的，他要是怕误事，就左右挥动鞭子。

不到一刻钟，小马车就回来了。等在家门口的仙女抱起可怜的木偶，把他放在用螺钿镶的墙壁的小房间里，并立刻吩咐下人去请附近最有名的医生。

医生们先后来了，一共是三位：乌鸦、猫头鹰和会说话的蟋蟀。

"各位大人先生，"仙女转过身来，对围在皮诺乔床边的三位医生说，"我想从各位大人先生那儿知道这个可怜的木偶是活着还是死了！"

听到她的请求，乌鸦第一个走上前去，按了按皮诺乔的脉搏，摸了摸他的鼻子，又捏了捏他的两个小脚趾，认真地摸了后，很严肃地宣布说：

"照我看来，木偶确实死了，假如还没有死，那就表示还活着。"

"很遗憾，"猫头鹰说，"我必须驳斥我尊敬的朋友和同行乌鸦的话。正相反，我认为木偶还活着，假如没有活着，那就表示真的死了。"

"那么您呢，没有什么好说的吗？"仙女问会说话的蟋蟀。

"我说呀，一个谨慎的医生，当他不知道他在说什么时，那么他能做的最好的事情就是闭上他的嘴。再说，这个木偶对我来说又不是什么新面孔，我认识他有好几天了！"

一直像个真木头一动不动地躺着的皮诺乔，听到这一番话后，禁不住一阵冲动，连床也抖动起来。

"这个木偶，"会说话的蟋蟀继续说，"是一个十足的无赖。"

皮诺乔睁开眼睛，又马上闭上了。

"是一个流氓，一个恶棍，一个可怜虫。"

皮诺乔用床单蒙住脸。

"这个木偶是一个不听话的坏孩子，他那可怜的爸爸都快给他气死了！"

这个时候，人们听到房子里的呜咽声和抽泣声。当大家掀起床单的一角，发现哭声和抽泣声原来是皮诺乔发出来的时候，他们该是多么惊愕啊！

"当死了的哭泣时，就表示他正在好转。"乌鸦严肃地说。

"我很痛苦，我必须反驳我尊敬的朋友和同行的话，"猫头鹰接着说，"我认为，当死人哭时，就意味着他不高兴死呢。"

第十七章

皮诺乔吃了一些糖，但不愿吃药；可是当看见掘墓人来抬走他时，他还是吃了药。然后说了一些谎话，作为惩罚，他的鼻子变得很长很长。

三位大夫走后，仙女走到皮诺乔身边，摸了摸他的额头，觉得他正发着高烧，烧得烫手。

她把白药粉倒在一个盛有半杯水的杯子里，端给木偶，疼爱地对他说：

"喝下去，几天后你就会好的。"

皮诺乔望着杯子，撇撇嘴，用哭腔问：

"是甜的，还是苦的？"

"苦的，良药苦口利于病嘛。"

"要是苦的，我不想喝。"

"听我的话，喝下去。"

"我不喜欢苦的东西。"

"喝下去，你喝下去后，我给你一颗糖球，你的口就不苦了。"

"糖球在哪里？"

"在这儿。"仙女说，从一个金色糖盒里取出一颗糖。

"我要先吃糖球，再喝苦水。"

"你说话算话？"

"当然咯……"

仙女给了他一颗糖球，皮诺乔把糖球放在口里嘎吱嘎吱地嚼着，一咽口水吞了下去。他舔了舔嘴唇，说：

"如果药也是用糖做的，那该有多好哇！那我情愿天天吞服。"

"现在你该兑现诺言了，吞下几小口药水，吞下后你会恢复健康的。"

皮诺乔很不情愿地接过杯子，鼻子尖伸进杯子里嗅了嗅，然后把杯子挨近嘴巴，又用鼻子尖嗅了嗅，最后说：

"太苦了！太苦了！我不能喝苦水。"

"你连尝都没有尝，怎么知道太苦呢？"

"我能猜出来！我从气味里嗅到的。我在喝药前，再要一颗糖球……然后我再喝！"

仙女耐心得像一位慈祥的妈妈，又给他嘴里喂进一颗糖球，递给他杯子。

"这样我还是不能喝！"木偶说，做出各种鬼脸。

"为什么？"

"脚下的垫子让我不舒服。"

仙女撤去垫子。

"还是没有用！这样我仍然不能喝。"

"还有什么东西让你不舒服。"

"半开的房门叫我不舒服。"

仙女去关好房门。

"说来说去，"皮诺乔哇的一声哭了起来，说，"我不喝这个苦水，不，不，不！"

"我的孩子，你会后悔的。"

"这我不在乎。"

"你的病很严重。"

"我不在乎。"

"你不怕死吗？"

"一点也不怕死！我宁愿死，也不喝那杯坏药水。"

这个时候，房间的门大开，走进来四只像黑墨水似的黑兔子，肩上抬着一个装死人的棺材。

"你们要我做什么？"皮诺乔吓得陡然坐在床上喊道。

"我们是来抬你的。"最肥的一只兔子说。

"来抬我？可是我还没有死呀！"

"是还没有死，可是你只能再活几分钟了，因为你一而再，再而三地拒绝喝下能治好你的高烧的药水。"

"哎呀，我的仙女哪，哎呀，我的仙女哪，"木偶大哭起来，"快把药水杯子拿来……请你们行行好吧，快点走开，我不想死，不，我不想死……"

他双手抢过杯子，一仰脖子把药水喝了下去。

"算了！"兔子们说，"这次我们算是免费旅游了一趟。"他们抬起棺材，放在肩上，走出房间，从牙齿缝里挤出一连串叽里咕噜的埋怨声。

事实上，几分钟以后，皮诺乔跳下床，病全好了。要知道木偶是难得生一场病的，即使病了，好起来也极快。

仙女看到他在房间里乱跳，又敏捷又快乐，活像是个刚打鸣的小公鸡，便对他说：

"这样看来，我的药真的治好了你的病，不是吗？"

"太灵了，药让我又活在这个世界上了！"

"那干吗要别人三番五次求你喝药呢？"

"我们孩子个个是这个德性，怕吃药比怕生病还厉害。"

"真不害臊！孩子们应该知道，及时服下一剂良药，能消除严重的病痛，说不定还能叫人死里逃生呢……"

"啊呀！下次我吃药就不用人催了！我可忘不了肩上抬着棺材的黑兔子……他们吓得我抓过杯子一咕噜就给吞下去了……"

"现在你靠近我一点，讲讲你落到强盗手里的经过。"

"经过是这样的：木偶戏老板交给我几个金币，对我说：'哎，拿去给你爸爸！'可是在路上我遇到一只狐狸和一只猫，都是两个很好的人，他们对我说：'你想不想让你的那几个钱变成一千，变成两千呀？那就跟我们一起来吧，我们带你到奇迹地去。'我就说：'我们走吧。'他们说：'我们在红虾旅舍休息一下，半夜后我们再走。'我醒来后，他们却不见了，已经出发了。于是我摸夜路走，天黑得伸手不见五指，在路上我又遇到藏在两条袋子里的两个强人，他们对我说：'拿出钱来！'我说：'我没有钱。'我把四枚金币藏在口里了，其中一个强盗要用手伸进我的嘴里，我死劲一咬，咬断了他的手，可是吐出来的不是什么手，而是一个猫爪子。强盗追赶我，我没命地跑，他们也跑，终于追上了我，用绳子勒住我的脖子，把我吊在这个森林里的一棵树上，对我说：'明天我们再回来，你就会死的，口会张得大大的，我们就能取走你藏在舌头底下的金币了。'"

"现在你的金币藏在什么地方？"仙女问他。"我给搞丢了！"皮诺乔回答，他明明是在说假话，因为钱藏在他的口袋里。

刚刚撒了这个谎，他的本来就很长的鼻子，马上又往前长了两个指头那么长的一截。

"你把钱丢在哪儿啦？"

"丢在附近的树林里。"

撒了第二个谎后，鼻子又往前长了。

"哦！这会儿我记得很清楚，"木偶接着又撒谎，"四枚金币我倒是没有弄丢，对了，就在喝您给的药水时，我一骨碌连金币也吞了下去。"

撒了第三个谎后，他的鼻子长的速度快得惊人，可怜的皮诺乔连头都不能转动一下。往东转吧，鼻子要么碰到床上，要么碰到房间的门上；要是往上抬头吧，鼻子就有刺伤仙女眼睛的危险。

仙女望着他笑起来。

"您笑什么？"木偶问她，他摸不着头脑，搞不清他的鼻子为什么转眼之间长得这么快。

"我笑你撒了谎。"

"您怎么知道我说了谎话？"

"我的孩子，谎言能很快被识破的，因为谎言不外乎有两种：一种谎言的腿短，一种谎言的鼻子长。你的谎言属于鼻子长的那一种。"

听她这么一说，皮诺乔羞愧难当，不知道把身子往哪儿藏，他想溜出房间，可是溜不出去，因为他的鼻子那么长，根本就出不了门。

第十八章

皮诺乔又找到狐狸和猫，同他们一起到奇迹地去种四枚金币。

跟你们猜的一模一样，仙女故意不理睬木偶，让他哭了半个小时，因为他的长鼻子叫他走不出房门；仙女是要让他长个记性，得一个严厉的教训，好改正撒谎的恶习，要知道，撒谎是孩子们各种坏习惯中最坏的一种。当她看到他哭得跟泪人一样，因失望眼睛快从头上冒出来时，仙女对他产生了同情心，她拍了拍手。听到信号，成千只肥大的啄木鸟飞进窗户，只消几分钟便把那个太长、不成比例的大鼻子啄短了，长度正好跟正常的鼻子一样。

"您多么善良啊，我的仙女，"木偶擦干眼泪说，"我真爱您啊！"

"我也爱你，"仙女回答，"假如你愿意留下来跟我住在一起，你就是我的小弟弟，我是你的小姐姐……"

"我真高兴同你在一起……可是我可怜的爸爸怎么办呢？"

"我都想到了。我已派人去通知了你爸爸，天黑前他会来到这儿的。"

"真的吗？"皮诺乔喊道，高兴得跳了起来。"我的好仙女呀，假如你高兴的话，我想去迎接他！我恨不得立即跑去亲吻可怜的老人家，他为我受尽了折磨！"

"去吧，可是你得注意千万别迷了路。往森林里走，我保证你能遇上他。"

皮诺乔出发了。一进入森林，他便像狍子似的飞跑起来。跑到一个地方，快到大橡树跟前，他停住了，好像听到树枝间有什么响声。的确，他看到路上隐隐约约的人形。你们能猜出是谁吗？原来是狐狸和猫，他和他们在红虾旅舍一起用过晚餐呢。

"瞧，我们亲爱的皮诺乔来了！"狐狸喊道，跟他又是拥抱又是接吻，"你怎么到这儿来了？"

"你怎么到这儿来了？"猫重复了一遍。

"说来话长，"木偶说，"让我慢慢讲给你们听吧。你们知道吗，那天晚上你们留下我一人在旅舍里，后来我又在路上遇到了凶手……"

"凶手？啊，可怜的朋友！他们要干什么？"

"他们要偷走我的金币。"

"不要脸的！"狐狸说。

"太不要脸了！"猫学着舌说。

"我拔腿就跑，"木偶接着说，"他们老追在我的后面，一直追上了我，把我吊在那棵橡树的枝子上……"

皮诺乔用手指了指两步远的那棵大橡树。

"还有比这更糟糕的吗？"狐狸说，"我们命中注定要生活在这个世界上，可是这个世界是个什么样的世界啊？我们这些正人君子到哪里能找到一个可靠的避难所啊？"

就在他们这么聊着的时候，皮诺乔发现猫的前右脚跛了，脚掌连同爪子都没了，就问他：

"你的那个脚掌怎么啦？"

猫本来想说点什么的，可是他羞于启齿，于是狐狸马上替他说：

"都怪我的这位朋友过于谦虚，不好意思回答你的问话，那就让我替他回答吧。你知道吧，一个小时前我们在路上遇到了一只饿得发昏的老狼，他向我们讨口饭吃。我们连一片鱼都没有给他的。可是我的朋友他做了什么呢？他的心肠好得跟恺撒大帝一样，就用他的牙齿咔嚓一声咬断了他的一个前掌，把它扔给那个可怜的野兽吃，至少他能填补一下肚子吧。"

狐狸这么说着，还用手擦了一下流出来的一滴眼泪。

皮诺乔也受到了感染，走到猫的跟前，附在他的耳朵上轻声说：

"假如所有的猫都像你一样仁慈，老鼠们算是享福了！"

"那么，现在你来这儿做什么呢？"狐狸问木偶。

"我来等我的爸爸，过一会儿他会打这里经过的。"

"你的金币呢？"

"瞧，还在我的口袋里，只少了一枚，我用它付了红虾旅舍的费用。"

"想想吧，明天就不是四枚金币了，而会变成一千枚、两千枚金币！为什么不照我说的办？为什么不去奇迹地种下钱呢？"

"今天是不可能了，明天我跟你们去吧。"

"明天就晚了。"

"为什么？"

"因为那块地已经被一位有钱人买走了，从明天开始就不允许任何人去那儿种钱。"

"奇迹地离这儿有多远?"

"才两公里路。你想跟我们一起去吗?半个小时我们就可以到那儿,你马上种下四枚金币,保管你就能收获到两千枚,今晚你回到这儿时两个口袋里就是鼓鼓的。你愿意跟我们一块儿去吗?"

皮诺乔迟疑了一下,没有立刻回答他,因为他想起了好心的仙女、老杰佩托和会说话的蟋蟀的警告。可是后来呢,他跟所有的孩子一样,没心没肺,不会判断是非,照样做不该做的事,于是,他连连点头,对狐狸和猫说:

"咱们走吧,我跟你们去。"

他们动身了。

走了老半天,他们来到一座叫作"专捉傻瓜"的城市。一到城里,皮诺乔看见的是:满街跑着饿得连连打哈欠的剥光皮的野狗;冻得直发抖的剪过羊毛的羊;沿街乞讨玉米的没有冠子和垂肉的公鸡;不能再飞起来的大蝴蝶,因为他们卖掉了他们色彩斑斓的翅膀;没有尾巴的孔雀,他们羞于叫人看见自己;跛腿的雉鸡,咕咕叫着,为永远失去金的银的闪光的羽毛而悲切。

在这群乞丐和羞于见人的可怜虫中,不时有几辆装饰豪华的车子穿过,车上不是坐着一只狐狸,便是某个偷食的喜鹊或某只凶猛的飞鸟。

"奇迹地在哪儿?"皮诺乔问。

"离这儿只差两步远。"

他们穿过城市,走出城墙,停留在一块孤零零的地上,一块跟别的田地没有半点不同的地角。

"我们到了,"狐狸对木偶说,"现在你弯下腰,用手掘一个洞,把金币种下去。"

皮诺乔听从了。挖了一个洞,放进四枚金币,又用一点土填好。

世界传世藏书

图文珍藏版

“现在呢，”狐狸说，“你到附近的水沟里去取一桶水来，浇在种币的地方。”

皮诺乔走到水沟旁，那儿没有水桶，他急中生智脱下一只鞋，注满水，带回来浇在填满洞的泥土上。做完了所有的事，他问：

“还要做点什么吗？”

“不需要了，”狐狸说，“我们可以走了。二十分钟后，你再回到这儿来，你会看见从地里长出来的一棵小树苗，树枝子上挂满了叮当作响的金币。”

可怜的木偶高兴得手舞足蹈，向狐狸和猫再三表示感谢，许诺一定会送给他们一件漂漂亮亮的礼物。

“礼物嘛，我们是不会要的，”那两个坏家伙回答说，“教会你不费吹灰之力发一笔大横财，我们就心满意足了，别无他求。”

说完这些话，他们辞别皮诺乔，一再预祝他喜获丰收，然后走自己的路，干自己的勾当去了。

第十九章

皮诺乔不但金币被盗，又坐了四个月的牢，尝够了挨罚的滋味。

一回到城里，木偶开始一分钟一分钟地数时间。当他认为时间到了时，便赶快前往奇迹地。

他大步流星地走着，心脏在胸膛里直扑腾，他快跑的时候，听到心脏嘀嗒、嘀嗒地响，就像钟摆的摆动声一样。他边跑边想：

"要是树枝上挂着的不是一千，而是两千枚金币呢？或者不是两千，而是五千呢？不是五千，而是一万呢？哎呀！那样我就发了，成了一个大富翁啦！我要盖一座美丽的宫殿，养一千匹小木马，盖一千间马厩，好供我消遣；我要砌间储藏室，里面储的全是露酒和胭脂红酒；对了，还要搞个图书馆，当然咯，藏的不是书，而是各种各样的蜜饯、糖果、大蛋糕、面包、脆薄饼和奶酪面包。"

他只顾这么想着，一抬头到了奇迹地附近，立在那里，盼望能看见一棵枝头挂满金币的树，然而什么也没有看到。再往前走近一百步，仍然看不到什么树。到了地里……一直走到种有金币的洞跟前，还是一无所有。这时他开始担心了，忘掉了富人应有的举止，也忘掉了有教养的人的姿态，从袋里抽回一只手，伸到头上去乱抓。

这时，他听到一声刺耳的尖笑，抬起头往上望，看到树上停着一只大鹦鹉，正用嘴梳理着身上几根稀疏的羽毛。

"笑什么？"皮诺乔粗着嗓子问。

"因为我在梳我翅膀底下的羽毛时，我把我自己弄痒了，所以我就笑了。"

木偶没有理睬他，走到水沟旁边，汲了一鞋水提来浇在他种过金币的地方。

又是一阵笑声，而且比第一次的更响，在空旷寂静的田野里听来格外刺耳。

"哼，"皮诺乔生起气来，"我说鹦鹉，你这个没有教养的，你能告诉我，你到底在笑什么？"

"我在笑那些笨蛋，他们什么蠢话都信，心甘情愿地掉入比他们更狡猾的人设下的陷阱里。"

"你也许是在说我吧？"

"不错，我是在说你，可怜的皮诺乔，说你这个大傻瓜，竟然相信钱能种在地里，能像种豆角和南瓜一样收获。我从前也相信过一次，今天我可受到了惩罚。如今（已经太晚了）我必须说服我自己：要靠自己双手的劳动，或者靠自己大脑的聪明赚几个清白钱。"

"我不懂。"木偶说，开始感到有些茫然。

"别着急！仔细听我给你说得更清楚些。"鹦鹉又说，"你知道吗，当你还在城里时，狐狸和猫又回到这块地里。他们挖走了你埋下的金币，然后一阵风似的逃走了。现在你到哪儿去找他们呢？"

皮诺乔嘴巴张得大大的，不愿意相信鹦鹉说的话，用手指挖掘他浇过水的地方。挖呀，挖呀，挖呀，挖了一个那么大的洞，连一个大草垛也能容下。然而金币却一个也没见到。

这下他彻底失望了，拔腿就往城里跑，一直跑进法院，向法官状告两个盗窃财物的恶人。

法官不是别人，是一个大猩猩，属于科里拉种族，他年岁很高，一副老态龙钟的模样，因而越发令人肃然起敬。他的白花花的胡子在胸前飘着，戴一副金丝眼镜，没有镜片，但他必须整天戴着，因为他的眼睛里老是布满了红红的血丝，叫他多年来吃够了苦头。

皮诺乔向法官大人原原本本地陈述了事情的来龙去脉，他说，这是不公正的偷窃行为，而他本人正是这一行为的直接受害者；末了还提供了罪犯的姓名及相貌特征。最后要求一个公正。

法官极其认真地听着，态度十分仁慈，深受他陈述的感动。当木偶再没有什么好讲的时候，他伸手拿起铃铛摇了几下。

响起一阵铃声，两只穿宪兵制服的猛犬迅速走出来。

法官指着皮诺乔对宪兵说：

"这个可怜虫被盗走了四枚金币，你们狠狠揍他一顿，然后把他关入大牢。"

听到法官这个没头没脑的判决，木偶的脸色一下子变成了紫青色，他想提出抗辩，可是宪兵们生怕耽误半点时间，忙给他口里塞上毛巾，把他拖入暗牢。

他在牢房里一关就是四个月，多么漫长的四个月啊。要不是赶上一桩幸事，他可能还要坐更长的牢呢。必须知道，统治"专捉傻瓜"城的年轻国王刚刚打赢了一场仗，打得敌人落花流水。为了欢庆这一胜利，他命令举国上下过一个盛大的节日，到处张灯结彩，大放焰火，搞跑马和骑自行车比赛；为了表示普天同庆，还敞开监狱，释放全部罪犯。

"如果其他罪犯出去的话，我也要出去。"皮诺乔对狱卒说。

"您嘛，不行。"狱卒答道，"因为您不在其中……"

"我倒要请您原谅，"皮诺乔反驳说，"我也是一个罪犯呀。"

"假如是这样的话，您倒有千种理由获释。"狱卒说，从头上取下帽子向他表示敬意，替他打开牢门，放他逃跑了。

第二十章

从监牢获释后，皮诺乔前往仙女家，可是走在路上，他遇到一条可怕的巨蛇，后来又掉入陷阱。

你们一定能够想象得出，当皮诺乔听到自己获释后，他该是多么快乐啊。他再也无心去申辩自己没有犯罪而是蒙受了不白之冤，现在最要紧的是赶快离开这座城市。他选择了那条能把他带到仙女家去的路，大步往前走。

那是个阴雨连绵的季节，道路泥泞难行，他的整个脚都踩进泥巴里，然而木偶并不介意这些。能见到他的爸爸和他心爱的青发小姐姐，心里别提有多感动。他跑着跳着，跟个灵猩一样轻捷，泥点

溅污了全身，连小帽子也给弄成了泥糊糊。他一边走，一边对自己说："瞧我这么些日子碰到了多少倒霉的事啊……我这都是活该呀！谁叫我是这么个又固执又不听人劝告的木偶……我总是一意孤行，

图文珍藏版

爱我的人的话我全都当成耳边风，而他们明辨是非的能力比我高一千倍，一万倍！从今往后，我要痛改前非，做一个乖乖的听话的好孩子……现在我可看清楚了，凡是不听话的孩子，到头来总是要吃亏的，总会犯错误的。我的爸爸还会等我吗？仙女在家吗？可怜的人啊，有多久没见到他了，我真想好好摸摸他，在他脸上亲个够！仙女呢？她会原谅我的捣蛋行为吗？想想吧，她给了我多少关心和爱护啊……想想吧，要不是她我今天还能活在世上吗？我真该好好报答她啊！可是，还能找到一个比我更没有良心、更不知好歹的孩子吗？"

正在这么反省的时候，他突然停住了脚步，吓得倒退几步。

他看到什么啦？

原来是一条巨蛇横在马路上，绿皮、火眼、细尾，尾巴烟囱似的喷吐着浓烟。

你们简直想象不出来木偶该有多害怕。他往后倒退了足足半公里，坐在一堆石子上，等待巨蛇自行走开，干自己的事去，让出通道。

他等呀等，一个小时过去了，两个小时过去了，三个小时过去了，可是蛇仍旧躺在那儿。尽管离得远，蛇的那一对火光闪闪的眼睛和从尾尖喷出的烟柱仍看得清清楚楚。

这时，皮诺乔不知从哪儿生出一股勇气，他一步一步接近蛇，用甜甜的、软软的、细细的声音对蛇说：

"蛇先生，请原谅，求您给个方便，身子往边上稍微挪动一点儿，给我腾出一个小窄缝，让我过去好吗？"

然而，像对着墙壁说话一样，蛇纹丝不动。

皮诺乔又用同样细微的声音说：

"蛇先生，您是知道的，我要回家去，家里老爸在等着我，我有好长时间没有见到他了！您难道不高兴我继续赶我的路吗？"

·木偶奇遇记·

图文珍藏版

他等待一个回答的表示，可是什么表示也没有。相反，直到他说这些话时还生气勃勃的蛇，这会儿倒不动了，差不多僵硬了，眼睛紧闭着，尾巴也不冒烟了。

"真的死了吗？"皮诺乔说，高兴得直搓手。他抓紧时间，打算跨过蛇的身体，跑到马路的另一边去。不等他抬起腿，蛇弹簧似的猛然直立起来，吓得木偶身子倒退，栽倒在地上，一头插进路上的泥巴里，两条腿竖在空中。

看到木偶倒竖在那儿，两腿乱蹬乱踢，蛇禁不住放声大笑，笑得全身发抖，笑呀笑呀，由于笑得过了火，笑断了腹部的一条血管，这一回，蛇真的死了。

皮诺乔又跑起来，想在天黑前赶到仙女的家里。跑着跑着，胃里闹腾得慌，便跳入一块地里，指望能摘几串葡萄填填肚子。这种事他可从来没有做过！

刚走进葡萄地，两片利铁咔嚓一声夹住了他的腿，痛得他两眼冒金星。

可怜的木偶落入几个农夫设下的捕兽器里，因为那一带常有黄鼠狼出没，他们专门盗吃乡邻鸡舍里的鸡。

第二十一章

　　皮诺乔被一位农夫捉住，农夫强迫他做鸡舍的看门狗。

　　你们当然很容易想象得出，皮诺乔哭着，尖叫着，哀求着。他哭呀叫的，却白搭，没有人听到，因为那一带既没有人家住，也没有一个人打那儿经过。

　　这时，天黑了下来。

　　一方面，利铁夹住双脚叫他疼得钻心，另一方面，他孤零零的一个人在黑夜里越想越怕，他几乎面临绝境。恰在这个时候，头顶上飞过来一个萤火虫，木偶赶紧叫住他问：

　　"啊，好心的萤火虫，求您发发善心，能否把我从这个捕兽器里解救出来？"

　　"可怜的孩子啊！"萤火虫答道，停了下来，用充满怜悯的目光

世界经典童话

·木偶奇遇记·

图文珍藏版

望着他。"你是怎么搞的啊，双脚叫利铁给钳住啦?"

"我想到地里去摘两串葡萄吃，没想到就……"

"葡萄是你的吗?"

"不是……"

"那么你为什么去摘人家的葡萄呢?"

"我实在太饿了……"

"我的孩子，饥饿并不能成为把别人的东西据为己有的合理借口呀……"

"真的，真的!"皮诺乔哭着承认，"以后我不会拿别人的东西了。"

正说着，谈话被越来越近的轻微的脚步声打断了。田地的主人踮着脚尖，蹑手蹑脚地走来，想看看捕兽器捕住了夜里偷鸡的黄鼠狼没有。

当他从大衣的下摆里取出灯台一照，惊呆了，捕兽器里逮住的不是一只黄鼠狼，而是一个小男孩。

"嘿! 你这个小盗贼!"农夫喊道，气得直发抖，"原来偷鸡的是你呀!"

"不是我，不是我!"皮诺乔喊道，大哭不止。"我只是想到地里去摘两串葡萄吃。"

"偷葡萄的家伙也一定很会偷鸡的。让我来狠狠教训你一顿，够你记住一辈子的。"

他打开捕兽器，捏住木偶的长脖子，一把将他拉了出来，如同拖一只吃奶的小绵羊似的，一直把他拖到家里。

来到房前的打谷场上，农夫把他扔到地上，一只脚踏上他的脖子，对他说:

"现在太晚了，我要去睡觉，明天我再跟你算账，刚好今天我的那条狗死了，你就代替他，给我当看家狗吧。"

农夫说完，在他脖子上套了一个粗大的布满了黄铜粗钉的脖套，脖套口的大小刚好紧钳住脖子，使得头退不出来。脖套圈连在一条长铁链子上，铁链子又系在墙上。

"晚上下雨时，"农夫对他说，"你可以到旁边的小木屋里去避避雨，那里有稻草，是我的那条可怜的狗四年来一直当床用的。记住，偷鸡的来了，你要竖起耳朵听着，并且要汪汪大叫。"

农夫训斥他一番后，走进屋子，关上门，插上闩，睡了。可怜的皮诺乔蜷缩在稻场上，真有点生不如死的感觉。他又冷又饿又怕，手不时插入套住脖子的脖套中，愤怒地扯着，又哭又嚷：

"我真好哇！我也许太好了，才要当个流浪汉，才要离家出走，游手好闲……才会专门听信坏同伴的话。正因为这样，命运老在捉弄我。要是我跟其他许多孩子一样做一个好孩子，愿意读书，愿意做工，要是我还留在家里和我可怜的爸爸在一起，这个时候我就不会在这儿，在场地里做看门狗。唉！能再投一次胎该多好啊！可是现在已经晚了，有什么办法呢，忍耐一点吧！"

他痛痛快快发泄了一通内心的苦闷后，觉得好受多了，于是进了狗窝，倒头便睡。

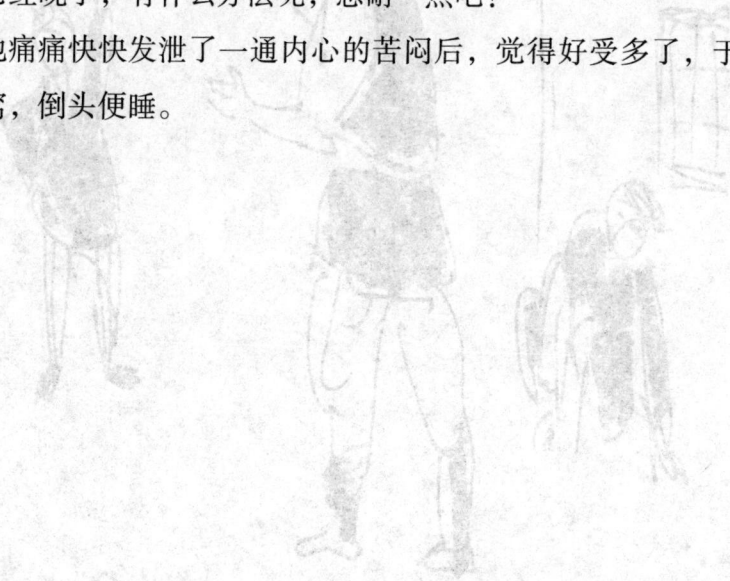

第二十二章

皮诺乔揭发了小偷，作为对他忠诚的奖赏，农夫释放了他。

他这么香甜地睡了两个多小时，大约到了半夜，他被一阵特殊的扑哧扑哧的声音和一阵窃窃私语声弄醒了，声音好像是从稻场上

传来的。他从狗屋的洞里伸出长鼻子，看见四个灰暗的猫样的动物在开会。可是他们不是猫，而是黄鼠狼，这种肉食动物，尤其爱吃鸡蛋和嫩嫩的鸡。其中的一只黄鼠狼离开同伴，来到狗屋的洞前，小声说：

"晚上好，麦兰波。"

"我不叫麦兰波。"木偶回答。

"噢，那你是谁呀？"

"我是皮诺乔。"

"你在这里做什么？"

"我在这里当看家狗。"

"那么麦兰波哪里去了？就是这间木屋的那条老狗，他哪里去了呢？"

"今天早上他死了。"

"啊呀，死了？可怜的畜生！他可是条好狗哇……可是我敢发誓，从你的长相上看，你也是一条很有教养的狗。"

"请原谅，我不是狗！"

"那你是谁？"

"我是木偶。"

"你当看家狗？"

"那是没办法的事，我在受罚呢！"

"那好吧。我同你签订同样的条约，就跟我们同已故的麦兰波签订的那个条约一样，包你满意。"

"条约内容是什么呢？"

"像过去一样，我们每星期夜里光顾一次这个鸡舍，带走八只小母鸡。当然咯，这八只小母鸡中，我们吃掉七只，剩下的一只留给你，但有一个条件，你得听仔细，你假装睡着，既不出来吠叫，也不惊醒农夫。"

"麦兰波真是这么做的吗?"皮诺乔问。

"是的,我们和他之间配合一直很默契。因此,你安安静静地睡吧,在我们离开这儿之前,我们肯定会把一只去掉毛的肥肥的母鸡扔进你的屋子里,你拿它当明天的早饭吧。听明白了吧?"

"明白了!"皮诺乔回答说,用一种威胁性的方式点了点头,好像说:"我们走着瞧吧!"

四只黄鼠狼认为很有把握后,走到离狗的小屋很近的鸡舍前,用尖牙利爪疯狂地扒开关住入口的小木门,一个接一个地溜了进去。他们刚一进去,就听到鸡舍的小门猛烈的关闭声。

门是皮诺乔关上的;他怕门关得不牢,又搬来一块大石头抵在门外。

然后他开始叫起来,那叫声真和狗的汪汪汪的叫声一样响亮。

听到狗吠,农夫翻身下床,端起枪,头探出窗外,问道:

"出了什么事?"

"闹贼啦!"皮诺乔回答:

"贼在哪儿?"

"在鸡舍里。"

"我就来。"

农夫快速跑来,进了鸡舍,抓住四只黄鼠狼,丢进袋子里,很惬意地对他们说:

"你们到底还是落入我的手里啦!我本来可以狠狠揍你们一顿的,可我不是那种卑鄙的小人!我宁愿明早把你们提到附近镇子上的小酒馆里去,他们会剥掉你们的皮,当兔子肉给煮了。你们当然不配享受这么崇高的荣誉,可是像我这样慷慨大方的男子汉并不介意这种小事,甭管是什么肉,吃起来一样香喷喷的!"

随后他走到皮诺乔身边,亲昵地抚摩他,跟他攀谈起来:

"喂,我说,那四个小贼子的阴谋你是怎么识破的?我那挺忠实的麦兰波却什么也没有发觉，这是怎么回事？"

　　木偶本来可以把他所知道的事一五一十地说出来，比如狗和黄鼠狼签订的卑鄙的条约。可是狗已经死了，于是他想："指责死去了的又有什么用呢？死了的已经死了，人们所能做的最好的事就是让死者安宁！"

　　"黄鼠狼来到稻场时，你是醒着的，还是睡着的？"农夫又问他。

　　"当时我正酣睡呢，"皮诺乔说，"可是黄鼠狼唠唠叨叨的闲聊

把我弄醒了，其中一只黄鼠狼还走到小屋跟前对我说：'喂，如果你能保证不叫喊，不惊醒屋里的主人，我们就赠给你一只又肥又嫩的鸡！呃，听懂了吗？'他们竟敢厚颜无耻地向我提出这样的交换条件！知道吗？尽管我是个木偶，干了太多的蠢事，可是从来不吹牛撒谎啊，更不和那些背信弃义的人狼狈为奸。"

　　"好孩子！"农夫拍着他的肩膀说，"正因为你有这份感情，所以你才是个诚实的人；为了表示我对你的极其满意，从现在起我放你回家去。"说完，把他脖子上的狗套取了下来。

世界经典童话

·木偶奇遇记·

图文珍藏版

第二十三章

皮诺乔见青发仙女死了痛哭起来，后来碰到一只鸽子，鸽子带他到了大海的对岸，在那儿他扑进海水里前去救援他的爸爸杰佩托。

皮诺乔脖子上那个又沉重、又让他怪丢脸的狗套没了，他顿时感到轻松多了，立即跑开了，穿过田野，连一分钟也不停留，一直跑到大路上，好顺着大路跑到仙女的家里。

刚一跑上大路，眼睛朝平原望去，他清楚地瞅见碰到倒霉的狐狸和猫的那个森林。在那万木丛中，他看到大橡树的高高的树顶，一看见那棵橡树，他就想起了自己被吊在树上东荡西晃的情景。他东瞅瞅，西望望，可是怎么也看不到青发仙女的那所小屋子。

这时，一股悲愁袭上了他的心头，他用他腿上仅存的力气跑起来，几分钟后跑到一片青草地上。前些日子那儿还有一所小白房子的，可是现在小白房子没有了，相反却出现了一小块大理石，石上镌刻着挺伤感的印刷体铭文：

这里长眠着青发仙女

她因遭其小弟皮诺乔之弃而伤逝。

木偶的心境本来就很坏，加之读到这么叫他难过的文字，他的心情是多么沉重，我留给你们去想象。他一下子扑倒在墓上，对着冰冷的大理石千百遍地亲吻，号啕大哭。哭了整整一夜，第二天早上又接着哭，哭到太阳升起来。哭得眼里连一滴泪水都不剩。他的嚎叫和怨悔声是那么撕肝裂肺，震天动地，连周围的群山都为之呼应，一齐抽泣。

他边哭边说：

"啊，我的小仙女，你为什么死了？为什么死的是你，而不是我？我是那么坏，而你是那么好……我的爸爸他在哪儿呀？啊，我的小仙女，请你告诉我，我在哪儿能找到他，我要永远跟他在一起，再不离开他，再不！再不！再不！啊，我的小仙女，请对我说你死了这不是真的！假如你真的爱我……假如你爱你的小弟弟，请你活过来吧……就像从前一样充满生命力！难道你看到我孤零零的一个人遭到众人的抛弃而不感到难过吗？要是杀人凶手们来了，真的把我吊在树枝上……那我就会永远死去了。你要让我在这个世界上孤身一人干什么呢？现在我失掉了你和我的爸爸，谁会给我弄吃的呢？晚上我到哪里去睡觉呢？谁替我缝制新衣裳呢？啊！也许让我死掉会更好些，会好一百倍！是的，我死，噢！噢！噢……"

他这么要死要活的，心都快碎了，伸手要揪掉自己的头发，可是他是个木头，手上连一根头发也没揪着。

这时候，飞来一只肥肥的鸽子，张开双翅盘旋在高空对他喊道：

"告诉我，孩子，你在下面干什么？"

"没有看见吗？我在哭呢！"皮诺乔没好气地说，抬头朝发出声音的那个地方望去，用上衣的小袖子擦干眼泪。

"告诉我，"鸽子又说，"在你们的木偶同伴中，你认识一个名叫皮诺乔的吗？"

"皮诺乔？你是说皮诺乔吗？"木偶重复说，一下子跳了起来。"皮诺乔就是我呀！"

听他这么回答，鸽子嗖的一下由天而降，落在地上，身子比一只火鸡还肥。

"那么你还认识杰佩托吗？"他问木偶。

"我当然认识他！他是我可怜的爸爸！他同你谈到过我吗？你带我去他那儿好吗？他还健在吗？请你行行好，回答我，他还活着吗?"

"三天前我在海滩上见过他。"

"他那时在做什么?"

"他在为自己造一条小船,准备横渡海洋。那个可怜的人四个月以来一直在到处找你,却怎么也找不到你,现在他打算到遥远的国家里去寻找你。"

"这儿离海滩有多远?"皮诺乔焦急地问。

"有一千多公里吧。"

"一千多公里?噢,我的鸽子,我要是像你一样有一双翅膀该多好啊!"

"你想去的话,我带你上那儿去。"

"怎么个去法?"

"骑在我的背上。很重吗?"

"重?一点儿也不重!跟一片树叶子一样轻。"

皮诺乔不再说别的,跳到鸽子的背上,像骑马一样叉开腿骑了上去,兴奋地吆喝:"小马儿乖乖,快跑起来,快跑起来,快快把我驮到那儿去!"

鸽子 拍翅膀,几分钟就升到了高高的空中,简直快擦着云彩了。鸽子飞得真高,木偶心里别提有多好奇,低下头想俯瞰一下大地的景致,头刚好一低下,便一阵发晕。他怕得要死,赶紧用两条胳膊紧紧搂住羽毛丰满的坐骑,这样就不怕掉下去了。

他们飞了整整一天,天快黑时,鸽子说:

"我渴极了!"

"我饿极了!"皮诺乔接着说。

"就让我们在那个鸽房里歇一会儿吧!喘口气后再接着飞行,明早天一亮,我们准会飞到海滩上的。"

他们走进一间宽敞的鸽房里,鸽房里除了一脸盆水和一篮子巢菜外，没有其他的食物。

木偶活了这么久，还没有吃过巢菜呢。过去一听到这个菜名，他就恶心，大倒胃口。可是那个晚上，他不但大口大口地吃了，而且吃得肚子鼓鼓的。巢菜快吃完了，他转过身来对鸽子说：

"我过去从不相信巢菜这么好吃呢。"

"我的孩子，必须深信，"鸽子说，"当一个人实在饿极了，身边又找不到别的能吃的东西时，巢菜也就成了美食了！人饿昏了时，就顾不上闹小脾气，也不挑肥拣瘦了。"

他们匆匆用完了饭，又起程了。第二天来到了海滩。

鸽子把皮诺乔送到海滩上后，转身就飞走了，消失在天空，皮诺乔连一声道谢还没来得及说呢。

海滩上满是人，他们叫着嚷着，面对着大海用手比画着。

"出了什么事？"皮诺乔问一位老太婆。

"出了什么事？一位失掉了儿子的可怜的爸爸，乘坐一只小船想到大海那儿去寻找他，可是今天大海的脾气很坏，小船快翻了，要沉入水中了……"

"小船在哪儿？"

"瞧，那边，顺着我的手指看。"老太婆指着一条小船说，那条船远远看上去，如同一个核桃壳儿，里面有一个极小极小的人。

皮诺乔眯起眼睛朝那边仔细一看，不禁尖叫起来，喊道：

"那是我的爸爸！那是我的爸爸！"

小船在狂怒的海涛中时隐时现。皮诺乔跳到一块高高的礁石的尖顶上，一声接一声地呼唤爸爸的名字，用手和擦鼻涕的手绢对他打着各种手势，甚至取下头上的帽子挥舞起来。

尽管离海滩很远，杰佩托似乎认出了儿子，因为他也取下了帽子向他打着招呼，起劲地挥动手臂，要让他知道他自己是很愿意掉转船头的，可是海浪过于猛烈，无论他怎么用力划桨，船根本就靠不了岸。

突然，一个巨浪掀起又落下，小船消失了。人们等候小船重新浮出水来，然而没有。

"可怜的人哪。"回到海滩上的渔民议论开了，小声祈祷着往回家的路上走去。

就在这时，他们听到一声绝望的呐喊，众人回过头来，看到一个男孩立在一块礁石的绝顶，翻身投向大海，同时喊道：

"我要救我的爸爸！"

皮诺乔整个儿是用木头做成的，因而很容易漂浮起来，游起来宛如一条鱼，既轻快又自由。一会儿被巨浪压下水去，一会儿他的一条腿或胳膊又露出水面。他离陆地越来越远，最后在人们的视线里消逝了。

"可怜的孩子！"岸上的渔民说，小声地祈祷着，回到他们的家里。

世界传世藏书

世界经典童话

·木偶奇遇记·

图文珍藏版

第二十四章

皮诺乔来到勤劳的蜜蜂岛国,又找到了仙女。

皮诺乔游了整整一个通宵,他真希望快快游到他那可怜的爸爸身边,救起他。

夜晚是怪怕人的,天上的暴雨瓢泼似的往下倒,还夹杂着雹子,雷声滚动,吓得人胆战心惊,不时几道闪电照得大海如同白昼。

天快亮时,他才看清在不远的地方有一条狭长的陆地,那是海里的一个岛。

他用尽力气往那儿游去,想接近那个海滩,然而一点用处也没有。海涛追逐着,翻腾着,激荡着,他在海浪中犹如一根小树枝或一根稻草。最后幸而一个大浪拍来,把他冲到沙滩上。

浪头实在厉害,使他一头撞到陆地上,浑身的骨头和关节都发出嘎吱嘎吱的响声,但他很快安慰自己说:

"算我命大,这次又死里逃生!"

这时天空慢慢晴朗起来,太阳全露了出来,光华四射,大海复归平静,像镜子一样。

木偶在太阳下晾晒他的湿漉漉的衣服,眼睛不停地东张西望,希望在茫茫的海面上偶尔发现一条载有小人的小船。他仔仔细细地瞧了好一会儿,眼前的景物只有蓝天、沧海和几叶船帆,那么远那么远,看上去像几只苍蝇。

"至少该知道一下这个岛子的名字吧!"他自言自语地说,"至少该知道一下这个岛子上是否住有文明讲礼貌的人吧,我的意思是,那些人没有在树上吊小孩的癖好。可是我能问谁呢？这儿连一个人影都没有，我能去问谁呢？"

想到自己孤零零的一个人落到这么一个荒无人烟的地方，他的心情坏透了，真想大哭一场才解气。突然间他看到离岸边不远的地方有一条大鱼游过，大鱼游得那么逍遥自在，怡然自乐，时而将头露出水面。

木偶不知道该怎么称呼他好，就高声唤住他：

"喂，鱼先生，能听我说一句话吗？"

"两句也行。"鱼回答，那是一条很懂礼貌的海豚，如今像他这么大的海豚在全世界的海洋里很少见了。

"你能不能告诉我，在这个海岛上有什么集镇，我在那里可以吃饭，又没有危险？"

"没问题，"海豚回答说，"离这儿不远的地方，保管能找到这样一个集镇。"

"有路通那儿吗？"

"你走左手那条小道，照直走，别弄错了。"

"再请教一件事。您白天黑夜在这儿的大海里游，有没有偶尔遇到一条载有我爸爸的小船呢？"

"谁是你的爸爸？"

"他是世界上最好的一个爸爸，就像我是世上最坏的孩子一样。"

"昨晚的一场风暴后，"海豚说，"小船可能沉入水下了。"

"那我的爸爸呢？"

"说不定这个时候可怕的鲨鱼已经把他吞了。这几天大鲨鱼游到我们的海域来大扫荡，遇到什么吞什么。"

"这条鲨鱼到底有多大？"皮诺乔问，身体因恐惧而发抖。

"大得不得了！"海豚说，"为了叫你有一个具体的概念，我这样跟你说吧，他比一座五层楼的大楼还要高，他的口那么深，那么大，连一列开着的轰隆隆的火车也能松松快快地通过。"

"我的妈呀！"木偶害怕得直叫喊，赶快穿上衣服。他转身对海豚说：

"再见，鱼先生，打扰了，请原谅，您真懂礼貌，谢谢您！"

说完了这些话，他转身走上了那条小路。他快快地走着，差不多是在跑呢。每当背后有什么响动，他便立刻回过头来瞟上一眼，生怕那个可怕的大鲨鱼跟在身后，他是那么可怕，跟五层楼的大楼房一样高，口里还能通过一列开着的大火车。

走了半个来小时，来到了一个名叫勤劳的蜜蜂岛的小国家。路上的人密如蚂蚁，都在忙着各自的活儿，跑东跑西，人人都在做工，个个都在出力，简直找不到一个游手好闲的人或者好吃懒做的人，任你打着灯笼也找不到这种懒人。

"我明白了，"皮诺乔兴致索然地说，"这个国家太不适合我了！我生来就不是干活的！"正这么想着，肚子饿得他怪难受的，他这才想起来，已经有二十四小时没吃一点东西了，连巢菜也吃不到。

怎么办呢？

只有两种办法才能解决肚子饿的问题：要么找点活儿干，要么伸手讨个小钱或几片面包。讨饭吃又太丢面子。他爸爸经常训诫他说，只有老年人和有病痛的人才有权乞讨。在这个世界上，真正的穷人，值得别人救助和同情的人，不是别的什么人，而是那些因年迈和病痛而注定不能再凭借自己双手的劳动获取面包的人。其余的人都得干活，假如他们因不干活而挨饿，那是活该。

这时，一位浑身流着汗、喘着粗气的男人，吃力地拉着两辆装满煤的小车从马路上经过。

他看上去像是个善良的男人。皮诺乔走上前去，低着头挺不好意思地小声央求他说：

"您能行个好给我一个钱吗？我快饿死了。"

"别说一个钱，"拉煤的说，"只要你能帮我把这两小车煤拉到我家里，我倒乐意给你四个钱呢。"

"亏您说的！"木偶回答，像是受了侮辱，"我可不是你们喜爱的那种驴子，我还没有拉过车呢！"

"太好了！"拉煤的说，"那么，我的孩子，假如你真的快饿死了，我劝你啃两口你的傲气和自尊充饥吧。可要小心得消化不良症。"

过了几分钟，一位肩扛一筐石灰泥的泥瓦匠从街上经过。

"好心人哪，求您发发善心，给一位饿得直打哈欠的穷孩子一个钱，好吗？"

"我很高兴，"泥瓦匠说，"只要跟我一块来抬石灰泥，我不是给一个钱，而是五个钱。"

"可是石灰泥太沉，"皮诺乔回答，"我不愿受劳累。"

"假如你不愿受劳累，我的孩子，就用打哈欠取乐好了，打哈欠的确挺好玩的。"

在不到半小时的时间里，又有二十几个人经过这儿，皮诺乔向他们一一行乞，但他们都回答他说：

"你不觉得害羞吗？与其在街上行乞，还不如去找点活干，学点谋生之道！"

最后走来一位提着两罐水的挺和善的少妇。

"善良的夫人，您能让我喝一口您瓦罐里的水吗？"皮诺乔问，嗓子眼干得直冒烟。

"我的孩子，喝吧！"少妇回答说，把水罐放在地上。

皮诺乔像海绵一样喝足了水，擦擦嘴巴，小声嘟囔说：

"口是不渴了！肚子饿怎么办？"

听到这话，善良的少妇紧接着说：

"如果你帮我把这两罐水提到我家里，我给你一个大面包吃。"

皮诺乔瞧着水罐，既没有说是，也没说不是。

"除了面包外，我还给你一盘用油和醋调拌好的花菜。"善良的妇人又说。

皮诺乔又瞅了一眼水罐，既没有回答行，也没有回答不行。

"花菜之后，我再给你一盘酒心糖。"

在最后一道美味的刺激下，皮诺乔再也无法抵抗了，就说：

"好吧！我替您把水罐提到家里！"

水罐真沉重，木偶用手都提不起来，只好顶在头上。

来到家里，善良的少妇让皮诺乔坐在一张铺好桌布的桌子旁，在他面前摆上面包、花菜和露酒。

皮诺乔简直不是在吃，而是狼吞虎咽，他的肚子几乎有五个月没装过什么像样的东西了，这时有多少就能装多少。

慢慢减轻了饥饿所引起的空虚难受的感觉，他抬起头来要感谢这位救命恩人，还没等他仔细端详她的脸庞，他禁不住惊叹了一声：啊呀！他太奇怪了，眼睛睁得大大的，叉子停留在空中，塞满了面包和花菜的嘴合不拢。

"你怎么这样吃惊？"善良的妇人笑着问。

"因为……"皮诺乔结结巴巴地说，"因为……因为你太像……你真像……是的……是的……是的……一样的声音……一样的眼睛……一样的头发，是的……是的……是的！你也是蓝蓝的眼睛……就跟她的一样！啊，我的仙女！啊……我的仙女！请告诉我，你就是她，正是她呀！啊，我的仙女！告诉我说你正是她！别再让我哭！你知道吗……我多么悲伤地哭过！我有多后悔啊！"

这么说着，皮诺乔两眼哭得泪如雨下，双膝跪倒在地上，抱住这个神秘少妇的双膝。

世界经典童话

·木偶奇遇记·

图文珍藏版

第二十五章

　　皮诺乔向仙女保证要好好读书，因为他已经讨厌做一个木偶，并且愿意做个好孩子。

　　善良的少妇本来想说，她不是青发仙女，可是，当她看到他已经认出自己，就不愿意把这场戏再演下去了，于是承认了自己的真实身份，对皮诺乔说：

　　"你这个狡猾的木偶！你怎么认出我的？"

　　"我就是要您的这句话嘛，这下我就放心了。"

　　"你记得吗？你离开我的时候，我还是个小女孩呢，一转眼的工夫，我就变成了少妇，差不多能做你的妈妈呢。"

　　"那我太高兴了，因为这样一来，我就不再喊你小姐姐了，而要喊你妈妈了。我好久好久就渴望有个妈妈，像所有的孩子一样……可是你怎么长得这么快呀？"

　　"这可是个秘密。"

　　"给我泄露一点吧，我也想长高一些。你没有看见吗，我老是这么矮得可怜？"

　　"可是你是不能长大的。"仙女回答说。

　　"为什么呢？"

　　"因为木偶从来不长大。作为木偶而生，作为木偶而活，作为木偶而死。"

　　"哦！做一辈子木偶叫我讨厌死了！"皮诺乔敲着自己的脑袋嚷

道，"现在我要当一个真正的男子汉……"

"如果你够得上男子汉的称号的话，那你就是个真正的男子汉了……"

"真的吗？要做个真正的男子汉，我该怎么做呢？"

"那太容易了，你先得当一个好孩子。"

"这样说来，我还不是一个好孩子？"

"当然不是！好孩子是听话的，而你呢……"

"我总是不听话。"

"好孩子爱学习，爱劳动，而你呢……"

"正相反，我总是爱捣蛋，长年东游西逛。"

"好孩子总说真话……"

"我张口就说谎话。"

"好孩子高高兴兴上学去……"

"一听说上学，我就头疼。可是从今天起我要改变生活。"

"你敢保证？"

"我敢保证，我想做个好孩子，不辜负我爸爸的期望。然而这个时候我可怜的爸爸在哪儿呀？"

"我不知道。"

"我难道再没有机会见到他了吗？我真想再拥抱他啊！"

"我想会有的，我可以向你打包票。"

听她这么一说，皮诺乔心上的一块石头终于落了地，他高兴得直拍手，拉起仙女的手动情地吻了又吻，真有点忘乎所以了。他这么狂吻了一阵后，抬起头来充满爱意地望着她，问道：

"告诉我，妈妈，这么说来，你死了这不是真的，是吗？"

"好像不是真的。"仙女笑吟吟地回答。

"可是你得知道，当我读到'这里长眠着青发仙女'时，我的心里有多痛苦，多焦急啊！"

"这我知道，正因为这样我才原谅了你。你内心真的感到痛苦，这使我认识到你的心地很善良。心地善良的孩子，尽管有点调皮，还时不时干点坏事，但总是有希望的。也就是说，总有希望使他走上正轨，让他迷途知返。这就是我到这儿来找你的原因，我会做你的妈妈……"

"啊！说得太好了！"皮诺乔高兴得跳起来。

"可你应该听我的话，照我说的做。"

"我愿意，我愿意，我愿意！"

"从明天起，"仙女接着说，"你开始上学去。"

皮诺乔马上不那么高兴了。

"你喜欢学一门艺术，还是一技之长？"

皮诺乔变得严肃起来。

"你嘴里嘟囔些什么？"仙女一字一顿地问。

"我在说……"木偶小声说，"我是说现在上学对我来说已经太晚了……"

"不，你记住，接受教育和学习知识从来都不晚。"

"可我既不愿意学艺术，也不想有一技之长……"

"为什么？"

"因为我认为干活太辛苦。"

"我的孩子，"仙女说，"说这些话的人到头来不是进了监狱，就是住进了医院。不管人生下来是贫是富，在这个世界上他总得干点事，总得劳动，不能使自己无所事事。一个人要是懒惰，游手好闲，那他就完了。懒惰是各种病症中最坏的一种病，必须马上根治它。如果不治好的话，等一个人长大后，就成了治不好的顽症。"

这些话深深地震撼了皮诺乔的心灵，他坚定地抬起头来，对仙女说：

"我要上学，我要工作，我要做你叫我做的一切事情。总而言之，木偶的生活叫我烦透了，我要不惜一切代价变成一个孩子。你答应我，是这样吗?"

"我答应你，现在就看你的啦。"

第二十六章

皮诺乔和他的同伴到海边去看可怕的鲨鱼。

第二天，皮诺乔到市政学校念书去了。

你们想一想吧，当那些淘气的孩子看见一个木偶走进自己的课堂时，该是怎样的骚动！他们哄堂大笑，笑个没完没了，谁都取笑他，这个开他一个玩笑，那个开他一个玩笑；有人偷偷摘下他头上的帽子，有人从他背后扯他的小褂，还有人用墨水在他鼻子上画几撇长胡须，甚至有人企图用绳子缚住他的手脚，逼他跳个舞逗乐。

起初，皮诺乔对这些小打小闹倒不大介意，不计较他们就是了。可是闹到后来，他实在忍无可忍，便对那些最招他讨厌、常拿他取乐的孩子板起了面孔说：

"孩子们，当心点，我到这里来不是为了让你们当猴耍的，我尊重别人，也希望别人尊重我。"

"好一个魔鬼！讲话就跟背书一样！"那些坏孩子吼叫着，笑得前仰后合；其中最勇敢的还伸出手试图揪木偶的鼻子尖。岂知他的手还没有够到那儿，自己的腿胫骨上倒先挨了皮诺乔从桌子底下踢过来的一脚。

"哎哟！脚好硬啊！"孩子一面呻吟，一面用手搓揉被木偶踢青的伤处。

"什么胳膊肘啊！比脚还硬！"另一个嚷道，他本来想开他一个粗野的玩笑，没想到腹部反而挨了胳膊肘的一击。在这一脚、一肘的痛击后，皮诺乔反而立即赢得了全校学生的尊敬和好感。全体学生百般爱他，从心底钦佩他，喜欢他。

老师对他也赞不绝口，因为他注意听讲，爱学习，又聪明，总是第一个走进学校，最后一个离开学校。

唯一的缺点是交游太广，往来的同伴中有不少是以厌学和干坏事而出名的小流氓。

老师每天都警告他，善良的仙女每天也多次训诫他："小心点，皮诺乔！你的那些坏校友迟早会让你不爱念书的，也许还会给你惹出大麻烦来。"

"没危险！"木偶回答，耸耸肩，用大拇指点点额头，好像是说："我这儿会判断是非的。"

令人担心的事真的发生了。有一天，正当他向学校走去时，碰到那一帮坏孩子，他们迎着他走来，说：

"你没听说过一件惊人的消息吗？"

"没有哇。"

"附近的海上游来了一条跟山一样大的鲨鱼。"

"真的吗？就是吞掉我可怜爸爸的那条鲨鱼吗？"

"走，我们到海滩上看看去。你也想去吗？"

"我嘛，不，我要上学去。"

"上不上学有什么关系？我们明天去学校也不迟嘛。多上一课，少上一课，还不总是跟蠢驴一样。"

"老师会说什么呢？"

"让老师说去吧。他们拿薪水不就是为了从早到晚地说嘛！"

"我的妈妈呢？"

"妈妈能知道什么？"那些坏孩子说。

"你们知道我怎么办吗？"皮诺乔说，"出于很多理由我一定要去看鲨鱼……可是要等我上完课后再去。"

"可怜的大傻瓜！"其中一个坏孩子说，"你真以为那条大鲨鱼会专门为你停在那儿不动吗？他要是一不高兴，烦了，翻个跟头跑了，那你就后悔莫及了，那时谁看到了就看到了。"

"到海滩要多少时间？"木偶问。

"一个小时我们打个来回。"

"好吧，我们走，谁跑得最快谁是英雄！"皮诺乔喊道。

这个起跑令一喊，这伙顽童胳膊底下夹着书和练习册穿过田野跑开了。皮诺乔跑在大伙的最前头，脚上像长出翅膀似的。

他不时回过头来，招呼掉在后头老远的同伴。他们跑得气喘吁吁，上气不接下气，尘土满身，连舌头都吐了出来，他看到他们这副样子实在开心极了，心里暗自好笑。可是这个不幸的人还蒙在鼓里呢，到这时他还不知道有什么可怕的非常不幸的事在等着他呢！

世界传世藏书

世界经典童话

·木偶奇遇记·

图文珍藏版

第二十七章

皮诺乔和他的同伴打了一场大仗，一个同伴受了伤，皮诺乔被宪兵抓走。

来到海滩上，皮诺乔急切地朝大海望去，可是什么鲨鱼也没有看见。大海平静得如同一面水晶制成的大镜子。

"嘿，鲨鱼在哪儿？"他转过身来问他的同伴。

"大概吃饭去了吧。"其中一个笑着回答。

"噢，可能上床睡午觉去了。"另一个说着，笑弯了腰。

这些似是而非的回答和不怀好意的笑声使皮诺乔终于弄明白了，原来这些家伙是在捉弄他，戏耍他，骗他，好让他去认认真真地对待一件并不真实的事情，结果是竹篮打水一场空。他没好气地对他们说：

"你们刚才说有什么鲨鱼，可是，现在鲨鱼在哪里呢？撒这个谎，你们有什么好处？"

"当然有好处！"这帮捣蛋鬼齐声回答。

"什么好处？"

"那就是耽误你去上学，跟我们一块儿到这儿来。你每天都准时到校，功课学得那么好，难道你不感到害羞吗？像你那么用功读书，你觉得受得了吗？"

"我用功读书，对你们有什么妨碍吗？"

"对我们的妨碍大着呢！这样一来，老师就看不起我们，光喜欢你一个。"

"为什么?"

"因为学习好的学生,总是把像我们这样的不愿读书的学生比没了,我们不愿就这么没了!我们也有我们的爱呀!"

"我该怎么做才使你们开心呢?"

"你也应该讨厌上学,讨厌上课,讨厌老师,那是我们的三大敌人。"

"要是我愿意继续读书呢?"

"那样的话,我们都不愿正眼瞧你,马上会叫你付出代价的!"

"真的吗?你们说的这些话叫我要笑掉大牙!"木偶说,连连摇头。

"好个皮诺乔!"最大的一个孩子冲到他面前,大吼一声,"你趁早别在这里吹牛,别在这里哇哇乱叫!你不怕我们,我们还怕你不成?记住,你才一个人,我们是七个人。"

"七个大罪犯。"皮诺乔开怀大笑。

"你们听到没有?他侮辱了我们所有的人!他把我们叫作大罪犯!"

"皮诺乔,快求我们饶恕你吧……否则,小子,当心你的狗头!"

"咕咕!"木偶用拇指点着鼻尖,发出一阵悦耳的乐声。

"皮诺乔,你会倒霉的!"

"咕咕!"

"你这个蠢驴,你会倒霉的!"

"咕咕!"

"现在轮到我给你一个咕咕了!"最勇敢的一个顽童说,"接住,拿回去当晚饭吃吧。"他照着木偶的头部就是一拳。

木偶不甘示弱,挥手也给了他一个嘴巴,这样,你一拳我一拳,打开了,其余的孩子也一齐加了进来,打得更加热闹了。

尽管皮诺乔孤立无援,可也不是好欺侮的,他像个英雄一样,飞起坚硬的木头脚，左边一踢，右边一蹬，对手没有一个敢靠近他的，只要挨他踢的地方，没有不留下一道青紫色的伤痕。

这帮坏孩子见占不到他的便宜，就纷纷解开自己的书包，开始朝他身上扔课本，不管是拼音书、语法书，还是故事书、算术书，一股脑儿往他身上乱扔一气。可是木偶眼疾手快，遮挡及时，掷过来的书统统掉进了海水里。

你们猜猜鱼该会怎样呢？起先鱼群以为书是什么可吃的食物，争着抢着吃起来，掀起阵阵浪花；吃了几页书后，又马上吐了出来，嘴巴撅起老高，意思是说："这些不是我们吃的东西；我们经常吃的比这些味道美多了！"

这时，孩子们的仗越打越激烈。一只大螃蟹冒出水面，慢慢地慢慢地爬上海滩，用患了感冒的粗嗓音喊道：

"别打了，你们这帮混小子。孩子们打群架没有什么好结果，到头来总是要出乱子的！"

可怜的螃蟹！他独个儿在那儿扯着嗓子叫着，皮诺乔扭过头来，用眼珠子瞪着他，粗野地对他吼道：

"讨厌的螃蟹！你最好去吸两口菜汁，治治你那感冒引起的咽炎，然后爬上床去发发汗吧！"

这时扔完了课本的孩子们，看见不远处的木偶的书包，便趁他不注意把它拿了过来。

书包里有一本又厚又硬、用羊皮纸包的《算术法则》。书的重量你们是想象不出来的。

其中一个孩子抄起这本厚书，瞄准皮诺乔的脑袋，使尽全力砸了过去。结果书不是砸在木偶的头上，却飞到了另一个同伴的脑壳上，只见他的脸色一下子变得刷白，惨叫起来：

"啊呀，我的妈哟，救救我吧，我要死了！"话音刚落，他直挺挺地倒在沙滩上。

看到同伴快死了，孩子们吓慌了神，拔腿就跑，几分钟后消失得无影无踪。

皮诺乔仍然留在那儿，尽管他感到恐惧、痛苦，感到活着比死了还难受，但仍然毫不迟疑地拿出一块手帕去浸湿海水，一面擦拭那位可怜同伴的额角，一面失声痛哭，唤着他的名字，对他说：

"欧杰尼奥！可怜的欧杰尼奥！睁开眼睛看着我吧！为什么不回答我呀？你是知道的，不是我弄伤你的！请你相信我吧，不是我干的！睁开眼睛吧，欧杰尼奥……你要是老闭着眼睛，我也会急死的……啊，我的上帝！我现在该如何回家呢？我还有勇气出现在我善良妈妈的面前吗？她会怎么看我呢？我该往哪儿逃呢？我该藏在哪里呢？啊！刚才我去了学校，该多好啊，一千倍的好！我为什么要听这几个同伴的话呢？他们真是我的灾星啊……老师早就下了断言！我的妈妈早就多次对我说过：'当心坏同伴！'要怨就怨我太固执，脑袋瓜子不开窍，照我的想法胡来，听不进别人的规劝，过后倒霉的事一桩接一桩……就这样，自打我降生在人世以来，连一刻钟都没有安宁过。啊，我的上帝！我这是怎么啦，我这是怎么啦，我这是怎么啦？"

皮诺乔继续哭着，喊着，捶自己的头，呼喊着可怜的欧杰尼奥的名字。突然他听到一阵脚步声在走近他。

他转过身，见是两名宪兵。

"你跪在地上做什么？"宪兵问他。

"在救我的同学。"

"他受伤了？"

"也许吧。"

"伤还真不轻！"一个宪兵弯下腰，仔细观察了一下后说，"这个孩子伤了额角，是谁干的？"

"不是我。"木偶吓得连气都不敢喘，嗫嚅着说。

“不是你，那会是谁呢？”

“不是我。”皮诺乔又说。

“用什么东西打伤的？”

“用这本书。”木偶从地上捡起《算术法则》课本，递给宪兵看。

“这本书是谁的？”

“我的。”

“这就足够了，不需要其他的。快站起来，跟我们一起走。”

“不是我……”

“跟我们一起走！”

“可是我是无罪的……”

“跟我们一起走！”

临走前，宪兵喊住恰在这时乘小船经过沙滩的几个渔夫，对他们说：

“我们把这个受伤的儿童交给你们，请带到你们家去，给他医治一下。明天我们再回来探望他。”

然后两个宪兵朝皮诺乔转过身去，把他夹在中间，用士兵的口气命令他：

“向前进！快步走！要不，没你的好处。”

不需要第二道口令，木偶开始迈步走在通往镇上的小道上。可是连这个可怜的鬼家伙也闹不清他现在究竟是在什么地方。他好像是在做梦，做一场噩梦！他气呼呼的，眼睛里看见的东西都是重叠的；他双脚打战，舌头发僵，连一句话也说不出来。尽管他遭受这场愚蠢的把戏的戏弄，尽管他气得头昏脑涨，但有一个想法却是明确的，像一个锥子在锥他的心，那就是他必须夹在宪兵的中间从善良的仙女的窗下经过。他宁愿死掉，也不愿让仙女看到！

他们已经来到镇前，就要进城了，突然一阵狂风把皮诺乔头上的帽子吹跑了，一直吹到十步开外的地方。

"如果你们同意的话，"木偶对宪兵说，"我去捡回我的帽子，行吗？"

"去吧，要快。"

木偶去了，捡起帽子，他不是把帽子戴在头上，而是用牙齿咬着，朝海滩猛跑起来，快得如同射出的子弹。

宪兵估摸很难追上他，便放出一条猎犬追他，要知道这条大猎犬在猎犬比赛中得过头奖。皮诺乔跑在前头，后头的狗比他跑得还快，临街的人都从窗户里探出头来，街上挤满了人，都要观看这场追逐的结果。可是他们的这种愿望没有得到满足，因为猎狗和皮诺乔奔跑时掀起的尘土遮天蔽日，只有几分钟便什么也看不到了。

第二十八章

皮诺乔差点被当作鱼在煎锅上给煎了。

皮诺乔没命地跑呀跑呀，到了最危急的关头，他简直认为自己真的完蛋了，因为阿利多洛（这是那只大猎犬的名字）紧追在后面，眼看就要追上了。

狗离木偶只有一巴掌远，他甚至感觉到了狗大口大口喘出的热气呢。

幸好海滩近在眼前，只有几步远了。

一到海滩上，木偶像青蛙似的一跳，纵身跳进了海里。猛跑的阿利多洛本想停住腿，可是惯性把他冲进了海里。这个倒霉的家伙

图文珍藏版

不会游泳，他赶快踩动脚掌好叫自己浮出水面，可是越是用劲蹬水，头越往水下沉。

当他的头重新露出水面时，可怜的狗啊，两眼满含恐怖，瞪得大大的，汪汪直叫。

"我给水淹了！我给水淹了！"

"让水胀破肚皮吧！"皮诺乔在远处说道，他确信自己已经摆脱了危险。

"帮我一把吧，皮诺乔！救救我吧！"

皮诺乔终究是个心地特别善良的木偶，当他听到这一绝望的呼救时，一下子产生了同情心，转过身对狗说：

"假如我救了你，你能保证不再找我的麻烦吗？不再追赶我吗？"

"我向你保证！我向你保证！发发慈悲吧，快来救我，再迟半分钟，我就要淹死了。"

皮诺乔又迟疑了一下，可是他立即记起了他爸爸跟他多次说过的话：做一件好事从不会吃亏的。他马上朝阿利多洛那儿游去，用双手揪住他的尾巴，把他安安全全地拖到海边的干地上。可怜的狗立不稳，他不情愿地喝了太多的水，肚子胀得鼓鼓的，像个大皮球。对他刚才的保证，木偶并不太相信，他宁愿谨慎一点，于是重新跳入海水中，离开海滩时，对被救起的狗说：

"再见，阿利多洛，一路平安，向家里人问个好。"

"再见，皮诺乔，"狗回答，"多谢你把我从死亡中救过来。你帮了我的大忙，在这个世界上，做了好事总有好报的。下次有机会再见面，我们要好好聊聊。"

皮诺乔贴着岸边继续游着，终于来到一处他认为平安的地方；他朝海滩望去，看到礁石上有一个岩洞，一缕很长的轻烟从岩洞里飘出来。

"在这个洞里，"他自言自语，"该会有火。那太好了！我上去烘烤一下湿衣裳，然后呢？到哪说哪吧。"

决定做出后，他走近礁石，正当他要往上爬时，感到水底有什么东西正往上升，一直把他提到了空中。他刚明白过来是怎么回事，就想逃掉，可是为时已晚。他惊讶得要命，因为他已经被一面大网给网住了，网里捕上来各种各样的鱼，有大的有小的，跟许多身陷绝境的动物一样，他们在拼命挣扎。

同时，他看到从岩洞里走出一个丑陋无比的渔夫，他长相实在丑，如同一个海妖。头上长的不是头发，而是一堆蓬乱的绿草；身体的肤色也是绿的，连眼睛也是绿的，长胡子也是绿的，一直拖到地上，看上去活像是一只用后腿立起来的巨大的绿蜥蜴。

当渔夫从海水里提上网时，高兴得直嚷：

"太走运了！今天我也能饱餐一顿美味的鱼啦！"

"不坏，可我不是鱼！"皮诺乔心里说，恢复了一点勇气。

满满一网鱼被提进了岩洞，洞里黑极了，烟雾缭绕，洞中一个油锅正在煎东西，油烟往上直冒，呛得人喘不过气来。

"现在让我来看看捞到什么鱼了！"绿色渔夫说，把大得不成比例的活像面包铲的大手伸进网里抓出一把绯鲤。

"绯鲤好吃。"他说，用满意的目光瞅着，用鼻子嗅了几下后，倒进一个没有盛水的水盆里。

他一遍一遍地重复同样的动作，渐渐地掏出了其他的鱼，他馋得直流口水，手舞足蹈地说：

"这些是鳕鱼，好吃！"

"这些是鲻鱼，美极了！"

"这些是鲈鱼，味道特棒！"

"这些是鳎鱼，太好了！"

"这些是鳀鱼，鲜极了！"

他会怎么做，你们一定能够想象得出。他将鳕鱼、鲻鱼、鲈鱼、

·木偶奇遇记·

图文珍藏版

鳎鱼、鳁鱼统统拾到水盆里，去和绯鲤做伴儿。

网里只剩下皮诺乔了。

渔夫刚把他揪出网，便惊得绿眼睛快鼓出来了，吓得哇哇乱叫：

"这是哪种鱼？这种形状的鱼我还从来没吃过呢！"

他又呆呆地瞧着他，对他上下打量了一下，然后说：

"我明白了，该是只海蟹吧。"

听到他把自己错当成一只海蟹，皮诺乔差点气昏了，他大声说：

"什么海蟹不海蟹的，瞧您把我当成什么啦！我是个木偶。"

"木偶？"渔夫重复说，"说真的，木偶鱼对我来说还是新鱼种呢！这样更好！我倒更喜欢吃掉你呢。"

"吃掉我？可是您难道不明白我不是鱼吗？啊，你没听到我跟您一样会讲话，会讲道理吗？"

"这倒是真的，"渔夫说，"既然在我看来你是条鱼，尽管你跟我一样会讲话会讲道理，但我还是要对你行使我的有关的权利。"

"这些有关的权利是什么？"

"作为友谊和尊重的表示，我让你自己选择是怎么个烧法。你是喜欢在油锅里煎呢，还是喜欢用盐和西红柿在锅里煮呢？"

"说真的，"皮诺乔回答，"假如让我选择的话，我宁愿获得自由，放了我吧，这样我能回到家里。"

"你真会开玩笑！你认为我愿意失去一次品尝稀有品种的机会吗？在这个海上并不是每天都能碰上木偶鱼的。让我来决定吧！我要把你同别的鱼一块儿在油锅里煎，你会高兴的。有其他鱼儿做伴，该是件令人感到安慰的事吧。"

听到这样的话，不幸的皮诺乔开始哭起来，他嚎着，叫着，说："噢，假如我去了学校，那该多好啊！可是我听从了同伴的怂恿，这下子我该付出代价了！呜……呜……呜……"

他像黄鳝一样挣扎着，用叫人不可相信的力量想挣脱绿色渔夫的爪子，渔夫用草绳捆住他的手脚，就像缠绕一根香肠似的，然后把他扔进鱼盆里。

之后他拖出盛满面粉的木盆，将所有的鱼裹上面粉；面粉裹好后，一个个给扔进了煎锅里油煎。

第一批在滚烫的油锅里跳舞的是可怜的鳕鱼，其次是鲈鱼，再其次是鳎鱼和鳀鱼，最后才是皮诺乔。当他看到自己临近死亡（死得真惨）时，吓得直发抖，魂不附体，连恳求的声音和气息都没有了。

可怜的木偶用眼色请求救命！可是绿色渔夫连看都不看他一眼，用面粉裹了他五六次，从头裹到脚，裹得严严实实的，把他弄得像个石膏木偶。

然后提着他的头，就……

第二十九章

　　他回到仙女的家里，仙女对他许诺：第二天他不再是木偶了，而要变成一个男孩子。为了庆贺这一变化，仙女准备举行一个咖啡加牛奶的盛大午餐会。

　　渔夫正要把皮诺乔扔进煎锅，在这节骨眼上，一条大肥狗闻到刺鼻的油煎鱼味和油炸的美食味，进到岩洞里来了。

　　"快走开！"渔夫冲他嚷道，威胁他，手里仍旧捏着裹好面粉的木偶。

　　然而可怜的狗真的太饿了，拼命摇着尾巴，好像在说：

　　"给我吃一口炸鱼，我才会让你安宁。"

　　"滚开，我说你给我滚开！"渔夫对他重复说，抬起腿踢了他一脚。

　　当狗饿疯时，他的脾气坏极了，鼻子上连一只苍蝇也不让落下，挨了这一脚后，狗朝渔夫咆哮起来，龇开满口尖牙去咬他。

　　这时岩洞里传出一声惨叫：

　　"救救我，阿利多洛！再不救我，我就要被煎了！"

　　狗马上听出是皮诺乔的声音，他惊讶极了，这声音是从渔夫手里捏着的面粉团里喊出来的。

　　这时大肥狗做了什么呢？他从地上纵身一跳，用嘴叼起那团面粉糊，一溜烟跑出岩洞，闪电般跑走了！

　　渔夫眼睁睁地看着自己心爱的鱼被狗夺走了，气得吹胡子瞪眼，他拔腿去追那条狗，刚跑了几步便起劲地咳起来，他只好往回走。

阿利多洛跑到通往镇子的小路上，才停了下来，小心地把朋友皮诺乔放在地上。

"我真要好好感谢你！"木偶说。

"没有必要，"狗答道，"你救过我的命，现在算是我报答你了。你知道，在这个世界上所有的人都应该互相帮助。"

"可是，你是怎么跑到那个洞里的？"

"我一直趴在海滩上要死不活的，一阵风从远处吹来炸鱼的香味。香味激起了我的食欲，我就闻着气味走去。要是我晚到一分钟那就糟了！"

"我简直不敢说了！"皮诺乔说，仍吓得直打哆嗦。"我简直不敢说了！你要是迟来一分钟，我就给炸焦了，给吃了，给消化了。唔！想起来就胆战心惊……"

阿利多洛笑起来，把右腿伸给木偶，木偶用手紧紧握住，表示伟大的友谊，然后他们才分手告别。

狗往回家的路上走去，剩下皮诺乔一个人，他朝不远的一间草棚走去，看见一个老汉靠在门上晒太阳，于是问他：

"这位好心人，请告诉我，你是否知道一个可怜的孩子的消息？他头部受了伤，名叫欧杰尼奥。"

"孩子由几个渔夫带到这个草棚里来过，现在……"

"现在死了吗？"皮诺乔十分痛苦地插话问道。

"没有，现在活着，已经回到自己的家了。"

"真的吗？真的吗？"木偶高兴得跳起来。 "这么说，伤不严重？"

"伤势也许是严重的，也是致命的，"老人回答，"因为他们是用一本厚厚的硬纸书砸他头部的。"

"是谁砸他的？"

"是一位同学，叫什么皮诺乔……"

"这个皮诺乔是什么人呢？"木偶问，佯装不知。

"人们说他是个坏孩子，一个游手好闲的家伙，一个货真价实的冒失鬼……"

"捏造！全是捏造！"

"你认识那个皮诺乔？"

"亲眼见过！"木偶回答。

"那你怎么看？"老人问他。

"我倒认为他是个好孩子，一心一意想读书，又听话，对他爸爸和他的家充满了感情……"

正当木偶当面扯谎时，他用手一摸鼻子，发现鼻子有一拃多长，他怕极了，马上喊道：

"好心人，我对你说的那一通话，你千万别听信，因为我也非常熟悉那个皮诺乔，我可以向你保证，他是一个坏孩子，是个不听话的家伙，一个捣蛋鬼，对什么都不感兴趣，不去上学校，而是同一帮孩子去胡闹！"

他刚刚说完这些话，他的鼻子立刻缩短了，恢复了原先的大小。

"你怎么弄成这么一副白糊糊的模样呢？"老人突然问他。

"我对你说……我还没有看到自己的这副样子呢，大概是我在一堵刚刚刷过白灰的墙上蹭的吧。"木偶回答，他羞于承认自己被当成一条鱼糊过面粉差点下油锅给炸了。

"那你的衬衣，你的袜子和帽子哪里去了？"

"我遇上了强盗，他们剥了我的衣服。我说这位好心的老人家，你能不能给我几件衣服，让我穿上好回家吗？"

"我的孩子，衣服嘛，我只有一只盛豆子的小口袋，你要是愿意的话，拿去好了，就在那儿。"

皮诺乔二话不说，抓起空袋子，用剪子在袋底剪了一个小孔，又在两边各剪一个洞，把袋子当衬衣穿上，高高兴兴地往回家的路上走去。

走在路上时，他心里很不平静，往前走一步，往后退一步，自己跟自己议论开了，边走边说：

"这个样子怎么能见我善良的仙女呢？她见到我时，我对她说什么呢？她会原谅我这第二次的胡闹吗？我敢打赌她不会原谅我的！哦！她肯定不会原谅我的……我也是活该呀，因为我太不听话了，每次都保证痛改前非，可总是兑现不了……"

赶到镇上时，天已经黑了，天气很坏，下着瓢泼大雨，他径直朝仙女家走去，决心敲开门。

刚走到门口，他却没勇气了，没有举手敲门，而是跑开了二十来步远。然后又回到门口，还是不敢敲门。第三次回到门口，还是没有敲门。第四次，抓起铁门环，轻轻地击门。

他等着，等着，半个小时后，最上面一层的窗户（家在第四层）开了，皮诺乔看到窗户上伸出一只肥大的蜗牛，头上亮着光亮，说：

"你是谁，这个时候要干什么？"

"仙女在家里吗？"木偶问。

"仙女正在睡觉，她不愿被叫醒。你是谁？"

"我是我！"

"'我'是谁？"

"皮诺乔。"

"皮诺乔是谁？"

"木偶，就是同仙女在家的那个木偶呀。"

"哦，我懂了，"蜗牛说，"在下面等着，我就下来替你开门。"

"求求你快点下来，我快冻死了。"

"我的孩子，我是蜗牛，蜗牛是从来不慌不忙的。"一小时过去了，两小时过去了，门还没有开。皮诺乔冻得发抖，怕得发抖，雨直往身上淋，他鼓起勇气，第二次敲门，敲得更重些。

这一回第三层的窗户打开了，又是那个蜗牛。

"美丽的小蜗牛，"皮诺乔从街上喊道，"我已经等了两个小时啦！在这个可怕的夜晚，两个小时比两年还长呀。请你爬快点，行行好。"

"我的孩子，"小蜗牛平平静静、不慌不忙地从窗户上回答他，"我的孩子，我是只蜗牛，蜗牛是从来不着忙的。"

窗户关上了。

过了一会儿，已是半夜十二点了；然后是一点，然后是下半夜两点了，门仍旧关着。

这时，皮诺乔失去了耐心，气急败坏地抓住门环用力猛砸门，想吵醒全楼的人，可是门环突然变成一条活黄鳝，从手里滑脱了，蹦到路中心的小水沟里消失了。

"咦！"皮诺乔喊道，气得越发受不了。

"门环不见了，我就用脚踢门。"

他往后倒退几步，照着门狠狠地踢了一脚。由于他用力太猛，以至于脚插进了木门中。木偶试图从木门中拔出脚来，却怎么也拔不出来，因为脚嵌进去，就像是一颗钉子钉了进去。

你们想一想，可怜的皮诺乔会是怎样呢？他只好一只脚立地，一只脚架空，过了下半夜。

第二天清晨，门终于开了。那位能干的小蜗牛从第四层下到底层的大门口，才用了九个小时。必须说，他真的出了一身大汗呢！

"你那只脚揆在门里干什么？"蜗牛笑着问道。

"我倒了大霉。您瞧瞧，美丽的蜗牛，你有没有办法帮我拔出脚来呢？"

"我的孩子，这种活非请一位木匠师傅来干不可，我可从来没有当过木匠。"

"你去代我请仙女帮一个忙吧！"

"仙女在睡觉，她不想让别人叫醒她。"

"可你要我一整天钉在门里做什么？"

"数数路上的蚂蚁玩呗。"

"至少给我端点吃的吧，我都快饿昏了。"

"立刻就来！"蜗牛说。

事实上，三个半小时后，皮诺乔才看到蜗牛头顶一个银盘子来了，盘子里有面包、烧鸡和四颗熟杏。

"这是仙女给你的早餐。"蜗牛说。

看到上帝的这份恩情，木偶顿时感到一些宽慰。可是当他开始吃起来时，他这才发现面包原来是石膏做的，烧鸡是硬纸板做的，四颗杏子是雪花石膏做的，全染成自然的颜色。

他真想哭，绝望极了，本想把盘子连同盘子里的东西全扔掉，然而他没有这样做，或者是由于太痛苦了，或者是由于实在太饿了，末了，他还是一股脑儿全倒进了胃里。

他有了力气，神智恢复了，发现自己躺在一把沙发椅上，仙女就站在他身边。

"这一次我也原谅你，"仙女对他说，"可是假如你下次再犯这种事，你会倒霉的！"

皮诺乔对她千保证万保证，发誓要好好读书，要永远做个好人，在今年剩余的时间里要做到说话算数。实际上，他确实很乖，在学校的历次考试中总是名列前茅，他的行为举止一般来说是令人满意的。仙女心里一时高兴，就对他说：

"明天，你的愿望终于可以得到满足了！"

"这是什么意思？"

"明天你终于可以结束木偶人的生活了，你将变成一个好孩子。"

皮诺乔听到这个渴望已久的消息时的高兴劲儿，谁要是没有亲眼见到，根本不可能想象得出。全校的同学和朋友将被邀请来参加第二天在仙女家举行的盛大午餐会，以便庆祝这件大喜事。仙女吩咐备两百套咖啡和牛奶餐具，以及四百份涂上黄油的小面包。明天将是一个美好的极其欢乐的日子，然而……

可悲的是，在木偶的生活中经常会蹦出"然而"这两个字，把每件好事都给搅糟了。

第三十章

皮诺乔没有变成一个孩子，却同他的灯心草朋友偷偷跑到"玩具国"去了。

很自然，皮诺乔立即要求仙女答应他满城去发请帖，仙女对他说：

"去吧，去邀请你的同伴们明日来吃午餐，但是得记住，天黑前必须赶回来。你懂了吗？"

"我保证一个小时内安安全全回到这儿来。"木偶回答说。

"得当心，皮诺乔！孩子们许起诺言来总是很痛快的，但是他们多数时候不兑现诺言。"

"可是我跟其他孩子不一样，我只要答应一件事，就一定会说到做到。"

"我们走着瞧吧。你要是往后不听话，你会倒霉的。"

"为什么？"

"因为凡是不听劝告的孩子，他们总会遇到麻烦事。"

"我已经亲自体验过了！"皮诺乔说，"可现在我不会再捅娄子了！"

"我们走着瞧吧，看看你说的话当不当真。"

木偶不再说什么，辞别了仁慈的仙女，那个对他来说就和妈妈一样的仙女。他唱着，跳着出了家门。

一个小时多一点儿，所有的朋友都得到了邀请。一些人痛痛快快、欢天喜地接受了，另一些人开始时不大愿意，可是当他们知道明天的午餐是面包，还有咖啡加牛奶，面包里外还涂了黄油时，最后都说："为了让你高兴高兴，我们也去。"

现在必须知道，在学校的朋友和同伴中，皮诺乔有一个最要好的，名叫罗密欧！可是大家都叫他的诨名"灯心草"，因为他长得又干又瘦又长，活像夜里照明的小灯盏里的一根灯心草。

灯心草是整个学校中最不爱念书、最调皮的一个孩子，可是皮诺乔照样爱他爱得要死。事实上，他匆匆去他家里找他，邀请他赴宴，却没有找到他；他第二次去家里找他，灯心草又不在，第三次去，仍扑了个空。

到哪儿去找他呢？皮诺乔东找西找，终于看到他藏在一家农户的大门楼底下。

"你在这儿干什么？"皮诺乔走近他问。

"我在等半夜降临，好动身……"

"你要去哪儿？"

"去很远、很远、很远的地方。"

"我三次到你家找你呢。"

"找我干什么？"

"你不知道一件惊人的大事吗？你不知道我走了好运？"

"走了什么好运？"

"从明天起我将结束木偶的生活，而要变成一个跟你，跟所有的人一样的孩子。"

"你真有福。"

"那么明天我在家里等着你来用餐。"

"我对你说过了，我晚上就要动身。"

"几点钟？"

"很快。"

"到哪儿去？"

"我去一个国家……那是世界上最美好的一个国家,一个真正的安乐乡!"

"那个国家叫什么名字?"

"叫作玩具国。你为什么不跟我一块儿去呢?"

"我嘛?我真的不能去!"

"你错了,皮诺乔!你相信我好了,你要是不去,你会后悔的。你到哪里去找一个比这个更好、更适合我们孩子居住的国家呢?那儿没有学校,没有老师,没有书本。在那个美好的国家里,人们从来不读书,星期四不上课,每个星期是由六个星期四和一个星期日组成的。你想想吧,假期从一月的第一天开始,到十二月的最后一天结束。这个国家叫我太喜欢了!所有的文明国家都应该是这样的国家……"

"可是玩具国里的公民是如何打发日子的呢?"

"人们从早到晚玩着玩具,尽情娱乐。晚上天一黑上床睡觉,第二天早上又从头玩起。你认为这种日子怎么样?"

"嗯!"皮诺乔嗯了一声,轻轻地点了一下头,意思是说:"我也很愿意过这种日子呢!"

"这么说,你也想跟我一块儿起程?是还是不是?你决定吧。"

"不,不,不,还是不。我已经向仁慈的仙女许下诺言,我要做一个好孩子,我要说话算话。瞧,太阳已经下山了,我就要离开你,我该走了。那么再见吧,祝你一路平安。"

"你这么匆忙要往哪儿去?"

"回家去。善良的仙女要我天黑前回家的。"

"再等两分钟。"

"太晚了。"

"就两分钟。"

"要是仙女骂我呢?"

"让她骂去，骂够了就没事了。"狡猾的灯心草说。

"你怎么走呢，是一个人走还是有人做伴？"

"一个人？我们有一百多孩子呢。"

"你们是走着去吗？"

"过一会儿，一辆车要经过这儿，车子把我们送到那个幸福极了的国家去。"

"车子这个时候过来该多好哇！"

"为什么？"

"为了看你们一块儿动身呀。"

"你再留一会儿，就能看到我们起程了。"

"不，不，我要回家去。"

"再等两分钟。"

"我逗留的时间太长了。仙女在盼我呢。"

"可怜的仙女！她未必担心蝙蝠会吃了你？"

"可是，"皮诺乔又说，"你当真能保证在那个国家里没有学校吗？"

"连学校的影子都没有。"

"也没有老师？"

"一个也没有。"

"从来不强迫读书？"

"从来不，从来不，从来不！"

"真美的国家！"皮诺乔万分感叹，口里流出了长长的涎水。"真美的国家！虽然我从来没有去过，但我能够想象得出！"

"你为什么不也去呢？"

"你坚持要我去是没有用处的！我已经向仁慈的仙女许下诺言，我要变成一个受人夸奖的好孩子，我不愿自食其言。"

"那好吧，再见，假如你在路上碰到学校里的同学，替我问候他们!"

"再见，灯心草，一路平安，祝你玩得开心，别忘了你的朋友们。"

这么说了，木偶走了两步，想要离开，然而脚又停了下来，转过身对朋友说：

"你当真能保证在那个国家一个星期是由六个星期四和一个星期日组成的吗？"

"当然能保证。"

"你当真能保证假期是从一月的第一天起到十二月的最后一天止吗？"

"当然咯!"

"真是个好国家!"皮诺乔重复说，满意得直伸舌头。然后他做出一个断然的表示，急切而坚决地说：

"那么，真的再见了！一路平安。"

"再见。"

"过多久你们起程呢？"

"一会儿!"

"可惜！要是离出发只差一个小时，我差不多还能等一等。"

"仙女呢？"

"现在已经太晚了！早一个小时晚一个小时回家不都是一个样吗？"

"可怜的皮诺乔！要是仙女骂你呢？"

"忍耐一点儿吧！让她骂去吧，骂完了就没事了。"

这时夜晚已经降临了，天色黑沉沉的。突然他们看见远远的地方移动着一个亮光……听到喇叭的很细很细的响声，细得如同蚊子的嗡嗡声。

"来啦!"灯心草喊道，一下子站了起来。

"是谁?"皮诺乔小心问。

"是来接我的车子,那么你是去还是不去?"

"可那是真的吗?"木偶问,"在那个国家里孩子们从来不强迫上学?"

"从不,从不,从不!"

"真是太美的国家!……太美的国家!太美的国家!"

第三十一章

在安乐乡快快活活度过了五个月后，皮诺乔非常奇怪他竟长出了两只漂亮的驴耳朵，变成了一头小驴子，有尾巴以及其他的东西。

车子终于来了，连一点儿响声都没有发出来，因为轮子上包上了一层破棉烂布。

拉车的是十二对个头一样大小、皮毛颜色各不相同的小驴子。

有几头驴子是灰色的，有几头是白色的，有几头是灰白斑点的，有几头是黄蓝色条纹的。

最稀罕的，是这十二对，也即二十四头小驴子，不是如同其他驴子那样钉着铁掌，他们的脚掌上像人一样穿着白色的小牛皮靴子。

赶车的车夫呢？

你们想一下吧，车夫是个小个子男人，长得又短又粗，横着比竖着还长，皮肤细嫩细嫩，油滑油滑，如同是用黄油捏出来的一个小球，脸型像个圆苹果，小嘴巴上永远挂着笑，声音细小甜软，如同一只想讨女主人欢喜的猫在喵喵地细声叫唤。

一看到车子，所有的孩子立即爱上了它，争先恐后地爬了上去，好让它把自己带到那个在地图上以真正安乐乡出了名的叫作玩具国的地方去。

事实上，车里面全挤满了八岁至十二岁的小孩童，他们像罐头里的沙丁鱼一样一个压着一个，挤得难受极了，连气都喘不过来。可是没有一个人叫"哎哟哎哟"，没有一个人叫苦，因为他们知道再过几个小时，就能到达一个国家，那里既没有书籍，也没有老师，这使他们很高兴，得到了很大的安慰，这样他们这会儿既不感到有什么不愉快和疲劳，也不感到饥饿、口渴和困倦。

车子刚一停下来，小矮人掉过头来对灯心草用十分矫揉造作的样子笑着说：

"告诉我，我的孩子，你也愿意跟我一块儿到那个幸福的国家去吗？"

"我肯定要去的。"

"可是，我的亲爱的，我要告诉你，车子里没有一个空位子，你也看到了，全满了！"

"没办法！"灯心草说，"要是车厢里面没有位子的话，我就只好坐在车辕上了。"

他纵身一跳，双腿叉开坐在车辕上。

"你呢，我亲爱的？"小矮人彬彬有礼地转过身来对皮诺乔说，"你想做什么？同我们一块儿去，还是留在这儿？"

"我留下来，"皮诺乔回答，"我要回到家里去，我要读书，我要像所有的好孩子一样学得棒棒的，为学校争光。"

"你真是好样的！"

"皮诺乔！"灯心草于是说，"听我的，同我们一块儿去，我们去快乐快乐。"

"不，不，不！"

"同我们一块儿去，我们会很快乐的。"车里面的另外四个声音冲他喊道。

"同我们一块儿去吧，我们会很快乐的。"车里面一百来个孩子一起喊道。

"要是我跟你们一起去，我该对仁慈的仙女说什么呢？"木偶说，说话开始支吾其词，手心里开始发痒。

"别前怕狼后怕虎了，只要想一想我们一到了那个国家，从早到晚想干什么就干什么，再也没有人管教我们，就够了。"

皮诺乔没有回答，只是发出一声叹息，又一声叹息，又一声叹息，最后说：

"给我腾点地方，我也去！"

"位子全满了，"小矮人说，"为了表示你是多么受欢迎，我可以把我驾驶室的位子让给你。"

"那您呢？"

"我走着引路好了。"

"不，真的不行，我不允许这样，我宁愿骑在任何一头小毛驴身上！"皮诺乔说。

说完了这话，他走近最后一排的两头小毛驴的右边的一头，刚要往上骑，小毛驴突然扭转头来，用嘴狠狠地撞了一下他的胃部，把他四脚朝天撞倒在地。

你们想一想，孩子们看到这一幕，该笑成什么样子，他们笑得很放肆，很没有礼貌。

小矮人没有笑，他十分疼爱地走近造反的小毛驴的身边，假装给他一个吻，却猛地咬下他右耳的一半。

这时皮诺乔纵身从地上一跳，骑上这头可怜的毛驴的背上。他跳得是那么漂亮，孩子们顿时停止了笑，开始欢呼："皮诺乔万岁！"他们不停地鼓掌。

这个时候，小毛驴突然弹起两条后腿，猛地一蹦高，把可怜的木偶扔到路中间的一堆小石子上。

孩子们又笑了起来，可是车夫没有笑，出于对这头不安宁的驴子的爱心，他咬掉了驴子的另一个耳朵的一半，然后对木偶说：

"骑上去吧，别怕。这头驴子的脑子有点儿古怪，我在他耳朵上说了两句悄悄话，希望他变得温顺有理性。"

皮诺乔骑了上去，车子开始移动。就在驴子跑动，车子在大路

图文珍藏版

的小石子上飞速前进时，木偶好像听到一个低沉的刚刚能听得见的声音在对他说：

"可怜的糊涂虫！你想怎么干就怎么干，可是你会后悔的！"

皮诺乔真有点儿害怕，东张西望想看看这个小声音是从哪儿传过来的，但是什么人也没有瞧见；小驴子们还在奔跑，车子还在飞驰，车厢里的孩子全睡着了。灯心草呼噜打得像只睡鼠。小矮人坐在驾驶室里，牙齿缝里哼着小曲儿：

黑夜里所有的人都在呼呼大睡，

只有我独自一个两眼睁到大天亮……

又跑了半公里路程，皮诺乔听到同样的小声音在对他说：

"记住，小呆子！凡是停止读书，告别书本，告别学校，告别老师，一心一意扑在玩具上，扑在娱乐上的孩子，到头来只能自作自受，我自己可是亲身经历过的啊……我可以对你这么说，有一天你也会哭，正如我今天哭一样！到了那个时候，可就晚了……"

听到这一阵轻轻的耳语，木偶着实吓了一跳，从奔跑的驴子身上跳下来，抱住了小驴子的头。

当他发现小驴子正在哭时，你们想一想，他多么惊异啊！小驴子像个孩子一样在哭！

"哎，小矮人先生，"皮诺乔对车夫说，"您知道一件新鲜事吗？这头小毛驴在哭呢！"

"让他去哭吧，当他结婚时他就会笑的。"

"你教过他学说话吗？"

"没有，是他自己学会嘟嚷几句话的，因为他有三年是在狗师爷的陪同下度过的。"

"可怜的毛驴……"

"走吧，走吧，"小矮人说，"别因为看一头小毛驴而耽误了我们的时间。骑上去，我们走，夜晚凉凉的，道路长长的。"

皮诺乔服从了，没再说别的话。车子又奔驰起来。第二天天快亮时，他们幸福地来到了玩具国。

这个国家和世界上的任何国家都不同。它的居民全是小孩子，年龄最大的不超过十四岁，最小的才八岁。他们在路上玩着，闹着，尖声叫着，叫人头昏脑涨！简直是一群呆子傻子。他们有的在玩核桃，有的在打水漂，有的在玩皮球，有的在骑自行车，骑木马，还有一些在玩抓瞎子，互相追逐；有的穿着丑角衣服在吃燃着的麻絮，有的在背诵着什么，有的在唱歌儿；有的在翻跟头，有的用双手倒立着走路；有的在滚铁圈玩，有的在玩布阵打仗，身穿将军服，头戴纸头盔；有的在笑，有的在喊，有的在叫，有的在拍手，有的在吹口哨，有的在学母鸡下蛋后的咯咯叫声。总而言之，一片嘈杂，一片混乱，乌七八糟，声音震耳欲聋，你非得用棉絮堵住耳朵才不至于变成聋子。在所有的广场上，用布幔搭成的小戏台周围从早到晚挤满了儿童。在所有房屋的墙上，可以看到用黑炭书写的、叫人哭笑不得的、错别字百出的口号："玩具万岁！""我们不要学交！""打倒算木！"还有其他乱七八糟的口号。

皮诺乔、灯心草以及所有同小矮人一起来的小孩，一踏上这个城市，立刻被城市的热闹景象吸引住了，不消几分钟，就正如你们很容易想象的那样，他们便成为所有人的好朋友。你搞得清谁最幸福，谁比谁还要高兴吗？

在无穷无尽的娱乐消遣中，一小时，一天，一个星期闪电般过去了。

"嘿，多么美妙的生活啊！"每次皮诺乔偶尔碰到灯心草时，便对他这么说。

"瞧，还是我说得对吧，"灯心草接过话茬得意地说，"当初你还不愿来呢！你还想掉头回到仙女家里去呢，你还怕耽误读书呢！今天你能摆脱书本和学校的烦恼，还不是要归功于我，归功于我的

·木偶奇遇记·

图文珍藏版

建议，归功于我的鼓励吗？你同意我的看法吗？只有真正的朋友才会帮这个大忙呢。"

"这倒是真的，灯心草，要说今天我成了一个真正幸福的孩子，这都是你的功劳。相反，你知道老师怎么对我谈到你吗？他老爱这么对我说：'你可别学灯心草的那个油滑劲，因为灯心草是个坏伙伴，他讲给你的不外乎是如何干坏事！'"

"可怜的老师啊！"灯心草头摇得像个货郎鼓："我太清楚了，他讨厌我，总是拿污蔑我来取乐，可是我是个慷慨大度的人，我原谅了他。"

"伟大的灵魂！"皮诺乔说，在大庭广众之中热情拥抱朋友并接吻。

五个月的时光一晃就过去了，整天玩玩具做各种消遣，日子过得要多美就有多美，在这五个月中没看过一眼书本，也没瞧一眼学校。可是有一天早晨，皮诺乔一觉醒来时，就像平常人们习惯说的那样，他大吃一惊，发现他的脾气变得很不好。

第三十二章

皮诺乔长出了两只驴耳朵,然后变成了一头真的驴子,开始像
驴子一样叫唤。

这是一种什么样的惊异呢?

亲爱的小读者们,让我来告诉你们吧!皮诺乔醒来后,很自然
地要搔搔脑袋,在搔脑袋时,他大惊失色,因为他发现……

你们猜猜,他发现了什么啦?

他十分奇怪地发现,他的耳朵长了一巴掌长。

你们是知道的,木偶从诞生的时候起,他的耳朵是小得可怜的,
小得几乎连肉眼都看不到。你们想一想吧,他是多么惊异啊,两只

耳朵在一夜之间变得那么大，活像两把大刷子。

他马上去找一面镜子，要照照自己的尊容，可是没有找到。他只好打来一脸盆水，用水面当镜子，这一照不要紧，照出了他真不愿见到的漂亮模样：他长出了一对驴耳朵。

你们想一想，可怜的皮诺乔是多么伤心、羞耻、失望啊！

他又哭，又叫，头往墙上撞。他越是气恼，越是伤心，他的两只耳朵长得就越长，毛一直生到耳尖。

听到尖厉的叫声，住在楼上的一只美丽的小旱獭走进房间，当他看到木偶如此悲伤时，便很关切地问道：

"亲爱的邻居，你怎么啦？"

"我病了，我的旱獭，病得不轻呢……我得的这种病叫我真害怕呢！你会切脉吗？"

"会一点儿。"

"摸摸，看看是不是在发烧。"

小旱獭抬起前右掌，摸了一下皮诺乔的脉搏后，吃惊地说：

"我的朋友，我很遗憾地告诉你一个坏消息！"

"什么病？"

"你得了很厉害的热病！"

"是哪种热病？"

"是驴子的热病。"

"我不懂这种热病是什么意思！"木偶说，他感到非常不幸，搞不懂怎么会得这种病。

"那好吧，让我来说给你听吧。"旱獭说，"你知道吗，再过两三个小时，你就既不是木偶，也不是个孩子了……"

"那我会是什么呢？"

"再过两三个小时，你就会变成一头十足的驴子，跟市场上拉车、驮运大白菜和凉拌生菜的那些驴子一模一样。"

"啊呀！我真可怜啊！我真可怜啊！"皮诺乔又哭又叫，双手揪住耳朵，愤怒地又拉又扯，就像耳朵是长在别人身上一样。

"亲爱的，"旱獭安慰他说，"你想干什么？这是命中注定的，这是写入智慧篇律条中的事。律条规定，凡是逃学、讨厌书本、讨厌学校、讨厌老师、整天靠玩玩具、戏耍、消遣打发日子的孩子，迟早会变成驴子的。"

"真的会是这样吗？"木偶抽泣着问。

"遗憾的是，这的的确确是真的！这会儿哭也无用，早就该想到有这么一天的！"

"过错不在我，旱獭你相信我好了，过错全在灯心草身上！"

"那个灯心草是谁？"

"是我的同学。我本来是想回家去的，愿意听话的，愿意继续念书的，要学出好成绩受表扬的……可是这个灯心草却对我说：'你为什么要读书呢？为什么要去学校呢？不如跟我一块儿去玩具国玩去，那我们就不用再读书了，到了那儿，我们可以从早玩到晚，我们会永远是快快乐乐的。'"

"那你为什么非要听那个假朋友的话呢？非要听那个坏同伴的话呢？"

"为什么？因为……我的旱獭，因为我是一个是非不明、黑白不分的木偶，没心没肝。啊，假如我还稍微有点良心的话，我就不会抛弃善良的仙女，跟我妈妈一样疼我爱我的仙女，她为我做了好多好多的好事啊！我本来现在就不再是个木偶了，而是个跟其他孩子一样的孩子！我以后要是碰到灯心草，有他好瞧的！我要痛痛快快地责骂那小子一顿！"

他做出一个要出门的动作，当他的脚刚要跨出门槛时，他忽然记起了他还长着一对驴耳朵呢，这个样子使他真羞于撞到什么人，怪难为情的。于是他灵机一动，有了主意。他有了什么主意呢？原来他取来一顶大棉帽，扣在头顶上，帽檐一直罩到鼻子上面。

经过这一番化装后，他才跨出屋门，到各处去寻找灯心草。在街道上，广场上，剧院里，他找了个遍，都没有找到，见人就问，都说没有见过。

他就去他家里寻访，来到家门口，开始敲门。

"是谁呀？"灯心草在里面问。

"是我呀！"木偶在门外回答。

"等一会儿，我这就给你开门。"

半个小时后，门开了。皮诺乔进到里面，看到他的朋友灯心草的头上扣了一顶大棉帽，帽檐一直罩到鼻子上方，你们想一想，他是多么吃惊啊。看到这顶帽子，皮诺乔略微觉得安慰，心里马上想道：

"也许我的朋友也害了同样的病？也染上了驴子的热病？"

他假装什么也没有看到，笑呵呵地问他：

"你好吗，亲爱的灯心草？"

"好极了，好得如同一只耗子掉进了奶酪桶里。"

"你这话可是当真？"

"我为什么要对你撒谎呢？"

"请原谅，朋友，那你的头上干吗要扣上一顶大棉帽，而且遮住耳朵呢？"

"医生要我这么做的，因为我的膝关节痛。那你呢，亲爱的木偶，为什么要戴上这样一顶大棉帽，一直罩到鼻子那儿呢？"

"医生吩咐我这样做的，因为我的一只脚蹭破了皮。"

"啊，可怜的皮诺乔！"

"啊，可怜的灯心草！"

说完这些话后，他们沉默了很长一段时间，互相拿眼睛盯着，做出讥诮的表情。

末了，还是木偶用甜美的声音对同伴说：

"我的灯心草朋友，我有一个好奇心想满足一下，你的耳朵痛过吗？"

"从来没有，你呢？"

"以前也从来没有！可是，今早起我的一只耳朵痛得我揪心。"

"我也犯了同样的病。"

"你也是这样？你的哪只耳朵痛？"

"两只都痛，你呢？"

"也是两只都痛。怕是犯了同样的病吧？"

"我真怕。"

"灯心草，你能给我帮个忙吗？"

"非常愿意！打心眼里愿意！"

"让我看看你的耳朵，行吗？"

"为什么呢？亲爱的皮诺乔，我也想看看你的。"

"不行。第一个给人看的应该是你。"

"不，亲爱的，第一个应该是你。"

"不，亲爱的，还是你先我后。"

"不，亲爱的，还是你先我后。"

"好吧，"木偶说，"作为好朋友我们一言为定。"

"说出来听听。"

"我们同时取下帽子，你同意吗？"

"同意。"

"那好，注意！"皮诺乔大声喊：

"一、二、三。"

喊到三时，两个孩子同时取下头上的帽子，向空中抛去。

这时出现的一个场面简直不像是真的，叫你不敢相信。那就是当皮诺乔和灯心草看到他们害的是同一种病，遭到了同样的不幸时，他们不但不觉得受了侮辱和有什么痛苦，反而瞧着大得不成比例的大耳朵骂出难听的话，然后纵声大笑起来。

他们笑着笑着，笑得前仰后合，身子都快站不住了，笑到最开心的时候，灯心草突然不笑了，身子摇摇晃晃的，脸上变了色，对朋友说：

"救命呀，救命呀，皮诺乔！"

"你怎么啦？"

"哎哟哟！我的两腿再也站不住了。"

"我也不行了。"皮诺乔喊道，身子摇晃起来。

当他们说着这些话的时候，两个小身体朝着地面弓了起来，手也着了地，手脚并用，开始在房间里转圈子，跑动起来。他们跑着的时候，两条胳膊渐渐地变成了两条腿，手也变成脚掌，脸拉得长长的，变成了驴脸，背上长了黑白相间的灰色毛皮。

可是，你们能猜出什么时候这两个不幸的人感到最难堪吗？那就是当他们开始感到尾部长出尾巴来的那一会儿。他们真觉得受了奇耻大辱，内心痛苦万分，他们真想大哭一场，把愤恨和对命运的怨言统统发泄出来。

然而，他们哭不出来，也说不出话来。从他们喉咙里发出来的是地地道道的驴叫："哎呀，哎呀，哎呀。"

"开开门！我是小矮人，我是带你们到这个国家来的车夫。快点开门，再不开门，你们会倒霉的！"

第三十三章

皮诺乔变成一头驴子后，被牵到集市上卖，一个马戏团的经理把他买下，教他跳舞，钻铁圈。有一天晚上他的脚跛了，于是另一个人买下他，打算拿他的皮蒙一面鼓。

小矮人看到门迟迟不开，急得抬起脚照门一个猛踢；进到屋里后，他细声细气地对皮诺乔和灯心草说："好孩子们！你们叫得好，我从声音里一下子辨出了你俩。这不，我进来了。"

听到这些话，两头小毛驴灰心丧气，他们低下头，垂下耳朵，尾巴夹在两条腿中间。

小矮人用手抚摸他们，拍拍他们，又掏出一把刷子，细心地刷他们的毛，把毛刷得那么平整，那么顺溜，光泽照人，如同一面镜子；然后给他们套上缰绳，把他们牵到集市上，希望能找到买主，卖出个好价钱。

事实上，买主们争着要买他们。

灯心草被一位农夫买去，那个农夫的驴子前一天刚刚死去；皮诺乔卖给了一个滑稽马戏团的经理，他买下他是为了教会他跳高和跳舞，让他和其他动物一起表演。

我的小读者们，这下你们该明白了吧，小矮人是干什么勾当的？这个坏家伙嘴像牛奶和蜂蜜一样甜，他经常赶着车子到处转，走到哪儿，就在哪儿哄骗厌学的孩子跟他跑，用车子把他们带到玩具国，让他们在那儿吃喝玩乐，过一段逍遥自在的日子，当这些可怜的受了骗的孩子沉湎于玩乐，不思读书时，就变成驴子了。他心里的那个高兴劲就甭提了，他把他们的命运捏在手里，他把他们带上集市去出售。这样在短短的几年里，他靠这种肮脏的生意发了大财，成了一个百万富翁。

灯心草后来怎样了，我不大清楚，可皮诺乔的事我倒是很了解的，一开始他就过上了艰难而痛苦的生活。

新主人把他牵到马厩里，给他的槽里添上满满的草料，可是皮诺乔刚尝了一口，立即吐了出来。

主人嘟囔几句后，给他槽里换上了干草，然而干草他照样不喜欢吃。

"呵！你连干草也不喜欢吃？"主人愤怒地呵斥，"好个驴子，你还挺讲究的，你的脑子里要是有什么古怪的念头的话，我倒会为你洗脑的！"

这么说了，主人照他的两条腿抽了一鞭子，以示教训。

挨了这一鞭子，皮诺乔痛得直钻心，哭了起来，边哭边叫："呜呀，咿呀，稻草我消化不了呀！"

"那好吧，吃干草！"主人精通驴子的话，便这样对他说。

"呜呀，咿呀，干草叫我受不了呀！"

"你该懂得，像你这样的一头驴子，难道要我拿公鸡和阉鸡肉喂你不成？"主人更加气愤，又抽了他一鞭子。

挨了这一鞭狠狠的抽打，皮诺乔变乖了，他立刻沉默下来，再也不说什么。

这时，马厩的门关上了，皮诺乔独自一个留在那儿。他有好几个钟头没吃什么东西了，饥饿难当，打起了哈欠，哈欠打得那么厉害，嘴巴张得大大的，跟个火炉子一样。

马槽里除了干草，找不到别的可吃的东西，他只好试着咀嚼干草，经过一番仔细认真的咬嚼，闭上眼睛吞咽下去。

"这种干草倒不坏，"他自言自语，"假如我继续上学，情况就会好得多！这个时候我吃的就不是干草，而是一小块新鲜面包和一片美美的香肠了！有什么办法，忍耐吧！"

第二天早晨醒来后，第一件事是想在马槽里找点干草吃，可是马槽里全空了，因为在夜间草料被他吃光了。

他只好吃一口剁碎的稻草。在他咀嚼稻草的时候，他这才品味出剁碎的稻草的味道既不同于米兰奶酪拌米饭，也不同于那波里的通心粉。

"忍耐吧！"他重复说，继续嚼他的稻草。"至少我的不幸足以警戒那些不听话的、不愿读书的孩子吧。忍耐吧，忍耐吧！"

"忍耐个屁！"恰在这个时候，主人走进马厩，大喝一声。"我的漂亮的驴子，你也许以为，我买下你只是为了喂你吃，喂给你喝吗？错了，我买下你，是为了让你干活，是为了让你给我挣很多的钱。喂，学乖点！跟我一起到跑马场去，我要教你钻铁圈，教你用头戳破纸酒桶，教你用后腿立地跳华尔兹舞和波尔卡舞。"

不管喜欢不喜欢，可怜的皮诺乔必须学会所有这些很好玩的把戏。为了学出个样子，他花了整整三个月的时间，身上挨了无数鞭打。

这一天终于来到了，他的主人能够宣布一个真正稀罕的演出节目。城市的大街小巷贴满了彩色招贴画。招贴画上这样写道：

今晚将举办

盛大演出

演出内容：传统跳高　精彩杂耍

演出者：本团全体艺术家及各色名马

并特邀名驴

舞蹈明星

皮诺乔

初次登台献艺

本剧场光照如同白昼

正如你们能够想象的那样，那天晚上离演出还有一个小时，剧场里已是座无虚席。

剧场里找不到一把空沙发椅、一个雅座、一个包厢，就是付黄金也买不到一张票。

剧场的台阶上，坐满了小男孩、小女孩以及各个年龄层的孩子，他们心急如焚地盼望一睹驴子明星皮诺乔的跳舞表演的风采。

演出的第一部分刚一结束，身穿黑色礼服、白色裤子、长筒皮靴的剧场经理走了出来，面对广大观众，深深一鞠躬，神情庄重地发表了如下错误百出的演讲：

"尊敬的各位观众，女士们，先生们！

本卑微的署名人路经名都，使我蒙幸向各位聪明的显贵的听众介绍我这一头著名的驴子，从而我备感光荣和由衷的喜悦。我这头驴子曾经有幸为欧洲各君主宫廷的尊贵的皇帝陛下做过精彩的表演。

在感谢各位的同时，请你们以你们的生动的光临来帮助我们并且同情我们！

他的这一讲话博得了一阵阵笑声和掌声。当驴子皮诺乔出现在剧场中央时，掌声加倍响起来，变成了暴风骤雨。他穿着节日的盛装：扎一条崭新的亮光光的皮缰绳，缰绳上有带扣和黄铜球饰；两只耳朵上各插一朵白色的山茶花；马鬃用红绸蝴蝶结扎成许多小卷，一条宽大的金银饰带横穿腰部，尾巴用天蓝色的绒带编成辫子。一句话，是一头人见人爱的驴子。

经理向观众介绍了驴子后，又说了下面的话：

"我尊敬的听众啊！不是我有意在这里向各位编造谎言，千真万确啊，我在热带的平原上翻山越岭自由放牧他时，为了让这头动物能听懂人话并制服他，我实在是费了九牛二虎之力啊。我请求诸位仔细看一看，看看他的眼睛里流露出的粗野的光；我用尽一切办法力求驯服他，使他像一头文明的四蹄动物来生活，我不得不多次和蔼地动用鞭子。可是每次我的这种热情并没有得到他的好感，他对我的脾气却越来越暴戾。然而，我终于在他的头颅上找到一块小小的隆骨，巴黎医学权威认为它是头发再生球和祝捷舞再生球。因此，我愿意教会他跳舞、钻铁圈和钻纸扎的大桶。请你们欣赏吧！请你们评论吧！然而在开演之前，啊，先生们！我请求你们允许我邀请你们出席明晚的演出，假如碰到下雨天，那么演出不是在明天晚上，而是在明天上午。"

讲到这儿，经理又深深鞠了一躬，然后转身对皮诺乔说：

"快，皮诺乔！在表演你的拿手好戏之前，先向诸位尊敬的观众——先生、夫人和孩子行个礼，鞠个躬！"

皮诺乔听从了，马上弯曲前腿，双膝跪地，经理甩响鞭子，命令他：

"开步走！"

驴子这才四脚立起，围着剧场开始踱步转圈子。

过了一会儿，经理喊："开步跑！"

皮诺乔服从了命令，变慢步走为小跑。

"快跑！"皮诺乔快跑起来。

"飞跑！"皮诺乔又飞跑起来。正当他如同一匹骏马在飞跑时，经理举起一只胳膊，开了一枪。

听到枪声，驴子假装受了伤，一下子倒在场上，跟死了一样。

在一阵响彻云霄的掌声、吆喝声和鼓噪声中，驴子站立起来，自自然然地抬起头，朝上空看……这么看着时，在一个包厢里看到一位美丽的夫人，脖子上挂着一串粗大的金项链，金项链上垂挂着一块纪念章，纪念章上画着一个木偶的画像。

"那个肖像是我！那位夫人是仙女！"皮诺乔心里说，他立刻认出了她。他太高兴了，试着呼喊：

"啊，我的仙女呀！啊，我的仙女呀！"

可是从他喉咙里喊出来的，却不是这些话，而是又粗又长的驴叫，剧场里所有的观众和孩子听了直发笑。

为了教训他，让他知道当着公众这么扯开嗓子乱叫是多么不文雅，经理用鞭梢敲了一下他的鼻子。

可怜的驴子伸出长长的舌头舔鼻子，足足舔了五分钟，也许他认为这样可以减少痛感。

当他第二次回过头来往上看时，包厢里却是空的，仙女已经消逝了。他是多么失望啊！

他感到自己快死了，眼泪像断了线的珍珠似的往下滴。然而谁也没有发现他在哭，经理也不例外，他甚至举起鞭子，喊道：

"皮诺乔，好样的！现在让这些先生们见识见识你钻圈的能耐。"

皮诺乔试了两三次，每次跑到圈前，他不是一跃从圈中钻过，而只是从圈底飘然擦过。最后，他猛地一跳，身子倒是钻进了圈，可是两条后腿却极不优美地被圈钩住了，这样一来，他整个儿栽倒在地上。

当他站起来时，他成了跛子，一拐一拐地回到了马厩里。

"把皮诺乔牵出来！我们要看驴子！把驴子牵出来！"孩子们从看台上齐声嚷道，对他遭到的不幸十分担忧，十分同情。

然而，那天晚上驴子再也没有露过面。

第二天早上，兽医对他作诊断，宣布说他可能终生瘸腿。

于是经理对马厩伙计说：

"你要我留着一条瘸腿驴做什么？他只会白吃干草。牵到市场上去卖掉。"

来到广场上，马上找到了买主，买主问马厩伙计：

"你要多少钱卖出这条瘸腿驴？"

"二十里拉。"

"给你二十里拉。你不要以为我把他买回去是使唤他的，我只是看中了他的皮才买下的，他的皮很坚硬，我想用皮给镇上的乐队做一面鼓。"孩子们，你们去想一想，当可怜的皮诺乔听到他命中注定要成为一面鼓时，他是什么心情啊。

事情的结局是，买主付完了二十里拉，就把他牵到了海边，在他的脖子上挂了一块大石头，再用一条绳索捆住他的一条腿，绳索的另一端捏在手里，然后将他猛地一推，把他推进水中。

皮诺乔带着脖子上的大石头，一下子沉到了水中，买主手里牢牢地捏着绳子，坐在一块礁石上，等待驴子慢慢淹死，然后好剥他的皮。

第三十四章

皮诺乔被扔到海里后，被一群鱼吃掉了，然后又恢复了木偶的原形，正当他往岸上游去时，又被一条可怕的鲨鱼给吞了。

小毛驴沉入水下足有五十分钟，买主自己对自己说开了：

"都这个时候了，那可怜的瘸腿驴该淹死了吧，让我把他拉上来，用他的皮做一面漂亮的鼓。"

他开始拉绳子。拉呀，拉呀，拉呀，最后看到冒出一阵水花……你们猜猜看，拉上来的是什么？他提上来的不是一条死驴子，而是一个活木偶，木偶挣扎着，扭曲着，如同一条黄鳝。

看到这个活木偶，他以为自己在做梦，他的嘴巴张开着，眼睛瞪得大大的，整个儿惊呆了。

当他从惊愕中醒过神来时，又是哭鼻子又是抹眼泪，嘟囔着说：

"我刚才扔到海水里的那头小毛驴呢，哪里去了？"

"那头小毛驴就是我呀！"木偶笑着回答说。

"你？"

"我。"

"呸！你这个无赖！你也许想拿我来取笑吗？"

"我拿你取笑？正好相反，我亲爱的主人，我跟你讲话可认真呢。"

"可你是怎么搞的，刚才还是一头驴子，怎么转眼间在水里变成了一个木偶呢？"

"也许是海水搞的鬼把戏吧。海水开了个玩笑。"

"小心呀，木偶，小心！不要相信骑在我的脖子上你会快乐，你要是让我失掉耐心，我就叫你倒霉！"

"那好吧，主人，你想知道这件事的全部真相吗？那就请解开我身上的绳子吧，我来讲给你听。"

好心肠的买主出于想知道事情真相的好奇心，马上解开捆在他身上的绳结，皮诺乔看到自己整个儿自由了，如同空中的鸟儿，于是对他说：

"你要知道，我原本是一个木偶，跟今天这个样子一模一样，可是就在我正要变成一个孩子的关键时刻，却出了差错。因为我不想读书，又听从了坏伙伴的话，所以逃出了家门。有一天，当我醒来时，我发现自己变成了一头耳朵长长的驴子，还拖着一条尾巴！这叫我羞死了！后来我被带到驴市上去出售，一个马戏团经理把我买走了。他教我跳舞，想让我成为一个舞蹈明星和钻铁圈的能手，可是有一天晚上，在演出中，我整个儿跌倒在地，腿给扭伤了，成了个跛子。经理知道一条瘸腿驴是什么也干不成的，牵我去卖，你阁下买下了我。"

"真遗憾！我可是为你付出了二十里拉呀。啊，天哪，谁能偿还我的二十里拉呀？"

"谁叫你买下我呢？你是想用我的皮做一面漂亮的鼓呀！"

"真遗憾！我现在到哪儿去找一张驴皮呢？"

"主人呀，你千万别着急。在这个世界上驴子有的是！"

"告诉我，你这个狡猾的家伙，你的故事到此该完了吧？"

"还没完呢，"木偶回答，"还有两句话，说了就完了。你买下我后，把我带到这儿来杀我。可是后来呢，出于人道主义的怜悯心，你宁愿在我的脖子上挂了一块石头，把我沉入海水。这种高尚的情感给你带来崇高的荣誉，你的这一善举我将永远铭记在心。另外，亲爱的主人，你这次这么做可没和仙女事先商量一下啊……"

"这位仙女是谁呀?"

"是我的妈妈,和所有的仁慈的妈妈一样,她们钟爱她们的孩子,每时每刻关注他们,孩子遇到不幸,她们都会疼爱地扶助他们,尤其当这些孩子由于冒失、轻率、不良行为而活该受抛弃,活该倒霉时,她们也会伸出援助的手。

"刚才我是想说,善良的仙女刚一看到我有淹死的危险,立即派来不计其数的鱼儿前来围住我,他们真的把我当作一头死驴,于是吃了起来,他们的小嘴可厉害呢!原先我还不相信鱼儿比孩子们还贪吃呢!有的吃我的耳朵,有的吃我的脸,有的吃我的脖子和驴鬃,有的扯脚皮吃,有的拔身上的皮毛吃……其中还有一条小鱼儿,专门啃我的尾巴。"

"从今往后,"买主生气地说,"我发誓不再吃鱼的肉了。要是在一条炸鲤鱼或鳕鱼肚子里找到一根驴尾巴,那还不叫我恶心死了!"

"我的想法跟你一样。"木偶笑着说,"另外,你应该知道,鱼吃完了裹住我全身的驴子外壳,很自然就吃到了骨头那儿,说得更确切些,就吃到了木头那儿。正如你所看到的,我整个儿是用坚硬的木头做成的。他们啃了几口后,那些贪嘴的鱼立即发现他们的牙齿对付不了木头,于是放弃了这种不易消化的食品,连声谢谢都顾不上说,就四散游开了。这就是为什么当你拉起绳子时,看见的是一头活木偶,而不是一头死毛驴。"

"你的故事提不起我的兴趣。"气疯了的买主喊起来,"我只知道我花了二十里拉买下了你,现在我要索回我的钱。你知道我要干什么吗?我要把你送到市场上去,当壁炉的烧柴把你卖掉。"

"你卖掉我好了,我巴不得呢。"皮诺乔说。说完,他做出一个漂亮的跳水动作,扑通一声跳进水里,愉快地游了起来,离开了海滩,并且朝可怜的买主喊道:"再见了,主人,假如您需要一张皮做鼓的话，请记住我好了。"

随后他笑起来，继续游着，游了一会儿，又转过身来更响亮地叫道：

"再见，主人，如果您需要木柴烧炉子取暖的话，记住我好了。"

一眨眼的工夫，他已游出去好远，几乎看不见了，或者说只看到海面上的一个小黑点，不时从水里露出两条细腿，翻着跟头，像一条海豚在脾气温和时做的那样。

皮诺乔漫不经心地游着，正在这时他看到大海里有一座礁石，石头跟白色大理石一样，一只美丽的小山羊立在礁石顶上，疼爱地咩咩叫着，示意他靠近礁石。

尤为奇特的是，小山羊的毛色不是白的，也不是黑的，更不是有白有黑的杂色，而是青色，并且是闪亮的青色，叫他立刻想起了仙女头发的颜色。

我还是让你们去想象吧，可怜的皮诺乔的心跳得有多厉害！他把游泳的速度加快了一倍，划水的力量也加大了一倍，向着白色礁石游去。已经游了半程了，突然水里钻出一个可怕的海怪的头，口大开着，活像一个大深渊，三排大獠牙，那个可怕的样子，即使是画着的，也叫人毛骨悚然。

你们知道那头海怪是什么吗？

不是别的，正是鲨鱼，这个故事中多次出现过的那条鲨鱼。由于他的大屠杀和填不满的胃口，人们给它取了个"鱼和渔夫的灾星"的诨号。

你们想一想吧，当可怜的皮诺乔看见这头怪物时，他会吃惊成什么样子。他设法摆脱怪物，打算改变航向，逃得越快越好，然而那个怪物张开大口飞速地朝他游来。

"快点，皮诺乔，天啦！"美丽的小山羊喊道。

皮诺乔用胳膊，用胸脯，用双腿和双脚拼命地游着。

世界经典童话

·木偶奇遇记·

图文珍藏版

"快跑，皮诺乔，怪物快追上你了！"

皮诺乔使出全身的力气，加快速度猛烈地划着水。

"小心，皮诺乔！海怪追上来了！就在后头，就在后头！加油呀，要不，你就完了！"

皮诺乔用最快的速度游着，游呀，游呀，游呀，快得如同一颗射出的子弹。已经挨近礁石了，小山羊在礁石上伸出两条前腿，想把他从海里拉上来。

可是，太晚了！鲨鱼已经赶上他，喘着粗气，将可怜的木偶一口吸进嘴里，如同喝生鸡蛋那样猛烈地、贪婪地把他咽下去，皮诺乔一下子沉入鲨鱼的肚子里，把鲨鱼很不礼貌地撞了一下，他有一刻钟对自己的这种行为感到惊讶。

当他从惊愕中清醒过来时，连他自己也搞不清是怎么一回事，处身在什么地方。四周一片漆黑，他如同钻进了装满黑墨水的瓶子里。他竖起耳朵听，什么响声也没听到，只是不时感到脸上有一阵阵的风吹过。起初，他不知道风是从哪里刮出来的，后来弄明白了风是从怪物的肺里产生的。因为鲨鱼患了很重的哮喘病，他一呼吸，如同刮起了寒冷的北风。

他设法壮壮自己的胆。试了几次之后，他确信自己是被关闭在海怪的肚子里，这时他哭了，边哭边叫：

"救命啊，救命啊！我真可怜啊！难道没有任何人来救我吗？"

"你要谁来救你，你这个倒霉的家伙？"一个细微的声音说。

"是谁在这么说？"皮诺乔问，怕得直打寒战。

"是我！我是可怜的金枪鱼，和你一起被鲨鱼吞了进来。你呢，你是什么鱼？"

"我跟鱼类不沾边儿，我是个木偶。"

"你不是鱼，那你怎么也让海怪吞下肚的？"

"不是我让他吞进肚的，是他要吞下我的！那么我们在黑暗中有什么好做的吗？"

"认命吧，等着鲨鱼把我们两个消化掉吧……"

"可我不愿意被消化掉！"皮诺乔吼道，又哭了起来。

"我也不愿意被消化掉呀，"金枪鱼说，"可是我很知足，作为金枪鱼，死于水下，远比死于油锅里光彩，一想到这儿，我心里就格外感到宽慰！"

"蠢话！"皮诺乔叫起来。

"那是我的一种意见。"金枪鱼说，"正如金枪鱼政治家们所说，别人的意见应受到尊重！"

"总而言之……我要走出这儿……我要逃走。"

"逃吧，如果你有办法的话！"

"吞下我们的这条鲨鱼很大吗？"木偶问。

"你想一下吧，他的身体有一公里长，尾部还没算呢。"

正当他们在黑暗中这么聊着时，皮诺乔似乎瞧见远远的地方有一星亮光。

"那个远远的光亮是什么呀？"皮诺乔问。

"那是我们的一个不幸的同伴，跟我们一样等待着被消化掉！"

"我去找他。或许一条老鱼能够帮我们想个逃出鱼口的妙策吧？"

"我亲爱的木偶，我从心里祝福你。"

"再见，金枪鱼。"

"再见，木偶，祝你走好运。"

"我们在哪儿再见面？"

"天晓得，最好别去想它了。"

第三十五章

皮诺乔在鲨鱼的身体内找呀，找呀……找到谁啦？你们读了这一章就会明白的。

皮诺乔和好朋友金枪鱼道声再见，在黑暗中摸索起来，开始在鲨鱼的体内探路，一步一步朝闪动小光亮的那个离得老远的地方走去。

走着走着，他感到他的脚板是踩在又腻又滑的水潭里，水散发出一股浓烈的炸鱼的气味。

他越往前走，亮光越清晰，走呀走呀，最后他来到了那个地方，在那儿，他看到了什么啦？我让你们猜上一千遍，恐怕你们也猜不出。他看到了一张小桌子，小桌子上布置得挺不错：有一个绿色的水晶瓶子，里面插着一枝点燃的蜡烛，桌前坐着一个苍白的小个儿老头，他白得如同是用白雪或掼奶油捏成的，他坐在那儿，漫不经心地咀嚼几条小活鱼，小鱼儿活蹦乱跳的，有好几次竟从他的嘴里蹦了出来。

这一看不打紧，可怜的皮诺乔大喜过望，差一点儿没发了疯。他想笑，想哭，想说一大堆话，可是嘴里只是喃喃地嘟囔着，不成句子，含混不清，最后他高兴地喊起来，张开双臂扑在老人的脖子上。

"啊，我的老爸爸！我终于找到你啦！现在我再也不离开你了，再也不，再也不离开你！"

"我的眼睛不是看花了吗？"老人眨巴着眼睛说，"这么说来，你真的是我的亲爱的皮诺乔吗?"

"是的,是的,是我,正是我! 这么说来,你已经原谅了我?
啊! 我的老爸爸,你真好! 可我呢,却不是这样……啊! 你知道吗?
我遇到了多少不幸,多少苦难啊! 你想想吧,就是在那一天,你,
可怜的爸爸,你卖掉了你的外套,给我买了一本识字课本,叫我去
上学。我呢,却跑去看木偶戏。马戏团的经理要把我当木柴扔进炉
里烤熟他的羊肉,可后来他给了我五枚金币,叫我带给你,可是在
路上我遇到了狐狸和猫,他们带我到了红虾旅舍,他们在旅舍里大
吃大喝了一顿,活像两只饿狼。我独自一个深夜上路,在路上遇到
了杀人凶手,他们追在我的后头,我跑,他们也跑,我走到哪儿,
他们也跟到哪儿。没有办法,我被他们吊在一棵大橡树上。美丽的
青发仙女派一辆小车接我,又找来医生给我会诊。医生诊断后说:
'假如还没有死,那就表示还活着。'后来我由于撒谎,鼻子开始往
长里长,长得我走不出房门了。接下去,我同狐狸和猫一同去种四
枚金币,因为有一枚我已经付了旅馆的账;可是等我到地里去收金
币时,一个钱也没有找到,更别说两千枚金币了,鹦鹉笑我是傻瓜。
当法官知道我的钱被盗,他为了叫小偷满意,却判了我坐牢。我从
牢里被释放出来后,在去仙女家的路上,碰到了一条尾巴冒烟的大
蛇,蛇笑个不停,笑断了腹部的一条血管。我继续赶路,看到地里
的葡萄,就想摘一串充饥,却被农夫的捕兽器给夹住了,他把我用
狗链子拴住,让我当他鸡舍的看家狗,后来他知道我是无辜的,就
把我放掉。这样我又回到美丽的仙女的家里,她却死了。一只鸽
子看到我在哭,就对我说:'我看到你的爸爸做了一条小船,准备去
寻找你。'我对他说:'啊,我要是也有两只翅膀该多好啊!'他对
我说:'你想去你爸爸那儿吗?'我对他说:'当然想! 可是谁带我
去呢?'他对我说:'我带你去。'我对他说:'怎么个去法?'他对
我说:'骑在我的背上吧。'这样我们飞了整整一个晚上。第二天早

·木偶奇遇记·

图文珍藏版

上，我到了海边，渔民们瞧着大海，对我说：'有一个可怜的人在那条小船上，小船快要翻了。'我打老远的地方立即认出了你，因为我的心在对我说那就是你，我打着手势，喊你回到海滩上来。"

"我也认出了你，"杰佩托说，"当时我巴不得回到海滩上，可怎么回得去呢？大海是那么广阔，望也望不到边，这时一个巨浪袭来，掀翻了我的船。恰在此时，旁边有一条可怕的鲨鱼，一看见我，马上向我游来，伸出舌头，把我像吞小水饺似的一口吞下了肚。"

"你被吞进来有好久啦？"皮诺乔问。

"从那天算起，大概过了两年吧。"

"这么长时间，那你是怎么活过来的？你在哪儿弄到蜡烛的？又是谁给了你点蜡烛的火柴呢？"

"好吧，现在就让我一五一十地讲给你听吧。你要知道，那场大风暴不但弄沉了我的小船，而且也掀翻了一条大商船。海员倒是脱离了危险，可是船却沉下了水，正好那天鲨鱼的胃口极好，吞下我后，连那条船也给吞了进去……"

"怎么啦？一口把船全吞下去啦？"皮诺乔惊得张开了嘴。

"整个一口吞下了，吐出来的只是桅杆。嗨，那根桅杆只不过像根小鱼刺一样塞进他的牙缝里。没想到这艘船倒成全了我，船里装满了肉罐头、饼干、盛满酒的酒瓶子、葡萄干、乳酪、咖啡、糖，还有蜡烛和火柴。靠上帝赐予的这些食品，我才活过了这两年。然而，今天储藏室里的东西用完了，这枝点燃的蜡烛是剩下的最后一枝了……"

"以后怎么办呢？"

"以后嘛，亲爱的，以后我们两个就只好摸黑了。"

"要是那样的话，我亲爱的爸爸，"皮诺乔说，"我们就必须抓紧时间，设法逃走……"

"逃？怎么个逃法？"

"从鲨鱼的嘴里逃掉，投身大海游走。"

"你说得倒轻巧，可是我亲爱的皮诺乔，我不会游泳呀。"

"那有什么关系呢？你只需骑在我的脖子上，我的水性极好。我会把你平平安安驮到海滩上。"

"那是痴心妄想，我的孩子！"杰佩托直摇头，苦笑着，"你以为像你这么一个一米高的木偶人能有那么大的力气，驮着我游泳吗？"

"你试试吧，让我们看着办吧！即使我们非死不可，至少也能拥抱在一起死去，这本身就是一大安慰啊。"

皮诺乔再没说别的话，一手擎着蜡烛，走在前面照路，一面对他爸爸说：

"跟着我走，别害怕。"

他们这样走了好一会儿，穿过鲨鱼的整个身体和整个胃部。待到他们走到鲨鱼的喉咙口时，他们想停下来仔细看看，以便瞄准时机逃走。

要知道，鲨鱼已经很老了，还得了哮喘病，心跳得很厉害，白天只好张着嘴睡觉，这样皮诺乔便得以从喉管里探出头来，向上张望，能够看到鲨鱼张开的大嘴外面的一片繁星点点的天空以及洒下银光的月亮。

"这会儿是逃跑的好机会，"他附在他爸爸的耳朵上说，"鲨鱼正睡得像个睡鼠，大海静悄悄的，月光明亮，看得跟白天一样清楚。快来，爸爸，跟我走，要不了一会儿我们就得救了。"

说完，他们就行动起来，沿着鲨鱼的喉管往上走，来到巨大的嘴巴里。那个舌头又长又宽，他们走在舌面上，如同走在公园的石子甬道上。他们正要纵身跳入大海，鲨鱼打了一个大喷嚏，喷嚏打得那么响亮，把皮诺乔和杰佩托又扔了回去，他们重新掉进怪物的胃里。

　　在他们重重地跌进鲨鱼的胃里时，蜡烛熄灭了，爸爸和儿子陷于黑暗之中。

　　"现在怎么办？"皮诺乔一脸严肃地问。

　　"现在啊，我的孩子，我们全完了。"

　　"为什么说全完了？把手伸给我，好爸爸，小心滑倒！"

　　"带我去哪儿？"

　　"我们必须试着再逃一次。跟我一块儿来，别害怕。"

　　这么说了，皮诺乔拉起他爸爸的手，踮起脚尖，一块沿着怪物的喉管往上走。然后穿越整个舌面，跨过三排牙齿，然而在跳起身子之前，木偶对他爸爸说：

　　"骑在我的肩上，紧紧抱住我。其余的由我来办。"

　　杰佩托刚在儿子的肩上坐稳，皮诺乔便胸有成竹地跳入水中，游了起来。大海平滑如油，月亮的清辉流溢在海面上，鲨鱼仍旧睡得死死的，就是放一声大炮也休想惊醒他。

图文珍藏版

第三十七章

皮诺乔终于由木偶人变为一个真正的男子汉。

正当皮诺乔朝海岸快速游去时，他突然发现骑在他脖子上的爸爸因两条腿浸在海水里，身体在微微发抖。是冷得发抖还是怕得发抖？谁晓得呢？也许两者兼而有之。皮诺乔相信他是因害怕而发抖的，为了宽慰他，就对他说：

"勇敢点，爸爸！过几钟后我们就会到陆地上了，那时我们就得救了。"

"可这老天降福的海岸在哪儿呢？"老人问道，变得越来越焦躁不安，瞪大眼睛，跟裁缝在穿针引线时鼓起眼睛一样。"除了大海和天空，我怎么就看不到四周还有其他东西？"

"可我看到了海滩，"木偶说，"我跟夜猫子一样，夜晚看东西比白天还清楚。"

可怜的皮诺乔假装心情很好，可事实上……事实上他已经开始失去勇气，体力渐感不支，呼吸越来越困难，大口喘着粗气……一句话，他快支持不住了，可离海滩仍很远很远。

他只要还有一口气，就要拼命地游到底。后来他扭过头来，对杰佩托断断续续地说：

"我的爸爸呀……帮我……一把……因为……我快要……死了！"

爸爸和儿子眼看就要淹死了，在这个节骨眼上，他们听到一个声音在问：

"是谁快死了？"

世界经典童话

·木偶奇遇记·

图文珍藏版

"是我和我可怜的爸爸!"

"这个声音我熟悉!你是皮诺乔!"

"一点不错,你是谁?"

"我是金枪鱼,鲨鱼肚子里的患难朋友。"

"我是学你的样子,是你教会我该怎么办的,你逃走后,我也逃了出来。"

"我的金枪鱼,你来得正是时候!我求求你帮帮我们,否则,我们就完蛋了。"

"我很愿意帮助你。你们揪住我的尾巴,让我带你们走。三四分钟后,就到岸边了。"

诸位可以想象得到,杰佩托和皮诺乔马上接受了邀请,但是他们认为揪住尾巴不大舒服,于是坐到了他的背上。

"我们太重了吗?"皮诺乔问。

"重?一点不重!你们在我的背上只不过跟两片海螺壳一样轻。"金枪鱼说,他的身体既结实又宽大,如同一头两周岁的小牛仔。

来到海岸边,皮诺乔第一个跳上岸,伸手把他的爸爸也拉上了岸。然后他十分感激地对金枪鱼说:

"我的朋友,你救了我的爸爸,我真的不知说什么话来感谢你才好,至少请你允许我亲亲你吧,以表示我衷心的感谢!"

金枪鱼把头伸出水面,皮诺乔双膝跪地,在他嘴上深情地吻了吻。可怜的金枪鱼还从来没有受到过这样发自内心的亲吻呢,他感动得流出了眼泪,但又羞于被别人看见,便一头扎进水里,不见了。

这时天已经亮起来了。

杰佩托都快站不住了,皮诺乔用自己的胳膊扶住他,对他说:

"亲爱的爸爸,身子靠在我的胳膊上吧,让我们一起走。我们像蚂蚁那样慢慢走,走累了,再坐在路边歇一会儿。"

"咱们要去哪儿？"杰佩托问。

"去找一幢房子或一间茅草棚子，并且要讨口饭吃，弄捆稻草铺起来当床睡。"

走出不到一百步，他们看到两个面目狰狞的丑八怪坐在路边行乞。

原来那两个家伙是猫和狐狸，自那次以后，人们再也认不出他们来了。假装瞎子的猫，结果呢真的变成了瞎子，而狐狸呢，变老了，变丑了，并且长了一身的癣，半个脑袋的毛发快脱光了，连尾巴也没有了。那是因为有一天，狐狸要多悲惨有多悲惨，最后为了生存，实在没有别的办法，只得割下漂亮的尾巴卖给流动商贩，于是，他就成了这副样子。那条尾巴给人买去后做成了一只驱赶苍蝇的掸子。

"啊，皮诺乔，"狐狸拖着哭腔说，"请你可怜可怜我们两个可怜的病人吧。"

"病人！"猫重复说。

"再见，骗子！"木偶回答说，"你们已经骗了我一次了，这次我再也不上当了。"

"请相信我们，皮诺乔，今天我们确实变成了穷人和不幸的人！"

"没错！"猫反复说。

"你们穷了，那也是活该。你们应记住一条至理名言：'偷来的钱从来不结果。'再见，两个大骗子！"

"可怜可怜我们吧！"

"是的，可怜可怜们吧！"

"再见，两个骗子！你们再应该记住一条至理名言：'魔鬼的面粉全变成秕糠。'"

"别抛弃我们！"

"别抛弃我们！"猫又反复地说。

世界经典童话

·木偶奇遇记·

图文珍藏版

"再见，两个骗子！你们更该记住一条至理名言：'偷邻人外套的人，自己临死时连件衬衣也穿不上。'"

这样说着时，皮诺乔和杰佩托继续平平静静地走他们的路，又走了一百步，看到田里有一条小石子路，路的尽头有一个漂亮的茅草棚，茅草棚的顶层却盖着瓦。

"这间棚子应该有人住。"皮诺乔说，"我们去那儿，敲门试试看有没有人？"

于是，他们走上前去敲门。

"谁呀？"屋内有一个声音在问。

"是我们，可怜的爸爸和可怜的儿子，没有吃没有住。"木偶说。

"转动门把，门会自己开的。"那个小声音说。

皮诺乔转动门把，门果然开了。他们走进屋内，左顾右盼，却没有找到任何人。

"喂，房东在哪儿？"皮诺乔吃惊地问。

"我在这上面呢！"

爸爸和儿子一齐向屋顶望去，看见椽子上有一只会说话的蟋蟀。

"啊！亲爱的蟋蟀。"皮诺乔很懂礼貌地同他打招呼。

"现在你称呼我亲爱的蟋蟀，是真的吗？可是你还记得吗，为了把我从你家里赶走，你向我扔木锤子那件事吗？"

"你说得对，蟋蟀！你也把我赶走吧……也在我身上扔木锤子吧，但是你得可怜可怜我那可怜的爸爸。"

"我既可怜爸爸，也可怜儿子。我之所以要提起上次你对我无礼的事，是为了让你清楚，在这个世界上，要想别人待你有礼，就必须待人有礼。"

"你的话有道理，蟋蟀，你讲的话没错，我会永远记住你的话。可是你必须告诉我，你是如何买到这么漂亮的茅草棚的？"

"这个棚子是一只高雅的母山羊在昨天送给我的，那头母山羊长着一般美丽的青色的羊毛。"

"山羊哪里去了？"皮诺乔十分好奇地问。

"我不清楚。"

"什么时候回来？"

"再也不回来了。她是昨天伤心地走了，咩咩地哀叫着，好像在说：可怜的皮诺乔……现在我再也见不到他了……此时，鲨鱼也许把他吞掉了！"

"她是这样说的吗？一点不错，是她！是她……那是我亲爱的仙女！"皮诺乔哇的一声哭了起来。

哭了好长时间，他擦干了眼泪，用稻草铺成一张柔软的小床，让老杰佩托躺在上面。然后问会说话的蟋蟀：

"告诉我，蟋蟀，我从什么地方才能为我可怜的爸爸找到一杯牛奶喝？"

"离这儿三华里的地方有一个种菜的，名叫蒋吉奥，他养着乳牛。你去他那儿，准能找到你要找的牛奶。"

皮诺乔跑到蒋吉奥家里。蒋吉奥对他说：

"你要多少牛奶?"

"我要一满杯。"

"一杯牛奶值一块钱,先把钱给我。"

"可我连一分钱也没有。"皮诺乔有气无力地回答。

"不行。我的木偶!"蒋吉奥说,"要是你连一分钱也没有,我就连一口牛奶也没有。"

"那就算了!"皮诺乔说着就要走开。

"等一等,"蒋吉奥说,"你如果在我这工作,我就可以满足你的要求。你能推水车吗?"

"什是水车?"

"是一种木装置,用来从井里提水浇菜地的。"

"我试试看吧。"

"那好吧,你给我提一百桶水上来,作为酬劳,我给你一杯牛奶。"

"好的。"

蒋吉奥把木偶领到菜地,手把手地教他如何推水转动辘轳,皮诺乔立即干了起来。离一百桶水还远着呢,汗水已经把他从头湿到脚。这么重的活儿他可是还从来没有干过呢!

"本来嘛,推水车取水的活儿,一直是由那头驴子干的,可是他今天快死了。"蒋吉奥说。

"你能让我看他一眼吗?"皮诺乔问。

"当然可以。"

皮诺乔走进马厩,首先看到一头毛驴躺在稻草上,这头毛驴由于又饿又累,都快死了。他上下细细地打量了他一遍,心怦怦直跳,说:"这头毛驴我好像认识!"

他弯下腰去看他,用驴子的语言问他:

"你是谁?"

听到有人在问话，驴子垂死地睁开眼睛，用驴子的话嘟囔道：

"我是灯心草……"

说着又慢慢闭上了眼睛，长叹了口气。

"啊！可怜的灯心草啊！"皮诺乔太远低声音说，然后喂了他一口稻草，擦干他脸上的泪水。

"你为何要可怜一头分文不值的毛驴呢？"蒋吉奥问。

"我告诉你……那是我的朋友！"

"你的朋友？"

"是我的同学！"

"这是什么原因？"蒋吉奥禁不住放声大笑。"怎么？一头驴子是你的同学？我不难想象你那个学上得有多好了！"

听到这席话，木偶都快气疯了，不再搭理他。皮诺乔端起杯里的热牛奶，回茅草棚去了。

自此，他一连五个多月，每天天不亮就起床去推水车，换取一杯牛奶给爸爸喝，爸爸喝了牛奶后，身体状况明显好转了许多。他并没有就此满足，在余下的时间里，他还学会了编竹筐，织草席，用卖竹筐和草席的钱精打细算维持一天的生计。另外，他自己还动手做了一辆精巧的小车，给爸爸坐，还经常推他到外面呼吸新鲜空气。

晚上他练习写字和读书，他花了一点点的钱，在附近的镇子上，买回一大本缺了扉页和目录的旧书来阅读。至于写字嘛，他没有笔和墨水，就削一枝细树条当笔，蘸了桑葚和樱桃汁来写字。

他制订了好好学习、工作和生活下去的良好计划，他不仅能够很好地维持疾病缠身的爸爸的生活，而且积了四十块钱，准备给自己买件新衣服。

有一天早上，他对爸爸说：

"我到附近的集市上去给自己买一件小褂子、一颗小帽子和一双鞋。等我回到家时，"他笑着说，"我会全身上下穿戴一新，只怕你以为我是个绅士呢。"

说完，他走出家门，快快乐乐地跑起来。当他正在兴冲冲地跑着时，突然听到有人喊自己的名字。他回头一看，看到的却是草丛里爬出来一只漂亮的蜗牛。

"不认识我啦？"蜗牛问。

"我好像……"

"难道你不记得青发仙女家的那个蜗牛了吗？甚至你不记得那次你踢门，一只脚嵌进门里的事了？"

"我全都记得，"皮诺乔说，"美丽的蜗牛，快告诉我，你在哪儿离开善良的仙女的？她在做什么？她原谅我了吗？她还记得我吗？还爱我吗？她住得离这儿远吗？我能去找她吗？"

他一口气提了这么多的问题，对于这些问题，蜗牛仍那么从容不迫地回答：

"我的皮诺乔哟！可怜的仙女躺在医院的病床上！"

"在医院？"

"是呀，太遗憾了。她遇到了太多的遭遇和不幸，她的病很严重，连买面包的钱都没有。"

"真的吗？啊！听到这个消息，我太伤心了！哦！可怜的仙女！可怜的仙女！可怜的仙女……如果我有一百万块钱，我会马上拿来给她的……可我只有四十上块钱呀……就这些，刚好够我买一件新衣服的。拿去吧，蜗牛，快拿去送给我那美丽善良的仙女吧。"

"那你怎么买新衣服呢？"

"穿不穿新衣服并不重要，为了帮助她，我甚至愿意卖掉我这一身破烂衣服，快，蜗牛，快去吧，过几天再回到这儿来，但愿到时我能再给你弄到一些钱。时至今日，我干活只是为了赡养我爸爸，今后，我要再多干五个小时的活，挣了钱好赡养我勤劳善良的妈妈。

再见，蜗牛，过两天你再到这儿来，我一定等你。"

这一回蜗牛一反常态，跑得飞快，快得像三伏天太阳底下飞跑的蜥蜴一样。

皮诺乔回到家里，他爸爸问他：

"你那件新衣服呢？"

"连一件适合我穿的衣服都没有找到。忍耐点吧！下次再讲吧。"

记得那天晚，皮诺乔干活不是干到十点钟，却是干到半夜零点；编织的草席不是八床，却是十床。

然后他才上床去休息。在睡梦中，他似乎看到了仙女，她是那样的美丽，那样高兴快乐，她在他脸上深深地吻了一下，然后对他说：

"皮诺乔你真好！因为我看到你有一颗纯洁善良的心，所以我原谅你以前犯下的许多错误。孩子，能在父母生病的时候，出于爱心帮助他们，总是值得赞扬的。这样看来，你是很有前途的，也会幸福的。"

正在这个时候，皮诺乔如梦初醒，发现自己样子完全变了，惊得睁大了眼睛。

现在，我让你们猜一下，他醒了，发现自己不再是一个木偶，而是一个孩子，跟所有的孩子相同的孩子，这时，他高兴得手舞足蹈。他朝四周望了望，看不到茅草墙，看到的是装饰得虽简朴却显得高雅的漂亮的房间。他突然从床上跳下来，看到一件新的很漂亮的小衣服、一顶新帽子和一双小皮鞋。这一回他看到的是真实的东西。

他刚穿好衣服，双手自然要插进口袋里，不料从衣袋里掏出一个小巧玲珑的象牙钱包，钱包上写着这样的话："青发仙女归还亲爱的皮诺乔的四十块钱，感谢他的一颗善良的心。"他打开钱包，里面装的不是四十枚铜钱，而是四十枚闪闪发光的崭新的金币。

世界经典童话

·木偶奇遇记·

图文珍藏版

他走到镜子面前，照照自己，镜子里映出的再也不是原先的那个木偶，而是一个机灵、聪明、漂亮的男孩，栗色的头发，天蓝色的眼睛，脸上露出笑意，充满了节日的欢乐。

奇妙的事应接不暇，皮诺乔真以为是在白日里做梦呢。

"我的爸爸呢？他哪儿去了？"他突然问道。他走进旁边的房间，发现老杰佩托安然无恙，快快乐乐，轻轻松松，跟原来没什么两样。杰佩托重新操起了刨木头凿木头的木匠活儿，正做着很好看的框子，框子里雕着各种花卉、叶子和动物。

"爸爸，我太奇怪了，这些突然的变化该如何解释呢？"皮诺乔跳过去搂住他的脖子问，在他身上亲了无数下。

"要说嘛，我们家发生了巨大的变化，这都要感谢你啊。"杰佩托说。

"为什么要来感谢我呢？"

"因为当坏孩子变为好孩子时，他们全家人都特别高兴，大家都跟着沾光啊。"

"那么旧木头做的皮诺乔到哪儿去了？"

"在那里。"杰佩托指着靠在椅背上的一副木偶架子对他说。那副木偶架子的头偏向一侧，胳膊下垂着，双腿交叉，中间折叠在一起，但还能直立起来。简直叫人不可思议。

皮诺乔转身去看那个木偶人，看了好半天后，高兴地自言自语地说：

"当我还是个木偶人的时候，我的样子是多么滑稽可笑的啊！现在我变成了一个真正的男子汉，我又是多么高兴啊！"

作者大事略

1826 年

11 月 24 日生于意大利佛罗伦萨。真名卡洛·洛伦齐尼。父亲多梅尼科·洛伦齐尼，出身卑微，是个厨师。母亲安杰利娜·奥尔扎利，虽有小学教师证书，却从事家庭女佣的工作。科洛迪是她家乡的名字。

1848 年

参加第一次独立战争。同年创办政治讽刺日报《路灯》，旋被审查机关取缔。

1850 年

开始以母亲的家乡科洛迪为自己的笔名。

1853 年

创办报纸《小论战》。

1856 年

创作富于嘲讽意味和幽默感的《化为蒸气的小说》，随后创作《贾内蒂诺的意大利旅行记》。从这时起直到 1875 年，与多家报纸合作；写了一些小说和戏剧，但都没有什么特别的价值。

1859 年

受爱国主义理想的驱使，参加第二次独立战争。

1860 年

进入佛罗伦萨市政部门工作，同时继续从事新闻工作。

1876 年

出版第一部为儿童写的书《仙女的故事》，是受帕吉出版社的委托从法文翻译的民间故事。从此开始致力于儿童文学的创作。

1881 年

7 月 7 日，在费尔迪南多·马尔蒂尼的《为儿童办的报纸》上开始连载"皮诺乔的历险故事"，最初的作品名是"一个木偶的故事"。1883 年由佛罗伦萨的费利切·帕吉出版社出版单行本《皮诺乔》，这本书至今已被翻译为二百六十种语言或方言，并于 1940 年被沃尔特·迪斯尼改编成动画片。

1883 年起

领导《儿童报》。

1890 年

10 月 26 日，在佛罗伦萨逝世。其文稿被家人捐赠给佛罗伦萨的国家中心图书馆保存。